Ewger Seeliger

Das Geheimnis des Roterodamus

Der Sohn der Versöhnung

L.A.M.

Ewald Gerhard Hartmann (Ewger) Seeliger

geboren am 11. Oktober 1877 in Schlesien, zu Rathau, Kreis Brieg, gestorben am 8. Juni 1959 in Cham/Oberpfalz, zählt zu den wohl erfolgreichsten Schriftstellern des 20. Jahrhunderts. Zu seinen bekanntesten Werken gehört u. a. „Peter Voß der Millionendieb". Sein „Handbuch des Schwindels" bescherte ihm 1922 einen von ihm provozierten Gerichtsprozess und die Einweisung zur Beobachtung in die Psychiatrie. Im Dritten Reich wurde er schriftstellerisch mundtot gemacht, nicht nur wegen seiner jüdischen Ehefrau, von der er sich nicht scheiden ließ, sondern auch wegen seiner gewagten Agitationen gegen die Nazis. Im Schweizer Exil schuf er besessen von der Vision eines vereinigten Europas und der Idee einer friedvollen Welteidgenossenschaft in Romanform ein beeindruckendes Werk über den großen Humanisten Erasmus von Rotterdam und seine Zeit, das hiermit, gleichsam als sein Vermächtnis, zum ersten Mal veröffentlicht wird.

Das Geheimnis des Roterodamus

Der Sohn der Versöhnung

Roman

von

Ewger Seeliger

bearbeitet und herausgegeben von
L. Alexander Metz

© L. Alexander Metz 2021

Herstellung und Verlag:
BoD - Books on Demand, Norderstedt

Titel-Foto:
Erasmus, abgebildet von Quentin Massys (1517)

Korrektorat: Norbert Alois Oswald

Herausgeber:
L.A.M.
L. Alexander Metz
Hildegardstraße 6
80539 München

ISBN 978-3-75433-750-9

Alle Rechte vorbehalten

Hinweis: Die Bilder der in diesem Buch erwähnten historischen Persönlichkeiten und die Texte hierzu sind aus Wikipedia übernommen.

Inhalt

Fehl geht Befehl 9
Der Sohn der Versöhnung 45
Kein Homer ohne Humor 73
Das Geheul nach dem Heil 109
Rund um das eingeübte Übel 133
Von den zündenden Sünden 163
Fühlhorn Witz am Füllhorn Wissen 187
Vom Apfel des Abfalls 211
Schulung durch Verschuldung 239
Bilderstürmer und Sturmbildner 267
Höchste Würde ärgste Bürde 299
Sucht sucht Zucht 331
Die Fahrt in die Gefahr 357
Der Magen macht die Magie 391
Das zu schwer gewordene Schwert 411
Beute und Beutel 437
Der Armut mutiger Arm 469
Die Flucht aus dem Fluchgau 509
Der Weg durch das Wehe 551
Parade ums Paradies 583
Der Handel und die Händel 607
Bis zum Schuss ins Schisma 640

Dem Großen Rat der Stadt Basel
gewidmet
von
Ewald Gerhard Hartmann
Ewger Seeliger
1950

Nicht in des Irrtums dumpfen Gossen

Voll Wappenspuk, Gepomp und Tand,

Nur auf dem Pfad der Eidgenossen

Erblüht Euch ewiger Bestand.

Ihr, spricht das Haupt, seid meine Glieder!

Wer mir nicht volkt, kommt um im Streit,

Denn wer nicht mit mir ist, ist wider

Sich selbst und die Unsterblichkeit!

Fehl geht Befehl

Es wetterleuchtete bass über der wohlgelegenen Stadt Basel, deren Uhren nach uraltem Brauche der ganzen ersten Welt um eine volle Stunde vorausgingen und -schlugen, um solcher Art dieses von biederen, fleißigen und umsatzbeflissenen Eidgenossen geschaffene Waren-, Wahrheits- und Freiheitsfüllhorn einem wunschfällig daherkommenden Basileos als Basis darbieten und andienen zu können.

Es nebelte in der City of London so stark, dass die Ölflämmchen der ersten aller europäischen Gaslaternen gerade noch zu funzeln vermochten.

Es schneite auf die erst kürzlich von seiner Sächsischen Kurfürstlichen Gnaden Friedrich dem Weisen in Wittenberg gegründete Universität genauso ausgiebig wie auf ihre im brabantischen Löwen neuscholastisch paradierende Schwester, die schon ganze fünfundsiebzig Daseinsjahre hinter sich gebracht hatte.

Es graupelte ins Goldene Horn, schlosste auf die an seinen beiden Ufern dampfenden Deckelkessel, darin die für die tapferen Janitscharen seiner Kalifatischen Majestät bestimmte Pilawheldensuppe brodelte, und hagelte sogar in den heilsvorschriftlich spiralten Turban des Muezzin, der vom nördlichsten Minarett der Hagia Sophia alle Allahgläubigen und ihre Gläubiger zum Abendgebet aufrief.

Es donnerte in Paris so arg, dass darüber der Glöckner von Notre-Dame wie der König Franziskus Primus ihre gleicherweise höchst erhabenen Häupter schüttelten und dabei den Zweisilbler Teufel auf Französisch zu verlauten geruhten.

Es lawinte am Südhang der Jungfrau. Es taute auf die Gruftplatte des Nikolaus von der Flüe. Es haufenwollkte bedrohlich über Luzern und Zürich. Es stürmte über Madrid wie über Wien, dass der Prado wie der Prater kronenbrüderlich erbrausten.

Es tröpfelte in Mailand wie in dem Florenz des Niccolò Machiavelli. Es goss auf das Venedig des Aldus Manutius wie aus Mulden.

Es erdbebte neuerdings im toskanischen Siena wie im vesuvischen Neapel.

Und es griff jemand in der schon wieder einmal vom Scirocco überfallenen Siebenhügelmetropole Roma, die damals dreitausendzweihundertsiebenundfünfzig Schritte im Umfang war, innerhalb ihres altertümlichen Mauerringes mit nicht weniger denn dreihundertundzwölf Turm- und Kuppelspitzen aufwarten konnte und in ihrem Wappenschilde nach wie vor das überaus verräterische Gebilde einer gebissflätschenden Wölfin zeigen musste, zu dem deutschlichsten seiner Federkiele und begann auf das treuherzlichste also zu lateinen:

Am letzten Sonntage des Monats Oktober dieses denkwürdigen Jahres speisten bei dem Herzog Valentino Cesare Borgia, nachdem er als Bannerträger und Generalfeldhauptmann der Mutter Kirche allen seinen Bahnentüchern eine siebenköpfige, wild nach allen Seiten hinzüngelnde Hydra hatte aufmalen lassen, hier im Apostolischen Palast an die 50 bildschöne Venusmägde zu Abend, die nach dem aus siebzehn Gängen bestehenden Tafelschmaus mit den auserlesenen Gästen Polka und Sarabande tanzten, zunächst noch in Gewändern, danach aber nackend, wie vom Gott geschaffen.

Sodann stellte man Kandelaber auf und streute Kastanien, Nüsse, Granatäpfel, Orangen, Mandeln und Feigen umher, die von den vollkommen entblößten Buhlerinnen aufgelesen wurden, wobei nicht nur der Heilige Vater Alexander Sextus, den uns das von sämtlichen Todsünden verdunkelte Spanien beschert hat, sondern auch seine Schwester Gloriana wie sein herzoglicher Sohn als die vornehmsten Gäste zugegen waren. Schließlich wurden seidene Mäntel, Barette, Beinkleider, goldene Ketten, silberne Becher und geweihte Kerzen und Kreuze ausgesetzt für diejenigen Würdenträger, so sie imstande waren, die genannten Kurtisane am öftesten zu beschatten. Solches geschah, um jeden Betrug zu verhindern, im hellerleuchteten Saale vor aller Augen, und nach den daraufhin gefällten und von diesem Heiligen Vater bestätigten Urteilen wurden die Preise feierlich den Gewinnern ausgehändigt, worunter sich auch die beiden spanischen Kardinäle befanden. Und das alles nach dem Spruch in der Heiligen Schrift: Ihr Kindlein, liebet euch untereinander!

Wenn ich, ein schlichter Greis, diese ungemein üppiglichen Vorgänge – wie könnte die ewige, sich im Laufe der Welthistorie immer wieder offenbarende Wahrheit jemals unterdrückt werden? – mit urchristlicher Geduld und Nachsicht betrachte und erwäge, so will es mich schier bedünken, als ob die strengen Verbote der Augengier und der Fleischeslust nur zu dem Zweck ersonnen, gesponnen, zu Papier gebracht und verkündet worden sind, um all diese sündigen Reizungen den Allerhöchsten Herrschaften nur noch verlockender erscheinen zu lassen, als sie von Natur aus ohnehin schon sind.

Ob dieser unheiligste der Heiligen Väter, wie die römische Fama noch immer raunt und flüstert, nicht nur mit seiner Schwester Gloriana, sondern auch mit seiner nicht minder schönen und wollüstigen Tochter Lucrezia, die in jenen Tagen schon wieder einmal das Bett hüten musste und die nun in Ferrara die Herzogin spielt, verbotenen Umgang gepflogen hat, das freilich vermag ich nicht auf meinen Eid zu nehmen. Aber ich kann mich auch nicht für das Gegenteil verbürgen, zumal dieses von den übergeilen Spaniern nach Rom eingeschleppte Laster der Blutschande, wenn man der Stimme des gemeinen Volkes Glauben schenken will, unter den Dächern gewisser Kardinalspaläste, nach dem oberhirtlichen Vorbild, auch heute noch in einigem Flor stehen soll.

Zwar hat der liebe Herrgott in seinem gerechten Zorn und in Absehung aller Gnade jene höchst unsauberen Töpfe bereits zerschmettert, aber, wenn mich nicht alles täuscht, also vergeht dieses Sündertums Übermut, wird es gar bald wiederum Scherben geben, und das nicht nur dahier in Italien, sondern auch drüben über den Alpenbergen bei dem von ihren Fürsten nicht minder arg geplagten Völkern des Nordens, sintemal diese erlauchten und dann so wenig erleuchteten Potentaten nebst ihren Unratgebern, an deren Fäden sie doch letzten Endes wie die willenlosen Puppen tanzen müssen, sich noch immer nicht besser zu benehmen wissen als die draußen auf dem Marsfelde herumlungernden Wolfshunde, die sich um jeden Knochen, und sei er auch noch so faul, bis aufs Blut beißen und reißen.

Zerfressen von der Räude des irdischen Ruhmes und getrieben von der Gier nach dem seelenvergiftenden Mammon, – wie könnten sie auch anders ihren Prunkdurst stillen und ihre länderverheerenden Heerwürmer großfüttern? – eifern diese irrsinnigen Regierer, um in Abrahams Schoß zu gelangen, wie sie den Höllenrachen euphemistisch benamsen, dem wahrhaft widerchristlichen Beispiel nach, das ihnen das Oberhaupt der abendländischen Kirche gibt.

Ja, es befinden sich unter diesen mit ägyptischer Finsternis geschlagenen Kron- und Thronnarren nicht wenige, die bereits mit dem türkischen Sultan liebäugeln und diesem Satansbraten sondergleichen in Ungarn eine große Viktoria über Kaiser und Reich zuwünschen, nur um dann wacker im Trüben fischen zu können. Ach, was lag diese von dem lebendigen Gott abgefallene Jungfrau Europa jemals so im Argen wie heute? Denn wer das Gesetz des Heiligen Evangeliums nur mit einiger Vernunft betrachtet, dem wird alsobald einleuchten und klar werden müssen, dass hier von diesem Zion der Päpste aus, trotzdem sie sich Statthalter Christi und Gottes heißen, eine Religion gepredigt wird, die mit jener des am Kreuze verblichenen und nach drei Tagen wieder auferstandenen Welterlösers nichts mehr gemein hat als den Namen.

Diese lateinisch gewandeten, zionlich gesalbten und mekkaisch verschmitzten Hohenpriester, Altarzauberer und Hetzimame beten wohl zu dem, der am Kreuze hängt, doch sie glauben nur an den, von dem er ans Kreuz geschlagen worden ist. Auf solche wahrhaft heimtückische Art und Weise ist ihr abgöttliches Musterexemplar Pontius Pilatus, dieser infernalste aller Kriegsverbrecher, gleichsam durch das Hinterpförtchen mitten hineingekommen ins christliche Credo, und wer den Mut aufbrächte, die schamlosen Genießer solch dreifach sakrilegischen Profitnutzens darob zu schelten, der hätte keinerlei Gnade von ihnen zu erhoffen und müsste sich der allerschlimmsten Dinge versehen, wovon der Scheiterhaufen noch eines der geringeren Übel wäre.

Also sind diese Glaubensbewucherer, Deliktumsimker und Tempelspekulanten die allervornehmsten, nämlich die verrücktesten und abscheulichsten sämtlicher Windmacher und Worthurer geworden, die sich aus der gemeinsamen Schüssel das Privilegium heraus- und vorweggenommen haben, keines ihrer beschworenen Gelöbnisse zu halten und jeglichen noch so feierlich gesilbten Vertrag zu brechen. Und dabei fordern sie von allen ihren Gläubigen unbedingten Gehorsam und blindeste Treue, verüben solcherart den allerschärfsten Gewissenszwang und schleudern Bannbullen nach allen Seiten, nur um sich desto ungestörter auf der Bahn der Felonie aufführen und aufspielen zu können. Was sie allen anderen Sterblichen als eine Todsünde anrechnen, gerade das halten sie, so es nur von ihnen selbst verübt und vollbracht wird, für die einzige Quelle ihres schrankenlosen Wohlergehens und ihrer ewi-

gen Andauerung. Sie schlagen ihre Untertanen in die Fessel dieses fehlerhaftesten aller Gesetze, nur um sich auf der Masse dieser Sklaven desto unbändiglicher ausleben und austoben zu können.

Fürwahr, so sind ausnahmslos die Hoffartsburgen, die cäsarischen Residenzen, die sogenannten Heiligen Städte, aus denen die zehntausendköpfigen, alle Nachbarländer kahlfressenden Legionshydren hervorkriechen, um die allgemeine Not noch größer zu machen, als sie schon ist. Wer wagt zu bestreiten, dass hier an diesem Tiberflusse, der doch schon Cäsars Blut getrunken hat, die skandalösesten Exzesse stattgefunden und die allergreulichsten Missbräuche und Luzifereien ihren Ursprung und Anlauf genommen haben, die nun nach dem Vorbilde der schweren Seuchen wie Pestilenz und Schwarze Blattern vom Haupte auf alle Glieder übergegangen sind? Hinter dem Kreuze von Golgatha, das ist nun klärlich genug geworden, heulet die Wölfin unablässig nach ihrem Heilande, nämlich nach ihrem barbarischen Gotte, dem Golde, das heißt nach dem griechischen Chrysos, den sie mittels des Kreuzes zu Christos umgetauft hat, und nach allen anderen von ihr so dringend benötigten Stoffen der Herrschsucht und des Ärgernisses, und seitdem scheint das Heil dieser Welt, wie könnte es auch anders sein, nur noch aus Heulen und Zähneklappern zu bestehen.

Christus, der Eingeborene Gottessohn, gebot die Genügsamkeit. Diese sich alleinseligmachenden Triumphgecken aber streben nur nach Machterweiterung und Beutelfüllung. Er gebot die Demut, sie aber wissen sich vor Stolz, Ehrgeiz und Aufgeblasenheit nicht zulassen. Er gebot die drei Tugenden der Keuschheit, der Sanftmut und der Redlichkeit, sie jedoch sind die allerwüstesten Wollüstler, Gewaltverüber und Eidbrecher. Sie halten es für weit verdienstvoller und einträglicher, den Hirsch zu hetzen als die Heilige Messe zu lesen, raffen immer mehr wildreiche Wälder, köstliche Weinberge und die fettesten Liegenschaften an sich, anstatt Almosen und Gott allein die Ehre zu geben, schwören auf Sokrates, Platon, Aristoteles, Cicero, Plutarch, Terenz, Virgil, Ovid und Homer und lachen sogar noch vor dem Altar über die apostolischen Märchen, über die exemplarische Beschränktheit der Kirchenväter und über die zu jeder gewünschten Raserei willige Einfalt des abergläubischen Pöbels, der ihrer Meinung nach nur dazu geschaffen worden ist, um sich von ihnen bis auf den letzten Heller und bis aufs Hemd gehorsamst ausplündern zu lassen.

An allen diesen der Mutterkirche zur Mehrung gereichenden Missetaten, die ich miterlebt habe, ohne an ihnen teilgenommen zu haben, trage ich nicht die geringste Schuld. Darum, du allmächtiger und allwissender Schöpfer des Himmels und der Erden, verschließe mir nicht die Pforte des Paradieses, wenn mein Stündlein geschlagen hat!

So zeilte der vierundsiebzigjährige Straßburger Johannes Burckhardt, weiland Erster Zeremonienmeister der Kurie, in sein Ganzgeheimdiarium, und bereits drei Wochen später durfte er, entlastet von allen sündigen, irrtümlichen und Laster vermehrenden Vorstellungen und Einbildungen mittels eines schmerzlosen Herzschlages in das Jenseits der christentümlichen Seligkeit eingehen.

„Er war der größte Ochs, den uns die germanische Vagina beschert hat!", knirschte sein überaus pompöser Amtsnachfolger Paris de Grassis, als ihm diese höchst verräterischen Verlautbarungen in die ringgeschmückten Hände gefallen waren, und verdammte das ganze Manuskript, nicht aber die inzwischen von flinken Fingern zum Zwecke des Schwarzhandels angefertigten Abschriften, von deren Vorhandensein er nicht das Geringste ahnte, zum beschleunigten Feuertod im Ofen der vatikanischen Hostienbäckerei.

Und so war es denn weiter kein Wunder, dass sich, nachdem seit jenem Tage ein halbes Dutzend mit Machtgepauk und Verratsgegauk, Glaubensgezänk und Völkergekränk, Almosengebettel und Ablassgezettel, Aufruhrgelümmel und Schlachtfeldgetümmel bis zum Bersten trächtiger Jahre verrauscht und verraucht waren, auch ein Duplikat dieses ungemein aufschlussreichen Skriptums nebst vielen anderen zu Venedig, Florenz, Siena, Viterbo und Rom aufgestöberten oder erhandelten philologischen Kostbarkeiten im Mantelsack des dreiundvierzigjährigen, auf widerehegesetzlichem Wege in Rotterdam zur Welt gekommenen Erzhumanisten Desiderius Erasmus befand, der sich nun endlich dazu entschieden hatte, seine zweite große, wiederum auf London abzielende Reise nicht länger aufzuschieben.

Drei gewichtige Gründe waren es, die ihn zu diesem plötzlichen Entschluss bewogen hatten. Zunächst die ihm nach dreijähriger Karenzfrist vom Heiligen Stuhl bewilligte Entbindung von den gleich nach seiner Schulzeit abgelegten Mönchsgelübden, sodann eine ihm aus Heidelberg zugepostete ebenso unerwartete wie hochwillkommene Nachricht über den Verbleib seines ihm noch niemals zu Gesicht gelangten Sohnes, und schließlich die von einigen seiner Beneider und Missgönner ohne seine Genehmigung vorgenommene Vervielfältigung und Verbreitung eines besonders offenherzigen Briefes, darin er die Klage des Friedens angestimmt und dabei die folgenden, dem Borgiavertreiber und Theologiegeneralissimus Julius Sekundus, diesem Oberhäuptling der weitverzweigten Feudalfamilie Rovere, keineswegs angenehm in die hochbehelmten Papstohren hineinklingenden Behauptungen aufgestellt hatte:

Was die Christen heutzutage den Heiligen Krieg benamsen, das ist fürwahr eine wahre Hundeschmach und Affenschande! Die Theologen sollte nur lehren, was Christo würdig ist, sollten sich, trotz aller unterschiedlichen Lehrmeinungen, bei denen es sich doch immer nur um Nebensächliches und Unwesentliches handelt, fest und brüderlich gegen die Kriegshetzer zusammenschließen, sollten allesamt in den kräftigsten Tönen eifern und wettern wider das tausendfältige, zusehends ärger werdende Blutvergießen auf den europäischen Schlachtfeldern, sollten unentwegt, öffentlich wie privat, den Frieden auf Erden und das Wohlgefallen aller an allen fordern und verkündigen. Und wenn sich dieses Ziel auch nicht von heut auf morgen erreichen lässt, so sollten die Theologen doch das Kriegführen weder billigen noch gutheißen und sich auch niemals, weder ratend noch tatend, daran beteiligen. Wer eine Waffe trägt, der sollte überhaupt nicht zur Beichte zugelassen werden!

Der Rhein kann wohl die Franzosen von den Deutschen trennen, nicht aber die deutsch sprechenden von den französisch parlierenden Christen! Herkules machte vor den Säulen halt, heute aber gibt es keine derartigen geographischen Sperrvorrichtungen mehr, wie es auch keinen Okeanos gibt, sondern die Menschenwelt ist nun ein kugelrundes Gebilde geworden, ohne alle Grenzen, Ecken und Kanten, und auf dieser allseitig gekrümmten Daseinsgrundfläche soll es nach dem Willen des Ewigen Vaters nur welteidgenössisch friedlich, also wahrhaft christenbrüderlich zugehen.

Darum ist es die Aufgabe der Kirche, der sie alle ihre Kräfte widmen sollte, die Stabilität des europäischen Gleichgewichts zu vollbringen, denn solange jeder gekrönte Hanswurst von der Bestialität besessen ist, die Landkarte unseres Kontinents auf eigene Faust abzuändern, solange kann es hienieden weder Frieden noch Sicherheit geben.

Darum sollte die Kurie alle Fürsten, die kirchlichen wie die weltlichen, in Gottes Namen und um Christi Willen ermahnen und bewegen, ihre Streitigkeiten zu beenden, ihre Heerwürmer aufzulösen, ihre Waffenschmieden und Pulvermühlen stillzulegen und miteinander ein bundesbrüderliches, alle Völker umfassendes Abkommen zu treffen, um, nach dem Beispiel der schweizerischen Kantone, alle Einflussgebiete und Machtsphären ein für alle Mal festzusetzen und jede, auch die aller geringste Änderung daran immer nur im allseitigen Einvernehmen zu zulassen und anzuerkennen, also dass danach jeglicher Potentat, der einen Angriffskrieg begönne, damit zu rechnen habe, nach gehöriger Anklage und verkündigtem Rechtsurteil wie ein ganz gewöhnlicher Buschklepper und Straßenräuber an den Galgen gehängt zu werden.

Am 17. Juli des Jahres 1509 verließ Desiderius bereits am frühen Morgen sein am linken Tiberufer, schräg gegenüber der Engelsburg und gleich neben dem Palast des Kardinals Araceli gelegenes Quartier, genannt „Die touristische Herberge" und begab sich zu dem an der Ecke der nahen Töpfergasse hausenden Medikus Leo Fraenkel. Dieser an Leib wie an Seele wohl geratene Sprössling des weitverzweigten Hebräerstammes Levi hatte zu Prag das Licht der Welt erblickt, war in Regensburg, Florenz und Padua aufgewachsen, wo er auch seine medizinischen Studien absolviert hatte, und war dann im Alter von siebenundzwanzig Jahren nach Rom gekommen, um die ausgedehnte Arztpraxis seines inzwischen hochbetagt verschiedenen Oheims Kloha Zarfati zu übernehmen und sie im Laufe eines Menschenalters mit wachsenden Erfolg weiterführen zu können.

Und so gehörten zu seinen therapeutischen Pfleglingen nicht nur der zweiundfünfzigjährige Florentiner Solidus Vollio, dieser prächtigste, stattlichste, generöseste und aufgeklärteste der italienischen Kardinäle, der bereits vor neun Jahren für den mit der karthagischen Erzbischofswürde verbundenen Purpurhut von Maria Mercedes nicht weniger denn dreimalhunderttausend Scudi bezahlt hatte, um seitdem an der Töpfergasse, behütet und bedient von einer zahlreichen florentinischen Dienerschaft, wie ein vorbildlicher Kirchenpotentat Hof halten zu dürfen, sondern auch seine fünfundvierzigjährige Schwägerin Madonna Arabella und ihre achtzehnjährige Tochter Olivia, die dem Oheim wie aus dem Gesicht geschnitten war. Von diesen beiden schönsten der schöneren Römerinnen hatte sich Desiderius schon vorgestern verabschiedet, denn sie waren nur in der Stadt erschienen, um einige Einkäufe zu machen, und hatten sich bereits gestern wieder auf ihr bei Frascati gelegenes Weingut Bellacosa zurückbegeben, wo sie stets die heißen Sommerwochen zu verbringen pflegten.

Der säulenreiche Marmorpalast, unter dessen zinnengeschmücktem Dach der schwerreiche Solidus Vollio sein Reich aufgeschlagen hatte, war noch von seinem bereits vor acht Jahren durch das pontinische Fieber hinweggerafften Zwillingsbruder Denarius erbaut worden. Die Verbindung zwischen Solidus Vollio und Leo Fraenkel hatte das Bankhaus Lukas & Semerdio bewirkt, denn Madonna Arabella war eine geborene Semerdio, während Leo Fraenkel seine Cousine Mirjam Lukas heimgeführt hatte, von der er nicht nur zum stillen Teilhaber dieser reichtümlichen und wohlbeleumundeten Schwerprofitfirma, sondern auch bereits siebenmal zum glücklichsten Vater gemacht worden war. Dieser ungemein schriftbewanderte Gesundheitskünstler, der eine stattliche Sammlung hebräischer und griechischer Wiegendrucke besaß, hatte Desiderius, den sondergleichlichen Humanisten, bei Solidus Vollio kennengelernt und war bei seinen Kodexjagden oft genug zu Hilfe gekommen.

An diesem Julimorgen jedoch handelte es sich nicht um einen bibliophilischen, sondern um einen hippologischen Exkurs, nämlich um die auf dem zwischen dem Kolosseum und den Titusbogen senatlich angeordneten Pferdemarkt vorzunehmende Erstehung eines geeigneten Reiserosses und eines Packesels.

Leo Fraenkel, dessen Großvater noch in Prag mit Gäulen getäuscht hatte und dessen Vater in Regensburg ein gesuchter Rossheiland gewesen war, besah sich die feilgebotenen Tiere, wählte mit Bedacht und feilschte darauf so lebhaft, wie es der zeitörtliche Brauch erheischte. Und Desiderius schaute und hörte belustigt zu, bis der Kauf abschließende Handschlag erfolgte.

Auf solche Art und Weise ging die schmucke Fliegenschimmelstute Stella für sechsunddreißig Scudi, die Desiderius aus der hirschledernen Geldkatze holte, in seinen Besitz über, worauf der Ankauf eines starkknochigen Maulesels namens Sbirro ohne weitere Schwierigkeiten vonstattenging.

„Beim Barte des Propheten Daniel", orakelte Leo Fraenkel, nachdem Desiderius auf der Stute den Titusbogen umkreist hatte, „sie wird dich sicher und wohlbehalten nach dem Zweiten Karthago bringen!"

Sodann genehmigten sie sich in der nahen Trattoria Fontebranda, während die beiden Tiere vom Wirt versorgt wurden, einen herzhaften Frühstückstrunk und kamen dabei auf die Klage des Friedens und weiterhin auf das Diarium des Johannes Burckhardt zu sprechen, dessen Abschrift Desiderius ebenfalls erst durch Leo Fraenkels Beistand erreichbar geworden war. Zwischen ihnen entspann sich der folgende Dialog.

„Ein Scherz", horazte Desiderius nach dem zweiten Becher, „vermag große Dinge weit besser und schneller zu entscheiden als der bitterste Ernst."

„Dann offenbare mir einmal", begehrte Leo Fraenkel auf, „weshalb die Welt bis zu diesem Datum so jämmerlich ernsthaft im Argen liegt!"

„Weil jene vorsintflutlichen Theologen", lateinte Desiderius weiter, „die am Anfang des Alten Testaments ihre persönlichen Vermutungen über Weltschöpfung, Paradies, Sündenfall und Urmord niedergelegt haben, im strikten Gegensatz zu dem musterhaften Berichterstatter Johannes Burckhardt nicht mit einer exakten Augenzeugenurkunde aufwarten, sondern den Leser mit einem höchst oberflächlichen Gezeil abzuspeisen versuchen, das bei genauerem Zusehen schier wie ein mit lauter Widersprüchen bis zum Bersten geladenes Märchen anmutet."

„Und wie willst du diese kühne Behauptung beweisen?"

„Zum Ersten: Wenn du als allmächtiger und allwissender Schöpfer des Himmels und der Erden sämtliche Menschen, die in diesem Augenblick unseren Daseinsball bevölkern, nur von einem einzigen Liebespaar abstammen und herkommen lässt, trägst du dann nicht die alleinige Schuld daran, dass die Kinder dieses Paares, um sich begatten und fortpflanzen zu können, ausnahmslos und auf Lebenszeit dem als allerhöchst abscheulich verschrienen Laster der Blutschande gefrönt haben müssen, wodurch mit deiner Zulassung alle ihre Nachkommen, Asiaten wie Europäer, mit dieser außerordentlich schwergewichtigen Inzesthypothek belastet worden sind? Denn wie könnten die Kain, Abel und Seth benamsten Söhne Adams und Evas andere Frauenzimmer umworben und beschattet haben als ihre leibseligen Schwestern? Oder wagst du das zu bestreiten?"

„Ich müsste ein Narr sein, wenn ich es tun wollte!"

„Zum Zweiten. Wenn du einen gegen Morgen gelegenen und Eden genannten Garten gepflanzt hast und dann draußen auf die Menschentreibjagd gehst, um den sich Adam heißenden ersten aller Lehmmänner zu eruieren, zu ergreifen, hoch zu nehmen und ihn als Gartenbauarbeiter in deinen landwirtschaftlichen Großbetrieb hineinzusetzen, hättest du dann nicht an diesem zweihändigen Lebewesen einen ganz groben Exzess der Freiheitsberaubung verübt und müsstest du dich fortan nicht für den alleinigen Erfinder der mit dem Terminus Sklaverei bezeichneten ökonomischen Erzunsitte halten und ansehen?"

„Auch in diesem Punkte vermag ich dir nicht zu widersprechen!"

„Zum Dritten: Wenn du einem von dir nach deinem genauen Ebenbild erzeugten Stoffwechsler, der sich, um nicht vor Schwäche umzusinken, seinen Verdauungsschlauch jeden Tag mindestens dreimal mit Esswaren füllen muss, ein ganzes Schock reifer Äpfel vor die Nase hängst, nur um ihm dann vollmundig anbefehlen zu können, bei Todesstrafe nicht einen einzigen davon zu verspeisen, bist du dann nicht der geistige Urheber des ersten Diebstahls sowie der des ersten fehlgegangenen Befehls?"

„Ist das noch ein Scherz?"

„Sicherlich! Denn ich frage ja nur! Ich erhebe ja keinerlei Anklage! Und darum zum Vierten: Wenn du bald darauf das Opfer Abels überaus gnädig, das Opfer Kains aber so ungnädig ansiehst, dass er darüber mit deiner Zulassung stracks ergrimmen und den grundlos bevorzugten Bruder erwürgen muss, bist du dann nicht der alleinige Verursacher sämtlicher auf dieser Erde jemals verübten Totschläge und Mordtaten? Und bist du nicht auch der Beschützer und Behüter jenes Urmörders, wenn du jedem, der diesem ebenso widerwärtigen wie bedauernswerten Generalbarbarissimus mit Fug und Recht nach dem Blut besudelten Dasein trachtest, also überstilistisch bedräust: Wer Kain totschlägt, das soll siebenfältig gerächt werden! Wie kame auch sonst sein direkter Nachkomme Lamech dazu, vor seinen beiden Weibern Ada und Zilla also heldentümlichst herumzuprahlen: Wer mich verletzt, das soll siebzigmalsiebenmal gerächt werden. Noch einige Sprossen weiter auf dieser grundfalschen Triftigkeitsleiter, und es entsteht das ebenso volksbedrohliche wie tyrannengebärende Gesetz: Du sollst nicht töten, denn das ist mein Privilegium!"

„Aber dann", levitete Leo Fraenkel, „häufst du ja alle Schuld auf den allmächtigen Schöpfer Himmels und der Erden!"

„Keineswegs!", winkte Desiderius ab. „Sondern ich versuche doch nur, einen Nichteuropäer europäisch darüber aufzuklären, wie die gesamte Schuldbürde auf den Schultern jener ausnahmslos asiatischen Urtheologen ruht, die diesen unlogischen Urlogos nach ihrem primitivistisch fernöstlichen Ebenbild heerscharenherrgöttlichst, nämlich dschingiskhanisch bis timurlengisch zusammengestümpert haben, um ihm alle Schulden und Defizite, die bisherigen wie die zukünftigen, in die unermesslichen Götzenschuhe schieben zu können. Und deswegen zum Fünften und Letzten: Wenn du es schon unter deiner allerhöchsten Würde hältst, das Paradies mit eigener Hand zu bearbeiten, weshalb bist du dann so sehr darauf erpicht, den guten Adam zu dieser unfreiwilligen Tätigkeit genauso zu pressen, wie es die Briten, zur Aufrechterhaltung ihrer für alle anderen Nationen zumindest höchst überflüssigen Seemacht, noch heute mit den nichtbritischen Matrosen zu tun pflegen, die so töricht sind, ihnen über den Weg zu trauen. Wie geschrieben steht: Die Wurzel aller Sünden ist die Torheit der Gewaltverübung!"

„Aber Not kennt kein Gebot!", stach Leo Fraenkel dazwischen.

„Doch wie könnte ein Schöpfer", gab Desiderius zu bedenken, „der in irgendeine Not zu geraten vermöchte, mehr sein als eine hoch komische Figur? Wie denn auch, nach meinem exakten Dafürachten, ein jegliches Gesetz immer nur zu einem einzigen Zweck ersonnen und verkündigt wird, um die ständig wachsenden Nöte zu beheben, in die sich die vor der unabwendbaren Totalblamage wie Espenlaub zitternden Gesetzbäcker und Weltmagier durch ihre rasende Torheit und jämmerliche Bildungsblöße gebracht und versetzt haben. Wie auch geschrieben stehen sollte: Je größer die Not, desto falscher das Gebot! Und weshalb hast du eigentlich deine dir so blind gehorsamst ergebenen, mit dem Feudalterminus Seraphim benamsten und mit Orden und Ehrenzeichen vorn wie hinten beklimperten Waffensklaven nicht zur paradiesischen Landarbeit abkommandiert, jene geradezu himmlisch aufgeschniegelten Leibwächter, von denen du die Grenzen und die Pforte des Paradieses genauso scharf bewachen lässt wie der Heilige Vater die Mauern und die Tore des Vatikans von seinen gleichfalls zu jeder ehrlichen Hantierung untauglichen Schweizergardisten? Und wie sind denn diese Seraphims und Cherubims auf die Welt gekommen? Da im Schöpfungsbericht nicht von ihnen die Rede ist, darf doch wohl vermutet werden, dass sie nur vom Satan persönlich ins Dasein und in Marsch gesetzt worden sind!"

Leo Fraenkel beschaute seine Nasenspitze und schwieg sich aus.

Aber Desiderius war mit seinem Latein noch lange nicht zu Ende und fuhr fort: „Und weshalb hast du diesen Tag-, Wochen- und Monatsdieben statt des bloßen hauenden Schwertes nicht Hacke und Spaten in die Heldenfäuste gedrückt? Warum bist du ihnen bei der sachgemäßen Benutzung dieser ökonomischen Urwerkzeuge nicht mit rustikalisch leuchtendem Beispiel vorangegangen? Weswegen hast du es vorgezogen, nicht der rührige Schöpfer, sondern lediglich der träge Herr des Brotes zu sein, der in England mit Lord angeredet werden muss, weil er ganz offenkundig nur dafür da ist, seine Bodensklaven mithilfe der von ihm willkürlich gelenkten Nahrungsmengen derart kräftiglich zum Narren zu halten, dass sie bisher noch niemals auf den Gedanken gekommen sind, ihm den Verlust ihrer Freiheiten anzurechnen. Wie geschrieben steht: In diesem Zeichen wirst du versiegen, und so weiter von Moses und Holofernes bis Hiob und Maleachi. Darum, allein darum liegt die ganze Welt bis zu dieser Stunde so bitterernstlich im Argen!"

„Verwirfst du das Alte Testament", trumpfte Leo Fraenkel auf, „wie kannst du dann das Neue anerkennen?"

„Ich erkenne an", silbte Desiderius wie gestochen, „dass auch die christentümlichen Urtheologen, die Evangelisten benamst werden und ebenfalls ohne Ausnahme nichteuropäischer Herkunft sein dürften, nur über Vorgänge zu berichten wissen, die sie weder mit eigenen Augen beobachtet noch mit eigenen Ohren vernommen haben können, und dass sich auch bei den anderen Autoren dieses Zweiten Testaments mehr als genug Gedächtnisfehler, Nachlässigkeiten und Schiefurteile feststellen lassen. Weiterhin ist mir nicht minder wohlbekannt, wie überaus selten in diesem jüngeren Kreditkodex der von der verheirateten Jungfrau Maria geborene Menschias mit dem jupiterlichen Terminus Gott bezeichnet wird. Und um nun auch gleich einmal bis zum Kernpunkt dieses heiländischen Heils vorzudringen, hättest du dich an seiner Stelle genauso behabt und betragen, wie er sich nach den Berichten seiner vier Biografen benommen haben soll?"

„Ich?", wiederholte Leo Fraenkel sichtlich verblüfft, worauf er die plötzlich auf seiner Stirn zum Vorschein gekommenen Grunderkenntnistropfen tilgte, um sich danach durch Leerung eines vollen Bechers zu folgendem Bekenntnis zu stärken: „Nicht ein Dutzend, ein ganzes Schock Jünger hätte ich um mich versammelt, lauter ausgesucht handfeste und tadellos gesunde Athleten, jeder von ihnen ein doppelter Samson. Und dann hätte die Verhaftungsaffäre im Garten Gethsemane einen erheblich anderen Verlauf genommen! Ich hätte diese mordsidiotischen Kriegsknechte des Pontius Pilatus, dieses flegelhaftesten aller Landpfleger, auf der Stelle entwaffnen und in Banden schlagen lassen!"

Hier erhob der am Pfortenpfahl der Trattoria angetrenste Maulesel Sbirro dreimal seine überaus anklägerische Stimme.

„Nicht übel!", schmunzelte Desiderius. „Wie geschrieben steht: Wenn die Steine schweigen, werden die Esel das Maul auftun! Und wie hättest du diesen seltsamsten aller irdischen Lehrkörper, der mit der seraphimischen Leibwache des arbeitsscheuen Paradiesbesitzers wie mit der Schweizer Garde des Heiligen Vaters eine geradezu zwerchfellerschütternde Ähnlichkeit hat, am Leben erhalten? Denn jeder Meister hat doch zuerst einmal für Tränkung und Fütterung seiner Gesellen und Lehrlinge zu sorgen!"

„Ich hätte", rezeptierte Leo Fraenkel mit erhobener Stimme, „das Speisungswunder mit den fünf bis sieben Gerstenbroten und den beiden Fischen immer wieder aufs Neue bewerkstelligt. Oder darf ein solches Hexenmeisterstück, das die gesamte irdische Ökonomie über den Haufen zu werfen imstande ist, nur ein einziges Mal vollbracht werden?"

„Wer würde sich beim zweiten Mal noch darüber verwundern wollen?", exaktete der Philolologissimus Desiderius, um dann abschließend also fortzufahren: „Kurzum, wohin du greifst im Grundguß trift der Triebe, du wirst in diesem Silbenstrom immer nur die trübende, sich selbst großmäulig lobende und sich solcherart eigenzünglich zur Strecke bringende Erztorheit fassen!"

Worauf sie ihre Zeche gemeinsam beglichen und aufbrachen.

„Auf Wiedersehen bei Solidus Vollio!", rief Leo Fraenkel, als sich Desiderius in den Sattel schwang, um sich mit seinen beiden vierbeinigen Neubesitztümern davonzuheben.

In der Etruskischen Herberge angekommen, begann er seine bereits gepackten Manuskriptkoffer, Mantelsäcke und Felleisen zu verschnüren und musste dabei immer wieder Besucher abfertigen, die ihm Lebewohl sagen und ihm Grüße oder Briefe an Bekannte mitgeben wollten. Denn trotz aller Vorsicht hatte es sich doch noch herumgesprochen, dass der weltberühmte Roterodamus nun den zweitausendjährigen Staub dieses glaubenskreditzauberischen Weltklatschnestes, das sich die Ewige Stadt titulierte, von seinen Füßen zu schütteln begehrte.

Und so war es denn gleichfalls nicht eben verwunderlich, dass ihm zur Stunde, da die Sonne hinter der wie ein riesiger, kreisrunder und fest zugebundener Profitbeutel zwischen die sieben Hügel hineingeprotzte Engelsburg versank, eine von Paris de Grassi unterzeichnete Zitation zu einer Sofortaudienz beim Heiligen Vater überbracht wurde.

Desiderius zögerte nicht, diesem Rufe Folge zu leisten, verließ die Herberge, überschritt die Engelsbrücke und betrat die von zahlreichen bis an die Zähne bewaffneten Wachtposten gesicherten Räume des Vatikans, wo er nach längerer Wartefrist im Katalogsaal der Apostolischen Bibliothek von Julius Sekundus empfangen wurde.

Da saß nun dieser unbiegsam heftige, aber schon stark gealterte Stellvertreter seines Gottes auf Erden wie ein siegesgewohnter Generalissimus zwischen den zahlreichen Schweinsfoliobänden, noch angetan mit dem feldherrlichen aus Eselshaut angefertigten Lederkoller, auf dem grauen Haupt dreifach umreifte, kreuzgeschmückte Sturmhaube und an den glühligen Füßen die klobigen, ihm bis über die Knie reichenden Heldenstiefel. Denn er war soeben erst vom Marsfelde hereingekommen, wo er die zweiundzwanzig für ihn in Siena gegossenen Donnerbüchsen, mit deren Hilfe er das widerspenstige Bologna zu zähmen und damit die ganze Romagna in den Kirchenstaat einzupferchen gedachte, besichtigt, abgenommen und wahrhaft ultrakanonisch beweihwässert und beweihräuchert hatte.

„Es ist mir zu Ohren gekommen", grollte dieser Kanonissimus, Oberbefehlsfanatiker und Hauptgläubiger aller seiner zum Kadavergehorsam verpflichteten Gläubigen, sowie Desiderius die vorschriftsgemäßen Adorationszeremonien vorbildlich vollzogen hatte, „dass du dich neuerdings mit Sachen befasst, für die du keinesfalls zuständig bist! Hat dich deine Gelehrsamkeit schon so weit verblendet, dass du dich erkühnst, dem Weltlauf seine Bahn vorzuzeichnen und den Allerhöchsten hofmeistern zu wollen? Merke dir ein für alle Mal: Der Friede Gottes ist tausendmal höher als deine trotz alledem überaus winzige Vernunft! Und so hast du denn fortan, solches gebiete und befehle ich dir kraft meines allerhöchsten Amtes, mit dem dir durch Gottes Gnade verliehenen Pfunde nur noch auf dem Felde des Glaubens zu wuchern!"

Hier schaltete der Papst eine Kunstpause ein, die von Desiderius dazu benutzt wurde, sich nach alter Gewohnheit also zu befragen: Was würde wohl der Ewige Vater, so er hier an meiner Stelle stünde, diesem holofernischen Pilatus darauf erwidern?

„Antworte!", pontifexte ihn nun dieser der glorreichen Raubritterfamilie Rovere entsprossene Kartaunissimus an.

„Höchster sämtlicher Brückenbauer", lateinte Desiderius, ohne mit der Wimper zu zucken, „und kühnster aller Architekten, der du mit dem Bogen der Vorsehung die Vergangenheit und die Zukunft schwungvoll zu verbinden bemüht bist, ich danke dir in schuldiger Zerknirschung für die ebenso tiefgründige wie formvollendete Belehrung, die du mir, dem unwürdigsten der Erdenwürmchen, zu erteilen die Gnade gehabt hast! Ich bekenne vor deinem erhabenen Angesicht meine Missetaten und bereue sie tiefbetrübten Herzens!"

Diese humanorische Antwort verfehlte die gewünschte Wirkung nicht, denn der Papst zog nun ein bedeutend sanfteres Register und jupiterte herablassend: „Ich absolviere dich in der Erwartung, dass du nicht wieder in diese schwere Sünde zurückfällst! Denn nicht die Feder, wie du anmaßend und vorwitzig behauptet hast, sondern allein das Schwert ist nach dem Willen des Höchsten der Hebel aller großen Geschehnisse. Wie willst du die Ketzer, die Verstockten, die Widerspenstigen und vor allem die Ungläubigen anders zu Gott bekehren als durch Feuer und Schwert?"

„Steht im Koran und nicht in der Bibel!", sermonte Desiderius, dieser unbestechliche Silbeninquisitor, unüberlistbare Irrtumsaufstöberer und unablenkbare Schriftquellenbohrer mit exaktem Behagen in sich hinein.

„Darum", warnbullte der Papst weiter, „hüte dich fortan wie vor dem höllischen Feuer, über die Angelegenheiten der Fürsten und ihrer Kabinette zu reden und zu schreiben, denn davon verstehst du nicht einen Pfifferling!"

Angesichts dieser aufschlussreichen Kostümierung, sentenzte Desiderius lautlos, darf wohl angenommen werden, dass in jedem Gottesgelahrten mindestens ein Muhammed steckt und dass zwischen Theologie und Militarismus ein genauso inniges Verhältnis herrscht wie zwischen Theorie und Praxis.

„Wisse", beendete nun der Allerhöchstamtsaltarist Julius Sekundus diese theomilitärische Instruktionsstunde im Kommandoton, „der Gehorsam und die Disziplin sind die Eltern aller christlichen Tugenden!"

Was hier zu beweisen gewesen war, euklidete Desiderius sich ins Fäustchen, um sodann mit erhobenen Händen also zu benedeien: „Erlöst, o Heiliger Vater, bin ich durch deine unfehlbaren Offenbarungen von der Torheit, die sich zu dem Aberglauben verleitet hatte, dass irgendein Sterblicher, und stünde er auch noch so hoch, imstande sein könnte, an dem vom Ewigen Vater seit Anbeginn vorausbestimmten Ablauf der Weltereignisse auch nur das allerkleinste Jota zu ändern. Ihm wie dir sei Ehre, Lob und Preis von Ewigkeit zu Ewigkeit!"

Worauf der hochbefriedigte Friedensbrecher Julius Sekundus nicht nur die Gnade hatte, Desiderius den apostolischen Segen zu übermitteln, sondern sich sogar dazu herbeiließ, ihm einen mündlichen Gruß für Thomas Wolsey, den Erzbischof von York, kundzutun und mitzugeben.

Womit diese denkwürdigste aller vatikanischen Audienzen ihr wohlgelungenes Ende gefunden hatte.

Eine halbe Stunde später wurde Desiderius, wie bei allen seinen bisherigen Besuchen, im Vestibül des mitten an der Töpfergasse gelegenen Marmorpalastes von Solidus Vollios Haushofmeister Amadeo Sfogga mit einer tiefen Verbeugung in Empfang genommen und die pompöse, aus carrarischem Liliengestein gefügte zwanzigstufige Treppe emporgeleitet.

Der Kardinal und sein Medikus saßen, eifrig miteinander disputierend, noch an der üppig bestellten Tafel, als Desiderius den kreisrunden Speisesaal betrat.

„Der Heilige Vater", entschuldigte er das Zuspätkommen, „hatte mich zu sich befohlen, um mich zum Abschied mit der Fülle seiner kanonischen Weisheit zu befruchten."

„Dein vortreffliches Aussehen beweist die Vergeblichkeit seiner Bemühungen", bemerkte der Medikus sarkastisch, und der Kardinal lachte dazu so stark, dass das mit Smaragden geschmückte Goldkreuz auf seinem wohlgewölbten Leib wie ein Böcklein auf und ab hüpfte.

„Bei meiner Seligkeit", versicherte Desiderius, nachdem er ihnen gegenüber Platz genommen hatte, „nicht für eine einzige Minute möchte ich in der Elendshaut seines Elendskollers stecken."

„Lang zu und tu uns Bescheid!", lachte der Kardinal weiter und hob die mit Lacrimae Christi gefüllte Kristallschale. „Damit du nach diesem oberhirtlichen Beschattungsversuch wieder zur Sonne der reinen Vernunft zurückfindest!"

Und es begann also zu geschehen.

Während Desiderius mit behaglichem Bedacht den Speisen alle Ehre antat, setzten Kardinal und Medikus ihren unterbrochenen Dialog also fort.

„Wieso, du superkluger Mosaiker, eignet sich das Christentum so vortrefflich für zeugungsunfähige, aber noch beischlafbegabte Zölibatäre?", begann der Kardinal wieder zu sticheln und der Medikus antwortete sattelfest: „Weil der Gründer eurer Religion, so man den über sein gesamtes Erdenwallen ziemlich lückenlos zu Papier gebrachten Notizen Glauben schenken will, keinerlei Anstalten getroffen hat, ein Kindlein zu hinterlassen, weder ein eheliches noch ein uneheliches."

„Heilige Mutter Gottes!", seufzte der Kardinal und schlug die Augen zur Decke empor, auf der eine splitterfasernackte Venus zwischen sieben radschlagenden Pfauen prangte, und forschte dann stirnrunzelnd: „Und mit welchem Kalbe hast du diesmal gepflügt?"

„Mit dem des Rabbi Toleachi", bekannte der Medikus, „jenes hochgelehrten Mannes, der vor 400 Jahren zu Sevilla das Zeitliche gesegnet hat und dessen Aussprüche von seinen sieben Söhnen wortgetreu aufgezeichnet und der Nachwelt überliefert worden sind. Es ist derselbe Meister, der als erster erkannt hat, dass sich kein Säugling gegen die Taufe anders als durch ein Protestgeschrei zu wehren vermag."

„Auch nicht gegen die Beschneidung", trumpfte der Kardinal gleich zurück, „du gleichfalls um diese Wenigkeit verstümmeltes Ebenbild Gottes! Und was hat jener hispanolische Synagogos sonst noch auf der Pfanne?"

„Dass jegliche Gnade", zitierte der Medikus, „einen schweren Verstoß gegen die ewige Gerechtigkeit gleichkommt."

„Friede seiner Asche!", lenkte der Kardinal ein. „Nun aber gestehe ohne Umschweife, weshalb dein gerechter und deshalb so ganz und gar ungnädiger Gott und Herr der Heerscharen die großen Wunderstädte Babylon, Ninive, Tyros, Karthago und Jerusalem nicht davor bewahrt hat, in Schutt und Asche zu sinken. Wenn ich die Erbauung dieser prachtvollen und gewaltigen Residenzen angeordnet hätte, nur um sie dann wie volle Unflatkacheln zerschmeißen zu können, ich würde nicht anstehen, mich für den größten aller Toren zu halten."

„Und ich", entgegnete der Medikus, „würde mich sogar für einen vollkommenen Narren halten müssen, wenn ich meinen Eingeborenen Sohn von derselben römischen Legion, die ein Menschenalter später so glorios bei der Zerstörung von Jerusalem mitgewirkt hat, ans Kreuz hätte schlagen lassen, nur um auf solche durchaus ungeeignete Art und Weise die Welterlösung vollbringen zu lassen."

„Du stellst also noch immer in Abrede, dass sie tatsächlich vollbracht ist?"

„Auch in diesem Punkte darf ich mich auf den Rabbi Toleachi berufen. Denn wie könnte sie im Ernst als vollbracht angesehen werden, solange Heerwürmer wie hungrige Riesenraupen über die Länder dahinkrauchen, solange Fahnen flattern, Trommeln dröhnen, Trompeten schmettern, Kanonen donnern, solange Städte berannt, erstürmt, ausgeplündert und geschändet und solange Grenzen verletzt, überschritten und verrückt werden. Dann befrage ich mich doch lieber nach Rabbi Toleachis Vorbild also: Aus welchem triftigen Grunde hat die so oft, so laut und so weithin beschriene Welterlösung immer noch nicht vollbracht werden dürfen?"

„Heraus mit der Antwort!", gebot der Kardinal gespannt. „Hier an meiner Tafel kann jedermann ohne Furcht und Bangen seine Meinung äußern. Weshalb durfte, deiner unmaßgeblichen Ansicht nach, die Welterlösung bis zu dieser Stunde durchaus nicht vollbracht werden?"

„Weil eine Religion", erklärte der Medikus mit verschmitzter Miene, „ohne den Massenzauber des ökonomischen Kredits, den die religionsverbreitenden Gläubiger in stetig wachsendem Maße von ihren knechtseligen Gläubigen zu genießen wünschen, doch nur eine taube Nuss wäre. Oder mit Rabbi Toleachis Worten, weil in einer wirklich erlösten Welt jeder ausgelacht werden würde, der sich erdreisten wollte, irgendeinem Menschen einen erst nach seinem Ableben fälligen Sichtwechsel anzudrehen."

„Zielst du damit auf den Ablasszettel?", examinierte ihn der Kardinal grollend.

„Ins Schwarze getroffen!", nickte der Medikus. „Und du wirst kaum bestreiten können, dass es sich dabei, wenn dieses Papierkindlein richtig benamst werden soll, um ein auf den Inhaber laufendes Dokument handelt, das er beim besten Willen nicht, da es ja mit seinem Ableben verfällt, auf seine Nachkommen vererben kann. Es ist dann noch nicht einmal so viel Wert wie ein halb verfaulter Strohhalm, den man immer noch auf den Düngerhaufen werfen kann, um ihn später in der Landwirtschaft zu verwenden. Aber dünge einmal ein Weizenfeld oder gar einen Weinberg mit Ablasszetteln!"

„Ich werde mich hüten", verwahrte sich der Kardinal mit beiden Händen gegen diese hirnverbrannte Zumutung.

„Und wofür", fuhr der Medikus hartnäckig fort, „muss nun dieser der Tobsucht so dringend verdächtige Julius Sekundus, den du doch mit auf den Heiligen Stuhl gehoben hast, den weitaus größten Teil der auf solche überlistige Weise gewonnenen Profite ausgeben? Nur für seine unersättlichen Heerwürmer wie für die dazugehörigen Feuerschlünde nebst Munition! Und nicht den Bruchteil eines Jotas anders haben sich, bis auf die damals noch nicht erfundenen Feuerschlünde und Zündkugeln, die beiden mesopotamischen Glaubenskreditmetropolen Babylon und Ninive benommen und aufgeführt, die auf den von ihnen mit Brachialgewalt unterworfenen Völkern herumschmarotzt und sie so lange nach Art der festgewachsenen Polypen mit ihren waffenstarrenden Saugarmen umstrickt gehalten haben, bis der ihre Prachtentfaltung und Machtaufblähung bewirkende Zufluss ins Stocken geriet. Und damit war auch sogleich nach dem Willen des allgerechten Gottes ihre Zeit erfüllt. Denn wer nur vom Würgen zu leben vermag, muss der nicht, wie schon der Rabbi Toleachi vermutet hat, zuletzt den Grundstamm seines eigenen Daseins ersticken und abwürgen, um an ihm und mit ihm zu verdorren? Darum auch: Wehe dem, der siegt! Denn nur ihre eigene, lediglich auf den Sieg gerichtete und immer heißer werdende Daseinsgier hat Babylon wie Ninive zum Versiegen gebracht. Und genauso wird auch dieser Heilige Vater aus dem Hause der raufboldigen Rovere uns alle noch auf den tollsten der Hunde bringen, wenn ihm nicht bald das viel zu blutige Handwerk gelegt werden kann. Weil er Julius heißt, hält er sich stracks für den wiederkünftigen Cäsar."

„Bitterlich hat er uns alle enttäuscht!", gab der Kardinal zu.

„Und justament darum", folgerte der Medikus weiter, „hat dieser marsische Tiarier auch allen Grund, vor der vollbrachten Welterlösung zu zittern wie die Maus vor der Katze. Denn dann ist es mit Ablasszettelung und Heerwürmerei aus, was für Rom wie für die Kirche den unabwendbaren Konkurs bedeuten würde. Und was tut er gegen diese furchtbarste aller nur erdenklichen Gefahren? Wie sucht er sich gegen das Erscheinen des Welterlösers zu sichern, gegen diesen Gesalbten des Herrn, gegen diesen Befreier der Völker aus der Knechtschaft ihrer Tyrannen, gegen den Menschias, mit dessen Auftreten doch, wie bereits der Rabbi Toleachi angedeutet hat, jeden Augenblick gerechnet werden muss? Er lässt überall ausposaunen: Es ist vollbracht! Wiederum genau nach dem von dem Rabbi Toleachi hinterlassenen Rezept: Willst du verhindern, dass etwas geschieht, was nur ein einziges Mal geschehen kann, so behaupte und verkünde immer wieder mit eiserner Stirn und unbeugsamer Verbissenheit, dass es bereits geschehen ist!"

„Potztausend!", knirschte der Kardinal. „Da hat dieser verschmitzte Talmudist wahrhaftig den Nagel des allgemeinen Ärgernisses mitten auf den Kopf getroffen!"

„Wenn also", drehte der Medikus diesen apokalyptischen Faden noch etwas weiter, „die Tochter Zion vor ihrer Zerstörung durch die vom römischen Cäsar Trajan befehligten Legionen tatsächlich auch gar nichts anderes gewesen ist als eine übervolle Unflatkachel, was ist dann das heutige Rom vor dem Angesicht des ewig und unwandelbar gerechten Gottes? Wohl kaum etwas anderes als eine reißende Wölfin, die seit Cesare Borgia die Gestalt einer siebenköpfigen, aus allen ihren sieben Haupttoren unablässig Heerwürmer ausspeiende Hydra angenommen hat."

„In der du dich aber", schob der Kardinal spöttisch dazwischen, „gar nicht so übel zu befinden scheinst!"

„Dank deiner Gunst und meiner Kunst!", stimmte der Medikus zu. „Doch könnte ich, so es mir hierorts nicht länger behagen sollte, auch in Paris und London mein Auskommen finden. Denn ich bin ebenso wenig ein Römer, wie du selbst einer bist, von Desiderius, dem batavischen Wunderphönix, ganz zu schweigen."

Hier langte Desiderius, der sich keines ihrer Worte hatte entgehen lassen, nach einer Kristallschale voll gedünsteter Mirabellen und einem goldenen Löffel, um sein Mal zu beenden.

„Und trotzdem", begehrte der Kardinal auf, „ist Christus, dieser Eingeborene Sohn der Versöhnung, der wahre und einzige Meister über alle Erdenvölker, also auch über euch Zwölfstämmler! Wie geschrieben steht: Geboren von einem hebräischen Weibe und unter das hebräische Gesetz getan! Willst Du solches leugnen?"

„Ich leugne nicht, dass manches in euren Büchern steht, worüber sich in unseren Rollen nicht eine einzige Silbe auffinden lässt. Aber wir sind nun einmal im Besitz der älteren, bereits vor fünftausend Jahren gegründeten Heilandsfirma, während die eure noch nicht einmal fünfhundert Jahre –"

„Bist du noch bei Verstand!", schnitt ihm der Kardinal diesen Satz entzwei. „Weißt du nicht, in welchem Jahre Rom gegründet worden ist?"

„Das ist mir durchaus nicht unbekannt", entgegnete der Medikus sehr trocken. „Wie mir ja auch längst kundgetan worden ist, dass bei jener Gründung außer einer Wölfin sogar ein Brudermörder mitgewirkt haben soll. Aber diese hier in Rom und über Rom dominierende Mutter Kirche ist im gegenwärtigen Augenblick keinesfalls älter als vierhundertfünfundsiebzig Jahre, denn sie ist erst Anno 1056 entstanden, nämlich damals, als sich die römischen Kleriker aus kirchensteuerprofitlichen Gründen von ihren griechischen Theologiekollegen abtrennten und sich herausnahmen, sie mit dem Bannfluch zu belegen, entgegen der Hauptanweisung ihres Gründers: Liebet eure Feinde!"

„Und doch", ereiferte sich der Kardinal, „ist die römische Kirche von Christo gegründet worden!"

„Der niemals in Rom gewesen ist!", widersprach der Medikus. „Wieder so ein Hexenmeisterstücklein!"

„Komm mir zu Hilfe!", wandte sich der Kardinal an Desiderius. „Du bist doch auch ein Christ!"

„Und was für einer!", triumphte der Medikus auf. „Versuche doch einmal, ihm einen Ablasszettel zu verkaufen! Und er wird dich auslachen! Führe ihn durch die dreihundert Kirchen Roms, und er wird dich mit dem Zitat beglücken: Willst du beten, so geh in dein Privatkämmerlein! Von jeher gilt ihm das Irdische mehr als das Überirdische, und das Menschliche mehr als das Übermenschliche, das Himmlische, das Göttliche! Er weiß so viel, dass er schon darauf verzichten kann, etwas für wahr zu halten, was immer sich nur erglauben lässt. Und wem vor allen anderen Schriftsachverständigen haben wir diese beiden profunden Erkenntnisse zu verdanken, dass jeder Sterbliche der pneumatologische Sprössling seiner eigenen Muttersprache ist, von der ihm alle seine Vorstellungen über das Irdische wie über das Himmlische geschenkt, verliehen und zudiktiert werden, und dass hinter jedem Abstraktum jenes Konkretum auf Beute lauert, das diesen schwindelhaften Schutzschirm für sich selbst angefertigt hat. Hast du das alles schon vergessen? Und wie dürfte ein Gelehrter, der als erster die Freiheit der wissenschaftlichen Forschung auf sein Banner geschrieben hat und der weder einem Domkapitel noch einem Universitätsklüngel dienstbar ist, irgendein Märchen zulassen, ohne an seinem Rande deutlich zu vermerken, dass es nichts mehr und nichts weniger ist als ein Hirngespinst?"

„Da du nicht an Christus glaubst", murrte der Kardinal, „ist er für dich nur eine Märchenfigur!"

„Beweise mir das Gegenteil!", erwiderte der Medikus. „Erkläre mir, wie dieses gewaltige Papyrusschiff, bemannt von der römischen Priesterschaft, die zu ihrer Selbstbezeichnung die griechische Silbe Kirche nicht zu entbehren vermag, erläutere mir, wie dieses kühnste aller Kreditschöpfungsvehikel auf Kiel gelegt, zurechtgezimmert und vom Stapel gelassen worden ist, und ich bin bereit, mich auf der Stelle dreimal taufen zu lassen!"

„Es ist leichter", seufzte der Kardinal, „einen Mohren weiß zu waschen, als einem Hebräer von deiner abgrundtiefen Verstocktheit das Vaterunser beizubringen!"

Nun erst legte Desiderius den Löffel hin, nahm einen Schluck Wein zu sich, wischte sich die fein geschwungenen Lippen und begann also zu lateinen: „Liebe Freunde, solange ihr euch streitet, befindet ihr euch auf demselben Holzwege! Darum lasst uns einmal, um zur erwünschten Einigkeit zu gelangen, ein wenig rechnen, dieweil Zahlen nicht zu trügen pflegen. Wann begann das Wachstum dieser Siebenhügelpolis? Ungefähr fünfhundert Jahre vor der Zerstörung Jerusalems! Und wer durfte sich fünfhundert Jahre nach der ersten Kodifizierung des Neuen Testaments durch seine Geburt bemerklich machen? Der Afterprophet Muhammed! Nach weiteren fünfhundert Jahren ist dann die Kirchenspaltung erfolgt. Seit jenem Tage sind bis heute wiederum fünfhundert Jahre vergangen, und es hat nun ganz den Anschein, als ob sich der Teufel schon wieder einmal losgerissen hätte, um die apokalyptische Schale der Torheit und des Grimms zum Überfließen zu bringen."

„Und du", rief der Kardinal kopfschüttelnd, „vermagst das zu belächeln?"

„Weil nicht ich es gewesen bin", versetzte Desiderius ruhigen Gemüts, „von dem sie gefüllt worden ist!"

„Wie aber", ereiferte sich der Kardinal, „kannst du Muhammed und Christum auf eine Stufe stellen?"

„Das Gegenteil habe ich getan!", verteidigte sich Desiderius. „Nicht Christum, sondern Muhammed habe ich mit dem Terminus Afterprophet ausgezeichnet!"

„Das ist klar!", fiel der Medikus ein. „Christus bleibt Christum, ganz gleichgültig, ob er auf der Erde oder nur auf dem Papier umhergewandelt ist. Da ich nicht dabei gewesen bin, darf ich es schon dahingestellt sein lassen! Sogar Muhammed hat nicht umhin können, Christum als einen Abgesandten Gottes anzuerkennen."

„Und so", fuhr Desiderius fort, „frage ich mich denn, was wohl in weiteren fünfhundert Jahren, also im Laufe des zwanzigsten Jahrhunderts, wird geschehen müssen, falls meine Rechnung auch dann noch stimmen sollte? Ob wiederum ein großer Prophet zu erwarten steht, oder ob dann etwa gar der Ewige Vater in eigener Person daherkommen möchte, um den Äon der Heldenzwietracht und des Theologenskandalons ein fröhliches Ende zu bereiten?"

„Wunderbar wäre das!", jubelte der Kardinal.

Aber der Medikus knurrte kopfwiegend: „Viel zu schön, um wahr zu sein!"

„Trotzdem", dozierte Desiderius weiter, „wage ich mich heute schon zu befragen, was wohl geschehen könnte, wenn der Ewige Vater bereits morgen barhäuptig des Weges daherschritte und vor einem Schauladen stehen bliebe, darin vier ganz verschiedene Hüte lägen? Welcher von diesen Behäuptungen würde er wohl aufgrund seiner freien, ebenso exakt allwissenden wie allmächtigen Willensbestimmung den Vorrang geben?"

„Meinst du damit", forschte der Kardinal vorwurfsvoll, „die vier verschiedenen Religionen?"

„Ich bin doch kein Blasphemist!", verneinte Desiderius. „Ich ziele mit diesen vier Scheitelfilzen nur auf jene vier für mehr oder minder heilig ausgegebenen und angepriesenen Sprachen, aus deren Silbenschätzen jede einzelne dieser grundverschiedenen Kreditkonfessionen zusammengezeilt worden ist. Was also würde wohl ein Sterblicher anstelle des Ewigen Vaters vor einem solchen Weltschaufenster zu tun haben, um sein wie auch mein zustimmendes Wohlgefallen erregen und erringen zu können? Wird er nicht, so wage ich zu vermuten, diese vier Hirnbedeckungsvorrichtungen, die hebräische, die griechische, die arabische und die lateinische, auf das allergenaueste untersuchen, um dann vielleicht zu der Überzeugung zu gelangen, dass es doch wohl am gescheitesten wäre, lieber so lange zu warten, bis der nächste Hut fertig geworden ist. Und sollten darüber auch noch etwas mehr als fünfhundert Jahre vergehen! Wie gepsalmt steht: Ich bin der ewige Welthütler, bei mir spielt die Zeit die allergeringste Rolle, denn tausend Jahre sind vor mir wie der Tag, der gestern vergangen ist, oder wie eine Nachtwache."

„Das lässt sich hören!", nickte der Medikus.

Aber der Kardinal fragte besorgt: „Wohin soll das führen?"

„In die Freiheit aller!", antwortete Desiderius. „Zwecks Beendigung der von den Herrschsüchtlern über die friedfertigen Völker verhängten Leibeigenschaft! Damit endlich einmal das allgemeine Lachen beginnen kann. Denn die Freiheit wie das Lachen sind die einzigen beiden Befindungen und Erfolgreichungen, die sich nun und nimmermehr anbefehlen lassen. Und gerade darin gleichen sie auf das akkurateste und exakteste dem Ewigen Vater, von dem wir allzumal herkommen und der deshalb auch heute noch in jedem einzelnen Menschen lebt, webt und wohnt."

„Was von mir bezweifelt wird!", bäumte sich der Kardinal auf. „Denn im türkischen Sultan wohnt der Ewige Vater keinesfalls! Das will ich jederzeit auf meinen Eid nehmen!"

„Dann", wies Desiderius diesen lebhaften Einwurf schmunzelnd zurück, „wirst du ohnfehlbar einen Meineid leisten!"

„Aber der Sultan", suchte der Medikus dem Kardinal zu Hilfe zu kommen, „ist doch ein vollkommener Barbar, ein Unmensch vom Scheitel bis zur Sohle!"

„Auch sämtliche Unmenschen", beharrte Desiderius auf seiner gründlicheren Einsicht, „besitzen außer ihren zwei Händen auch noch zwei Füße, also dass sie weder den vierhändigen Affen noch den vierfüßigen Wölfen gleichgesetzt werden können, so affig und wölfisch sie sich auch immer zu benehmen pflegen. Folglich wohnt auch in jedem einzelnen Unmenschen der Ewige Vater, wenn auch keiner von ihnen davon einen Deut wissen will. Doch während der ewige Vater die Menschen in all ihrem Tun und Streben geradezu glückspilzlich fördert und gedeihen lässt bis ins tausendste Glied, bewirkt er in den Unmenschen fortgesetzt und unablässig das strikte Gegenteil ihrer Anschläge und Absichten, bis diese unverbesserlichen Pechvögel, spätestens kurz vor ihrem allerletzten Atemzuge, allgemach dahinterkommen, was sie in Wahrheit für Eitelfratzen, Wahnwüstlinge, Erznarren und Höchstprofitprotzen sind. Wie auch längst geschrieben steht: Des Toren Heil heißt Gegenteil!"

„Und woran", wünschte nun der Kardinal zu erfahren, „kann man den Unmenschen erkennen?"

„Am sichersten daran", belehrte ihn Desiderius, „dass er Befehle erteilt, um sie von seinen Untergebenen ausführen zu lassen, oder Befehle entgegennimmt, um ihnen blindlings nachkommen zu können. Und justament deswegen gehen auch sämtliche Befehle promptestens fehl."

„Zeichen und Wunder!", hauchte der Medikus benommen.

Und der Kardinal heischte begierig: „Das musst du uns ganz genau erklären!"

„Nichts leichter als das!", begann Desiderius zu exakten. „Denn wer einen Befehl entgegennimmt, der erniedrigt sich dadurch zum Sklaven und erhöht damit gleichzeitig den Inhaber der Befehlsgewalt zum Tyrannen, der sich solcherart, zum Gaudium aller Zuschauer, in die Sklaverei seiner eigenen Sklaven begibt, was für beide Teile niemals ohne die allverderblichsten Folgen bleiben kann. Denn Tyrannen wie Sklaven, Knechte wie Herren versündigen sich durch derartige Zerspaltungen gleichermaßen auf das verdammlichste an dem köstlichen aller irdischen Güter, nämlich an der welteidgenössischen Brüderlichkeit, an der ewigen Humanität."

„Ein Rezept, das ich Wort für Wort unterschreibe!", stimmte der Medikus zu.

Der Kardinal aber rief: „Und weshalb diese Zerspaltungen?"

„Weil geschrieben steht", setzte Desiderius diese Aufklärungen fort: „Liebet eure Feinde! Ein Ratschlag, dem die Großen dieser Erde noch nicht ein einziges Mal nachgekommen sind. Denn mit Menschen, die ohne jeden höheren Befehl ihre Nachbarn lieben, weil sie von ihnen wiedergeliebt werden wollen, lässt sich weder Hierarchie noch Staat machen, lässt sich weder ein Fürstentum noch ein Reich gründen, sondern immer nur eine Eidgenossenschaft zuwege bringen. Und darum eben vermag keine Befehlsgewalt, vermag kein Thron zu bestehen ohne die beiden volkswürgerischen Privilegien der Zwangsvollstreckung und der Freiheitsberaubung. Und gerade diese beiden Grundbewirkungen jeglicher Herrschaft lassen sich niemals vollbringen ohne einen Haufen mordbereiter und scharfgedrillter Waffenträger, die auf Befehl jederzeit kadavergehorsamst bereit sind, sich auf die friedlichen Siedlungen der unbewaffneten Hackenschwinger und Spatenwerkler zu stürzen, um ihnen Gewalt anzutun und sie solcherart um die sauer erworbenen Früchte ihres redlichen Arbeitsfleißes, bei Widerstandsversuchen, sogar um das nackte Leben zu bringen."

„Nieder mit den Tyrannen!", beifallte der Medikus.

Der Kardinal bemerkte aufatmend: „Das walte Gott!"

„Wie es auch", nickte Desiderius beiden zu, „durch den Gesamtverlauf der Weltgeschichte haargenau bewiesen wird. Denn je größer die Macht eines Herrschers, desto zahlreicher der immer hungrige Klüngel seiner Knechte, Sklaven, Diener, Lobsänger und Beifallsbrüller, desto länger seine Heerwürmer, desto dicker seine Gesetzbücher, desto frecher seine Schnauze und desto höher sein Thron, dessen Spitze bis an den Himmel reichen soll, ohne ihn jedoch, trotz aller glorreicher Siege und verwüstender Beutezüge, jemals erreichen zu können. Nun aber ist jeder Sieger nicht nur der Erbe des jeweils von ihm überwundenen Gegners, sondern, da er nun den ersiegten Sisyphosblock des Anstoßes weiterwälzen muss, auch der unterlegenen überaus beflissenen Schüler. Und da jeder Triumphator nach genau demselben Gesetz angetreten ist wie der von ihm zur Strecke gebrachte Kapitulator, deswegen steht ihm auch das unabwendbar gleiche Schicksal bevor. Kurzum: Die Torheit schwingt sich auf den Thron der Herrschsucht, beginnt sich, aufgebläht von Siegerdünkel und Hoffart, bis über den grünen Klee hinaus zu loben und bleibt trotz alledem infolgedessen immer nur so lange an der Macht, bis sie von einer noch gewaltigeren Torheit von ihrer Höhe herabgestürzt wird und sich dabei den gar zu majestätischen Hals bricht. Und dieses ebenso herrische wie närrische Spiel wird, nach meinen Vermutungen, genauso lange fortgesetzt werden müssen, bis sämtliche Torheitspraktiken durchexerziert und alle Irrtumsmöglichkeiten erschöpft sind, was aber kaum vor weiteren fünfhundert Jahren erwartet werden kann."

„Und dann", prophetete der Medikus, „erscheint der Menschias!"

„Der Anfertiger des fünften Hutes?", spottete der Kardinal.

„Nun wohlan!", schlug Desiderius vor. „Versuchen wir es einmal, diesen wackerlichsten aller Zukünftler ein wenig auf die Bildfläche der Weltbühne zu bringen, wenn nicht anders, dann als dichterische Vision oder als poetische Figura! Diesmal aber kommt er nicht auf höheren Befehl, nicht als Herabgesandter und Fehlleister, denn das würde ja sogleich die Freiheit seines Willens infrage stellen, sondern er erscheine aus ureigenem Antrieb und Impuls. Und sogleich entstehen diese Fragen: Wo wird er zuerst auftreten? Bei wem wird er in die Schule gehen? Durch welche der tausend mal hundert Erdensprachen wird er sich allen Menschen, den guten, das heißt, die freien Willens sind, am leichtesten verständlich machen können? Und welche der zahlreichen Führerrollen wird er wählen, um den sofortigen und ungeteilten Beifall sämtlicher Völker, ganz gleich welcher Zunge und Hautfarbe, zu erringen und davonzutragen? Die des hebräischen Viehzüchters und Herdentreibers, der das Zepter der Geisel schwingt und seine andächtiglich um die Stiftshütte versammelten Schäflein auf das allergewissenhafteste zu locken und zu scheren weiß? Die des griechisch-mazedonischen Basileosdemiurgen, der Tyros aufs Neue zerstört, das zweite Alexandria gründet und das dritte Babylon aufbaut? Die des arabischen Wüstenhordenscheichs, der mit Feuer und Schwert über die friedlichen Gefilde der Gegenwärtler daherkorant und dahinmogult? Oder die des römischen Diktators, der alle Töchter Karthagos abwürgt, um auf ihren rauchenden Trümmern das Wonneparadies seiner siegestrunkenen Legionäre aufzurichten? Denn das sind die Spitzenblüten der von jenen vier Sprachen erlebten, ergeilten und erzielten Vorstellungen und Überlieferungen von dem Bringer des Heils, , nach dem bisher so allvergeblich geheult worden ist. Oder solle etwa gar als Cäsar Julissimus Sekundus in Erscheinung treten?"

„Gott bewahre uns in Gnaden davor!", protestierte der Medikus.

Und der Kardinal prophetete nahezu feierlich: „Ich weiß nur das eine, dass er bei keinem anderen als bei dir in die Schule gehen wird, um die Sprache der lauteren und reinen, der exakten Philologie zu lernen!"

„Er soll mir willkommen sein!", stimmte Desiderius zu, um dann also fortzufahren: „Und wo wollen wir ihn aufwachsen lassen, wenn nicht zwischen den Eidgenossen?"

„Ei, warum nicht gar!", empörte sich der Kardinal. „Bei diesen armseligen, trutzbackigen, rüpelhaften und gefräßigen Alpenbarbaren, die hier in Rom den Schlaf des Heiligen Vaters bewachen und sich schon darob wunder wie wichtig dünken?"

„Oder gar", hieb der Medikus in dieselbe Skepsiskerbe, „unter jenen Heerwurmbanditen, die sich in der Lombardei als Landsknechte des deutschen Kaisers und des französischen Königs gegenseitig die Rippen zerhacken, die Hälse brechen und die Schädel spalten?"

„Weder bei diesen noch bei jenen", entschied Desiderius, „sondern allein bei den redlichen, menschenbrüderlichen und ununterjochbaren Zweihändern, die urkartonlich daheimgeblieben sind und sich niemals über ihre Grenzen hinausbegeben haben, um im Solde fremder Tyrannen vorübergehend Knechtsgestalt und Sklavenfigur anzunehmen. Denn nirgendwo auf der ganzen Welt, solches zu behaupten habe ich kraft eigener Anschauung Grund genug, als gerade in den eidgenössischen Kantonen gibt es friedsamere Dörfer und sauberere Städte, in denen auch die Künste und alle Studien eifrig betrieben werden. Es finden sich daselbst ebenso wenig Tagediebe und Lotterbuben, wie auch der unbändige Pöbel Proletus fehlt, der in allen europäischen Residenzen immer wieder nach Brot und Spielen brüllt und zu nichts weiter nütze ist, als sich über Gebühr zu vermehren und dadurch den Herd aller Unruhen und Seuchen abzugeben. Deswegen auch können in den eidgenössischen Räumen weder Usurpatoren noch Kondottieri jemals auf einen grünen Zweig kommen, wie es in Italien noch immer üblich ist. Denn alle, die dort drüben das Zeug zu einem Generalissimus hätten, ein Terminus, der exakt nur mit Unheiland übersetzt werden kann, treiben sich mit Zulassung des Ewigen Vaters draußen im Uneidgenössischen herum und kehren, falls sie nicht auf den Schlachtfeldern der gekrönten Massenmörder dahinsinken, erst dann wieder in die Heimat zurück, wenn sie sich die Hörner des Fähnleinwahns und der Raufboldigkeit abgestoßen haben und ihnen der Heldenstar auf das aller gründlichste gestochen worden ist. Solcherart haben die daheimgebliebenen Eidgenossen ein neues Bildnis schaffen können, das der Vorstellung, die der Ewige Vater, nach meinem Dafürachten von sich selber hegt, wohl am allernächsten kommen dürfte. Und so könnte einem richtigen Welteidgenossen, dessen Vorbild für sämtliche Zukünftler wie für jeden einzelnen Gegenwärtler, all das zu einem wahren Kinderspiel werden, was einen Cäsarissimus, der noch immer nur der törichte Vorgänger seines noch törichteren Nachfolgers sein könnte, nie und nimmer mehr zu gelingen vermöchte. Wie auch geschrieben steht: Wenn ihr nicht werdet wie die Kinder, so könnt ihr nicht in das Himmelreich hineingelangen! Wahrlich, wahrlich, ich sage euch: Nur in der Eidgenossenschaft ist jener Grundspruch schon einigermaßen zur Wirklichkeit geworden, der da lautet: Siehe, wie fein und lieblich ist es, wenn Brüder einträchtig beieinander hausen und jeder einzelne von ihnen die Freiheit seines Nächsten so zu hüten bereit ist wie seinen eigenen Augapfel! Wie auch schon ein Sprichwort sagt: Was du nicht willst, das man dir tu, das füg auch keinem andern zu! Und so bin ich denn längst zu der sicheren Hoffnung gelangt, dass der fünfte der Hüte wohl kaum anderswo als in der Schweiz zubereitet und dass das zukünftige, das einzig wahrhaftige Heil der Welt nur aus dem Helvetia genannten Schoße der Jungfrau Europa zum Dasein geboren werden könnte."

„Aber eine Hoffnung", widerzüngelte der Medikus, „und wäre sie auch noch so sicher, ist noch kein exakt wissenschaftliches Resultat! Und vergiss auch nicht, dass jeder Sterbliche dem Irrtum unterworfen ist!"

„Also auch du!", schmunzelte Desiderius.

„Das hat gesessen!", belachte der Kardinal die Verdutztheit seines Leibarztes, um dann also fortzufahren: „Doch auch du, Desiderius, bist nur ein Mensch trotz deiner noch von keinem anderen erreichten Gelehrsamkeit!"

„Du bist keinesfalls allwissend!", sekundierte der Medikus, um die soeben erlittene Scharte wieder auszuwetzen. „Denn sonst wärst du ja auch im Besitz der Allmacht!"

„Wohl wahr!", bekannte Desiderius. „Und eben darum suche und forsche ich immer forscher nach dem Wege, der zur Wahrheit und zur Freiheit für alle und jeden führt. Und sollte es mir, was ich aber noch etwas dahingestellt sein lassen möchte, trotz aller meiner Bemühungen doch nicht gelingen, das erstrebte Ziel zu erreichen, so werde ich mich damit zu trösten wissen, für alle, die nach mir kommen und von dem gleichen Drange beseelt sein werden, nicht ganz vergeblich gelebt und gewebt zu haben."

„Für mich", versicherte der Kardinal, indem er die Trinkschale gegen ihn erhob, „bist du und bleibst du der größte aller Philosophen!"

„Und was", schärfte der Medikus sogleich, „versteht der größte aller Philosophen unter dem Terminus Philosophie?"

„Nicht etwa", definierte Desiderius, ohne sich erst besinnen zu müssen, „das Disputieren über die Prinzipien, über die erste der Materien, über die Urbewegung oder über das Unbegrenzte, sondern Philosophie ist die Befreiung und Erlösung von sämtlichen falschen, allgemein verbreiteten und zurzeit noch gesetzlich geschützten, also lediglich durch Waffengewalt gesicherten Grundbegriffen und Wertansichten, unter denen die Herrschsucht und die damit immer verkoppelte Profitgier die allerverhängnisvollsten sind, also dass nur die allergenaueste Kenntnis sämtlicher bisher auf diesem Planeten begangenen und verübten Torheiten und Fehlschlüsse den Tag der Allfreiheit hereinbrechen zu lassen vermag."

„Aber die Menschen", glaubte der Medikus hier dazwischen brocken zu müssen, „sind doch so unbeschreiblich dumm und beschränkt!"

„Also auch du", netzte ihn Desiderius noch einmal ein, „falls du ein Mensch sein willst!"

„Hast du nun endlich genug, du Toleachi Sekundus?", stichelte der Kardinal, und der Medikus nickte beklommen: „Es scheint so!"

„Ja, es scheint so", wiederholte Desiderius, „dass sich die kleinen Schlauköpfe damit begnügen dürfen, längst begangene Torheiten zu repetieren, während die größeren Schlauköpfe das weitaus größere Pech haben, immerfort neue Torheiten ersinnen und neue Schwindeleien aushecken zu müssen, um den kleineren wie den größeren Dummköpfen die Groschen aus den Taschen und die Gulden aus den Truhen zu zaubern und zu zwacken. Denn der Hauptzweck jeden Glaubens, da hat der Rabbi Toleachi wahrlich nicht danebengetroffen, ist und bleibt die Herbeilockung wachsender Profite."

„Aber nur, solange sie sich locken lassen!", gab der Medikus zu bedenken.

Und der Kardinal rief beipflichtend: „Das ist und bleibt die Achse, um die sich alles Irdische dreht."

„Aber nur", schaltete sich Desiderius noch einmal ein, „solange die Welt im Argen liegt und solange die Völker bereit sind, dem Moloch Mammon tausendfältige Opfer darzubringen. Denn nur unter dem Altar dieses willensgesperrtesten der Dämonen entspringt die Quelle alles Zwiespältigen und Doppelzüngigen der Gegenwart. Und deswegen kann auch nur hier allein der Hebel der Besserung angesetzt werden. Es ist also, kurz gesagt, der Wille des Ewigen Vaters und damit die Kernaufgabe der exakten Philologie, die Toren und Irrtümler mit Sanftmut und freundlicher Geduld zur Gewissensfreiheit zu bekehren. Denn wer ihnen Befehle erteilt, der führt sie nur immer tiefer ins Verderben und damit auch sich selber in den Sumpf des Untergangs hinein, darin nach wie vor die lernäische Schlange lauert. Und anstelle des gottgewollten Kunstwerks entstünde das gähnende Chaos eines zweiten Augiasstalles, dem kein Herkules gewachsen wäre. Darum auch geschrieben steht: Es fege ein jeglicher zuerst vor der Tür seines eigenen Gewissens, die ja zugleich die Hauptpforte seines Wissens und seiner Bildung ist. Denn jeder Sterbliche hat bei sich selbst den Anfang zu machen, um die Welt seines Daseins zum Kunstwerk zu formen und zu bilden. Und da in jedem einzelnen Hirn das Konzilium aller seiner direkten Vorfahren tagt, darum siehe auch du zu, wie du diese Millionen und Abermillionen in dir vorhandenen Lebewesen unter den fünften Hut bringst, auf dass sie dich einstimmig segnen und du lange gesund und glücklich atmest auf Erden."

„Und wo", fragte der Kardinal gespannt, „bleibt dann das Himmlische?"

„Das sollten wir", lächelte Desiderius, indem er den mit dem köstlichen Heilandszählen gotuillten Dechor hob, „vernünftigerweise den Wolken und den Sternen überlassen."

Solches und noch mancherlei anderes verlautbarte an diesem Abschiedsabend der in Rotterdam als Eingeborener Sohn einer vorbildlich befruchteten batavischen Jungfrau zur Welt gekommene Desiderius Erasmus, dieser erste aller freien Urheber des Abendlandes.

Zum Schluss wurden ihm von Solidus Vollio drei Sendschreiben anvertraut, die nach England mitgenommen werden sollten. Der erste dieser Briefe war bestimmt für William Warham, den Erzbischof von Canterbury, dessen heiße Liebe zu den Wissenschaften seiner Sehnsucht nach der purpurigsten aller Kopfbedeckungen damals noch nicht den geringsten Abbruch getan hatte. Das zweite Schreiben war gerichtet an Thomas More, den überaus gelehrten Staatskanzler des soeben erst mit achtzehn Jahren nach Ermordung des väterlichen Erzeugers, auf den britischen Königsthron gelangten, nun im Tower allerhöchstlichst herumregierenden und von seiner Ewigkeitsdrüse heftig geplagten Henrikus Oktavus, der in seiner achtunddreißigjährigen Regierungszeit nicht weniger als acht Königinnen verbrauchen sollte, von denen er zwei, da er sie anders nicht loswerden konnte, sogar dem Henker zu überliefern geruhte. Der Empfänger der dritten dieser Episteln war kein anderer als John Colet, der anerkannte Führer und Meister der englischen Humanisten, mit dem Desiderius schon seit mehr als zehn Jahren im eifrigen Briefwechsel stand und dessen dringender, mehrfach wiederholter Einladung er nun endlich nachzukommen gedachte.

„Die Heilige Mutter Gottes wird dich begleiten", liturgte der Kardinal, wobei er mit Blick und Finger auf die Venus des Deckengemäldes deutete.

Und der Medikus und stille Teilhaber des Bankhauses Lukas & Semerdio psalmte daraufhin: „Der Gott Abrahams, Isaaks und Jakobs behüte dich auf allen deinen Wegen, dass du deinen Fuß nicht an einen Stein stoßest!"

„Folglich", scherzte Desiderius, „bleibt es Allah überlassen, sich um die Hufe der Stute Stella und um den Rücken des Maulesels Sbirro zu kümmern."

Also schied er von ihnen, um unter dem Dach der Etruskischen Herberge die letzte seiner römischen Nächte mit dem allerbesten Wissen und Gewissen zu durchruhen.

Desiderius Erasmus Roterodamus, Erasmus von Rotterdam, 28. Oktober 1466 - 12. Juli 1536, war ein niederländischer Philosoph und christlicher Humanist, der als einer der größten Gelehrten der nördlichen Renaissance gilt.

Alexander VI., ursprünglich valencianisch Roderic Llançol i de Borja, italienisch Rodrigo Borgia, * 1. Januar 1431 in Xativa bei València, † 18. August 1503 in Rom, war von 1492 bis 1503 römisch-katholischer Papst.

Cesare Borgia, 1475 - 1507, ein unehelicher Sohn von Papst Alexander VI., war ein italienischer Politiker, Söldnerführer valencianischen Ursprungs und Mitglied des spanisch-aragonesischen Hauses Borgia.

Lucrezia Borgia, * 18. April 1480 in Rom oder Subiaco, † 24. Juni 1519 in Belriguardo bei Ferrara, war eine italienisch-spanische Renaissancefürstin und die uneheliche Tochter Papst Alexanders VI. mit seiner Geliebten Vanozza de' Cattanei. Sie war die Schwester von Cesare, Juan und Jofré Borgia.

Julius II., ursprünglich Giuliano della Rovere, * 5. Dezember 1443 in Albisola Superiore bei Savona (Ligurien), † 21. Februar 1513 in Rom, war vom 1. November 1503 bis zum 21. Februar 1513 römisch-katholischer Papst. Am 18. April 1506 begann er den Bau des Petersdoms.

Der Sohn der Versöhnung

Am nächsten Morgen verließ Desiderius die Stadt der Wölfin und Kirche in nördlicher Richtung. Die Stute Stella, die von sanfter Gemütsart war und sich auch in der Folge als ein Muster von Zuverlässigkeit und Ausdauer erwies, wieherte fröhlich, als sie ihren neuen Herrn über die Tiberbrücke ins freie Land hinaustragen durfte, und der mit zwei Bücherkoffern, drei Felleisen und einem Mantelsack hochbepackte, am Leitseil hinterdrein zottelnde Maulesel Sbirro zögerte nicht, ihr gehorsam zu antworten.

So gelangte Desiderius auf der Via Cassia bis zur Höhe Farnesina, über deren kahle Kuppe die damalige Weichbildgrenze lief. Nun hielt er an, um auf das vom Glanz der Sonne überflutete Siebenhügeltum einen Abschiedsblick zu werfen.

Hier oben standen am Straßenrand in einer Linie drei verschiedene Markzeichen, nämlich der Riesendaumen einer Kalksteinstele mit dem Erzrelief der wölfischen Zwillingssäugerin, daneben ein von einem ellenlangen Kruzifixus gekröntes Marmorsäulenfragment und weiterhin der astlose Stumpf einer von ihrem nun auch schon verdorrenden Efeu erwürgten Mittelmeereiche. Wie die drei Schwurfinger des Ewigen Vaters reckten sich diese wahnumwitterten Mahngebilde vor dem vieltürmigen und kuppelreichen Hexenkessel dieser westlichen Glaubensprofitmetropole empor.

Im gleichen Augenblick legte der nun wieder mit der goldenen Tiara bekrönte und vom schlohweißen Ornat des obersten aller Zeitraumbrückenbauer umwandete Heilige Stiefvater Julius Sekundus vor dem Apostolischen Palast den zweiten Grundstein zu dem von ihm geplanten Petersdom, der sämtliche Gottestempel des Erdkreises an Pracht und Glanz überstrahlprahlen sollte, während die auf dem nahen Marsfeld in zwei Reihen aufgeprotzten Kartaunen dieses theomilitärische Zauberspektakulum verschönten, indem sie die fieberdumpfe Luft des Tibertales mit Grimmgedonner und Pulverstank schwängerten.

Desiderius, der beides beobachtete, distichonte dazu in Gedanken:

„Wie ihr auch schwingt die Rute der Wölfin als Wedel der Weihe,
Ihres Behabens Gesetz bleibt die barbarische Spur."

Darauf wandte er sich ab, ließ die beiden Tiere weitertraben und gewann an diesem Abend noch Viterbo, wo er kurz vor dem Einschlafen diesen rhetorischen Fragesatz in sein Taschenbuch lateinie:

Kann es auf dieser allseitig gekrümmten Erdoberfläche etwas noch Närrischeres geben als einen Efeu, der den ihm Schatten Halt und Nahrung spendenden Baum so fest umstrickt, dass er mit ihm verdorren und verderben muss?

In Perugia, das er am vierten Reisetag erreichte, notierte er sich die folgende Zeile: *Nicht das Schwert, sondern allein der Stift ist das Werkzeug und die Wiege des Ruhmes.*

Unter dem Schutz einer größeren Fahrtgesellschaft, die sich hier zusammenfand, um gemeinsam die von bewaffneten Banden schon wieder höchst unsicher gemachten Abruzzentäler zu durchstreben, gelangte Desiderius ohne Unfall bis nach Bologna. Und keinen Abend ließ er vergehen, ohne sein Taschenbuch zu öffnen und alle Gedanken zu Papier zu bringen, die seinen unermüdlichen Geist unterwegs beschäftigt hatten.

Die Straßen Bolognas, deren Bürger sich schon auf die entschlossene Abwehr des ihnen von Rom her drohenden kirchenhäuptlichen Großangriffs vorbereiteten, waren erfüllt und hallten wider von Kriegsgetümmel, Befehlsgeschrei, Trommelgerassel und Trompetengeschmetter.

Diese urbarbarische Musik regte Desiderius zur Niederschrift der folgenden Leitsätze an:

Wenn man den Heiligen Vater Julius Cäsar Sekundus an der Spitze seiner siegesbrünstigen Legionen und seiner großmäuligen Kartaunen als Kriegsgott Mars dahinreiten sieht, so lässt sich schon begreifen, dass der Wölfin keine Rolle so wenig liegt wie die der Friedenstaube. Daran vermag auch der geweihte Rosenkranz nichts zu ändern, der jedem päpstlichen Kriegsknecht neben dem Schwert am Gürtel baumelt.

Unser Vater – du wagst ihn Vater zu nennen, der du deinem Christenbruder justament an die Kehle springen willst, um ihm den Garaus zu machen und seine Seele zur Hölle zu schicken?

Geheiligt werde dein Name – kann dieser heiligste aller Vokabeln mehr entheiligt werden als durch gegenseitiges Wüten, Wüsten, Morden und Totschlagen?

Zu uns komme dein Reich – damit ihr unter dem neuen Reichsbanner noch weit größere, stolzere und unmenschlichere Heldenmissetaten begehen und verüben könnt?

Dein Wille geschehe im Himmel also auch auf Erden – warum bist du schon so verblendet, die brutalen Befehle deines Hauptmanns mit dem Willen Gottes zu verwechseln, von dem das Wort stammt: Die Liebe ist Erfüllung aller irdischen und himmlischen Gesetze?

Unser täglich Brot gib uns heute – damit euch morgen nicht die Kraft mangle, Kornfelder und Fruchtgärten zu zerstampfen, zu verheeren, Wiesen zu zerstampfen, volle Scheuern anzuzünden und dass Vieh aus den Ställen zu rauben?

Und vergib uns unsere Schuld, wie auch wir vergeben unseren Schuldigern – damit ihr euch, von dieser Last befreit, in der nächsten Schlacht mit neuer, noch blutigerer Schuld zu beladen vermögt?

Führe uns nicht in Versuchung – etwas Gutes zu tun, die weil ihr doch nur vom Länderverwüsten und Mordbrennen leben und weiter bestehen könnt?

Sondern erlöse uns von dem Übel – das ihr gloriosen Übeltäter und Schwerverbrecher durch eure welterschütternden Siege nur immer ärger und schlimmer zu machen bestrebt seid!

Am folgenden Morgen beeilte sich Desiderius, Bologna zu verlassen und so diesem nahzukünftigen Marsfeld zu entrinnen. Aber erst in Ferrara, das er am siebzehnten Reiseabend erreichte, durfte er hoffen, diesen Tanzplatz des Satans hinter sich gebracht zu haben.

Drei Tage später ritt er in die venezianische Universitätsstadt Padua ein, wo er das Glück hatte, wenn auch nicht den Mann, den er hier aufgrund des ihm aus Heidelberg zugeposteten Briefes zu finden gehofft hatte, so doch seine nach Schwyz weisende Spur zu entdecken.

Bevor er von Padua aufbrach, überprüfte er seine Tagebuchnotizen und gelangte dabei zu dem Entschluss, ein neues Manuskript zu verfassen.

Dieses „Eigenlob der Torheit", der erste Versuch, die Ironie des Dämonentdeckers Sokrates bis zum Lebensgrund- und Allgemeinbrunnen Humor zu vertiefen, wurde von Desiderius in Brescia und Bergamo weiter erwogen und entworfen und bereits in Chiavenna in Angriff genommen, wo er wegen heftiger Regengüsse die Reise auf einige Tage unterbrechen musste.

Wegen der sich im Mailändischen schon wieder zusammenballenden Landsknechtshaufen hatte er seine anfängliche Absicht aufgegeben, die Alpen auf der Sankt Gotthardstraße zu überqueren, und sich für den Splügenpass entschieden.

Hier in Chiavenna lateinte er mit anderen auch diese Sätze nieder:

Ohne mich, so spricht die Torheit, kann diese noch dem Truge und der Täuschung unterworfene Welt nicht einen Augenblick bestehen. Denn was wird von den Sterblichen verrichtet, das nicht erfüllt ist von Torheit, das nicht von Toren, für Toren und unter Toren getan wird? Keine Gemeinschaft, keine Geselligkeit kann heutzutage ohne Torheit angenehm und dauerhaft sein, so wenig, dass das Volk seinen Tyrannen, die Gläubigen ihre priesterschaftlichen Gläubiger, der Knecht den Herrn, die Magd die Frau, die Schüler den Lehrer, der Freund den Freund, die Gattin den Gatten auch nur einen Augenblick länger ausstehen und ertragen könnten, wenn sie nicht ab und zu sich wechselweise etwas irreführten, bald einander schmeichelten, bald sich verständig durch die Finger sähen, bald sich etwas Honig um die Lippen strichen.

Selbst wenn der Weise den Wunsch hat, Vater zu werden, was lange nicht so schwer ist, wie Vater zu sein, muss er unbedingt die Torheit zu Hilfe nehmen. Denn was ist törichter und belustigender als das Spiel der Menschenerzeugung? Diese richtige Torheit beschert uns Heiterkeit und Frische und ist, unter den zurzeit noch obwaltenden Verhältnissen, zu einem glücklichen Dasein unentbehrlich. Wenn der Ewige Vater der Trauer huldigte, wie hätte er jemals das erlösende, das schon hier auf dieser Erde seligmachende Lachen erfinden können?

Als die Sonne die Regenwolken besiegt hatte, reiste Desiderius weiter, zuerst über den Splügen, dann auf Mollis, Pfäffikon und Schwyz zu, und brachte es nun schon fertig, auch während des Reisens den Stift zu handhaben, wogegen die Stute Stella nichts einzuwenden hatte, denn dann brauchte sie nicht zu traben, was hier zwischen den steilen Bergwänden durchaus nicht bekömmlich war. Und so durfte sich jetzt auch der Maulesel Sbirro etwas mehr Zeit nehmen.

In Pfäffikon am Züricher See, angesichts der kleinen Insel Ufenau, brachte Desiderius die nachstehenden Zeilen zu Papier:

Die Schulmeister, die den Bakel als Zepter der Weisheit zu schwingen haben, wären wohl die Geplagtesten unter den Menschenkindern, wenn ich, die Torheit, nicht zur Stelle wäre, um ihnen das Ungemach ihres so schlecht bezahlten Handwerks mit einer Art süßen Wahnsinns zu lindern. Genau dasselbe gilt von den Dichtern, den Ehetoren, den Schriftstellern und den Druckherren ihrer Werke, deren Segel ich, die Torheit, die sich hier selber das Loblied singt, mit den Segenswinden der unstillbaren Eitelkeit zu Hilfe komme.

Die Rechtsgelehrten, die auf ihrem allerheiligsten Paragrafenesel herumreiten, benehmen sich nicht um ein Jota vernünftiger. Auf sie folgen die Philosophen, die ob ihrer unfreiwilligen Komik meine besonderen Lieblinge sind.

Und gleich dahinter kommt der riesenlange Heerwurm der Klerisei: Theologen, Mönche, Äbte, Bischöfe, Kardinäle und Päpste. Jene wissen nicht, was sie tun. Diese wissen nicht einmal, was sie reden, denn sonst würden sie ja nicht den Glauben, sondern das Wissen verkündigen. Den Beschluss des Narrenzuges aber bilden die Fürsten und ihre idiotischen Ratgeber, diese sich Staatsmänner benamsenden Obernekromanten, die keine Mühe scheuen, um dieser vom Ewigen Vater geschaffenen Welt, die er zum Schluss seiner Tätigkeit als sehr gut befunden hat, in ein Torenparadies zu verwandeln. Wenn, wie bereits Salomo behauptet hat, alles und jedes eitel ist, dann sind diese erzfeudalen Kronenträger, Hokuspokusmacher und Profitlämmergeier von ihres Gottes Gnaden, die mit ihrem gespreizten Benehmen und gewöhnlichen Sterblichen hier auf Erden die Anordnung der himmelstümlichen Dinge vorzugaukeln beflissen sind, die heikelsten aller Zierbengel und Maulaffen.

Und was ist der Staat mit seinen Ehrenämtern, seinem Nationalstolz, seinem Standesdünkel, seinem Hochadelsstolz und seinen pomphaften, witzwidrigen Feierlichkeiten anders als ein gewalttätiger, blind wutender Rattenkönig von Spuk und Tand? Wie auch geschrieben steht: Die Torheit Gottes ist neunundneunzigmal weiser als es diese Weiser sind, denn gerade das, was der Welt als töricht gilt, das ist, als allein für die Seligkeit nütze, von Gott auserwählt worden.

Ja, Gott hat es gefallen, durch die Torheiten seines unerschöpflichen Schöpferhumors alle Menschen, die seine Kinder bleiben wollen, selig und immer seliger zu machen. Und so ist im Gegensatz dazu ein jeder, der es nur auf den Ernst des Daseins abgesehen hat, um im süßen Jubel davon leben zu können, nichts mehr und nichts weniger als ein Possenreißer wider Willen. Schon in seiner Jugend greift ein solcher Tollpatsch alles und jedes verkehrt an, bei den Mahlzeiten, beim Spiel, beim Tanz, beim geselligen Gespräch. Muss er etwas besorgen, etwas einkaufen oder eine Übereinkunft abschließen, dann geht es ihm, wie allen Humorlosen, ganz sicher auch damit schief. Humor dagegen ist Wohlgelingen, Wohlgefallen, Liebe, Eintracht, Friede, Freundschaft, Hilfsbereitschaft, Neigung und Billigung zum Verständnis.

Man gehe doch nur in die Kirche und lausche! Wenn dort von ernsthaften Dingen gepredigt wird, dann sitzt alles teilnahmslos da, gähnt vor Langeweile und schlummert ein. Sobald aber der Kanzelobrist irgendeine lustige Klatschgeschichte zum Besten gibt oder gar, um dem Satanas einen Schwärmer an den Schwanz zu binden, mit einigen saftigen Witzen aufwartet, gleich werden alle Zuhörer munter, setzen sich in Positur, spitzen die Ohren und hängen wie verzückt an seinen Lippen, als vernähmen sie aus seiner ungewaschenen Kehle die Stimme des Ewigen Vaters. Wer wagt es dann noch, diejenigen zu schelten und zu verlästern, die daraus folgern, dass die christliche Religion, wie sie heute von Rom aus gelehrt und betrieben wird, eine besonders ansteckende Art von Raserei sein müsse? Steht denn nicht auch geschrieben: Paule, du rasest, deine große Kunst macht dich verrückt?

Und heißt es nicht von den Aposteln: Sie sind voll süßen Weines? Was aber tun die heutigen Verbreiter des Evangeliums? Sie rasen wie um die Wette hinter dem Goldenen Kalbe her, um mit seinen glänzenden Exkrementen ihre immer länger werdenden Schmaus- und Weinrechnungen begleichen zu können. Und was heißt Raserei? Wenn der

Geist die ihm von den Zwangsvollstreckern angelegten Fesseln zerbricht, wenn er, nach Freiheit dürstend, seinem dumpfen Gefängnis zu entrinnen trachtet.

Das allein ist der Kernpunkt aller irdischen und himmlischen Weisheiten! Das wahre Glück dieses Daseins liegt im Außer-sich-sein, in der holden Raserei der Liebe, die bereits von Plato als die höchste der Glückseligkeiten erkannt worden ist. Damit war zum ersten Male von der Hand eines Sterblichen die glühende, alle Schlösser, Burgen und Kerker öffnende Springwurzel der exakt allwissenschaftlichen Erkenntnis, die unwiderstehlich allmächtige, jegliche Gegnerschaft gewaltlos bezwingende und überwindende Waffe der Weltkreisentwaffnung, diese gegen jede Missweisung gefeite, das mit dem Zwistgewürg der Gruppen bis an den Rand angefüllte christentümliche Jammertal durchdeutende und zum Baume des ewigen Lebens hinleitende Kompassnadel gefunden worden!

In Schwyz hielt sich Desiderius drei Tage lang auf, doch blieb hier sein eifriges Forschen ohne den geringsten Erfolg.

„Vom ersten Streiche fällt keine Eiche!", tröstete er sich, als er nach Luzern weiterritt.

Hier fand er, wie vor vier Jahren auf seiner Ausreise nach Italien, die liebevollste Aufnahme bei dem wackeren Ratstherapikus Florian Hinterhuber, der sich nach humanistischer Sitte Ponearius nannte, und der unterdessen, trotz seiner achtundvierzig Lebensjahre, noch den Mut gefunden hatte, sich zu beweiben und drei muntere Kindlein in die eidgenössische Welt zu setzen.

Zuerst berichtete Desiderius von Venedig, wo er in der Offizin des berühmten Druckherrn Aldus Manutius als Herausgeber und Korrektor der klassischen Autoren so emsiglich gearbeitet hatte, dass ihm nicht einmal die Zeit geblieben war, sich die Ohren zu kratzen. Darauf musste er den guten Ponearius die in Florenz, Siena, Neapel und Rom erlebten Abenteuer schildern und geriet sodann auf die von den europäischen Staats- und Kirchenpotentaten neuerdings angezettelten Zwistwirren, die ihn mit dazu veranlasst hatten, Italien so beschleunigt zu verlassen.

Den folgenden Nachmittag verbrachten die beiden Herzensfreunde bei heiterem Sonnenschein in der vor dem Reußtor gelegenen Lustgartenlaube, die Ponearius sein Eigen nannte, wo sie sich nach einem leckeren Forellenschmaus einen dunklen Veltliner munden ließen, der von einer feurigwürzigen Wundersülze war.

„O Ponearius", rief Desiderius, nachdem sie mit der Leerung der zweiten Kanne begonnen hatten, „du einziger meiner Lebensgefährten, dem ich ohne Gefahr mein Herz ausschütten kann, wie freue ich mich, hier im friedlichen Schoß Helvetias verweilen zu dürfen, nachdem ich jenen mörderlischen Trubeln entronnen bin!"

„Dann", schlug Ponearius vor, „bleibe nur hier und erweise mir die hohe Ehre, mein Schwager zu werden! Wie geschrieben steht: Es ist nicht gut, dass der Mensch allein sei, ich will ihm eine Gehilfin machen, die um ihn sei. Denn nur der ist der Unsterblichkeit sicher, der so rüstig ist, mindestens ein lebendiges Abbild seiner selbst ins Dasein zu setzen."

„Heiraten?", fragte Desiderius kopfwiegend. „Dieses Vergnügen könnte ich mir nun freilich leisten, nachdem mich der Heilige Vater meiner Klostergelübde entbunden hat. Aber da ich mit Zulassung des Ewigen Vaters außerhalb der christlichen Ehegesetzgebung gezeugt und geboren worden bin, was ich wiederum dem Heiligen Vater in Rom zu verdanken habe, der meinen irdischen Urheber, bevor er meine Mutter heimführen konnte, in den Rachen des Zölibats hineingestoßen hat. So habe ich Grund genug, das Sakrament der Ehe mit einigem Misstrauen zu betrachten, zumal mir der himmlische Vater gerade in diesem Punkte mit leuchtendem Beispiel vorangegangen ist."

„Was ficht dich an", fragte Ponearius vorwurfsvoll, „dass du dich mit Gott vergleichen magst?"

„Muss das nicht", lächelte Desiderius, „ein jeder Mensch tun, der ein guter Christ sein will? Wie geschrieben steht: Seid aber genauso vollkommen, wie euer Vater im Himmel vollkommen ist!"

„Aber Gott", begehrte Ponearius auf, „hat doch einen Sohn gezeugt!"

„Und genauso", nickte Desiderius, „ist es mir mit seiner Zulassung ergangen. Denn jedermann hat nicht nur das Recht, sondern auch die

Pflicht, nach dem Vorbilde des himmlischen Vaters mindestens einem Kindlein das Leben zu schenken. Und so habe auch ich ein solches gezeugt in seiner Mutter. Nur führt dieser Sohn, wiederum nach dem vorbildlichen Betragen des himmlischen Vaters, nicht meinen Namen, sondern er heißt Sophius Crott und muss jetzt an die vierundzwanzig Jahre alt sein."

„Erzählst du mir", murmelte Ponearius betroffen, „ein Märchen?"

„Das ich selbst erlebt habe!", bekannte Desiderius mit einem überaus beweglichen Erinnerungsseufzer. „Und du bist von allen Freunden der erste, dem ich dieses tiefste meiner Geheimnisse anvertraue, auf das du mir behilflich sein kannst, diesen verlorenen Sohn aufzufinden."

„Und wie soll ich solches vermögen?", forschte Ponearius gespannt.

„So merke wohl auf!", fuhr Desiderius fort, nachdem er seinen Becher auf einen Zug geleert hatte. „In Padua wurde mir die aus Heidelberg an mich gelangte Kunde bestätigt, dass sich der Kurfürstlich Pfälzische Hofuhrenmeister Jakobus Crott, der sich nach den irdischen Gesetzen für den Vater meines Eingeborenen Sohnes halten darf, vor mehr als zwanzig Jahren aus jener rheinischen Residenz nach dieser venezianischen Universitätsstadt hinwegbegeben hat, um daselbst seinem kunstreichen Gewerbe weiterhin nachzugehen. Dort hat er sich, wie ich gleichfalls in Padua erfuhr, durch Geschicklichkeit und Fleiß im Laufe der Jahre ein solch beträchtliches Vermögen erworben, dass er vorigen Jahres mit seiner zweiten Gattin und seinen beiden Söhnen Sophius und Tobias, die ihm in seiner Werkstatt als Gesellen behilflich waren, in seine eidgenössische Heimat zurückkehren konnte. In Schwyz freilich, wo er geboren wurde, kennt man ihn nicht mehr. Also ist anzunehmen, dass er sich in einem anderen Kanton, wenn nicht gar hier in Luzern, niedergelassen hat, um sein Alter in Ruhe und Frieden genießen zu können."

„Crott?", wiederholte Ponearius kopfschüttelnd. „Dieser Name ist mir völlig unbekannt, aber ich werde mit Freuden alles tun, was ich vermag, um ihn aufzuspüren. Nun aber verrate mir, wie du dazu gekommen bist, dieses Kindlein ohne den Segen der Kirche zu zeugen!"

„Bei Gott!", gestand Desiderius mit nachsichtigem Lächeln. „Ich war damals, vor fünfundzwanzig Jahren, ein blutjunger Fant und befand mich gerade auf dem Weg von Herzogenbusch, wo ich die Lateinschule besuchte, nach Gouda, um meinen Oheim und Vormund heimzusuchen. Und hier, kurz vor dieser Stadt, lernte ich in einer großen Herberge die Zweite Kammerjungfer der Pfalzgräfin zum Rhein kennen, die damals mit ihrem Gefolge von Den Haag nach Heidelberg zurückreiste. Es war ein prächtiger Zug von sieben Rappenkutschen, die hier wegen eines starken Schneefalls haltmachen mussten. Und dort geschah es mit Zulassung des Ewigen Vaters, dass diese reine Jungfrau Sophia Maria, die einzige Tochter des Heidelberger Hofapothekers Philipp Betulius die Gnade hatte, sich von mir beschatten zu lassen. Dieser irdische Engel, eine Pallas Athena in der Gestalt einer purpurlockigen Aphrodite, die Latein wie Cicero sprach und Horaz, Ovid und Lukian noch besser als ich zitieren konnte, weihte mich dort in die höchste aller menschlichen Künste ein. Und bis zu dieser Stunde ist es noch keiner Evastochter gelungen, dieses strahlende Bildnis in meinem Herzen zu verdunkeln."

„Und sie lebt noch?", fragte Ponearius begierig.

„Nur noch in mir", fuhr Desiderius tief bewegt fort, „als mein Daimonion, das mich mit Naturgewalt zu den Wissenschaften getrieben hat und von dessen Stimme ich noch niemals irregeführt worden bin. Ach, schon wenige Wochen nach der Beschattung musste sie auf Befehl der Kurfürstin dem Hofuhrenmacher Jakobus Crott die Hand zum christlichen Ehebund reichen. Solches schrieb sie mir nach Gouda. Aber dieser herzerschütternde Abschiedsbrief wurde mir erst ausgehändigt, als ich im Kloster Emaus zu Steyn die Mönchsgelübde abgelegt hatte, eine exemplarische Torheit, zu der ich von meinem betrügerischen Vormund, der längst mein ganzes Erbteil durchgebracht hatte, überredet worden war. Inzwischen hatte die Geliebte meiner Seele das Zeitliche gesegnet, nachdem sie von einem Knäblein entbunden worden war. Dieses alles erfuhr ich erst sechs Jahre später, und zwar aus dem Mund ihres betrübten Vaters, den ich in Heidelberg aufsuchte, als ich mir so viel vom Mund abgespart hatte, dass ich diese erste meiner großen Reisen unternehmen konnte. Unter heißen Tränen gestand er mir, dass sich eben dieser Jakobus Crott, sein Schwiegersohn, einer Leihschuld wegen, und das ganz zu Unrecht, mit ihm zerstritten und sich bald darauf mit dem Knaben Sophius, der die flammende Lockenfülle seiner Mutter geerbt hatte, in unbekannte Richtung davongemacht hätte. Lange genug habe ich darüber mit dem Himmlischen Vater gegrollt und gehadert, dieweil ich gehofft hatte, an diesem Knäblein das gutmachen zu können, was an mir selbst so gewissenlos versäumt worden ist. Und es hat wohl ein ganzes Jahr gedauert, ehe ich wieder zu den Wissenschaften zurückfand. So überwand ich meinen Vaterschmerz, der wahrlich nicht gering war, Und heute, nach fast einem Menschenalter, erscheint mir diese einzige von mir begangene Jugendtorheit schon in einem bedeutend milderen Licht. Jakobus Crott grollte weiter mit seinem Schwiegervater und kam erst wieder zur Vernunft, als er bei der Reparatur einer Turmuhr zu Verona einen schweren Sturz getan und sich dabei ein Bein gebrochen hatte. Nun erst überwand er sich und ließ sich herbei, einen Versöhnungsbrief nach Heidelberg zu richten und darin um Verzeihung zu bitten. Worauf ich in Rom endlich die Nachricht von seinem damaligen Aufenthaltsort erhalten konnte. Und nun gilt es eben, diese Familie Crott hier in den Grenzen der Eidgenossenschaft aufzuspüren, damit ich mich endlich mit meinem Sohn versöhnen und ihn in meine Vaterarme schließen kann.",

„Ein nicht unbedenkliches Unterfangen!", warnte Ponearius.

„Zweifellos!", nickte Desiderius. „Und Vorsicht ist in solchem Falle wohl geboten! Aber ich werde, sobald ich ihn erst einmal aufgefunden habe, es trotzdem wagen und versuchen, ihn zu mir herüberzulocken."

„Einen gewöhnlichen Handwerksgesellen", gab Ponearius zu bedenken, „der das bildungsfähige Alter längst hinter sich hat, willst du zu deinem Famulus erheben? Was könnte einem solchen Barbaren, und hätte er auch ein noch so gutes Gemüt, dein Ruhm schon wert sein? Und wie darfst du erwarten, dass er deine Vaterschaft überhaupt anerkennen wird?"

„Ich gedenke", verwehrte sich Desiderius, „nicht mit der Tür ins Haus zu fallen, sondern werde mit aller Behutsamkeit zu Werke gehen. Und wenn er sich dann doch von mir abwendet, so werde ich mich dadurch keinesfalls abhalten lassen, ihn zu meinem Universalerben einzusetzen. Kann ich ihm auch nicht den Schatz meiner Kenntnisse vermachen, so soll ihm doch alles zufallen, was sich an dem letzten meiner Tage, an dem ich von dieser Erde abberufen werde, hier zurücklassen muss."

„Dein Sohn ein Uhrmachergeselle?", murmelte Ponearius kopfschüttelnd. „Das will mir nicht in den Sinn!"

„Wenn der Himmlische Vater", spann Desiderius diesen Faden weiter, „keine Bedenken gehabt hat, seinen Eingeborenen Sohn, wie geschrieben steht, von einem hebräischen Zimmerermeister aufziehen zu lassen, wie dürfte ich der Vorsehung darob grollen, dass mein Eingeborener Sohn bei einem in Schwyz zur Welt gekommenen Uhrenkünstler in die Lehre gehen musste? Zumal doch, wie das Sprichwort sagt, ein jedes ehrsame Handwerk einen goldenen Boden haben kann. Wer das komplizierte Getriebe einer Uhr zusammenzufügen versteht, dass sie richtig geht und schlägt, ist der nicht der Meister der Zeit? Und wenn ihr Hammer das Erz des Turmes trifft, horcht dann nicht die ganze Gemeinde auf, was die Glocke des Ewigen Vaters geschlagen hat?"

Hier wurde ihr Gespräch von Trommelgebell und Pfeifengeschrill unterbrochen. Als sie verwundert aufschauten, gewahrten sie auf der Heerstraße, die am anderen Ufer der Reuß entlanglief, einen rekrutenfeisten zweihundertfüßigen Heerwurm, der rüstiglich durch den Staub auf die Stadttorwölbung zustrebte. Der Kopf dieses trutzlichen Gebildes bestand aus drei Trommlern, drei Pfeifern und einem pappelschlanken ihnen kühn voranstrebenden feuerrotbärtigen Tambourmajor, an dessen Kugelstock das mit einem Bockskopf geschmückte Fähnlein flatterte. Der Leib des Heerwurms setzte sich aus dreiundzwanzig Rotten zu je vier Mann zusammen. Und sein Schwanz wurde gebildet von einem fassdicken Werbefeldwebel, zwei hochbepackten Maultieren und einem grauhaarigen Hauptmann, der auf einem Scheckenhengst gemächlich hinterdrein trabte.

„Gelärm", rief Ponearius unwillig, „stört die Besonnenheit des Weisen!"

„Damit er", exaktete Desiderius, „aufmerkt und sich die Zeit nimmt, über die Ursache des Gelärms und die Möglichkeit seiner Abstellung nachzusinnen."

In diesem Augenblick warf der Tambourmajor seinen Stock in die Luft und fing ihn wieder auf, und sogleich fielen die Pfeiffer mit einer neuen Weise ein, worauf der hundertkehlige Heerwurm das Landsknechtsliedlein anstimmte: „Frisch auf, das Fähnlein weht im Wind. Uns lockt das Feld der Ehre!"

„Was war das für ein seltsames Fähnlein?", fragte Desiderius, nachdem das offene Stadttor den Heerwurm wie das Lied verschlungen hatte.

„Schaffhausen, das einen Bock im Wappen führt", antwortete Ponearius. Nachdem er sich gestärkt hatte, fuhr er fort: „Der Kanton, der erst vor acht Jahren in die Eidgenossenschaft aufgenommen worden ist. Und schon beginnt auch dort das verruchte Reislaufen. Es ist ein wahrer Jammer um das verführte Jungvolk, das so zur Schlachtbank geschleppt wird!"

„Und wohin geht die Fahrt?", forschte Desiderius weiter.

„Über den Sankt Gotthard", seufzte Ponearius, „hinunter in die Lombardei, wo die reisigen Haufen stehen, die unablässig frischen Nachschub heischen. Möchtest du, dass auch dein Eingeborener Sohn dem geschlagenen Kalbfell folgt?"

„Ein Uhrenmacher als Landsknecht?", rief Desiderius kopfschüttelnd. „Schon die Subtilität seines Handwerks wird ihn vor dieser Torheit bewahren!"

„Torheit?", begehrte Ponearius auf. „Das Reislaufen ist eine Barbarei!"

„Sicherlich!", stimmte Desiderius zu. „Denn wenn sich viele Toren zusammenballen, um etwas Gemeinsames zu unternehmen, was ein Tor allein nicht zu vollbringen vermag, dann kann es sich doch nur um eine mehr oder minder abgründige Barbarei handeln. Wie denn auch alles, was anbefohlen werden muss, seinem Untergang entgegenreift. Und wie auch geschrieben steht: Die Gruppen sind des Satans Puppen! Aber ist es nicht begrüßenswert, dass sich eure Barbaren draußen in der Fremde herumschlagen und abraufen, anstatt hier drinnen aufeinander loszugehen und so den eidgenössischen Frieden in höchste Gefahr zu bringen?"

„Trotzdem muss das Reislaufen", widersprach Ponearius hartnäckig, „ein für alle Mal verboten werden!"

„Und wie", warf Desiderius ein, „willst du ein solches Verbot mit der eidgenössischen Freiheit in Einklang bringen, zumal dir doch bekannt sein sollte, dass alle Befehle fehl gehen müssen?"

„Bei Sempach und Morgarten", trumpfte Ponearius auf, „sind die Befehle nicht fehlgegangen!"

„Willst du bestreiten", fragte Desiderius, „dass bei Morgarten wie auch bei Sempach alle Befehle auf gegnerischer Seite fehlgegangen sind?"

„Sie sind fehlgegangen", gab Ponearius zu, „weil wir Eidgenossen dort gesiegt haben, wie auch später bei Grandson und Murten."

„Und weshalb", versuchte ihn Desiderius weiter aufzuklären, „habt ihr eure Feinde in diesen vier Schlachten so gründlich aus eurem Feld schlagen können? Weil jeder Eidgenosse, der an diesen Kämpfen teilgenommen hat, schon im Voraus ganz genau gewusst hat, was er zu tun und zu lassen hatte, also dass sich auf eurer Seite jegliche Befehlsausgabe erübrigte. Der Ewige Vater, dieser unfehlbare Grundimpulsator, versteht sich eben wie kein anderer darauf, seinen ewig freien Willen, ohne einen einzigen Befehl zu erteilen, auch gegen die siegestollen Gewaltverüber durchzusetzen. Und eben darum kann das Reislaufen, so die eidgenössischen Freiheiten nicht in Gefahr gebracht werden sollen, niemals durch Verbote oder Strafandrohungen, sondern immer nur durch Belehrung und Unterweisung eingedämmt und schließlich zum Versiegen gebracht werden. Wie geschrieben steht: Nur die Lehrer werden leuchten am Himmel der Toren wie die Sterne immer und ewiglich! Und am anderen Orte: Dein Wort sei meines Fußes Leuchte und ein Licht auf meinem Wege."

„Ein Verbot", gab Ponearius zu bedenken, „besteht auch nur aus Silben und Worten!"

„Aber wer Verbote erlässt", versetzte Desiderius, „der will nicht belehren und unterrichten, nicht ermahnen und überzeugen, sondern der will befehlen und gebieten, der strebt danach, immer mehr fremde Gebiete an sich zu reißen, um neue Heerwürmer aus dem Boden stampfen zu können. Wie geschrieben steht: Zwang macht krank! Den Ewigen Vater darfst du getrosten Mutes duzen, den Herrscher jedoch, als alleiniger Quellpunkt aller Verbote, Nötigungen und

Zwangsmaßnahmen, musst du, wenn du nicht seiner Ungnade zum Opfer fallen willst, mit Euer Majestät anreden. Ein solcher Oberhäuptling aber, ganz gleich ob geistlicher oder weltlicher Natur, der auf nichts anderes erpicht ist, als seinen Untertanen möglichst viele Steuer- und Ablassgulden abzuluchsen, mit den Silbennetzen seiner Gesetze möglichst viele Münzen zu fischen und fortgesetzt seine Würden und Ämter zu stiften, um sie zu den allerhöchsten Preisen verschachern zu können, ist der nicht eher ein Buschklepper und Wegelagerer denn ein Fürst zu nennen? Und wo wäre ein solcher zu finden, der sich solch wahrhaft höllentümlicher Praktiken enthalten dürfte, also dass sie alle aus dem gleichen Wildsauleder geschnitten sind? Solch ein Strolch nimmt sich nun das Recht heraus, ungestraft zu strafen, zu spießen, zu töten, zu rädern sowie Galgen und Scheiterhaufen zu errichten, und wie diese herrscherischen Missetätigkeiten alle heißen. Je mehr Ebenbilder Gottes solch ein gekrönter Kannibalissimus in seinen blutigen Raubsack hineinstopft, desto mehr Barmittel fließen ihm zu, desto zahlreicher seine Lobhudler, desto toller der Ruhmesspektakel um den Inhaber der obrigkeitlichen Brutalität und desto größer seine Falschmünzerei und sein Kredit. Immer ist es die von sich selbst besessene, sich selbst benedeiende Torheit, die diese gekrönten Henkersknechte emporhebt, und je lauter das Geschrei nach dem Ruhmesbrei, desto rascher naht die Stunde der Vergeltung, die, sobald erst einmal die durch kein Verbot mehr zu beschwörende Not der ausgeraubten Untertanen gen Himmel schreit, den Usurpator vom Throne fegt. Woraus sich ergibt, dass das Verbot niemals die Tochter, sondern immer nur die Mutter und Grundwurzel aller irdischen Plagen, Strapazen und Würgereien ist. Und wenn die Furcht aller Weisheit Beginn und Anfang ist, so kann vernünftigerweise ihr Ende und Ziel nur die Furchtlosigkeit sein. Was von euch Eidgenossen längst aufs allerdeutlichste kundgetan und bewiesen worden ist. Denn ihr seid die ersten und bis jetzt die einzigen Europäer, die den falschen Hut von der Stange geworfen haben. Ihr habt das Tyrannengeschmeiß so gründlich aus euren Tälern vertrieben, dass es sich hüten wird, euch jemals wieder zu behelligen. Ihr lasst in eurem Wappen weder ein Raubtier noch ein Strafvollstreckungswerkzeug paradieren, denn euer weißes Kreuz im roten Feld ist doch nur das heraldische Insignum für diesen seltsamsten und urtümlichsten aller irdischen Seen, an dessen vier Buchten die Eidgenossenschaft ihren Ursprung genommen hat, weshalb auch dieser Fluss, der ihn durchströmt, so rüstig und fröhlich dahinrauscht. Ja, ihr Eidgenossen seid die wohlgelungenen Gotteskinder, die schon vor zweihundert Jahren erkannt haben, dass die Schmach der Untertänigkeit, Knechtschaft und Sklaverei und die Schande des daraus immer wieder entspringenden Blutvergießens hier in diesem Teil der Humanität nicht länger geduldet werden sollte und dass ohne die Freiheit aller weder Frieden noch Sicherheit, weder Künste noch Wissenschaften gedeihen können. Was ihr so sauer erworben habt, das bleibt in eurem Besitz und kann euch niemals geraubt oder abgedrungen werden, und wenn die Nachbarvölker euerem einleuchtenden Beispiel folgen wollten, so könnten sie alle in Eintracht und Wohlstand hausen und ohne jede Mühe zu einer gottestümlichen Welteidgenossenschaft vollbringen. Denn euer Wappenschild ist das reinste der Welt."

„Bis auf den Schandfleck des Reislaufens", grollte Ponearius.

„Dann nimm doch selbst die Feder zur Hand", schlug Desiderius vor, „und tilge ihn aus! Gib über diesen Krebsschaden deine freie Meinung kund! Schreibe ein Büchlein, darin du dieses barbarische Übel gebührend brandmarkst, und ich will dir mit Freuden behilflich sein, dieses Rezeptum zum Druck zu befördern."

„Du gibst mir den Mut, es zu wagen", stimmte Ponearius sogleich zu.

Worauf sie den Inhalt dieses noch ungeschriebenen Manuskriptes besprachen, bis der letzte Becher geleert war und die sinkende Sonne zur Heimkehr mahnte.

Am nächsten Morgen besuchte Ponearius, wie ihm die Pflicht gebot, seine zahlreichen Patienten und konnte, nachdem er eifrig bei ihnen herumgehorcht hatte, gegen Mittag mit der hocherfreulichen Nachricht heimkehren, dass in dem nahen, am Fuße des Pilatusberges gelegenen Hergiswil ein wohlbeleumdeter Gastwirt wohnt, der Simon Crott hieß.

Und so ritten sie dann am Nachmittag hinaus, fanden den Gesuchten, ließen sich von ihm ein Schöpplein vom Besten kredenzen und einen Seehecht auftischen und erkundigten sich dann nach dem aus Schwyz gebürtigen Jakobus Crott.

„Ei, das ist ja mein leiblicher Bruder!", rief Simon Crott. „So lebt er noch? Und ich dachte schon, er hätte diesem Jammertal längst Valet gesagt. Denn mit zweiundzwanzig Jahren ist er in die Welt hinausgezogen, um sein Glück zu machen, und seitdem hat er nicht ein Jota von sich hören lassen."

„So weißt du nicht", fragte Ponearius, „dass er es in der Residenzstadt Heidelberg bis zum Range eines Kurfürstlich Pfälzischen Hofuhrenmeisters gebracht hat?"

„Gar kein Wunder!", fiel Simon Crott ein. „Er wollte ja schon immer ganz hoch hinaus, und hinter den Gulden war er her wieder Habicht hinter den Tauben."

„Aber diesmal", fuhr Ponearius fort, „geht es um eine Erbschaft, bei der wohl auch für dich etwas abfallen kann."

„Nicht unter zehn Gulden!", bestätigte Desiderius, auf Ponearius deutend. „Du brauchst dem Herrn Ratstherapikus nur Nachricht zu geben, sobald du etwas über deinen Bruder erfährst."

„Oder", fügte Ponearius hinzu, „über seine beiden Söhne Sophius und Tobias."

„Zwei Söhne?", ereiferte sich Simon Crott. „Welch ein Glückspilz! Ich habe nur Töchter, und ich werde Gott auf den Knien danken, wenn ich sie erst einmal, sieben an der Zahl, glücklich an den Mann und unter die Haube gebracht habe!"

Und da er ihnen zum Abschied mit einem feierlichen Handschlag gelobte, nichts zu versäumen, um sich die in Aussicht gestellten zehn Erbschaftsgulden zu sichern, ergab sich, dass dieser Ausflug nach Hergiswil nicht ganz vergeblich gewesen war.

An diesem Abend, dem letzten, den Desiderius in Luzern verbrachte, setzten sie ihren Disput über das Reislaufen fort und kamen schließlich wieder auf die Unwissenheit und Torheit der europäischen Gottesgnadentümmler zu sprechen.

„Mich will bedünken", bemerkte Ponearius, nachdem er sich zweimal geräuspert hatte, „dass es auch gute und gebildete Fürsten geben kann."

„Weiße Raten sind so selten wie Veilchen im Dezember", winkte Desiderius ab.

„Zum Beispiel", zählte Ponearius auf, „Lykurg und Solon."

„Und gerade das waren zwei kohlpechrabenschwarze Raben!", entschied Desiderius. „Denn wenn sie gute Fürsten, das heißt halbwegs verständige Menschen und getreue Nachbarn gewesen wären, dann hätten die beiden von ihnen in Griechenland gegründeten Reiche niemals ihre Waffen gegeneinander gekehrt, und die spartanische und athenische Geschichte hätte einen weitaus vergnüglicheren Verlauf genommen. Willst du als Eidgenosse diesen geschworenen Feinden der Freiheit und Förderern der Sklaverei ein Loblied singen?"

„Aber", warf Ponearius ein, „es steht doch geschrieben: Jedermann sei Untertan der Obrigkeit, die Gewalt über ihn hat, denn es ist keine Obrigkeit vorhanden, die nicht von Gott verordnet wäre. Darum, wer sich gegen die Obrigkeit erhebt, der widerstrebet Gottes Ordnung."

„Folglich", spann Desiderius diesen römerbrieflichen Faden weiter, „können sich die Widersacher gegen die göttliche Ordnung am sichersten daran erkennen, dass sie sich wider die Obrigkeit erheben. Und justament das und gar nichts anderes tun ja die verschiedenen Obrigkeiten unablässig gegeneinander. Bekriegen sich zwei Herrscher – und wann hätten sie solches schon einmal unterlassen? – so benehmen sie sich wie zwei unverbesserliche, ebenso gewissenlose wie unwissende Narren, die damit den unwiderleglichen Beweis erbringen, dass sie beide als Ordnungstifter nimmermehr von Gott, sondern allein vom Satan verordnet worden sind. Und das ist ja auch kein Wunder! Denn das Gesetz, wonach sie in unholder Eintracht angetreten sind, ist das der Zwietracht. Oder mit anderen Worten: Wer den Wind des Haders sät, der wird den Sturm des Verderbens ernten. Also dass Paulus an die Römer wohl besser gebrieft hätte: Jeder Narr sei Untertan der Obrigkeit, deren Gewalt er über sich duldet. Eintracht ernährt, Zwietracht verzehrt. Oder mit anderen Worten: Nur auf dem Weg der Eidgenossen vermag den europäischen Völkern der ewige Bestand zu erblühen. Und eben darum ist und bleibt die Eidgenossenschaft der Urkern der europäischen Nuss, das unvergleichliche Senfkorn, daraus sich dereinst der Baum des Reiches Gottes, nämlich die Welteidgenossenschaft emporbilden soll. Mit anderen Worten: Das Ziel der Welterlösung kann immer nur die Abwerfung des obrigkeitlichen Joches sein. Und das eben ist euch Eidgenossen bereits auf das vortrefflichste gelungen, nicht nur bei Morgarten und Sempach, sondern auch bei Grandson und Murten. Oder möchtest du diese erfolgreiche Erhebung gegen die östliche wie gegen die westliche Obrigkeitsbande als ein Widerstreben gegen Gottes Ordnung angesehen wissen?"

„Nimmermehr!", verwahrte sich Ponearius mit größter Entschiedenheit. „Nur weil der Allmächtige mit uns war, darum sind wir imstande gewesen, nicht nur die habsburgischen, sondern auch die burgundischen Barbaren zu Paaren zu treiben."

„Demnach", folgerte Desiderius weiter, „scheint die Ordnung Gottes nur da vollbracht worden zu sein, wo es, wie hier bei euch, weder Obrigkeit noch Untertanen, sondern nur freigeborene und gleichberechtigte Menschenbrüder und Gottesenkel gibt. Wie geschrieben stehen sollte: Nur am eidgenössischen Wesen vermag die Welt von der Seuche der Herrschsucht und Tyrannei zu gesunden. Also darf mit Fug und Recht vermutet werden, dass ihr Eidgenossen allesamt vom Ewigen Vater zu diesem Werk der Werke auserwählt worden seid. Und was habt ihr nun weiter getan und vollbracht, um diese euch gestellte Aufgabe zu lösen?"

„Alles, was in unseren Kräften stand", versicherte Ponearius. „Schaffhausen und Basel sind schon zu uns getreten. Die Bündner sind mit uns einig. Auch die Genfer wollen nicht länger abseits stehen. Und was wir im Süden gewonnen haben, um unsere Pässe zu sichern, wie dürften wir das jemals in die Knechtschaft des Herzogtums Mailand zurückfallen lassen! Solcherart haben wir unsere Hände nach dem Muster unseres Wappenkreuzes nach allen vier Himmelsrichtungen ausgestreckt. Und wer sich uns freiwillig anschließen will, der soll uns herzlich willkommen sein. Wir zwingen keinen in unseren Bund hinein, wie wir auch von keinem zu irgendetwas gezwungen und genötigt werden wollen. Wie geschrieben steht im siebten Kapitel des Evangeliums Matthäi: Was ihr wollt, dass euch die Leute erweisen, dasselbe tut ihnen. Nämlich Liebe, Freundschaft, Vertrauen, Ehre, Beistand in jeglicher Not und Zwietrachtverhütung um Gottes und Christi willen. Und wenn nun jemand daherkäme und behauptete, dass Christus der erste Eidgenosse gewesen sei, so fühle ich mich gänzlich außerstande, dem zu widersprechen. Das eine aber ist unverrückbar und unabänderlich: Wenn dieser Eingeborene Sohn Gottes bei uns aufgetreten wäre, um die Frohe Botschaft zu verkündigen, nimmermehr hätten wir ihn ans Kreuz geschlagen."

„Wobei du aber vergisst", exaktete Desiderius, „dass damals, vor dreimal fünfhundert Jahren, in diesen Tälern hier noch kein einziger Eidgenosse gelebt hat. Damals gebot hier, wie dort zu Jerusalem, noch die unersättliche, ihre Legionsheerwürmer und Galgenkreuze schockweis ausspeiende Tiberwölfin, die sich dahier nicht um ein Jota weniger barbarisch betragen hat als anderswo. Inzwischen hat sie sich allerdings zum Christentum bekehrt, aber dieses Lippenbekenntnis ist keinesfalls das Grundgesetz, wonach sie angetreten ist. Denn die schamlose und heißhungrige Urgier, davon habe ich mich in Rom durch jahrelangen Augenschein überzeugen können, regiert sie noch heute, und das ärger denn jemals zuvor. Wolf bleibt Wolf, Fuchs bleibt Fuchs, Löwe bleibt Löwe und der Adler bleibt Adler, so stattlich sie auch im bunten Rock des guten Hirten einherstolzieren und so verführerisch auch ihre gut geölten Kehlen von paradiesischen Predigten und herrengöttlichen Versprechungen überfließen. Wie geschrieben steht: Je toller die Heuchelei, desto leichter die Meuchelei. Und: Die Hauer und Krallen in ihren Wappen verraten des Herren Rauben und Schnappen!"

„Leider ist es so und nicht anders!", seufzte Ponearius. „Sie können nimmermehr satt werden, da sie das Christentum nur im Maule führen."

„Auch vergiss nicht", dozierte Desiderius weiter, „dass kein Religionsstifter von seinen Nachfolgern und Erbschaftserbeutern so gründlich missverstanden worden ist wie dieser von dem landpflegerischen Gessler Pontius Pilatus hingerichtete erste aller Welteidgenossen, dessen Wiederkunft die Nutznießer seiner Lehre bis jetzt immer wieder zu verhindern gewusst haben. Aber schließlich wird sich auch dieses Blättlein einmal wenden müssen! Was uns Christus nottut, das ist der Sohn der Versöhnung, dieser unpapierische wahrhaft lebendige Menschias, der die erlauchten Heuchler zu entlarven und dadurch der europäischen Völkerzwietracht, die doch immer nur eine Fürstenzwietracht gewesen war und noch heute ist, ein Ende zu setzen vermag. Und dieser dedizierte Nichttheologe wird nach meinem Dafürachten ein Eidgenosse sein müssen, selbst wenn er keinen von euch zum rechten Vater haben sollte."

„Denkst du dabei", bohrte Ponearius gespannt, „an den Uhrmachergesellen Sophius Crott?"

„Ein wenig schon!", gestand Desiderius zögernd. „Denn seitdem ich erfahren habe, dass er noch am Leben sein könnte, kommt er mir nicht mehr aus dem Sinn. Und wenn mir auch bisher die Lenkung seines Schicksals versagt geblieben ist, so bin ich doch der festen Hoffnung und Zuversicht, dass er trotzdem Manns genug sein wird, den wahrlich nicht geringen Widrigkeiten unseres derzeitigen Daseins tapfer die Stirn zu bieten, ohne Schaden an seiner Seele zu nehmen. Mir hat auch niemand zu meinem Ruhme verholfen, den ich bis auf die Anlagen, die ich durch meine Eltern aus der Hand des Ewigen Vaters empfangen habe, nur meinem eigenen Fleiß und der Stetigkeit meiner Willensrichtung zu verdanken habe. Ich wollte der berühmteste aller Humanisten werden, und wenn mir das bis heute noch nicht gelungen sein sollte, nun, so werde ich nichts versäumen, dieses Ziel im Laufe meiner nächsten zwanzig Jahre zu erreichen. Und so bleibt mir in Hinsicht auf meinen Eingeborenen Sohn zurzeit eben nichts anderes übrig, als mich in Geduld zu fassen und seinen Geist in die Hände des Ewigen Vaters zu befehlen. Denn sein allmächtiger Finger ist es, der uns alle lenkt und der uns durch den Dämon der Neugier zu den Wissenschaften locken lässt, damit wir endlich erkennen lernen, dass die ganze Weltgeschichte nichts Besseres ist als das eitle Blend- und Narrenwerk der sich selbst ins Absurde führenden allerhöchsten Gewaltverüber und Herrschsuchtsklüngler, die in der Bibel mit dem summarischen Terminus Satanas bezeichnet werden."

Am folgenden Morgen nahm Desiderius herzlich Abschied von Ponearius und den Seinen, schwang sich auf die Stute Stella und ließ sie weitertraben. Gehorsam wie immer trottete der Maulesel Sbirro am Leitseil mit dem Gepäck hinterdrein.

Und so erreichte Desiderius am dritten Mittag wiederum das genau zwischen Rom und London am Rheinknie gelegene und zur Basileosbasis so überaus geeignete Basel, dieses wohlgesicherte Bollwerk des zum glockenblumigen Füllhorn erblühten, von allen städtischen Wappenschildern grüßenden Krummstabes, das er auf seiner Ausreise nach Italien nur ganz flüchtig berührt hatte.

Er ritt durch das Sankt Albantor ein, nahm Quartier in der den lebhaften Fischmarkt zierenden Fremdenherberge „Zum Regenbogen" und suchte gegen Abend, nach einem Rundgang durch die Stadt, den am Andreasplatz behaglich hausenden und emsiglich werkelnden Johannes Froben auf, mit dem er schon von Venedig und Rom aus etliche Briefe gewechselt hatte.

In der von den dumpfen Schlägen der Pressbengel durchlärmten Offizin, die dreiundzwanzig Handpressen beherbergte, fragte Desiderius nach dem Meister und wurde in das benachbarte Büchermagazin gewiesen.

„Was begehrst du von mir?", fragte Johannes Froben, dieser tüchtigste und großherzigste der eidgenössischen Verleger und Druckherren, von oben herab, denn er stand gerade auf der Leiter, um sich ein paar von den bis an die Decke aufgestapelten Foliobänden herunterzuholen.

„Mich schickt zu dir", antwortete Desiderius, „der nicht nur dir wohlbekannte Desiderius Erasmus von Rotterdam, mit dem ich eng befreundet bin und er mir alle Vollmachten für die Herausgabe seiner sämtlichen Schriften übertragen und anvertraut hat. Alles, was ich für ihn tue, das gilt, als wäre es von ihm selbst vollbracht. Und obendrein sehe ich ihn so ähnlich, dass alle seine und meine Freunde nur zu bereit sind, mich immer wieder mit ihm zu verwechseln."

„Zum Teufel!", fluchte Johannes Froben über diese Offenbarung, die er für eitel Flunkerei hielt, stieg dieselbe Leiter herunter, auf der er später seinen letzten Schritt tun sollte, und rückte sich die Brille zurecht, um den sonderbaren Ankömmling in genauerem Augenschein nehmen zu können. „Es gibt auf dieser Welt keinen Menschen, der sich mit dem hochberühmten Roterodamus vergleichen dürfte!"

„Mir hat er solches noch nicht untersagt!", erklärte Desiderius. „Und das mit Zulassung des Ewigen Vaters! Denn was ist der Ruhm eines Sterblichen vor dem Angesicht des Schöpfers Himmels und der Erden? Nur ein geringfügiges Papiergeraschel, von dem in fünfhundert Jahren wohl kaum noch ein Hauch zu verspüren sein wird!"

„Gott im Himmel!", rief Johannes Froben und schlug die Hände zusammen. „Das kannst du nur von ihm selber haben!"

„Du hast es erraten", nickte Desiderius. „Und wer hat die Gnade gehabt, ihm diesen Gedanken einzugeben? Doch nur der Ewige Vater, der so scharfsinnig gewesen ist, die Buchdruckerkunst erst dreimal fünfhundert Jahre nach der vom himmlischen Vater angeordneten Welterlösung erfinden zu lassen, und zwar justament hier am Rheinstrom und nicht etwa am Tiber oder gar am Jordan!"

„Jesus und alle Heiligen!", stammelte Johannes Froben, trat einen langen Schritt zurück und riss die Augen auf, soweit er nur konnte.

„Zu denen", fuhr Desiderius fort, „der edle Herr Gutenberg benamste Johannes Gensfleisch, dieser Schöpfer der beweglichen Lettern, aber noch nicht gerechnet wird, obschon er für die Wissenschaft über den Glauben und die ewige Seligkeit tausendmal mehr getan und geleistet hat als alle Kirchenheiligen zusammengenommen."

Hier ließen sich wieder die Pressbengel vernehmen, die so lange geschwiegen hatten, und ihr weltkreisbewusstes Geräusch brachte Johannes Froben wieder zur Besinnung zurück und bescherte ihm nun die richtige Erkenntnis.

„O Wunder, du bist es selbst!", platzte er heraus und lachte dann so laut und herzlich, dass ihm die Tränen kamen und dass sein Schwiegervater Wolfgang Lachner herbeieilte und fragte, was es gäbe.

„Der Roterodamus ist zu uns gekommen!", frohlockte Johannes Froben, mit allen zehn Fingern auf Desiderius deutend.

Wolfgang Lachner war sogleich im Bilde und jubelte: „Das Licht der Welt ist aufgegangen!"

Darauf schlossen sie Desiderius in die Arme und ruhten nicht, bis er sich bereit zeigte, das Quartier zu wechseln. Auf solche Weise gelangte er mit Tieren und Gepäck in das am Totengässchen gelegene und Wolfgang Lachner gehörige Haus „Zum Sessel".

Am folgenden Morgen besprach er mit diesen beiden Druckherren, die immer auf der Jagd nach frischen Manuskripten waren, die von ihm längst geplante Herausgabe der griechischen Bibeltexte und der Schriften der Kirchenväter und versäumte auch nicht, ihnen die von Ponearius zu erwartende Klageschrift wider das Reislaufen zu empfehlen, und bat sie schließlich, ohne sie erst mit dem Grund solchen Begehrens zu beschweren, ihm bei der Auffindung des in Schwyz zur Welt gekommenen Uhrenmeisters Jakobus Crott und seiner beiden Söhne Sophius und Tobias Hilfe und Beistand zu leisten.

Und während sich Johannes Froben diese drei Namen notierte, sprach Wolfgang Lachner: „Wir werden noch heute an die Kantone schreiben lassen!"

Und es geschah also. Bereits am folgenden Abend konnten diese zwei Dutzend Briefe abgeschickt werden.

Am nächsten Morgen sprach Desiderius zu Johannes Froben und Wolfgang Lachner: „Des Übels Wurzel ist, dass die Völker viel zu wenig voneinander wissen. Daher sollten die Druckherren einmal darüber nachdenken, wie diesem Mangel endlich abgeholfen werden könnte. Ich würde an eurer Stelle alle Nachrichten, die geeignet sind, solches Verständnis zu fördern, für billiges Geld als fliegende Blätter in regelmäßigen Abständen unter die Leute bringen, damit ein papierenes Forum geschaffen werde, auf dem jeder, der etwas zu sagen hat, seine Klagen und Beschwernisse zur allgemeinen Kenntnis bringen kann."

„Nur ein Pfennig Geschäft!", winkte Wolfgang Lachner ab.

„Trotzdem", meinte Johannes Froben, „könnten wir es einmal auch damit versuchen!"

„Die Potentaten", prophetete Wolfgang Lachner, „würden uns geschwind einen Strich durch diese Rechnung machen. Denn sie werden es nicht dulden wollen, dass ihre Niederträchtigkeiten an die große Glocke gehängt werden."

„Wohl wahr!", nickte Desiderius. „Wie sie denn auch schon eifrig am Werke sind, die Druckpressen in Ketten zu schlagen. Aber eben darum solltet ihr Eidgenossen ihnen desto schärfer auf die langen Finger schauen!"

„Dazu sind wir wohl bereit!", versicherte Wolfgang Lachner. „Aber solches laut in die Welt hinauszuposaunen, das würde ja einem Verstoß gegen unsere eidgenössische Neutralität gleichkommen. Ja, wenn wir alle schon Welteidgenossen wären, dann hätte es damit keine Not. Bleiben wir also bis dahin bei den Büchern! Das Buch besteht, das Flugblatt verweht, wenn es nicht schon vorher den Weg alles Fleisches und Blutes, alles Brotes und Weines gegangen ist."

Unterdessen sprang die Kunde von dem unerwarteten Eintreffen des weltberühmten Gelehrten mit der Schnelligkeit einer Freudenbotschaft durch alle Gassen und über alle Plätze dieser wohlumhegten Stadt. Und bald fanden sich auch die ersten Verehrer ein, um diesem unvergleichlichen Musterbild der damaligen Gelehrsamkeit ihre Aufwartung zu machen. Auch Moritz Finiger, der Dekan der theologischen Fakultät, erschien mit einer dringenden Einladung zu einem von den Doktoren der ganzen Universität zu veranstaltenden Festmahl.

„Niemals begrüßen Barbaren den reisenden Fremdling als Bruder!", skandierte Desiderius und sagte lächelnd zu.

Diese akademische Feierlichkeit, zu der sich auch einige Mitglieder des Domkapitels einfanden, gipfelte in einem von dem Ursinus genannten Rektor Ludwig Bär vorgetragenen und mit ciceronischen Perioden schwungvoll gesättigten Trinkspruch auf die Gesundheit des am Himmel wie ein alles überstrahlendes Sternbild leuchtenden Ehrengastes, wofür Desiderius mit einem griechischen Sermon dankte, indem er die Sonne Homers über die Baseler Hochschule aufgehen ließ und damit einen in diesen annähernd heiligen Hallen noch niemals erhörten Beifall zu ernten vermochte.

Den letzten Abend verbrachte er im Kreise seiner nächsten Freunde, die sich im Hause „Zum Sessel" zu einem Abschiedssymposium zusammengefunden hatten. Sie vergnügten sich dabei an einem von Wolfgang Lachner gestifteten Spanferkel und an einem Fässchen köstlichen Burgunderweins, das aus Johannes Frobens Keller stammte, und ließen ihre Herzen wie auch ihre Lippen von begeistertem Lob überfließen. Und Desiderius war so guter Laune, dass er ihnen keine Antwort schuldig blieb.

„Weshalb willst du nicht bei uns bleiben?", fragte Johannes Froben, nachdem sich der Schwarm der anderen Zechgenossen verzogen hatte, und Wolfgang Lachner fuhr fort: „Was suchst du draußen in jener grundtörichten Welt?"

Worauf Johannes Froben, da Desiderius schwieg, noch hinzufügte: „Hast du hier in Basel nicht alles, wonach du dich Zeit deines Lebens immer gesehnt hast: Friede und Freundschaft in Hülle und Fülle?"

„Habt noch etwas Geduld mit mir, ihr guten Freunde", antwortete Desiderius, „bis ich meine Wanderjahre beendet habe! Wie geschrieben steht: Prüfet alles und behaltet das Beste! Mit anderen Worten: Solange du nicht die dir nötigen Erfahrungen gesammelt hast, um alle Erscheinungen gehörig miteinander vergleichen zu können, solange steht dir nicht das Recht zu, darüber ein Urteil zu fällen! Nachdem ich den Fuchs an der Seine und die Wölfin am Tiber studiert habe, halte ich es nun auch für meine Pflicht, dem britischen Leuen ein wenig auf den Zahn zu fühlen, dessen junger König sich bereits in den Geruch gebracht hat, ein neues Zeitalter der Wissenschaften anbrechen zu lassen. Und je eher ich nach London komme, desto eher kann ich zu euch zurückkehren. Die Früchte meines Fleißes werden trotzdem in eure treuen Hände gelangen. Einmal wird der Tag erscheinen, da das Alter an meine Türe pocht und mich mahnt, das Asylum der Freiheit aufzusuchen, darüber der Fürst dieser Welt, dem alle Wissenschaft ein Dorn im Auge wie ein Pfahl im Fleische ist, keinerlei Macht besitzt. Denn die Feder ist und bleibt der Finger des Ewigen Vaters und der alleinige Hebel der Allmacht, dessen Kraft nun durch die Erfindung der Druckerpresse vertausendfacht worden ist. Das wusste auch schon mein nun längst in Gott ruhender Urheber, der ein noch weit härteres Schicksal zu erdulden hatte, als es mir beschieden worden ist. Und sein Unglück begann in Rom, wo er sich unbedachterweise zum Priester weihen ließ, nachdem ihm von betrügerischen Leuten mitgeteilt worden war, dass meine Mutter, die mich damals noch unter ihrem Herzen trug, bereits das Zeitliche gesegnet hätte. Und als er darauf nach Holland zurückkehrte und erkennen musste, wie sehr er hintergangen worden war, da begannen sie beide dahinzusiechen, also dass ich sie schon in meiner Jugend verlor. Alle diese schweren Prüfungen wären niemals über uns gekommen, wenn es auf dieser Welt keine Narren gäbe, die sich einen besonderen Ruhm daraus machen, Klöster und Fürstenhäuser zu gründen, um solcherart über zitternde Gläubige und knechtische Untertanen den abtlichen Krummstab und das fürstliche Zepter schwingen zu können. Nur diese gesetzlich geschützten Nötiger, diese Freiheitsberauber und Zwangsvollstrecker, sind die Erzeuger und Anstifter aller europäischen Nöte.

Vergleicht man ihre Untaten miteinander, so wird sogleich offenbar, wie leicht jeder Glaube zum Aberglauben entarten kann. Und darum ist auch an der Wahrheit des Wortes nicht zu rütteln, das da lautet: Allein die Wissenschaft ist es, die uns von den durch Glaubens- und Aberglaubensboten erzeugten und genährten Irrtümern und Leidenschaften zu erlösen und uns wieder zu friedfertigen Gotteskindern und freien Weltkreisbürgern zu machen vermag."

Also lateinte hier in Basel Desiderius Erasmus, genannt Roterodamus, dieser erste exakte Philologe, präzise Christ und akkurate Mensch.

Zwölf Stunden später ritt er auf der Stute Stella, gefolgt von dem Esel Sbirro, dessen Gepäcklast sich in Basel durch einen dritten Bücherkoffer vermehrt hatte, durch das Sankt Johannstor, um gleich darauf die nahe Grenze der Eidgenossenschaft zu überqueren und hinter sich zu lassen.

Die Weiterreise führte ihn über Schlettstadt, Straßburg, Mainz, Lüttich, Löwen, Bergen, Antwerpen, Gent und Saint-Omer und währte ganze neun Monate. Denn überall traf er auf gute Freunde, die ihn möglichst lange festzuhalten versuchten. So verbrachte er den ganzen Winter bei seinem geliebten Peter Gilles, dem Stadtsekretär der infolge der unterdessen erfolgten Entdeckung der Neuen Welt, die damals noch nicht Amerika hieß, künstlich aufstrebende Handelsmetropole Antwerpen.

Unterdessen wuchs auch das „Selbstlob der Torheit" betitelte Manuskript weiter, das Desiderius in England zu vollenden gedachte.

Am letzten Tage der Osterwoche des Jahres 1510 traf er in Calais ein und ging mit seinen beiden vierbeinigen Reisegenossen an Bord des Barkschiffs Cape of Greece. Da das Wetter günstig war, verlief die Überfahrt ohne Beschwerden.

William Warham, * 1450, † 22. August 1532 in Hackington, war von 1503 bis zu seinem Tode Erzbischof von Canterbury.

Sir Thomas More, 7. Februar 1478 – 6. Juli 1535, in der anglikanischen und katholischen Kirche als Heiliger Thomas More verehrt, war ein englischer Rechtsanwalt, Richter, Sozialphilosoph, Autor, Staatsmann und bekannter Renaissance-Humanist.

Henrikus Oktavus, Heinrich VIII. Tudor, geb. 28. Juni 1491 in Greenwich, † 28. Januar 1547 im Whitehall-Palast, London, war von 1509 bis 1547 König von England, seit 1509 Herr und ab 1541 König von Irland.

John Colet, * 1467 in London, † 18. September 1519 ebenda, war ein britischer katholischer Priester und prominenter Londoner Theologe, der als Übersetzer des Neuen Testaments ins Englische zum Wegbereiter der Reformation in Großbritannien wurde. Er gründete die Oxford School zur Erziehung und Ausbildung katholischer Theologen im Geist der humanistischen Toleranz.

Kein Homer ohne Humor

Zum anderen Male in London eingetroffen, suchte Desiderius zunächst den unterdessen zum Lordkanzler emporbeförderten Thomas Wolsey heim und überbrachte ihm den Gruß des Papstes. Dieser Erzbischof von York, der gewichtigste, verschwenderischste und ehrgeizigste der britannischen Kirchenpotentaten, hieß den berühmten Rückkünftler gönnerhaft willkommen und sagte ihm die erwartete Förderung zu. Dasselbe taten auch William Warham, der Erzbischof von Canterbury, sowie der Staatskanzler Thomas More, nachdem ihnen durch Desiderius die Solidus Vollios Gänsekiel entsprungenen Episteln überreicht worden waren. Und der einflussreiche John Colet hielt mit seiner großen Freude nicht zurück, da er den so lange entbehrten Freund von neuem begrüßen durfte, und bot ihm sofort eine sinekurische Dozentur bei der theologischen Fakultät von Cambridge an, wobei er sich auf die folgenden Zeilen berief, die ihm Desiderius bereits vor neun Jahren aus Oxford zu gepostet hatte:

Ich möchte Dir, lieber John, nun ein Bildnis von mir entwerfen, da ich mich viel besser kenne, als andere solches vermögen. Du bekommst in mir einen Menschen mit geringem, ja fast gar keinem Barkapital, frei von Ehrgeiz, sehr bereit zur Liebe, in den Wissenschaften noch ziemlich schwach, aber ihr glühendster Bewunderer, der bei anderen die Bewährtheit fromm verehrt, aber noch keine eigene besitzt, der an Gelehrsamkeit allen anderen, an Treue jedoch keinem nachsteht, einen schlichten, offenherzigen und freimütigen Kerl, der von Heucheln und Verleugner nichts wissen will, kleinen, aber reinen Geistes ist und nicht viel von sich redet und hermacht, kurzum, einen Menschen, von dem du außer der Geeignung, die ihn unablässig dazu bewegt, der Wahrheit und der Freiheit zu huldigen, nichts erwarten kannst. Magst Du, bester Colet, einen solchen Menschen lieben und achtest Du ihn Deiner Freundschaft für würdig, so rechne mich fortan wie keinen anderen zu Deinen Aktivposten.

Dein England ist mir deswegen besonders lieb, weil es so reich ist an dem, was mir vor allem wertvoll ist, nämlich an wissenschaftlichen Größen, unter denen ich Dich selbst, ohne Widerspruch befürchten zu müssen, anstandslos als den Fürsten und Prinzipius ansehe. Wenn Du nun sagst, dass dieses junge Theologengeschlecht, das nun heranwachsen will, Dein Wohlgefallen nicht zu erregen vermag, weil es über sophistischen Spitzfindigkeiten und Quacksalbereien greisenhaft verkalkt ist, so denkst Du in diesem Punkte genauso wie ich. Nicht dass ich die Studien verwerfe, Studien finden stets mein Lob, aber so wie sie sich nicht auf ältere und feinere Erkenntnisse gründen, können sie meines Erachtens nur Irrgänger, Ränkeschmiede und Streithähne, doch schwerlich einen Weisen erzeugen. Denn diese fakultatischen Wechselbälge und Krielköpfe pumpen den Geist, anstatt ihm einen lebenssaftigen Odem einzutauchen, mit einer faden und kreuzespeinlichen Knifflichkeit auf, wodurch sie die Theologie, diese Mutterkönigin aller Wissenschaften, geziert und geschmückt mit den Einsichten und der Beredsamkeit der guten Alten, durch absurdes Geschrei und dreckiges Gespei zur Profithure verhunzen und verschandeln. Also fesseln sie die vom Genie der Vorfahren zur Freiheit geleitete Daseinsamme und verknoten alles, während sie behaupten, alle Knoten lösen zu können. Und so wird das Absurdeste zum Ereignis!

Auf solche Art und Weise entsteht Streit auf Streit, und mit erstaunlichem Stolz raufen sie sich um des Kaisers Bart wie weiland die homerischen Helden um die Protenhöhle Troja. Um mit ihrem eigenen Genie, das keinen schäbigen Stüber wert ist, zu gleißen und zu prunken, werfen sie hirnrissige Fragen auf wie diese: Ob Gott den Teufel oder gar einen Esel als Versöhnungsopfer für die Vollbringung der Welterlösung hätte annehmen können? Was ist das für ein dreimal theologisch verfluchter und mit Bannbullen gedüngter Schindanger, auf dem derartige urblasphemische Giftblüten ans Licht kommen können? Sollte man sich darüber nicht, um den Humor nicht zu verlieren, so ins Fäustchen lachen, wie Homer sicherlich über seine tollpatschigen Raufbolde gelacht hat? Andernfalls werden wir, als wenn wir schon auf der Sireneninsel säßen, nicht einen Schritt weiterkommen, werden in dieser Ölgötzerei verharren müssen, werden darüber alt und kalt werden und sogar unseren letzten Atemzug tun. Es kommt hinzu, dass sich zum Studium der Theologie gegenwärtig Schüler herandrängen, die wegen ihrer monströs ungesunden Geistesverfassung nicht einmal zu einer der niederen Wissenschaften tauglich sind. Und wenn es nicht gelingt, diesem ebenso schmutzigen wie hochnäsigen Theologieproletariat, das aus der Himmelskönigin eine Brot- und Bettmagd machen will, das vermaledeite

Handwerk zu legen, dann ist es um die Zukunft der englischen Kirche mehr als übel bestellt.

Durch die Fürsprache dieser vier hohen Gönner erhielt Desiderius dann auch bald den Ruf nach Cambridge. Doch es gefiel ihm je länger desto weniger in diesem kleinen Universitätsnest. Er briefte deshalb im fünften Jahre seiner dortigen Lehrtätigkeit an John Colet also:

Mir will es scheinen, als ob die Geheimgewerkschaft der alten keltischen Druiden, die von jeher darauf versessen gewesen sind, mit ihrem zauberpriesterlichen Hokuspokus das einfältigste aller europäischen Völker an der Nase herumzuführen, nun schon fleißig am Werk ist, auch die Herrschaft über die Kirche an sich zu reißen. Ja, der große Krebsschaden der britischen Theologie ist die mit viel zu fetten Pfründen gefüllte Futterkrippe, um die sich nun alle Faulpelze und Idioten der verpöbelten Gentry scharen, der die Wissenschaft schon immer Hekuba war, und so wird es wohl gar nicht mehr lange dauern, bis hier in England ein Tanz um das Pfundsterling benamste Goldene Kalb anhebt, wie er barbarischer und bruderwürgerischer noch nirgendwo exekutiert worden ist.

Derartige schwere Besorgnisse verhehlte er auch dem Staatskanzler Thomas More nicht, der ihm daraufhin vorschlug, das Lehramt aufzugeben und zu ihm nach London zu kommen.

Dies geschah auch bald. Und nun fand Desiderius nicht nur die Zeit, am „Selbstlob der Torheit" weiterzuarbeiten, sondern er wurde auch eines Tages von seinem vorbildlichen Beherberger sogar dem Herrscher vorgestellt und durfte sich fortan zum engeren Hofstaat rechnen. So fand er genug Gelegenheiten, das in London wahrhaft karthagisch brodelnde Leben zu studieren. Bereits nach einigen Monaten war er in der Lage, seinem Pariser Freund, dem Poeten Publius Faustus Adrelinus, die folgenden Zeilen zugehen zu lassen:

Wir sind hier auch ganz hübsch weitergekommen. Der Roterodamus, den du so gut zu kennen meinst, ist schon beinahe ein zünftiger Nimrod, kein allzu übler Reiter und ein nicht unerfahrener Höfling geworden. Mit der Wölfin muss man heulen, mit dem Leuen muss man brüllen! Desgleichen auch mit den Ochsen, die auch hier im Zweiten Karthago auf das Vortrefflichste gedeihen. Der Roterodamus lernt immer zierlicher zu grüßen, noch freundlicher und undurchsichtiger zu lächeln und seinen Hosenbund mit Anstand, je nach Bedarf, zu öffnen und zu schließen. Auf solche Art und Weise gedenke ich ohne Kummer darüber hinwegzukommen, dass man mich bisher weder zum Ritter geschlagen noch mit dem Hosenbandorden ausgezeichnet hat. Seine Majestät Henrikus Oktavus hat kürzlich mit großem Pomp seinen fünfundzwanzigsten Geburtstag gefeiert und ist dabei von allen, nur nicht von mir, als das größte Wunder dieser Zeiten austrompetet worden, worüber sich sogar Thomas More ziemlich verwundert hat.

Ach, wenn Du wüsstest, was dieses kleine Land, das sich jetzt Großbritannien zu benamsen wagt, alles darzubieten hat, mein lieber Faustus, Du würdest unverzüglich herbeieilen oder Dich, falls Dein Podagra solches verhindert, sogar emporschwingen wollen, um wie Dädalus hier auf dem Luftwege eintreffen zu können. Um von den zahlreichen englischen Annehmlichkeiten nur eine zu erwähnen: Hier gibt es Nymphen mit himmlischen Angesichtern, reizende, bezaubernde, entgegenkommende und wohlgefällige Gegenwärtlerinnen, die du sicher hundertmal deinen katalanischen Quellfeen, den Kamönen, vorziehen müsstest. Auch üben sie hier in London eine nicht hoch genug zu preisende Sitte, denn wohin du auch kommst, jede Dame begrüßt dich mit einem Kusse. Wenn du irgendwo weggehst, mit einem Abschiedsschmatz wirst du entlassen. Kommst du wieder, tut man dir alles Liebe an, erwidert deinen Besuch, bringt dir nur Gutes zu schmausen und zu zechen. Verlässt man dich, werden Küsse ausgetauscht. Trifft man sich irgendwo, regnet es Küsse, so viel du begehrst bis mehr als genug. Kurzum: Wohin du dich begibst, alles ist voller Hingabe und Zärtlichkeit. Hättest Du nur einmal geschmeckt, wie wohlig, wie duftig, wie sinnberauschend das alles ist, wahrhaftig, Du würdest nicht nur wie Solon zehn ganze Jahre in diesem insularen Ausland, sondern bis an Dein seliges Ende hier rasten und verweilen wollen.

Und dazwischen brüllt immer wieder der britische Löwe, so laut er nur kann. Aber es klingt lange nicht so hässlich wie das Geheul der Wölfin, das Gebell des Fuchses, der um dein Haus herumstreicht, das Gezänk des Adlers oder das Gejaul der spanischen Hyäne. Der britische Leu brüllt sozusagen melodisch, und wenn man sich in solchen Augenblicken nur die Ohren zudrückt, dann lässt es sich schon noch ein Jährlein oder auch zwei aushalten. Ich werde also noch ein Weilchen hier an der Themse verziehen, trotz des Nebels, an dem hier wahrlich kein Mangel herrscht und der meiner leicht verletzlichen Gesundheit keineswegs zuträglicher ist als der italienische Scirocco. Die alleinige Schuld daran trägt der wackere Thomas More, der mich durchaus nicht weglassen will, da ich der einzige bin, mit dem er ein vernünftiges Wort wechseln kann. Auch über den König, der darauf versessen ist, ein zweiter Cicero zu werden, und der mir darum für jede Unterrichtsstunde, die ich ihm erteile, zehn frisch geprägte Pfunde bezahlt, darf ich mich nicht beklagen. Vermutlich werden schon übers Jahr seine Bulldoggen, von denen er immer mindestens ein ganzes Dutzend um sich hat, nicht anders mehr als lateinisch knurren und kläffen wollen.

In dem zu Bucklersbury neu erbauten Palast des Staatskanzlers Thomas More machte Desiderius das „Selbstlob der Torheit" druckfertig. Er ließ es von Jost Badius in Paris herstellen, widmete es seinem Gastgeber und regte ihn weiterhin zur Abfassung seiner Utopia an, für deren Niederschrift er ihm die geeignetsten, aus Italien mitgebrachten Unterlagen zur Verfügung stellte.

In diesem Zusammenhang lateinte Desiderius von London aus nach Antwerpen diese an Peter Gilles gerichteten Zeilen:

Was hat jemals die Natur Milderes, Lieblicheres und Glücklicheres geformt als das Genie des Thomas Morus? Er ist jetzt gerade dabei, ein märchenhaftes Büchlein zu verfassen, dessen kuriose Handlung in dem von Kolumbus wiederentdeckten Atlantis spielt. Ein weit gereister Schiffskapitän wird darin alle Abenteuer, die er auf der Insel Utopia, also im atlantischen Nirgendheim, erlebt und hinter sich gebracht hat, am Kamin seines Hauses in Antwerpen zum Besten geben. Und sein bewundernswert scharfsinniger Urheber wiegt sich bereits in der begreiflichen Hoffnung, dass nicht nur der Heilige Vater, sondern auch die übrigen europäischen Potentaten dieses hochbedeutende Opus nicht nur von draußen ansehen, sondern sich auch seine Lehren zu Herzen nehmen werden. Sonst wird es Schläge regnen wie noch niemals zuvor, prophetete er. Ei, für was hältst du dich eigentlich, antwortete ich ihm, dass du diese utranärrischen Überhäuptlinge mit Gänsekiel und Pressbengel klug prügeln könntest? Solches wirst du wohl besser, nach dem Vorbilde des Ewigen Vaters, ihren eigenen souveränischen Fäusten überlassen müssen! Und, so fuhr ich fort, in welcher Zunge gedenkst du diese von dir zur Welt gebrachten Utopisten parlieren zu lassen? Werden sie englisch oder französisch, italienisch oder deutsch, römisch oder karthagisch silben und so die in jeder dieser sechs Sprachen verankerten Irrtumsketten und gesetzlich geschützten Torheitstraditionen mit in die neue Welt hinüberschleppen müssen, um dort nach dem Vorbilde ihrer Vorfahrenschaft die europäischen Glaubenskreditbestialitäten, Profitmonopolwürgereien und Bürgerkriegstänze auf einer breiteren Basis wiederholen zu können? Denn trotz seiner stupenden Gelehrsamkeit und seiner unerschütterlichen Herzensgüte ist Thomas More leider kein Welteidgenosse, sondern nur ein waschechter, in der Wolle gefärbter Großbritannier, der seine Utopisten, wie könnte es auch anders sein, haargenau nach seinen vorväterlichen Ebenbildern erzeugt und geschaffen hat. Welcher Sterbliche wäre auch so ohne Weiteres imstande, sich aus seiner ihm angeborenen Haut hinauszubegeben und obendrein noch über seinen eigenen Schatten zu springen? Ein solcher Doppelversuch ist jedoch, schon weil er bisher noch niemals geglückt ist, des allerhöchsten Lobes wert.

Thomas Mores Buch wurde, wobei Desiderius und Peter Gilles als Vermittler bemüht waren, in Löwen von Dirk Mertens gedruckt und erregte sogleich, schon weil sein Urheber zunächst im Dunkeln blieb, ein ziemliches Aufsehen, besonders in Rom, wo inzwischen der Oberkanonikus Julius Cäsar Sekundus inzwischen mittels eines Schlaganfalles dem von ihm mit ekklesiastischem Kriegsgetümmel, Plünderung, Unterjochung, Furcht und Not bis zum Rande angefüllten Erdenjammertale fluchtartig entronnen und Leo Dezimus sein Nachfolger geworden war.

Dieser Spätsprössling der florentinischen Großspekulationsfamilie der Medici hatte gleich nach seiner Stuhlbesteigung mit einem einzigen Federstrich ein halbes Schock Kardinäle, denen das teuer genug zu stehen gekommen war, zur Welt gebracht, durch welche dreißigliche Hebammung, bei der auch Thomas Wolsey und William Warham nicht übergangen worden waren, der Geschichtsschreiber Petrus Martyr d' Angleria dazu angeregt wurde, sein dickleibiges Manuskript durch diese scharf gespitzte Fußnote zu bereichern:

Die purpurhütlichen Glaubenspotentaten des Vatikans sinnen unablässig, als könnte es gar nicht anders sein, auf das Anstiften und Anzetteln von Unruhen und Kriegen, um dann mit beiden Händen im Trüben zu fischen und sich dergestalt ihre vom Heiligen Vater ausgeplünderten

Taschen wieder füllen zu können, wobei ihnen die beiden neuen britischen Kollegen wie zwei siegreiche Seeräuber, die ans Land gestiegen sind, vorbildlich voranschreiten. In Rom werden sämtliche Dinge geistlicher wie weltlicher Natur mit urpunischer Treue, das heißt sonder Rechtschaffenheit und Glaubenshuld behandelt. Ablass, Seligsprechungen, Bischofssitze, Abteien, Propsteien, Kanonikate, Pfründe und Wallfahrtsorte, kurz um nichts Theologisches ist denkbar, was dort nicht gegen gute Pekunia erreichbar wäre. Wie die einen prachern, so die andren schachern! Ja, durch Leo Dezimus ist der ganze Vatikan nichts anderes geworden als ein großes Weltbankhaus, darinnen jegliches Heil feil gehalten wird. Und seitdem mästet sich dort das Unheil an sämtlichen Lastern. Wie einst der Gog den Magog zeugte, so gebiert heute der Moloch den Oger. Auf solche Art und Weise, wie es scheint, rächt sich doch noch das vernichtete Karthago an seiner wölfischen Zerstörerin.

Es war am Tage Ägidii des Jahres 1514, da Leo Dezimus, dieser feiste, kurzluftige, prachtgierige, jagdlustige, spielsüchtige, adlernasige und trotz guter Anlagen geistig überaus genügsame Universalfetischist, den noch längst nicht vollendeten Petersdom besichtigte und bei dieser feierlichen Gelegenheit die ihn umgebenden Kardinäle, die ihn nur in der Hoffnung auf sein baldiges Ableben gewählt hatten, also anzulateinen geruhte: „Wieviel uns und den Unseren diese überaus wohlgelungene Fabula Christi, gegen die alle anderen noch so gut gemeinter Glaubenskritzeleien zu eitel Schaum und Dunst verblassen, schon eingebracht, abgeworfen und gezinst hat, das alles ist so wohlbekannt, dass man darüber kein Wort mehr zu verlieren braucht. Ja, ich bin sehr stolz auf die Völker des Abendlandes, dass sie so folgsam, dass sie so leicht zu hüten, zu lenken und anzuführen sind. Darum lasst mich die hohe Würde des Papsttums, so wie sie mir durch Gottes Gnade von euch verliehen worden ist, auch weiterhin in vollen Zügen genießen!"

„Was sagst du dazu?", fragte an diesem Abend Solidus Vollio, der dieser Großkundgebung mit beträchtlichem Staunen beigewohnt hatte, seinen Leibtherapeuten Leo Fraenkel.

„Wenn jemals", antwortete der Medikus achselzuckend, „von einem Heiligen Vater die Wahrheit verkündet worden ist, so von diesem Zehnten der Löwen aus dem Hause der Jakobson, die sich seit ihrer Taufe Medici nennen!"

„Ja, so wird hier in Rom überall schon gemunkelt", nickte der Kardinal gespannt, „aber wo bleibt der Beweis?"

„Wenn nicht anderswo", meinte der Medikus trocken, „dann in den Registern unserer Gemeinde!"

„Lass danach suchen!", befahl Solidus Vollio.

Am nächsten Morgen ließ sich Leo Dezimus mit seinem halben Hofstaat, beschützt von drei Kompanien Schweizergardisten, unter festlichem Gepränge in das an der Straße nach Civita Vecchia gelegene Jagdschloss Magliana hinaus kutschen, um sich dort bei Hatz und Spiel von der Lastbürde seines Pontifikats zu erholen.

Um diese Zeit briefte Desiderius von London aus also an seinen Jugendfreund Anton von Bergen, den Abt des Zisterzienserklosters St. Omer:

Wer wird sich nicht darüber bass verwundern, mein herzliebster Antonius, was denn eigentlich die Herrscher und ihre Diener zu dem Wahnsinn treibt, sich so eifrig, mit solchen Kosten und unter derartigen Gefahren gegenseitig in Schande und Verderben zu reißen und zu stürzen? Denn was tun sie anders in ihrem ganzen Dasein, als sich immer wieder aufs Neue zu verraten, zu hintergehen und zu bekriegen? Nicht alle Tiere führen Krieg, sondern lediglich die wilden Bestien, aber sie kämpfen keineswegs gegeneinander, sondern immer nur gegen Tiere von fremder Art. Und sie benutzen dabei nur ihre natürlichen Waffen, nicht aber, wie das unsere Kronenträger und Thronhocker zu tun pflegen, allerhand mit teuflischer Hinterlist und Heimtücke ausgeklügelte und konstruierte Mordmaschinen. Auch kämpfen die wilden Bestien nicht aus allen möglichen fadenscheinigen Gründen, sondern immer nur für ihre Jungen und um die Nahrung.

Die Kriege der Potentaten dagegen entspringen dem Ehrgeiz, dem Jähzorn, der Gier nach größerem Reichtum und ähnlichen Geisteskrankheiten. Wenn man dazu noch bedenkt, dass alle diese mehr oder minder gesalbten Schlachtfeldhyänen die Stirn haben, sich Christen zu nennen, dann dürfte es gerade Zeit geworden sein, die Anwendung dieser durch solchen Missbrauch bis in den Kern geschändeten Bezeichnung fortan zu vermeiden und sich nach einem weniger übel duftenden Terminus umzusehen.

Sodann überlege weiterhin, von wem alle diese Schlachtfeldtragödien aufgeführt werden! Von berufsmäßigen Mördern, Frevlern, Spielern, Hurern, Vergewaltigern, Brandstiftern, kurzum von dem allerschmutzigsten Söldnerpack, den schon ein kleiner Profit mehr wert ist als das eigene Leben. Diese abscheulichen Schlagetots und Blutvergießer sind freilich die allerbesten Legionäre, da sie für Geld und öffentliche Belobigung nun alles dafür tun und verrichten, was sie bisher auf eigene Faust und auf die Gefahr hin, an den Galgen oder unter das Richtbeil zu kommen, begingen und verübten. Und gerade diese exemplarischen Banditen, diese berufsmäßigen Würger und Wüster muss man, um Kriege führen zu können, in Stadt und Land aufnehmen und muss sie füttern, tränken und löhnen, anstatt sie auszurotten bis auf den allerletzten Mann. Ach, wie viele Verbrechen werden doch unter dem Vorwande des Krieges und des militärischen Interesses vollbracht, wie viele Räuberreihen und Plünderungen, Sakrilegien und sonstige Schandtaten, die man sich schämt auch nur zu nennen!

Diese allgemeine Sittenpest dauert, sobald der Friede geschlossen ist, noch viele Jahre weiter und bietet so das Feld für weitere Kriegssaaten. Ja, ein solches Heer von Übeln führt jeder Krieg mit sich, dass ihn die antiken Dichter nicht ohne Grund aus der Unterwelt durch die Furien gekommen sein lassen. Und wenn Du nun einwirfst: Krieg ist Fürstenrecht, dann beantworte mir erst einmal die Frage: Was gilt ein Fürst vor dem Angesicht des ewigen Vaters? Nicht einen Heller mehr als Achilleus und Hektor vor dem Antlitz Homers! Denn niemals wäre diesem Vater aller Poesie sein Gedicht so meisterhaft gelungen, wenn er im Grunde seines Herzens nicht über diese um und in Troia herumprahlenden Fürstentröpfe und Heldenfiguren wie über die ihnen wie aus dem Gesicht ebenbildlich geschnittenen olympischen Götzenfiguren wahrhaft homerisch gelacht hätte. Julius Sekundus, ohne Zweifel ein Papst, dessen Lob nicht jedermanns Sache ist und der gewiss die allergrößte Mühe haben wird, um in den christentümlichen Himmel hineingelassen zu werden konnte wohl diesen rattenköniglichen Sturm von Kriegen erregen.

Wie aber soll nun Leo Dezimus, sein Nachfolger, der von diesen hochstrategischen Höllenpraktiken nicht die Bohne versteht, imstande sein können, diesen bis zur Unheimlichkeit wahnwitzigen Wirrwarr zu beschwören und zum Abbruch und Stillstand zu bringen? Und was mögen wohl die Türken empfinden, wenn sie nun sehen müssen, wie diese christlichen Potentaten mit solch wölfischer, fuchsischer, leuischer, arischer und hyänischer Wut gegeneinander grimmen, toben, hauen und krallen? Werden sie nicht hellauf Lachen über diesen Gipfel der christentümlich gekrönten Torheit?

Zwar sind nun die Franzosen endlich aus Italien abgezogen, aber was ist damit gewonnen, da sich an ihrer Stelle längst einheimische Machthaber und Landaussauger breit gemacht haben, die sich zehnmal ärger betragen? Und nun wird dort jeder, den das Schwert nicht erwürgt hat, von der Pest bedroht, die gleichzeitig von Venedig und Neapel aus in Italien eingefallen ist. Mit einem Wort: Wenn es überhaupt Rechte gibt, die den Fürsten gestatten, immer wieder Kriege vom Zaun zu brechen, so sind diese Vorschriften plump und schmecken nach entartetem, weltbeschwertem und lasterbeschmutztem Christus. Denn mit faulen Ausreden kann alles und jedes verteidigt werden, auch der allerkrasseste Unsinn! Zumal, wenn die Führer so verschmitzt sind, ihre tollhäuserischen Freveleien als unumgängliche Heilsmaßnahmen auszuposaunen zu lassen und jedem, der sie zu tadeln, zu rügen oder auch nur zu warnen wagt, mit dem Tode bedrohen.

Sieht man noch genauer zu, so erkennt man, dass die Fürsten als die allerhöchsten Dummköpfe dieser Welt nur um die Förderung ihrer privaten Angelegenheiten in die Kriegstrompete stoßen, nämlich um die Füllung ihrer Schatzkammern und Finanzschatullen, aus denen sie ihre Soldatenhaufen und Heerwürmer zu bezahlen pflegen. Ach, wie töricht ist es doch, dass alsbald die halbe Welt zu den Waffen gerufen wird, so oft einer von diesen gekrönten Satansdienern aus irgendeinem lächerlichen Grund gegen einen seiner Nachbarn verärgert ist oder vielleicht auch nur so tut, um sich dadurch einen hochwillkommenen Anlass zu verschaffen, seine nach eidgenössischer Freiheit lechzenden Untertanen auch weiterhin unter der Zuchtrute und unter der Steuerpeitsche zu halten. Mein ganzes Hab und Gut liegt nun hier in England, aber ich will auf alle meine Besitztümer und Guthaben gern verzichten, wenn ich nur imstande wäre, unter den sich christlich nennenden, aber sich nach wie vor so antichristlich behabenden Potentaten einen wahrhaft menschlichen und ewigen Frieden zu stiften.

„Was hört man Neues aus dem Reiche des Kaisers?", fragte zur selben Stunde am Goldenen Horn der erst kürzlich nicht ohne beträchtliches familiäres Blutvergießen zur Herrschaft gelangte jugendliche Sultankalif Suleiman Primus, nachdem er aus seinem Harem getreten war und sich auf die drei Daunenkissen seines siebenstufigen Elfenbeinthrones niedergelassen hatte.

Sein Großwesir Piri Pascha antwortete also, nachdem er wichtigtuerisch mit seinen pergamentenen Notizröllchen geraschelt hatte: „Die Untertanen des Kaisers streiten sich heftiger denn jemals um das Heil ihrer närrischen Seelen und sind schon wieder drauf und dran, sich die Hälse zu brechen über die von den Hebräern Alten wie Neuen Bundes zu Papier gebrachten Märchen und Lügenglossen.

„Beim Barte des Propheten Muhammed!", rief der Beherrscher aller Gläubigen des arabischen Allgläubigers Allah auf Türkisch. „Nicht nur, dass diese kreuzverrückten Hundesöhne ihre eigene Nahrung anbeten, was man ihnen immerhin noch verzeihen kann, sintemal wir Sterblichen doch allzumal unser Dasein nur durch das Einnehmen des täglichen Brotes fristen müssen, sie brüsten sich obendrein damit, ihren Gott zu verschlingen, um ihn in Kot verwandeln zu können!"

„Und auch bei diesem urbarbarischen Brauch", fuhr der türkische Reichskanzler und Heerwurmminister fort, „berufen sie sich auf Schriften, die ausnahmslos von hebräischen Fingern herrühren. Durch Allahs Zorn sind diese nördlichen, bis zur Seelenblindheit getauften Stoffwechsler verabrahamt und verisraelt bis auf die Knochen. Kein Wunder also, dass man die Deutschen am leichtesten darin erkennen kann, dass ihnen nichts so sehr am Herzen liegt wie das Nachäffen fremdländischer Verrücktheiten."

„Haben sie denn", forschte der Janitscharenpotentat, „keine eigenen Bücher, nach deren Texten sie sich die hirnverbrannten Schädel einschlagen können?"

„O gewiss!", bejahte Piri Pascha diese majestätische Frage. „Sie besitzen wohl selbst geschriebene Bücher, allein diese dünken ihnen bei weitem nicht so bedeutsam und heilig wie die von den Hebräern zusammengestammelten Schriften."

„Bei den ewigen Schwingen des Erzengels Gabriel!", donnerte Suleiman der späterhin Große, ohne im entferntesten zu ahnen, dass sich sein Alleingötze, der prophetisierende Teppichhändler, Surenkleckser und Glaubensillusionist Muhammed, nicht das allergeringste Gewissen daraus gemacht hatte, auch den Namen dieses überirdischen Flügel- und Säbelschwingers aus den hebräischen Religionsrollen herauszuklauben, und bestampfte mit seinem nach Beute und Triumphen lüsternen Krummsarra die oberste Stufe seines Kalifenthrones. „Wen Allah verderben will, dem lässt er durch ausländische Federfuchser die Augen verblenden. Darum ist nun herbeigekommen der Tag der Großaufklärung und die Stunde des Entfälschungsengels. Rührt die Pauken! Lass die grüne Fahne wehen! Auf nach Belgrad, damit wir diese Höllenbrut mit Feuer und Schwert zum wahren Glauben bekehren!"

„Allah il Allah!", brüllten die fünfzigtausend am Goldenen Horn lagernden und bis an die Weisheitszähne bewaffneten Innerasiaten, als sie diese theomilitärische, ihnen Ruhm wie Raubgut verheißende kontraevangelische Frohbotschaft vernommen hatten.

Sogleich begann sich dieser um den kalifatalen Höchstsitz geringelte stahlstachelige Heerbannwurm zu strecken und zu recken. Zusehends schwoll ihm der Kamm, und jede Woche setzte er neue Leibesringe, Glieder und Lernorgane an. Der Islamkessel Istanbul erhitzte sich, bullte und wallte auf und drohte wiederum auf gut türkisch überzukochen.

Um diese Zeit schrieb Desiderius von London aus an den in Cambridge wirkenden Theologiedozenten Andreas Ammusius:

Aus Basel habe ich die besten Nachrichten erhalten. Das Neue Testament ist bereits in Angriff genommen worden, und auch mit dem Hieronymus soll es nun tüchtig vorwärts gehen. Es packt mich schon wieder die Frömmigkeit dieses unvergleichlichen und zweifellos gelehrtesten und schriftgewandtesten Mannes unter den Christen, dieses einzigartigen Kirchenvaters, bei dem man nicht den für dieses Geschäft unbedingt erforderlichen Humor vermissen muss. Seine Bildung ist so vielfältig und tiefgründig, dass die übrigen seiner schreibenden Daseinsgenossen überhaupt nicht an ihn tippen können und, mit ihm verglichen, viel zu wenig gelernt haben und nur zu oft an quakende Frösche denken lassen. Du weißt ja bereits, wie sehr ich darauf brenne, die ganze klassische Literatur, heidnischer wie christlicher Observanz, im Laufe der mir vom Ewigen Vater noch zugestandenen Jahre zu bewältigen, um mich dann ganz den Geheimnissen der Theologie und ihrer exakt wissenschaftlichen Ergründung und Entschleierung widmen zu können. Ja, ich habe hier unter dem Dache Thomas Mores den Helikon selbst in meinen vier Wänden! Schon beim Frühstück wird von der Wissenschaft geplaudert, das Mittagessen wird unter der Würze exakter Dialoge zum Festmahl, bei unseren Spaziergängen am Ufer der Themse machen wir wissenschaftliche Scherze, und sogar das leichte Spiel, dem wir uns zuweilen hingeben, hat etwas Wissenschaftliches an sich. Der Schlaf überrascht uns bei wissenschaftlichen Forschungen, und sogar unsere Träume haben durchaus wissenschaftlichen Charakter. Denn, so dichtet feinsinnig Horaz, Taten von Königen und Heroen, und seien sie auch noch so glänzend, müssen mit der Zeit verbleichen und sterben, wenn sie nicht durch die Beredsamkeit der Poeten und Historiographen der Wissenschaft, dieser einzigen Hüterin und Aufbewahrerin der Tatsächlichkeit, zu treuen Händen übergeben werden, also dass jeglicher Ruhm bei der Nachricht immer nur lebendig bleibt durch den Genius des darstellenden Autors. Und deshalb werde ich mich auch durch nichts von meinen Studien abbringen lassen.

Die Engländer wissen ja schon, dass ich in dieser Beziehung das ganze hier in London zusammengeschleppte Gold für nichts achte. Denn auch in dieser Hinsicht suche ich mich nach dem Vorbild des Ewigen Vaters immer mehr zu vervollkommnen. Nicht zu lehren und Münzen anzuhäufen bin ich hierher an die Themse zurückgekehrt, sondern nur um zu lernen, nur um den Grund und den Ursprung aller daseinsgestaltenden Tatsachen unbestechlich zu erforschen. Nur so habe ich auch erfahren, dass bei Hofe nicht wenige sind, die sich nicht schämen, öffentlich zu behaupten, die Lehre Christi gehe die Vornehmen gar nichts mehr an, und man sollte es den Priestern und Mönchen überlassen, sich mit diesem verstaubten Zeug die Zeit zu vertreiben. Aber das hieße ja geradezu, die Böcke zu Ziergärtnern zu bestellen! Denn so wach auch ihr Fleisch ist, so schläfrig ist ihr Geist und das, was sie mit diesem Terminus zu bezeichnen pflegen. Sie schreiben im Schlaf, und sie glauben, sie predigen, sie huren, sie besaufen sich und sie verleumden im Schlaf. Und auch Du selbst solltest doch längst wissen und dahintergekommen sein, was Theologenschlaf bedeutet! Sie alle geben immer nur Alltägliches von sich, während ich mich unablässig darum bemühe, Unvergängliches hervorzubringen, das noch in fünfhundert Jahren seine Gültigkeit zu beweisen vermag. Dabei gebe ich mich keiner Täuschung hin, wie gottvoll verwegen mein ganzes Vorhaben ist.

Und so bin ich der festen Zuversicht, das Werk zu vollbringen, ehe mir die Feder aus der Hand sinkt. Zum Schluss möchte ich Dich noch auf das beiliegende, kürzlich von Johannes Froben in Basel gedruckte Büchlein aufmerksam machen, darin Ponearius, dieser treuherzigste aller Eidgenossen, wider das Reislaufen vom Leder zieht. Diese Schrift erscheint justament zur rechten Stunde, denn die Schweizer sind zu dieser Frist ungemein grimmig gegen die Franzosen gestimmt, weil diese fuchsbürgerlichen Malepatrioten, wie sie fortan benamst werden sollten, in der Schlacht bei Marignano nicht so höflich gewesen sind, sich in die Flucht schlagen zu lassen, sondern mit ihren neuartigen Donnerbüchsen eine solche Verheerung angerichtet haben, wie sie noch niemals erlebt worden ist. Auf diesem Schlachtfelde sind nämlich Eidgenossen auf Eidgenossen gestoßen, diese auf deutscher, jene auf französischer Seite, und beide Teile sind so unglaublich närrisch gewesen, die Ehre ihres gemeinsamen Vaterlandes, das doch gar nicht bedroht worden ist, bis zum letzten Hauch und bis zum allerletzten Blutstropfen zu verteidigen, also dass viel weniger, als ausgezogen waren, in ihre Heimatkantone verwundet, verstümmelt, zerrissen und mit zerfetzten Fähnlein zurückgekehrt sind. Und statt eines Siegesfestes mussten Totenfeiern abgehalten werden, womit sich auch hier, wie es scheint, die Vernunft allmählich durchzusetzen beginnt.

Im Sommer des Jahres 1516 drang der heimtückische, aus Asien eingeschleppte, die Beulenpest erzeugende Spaltpilz von Italien aus über die Alpen vor und machte sich nun auch in den eidgenössischen Urkantonen bemerklich. In Luzern wurde Ponearius, in Hergiswil Simon Crott von dieser Seuche befallen. Aber sie genasen wieder. Dagegen wurde Wolfgang Lachner in Basel von ihr dahingerafft, wodurch Johannes Froben in erhebliche Geschäftsschwierigkeiten geriet.

Auch in Zürich, Bern und Genf kam es zu Pestfällen. Dann zog der Krankheitserreger nach Frankreich weiter, wütete in Lyon und Paris und begann auch London zu bedrohen, wodurch Desiderius bewogen wurde, England endlich zu verlassen und nach Löwen zurückzukehren.

Immer und immer wieder bitte ich Dich, schrieb er von hier aus an Johannes Froben, *dass Du das allen Menschen beschiedene Geschick, von Deinen Lieben einmal Abschied nehmen zu müssen, entsprechend deiner Klugheit tapfer und ungebrochen trägst, zumal durch die Trauer an diesen natürlichen Vorgängen kein Jota geändert werden kann. Das aber verspreche ich Dir: Solange ich atme, werde ich das, was ein aufrichtiger Freund dem Freunde leisten kann, noch eifriger tun als jemals zuvor. Selig sind die Toten, denn sie brauchen sich nicht mehr mit den Widrigkeiten dieses Daseins herumzuärgern. Ja, sie dürfen sozusagen Gott danken, dass sie die Plagerei mit der herrschenden Torheit schon hinter sich gebracht haben. Wolfgang Lachner tut nun nichts mehr weh! Nimm Dir daran ein Beispiel! Gönne ihm die wohlverdiente Ruhe und weihe ihm ein frommes Andenken.*

Bei der Honorarberechnung über meine Bücher wäre ich Dir noch viel weiter entgegengekommen, wenn ich nur geahnt hätte, dass Dein nun in Gott ruhender Schwiegervater, der doch bisher allen Verpflichtungen so korrekt und mühelos nachgekommen ist, nicht mehr unter den Lebenden weilt. Ich habe nun an alle Baseler Freunde geschrieben, vor allem an Bonifacius Amerbach, und sie gebeten, Dir in jeder Hinsicht beizustehen. Und ich bin gewiss, dass sie Dich nicht im Stich lassen werden.

Mit solchem Beistand vermochte dann auch Johannes Froben die Zahlungsklemme zu überwinden. Er brachte seine Offizin in dem geräumigeren, am Totengässchen gelegenen Haus „Zum Sessel" unter, konnte seinen Betrieb erweitern und kam bald wieder auf den grüngoldenen Zweig zurück.

Unterdessen durchzog der Ablasskrämer Johannes Tetzel auf seiner vatikanischen Wertpapierkutsche die mitteldeutschen Gaue und predigte überall dasselbe, nämlich also:

„Ich bin von Gott zu euch gesendet,
Damit ihr fleißig Opfer spendet!
Hört ihr denn nicht eure verstorbenen Vorfahren aus dem Fegefeuer schrein:
Erbarmt euch unser, die wir in höchster Not und Pein!
Die Gnade der Kirche ist ein unerschöpflicher Born.
Nicht minder groß und tief als Gottes allmächtiger Zorn!
Außerhalb der Kirche gibt es kein Seelenheil.
Darum öffnet nun die Beutel in aller Eil!
Es gibt keine Sünde auf dieser Erden,
Die nicht durch einen gehörigen Ablass könnte vergeben werden.
Ob reich, ob arm, herbei ihr Sünder, ihr lieben und frommen!
Auch die allerkleinste Gabe wird mit heißem Dank entgegengenommen!
Auf hundert Seelen, die Sankt Petrus durch seine Predigten hat erlöst,
Kommen tausend Seelen, die ich selber zum Himmel hab emporgeflößt.
Hier könnt ihr verspüren der Vorsehung Walten.
Denn auch für alle zukünftigen Sünden könnt ihr durch mich von Gott Ablass erhalten.
Reue und Buße könnt ihr euch fürderhin ersparen,
Sobald den Ablass ihr kauft, diese allerwahrste der Waren!
Sobald das Geld im Kasten klingt,
Die Seele mit Hosianna in den Himmel springt!"

Unter derartigen noch niemals erhörten Werbetrommeleien gelangte dieses Kirchenschatz vergrößernde Akkumulationsvehikel auch in das helle Sachsen, wo es noch am dunkelsten war, und musste sich mit allerhöchster Zulassung gerade hier die Rollachse brechen. Und zwar geschah solches nirgendwo anders als vor der mit fünftausendundfünf Stück sündteuren Heiligenreliquien vollgepfropften Schlosskirche zu Wittenberg, an deren Tür der rabiatblütige Erzkatholik, Augustinermönch, Erlösungsillusionist und Theologieprofessor Doktor Martinus Luther soeben, nämlich am letzten Oktobertage des Jahres 1517 seine fünfundneunzig gegen den Ablasshandel gerichteten Lehrsätze öffentlich angeschlagen hatte.

Und schon geriet der Münzenstrom der westkirchlichen Sündenvergebungsmaschinerie ins Stocken.

„Vermaledeite Ketzerei!", knirschten alsbald diese seltsamsten aller Umsatzgewerkschaftler, die sich schon so gernmissbräuchlich daran gewöhnt hatten, ein Drittel dieser fegefeuerwidrigen Einkünfte in den Wirtshäusern zu verjubeln, während der Rest längst an die Weltbankfirma der Augsburger Fugger verpfändet worden war, deren Kontrollbeamten die Schlüssel zu diesem sogenannten Gotteskasten in der Tasche hatten und jeden Abend durch einen mehr oder minder feierlichen Kassensturz ihres profiteinstreichenden Amtes zu walten verpflichtet waren.

Und nun schrumpften die bisher so stattlichen Zahlen zusehends zusammen und wurden von Tag zu Tag immer kümmerlicher.

„Heliger Josef, hilf!", flehte Johannes Tetzel, dieser berühmteste aller kirchenweltlichen Beuteldrescher. Aber weder dieser bei allen Geldverlegenheiten anzurufende galiläische Heilandsziehvater ließ sich erweichen noch der nicht minder heilig gesilbte und für alle erlittener Verluste zuständige Antonius von Padua, weder der supergute Heiloheim Expeditus, dem für alle eiligen Sachen Zuständigen, noch die von Blasius über Ägidius bis zu Desiderius reichende Genossenschaft der Vierzehn Nothelfer, der die Erledigung aller verschmitzteren Schadensfälle anvertraut worden war.

Und so wollte es durchaus nicht besser werden, und die Leere im Gotteskasten wurde immer beträchtlicher und lehrreicher.

„Mir bleibt halt nichts erspart!", ächzte Johannes Tetzel, als er am Tage der Heiligen Apolonia, die leider nur das Resort der schmerzenden Zähne, nicht aber auch das der ergrimmten Blinddärme zu betreuen hatte, nach Leipzig kam, wo er in der an der Grimmaschen Straße gelegenen Herberge „Zum Blauen Lamm" einkehrte und plötzlich, nachdem er sich noch einen besonders gut durchgebratenen Gänserich bestellt hatte, aufs Bett sank und nach den Sterbesakramenten wimmerte.

Aber es war ihm nimmermehr zu helfen.

„Auf Wiedersehen in Abrahams Schoß!", hauchte er im Bewusstsein getreulichster Pflichterfüllung, bevor er seinen doppelt geweihten Buchführungsgeist aufgab und verschied.

Sein Rächer wurde der von gegnerischer Seite kurzweg Dreck benamste Doktor Eck, der hitzigste der an der bajuwarischen Universität Ingolstadt sich betätigende Theologieprofessor Doktor Johannes Eck, der nun mittels einer Thurn und Tax'schen Extrapostkutsche auf die Siebenhügelmetropole zurollte, um sich daselbst in der neben dem Vatikan gelegenen Leostadt mit einem wahrhaft poltergeistlichen Warnungslärm bemerklich machen zu können.

Unter solchen Umständen war es begreiflich genug, dass die Kurie wie eine schwer gereizte Wölfin sogleich aus ihrer kunstgewerblich aufgeputzten Kreditanstiftungshütte herausfuhr und ihren weltökonomischen Zaubergroll über ganz Europa hinweg also hinauszusilben sich gedrungen fühlte:

Ein neuer Porphyrius ist aufgestanden, der sich nicht scheut, den Heiligen Papst zu beißen und zu lästern! Schlangengift ergießt er mit seiner Zunge und Feder in die Ohren und Herzen der Völker. Der Vater des Hasses und der Lüge, der Ehrgeiz und die Ruhmsucht haben dieses minotaurische Monstrum verblendet. Ein verruchter Basilisk, der mit seinem Silbenkot Himmel und Erde verpestet, ist hier am Werk, um Gottes Gloria zu verdunkeln, ein begierlicher Fleischlüstling und Nimmersatt, der immerfort Wein und Rausch ausrülpst, ein Thron wie Altar schändender Dieb, der das Kreuz Christi mit seinen boshaftigen Händen verbiegt und zerbricht und mit seinen besudelten Füßen darauf herumtrampelt! O welch ein infernalisches Scheusal ist doch dieser allertreuloseste Abtrünnling, dieser Satansdiener, dieser Höllenminister, dieser doppelte Ischariot, der mit seiner gotteslästerlichen, luggeblähten Zunge und mit seinem von Blasphemien schwangeren Federkiel die Mutter Religion mit allen ihren kostbaren Heiligkeiten zu verunstalten und das Bekenntnis des vollkommenen Daseins zu verderben sucht! Wehe dir, Schandfleck Deutschlands, Verrotter Europas, Tier des Epikurs, Eber des Schismas, unseligstes Ungeheuer des ganzen Erdballs! Lies das und verrecke auf der Stelle daran, Judas Sekundus!

Mit derartig herzerfrischenden Deutlichkeiten aus dem syllabischen Erinnerungsvorräten des alttestamentlichen Nomadendaseins, da sich die Hirten Abrahams und Lots infolge einer plötzlich aufgetretenen Hammelfuttermittelknappheit wie die homerischen Heldentümler bis zum Anspucken und Augenauskratzen zu beschimpfen pflegten, wusste der Kardinal von Ancona und unfreiwillige Hochkomiker Pietro Accolti seine erbarmungswürdig stilisierte, von hebräischen Schimpfzitaten wimmelnde Bannandrohungsbulle zu verzieren, durch die der in Wittenberg so jammervoll zusammengebrochenen Heilsprofitkutsche wieder auf die Felgen geholfen werden sollte. Leo Dezimus, sein allerhöchster Vorgesetzter, der gerade von einer erfolgreichen Fasanenjagd nach Rom zurückgekehrt war und sich nun in seinem Privattheater am Miles Gloriosus des Spötters Plautus ergötzen wollte, verlängerte diesen dreiundfünfzig Ellen langen Sermonblitzstrahl, bevor er seinen Namen darunterzusetzen geruhte, mit der ebenso pseudopsalmistischen, weidmannsheiligen Floskel: „Gottes heiligen Weinberg zu verwüsten unterwindet sich eine Sau aus den hintergermanischen Wäldern!"

An diesem Abend schrieb Desiderius von Antwerpen aus nach London an den Staatskanzler Thomas More diese nachdenklichen Zeilen:

Ich will Dir beileibe nicht die Freude an den drei von Dir geplanten Fürstenzusammenkünften vergällen, aber ich muss Dir doch aus allergetreuester Freundschaft eröffnen und zu bedenken geben, dass sich zwei oder auch drei Potentaten, wie die ganze Weltgeschichte lehrt, immer nur dann vertragen können, wenn sie von dem barbarischen Kitzel gestochen werden, gemeinsam über einen Dritten oder Vierten herzufallen, und dass der unersättliche Ehrgeiz des Kardinals Thomas Wolsey lediglich durch die Tiara zu befriedigen ist, weshalb dieser dickwanstige Purpuriot nicht ruhen und alles aufbieten wird, um diese drei viel zu jugendlichen Cäsaren mit dem allerschärfsten Misstrauen gegeneinander zu erfüllen. Denn wenn erst Großbritannien, Frankreich und Deutschland fest zusammenhalten und nicht mehr aufeinandergehetzt werden können, dann ist es für alle Zeiten um die Macht des Papsttums geschehen, zumal die von Wittenberg aus erregte Bewegung der Geister immer bedrohlichere Formen annimmt. Die fünfhundert Jahre, die nach der letzten Kirchenspaltung gezählt werden, gehen nun zu Ende. Und schon meldet sich mit unheimlicher Pünktlichkeit das neue Schisma an. Ja, die schwerkranke Mutter Kirche hat sich diesmal, wie es allem Anschein hat, einem Arzt anvertraut, der nicht gerade sanftmütiglich mit ihr umspringt. Von allen Seiten werde ich aufgefordert, mich dieser neuen Bewegung anzuschließen, aber ich bin kein Anschließungsobjekt und mag und kann nicht in die Dienste irgendeiner Partei treten, die doch vor dem Angesicht des Ewigen Vaters niemals etwas anderes sein kann als ein auf die Parte gelegtes faules Ei. Ebenso wenig brauche ich selbst Anhänger, die mich doch nur in meiner Bewegung hindern würden.

Ich begnüge mich mit meinen Büchern, die meine Kinder und Nachkommen sind, und die, so hoffe ich, für mich sprechen werden, wenn ich längst dahingegangen bin. Noch über meiner Gruft soll das Banner der unbedingten Parteilosigkeit und der freien Forschung wehen. Was nun seine kürzliche Trennung zum Fürstlich Brabantischen Kanzellarius betrifft, so wurde sie ohne mein Zutun bewirkt, und zwar durch Johannes Sylvagius und Mercurin Gattinari, die beiden obersten Ratgeber der in Brüssel statthaltenden Regentin, und diese beiden Fürsprecher hatten, wie ich inzwischen gehört habe, nicht geringe Schwierigkeiten zu überwinden, dieweil die Finanzsachen heutzutage bereits als die wichtigsten Angelegenheiten der Kronen erkannt worden sind. Infolgedessen werden auch, wie es der sich immer höher emporlobenden Torheit zusteht, die Kassen immer leerer statt voller. Und wenn dem Hofkoch, der doch nur für den Magen des Herrschsuchtsklüngels zu sorgen hat, jährlich ganze vierhundert Gulden ausgezahlt werden müssen, dann darf sich ein gehorsamer Untertan nicht zu sehr darüber verwundern, wenn sich ein Bereiter der geistigen Hoftafelgenüsse mit lumpigen zweihundert Gulden abspeisen lassen muss.

Wenige Tage später erhielt Desiderius aus Brüssel einen von Mercurin Gattinari unterzeichneten Brief, in dem die folgenden Sätze standen:

Die Christenheit ist heute in drei Teile gespalten. Die einen schwören blind auf den römischen Papst, einerlei ob er gut oder schlecht regiert, die anderen halten ebenso hartnäckig an jenem Sachsen fest, der viel zu lange in die römische Schule gegangen ist und nun wie ein gründlich missratener Zögling gegen seine Präzeptoren lospoltert. Beiden Seiten mangelt es so sehr an jeglicher Sanftmut, Vernunft und eigener Überlegungskraft, dass es einen Mühlstein erbarmen könnte. So haben sie aus Christus einen Zankapfel gemacht, um schon wieder einmal das blutige Possenspiel von Troja aufführen zu können. Dagegen suchen die Mitglieder der dritten Gruppe nichts als die Ehre des Ewigen Vaters und das Wohl der gesamten Menschheit, entgehen darum auch nicht den Verwünschungen von rechts wie von links, lassen sich aber trotz alledem nicht irre machen und stehen in treuer Bewunderung zu Dir, dem unsterblichen Roterodamus. Denn Du allein bist der Turm über der schäumenden Brandung der gegeneinander empörten Meinungen, und Dein unvergleichliches Licht wird uns sicher durch die Verderben dräuenden Klippen und Riffe leiten. Ja, wir wollen uns, wie Du vorgeschlagen hast, nicht länger Christen, sondern nur noch Welteidgenossen oder Gottisten nennen und endlich ans Werk gehen, das unteilbare Reich zu gründen, in dem die Sonne der Wissenschaft niemals unterzugehen vermag.

Ein Jahr später briefte Desiderius von Brüssel aus an den englischen Staatskanzler Thomas More:

Endlich bin ich wieder der Baseler Pressbengeltretmühle entronnen, in der ich acht Monate lang die Arbeit von sechs Jahren geleistet habe. Das Neue Testament, das ich auf Frobens Bitte dem Heiligen Vater gewidmet habe, sowie der Hieronymus sind so gut wie vollendet. Seltsam, wie mich diese Eidgenossenschaft in Bewegung hielt! Keine Gegend der ganzen Welt, Dein Utopia ausgeschlossen, ist mir in jeder Hinsicht so lieb wie die Schweiz. Ich wollte durch Lothringen reisen, doch als ich dort allenthalben Soldatenhorden umherziehen und Bauernhaufen vom Land in die Städte flüchten sah, und es überdies verlautete, dass ein großer Heerwurm im Anzug sei, änderte ich meinen Reiseplan und bin trotzdem nicht der Gefahr entgangen, wenn sie mich auch in einer anderen Form traf. In Köln konnte ich mich einer italienischen Gesandtschaft anschließen, die nach Brüssel unterwegs war. Mit ihr zusammen machten wir etwa achtzig Reiter aus. Aber selbst bei dieser hohen Anzahl war die Reise noch beschwerlich genug, denn wir hatten mancherlei räuberische Angriffe abzuwehren. Christoph von Utenheim, der Bischof von Basel, schon bei Jahren, ein lauterer und gebildeter Mann, hat mich wundervoll liebenswürdig aufgenommen, während er sonst nach übereinstimmendem Urteil nicht gerade leutselig ist. Das ist gleichsam das Muttermal an seinem schönen Körper. Er lud mich ein, umarmte mich und ehrte mich durch persönliches Gespräch. Er bot mir auch Geld an, desgleichen Beförderung, was ich aber beides ablehnte, um meine Freiheit zu wahren. Er schenkte mir zum Schluss ein Reitpferd, das ich unmittelbar nach Verlassen seines Hauses um fünfzig Goldgulden hätte verkaufen können. Er hatte sogar einen silbernen Becher für mich in Auftrag gegeben, aber der Goldschmied hatte ihn damit im Stich gelassen, was ihn, den Bischof, nicht wenig geärgert hat. Ich kann kaum sagen, wie sehr mir diese Baseler Atmosphäre gefällt, desgleichen der Menschenschlag, von dem diese eidgenössische Hansestadt bewohnt wird. Es gibt nichts Freundschaftlicheres, nichts Aufrichtigeres als diese Kinder der ewigen Freiheit. Wie viele von ihnen geleiteten mich, als ich fortritt, bis an die elsässische Grenze! Wie viele Tränen flossen, als ich wiederum von ihnen Abschied nehmen musste!

Auf solche Art und Weise wuchs der durch diesen seltsamsten aller damaligen Europäer erregte Beifall von Monat zu Monat und von Jahr zu Jahr. Deutsche und Spanier, Briten und Franzosen, Italiener und Ungarn, Polen und Schweden, Dänen und Holländer, Griechen und Hebräer wagten es, wo immer er auch hauste, an seine Tür zu pochen, um sich daheim rühmen zu können, das Licht dieser Welt von Angesicht zu Angesicht erblickt und mit ihm gesprochen zu haben. Sein Papierverbrauch stieg ins Märchenhafte, denn er hielt es für seine Pflicht, keinen der zahlreichen Briefe, die ihm aus aller Welt zu gepostet wurden, unbeantwortet zu lassen.

Dreimal größter Held, schwärmte ihn der wackere Jurist Ulrich Zasius schriftlich an, *und erhabener Jupiter der Wissenschaften. Man deutet hier in Freiburg schon mit Fingern auf mich als den ausgezeichneten Mann, der einen Brief von Dir erhalten hat. Heil Dir, Zeusissimus, unbestechlicher Hüter der Wahrheit! In Ewigkeit, Amen.*

Sonne der Welt und Komet Europas, bezeilte ihn Paracelsus Theophrastus Bombastus von Hohenheim, der modernste der damaligen Krankheitsbeschwörer, und erteilte ihm die genauesten Anweisungen für die Stärkung seiner gar zu zarten Gesundheit.

„Die Schweizer erachten es als einen großen Ruhm, den Roterodamus von Angesicht zu Angesicht gesehen zu haben", behauptete Ulrich Zwingli in Zürich von der Domkanzel herunter, und der Straßburger Wolfgang Capito erklärte sogar: „Ich weiß und doziere nichts mehr als Erasmus!"

Der vor dem achtundfünfzigjährigen Kaiser Maximilian zum Dichter gekrönte neunundzwanzigjährige Raubrittersprössling Ulrich von Hutten, sowie Heinrich Glarean, der Baseler Poetikprofessor, wünschen sich beide nichts Besseres, als neben ihrem Sokrates als Alcibiades treten zu dürfen.

Ich biete Dir alles an, schrieb aus derselben Stadt der Universitätsrektor Ludwig Ursinus, *was ich besitze, denn Du hast mich durch Deine Schriften so reich beschenkt wie kein anderer. Noch auf meinem Grabstein soll Dein unvergesslicher Name erglänzen!*

Étienne Poncher, der Bischof von Paris, schrieb an Desiderius nach Löwen, dass ihm von Seiten der französischen Krone eine reiche Pfründe in Aussicht stünde, so wie er nur die Lust verspüre, seinen Wohnsitz nach Paris zu verlegen. Die englischen Freunde, besonders Thomas More, versuchten es immer wieder, ihn doch noch für immer nach London zu locken. Auch der achtzigjährige Kardinal Jiménez de Cisneros, dem als Reichsverweser ganz Spanien Untertan war, wenn es ihm auch nicht auf den Wink gehorchte, trug sich bereits mit der Hoffnung, den batavischen Mirakelphoenix für die soeben gegründete Universität von Alcalá gewinnen zu können. Und sogar der Herzog von Sachsen, der das Pulver auch nicht erfunden hatte, bot ihm einen theologischen Lehrstuhl in der so hellen Pleißestadt Leipzig an.

Allein Desiderius widerstand derartigen Versuchungen, bedankte sich lächelnd nach allen Seiten hin für die ihm zugedachten Ehrungen und wusste sich auch weiterhin seiner vollkommenen Unabhängigkeit zu erfreuen.

„Sie barmen nach mir", scherzte er in Antwerpen, „als ob ich ihr ganzes Seelenheil in der Tasche hätte, und suchen mich mit Mammon und Würden in Banden zu schlagen."

„Und trotzdem", warf Peter Gilles ein, „hast du dich zum Kaiserlichen Rat ernennen lassen!"

„Was ist ein Titel ohne Mittel?", winkte Desiderius ab. „Und wie sollte ich mich einem Fürsten nützlich machen können, der noch nicht zwanzig Jahre zählt, lieber auf die Jagd reitet, als die erlauchte Nase in ein Buch zu stecken, und der sich von seinen beiden Ratgebern wie eine seelenlose Puppe lenken lässt?"

Bald darauf schrieb Desiderius an Johannes Caesarius nach Köln:

Wie mir mein Famulus Jakob bei seiner Rückkehr berichtet hat, soll sich dort in den Händen verschiedener Leute einen gegen den verstorbenen Papst gerichtete Schrift befinden, darin erzählt wird, wie diesem nach seinem Tode von Petrus der Eintritt in den Himmel verweigert wird. Ich hatte längst vernommen, dass eine derartige Mär in Frankreich umläuft, wo man ja von jeher für solche geistreichen Späße eine außergewöhnliche Freiheit genießt. Am erstaunlichsten aber berührt es mich, dass in Köln angenommen wird, eine solche hinterlistige Albernheit könne aus meiner Feder stammen. Wohl, weil das Latein darin etwas besser als sonst ist? Und ich war ja auch ein wackerer Spötter, als ich „Das Selbstlob der Torheit" schrieb. Aber es floss kein Tröpfchen Blut dabei, und ich habe darin auch niemandes Ruf angetastet. Sollte es wahr sein, was mir mein Famulus mitteilte, – ich kann es noch nicht recht glauben! – so sorge Du, mein Bester, nach Kräften dafür, dass diese gottlosen Narrheiten unterdrückt werden, nicht weil die urhebenden Schwätzer eine solche Gunst verdienen, sondern weil es unsere Pflicht ist, öffentlich für die Ehrbarkeit der Wissenschaft einzutreten, die durch solche Scherze in unwürdiger Weise befleckt wird.

Schon bald darauf richtete er aus Löwen an Johannes Lang, den Prior des Erfurter Augustinerklosters, die folgenden Zeilen:

Luther findet hier bei allen Gutgesinnten Beifall. Doch höre ich auch, er widerspreche sich in seinen Schriften. Ich glaube aber, seine Thesen haben allen gefallen, bis auf einige gegen das Fegefeuer gerichtete Sätze, denn das wollen sich die Fegefeuerheizer als das Hauptstück ihres Täglichen Brotes durchaus nicht löschen und nehmen lassen. Die fade Antwort des Prierias auf die Luther'schen Thesen beweist nur zu deutlich, dass die Wahlmonarchie des römischen Oberpriesters, so wie sie jetzt ist, eine Pest am Leibe der Christenheit bedeutet. Ihm schmeicheln vor allen anderen die Dominikaner, ohne jegliche Sache, wie das ihre Gewohnheit ist. Und doch weiß ich nicht, ob es sich empfiehlt, dieses Geschwür so öffentlich zu berühren. Das wäre die Aufgabe der Fürsten. Aber ich fürchte, diese gekrönten Hundsfötter stecken diesmal, da sie an der Beute teilnehmen wollen, mit dem Papst unter einer Decke. Auch wundere ich mich darüber, wie es Eck in den Sinn kommen konnte, gegen Luther, dem er keineswegs gewachsen ist, einen Streit vom Zaun zu brechen. Etwa gar Vergils rhetorische Frage: Doch welches Menschenherz bezwingst du nicht, heiliger Hunger nach Ruhm?

Ich schicke Dir, briefte er noch am selben Tag nach London an John Colet, *ein Exemplar der Rede des Dominikaner-Kardinals Cajetan, gehalten auf dem Reichstag zu Augsburg, darin er zum Kreuzzug wider die Türken aufruft und dafür die Abgabe des allgemeinen Zehnten fordert. Sollte etwa nun gar, da der Ablasshandel nicht mehr genug abwerfen will, der Beutel des deutschen Volkes mit dem Türkensäbel aufgeschlitzt werden? Da hat wohl, wie es scheint, der alte Kaiser Maximilian, der noch immer von der fulminanten Grille geplagt wird, sich außer der Krone des Reiches auch noch die des Papstes aufzusetzen, wiederum eine von seinen ultramajestätischen Komödien aufführen lassen.*

Also, lieber Freund, wechselt gegenwärtig die Szenerie der allzu irdischen Dinge! Aus Menschen werden Götter gedrechselt, und das Priestertum zückt heftiger denn jemals die unter Weihwedeln versteckten Tyrannenkrallen. Alle Fürsten haben sich wider das Schicksal des Volkes nicht nur mit dem Papst, sondern auch mit dem Sultan verschworen. Christus wird aufs Altenteil gesetzt, und wir folgen dem Generalissimus Mose, der geschrieben hat: Du sollst nicht morden, huren, stehlen, schwindeln, fälschen, lügen oder trügen, denn all das ist mein Geschäft! Ja, es sucht keiner den anderen im Feuerdornenbusch, der nicht schon einmal selber darin gesessen hätte. Da bleibt einem Weisen wirklich gar nichts anderes übrig, als diese haarsträubenden Widersinnigkeiten hellauf zu belachen. Wie geschrieben stehen sollte: Unselig sind die Herrschsüchtigen, denn sie werden das Erdreich nur gewinnen, um es wieder zu verlieren und in dem brausenden Meer ihrer eigenen Fehlschlüsse zu versinken. Ob Wolf, Fuchs, Löwe, Adler oder Hyäne, sie sind gleichermaßen und allzumal des Teufels und mangeln des Ruhms, den sie vor dem Ewigen Vater haben möchten. So ist jede von den Griechen mit Polis beramste Residenzgemeinde nur auf ihr eigenes Ungedeih versessen und erpicht! Fürwahr, wer will noch daran zweifeln, dass die ganze Fürstenpolitik von Alpha bis Omega das garstigste und lächerlichste alle Gewerbe ist! Nichts verdirbt den menschlichen Charakter so sehr wie diese ursatanische Tätigkeit!

Ein halbes Jahr später richtete er von Antwerpen aus an den Kurfürsten Friedrich den Weisen von Sachsen die nachstehenden Sätze:

Ich habe es gewagt, meiner zu Basel gedruckten Ausgabe von Suetons römischen Kaiserbiografien Deinen Namen voranzusetzen und verfolge dabei keinen anderen Zweck, als Deiner Erlauchtheit die wissenschaftlichen Studien noch mehr ans Herz zu legen und aufs deutlichste zu bezeugen, dass ich die freiwillig gewährte Gunst eines solchen Fürsten meinerseits mit Liebe erwidere. Und weshalb habe ich gerade dieses Buch für Dich ausgewählt? Weil es darin von schwarzen Raben nur so wimmelt, und weil Du der einzige weiße Rabe unter den europäischen Fürsten genannt zu werden verdienst. Denn Du allein bist es, der Kriegsruhm, Blutvergießen und Tyrannei so tief verachtet, wie es einem Weisen geziemt. Wenn sich die übrigen Potentaten nur an Dir ein Beispiel nehmen wollten, so könnten alle Völker in Frieden und Sicherheit wohnen und Europa wäre im Handumdrehen ein Paradies!

Was nun Luther betrifft, so ist er mir persönlich völlig unbekannt. Ich kann also gar nicht in den Verdacht kommen, ich begünstigte einen Freund. Seine Schriften zu verteidigen ist ebenso wenig meine Aufgabe als sie zu missbilligen. Der Ewige Vater, der auch ihn erweckt hat, wird schon wissen, was er mit ihm vorhat. Mir geziemt auch in diesem Falle die strengste Neutralität. Was hier in Löwen von Luther erzählt wird, spricht für ihn. Wer sein Leben kennt, scheint es zu billigen. Habsucht und Ehrgeiz sollen ihm fern liegen. Und trotzdem nennen ihn hier viele einen Ketzer. Diese mehr als verleumderische Unverschämtheit missfällt freilich allen Guten, doch für gewisse Leute, die sich als Vorkämpfer der Theologie und Säulen der christlichen Religion betrachten, ist das ein gefundenes Fressen.

Denn was tut ein Ketzerrichter, der keine Ketzer mehr finden kann? Ja, das sind die gelehrten Kannibalen, die nach Menschenblut und nicht nach Seelenheil dürsten, dieweil sie das ihrige längst verspielt und vertan haben. Eine überaus heilige Sache ist es, die Aufrichtigkeit des Glaubens und der Religion zu schützen, aber ein umso schlimmeres Verbrechen ist es, unter dem Vorwand einer Verteidigung des Glaubens den eigenen Begierden zu frönen. Wenn nach dem Willen dieser geistlichen Barbaren jede Schulmeinung ausnahmslos für ein göttliches Orakel gelten soll, weswegen sind dann die verschiedenen Schulen unter sich so uneins? Weshalb streiten und zanken diese scholastischen Gelehrten unter sich wie die Wilden in der neuen Welt? Und weswegen denkt an derselben Sorbonne der eine Theologe so, der andere anders? Kaum dürften sich dort zwei oder drei finden lassen, die derselben Meinung sind, es sei denn, sie hätten sich heimlich untereinander verschworen.

Dazu kommt noch, dass diese schiefgelehrten Tröpfe in modernen Büchern etwas verdammen, was sie bei Augustin und Gerson anbeten, wie wenn sich die Wahrheit mit dem Autor auch nur ein Tüpfelchen ändern könnte. Wem sie wohlgesinnt sind, den lesen sie so, dass sie durch Drehen und Wenden alles entschuldigen. Wen sie aber nicht mögen, den lesen sie so, dass sie alles von ihm Behauptete verleumden und verlästern. Und das wagen sie dann, zur Erheiterung der Nachwelt, die echte, lautere und reine Wissenschaft zu nennen. Alles in einem: Luther ist ein überaus tapferer Silbenklopffechter, der den klösterlichen Legionären an die Bäuche gegriffen hat. Und das soll man ihm wohl danken, denn gerade da sind sie am kitzligsten. Er hat es ja am eigenen Leib erfahren, da er lange genug in solch einer Zelle gehockt hat. Aber der Sohn der Versöhnung ist er keinesfalls, und auch als Wohnungsnachbar ist er nicht zu empfehlen, ebenso wenig wie er als Vorbild taugt. Denn wenn alle Gegenwörtler so stürmisch daherbrausen wollten, wie er es tagaus, tagein tut, dann würde die Welt geschwind zum Tohuwabohu werden.

Das schreibe ich Dir, hochberühmter Fürst, umso freimütiger, je weniger mich die von Luther angezettelte Empörung berührt. Dagegen ist es die Hauptaufgabe Deiner Durchlaucht, keinesfalls zu gestatten, dass irgendeiner Deiner Untertanen, solange Du Schutzherr der sächsischen Gerechtigkeit bist unter dem heuchlerischen Vorwand der verletzten Frömmigkeit irgendwelcher Gottlosigkeit preisgegeben wird. Wie man in Rom über Luther denkt, das ist mir noch nicht bekannt gegeben worden. Hier aber werden, wie ich deutlich sehe, seine Schriften von allen Guten eifrig studiert. Wie geschrieben stehen sollte: Die Freiheit der Forschung ist der einzige Weg ins irdische Himmelreich.

Unterdessen war der zweiundzwanzigjährige, dem burgundischen Herrschsuchtsstamme entsprossene Jüngling Carolus, dem bereits mit sechzehn Jahren die spanische Königskrone zugerollt worden war und der als ältester Enkel Maximilians auch auf die Kaiserwürde Anspruch erheben durfte, in Dover gelandet. Und schon am Pfingstmontag ritt er in Canterbury ein, wo er von Henrikus Oktavus mit prunkischem Gepränge empfangen wurde. Das Ergebnis der hier gepflogenen, von den beiden britischen Kanzlern geleiteten Verhandlungen war das geheime Schutz-, Trutz- und Angriffsbündnis gegen den französischen Herrscher, der sich gleichfalls nach der deutschen Kaiserwürde sehnte und die für diesen Wahlzweck bestimmten Bestechungsdukaten von Paris aus tonnenweise verfrachten ließ.

Kaum war der spaniolische Burgunder Carolus nach Flandern abgesegelt, setzte der britische Inselhäuptling mit einem Gefolge von einigen tausend Personen über den Ärmelkanal und stattete seinem französischen Nebenbuhler um die europäische Hegemonie einen Besuch ab, wobei auf dem Güldenen Felde nahe Calais ganze drei Sommerwochen mit Banketten, Kuppelpelzereien, Jagdhetzen, Turnieren und heuchlerischen Freundschaftsbeteuerungen ausgefüllt und totgeschlagen wurden.

Im Anschluss daran trafen sich Henrikus Oktavus und der damals noch nicht gequintete Carolus an der flandrischen Küste, und zwar in den Dünen von Gravelingen. Hier wurden nun jene in nächster Nähe geleisteten Gelübde und Schwüre auf das Schamloseste gebrochen, ohne dass der Sand des Meeres, dem solche unter den irdischen Potentaten seit Olims Zeiten üblichen Übelpraktiken nichts Neues mehr waren, im Geringsten errötet wäre.

Und hier war es denn auch, wo sich Desiderius, dieses ungekrönte Überhaupt der humanistisch gebildeten Europäer, und Thomas More, dieser englischste der Angelsachsen und menschenbrüderlichste der Briten, zum letzten Mal sahen und sprachen.

„Wolsey hat leider gesiegt", gestand Thomas More diesem vertrautesten seiner Freunde, „und der Leu im König triumphiert wiederum! Das Feuer der Zwietracht hat an den Bettlaken der Herrscher neue Nahrung gefunden. Seitdem sie beide den Hosenbandorden und das Goldene Vlies tragen, traut keiner mehr dem anderen über den Weg. Und so wird es Kriege über Kriege geben!"

„Kein Wunder!", homerte Desiderius achselzuckend. „Und dieses blutrünstige Narrentreiben wird so lange anhalten, bis sich das, was jene grünen Jünglinge ihre Souveränität zu nennen geruhen, als die tollste aller Hirngespinstbeulen entpuppt hat. Wie geschrieben steht: Die Zwietracht der Fürsten müssen die Völker büßen, solange sie solche Allerhöchststapler über sich dulden."

„Du bezweifelst", forschte Thomas More betroffen, „die Heiligkeit der Kronen?"

„Was", fragte Desiderius zurück, „ist eine Krone vor dem Angesicht des Ewigen Vaters anders als eine Kopfbedeckung, in die es hineinregnen kann, also bestenfalls ein Gutwetterhut? Doch was tun die blindgeborenen Kronenträger? Anstatt immer auf gutes Wetter zu sinnen und sich in Liebe und treuer Nachbarschaft zu vereinen, um das Wohl ihrer Völker ständig zu vermehren, zetteln sie die allverderblichsten Schikanen und Ränke an, säen Drachenzähne in die Furchen ihrer Reiche und lassen Heerwürmer über Heerwürmer aufkeimen, um dann wie gierige Raubspinnen übereinander herfallen zu können. Ein seltsam Christentum fürwahr! Und was ist denn das Goldene Vlies anders als das Schlachtfeldzeichen einer vorhomerischen Räuberhorde, die sich nun hier in Europa, nachdem sie aus dem asiatischen Land Kolchis mit Schimpf und Schande hinausgeschlagen worden ist, immer breiter, reicher und stolzer zu machen bestrebt ist? Und vorher in aller Welt stammen die Krallenspuren auf der Schnalle des Hosenbandordens sowie die beiden urheidnischen Götzen Gog und Magog, die in der Londoner Guildhall Maulaffen feilhalten, wenn nicht aus der afrikanischen Neustadt der Punier, dieser Tochter und Erbin der gleichfalls längst dahingesunkenen asiatischen Weltschachermetropole Tyrus-Sidon, die genau denselben Wüstenkönig im Wappen führte wie dein höchst erlauchter und doch so wenig erleuchteter Herr und Herrscher aller Briten? Und steht nicht auch geschrieben: Wer das Schwert genommen hat, um in die Weltgeschichte einzudringen, der darf es nicht eher weglegen, bis er wieder hinausgeworfen worden ist? Und was der Mutter wie der Tochter recht gewesen ist, wie sollte das der Enkelin und der Urenkelin nicht billig sein? Denn die Weltgeschichte ist das Weltgericht, oder der Ewige Vater ist nicht mehr als eine theologische Chimäre!"

„Die Enkelin", murmelte Thomas More betreten, „vermag ich wohl zu erkennen! Ihr Name ist London! Aber wo ist die Urenkelin?"

„Wie seltsam", horazte Desiderius, „dass du sie nicht kennst, obschon du doch ihr rechter Vater bist? Sie heißt nämlich Utopia! Und sie liegt auf jener atlantischen Insel Thule Nirgendheim, die du mit dem Samen deines Federkiels befruchtet und bevölkert hast."

„Utopia", begehrte Thomas More auf, „ist doch nur ein Märchen, das auf dem Papier steht!"

„Und das", prophetete Desiderius, „in spätestens fünfhundert Jahren, wenn mich nicht alles täuscht, auf der anderen Seite des von Kolumbus überquerten Ozeans zur Wirklichkeit geworden sein wird. Denn nur dort drüben, das hast du mit meiner Hilfe gut gerochen, ist noch genügend Raum vorhanden, um dieses Dritte Karthago entstehen und emporwachsen zu lassen, genauso wie nach dem Muster des im Zentrum des Mittelmeeres erwachsenen Ersten Karthagos, während das Zweite Karthago am Ufer der Themse zur Welt gekommen ist."

„Was bist du doch", bemerkte Thomas More kopfschüttelnd, „für ein fesselloser Fantast!"

„Das", fuhr Desiderius schmunzelnd fort, „ist der Ewige Vater auch, besonders wenn er dichtet! Denn wer könnte seinem allmächtigen Willen Grenze und Gebot setzen und sein allwissendes Genie in Banden schlagen? Willst du mir einen Vorwurf daraus machen, dass ich immerdar bestrebt bin, seinem leuchtenden Beispiel ein wenig zu folgen?"

„Wie sollte", widersprach Thomas More, „der Ewige Vater ein Dichter sein? Noch niemals ist von ihm ein Stück Papier mit Schriftzügen bedeckt worden."

„Dafür hat er", fiel Desiderius ein, „die grenzenlose Ebene der Erdoberfläche mit den Zügen seiner Schöpfung bedeckt. Und mitten hinein hat er die von ihm gleichfalls aus dem Nichts erweckten Poeten gestellt! Wo wären ohne seinen lebensprudelnden Finger Homer, Sokrates, Platon, Vergil, Lukian und Horaz geblieben? Kurzum, er hat sogar die größten Dichter zu erdichten vermocht! Und darum ist er auch kein Dilettant wie du und ich! Ja, auch dir hat er den utopischen Wind aus den Segeln genommen. Denn noch bevor du dich nach Nirgendheim begeben hattest, um darüber zu berichten, hat er dich im Voraus zu übertrumpfen vermocht. Denn seine Utopia, die Freistatt des immerwährenden Bestandes, das ewige Herz Europas, die Insel der Wahrheit im Meere des Irrtums ist die Eidgenossenschaft!"

„Zu viel der Ehre", winkte der Brite Thomas More ab, „für diese Handvoll Schweizer!"

„Wer anders", gab Desiderius zu bedenken, „könnte sonst dafür erwählt worden sein, das Schild der Freiheit und die Fackel der Erkenntnis in aller Stille und Fülle durch die Jahrhunderte dahinzutragen? Etwa deine Utopier, die doch erst auf dem Papier stehen, weil sie bisher noch gar nicht den Zwangskäfigen der europäischen Fürsten zu entrinnen vermochten? Und sind nicht die Eidgenossen die einzigen Gotteskinder, die sich entschlossen haben, niemals wieder einen Tyrannen über sich zu dulden?"

„Auch die Utopier", trumpfte Thomas More auf, „haben keinen König über sich, sie sind freie Demokraten genauso wie die Athener!"

„Und trotzdem", entgegnete Desiderius, „lässt du diese Überseer Kriege vom Zaune brechen und bewilligst ihnen dafür so viele zapoletische Heerwürmer, wie sie nur füttern und besolden können! Denn zum Unterschied zu den Athenern, deren Tapferkeit doch gar nicht zu bezweifeln ist, sind deine Utopisten so ungemein schlau, immer nur Fremdlinge in den Kampf zu schicken. Und wie kommt es nun, dass die goldgierigen Zapoleten den eidgenössischen Reisläufern, die auch nach draußen stoßen, weil sie innerhalb ihrer Heimat keine Gelegenheit für den, ihre Heldenbrunst zu stillen, wie aus dem Gesicht geschnitten sind? Was aber, so frage ich dich weiter, werden deine ebenso listenreichen wie kampfungewohnten Utopisten beginnen, wenn plötzlich die ihnen so ergebenen und dienstwilligen Zapoleten dahinterkommen, wie höllentöricht es ist, sich für andere Leute und ihre vollen Gold- und Schachersäcke krummschießen und totschlagen zu lassen? Und wie wenig vermag sich an der Gewalt einer Krone etwas zu ändern, wenn sie nicht von einem einzigen Häuptling, sondern von einer ganzen Tyrannenhorde getragen wird, deren einzelne Mitglieder sich nennen mögen, wie sie wollen? In Rom zum Beispiel war es das Wolfsrudel der Senatoren, das den ersten Caesar zerriss, um sich dann vor seinen bürgerkriegerischen Nachfolgern in den immer blutiger werdenden Staub werfen zu können. Es ist eben nicht ratsam, den Ewigen Vater ein X für ein U vormachen zu wollen! Er hat den längeren Atem und lässt sich niemals, auch von der größten Menge nicht aus dem Text bringen. Wie auch geschrieben stehen sollte: Ich bin ein starker eifriger Gott, der an den Narren, die mich zu unterjochen versuchen, um auf mir souveränlichst schmarotzen zu können, diese Vätersünde heimsucht an ihren Kindern bis ins allerletzte Glied. Und ist der Schwindel auch noch so fein gemünzt und gedrechselt, länger als fünfhundert Jahre vermag er nicht zu dauern. Nichts bedürfen ist göttlich, lehrte Sokrates, und wer am wenigsten bedarf, das heißt, wer seinen Lebensunterhalt ohne fremde Hilfe und ohne Gewaltanwendung durch eigene Arbeit zu erwerben weiß, der kommt der Gottheit, nämlich den Ewigen Vater, am allernächsten. Umgekehrt vermag der Satan, trotz Nimbus und Gloria, nichts zu bewirken und zu beschicken ohne Diener und Knechte, von denen wieder die Kriegsknechte und Schlachtfeldsklaven für ihn die wichtigsten und auch die teuersten sind. Darum: Je höher der Thron, desto gierschnäuziger und höllengerechter das Gezücht der ihn umwimmelnden Lakaien, Kriecher und Parasiten. Bist du nicht selbst der teuerste Diener deines barbarischen Herrn, dessen Untreue bereits zum Himmel duftet? Und wo gibt es eine blutigere Herrschergeschichte als die britische? Also kannst du dir nur durch den Rücktritt von deinem Amt, das dich zu blindem Gehorsam verpflichtet, die Freiheit deines Willens zurückgewinnen! Und das trifft, ob hoch oder niedrig, auf jeden Beamten zu. Andernfalls bleibt dir nur die Wahl, entweder ein rechter Höllenbraten oder ein Märtyrer zu werden. Ein Drittes ist ausgeschlossen nach der ewigen Satzung des Eingeborenen Gottessohnes, der vor dreimal fünfhundert Jahren durch einen deiner Kollegen, denn auch der Justizmörder Pontius Pilatus war eines Herrschers treuester Diener, ganz unschuldigerweise ans Kreuz geschlagen worden ist."

„An dieser Tat", beteuerte der britische Thronjurist Thomas More, wobei er heftig errötete, „trage ich keinerlei Schuld!"

„Das magst du dir immerhin einbilden!", exaktete Desiderius weiter. „Nur darfst du dabei nicht übersehen, dass ihr Fürstendiener ohne Ausnahme nach diesem blutigsten aller Strafgesetze angetreten seid und dass, solange euer Wille an den Thron gebunden und gefesselt ist, ihr euch selbst nicht entfliehen könnt. Und deshalb muss auch Golgatha das zweite, eine Schädelstätte die nächste und ein Schlachtfeld das andere erzeugen und gebären, solange ihr, um ungestört das Goldene Thronkalb umtanzen zu können, den Sohn der Erlösung unerlöst am blutigen Strafholz hängen lasst!"

„Bei dem Allmächtigen und allen Heiligen!", ächzte Thomas More und wischte sich den Schweiß von der Stirn. „Wohinaus willst du damit?"

„In die Freiheit aller!", versetzte Desiderius. „In die jegliche Tyrannei verhindernde Welteidgenossenschaft, die auch den Heiligen Vater befreien wird!"

„Von wem?", stöhnte Thomas More händeringend.

„Von dem Geheul der Wölfin", antwortete Desiderius, „und von der Diktatur der Mönchsorden!"

„Bist du denn auch schon unter die Ketzer gegangen?", rief Thomas More außer sich.

„Keineswegs!", verneinte Desiderius lächelnd. „Weder unter die Ketzer noch unter die Ketzerrichter, deren vornehmster und berühmtester eben jener römische, von der Wölfin geworfene Golgatha-Jurist ist. Aber warum ereiferst du dich, da ich dir doch nur die Gedanken kunttue, zu denen mir die erneute Lektüre deiner Utopia verholfen hat? Denn jeder Christ hat seine Seligkeitsrechnung persönlich zu führen, und selbst du vermagst aus deinem Kopfe immer nur das zu ernten, was von deinen Vorfahren mittels der Sprache hineingesät worden ist zur größeren und geringeren Ehre des Ewigen Vaters, der weder die kannibalische Feuersteinkette des Goldenen Vlieses noch das mit der hochverräterischen Silbe Schelm bestickte Hosenband trägt. Solange du dich scheust, jede Vorstellung, auch die allerheiligste, bei ihrem exakt wissenschaftlichen Namen zu nennen, was niemals ohne einen Tropfen Humoröl gelingen kann, solange siehst du nicht Tatsachen, sondern Gespenster, und solange musst du trotz deiner großen Gelehrsamkeit in die Irre gehen. Denn du kannst die ganze Welt nicht gewinnen wollen, ohne den ärgsten Schaden an deiner Seele, nämlich an deinem Sprachgebrauch, zu nehmen! Wobei, wie in jedem Schlachtgetümmel, der Ton auf dem Terminus ‚gewinnen' liegt. Und da du nun einmal das schwere Kreuz der Fürstenknechtschaft auf dich geladen hast, wirst du es auch weiterschleppen müssen, bis du den Mut findest, es hinter dich zu werfen. Erst dann kannst du dich wieder mit gutem Gewissen ein Kind des Ewigen Vaters nennen. Nur Toren hungern nach Siegen! Darum hör auf zu kämpfen! Alles Triumphieren ist schlechterdings unchristlich und widersittlich, weshalb auch noch kein einziger Soldat in den Himmel gekommen ist. Denn wer da kämpft, es sei, warum es sei, der zweifelt nicht nur an der Ohnmacht des Satans, sondern auch an der Allmacht des Ewigen Vaters, der da war, der da ist und der da sein wird. Das eben ist und bleibt der Grundhumor des gesamten Christentums!"

„Ja, du bist ein freier Mensch!", nickte Thomas More zerknirscht. „Du brauchst nicht zu handeln, wenn du nicht willst. Dagegen sind wir trotz unserer Würden doch nur ganz kleine Schelme! Denn jede unserer Handlungen geschieht aus bitterernstem Zwang! Wir Staatsmänner dürfen nur wollen, was wir müssen."

„Womit handelt ihr?", humorte Desiderius weiter. „Nicht mit Heiterkeit und Freude, sondern mit Ernst und Würde. Und die einzige Folge solcher Bemühungen ist eine neue Würgerei. O Torheit, die sich unablässig selber lobt und preist! Statt euch das Leben gegenseitig zu erleichtern, macht ihr es euch immer schwerer, ihr gar zu widervernünftigen Pharisäer und Schriftgelehrten, die ihr immer noch darauf versessen seid, Mücken zu sein und Kamele zu verschlucken. Wie kommt es denn, dass Stoffwechsler, die wie vernünftige Menschen aussehen, nicht nur in ihren Wappen wilde Bestien anbeten, sondern sich auch genauso wie solche betragen? Darum: Weder Rom noch Karthago, weder die Wölfin noch der Löwe, weder der Fuchs noch der Adler noch die Hyäne, sondern allein der Mensch ist das Maß der Dinge und das Ebenbild des Ewigen Vaters. Weshalb vertragt ihr euch nicht um jeden Preis, ihr kleinen Schelme und großen Staatsmänner? Fürchtet ihr euch etwa davor, dass dann sogleich eure unbedingte Heilswidrigkeit und vollkommene Überflüssigkeit kund und offenbar werden müsste? Zittert ihr vor dem Ausgelachtwerden? Das wäre doch wohl der Gipfel der Torheit! Lacht mit, trotz eures schlechten Gewissens, und niemand wird imstande sein, euch auch nur ein Härlein zu krümmen! Wollt ihr lieber einen Schrecken ohne Ende als ein Ende ohne Schrecken? Es wäre deine verdammte Pflicht, mein liebster Thomas, nun deine Stimme wie niemals zuvor zu erheben, um dieses tiefste aller Staatsgeheimnisse endlich preiszugeben und allen Völkern zu verraten! Weshalb zögerst du noch immer, den unschuldigen Heiland vom Strafholz herunterzunehmen, damit der Sohn der Versöhnung erscheinen kann?"

„Weshalb nimmst du ihn nicht herunter", fragte Thomas More zurück, „da du doch der Einzige bist, der solches wagen dürfte?"

„Weil es mir als Philologen", antwortete Desiderius, „keinesfalls zusteht, Juristenarbeit zu verrichten! Denn wenn du auch dieses scheußlichste aller Justizverbrechen nicht mit eigener Hand begangen hast, so hast du doch diese von dem berühmtesten deiner Kollegen verübte Schandtat bis zu diesem Augenblick gebilligt und gutgeheißen! Also bist du der Mitschuldige und nicht ich! Darum rühre dich endlich, Herzbruder Thomas, und warte nicht so lange, bis sich deine eigenen Kinder, die Utopisten, wider dich erheben müssen, um den Löwen wie den Fuchs, die Wölfin wie die ganze Adlerbrut sowie die Hyäne zur Strecke zu bringen. Denn darauf, so will es mich bedünken, läuft die ganze homerische Komödie im Schoß der Jungfrau Europa hinaus."

„O Desiderius", seufzte Thomas More, „wer spricht aus dir, wenn es nicht der Ewige Vater ist? Lass ein Bild von dir malen und schicke es mir nach London damit ich dich, den ich in meinem Herzen trage, auch immerdar vor Augen haben kann!"

Bald darauf fuhr Thomas More, der Urheber aller Utopisten, mit Henrikus Oktavus, diesem tollsten aller gekrönten Hochseeräuber, nach dem wie ein Wespennest zischenden Zweiten Karthago zurück und wiegte sich trotz alledem noch immer in der Hoffnung, das Ärgste verhüten zu können.

Desiderius aber begab sich in die wie ein fleißiger Bienenkorb summende Welthandelsstadt Antwerpen, in deren Hafen gerade die ersten Utopisten an Bord gingen, um aus dem europäischen Jammertal nach dem Paradies der Neuen Welt auszuwandern, und ließ sich hier von Albrecht Dürer, der um diese Zeit Flandern bereiste, mit dem Stift zeichnen und bald darauf auch von Quentin Massys für Thomas More in Öl malen.

Thomas Wolsey, * 1475? in Ipswich, † 28. November 1530 in Leicester war ein englischer Staatsmann, römisch-katholischer Erzbischof von York und Kardinal. Er bekleidete das Amt des englischen Lordkanzlers und stieg für viele Jahre zum mächtigsten Mann Englands auf.

Johann Froben, auch Johannes Froben, latinisiert: Johannes Frobenius, * um 1460 in Hammelburg, Franken, † 26. Oktober 1527 in Basel, war ein bedeutender Buchdrucker und Verleger in Basel.

Aldus Pius Manutius, italienisch Aldo Pio Manuzio, * 1449 in Bassiano, † 6. Februar 1515 in Venedig, war ein venezianischer Buchdrucker und Verleger.

Süleyman I., im Deutschen auch Suleiman „der Prächtige" genannt, regierte von 1520 bis 1566 als der zehnte Sultan des Osmanischen Reiches und gilt als einer der bedeutendsten Herrscher der Osmanen.

Das Geheul nach dem Heil

Bald danach schleuderte Luther, dessen öffentlich angenagelte Glaubenskreditgrundsätze unterdessen von den beiden Theologenhorden der Universitäten Löwen und Paris einstimmig als häretisch verworfen worden waren, diese deutlichen Grimmzeilen auf das unter seiner hartgesottenen, urkatholischen Mönchsfeder besonders geduldige Hadernpapier:

„Die Löwener Theologen sind grobe Esel, verfluchte Schwindler, ärgste Buben, gottwidrige Faulbäuche, blutdürstige Mordbrenner, scheinheilige Brudermörder, epikurische Säue, heulende Herrgötzler, die eitel Lüger, Gotteslästerungen und Abgötterei lehren, und ihre Fakultät ist nichts anderes als eine heilswidrige, stankpfuhlige Tölpelschule, daraus sie ihren eigenen Silbenkot scheußen in das Volk, das doch gar nicht ihr Besitz, sondern des lebendigen Gottes Erbe und Eigentum ist. In Paris aber steht die verruchte Teufelssynagoge, die Sorbonne, des Papstes allergrößte Hurenkammer und die rechte Hintertür zur Hölle, und darin sitzt die vom Scheitel bis zu den Fersen mit schneeweißem Aufsatz bedeckte Riesenmetze des Geistes und Mutter allen Irrtums in der Christenheit. So wir doch die Diebe mit dem Strang, Räuber mit dem Schwert und Ketzer mit dem Scheiterhaufen bestrafen, warum greifen wir nicht viel mehr diese bestialischen Verbreiter des Unheils, als da sind Päpste, Kardinäle, Bischöfe und das ganze Unzuchtsgeschwärm der wölfischen Sodoma, welche die Kirche ohne Unterlass vergiften und zu Grund verderben, mit allen Waffen an, um unsere gerechten Hände in ihrem pestilenzialischen Blut zu waschen?"

Zur gleichen Stunde verfasste in Padua der nicht minder glaubenszauberbeflissene Versezirkler Julius Caesar Scaliger, dem der durch nichts zu erschütternde Weltruhm des rotteradamischen Silbenhermetikers längst wie ein überschlächtiges Mühlrad im lorbeerberlaubten Poetenschädel herumrumorte, diese an den Urheber des „Selbstlobes der Torheit" gerichteten Sätze:

Vernimm das Register Deiner Sünden, gehe in Dich und tue Buße, damit Deine Seele vom Verderben errettet werde! Nachdem Du die geheiligte Tür Deines Klosters erbrochen hattest, so gingst Du nach Venedig, der Stadt des Heiligen Löwen, zu Aldus Manutius, um Dich in seinem Hause zu verbergen wie ein Tanzbär, der dem Käfig entflohen. Alle Italiener, die mit Dir zusammen bei diesem Erzmeister der Buchdruckerkunst gearbeitet haben, sahen mit wachsendem Ingrimm, wie Du, während sie mit Fleiß und Emsigkeit die Hände rührten, hingingst, um Deine batavischen Räusche auszuschlafen. Dagegen warst Du bei Tisch stets der Erste, und nichts war sicher vor Deiner Zunge wie vor Deiner Feder. Leugne auch nicht länger, jenen gegen den seligst verblichenen Heiligen Vater Julius Sekundus gerichteten Schmähdialog verfasst zu haben, darin Du so verwegen bist, ihm den Zutritt zum Himmel verweigern zu lassen. Denn wer bist Du, dass Du es wagen darfst, Dir, wenn auch nur auf dem Papier, göttliche Befugnisse zuzubilligen und anzurechnen?

Auf diese kritischen Anzapfungen des älteren der beiden Scaliger antwortete Desiderius mit den folgenden neckischen Zeilen:

Was kann ich dafür, tollkühnster der Pegasusritter, dass mir die Tür meiner batavischen Klosterzelle infolge ihrer Altersschwäche und Wurmstichigkeit die vorschriftsmäßigen Schutzdienste nicht länger zu gewähren vermochte? Und wie könnte es eine Sünde sein, wenn ein Tanzbär danach strebt, die ihm von Gott zugedachte Willensfreiheit ohne jede Gewaltanwendung zurückzugewinnen? Und weshalb sollte ich mit Ingrimm auf ingrimmig blickende Italiener blicken, wenn ich mir schon in der Wiege vorgenommen, gelobt und geschworen habe, über alle ingrimmig blickenden Europäer zu lachen, da sie noch nicht Gottes Kinder zu sein wissen, die immer etwas zu lachen haben, wenn über nichts anderes, dann über ingrimmig blickende Italiener, die noch immer nicht zu der Einsicht kommen wollen, dass germanischer Geist dem italienischen in keiner Beziehung unterlegen ist. Und sollte es nicht überaus menschlich und weise sein, seine Räusche im stillen Kämmerlein auszuschlafen anstatt bacchantisch durch die Gassen zu tumultieren, um andere Leute damit zu behelligen? Und weshalb willst du mich durchaus dazu anstiften, anderen Zeitgenossen, die doch auch leben wollen, die sie ernährende Arbeit vor der Nase wegzuschnappen, da ich doch mehr als genug mit dem zu tun habe, was nach Lage der Sache von gar keinem anderen als nur von mir selber verrichtet und vollbracht werden kann? Und welche Beleidigung des Gastgebers erwüchse aus meiner Hartnäckigkeit, mich an seinem vollen Tisch auf einen baldigen Hungertod vorzubereiten? Du bist auch nicht der Erste, wie Du auch nicht der Letzte sein wirst, der mir jene närrische „Der ausgesperrte Julius Sekundus" betitelte Spottschrift in die Schuhe zu schieben versucht, da in dieser Tiararier eine so wenig beneidenswerte Rolle spielen muss. Aber, so frage ich Dich in aller komischen Ergebenheit, wie kann ein halbwegs vernünftiger Mensch auf den grundabsurden Gedanken kommen, dass irgendeinem der Heiligen Väter das Durchschreiten der Himmelspforte verweigert werden könnte, da er doch, wie schon das päpstliche Wappen beweist, der einzige Sterbliche ist, der die Schlüssel zu dieser wichtigsten aller christentümlichen Sperrvorrichtungen in der Tasche hat? Und welch eine abgrundtiefe und verabscheuungswürdige Ketzerei und Apostasie wäre doch die Annahme, dass gerade diese beiden allerheiligsten Öffnungsgerätschaften und Offenbarungswerkzeuge nicht ganz passend oder gar bis zu Unbrauchbarkeit verrostet sein könnten? Und damit pegasuse von dannen und gehab Dich wohl!

Nach Kenntnisnahme dieser kostenlosen Eröffnungen fielen ihrem Empfänger denn doch so viele Glaubens- wie Aberglaubensschuppen von den beschämten Lidern, dass er es für geraten fand, den Urheber dieser freundlichen Aufklärungsbewirkungen fortan mit stillschweigender Verachtung zu bestrafen.

Nicht mehr gedacht soll seiner werden! dekretierte sich dieser Versedrechsler Julius Caesar Scaliger, und wie zur Belohnung dafür wurde ihm noch vor Weihnachten des Jahres 1518 eine in der Garonnestadt Agen freigewordene Fettpfründe zugewiesen, woraufhin er sich wie sein doppelter Vornamensvetter nach Gallien in Marsch setzte, um niemals wieder in die Versuchung zu geraten, den weltberühmtesten aller damaligen Briefschreiber anzulateinen.

An einem dieser Herbsttage richtete Leo Fraenkel vom sechsten der sieben Hügel aus an Desiderius die folgenden Zeilen:

Vorige Woche, Roterodamus, Du Verkündiger des Ewigen Menschenvaters, Baumeister des Weltfriedens und weisester aller Sterblichen, bin ich aus Paris und Venedig nach Rom zurückgekehrt und habe doch nicht mehr als lumpige dreißigtausend Scudi für die nun von Solidus Vollio verwaltete Rechnungskammer der Kurie auftreiben können. ‚Das ist nur ein Tropfen auf den heißesten aller Steine!', rief er händeringend, als ich ihm diese Botschaft überbrachte. Und dann fuhr er fort: ‚Eher vermag ein Stein von selbst in die Höhe zu fliegen, als dass dieser Heilige Vater imstande wäre, tausend Goldstücke zusammenzuhalten.' Und dabei habe ich ihm, so versicherte er mir weiter, nur meine Stimme gegeben, weil er so ungemein hebräisch aussieht und weil ich bestimmt gehofft hatte, dass er uns das von seinen Vorgängern hinterlassene Defizit vom Halse schaffen würde. Im Gegenteil, es ist ihm gelungen, uns auch in dieser Richtung auf das allergrausamste zu enttäuschen. Längst hat sich bei ihm die Tugend der Freigebigkeit in das Laster der Verschwendungssucht verwandelt. Anstatt, wie ich ihn beschworen habe, die Schriften des wittenbergischen Erzketzers zu lesen und die Kirche an Haupt und Gliedern zu reformieren, wirft er das teure Geld mit vollen Händen zum Fenster hinaus, und der süße Pöbel jubelt ihm zu.

Also sprach Solidus Vollio gestern Abend zu mir in seiner bei Frascati gleich neben dem Weingut Bellacosa gelegenen Villa Violetta, die er im vorigen Jahr erstanden hat, um sich und die Seinen daselbst vor der Pest in Sicherheit zu bringen. Diese Seuche ist nun im Erlöschen begriffen und wird wohl bald gänzlich verschwunden sein. Ich habe, bevor ich meine Reise antrat, die medizinische Praxis in jüngere Hände gelegt und widme mich seitdem nur noch den Geldgeschäften, die heutzutage immer mühsamer werden und meine ganze Kraft in Anspruch nehmen. Wahrhaftig, dieser Leo Medici ruiniert den Kredit wie der Luther dem Glauben, was im Grunde ja auf dasselbe hinausläuft. Auch gibt es für einen auf einer Wölfin thronenden und Leo benamsten Löwen keine ungeeignetere Rolle als die des Füllhorns. Und so geraten Handel und Wandel immer mehr ins Stocken, und die wachsende Unsicherheit der Zukunft gebiert das Misstrauen nach allen Seiten. Da niemand mehr weiß, was da werden wird und was da kommen soll, wird das Bargeld zusehends rarer und der Zinsfuß steigt immer höher. Trotzdem ist der römische Pöbel noch beim Hosiannaschreien und lässt sich durch nichts von der Meinung abbringen, dass der ganze Glaubenshimmel voller Geigen hinge.

Kürzlich hat der Pasquino das Geheimnis ausgeplaudert, dass ein gewisser Jacobsohn, der ein direkter Vorfahr dieses Heiligen Vaters gewesen sein soll, hier in Rom an der Ecke der Davidstraße mit Perlen und Edelsteinen gehandelt hat, bevor er sich nach Florenz davongehoben hat, um dort eine medizinische Praxis zu erwerben, den Namen Medici anzunehmen und sich der Taufe zu unterziehen, ohne die er kein Nobili werden konnte. Aber die Römer haben an dieser Offenbarung keinen Anstoß genommen, was auch von unserem Nachbarn Urban Immerius bestätigt worden ist, der nun den am Florkamp gelegenen Weinkeller „Zur Unbefleckten Empfängnis" gepachtet hat und dort einen besonders guten Tropfen ausschenken lässt. Auch Jesus und alle seine Apostel sind Hebräer gewesen, behaupten die Römer nicht ohne Grund und jubilieren weiter trotz der Leerheit der öffentlichen Kassen, die sich nicht wieder füllen werden, solange jener trutzige Saxonikus in Wittenberg den Daumen auf dem germanischen Beutel hält, dass kein Hellerlein fürderhin herausspringen kann. Denn es sind, um mit Urban Immerius zu sprechen, schon viel zu viele am Werk, diese Milchkuh abzumelken.

Die deutschen Fürsten sind längst dabei, die Kirchenschätze und Klostergüter in ihren abgrundtiefen Beuteln verschwinden zu lassen. Der Kaiser Max liegt krank zu Wels in Tirol und kann seine Landsknechte nicht mehr bezahlen, bei deren Hauptleuten er so viel auf dem Kerbholz hat, dass es schier den Cerberus erbarmen könnte. Der türkische Sultan rüstet aufs Neue mit aller Macht, um sich diesmal die Stadt Wien zu holen. Und sogar die Eidgenossen, was immer ein sehr übles Vorzeichen ist, beginnen schon unruhig zu werden, zumal Zürich, wo Luthers unablässig wachsender Ruhm den guten Ulrich Zwingli nicht mehr ruhig schlafen lässt. Aber die gesilbte Medizin, die gegen den Krebsschaden helfen soll, ist bereits in Arbeit.

Hieronymus Aleander, gleichfalls einer unserer abtrünnig gewordenen Glaubensgenossen, dessen Großvater in Treviso mit Lammfellen gehandelt hat, wird als Nuntius nach Köln reisen, um dort durch Veröffentlichung der Bannbulle der Schlange des Schismas den Kopf zu zertreten, was nicht, wie er geschworen hat, ohne einige Scheiterhaufen abgehen soll. Ob er bei dieser Gelegenheit in die Ferse gestochen werden wird, bleibt abzuwarten. Du kennst ja diesen neidischen, eitlen, hit-

zigen und täppischen Fuchs von Venedig her und weißt, dass er, wie jeder dieser emporgekommenen Konvertiten, eine regelrechte Wetterfahne ist.

Mehrere Kardinäle, vor allen anderen Solidus Vollio und der schon sechsundsiebzig Jahre zählende Luigi Araceli, haben gegen diese Ernennung Einspruch erhoben, sind aber nicht imstande gewesen, den Widerstand des päpstlichen Vetters, der schon alle Geschäfte an sich gerissen hat, zu überwinden. Hier macht sich ein Tyrann bemerklich, der euch noch manche Nuss zu knacken geben wird! Also sprach Araceli, worauf dieser ehrwürdige Greis vor meinen Ohren den folgenden Ausspruch tat: ‚Wenn der Roterodamus in Rom geblieben wäre, dann würde auch ihn nun der Purpur zieren.' Und Solidus Vollio hat darauf also erwidert: ‚Da er der Gelehrteste von uns allen ist, gebührt ihm die Tiara und keinem anderen!'

Also beeile Dich, nach Rom zurückzukehren, damit Du das nächste Konklave nicht versäumst. Denn Leo Dezimus ist so fettherzig und kurzluftig, dass seine Jahre nach menschlichem Ermessen gezählt sein dürften. Wir, Deine getreuen Freunde, sind jedenfalls bereit, alles für Dich zu opfern, nur damit Du endlich der Reihe dieser unglückseligen Päpste ein Ende setzen kannst.

Unterdessen ist das von Raffaello Santi gemalte Bild der Himmelskönigin mit dem Mimosenzweig, für das Madonna Olivia Modell gesessen hat, fertig geworden und hängt nun über dem Hauptaltar von Maria Mercedes, sodass alle die es sehen, die große Ähnlichkeit bewundern können. Ihre Tochter Miranda gedeiht vortrefflich und ist glücklich, den Kardinal, den sie ebenfalls wie aus dem Gesicht geschnitten gleicht, für ihren rechten Vater halten zu dürfen. Ja, es geht schon das Gerücht um, dass diese Jungfrau, obschon sie erst vorigen Monat ins fünfte Daseinsjahr getreten ist, eine Fürstin Colonna oder Orsini werden soll. Kein Wunder, dass der Kardinal, der sich nun meistens in Frascati auffällt, bei bester Laune und Gesundheit ist! Er trinkt dort draußen nur seinen eigenen Wein, der von einer hervorragenden Köstlichkeit und Wohlbekömmlichkeit ist und hat auch Dir ein Fässchen davon zugedacht, das Dir durch Urban Immerius, der sich Dir gleichfalls ergebenst empfehlen lässt, auf dem Seewege zugesandt werden wird. Stärke Dich damit und antworte uns bald! Denn wenn wir auch wissen, dass mit philosophi-

schen Ratschlägen, und wären sie auch noch so vortrefflich, keine leeren Kassen gefüllt werden können, so wäre es doch für uns ein großer Trost, wenn wir erfahren könnten, wie Du über unser gemeinsames, nun von Tumulten zerrissenes Vaterland denkst und wie sich Deiner unmaßgeblichen Ansicht nach die kommenden Dinge gestalten werden. Solange ich in Rom weile, werde ich nicht ablassen, Dich zur Rückkunft zu bewegen, denn es gibt keinen, der geeigneter wäre, das Konvertitengeschmeiß, das sich jetzt hier mit aller Macht breit zu machen beginnt, zur Strecke zu bringen und die Gefahr des Schismas zu beseitigen, damit Handel und Wandel wieder aufblühen können. Widrigenfalls mir nichts anderes übrigbleiben wird, als mich nach Deinem Vorbild von dieser immer unheimlicher werdenden Siebenhügelpolis zu trennen.

An diesem Abend stand Desiderius beim Schein eines dreiarmigen Leuchters in Antwerpen am Pult und überflog noch einmal diese ihm von dem inzwischen zum Mitglied des Geheimen Rates ernannten Thomas More aus London zugeposteten Zeilen:

Die Wittenberger Propheten wandeln, daran kann nun wohl nicht mehr gezweifelt werden, bereits auf den blutigen Spuren Mohammeds. Denn sie möchten jeden, der sich weigert, an ihren aus dem Kloster entsprungenen Dämon zu glauben, mit Feuer und Schwert vertilgen von dieser Erde. Deshalb auch hält dieser wildgewordene Augustiner, der mehr einem heulenden Derwisch denn einem Heiland gleicht und dessen Verstand bis auf die Bissigkeit, bereits alles zu wünschen übriglässt, an der Institution des Fegefeuers fest, obschon er den Ablasshandel verwirft. Deshalb pocht er auf dem barbarischen Recht herum, Scheiterhaufen zu errichten, um alle Antiketzer darauf zu schmoren. Seine Widersprüche sind Legion! Auch scheint er das Allgemeine Priestertum nur verkündet zu haben, um sich selber als alleiniger Oberpriester und Kontrapapst aufspielen zu können. Vieles ist schrecklich auf dieser verworrenen Welt, doch der schrecklichste der Schrecken, das ist ohne Zweifel solch ein Unmensch, der zu behaupten wagt, ein Mensch zu sein, und der dann mit seinem flegelhaften Schimpfgetöse alle Ohren zu betäuben sucht, um die Stimme der reinen Vernunft zu ersticken und die Wissenschaft der Verachtung preiszugeben. Welch ein satanischer Professor, dem nur das als christlich annehmbar gilt, was sich aus dem Wortlaut der Heiligen Schrift beweisen lässt, aus der er aber selbst alles streicht, was ihm nicht in seinen Wahnkram passt.

So sehr ich mir auch Mühe gebe, ich vermag in all diesen allerhöchst beschämenden Vorgängen und Durchtriebenheiten nicht das geringste Fünkchen Humor zu entdecken. Und meinem erlauchten Herrscher ergeht es nicht anders. Darum ist er auch entschlossen, diesen gewissenlosen und verabscheuungswürdigen Zerstörer der ehrwürdigen christlichen Glaubensgemeinschaft mit der Löwenkraft seiner königlichen Feder in die Schranken des Gehorsams zurückzuweisen und sich solcherart den Dank des Heiligen Vaters zu verdienen. Im Übrigen lässt Dich mein erlauchter Herrscher um deine Meinung über jenes gelehrte Monstrum bitten, das von Wittenberg aus die Welt beunruhigt.

Hier trat Peter Gilles mit einigen soeben aus Deutschland eingetroffenen Briefschaften über die Schwelle, half beim Öffnen der versiegelten Hüllen und stieß dabei auf ein von Philipp Schwarzerd, genannt Melanchthon, abgeschicktes, von Lukas Cranach signiertes und von Hans Lufft in Wittenberg gedrucktes, mit Luthers Bildnis verziertes Flugblatt.

„Ei, sieh da!", rief der Stadtschreiber von Antwerpen. „Der neue Heiland macht dir seinen ersten Besuch! Und das in der Mönchskutte! Sogar der Heiligenschein fehlt nicht! Aber von Christo keine Spur!"

Desiderius nahm das gröbliche Holzschnittblatt entgegen, hielt es ins volle Kerzenlicht und betrachtete es schweigend.

„Ist das etwa", spottete Peter Gilles, „der Welteidgenosse, der da kommen soll, dem Zeitalter der Unvernunft ein Ende zu setzen? Das eine steht fest: Die Göttin der Schönheit kann sich nicht lange an seiner Wiege aufgehalten haben!"

„Das Ebenmaß des Körpers", exaktete Desiderius und legte das Blatt hin, „verbürgt noch nicht die Wohlgestalt der darin wohnenden Seele. Und bevor du nicht die Quelle dieser ganzen Verwirrung fest ins Auge gefasst hast, wirst du nicht zu erkennen vermögen, was der Ewige Vater mit der Erweckung dieses außerordentlichen Aufruhrstifters bezweckt, an dessen Tapferkeit nicht im Geringsten gezweifelt werden kann."

„Du nimmst ihn in Schutz?", fragte Peter Gilles erstaunt. „Obschon du gestern behauptet hast, dass zwei Christen, die um ihres Glaubens willen gegeneinander Feindseligkeiten begehen, damit doch nur beweisen, dass sie keine Christen, sondern Antichristen sind!"

„Also", schloss Desiderius lächelnd, „haben wir es auch in diesem Falle mit zwei vollkommenen Antichristen zu tun, die beide mit dem gleichen tapferen Ingrimm dem barbarischen Kultus der Gewalt zu obliegen beflissen sind."

„Dann", begehrte Peter Gilles auf, „wäre ja auch der Heilige Vater ein Antichrist!"

„In Luthers Augen unbedingt!", nickte Desiderius. „Und umgekehrt! Ein Beweis, dass keiner der beiden in diesem wichtigsten aller Erkenntnispunkte vor dem anderen etwas voraus hat und dass sie sich in ihren Augen gleichen wie ein Ei dem anderen. Wie denn auch jeder Antibarbar ein Barbar ist, dieweil jeglicher Gegner immer nur die ebenbürtige Schöpfung seines Widersachers ist, ohne den er gar nicht vorhanden wäre. Indem sie sich bis aufs Messer bekämpfen, und wäre es auch nur das Federmesser, arbeiten sie sich in die Hände. Das ist und bleibt der Humor alles Zankens und Streitens, alles Raufens und Würgens! Siehst du das nicht ein, dann wirst du in spätestens fünfhundert Jahren ausgelacht werden. Und gerade das ist die Gefahr, der ich mich am allerwenigsten auszusetzen wünsche. Es gibt ja auch gar nichts Lächerlicheres als jene Sorte von Gläubigen, die sich ihr Christentum dadurch zu beweisen suchen, dass sie sich gegenseitig so antichristlich und unmenschlich wie nur möglich benehmen. Wenn Gott das Wort ist, dann ist der Satan der Tumult, wo jedermann brüllt, dass niemand mehr sein eigenes Wort verstehen kann. Erkenne daran, wie wenig Gewicht das Urteil von Theologen hat, die sich nicht anders als tumultuarisch zu betragen wissen. Und gerade darauf sind nun alle versessen in dieser von scholastischen Dogmen belasteten und von bettelnden Predigern erfüllten Welt. Denn diese Trabanten des römischen Stuhles haben so an Anzahl und Macht zugenommen, dass sich selbst der Heilige Vater vor ihnen zu fürchten hat. Kein Zweifel, dass ihm diese seine uniformierten Schutzstaffeln längst über die Tiara hinausgewachsen sind! Wenn er ihnen nach Begehren willfahrt, dann ist er ihnen viel mehr als Gott selbst. Doch wehe ihm, wenn er sich untersteht, wider diesen Stachel zu löcken und gegen das zu handeln, was sie in ihrer korybantischen Torheit für einzig vorteilhaft ansehen! Diese nach immer mehr Gold, Macht, Pracht, Völlerei und Herrlichkeit trachtenden und nun schon alle Hochschulen tyrannisierenden Klosterklüngelhorden haben die

Stirn und machen sich einen Ruhm daraus, unter geflissentlicher Beiseiteschiebung der Heilandsfigur nur noch ihre eigenen, immer unverschämter werdenden Lehren und Postulate zu verkünden. Zumal über die Ablässe schwadronieren sie heute noch so, dass es selbst für einen Idioten unerträglich ist. Vor fünfhundert Jahren waren die Klöster noch Schulen des Geistes und Pflanzstätten der Wissenschaften, heute jedoch sind sie nur noch stinkende Eiterbeulen am Leibe der Mutter Kirche. In diesen Höhlen der geistigen Trägheit werden nun jene Regimenter aufgezüchtet, die die Erbschaft der römischen Legionen angetreten haben, um die Völker der Welt im Namen Christi zu unterjochen und ihrer Freiheitsrechte zu berauben. Und dem gleichen Zwecke dient auch die widernatürliche Trennung der Geschlechter, die alle niedrigen Instinkte aufgeilt und zur Blüte gelangen lässt. Denn nur auf diese erzteuflische Art und Weise konnte in den Mönchsklöstern der unwissende, barbarische Kuttenrüpel und in den Nonnenklöstern die heuchlerische, heimtückische Bissgurn zur Welt und zur Herrschaft gelangen!"

„Aber dieser Martin Luther", warf Peter Gilles ein, „ist doch auch in einem römischen Kloster erzogen und herangebildet worden!"

„Andernfalls", nickte Desiderius, „würde er sich wohl etwas gebildeter auszudrücken wissen. Aber sein ungehobelter, draufgängerischer Dialekt, dem jede Schlangenklugheit abgeht, beweist doch nur den erbarmungswürdigen Bildungstiefstand seiner klösterlichen Lehrer und Erzieher. Wie geschrieben steht: Wie ihr in eure Schüler hineinruft, genauso schallt es aus ihnen heraus! Und so ist es denn nicht verwunderlich, dass er ihnen nun so ungestüm an den Wagen fährt und keinerlei Pardon geben will. Die Hauptschuld liegt also nicht bei ihm, sondern bei ihnen. Und so hat sich denn der Schatz der Geduld endlich erschöpft. Darum auch vernimmt man immer weniger in den Gottesdiensten von Christo, desto mehr dagegen von der Herrschaft und Gewalt des Papstes, der sich die ganze Welt zins- und dienstbar zu machen trachtet, und von den Privatmeinungen der modernen Theologen, deren Predigten ein Sammelsurium von philosophischen Absurditäten und von Gewinnsucht, Schmeichelei, Ehrgeiz und Fantastereien geradezu triefen. Diese Kanzelparasiten fürchten für ihre Versumpftheit und für das Weitergedeihen des von ihnen allen Völkern eingeimpften und eingeübten Übels, von dem sie ihr Dasein fristen, und so wollen sie denn durchaus nicht irgendwie unwissend erscheinen und nicht das allerkleinste Jota von ihrer pädagogischen Majestät einbüßen. Besonders die Dominikaner und Karmeliter sind noch viel verruchter als sie dumm sind. Was sie in ihrer krassen Ignoranz nicht verstehen und begreifen, das verschreien sie sogleich als Ketzerei. Sich gewählt, deutlich und exakt wissenschaftlich auszudrücken, ist für sie Ketzerei. Griechisch können ist Ketzerei. Kurz, alles, was sie selbst nicht können und vermögen, ist Ketzerei und Erzketzerei. Und wozu der Orden der Dominikaner, dieser kuttliche Rattenkönig von Habgier, Missgunst, Hinterlist und Niedertracht fähig ist, das wird hinreichend bewiesen durch das von ihnen dem Florentiner Hieronymus Savonarola bereitete Schicksal wie auch durch den Jetzerhandel im eidgenössischen Bern, wo erst vor zehn Jahren nicht weniger denn vier dieser verschmitzten Hokuspokusmacher auf den Scheiterhaufen gekommen sind, weil sie zur Erhöhung ihres Rufes und ihrer Einkünfte die Jungfrau Maria zu schwindelhaften Erscheinungen veranlasst haben. So sehen diese sich selbst lobhudelnden Hochaltarnarren und Torheitsbrünstlinge aus, von denen die durch Christus geplante und entworfene Gesellschaft der freien, gleichen und brüderlichkeitlichen Menschenfreunde zur pontifexischen Hierarchie verdorben und die Spaltung, dieses Grundgesetz der Klassik, zu ihrem selbstgewählten Schicksal gemacht worden ist. Denn für die christliche Union sind weder das demokratische Athen noch das senatöricht verwolfte Rom, sondern lediglich das eidgenössische, gänzlich unklassische Basel sowie die nach seinem friedfertigen Muster gebildeten Hansestädte, wozu auch hier dieses Antwerpen gehört, die ewigen Vorbilder. Und mögen jene nur gesetzlich geschützten Thronlakaien, Würgebolde und Kanzelzeterer noch so viele Staaten nach ihrem abgeschmackt verschrobenen Gusto gründen, der Ewige Vater lacht, und diese utopischen Missgeburten zerstieben in alle Winde. Wie die Erfindung des Schießpulvers die ritterlichen, panzergeschützten Fausthandwerker und Feudaltröpfe in den Orkus gefegt hat, genauso werden nun durch die Erfindung der Buchdruckerkunst jene Legionen von Mundhandwerkern und Kanzelkrähen bedroht, die, anstatt mit dem Kopfe, mit dem Kehlkopf denken."

„Und ist der Luther", stach Peter Gilles dazwischen, „nicht auch so ein Kanzelkampfhahn?"

„Und was für einer!", bejahte Desiderius lächelnd. „Denn auf einen groben Klotz gehört ein noch gröberer Keil. Sonst wartet man vergeblich auf die Spaltung!"

Hier stürzte der Maler Quinten Massys ins Gemach und rief: „Ihr sitzt hier, und die ganze Stadt ist auf den Beinen! Im Augustinerkloster hat es einen Aufstand gegeben. Vier junge Mönche, die in der Druckerei tätig waren, haben die Kutten abgeworfen und sind entsprungen. Sie wollten auf einem Schiff nach Hamburg entkommen, wo sie niemand kennt. Aber am Scheldetor sind sie von der Wache ergriffen worden. Und nun sitzen sie im Stadtgefängnis, und der Abt, den sie kopfüber in eine Regentonne gestürzt hatten, als er ihnen den Weg vertreten wollte, hat geschworen, sie als lutherische Ketzer auf den Scheiterhaufen zu bringen."

„Solange sie in Gewahrsam sind", winkte Peter Gilles ab, „kann ihnen nichts zustoßen."

„Aber der Pöbel ist dagegen!", gab Quinten Massys zu bedenken. „An allen Ecken wird schon wieder gegen den Rat gehetzt."

„Mönche", versetzte Peter Gilles achselzuckend, „unterstehen nicht der weltlichen, sondern der geistlichen Gerichtsbarkeit."

„Danach", erklärte Desiderius, „pflegt der Pöbel nicht zu fragen. Und sind es denn noch Mönche, nachdem sie den Mut bewiesen haben, ihre menschliche Freiheit zurückzugewinnen und so den Willen des Ewigen Vaters zu erfüllen? Wo sind denn in der Heiligen Schrift die Bezeichnungen Mönch, Kloster und Scheiterhaufen zu finden?"

„An keiner einzigen Stelle!", stimmte Quinten Massys sofort zu.

„Also", schloss Desiderius diesen Trialog, „ist das Festhalten dieser vier Schelme ein unchristliches Beginnen. Auch hat eine jegliche Stadt zunächst für ihr eigenes Wohl zu sorgen. Darum habt den Humor, diese gewesenen Mönche in der Nacht entschlüpfen zu lassen, und die Gefahr eines neuerlichen Aufruhrs ist beschworen."

Und so geschah es also. Die vier Flüchtlinge entkamen an Bord des Schiffes auf die freie See und gelangten nach Hamburg, wo sie auf der Springeltwiete eine Druckerei eröffneten und Luthers Schriften emsiglich nachdruckten.

Als Desiderius im Frühjahr 1519 nach Löwen zurückkehrte, fand er außer zahlreichen Briefen auch das ihm von Solidus Vollio zugedachte und von Theo Fraenkel angekündigte Fässchen, dessen Inhalt nichts zu wünschen übrigließ.

Und er nahm sich nun auch die Zeit, diesen beiden in Rom hausenden Nichtrömern also zu antworten:

Herzlichen Dank für den köstlichen Tropfen und dazu alle guten Wünsche für die kommenden Jahre, die nicht minder bewegt sein werden als die vergangenen. Denn inzwischen hat der alte Kaiser zu Wels in Tirol das Zeitliche gesegnet, von dem ihm zuletzt nichts als Enttäuschungen und Plagen beschert worden sind, und die sieben Kurfürsten rüsten sich nun schon zur neuen Wahl, die in Frankfurt stattfinden soll und deren Ergebnis kaum vorausgesagt werden kann, solange der Mohammed von Wittenberg nach wie vor das Schlachtfeld der Meinungen beherrscht und weniger denn jemals Lust zeigt, den Daumen vom deutschen Beutel zu lassen. Ich habe ihm, da er mich brieflich darum bat, einige Winke zukommen lassen. Aber meine Mahnungen zur Sanftmut und Milde scheinen nicht seinen Beifall gefunden zu haben, wie mir sein neuer Famulus Philipp Melanchthon inzwischen berichtet hat. In Luthers Schriften steckt viel Wissenswertes, aber alles ist zu scharf, zu aufrührerisch formuliert. Hätte er das zur Sache Gehörige nur etwas maßvoller gesagt, so hätte er wohl alle Gebildeten auf seiner Seite gehabt, was schon daraus erhellt, dass die gegen ihn Schreibenden so gar nichts beizubringen vermögen, was sich zu lesen lohnt. Ist sein Schreiben Wahnwitz, so sind seine Gegner, nach ihren erbärmlichen Elaboraten zu urteilen, doppelt und dreifach wahnwitzig.

Ich sehe unter denen, die ihn vernichtet wünschen, nicht einen einzigen guten Menschen. Und so ist denn zu befürchten, dass alle, die die Szylla Luther zu vermeiden suchen, in die antilutherische Charybdis fallen werden. Es ist schier unglaublich, wie heftiglich auch das gemeine Volk für diesen großartigen Poltermeister empfindet. Und sollte ihm etwas zustoßen, so sehe ich schon die mehr als grausamen Sieger, die uns dann einen Glauben anbefehlen werden, den sie selber nicht wahrhaben wollen. Bei Gott, wer von unseren Nachfahren wird glauben wollen, dass es einmal solche Bestien von Gottesgelahrten gegeben hat, wie sie uns gegenwärtig in immer reicherer Fülle beschert werden? Noch niemals wie heute sind die Leiter der Kirche so eifrig und so offen auf die weltlichen Genüsse, die man nach Christi Predigten verachten soll, erpicht, versessen und bedacht gewesen, worüber Schriftstudien und gute Sitten in ärgsten Verfall geraten sind. Die Heilige Schrift dient nur noch den niedrigsten Gelüsten, und die Gläubigkeit der Völker wird nur zu Profitzwecken missbraucht. Das ist auch der Grund, weshalb Luther allenthalben einen Beifall findet, wie er meines Erachtens seit Jahrhunderten noch keinem Sterblichen zuteil geworden ist. Freilich hat ihm die Buchdruckerkunst dabei mächtiglich geholfen. Aber stand dieser gewaltige Hirnbesen nicht jedem Kundigen zur Verfügung, um die gottlose Schankwirtschaft der Ablässe hinauszufegen?

Nun aber zu dem abtrünnig gewordenen Hebräer, der sich Hieronymus Aleander nennt und den ich nur zu genau kenne. Denn er arbeitete mit mir zusammen bei Aldus Manutius in Venedig, und wir beide mussten sogar, wegen der Engnis dieser berühmten Offizin, in einer Kammer schlafen. Er unterscheidet sich nur wenig von jenem berüchtigten Pfefferkorn, der durch die Taufe aus einem verruchten Hebräer der Verruchteste der Christen geworden ist. Aleander, dieser törichte Tropf mit einem ganz verrückten, völlig humorlosen Benehmen, ist gerade der richtige Nuntius, den Dämonissimus von Wittenberg so zu reizen, dass er noch weit grimmiger daherschnauben wird, als er es heute schon tut. Denn wer könnte eine vom Ewigen Vater abgeschossene Kugel ablenken, aufhalten oder gar zurückholen?

In diesem solcher Art entbrannten Streite halte ich mich, um meine ganze Kraft dem Wiederaufblühen der Wissenschaften zu widmen, vollkommen neutral, wie sich das für den ersten aller lebenden Welteidgenossen ziemt und schickt. Und wenn es zu meinem Schicksal gehören sollte, von beiden Seiten gesteinigt zu werden, so werde ich mich auch darüber nicht beklagen, sondern ich werde sämtliche gegen mich geschleuderten Wurfgeschosse nicht nur aufzufangen, sondern sie auch in meine Tasche zu stecken wissen, um mir am Ende daraus ein kleines Denkmal zu errichten. Und von dieser Haltung werde ich mich weder durch Lockungen noch durch Drohungen, weder durch kardinalische Purpurquastendüfte noch durch dominikanische Scheiterhaufengerüche abbringen lassen.

Ich bin nicht ein Feind Luthers, ich mag und kann es nicht sein, schon weil wir beide um tausend Jahre auseinander sind. Während er fünfhundert Jahre zu spät auf die Welt gekommen ist, – was hätte er zur Zeit des ersten Kreuzzuges für eine Bombenrolle spielen können! – bin ich fünfhundert Jahre zu zeitig erschienen, um ihn exakt wissenschaftlich zu beobachten und sein überaus seltsames Tun und Lassen der Mit- und Nachwelt zu erklären. Wie denn eine Philosophie, die es nur auf die gründliche Erforschung und auf die subtile Erkenntnis des Seins und des Werdens der Dinge abgesehen hat, die allerbeste Schutzwaffe gegen sämtliche Misshelligkeiten und Schicksalsschläge ist. Die Welt ist bereits erschaffen, und wer sie wie Luther, weil sie ihm so durchaus nicht wohlgefällt, zu zerreißen und zu zerschlagen bestrebt ist, nur um dann aus den Trümmern eine neue Welt zusammenzufügen, der bewegt sich bereits wie Thomas More auf dem Holzweg der Utopisten und wird niemals das Glück haben, in die Bürgerliste der himmlischen Stadt eingetragen zu werden. Und das trifft auf Luther wie auf Aleander zu, die beide nur im höheren Auftrage zu handeln vermögen und denen schon aufgrund solcher Willensgebundenheit die welteidgenössische Kommunion ein Buch mit siebenmalsieben Siegeln ist. Umso törichter mutet der hierorts noch immer nicht ausgerottete Verdacht an, dass Luthers Flugschriften und Bücher nicht ohne meine persönliche Hilfe geschrieben worden sind und dass ich und kein anderer der heimliche Bannerträger dieser antirömischen Wolfsgruppe bin.

Ist es denn meine Schuld und Schande, wenn sich einige Heißsporne, die noch nicht dahintergekommen sind, wie inbrünstig sie bei mir in die Schule gegangen, mit meinen Federfrüchten zu schmücken wagen? Denn nur ich allein bin es gewesen, der die Theologen aller Schattierungen zu den philologischen Quellen des Glaubens zurückgerufen und der sie immer wieder mit der Nase darauf gestoßen hat, worin das Wesen der wahren Religion besteht und was ihren Verkündigern und ihren Verbreitern nützlich und schädlich ist. Jedoch diese klerikalen Barbaren, unwürdig, Glieder der europäischen Menschiasheit zu sein, glauben nun in Luther eine Handhabe gefunden zu haben, um die von mir wiedererweckte Wissenschaft, die nur auf das Gute und Richtige abzielt und die daher von diesen pädagogischen Grundidioten als die unerbittliche Entblößung ihrer dunkelmännischen Aftermajestät bodenlos gehasst wird, in allgemeinen Verruf zu bringen, zu verketzern und zu unterdrücken. So fügt sich dieses ganze von ihnen erregte Tohuwabohu zu einer Kette von Unverfrorenheiten, Ränkeschmiedereien, Eifersüchteleien, Futterneideleien und brüllaffenhaften Schreikämpfen zusammen. Welch ein verhängnisvolles, daseinsbedrohliches Blendgespinst bietet sich hier zum ersten Male dem exakt wissenschaftlich geschulten Blicke dar! Denn der Geist dieses Übels ist nun schon von den wenigen, bei denen es begonnen hat, auf die vielen übergesprungen und hat sich bereits so verbreitet, dass auch der größere Teil der dasigen Theologiedozenten von dieser syllabinischen Epidemie erfasst und bis zur Raserei befallen worden ist.

Und nun meine Meinung, nach der ich von euch befragt worden bin: Man sollte sich darauf beschränken, alle diese Tinten vergießenden Gernegroße und maulaufreißenden Wichtigmacher der öffentlichen Lächerlichkeit zu überantworten, anstatt ihnen die Ehre zu geben, sie ernst zu nehmen, sich womöglich gar vor ihnen zu fürchten und sie genauso anmaßend, hochfahrend und gehässig zu behandeln, wie sie sich selber benehmen und behaben und wodurch sie gerade dem Geiste Christi am heftigsten widersprechen. Man sollte sich ein Herz bewahren, das weder durch Zorn noch Hass, weder durch Dünkel noch Ruhm, weder durch Glorie noch durch Nimbus verdorben werden kann, denn auf diesen krummen Wegen lauern die wölfischen Fußangeln des Selbstbetruges, der Heuchelei und des Pharisäertums. Mit bescheidenem Anstand, freundlicher Festigkeit und offenherzigem Entgegenkommen lässt sich viel mehr erreichen als mit Sturm und Drang.

Nur weil dies alles hier von beiden Seiten gleichermaßen versäumt worden ist, sind diese grundaufwühlenden Wirren entstanden, die sicherlich einen ganz anderen Verlauf nehmen werden, als es von denen, die sich irrtümlicherweise für ihre alleinigen Urheber halten, geplant, erwogen und berechnet worden ist. Wer sich auf das Meer hinauswagt, der hat es nicht in der Hand, den Wogen zu gebieten. Das sollten sich alle Steuerleute des Kirchenschiffleins ganz dick hinter die Ohren schreiben! Denn nur der Ewige Vater gibt den Kurs an und lenkt den gesamten Weltlauf. Und selbst ein Luther ist nur ein willenloses Werkzeug in seiner allmächtigen Hand. Nach Art seines ganzen Vorgehens zu urteilen, will er auch gar nichts anderes sein als der blindgehorsamliche Schildknappe und Militarius seines Herrgottes, den er genau nach seinem Ebenbilde geschaffen hat, und es hat auch ganz den Anschein, als ob er gar nicht gerettet zu werden wünschte. Zweifellos hat er das Zeug zu einem ganz großen Märtyrer. Andererseits aber führen gewisse Fürsten diese Sache so verschmitzt, durchtrieben und abgefeimt vor dem Volke, als wenn sie mit Luther nur ihr Spiel trieben, um der Kurie ordentlich Angst und Schrecken einzujagen und dem Heiligen Vater das Gruseln beizubringen. Ja, wenn Leo Dezimus nur einsehen wollte, wie sehr ihm jene Narren schaden, die sich einbilden und ihm vormachen, seine allergetreulichsten Beschützer und Hüter zu sein! Denn nichts hat das Ansehen Luthers so gefördert wie das Grimmgeknirsch und das Wutgeheul dieser infernalischen Tonsurlegionäre, die noch immer der kreuzbornierten Meinung sind, dass es viel leichter sei, mit Bannbullen und Scheiterhaufen zu triumphieren als mit unwiderlegbaren wissenschaftlichen Argumenten. Nicht wenige denken sogar, dass Luther nur durch eine Schrift von meiner Hand aus dem Sattel geworfen und in den Sand gestreckt werden könnte. Und wie viele haben das schon direkt von mir gefordert und gleichzeitig versichert, dass mir ein italienisches Erzbistum winke, wenn ich mich dazu entschlösse, die Wittenberger Nachtigall von ihrem Zweiglein herunterzuschießen. Aber nichts liegt mir ferner als solch wahnwitziges Unterfangen! Schon aus diesem Grunde wird Rom mich so bald nicht wieder sehen, so sehr mich auch eure liebenswürdige Einladung und vortreffliche Absicht rühren und ehren.

Aber legt euch doch selbst einmal die Frage vor: Würde wohl der Ewige Vater nach Rom kommen müssen, um dieser von ihm zu einem ganz bestimmten Zweck zugelassenen Reihe von verrückten Päpsten schon jetzt ein Ende bereiten zu können? Sollte er solches, so es nur in seinem Plan läge, was ich jedoch erheblich zu bezweifeln wage, nicht auch hier von Löwen aus zu bewirken vermögen? Denn nicht nur die Erweisung der Gnade, sondern auch das Vergießen unschuldigen Blutes zu Gunsten der Schuldigen, dieser Kernpunkt der ganzen Christentümlichkeit, lässt sich auch nicht durch fortgesetzte Repetitionen derartiger Maßnahmen mit der ewigen Gerechtigkeit in Einklang bringen. In dieser Hinsicht muss auch die primitive Praxis, die bereits vor etlichen tausend Jahren im hebräischen Glaubenszirkus zur Erfindung des Sündenbockes geführt hat, immer nur auf die Rechnung des mit einem hervorragend schlechten Gewissen ausgestatteten hohepriesterlichen Herrschsuchtsklüngels gesetzt werden, der von jeher vor der unabwendbaren, gnadenlosen Vergeltung zittert wie die Giftschlange vor dem Ichneumon. Erst dann wird das Christentum seinen Sinn erhalten, wenn diese gewerbsmäßigen Justizverbrecher, Volksbetrüger, Friedensbedroher, Freiheitsberauber, Heerwurmaufzüchter, Grenzverletzer und Kriegsentzünder endlich darangehen werden, sich wechselseitig ans Kreuz zu schlagen, auf das Schafott zu schicken oder an den Galgen zu knüpfen. Und dann wird es auch, vielleicht schon in fünfhundert Jahren, mit der Reihe dieser dreifachgekrönten und dreifach ungebildeten Bannbullenschleuderer mehr oder minder ein fröhliches Ende nehmen dürfen. Von mir hingegen hat niemand etwas zu befürchten, auch Luther nicht. Denn wenn er schon von zwei Universitätsfakultäten einstimmig verurteilt worden ist, wenn der Papst nun beabsichtigt, ihn mit dem Blitzstrahl des Bannes zu treffen, und wenn dazu, wie schon viele hoffen, der kürende Kaiser sogar die Acht über ihn zu verhängen geruhen würde, welche Bedeutung hätte dann ein papierenes Tadelsvotum von meiner Hand, der ich doch im Vergleich mit diesen allerhöchsten Würdenträgern nur ein ganz winziger Stoffwechsler bin?

Ebenso ist die von Rom aus in Umlauf gesetzte Ansicht, dass jener ursaxonische Silbenbramarbas, dem nach Melanchthons eidesstattlicher Versicherung Habsucht wie Ehrgeiz so ferne liegen wie der Merkur dem Saturn, durch ein kurioses Purpurium von seinem Vorhaben, die Kirche an Haupt und Gliedern zu reformieren, abgelenkt werden könnte, kaum dazu angetan, ihren Ersinnern Lob einzutragen. Die Zeiten sind längst vorbei, dass sich die schweren Schäden am und im Leibe der Mutter Kirche durch derartig altertümliche und verstaubte Rezepte kurieren ließen. Auch sollte in Rom nicht übersehen werden, dass jeglicher Sünde eine Torheit zugrunde liegt, und dass das von ihr erzeugte Fieber, je toller diese Torheit ist, desto wilder um sich zu greifen pflegt, um solcherart die Kette der sich aneinander entzündenden Sünden verlängern zu können. Mit der Verachtung der guten Wissenschaft ist der Verfall des Christentums eingetreten. Und nun, da die predigenden Lehrkörper des falschen Heils bereits vor der Erkenntnis ihrer eigenen Überflüssigkeit schlottern, ist die ganz große, die fünfhundertjährige, die katastrophalische Krisis da. Luther, der das wohl erkannt hat, versucht nun unter dem lebhaften Beifall der halben Welt für den von den modernen Theologen ins Altenteil verwiesenen gottessohnlichen Aramäer eine Lanze zu brechen, um ihn wieder in sein Erbe und Eigentum einzusetzen. Was dieser mittelelbische Rebell in seiner saxonischen Hast jedoch übersehen hat, das ist die unbestreitbare Tatsache, dass Christus als umherziehender Wanderlehrer der Weisheit, der Tugenden und der Frömmigkeit lediglich zum Muster für die Mitglieder einer Pre-

digerge-verkschaft, keineswegs aber zum Vorbild für alle anderen Erdbewohner, soweit sie zu den Zweihändern gehören, verwendbar und gebräuchlich ist. Daher alle Vorsicht mit der Nachfolge Christi! Denn wohin sollte es führen, wenn plötzlich sämtliche Menschen zu predigen anhöben und es infolgedessen nicht einen einzigen ohrenschmausbegierigen Zuhörer mehr gäbe? Entweder predigen dann alle genau dasselbe, wodurch die Tätigkeit des Predigens dem Schicksal verfiele, zu den besonders närrischen Gepflogenheiten gerechnet zu werden, oder ein jeder predigt dann gegen den anderen. Und wo sollten dann in beiden Fällen die Kanzelgelder und die Stolgebühren herkommen? Hier allein fließt die Grundquelle dieser nun beginnenden urbarbarischen, alle Throne und Privilegien unterhöhlenden und erschütternden Glaubenstumulte.

Mit anderen Worten: Die naturwidrige Aufblähung der christentümlichen Lehrkörper fordert und erzwingt nicht nur ihre eigene Spaltung, sondern auch die ihrer Zuhörerschaft. Ja, wo nur der Finger des Ewigen Vaters wirkt und waltet, da haben Papst wie Kaiser jede Obgewalt verloren. Auf die kürzeste Formel gebracht: Ohne eine vernünftige Ökonomie kann keine Ökumene bestehen. Wie ich dazu kürzlich aus durchaus zuverlässiger Quelle vernommen habe, beginnt man, wie zu den Zeiten Alexander Borgias, nun schon wieder mit Giften zu arbeiten. So sollen in Paris einige Dozenten, die Luther öffentlich zu verteidigen gewagt haben, auf solche hinterlistige Art und Weise zum Verstummen gebracht und beseitigt worden sein. Besteht tatsächlich ein solcher ungeschriebener Geheimbefehl, wonach man die Feinde des als Römischen Stuhl benamsten Herrschsuchtsgerätes mittels vergifteter Hostien unter dem Segen des Heiligen Geistes ins Jenseits befördern darf, so wäre das freilich durchaus nichts Neues. Ich jedenfalls werde mich von diesem sauberen Aleander, so er hier auftauchen sollte, niemals zum Frühstück oder zum Abendmahl einladen lassen. Und damit genug für heute!

Gehabt euch beide wohl, behaltet mich in gutem Andenken und empfehlt mich euren Angehörigen wie auch dem biederen Nachbarn Urban Immerius! Jeden Morgen werde ich einen Becher des köstlichen Rebensaftes auf eure Gesundheit leeren, solange der Hahn etwas hergibt.

Am selben Mittag, da dieses Schreiben Rom erreichte, verzehrte der damals siebenunddreißigjährige Luther, der noch immer die

Mönchskutte trug und im Augustinerkloster zu Wittenberg hauste, sein aus einer Schüssel gelber Erbsen und drei Salzheringen bestehendes Leibgericht, löschte dazu den davon erzeugten, gar nicht geringen Durst aus dem tönernen Bierhumpen, der gleich neben dem von Desiderius in Basel bei Johannes Froben herausgebrachten ganze sieben Schiffspfunde schweren Folioband der griechisch-lateinischen Christenbibel stand, und rief trutziglichst: „Ein Zeichen, dass man Gott wohl gefällt, ist der Hass gegen den Papst!"

„Gott ist die Liebe!", wagte der ihm gegenüber sitzende, erst zwanzig Daseinsjahre zählende Philipp Melanchthon den Evangelisten Johannes zu zitieren, um dann also kopfschüttelnd fortzufahren: „Wie könnte denn auch Gott eine solche schier unmenschliche Freude am Hass haben?"

„Gott kann alles und jedes!", trumpfte Luther auf und stärkte sich zur weiteren Verteidigung dieses seines persönlichen Gottes, durch einen besonders stattlichen Zug aus dem Biergemäß. „Willst du schon wieder hundertmal klüger sein als der allmächtige Schöpfer Himmels und der Erden?"

„Friede auf Erden!", lukaste nun der aus dem badischen Bretten stammende Germanenpräzeptor und warf einen schüchternen Bittblick auf das hinter Luther an der Wand hängende, von Lukas Cranach kunstfertig zusammengepinselte Muttergottesbild. „Und allen Menschen ein Wohlgefallen!"

„Nicht bevor der Papst von seinem güldenen Höllenstuhl herabgestürzt worden ist!", zeuste Luther und paukte dazu so grimmiglich auf den Eichentisch, dass die über ihm schwebende cranachische Himmelskönigin ins Beben geriet. „Die Hure Rom muss brennen wie Sodom und Gomorrha, eher kann der Friede Gottes nicht auf die Welt kommen!"

„Aber", gab Melanchthon zu bedenken, „es steht geschrieben: Lasst uns niemandem irgendein Ärgernis bereiten, auf dass unser Predigtamt nicht verlästert werde!"

„Ei, du roteradamischer Leisetreter!", brauste Luther auf, wobei er mit der von seinem Vater ererbten Erzhäuerfaust auf das siebenpfundige, der Offenbarung und der Gnade gewidmete Schweinsledergebinde schlug. „Willst du schon wieder den Pelz waschen, ohne ihn nass zu machen? Matthäus achtzehn Vers sechs: Wer aber ärgert dieser Geringsten einen, dem wäre besser, dass ein Mühlstein an seinen Hals gehänget und er ersäufet werde im Meer, da es am tiefsten ist. Nun aber ist der Papst keiner dieser Geringsten, sondern vielmehr der allerhöchste Potentat des ganzen Erdenballes. Darum hinweg mit ihm, denn gerade er ist es ja immer gewesen, der allen, auch den geringsten Völkern, das schlimmste Ärgernis gegeben und bereitet hat!"

„Ach Gott", beseufzte Melanchthon diese stets augenscheinlicher werdende Bedrohlichkeit durch die kommenden Dinge, „wenn wir doch wenigstens den Roterodamus auf unsere Seite bringen könnten!"

„Was?", donnerte Luther und bekam einen roten Kopf. „Diesen Allesbesserwissenwoller, der sämtliche Weisheit, Tugend und Frömmigkeit gepachtet hat, diesen Bildungsphilister, der uns nun die kalte Schulter zeigt, weil wir ihm den ganzen Wind aus den Segeln genommen haben, diesen Spiegelaffen des Ewigen Vaters?"

„Ich fürchte", murmelte Melanchthon beklommen, „dass er mehr weiß als wir beide zusammen!"

„Bist du von Sinnen!", begann Luther zu kollern. „Dieser von seinem bisschen Ruhm aufgeblähte Kröterich nimmt sich jetzt heraus, mich zu naseweisen und zu hofmeistern? Aber ich werde ihm was kotzen, diesem Pfuilologen! Denn warum verstellt er nun wie Kain seine Gebärden? Weil es ihm gar gewaltiglich kröpft und wurmt, dass ich der Großknecht und Schildknappe Gottes bin und nicht er! Zum Kuckuck mit diesem überheblichen Tropf und seinem verruchten Humor, der über uns alle zu lachen wagt, weder den Satan noch den Herrn und Heiland Jesus Christus ernst nimmt und nun sogar die feile Metze Vernunft auf den Altar stellen will! Nicht das Wissen, allein der Glaube macht selig! Die Einfalt ist christlich, die Bildung ist antichristlich! Jesus war ungebildet, er wusste nicht die Bohne von Homer und Xenophon, nicht ein Quäntchen von Aristoteles und Plato! Auch von der Neuen Welt war ihm nichts bekannt. Und trotzdem war und ist er Gottes Eingeborener Sohn! Der Papst aber ist der ärgste seiner Widersacher, die allerhöchste Krönung des Schlangensamens! Solange du das nicht begriffen hast, gehst du ganz grausam in die Irre!"

Luther sprach nicht mehr, er predigte schon wieder. Dazu brauchte er keine Kanzel. Und wenn er erst einmal in Schwung gekommen war, dann duldete er keinen Widerspruch. Die Stube mit dem dunkelgrünen Kachelofen dröhnte nun von dem Satzgeschmetter seiner sächsischen Überzeugungsposaune. Und Melanchthon hüllte sich als der gehorsamste seiner Zuhörer in tiefstes Schweigen.

Indessen lateinte Desiderius mit geruhigem Lächeln im Lilienkollegium von Löwen an Thomas More nach London:

Luther ist zu gelehrt, als dass ich wenig gebildeter Mensch ein maßgebendes Urteil über ihn abgeben könnte. Während ihn seine Anhänger in den Himmel heben, verdammen ihn seine Gegner bis in den tiefsten Abgrund der Hölle. Ich mische mich nicht in diesen Streit und begnüge mich nach wie vor mit der Rolle des Zuschauers. Selbst damals, als es noch jedem freistand, Luther zu begünstigen, bin ich mitnichten, so viele Querköpfe auch das Gegenteil beschwören mögen, sein Schutzpatron gewesen. Dass er ein Dämon ist, mögen die ausbaden, die sich auf der Gegenseite nicht minder dämonisch zu benehmen betrachten. Es gibt auch da Heulende, die sich für Heilande ausgeben und die es in der Bissigkeit mit Luther wohl aufnehmen können, obschon es bisher noch keinem seiner Gegner gelungen ist, ihn durch ein Buch in die Ecke zurückzutreiben, aus der er hervorgebrochen ist. Der ganze Aufruhr hat also seinen Ursprung lediglich in der Unfähigkeit seiner Widersacher, sich um ein Jota zu bessern. Wozu sie selbst nimmermehr bereit sind, justament das verlangen und heischen sie von ihm, der doch nirgendwo anders hergekommen ist als aus dem Nest, in dem auch sie ausgebrütet worden sind. Freie Menschen lassen sich gerne belehren, aber sie wollen nicht zu irgendeiner Lehrmeinung gezwungen werden. Also geht dieser manische Tumult weiter, der doch letzten Endes um nichts anderes geführt wird als um die Futterkrippe. Wie geschrieben steht: Was werden wir essen, was werden wir trinken, womit werden wir uns kleiden? Und am anderen Orte: Wovon werden wir das alles gutwillig bezahlen? Darin allein besteht die menschliche, die welteidgenössische Freiheit! Ist aber eine Freiheit, für die etwas bezahlt werden muss, überhaupt noch Freiheit zu nennen?

Und so haben denn die Theologen schon wieder einmal auf der ganzen Linie versagt. Anstatt aus den Quellen zu schöpfen, haben sie sie getrübt. Also dass uns Philologen nun nichts anderes übrig bleibt, als in die hinter den Quellen liegenden, noch unerschlossenen Räume vorzudringen, um dort forscher denn jemals nach dem Grundbrunnen des Ewigen Vaters zu forschen, der alle Silben-, Macht-, Nahrungs-, Waren-, Münzen- und Willensquellen speist. Denke doch nur an den Bericht über die Speisung der Fünftausend, die dem wundertätigen Magier und Wanderprediger Christus in die Wüste gefolgt waren, um dort seine Predigt zu vernehmen. Aber der Mensch ist nun einmal ein Stoffwechsler und lebt nicht von Silben allein, und Hunger ist, sobald die Vorräte auf die Neige zu gehen drohen, der schlechteste aller Köche. Nun aber wusste Christus nach den Aufzeichnungen der Evangelisten mit einigen Gerstenbroten und zwei Fischen jene fünf Legionen hungerleidender Hebräer so satt zu machen, dass nach dieser seltsamsten und denkwürdigsten aller Massenmahlzeiten noch genau sieben Körbe voll Brosamen eingesammelt werden konnten. Auf welche Art und Weise nun diese zur vorübergehenden Beseitigung einer überaus bedrohlichen, wohl geeigneten Ernährungslage Wundertat vollbracht worden ist, bleibt allerdings tiefstes Geheimnis.

Auch die Evangelisten schweigen sich über diesen Kernpunkt des Geschehnisses aus, genauso wie über die Mittel für die Verwandlung des Waschwassers in Wein auf der gleichfalls hebräischen Hochzeit zu Kana. Welch eine ungeheuerliche Wirtschaftskatastrophe für sämtliche Lebensmittelhändler der Welt hätte auch eine Bekanntgabe der damals von diesem Heiland zur Anwendung gebrachten Zaubereimethoden zur Folge haben müssen! Welch ein geradezu ohrenbetäubendes Geheul um das Heil hätte sogleich daraus entspringen müssen! Aber der Ewige Vater hat solches zu verhindern gewusst, ein unwiderlicher Beweis dafür, dass nach seinem Willen an dem ökonomischen Grundgesetz des irdischen Daseins nicht im Geringsten gerüttelt werden darf. Und daran wird auch Luther nichts ändern können, so wacker er auch an allen Glaubensbäumen schüttelt, von denen seine Widersacher ihre irdischen Ernten einzuheimsen trachten. Und wer hat ihn denn eigentlich zum Kontrapapst erkoren und erhoben? Einzig und allein das barbarische Gebrüll seiner Gegner. Sie nur sind es, die ihn berühmt gemacht und die Volksmassen aufgestachelt haben, sich auf seine Schriften zu stürzen.

Darum ist es mir eine große Freude, von Dir zu vernehmen, dass Du Dich nicht dazu hergeben willst, in die gleiche Kerbe zu hauen, und dass

Du Deinem erlauchten Herrscher bei dem geplanten Angriff auf diesen kursächsischen Kreditrebellen den Vortritt überlassen wirst. Wir werden dann zum ersten Male, solange die Welt sich dreht, eine Majestät bewundern dürfen, die sich dazu entschlossen hat, diesen wechselseitigen Schimpfkanonaden, die doch nur dazu geeignet sind, diese Gegenwart in den Augen unserer Nachkommen bis zur Unsterblichkeit lächerlich zu machen, ein wahrhaft löwenmäßiges Ende zu bereiten. Welch eine Genugtuung wäre es für uns beide, wenn dieses königlichste aller Bücher erscheinen könnte, bevor sich der Heilige Vater bemüßigt fühlt, durch Abfeuerung der angekündigten Bannbulle den Ruhm Luthers bis in die Puppen zu steigern.

Und es sollte wiederum also geschehen.

Denn unterdessen hatte der in Rom eingetroffene Brief dieses weltberühmtesten aller exakten Sermonisten nicht nur bei Leo Fraenkel, sondern auch bei Solidus Vollio seine Pflicht und Schuldigkeit getan.

„Die Bannbulle muss sofort kassiert werden!", rief der Kardinal.

Und der Medikus fragte gespannt: „Und was soll dann mit dem Konvertiten Aleander geschehen?"

„Wird nach Spanien abgeschoben", entschied der Kardinal und begab sich sofort in den Vatikan.

Allein Leo Dezimus, der eben erst von einer fröhlichen Sauhatz nach Rom zurückgekehrt war, bestand auf seiner Ansicht, dass, da die Kirche auf dem hebräischen Felsen ruhe, gerade unter den getauften Israeliten die tüchtigsten und streitbarsten Christenpriester zu finden wären.

„Du kannst", wies der Papst Solidus Vollios Vorschlag zurück, „wohl Brot in Fleisch und Wein in Blut verwandeln, nicht aber Eisen in Silber und Blei in Gold! Und darum muss dieser saxonische Keiler zur Strecke gebracht werden! So verlangt es die Fabula Christi! Denn wenn wir ihn nicht verbrennen, dann verbrennt er uns!"

Und dabei blieb es. Auch Solidus Vollios Rücktritt von der Verwaltung der vatikanischen Kassen vermochte daran nichts mehr zu ändern. Sein Nachfolger im Amt wurde der den Dominikanerorden lenkende Kardinal Liborius Farnese.

Rund um das eingeübte Übel

„Die Heilige Mutter ist in höchster Gefahr!", bezeterten sich nun die hinter dem fünften der sieben Erdheilhügel theologenden Antiketzer und Kontrasünder, die kirchenverfassungsgemäß für die Bullenverbreitung und für die Entleerung der päpstlichen Stuhlwelt von allen Aftergläubigen zu sorgen hatten. „Unser abendländisches Kreditmonopolium wird mit dem Untergang bedroht! Unsere reizenden Sakramente verlieren reißend an Popularität! Der jungfräuliche Schoß der Kirche beginnt seine Anziehungskraft einzubüßen! Der Goldkern des allerheiligsten Pekuniums schmilzt zusehends zusammen! Das Knipplein Gottes wankt wie noch nie! Unsere Kassen werden immer leerer! Unsere Einnahmen gehen katastrophal zurück! Luther, verrecke zu unseren Gunsten!"

Denn dieser von ihnen klostertechnisch erzeugte und darum so erzkatholisch wohlgelungene wie gottgesandte Tempelsachse, Vollketzer und Kanzelposaunist hat es verstanden, den vorrätlichen Zornhaufen dieser Glaubensvirtuosen so zu vergrößern, dass sie bereits ein wenig dahingekommen waren, wie übel es um die Dauer jener Gruppen bestellt ist, die immer weniger zu verdauen haben.

Und so füllten sie denn ihre hochamtsgetreuen Tintenbrünnlein bis an den geweihten Rand, schmierten die aus Deutschland bezogenen Tiegeldruckpressen mit dem allerbesten Salatöl und schwangen die Bengel, dass der ganze Klosterestrich erzitterte und dass an dem Ausbruch des neuerlichen Zeitalters, darin nach dem Belieben der ewigen Vorsehung die bisherige Form der Gier in die Reformation der Regierungen einmünden sollte, wie an dem Zerbruch der nordsüdlichen Denkachse nicht länger gezweifelt werden konnte.

Also wurde das bannbullische Riesenreklamepergament wider den erklärten Kontrapapst von Wittenberg und die ihm anhängende, sich stündlich mit Ungezieferbrunst vermehrende Ketzerbrut durch die mittelalterlichen Verkehrsmittel zu den aufhorchenden Zeitgenossen hinausgepostet, vor allem aber in die davon immer reizempfänglicher werdenden Beobachtungsorgane der schon seit Publius Cornelius Tacitus zur schlechthinnigen Unfolgsamkeit neigenden germanischen Völkerstämme hineinlateint. Der zum Apostolischen

Legaten emporbeförderte Professor Doktor Eck aus Ingolstadt hatte die Ehre, die Bannbulle nach Süddeutschland mitzunehmen, während der Sondernuntius Hieronymus Aleander gleich darauf nach Köln abrollte, um von dort aus diese fulminante Kirchenkriegserklärung in Norddeutschland zu verbreiten.

Und schon wenige Wochen später klebte sie denn auch an allen romtreuen Gotteshaustüren des Magdeburger Erzbistums, nachdem Hieronymus Aleander mit sinaitischem Schwung den folgenden, überaus menschenfleischerischen Satz von sich gegeben hatte: „Durch dieses päpstliche Edikt haben wir hierorts eine große Schlachtbank aufgerichtet, darauf sich die deutschen Barbaren, gegen ihre eigenen Eingeweide wütend, in ihrem Sündenblute ersticken sollen!"

Gleich darauf wurden in zahlreichen besonders frommgemuten Städten, nur nicht in Kurfürstentum Sachsen, Luthers Schriften öffentlich verbrannt, und eine Woche später fand zum Zwecke der befruchtenden Erdbeschattung mit allerhöchster Zulassung sogar eine totale Sonnenfinsternis statt.

„Und das verdanken wir dem Luther!", sächselten die sächsischen, diese hellsten aller Dominikaner, sich gegenseitig wärmstbrüderlich in die Ohren. „Wenn er nicht gekommen wäre, wir hätten ihn stracks erfinden müssen! Genauso wie die heiligen Apostel den lieben Heiland nach ihrem Ebenbilde erfunden oder geschaffen haben, um solcherart ihre wie unsere ungeheuerliche Wichtigkeit der ganzen Welt zu beweisen."

Und der Ultrakatholikus Luther wurde immer popularischer.

„Wer mich vor aller Welt für eine Sau ausschreit, der soll sich nicht wundern, wenn ich ihm doppelt säuisch komme!", donnerte er nach Kenntnisnahme dieses papistischen Bannstilblütenstraußes, dessen weltdurchdringender Schimpfduft nur dazu angetan war, diesen vordem so wenig bekannten Distriktvikarius, Universitätsprofessor, Agitationslyriker und Großmeinungsfabrikanten weiterhin zum berüchtigsten aller Renaissancegenossen zu machen, und erkühnte sich sodann, unter Berufung auf den die heidnischen Zauberbücher verbrennenden Apostel Paulus, diese giftgeschwollene, von Rom ausgespiene Silbenklapperschlange öffentlich in Flamm, Rauch und Ruch zu verwandeln und ihr auf dieser scheiterhäuflichen Himmelfahrt die schinkendicken Glaubenskreditfolianten der Extravaganzen und der Dekretalen, an deren drucktechnischen Brüsten dieser heilbeflissenste aller Obersachsen und muhammedanischeste sämtlicher christentümlichen Gottesgelahrten über zwölf Jahre mit nominalistischer Inbrunst gesogen hatte, als Begleiter mitzugeben.

Um diesem Paulinischen Freilichtbühnenaktus ein vollzähliges und heißbegeistertes Publikum zu sichern, hatte der badische Brettathener Philipp Melanchthon, Professor der griechischen wie der hebräischen Zunge, der inzwischen von der Sächsin Katharina Krapp, der zweiten Tochter des Bürgermeisters von Wittenberg, mit bei ihr bereits sichtbarlichem Erfolg in eheliche Bande geschlagen worden war, die Tür der Wittenberger Stadtpfarrkirche mit folgender Lateinung verzieren lassen:

Jeder Gläubige, der vom Eifer für die evangelische Sache ergriffen ist, finde sich morgen früh um neun Uhr außerhalb der Stadtmauer bei der Kirche Zum Heiligen Kreuz ein, wonach apostolischem Brauch die gottlosen Bücher des papistischen Kirchenrechts und der Schultheologie verbrannt werden sollen. Denn die Verwegenheit der Feinde des Evangeliums ist nun schon so weit fortgeschritten, dass sie es sogar gewagt haben, die heilsgerechten und gotteswörtlichen Schriften Luthers, dieses Vaters unseres Vaterlandes, durch Anzündung zu vernichten. Wohlan denn, du fromme theologische Jugend, tritt nun demonstrativ zusammen zu diesem tiefreligiösen Schauspiel, dieweil die Zeit herbeigekommen ist, da der Antichrist durch Herabreißung seiner Maske offenbart werden soll!

„Weil du die Heiligen des Herrn betrübt hast, darum verzehre dich nun das heilige Feuer!", donnerwetterte Luther, dieser konkurrenzlose Prophet der in Deutschland auf dem Volke fürstenden, faustenden und sich feistenden raubritterlichen Herrenkaste, als die von den gehorsamst herbeigeströmten Studenten angesteckten Flammen die Bannbulle ergriffen, und zögerte nicht, am folgenden Morgen von der Kanzel der Schlosskirche also herunterzuposaunen: „Am gestrigen Brande ist noch nicht genug, es kommt nun darauf an, dass der päpstliche Lügenstuhl ins Feuer geworfen und zu eitel Zunder und Asche verbrannt wird!"

„Gehst du nicht gar zu scharf ins Geschirr?", fragte ihn der besorgte Melanchthon an diesem Abend unter vier Augen.

„Nimmermehr!", widerpartete Luther in Ansehung der zahlreichen hebräischen Präzedenzfälle. „Denn ich will gänzlich der Mann der Streitigkeiten sein und ich bin, nach den Worten des Propheten Jesajas, immerdar der von Gott erwählte und gesandte Werkmeister der Zwietracht! Der Lärm tobt ja schon, dass es eine wahre Pracht ist! Auf beiden Seiten ist man mit ganzer Seele dabei! Das allein ist Gottes Wille zum Verderben des Satans! Nur kein fauler Friede mit diesen Höllenbanditen! Ich Narr trug Zwiebeln nach Rom und brachte Knoblauch heim. Nun aber hat es ein Ende mit dieser bisher umsonst bewiesenen Demut und Rücksicht, welche die Feinde der Christenheit nur noch aufgeblasener und unverschämter gemacht haben. Ich werde das ganze päpstliche Recht, dieses Schlangennest der Häresien, bis in den Grund hinein verderben und zerstören. Hie Schwert des Herrn und Gideon!"

Alsdann ging er heim, setzte sich vor sein noch durch keine religiöse Tradition geweihtes Tintenfass, in dessen tönernen Bauch ein halbes Seidel Platz hatte, und antibannbullte also drauflos und zurück:

Allerheiligster Vater, Wolf der Wölfin und der Christenheit, römischer Erzschalk und Seelenfresser, der Du dein unverschämtes Lügenmaul gen Himmel hebst, um Gott zu beschnäuzen, Du rasender und unsinniger Feldobrist aller Hansworste und Narren, Du schamlosester aller Sünderbewucherer, du Ketzerschmaucher, Hexenbrenner, Allerhöchstesel, Satansapostel, bis in den tiefsten Höllenabgrund verdammt wegen Deiner Abgötterei von Gott, allen Engeln, Christen, jeglicher Kreatur und Deinem eigenen Gewissen, Grundwurzel allen Weltunheils, Bärwolf Exlex und Verfinsterer der Sonne Christi! Du hast den lieben Heiland aus der Kirche hinausgestoßen, sodass sie nun geworden ist ein Stinkstall voll großer, grober, tölpischer und schändlicher Maulhuresel, denen man nicht mit zierlichen und gebildeten Worten kommen darf, sondern nur mit Artikeln von Trestern, Kleien, Knochenmülle und Beinschrotten. Denn was soll der Sau Muskaten?

O du Stiefmutter Kirche, Drachenmilchzitze aller Theolügen, Beelzebubsynagoge, Pflanzgärtlein aller höheren Diebe, Sinnverwirrer, Ehrabschneider, Volksverräter, Blutschänder, Schinder, Henker, Hurer, Heuchler, Rüssler und Schnüffler!

O Ihr Bischöfe, die Ihr es mit dem dreifach gekrönten Weltgötzen und Goldkalbe haltet, Ihr Fetischarschlecker, Ihr beidfüßigen Taufwasserbüffel, Ihr zweihändigen Plattenhengste, Ihr Mitternachtsheuleulen, Ihr Tiefmaulwürfe, Ihr räudigen Heiligenwäscher, Lausigel, Gottsrachenputzer und Himmelsaufrührer, Ihr schlachtreifen Baalspfaffen, unsauberen Wiedehopfe, nimmersatten Opferverschlinger, Brandfüchse, Larven und Maulaffen, Ihr Pfennigküsser und Goldwampler, Witwenbeluchser und Waisenbegierer, zehnmal tiefer verworfen als alle Türken, Tatern, Heiden und Jüden! Ja, der Teufel hofiert am liebsten an den allerhöchsten Örtern, denn er hält seinen hinterlichen Kotz und Unrat für eitel Heilsbolsam!

Bald darauf ließ Luther drei Flugschriften in die Welt hinausflattern, die also betitelt waren: „Von der Freiheit eines Christenmenschen", „An den christlichen Adel deutscher Nation" und „Von der babylonischen Gefangenschaft der Kirche".

Und ihr Erfolg war beispiellos. Das war noch niemals dagewesen! Die typografischen Sünden dieses missetätigsten aller Mönche begannen nach allen Strichen der Windrose hin zu zünden. Wie um die Wette fingen alle deutschen Pressen an zu bengeln und zu bellen, denn einen noch besseren Verdienst gab es mitnichten. Auch die lateinischen Ausgaben dieser aufruhrträchtigen Schriften ließen nun nicht länger auf sich warten. Ein Leser riss dem anderen die frischen Druckbogen aus den Fingern. Und wer noch nicht lesen konnte, der lernte es nun in der Hetz und im Hui, als ob es fürderhin keine anderen als auf dem Druckpapier bewirkten Zeichen und Wunder geben sollte.

Darüber gerieten nun auch die allerfrömmsten und kirchennützlichsten Gemüter in Brand und strebten danach, sich von der jähen Hitze ihrer Ansteckung und Entflammung durch verstärkten Silbenabfluss zu befreien nach dem klassischen Beispiel des hesslichen Schwaben Konrad Vetter, der sein kleines blindfensteriges Oberstübchen reimkünstlerisch also zu enträumen und zu entrümpeln trachtete:

> Der Luther nennt sich einen Schwan,
> Hat aber weit gefehlt daran.
> Er ist kein Schwan, er ist ein Schwein.
> Das weisen seine Schriften fein.

Und nun machte sich auch der britannische Potentat Henrikus Oktavus daran, vom theomilitärischen Leder zu ziehen und als Verteidiger des römischen Glaubenskredites wider den Verursacher einer solchen schier unglaublichen Denkbeulenpest anzureiten. Dieser majestätische Löwenwappler, der sich trotz seiner lumpigen neunundzwanzig Lebensjahre bereits für einen zum Abfall völlig ausgereiften Gelehrsamkeitsapfel hielt, wünschte damals Katharina von Aragon, die erste seiner acht Gattinnen, die eine Tante seines burgundisch-spanischen Herrschsuchtskollegen war, durch Ehescheidung loszuwerden und hoffte, dieses höchst verlockende Ziel, nach dessen Erreichung er den Stammbaum seines Hauses mit Hilfe des nicht mehr ganz jungfräulichen Hoffräuleins Anna Boleyn lustig fortzupflanzen gedachte, am raschesten durch den Beistand des Heiligen Vaters erreichen zu können, damit auch in diesem Falle ein allerhöchster Irrtum sogleich dem nächsten zur Welt bringen könnte. Darum zückte nun dieser von seiner tiefsten Drüse fortpflanzlich allerhöchst geplagte Inhaber des europäischen Nogenthrones die Seegeierfeder, rückte den goldenen Tintenkelch zurecht und begann unter starkem Schweißerguss für die weitere Ruhmesvermehrung des mittelelbischen Kanzeldonnerers und Fluchschriftenurhebers also Sorge zu tragen:

Wann wäre jemals eine so giftige Schlange über unser edles Dasein hinweggekrochen! O welch eine höllische Bestie ist doch dieser saxonische Barbarissimus! Welch ein grausames Glied des obersten Teufels! Wie stinkend sein Gemüt, wie verflucht sein Vorhaben! Ich weiß kaum, was ich von seiner schlechterdings unerschöpflichen Boshaftigkeit halten und sagen soll! Keine Zunge kann es aussprechen, keine Feder zu Papier bringen! Welch ein eitriges, verfaultes Herz muss ein solcher Hundsfott haben, der seinen Mund von einem derartigen Kotgejauch überfließen lassen kann, um es seinen bis ins Gekröse verblendeten Anhängern als Gottesjauchz anzupreisen! Diese dreifach infernalische Schlange sucht allenthalben das verderbliche Gift ihres gespaltenen Schwanzes aus sich heraus und in die weite Welt hineinzuspritzen. Der Satan hat ihn bereits verschluckt und in den Wanst hineingerissen, und nichtsdestoweniger heult er so lüstern und wütend heraus aus seinem gräulichen Rachen!

Und Luther, der sich stets getroffen zu fühlen wusste und so gar nichts auf sich sitzen lassen mochte, fettletterte umgehend also zurück:

Der Heintz von Engelland hat seinen Dreck an die Krone des Königs aller Ehren geschmiert! Ei, seht doch, wie diesem hoffärtigen Narren und widerbiederen Dickbauch das Gewissen zappelt und schlägt! Aber ich will es diesmal kurz machen, denn mir liegt die Verdeutschung der Bibel auf dem Halse, also dass ich nicht länger in Heintzens königlichen Mist herummähren mag. Denn er weiß wohl, mit welch argem Recht er das Königreich Engelland besitzt, nachdem der königliche Stamm ermordet und das gottwidrigliche Blut bis zur Neige vergossen worden ist. Wahrlich, es ist bekannt genug, dass um keinen Thron der Erdboden röter ist als um jenen, der an der Themse steht! Ja, du Schweinheintz fürchtest für deine lästerliche Haut, das vergossene Blut möchte an dir gerochen werden, wie solches auch schon an deinem Vater geschehen ist, darum denkst du dich jetzt an den Papst zu hängen und ihm zu heucheln, auf dass du feste sitzen mögest auf deinem goldenen Kissen, das mit eitel Teufelswolle gestopft ist. O, sie passen recht fein und sauber zusammen, Papst und Heintz, just wie zwei fette Englein aus dem untersten Höllenparadies! Denn jener hat sein Papsttum mit einem genauso schlimmen Gewissen wie dieser sein Königtum erworben, und darum juckt einer den anderen, wie die Maulesel sich gegenseitig jucken, bis sie denn mit dem Beißen anheben, was wir mit Gottes gnädiglicher Zulassung auch noch erleben werden! Denn wo keine Reu, da keine Treu! Ja, es soll diesem Evangelium, das ich, Martin Luther, gepredigt habe und auch weiterhin und immer gewaltiger zu predigen gedenke, weichen und unterliegen Papst, Bischof, Pfaffe, Mönch, König, Fürst, Teufel, Tod, Sünde und alles, was nicht Christus und nicht in Christo ist, und dagegen soll ihnen nichts helfen, so wahr der Igel keine Eier legt und die Wölfin noch niemals einen Pardel geworfen hat!

Angefeuert durch das Beispiel des britannischen Herrschers, glaubte nun auch der die gute Stadt Leipzig bezepternde Herzog Georg von Sachsen, sich mit der Tiegeldruckerpresse bemerklich machen zu müssen und geruhte seinem erlauchten Gänserichkiel die folgenden großkämpferischen Küchenlateinstilblüten abzumelken:

Ei, du unruhiger, treuloser und meineidiger Kuttenbube, du bist fürwahr der gröbste Esel und Narre, die die Sonne bescheint, du kotzverfluchter Apostat, du schändlicher, boshafter und teuflischer Zellenhocker! Du deklarierter Mameluk und verdammter Zwiedarm, von denen neun eine Pikarde gelten, ich sage, dass du selbst der unverständigste Bacchant, zehneckigste Kornet und eine wahrhaft schweinehundelige Bestia bist! Du Doktor Schindluder, Doktor Erzesel, schandseliger, aller Ehren bloßer Fleischbösewicht, ich will es dir hiermit prophezeit haben: Der allmächtige Gott wird dir gar balde die stolze Schanze brechen und deiner protzhaften Eselheit Feierabend geben! Ei, du Saubrunzer, Doktor Sautrog, Doktor Filzhut, ich will dich dem wütigen Satanas und seiner Hurenmutter mit einem blutigen Kopfe zuschicken! Zweiundsiebzig feurige Teufel sollen dich lebendigen Leibes in der Hölle tiefsten Abgrund stoßen und schmeißen!

„Wenn der große Köter", so theologte es aus Wittenberg promptest zurück, „wie ein Seelöwe bellt, dann heben auch die kleinen Kläffer zu blaffen und zu lärmen an, weil sie schon den Finger Gottes wittern, der sie von ihren ererbten Misthaufen vertreiben wird. Wie geschrieben steht: Du sollst sie mit einem eisernen Zepter zerschlagen, wie mürbe Töpfe sollst du sie zertrümmern! Darum lasst euch warnen und zurechtweisen, ihr Könige, und lasset euch züchtigen, ihr Fürsten und Richter auf Erden!"

Durch solche Schimpforkanonaden ließen sich aber die Kassen der römischen Kurie nicht mit Münzen füllen, und so musste denn, da die Ablasswechselwirtschaft inzwischen auf den wahrhaft lutherischen Hund gekommen war, der Reliquienhandel wieder angekurbelt werden.

In diesem Zusammenhange nahm sich der geistliche Doppelpotentat, Kardinal und Erzbischof von Magdeburg und Mainz Adalbert von Brandenburg-Hohenzollern, die Zeit, die von ihm und seinen Vorgängern gesammelten Heiligenfragmente nach ihrer Marktwertigkeit ordnen zu lassen, wobei nach Luthers und seiner Mitarbeiter Behauptungen auf der ersten Seite dieses geheimen Kostbarkeitskatalogs die nachstehenden Glaubenszauberraritäten, Sünderbetölpelungswerkzeuge und Heilsaggregate zur Aufzählung kamen:

- Ein schön Stück vom linken Horn Mosis.
- Drei Flammen vom Feuerbusch am Berge Sinai.
- Zwei schlohweiße Federn und ein hohles Ei vom Heiligen Geist.
- Ein ganzer Zipfel von der Fahne, damit Christus die Hölle aufgestoßen, ein bös Stück Arbeit, dabei viel Schweiß vergossen.
- Eine fünf Ellen lange Locke vom Barte Beelzebubs, so bei dieser siegreichen Aktion an der Fahne hängen geblieben.
- Ein halber Flügel vom Sankt Gabriel, dem Erzengel, dem darauf sogleich ein neuer herausgewachsen.
- Ein ganzes Pfund von dem Winde, der den Elias überrascht hat, als er in der Höhle des Berges Horeb gesessen.
- Der Scherben, damit sich Hiob die ihm von Gott gesandten Grinde gekratzt.
- Dreißig Bombart von der Pauke, darauf Mirjam am Roten Meer für ihren Bruder Mose Alarm geschlagen.
- Ein glänzend und köstlich Stück von dem Posaunenschall, damit die Kinder Israels die Mauern Jerichos eingeworfen.
- Sieben Weichselzöpfe des Kronprinzen Absalom, damit er an der Eichen hängen geblieben, bevor ihn der Feldmarschall Joab erspießte.
- Ein Stück Schweinsleder vom Einband des Buches, so vom Heiligen Apokalyptikus mit Grimmen verspeist worden.
- Ein Schuhriemen des Apostels Jakobus, so er mitten auf dem Marktplatz von Sevilla verloren.
- Eine Windel aus der Krippe von Bethlehem, dreimal geflickt und mit güldenen Zwickeln verziert.
- Der Ast des Baumes, daran sich der Jünger erhängt, so Christus um dreißig Silberlinge verraten.
- Der Teppich, so der Apostel Paulus in Lydda mit eigener Hand gewoben, mit drei Stopfen und einem guten Schock Mottenlöcher.
- Der Pflasterstein, damit der heilige Märtyrer Stephanus zu Tode getroffen, mit reichlichen Blutspuren.

Desiderius aber saß um diese Zeit noch immer zu Löwen im Lilienkollegium, umgeben von den sechshundert Bänden seiner Privatbibliothek und seinen noch ungedruckten Manuskripten, und ließ sich von dem soeben aus Antwerpen zurückgekehrten Universitätsrektor Johannes Paludanus über die theojuristischen Vorgänge berichten, die dort soeben durch den Sondernuntius Hieronymus Aleander mit Unterstützung einiger Löwener Fakultätstheologen zur Sicherung der romseitigen Erlöserpraxis veranlasst und bewirkt worden waren.

„Das ganze Augustinerkloster", schloss Paludanus, „ist auf Befehl des Heiligen Vaters dem Erdboden gleichgemacht worden, nachdem die beiden letzten seiner Insassen, nämlich Johannes von Esche und Paulus Heinrich Voes, als unbekehrbare und hartnäckige Ketzer auf dem Scheiterhaufen verbrannt worden waren. Auch dieses Blut kommt auf Luthers Haupt!"

„Der", schaltete Desiderius sich ein, „sie weder geheißen hat, ins Kloster zu gehen noch darin zu verbleiben."

„Aber er hat sie", gab Paludanus zu bedenken, „durch seine Bücher zur Ketzerei verführt, wie sie auch eingestanden haben!"

„Wieder ein Irrtum!", entschied Desiderius. „Denn er hat ihnen weder geboten noch befohlen, seine Bücher zu lesen. Sondern sie haben solches aus freien Stücken getan."

„Aber das Studium dieser ketzerischen Schriften", begehrte Paludanus auf, „war ihnen strengstens verboten worden. Also haben sie den Gehorsam, das erste der drei Mönchsgelübde, verletzt und gebrochen!"

„Gelübde sind keine Gebote!", winkte Desiderius ab. „Und so frage ich dich denn: Wie lautet das erste und älteste Gebot Gottes?"

„Du sollst nicht töten!", antwortete Paludanus, ohne sich erst besinnen zu müssen.

„Das ist ein Verbot!", wies ihn Desiderius zurecht. „Das erste der göttlichen Gebote steht auf der ersten Bibelseite und lautet: Seid fruchtbar und mehret euch! Und nun frage ich dich weiter: Sind Johannes von Esche und Paulus Heinrich Voes ins Kloster eingetreten, um dort dieses vornehmste aller göttlichen Gebote zu erfüllen? Mitnichten! Denn sie haben ja außer dem Gelübde des Kadavergehorsams auch das der Keuschheit abgelegt, das doch immer nur auf die unbedingte Enthaltsamkeit von jeder Zeugungs- und Vermehrungstätigkeit abzielt. Weiterhin steht auch geschrieben: Man soll Gott mehr gehorchen als den Menschen! Exakt wissenschaftlich: Erst, wenn man als Christ alle Gebote Gottes erfüllt hat, darf man daran gehen, etwas anderes zu vollbringen oder zu unterlassen. Und da die Mönchsgelübde des Gehorsams wie der Keuschheit den wichtigsten aller göttlichen Gebote widersprechen, sind sie ebenso unwesentlich wie widernatürlich. Andernfalls müsste man sich ja eine Welt vorstellen können, deren Bewohnerschaft aus lauter Klosterinsassen bestünde! Und wo bliebe dann der Nachwuchs für die kommenden Menschengeschlechter?"

Paludanus schwieg betroffen und kratzte sich hinter dem linken Ohr.

„Und wie steht es mit dem dritten der Mönchsgelübde", spann Desiderius diesen Beweisfaden noch etwas weiter, „mit der Armut? Kennst du denn nicht diese lukullischen Fettschmäuse im Refektorium? Und wo in der ganzen Welt wäre jemals ein Bettelmönch verhungert? Was ist das für eine seltsame Armut, die sich jeden Tag auf anderer Leute Kosten an einer reichbestellten Tafel fünfmal den Bauch vollschlagen darf? Denn je ärmer der Mönch, desto reicher das Kloster!"

„Aber", widersprach Paludanus, „dadurch kann doch nicht das Geringste an der Tatsache geändert werden, dass jene beiden abtrünnigen Augustiner mit vollem Recht zu Staub und Asche verbrannt worden sind!'

„Auch der allertüchtigste Henker", entgegnete Desiderius, „vermag keinen Delinquenten zu beseitigen, er hätte ihn denn. Weshalb haben es die beiden unterlassen, sich rechtzeitig in Sicherheit zu bringen?'

„Weil sie sich", entrüstete sich Paludanus noch weiter, „nichts weniger als die Märtyrerkrone erringen wollten. Denn solches haben sie, bevor sie den Scheiterhaufen bestiegen, mit lauter Stimme dem Volke verkündigt. Wie aber können Ketzer jemals zu Märtyrern werden?"

„Und weshalb nicht?", fragte Desiderius zurück. „Wo sich doch kein Sterblicher besser zum Märtyrer eignet als gerade ein Ketzer! Waren denn die urchristlichen Märtyrer nicht allzumal und insgesamt ebenso tapfere wie fluchwürdige Ketzer gegen die damals im römischen Reich herrschende Souveränität der sich unfehlbar dünkenden und unentwegt ihren Caesar verhimmelnden Heidenpriester? Und weswegen ist Christus, und wäre es auch nur auf dem Papier geschehen, ans Kreuz geschlagen worden? Willst du sogar dem Weltheiland die mehr als wohlverdiente Märtyrerkrone verweigern? Mussten seine Lehren nicht als überaus ketzerisch und häretisch angesehen werden, besonders von dem römischen Sondernuntius und Landpfleger Pontius Pilatus, diesem Stellvertreter des Herrn seiner Heerscharen auf fremdländischem Grund und Boden? Und was dem einen Märtyrer recht gewesen ist, muss das nicht jedem anderen Opfer eines solchen theologischen Justizverbrechens billig sein?"

Paludanus schwieg und begann Stirntropfen auszuscheiden.

„Hat es nicht ganz den Anschein", klärte Desiderius ihn noch weiter auf, „als ob die Sehnsucht nach der ketzerischen Märtyrerkrone genauso unchristlich und widernatürlich ist wie der Drang, sich in ein Kloster zurückzuziehen, um sich daselbst um die Erfüllung des vornehmsten aller Gottesgebote feigherzig herumzudrücken? Oder mit anderen Worten: Vermagst du dir eine Welt vorzustellen, die lediglich von Klosterinsassen oder von Märtyrern bewohnt wird? Wo kämen im ersten Falle die für das heilige Taufbecken bestimmten Säuglinge her? Und wem könnte im zweiten Falle die Schichtung und Schürung der Scheiterhaufen anvertraut werden? Und wenn nun jemand daraus den Schluss zöge, dass die Märtyrer als Menschenvorbilder genauso ungeeignet sind wie die Mönche und Nonnen, wie wolltest du ihm das Gegenteil beweisen?"

„Es steht geschrieben", ereiferte sich Paludanus: „Wer mir nachzufolgen begehrt, der nehme sein Kreuz auf sich! Glaubst du an dieses Heilandswort?"

„Unbedingt!", nickte Desiderius, „wie ich an alles glaube, was die Kirche zu lehren geruht. Und darum habe ich auch nicht den geringsten Zweifel darüber, dass dieses vielzitierte Heilandswort keinesfalls eine Aufforderung, das Kreuz aufzunehmen, sondern eine Warnung davor ist. Darum, wer das Kreuz nicht aufzunehmen begehrt, der darf solches vernünftigerweise ruhig bleiben lassen, ohne sein Seelenheil in Gefahr zu bringen. Denn wenn er zu den normalen, das heißt zu den gewöhnlichen, zu den humanistisch gebildeten Gottesebenbildern gerechnet werden will, dann wird er sich doch erst einmal daran machen müssen, die ihm von theologischer Seite zugemutete Kreuzeslast genauestens auf Herkunft, Zusammensetzung, Handlichkeit und Schwergewicht zu untersuchen, ehe er sich dazu entschließt, sie auf die Schulter zu laden. Und gerade solches hat Luther in seiner sprichwörtlich sächsischen Hast versäumt, weshalb er nun sein Kreuz, nämlich die Last seiner sich stündlich vermehrenden Anhängerschaft weiterschleppen muss und sich so bereits der Möglichkeit beraubt hat, das zweite der vornehmsten Gottesgebote zu erfüllen, das da lautet: Liebe deinen Nächsten, aber nur nicht dein Kreuz, wie dich selbst! Von der noch viel weitergehenden Verordnung zu schweigen, die da lautet: Liebet eure Feinde!"

„Bist du imstande", murmelte Paludanus und wischte sich die Erkenntnisschweißtropfen von der Stirn, „deinen Feind zu lieben?"

„Keineswegs", gestand Desiderius lächelnd, „denn um solches vollbringen zu können, müsste ich ja mindestens einen Feind haben. Und davon ist mir nichts bekannt, zumal ich auch in dieser Hinsicht bestrebt bin, genauestens dem Ewigen Vater nachzueifern, der seine Gegner nur für Dummköpfe, nicht aber für seine persönlichen Feinde hält. Außerdem ist die Einzahl nimmermehr die Mehrzahl. Darum auch der Wortlaut: Liebet eure Feinde! Und nicht: Liebe deinen Feind! Denn solches ist gar nicht der Rede wert, dieweil das feindselige Element erst lebensgefährlich wird, wenn es in mehrzahligen Gruppen und Horden auftritt."

„Aber Aleander", bohrte Paludanus weiter, „ist doch dein erbitterter Feind, woraus er noch niemals ein Hehl gemacht hat. Er beneidet dich um deinen Ruhm und deinen Einfluss und sinnt nur auf dein Verderben!"

„Er glaubt sich", schmunzelte Desiderius, „für meinen geschworenen Feind halten zu müssen, aber das ist nur eine seiner bockkomischen Flausen, deren Zahl Legion ist. Denn zu einer ordentlichen Feindschaft gehören immer mindestens zwei sich barbarisch gegenüberstehende, einander möglichst ebenbürtige Kampfgenossen. Ist Aleander der eine dieser beiden exemplarischen Vollidioten, dann bin ich, und wenn er sich darum auf den Kopf stellen sollte, noch lange nicht der andere. Im Gegenteil, ich wünsche ihm alles Gute, selbst auf die Gefahr hin, dass dieser Wunsch unerfüllt bleibt, und würde niemals auch nur den kleinsten Finger rühren, um ihn zu verderben. Denn das besorgt er ja durch sein konsequentes Falschdenken schon ganz von selbst. Ja, ich bin sogar nicht ganz abgeneigt, diesen einzahligen Gegenwärtler und Daseiner ein wenig zu lieben, trotzdem er seit Venedig gar nicht mehr mein Nächster ist, wie er es auch nie wieder werden soll, da ich entschlossen bin, mich nie wieder in seine unmittelbare Nähe zu begeben. Denn als freier Mensch kann ich schon darauf verzichten, mir den Ort meines Aufenthaltes von irgendeinem anderen Stoffwechsler vorschreiben zu lassen. Wo ich mein Tintenhorn hinstelle, da allein ist meine Heimat, mein Vaterland und der Wirkungspunkt meiner ebenso winzigen wie unerschütterlichen Souveränität. Ich bin so auch nicht gezwungen, von Hass, Zank und Streit zu leben wie dieser ixlose Alexandros!"

„Aber seine Frömmigkeit", brockte Paludanus dazwischen, „steht außer Frage!"

„Sie ist genauso riesengroß wie seine Narrheit!", stimmte Desiderius zu. „Wie geschrieben steht: Es ging ein Mann von der hebräischen Profitmetropole Jerusalem hinab nach der Kleinstadt Jericho, und in dieser schon damals höchst unsicheren Gegend fiel er unter die Räuber, die ihn niederschlugen, ihn bis aufs Hemd ausplünderten und ihn halbtot liegen ließen. Hierauf kam ein Irgendjemand, dessen Name leider verschwiegen wird und der bis zu jenem Tage das unwahrscheinliche Glück gehabt hatte, noch nicht ein einziges Mal unter die Räuber gefallen zu sein, desselben Weges daher und erblickte den Halbtoten, worauf er ihn aufhob, seine Wunden verwandt, in die nächste Herberge brachte und für ihn sogar Geld opferte."

„Der barmherzige Samariter!", bestätigte Paludanus gespannt.

„Und was ergibt sich daraus?", exaktete Desiderius weiter. „Zum ersten: ohne den siegreichen Raubüberfall hätte sich jener Namenlose doch gar nicht als barmherziger Samariter bemerkbar machen können, weder an jener Überlandstraße noch auf dem Bibelpapier. Folglich verdankt er auch seine literarische Existenz einzig und allein jener Gruppe von Landstörzern, Buschkleppern und Würgebolden, die sich dann später immer als glor- und florreiche Raubritter und feudalblutige Reichsgründer zur Herrschaft über das ganze Land aufzuschwingen pflegen, um dann unter dem Schutze ihrer eigenen Gesetzessätze das alte Wegelagererhandwerk weit bequemer und zur größeren Ehre ihres in ihren eigenen Beutebeuteln wohnenden Privatherrgottes allerhöchst unstrafbarlich fortsetzen zu können. Zum Zweiten: Wie wird sich der in der Herberge auf Kosten des barmherzigen Samariters wiederhergestellte Barmherzigkeitsklient bei Fortsetzung seiner Fußreise am besten gegen alle weiteren Raubüberfälle sichern können? Indem er sich stracks zu den siegreichen Überfallern schlägt, um dann gemeinsam mit ihnen sämtliche des Weges daherkommender Zeitgenossen, einschließlich der barmherzigen wie der unbarmherzigen Samariter, anzugreifen, niederzuschlagen, auszuplündern und damit so lange fortzufahren, bis das solcherart immer zahlreicher werdende Überfallkommando den Endtriumph über alle Nichträuber errungen und davongetragen hat. Zum Dritten: Wie könnte Heilshandwerkern, die so wohlgedeihlich auf dem Kreislauf des allgemeinen Übels schmarotzen, jemals angesonnen und zugemutet werden, eben diesem um sich selbst rotierenden Unheil, dem sie doch allein ihr Vorhandensein zu verdanken haben, ein rasches und gründliches Ende zu bereiten?"

„Alle Heiligen!", hauchte Paludanus und hob beide Hände himmelwärts. „Du bist ja noch zehnmal schlimmer als der Lutherus!"

„Auch dieser Schein trügt!", warnte Desiderius. „Denn ich habe ja nicht die Absicht, dich zu mir zu bekehren. Ich verzichte von vornherein auf jegliche Anhängerschaft! Ich mag dieses Kreuz der Kreuze keinesfalls auf mich nehmen. Denn dort oben beginnt, wie auch das Beispiel der gegenwärtigen Religionsspaltung beweist, nur eine neue Geistesstörung, die mindestens ebenso beschränkt und unbekömmlich ist wie die alte. Darum empfehle ich dir, wohlgeratenster aller Rektoren, endlich einmal in aller Stille über sämtliche dir hinterlistigerweise bereits mit der Muttermilch eingetrichterten Glaubenszeilen exakt wissenschaftlich, das heißt ebenso warmherzig wie kaltblütig nachzudenken. Denn genau so wenig wie der Märtyrer und der Klosterinsasse eignet sich auch der barmherzige Samariter zum Vorbild für sämtlicher Erdbewohner, weil ja sein Vorhandensein eine reichlich mit Räuberbanden gesegnete Welt, nämlich dieses ach so christentümliche Jammertal voraussetzt. Und der allertüchtigste dieser legionärrischen Riesenbuschklepper mit Kaiserkron und Hochamtsschweif, dieser bisher unübertroffene Monstrumissimus, ist zweifelsohne der Kaiser Konstantinus gewesen, dem es sogar gelungen ist, das gesamte Christentum mittels Feuer, Schwert und Gesetz unter seine blutbesudelte Tyrannentatze zu bringen. Und seit diesem für das Abendland verhängnisvollsten aller Augenblicke ist das allgemeine Unheil stets und ständig angeschwollen genauso wie die zu seiner Bekämpfung, durchaus nicht aber zu seiner Beseitigung erzeugten Karitasverbände, die nicht anders im Dienste der siegreichen Raubgewerkschaft stehen als die Lehrkörper der Beamtenbrutanstalten, die sich Universitäten zu benamsen wagen."

„Leider Gottes!", beseufzte Paludanus einlenkend diese unleugbare Fehlentwicklung.

„Und genauso wenig", folgerte Desiderius weiter, „wie ein Karitasverband jemals ein Mittel erfinden dürfte, das geeignet wäre, die Raubgesindler mit Stumpf und Stiel auszurotten, genauso heftiglich muss sich jede Fakultät, die irgendeiner Krone dienstbar ist, dagegen sträuben, der Ignoranz der gehorsamen Untertanen das Wasser abzugraben. Und so schäumt denn die Woge des gesetzlich geschützten Unsinns immer höher und höher empor, und Lehrer wie Schüler haben es am Ende gleicherweise zu büßen. Denn wenn dieser immer mehr von Theologen geleitete und erteilte Unterricht in diesen ganzen dreimal fünfhundert Jahren keinen anderen Erfolg aufzuweisen hat als diese stetig ärger, stupider und blutiger werdenden Verwirrungen, so darf man sich schon fragen, ob dieses katastrophalische Missergebnis auf die Untüchtigkeit des Lehrpersonals, auf die Grundverrücktheit des Lehrplanes oder gar, wie ich zu vermuten wage, auf beides zurückzuführen ist."

„Aber wir Universitätsdozenten", suchte sich Paludanus zu verteidigen, „sind doch alle des guten Glaubens, unsere Pflichten bis auf das letzte Tüttelchen erfüllt zu haben!"

„Sicherlich!", gab Desiderius zu. „Und infolge dieser unbedingten Pflichterfüllung muss nun der Ketzer Luther den Aleander einen doppelten Teufel und der Kontraketzer Aleander den Luther einen dreifachen Beelzebub schelten, ein doppeltbündiger Beweis, was für konterfeiliche Ebenbilder sie in Wahrheit sind. Woraus sich weiter

ist, der die Gerechtigkeit über alles liebt und der uns, der deutschen Nation, über die größten Nöte und Gefahren, in die wir nun geraten sind, mit starker Hand hinweghelfen wird!"

„Er ist noch nicht gekrönt!", versetzte Melanchthon achselzuckend. „Und zudem ist dieser neunzehnjährige Sohn einer geisteskranken Mutter in allen sonstigen Dingen ein unbeschriebenes Blatt, und die flämischen Großen, die um ihn sind und alle anderen Leute von ihm fernzuhalten wissen, denken nur an ihre eigenen schlechterdings unergründlichen Taschen. Ach, es wäre schon besser für uns alle gewesen, wenn unser gnädiger Herr Kurfürst in Frankfurt am Main die allerhöchste Würde nicht ausgeschlagen hätte! Nach dem Herzen aller Deutschen wäre er dann der richtige Kaiser für diese gar zu schweren Zeiten gewesen."

„Nur nicht nach der meinen!", grollte Luther. „Denn er mag durchaus nicht auf mich hören, sondern er schwört weiter auf den Roterodamus, an dem er einen rechten Narren gefressen hat, und auf die Anna Weller, von der er sich wohl hätte trennen müssen, wenn er die Wahl angenommen hätte. Ja, er hofiert sie nach Noten und weit über Gebühr, reitet in der Lochauer Heide mit den drei Bankerten, die sie ihm geboren hat, auf die Jagd und lässt den lieben Herrgott einen guten Mann sein. Und die drei geistlichen Kurfürsten, diese stupiden Palliumochsen, schwenken nun stolz ihre Nasen und triumphieren schon wie Scipio über Karthago. Was immer ich auch beginne, ich kann sein Ohr nicht erreichen. Die Kammerräte haben ihn in den Klauen, und sein Hofnarr, der bucklige Albrecht, gilt ihm dreimal so viel wie der Hofprediger Spalatin. Bin ich nicht sein allergetreuester Untertan? Habe ich diese von ihm gegründete Universität nicht in Schwung gebracht, dass sie heute schon mehr Studenten hat als Prag und Padua zusammen? Was hält ihn ab, mir eine Audienz zu gewähren?"

„Das weiß Gott!", seufzte Melanchthon melancholisch. „Und der Himmel ist überall so schrecklich hoch, man kann sich nirgends daran festhalten. Auch ist die Anna Weller so zart besaitet, dass sie nicht das kleinste Scheltwort vertragen kann. Du bist ihr viel zu ungestüm und heftig!"

rengeld verdienen müssen. Denn sie haben inzwischen schon begriffen, wo Barthel den Most und die Bratwürste holt. Wenn die Laus erst einmal an den Grind gekommen ist, dann wird sie so fett und dick wie eine babylonische Weihnachtsgans und darf, soll und muss wie Ninive geschlachtet werden. Ja, Dummheit wie Stolz, davon habe ich mich mit eigenen Augen genugsam überzeugt, wachsen auch am Tiberstrom auf ein und demselben Holz, weshalb auch Christus nicht ein einziges Wort Latein in den Mund genommen hat. Nun aber hilft kein Mundspitzen mehr, es muss stracks gepfiffen werden! Die Kardinäle wollten die Grundsuppe für alle Erdenvölker anrühren, um das ganze Fett abschöpfen zu können, und haben sich darüber den Kesselboden ausgestoßen. Und wo mit silbernen Kugeln aus goldenen Büchsen geschossen werden muss, da hat die ewige Gerechtigkeit längst das Feld verloren. Sie sagen Frömmigkeit und meinen damit nur den verfluchten Profitmammon, ohne den sie ihren Riesenschwindelbetrieb gar nicht aufrechterhalten könnten, sowie ihr eigenes Lotterbett und Luderleben. Diese Erzklugscheißer, Großler, Trossler, maulsüchtigen Faulschelme und windbeuteligen Peterspfennigjäger sind von Urzeiten an nichtsnutzig gewesen, wie das schon durch den Brudermörder Romulus bewiesen worden ist, und stinken heute so arg wie noch niemals vor eitel Geiz und Pracht hundert Meilen wider den Wind. Sie werden von ihrem Größenwahn geritten wie die Sau von ihrem Eber. Sie haben sich auch erdreistet, die Heilige Schrift unter die Bank zu schieben, um alle Leute mit einer noch niemals dagewesenen Schamlosigkeit hinter das Licht zu führen und über das Ohr zu hauen, und dem lieben Herrgott nicht nur ins Maul, sondern sogar in die Kehle zu langen. Sie haben die himmlische Seligkeit im Griff wie der Bäcker die Semmel und der Schuster das Pech. Aber alle listigen Füchse kommen beim Kürschner zusammen. Darum bereitet Gott, diese geheimnisvolle, nimmerdar irrende Kraft, sein Spiel im Dunkeln, und lässt sich von keinem Sterblichen in die Karten gucken. Und so eifrig man auch nach ihm sucht, fragt und erforscht, er gibt sich nicht zu erkennen. Es muss, so scheint es, zuerst alles in Schutt und Trümmer gelegt werden, und die gelehrtesten Ochsen müssen erst vor dem Scheunentor stehen bleiben, ehe sie erlöst werden können von ihrer grenzenlosen, aberwitzigen Hoffart. Nun aber sei dem Herrn Lob, Preis und Dank, dass er uns endlich einen jungen Kaiser bescheren will, der edlen und frommen Geblütes

vollbringen und vollstrecken dürfen, was sie allen anderen bei Todesstrafe untersagen und verbieten. Da lobe ich mir denn doch die Eidgenossen, die dieses allverderbliche Allerhöchstgesindel längst über ihre Grenzen gefegt und seine Habsuchts- und Hochmutsburgen zerbrochen und ausradiert haben. Und seitdem rauscht dort der Grundbrunnen aller irdischen Lebensquellen, aber er rauscht nicht von der einseitigen Barmherzigkeit der Wenigen, die von ihrem schlechten Gewissen geplagt werden, sondern von der brüderlichen, der wechselseitigen Hilfsbereitschaft aller in Ewigkeit. Amen."

Zur selben Stunde saßen Luther und Melanchthon wieder am Kirchentische des württembergischen Augustinerrefektoriums, und zwischen ihnen stand neben zwei Zinnbechern ein großer Deckelkrug, gefüllt mit Einbecker Bier, das soeben auf Kredit und Glauben aus dem Ratskeller geholt worden war.

„Also weiß mich zurecht", bat Melanchthon nach dem zweiten Becher, „aber mit Sanftmut, wie geschrieben steht Galater sechs Vers eins: Liebe Brüder, so ein Mann etwa von seinem Fehl übereilet werde, so helfet ihm zurecht mit sanftmütigem Geist."

„Dem Bruder", trutzte Luther sogleich dagegen auf, nachdem er seine Predigerkehle zum dritten Male befeuchtet hatte, „nimmermehr aber dem Satanas! Hier wäre jegliche Sanftmut fehl am Orte und würde das Übel nur verschlimmern. Denn wenn wir den Papst und seine Kardinäle warnen: Hütet euch, es wird bald Dreck und Feuer regnen, so ist es diesen aufgeblähten Ohrenmelkern und geilen Taschenausfegern nur ein Skandalon, ein Ärgernis. Ja, Wörtlein sind es, nur Wörtlein und Silben, damit die dummgemachten Völker immer wieder an der Nase herumgeführt werden wie die Ochsen auf der Tenne, die das Korn ausdreschen und doch nur das Stroh zur Nahrung kriegen. Denn solches ist der einzige Zweck dieser hochgeckischen Praktiken. Die evangelische Botschaft und Wahrheit dringt nicht in diese vom Hochmut verrammelten Köpfe, die mit lauter heidnischen Teufelspossen bis zum Platzen vollgepfropft sind. Da ist und bleibt alle und jegliche Mühe umsonst! Sie wissen dort in Rom noch jeden Schmeiß besser und wollen sich durchaus kein Spinnweb vor ihr wölfisches Maul wachsen lassen, damit sie ihr Schand- und Hu-

ergibt, dass jeglicher Beschimpfer nur ein verkappter Selbstlobsänger ist, was seinen Eigengeruch keineswegs empfehlenswerter macht. Und so schlagen denn diese beiden volkspädagogischen Erzwidersacher mit Zunge, Kehle, Federkiel und Pressbengel aufeinander los, dass die Glaubenskreditlappen fliegen und Heilsplanfetzen stieben. Sie blasen mit dem gleichen barbarischen Fanatismus in die konstantinische Angriffsposaune hinein, anstatt die welteidgenössische Trommel der ewigen Freiheit, des immerwährenden Friedens, des füllhornigen Wohlgefallens aller an allen zu berühren. Denn das wahre Christentum besteht in der Freiheit von Schimpf, Streit, Kampf, Not, Furcht, Hunger, Durst, Kälte, Gewalt, Zwang, Raub und Herrschsucht. Und gerade in diesem einzigartigen, für alle Erdenvölker vorbildlichen Daseinszustand leben und weben bereits die Eidgenossen, in deren wohlgesicherten Grenzen es weder eine so gefahrvolle Straße wie die zwischen Jerusalem und Jericho, weder einen Garten Gethsemane noch eine Schädelstätte Golgatha gibt."

„Um Himmels Willen!", wehklagte Paludanus. „Du kannst doch nicht die christliche Barmherzigkeit verwerfen, diesen Grundpfeiler der abendländischen Gesittung! Hungrige speisen, Durstige tränken, Nackte bekleiden und Gefangene befreien, das sind doch unzweifelhaft die tugendhaftesten aller Handlungen!"

„Und wer", forschte Desiderius, nachdem er die Becher noch einmal mit dem köstlichen Frascatiwein gefüllt hatte, „ist es gewesen, der die Hungrigen, die Durstigen, die Nackten und die Gefangenen hergerichtet und zur Schau gestellt hat, damit sich die abendländische Gesittung der herrschenden Barmherzigkeit an ihnen schrankenlos betätigen kann? Von dieser einseitigen Tugendverübung plätschern die Quellen, während der Grundbrunnen ganz anders rauscht. Stelle dir doch nur eine Welt vor, deren Bewohnerschaft aus lauter barmherzigen Samaritern bestünde! Und wo blieben denn die Niedergestreckten, jene ausgeplünderten, blutig und halbtot Gewürgten, jene Träger des ihnen eingeübten Übels, die ohne die mehr oder minder ritterlichen und fürstlichen Übeleinüber doch gar nicht vorhanden sein könnten, ohne diese majestätischen, erznärrischen Volkspädagogen, Zwangsvollstrecker, Freiheitsberauber, Bruderblutvergießer, Reichsgründlinge und Weltblamagier, die ihr hochherrschaftliches Dasein nur zu fristen vermögen, solange sie das tun, verrichten,

„Wie soll ich anders singen", bäumte sich Luther auf, „als mir mit Gottes Zulassung der Schnabel gewachsen ist? Der Zorn über die vatikanische Verderbnis der Kirche und über den wölfisch beschissenen Glauben sitzt mir in der Kehle wie ein feuriger Igel, also muss er heraus, sollte ich nicht elend daran ersticken! Der Eifer um das Haus des Herrn lässt mich nicht schlafen. Ich glaube, dass mich Gott geschaffen hat genau so, wie ich bin, leibe und lebe. An den Galgen mit dem Maul, das Gott zu fragen wagt: Warum hast du das getan und jenes unterlassen?"

„Ich frage nicht Gott", verteidigte sich Melanchthon, „ich frage dich! Du begehrst die Kirche an Haupt und Gliedern zu reformieren und willst doch nicht wahrhaben, dass du schnurstracks in das Schisma hineinsteuerst!"

„Ich steuere nur dahin", hob Luther schon wieder an zu predigen, „wohin mich der Wind Gottes treibt. Denn wir alle sind nur niedrig geborene Diener und Knechte auf dem Deck dieses Schiffes und müssen, um nicht in Anfechtung und Verzweiflung zu fallen, unerschütterlich an die unerschöpfliche Gnade des göttlichen Weltobristen glauben, aber ewiglich im Ungewissen bleiben über unsere Erwählung. Die Wissenschaften in allen Ehren, aber wichtig für uns Theologen ist einzig und allein, dass die Bibel vom ersten bis zum letzten Buchstaben recht behält. Willst du Gottes Wort und Bestreben umkehren? Nimmst du dir heraus, es zu bessern? Willst du mit dem Rötel alles durchstreichen, was dir im Text der Heiligen Schrift nicht behagt? Dann bist du, bei meiner Treu, ein schlechter Theologe! Darum strebe niemals nach dem, was dir zu hoch ist, denn du bist von Haus aus viel zu lämmlich und gelinde und lässt dich viel zu leicht ins Bockshorn jagen. Wer die himmlische Majestät erforschen will, der wird am Ende von ihrer Herrlichkeit geblendet und erdrückt. Willst du denn wie der spöttische Skeptiker Roterodamus, den der Teufel für seine vor nichts zurückschreckende Kontrollsucht unzweifelhaft noch einmal fürchterlich holen wird, Gott den allmächtigen Herrn der Heerscharen zu dir herabziehen, um deinen guten Duzfreund aus ihm zu machen? Ja, fürwahr, du leidest an deiner Philosophie und sonst an nichts! Du willst immer noch viel mehr wissen und ausklügeln, als dir zugebilligt werden kann. Nach solchem Silbentand und Satansdreck trachten die Heiden! Bin ich schon ein Narr, nun wohlan, dann ist Gott der Allwissende und Allmächtige mein Vormund! Ein frommer und demütiger Dienstmann, der seine Pflichten kennt, wird niemals und nimmermehr gieren nach seines Herrn Heimlichkeit, sondern immer nur darauf Bedacht nehmen, was ihm sein Herr gebeut und anbefiehlt. Darum ist auch der höchste Schmuck eines gläubigen Christen der blinde Gehorsam! Und eben deshalb hat Gott der Herr seine ganze Sache für uns auf einen einzigen Begriff gestellt und der heißt Glaube! Dieses Wort ist an keine Kette gebunden, denn wer nicht glauben kann, der kann auch nicht wissen. Auf diesem Felsen ruht alles, was noch nicht gewusst und begriffen werden darf, und wenn jemand diese göttlichen Verborgenheiten vorzeitig aufdecken und kund machen will, wie du das so heiß begehrst, dann trägt er nur Sorgen heim und bitterliche Tränen. All Ding will Weile haben, und Übermut tut niemals gut! Hat der Herr nicht verheißen, dass er im Nebel wohnen will wie ein Fürst auf einem hohen Schlosse im tiefen Walde, und hat er nicht Unsichtbarkeit und Finsternis gelegt um seine für Menschen Augen allzustrahlende Gloria? Nur unsere unmenschliche Ungeduld nach seinem Erscheinen bewirkt sein Zögern, sich uns jetzt schon vollkommen zu offenbaren. Also musst du endlich aufhören, nachdem Versuche Roterodamus zu schielen, und solltest dich nicht länger nach seinem bösen Beispiel für einen heimlichen Fürsten der Geisteswelt halten, dich auch nicht sorgen und grämen um die Nachtzeit und um jene Dinge, die da noch kommen sollen, denn unsere Vorfahren haben solches auch nicht getan und ihr Genüge daran gefunden, sich an die unverrückbare Vorbestimmung Gottes zu halten. Also musst du noch tapferlicher denn bisher ankämpfen wider jene unter dem Baum der Erkenntnis eingeimpfte Schlangensucht nach dem Mitbesitz der Göttlichkeit, denn sie ist zu gar nichts gut und nütze. Ach, wie könnte ein sterblicher Mensch jemals gedeihen, der dem ewigen Gott und Vater aller Dinge und Wesen akkurat gleich sein möchte! Also ist die Furcht Gottes nach wie vor aller Bildung und Weisheit Anfang, und die Seuche des Allesbesserwissenwollens ist des Pöbels Verderbnis. Sie allein hat den Adam aus dem Paradiese gestoßen, in das ihn Gott der Herr mit eigener Hand hineingesetzt hatte, genauso wie der barmherzige und gnädige Herr Graf dem elenden Kossäten Wohnung, Nahrung und Arbeit gewährt, wofür er ihm dankbar die Hand zu küssen hat. Denn das unchristliche und grundvermessene Streben nach oben hinaus vermag uns auch heute noch um alle irdschen Freuden und um die himmlische Seligkeit zu bringen. Wie geschrieben steht: Wir haben die große Stadt Babylon heilen wollen, aber sie will sich nicht heilen lassen. Also mag sie denn dahinfahren mit Flammen und Rauchdampf in die Vernichtung, die ihr zubereitet ist von Anbeginn der Welt. Jesus, der hebräischer Herkunft war, weinte über Jerusalem, ich aber weine nicht über Rom, denn ich bin kein Römer. Ja, wir sollen nur Menschen und nicht Gott sein, denn dazu mangelt uns wahrhaftiglich jeder vernünftige Grund. Und die Imitatio Christi bringt den Imitator, wie alle Beispiele beweisen, zuletzt immer um das eigene Leben. Wenn wir uns Gott den Vater zum alleinigen Vorbild nehmen, was sind wir dann mehr als die Affen, die von dem Trieb besessen sind, uns Menschen alles nachzumachen, in Sonderheit unsere Dummheiten, die ihnen darum auch so vortrefflich gelingen, sintemal sie unsere Klugheiten gar nicht zu begreifen vermögen? Wer sich auf solche Weise die göttliche Gnade verscherzt, und das tut der Roterodamus mit seinen sakrilegischen Possen, wie könnte der jemals genesen von dieser schrecklichsten aller Pestilenzen, von der die Welt also befallen worden ist. Wir können nur den Sieg erringen durch den Fall der Wölfin. Und gerade gegen diese Einsicht sträubt sich der Roterodamus mit Händen und Füßen!"

„Aber", stach Melanchthon dazwischen, „du willst doch nicht leugnen wollen, dass wir, wenn wir der Wahrheit die Ehre geben, uns alle seine Schüler nennen müssen!"

„Unser einziger Magister ist Christus!", bäumte sich Luther dagegen auf. „Der Roterodamus aber ist nur ein kleiner Studiosus und benimmt sich wie eine blinde Henne, die endlich ein Körnlein gefunden hat und darüber ein Gegacker erhebt, als sollte die ganze Erde und der halbe Himmel einstürzen. Ei, das wäre fürwahr ein verdammt dummer und schlechter Teufel, der nicht überall die Erste Geige zu spielen versuchte! Diesem ausgekochten Heiden ist die christliche Dreifaltigkeit nur eine poetische Figura, nur eine sechsbeinige Chimäre, hinter der er sich philologisch verschanzt, um uns Theologen ungestraft die Altarfenster einschmeißen zu können, und jeden, der mit Ernst und Eifer am Werke der Heiligung und an der Wiederaufrichtung der bis in den Grund erschütterten Autorität ist, mit seinen boshaften Pfeilen in die Kehle zu treffen. Er will uns um unseren ganzen Besitz bringen, er ist kein Autor, er ist der Klautor!"

Hier sprang die Tür auf, und herein stürmten der Kunstpinselschwinger Lukas Cranach, der in der Stadtgemeinde wie auch bei Hofe einen ziemlichen Einfluss besaß, und der Augustinerbruder Nikolaus von Amsdorf, der genau wie Luther noch ganz tief in der Mönchskutte stak.

„Der Karlstadt", schnaubte Cranach, „will morgen schon wieder gegen die Bilder predigen. Was soll denn noch aus der deutschen Kunst werden, wenn keiner den Mut hat, diesem Krielkopf das große Maul zu stopfen? Ich habe an die dreißig Gesellen in meiner Werkstatt, und ich könnte, wenn nur der Raum da wäre, ein ganzes Dutzend mehr beschäftigen!"

„Danach", versetzte Luther unwillig, „fragt das Evangelium nicht!"

„Denn es steht geschrieben", sekundierte im Melanchthon: „Du sollst dir kein Bildnis noch irgendein Gleichnis machen!"

„Dieses Gebot gilt nur für die Jüden!", trumpfte Amsdorf auf. „Also mitnichten für uns Christenmenschen!"

„Und darum", knirschte Cranach, „muss es gestrichen werden!"

Nun schauten sie alle drei auf Luther, doch der hüllte sich in tiefes Schweigen wie Christus vor Kaiphas.

„Die Heiligen Zehn Gebote Gottes", fing Melanchthon noch einmal an, „gelten für alle Sterblichen! Wie geschrieben steht: Nicht ein Titelchen soll vergehen vor dem Gesetz Gottes!"

„Deswegen", polterte Amsdorf, „können doch die Bilder in der Kirche bleiben, wenn wir nur nicht vor ihnen niederfallen und sie anbeten!"

„Bilderdienst ist Götzendienst!", entschied Melanchthon. „Auch die Schweizer wollen darum die Bilder aus dem Kirchen hinaustun."

„Die Schweizer", kollerte Cranach verächtlich, „sind ungeleckte, barbarische Tröpfe! Sollen wir etwa ihre Affen sein?"

„Du musst dem Karlstadt entgegentreten!", suchte Amsdorf den immer noch schweigenden Luther aufzuhetzen. „Denn alles läuft zu ihm und begehrt nur ihn zu hören, weil er den Pöbel nach dem Maule redet. Willst Du solches noch länger dulden?"

Und schon bewölkte sich Luthers Stirn, und seine Augen begannen dämonisch zu funkeln.

„Auch der Schwenkfeld und der Münzer", zeterte Amsdorf, „schwören schon auf diesen Bilderstürmer!"

„Das ist eine sehr schwere Prüfung", murmelte Luther und zog die Nase kraus.

„Martinus, ich beschwöre dich", jammerte Amsdorf, „dass du diesem Afterpropheten das Handwerk legst! Nur du allein kannst das vollbringen!"

„Sonst gehe ich", drohte Cranach, „morgen früh mit allen meinen Gesellen in die Kirche, und so dieser Hundsfott sich untersteht, noch einmal gegen die Kunst anzubrüllen, dann werden wir ihn unisono hinausscharren und -pochen. Denn hier geht es um unseres Leibes Nahrung und Notdurft!"

„Unser täglich Brot gib uns heute!", vaterunserte Luther halblaut vor sich hin.

„Du darfst diese Entscheidung nicht länger hinausschieben!", drängte Cranach und hieb dazu einen ganz dicken, geradezu obmeisterlichen Pinselstrich durch die Luft.

„Die Entscheidung", wies Luther dieses Ansinnen zurück, „liegt nicht bei mir, sondern allein bei dem allmächtigen Gott! Oder glaubt ihr, dass der Karlstadt den Mut aufbringen wird, gegen die Bilder zu kanzeln, wenn zu seinen Füßen dreißig tapfere Malergesellen sitzen, die sich nicht die Butter vom Brot nehmen lassen wollen?"

„Nimmermehr!", jubelte Amsdorf auf.

Und Cranach triumphierte: „So wird die deutsche Kunst gerettet werden!"

Worauf sie sich wieder davonhoben.

„Willst du denn", fragte Melanchthon bestürzt, „das Bethaus zum Schlachtfeld machen?"

„Ohne Schlacht kein Sieg!", trumpfte Luther auf, füllte noch einmal die Becher und stieß mit ihm an. „Und du gehst noch heute Abend zu Karlstadt und gibst ihm zu verstehen, dass er sich um Gottes und Jesu Willen nicht scheuen soll, der Stimme seines Gewissens zu folgen, und säßen auch tausend und abertausend Malergesellen zu seinen Füßen!"

„Wie soll ich das verstehen?", stammelte Melanchthon verwirrt.

„Geh und tu", kommandierte Luther wie ein Feldobrist vor der Entscheidungsschlacht, „was dir Gott durch meinen Mund gebietet! Wie geschrieben steht: Die Wege des Herrn sind allzumal wunderbarlich, aber er führt es herrlich hinaus. Wenn der Allmächtige den grundverdrehten Karlstadt in die mit Bildern verhängte Sackgasse hineintreiben will, wie dürften wir es wagen, solch göttliche Absicht vereiteln zu wollen?"

Und es sollte auch genau also geschehen.

Am folgenden Morgen wagte es Karlstadt, sich in der Pfarrkirche wiederum gegen die Bilder zu ergrimmen, mit denen die Wände dieses Gotteshauses überreichlich geschmückt waren. Aber sogleich begannen Cranachs Gesellen, die vollzählig zur Stelle waren, sowie ihr nicht unbeträchtlicher Anhang wie um die Wette zu husten, sodass Karlstadt rasch genug roch, woher dieser widrige Firniswind wehte, sich beeilte, das Predigtsteuer herumzuwerfen, und das gefährliche Thema fallen ließ.

Vierundzwanzig Stunden später wurde er dafür von Amsdorf, der ihn auf der Torgauer Straße traf und anhielt, also mit lauter Stimme belobigt: „Du hast recht daran getan, die Sache hinter dich zu werfen. Wir Theologen haben Wichtigeres zu tun, als den Malern die Pinsel auszuwaschen. Bilder bestehen nur aus Leinwand und Farben und haben nicht das Geringste zu tun mit der Frömmigkeit!"

„Siehst du denn nicht", fauchte Karlstadt verbissen, „wer hinter diesem Geschmier hockt, um aus der Frömmigkeit der Gemeinde Kapital zu schlagen?"

„So das eine Sünde ist", fuhr ihm der Lutherpaladin Amsdorf sogleich in diese gar zu ökonomische Parade, „wo steht solches geschrieben? Es will und muss eben ein jeder leben von dem, was er kann. Du predigst doch auch nicht umsonst!"

„Es ist noch nicht aller Tage Abend!", knirschte Karlstadt und ließ ihn stehen.

Indessen saß in dem neben dem Torgauer Tore gelegenen Gasthaus Zum Güldenen Engel der ebenso scharfsichtige wie schwerhörige Schlesier und Roterodamusschüler Kaspar Schwenckfeld von Ossig vor seinem Tintenhorn und begann an seinen Grundherrn, den herzoglichen Zwergpotentaten Friderikus Sekundus von Liegnitz,

Brieg und Wohlau, von dem er nach Wittenberg gesandt worden war, um die Praxis des allerneuesten Seelenheilverfahrens und der Peterspfennigumlenkung an Ort und Stelle zu studieren, also zu zeilen:

Luther sucht die Menschen in der dumpfen Luft des alten, bildungswidrigen Daseins zu erhalten und bestärkt sie darin, dass sie in ihrer Einfalt meinen müssen, es soll immer so sein und bleiben wie bisher, und bis zum jüngsten Gericht nicht die allergeringste Änderung daran zugelassen werden darf. Er lässt den Kern der römischen Kleriseimisswirtschaft unangetastet und begnügt sich mit der Forderung, dass der Eintritt in das Haus des Heils durch eine andere Tür, an der er seinen eigenen Opferstock aufgestellt hat, stattzufinden hätte. Es ist also letzten Endes ein reiner Türhüterstreit, was hier in diesem geringen Städtchen, das sich nun wunder wie wichtig dünkt, mit so heftigem Gebaren angehoben hat und nun mit wachsenden Geräuschen seinen Fortgang nehmen soll. Auf den Knien will ich meinem gnädigen Herrgott dafür danken, dass ich kein gelehrter und approbierter Theologus, sondern nur ein schlichter Christenmensch bin, sonst hätte ich wohl niemals bis zu dieser grundhaften Erkenntnis vordringen können.

Luther ist ein losgelassener Zelot und vermag schon darum nicht das Prinzipium der natürlichen Umwälzungen zu erkennen, deren sich die göttliche Vorsehung immer wieder zu bedienen pflegt, um das Angesicht der Welt zu verändern und der menschlichen Gesellschaft neues Leben einzuhauchen. Wenn aber dieser einem römischen Kloster entsprungenen Doktor der Theologia über die Seligkeit predigt, die er für alle seine Anhänger in Alleinpacht genommen haben will, dann wankt die Kanzel und kracht dermaßen in allen ihren Fugen, dass einem weh, angst und bange werden möchte. Bei dem Ablasskrämer Johannes Tetzel war wenigstens die Seligkeit noch für gutes Geld zu haben gewesen, bei Luther dagegen kann man sich nicht das allerkleinste Häpplein davon verdienen, und wenn man sich darum auch noch so viel Arbeit, Mühe und Sorgen machte. Nach seinen Behauptungen sind gute Werke allzumal eitel und nützen nicht einen Pfifferling.

Sogar der barmherzige Samariter müsste schnurstracks zur Hölle hinabfahren, so er sich nicht genau an das hält, was ihm von Luther vorgepredigt und geboten wird. So ist denn dieser Glaubensgeneralissimus von dem Heiland des Neuen Bundes zu dem blutdürstigen, rache-

begierigen und unablässig Opfer heischenden Herrgott des Alten Bundes zurückgekehrt und hat sich dadurch stracks aus der römisch-babylonischen in die hebräisch-israelitische Gefangenschaft hineinbegeben. Eitel Götzendienst treibt er deshalb auch mit dem Wortlaut der Bibel, und der krasse Buchstabengeist, der ihn unablässig bewegt, ist ein gar scharfer Flegel und ein rechter Grobian, der jedes zehnmal besser weiß als alle anderen und der schon bei dem geringsten Widerspruch wie ein Zerberus aus dem Häuschen gerät. Ihm ist die ganze Welt wie ein wütender Hund, der eitel blutige Zähne hat. Und das mag wohl auch daherkommen, dass er, wie man hier erzählt, eine sehr bittere und harte Jugend durchgemacht hat, von der ihm viel mehr Prügelsuppen als sonst etwas beschert worden sind. Ja, seine eigene Mutter soll dieses ihr drittes Kindlein einmal sogar wegen einer lumpigen Haselnuss bis aufs Blut geschlagen haben. Und woher in aller Welt sollen dann Milde, Güte und Sanftmut herkommen, ohne die das wahre Evangelium doch niemals und nimmermehr gedeihen kann?

Ach, warum hat dieser nüchterne Kopf dieses große Reinigungswerk überhaupt angefangen und weshalb fährt er nun so ungestüm darin fort, da doch die Menschen, seiner unguten Meinung nach, ein durch den Sündenfall von Grund auf verpöbeltes und verderbtes Gemächt sind, das nichts wie Missetaten begehen kann und dadurch auch immer unsinniger und schlechter werden muss? Freilich, für die Stadt Wittenberg, in der es nach Melanchthons Berufung von Studenten nur so wimmelt, mag solches schon zutreffen. Denn was hier aus ganz Deutschland und den umliegenden Staaten zusammenläuft, um sich ein mehr oder minder fettes Prädikantenpöstchen zu ergattern, das ist eher das Gesinde des Satans als eine Dienerschaft Gottes zu nennen. Luther ist ein viel zu gewaltiger Prediger, als dass ihn die Größe seiner Kunst nicht immer rasender machen sollte.

Heute verkündet er das Prinzipium des Allgemeinen Priestertums, aber schon morgen ist er imstande, jeden zur Hölle hinabzudonnern, der ihm nicht blindlings gehorchen will, weil er an der Freiheit seiner Entschlusskraft festzuhalten begehrt. Also bläst er aus einem Munde kalt und warm, also fällt er unablässig aus einem krassen Widerspruch in den anderen, um ihn hinterher, sobald er darauf ertappt wird, für ein göttliches Geheimnis auszugeben. Wahrlich, er ist der Doktor Hyperbo-

lissimus, noch dessen Ansichten keine Religion zu närrisch und ungereimt ist wie gerade die seinige. Kein Wunder, dass er die Mutter Vernunft nun sogar schon für die Haupthure des Satans ausschreit. Mit dem Roterodamus, auf dessen Beistand er zuerst so heftig gehofft hat, spinnt er längst keinen guten Faden mehr, das pfeifen dahier die Spatzen bereits von allen Dächern. Ja, hier ist schon wieder einmal ein Meister Klügel am Werke, der den Gaul mit aller Silbengewalt hinterwärts aufzäumen und ansträngen will, um auf ihm bis zum Berge Sinai zurückzureiten. Wer nicht seines Sinnes ist und sich weigert, zu allen seinen Reden und Taten Ja und Amen zu sagen, der ist ihm schier von demselben Teufel besessen, der ihm immerfort auf der unbesonnenen Sachsenzunge herumtanzt. An diesem infernalischen Doppelsilbler hängt er wie Christus am Kreuz.

Wie sich der Papst räuspert, genauso spuckt der Luther. Wie ein rechter Moloch schlingt er alles in sich hinein und schont niemanden, auch nicht den Melanchthon, der wahrlich seine liebe Not mit ihm hat und ihn doch nicht um ein Jota ändern wird. Dieser obersaronische Kanzeldonnerer und Glaubenspotentat hat viel zu lange im Kloster gesessen, in dem er heute noch hockt wie die Spinne im Netz, und die Kutte wird er wohl sein Lebtag nicht loswerden. Er ist, bei allen seinen bestaunenswerten Gaben und Fähigkeiten, ein Reformator, der es bisher leider versäumt hat, sich selber zu reformieren. Denn wer darauf aus ist, jeden Menschen für einen faulen Madensack anzusehen, um von der ganzen Menschheit nur Böses und Arges behaupten zu können, und dabei so gar nicht merkt, dass er solches in erster Linie wider sich selbst ausspricht, wie sollte dem noch zur reinen Vernunft geholfen werden können?

Der Roterodamus hat schon recht gehabt, dass er nicht auf diesen gar zu sächsisch gekochten Leim gekrochen ist! Und wenn nun der Luther, wie hier gemunkelt wird, ein Eheweib nimmt, so wird er es sich wohl, denn Art lässt nicht von Art, aus den sächsischen Nonnen heraussuchen, die nun hier allenthalben den Klöstern entspringen wie die reifen Erbsen ihren Schoten. Also dass wir wohl bald, da der dasige Kurfürst eine so große Tasche hat, darin alle sächsischen Klostergüter zweimal Platz finden können, hier in Wittenberg nicht nur einen Papst, sondern sogar eine Päpstin haben werden. Kurzum, wenn alles auf einen Nenner gebracht werden soll: Nun empfangen die ekklesiastischen

Heilslehrer endlich ihre wohlverdiente Strafe dafür, dass sie hier in Deutschland tausend Jahre lang nichts wie Unfrieden und Unheil gestiftet haben, also dass es nachgerade Zeit geworden sein dürfte, nun auch in Schlesien der göttlichen Vorsehung freien Lauf zu lassen.

Diese überaus aufschlussreichen Zeilen ließ sich der Tripelherzog Friderikus Sekundus von seinem Haushofmeister Balthasar von Schweinichen, der auch sehr selten ganz nüchtern war, eines Abends im Liegnitzer Schlosskeller vorlesen und rief darauf: „Was sagst du dazu, alter Saufaus?"

„Mich dünkt", gestand dieser ergebenste aller damaligen Potentatendiener, „dass mit Eurer Fürstlichen Hoheit und Gottes Zulassung der gute Schwenckfeld nun gänzlich übergeschnappt ist."

„Ei, das war er doch schon immer!", lachte sich der Herzog ins souveränische Fäustchen. „Und gerade darum, du tollpatschiger Klößelhengst, habe ich ihn ja nach Wittenberg geschickt, denn wenn man die volle Wahrheit erfahren will, dann muss man sich schon dazu bequemen, einen Narren in Marsch zu setzen. Noch eine Doppelkanne Tokajer und die genaue Liste aller Mönchs- und Nonnenklöster in meinen drei Herzogtümern mit genauester Vermerkung ihrer Vermögenswerte und Liegenschaften! Wenn meine Tasche auch lange nicht so groß ist wie die des sächsischen Kurfürsten, so ist die Füllung doch nicht minder bedürftig! Darum her mit dem gesamten Peterspfennig, denn Geld regiert die Welt!"

So gelangte durch den exakten Bericht des frommen Sünders Kaspar Schwenckfeld von Ossig das lutherische Märchen von der untertänigsten Freiheit des Christenmenschen nach Schlesien, worauf auch hier das eingeübte Übel seiner Feudalblüte schnellstens entgegengeführt werden konnte.

Von den zündenden Sünden

In diesen Tagen traf Hieronymus Aleander, der sondernuntiale Bannbullenverbreiter und Scheiterhäufler des Heiligen Stuhles, aus Antwerpen kommend, in Brüssel ein, um hier mit Hilfe des kreuzweis durchtriebenen Minoritenpaters und Beichtvaters Johannes Glapion das Ohr des neunzehnjährigen Halbweltbeherrschers Carolus zu erreichen, mit dem inzwischen sein fünfhundertköpfiger Hofstaatheerwurm, Pferde und Hunde nicht mitgerechnet, von der Stadt Gent aus zur Krönungsfahrt nach der Stadt Aachen aufgebrochen war.

Auch Desiderius wurde zur Teilnahme an diesem triumphatorischen Hauptspektakulum aufgefordert. Das Einladungsschreiben war unterzeichnet von dem Großkämmerer und Reichssiegelbewahrer Wilhelm von Croy, genannt Chièvres, und dem Staatskanzler Mercurin Gattinari, diesem grundverschmitztesten aller Savoyarden.

Am nächsten Freitag kaufte sich Desiderius auf dem Löwener Rossmarkt den Rappenhengst Ajax, mit dem er nach Aachen zu reiten gedachte.

Inzwischen aber war der Karmeliterprior, Oberscholastikus und Theologieprofessor Nikolaus Baechem von Egmondanus, der dem Sondernuntius beim Scheiterhäufeln in Antwerpen feuereifrigst geholfen hatte nach Löwen zurückgekehrt, um sich schon am folgenden Sonntag auf der Kanzel der Petrikirche mit einer scharfgebackenen Hofpredigt bemerklich machen zu können, die ein ganz beträchtliches Aufsehen erregte und deren Höhepunkt aus diesen Kraftsätzen bestand:

„Luther hat nur das Ei ausgebrütet, das von einem anderen gelegt worden ist. Denn ohne diesen hinterlistigen Uhu, der sich, ohne schamrot zu werden, den Phoenix der Wissenschaften, die einzige Zierde Germaniens, die Leuchte des Erdkreises und den Apollo Pythius nennen lässt, und dessen Namen ich nicht ausspreche, weil ich ihn wie die Sünde verabscheue, hätte es jener Wittenberger Poltergeist niemals gewagt, die Fackel seines verruchten Aufstandes wider die unfehlbare Autorität des Heiligen Vaters zu entzünden. O hätte doch diese Frucht eines unkeuschen Mönches und seiner ehrvergessenen Konkubine, die ihn mit ihrer teuflischen Schönheit zu betören gewusst hat, niemals das Licht dieser Welt erblickt, wo wäre doch dieser Schandfleck auf dem Mantel unserer Frömmigkeit im ersten Bade ertrunken! Dann wäre der Glanz der humanistischen Bildung nicht bis hinaus zu jenen hintersächsischen Barbaren gedrungen, die sich nun damit brüsten, im alleinigen Besitz der lauteren und reinen Wahrheit zu sein, und mit stinkendem Eifer das Nest beschmutzen, in dem sie ausgebrütet worden sind. Luther in Wittenberg, Zwingli in Zürich und Oekolampadius in Basel, welche Stadt gegen den Willen ihres höchstwürdigen Bischofs nun doch der Eidgenossenschaft beigetreten ist, wofür Gottes gerechte Strafe gewiss nicht ausbleiben wird, das sind die Legionssoldaten der Häresie, und ihr Feldhauptmann ist kein anderer als jener annoch zwischen uns hausende höllische Versucher, der die verdammte Rotte dieser Sektierer aus der Heimlichkeit seiner Schwarzkunstklause zu ihren fluchwürdigen Belialismen anstachelt, sport und lenkt. Es besteht zwischen ihm und ihnen kein anderer Unterschied, als dass sie nun mit vollem Ernst alles das betreiben und zu vollenden trachten, was er ihnen in und zwischen seinen Zeilen angepriesen und vorgedruckt hat. So ist dieser verruchte Silbenschieber, der sich sogar in das Vertrauen des Heiligen Vaters und der Kaiserlichen Majestät einzuschleichen gewusst hat, der alleinige Urheber dieser drei Schandmäuler geworden, sie mögen es noch so heftiglich bestreiten. Denn sie sind ja nichts anderes als die Puppen und Popanze dieses infernalischen Hintergründlers, der alles zu verwirren, zu zerdeuten und auf den Kopf zu stellen sucht, und wie er sie fädelt, zwirnt und zupft, so müssen sie zappeln, hüpfen und tanzen. Es nützt nichts, die Hyäne von Wittenberg, den Fuchs von Zürich und das Reptilium von Basel zur Strecke zu bringen, wenn nicht jener immer nur im Trüben fischende Urdrache, der von jeher alle mit Eifer um die Autorität der Kurie Bemühten bloßzustellen und herabzuwürdigen trachtet, besiegt, gefällt und in den Abgrund des Vergessens zurückgeschleudert wird, der ihn ausgespien hat."

Solchen Hetzsermon brachte Desiderius, dem diese Zeilen gleich nach Schluss dieses seltsamen Gottesdienstes von einigen ihm befreundeten Zuhörern brühwarm zugetragen wurden, mit eigener Hand zu Papier, überlas sie dreimal, strich sich schmunzelnd das

Kinn und sprach sodann: „Der Uhu legt ein Ei, die Hyäne brütet darauf herum und der Kanzelauerhahn Egmondanus bekollert diesen widernatürlichen Vorgang, nachdem ihm vom Weltesel Aleander solches eingeblasen worden ist. Was bleibt dem Uhu übrig, als ein zweites Ei zu legen!"

Worauf Desiderius einen neuen Bogen hernahm und mit hurtiger Feder also darüberhin lateinte:

Bereite Dich, Du trotz alledem geliebter Bruder in Christo, darauf vor, Deine über mich von der Kanzel der Petrikirche verkündeten Irrtümer nach meiner Rückkehr in Gegenwart des Rektors dieser Universität zu wiederholen, damit ich Dich dann mit der jedem Christen gebotenen unerbittlichen Sanftmut in die mir eigens zu solchem Zweck von Dir angepredigten Uhudrachenklauen nehmen kann, und benutze diese Dir von mir gnädigst gewährte und bewilligte Frist, um zu Deinem eigenen Heile die folgenden fünf Axiomata gewissenhaft zu bebrüten.

Zum Ersten: Wer das Ei der Bildung einem anderen unterschiebt, der beweist damit nur, dass er außerstande ist, es selber auszubrüten. Und wer vor der Kanzel herab Dinge verkündet, die nachweisbar unwahr sind, der hat allen Grund, sich nicht für einen Diener Gottes, sondern für einen besonders eifrigen Knecht des Satans zu halten.

Zum Zweiten: Falls der Himmlische Vater, wie die Kirche lehrt, sich selbst die alleinige Leitung der weltgeschichtlichen Vorgänge, Abläufe und Geschäfte vorbehalten hat und eifersüchtig darüber wacht, dass ihm kein anderes Lebewesen ins Handwerk pfuscht, dann ist Deine Behauptung, dass die Häretiker von Wittenberg, Zürich und Basel allzumal und lediglich an meinen Lenkschnüren zappeln, hüpfen und tanzen, entweder eine Blasphemie allererster Ordnung oder der bündige Beweis dafür, dass ich mit der alles vorhersehenden Autorität des unfehlbaren Weltenlenkers einigermaßen wesensidentisch bin, wogegen ich, falls sich das tatsächlich noch einmal, und wäre es auch erst nach fünfhundert Jahren, herausstellen sollte, nicht das Geringste einzuwenden hätte.

Zum Dritten: Die unfehlbare Autorität ist daran zu erkennen, dass sie, genauso wie die meinige, gegen sämtliche schädigenden Einflüsse und Einwirkungen gefeit ist, sie mögen kommen, von welcher Kanzel sie wollen, dass also eine Autorität, die von ihren immer zahlreicher wer-

denden, ebenso eifrigen wie gutbesoldeten Dienern unausgesetzt gesichert und vor den Gefahren der Bloßstellung und der Herabwürdigung wie ein rohes Taubenei, wobei man nicht gleich an den Heiligen Geist denken sollte, in Schutz genommen werden muss, sofort in den wohlbegründeten Verdacht der Nichtunfehlbarkeit gerät, ein Zustand, der übrigens das weitere Vorhandensein und die andauernde Tätigkeit aller ihrer Herren Diener, Knechte und Lakaien bedingt und überhaupt erst ermöglicht, weshalb man ihnen auch gar nicht verübeln darf, dass sie sich mit Händen und Füßen dagegen sträuben, dem von ihnen so emsiglich beschützten und beschirmten Autoritätssubjekt, in diesem Falle dem Heiligen Stuhle, auch nur das allerkleinste Quäntchen Unfehlbarkeit zu verschaffen und zuzugestehen. Denn die wahrhaft unfehlbare, die unerschütterliche Autorität bedarf weder Diener noch Knechte, weder Lakaien noch Sklaven, weder Untertanen noch Gläubige. Sie ist vielmehr das Band Christi, das alle Sterblichen als Brüder und Schwestern schützend und welteidgenössisch zu umfangen vermag.

Zum Vierten: Nach dem Wortlaut des uns von den Vätern überlieferten Evangeliums soll Christus einmal den Satz ausgesprochen haben: Wer nicht mit mir ist, der ist wider mich! Ist diese Verlautbarung einer geradezu kindischen Binsenweisheit mit dem erhabenen Charakter des Weltheilands überhaupt vereinbar? Sollte hier nicht vielleicht eine mangelhafte Wiedergabe und Weiterreichung durch die keineswegs unfehlbaren Evangelisten oder durch ihre kirchengroßväterlichen Abschreiber und Nachsprecher vorliegen, unter denen doch kein einziger gewesen ist, der weder das Pulver zu erfinden noch die Neue Welt zu entdecken vermocht hat? Und was ließe sich vernünftigerweise gegen die Vermutung vorbringen, dass jenes von Christi Lippen gefallene Wort nur also gelautet haben könnte: Wer nicht mit mir ist, der ist wider sich selbst!

Zum Fünften: Und wer nicht mit mir, dem Schreiber dieser Zeilen, ist, wie Du Egmondanus und Dein hinterlistiger Anstifter Aleander, der sich wohl gehütet hat, selber die Kanzel zu besteigen, es so heiß begehren, der ist wider sich selbst. Mit anderen Worten: Ihr schädigt nur Euer eigenes Ansehen in dem Maße, wie Ihr durch Euer närrisches Geschrei mein eigenes Ansehen erhöht. Wie geschrieben steht: Selbst aus dem Munde der unmündigsten Schriftsäuglinge habe ich mir ein Lob zube-

reitet. Denn je mehr Ihr über mich schimpft, zetert und tobt, desto berühmter macht Ihr mich, ohne dass es mich auch nur einen Heller kostet.

„Meine Ahnung!", stammelte Egmondanus, nachdem er diese Zeilen gelesen hatte, und begann zu beben wie Zittergras. „Ja, er ist der Drache des Abgrunds!"

Und schon drehten sich vor seinen schreckerstarrten Pupillen die Angeln des Höllentores mit knirschendem Gegrunz, weitauf sperrte sich der frevlerverschlingende Rachen der dem Fegefeuer benachbarten theologischen Furchterregungsmaschinerie, und ganz deutlich roch es bereits nach dem gemeingefährlichsten aller überunterirdischen Respektspersönlichkeiten, auf dessen Herrscherwink plötzlich hunderttausende von pensionsberechtigten Infernobeamten vorschriftsgemäß aufgeschichtete Scheiterhaufen aufflammten und emporqualmten. Zum ersten Mal in seinem siebenundsechzigjährigen Christendasein wurde dem Theokratoliken Nikolaus Baechem von Egmondanus die erschütternde Gnade zuteil, in die außerordentliche Hilfsbedürftigkeit einer spätmittelalterlichen, mit kirchenpatriotischen Gruseleien vollgepfropften Schädelhöhle hineinblicken zu dürfen.

Währenddessen richtete Desiderius diese Zeilen an Johannes Fisher, den Bischof von Rochester:

Kurfürst Friedrich der Weise von Sachsen hat mir zweimal geschrieben, als Antwort auf meinen jüngst an ihn gerichteten Brief. Sein Schutz allein lässt Luther jenen blutdürstigen Verschwörern standhalten, die sich gegen ihn zusammengeschlossen haben. Der Kurfürst schreibt mir auch, er habe mehr um der Sache als um der Person willen so gehandelt, und fügt hinzu, er werde niemals dulden, dass innerhalb seiner Landesgrenzen die Unschuld von der Bosheit derer unterdrückt werde, die nur das Ihre suchen, nicht aber was Christi ist. Die ihm in Frankfurt voriges Jahr von allen Seiten angetragene Kaiserwürde hat er großzügig abgelehnt, und zwar schon am Tage vor der Wahl des Carolus Quintus. Dieser hätte niemals den Kaisertitel errungen, wenn der Kurfürst denselben nicht zurückgewiesen hätte. Die Verachtung dieser Ehre hat ihn noch berühmter gemacht, als es die Annahme getan hätte. Man fragte ihn darauf, wer denn seiner Meinung nach gewählt werden sollte, da sagte er, keiner scheine ihm für die Übernahme dieses schwersten aller

Ämter so geeignet zu sein wie Carolus, der Enkel Maximilians. Die ihm daraufhin angebotenen dreißigtausend Gulden wies er beharrlich zurück, und als man ihn drängte, er solle gestatten, wenigstens zehntausend Gulden seinen Dienern zukommen zu lassen, da rief er: "Meinethalben, wenn sie es durchaus wollen, doch niemand, der auch nur einen Gulden annimmt, bleibt noch einen Tag länger bei mir!" Sodann bestieg er sein Ross und machte sich fort, um weiteren Belästigungen zu entgehen. Das alles hat mir Erhard von der Mark, der Bischof von Lüttich, der auf jenem Reichstag zugegen war, aus bester Quelle berichtet.

Am folgenden Mittag schwang sich auch Desiderius in den Sattel, um von Löwen nach Aachen zu reiten.

Zur gleichen Stunde begann das von Egmondanus der Post anvertraute und in ein aufgeregtes Begleitschreiben gewickelte Axiomata gen Brüssel zu rollen, um in Aleanders Hände zu gelangen, der im dortigen Dominikanerkloster noch immer mit begreiflicher Ungeduld auf den Minoritenbruder Johannes Glapion lauerte, dieweil dieser graubekuttete Seelenlotse mit seinem neunzehnjährigen Beichtkinde nach Mons zu einer Sauhatz geritten war.

„Ich will nicht selig werden", verschwor sich Aleander, nachdem er die fünf Axiomata zu sich genommen hatte, „wenn der Allmächtige diesen gefährlichsten aller Blasphemisten eines natürlichen Todes sterben lässt!"

Indessen saßen sich am Grüntisch des Brüsseler Herrschsuchtspalastes der Großkämmerer und Großkanzler Chièvres und der Staatskanzler Gattinari gegenüber und beschäftigten sich mit ihren Wunschträumereien, wie sie die kommenden Dinge zu benamsen pflegten. Und diesmal handelte es sich um nichts weniger als um die offenkundige Abneigung, womit dieser von ihnen bereits zum sechsten Male beinahe verlobte Kaiserjüngling Carolus die Mitglieder des weiblichen Geschlechts ausnahmslos zu beunehren geruhte und dadurch die Fortpflanzung der Familie Habsburg in allerhöchste Gefahr brachte.

„Ihr habt ihn so keusch erzogen", bemerkte Gattinari kopfschüttelnd, „als sollte er seine Tage in einem Trappistenkloster beschließen!"

„Also", entgegnete Wilhelm von Croy, Grundherr von Chièvres, Aarschot, Beaumont, Heverlee, Bierbeck und Rotselaar, dieser weitaus reichste der flandrischen Großjunker, „werden wir uns nun nach einer ebenso liebreizenden wie gefälligen Witwe umtun müssen, die das Zeug hat, ihn von seiner Sprödigkeit zu kurieren."

„Ein überaus delikates Geschäft!", beseufzte Gattinari nasekrausend dieser allerhöchst pädagogischen Vorschlag.

„Seid klug wie die Schlangen und ohne Falsch wie die Tauben!", bibelte Chièvres, der es herrenfaustdick hinter beiden Ohren hatte. „Und so wir noch die Dunkelheit zu Hilfe nehmen, wird sich das Ding schon deichseln lassen. Aber erst nach der Krönung und nicht eher, bis wir mit ihm aus Deutschland wieder zurück sind! Die Dame braucht gar nicht so genau zu wissen, von wem sie sich beglücken lassen soll. Umso leichter wird es dann sein, sie in ein Kloster zu stecken, falls die Beschattung nicht ohne Folgen geblieben sein sollte."

„Vortrefflich!", atmete Gattinari auf, steckte den Gänsekiel hinters Ohr und rieb sich die glatten, ringgeschmückten Diplomatenfinger, um dann also fortzufahren: „Worauf die Zeugungsfähigkeit der Majestät nicht länger in Zweifel gezogen werden könnte!"

„Und sollte auch", drehte Chièvres diesen mehr als lieblichen Faden noch etwas weiter, „der erste Versuch missglücken, so werden wir doch nicht zögern dürfen, eine zweite Dame ins Treffen zu bringen. Denn der Mensch wacht nicht eher auf, bis er der Venus das erste Opfer gebracht hat."

Zur selben Stunde vertraute der unter dem gleichen Palastdache wirkende und dem Königlichen Rate von Indien zugeteilte Petrus Martyr d' Anghiera seinem Tagebuch die folgenden Sätze an:

Wie einen Unmündigen stoßen und schieben die beiden sich für allmächtig haltenden Räte der Krone den jungen Herrscher, wohin sie ihn haben wollen. Denn von Kindesbeinen an hat dieser so frühzeitig verwaiste Knabe von Flandern immer nur Lehren aufgesogen, die genauso närrisch und unvernünftig sind wie seine Lehrer, diese Hofmeister des ganzen Hofes. Ohne ihren Rat wagt er keinen Schritt zu tun noch sich umzudrehen. Dann aber sitzt er unbeweglich wie ein steinernes Idol da oder schreitet daher und dahin wie eine Marionette. Seine Augen sehen aus, als ob sie gar nicht zu ihm gehörten, sondern ihm von fremder Hand eingesetzt wären. In seinem Kopfe malt er sich die Welt so, wie sie nicht ist, niemals war und nimmermehr sein wird. Zumal das Finanzwesen ist ihm ein solch unbegreiflich Ding, dass er seine Taschen für unerschöpflich zu halten vermag. Ritterspiel und Jagd sind seine höchsten Ergötzungen, und wenn er darauf an einer Beratung teilnehmen muss, dann hatte alle Mühe, die Augen offen zu halten. Auch sein Benehmen an der Tafel ist so sonderbar, dass man es nur mit peinlichster Verwunderung zur Kenntnis nehmen kann. Zum ersten Frühstück pflegt er stets eine Kanne eiskalten Bieres in sich hineinzuschütten. Seine Leibspeisen sind Lachsforelle, Gänseleberpastete und Aalsalat. Und gerade diese Gerichte verträgt er am allerschlechtesten. Was können wir von einem solchen Kaiser erwarten?

„Erst die Hyäne, dann der Drache!", knirschte im gleichen Augenblick der Sondernuntius, der unterdessen das der Axiomata beigefügte Begleitsermonium des Egmondanus zur Kenntnis genommen hatte, und richtete sodann nach Löwen einige Beruhigungszeilen, während er die Axiomata zurückhielt, um sie persönlich nach Rom zu bringen, weil ihm von dort soeben ein sehr schwerer Fieberanfall des noch nicht fünfundvierzigjährigen Papstes gemeldet worden war.

Erst drei Tage später ließen sich Chièvres und Gattinari herbei, dem Sondernuntius eine Audienz zu gewähren.

„So der Kaiser", begann Aleander drohend, „nichts gegen die lutherische Ketzerei unternimmt, wird er sein Seelenheil in allerhöchste Gefahr bringen!"

„Das ist Sache seines Beichtvaters!", winkte Chièvres kurzerhand ab. „Wir haben ganz andere Schmerzen! Wenn der Heilige Vater, dessen Gesundheit leider mancherlei zu wünschen übriglässt, beizeiten für die Abstellung der kirchlichen Missbräuche Sorge getragen hätte, dann wäre es zu diesen höchst betrüblichen Unruhen überhaupt nicht gekommen."

„Auch übersteigt", schaltete sich Gattinari scharf tadelnd ein, „der Geldbedarf der Kurie neuerdings alle unsere Vorstellungen. Ihr Theologen verlangt viel mehr Pfründen, als auf dieser Erde jemals zu vergeben sein werden!"

„Und was", bemerkte Chièvres grollend, „hat denn dieser Medici schon für uns getan, dass wir uns für ihn so kräftiglich ins Zeug legen sollen?"

„Es geht hier", knirschte Aleander schwer gereizt, „um den christlichen Glauben!"

„Also", folgerte Gattinari zynisch, „um die Einnahmen des Heiligen Stuhls, sowie um die Vergrößerung des Kirchenstaates und der Republik Florenz. Was aber sollte uns dazu bewegen können, diesem Heiligen Vater noch mehr Macht zuzugestehen, solange wir nicht die unbedingte Gewissheit haben, dass sie niemals gegen uns in Marsch gesetzt wird? Wer immer wieder mit der Krone Frankreichs liebäugelt, wie dürften wir dem über den Weg trauen?"

„Zudem" brockte Chièvres dazwischen, „ist Seine Majestät in sämtlichen Reichsangelegenheiten auf die Zustimmung der deutschen Fürsten angewiesen."

„Die längst dabei sind", erboste sich Aleander weiter, „sich die Kirchenschätze und Klostergüter widerrechtlich anzueignen!"

„Was habt ihr sie", versetzte Gattinari vorwurfsvoll, „so groß und zahlreich werden lassen, dass ihre Einziehung nun so überaus verlockend erscheint? Je voller die Schüssel, desto gieriger die Fliegen!"

„So scheucht sie hinweg!", trumpfte Aleander auf. „Und das auf der Stelle!"

„Vor dem nächsten Reichstag", wies Chièvres dieses allzu hastige Ansinnen zurück, „kann diese Sache keinesfalls entschieden werden!"

„Sie ist bereits entschieden!", bäumte sich Aleander auf. „Rom hat gesprochen!'

„Und wie oft", grinste Chièvres achselzuckend, „hat Rom sich schon versprochen?"

„Luther ist ein Ketzer!", schnaubte Aleander. „Also muss er brennen!"

„Soll Seine Majestät", fragte Gattinari spitzig, „dem Kardinalskollegium zuliebe etwa mit einem Heere nach Wittenberg marschieren, um jenen Kurfürsten vom Stuhle zu stoßen, dem wir doch diesen Wahlausgang in erster Linie zu verdanken haben?"

„Eines Tages wird diese Armee", prophetete Aleander mit jonaslichem Schwung, „doch marschieren müssen, so wahr die Sonne am Himmel steht!"

„Also noch nicht heute und morgen!", fiel Chièvres ein. „Wir werden demnach Zeit genug haben, um uns auf diese militärische Aktion theologischer Observanz gebührend vorzubereiten."

„Und wie viel Scudi", brockte Gattinari spöttisch dazwischen, „gedenkt der Heilige Vater für die wahrlich nicht geringen Kosten eines solchen Kreuzzuges bei uns zu hinterlegen?"

„Der Mammon", versuchte Aleander diesen auf den empfindlichsten Punkt des Kirchenkörpers gezielten Stich zu parieren, „ist der Gott der Krämer!"

„Und der Abgott der Theologen!", murmelte Chièvres wie ein meisterbrieflicher Weltverschwörer in seinen wohlgepflegten Zwickelbart hinein.

„Uns Klerikern", brauste Aleander auf und über, „geht es nur um den Glauben an Christus, den Welterlöser!"

„Also nur um die Pekunis!", stimmte Gattinari höhnisch bei. „Denn es ist doch weltbekannt, dass dieser Welterlöser in einer Stunde geboren worden ist, da alle Welt auf Kaiserliches Kommando hin geschätzet wurde, und dass er späterhin sein Leben verlor um ganze dreißig Silberlinge! Von dem bewussten Steuer- und Zinsgroschen ganz zu schweigen!"

„Stimmt auf den Daus!", nickte Chièvres. „Denn die Seele jeglichen Kredits ist allzumal und ausnahmslos der Glaube. Davon beißt keine Maus einen Faden ab! Und wer wollte da noch bestreiten, dass es auch diesen Wittenbergern lediglich um den Glauben an genau denselben Welterlöser zu tun ist?"

„Das behaupten sie!", giftete sich Aleander. „In Wahrheit aber gehen sie auf Diebstahl und Raub aus!"

„Oder mit anderen Worten", klärte ihn Chièvres weiter auf. „Diese Sachsen wollen, dass ihr gutes Silber, dass sie mühsam aus ihren Bergen kratzen, im Lande verbleibt und nicht nach Rom abgerollt wird. Welcher vernünftige Mensch könnte ihnen solches im Ernst übelnehmen und verargen?"

„Gott soll schützen!", seufzte Leo Fraenkel. „So es aber dem Heiligen Geist gefällt, einen anderen als Papst aus der Urne steigen zu lassen?"

„Ausgeschlossen!", trumpfte Argentino auf. „Weißt du denn nicht, dass der Papst bei allen Kardinälen Schulden über Schulden gemacht hat, nur nicht bei seinem lieben Vetter, der kaum noch von seiner Seite weicht? Das ist die Politik des Hauses Medici und die einzige Medizin, die der Wölfin noch helfen kann. Wenn die Rothütler zu ihren Geldern kommen wollen, dann dürfen sie keinen anderen wählen."

„Wenn aber dieser liebe Vetter", gab Leo Fraenkel zu bedenken, während er die hundert Goldstücke aus der Truhe holte und auf den Tisch stellte, „um die Schulden seines Vorgängers nicht bezahlen zu müssen, einen anderen aus der Urne emporsteigen lässt?"

„Dann bin ich am längsten in Rom gewesen!", versicherte Aretino, raffte den Beutel an sich und hob sich von dannen.

Elf Tage später wurde auch dieses Papier, da unterdessen die neue Rate der französischen Subsidien eingetroffen war, von der Kurie eingelöst.

Zur gleichen Stunde schrieb der von den österreichischen Ständen mit zahlreichen Beschwerden an den Kaiserhof abgeschickte Großgrundbesitzer Cyriak von Pohlheim im Brüsseler Gasthof „Zum Wilden Mann" für seine Auftraggeber einen längeren Bericht nieder, der mit den folgenden Sätzen schloss:

Es ist hier ein so elend erbärmliches Leben an diesem Hofe, dass es keiner glaubt, der es nicht mit eigenen Augen gesehen hat. Der Kaiser ist mit seinen zwanzig Jahren noch ein Kind, handelt selber nicht, sondern etliche Niederländer tun es für ihn, die das Reich wie eine Kuh abmelken wollen und uns Deutschen weder Ehre noch Gut gönnen. Was an deutschen Sachen vorkommt, das wird schnell an Kommissare abgeschoben, von denen niemand Antwort und Bescheid erhalten kann. So wächst, während die Hofkanzlei auf mehr denn zweihundert Achsen durch die Lande dahinkarrt, die lange Bank zusehends in die Unendlichkeit hinaus. Noch kein Deutscher ist an diesem Hofe, der von Pfründenjägern wimmelt wie ein Zigeunerbett von Wanzen, angehört und abgefertigt worden. In Summa, die Deutschen gelten nicht mehr als der Dreck auf der Straße, daran hier keinerlei Mangel herrscht. Nur flandrische Gäule und burgundische Hunde vermögen dieses Kaisers Aufmerksamkeit zu erregen. Mit dem Kaiser Max hatten wir schon eine große Not, aber mit diesem seinem Enkel werden wir noch viel schlimmer daran kommen. Denn er versteht kein Wort Deutsch, und wenn er einen lateinischen Satz hersagen soll, dann stottert er wie ein schlecht präparierter Schulbube und wirft die Silben durcheinander wie die Würfel im Becher. Was haben wir verbrochen, dass uns der Allmächtige dieses flämische Ei ins deutsche Nest gelegt hat? Da haben es die Eidgenossen, denen ein solches Unglück aus den allerhöchsten Regionen nimmermehr widerfahren kann, bei dem wahrhaftigen Gott doch hundertmal besser!

Indessen war der Kaiser mit großem Pomp und Jagdtrara von Mons nach Brüssel zurückgekehrt. Noch an demselben Abend wurden sich Aleander und Glapion über die zu ergreifenden Maßnahmen einig, aber Chièvres und Gattinari, die den Kaiser wie eine kostbare, leicht zerbrechliche Kristallvase bewachten, wussten jeden Audienzversuch zu vereiteln und drängten, da die deutschen Unruhen noch bedrohlichere Formen als die spanischen anzunehmen begannen, zum beschleunigten Aufbruch nach Aachen.

Achtzehn Monate nach der Kaiserwahl näherte sich nun jener burgundische Habsburger dieser uralten Kaiserstadt. Von den sieben Kurfürsten kamen ihm nur sechs, da Friedrich der Weise durch einen Gichtanfall in Köln zurückgehalten worden war, im feierlichen Aufzuge entgegen und merkten nun erst zu ihrem nicht geringen Erstaunen, dass dieser neue Reichspotentat ebenso wenig Deutsch verstand, wie er als spanischer König Spanisch konnte.

In Aachen wurde er im Dom von dem Erzbischof von Köln mit geheiligtem Öl geweiht, vom Erzbischof von Mainz an Stirn, Brust, Schultern und Armen gesalbt und vom Erzbischof von Trier auf die lateinischen Wahlkapitulationen verpflichtet, worauf der solcherart vorschriftsgemäß zugerichtete Salbweihlich mit Chièvres Hilfe, der ihm auch hier nicht einen Augenblick von der Seite wich, den Schwur von sich gab, stets Mehrer des Reiches zu sein.

Der Krönungszug konnte, da der Herzog von Jülich und der Fürst von Anhalt stundenlang mit berserkerischer Brunst um den Vortritt stritten, erst in der Abenddämmerung stattfinden. Vor dem Altar des von unzähligen Kerzen und Fackeln erleuchteten Domes musste sich nun der jugendliche Hauptdarsteller dieses forensischen Großspektakulums mit ausgebreiteten Armen in Kreuzesform auf dem orientalischen Altarteppich niederwerfen und so die occidentalischen Predigten der drei Erzbischöfe über sich ergehen lassen, bis der Ruf erbrauste: „Herr Jesus, segne mit deinem Segen diesen unseren König und Kaiser Carolus Quintus!"

„Er lebe in Ewigkeit!", jubilierten die Zuhörschauer, unter denen sich auch Desiderius befand, und der alte Dom erbebte von diesem Chorus bis in die Grundfesten.

Sogar Aleander war zur Stelle, aber auf der anderen Seite des Hochaltars.

Nun hatten die deutschen Fürsten wieder einen Herrscher, und er war auch ganz danach. Mit dem stark vermotteten Diakonsumhang, den schon Karl der Große getragen haben soll, saß dieser Knabe von Flandern auf dem steinernen Thronsessel, in der Rechten das Schwert des Reiches, in der Linken den goldenen Erdapfel mit dem Galgenkreuz, auf den Knien das Zepter mit dem Adler und auf dem Scheitel die ihm viel zu große und schwere Krone, und blinzelte mit tränenden Lidern und offnen Mundes in den Glanz der unzähligen Kerzenflammen.

Welch ein Götzenbild des Machtwahnsinns, dachte Desiderius, als er den Dom verließ.

„Seine Majestät haben sich sehr wacker gehalten!", sprach Glapion zu Aleander als sie sich zu dem in der nahen Kaiserpfalz angerichteten Krönungsmahl begaben.

„Heize immer weiter ein", tuschelte der Sondernuntius ihm ins willige Ohr, „damit sein Seelenheil nicht in Gefahr gerät, und sorge vor allem dafür, dass der Roterodamus, diese Hyäne des Abgrunds, nicht vor sein Angesicht gelassen wird!"

„Das wird nicht so leicht sein", murmelte Glapion besorgt, „denn Chièvres wie Gattinari halten sehr große Stücke auf ihn!"

„Es ist deine Pflicht als Beichtvater", gebot Aleander, „sie mit solchem Argwohn gegen ihn zu erfüllen, dass sie ihn fallen lassen müssen!"

„Wie könnte ich dieses Wunder vollbringen?", seufzte Glapion.

„Mit Gottes und aller Heiligen Hilfe!", suchte ihn Aleander zu ermutigen. „Eröffne dem Kaiser, dass er in ihm den Abgesandten der Hölle zu erblicken und dass er ihn deshalb zu verabscheuen hat wie die Schwarze Pest! Chièvres und Gattinari aber lasse wissen, dass er sich abfällig über sie geäußert hat. So schlägst du drei Fliegen mit einer Klappe! Und für das Weitere soll gesorgt werden, sobald ich nach Köln komme."

„Abfällig geäußert?", wiederholte Glapion kopfschüttelnd und ließ die Unterlippe hängen. „Davon ist mir noch nichts bekannt geworden!"

„Zweifle nicht daran!", flüsterte Aleander beschwörerisch. „Denn über wen hätte sich dieser apokalyptische Narr noch nicht abfällig geäußert, der uns alle für komplette Dummköpfe, sich selbst aber für unfehlbar hält und der nun schon versucht, dem himmlischen Vater ins Handwerk zu pfuschen."

„Heilige Mutter Gottes!", ächzte Glapion und verdrehte dazu die Augen wie ein Fuchs im Eisen.

„Von Rechts wegen", knirschte Aleander, „gehört dieser Urianissimus auf den Scheiterhaufen, aber das lässt sich leider noch nicht bewerkstelligen. Also muss er auf eine andere Art und Weise zur Strecke gebracht werden."

„Zur Hölle mit ihm!", knirschte Glapion fäusteballend.

So traten sie einen die Kaiserpfalz.

Am nächsten Morgen rollte Aleander nach Trier weiter, während Desiderius und Glapion im Gefolge des nun endlich gekrönten Kaisers nach Köln ritten, wo auf einem Fürstentag die Einberufung des Reichstags beschlossen werden sollte.

Desiderius nahm Quartier im Gasthof „Zum Köstlichen Weinberg" und erhielt hier wenige Tage später durch den Baseler Schiffer Daniel

Stähelin einen von Johannes Frobens Hand stammenden Brief, der wiederum eine dringende Einladung enthielt.

Habe Geduld, lateinte Desiderius noch an demselben Abend zurück, *Du trefflichster aller Eidgenossen, bis zu dem Tage, da ich wieder nach Basel komme, wo ich mich gewiss wohler fühlen werde als in jenem nach Kollegenmissgunst und Ofendunst stinkenden flandrischen Löwenkäfig oder hier in diesem nach faulen Fischen, Weihrauchqualm und Gasserkot duftenden Köln. Ja, ihr Eidgenossen habt wahrlich beizeiten das weitaus bessere Teil erwählt, und das ganze Germanien wird, so es nicht untergehen will, einmal genau so eidgenössisch werden müssen, wie die Schweiz heute schon ist, das ist meine Ahnung von dem allmächtigen Willen des Ewigen Vaters. Dass Du vom Neuen Testament schon wieder eine frische Auflage drucken musst, erfüllt mich mit lebhafter Genugtuung. Ich werde noch über tausend neue Anmerkungen hinzuzufügen haben, und fast ebenso viele neue Sprichwörter bringe ich mit für die Adagia. Hier in Köln werde ich so stark hofiert, dass ich tagsüber kaum eine ruhige Stunde finde, und ich komme mir schon so vor wie ein erwachsener Mensch zwischen lauter unmündigen Kindsköpfen oder wie der Lachtäuberich eines überfüllten Geflügelhofes, darin nur Krähen, Kollern, Schnattern, Gackern, Spreizen, Pfauen, Scharren, Kratzen, Fressen, Saufen und Huren ist. Einige gar zu begeisterte Jünglinge haben sich hier sogar erdreistet, mich als das Achte Weltwunder auszuposaunen, was sich sogleich in allen Hofquartieren herumgesprochen und den Stammbäumen des Adelsstolzes mancherlei Wunden geschlagen haben soll.*

Der Kaiser hat noch keine Lust bezeigt, mich anzuhören. Sein Beichtvater scheint ihm eine ziemlich heftige Abneigung gegen die Zunft der Gelehrten eingeimpft zu haben, und seine Ratgeber lassen mich nicht zu ihm aus Angst, er könnte auf meine Worte achten und von mir die Kunst lernen, ihnen auf die Sprünge und hinter die Schliche zu kommen. Aber solcherlei Gefahren bestehen nur in ihren eigenen grundverdrehten Einbildungen, denn er ist so geartet, dass er gar nicht imstande ist, dem gesunden Menschenverstande auch nur das kleinste Opfer zu bringen. Auch sind seine flämischen Erzieher stets darauf bedacht gewesen, ihn von der deutschen wie von der spanischen Sprache fernzuhalten, und haben ihn nur solche Bücher lesen lassen, darin die von seinen burgundischen Vorfahren Philipp dem Verschmitzten und

Karl dem Verwegenen verbrochenen Heldenmissetaten bis über den grünen Klee gelobt und gepriesen werden. Diese beiden wahrhaft tiermännischen Herrscher, der eine ein ausgemachter Wortbrecher und Taugenichts, der andere ein blutgieriger Tollkopf und Erzvagabund, haben die Feder der Tyrannei so scharf gespannt, dass sie zerbrechen musste, und das geschah nicht ohne eure Hilfe, ihr rüstigen, für alle guten Europäer schlechthinnig vorbildlichen Eidgenossen.

Nur in euren Landgemeinden wie in euren ebenso wohlgeratenen Städten vermag ich das Wachstum des mystischen Körpers zur Universalität zu erkennen. Darum auch Chièvres, der zuweilen ungemein lichte Augenblicke hat, kürzlich sagte: „Vor allem gilt es, sich der Eidgenossen zu versichern, denn wer die auf seiner Seite hat, der braucht sich vor keinem Feinde zu fürchten, um sie zu gewinnen, das allein ist das Geheimnis der europäischen Geheimnisse. Womit er schon zugegeben hat, dass ihr vom Ewigen Vater zum Zünglein an der abendländischen Machtwaage erkoren worden seid. Also lasst euch nur weiterhin brav die Taschen spicken, schröpft die Potentaten, einschließlich des Heiligen Vaters, wie um die Wette und lasst nicht locker damit, auf dass sie immer schwächer werden und ihrer Souveränität, die ja niemals mehr wert gewesen ist als einen Schuss Pulvers, immer überdrüssiger werden, auf den allgemeinen Frieden sinnen lernen und das mordsidiotische Kriegführen zum Segen ihrer Völker endlich bleiben lassen müssen. Denn die souveränen Fürsten sind, wie schon Niccolo Machiavellis Hauptwerk beweist, dessen Abschrift ich in Florenz erhaschen konnte, die Wurzel allen Übels und der First jedes Unheils, und eben deswegen gibt es unter diesen gesalbten Häuptern kaum einen tüchtigen und sehr wenig erträgliche, während die Mehrzahl grundschlecht, viele geradezu irrsinnige Tröpfe und vollkommene Ungeheuer, wahre Pestbeulen am Volkstum und am Menschengeschlecht sind. Sie waren und bleiben, wie schon die kannibalischen Bilder auf ihren Wappenschildern deutlich genug beweisen, habgierige Klauvögel und reißende Raubtiere, die ihre Untertanen unter den Krallen halten und entschlossen sind, sie immer wieder bis aufs Knochenmark auszuplündern.

Was ist widersinniger, als dass sich ein christlicher Fürst, der einmal die Kaiserkrone tragen und allen anderen Herrschern als Vorbild voranleuchten soll, schon als zarter Knabe derartig missgestaltene Rasereimatadore und Riesenstrolche wie Alexander von Mazedonien,

Hannibal, Scipio, Pompejus und Julius Cäsar zu Nacheiferungssternen erwählt? Oder wenn ein Prinz schon von der Wiege an mit den allertörichtsten Verstellungen und Anschauungen wie eine Wursthaut vollgestopft wird und dann heranwächst unter leichtfertigen Frauenzimmern, zwischen verdorbenen Spaßvögeln, den verworfensten Schmeichlern, Gauklern, Hanswursten, Zechbrüdern und schamlosen Lügnern, Wildtötern und Degenschluckern, krassen Idioten, abgefeimten Diplomaten und noch weit geweihaftleren Beichtvätern, von denen er nichts lernen kann als Hinterlist, Heuchelei, Habsucht, Niederträchtigkeit, Übermut, Hoffart, Ruchlosigkeit, Neid, Zorn, Hass, Rachsucht, Grimm und Tyrannei!

Zeigte ein Fürst bei uns den Trieb zu den Sprachen und den Wissenschaften, gleich würden sich die Herren vom Hohen Adel, weltlichen und geistlichen Formats, zusammentun und zur Stelle sein, die Hände ringen und rufen: Eheu, will denn Euer Gnaden etwa ein Schreiber oder gar ein Poet werden? Ein regierender Fürst braucht solche Art weltlicher Bildung mitnichten, er muss vielmehr die Wissenschaften der Tierjagd und der Menschenhatz betreiben, politische Händel anzetteln lernen, Pöbelmagie traktieren und in allen firm werden, was zur Reiterei, zur Büchsenkunst und zum Kriegshandwerk gehört. Wie geschrieben steht: Je größer die Furcht vor einem Fürsten, desto mehr Steuerbäche strömen in seine Kassen! Und so liegt auch der Ursprung der Heerwürmer stets im Inneren des Landes, denn sie werden in erster Linie dazu aufgestellt und benutzt, die Macht des Fürsten über seine eigenen Untertanen aufzurichten und zu befestigen. Zuletzt aber, wenn sie sich gar zu mausig machen, und das bleibt niemals aus, muss er sie über die Grenze schicken, und er kann von Glück sagen, wenn sie draußen bleiben und nicht wieder nach Hause zurückkommen.

Also denken auch jene Machtgierer, Kassenlöwen und Abgabenschlucker: Auf solche Weise wird unser lieber Herre ein blitzdummer Narr bleiben, auf dass wir ihm umso leichter ein X für ein U vormachen und ihn sein Leben lang an der erlauchten Nase herumführen können wie einen Jahrmarktbären, der bei uns das Tanzen gelernt hat. Und da der Ewige Vater diesen Kaiser zugelassen hat, wird er nun zeigen müssen, was in ihm steckt! Trotz seiner Jugend sieht er gar nicht gut aus. Das aschfahle Antlitz, die wie ein offenes Schubfach vorprellende Kinn-

lade, die bockige Zunge, die unsichere Kehle, die zitternden Fingerspitzen und die grämliche Melancholie, von der er geplagt wird, scheinen das Gerücht zu bestätigen, dass seine Mutter bereits vor seiner Empfängnis dem Wahnsinn verfallen gewesen ist, unter dem sie auch heute noch so stark leidet, dass sie in Spanien von ihren eigenen Kindern wie eine Gefangene gehalten werden muss. Sie war ja auch so unglaublich verrückt, dieses ihr erstes Kind nirgendwo anders als im Stankgemach des Genter Prinzenhofes ohne jede Geburtshilfe wie einen Abortus zur Welt zu bringen, und es ist doch gewiss kein Zufall, dass es dieser Knabe von Flandern bereits mit zwölf Jahren zum Schützenkönig von Brüssel gebracht hat, um dann mit dreizehn Jahren wie ein ausgemachter Pechvogel auf einer Hofjagd seinen ersten Treiber durch einen Herztreffer erlegen zu können.

Ein zwanzigjähriger Jüngling gehört vernünftigerweise auf die Schulbank, aber nicht auf einen Thron, der nur durch Kürung zu erlangen ist! Welch ein Unheil für Deutschland und Spanien wird sich hier noch anspinnen! Auch soll Jakob Fugger, dieser reichste aller Deutschen, wie hier überall erzählt wird, für die Wahl dieses Kaisers über eine Million Gulden Bestechungsgelder ausgezahlt haben. Ob er sie jemals wiedersehen wird? Wie viel davon in Chièvres Schnappsack geflossen sind, hat sich auch schon herumgesprochen. Über ein ganzes Drittel davon soll er sich zugefingert haben. Woraus hervorgeht, dass er das Heft fester denn jemals in der Hand hat. Ohne ihn tut diese Majestät nicht das Geringste, ja redet nicht einmal mit irgendjemandem, auch nicht über die aller nebensächlichsten Dinge.

Der Kaiser ist heute, um sich aufzuheitern, mit dem Erzbischof zur Hirschjagd ausgeritten, und inzwischen schiebt hier, wie es ja auch gar nicht anders sein kann, der Satan der Zwietracht und des Ärgernisses immer wieder Alle Neune. Das nächste Reichskegeln soll, dieweil in Nürnberg die Pest wütet, zu Worms am Rhein stattfinden, wobei es, wie die Dominikaner triumphieren, endlich dem Erzketzer Luther an den Kragen gehen soll. Was aber nur geschehen kann, wenn sich die deutschen Fürsten bis dahin über diesen wichtigsten aller Verhandlungspunkte geeinigt haben, was aber kaum zu befürchten ist, da für diese erlauchten Schnapphähne das Beschlagnahmen der Klostergüter wie das Einstreichen des Petersspfennigs noch immer das allerbeste Geschäft bedeutet. Welch ein hunnisches Gepöbel, welch ein pharisäisches

Gegeck, Geleck und Geheck, das man fortan nicht Reichstag, sondern Reichsnacht benamsen sollte.

Man muss schon so stierstirnig sein wie Luther, um von dieser nach jeder Richtung hin unzulänglichen Majestät etwas Heilsames erwarten zu können. Noch niemals ist aus Spanien, diesem Lande der Grandezza, der Inquisition, der Windmüllerei und der fulminanten Großgimpelei etwas für Europa Bekömmliches und Ersprießliches gekommen. Denn nirgend woanders blüht das Heldentum und der Ordensschwindel üppiglicher als auf jener hinter den Pyrenäen liegenden Halbinsel. Sie scheinen dort noch nicht dahintergekommen zu sein, dass sich jedwedes Abzeichen zuletzt immer in einen Schandfleck verwandeln muss, dieweil die erste alle Auszeichnungen das vom Ewigen Vater gestiftete Kainsmal gewesen ist. Dieses unglückselige spanisch-deutsche Kaiserreich, dem außer Burgund und den Niederlanden nun auch die indianischen Inseln und das ozeanische Festland zugefallen sind, ist schon viel zu groß geworden, als dass es noch weiterhin groß gedeihen könnte, zumal unter dem Zepter dieses Herrschers, in dessen Grenzen die Sonne wohl nur deshalb nicht untergehen kann, weil sie in seinem Haupte noch gar nicht aufgegangen ist. Austrias Ehre ist obligatorischer Untergang! Wie sich die Fuchtel einst in ein Zepter verwandelt hat, also muss das Zepter wieder zur Fuchtel herabsinken.

Dieser sonderbare Throninhaber, beherrscht von Feudalisten, Scholastikern und Sophisten, ist, wie es scheint, schon dabei, die soeben gewonnene Welt wieder zu verlieren. Schon haben sich die spanischen Comunidades gegen ihn erhoben, und mein früherer Lehrer, der mit der dortigen Herrschaft betraute Reichsverweser Adriaan Floriszoon, der das Verwesen dieses monströsen Reiches vergeblich aufzuhalten trachtet, ringt auf seinem Bischofssitz Tortose verzweifelt die Hände, weil ihm das nötige Werbegeld für jene Landsknechte fehlt, die ihm diesen Aufstand niederschlagen sollen. Denn der gar zu tüchtige Chièvres hat jenes unglückselige Land von seinen flandrischen und niederländischen Baronen auf eine so herrenhundsföttische Art und Weise ausplündern lassen, dass es ein ganzes Schock Mühlsteine erbarmen könnte.

Ja, mit diesem Kaiser ist die absolute Antiweisheit auf den Thron gelangt, auf dass sie endlich mit Zulassung des Ewigen Vaters von jedermann erkannt würde. Und so wird sich denn bald die Kurie mit dem König von Frankreich und durch ihn sogar mit dem türkischen Sultan *verbünden müssen, um das übermächtige Haus Habsburg in Schach zu halten, das europäische Gleichgewicht wieder herzustellen und den britischen Löwen die Gelegenheit zu nehmen, an seinem eigenen Fett zu ersticken.*

Sei vorsichtig mit allen meinen Briefen, sonderlich mit diesem, denn die Zahl derer, die darauf lauern, sie abzufangen und in Umlauf zu setzen, ist Legion. Hochstraten, der dasige Oberketzeraufschnüffler und Feldobrist aller Dunkelmänner, der im Bunde mit dem inzwischen aus Trier eingetroffenen Aleander auf das Schisma versessen ist wie die Kreuzspinne auf die Aasfliege, hat sich gestern sogar zu der Behauptung verstiegen, dass er sich vor keinem Fürsten fürchte und sich von keinem Wort besiegen lasse. Das Erste zielt auf den Kurfürsten von Sachsen, der sich bereits von seinem Gichtanfall erholt hat, das Zweite auf mich. So suchen sie Kraft ihrer Sünden nach beiden Seiten hin zu züngeln und zu zünden. Erkenne daran, wie heftiglich diese beiden ebenfalls um fünfhundert Jahre zu spät geborenen Hochaltarnarren vom Hafer des Machtwahns und der Rechthaberei gestochen werden und wie eifrig sie bereits am Werk sind, die ganze Welt mit Pech und Schwefel ihrer Unheilsküche in Brand zu stecken.

Dieses mit dem Terminussiegel fünfmal verschlossene Schreiben brachte Desiderius eigenhändig an Bord des Rheinkahnes „Das Füllhorn", legte es Daniel Stähelin ans Herz und schärfte ihm ein, es keinem anderen als Johannes Froben zu übergeben. Und der wackere Schiffer gelobte ihm solches mit eidgenössischem Handschlag.

Zur selben Stunde schrieb der fleißige Medizinstudent Johannes Ziegler aus Basel an seine in Leipzig wohnenden Eltern diese wohlbedachten Zeilen:

Basel ist eine wunderschöne Stadt, gelegen an der Stelle, da der Rheinstrom einen scharfen Winkel macht, um sich dann nach Norden zu wenden. Die weiche Luft, der Wasserreichtum, wovon zahlreiche Laufbrunnen auf allen Straßen und Plätzen zeugen, die stattlichen Gebäude, das herrliche freskengeschmückte Rathaus, der edle, auf einem hohen Uferhügel gelegene Dom, die trutzigen Wehrmauern mit ihren stolzen Türmen und ihren weitgewölbten Toren und der Kranz der Weingärten, der sie umgibt, machen diese Stadt zu einem Sitz des pa-

radiesischen Behagens und der Gesundheit. Denn hier hausen Menschen, Männer, Weiber und Kinder, denen der Himmel Leutseligkeit, Sittsamkeit, Humor und Humanität in reichstem Masse verliehen hat, weshalb man sich zwischen ihnen so sicher fühlt wie in Abrahams Schoß. Auch viele berühmte Gelehrte, die hier aus aller Herren Länder zusammengeströmt sind, kann man hier bewundern, und auf der Universität ist eine solche Fülle von Schriften und Büchern vorhanden, dass ich hier alles finde, wonach ich in Leipzig so lange vergeblich gesucht habe.

Piri Mehmed Pascha, 1465–1532, ein osmanischer türkischer Staatsmann, war von 1518 bis 1523 Großwesir des Osmanischen Reiches.

Johann Tetzel, Johannes Tetzel, auch Dietze, Dietzel, Tetzell, Detzel, Thizell, * um 1460 oder um 1465 in Pirna oder Leipzig; † 11. August 1519 in Leipzig, war ein deutscher Dominikaner und Ablassprediger.

Leo X., geboren als Giovanni de' Medici, * 11. Dezember 1475 in Florenz, † 1. Dezember 1521 in Rom, war vom 11. März 1513 bis zu seinem Tod römisch-katholischer Papst. In sein Pontifikat fällt der Beginn der Reformation.

Johannes Eck, eigentlich Johannes Mayer, auch Johann Maier, nach seinem Geburtsort Eck (Egg) genannt, * 13. November 1486 in Egg an der Günz, † 10. Februar 1543 in Ingolstadt, war ein katholischer Theologe und Gegner Martin Luthers.

Mercurino Arborio, Marchese di Gattinara, Gattinari, * 10. Juni 1465 in Gattinara, Italien, † 5. Juni 1530 in Rom, war ein italienischer Staatsmann und Jurist, der am besten als Kanzler des Heiligen Römischen Kaisers Karl V. bekannt wurde. 1529 wurde er Kardinal der römisch-katholischen Kirche für San Giovanni a Porta Latina.

Paracelsus, Philippus Aureolus Theophrastus Bombastus von Hohenheim, * 24.September 1541 in Egg, Kanton Schwyz, † 24. September 1541 in Salzburg, war ein Schweizer Arzt, Naturphilosoph, Alchemist, Laientheologe und Sozialethiker.

Fühlhorn Witz am Füllhorn Wissen

Unterdessen hatte sich Friedrich der Weise, der zu Köln am Dreifaltigkeitsplatz zwischen den Herbergen „Zum Sanften Kaspar" und „Zum Keuschen Melchior" im kursächsischen Hauptquartier lag, von seiner schönen Beischläferin Anna Weller, ohne die er nicht auf Reisen ging, wieder gesund pflegen lassen, und nun saß er bereits am Fenster, in dem Buche blätternd, das von Gaius Suetonius Tranquillus über die Untaten der römischen Kaiser niedergeschrieben und von Desiderius in Basel bei Johannes Froben neu herausgebracht worden war.

„Wenn man es recht bedenkt", sprach dieser seltsamste aller Kurfürsten nach der Tafel zu seinem Kanzler, dem Rechtsdoktor Georgius Brück, genannt Pontanus, „so sind diese Cäsaren gar grobe, unflätige und gottlose Schälke und Völkerplager gewesen, und der Roterodamus hat wohl daran getan, diese hundsföttischen Geschichten wieder ans Licht zu stellen, auf dass die Fürsten unserer Tage ermahnt werden, das Ungebühr zu meiden, Gerechtigkeit gegen jedermann zu üben und das Kriegführen zu unterlassen."

„Woran sie sich aber nicht kehren!", bemerkte der Kanzler vorwurfsvoll.

„Bis auf Seine kurfürstlichen Gnaden", fuhr der Geheimschreiber und Hofprediger Georg Burkhardt Spalatin beflissen fort, „deren getreue Diener wir zu sein die Ehre haben!"

„Ach Gott", seufzte Friedrich der Weise, „was würde ich nicht alles darum geben, wenn ich wüsste, was unsere Nachkommen in fünfhundert Jahren über uns denken und schreiben werden!"

„Wenn es einer weiß", meinte Brück, „so der Roterodamus!"

„Und wenn Eure Kurfürstlichen Gnaden", hakte Spalatin ein, „den Wunsch haben, ihn darüber zu befragen, so will ich ihm schon einen kleinen Wink geben. Er hat sein Quartier dort drüben im ‚Köstlichen Weinberg', und der Zulauf zu ihm ist so stark, dass einer immer dem anderen die Türklinke in die Hand gibt."

„Wenn ich nur mit ihm tauschen könnte!", schmollte der Kurfürst. „Denn er ist zweifellos der berühmteste aller Sterblichen und kann tun und lassen, was er nur will. Ich dagegen bin ein Sklave der Etiquette, die mir an Hand und Fuß klirrt und mir verwehrt, mich zu ihm zu begeben. Ich möchte es wohl, aber ich darf es nicht! Je höher die Würde, desto drückender die Bürde! Ich lasse ihn bitten, mir ein Stündlein seiner kostbaren Zeit zu gewähren."

Diese Audienz, deren Beginn Spalatin beiwohnte, fand bereits am folgenden Morgen statt.

„Was hältst du von Luther und den durch ihn verursachten Streitigkeiten?", begann der Kursachsenherrscher.

Desiderius ließ einen kleinen Schmatz hören, schürzte die Lippen und streifte Spalatin mit einem entlassenden Blick.

Auf einen Wink des Herrschers zog sich nun dieser getreue Diener ins Vorzimmer zurück.

„Sage mir als ein guter Mentor", sprach der Kurfürst und sperrte die Augen auf, wie es seine Weise war, wenn er eine besonders wichtige Antwort zu erhalten begehrte, „ob der Luther bishero in seinen Lehren, Predigten und Schriften geirrt hat!"

„Luther", schmunzelte Desiderius, „hat der Wölfin an die Zitzen gegriffen!"

Über diese Auskunft musste der friedfertigste aller deutschen Potentaten so kräftig lachen, dass der novemberliche Sonnenblink seiner goldenen Gürtelschnalle auf der grünen Tapete des Audienzgemachs wie ein Maihäslein hüpfte.

„Und dass die Wölfin", fuhr Desiderius fort, „darüber ein Geheul anstimmt, als sollte es ihr an Heil und Leben gehen, wen könnte das groß verwundern?"

„Ja, er ist ein tapferer Mann!", nickte der grauhaarige Kurfürst. „Das ist auch die Meinung seiner Feinde. Und wie schon der Kaiser Max in Augsburg zu mir gesprochen hat: Jammerschade, dass der Luther ein Mönch geworden ist! Viel lieber sähe ich ihn als Landsknechtsobrist bei meinem Heere!"

„Und eben deshalb", drehte Desiderius diesen heerwürmlichen Faden noch etwas weiter, „klirren seine Zeilen auch daher wie waffenstarrende Rotten, seine Sätze sind anstürmende Manipel, seine Kapitel beutegierige Kohorten, seine Trennstriche sind schneidige

Sarrashiebe seine Punkte krachende Büchsenschüsse, und seine Schriftentitel kreischen daher wie Wappenaare oder flattern wie blutige Fähnlein über das siegreich zerstampfte Schlachtfeld. Er nimmt alles so schrecklich ernst, als ob er keinen Funken Humor im Leibe hätte."

„Oh doch!", begehrte der Kurfürst auf. „Denn erst neulich hat er zu Spalatin gesagt: Wenn Gott keinen Spaß versteht, mag ich nicht in den Himmel hinein!"

„Und wie", fragte Desiderius mit grundverschmitztem Lächeln, „lautet Gottes höchstwahrscheinliche Antwort darauf? Wenn der Luther keinen Spaß versteht, dann mag ich noch nicht auf der Erde erscheinen! Und eben deshalb wird es auch Luther wohl niemals gelingen, die Burg der göttlichen Geheimnisse einzunehmen, denn das kann nur geschehen mit Sanftmut, Güte, Liebe und Friedfertigkeit. Aber gerade von diesen vier christlichen Grundtugenden ist ihm, wie es scheint, auch nicht das allerkleinste Quäntchen in die Wiege gelegt worden."

„Kennst du", forschte der Sachsenherrscher gespannt, „die Geheimnisse Gottes?"

„Das", versicherte Desiderius, „will ich meinen!"

„So teile sie mir mit!", heischte der Kurfürst wissbegierig.

„Ist Gott das Wort", exaktete Desiderius, „wie könnten dann die göttlichen Geheimnisse etwas anderes sein als die Geheimnisse der Sprache? Nun aber setzt sich jede Sprache aus den Namen der in ihrem Bereich vorkommenden Erscheinungen, Vorstellungen und Begriffen zusammen. Folglich kann das erste der göttlichen Geheimnisse immer nur das Geheimnis der Namensgebung sein. Mit anderen Worten: Nennst du jedes Ding bei seinem richtigen Namen, dann wandelst du unbeirrbar auf den Spuren des Ewigen Vaters. Und so lautet denn auch die erste Bitte des Vaterunsers: Geheiligt werde dein Name!"

„Gottes Wunder!", stammelte der Kurfürst betroffen. „Dann gibt es also nicht mehr und nicht weniger als sieben göttliche Geheimnisse?"

„Daran", bestätigte Desiderius, „kann nicht gezweifelt werden. Und diese sieben Geheimnisse verbergen sich, so das Gebet der Gebete nur richtig textiert ist, hinter den christentümlichen Daseinssilbungen: Name, Reich, Wille, Brot, Schuld, Versuchung und Übel. Wie geschrieben steht: Am Füllhorn Wissen wacht das Fühlhorn Witz!"

„Wo steht das geschrieben?", fuhr der Kurfürst auf.

„Zwischen den Zeilen des Vaterunsers!", antwortete Desiderius, ohne mit der Wimper zu zucken. „Und wie, um nun das Geheimnis der Namensgebung zu ergründen, pflegt sich der einige und einzige Gott und Schöpfer Himmels und der Erden in allen Sprachen zu benennen, wenn er von sich selber spricht? Weder Jahwe noch Theo noch Deus noch Dio noch Dieu noch Allah, sondern immer nur Ich. Wie geschrieben steht: Ich bin ein starker eifriger Gott! Also justament genauso, wie es nicht nur der große Sächsische Kurfürst Friedrich der Weise, sondern auch der ganz kleine Roterodamus von Mutterleib und Kindesbeinen an gehalten haben."

„Alle Wetter!", bestaunte ihn der Kurfürst und griff sich unwillkürlich an die scharfgeschnittene Nasenspitze. „Wer hat dir das verraten?"

„Die sich selbst belobende Torheit!", antwortete Desiderius. „Wie geschrieben steht: Seid aber genauso vollkommen, wie auch euer Ewiger Vater vollkommen ist!"

„Gott gleich Ich?", murmelte der Kurfürst betroffen. „Das stimmt schon! Aber das hätte ich mir nicht einmal im Traum einfallen lassen können!"

„Nun aber bedenke", sermonte Desiderius weiter und hob den rechten Zeigefinger, an dem sein mit der Karneolgemme des Grenzgottes Terminus versehener Siegelring leuchtete, „dass sich dieses winzige Wörtlein Ich, das jeder einzelnen Sprache voransteht, am allerschlechtesten zur Anrufung eines anderen Lebewesens eignet, und du wirst ohne Mühe den Grund der theologisch so überaus beschämenden Tatsache zu erkennen vermögen, weshalb die überwältigende Mehrheit der bisher zum Himmel emporgesandten Gebete ohne jede Erhörung geblieben ist. Weiterhin richte dein erlauchtes Augenmerk darauf, dass im Vaterunser von Glaube, Gnade, Sünde, Buße, Ablass, Predigt, Papst und Kirche mit keinem Hauch die Rede ist. Von all dem weiß der Luther nichts, denn er vermag wie jeder Theologe seinen lieben Herrgott immer nur für den leibhaftigen

Kontrasatan anzusehen. Deshalb seine vielfachen Gewissensnöte und seine Wissensmängel, seine Gottesangst und seine Teufelsfurcht, die einander gleichen wie ein Ei dem anderen, und darum sein Eifer, sich das alles vom Halse zu reden und zu schreiben. Denn so viel der Kaiser in einem ganzen Jahr verlautbart, so viel bringt der Luther in einer Woche zu Papier, um die Kinder des Ewigen Vaters in seines Herrgotts Knechte zu verwandeln. Aber er müht sich nach dieser Richtung hin vergebens, denn sowie er die Lippen öffnet und die Feder ansetzt, ist die Sprache, dieses göttliche Fluidum, stärker als er, und immer wieder und immer weiter wird er fortgerissen von dem Geist, der nicht seines Geistes ist. Ja, Luther ist der tapfere Ritter, der von dem edlen Flügelross, auf das er sich geschwungen hat, dahingeritten wird, und der darum auch niemals weiß, wohin es ihn tragen will. Hinter seinem zornigen Schelten und trutzigen Zanken sucht er seines Herzens Bangen zu verbergen, doch noch Bügel und Zügel zu verlieren und aus dem Sattel geworfen zu werden. Kein Wunder also, dass er nicht nur für sich selbst, sondern auch für alle seine Anhänger die in der Dritten Bitte terminierte Willensfreiheit rundweg und für immer, das heißt bis zum letzten Atemzug seiner Rolle ablehnen, verneinen und verleugnen muss. Er hat so unendlich viel zu glauben und so krampfhaft um die göttliche Gnade zu zittern, dass es ihm in seinem sonst so guten Kopfe für Bildung und Wissen ganz einfach an Raum mangelt. Er ist wochenlang in Rom gewesen, weiß darüber aber nichts mehr zu berichten als Mönchsgezänk und Glaubenspossen. Er ist damals auch durch das Land der Eidgenossen gekommen und hat, weil er die Augen nur im Brevier hatte, nichts davon bemerkt, dass dort das in der Zweiten Bitte erflehte Reich schon herbeigekommen ist, wie man dort auch längst dahintergekommen ist, dass nur durch genügende Erntevorräte das tägliche Brot der Vierten Bitte das ganze Jahr über gesichert werden kann. Und wo bleiben die in den drei letzten Bitten enthaltenen Begriffe Schuld, Versuchung und Übel, wenn es keine Schuldenmacher, keine Gläubiger, keine Anführer und keine sonstigen Übeltäter mehr gibt?"

„Dem Himmel sei Dank!", atmete der Kurfürst auf. „Du hast mir damit einen großen Stein vom Herzen gewälzt. Doch was tu ich nun mit dem Luther? Der Aleander, der Hochstraten und der Glapion bestürmen meine Diener, dass ich ihn bestrafe oder ausliefere. Was würdest du an meiner Stelle mit ihm beginnen?"

„Ich?", fragte Desiderius zurück und deutete mit dem Terminusfinger auf sein Herz. „Nicht einen Deut anders würde ich mich verhalten als der Ewige Vater, der ihn erweckt und zu dieser poltergeistlichen Rolle aufgerufen hat. Ich würde ihn weder bestrafen noch ausliefern, sondern es ihm allein überlassen, auch seines weiteren Schicksals Schmied zu sein. Ich würde ihm das Augustinerkloster schenken und ihn darin nach Herzenslust weitere Tintenströme vergießen lassen."

„Aber", warf der Kurfürst ein, „wenn nun in Worms die Reichsacht über ihn verhängt wird?"

„Dann", riet Desiderius weiter, „würde ich ihn ein wenig von der Bildfläche verschwinden lassen, was ihm keinesfalls schaden wird. Denn seine Gemütsart ist so heldenrau und ruhmstürmerisch, dass man ihn schon in der Einsamkeit einer gut gesicherten Burgkemenate die Muse gönnen darf, über sich selbst und seine Rolle, die schwer genug ist, ein wenig nachzudenken."

„Und wie lange", bohrte der Kurfürst weiter, „würdest du ihn auf dieser Burg schmachten lassen?"

„Nicht einen Tag länger", versetzte Desiderius, „als es die Spannung erfordert, und nicht kürzer, als die ihn bedrohende Gefahr währt. Und wenn sich dann auf sein geheimnisvolles Verschwinden hin das leicht vorauszusehende Gerücht verbreitet, dass er von seinen Feinden heimtückischerweise umgebracht worden sei, so wird sich sein Wiederauftauchen desto wirkungsvoller gestalten lassen."

„Ein vortrefflicher Ratschlag", nickte der Kurfürst, „den ich wortgetreu ausführen lassen werde, so es einmal nottun sollte!"

Hier erschien auf der Schwelle des Gemachs der Kanzler Brück und meldete den Kurfürsten von Brandenburg.

Desiderius erhob sich.

„Geduld!", winkte der Sachsenherrscher ab, worauf der Kanzler wieder verschwand.

„Solche Eile hat es nicht mit ihm!", versicherte Friedrich der Weise. „Zumal ich noch etwas auf dem Herzen habe. Denn es wäre mir schon lieber, wenn der Bruch vermieden und das Schisma abgewendet werden könnte. Was hältst du von einem solchen Versöhnungsversuch in letzter Stunde?"

„Der Ewige Vater", versetzte Desiderius, „wird kaum etwas dagegen einzuwenden haben, obschon das Sprichwort lautet: Hexerei gibt es nicht, wohl aber Schelmerei!"

„Trotzdem" beteuerte der Kurfürst, „möchte ich es wohl wagen, den Schaden zu kurieren, um die streitenden Parteien wieder zusammenzubringen. Und wer könnte das besser in die Wege leiten als du selbst? Wenn ich nur ein unparteiisches Dokument hätte, auf das ich mich dabei berufen könnte! Wenn du es nicht mit eigener Hand niederschreiben magst, dann solltest du es morgen früh dem Spalatin in die Feder diktieren."

„Ich will es mir durch den Kopf gehen lassen", versprach Desiderius und empfahl sich durch die Nebentür.

Gleich darauf stolzierte wie ein Pfau der Hohenzollern Joachimus Primus herein und begann sofort nach der Begrüßung gegen die Wittenberger Lucerei loszukollern, was ihm schon deshalb eine Herzensangelegenheit war, weil seine Gemahlin wie seine Kinder bereits dem neuen Glauben zuneigten.

„Der Luther ist ein Ketzer!", schnaubte dieser mit Spreewasser getaufte Bramarbas. „Deshalb muss er auf den Scheiterhaufen! Und je eher er brennt, desto besser für uns alle! Es muss endlich ein Exempel statuiert werden!"

„Der Ewige Vater scheint es nicht zu wollen!", versetzte Friedrich der Weise, auf die andere Tür deutend, durch die Desiderius soeben verschwunden war. „Und so wird uns denn eben nichts anderes übrigbleiben als Stille zu halten und den kommenden Dingen ihren freien Lauf zu lassen. Denn was würdest du dazu sagen, wenn man den tüchtigsten Professor deiner Universität Frankfurt von dir fordern wollte, um ihn stracks in Rauch und Asche zu verwandeln? Weißt du denn nicht, dass wir in Wittenberg schon an die dreitausend Studenten haben, und dass dieser Zustrom noch immer nicht abnehmen will? Welch ein schlechter Landesvater wäre ich, wenn ich mir die beste Milchkuh aus dem Stalle wegführen ließe?"

„Willst du dich denn", knurrte der damals noch gänzlich unverpreußte Hohenzollern, „selber in den Geruch der Ketzerei bringen?"

„Spaß!", schmunzelte Friedrich der Weise. „Sind wir nicht zwei souveräne Fürsten und wissen wir nicht ganz genau, dass immer nur

193

der Untertan, nimmermehr aber ein Potentat in den Geruch der Ketzerei geraten kann? Und schließlich ist der Luther doch mein Untertan und nicht der deine. Wenn du schon für dein Seelenheil einen Ketzer schmoren willst, dann musst du dir schon selber einen solchen aufpäppeln und großziehen, wie ich dies mit dem meinen getan habe."

„Dann willst du ihm also", erboste sich der Machthaber von Berlin, „noch weiter die Stange halten?"

„So befreundet", winkte Friedrich der Weise ab, „bin ich nicht mit ihm, zumal mir die ganze Theologie Hekuba ist. Ich bin schon froh, wenn er mich mit seinen Gewissensbissen nicht behelligt. Ich bin für den ewigen Frieden und für das Fühlhorn Witz am Füllhorn Wissen! Und darauf wollen wir eine Kanne leeren."

Und es geschah also.

Am folgenden Vormittag erschien Spalatin bei Desiderius und ließ sich von ihm die folgenden elf Axiomata in die Feder lateinen:

Der Ursprung des ganzen Glaubensstreites sind die tyrannischen Gelüste der ungebildeten Klosterhorden und ihr fanatischer Hass auf die wahre Wissenschaft und auf die aus den Quellen geschöpfte Erkenntnis. Wie der Ursprung, so die Kampfesweise: Geschrei, Tumult, Intrigen, Neid, bitterlichster Groll und giftigste Schriften, von christlicher Sanftmut und Nächstenliebe keine Spur. Da Gott allmächtig ist und keinerlei Hilfe bedarf, macht sich jeder, der für Gott zu fechten vorgibt, zu mindestens verdächtig, ein ganz exemplarischer Dummkopf zu sein. Die Härte der gegen Luther geschleuderten Bannbulle hat, da sie der gottgebotenen Milde des Heiligen Vaters völlig unwürdig ist, alle anständigen Europäer gekränkt und beleidigt. Das Ansehen des Heiligen Stuhles ist dadurch schändlich missbraucht und auf das Schwerste geschädigt worden, also dass es nicht leicht sein wird, nach dem Ableben des derzeitigen Papstes einen frommen, ehrenhaften und schriftgewandten Nachfolger zu finden.

Von allen europäischen Universitäten haben bisher nur zwei, nämlich Paris und Löwen, die Lehren Luthers verdammt, aber ihn keineswegs widerlegt, dass also nichts Unbilliges darin erblickt werden kann, wenn er eine öffentliche Disputation und unverdächtige Beurteiler begehrt, die den Streit um die Thesen entscheiden sollen. Da Luther, im Gegensatz zu seinen Gegnern, keine ehrgeizigen Zwecke verfolgt und sich von jeher eines sittlichen Lebenswandels befleißigt hat, ist er umso weniger anfechtbar, und darum auch ist die ganze Lage so ernst für das Kollegium der Kurfürsten wie für die Regierung des neuen Kaisers, die man nicht unter solchen unheilvollen Auspizien eröffnen sollte.

Das Beste für alle Beteiligten, also auch für die Kurie, wäre es, den ganzen Streitfall von einem angesehenen und unparteiischen Schiedsrichter in aller Ruhe und ohne jedes Geschrei beilegen zu lassen. Alle, die bisher gegen Luther geschrieben haben, werden auch von solchen Gelehrten abgelehnt, die nicht zu seinen Anhängern gehören. Die ganze Welt dürstet nach dem gereinigten Evangelium und nach der von allen gewalttätigen Zusätzen geläuterten Wahrheit Christi, die da nicht ist Rechthaberei, Zank, Zorn und Streit, sondern eitel Brüderlichkeit, Gleichheit, Freiheit, Wohlgedeihen, Glück und Triumph aller. Wer diese gutgemeinten Friedensvorschläge ablehnt, der beweist damit nur, dass er gar nicht den Frieden auf Erden will, den er immerfort im Munde führt.

Für dieses anonymische Diktatum übersandte der erlauchte Empfänger dem erleuchteten Urheber einen feuervergoldeten, mit dreiunddreißig frisch geprägten Sachsentalern gefüllten Silberbecher, auf dessen Grunde ein Zettel lag, der diese lakonische Zeile trug:

Er soll mir nicht wieder vor das Angesicht kommen.

Und auch diese Voraussage sollte, obschon Friedrich der Weise danach auf seine humanhumorige Weise noch weitere fünf Jahre gemeinsam mit seinem Bruder Johannes regierte, in wortwörtliche Erfüllung gehen.

Der Erfolg der von Desiderius bewirkten zielgerechten Zeilung, die durch Brück und Spalatin mit Zustimmung ihres Herrschers unter der Hand sogleich in Umlauf gesetzt wurde, ließ nicht lange auf sich warten. Denn sie gelangte mit Beschleunigung auch zu den beiden im dominikanischen Hauptquartier ratenden und tatenden Inquisitionshäuptlingen Aleander und Hochstraten, die ihre kuttensontierten Langohrer, Wandhorcher, Lockspitzel und Zuträger überall hatten.

„Das hat kein anderer geschrieben", schnaubte der Honorierte Sondernuntius, nachdem er die Axiomata überflogen hatte, „als dieser hinterlistige aller Füchse, der uns damit den Wind aus den Segeln nehmen will!"

„Hol ihn der Henker!", keuchte Hochstraten fäusteballend.

„Und nun", entrüstete sich Aleander weiter, „will dieser Erzschurke seine Meisterschaft im Ränkespinnen auch an uns beweisen! Er hat immer zwei Eisen im Feuer, schlägt auf den Sack, wobei er den Esel meint, und versteht sich auf seinen Vorteil wie ein Weib, das ihren Mann tüchtig auszankt, ehe sie ihm Hörner aufsetzt, oder wie ein Quacksalber, der allen Gesunden das Fieber einzureden sucht, um ihnen leichter die Taler aus den Taschen ziehen zu können. Bereits in Venedig hat er mir sein grundverdorbenes Herz ausgeschüttet. Schon dort hat er sich so benommen, als hätte er alle Weisheit mit Kellen gefressen. Seine Eitelkeit ist geradezu ungeheuerlich, und jedes Mittel ist ihm recht, sie zu befriedigen. In Rom hat er mich sogar einmal gefragt, was denn die frommen Christen verbrochen hätten, dass sie unausgesetzt zu einem gottlosen Gott beten müssten."

„Herr Jesus und alle Heiligen!", stöhnte Hochstraten, wobei er die Augen vertrete und die Finger um den Rosenkranz krampfte, als ob er das tiefste Geschäftsgeheimnis dieses Gerätes vor der Offenbarung bewahren wollte.

„Ich habe", berichtete Aleander weiter, „damals vorgezogen, diese Frage zu überhören. Aber ich habe sie mir genau gemerkt. Und heute tritt er nur deshalb für die Berufung eines angesehenen und unverdächtigen Schiedsrichters ein, weil er selber diese und keine andere Rolle zu spielen begehrt. Er sucht immer gerade das zu tun, was seiner urblasphemischen Meinung nach der Himmlische Vater vermutlicherweise tun würde, wenn er plötzlich hier auf dieser Erde erschiene. Und das darf nun und nimmermehr geduldet werden!"

„Und dabei", begehrte Hochstraten auf, „ist er es doch gerade gewesen, der ganz Flandern und die halben Rheinlande unterwühlt hat! Wie er denn auch ohne jeden Zweifel der alleinige Urheber nicht nur der obersächsischen, sondern auch der eidgenössischen Ketzerei ist!"

„Und ich", nickte Aleander knirschend, „schreibe mir darum die Finger wund, aber in Rom, seitdem der Heilige Vater im Sterben liegt,

weiß man alles tausendmal besser. Ja, es gibt dort schon solche Wahnwitzige und Besessene wie diesen dreisten Solidus Vollio, die, und ihre Zahl ist wahrlich nicht gering, diesem teuflischen Bock aus den batavischen Sümpfen, den es schon lange danach gelüstet, Gärtner des Paradieses zu werden, die Kardinalswürde zuschanzen möchten, um ihn gleich nach Leos Ableben auf den Heiligen Stuhl erheben zu können."

„Heilige Mutter Gottes!", ächzte Hochstraten und riss die Augen auf wie noch niemals in seinem ganzen Leben. „Der Roterodamus als Papst? Dann geht die Welt unter!"

„Und das muss verhindert werden!", trumpfte Aleander auf. „Denn wir haben das Amt und die Pflicht, jeden Sterblichen, der sich göttliche Funktionen anmaßt, von dieser Erde hinwegzufegen und zu vertilgen. Ans Werk denn! Längeres Zögern wäre eine Sünde wider den Heiligen Geist, die niemals vergeben werden kann! Dieser Drache des Abgrunds darf keines natürlichen Todes sterben! Zu seinem eigenen Seelenheil müssen wir ihn sogleich in aller Stille zur Strecke bringen!"

„Ja, er hat den Tod verdient!", stimmte Hochstraten mit fanatischer Inbrunst zu. „Das ist Gottes allmächtiger Wille, dessen gehorsame Vollstrecker wir sind!"

Noch an demselben Tage erschien im „Köstlichen Weinberg" kein Geringerer als der von ihnen abgeschickte Glapion und sprach zu Desiderius, der diesen Kaiserlichen Beichtvater mit Freundlichkeit willkommen hieß: „Es geht in Köln das Gerücht um, dass du die Absicht hättest, dem katholischen Glauben untreu zu werden, um dich zu Luther schlagen zu können."

„Ich und Luther", erklärte Desiderius achselzuckend, „stimmen so vortrefflich zusammen wie Wein und Essig. Aus Wein lässt sich wohl Essig zubereiten, nicht aber Wein aus Essig. Welche Gerüchte auch immer über meine Absichten von müßigen Leuten in Umlauf gesetzt werden, die Wahrheit ist, dass ich der von dir mit katholischer Glaube benamsten Philosophie Christi bis an mein seliges Ende treu zu bleiben wünsche, und dass ich mir schon aus diesem Grunde nicht ein einziges graues Haar darüber wachsen lassen werde, wenn sich das Wörtlein ‚katholisch' weder im Alten noch im Neuen Testament auffinden lassen sollte."

„Was", murmelte Glapion beklommen, „soll das heißen?"

„Justament dasselbe", drehte Desiderius diesen Beweisfaden weiter, „was Christus nach meinem Dafürhalten antworten würde, wenn er plötzlich hier im ‚Köstlichen Weinberg' erschiene und von einem Neugierigen gefragt würde, ob er dem katholischen Glauben treu bleiben wolle oder nicht."

„Du", grollte Glapion drohend, „bist der Roterodamus, aber nicht Christus!"

„Und du", schmunzelte Desiderius, „bist vor dem Angesicht des Ewigen Vaters nur der Minorit Glapion, aber nicht der Roterodamus. Trotzdem gibst du dir die redlichste Mühe, herauszubekommen, was der Roterodamus denkt. Und genauso halte ich es mit Christus."

„Aber Christus", ereiferte sich Glapion, „ist der Eingeborene Sohn Gottes!"

„Ins Schwarze getroffen!", nickte Desiderius gütigst. „Und was ist der Minorit Glapion schon anderes als ebenfalls ein Kind Gottes? Und damit auch ein rechter Bruder Christi! Und wem das etwa nicht behagen sollte, der bringt sich sogleich in den Verdacht, nicht von Gott, sondern vom Satan selber in die Welt gesetzt worden zu sein. Wobei aber nicht übersehen werden darf, dass sogar der Satan ein rechtmäßiger Nachkomme Gottes ist."

„Aber ein abgefallener?", knirschte Glapion verächtlichst.

„Wiederum richtig!", stimmte Desiderius bei. „Und jener gleich nach der Beendigung der Schöpfung unternommene und vollbrachte Urabfall war ja auch gar nichts anderes als das allererste Schisma. Wobei aber noch das Rätsel zu lösen ist, wohin damals jener Urabfaller abgefallen sein könnte, falls Gott nicht nur allwissend und allmächtig, sondern, wie von vielen behauptet wird, auch allgegenwärtig ist. Wie aber steht es nun um den von genau demselben Rebellionszwang angetriebenen Apfel von Wittenberg, der doch, wie das Sprichwort sagt, auch nicht weit von seinem Stamm gefallen sein kann? Habe ich etwa den Baum geschüttelt, an dem er so lange gehangen hat, oder bin ich gerade der himmlische Wind, der ihn stracks heruntergeblasen hat? Willst du dich unterfangen, mir derartige göttliche Praktiken und Funktionen nachzusagen oder auch nur heimlich zuzugestehen?"

„Nichts liegt mir ferner als das!", versicherte Glapion hastig und bekam einen knallroten Kopf.

„Nun denn", exaktete Desiderius weiter, „so verrate mir einmal, wie eine solche ununterdrückbare Neigung zum Schisma in diesen beiden katastrophalischen Empörern entstanden sein könnte! Mag die Erziehung des Ursatans vom Himmlischen Vater infolge der dringenden Schöpfungsgeschäfte auch etwas vernachlässigt worden sein, so trifft doch solches auf Luther keinesfalls zu. Im Gegenteil, er hat nicht weniger denn vierundzwanzig Semester im Erfurter Augustinerkloster theokratologischen Studien obgelegen und ist dabei sogar imstande gewesen, seine nicht geringen Begabungsmangel durch eisernen Fleiß wettzumachen, wie der Rektor Staupitz, der sich eifrig um seine Ausbildung bemühte, oft genug versichert hat. Danach kann dieser Erzketzer nur das Ergebnis einer grundfalschen Pädagogik sein, was er ja durch sein beispiellos aufsässiges Betragen gegen seine Lehrer immer wieder geradezu schlagend zu beweisen trachtet. Und da er sonach vom Scheitel bis zu den Zehen euer alleiniges Geistesprodukt ist, fällt die gesamte Schuld euch zu. Also erntet ihr auch in diesem Falle lediglich das, was ihr von Rom aus im Laufe dieser dreimal fünfhundert Jahre ausgesät habt. Der Luther ist nur die Kehrseite eurer wölfischen Münze. Wären nur die Mönche, die doch von alters her die Erziehung der christlichen Gemeinschaft leiten, so genügsam und gertenschlank wie die Lilien auf dem Felde, so wäre dem Heiligen Vater, der doch von eurem Wohlwollen genauso abhängig ist wie der Imker von seinen Immen, dieses allerhöchst beschämenden Schismaspektakulum wohl erspart geblieben."

„Luther hat den Streit vom Zaune gebrochen", schnaubte Glapion, „folglich ist er der Alleinschuldige!"

„In deinen Augen, aber durchaus nicht in meinen!", entgegnete Desiderius achselzuckend. „Zieht ihn also zur Rechenschaft, wenn ihr es immer könnt. Aber lasst mich und Christum aus dem Spiele!"

„Es geht", bäumte sich Glapion auf, „um das Erbe Christi!"

„Nun sitzt du schon in deiner eigenen Falle!", schmunzelte Desiderius. „Denn wenn du, wie du eben angedeutet hast, Christum tatsächlich beerben willst, so bedenke, dass jeder, so er nicht zu den gewerbsmäßigen Erbschleichern gerechnet werden will, doch immer nur einen in alle Ewigkeit verblichenen Erblasser zu beerben vermag.

Oder willst du etwa gar auf solch heimtückische Art und Weise die Auferstehung Christi infrage stellen und dich dadurch der ärgsten aller Erzketzereien schuldig machen? Glaube nicht, dass dich deine Kutte vor einer solchen wohlbegründeten Anklage schützen könnte! Auch Luther steckt ja noch immer in einer solchen Uniformmontur. Bist du wirklich darauf erpicht, in Rom denunziert zu werden, dass du soeben hier vor meinem Angesicht wie vor dem des Ewigen Vaters ein buchstäbliches Attentat gegen den Auferstandenen unternommen hast, um ihn doch noch beerben zu können?"

„Um Himmels Willen!", stammelte Glapion und wischte sich den Angstschweiß von der Stirn, um dann nach der Türklinke zu tasten. „Du hast mich missverstanden! Niemals würde ich es wagen, die Auferstehung des Eingeborenen Gottessohnes auch nur im Allergeringsten zu bezweifeln."

„Entweiche, kleiner Beelzebub!", lateinte Desiderius feierlich.

Und es geschah blitzschnell also.

Kaum hatte sich Glapion verabschiedet, als Desiderius ein Brief überbracht wurde, der von Aleander stammte und eine dringende Einladung enthielt.

Im Refektorium des Dominikanerklosters, so hieß es darin, *wollen wir noch diese Woche, um Dich zu ehren, ein Festmahl veranstalten, um danach über die von den Sachsen in Umlauf gesetzten elf Axiomata, die auch Dir nicht unbekannt sein werden, eine Beratung abzuhalten und die Friedensmöglichkeiten zu erörtern. Es ist darin auch von einem angesehenen und unverdächtigen Schiedsrichter die Rede, der diese nun schon so bedrohlich gewordene Sache in aller Ruhe und ohne jedes Geschrei beilegen soll. Und wer anders als Du, weltberühmtester aller Gelehrten, könnte dafür ernstlich in Frage kommen?*

Hier stieß Desiderius einen scharfen Pfiff durch die Zähne, ließ die Einladung in den Papierkorb flattern und begann dann mit seinem Reisesack zu liebäugeln.

Wie Aleander auch drängte und lockte, Desiderius ließ sich auf keine vorzeitige Terminsetzung ein, weshalb dieser Feierschmaus nicht weniger als dreimal verschoben werden musste. Aleander und

Hochstraten trugen sich noch immer mit der Hoffnung, ihren wohlvorbereiteten Anschlag doch noch ausführen zu können, als Desiderius schon nach Löwen unterwegs war.

„Er ist uns entschlüpft!", schnaubte Hochstraten, als er es erfuhr.

Und Aleander knirschte: „Dieser Feigling!"

In Löwen fand Desiderius unter den inzwischen eingetroffenen und von dem treuen Famulus Jakob mit Argusaugen behüteten Postsendungen auch mehrere Briefe aus Rom, die sich ohne Ausnahme mit dem bedenklichen Gesundheitszustand des Papstes und mit den Veränderungen befassten, die sein plötzliches Ableben zur Folge haben mussten. Das wichtigste dieses Schreiben trug wohl Leo Fraenkels Unterschrift. Ein beigelegtes Blättlein jedoch verriet, dass der Text von Solidus Vollios stammte.

Desiderius antwortete den beiden römischen Freunden ohne Zögern mit den folgenden, an Leo Fraenkel gerichteten Zeilen:

Niemals ist ein Zeitalter so toll gewesen wie das gegenwärtige, dessen Verwirrung wohl noch lange nicht auf ihrem Höhepunkt angelangt sein dürfte. Man könnte meinen, zehn Schock Erinnyen seien aus dem Orkus ausgebrochen und machten die ganze Erdoberfläche unsicher, so sehr ist auf weltlichem wie auf kirchlichem Gebiete alles ungesund und bis in den Grund verdorben. Das Übel ist so verhängnisvoll, dass meines Erachtens auch ein allgemeines Konzil keine Heilung bringen kann, geschweige denn meine Wenigkeit da irgendwie helfen könnte, wenn es auch in Rom noch immer einige Leute gibt, die eine solche viel zu hohe Meinung von mir hegen. Wenn der witzigste der Kardinäle nicht weiß, wohin das noch alles hinauswill, woher soll ich diese Kenntnisse nehmen, der ich den Purpur schon mehr als einmal abgelehnt habe? Mir ist, was auch der Kaiserliche Gesandte beim Heiligen Stuhl kürzlich bestätigt hat, nur das eine klar, dass gewisse allerhöchste Kirchenfürsten bereits ins Auge gefasst haben, die ganze Streitsache um den Ablass und den Glauben lieber mit dem Schwerte austragen zu lassen, da mit dem Feuer bisher doch viel zu wenig erreicht worden ist.

So heult denn die Wölfin schon wieder nach der zerstörenden Flamme und dem bruderblutvergießenden Eisen und ist in diesem Punkte von den sich genauso benehmenden Anhängern des arabischen

Propheten kaum noch zu unterscheiden. Ein kluger Mann, so sagt man, ahnt, was da kommen wird. Gewiss, aber er weiß nicht alles, wie er auch von keinem gezwungen werden kann, alles zu verraten, was er weiß.

Auch ist das Füllhorn der kommenden Dinge so undurchsichtig wie ein Kohlensack, und es ist nur zu bekannt, wie wenig ein solch kleines Menschenwürmchen wie ich mit dem Fühlhorn seines kümmerlichen Witzes gegen die immer neue Überraschungen aushackende apokalyptische Finsternis auszurichten vermag. Wenn auch der Ewige Vater mit einem Wink die ganze Lage unter uns Menschenkindern plötzlich vollkommen verändern kann, so tut er es doch erst, wenn wir reif dafür sind, und das sind wir nur, wenn wir eins mit Christo sind. Und so erlaube ich mir denn in diesem Sinne euch das mitzuteilen, was euch nach meinem Dafürhalten Christus raten würde, wenn er mir jetzo die Feder führte.

Ihr Kardinäle benötigt als Nachfolger Leos, des gar zu Prächtigen, einen ebenso frommen wie sparsamen Papst. Dass mein früherer Lehrer Adriaan Floriszoon, der Bischof von Tortosa, gerade mit diesen beiden christlichen Haupttugenden reichlich gesegnet ist, solches wird niemand bestreiten können, der bei Verstand ist. Ob dieser Kardinal aber als Papst der unter dem Tisch des Herrn heulenden Wölfin genehm sein wird, das möchte ich noch etwas dahingestellt sein lassen. Dagegen darf wohl vermutet werden, dass er den Übermut jener Mönche, die noch immer darauf versessen sind, sich eher Speckringe um die Bäuche als Heiligenscheine um die Gehäuse ihres Geistes wachsen zu lassen, mit fester Hand dämpfen wird. Denn solange diese ungebildeten und nur sich selbst lobhudelnden Wichtigmacher auf den beiden Tiberufern den Ton angeben, solange wird die schon vor Arius beginnende Kette der theologischen Skandale nicht abreißen.

Ja, der Kirche tut heute ein Papst not, der nicht den Scholastikern nach dem Maule redet, sondern der gewillt ist, Christo in allen Stücken an die Hand zu gehen. Der Possenhaftigkeit, die sich unter dem Prachtmantel der Religion zu verstecken trachtet, wie dem fratzenhaften Afterreden aus Besserwisserei und Hypochondrie muss ein Ende gesetzt werden, wenn der nächste europäische Bürgerkrieg verhindert werden soll, der noch viel schrecklicher und länger werden müsste als alle vorangegangenen zusammengenommen. Nicht ich, sondern allein die

Wölfin hat das Ei des allgemeinen Ärgernisses gelegt, das in Wittenberg ausgebrütet worden ist.

Darum dürfte es nun an der Zeit sein, dass die Kardinäle endlich darüber nachdenken, wie die Kirche Christi von der Tyrannei jenes mit eitel Wolfsmilch aufgesäugten Pöbels erlöst werden könnte, der immer heftiger nach der Seligkeit heult, je mehr er sich seines unheiligen Ursprungs und seiner heidnischen Erziehung bewusst wird. Weiterhin ist längst bekannt, dass sich der Heilige Vater nur deshalb von den Eidgenossen behüten und beschützen lässt, weil er allen Grund hat, seinen lieben italienischen Untertanen nicht über den allerschmalsten Weg zu trauen. Und trotzdem hatte sich das Kollegium der Kardinäle im Jahre 1377 bewogen gefühlt, aus der avignonischen Freiheit in die römische Gefangenschaft zurückzukehren, obschon sie doch damals, wenn sie der Stimme der christlichen Vernunft Gehör geschenkt hätten, gar nichts anderes hätten tun dürfen, als den Standort des Heiligen Stuhles in den Raum der ewig neutralen Eidgenossenschaft zu verlegen. Denn seit die Türken nicht nur in Nordafrika, sondern auch am Goldenen Horn sitzen, seitdem ist Rom nicht mehr das Zentrum der pontifikalischen Welt.

Zweifellos wünscht sich Christus den Frieden, genauso wie ich, aber ganz entgegengesetzt dieser unserer löblichen Absicht gebiert eine fürstliche Narrheit die nächste und ein Krieg den anderen. Wie schlimm geht es schon wieder in Frankreich zu! Und wieviel elender steht es um Italien? Bald scheint es dahin kommen zu wollen, dass die ganze Welt im Blute schwimmt. Nur allein in der Eidgenossenschaft, wo man sich des Friedens erfreut, geschieht der Wille Christi. Säße der Heilige Vater seit 1377 nicht in Rom, sondern in Luzern, so wäre das mit Gottes Zulassung in Wittenberg ausgebrütete Ei niemals gelegt worden. Nun aber, da das Kriegsglück immer schwankt, steht zu besorgen, dass es zur Vernichtung der ganzen Kirche kommen könnte, namentlich weil im Volke schon die Überzeugung herrscht, hinter der ganzen Sache stecke der nimmersatte Papst und seine ebenso hungrigen die durstigen Kardinäle, Bischöfe und Äbte.

Ich kenne und verabscheue die Frechheit der Führer dieser kirchlichen Abspaltungen, aber bei der heutigen, ungemein schwierigen Lage der Dinge sollte man in erster Linie darauf achten, was die Ruhe der Welt erfordert, als was der Übermut jener verdient. Man sollte nicht allzu sehr am Zustande der Kirche verzweifeln, die doch in den Stürmen der Völkerwanderung unter den Kaisern Theodosius und Arkadius von noch viel stärkeren Gefahren heimgesucht worden ist. Wie stand es damals um das Heil der Welt? In Afrika wüteten die Donatisten und Circumvallionen. Ja, an vielen Orten herrschte noch der unselige Manichäismus und der noch weit giftigere Marcionitismus. Dazu kamen die furchtbaren Barbareneinfälle, die noch immer kein Ende nehmen wollten. Und doch konnten diese beiden Kaiser bei solch verderblichen Wirren die Zügel ohne das geringste Blutvergießen lockern und die Ketzer ohne Scheiterhaufen zur Vernunft zurückbringen. Daraus sollten die Kardinäle lernen! Wenn man nun heute unter bestimmten Bedingungen die Sondergemeinschaften bestehen ließe, wie man ja auch bei den hussitischen Böhmen ein Auge zugedrückt hat, so würde das noch immer viel erträglicher sein als ein Krieg, noch dazu ein solcher Krieg, der in dreißig Jahren kaum zu Ende sein könnte.

Das Schicksal findet seinen Lauf, wie Gott will, und ich hoffe, dass alle diese kirchlichen Misshelligkeiten doch noch ein gutes Ende gewinnen werden, dank der Führung des höchsten Lenkers, nach dessen leider so unerforschlichen Ratschlüssen die Schicksale der einzelnen Völker und ihrer Gesamtheit sich regeln. Geschieht das noch, solange ich lebe, so werde ich in aller Ruhe sagen können: Schluss der Vorstellung, nun spendet Beifall! Wird mir aber solches nicht zuteil, so füge ich mich dem Willen des Ewigen Vaters, in dessen allmächtiger Hand es liegt, mich nach fünfhundert Jahren fröhlicher denn jemals wieder auferstehen zu lassen. Ja, wir sind allzumal Narren und mangeln jeglichen Ruhmes. Und es ist ein gar schwacher Trost, dass das auch von allen Kardinälen gilt, die in ihrer Selbstverblendung nach dem Giftmischer Alexander Borgia den Großkanonier Julius Rovere und nach diesem den verschwenderischen Nimrod Leo Medici gewählt haben, zum Zeichen, wie sehr sie von Christo verlassen worden sind. Sie haben nur so viel daraus gelernt, dass sie einen zweiten Medici nicht zum Heiligen Vater haben wollen. Aber sie wissen noch immer nicht, dass Kanonen nur zu dem Zwecke gegossen werden, um falsche Canones durchzusetzen. Und so geschieht es allen diesen Kanonen-, Verschwendungs- und Giftkünstlern schon recht, und wir haben auch gar nichts anderes verdient, wenn sie von den nachkommenden Geschlechtern ausgelacht werden. Denn noch niemals hat ein Raubmesser das andere in der Scheide halten können, und darum auch bin ich dem Titel Kaiser durchaus abgeneigt, zumal diese Bezeichnung, wie auch der Kurfürst von Sachsen meint, nur eine barbarische Verhunzung des Eigennamens Cäsar und die Grundursache aller Kriege zwischen Franzosen und Deutschen ist.

Wer in der Weltgeschichte lediglich Verbrechen, Wahnsinn und teuflisches Tohuwabohu erblickt, der hat noch nicht den hinter den Kulissen unablässig wirkenden Finger des Ewigen Welteidgenossen und des Schöpfers aller Wissenschaften verspürt. Eben deswegen besteht seit Urbeginn eine Verschwörung der Feinde der Wissenschaft mit dem einzigen Zweck, alle tüchtigen, feinen und unabhängigen Geister und Gelehrten in denen das Weltgewissen wirkt, zu unterdrücken und zu beseitigen. Denn nicht, was du zu glauben versuchst, sondern was du dir erwitzt und in genaueste Erfahrung gebracht hast, das allein macht dein Gewissen aus. Darum will ich lieber alle Krankheiten der Welt auf meine schwachen, schon reichlich mit Schmerzen geplagten Schultern und Lenden nehmen, als mich mit der Schuld zu beflecken, auch nur den allerkleinsten Bürgerkrieg angezettelt zu haben. Und so bin ich denn hier in meiner niederrheinischen Heimat, wie man so sagt, in ein Wespennest getreten, oder noch besser, in einen Hornissenschwarm geraten. Denn wenn ich noch länger hier verweile, dann sehe ich kein Ende ab, es sei denn, dass meine Gegner wie die Egel, voll von meinem Blute, endlich von mir ablassen. Es ist mein Alleinstehen, das sie gegen mich aufreizt und in Harnisch bringt.

Ich gelte für schwach und angreifbar, weil ich mir nicht ein besonderes Ansehen zu geben suche, wenn ich diese zweibeinigen Insekten abwehre und zurückweise, und weil ich mich keiner Sondergruppe angeschlossen habe, was ich auch nicht tun werde, solange mir Christus beisteht, wie ich ihm beistehe. Von allen Seiten schwirren die Schmähschriften heran, aus Italien, Frankreich, Spanien, England und aus den verschiedenen Teilen Deutschlands, nur nicht aus der Eidgenossenschaft. Meine Gegner bekunden damit aber nur ihre eigene Dummheit und Bosheit, die ja Zwillingsgeschwister sind, und ihr ganzer Lohn besteht darin, dass sie den Brand der Zwietracht weiter schüren müssen, um sich daran die Glieder zu verbrennen. Ich wünsche ihnen, das ist ja auch das Einzige, was ich tun kann, von Herzen einen anderen, einen besseren Geist. Denn wer wollte sich die Weisheit zutrauen, einem Narren Vernunft zu predigen. Wo doch das Predigen, seitdem es Druckpressen gibt, schon an und für sich eine närrische Tätigkeit und nur dazu angetan ist, die unmündigen Zuhörer noch unmündiger zu machen, als sie es schon sind. Wie geschrieben steht: Je unmündiger, desto entzündiger!

Und wer sind denn nun die Leute, so heute noch danach begehren, eine Predigt zu hören? Immer doch nur die Armen im Geiste, die noch nicht lesen gelernt haben und denen das Studium und das selbständige Nachdenken nicht eine Lust, sondern eine rechte Last und Plage ist, jene Lämmer also, die sich so gerne weiden lassen, um dann mit vollem Fug und Recht ausgeweidet werden zu können. Wenn Christus heutzutage wiedererschiene, um die Menschheit von der Blitzdummheit der herrschenden Hirten und Hütler zu erlösen, so würde er meines Erachtens nach sicherlich keine Bergpredigten halten, sondern er würde, genauso wie ich es tue, mit eigener Hand ein Buch schreiben und es in Basel, wo die besten Pressen stehen, drucken und binden lassen, um sich nicht noch einmal in die Abhängigkeit von einfältigen Jüngern, engstirnigen Aposteln und verschmitzten Kirchenvätern begeben zu müssen. Und eben deswegen suchen sich auch jetzt hüben wie drüben die vornehmlich vom Predigen lebenden und nun längst vor ihrer Überflüssigkeit zitternden Lehrkörper durch verstärktes Zanken, Fluchen, Grimmen und Toben wichtig zu machen, obschon Christus gerade vor diesen vier widersanftmütigen und kriegsentzündenden Sünden auf das nachdrücklichste gewarnt hat.

Ja, es hat schier den Anschein, als ob der Ewige Vater als lachender Dritter diese sich gegenseitig mit wachsender Blindheit schlagenden Streithammelhorden justament in die Zwickmühle zwischen Offenbarung und Glauben gesetzt hätte, damit ihnen endlich die Augen aufgehen! Wie geschrieben steht: Wer schreibt, der bleibt, doch wer predigt, der sich selbst erledigt! Oder: Unordnung muss sein, damit die Orden der Ordnungstifter ihrem selbstverderblichen Handwerk mit hingebungsvoller Gründlichkeit obliegen und frönen können. Darum, wer Gott redlich dienen will, der darf nicht in einen Winkel kriechen und sich die Ohren zuhalten, sondern der soll unter den Leuten bleiben und sie in allen Erkenntnissen fördern, soweit er solches vermag. Was sich am besten durch das gute Beispiel, am schlechtesten aber durch Predigten bewerkstelligen lässt.

Und so muss ich schon um Christi Willen bis zu meinem letzten Atemzuge – denn wo ist einer, der mich ablösen könnte – auf dem Posten bleiben, was mir ja auch durch meine Begabung, die allein mein ganzes Schicksal ist, vorgezeichnet und vorausbestimmt worden ist. Oder könnt ihr euch einen Heiligen Vater vorstellen, der mich bittet, nach Rom zu kommen, um sein Nachfolger werden zu können? Und was würde die Wölfin für ein Geheul anstimmen, so ihr diese Witterung in die Nüstern stiege?

Bereits am folgenden Tage durfte sich Leo Dezimus noch einmal von seinem vatikanischen Krankenlager erheben, und eine Woche später hatte er sich so weit erholt, dass er sich zu der letzten seiner Sauhatzer nach Magliana hinaussänften lassen konnte.

Zur selben Stunde aber legte sich zu Löwen der Karmeliterprior, Kanzelbariton und Theologist Egmondanus ins Bett, weil er von dem Rektor Paludanus nun doch noch eine von Desiderius bewirkte Vorladung erhalten hatte, und so vergingen ganze drei Wochen, ehe der nachstehende Trialog stattfinden konnte.

„Ich habe nur die lautere und reine Wahrheit gepredigt!", posaunte der Vorgeladene die beiden Vorlader an.

„Hast du", fragte Paludanus auf Desiderius deutend, „über ihn gepredigt?"

„Ich habe nur gegen Luther gepredigt!", zeterte Egmondanus. „Und ich werde davon nicht ablassen, bis ich ihn zu Boden gestreckt habe!"

„Und wer", meldete sich Desiderius nun zu Wort, „ist die Henne gewesen, die das von Luther ausgebrütete Ei gelegt hat?"

„Wenn du es nicht gelegt hast", giftete ihn Egmondanus an, „wie kommst du dazu, dich von dieser Behauptung getroffen zu fühlen?"

„Ich fühle mich nicht getroffen!", versicherte Desiderius. „Aber deine Zuhörer sind der Meinung, dass ich mich getroffen zu fühlen hätte! Nur das ist unzweifelhaft ein von dir erregter Irrtum! Was hast du an mir auszusetzen?"

„Du bist in meinen Augen", knirschte Egmondanus augenrollend, „ein verkappter Lutheraner!"

„Eheu!", rief Paludanus und zog die Brauen hoch. „Wie willst du diese seltsame Behauptung beweisen?"

„Dass er ein verkappter Lutheraner ist", kollerte Egmondanus, „das pfeifen hier in Löwen die Spatzen schon von allen Dächern!"

„Eine komische Theologie", schmunzelte Desiderius, „die schon die schmutzigsten Vögel zu Hilfe rufen muss, um aus rechtschaffenen Christen vollkommene Ketzer zu fabrizieren! Bedarfst du denn ihrer wie der Kater der Mäuse und wie der Wolf der Lämmer? Solltest du dergestalt darauf aus sein, die Anhänger Luthers zu vermehren wie die Sterne am Himmel und wie die Sandkörner am Ufer des Meeres? Hast du dich nur schimpfend an ihn gehängt, um mit ihm groß und bedeutend zu werden? Anscheinend vermagst du ohne ihn dein weiteres Dasein gar nicht zu fristen! Sollte dieser dein sächsischer Klosterkollege der Hauptgötze sein, der dich schon um deinen ganzen Humor gebracht hat, der bitterböse Fetisch, den du anbetest mit Groll und Grauen, der schier allmächtige Baal Peor, auf dessen Altar du weitere Hekatomben von wutgeblähten, bissigen Predigtgebilden zu opfern gedenkst?"

Hier blieb diesem Ketzerfabrikanten denn doch die Luft weg, und er fand sie erst wieder, als Paludanus fragte: „Und was hast du darauf zu erwidern?"

„Solange", zischte Egmondanus auf Desiderius zeigend wie eine gereizte Viper, „er sich weigert, gegen Luther zu schreiben, solange müssen wir ihn für einen heimlichen Lutheraner halten!"

„Da kommt der Pferdefuß zum Vorschein!", lachte Desiderius und zielte mit dem Zeigefinger auf den Saum der Karmeliterkutte. „Denn aufgrund solcher Beweisführung müsste ja jeder Sterbliche, der nicht gegen Luther schreibt, zu seinen Anhängern gerechnet werden! Also auch du, Paludanus!"

„Beim Heiligen Prudentius!", verwahrte sich der Rektor. „Ich werde niemals eine Zeile gegen Luther schreiben und bin trotzdem ein guter Christ!"

„Wer nicht mit uns ist", polterte Paludanus im Kanzelton, „der ist wider uns!"

„Beim Heiligen Nepomuk!", spottete Desiderius. „Und wer nicht mit mir ist, der ist wider sich selbst! Darum rate ich nun nicht länger auf dem Sack herumzudreschen, wenn du den Esel meinst. Bring ihn zur Strecke, diesen deinen Wittenberger Handwerksgesellen, schwinge den Bekehrungsbesen wider ihn, damit wir streng neutralen Zuschauer etwas zum Lachen haben! Christus und ich, wir zwei gänzlich Unbeirrbaren, haben viel Wichtigeres zu tun, als uns im Ernst mit diesem pudelnärrischen Kuttenträgergezänk zu befassen. Wir wünschen uns auch weiterhin so gebildet zu benehmen wie bisher und lehnen es ab, uns nach eurem Vorbilde wie die Fuhrleute und Rossknechte und das sonstige Rollwagengesindel zu kudeln und zu hudeln. Ich bin nicht zum Raufen und Streiten auf die Welt herabgekommen, das schreibe dir gefälligst hinter die Ohren! Groß genug sind sie dazu! Und so vergebe ich dir denn nach dem Vorbilde Christi alle deine Torheiten, die du schon begangen hast, wie auch die, die du noch in Fülle begehen wirst! Und damit Gott befohlen, du possierlicher Höllenschelm!"

„Nicht ich bin der Satanas, sondern du!", bölkte Egmondanus und entzog sich der pneumatologischen Weiterbehandlung durch beschleunigte Flucht.

„Was sagst du dazu?", lachte Paludanus aus vollem Halse.

„Er hat sich selbst exorziert!", schloss Desiderius diesen Trialog, drückte dem Rektor die biedermännische Rechte und begab sich zurück ins Lilienkollegium, um seine Übersiedlung nach Basel vorzubereiten.

Wolfgang Koepfel, * 1478 in Hagenau, † 4. November 1541 in Straßburg, auch Wolfgang Fabricius Köpfle, bekannt als Wolfgang Fabricius Capito, war ein bedeutender Reformator in Straßburg.

Friedrich III. oder Friedrich der Weise von Sachsen, * 17. Januar 1463 in Torgau, † 5. Mai 1525 in Lochau, war von 1486 bis zu seinem Tod 1525 Kurfürst von Sachsen.

Karl V., spanisch Carlos I, französisch Charles Quint, * 24. Februar 1500 im Prinzenhof, Gent, Burgundische Niederlande, † 21. September 1558 in Cuacos de Yuste, Spanien, war ein Angehöriger des Herrscherhauses Habsburg und Kaiser des Heiligen Römischen Reiches.

Martin Luther, * 10. November 1483 in Eisleben, Grafschaft Mansfeld, † 18. Februar 1546 ebenda, ein Augustinermönch und Theologieprofessor, war der Initiator der Reformation.

Julius Caesar Scaliger, italienisch Giulio Cesare Scaligero, * 23. April 1484 in Riva del Garda, † 21. Oktober 1558 in Agen, heute, war ein italienischer Humanist, Dichter und Naturforscher.

Vom Apfel des Abfalls

Am Donnerstag vor Lätare des folgenden Jahres briefte der schreibeifrige Frankfurter Reichskrämer und Ratsherr Dietrich Butzbach aus Worms also nach Hause:

Meinen Gruß und Dienst zuvor, lieber Nachbar! Ich wollt Euch gern wieder eine neue Zeitung senden, dass ein merklich Volk von Fürsten und Herren hier anwesend ist, welche Namen ich alle aufgeschrieben habe. Es wäre aber zu viel, sie alle mitzuteilen, nur die Zahlen will ich hersetzen. Es sind dahier an die 80 Fürsten, 15 treffliche Botschafter von Königen und Herren fremder Lande, dazu viele Reichsstädter und unzählig groß Volk von Rittern und Edelleuten, Geistlichen und Reisigen, auch reiche Kaufleute und Händler aus Spanien, Niederland, Italien, der Schweiz und aus allen deutschen Gauen. Und es ist ein solch stolzes Gepränge und Köstlichkeit der Kleidung bei Deutschen und Welschen, auch mit den Pferden und Hunden, dass mirs nicht möglich ist, alles zu beschreiben. Denn: Wo keine Pracht, da keine Macht!

Es ist hier noch nicht viel des Reiches wegen entschieden worden, sondern alle Handlung ist noch bisher gewesen bei den Kurfürsten, Martinus halben. Die Kurfürsten von Sachsen und Brandenburg sind schon darüber so hart aneinandergeraten, dass der Sachse, sonst so friedlich und gelassen, förmlich getobt hat und ein Handgemenge befürchtet wurde, das der Erzbischof von Salzburg noch glücklich verhindern konnte. Während man sonst aus diesem Kurfürsten keine zehn Wörter herausbringen konnte, hat er diesmal gebrüllt wie zehn Stiere. Und der römische König und deutsche Kaiser hat, wie in der Goldenen Bulle verordnet, während solch stürmischer Verhandlung vor der Tür dieser Kammer gestanden, und die Knie haben ihm so gezittert, dass er darauf drei Tage das Bett hüten musste. Über sein Vermögen ist niemand verpflichtet, auch nicht der allerhöchste Mann im Reiche. Sodann wird hier viel und mancherlei gemunkelt von dem Streit zwischen dem Aleander und dem Roterodamus, von dem die Papisten behaupten, dass er den Heiligen Vater ganz grausamlich verhöhnt, über die Bannbulle viel handgreifliche Lügen verbreitet und ärger denn alle anderen ganz Deutschland von den Alpen bis an die Nordsee in Aufruhr versetzt hätte.

Wie denn auch die Sachsen hier erklären, dass Luthers Wort schon deshalb wahrhaftig sei, weil der Roterodamus auf seiner Seite stände. Da schlag doch Gott den Teufel tot, wenn ich das glauben soll! Auch hat man viele Mühe und Arbeit alle Tage in der Sache des Landgrafen von Hessen und seiner Gegner. Aber dieser Fürst hat großen Anhang von den Herrschern zu Sachsen, Braunschweig und Brandenburg, welche ihm alle beiständig sind. Und deswegen hat dieser Landgraf einen guten Mut und führt einen großen und herrlichen Aufwand, wie er hierorts noch niemals erschaut worden ist. Er sticht und bricht, hat schon scharf gerennt und wohl getroffen, treibt groß Spiel mit allen Herren um tausend Gulden und mehr und hat schier vor allen Fürsten den Preis und Lob mit Trompeten, Trummeln, Kleidern, Hofgesinde, Pferden, Jagden und anderem hohen Tun. Wie geschrieben steht: Lärm regiert das Gedärm! Was der Franziskus von Sickingen hier will, das hat er noch keinem verraten, aber dass er auf Landfrieden sinnt und nun die Taube im Wappen führt, das mag diesem glorreichen Schnapphahn keiner glauben. Und der Ulrich von Hutten, der vordem das Maul wie die Feder so voll genommen hat, dass einem schier die Ohren gellten, ist plötzlich ganz stille geworden und macht die Blindekuh, seitdem ihm der Chièvres einhundert Goldgulden in die Hand gedrückt hat.

Welch ein Affenspiel um den Kaiserthron! Carolus Quintus treibt es nicht minder wichtig und macht sich sehr weltselig, reitet alle Tage auf die Stechbahn hinaus, seinen majestätischen Mut zu beweisen, und kehrt immer als Sieger heim, denn keiner wagt es, ihn aus den Bügeln zu werfen, er wollte denn die allertiefste Ungnade auf sich herabbeschwören. Auch hat dieser Kaiser die allerschönsten Pferde, die so zierlich daherspringen, wie ich es mein Lebtage noch niemals gesehen habe. Zudem ist er sehr tätig und führtrefflich im Sattel, darüber sich alle Welt wegen seiner großen Jugend bass verwundert, und war auch die ganze Fastelnacht über so lustig, dass davon mit einiger Schicklichkeit gar nicht geschrieben werden kann. Sein ganzes Tun und Treiben steht ihm gar nicht so übel an, und die Zuschauer schreien immer noch Hosianna, sobald sie nur einen Zipfel von ihm zu Gesicht kriegen, und halten ihn stracks für einen Heiland, der sie gewisslich von aller Not des Leibes und der Seele erlösen wird. Aber es sieht nicht aus, als ob er solches auch zu vollbringen vermöchte, zumal ihn der habsburgische Schubladenmund ganz und gar entstellt, was sonderlich dem schwachen Ge-

schlecht, dem er seine starke Abneigung keineswegs zu verhehlen geruht, herzlich leidtut. Wer seine Kaiserin werden soll, das weiß noch keiner, am allerwenigsten er selber. Aber da hilft kein Weh und Ach, Gott hat ihn nun einmal so und nicht anders erschaffen, und die Kurfürsten haben ihn gewählt, weshalb sie auch die alleinige Schuld daran tragen. Denn die ewige Gerechtigkeit verlangt, dass auch sie damit gestraft werden, womit sie gesündigt haben. Am Sankt Matthäustag hat man begangen des Kaisers Geburtstag sehr köstlich mit römischen Gnaden und Ablass, den ganzen Tag aber ist blutwenig Andacht gewesen, denn es ist hier fast jedermann aus dem gemeinen Volke martinisch gesonnen, und die Priester und Mönche werden schon mit gar scheelen Augen angesehen.

Kürzlich ist hier sogar eine Botschaft erschienen aus einer neuen Insel, die in der Neuen Welt soeben erfunden worden ist und mit Namen Mexiko heißt. Auch diese Leute dort drüben haben einen Kaiser und viele Götter und Heilige, denen sie ihre Kinder schlachten. Diese Botschaft besteht aus zwei Personen, die, wie das dort Sitte ist, schon viele Menschen aufgefressen haben. Es ist ein Herr und sein Diener, die bekleidet sind mit köstlicher Seide, aber um den Kopf haben sie einen Schleier, weil sie beide eine feuerrote Haut haben, und der Schleier ist wohl an die zehn Ellen lang. Sind beide getauft, kommen aber doch in die Hölle!

Die dasige Stadt Worms ist schön gebaut und voll Pöbels aller Grade, und es geht hier auch ganz auf römerisch zu mit Huren und Buben, Hauen und Stechen, Stehlen und Morden. Kein Fasten wird gehalten, männiglich schlägt sich den Bauch voll Fleisch, Wildbret, Gänsen, Hühnern, Enten und Tauben, als wenn es keinen Papst in Rom und keinen Herrgott im Himmel gäbe, und mit den Lustmägden, die aus aller Welt, sogar aus Brüssel, Antwerpen, Paris und Venedig hier zusammengeströmt sind, ist ein weit schlimmeres Wesen als in der Frau Venus Berg, sintemal nicht wenige der anwesenden Edeldamen es ihnen darin noch zuvorzutun trachten und kein Zögern und Zittern kennen, wenn es gilt, einen besonders kräftigen Goldrettich zu rupfen. Viel fremde Leute, hohe wie niedrige, haben hier schon ins Gras beißen müssen, dieweil sie sich an dem schweren Wein, der hier wächst, schier um den Verstand getrunken haben.

Auch schleicht nun in Worms eine neue Seuche durch die Gassen, von der noch kein Medikus weiß, wie sie benannt werden soll. Wer von ihr befallen wird, der muss niesen, husten und spucken, bis ihm der Kopf mit Grundeis geht und ihm die arme Seele ohne Gnade aus dem Leib fährt. Von den Nachtfrösten habe ich schon vorige Woche berichtet. Nicht nur an den Weinbergen und an den Saaten ist von ihnen schwerer Schaden angerichtet worden, auch das Vieh leidet mehr denn jemals, es hat wunde Klauen und gibt wenig Milch. Doch keiner will es wahrhaben, dass Gottes Zorn über dem Vaterland waltet, um es mit Teuerung und Hungersnot zu bedrohen.

Gestern Vormittag ist endlich der große Ketzer und Doktor aus Wittenberg, dem der Kaiser nach vielen Würgebänden freies Geleit her und hin zu gesichert hat, auf einem offenen Wäglein, dem der Reichsherold Kaspar Sturm vorausgeritten, zum Stadttor hereingerollt. Viele Herren vom Adel und nicht wenige der fürstlichen Hofleute waren ihm entgegengewallt und haben ihm bis zum Deutschen Hofe das Geleit gegeben, darin die Sächsischen hausen und schmausen. Es war um ihn ein gar groß Geschrei und Gedränge, denn jeder wollte ihn sehen und einen Blick von ihm erhaschen, als sei er das Achte Weltwunder in Person. Von seinem Aussehen ist nur so viel zu melden, dass er durchaus kein Adonis ist. Danach passt er vortrefflich zu diesem Kaiser, also dass sie sich in diesem Punkte nicht das Geringste vorzuwerfen haben.

„Mönchlein, Mönchlein!", rief zur selben Stunde Jörg von Frundsberg, der Kaiserliche Heerwurmanführer und Vater der frumben Landsknechte, der bisher in zwanzig offenen Feldschlachten und zahlreichen nicht minder heißen Gefechten seine annähernd klassische Tapferkeit zur Gänze bewiesen hatte, diesem bekanntesten aller Sachsen zu, als er die Portalstufen der Wormser Kathedrale emporstieg, um seine christenmenschliche Meinungsfreiheit vor Kaiser und Reich zu verteidigen und zu bekräftigen. „Du gehst jetzt einen Gang, desgleichen ich und mancher Oberster auch in unserer ernsthaftesten Schlachtordnung nicht getan haben!"

Da blieb Luther stehen und antwortete ihm mit trompetenstarker Stimme: „Ist der Gott Abrahams nicht unsere feste Burg, und bin ich nicht auch ein Kriegsknecht wie Ihr, Herr Jörg, also dass uns beiden

burgen und ihn durch solche Schutzhaft vor dem Allerärgsten zu bewahren. Indessen geht der erste Sturm vorüber und die Sachen ziehen sich wieder zusammen, dass man ihm wohl bald aus dem Sack herauslassen kann.

„Jetzt ist er vogelfrei!", triumphte Aleander, der Urheber des Ächtungsedikts, das er verschmitzterweise ganze zwanzig Tage vorausdatiert hatte, weil die der Reformationsbewegung günstig gesinnten Fürsten, darunter auch Friedrich der Weise, den Reichstag vorzeitig und missgestimmt verlassen hatten.

„Nun muss er brennen wie Jan Hus in Konstanz!", trumpfte Hochstraten auf, der pontifikalische Henker im Kuttenkostüm, der jeden Tag, an dem er keinen Scheiterhaufen schichten lassen konnte, für sein persönliches Seelenheil als verloren erachtete.

„Luther wird in Köln verbrannt!", prophetete Aleander. „Die zwanzig Tage werden schnell herum sein!"

„Sie sind noch nicht herum!", unkte Glapion, der dritte im Bunde dieser gewerbsmäßigen Märtyrermörder. „Wir hätten ihn längst, wenn der Chièvres nicht plötzlich gesund geworden wäre und dem Kaiser verboten hätte, das gegebene Wort zu brechen."

„Aber der Gattinari hat mir versichert", beteuerte Aleander, „dass der Luther brennen muss!"

„Oh weh!", jammerte Glapion händeringend. „Dann hat es damit noch sehr gute Weile! Denn der Gattinari sagt immer genau das Gegenteil von dem, was er denkt! Auch traue ich dem Kurfürsten von Sachsen nicht über den Weg, denn er steckt mit dem Roterodamus unter einer Decke. Und der Chièvres wie der Gattinari sinnen nur darauf, den Kaiser immer mehr zu isolieren, mich bei ihm anzuschwärzen, den Heiligen Stuhl mit einer ihnen gehorsamen Kreatur zu besetzen, Christum in Pension zu schicken und solcher Art die ganze Weltlenkung an sich zu reißen."

„Was wir aber", rief Aleander drohend, „mit Frankreichs Hilfe zu verhindern wissen werden!"

Bald darauf verbreitete sich von Thüringen aus das sonderbare Gerücht, dass Luther auf dem Heimwege nach Wittenberg noch vor Ablauf der zwanzig Freigeleitstage unter die Räuber gefallen und seitdem spurlos verschwunden sei.

217

„Der Luther ist hin!" jammerten seine Anhänger und jubilierten seine Gegner wie aus einem Munde, wenn auch sehr verschiedentonig.

O Gott, vertraute in diesen Tagen der Nüremberger Albrecht Dürer zu Antwerpen seinem Tagebuch an, *ist der Luther tot, wer wird uns hinfüro das Heilige Evangelium klar vortragen? O Erasme Roteradame, wo wirst du bleiben? Hör, du Ritter Gottes und des wahrhaft Heiligen Stuhles, reite nun hervor neben den Herrn Christum, beschütze die Wahrheit und lange nach der Märtyrer Krone. Du bist doch sonst kein jung, sondern ein alt Männlein! Ich habe auch hier von dir gehört, dass du dir selbst nur noch zwei Jahre zugelegt hast, die du taugtest, etwas Entscheidendes zu beschicken. Dieselben Monde lege nun wohl an, dem Evangelium zuliebe und dem wahren christlichen Glauben zugut, und lass dich darauf vernehmen und hören, so werden der Hölle Pforten wie auch der römische Stuhl, wie Christus sagt, nichts wider dich vermögen. O Erasme, halte dich dahin und herzu, dass sich Gott deiner rühme, wie es von David geschrieben steht. Denn du allein vermagst fürwahr diesen Riesen Goliath zu fällen, der uns alle so grimmiglich bedroht mit seiner Wehr und seinem Gewaffen!*

„Der Luther ist nicht hin!", sprach zur gleichen Stunde Desiderius in Löwen zu Paludanus. „Und wenn er wirklich unter die Räuber gefallen sein sollte, so sind es keine anderen als Kursächsische Räuber gewesen, wie mir der Kurfürst bereits in Köln zu verstehen gegeben hat. Und wenn ihm nicht Christus dazu verholfen hat, dann kann nur einer seinen Segen dazu gesprochen haben, den Egmondanus irrtümlicherweise für den leibhaftigen Satan hält."

„So hast du auch hier", rief Paludanus erstaunt, „deine Finger im Spiele?"

„Ich wäre kein Mensch", schmunzelte Desiderius, „wenn ich nicht jede Gelegenheit wahrnähme, um einen Scheiterhaufen unter Wasser zu setzen."

ein fauler Friede nimmermehr frommen mag, er komme, von welcher Majestät er komme!"

„Bist du auch deiner Sache gewiss?", fragte der Feldobrist und pochte ihm mit der Panzerfaust treuherzlich auf die Schulter.

„Der Herr Zebaoth, der alle Heerscharen lenkt, ist meine Zuversicht und Stärke!", versicherte Luther gen Himmel deutend. „Man muss dem Satan das Kreuz in die große Fresse schlagen und nicht viel pfeifen und hofieren, so merkt er gleich, mit wem er es zu tun und was die Glocke dahier geläutet hat. Und wenn die Welt voll Teufel wär, das Reich muss uns doch bleiben!"

„Dann sei getrost", sprach dieser siegreichste der Sauschwaben zu diesem kampflustigsten aller Erzsachsen, „und fahre in Gottes Namen fort, der noch keinen guten Deutschen, so er nur fest an ihn glaubte, im Stich gelassen hat!"

„Dieser Augustinerbruder wird mich nicht zur Ketzerei verführen", erklärte drei Stunden später der junge Kaiser seinen beiden Ratgebern Chièvres und Gattinari, nachdem dem württembergischen Glaubensrebellen sein Kontrabannbullensprüchlein angesichts der in der Wormser Kathedrale versammelten Reichs- und Kirchengrößen gar nicht so übel gelungen war und er durch Verweigerung des von seinen Gegnern geforderten Widerrufs die aus lauter Zaubersilben gestrickte Nabelschnur zwischen dem neuen Kirchengebilde und der hochbetagten vatikanischen Mutterjungfrau zerschnitten und auf diese säuberliche und blitzeinfache Weise den papierenen, weitere Ruhmesvermehrung versprechenden Dräustrahl der Reichsacht auf sich herabgelenkt hatte, darinnen diese aus Aleanders Begriffsbäckerei stammenden Geistesblüten und Unwitzfrüchte prangten:

Der Kaiser hat den Vorgeforderten zwar mit zwanzigtägigem Geleit ziehen lassen, ihn aber zugleich zum Lobe des Allmächtigen und mit Einstimmung der in Worms versammelten Stände als ein von Gottes Kirche abgesondertes Glied und als einen verstockten Zertrenner und offenkundigen Ketzer erkannt und erklärt und gebietet hiermit allen bei Vermeidung der höchsten Strafen, denselben nach genannter Frist weder zu hausen noch zu hofen, zu speisen, zu trinken, zu bergen und zu schirmen, noch ihm irgendwie heimlich oder öffentlich Vorschub zu leisten, sondern ihn zu fangen und dem Kaiser zu senden, gegen Vergeltung aller Kosten und Mühen. Auch seine Anhänger, Verwandten und Beschützer sollen gefangen genommen und bestraft, und ihre Güter zu Nutzen der Ablieferer verwendet werden. Niemand darf Luthers Schriften kaufen, lesen, abschreiben oder drucken lassen, sondern dieselben sollen von den Machtinhabern verbrannt, und die Drucker, Abschreiber, Verkäufer wie auch die Käufer sollen nach Gebühr bestraft werden.

Wenige Tage vor der Veröffentlichung dieser reichsediktlichen Gewaltverübungsaufforderung und Freiheitsberaubungsempfehlung, deren einziger Erfolg die Weitertreibung der Ketzerzüchtung sein sollte, schrieb Friedrich der Weise eigenhändiglich nach Wittenberg an seinen Bruder und Mitregenten Johannes:

Wenn es nur noch in meiner schwachen Kraft stände, so wollte ich gern diesen Martinus unterstützen in allem, was er mit Recht von mir als seinem Landesvater verlangen kann. Allein ich werde dermaßen von allen Seiten bedrängt und bestürmt, dass Du Dich höchlichst verwundern wirst, wenn ich Dir erzählen werde, wie mir schließlich doch die Galle übergelaufen ist. Wer gegen diesen meinen Untertanen nur irgendein Wohlwollen verspüren lässt, der gilt bei jenen kreuzverdreckten Scheiterhaufenansteckern schon für einen ausgemachten Erzketzer und Höllenbraten. Zudem breitet sich die leidige Kopfseuche immer mehr aus und fordert Opfer über Opfer, also dass auch unseres Bleibens hier nicht länger sein kann. Oder wie mein Narr, der Albrecht sagt: Gnädiger Herre, ich will Euch lieber auf meinem krummen Buckel nach Lochau zurücktragen, als Euch hier in die Erde zu scharren, wo sich die Füchse gute Nacht sagen! Der Chièvres und der Gattinari niesen und husten wie um die Wette und müssen dem Glapion, dem Aleander und dem Hochstraten, die nicht so anfällig sind, weil sie weniger saufen als jene, das Feld überlassen. Und diese drei Erzzeloten blasen nun dem Kaiserlein beide Ohren voll, dass ihm die blasse Angst um sein bisschen Seelenheil in die Nase steigt und ihm den Schlaf raubt. Martinus muss also ins Elend. Mit Christus war es nicht viel anders, als es nun mit dem Martinus ist. Glaube mir, nicht nur Ananias und Kaiphas, auch Herodes und Pilatus sind seine geschworenen Widersacher, wie er, nur das wahrlich nicht ohne Grund, der ihre ist! Also bleibt mir nichts anderes übrig, als ihn nach dem Ratschlag des Roterodamus zu warten und zu

Indessen war der zur Hälfte abgefallene und zur Hälfte abgesonderte Papist Luther auf der Wartburg als Kurfürstlicher Schutzhäftling damit beschäftigt, das wichtigste Buch der hebräischen Nationalliteratur zu verdeutschen, das er allen Ernstes nicht nur für die Heilige Schrift, sondern sogar für das reine und lautere Wort Gottes hielt. Nun aber waren seine geographischen Kenntnisse von den beiden altertümlichen Silbengemüsedschungeln des palästinensischen wie des griechischen Sprachraumes derartig dürftig und kümmerlich, dass er bei dieser gar zu unterfänglichen Übersetzungstätigkeit Grund genug dazu fand, aus einer philologischen Verzweiflung in die andere zu fallen, und sich schließlich dazu genötigt sah, den persönlich gegen ihn anrückenden altbösen Feind und Menschenseelennimrod alias Seine Höllenkaiserlichen Majestät mittels der Tintenhandgranate wirkungsvoll in die Flucht zu schlagen, dass sich der dabei entstandene, wie ein zackiger Gallenstein geformte Schreibsaftklecks mit göttlicher Verstattung und kastellanlischen, höchst humoristischen Nachhilfestunden an jener historiösen Burgzimmerwand bis zum heutigen Tage zu erhalten vermocht hat.

Und so war es denn wiederum kein Wunder, dass in diesem immer stürmischer werdenden Getrift der Triebe der Augsburger Jakob Fugger, dieser tüchtigste aller damaligen Großpfeffersäcke, Talerjäger, Zinsjunker, Mammonsfischer und Ablassspekulanten daranging, die jünglingshafte sich noch immer unter Chièvres Leitung zu Worms im Zepterschwingen übende Halbweltmajestät dergestalt Mahnungsweise anzubriefen:

Es ist bekannt und liegt am Tage, wie ich und meine Vettern bisher dem Hause Österreich in aller Untertänigkeit zu dienen geneigt gewesen sind, und dass Eure kaiserliche Majestät die Krone des Römischen Reiches Deutscher Nation ohne meine Hilfe niemals hätte erlangen können, wie ich denn solches auch mit eigenhändiglichen Schreiben der Kommissare Euer Kaiserlichen Majestät und mit den Quittungen der erlauchten Kurfürsten geistlicher wie weltlicher Gewalt wohl belegen und beweisen kann. So habe ich hierbei auf meinen eigenen Nutzen und Vorteil nicht eben groß gesehen und geachtet. Denn, wenn ich hätte vom Hause Österreich abstehen und das Haus Frankreich fördern wollen, so hätte ich gar viel Geld und Gut erlangen und eintreiben können, wie mir solches auch für den gewünschten Abfall übergenugsam in Aussicht gestellt und angetragen worden ist. Welcher Nachteil aber hieraus dem Hause Österreich erwachsen wäre, das haben Eure Kaiserliche Majestät aus allerhöchster Vernunft wohl zu erwägen, desgleichen auch, auf welche Art und Weise die vorgeschossenen Summen wieder zurückgebracht oder anderweitig, durch Bodenrechte, Bergwerke, Ehren und Würden abgegolten werden könnten, wobei Eure Kaiserliche Majestät auch allerhöchst zu bedenken geruhen sollten, dass das Ablassgeschäft, das sich so wunderschön angelassen hatte, seit dem verderblichen Glaubenszwist, der stetig ärger zu werden droht, fast gar nichts mehr einbringen will, und dass auch der teuerste Friede ohne allen Zweifel immer noch hundertmal bekömmlicher ist als der billigste Krieg.

Unterdessen hatte sich der Erzherzog Ferdinand, des Kaisers einziger Bruder, in Worms mit den fünf österreichischen Herzogtümern belehnen lassen, ohne erst die Untertanen um ihre Zustimmung zu befragen, und nun erhielt er gegen Übernahme der dem Hause Fugger zugefügten und angetanenen Majestätsschulden noch Württemberg, Tirol, die Vorlande, den Sundgau und das Elsass dazu.

Um diese Zeit machte Chièvres mit Aleander einen Spazierritt entlang des Rheins, hörte sich das Zorngedonner dieses hebräischen Wahlrömers wider die Ketzerei höchst gelassen an und beantwortete es also: „Gottes Absichten sind allzumal dunkel und unergründbar, darum sorgt nur dafür, dass die Kurie ablässt, die Pläne der Majestät immer wieder mit Frankreichs Hilfe zu durchkreuzen, dann werden sich schon Mittel und Wege finden lassen, die stürmischen Triebe dieser Schismatiker ohne Blutvergießen zu dämpfen, andernfalls werden wir den Stuhl Petri noch in solche Not bringen müssen, dass er alle Mühe haben wird, wieder herauszukommen."

„Seid Ihr noch ein katholischer Christ?", fragte Aleander drohend.

„Und was für einer!", warf sich Chièvres in die Brust. „Also tummelt Euch, dass ich es auch weiterhin bleiben kann. Nur ein festes und treulich gehaltenes Schutz- und Trutzbündnis mit der Kaiserlichen Majestät kann den Heiligen Vater vor allem zukünftigen Kummer bewahren!"

Wenige Tage später wurde sogar der junge Reichsherrscher von der Seuche erfasst, und Chièvres, der nicht vom Lager des Kranken weichen wollte verfiel ihr darüber zum zweiten Male. Der Kaiser genas, Chièvres aber starb plötzlich am 28. Mai 1521, nachdem er sich dreiundsechzig Jahre lang einer geradezu beneidenswerten Gesundheit hatte erfreuen dürfen.

„Gott hat es eiliger als ich!", waren seine letzten, vorwurfsvoll getönten und an Gattinari gerichteten Worte, der ihm die Augen zudrückte und sein Nachfolger wurde.

Der kaiserliche Jüngling vergoss heiße Tränen über diesen Verlust und befahl große Hoftrauer. Die Stimmen, die von einem Giftmord zu munkeln wagten, verstummten, nachdem Aleander am offenen Sarge eine ergreifende Predigt gehalten hatte.

„Chièvres ist nun im Himmel bei Gott dem Allmächtigen", sprach der Kaiser während des nächsten Kronrates im Katechismuston zu Gattinari, „und er wird ihn bestimmen, mir gnädig zu sein."

„Diese fromme Hoffnung erfüllt auch unsere Herzen", versicherte der Staatskanzler und dachte mit wachsender Sorge an den Heiligen Vater, der so gar keine Neigung zeigte, auf das ihm von Chièvres angebotene Bündnis einzugehen, an die weiterhin aufsässigen Stände von Österreich und an das noch immer von der Meuterei der Comuneros heftiglich bedrohte Spanien.

Diese von der Stahlschmiede Toledo militärisch zusammengebündelter und angeführten eidgenössischen Bürgerschaftlichen Asturiens und Kastiliens hatten erneut zu den Waffen gegriffen, weil sie sich nicht länger von ihrem König kaiserlich ausplündern lassen mochten. Es war ihnen inzwischen sogar gelungen, sich der am Verfolgungswahn erkrankten und in Tordesillas internierten Thronerbin und Herrschermutter Johanna zu bemächtigen und sie für ganz vernünftig zu erklären, sintemal diese allerhöchste Dame stets dazu bereit war, die ihr vorgelegten Erlasse und Befehle ungelesen zu unterzeichnen. Nur das Abseitsstehen des Hochadels, der für diese Krämerunruhen nichts als Spott und Hohn übrig hatte, brachte diese große Freiheitsbewegung zum Scheitern.

Der durch Don Inigo Valesco, den Connétable von Kastilien, bei Villalar errungene Sieg bereitete diesem Aufstand ein blutiges Ende und wurde naturgemäß die Ursache des nächsten der spanischen Bürgerkriege. Die beiden Anführer der geschlagenen Scharen, Don Juan de Padilla konnten Don Antonio d' Acuna, der erzwürdige und feindewürgende Bischof von Zamorra, gerieten in Gefangenschaft und wurden von Adriaan Floriszoon, seinem Kollegen von Tortosa, der von Chièvres als stellvertretendes Regierungsoberhaupt eingesetzt worden war, dem Angstmann überantwortet, was den Vatikan, der mehr als einen goldenen Finger in dieser blutigen Suppe gehabt hatte, keineswegs mit himmlischer Freude zu erfüllen vermochte.

„Das Anwachsen der Kaiserlichen Macht erfüllt mich mit großer Sorge!", sprach Leo Dezimus in diesen Tagen zu seinem Vetter und Generalvikar Giulio di Medici. „Uns droht die Gefahr, zwischen zwei Feuer zu geraten!"

„Ein Sieg ist kein Sieg!", orakelte dieser Vizepapst, gab dem Kaiserlichen Botschafter Don Juan Manuel schöne Worte und unterließ es nicht, weiter mit Frankreich zu liebäugeln.

Also nahm die verhängnisvolle Vetternwirtschaft im mediceisch verseuchten Vatikan ihren blühenden Fortgang.

Die Siegesbotschaft aus Spanien erhielt Carolus Quintus in Mainz, wohin er auf einer mit Trauerfahnen verdunkelten Rheinbarke gelangt war. Und da gleichzeitig die in Navarra eingedrungenen Franzosen unter schweren Verlusten zum Rückzug gezwungen worden waren, auch der von ihrem König aufgestachelte Graf Wilhelm von der Mark unter Sedan inzwischen die Schanzen von Messingscourt verloren hatte, begann dem jungen Kaiser der Heldenkamm ganz gewaltiglich zu schwellen. Sogleich ernannte er den großmäuligen und kleinhirnigen Raubritter Franz von Sickingen, der mittels neuerlicher Fuggerkredite ein Heer sammeln wollte, um die Franzosen für immer in die Pfanne zu hauen und ihren König in den Sack zu stecken, zum Kaiserlichen Feldobristen, nahm sechsundzwanzig weitere mittelrheinische Schlachtfeldkapazitäten und Heerwurmspezialisten als Hauptmannen in Sold und rief, gen Westen deutend, mit erhobener Stimme: „Siegreich wollen wir Frankreich schlagen!"

Noch niemand hatte ihn darüber aufgeklärt, wie unsittlich das Siegen eigentlich ist.

Auch Leo Dezimus, der Heilige Vater, hatte damals noch keine Ahnung davon. Deshalb gelang es dem Kaiserlichen Gesandten schließlich doch noch, die Unterzeichnung des von Chièvres entworfenen Bündnisvertrages zu erzielen, und sogleich begannen sich auch in Oberitalien, wo die Franzosen noch immer in Mailand saßen, die Heerwürmer wieder zu rühren und zu regen.

Der Kaiser empfing dieses heißersehnte Bündnisdokument in Brüssel, worauf von seiner ultramajestätischen Unterlippe das geflügelte Wort fiel: „Da Gott mit mir ist, wer kann wider mich sein?"

Durch dieses in erster Linie gegen Frankreich gerichtete pergamentene Instrument banden sich die beiden wahren, vom Himmlischen Vater über alle irdischen Gewalten erhobenen und eingesetzten Häupter des sich rechtgläubig nennenden Christentums mit den allerheiligsten Schwüren aneinander, um alle Irrtümer, nur nicht ihre eigenen, gemeinsam zu bekämpfen, alles Europäische in besseren Stand und Form zu bringen, die Franzosen zu Paaren zu treiben, alle Glaubensfeinde zu verfolgen, alle Lästerer des Heiligen Stuhls auszurotten und zum Schluss auch die heidnischen Türken bis zum letzten Mann zu vertilgen.

Als diese hocherstaunliche Kunde nach Löwen und hier durch Paludanus bis zu Desiderius gelangte, der gerade dabei war, die Druckbogen des ersten Bandes seine Augustinus-Ausgabe mit Fußnoten zu verzieren, nahm er sein wohlgeschnittenes Kinn in die Rechte und sprach nachdenklich: „Wenn diese Unterschrift dem Heiligen Vater Freude und der Wölfin ein Wohlgedeihen beschert, dann will ich mich mit einer Narrenkappe auf dem Scheitel beerdigen lassen! Wie auch schon geschrieben steht: Gute Köpfe taugen selten zu hohen, und schon gar nicht zu allerhöchsten Würden. Es ist ein sehr großer Irrtum, die Entstehung aller zurzeit herrschenden Übel auf die Respektlosigkeiten zurückführen zu wollen, die von einigen europäischen Fürsten gegen die beiden Oberhäupter der Christenheit fortgesetzt verübt werden. Schuld daran ist einzig und allein das Streben und Gieren nach der Schimäre Souveränität. Die Ordnung der Dinge scheint niemals so fest begründet zu sein als in dem Augenblick, da sie bereits in ihren Grundfesten erschüttert wurden."

„Also Krieg?", rief Paludanus bestürzt.

„Jedes neue Bündnis", exaktete Desiderius achselzuckend, „bringt uns neues Zündnis! Leo Dezimus scheint mit seiner diplomatischen Kunst zu Ende zu sein. Anstatt die Friedensschalmei zu blasen, stößt er in die Kriegsposaune. Die Medici sind schlechte Mediziner! Und die Honorarrechnung wird ihnen in Paris geschrieben werden."

Drei Tage später ritt der Kaiser, der nun an seiner augenscheinlichen Allmacht nicht länger zu zweifeln geruhte, bei strahlendem Wetter auf einem unvergleichlich prächtigen Schimmelhengst und vor einem nicht minder glänzenden Gefolge durch die mit Triumphpforten, Fahnen, Wappen, Kreuzen und Kränzen festlich geschmückten Straßen von Antwerpen.

„Heil, Kaiser, dir!", jauchzten die frommen Bürger und Bürgerinnen wie um die Wette, wobei die märchenhaft stark entblößten Insassinnen der zahlreichen Freudenhäuser sich besonders bemerklich zu machen wussten.

Hier an der Schelde geschah es denn auch, dass sich die ebenso bildhübsche wie lockere Wittib Claudia von Calvelli durch Gattinaris Beredsamkeit und fünfhundert frisch geprägte Gulden zu der schon von Chièvres geplanten erotischen Majestätsverführung anstiften und hinreißen ließ. Allein dieser auf das Schläulichste vorbereitete Anschlag missglückte, weil sich der doppelt gekrönte Jüngling im entscheidenden Augenblick als beschattungsunfähig erwies.

„Du bist kein Jupiter!", schalt ihn diese allerhöchst enttäuschte Galanterievirtuosin ganz ungalant aus und verabreichte ihm eine schallende Maulschelle, worauf er die Flucht ergriff.

„Mit einer solchen Hurenvenus gehe ich nicht wieder zu Bett!", schnaubte er den schwer verdutzten Gattinari an, der sich daraufhin an die erzürnte Dame wandte.

„Was ist geschehen?", suchte er sie zu examinieren.

„Nichts!", zischte sie erbost und warf ihm den leeren Guldenbeutel vor die Staatskanzlerzehen. „Ich habe keine Lust, mich von einem solchen unfähigen Tropf um meine ganze Reputation bringen zu lassen!"

Darauf entschwand sie nach Paris, wo sie sich sogleich von den Marquis de Plaudieu heimführen ließ, dessen Gattin kürzlich im siebzehnten Wochenbett das Zeitliche gesegnet hatte mit den Worten: „Wie schade, ich hätte das zweite Dutzend gern vollgemacht!"

Der Kaiser aber ließ den Kopf hängen wie noch nie, denn er hatte nun allen Grund, seine persönliche Allmacht in allerhöchsten Zweifel zu ziehen, und sein Seligkeitslakai Glapion musste sämtliche Beichtgeheimnisminen springen lassen, um die Erinnerung an diese außerordentlich beschämende und von der Vorsehung offenbar nicht ganz ungewollte majestätische Lakenniederlage zu verwischen.

„Ja, das Hörneraufsetzen ist eine Kunst, die gelernt sein will!", lachte Franziscus Primus, der noch immer nicht in den Sack gesteckte König von Frankreich, nachdem ihm Claudia de Plaudieu in Fontainebleau ihr kaiserliches Abenteuer bühnenkunstgerecht vorgespielt hatte, während dieser Kaiser im gleichen Augenblick zu Antwerpen von Gattinari solcherart getröstet wurde: „Der Allmächtige wird euer Kaiserlichen Majestät die Kraft verleihen, diese Scharte auszuwetzen!"

Und es geschah bald darauf also, und zwar in dem nahen Oudenaarde.

Hier nämlich viel der suchende Blick dieses jünglinghaften Impotenz-Potentaten so deutlich auf die engelschöne und elternlose Nichte des Festungskommandanten Charles de Salains, dass der Kammerherr Julius van Hemstersluit sogleich einen mit strahlenden Ordenssternen und Brillantschließen geschmückten Kuppelpelz zu wittern begann.

Alsbald bat er die holde Maid, die Margarete von Gheenst hieß, um einen Tanz, verschwand darauf mit ihr, kehrte aber nach einer halben Stunde zurück und zuschelte dem Herrscher etwas Allerhöchstergebenes ins majestätische Ohr.

Sogleich schützte der Kronenträger Müdigkeit vor, zog sich zurück und ließ sich von diesem ebenso betriebsamen wie durchtriebenen Kuppelpelzsüchtling durch das ganze Schloss bis an eine geheimnisvolle Tür geleiten.

225

„Dahinter" flüsterte dieser grundverschmitzte Gelegenheitsmacher verstohlen, „werden Eure Kaiserliche Majestät alles finden, was sich nur wünschen lässt. Die junge Edeldame ist Euer Kaiserlichen Majestät ganz gehorsamste Dienerin. Da sie noch im vollen Besitz der Jungfräulichkeit ist, gebietet ihr die Schamhaftigkeit, sich schlafend zu stellen. Sie hat geschworen, nicht eher die Augen zu öffnen, bis Euer Kaiserliche Majestät es befehlen."

„Verschwinde!", gebot der Kaiserjüngling glühend vor brünstigem Begehren, betrat das Gemach, schob den Riegel vor und sah sich um.

Auf einem schneeweißen Ruhebett, bestrahlt von einer Alabasterampel und bewacht von einem bogenspannenden Amor, ruhte regungslos und völlig entkleidet die siebzehnjährige Margarete von Gheenst, und der Kaiser fand nicht den geringsten Widerstand, was ihm außerordentlich behagte, und wähnte sich überglücklich.

Allein seine Bemühungen, diese seine erste Geliebte nach wohlgelungener Beschattung zum Öffnen der Lider zu bewegen, blieben zunächst völlig erfolglos, und mit wachsender Bestürzung erkannte nun dieser majestätische Beschatter den Betrug, dem er hier, wie sein Opfer, zum Opfer gefallen war. Denn Margarete von Gheenst hatte sich gar nicht schlafend gestellt, sondern sie war durch einen ihr von zwei Hofdamen heimtückisch beigebrachten Schlaftrunk in tiefste Bewusstlosigkeit gestürzt worden. Als sie endlich wieder zu sich kam und erwachte und an dem vergossenen Blut erkannte, was mit ihr geschehen war, da begann sie herzzerreißend zu weinen und sich die goldenen Locken zu raufen.

„Ach, warum hast du mich geschändet, du Bösewicht!", schluchzte sie händeringend. „Warum hattest du so wenig Mitleid mit mir?"

„Weil ich dich liebe!", stöhnte der Kaiser, viel vor ihr nieder und stammelte: „Bei der gebenedeiten Gottesmutter und allen Heiligen, ich trage die geringste Schuld daran! Ich bin getäuscht worden wie du!"

„Dann erhebe mich zu deiner Kaiserin!", flehte sie ihn an. „Und der Himmlische Vater wird dir diese Todsünde vergeben!"

„Solches vermag ich nicht!", stotterte der Kaiser, indem er zurückwich und die Augen niederschlug.

„O ich unglücklichste aller Jungfrauen!", wehklagte sie und hüllte sich nun in das blutbefleckte Laken. „Welch ein armer Schelm bist du, dass du nicht einmal imstande bist, mir das zu geben, was ich von jedem Jüngling, und sei er auch noch so niedrigen Standes, erhalten könnte! Wehe, dreimal wehe dir und mir! Du bist kein Kaiser, du spielst nur seine Rolle! Und du spielst sie so jämmerlich schlecht, oh du Werwolf der Welt, dass dich Gott dafür strafen wird in diesem wie in jenem Leben."

Damit erhob sie sich und entschwand seinen Blicken auf immer.

Welch ein Pechvogel bin ich doch, knirschte der Kaiser in sich hinein, brach zusammen, erkrankte an einer Hirnhautentzündung, musste wochenlang das Bett hüten und ächzte im Fieberwahn: „Ich habe kein Glück in der Liebe, ich werde nie wieder eine Jungfrau berühren!"

Julius van Hemstersluit, dieser gar zu tüchtige Kammerherr, fiel in den allertiefsten Abgrund der Herrscherungnade und zog es vor, sich bei der nächsten Hirschjagd den Hals zu brechen.

Margarete von Gheenst aber suchte und fand Zuflucht im Kloster der Zisterzienserinnen von Oudenaarde und sprach, nachdem sie ihre Schwangerschaft erkannt hatte: „Ich werde diese Mauern nicht anders verlassen denn in einem Sarge oder in einem Krönungsmantel!"

Alle späteren Versuche des Kaisers, sich ihr nach ihrer Genesung zu nähern, scheiterten an der Festigkeit ihres Beichtvaters, der ihr geboten hatte, zur Sicherung ihres Seelenheils alle Briefe ungelesen ins Feuer zu werfen.

Und so hatte der von Julius Caesar nach seinem Ebenbild erschaffene und seit seinem Tode über Europa malochende Feudalfetisch wieder einmal auf der ganzen Linie gesiegt.

Sechs Wochen später schrieb Giustiniani, der Gesandte der Republik Venedig, von London aus an seinen Dogen Antonio Grimani:

Tom Wolsey, der Lordkanzler und Erzbischof von York, wird hier in England siebenmal mehr geachtet, als wenn er Papst wäre. Trotzdem setzt er alles daran, es zu werden. In seinem Palast muss man acht verschiedene Säle durchwandern, ehe man den Audienzraum erreicht, und alle sind wie orientalische Basare mit den kostbarsten Wandteppichen behangen, die jede Woche gewechselt werden. Sein Silbergeschirr wird auf nicht weniger denn einhundertfünfzigtausend Pfund geschätzt. Mit einer unglaublichen Zudringlichkeit plagt mich dieses andere Haupt der britannischen Gentry um ein Geschenk von einhundert Damascener Teppichen. Die Siege des Cäsars, der nun bei seiner in Nordafrika kämpfenden Armee weilt, rauben diesem unersättlichen Karthager den Schlaf, und er wird, so wie ich ihn kenne, nicht eher ruhen, bis er die abendländischen Wasser auf das allergründlichste getrübt hat, um sich dann alles Erreichbare ungestört aneignen zu können. Dieser Tiarafischer, der außer dem Heiligen Stuhl nicht nur Venedig und Genua, sondern auch Malta und sogar Cypern in seine Tasche stecken möchte, ist der festen Meinung, dass die ganze Welt auf einmal stillstehen müsste, wenn er nicht die himmlische Gnade hätte, sie jeden Morgen immer wieder aufzuziehen.

Dieser britische Erzbischof erschien auch bald darauf als Friedensengel in Calais und Brüssel und brachte hier sogar das Zauberkunststück fertig, den königlichen Kaiser mit der erst vierjährigen Mary, der Erbin des Londoner Thrones zu verloben. Und auch auf dieser Reise versäumte er nicht, die weltlich gekrönten Marionetten des Kontinents dazu anzureizen, immer gerade das zu unterlassen, was sie eigentlich wollten, und nur das zu vollbringen, was sie durchaus nicht verrichten mochten. Und so konnte denn zu Englands alleinigem Vorteil die jahrhundertelange Rauferei zwischen den beiden schon überaus verinzüchteten Höchstadelsfamilien Habsburg und Valois um das Hirngespinst der europäischen Hegemonie seinen ebenso glorreichen wie pudelnärrischen Fortgang nehmen.

Um diese Zeit richtete der spanische Humanist Johannes Ludovicus Vives, der für die Augustinus-Ausgabe den Band über den Priesterstaat bearbeitete, von Brüssel aus an Desiderius die folgenden Sätze:

Vom Wipfel Deines Ruhmes herab rufst Du die anderen zu Dir heran, und siehst Du einen ebendahin streben, so steckst Du ihm weltbrüderlich die Hand entgegen, während gar viele, wenn sie meinen, dass andere auch zu ihrer Höhe zu gelangen wünschen, die Emporsteigenden mit Fuß, Ellbogen und Fäusten hinunterstoßen. So kommt es, dass Du weder von fremdem Neid noch vom eigenen gegen andere bewegt wirst. Du hast wie Gott ringsherum nicht einen einzigen ebenbürtigen Gegner, und ich muss Dich schon aus diesem Grunde glücklicher schätzen als alle anderen Zeitgenossen. Ich gestehe die Wahrheit, wenn ich sage, dass ich die schwere Arbeit, die Du mir antrugst, mit Begeisterung an mich gerissen habe. Dass ich Dir gefolgt bin, hilft mir hinweg über alle Nöte des Leibes und der Seele, denn Du hast über mich von Rechts wegen die Macht eines Menschen, der mir durch Herzensfreundschaft auf das Engste verbunden ist, und die Allmacht des einzigen Lehrers, dem ich ewigen Dank schulde. Und wenn ich nichts anderes vermag, so werde ich immer wieder zu beweisen suchen, dass Du mich nach Deinem Ebenbilde geschaffen hast.

Gleichzeitig mit diesem Schreiben lief in Löwen das über Paris herangelangte Gerücht ein, wonach der Heilige Vater bei seiner jüngsten Sauhatz von einem wütenden Keiler so schwer verletzt worden sei, dass er trotz aller ärztlichen Hilfe bereits mit dem Tode ränge.

Und so kam es, als Paludanus am folgenden Morgen in der Universitätsbibliothek mit Desiderius zusammentraf, zu diesem Grund schürfenden Dialog:

„Es fällt mir schwer", lateinte Desiderius, „an diesen antipapistischen Keiler zu glauben. Denn Leo Dezimus mag ein noch so fehlerhafter Pontifex sein, ein schlechter Nimrod ist er keinesfalls. Auch pflegt jedes Gerücht zu wachsen, in dem es sich verbreitet, und wann wären diese windigen, längst dem Zynismus verfallenen Seine-Füchse nicht bereit, aus einer Mücke einen Elefanten zu machen?"

„Aber", warf Paludanus ein, „wenn sich dieses Gerücht doch noch bewahrheitet?"

„Dann", versetzte Desiderius achselzuckend, „werden sich eben die Kardinäle nach einem etwas weniger fehlerhaften Nachfolger umtun müssen."

„Wenn du nur damals", eiferte sich Paludanus, „die Kardinalswürde nicht abgelehnt hättest, so könntest du nach dem Hingang dieses Heiligen Vaters selber Papst werden. Bereits im ersten Wahlgang würdest du siegen!"

„Und gerade diese Aussicht", winkte Desiderius ab, „hat mich ja dazu bewogen, mir die blutfarbige Behäuptung nicht aufsetzen zu lassen. Oder vermagst du dir den Auferstandenen als Kardinal vorzustellen?"

„Nimmermehr!", bäumte sich Paludanus auf. „Doch du bist nicht der Auferstandene!"

„Aber ich bin ein Christ", exaktete Desiderius, „und als solcher halte ich es, wie diese Besilbung besagt, für meine erste Pflicht, mein ganzes Tun und Lassen genauestens nach dem Vorbilde Christi zu richten, abgesehen von den ihm nachträglich angedichteten Wundertaten und dem ihm von seinen erfindungsreichen Widersachern aufgesetzten Bluthut der Märtyrerdornenkrone. Auch bin ich fest davon überzeugt, dass Christus mich zu seinem Vorbilde erkiesen würde, wenn er vor fünfundfünfzig Jahren in Rotterdam und ich vor fünfzehnhunderteinundzwanzig Jahren in Nazareth zur Welt gekommen wäre."

„O Desiderius", fuhr Paludanus auf, „wohin versteigst du dich!"

„Wohin gelangt der Christ", fragte Desiderius zurück, „dem nichts so sehr am Herzen liegt, als dem Auferstandenen nachzuschreiten? In die Freiheit aller! Während jeder, der nur an den Gekreuzigten zu glauben vermag, das Qualjoch der Sklaverei auf sich nimmt. Lass dir doch endlich die gar zu gottesdienstlichen Schuppen von den Lidern fallen. Der Ewige Vater ist durchaus kein Theologe, wie er auch keiner Lakaien bedarf."

„Herr des Himmels!", stöhnte Paludanus und tastete sich mit allen zehn Fingern die tiefgefurchte Stirn ab. „Wenn das alles zutrifft, dann gebührt der Heilige Stuhl doch dir und keinem anderen!"

„Obschon", gab ihm Desiderius weiter zu bedenken, „in keinem der vier Evangelien und auch nicht in der Apostelgeschichte weder von ebendiesem Stuhl noch von irgendeinem Wahlakt, ja nicht einmal von einer Wahlurne die Rede ist. Folglich kann das Wählen immer nur eine heidnische, niemals aber eine christliche Tätigkeit sein. Wie schon das Sprichwort lehrt: Wer die Wahl hat, der hat die Qual! Sind denn die ersten Christen nur deswegen Christen geworden, um sich gegenseitig weiter nach wahrhaft heidenmäßiger Herzenslust quälen und lädieren zu können? Kurzum: man kann auf dieser Erde, wie schon der von Herkules am Scheidewege vollbrachte Wahlaktus beweist, immer nur zwischen zwei Übeln wählen. Und wenn man nun die drei jüngsten Papstwahlen in genaueren Augenschein nimmt, dann ergibt sich, dass wir mit Zulassung des Ewigen Vaters tatsächlich in eine Periode geraten sind, in der das größere Übel immer wieder über das kleinere zu triumphieren hat. Und solange das Schiff der Kirche auf dem Getrift dieser wölfisch getrübten Triebe dahinsegelt, solange wird sich, nach meinem Dafürachten, diese Unheilskette nicht unterbrechen lassen."

„Nur weil du", folgerte Paludanus hitzig, „als der Einzige, dem die Kraft verliehen ward, sie zu zerbrechen, dich weigerst, solches auch zu vollbringen!"

„Mit diesem Vorwurf", entgegnete Desiderius, „triffst du Christus, der allein meines Fußes Leuchte und das Licht auf meinem Daseinswege ist. Und da er noch nicht ein einziges Mal für eine Papstwahl kandidiert hat, wie könnte ich ihm darin zuvorkommen? Wie dürfte ich es wagen, und wäre es auch nur versuchsweise, ihm auch diesen Wind aus dem Segel zu nehmen?"

„Wenn du dich schon nicht wählen lassen magst", grollte Paludanus, „dann solltest du dich doch wenigstens nach Rom zurückbegeben, um die Kardinäle darüber aufzuklären, diesmal anstatt des größeren Übels das kleinere zu wählen."

„Die Erleuchtung der Kardinäle", lehnte Desiderius auch diese Anregung ab, „ist einzig und allein die Sache des Heiligen Geistes. Hat er es dreimal für gut befunden, sie nach dem jeweils größeren Übel greifen zu lassen, so wird er dafür schon seine sehr triftigen Gründe gehabt haben. Und wie dürfte ich mich unterstehen, dem Heiligen Geist zu Hilfe zu kommen oder ihm gar ins Handwerk zu pfuschen? Willst du mir schon wieder göttliche Funktionen zudiktieren? Weißt du denn nicht, wie bei jedem Konklave in den Wahlhütten der Sixtina, von dem darin hockenden Rothütlern herüber und hinüber geschachert und geprachert wird, wenn sie den neuen Oberhütler aus der Urne steigen lassen müssen? Zumal es bei der nächsten Wahl nur darum gehen wird, wer am besten dazu geeignet ist, die leeren Kassen des Vatikans wieder zu füllen, ob Giulio di Medici, Solidus Vollio oder Adriaan Floriszoon?"

„Unser Adrian?", stammelte Paludanus und schlug entsetzt die Rektorhände zusammen. „Der Bischof von Tortosa?"

„Was hast du gegen ihn?", fragte Desiderius. „Er ist weder ein gewerbsmäßiger Giftmischer und Blutschänder wie Alexander Sextus noch ein Virtuose auf der Kriegskartaune wie Julius Sekundus noch ein fettherziger Tierblutvergießer wie Leo Dezimus!"

„Das stimmt freilich!", nickte Paludanus.

„Und er ist obendrein", fuhr Desiderius fort, weder spanischen noch italienischen noch hebräischen Blutes, sondern er steht auch in dem wohlbegründeten Ruf, nicht nur der frömmste, sondern auch der sparsamste aller Niederländer zu sein."

„Adriaan als Papst?", murmelte Paludanus kopfschüttelnd. „Nein das kann nicht Gottes Wille sein! Dieses Amt geht über Adrians Kräfte!"

„Der römische Gesandte des Kaisers", erklärte Desiderius weiter, „ist der entgegengesetzten Meinung, wie mir von verschiedenen Seiten versichert worden ist. Ja, erhält diesen Adriaan Floriszoon, der hier in Löwen seine höhere Laufbahn als Theologiedozent begonnen hat, für einen Papst nach dem Herzen des seinem Kaiser gewogenen Gottes."

„Und was", forschte Paludanus begierig, „ist deine Meinung?"

„Die Schulung der Tyrannen", dozierte Desiderius, „geschieht durch wachsende Verschuldung. Seitdem die Kurie das Bündnis mit dem Kaiser abgeschlossen hat, sind die französischen Subsidien versiegt. Und wenn der Pariser Fuchs nun auch noch Mailand verlieren sollte, was wohl kaum verhindert werden kann, so wird ihn das durchaus nicht freundlicher gegen die Wölfin stimmen können, und Leo Dezimus wird sehr gut daran tun, seinen Köchen und Kuchenbäckern noch schärfer auf die Finger zu sehen denn bisher. Erkenne daran, weshalb ich so wenig Lust verspüre, den Heiligen Marterstuhl zu besteigen. Ich wünsche eines natürlichen Todes zu sterben und werde mich zu hüten wissen, weder dem schierlingsbechernden Sokrates noch dem gekreuzigten Christus nachzueifern. Solidus Vollio denkt in diesem Punkt genauso wie ich und wird kaum so töricht sein, auch nur einen einzigen Obolus für die Tiara zu opfern. Denn man muss schon eine ganz gehörige Portion Torheit mit auf den Weg bekommen haben, um am Ausüben irgendeiner Herrschaft Vergnügen zu empfinden. Aber gerade daran mangelt es weder dem Adriaan noch dem Giulio. Sodass die Entscheidung, wer von diesen beiden aus der Urne steigt, nur vor Mailands Toren gefällt werden kann."

Noch an demselben Abend brachte Paludanus diese exakten Offerbarungen zu Papier und sandte sie nach Rom an seinen aus Mierlo im Nordbrabantischen stammenden und nun bei der Kurie als Apostolischer Protonotar wirkenden Studiengenossen Wilhelm van Enkevoirt, der eine Abschrift davon sogleich an seinen besten Freund Matthäus Schinner, den Bischof von Sitten, gelangen ließ.

Bereits elf Tage später ritt dieser eidgenössische Kirchenfürst, der aus seinem Herzen noch niemals eine Mördergrube gemacht hatte, an der Seite des anderen Medici in das soeben nach blutigen Kämpfen zu Fall gebrachte Mailand ein.

„Euch Eidgenossen", sprach Giulio die Medici, dieser Vizekanzler der Kurie, zu Matthäus Schinner beim Siegesmahl in der Mailänder Herzogsburg, „verdankt der Heilige Vater in erster Linie diese ruhmwürdige Victoria, und er wird nicht versäumen, euren Fähnlein seinen apostolischen Segen zu spenden."

„Beim Heiligen Blute", antwortete der kardinalische Eidgenosse, „es stünde weit besser um den Heiligen Stuhl, wenn nun auch die Mailänder, wie es bereits die Baseler getan haben, zu uns treten wollten!"

„Habt ihr denn die Absicht", ereiferte sich der päpstliche Vetter, „das halbe Europa einzunehmen?"

„Gott bewahre uns davor!", winkte Matthäus Schinner ab. „Wir sind doch keine großen Herren, die immerdar auf Eroberungen ausgehen müssen! Wir sind kleine Leute, die nur auf den Frieden erpicht sind und jedem das Seine gönnen. Doch jedermann, der zu uns stoßen und sich uns anschließen will, wird uns heute wie immerdar von Herzen willkommen sein. Und wer hält so treu und fest zum Heiligen Stuhle, wie wir Eidgenossen es tun? Wenn Mailand nur schon bei uns wäre, dann würde dem Pariser Goldfuchs geschwinde die Lust vergangen sein, sich noch einmal den Balg daran zu verbrennen!"

„Habt ihr erst Mailand", begehrte der Medici auf, „dann werdet ihr auch Genua und Venedig haben wollen. Und so weiter!"

„Ei zum Kuckuck!", verteidigte sich der Eidgenosse. „Nichts wollen wir haben! Aber jeder kann uns haben, der dem ewigen Landfrieden zu dienen begehrt. Und am Ende wird das jeder wollen müssen! Nur zu diesem Zweck hat uns der Allmächtige justament in die europäische Mittel gesetzt!"

„Und seitdem", bemerkte der Medici spitzig, „seid ihr darauf versessen, alles Gold an euch zu ziehen, um es in euren Taschen und Truhen verschwinden zu lassen!"

„Wenn uns dieses Kunststück nur schon gelungen wäre!", trumpfte Matthäus Schinner auf und rieb sich die langfingerigen Berghirtenhände. „Denn wenn wir erst alles Gold in unseren Besitz gebracht hätten, dann würden wie es schon so festzuhalten wissen, dass kein Fürst, kein König und auch kein Kaiser ohne unsere Erlaubnis auf Eroberungen ausgehen kann. Wie denn auch dem Heiligen Vater erst dann ein ruhiger Schlaf beschieden sein wird, wenn der ganze Kirchenstaat eidgenössisch geworden ist."

„Auch eure Bäume werden nicht bis hinauf in Abrahams Schoß wachsen!", prophetete der Vetter des Papstes Leo Dezimus, der sich um diese Zeit noch immer in seinem Jagdschloss Magliana befand.

Die leichte Schenkelverletzung, die ihm auf seiner allerletzten Sauhatz von einem wilden Keiler zugefügt worden war und die sich auf dem Umwege über das wunschträumerische Paris in eine Todeswunde verwandelt hatte, begann schon zu heilen, als ihm die Nachricht von der Einnahme Mailands überbracht wurde.

„Das nenne ich eine gute Botschaft!", rief er erfreut. „Nun steht der Friede vor der Tür!"

Und sogleich, die Sonne war längst untergegangen, begannen die dreihundert Schweizer seiner Leibgarde unter heftigem Getrommel Viktoria zu schießen. Ihre Hakenbüchsen krachten so stark, dass alle Fenster zitterten. Trotz der Bitte des Papstes, nicht so laut zu sein, wollten sie nichts vom Pulversparen wissen und pochten dabei noch, wie gewöhnlich, auf ihrer unerschütterlichen Treue herum.

„Oh, diese trommelsüchtigen Bärenhäuter!", seufzte Leo Dezimus, der keinen Schlaf finden konnte. „Sie sind mir so treu, dass ich nichts tun darf, was sie nicht erlauben!"

So schritt er den in seinem geweihgeschmückten Gemach bis lange nach Mitternacht zwischen den Fenstern und dem flackernden Kaminfeuer auf und ab, denn der elfte Monat ging schon zu Ende, und von den Spitzen der Apenninberge leuchtete bereits der Winterschnee herüber.

Ziemlich erschöpft, aber durchaus nicht unvergnügt, kehrte der Papst am folgenden Morgen nach Rom zurück, um sogleich ein dreitägiges Siegesfest anzuordnen. Aber schon sechsunddreißig Stunden später, mitten im Siegestrubel, wurde er plötzlich, gleich nach dem Genuss einer besonders leckeren Orangentorte, von inneren Schmerzen befallen, um deren Verscheuchung sich seine drei Leibärzte stundenlang vergeblich bemühten.

„Betet für meine Gesundheit!", flehte der Schwererkrankte seine Diener an, die sich in höchster Besorgnis vor seinem Schmerzenslager zusammengeballt hatten. „Ruft Gott und alle Heiligen an, damit ich euch noch alle glücklich machen kann!"

Allein auch diese mit wachsender Angst gen Himmel emporgesandten Silbenketten blieben genauso wirkungslos wie die von den Ärzten verordneten Mixturen und Klistiere.

„Ich sterbe!", hauchte der Papst kurz vor Mitternacht. „Ich vergehe vor Höllenschmerzen auf der Höhe meines Glückes!"

Eine halbe Stunde später tat er den letzten seiner Atemzüge.

Der Apfel des Schismas hatte sich von seinem Zweig gelöst, um den Verursacher dieses Abfalls zu Tode zu treffen.

Also musste dieser prächtigste und jagdlustigste aller christentümlichen Großheilväter ohne Verabreichung des Heiligen Abendmahls und ohne die Letzte Ölung, noch vor der Beendigung seines fünfzigsten Lebensjahres, das irdische Dasein verlassen, das er so über alle Maßen geliebt und ausgekostet hatte.

„Der Papst ist vergiftet worden!", hallte und schallte es auf allen Straßen Roms und über alle seine Plätze.

Auf Veranlassung des Apostolischen Protonotars Wilhelm von Enkevoirt wurde nun der päpstliche Oberkämmerer Barbaro Malaspina, der dem Dahingerafften die Orangentorte serviert hatte, von den Schergen der Inquisition in den Kerker geworfen.

Doch das Blättlein wandte sich sogleich, als der durch Eilboten benachrichtigte Kardinal und Vizekanzler Giulio di Medici nach Rom zurückkehrte.

Jetzt ließen sich die drei Leibärzte, ohne erst den Leichnam geöffnet zu haben, zu der Diagnose bewegen, dass der Verblichene einem Herzschlag erlegen sei. Worauf Barbaro Malaspina wieder in Freiheit gesetzt wurde.

Da sich inzwischen herausgestellt hatte, dass die in der Engelsburg befindlichen Schatzkeller so leer waren wie an der Wand hängende Bratpfannen, begannen die Gläubiger der Kurie das Andenken des Verstorbenen mit derselben Inbrunst zu verfluchen, mit der sie ihn anfänglich verhimmelt hatten, und noch vor der in aller Eile bewirkten Bestattung, für die infolge der allgemeinen Kreditklemme nicht eine einzige frische Kerze beschafft werden konnte, erschienen am Pasquinosockel die folgenden Spottzeilen:

> *Du kamst zu Stuhl wie ein Fuchs*
> *und regiert hast du dann wie ein Löwe.*
> *Du bist gestorben trotzdem*
> *nur wie ein räudiger Hund!*

„Er hat uns verlassen zur richtigen Stunde!", skandierte Pietro Aretino, der Fünfte der Evangelisten, in der Trattoria „Zur Güldenen Schaukel" seine Zechgenossen an, unter denen sich auch Leo Fraenkel befand. „Denn in spätestens drei Monaten wäre er bereit gewesen, nicht nur die Jungfräulichkeit der Gottesmutter, sondern auch seine eigene Seligkeit ins Pfandhaus zu tragen!"

Durch das plötzliche Ende dieses allerhöchsten der westeuropäischen Defizitmagier wurden die stolzen Bankhäuser Bini, Chigi und Strozzi bis in ihren Grundfesten erschüttert. Nur die Firma Lukas & Semerdio brauchte keine Verluste abzubuchen, da sie sich auf Solidus Vollios und Leo Fraenkels Warnungen hin zeitig genug aus den kurialen Verpflichtungen zurückgezogen hatte.

Und so konnte denn Leo Fraenkel an Solidus Vollio, der sich bereits im Oktober mit seinen drei bildschönen Daseinsgenossinnen nach Pisa hinwegbegeben hatte, wohin er von seinem achtundachtzig jährigen Oheim Dukatus Poggi gerufen worden war, der sein baldiges Ende herannahen fühlte, einen eingehenden Bericht über alle diese Vorgänge gelangen lassen, der mit den folgenden Sätzen schloss:

Zwischen dem Wittenberger Tintenfass, dem Istanbuler Schellenbaum und der Pariser Kesselpauke heult die Wölfin, wilder denn jemals, nach dem neuen Heiland. Denn dieser nun mit Gottes und seines Vetters Zulassung von einem so eigenartigen Herzschlage hinweggeraffte Nimrodissimus hat es verstanden, das Einkommen dreier Päpste durchzubringen, nicht nur das seines Vorgängers, der ihm volle Kassen hinterlassen hatte, sondern auch sein eigenes wie das seines Nachfolgers. Das ergibt ein Minus, vor dem einen das Grausen packen kann, zumal dank der von Dir eingeführten Doppelten Buchführung jeder Vertuschungsversuch eitel ist. Kurzum: Die Kopflosigkeit ist ganz allgemein! Wenn Julius Sekundus den Roterodamus statt dieses Wildtöters zum Kardinal erhoben hätte, so wäre der Christenheit dieser ganze Jammer wohl erspart geblieben. Dazu kommt noch, dass sich der zweite Medici standhaft weigert, die Schulden seines Vetters zu bezahlen und dass er schon nach einem Esel sucht, der sich diesen Defizitsack ganz ergebenst aufbuckeln lässt, also dass nun der allergrößte Schwachkopf die besten Aussichten hätte, die Tiara zu erschnappen, so er nur imstande ist, für diese Ehrenlast, unter der er geschwinde zusammenbrechen wird, zwei Millionen Scudi zu zahlen. Unter diesen misslichen Umständen kann ich Dir nur dringend raten, diesem Konklave fernzubleiben.

Das Ende dieses Papstes erregte in ganz Europa das größte Aufsehen, besonders in der mit hochamtlichen Gottesdienern überreichlich gesegneten Universitätsstadt Löwen, wo der Rektor Paludanus mit dieser Trauernachricht sogleich ins Lilienkollegium hinübereilte, um sie Desiderius zu überbringen.

„Er ruhe in Frieden!", sprach er gelassen.

„Und glaubst du", flüsterte Paludanus verstohlen, „dass er vergiftet worden ist?"

„Ist dieser Verdacht begründet", entschied Desiderius, „so wird nach den im Vatikan herrschenden Gebräuchen nichts versäumt werden dürfen, um das strikte Gegenteil beweisen zu können."

„Du bist weiser", murmelte Paludanus ergriffen, „als alle großen und kleinen Propheten zusammengenommen!"

„Und was bedeutet schon dieser Ruhm", antwortete Desiderius achselzuckend, „da doch jene hebräischen Allesbesserwissenwoller, sowie das analoge Dutzend der christentümlichen Apostel nebst bisherigen Nachbetern vor dem Angesicht des Ewigen Vaters bestenfalls als blendende Ignoranten paradieren können?"

Worauf er sich wieder seinen Korrekturbogen zuwandte.

Hieronymus Aleander, auch Girolamo Aleandro, * 13. Februar 1480 in Motta di Livenza bei Treviso, Republik Venedig, † 1. Februar 1542 in Rom, war ein italienischer Humanist und Kardinal.

Quentin Massys, Vorname auch Quinten oder Kwinten, Nachname Massijs, Matsijs, Matsys oder Metsys, * ca. 1466 in Löwen, † 1530 in Antwerpen, war ein flämischer Maler und Medailleur und Mitbegründer der Antwerpener Malerschule.

Schulung durch Verschuldung

Der Papst ist von dem Teufel geholt worden, der auf Lateinisch Minus heißt und der sich nun ein Vergnügen daraus macht, die Wölfin mit dem feurigen Besen zu hofieren, zeilte Luther triumphierend von der Wartburg herab nach Wittenberg an Melanchthon, dessen Antwort auf diesen mit dem feudalistischen Pseudonym Junker Jörg unterzeichneten Brief den folgenden Satz enthielt:

Die neunundfünfzig Köpfe der Kardinalshydra sind schon dabei, sich zu hacken und zu beißen, und so wird es wohl noch eine ganze Weile dauern, bis sie sich auf den neuen Tyrannen geeinigt haben.

Zur gleichen Stunde saß Solidus Vollio am Bett seines Oheim Dukatus Poggi, dessen Befinden sich vorübergehend ein wenig gebessert hatte, und sprach, nachdem er ihm Leo Fraenkels Bericht vorgelesen hatte: „Die Familie Medici ist der Krebsschaden am Leibe Italiens, und nur der Roterodamus ist imstande, dieses Geschwür zu entfernen und die Autorität der Kirche wiederherzustellen."

„Zukunftsmusik!", murmelte der ergreiste Erblasser. „Denn bevor der Roterodamus gewählt werden kann, muss er doch Kardinal geworden sein. Und damit hat es noch gute Wege! Außerdem darfst du nicht übersehen, dass wir alle inzwischen um zwölf Jahre älter geworden sind, auch der Roterodamus!"

„Das weiß ich wohl!", nickte Solidus Vollio. „Aber es sollte mir trotzdem gelingen, ihn nach Rom zurückzulocken. Ich habe einen Plan, für den ich auch schon einige Opfer gebracht habe."

„So rechnest du also doch noch", fragte der Oheim gespannt, „trotz deiner Abwesenheit, mit deiner Wahl?"

„Noch nicht!", winkte der Neffe ab. „Denn ich will nicht sein Vorgänger, sondern sein Nachfolger werden! Es handelt sich jetzt nur darum, dass der Medici einen Papst aus der Urne steigen lässt, von dem erwartet werden kann, dass er den Roterodamus zum Kardinal erhebt. Und an solchen Kandidaten mangelt es durchaus nicht, zumal ich bereit bin, keine weiteren Opfer zu scheuen, sobald die Stunde dazu gekommen ist."

„Wenn aber", warnte der Oheim, „der Medici, um dir einen Strich durch diese Rechnung zu machen, deinen eigenen Namen aus der Urne emporsteigen lässt?"

„Auch gegen diese Gefahr bin ich gewappnet!", versicherte der Neffe. „Denn nicht nur der alte Araceli, sondern auch die anderen kaiserfreundlichen Kardinäle wie Campeggio und Schinner wissen genau, dass ich in diesem Falle auf die Kardinalswürde verzichten würde, und sie werden schon eine Gelegenheit finden, um es dem Medici rechtzeitig unter die Nase zu reiben."

„Aber", warf der Oheim gespannt ein, „beraubst du dich dadurch nicht der Möglichkeit, der Nachfolger des Roterodamus zu werden?"

„Keineswegs!", antwortete der Neffe gelassen. „Denn wer vermöchte den Roterodamus, so er erst einmal auf dem Stuhle Petri Platz genommen hat, daran zu hindern, mich wieder mit der Kardinalswürde zu bekleiden?"

„Ein ganz vortrefflicher Plan!", atmete Dukatus Poggi auf und sank erschöpft in die Kissen zurück.

Deswegen auch blieb die zweite der vierzig in der sixtinischen Kapelle hergerichteten Wahlhütten unbesetzt. Nachdem die neununddreißig Kardinäle, die in Rom anwesend waren, ihren feierlichen Einzug gehalten hatten, wurde am vierten Tage vor der Jahreswende das Konklave geschlossen. Giulio di Medici saß in der einundsechzigsten, Araceli in der elften, Campeggio in der fünfunddreißigsten und Matthäus Schinner in der siebenunddreißigsten dieser geistlichen Brütungszellen.

Und schon ging in Rom das Wetten los, und die Banken machten dabei, indem sie dafür sorgten, dass jeden Abend ein anderer Name an die Spitze gelangte, die allerbesten Geschäfte.

Jeden Morgen, tintete Baldassare Contiglione nach Mantua, *erwartet man hier die Herabkunft des Heiligen Geistes, mir jedoch will es scheinen, dass sich dieser himmlische Brieftäuberich von Rom schon völlig abgewandt hat. So viel man heute erfahren kann, hat der Kardinal Farnese, der in der neunten Kammer hockt, die besten Aussichten, Papst zu werden, aber wie leicht kann sich auf das wieder in eitel Rauch auflösen.*

Der Kaiser muss sofort seine lombardische Armee nach Rom marschieren lassen, um die widerspenstigen Kardinäle zur Räson zu bringen, schrieb Thomas Wolsey, da seine Aussichten bei dieser Wahl immer trüber wurden, aus England nach Brüssel, worauf Gattinari im Namen des Kaisers zurückbriefte:

Solches kann nach Deinem und Gottes Willen nur geschehen, wenn die Kosten des gewünschten Zuges, in Summa viermal hunderttausend Dukaten, im Voraus erlegt worden sind.

So viel aber war diesem lordkanzelnden Kardinalsinsulaner die Tiara denn doch nicht wert, zumal ihm unterdessen durch seinen römischen Geheimagenten Richard Pace über die allerhöchst bedenkliche Lage der vatikanischen Finanzen reiner Wein eingeschenkt worden war.

Franziskus Primus dagegen, der Caesar von Paris und Sultankalif seiner Hofdamen, stellte eine ganze Million Gulden zu Bestechungszwecken bereit, um einem der zwölf entschieden französisch gesinnten Purpurhütler zur Tiara zu verhelfen, und hatte obendrein die Stirn, der Kurie schon wieder einmal mit dem Avignoner Schismaknüttel zu drohen.

Nach zehn missglückten Versuchen der Kardinäle, zu einer Einigung zu gelangen, erhob sich am dreizehnten Morgen des Konklaves der Vizekanzler Giulio die Medici und sprach zu seinen Wahl genossen. „Ihr Herren, es kann, wie die Dinge nun einmal liegen, nicht länger bezweifelt werden, dass von denen, die hier versammelt sind, keiner Papst werden soll. Wir müssen daher wohl oder übel unser Augenmerk auf einen Kardinal richten, der hier nicht zugegen ist. Nun hat mir für diesen Fall der Kaiserliche Gesandte den Bischof von Tortosa empfohlen und vorgeschlagen, diesen höchst ehrenwerten Theologen von dreiundsechzig Jahren, der sich des Rufes erfreut, ein ganzer Heiliger zu sein."

Schinner und Campeggio, die beide vom Vizekanzler ins Vertrauen gezogen worden waren, jubelten zugleich: „Hosianna! Hosianna!"

Und sofort, wie durch ein himmlisches Wunder, trat die erforderliche, bisher so vergeblich erstrebte Majorität in Erscheinung.

Achtunddreißig Zettel wurden für diesen im dunkelsten Spanien wirkenden und unterdessen zum Großinquisitor und Kardinal von Sankt Johannes und Paulus erhobenen Sohn des Utrechter Schiffszimmermannes Floris abgegeben. Das noch fehlende neununddreißigste Votum war das des Kardinals Grimani, der bereits am vierten Tage das Konklave krankheitshalber verlassen hatte und nun in einer Sänfte zurückgeholt wurde.

„Wir haben wieder einen Papst!", jubelte der Vizekanzler, und alle Mitwirkenden bei diesem Spektakulum klatschten begeistert in die Hände.

Nun konnte der Kardinal Cornaro dieses mit höchster Spannung erwartete Wahlergebnis durch das Giebelfenster der Sixtina verkündigen, und der zwischen dem Obelisken und dem Apostelmonument zusammengedrängte Pöbel von Rom nahm diese Gelegenheit wahr, um wieder einmal wie besessen aufzujauchzen.

Doch der traditionelle Münzenregen blieb diesmal aus, was die gute Stimmung sogleich zum Versiegen brachte.

Unterdessen aber waren die nun endlich entklavten Kardinäle von einem geradezu panischen Schrecken ergriffen und befallen worden.

Ich glaubte Geister aus der Vorhölle zu erblicken, so bleiche und entsetzte Gesichter tauchten vor mir auf, schrieb Pietro Aretino, der bei dem Schlussakt dieser Wahl wahrlich nicht hatte fehlen dürfen, nach Mailand an seinen Gönner, diesen jüngsten Heldensohn der Katharina Sforza, den Anführer der Schwarzen Banden und den letzten der großen Kondottieri.

Fast alle diese wieder entlockten Kirchenfürsten sind unzufrieden und bereuen schon heftiglich, einen ihnen gänzlich Unbekannten gewählt zu haben, der nicht nur ein vollkommener Barbar, sondern auch ein Hofmeister des Kaisers gewesen sein soll. Welche Aussichten, wenn es sich obendrein bewahrheiten sollte, dass dieser Tor von Tortosa so arm ist wie eine Kirchenmaus! Ja, ein Stück Hammelbraten, um das diese Rothütler dreizehn Tage lang gerauft haben, scheint sich bereits in einen halbverfaulten Knochen verwandelt zu haben. Zurzeit schneiden diese Eminenzen Gesichter wie eine Rotte zahnlückiger Teufel, die plötzlich erkannt haben, wie gründlich sie vom Heiligen Geist geprellt worden sind.

Der Spuk ist vorbei, und rasch genug sind ihnen die Schuppen der mediceischen Verblendung von den Lidern gefallen. Wie mit glühenden Ruten sind sie von Leos Schulden in diese unvernünftige Raserei hineingepeitscht worden. Am lautesten aber jammert jetzt der Kardinal Soderini, der sich gleich am ersten Tage über unseren Gevatter Giulio also abfällig geäußert haben soll: Geben wir ihm unsere Stimmen, so ist das keine Papstwahl, sondern nur die Verlängerung der Tyrannei, die er schon als Vizekanzler unter seinem Vetter über uns und die Mutter Kirche ausgeübt hat!

Der Einzige, der sich ins Fäustchen lacht, ist der heimtückische, sich für unentbehrlich haltende Konvertit Hieronymus Aleander, der nun auf einen besonders fetten Posten zu hoffen wagt. Aber auch er wird sich verrechnen! Denn die fetten Jahre von Rom sind dahin! Sogar Schinner, dieser eidgenössische Hosiannatenorist, ist der gleichen Ansicht und hat schon wieder das Konziliumsgespenst an die Sakristeiwand gemalt. An der Hauptpforte des Vatikans aber klebte noch heute Morgen ein Zettel mit der Aufschrift:

Dieser Abort mit Nachtstuhl ist für zwei Millionen Scudi zu vermieten. Wundere Dich also nicht zu sehr, dass ich schon dabei bin, mein Bündel zu schnüren, um der Mutter Wölfin Lebewohl zu sagen! Sobald die Zeit erfüllt ist, setze ich meinen Stab weiter. Und dann wird man hier sagen können: Der Kaiser ist Papst, und der Papst ist Kaiser!

Am gleichen Abend trug der niederländische Chronist Kornelius de Fine in sein Tagebuch diese Zeilen ein:

Gemäß dem Ratschluss Gottes erwählten heute die bisher so uneinigen Kardinäle gegen ihre eigentliche Absicht einstimmig den nicht im Konklave befindlichen Adrian von Tortosa zum Heiligen Vater. Er ist ein ganz einfacher Mann, der sich stets durch große Gottesfurcht ausgezeichnet hat. Bei einer allseitigen Bildung, die er genossen hat, genießt er den Ruf, ein ausgezeichneter Theologe und Kanonist zu sein, was Leo Dezimus zu unserem großen Unglück leider nicht gewesen ist. Und obwohl dieser Adriaan einer niedrigen Familie entstammt, so hat er es doch verstanden, in Spanien drei Jahre lang ganz vortrefflich zu regieren. Vorher lebte er in Löwen, wo er aus seinem Hause eine Stiftung für unbemittelte Studenten gemacht hat, ganz den Wissenschaften und der Belehrung dienend. Ja, der Heilige Geist ist es gewesen, der diesen überaus frommen und geschickten Kardinal für den höchsten aller irdischen Stühle erkoren hat.

Gleichzeitig richtete der Kaiserliche Botschafter Don Manuel de la Corda, Ritter des goldenen Vlieses, nach Florenz an Francesco Gonzaga, den Generalkapitän der Kirche, die folgenden Sätze:

Heute in der zwanzigsten Stunde hat uns Gott der Herr mit Hilfe des Heiligen Geistes aus dem unerschöpflichen Born seiner himmlischen Gnade den Kardinal von Tortosa zum Heiligen Vater gegeben, und er kam zu dieser Würde durch die große Gunst unseres allergnädigsten Herrschers und nicht ohne mein Zutun. Nun wird sich auch hier alles Böse, daran wahrhaftig kein Mangel herrscht, zum Guten und Besseren wenden. Gott sei für immer darob gepriesen, denn für den Frieden Europas, für das Wachstum der Kirche wie für das Heil der Kaiserlichen Macht gab es keine geeignetere Person, den vatikanischen Stuhl zu besetzen, als diesen grundfrommen und heiligkeitsbeflissenen Mann, der Seiner Kaiserlichen Majestät ganz gehorsamstes Geschöpf ist und bleiben wird. Das neue Kirchenoberhaupt ist ohnzweifelhaft der beste und tüchtigste aller Kardinäle, dazu hochgelehrt, rechtschaffen und äußerst gerecht.

Doch diese Erwartungen eines der rücksichtslosesten spanischen Diplomaten, den der Ehrgeiz plagte, die römische Wölfin vor den kaiserlichen Triumphkarren zu spannen, wurden vom römischen Pöbel durchaus nicht geteilt. Dafür sorgten schon die gut bezahlten Spitzel des Vizekanzlers, die gar nicht ahnten, wessen Kreaturen sie waren. Und schon wenige Tage später begannen, wie Pilze nach dem Regen, die Schmähschriften ans Licht zu schießen. Die erste dieser Verlautbarungen der öffentlichen Meinung, die am Pasquinosockel in Erscheinung trat, war das giftige Distichon:

Räuber, Verräter der heiligen Christenheit, hol euch der Satan,
Weil in den Vatikan habt ihr den Barbaren gesetzt!

Eine Karikatur, die den neuen Papst als Schulmeister zeigte, von dem die Kardinäle wie faule Abc-Schützen über das Knie gelegt werden, um sie mit dem Bakel versohlen zu können, trug sogar diese Unterschrift:

So weit gekommen ist es durch die Uneinigkeit dieser Verrückten!
Jagt sie zum Tempel hinaus!
Steckt ihre Häuser in Brand!

Und rasch genug wurde die Haltung des Pöbels so bedrohlich, dass alle Kardinäle, die ihr Wahlrecht ausgeübt hatten, bereits um ihr Leben zu zittern begannen und sich kaum noch tagsüber ohne bewaffnete Diener auf die Straße hinaustrauten.

„Das Feuerchen brennt, halte es weiter in Gang!", sprach Giulio di Medici zu seinem geheimen Vertrauten Hieronymus Aleander und hob sich nach Florenz von dannen.

Der Kaiser erhielt die Nachricht über die nach Gattinaris Gusto vollbrachte Papstwahl in Brüssel während der Messe und gab danach die Depesche an seine Höflinge weiter mit den herablassenden Worten: „Meister Adriaan ist Heiliger Vater geworden!"

Und sie verneigten sich alle vor ihm so tief, dass er sich schon einbilden durfte, die Verkörperung der irdischen Allmacht geworden und fortan über jeden Irrtum erhaben zu sein.

Der neue Papst, briefte Luther von der Wartburg nach Wittenberg an Amsdorf, *ist ein Magister aus Löwen, und gerade an dieser hohen Schule krönt man von jeher solche Esel, aus denen der leibhaftige Satan allerwege nach Futter schreit.*

„Ich habe diese Würde weder begehrt noch gewünscht", erklärte Adriaan Floriszoon, der Kardinal von Tortosa, als ihn zu Vitoria im Baskenlande die kuriale Kürbotschaft erreichte, „denn meine Kräfte sind schon erschöpft, und ich würde die Tiara ablehnen, wenn ich nicht befürchten müsste, Gott, die Kirche und den Kaiser zu beleidigen. In Anbetracht meiner zahlreichen Schwächen vermag ich mich über diese Erhebung nicht zu freuen, dieweil ich gar sehr der Ruhe Bedarf und nicht einer solch unerträglichen Last, wie mir durch das Papsttum auferlegt werden soll."

Der neue Papst, zeilte Thomas More um dieselbe Zeit an den noch immer in Löwen weilenden Desiderius, *wird die Ketzerei überwinden, die Kurie reformieren, die Kirche erneuern, den Glauben befestigen und den Frieden Europas retten. Meine Zuneigung zu ihm ist ebenso tief wie meine Abneigung gegen die Wittenberger Spekulationsbanditen, die sich, wie man hier überall erzählt, schon liederliche Frauenzimmer anheiraten, alles Verehrungswürdige profanieren, die Heiligenbilder in der gröbsten Weise verunstalten, wie die Fuhrleute zechen, fluchen, schimpfen und lärmen und es dabei noch wagen, sich die höchste Autorität in allen geistlichen und geistigen Dingen anzumaßen. Willst Du nicht als Jupiter mit einem Donnerkeil der infernalischen Aufgeblasenheit dieser Rotte Korah ein Ende setzen?*

Worauf Desiderius umgehend also antwortete:

Vor allem, mein guter Thomas, wirst Du wohl zu bedenken haben, wie unschicklich es für einen frommen Christen ist, mit den Glühbolzen eines heidnischen Götzen um sich zu werfen, und wie wenig ich unscheinbarer Erdenwurm mich dazu eigne, irgendeine Ketzerei zu zerschmettern, zumal eine solche, die sich doch ohne die Zulassung des Ewigen Vaters gar nicht so überaus bemerklich hätte machen können. Wenn Luther durchaus vernichtet werden soll, so ist solches die alleinige Aufgabe des Heiligen Vaters. Denn welcher Sterbliche dürfte so vorwitzig sein, diesem Pontifex Maximus das vornehmste aller seiner Privilegien streitig zu machen! Wobei auch zu beachten ist, dass bereits der Apostel Paulus, und zwar im Ersten Briefe an die Korinther, also geschrieben hat: Denn es müssen ketzerische Rotten und Parteiungen unter euch sein, damit die im Glauben Bewährten erkannt werden können. Woraus erhellt, dass überall da, wo sich solche stürmische Ketzergruppen breit und immer breiter machen dürfen, die Erkenntnisfähigkeit der herrschenden Priesterkaste über das Wesen und die Anzahl der von ihr beherrschten Gläubigen mancherlei zu wünschen übriglässt. Mit anderen Worten: Nur die Fehlschlüsse des über der christentümlichen Gemeinde obwaltenden und schaltenden Altar- und Kanzelklüngels bilden die Sprossen der leidpeinlichen Leiter, darauf die Schismatiker ins Paradies des Friedens zu gelangen trachten. Doch erweist sich diese neue Hoffnung als genauso falsch und trügerisch wie die alte!

Weiterhin wird nicht bestritten werden können, dass jede ketzerische Empörung ehedem der Kirche sehr zugute kam, da sie die erstarrte Lehrerbildung wieder in Bewegung setzte, der Schulung einen neuen Antrieb gab, die Zahl der wahren Gläubigen wie die Höhe ihrer Schuldigkeitsverpflichtungen zur Offenbarung brachte und so die reinliche Scheidung der kreditfordernden von den kreditgewährenden Geistern bewirkte. Doch Geist hin, Geist her! Denn letzten Endes geht es ja bei jedwedem Schisma immer nur um die fehlenden Zechinen und um die mit ihrer Hilfe auf dem Markte zu erstehenden Viktualien fester wie flüssiger Form, wie ja auch das Sakrament des Altars aus Brot und Wein besteht, die sich nach dem Genusse im Leibe des Genießers auf eine ebenso natürliche wie wunderbare Art und Weise in Fleisch und Blut verwandeln Und darum auch steht schon bei Micha geschrieben: Haben die das Volk irreführenden Propheten zu fressen und zu saufen, dann entbieten sie Heil und verkündigen Glück und Segen, aber gegen den Fürsten der ihnen nichts in den Mund gibt, um ihnen den Schlund zu stopfen, predigen sie sogleich den Heiligen Krieg. Was man ihnen vernünftigerweise auch gar nicht so furchtbar übelnehmen kann.

Und noch seltsamer ist es, dass dieses von Micha gefundene Gesetz auch für jene Zukunftsverkünder Geltung hat, die alles daransetzen, um das von ihren Kollegen so schmählich angeführte und irregeleitete Volk wieder auf die gottgewollte Straße zurückzubringen. Wobei die so überaus naheliegende Frage, wieso denn ein von Gott allerhöchst selbst aufgewecktes und auserwähltes Volk immer wieder ein Opfer seiner falschen Propheten werden muss, noch etwas dahingestellt bleiben soll. Zunächst gilt es festzustellen, dass sich ein richtiger Prophet immer nur aufgrund der mehr oder minder erfolgreichen Tätigkeit seiner falschen Kollegen bemerklich zu machen vermag. Also ziehen die falschen wie die richtigen Propheten an genau demselben Strange, sodass es heute eigentlich gar nicht mehr nötig sein sollte, sie noch länger so scharf auseinanderzuhalten und zu unterscheiden. Wie denn auch keiner dieser ebenbürtigen und wechselseitigen Futurioten seinem selbstloberischen und wichtigtuerischen Propagandageschäft obzuliegen vermag, wenn es ihm nicht gelingt, die für sein weiteres Dasein unbedingt erforderlichen Nahrungsmittel aufzuspüren und zu erfassen. Darum auch, wie schon Lukian behauptet hat: Jegliches Gelärm entspringt dem Gedärm! Und da, wie schon von Sallust erkundet worden ist, sich jede Herrschaft immer nur durch die gleichen Künste aufrechterhalten lässt, durch die sie ihren ausnahmslos blutigen und gewaltigen Anfang und Ursprung genommen hat, so kann hierbei auch dem Stuhle Petri keinerlei Ausnahme zugestanden werden. Denn wo ist so viel Märtyrerblut vergossen worden wie zwischen und auf den sieben Hügeln?

Wie denn auch ferner nicht bestritten werden kann, dass sogar das Christentum nur durch den Abfall ihrer Apostel und Evangelisten von einer älteren zu einer jüngeren, den veränderten Zeitverhältnissen ihren Belehrungsmeinungen nach besser angepassten Religion entstanden sein kann. Also ist und bleibt das Schisma, die Auseinanderspaltung der Gemeinde, das Alpha und Omega jeglicher Altarhorde. Nach diesem verhängnisvollen Grundgesetz ist auch die der römischen Klerisei angetreten, und ihm wird sie darum auch niemals aus eigener Kraft zu entfliehen vermögen. Kurzum: Der an der Elbe ausgebrochene Sturm ist nirgendwo anders erregt worden als am Tiber. Wie denn auch das ganze Kollegium dieser sächsischen Glaubensspekulanten seine gesamte Bildung allein den Sendboten der Kurie zu verdanken hat. Wahrlich, wahrlich, ich sage Dir, es sind ausnahmslos die Irrtümer des römischen Priestertums, die unter dem Wagenkasten der Wittenberger Rebellen als Achsen und Räder knarren und rattern!

Kein Wunder also, dass ihr Luther, der doch dieses Vehikulum lenkt, sich immer noch etwas päpstlicher als der Papst zu benehmen pflegt. Ja, wenn sich zwei streiten, dann beweisen sie sich und der Welt immer nur das eine, dass sie beide in unholder Eintracht den einzig richtigen, den welteidgenössischen Weg verfehlt haben. Nur durch die fortgesetzte Bekundung ihres gegenseitigen Widerwillens machen sie den Ewigen Vater wie mich, in dem er wohnt, zum lachenden Dritten. Wohl hat Christus gesprochen: Seid getrost, denn ich habe die Welt überwunden! Aber mich dünkt, dass die gegenwärtige Welt, trotz des neuen Papstes, den ich ziemlich genau kenne, weil er nicht nur des Kaisers, sondern auch mein Präzeptor gewesen ist, gar balde wird sagen können: Seid nicht länger getrost, denn ich habe Christum überwunden! Und das ist auch der Grund, weshalb die Autorität des Stuhles Petri wie die seiner sächsischen und eidgenössischen Gegenspieler weit geeigneter ist, Streitigkeiten vom Zaune zu brechen als solche zu verhindern oder zu beenden.

Aus Basel wird mir soeben mitgeteilt, dass dort alle Lutheraner und Antilutheraner zusammentreffen wollen, um sich von mir darüber beraten zu lassen, wie der theologische Friede wiederhergestellt werden könnte, der ja die Grundbedingung für den weltlichen Frieden ist. Ja, wenn dieses artige Märlein nur wahr wäre, dann sollte es um die europäischen Dinge bald viel besser stehen. Wie ein Weltkönig könnte ich mich in Deutschland verehren lassen, wenn ich mich nur dazu herablassen wollte, gegen die so stark missbrauchte Gewalt der Kurie zu schreiben. Aber was ist schon ein irdischer Throninhaber vor dem Angesicht des Ewigen Vaters und meinem kleinen Tintenhorn? Darum auch wehe diesen massiven Despoten, deren eherne Herzen die Wirkung ihrer blutrünstigen Raufereien auf den Zustand der von ihnen unterjochten Völker, für die Christus doch ebenso gut sein Blut hingegeben hat, noch immer nicht bedenken wollen! Wenn ihr christentümliche Hofpropheten euch allemal entsetzt über die türkische Kriegsführung, um wieviel mehr solltet ihr darob zittern und erschauern, dass mit eurer Befürwortung und eifrigster Beihilfe Christen gegen Christen immer wieder die Waffen erheben und nach doppeltürkischer Art und Weise übereinander herfallen, um sich niederzumetzeln, Städte auszurauben und zu zerstören und die eigene Muttererde bis in den Grund zu verheeren? Und da alle, denen ihr Kraft eurer Gesetze diese massenmörderischen Instrumente in die Hand gedrückt habt, sie nach vollbrachter Schlachtfeldarbeit nicht wieder niederzulegen wissen, deshalb auch rückt das Bild des ewigen Friedens immer ferner und ferner. In London fragte mich einmal ein Kriegsknecht im Schmuck seiner Waffen: Fleischer lehrt man vierbeinige Ochsen töten und findet das ganz in Ordnung, warum aber werden wir Soldaten nun so heftiglich gescholten und getadelt, die wir doch zu dem glorreichen Handwerk abgerichtet worden sind, zweibeinige Ochsen zu schlachten? Worauf ich ihm als Mensch und Christ also geantwortet habe: Traun, lieber Herr Nachbar, du selbst bist ja so ein zweibeiniger Ochse, der sich für monatlich zwei Pfund Sterling oder vier Rheinische Gulden dazu hergibt, von seinen Gegnern hingemordet und abgeschlachtet zu werden! Nur hier allein entspringt der Quell allen Übels, und Du bist, mein bester Thomas – dies zu gestehen erfordert die Wahrheit – einer von jenen einflussreichen Zeitgenossen, die leider noch immer nichts dafür tun wollen, um diesen Unheilstrom einzudämmen und zum Versiegen zu bringen.

Denn es ist kein Priesterzank und kein Fürstenzwist denkbar, der nicht durch gütliche Verhandlung und billigen Vergleich beigelegt werden könnte, so laut auch der Konvertit Hieronymus Aleander das strikte Gegenteil beteuert, um weitere Scheiterhaufen schichten zu können. Ja, Feuer und Schwert sind überall und allzumal die Hauptargumente der herrschenden Torheit. Bevor man um ein strittiges Gebiet zu den Waffen greift, sollte man vernünftigerweise seine Bewohner darüber abstimmen lassen, ob sie nicht lieber nach eidgenössischem Muster für ewige Zeiten neutralisiert zu werden wünschen. Und weswegen ist das *noch niemals und nirgends geschehen? Weil die allerhöchsten Schuldenmacher und Defizitillusionisten immer neue Untertanen benötigen, durch deren Ausraubung sie sich weiter an der Herrschaft halten können.*

Ich weiß wohl, dass ich damit tauben Ohren predige, aber ich werde trotzdem nicht ablassen, der Wahrheit die Ehre zu geben, um mich so vor dem furchtbaren Schicksal zu bewahren, in spätestens fünfhundert Jahren zu den krassesten Ignoranten gerechnet zu werden.

Auch hier in Flandern wird nun in allen Waffenschmieden, Pulvermühlen und Büchsengießereien mit höchster Hast wider den Erzfeind Frankreich gerüstet. Bei alledem droht wiederum der Türke, und das ärger denn jemals! Welch ein paradiesisches Glück wäre es doch für alle Europäer, wenn Carolus Quintus, Henrikus Oktavus und Franziskus Primus, diese drei jüngsten und stolzesten Fürsten dieser Welt, ihre bisherigen, ach so läppischen Streitigkeiten beenden und mit ihren siegreichen Waffen in voller Eintracht jene heidnischen, von den asiatischen Steppen ausgespienen Barbarenhorden zu Paaren treiben wollten, anstatt nach dem verderblichen Rate ihrer zur Blindheit verdammten Auguren schon wieder ihre sold- und plünderungsbegierigen Raufhaufen gegeneinander marschieren zu lassen, um ein paar fremdsprachliche Landfetzen in ihren wappenspukgeschmückten Schnappsack stecken zu können!

Und von wem mag wohl das furchtbare, das unerbittliche Gesetz stammen, wonach gerade die allerklügsten Köpfe, sobald sie als treue Knechte in den Dienst eines Herrschers getreten sind, also zusehends und hoffnungslos entgleisen und verkümmern? Sollten Dummheit wie Stolz auch an den allerhöchsten Stellen immer nur auf ein und demselben Holz gedeihen können? Solange ihr Kronräte, Thronwächter und Volksbändiger euch weigert, den Willen Gottes zu erfüllen, solange ihr Kreuzzugspredigten und Türkenablässe missbrauchen und die dafür gesammelten Summen, ohne mit der Wimper zu zucken, in die Taschen der Höflinge weltlichen und geistlichen Uniformats verschwinden lasst, solange muss wohl jene südöstliche Zuchtrute wie ein blutiger Komet über euren missträchtigen Häuptern schweben.

Und verhält es sich nicht akkurat so mit dem über der Wölfin schwebenden Prügel, der sich Luther benamst? Wenn Du immer noch der Ansicht huldigen solltest, dass nicht die Hebräer, sondern die Briten das auserwählte Volk Gottes sind, dann wird es nachgerade Zeit, die Eidgenossen als das vom Ewigen Vater doppelt auserwählte Volk anzuerkennen und weiterhin sogar die Existenz eines dreifach auserwählten, nämlich eines vom Irrtum der Reisläuferei unbefleckten Volkes nicht nur für möglich, sondern sogar für höchst wahrscheinlich bis unbedingt erforderlich zu halten. Erkenne daran, dass der Ursprung aller Schuld wie sämtlicher Schulden immer nur die Torheit ist, die sich in ihrer totalen Selbstverblendung wunder wie gescheit, erleuchtet und gebildet hält und zuletzt immer nur den eigenen Kopf herhalten und verlieren muss. Und hier ist auch der Grund zu suchen, weshalb in jedem nur einfach auserwählten Volke immer die falschen Propheten das Heft in der Hand haben und den Ton angeben, was mir auch durch die unterdessen aus England eingelaufenen Nachrichten vollauf bestätigt worden ist, und dass dem richtigen Propheten unter solchen misslichen Umständen gar nichts anderes übrig bleibt, als nach der Märtyrerkrone zu streben.

Schlage an Deine Brust, gehe in Dich und denke endlich darüber nach, zu welcher dieser beiden Kategorien Du fortan gerechnet zu werden begehrst.

Inzwischen hatte sich, von Spanien kommend, der niederländische Obertugendspiegel Adriaan Floriszoon mit seinem nur aus wenigen Köpfen bestehenden Anhang im Vatikan eingefunden, war gekrönt worden und begann sich nun genau so zu benehmen, wie es die Römer längst befürchtet hatten.

Zuerst verbot er allen Klerikern das Waffentragen und hielt fortan den Daumen so fest auf dem leeren Beutel, als wäre der größte Geizhals an ihm verloren gegangen. Bisher war die Kurie der Quell gewesen, an den sich jeder herzhafte Abenteurer heranwagen durfte, um daraus zu schöpfen, und wenn dieser Profitborn zuletzt auch nicht mehr so reichlich, wie in den ersten Jahren des leontischen Pontifikats, unter der Schürze der Mutter Gottes hervorsprudelte, so hatte sich doch, wenn man nur über die nötige Geduld verfügte, immer noch etwas erhaschen lassen. Nun aber war dieses spärliche Gnadenrinnsal so gründlich versiegt, dass dem am rechten Tiberufer zusammengehordeten und levianthanisch aufgeblähten Karitasprachtwurm ob der unabwendbaren Schrumpfung bereits die Augen überzugehen drohten.

Mit leeren Kassen, einer wahrhaft erdrückenden Schuldenlast und ohne die allergeringsten Kreditaussichten sollte nun dieser neue Heilige Vater, der kein Wort Italienisch verstand und sich trotz aller Beschwörungen zu keiner in solchen Fällen üblichen Namensänderung herbeilassen wollte, nach allen Seiten hin helfen.

„Der Allmächtige hat uns in eine sehr harte Schule genommen", sprach er zu seinem Jugendfreund und Geheimsekretär Dietrich Heeze, „und die allergrößte Sparsamkeit wird fortan unsere einzige Muse sein müssen!"

Er misstraute allen Italienern und entfernte sie aus den leitenden Stellungen. Erschütterungsreif wurde seine Stellung, als er den Mut aufbrachte, die tausendköpfige Dienerschaft seines Vorgängers zu dezimieren.

Als sich die Stallknechte seiner besonderen Gnade empfehlen wollten, fragte er sie: „Wie viele seid ihr?"

„An die hundert und mehr!", lautete die Antwort.

„Heiliger Hyazinthus!", seufzte dieser nördliche Zimmermannssohn und bekreuzigte sich dreimal. „Vier wären schon mehr als genug! Da es mir aber geziemt, etwas mehr als ein Kardinal zu haben, mag es bei zwölfen bleiben!"

Acht Dutzend Rossebändiger und Striegelschwinger waren von Stund an seine geschworenen Feinde und sannen seitdem nur noch auf seinen baldigen Sturz.

Sämtliche Schauspieler, Künstler und Dichter wurden verstoßen. Die Mehrzahl von ihnen zerstreute sich über ganz Italien und sorgte unablässig für die Ausbreitung seines Misseruhms, worüber bald genug der Marmortorso Pasquino mit den Stachelzeilen quittierte:

Er trieb aus dem Tempel die Sänger, um einzulassen die Zöllner.
Chef des Finanzamtes ward Judas Ischariot selbst!

Und damit war kein anderer gemeint als Hieronymus Aleander, der es verstanden hatte, sich mit der Neuordnung des städtischen Steuerwesens beauftragen zu lassen.

Von all den Tintenvergießern, die Leo Dezimus um sein Wohlbehagen und seinen Ruhm versammelt hatte, fand Gnade vor den Augen seines Nachfolgers allein Paulus Jovius, sintemal er nur ein gewöhnlicher Geschichtsschreiber und kein windiger Verseschmied und überzeugter Epikureer war wie Pietro Aretino, der sich noch immer in Rom befand, doch den Vatikan nicht mehr betreten durfte.

Maler wie Bildhauer waren nicht besser dran, denn Adriaan behielt die Raffaelschen Fresken und die Deckengemälde des Michelangelo Buonarroti für höchst überflüssige und der Seligkeit keineswegs zuträgliche Farbengeschwüre und verabscheute alle Skulpturen als heidnische Götzenbilder.

Das in der Offizin des Eustachius Frank gedruckte Flugblatt:

Wie der Heilige Vater Papst Adrianus ist in Rom eingeritten, verriet allen Wissbegierigen unter anderen auch diese wahrhaft haarsträubenden Neuigkeiten: Er hat nur zwei Kammerdiener und drei kleine Büblein, die ihn bei Tische bedienen und ihm in irdenen Schüsseln geringe Speisen zureichen wie einem armseligen Dorfpfarrer.

„Pestilenz!", fluchten seine Feinde, die sich ständig vermehrten. „Das hat uns noch kein Papst zu bieten gewagt!"

Als er den Kardinälen das Ansinnen stellte, sich fürderhin mit je sechstausend Scudi Jahreseinkommen zu begnügen, schlug er dem Fasse den Boden aus.

„Die deutsche Barbarei hat ihren Einzug gehalten!", erboste sich darüber sogar der entschiedene Medicigegner Soderini, und die Höflinge der Kardinäle, die diesem Heiligen Vater zum Trotz in dem alten Süßjubel weiter zu festen, zu prassen, zu zechen und zu jagen wünschten, die um die Zechinen spielten und nach wie vor darauf erpicht waren, sich ohne das geringste Ehewehe auf die allernatürlichste Art und Weise fortzupflanzen und mit ihren Konkubinen erbtüchtige Nepoten zu zeugen, spotteten über Adriaan also: „Was beginnen wir mit diesem batavischen Trübling, der uns mit aller Gewalt in den kaiserlichen Sack stecken will?"

„Ebnet ihm den schmalen Pfad, der zum Himmel führt!", schlug Pietro Aretino vor und erntete damit brausenden Beifall.

Die Antwort darauf war ein von Aleander bewirkter, auf alle vierzehn römische Quartiere niedergehender Steuerzettelplatzregen.

Rom ist nicht mehr Rom, jammerte Girolamo Negri schriftlich nach Venedig hinüber. *Soeben erst der Pest entronnen sind wir nun in eine noch weit schlimmere Seuche gefallen, die uns den Beutel völlig anzufressen droht. Dieser neue Papst will keinen kennen! Man vernimmt nicht das Geringste von Gnadenerweisungen und Huldspenden. Alle Welt ist in Verzweiflung. Man wird noch nach Avignon oder zum äußersten Norden, der Heimat Adriaans, fliehen müssen, wenn man nicht stracks verhungern will. Wenn Gott nicht bald eingreift, dann ist es um die durch Türken und Lutheraner ohnehin schon höchst gefährdete päpstliche Wahlmonarchie geschehen!*

„Bei Strafe der ewigen Verdammung", sprach zur gleichen Stunde der neue Papst zu Dietrich Heeze, vor dem er keinerlei Geheimnisse hatte, „bin ich verpflichtet, Hirten, nicht aber Wölfe einzusetzen. Der wahre Türke, den man bekämpfen und dämpfen muss, das ist allein der nimmersatte Klerus! Ich will die Benefizien mit Priestern, nicht aber die Priester mit Benefizien versehen!"

„Welch ein unheimlicher Knauser sitzt auf dem Stuhl Petri!", begannen nun auch die siebentausend Bettler dieser mit majestätischen Bautrümmern gesegneten abendländischen Almosenmetropole als die unbestechlichen Organe ihrer öffentlichen Meinung zu hetzen. „Dieser Adriaan wird nicht ruhen, bis er uns alle ruiniert hat!"

Am nächsten Morgen, dem 28. Oktober 1520 brach Desiderius, nachdem er seine in Fässern verpackten Bücher und Manuskripte auf den Weg gebracht hatte, ganz unauffällig von Löwen auf, gelangte ohne Unfall nach Köln und reiste von da ohne Hast rheinaufwärts weiter.

In Schlettstadt wurde er von seinen eidgenössischen Freunden, die ihm bis hierher unter der Führung des Humanisten Beatus Rhenanus entgegengekommen waren, mit Jubel begrüßt. In ihrer Mitte näherte er sich am 15. November der Grenze des römischen Reiches Deutscher Nation.

Hier zügelte er sein Ross, deutete auf die mit zweitausend Mauerzinnen umgürtete, wohlgetürmte Königin des Oberrheins und auf ihren am Heerwege stehenden Wappenpfahl und sprach: „Gesegnet sei die Hand des unbekannten Meisters, dem dieser Bischofsstab die Gestalt eines Füllhorns zu verdanken hat! Wahrlich, wahrlich, ich sage euch, über dieser Basileusherberge schwebt kein Torheitszeichen, sondern ein Froheitszeichen! Den Krallen des Adlers bin ich entronnen, unter dem Bogen des Friedens werde ich wohnen!"

Und da sie sich alle tief vor ihm verneigten, rief er lächelnd: „Was ficht euch an? Niemals wird es euch gelingen, mich zu eurem Götzen zu machen! Ehrt mich mit euren Köpfen, aber nicht mit euren Rücken! Ich bin nur zu euch gekommen zu unserem gemeinsamen Ergötzen!"

Und sie jauchzten ihm zu, als wäre er stracks vom Himmel herabgestiegen, um sie mit dem Rausch der menschenbrüderlichen, der humanistischen Freude zu erfüllen.

Am Spalentor wurde Desiderius unter dem Geläute aller Kirchenglocken von den Sodalisten, Dozenten und Studenten der Universität umringt und zum Kornmarkt geleitet, wo ihn die Oberzunftmeister und Schultheißen mit einem Willkommtrunk ehrten. Alle wohlbedächtigen Bürger von Basel waren überaus stolz darauf, dass das Licht der damaligen Welt zu ihnen gekommen war, um von diesem gesicherten Asylum aus den Erdkreis weiterhin zu erhellen und zu bestrahlen. Der stürmische Hauch der Geschichte war dem humanistischen Gedankengut, seinem unbestrittenen Meister und der füllhornigen, büchererzeugenden Hochburg am ersten Rheinknie gewogener denn jemals zuvor.

Johannes Froben, der erfolgreichste aller damaligen deutschen Druckherren und Verlagsbuchführer, umarmte den Ankömmling unter Rührungstränen vor allem Volk, räumte ihm die besten Zimmer in seinem am Totengässchen gelegenen Gewese ein, in dessen Hinterhäusern die weltberühmten Kunstdruckpressen unermüdlich stampften, und kaufte bald darauf die daran grenzende aus drei Gebäuden und einem schönen Garten bestehende Liegenschaft „Zur Alten Treu" hinzu. Für diese die Embergässchenecke einnehmenden und am Nadelberg gelegenen Grundstücke zahlte er nicht mehr als zweihundert Gulden, und zwar an den Altoberzünftler und Bürgermeister Heinrich Meltinger, der es sich für eine sonderliche Ehre anrechnete, solcherart dem rühmwürdigsten aller europäischen Gelehrten zu einer ihm gebührenden Wohnstätte verhelfen zu können.

Dieses vielgestaltige Gewese, von dessen Hinterfenstern aus der Blick über die ganze Unterstadt, das Rathaus, die beiden Rheinufer und Neubasel bis empor zu den beiden verschieden gestalteten

Münstertürmen schweifen konnte, ließ Johannes Froben, der die Schuldungsschule längst mit dem besten Erfolg absolviert hatte, nun auf das Schicklichste herrichten und lud darauf alle seine Freunde und Mitarbeiter zu einem fröhlichen Fastnachtskolloquium ein, bei dem tapfer getafelt, wacker gezecht und wissensitzig gemeint, gedeint und geseint wurde. Hierbei fiel von den Lippen des unvergleichlichen Silbenhexenmeisters das bekannte Distichon:

Ist Gott der Sermon, dann sind sämtliche Buchdrucker seine Gesellen.
Deshalb zum Orkus mit dem, der da Bedrückungen druckt!

Alle Gewerkschaften dieser betriebsamsten der Eidgenossenstädte durchzogen in dieser Nacht die Hauptstraßen und trugen unter unermüdlichem Getrommel große Transparente hin und her, darauf nach uraltem Brauche die Meinungen, Wünsche und Hoffnungen der einzelnen Daseinsklicken der Bürgerschaft kundgetan wurden. Die mit dreißig Trommeln umgürteten Schweizerdegen schossen diesmal den Vogel ab und ernteten den lautesten Beifall, denn sie hatten ein zehn Ellen langes und drei Ellen hohes Lattenschrankwerk gezimmert, dessen hellerleuchtete Leinwände diese Worte zeigten:

Der Krummstab, der mag draußen walten,
Das Füllhorn wollen wir behalten!

Und damit hatte es die folgende Bewandtnis: Der Große Rat der Stadt nämlich hatte schon vor etlichen Wochen nach einstimmigem Beschluss dem Domkapitel, das genauso wie der Heilige Vater im aussichtslosen Kampf mit dem wachsenden Weh- und Defizit lag, die Mitteilung zukommen lassen, dass die Bürgerschaft weiterhin keinerlei Lust mehr verspüre, den traditionellen Treueid auf den Krummstab zu leisten, was den bereits dreiundsiebzigjährigen Bischof Christoph von Utenheim dazu bewogen hatte, sich schmollend auf sein stolzes Schloss Delsberg bei Pruntrut zurückzuziehen und seinem Koadjutor, dem Domdechanten Niklas von Diesbach, alles weitere zu überlassen.

Die Ursache dieses immer ärger werdenden Zwiespaltes war die vom Domkapitel verfügte Austreibung Wilhelm Reublins, des Leutepriesters von Sankt Alban, der auf gut Deutsch gegen die lateinische Opfermesse, das Fegefeuer, die Heiligenanrufung und dergleichen unirdischen Stuck und Muck mit solchem Eifer gepredigt hatte, dass seine Zuhörerschaft zuletzt auf nicht weniger denn achttausend Ohren geschätzt werden musste. Dazu kam noch der demonstrative Sparferkelschmaus im Klybeckschloss, durch den mit Wilhelm Reublin auch der Chirurgus und Papiermüller Siegmund, der Spitalpfarrer Wissenburg, der kölnische Humanist Hermann von dem Busche und Bonifacius Wolfhart, der Kaplan von Sankt Martin, das allerkräftigste Missfallen an der Fastengesetzverschärfung zum öffentlichen Ausdruck gebracht hatten.

Am Dienstag nach Ostern sprach der eben aus Basel ins heimatliche Sankt Gallen zurückgekehrte Humanist Johannes Kessler also zu seinen Freunden. „Allda habe ich ihn wieder gesehen von Person in seinem Hause am Nadelberg, nun ein taubengrauer, ehrsamer, ältlicher, fein gebauter, nicht eben großer Mensch, schön von Antlitz, mit hellblauen Augen und blondem Haar, gekleidet in ein langes, dunkelblaues, zusammengegürtetes Kleid mit weißen Ärmeln, daran eine breite Samtleiste um den Hals und von da zu beiden Seiten abwärts gebordet nach der Länge des Rockes, immer freundlich und zu guten Scherzen geneigt, trotz seiner zarten, unsicheren Gesundheit. Ja, was liebchristlich, kunstreich, fürsichtig, gelehrt und weise gesprochen, geschrieben und gedruckt ist, so heißt es dort in Basel, das ist desiderisch, das ist erasmisch, das ist ohnfehlbar, makellos und vollkommen, als käme es aus Christi Mund und aus Gottes Herzen!"

In Rom dagegen hatte sich noch vor Weihnachten die Lage erheblich verschlimmert. Der scharfe Steuerdruck trieb gleich nach Neujahr den Brotpreis neuerdings in die Höhe, einige Pestfälle vermehrten die Unsicherheit, und der Pasquino skandierte daraufhin:

Halleluja singt der Barbar und beschert uns Hunger und Seuchen.
Enden wird erst der Verdruss, wenn ihn der Satan geholt!

„Werft diesen steinernen Schwätzer in den Tiber!", schnaubte der, durch solche immer giftiger werdende Angriffe, in Harnisch gebrachte Heilige Vater.

„Soll er sich denn in einen Frosch verwandeln, um uns durch sein Quaken auch noch den Schlaf zu rauben?", warnte der Botschafter des Kaisers, der mit diesem von ihm so begeistert begrüßten Pontifex längst nicht mehr zufrieden war.

Denn dieser Adriaan Floriszoon hatte sich dazu entschlossen, seine eigenen Wege zu gehen.

„O diese Fürsten!", rief er händeringend. „Diese Blutsauger, die, noch schlimmer als die Türken, ihre Untertanen bedrücken und schinden! Dreimal wehe ihnen, wenn sie ihre von Gott verliehene Autorität nicht zu seinem Ruhme und zur Verteidigung des alleinseligmachenden Glaubens, sondern nur zu ihrem gegenseitigen Verderben anwenden und missbrauchen!"

Seine gleich nach Neujahr verkündigte Absicht, die Schweizergardisten auf die Hälfte ihrer Kopfzahl herabzusetzen, konnte nicht verwirklicht werden, denn diese trutzigen Sicherheitslakaien drohten sogleich mit der Einstellung des Wachtdienstes, fanden dabei die Unterstützung des Kaiserlichen Botschafters und errangen den Sieg.

Auch die Ernennung Wilhelm von Enkevoirt zum Datar der Kirche ging jenen cäsaristischen Militaristen ganz erheblich wider den Strich, denn dieser unbestechliche Niederländer, ohne dessen Gutachten der Papst nichts mehr unternahm, war wie Schinner und Campeggio nicht für den Krieg zwischen den europäischen Potentaten, sondern nur für den Kreuzzug gegen die Türken, die um diese Zeit das von den Johanniterrittern auf das tapferste verteidigte Rhodos zu erobern trachteten.

„Ich werde mich trotz aller kaiserlichen Bitten niemals gegen Frankreich erklären!", versicherte der Papst dem Kaiserlichen Botschafter. „Denn ich weiß aus allerbester Quelle, dass der König von Frankreich dann sogleich die Irrlehren Luthers begünstigen und die kirchlichen Angelegenheiten in seinem Reiche so ordnen würde, dass wir hier in Rom keinen französischen Heller mehr zu Gesicht bekämen."

Das ist Verräterei, zeilte Manuel de la Corda nach Brüssel, erzielte damit aber nichts anderes als seine beschleunigte Abberufung und seine Ersetzung durch Ferrante Louis de Córdoba, den Herzog von Sessa, der sich weniger ungestüm zu benehmen wusste.

Inzwischen hatte der Papst, um Rhodos zu entsetzen, in Neapel durch Schinner und Campeggio tausend Kreuzzugsknechte zusammentrommeln lassen, doch dieser Heerwurm löste sich bald wieder auf, weil die bei allen Heiligen versprochenen Soldzahlungen mit einer ans Wunderbare grenzenden Sicherheit ausblieben.

Immer höher stieg der römische Brotpreis, drei Kornwucherer wurden in den Kerker geworfen, nur die Pestfälle vermehrten sich.

„Das ist das Ende der Wölfin!", prophetete Pietro Aretino wie weiland Jonas in Ninive, worauf er sein Bündel schnürte und sich nach seiner Vaterstadt Arezzo von dannen hob.

Die Mehrzahl der Kardinäle hatte sich bereits aufs Land zurückgezogen, nun brachte sich auch der Herzog von Sessa in Sicherheit. Der Papst jedoch ließ sich durch kein Drängen zur Flucht bewegen und harrte auf seinem Posten aus.

Während Doktor Eck von Ingolstadt aus die sofortige Aufhebung der Universität Wittenberg forderte, und Hieronymus Aleander, dessen Steuerkünste so schmählich versagt hatten, als Nuntius nach Paris abgeschoben wurde, ging Rhodos an die Allahgläubigen verloren. Seine Verteidiger, deren letzte Hoffnung auf Entsatz zunichte gemacht worden war, kapitulierten erst, als sie ihr allerletztes Pulverkorn verschossen hatten, und erhielten freien Abzug.

„Nach Rom! Nach Rom!", jauchzten die siegreichen Janitscharen beim Einzug in diese bisher für unannehmbar gehaltene Feste.

„Und das alles", klagte der Papst nach Empfang dieser verhängnisvollen Hiobsbotschaft, „weil mein Vorgänger die Schätze der Kirche auf eine geradezu hundsföttische Art und Weise vergeudet hat! Ja, das allgemeine Übel hat bereits eine solche Höhe erreicht, dass die mit Sünden Bedeckten den Gestank der Laster, denen sie frönen, gar nicht mehr wahrzunehmen vermögen! Ach, wie konnte Gott an der Erschaffung einer solchen jammererfüllten Welt auch nur das allergeringste Wohlgefallen haben?"

Zur gleichen Stunde wurde in Pisa der ohne Schmerzen verschiedene Dukatus Poggi zu Grabe getragen, und Solidus Vollio konnte nun die zugesicherte Erbschaft antreten, durch die sein wahrlich nicht geringer Reichtum mehr als verdoppelt wurde.

Bei der Übernahme dieser aus verpachteten Liegenschaften und Hypothekenforderungen bestehenden Vermögensmasse war ihm Leo Fraenkel wohlbehilflich, der mit seiner ganzen Familie auf Solidus Vollios Ruf hin nach Pisa gekommen war, um hier das Erlöschen der römischen Pest abzuwarten.

Nach kurzer Beratung kamen sie überein, für die weitere Verwaltung dieser Erbschaft einen Vertrauensmann einzusetzen und wählten dazu den dritten der Hypothekenschuldner, nämlich Niccolò Machiavelli, der seit dem Verlust seiner einflussreichen Stellung als Sekretär des florentinischen Zehnerrates auf seinem bei Percussina hinter San Casciano gelegenen Landgütchen in überaus bescheidenen Verhältnissen lebte und der trotz alledem die schon vor acht Jahren von Dukatus Poggi entliehenen zwölfhundert Zechinen immer aufs pünktlichste verzinst hatte.

Vor elf Jahren, als die Familie Medici mit Hilfe ihres Papstes Leo Dezimus die Herrschaft über Florenz und Toskana zurückgewonnen hatte, war Machiavelli nicht nur für einige Monate eingekerkert, sondern auch unter dem Verdacht der Verschwörung mehrmals gefoltert, zuletzt aber wegen Mangels an Beweisen wieder in Freiheit gesetzt worden.

Als Leo Fraenkel auf Solidus Vollios Anregung hin in Percussina erschien, war Machiavelli sogleich bereit, diese umfangreiche und vielgestaltige Hinterlassenschaft zu betreuen, für welche Mühewaltung er die landesüblichen zehn Prozent forderte.

Diese anschließende Unterredung fand in der Lorbeerlaube statt, auf deren Tisch das tintengefüllte Medusenhaupt stand, aus dem dieser scharfsinnigste aller damaligen Italiener nicht nur die Diskurse über den Titus Livius, sondern auch die beiden Abhandlungen über den Fürsten wie über die Neue Kriegskunst geschöpft hatte und aus der er nun auch die acht Bücher seiner Florentinischen Historie hervorzuzaubern gedachte.

Bei einer Kanne Chianti kamen diese beiden Dialogpartner, nachdem das Geschäftliche zur beiderseitigen Zufriedenheit erledigt worden war, von der überaus gespannten Weltlage auf die Widerspenstigkeit der Glücksgöttin zu sprechen, von der Machiavelli im Laufe seines einundfünfzigjährigen Daseins schon mehr als genug an der Nase herumgeführt worden war.

„So verlor ich damals", berichtete er mit stoischer Gelassenheit, „nicht nur alle meine Würden und Einkünfte, sondern auch den besseren Teil meiner Gesundheit, ohne mir der geringsten Schuld bewusst zu sein."

„Und die Erklärung dafür?", forschte Leo Fraenkel gespannt.

„Weil", fuhr Machiavelli fort, „Habgier, Hochmut, Heuchelei und Rachsucht die gemeinen Laster der Großen und ihre einzigen Triebfedern sind. Das steht schon bei Tacitus, und Alexander Borgia, dieser dreifach gekrönte Beelzebub aus Spanien, hat die Wahrheit dieses Lehrsatzes durch seine Bestialitäten vollauf bestätigt. Denn das Leben dieses Blutschänders ist eine Kette von Wortbrüchen, Gaunereien und Giftmorden!"

„Und das alles", gab Leo Fraenkel vorwurfsvoll zu bedenken, „mit Zulassung der göttlichen Vorsehung?"

„Ja, so lautet", bestätigte Machiavelli mit grimmigem Lächeln, „die von allen Kanzeln ausposaunte Formel, durch die der gesunde Menschenverstand von der Weltlenkung ausgeschaltet werden soll, um dieses höchste aller Privilegien eben diesen Formulanten zu sichern. Und der einzige Erfolg solcher Bemühungen besteht darin, dass diese zwickmüllerischen Erznarren zu immer ärgeren Fehlspekulationen und Selbstverderblichkeiten verlockt und angetrieben werden. Indem sie eine Unbequemlichkeit zu umgehen suchen, geraten sie in die nächste, die noch viel unbequemer ist, bis sie nicht mehr aus noch ein wissen und schließlich, um den Schuldenknoten zu durchhauen, wie Alexander in Gordion, zum Schwerte greifen müssen. Ein gewisser Hof legte unlängst die Ursachen seines Verfahrens zur Sicherung des Friedens schriftlich dar und musste dann diesem schaumschlägerischen Manifest völlig entgegengesetzt handeln. Wiederum ein Beweis, dass sich alle Fürsten genauso wie die Bestien zu benehmen pflegen, die sie in ihren Wappenschildern führen, und dass auch die weißen Raben unter ihnen, wie große Mühe sie sich auch geben mögen, keine Ausnahme davon bilden, denn auch sie müssen unausgesetzt raben und rauben, um sich auf ihren Souveränitätsstühlen halten zu können. Auch der weiseste der Fürsten vermag sich nur dann einigermaßen sicher zu fühlen, wenn er von seinen Untertanen gefürchtet wird, die infolgedessen immer unbeständiger, undankbarer und eigennütziger werden müssen."

„Aber es steht doch geschrieben", schaltete sich Leo Fraenkel ein: „Die beste Festung eines Fürsten ist die Liebe und Anhänglichkeit seiner Untertanen."

„Gott hat Menschen, nicht aber Untertanen geschaffen!", behauptete Machiavelli. „Auch steht bei Tacitus zu lesen: Die Schmeichelei ist ein genauso altes Übel wie die Herrschaft. Das heißt: Es ist kein Fürstenthron denkbar, der nicht in einem die Luft verpestenden Lügenpfuhl stünde. Und die gefährlichste aller Lügen ist die von dem Vorhandensein der göttlichen Vorsehung. Ein Gott, der für die Wahl eines Alexander Borgia, für das Emporkommen der bis in den Kern verderbten Familie Medici wie für alle bis heute entstandenen Verwirrungen verantwortlich gemacht werden könnte, wäre nichts mehr und nichts weniger als die Personifikation der allerhöchsten, der unüberbietbaren Niedertracht. Was zu beweisen war."

Nach Pisa zurückgekehrt berichtete Leo Fraenkel dem Kardinal über dieses Gespräch und legte ihm nahe, sich mit Machiavelli gegen den Vizekanzler zu verbünden.

Und es sollte also geschehen.

Zwei Wochen später erfolgte die erste Zusammenkunft zwischen Solidus Vollio und Niccolo Machiavelli, und zwar in Florenz. Hier wurde der Vertrag über die Erbschaftsbetreuung abgeschlossen, nach dessen Unterzeichnung Solidus Vollio den Hypothekenbrief über die zwölfhundert Zechinen vor Machiavellis Augen dem Herdfeuer überantwortete.

„Du sollst mir fortan nichts mehr schuldig sein als deine Treue!", erklärte der Kardinal.

Worauf er Machiavelli im Beisein Leo Fraenkels in den Plan einweihte, der die Ausschaltung der Familie Medici zum Ziele hatte.

„Und was", fragte Machiavelli nach längerem Schweigen, „versprichst du dir von dem Roterodamus, wenn er erst einmal den Stuhl Petri eingenommen hat, der doch nachweislich auf einem unfruchtbaren Felsen steht?"

„Alles", antwortete der Kardinal, „was von seinen Vorgängern bisher versäumt worden ist, diesen Felsen fruchtbar zu machen."

„Nicht übel!", nickte Machiavelli, um dann also fortzufahren: „Wer den Possen der sogenannten Weltlenkung in die Zügel fallen will, der muss rascher und weiter vorausdenken als die anderen, die doch alle zusammen faulen Geistes und trägen Herzens sind."

„Wäre der Roterodamus", eiferte sich der Kardinal, „bereits von Julius Sekundus mit dem Purpur bekleidet worden, – lange genug hat er sich ja zu diesem Behufe in Rom aufgehalten – so wäre nach dem Hinscheiden jenes kriegerischen Papstes nicht der Medici Leo Dezimus, sondern der Roterodamus gewählt worden!"

„Nicht unwahrscheinlich!", nickte Machiavelli. „Vorausgesetzt, dass jemand dagewesen wäre, der für ihn, um den Medici aus dem Felde zu schlagen, tief genug in den Beutel gelangt hätte."

„Dazu war ich bereit!", gestand Solidus Vollio. „Und wenn nun der Roterodamus von Adrian in das Kardinalskollegium aufgenommen wird, so könnte dadurch die Wahl des zweiten Medici am sichersten verhindert werden, zumal mir heute weit mehr Mittel als damals zur Verfügung stehen."

„Denn diese Wahl", meldete sich Leo Fraenkel zu Wort, „würde für Rom wie für Italien ein noch größeres Unheil bedeuten, als es die seines Vetters im Jahre 1513 gewesen ist. Niemals hätte sich die von Luther und Zwingli angestiftete Glaubenskreditmeuterei zu einem solchen barbarischen Weltskandal aufblähen können, wenn der Roterodamus schon damals auf den Heiligen Stuhl gelangt wäre."

„Auch das leuchtet ein!", stimmte Machiavelli ein. „Also bleibt, um dieser Sache auf den Grund zu kommen, noch diese Frage zu beantworten: Wieviel Scudi willst du für das Breve bewilligen, durch das der Roterodamus von Adrian nach Rom gelockt werden soll?"

„So viel dafür gefordert wird!", antwortete Solidus Vollio.

„Je mehr Kardinäle sich dafür erklären", trumpfte Leo Fraenkel auf, „desto geringer wird die Forderung sein."

„Ich halte es sogar für möglich", fügte Solidus Vollio hinzu, „dass die Ausfertigung dieses Breves ohne jedes Geldopfer zu bewirken sein wird."

„Dann wollen wir das Werk in Angriff nehmen!", entschied Machiavelli und begann sogleich den Feldzugsplan zu entwerfen, der so genau durchdacht war, dass ihm Solidus Vollio wie Leo Fraenkel vorbehaltlos zustimmen konnten.

In Ausführung dieser weltlenkerischen Verabredungen kehrte, nachdem die Pest noch vor Ostern erloschen war, Leo Fraenkel mit seiner Familie nach Rom zurück, und Solidus Vollio folgte ihm mit seinen drei Daseinsgenossinnen am Montag nach Kantate.

Zwei Wochen später wurde er auf Enkevoirts und Campeggios Empfehlung hin von Adrian zum Leiter der Apostolischen Bibliothek berufen.

Für dieses Amt ließ Solidus Vollio aus freien Stücken zwanzigtausend Scudi in die vatikanische Kasse fließen. Obschon dieses Darlehen nur ein Tropfen auf den gar zu heißen Schuldenstein war, errang er damit das Vertrauen des misstrauischen Papstes und wurde in den engeren Beratungskreis aufgenommen.

Bald darauf versuchte der Kuriale Marco von Piacenza, der sich durch die neuen Sparverordnungen in seiner Existenz bedroht fühlte, den Heiligen Vater beim Heraustreten aus seinem Schlafgemach mit einem Langdolch zu erstechen. Nur mit knapper Not konnten Campeggio, Enkevoirt und Vollio, die ihn begleiteten, diesen heimtückischen Mordanschlag verhüten.

„Gibt den Dolch her!", befahl Solidus Vollio, der den Attentäter am linken Arm festhielt, um sein Entweichen zu verhindern.

„Sei verflucht!", knirschte der Dolchschwinger, stieß sich den Stahl ins eigene Herz, brach zusammen und verschied auf der Stelle.

„Dieses Rom ist von lauter gottlosen Heiden bewohnt, die christliche Kostüme tragen!", wehklagte an diesem Abend der Heilige Vater, die Hände über seinem Kahlkopf zusammenschlagend, und seine Haushälterin Doortje Six, die wie er selber aus Utrecht stammte und zum Gaudium aller römischen Lästerzungen für ihn nicht nur kochte, sondern auch flickte und plättete, zeichnete mit dem Schaumlöffel ein großes Kreuzzeichen durch die sirokkogeschwängerte Vatikanluft und prophetete drohend: „Das wird dereinst tausendfältiglich an ihnen gerochen werden!"

Und es sollte auch also und gar nicht anders geschehen.

Philipp Melanchthon, eigentl. Philipp Schwartzerdt, * 16. Februar 1497 in Bretten, † 19. April 1560 in Wittenberg, war neben Martin Luther der wichtigste kirchenpolitische Akteur und theologische Autor der Wittenberger Reformation

Lucas Cranach der Ältere, * vermutlich um den 4. Oktober 1472 in Kronach, Oberfranken, † 16. Oktober 1553 in Weimar, war einer der bedeutendsten deutschen Maler, Grafiker und Buchdrucker der Renaissance. Er war ab 1505 Hofmaler am kursächsischen Hof.

Nicolaus von Amsdorf, * 3. Dezember 1483 in Deutschland, † 14. Mai 1565 in Berlin, war ein deutscher lutherischer Theologe und früher protestantischer Reformator. Als Bischof von Naumburg (1542–1546) wurde er der erste lutherische Bischof im Heiligen Römischen Reich.

Kaspar Schwenkfeld von Ossig, auch Caspar, Kaspar von Schwenckfeld, * 1490 in Ossig bei Lüben, Herzogtum Liegnitz, † 10. Dezember 1561 in der Freien Reichsstadt Ulm, war ein deutscher Reformator, spiritualistischer Theologe und religiöser Schriftsteller.

Wilhelm II. de Croé, Herr von Chiévres, 1458–28. Mai 1521, Graf von Beaumont, Marquess of Aarschot, Lord of Temse, war der Hauptlehrer und Erster Kammerherr von Karl V.

John Kardinal Fisher, * 1469 in Beverley (Yorkshire), † 22. Juni 1535 in London, war Bischof des Bistums Rochester in England und Kardinal. Er wird in der römisch-katholischen Kirche als Märtyrer und Heiliger verehrt.

Peter Martyr d' Anghiera, Petrus Martyr Anglerius oder Angleria, Februar 1457 – Oktober 1526, war ein italienischer Historiker im Dienste Spaniens während des Zeitalters der Erforschung.

Bilderstürmer und Sturmbildner

Um diese Zeit erschien in Zürich unter dem Titel „Urteil Gottes, unseres Ehegemahls, wie man sich mit allen Götzen und Bildern verhalten soll", eine von Ludwig Hätzer, dem Kaplan von Wädenswil, verfasste Schrift, darin zur beschleunigten Entfernung aller durch Pinsel und Meißel erzeugten gottesdienstlichen Greueldinge aufgefordert wurde. Durch diese Mahnung wurde der Schumacher Niklas Hottinger erhitzt und dazu angestiftet, mit etlichen gleichgesinnten Helfern den zwanzig Fuß hohen, reichlich mit Blutfarben und Wundmalen verzierten Kruzifixus in der Vorstadt Stadelhofen nicht nur umzustürzen, sondern auch kunstgerecht zu zersägen, um ihn dann zu Gunsten der Hausarmen meistbietend versteigern zu können. Ein öffentliches Religionsgespräch, in dem Ulrich Zwingli das Unterfangen dieser vom Rat der Stadt in eine peinliche Anklage verstrickten und festgenommenen Kontraschreckfetischisten vor neunhundert Zuhörern verteidigte, vermochte denn auch die sofortige Freilassung der Verhafteten zu bewirken.

„Gott ist das Wort und nicht das Bild!", predigte er nach diesem staunenswerten Erfolg am Sonntag Epiphanias von der Domkanzel herab und glaubte damit für den Kanton Zürich den beelzebübischen Ursprung des siebenfarbigen Sonnenspektrums hinreichend bewiesen zu haben.

Worauf sich einige Heißsporne zusammenrotteten, um seinem Rate die Tat folgen zu lassen. Sie drangen in den Dom ein, gossen das Weihwasser in die Gosse, zertrümmerten die Beichtstühle, rissen die Heiligenbilder von den Wänden und eröffneten darauf ein Pflastersteinbombardement gegen die bunten Kirchenfenster, wobei sich einige stellungslose Glasergesellen zwecks Arbeitsbeschaffung besonders hervortaten.

„Volkes Stimme, Gottes Stimme!", erklärte Zwingli, nachdem er sich diese Bescherung besehen hatte, und legte dann selbst mit Hand an, um das Gotteshaus von allem papistischen Götzenstand zu reinigen.

Nur das Kreuz auf dem Hauptaltar ließ er stehen, obschon der eigensinnige Niklas Hottinger ganz entschieden dagegen war. Da er seine lose Schusterzunge durchaus nicht stille legen mochte, wurde er aus Zürich vertrieben, irrte darauf einige Wochen lang in den Nachbarkantonen herum und fiel schließlich den Luzernern in die Hände, die ihrer Frömmigkeitssucht nicht besser zu frönen vermochten, als ihm den Kopf zu rauben.

Daraufhin schlug sich Ludwig Hätzer zu den in den Seedörfern immer kecker auftretenden Wiedertäufern, die von Zwingli jeden Sonntag dreimal in den tiefsten Höllenschlund verdammt wurden, jedoch so ungehorsam waren, nicht nur auf dieser Erde zu verbleiben, sondern sich darauf auch noch schneller als die Kaninchen zu vermehren.

Zu diesem Zweck kolportierten sie mit bewundernswürdiger Emsigkeit die Schriften von Karsthans, darin nicht nur von einem zweiten Gott auf Erden die Rede war, der zu Rom säße wie seine ihm ebenbürtigen Abersacher zu Wittenberg und Zürich, sondern auch von fleischlichen Brüdern, Kanzelochsen, Altargeißlern, Kardinälen, Superintendenten, Protonotarien, Auditoren und Offizialen gesilbt wurde, die allesamt des Teufels Apostel seien und jede Kirche zur Vorhölle machten.

Unterdessen hatte der Papst an alle christlichen Fürsten eine von Araceli, Campeggio, Schinner und Vollio inspirierte und von Enkevoirt stilisierte Großbulle abfertigen lassen, darin sich die Kurie auf das heftiglichste darüber beklagte, dass der Hass und der Unverstand gewisser Potentaten alle bisherigen Friedensbemühungen vereitelt hätten.

Bei Strafe der Exkommunikation, so schloss diese Zurechtweisung, gebiete ich, der Stellvertreter Gottes auf Erden, einen Waffenstillstand auf drei Jahre. Genug des Bruderblutes ist vergossen worden, und alle christlichen Fürsten haben nur noch danach zu streben, dass sie es verdienen, auf ihren Thronen belassen zu werden! Sonst wird sich ein Sturm erheben, der stark genug ist, auch die höchsten Stühle zu erschüttern!

Dann, lachte sich zu Brüssel der Zyniker Gattinari, nach Kenntnisnahme dieses kurialen Kuriosums, ins Staatsmannsfäustchen, hat es mit dem angedrohten Sturm noch gute Weile. Denn dieser lederne

Schulmeister sitzt ja selber auf dem allerhöchsten Throne! Er versteht rein gar nichts von unserer Politik, die doch nur deshalb so fein gesponnen ist, damit sie von keinem unserer Untertanen begriffen werden kann!

Worauf er das Dokument zu den päpstlichen Akten legte.

„Schon in Byzanz", sprach Desiderius an demselben Morgen zu Johannes Froben, der ihm soeben gemeldet hatte, dass die Wiedertäufer bereits in den Landgemeinden des Kantons Basel eingedrungen waren, „hat es einen Bildersturm gegeben, der nicht von Pappe gewesen ist. Auch damals ist das Kreuz stehen geblieben, das doch ebenfalls nur ein Bild ist. Und genau dasselbe gilt von jedem einzelnen Wort. Also erzeugt eine Torheit die andere! Und je heftiger der Streit, desto gleichwertiger die Inkonsequenz auf beiden Seiten. Und so haben sich denn sämtliche Streitmacher zuletzt in ihren eigenen Vokabelschlingen zu fangen. Wie sich denn jeder Glaubenshaufen mit dem Beile des eigenen Unverstandes, das er gegen seinen Gegner schwingt, immer wieder selber zerspalten muss. Die Gier nach dem höheren Profit, nach dem Mehrverbrauch, nach den Besitz der Mehrheit ist es, die diese Ungestümler immer wieder in die Qual der Wahl hineintreibt. So müssen die sich selbst lobenden Toren unablässig ihren eigenen Vorrat verraten und dadurch das ihnen eingeübte Übel vermehren. Diese Sektierer setzen nur die Praktiken fort, die ihnen von den Fürsten vorgemacht werden, von jenen gekrönten Tröpfen, die ihre Völker schinden und brandschatzen, um ihrer Macht, Pracht und Herrlichkeit weiter frönen zu können, bis es der arme und gemeine Mann, aus dessen Schweiß sie ihre Tempel, Burgen, Paläste und Festungen bauen, nicht länger ertragen will und kann."

Auch in Wittenberg blieb es nun, während Luther noch immer auf der Wartburg weilte, nicht länger ruhig, und die allgemeine Erbitterung wider die eingefleischten Papisten, die es wagten, Messen, Homilien und Totenämter in der alten Art und Weise zu zelebrieren, wuchs und schwoll, bis am 3. Dezember die Explosion erfolgte. Denn an diesem Morgen drang ein Haufe von Studenten und Bürgern, die blanke Messer unter ihren Mänteln trugen, in die Pfarrkirche ein, wo sie den Gottesdienst störten, die Messbücher von den Altären fegten und die Priester hinausstießen.

Gleich darauf ließ der Theologieprofessor und Archidiakonus Andreas Rudolf Bodenstedt von Karlstadt, der sich bereits mit Hilfe der Jungfrau Anna von Mochau vom Joche des Ehelosigkeitsgelübdes entbunden hatte, die Schrift erscheinen „Von der Abtuung der Bilder und dass hinfort kein Bettler unter den Christen sei". Obschon er darin nicht verriet, wie er mit seinem Gänsekiel von den gemalten Bildern auf die ungemalten Bettler geraten war, blühte ihm doch, zumal der ebenso wohlbeleibte wie fastenfeindselige Gabriel Zwilling, genannt die Didymus, ein Klosterbruder Luthers, auch diesen fettgedruckten Ansichten rückhaltlos beipflichtete, der stattliche Erfolg, dass der Wittenberger Rat auf Lukas Cranachs Hilferufe die unverzügliche Entfernung aller Bilder aus den Kirchen anordnete, um diese Schöpfungen durch solche Sicherheitsverwahrung vor der Zerstörung zu behüten. Diese Rettungsaktion ging bei der wachsenden Aufruhrneigung der stürmisch bepredigten Menge nicht ohne einige Sturmbildungen ab, die aber nicht nur von der Obrigkeit, sondern sogar von Karlstadt scharf gemissbilligt wurden.

Inzwischen rang Melanchthon, vom Schismakummer geknickt und gepeinigt, ratlos die zarten Gelehrtenfinger, während Amsdorf, der gegen Karstadts Paukenwirbelkehle nicht länger antrommeln konnte, knirschend die Faust im Sacke ballte, und Lukas Cranach wie ein Berserker tobte, sintemal weder er noch sein Gesellenklüngel davon ablassen mochte, die mit den sieben Farben mehr oder minder lieblich bepinselten Leinwandflächen als ein unbedingtes Erfordernis für die Erlangung der ewigen Seligkeit zu erachten.

„Der Karlstadt will uns alle zu Bettlern machen!", schnaubten die zünftigen Pinseler im Chor, bekleckten ihm nächtens Fensterläden und Haustür mit Fegefeuerflammen und Höllenfratzen und erecktenten sich sogar, die Theologiestudenten, an denen in Wittenberg wahrlich kein Mangel herrschte, auf der Straße anzugrimmen und anzurempeln.

Also gedieh denn diese farbtöpfliche Unruhe weiter und legte sich auch nicht, als die Zwickauer Propheten, die Tuchmacher Niklas Strauß und Markus Thomä nebst den Studenten Markus Stübner und

Martin Cellarius, in Wittenberg erschienen und aus ihrem Streben, von der tyrannischen Autoritätswut der Theologen und den daraus entspringenden Sorgen des täglichen Daseins rasch und restlos erlöst zu werden, kein Hehl zu machen beliebten. Weiterhin schwärmten sie mit wärmster Inbrunst für das himmlische Jerusalem auf Erden, wo alles allen gehört, kein Theologe sich weiter vernehmen noch sehen lassen darf und der Regenbogen nicht nur wie im Schlaraffenlande mit Schinken, Würsten und Kuchen verziert ist, sondern auch voller Geigen, Maultrommeln, Dudelsäcken, Trompeten, Posaunen und dergleichen Reklameinstrumenten hängt. Obendrein verwarfen sie nach dem Beispiel ihres Oberpriors Thomas Münzer, der sich als erster wider das gar zu sanftlebende Fleisch in Wittenberg silblich zu erheben erdreistet hatte, die Kindertaufe als kontraevangelisch, abgöttisch und unvernünftig.

„Ohne Luther geht es nimmermehr in Wittenberg!", meldete der von Spalatins und Melanchthons Wehklagen aufgestörte Kanzler Brück seinem gnädigen Kurfürsten, der sich wieder einmal mit seiner geliebten Anna Weller und ihren vier Kindern auf das Jagdschloss in der Lochauer Heide zurückgezogen hatte.

„Ei, so lasst ihn halt wieder heraus aus dem Loch!", befahl Friedrich der Weise achselzuckend und reiherbeizte weiter.

Der daraufhin von Rat und Gemeinde zurückgerufene Luther erreichte als Junker Jörg, mit rotem Lederkäpplein, Hosen und Wams, ohne Rüstung, aber das Schwert an der Seite, sonder Unfall die Stadt Wittenberg, legte hier wieder seine nur wenig abgeänderte Augustinermontur an und begann in dieser Tarnungstracht sogleich seine gewissensaufrüttelnd durchdringende Stimme zu erheben. Eine ganze Woche lang, von Invokavit bis Reminiscere, predigte er in der Pfarrkirche über die Pflichten der christlichen Liebe, der Zucht und der Ordnung und gegen die Bilderstürmer, dass die Kanzel zitterte, die Fenster klirrten und die andächtigen Zuhörer bis in die Nieren zusammenschraken.

„Wer die Bilder für Götzen ausschreit", zeuste er auf seine Sachsen herunter, „ist der nicht selber ein Götzendiener und verdient der nicht, aus dieser frommen Stadt hinausgestoßen zu werden?"

Worauf er sich in seine Zelle zurück begab, um daselbst die himmelstädtischen Propheten aus Zwickau nebst ihrem Anhang mit der

Schwertschneide seiner Feder erbarmungslos abzuschlachten. Und wenn es auch nicht siebzig Stück waren, wie sein leuchtendes Vorbild, der blutdürstige Hebräer Elias am Bache Kidron gräuelmärchengemäß abgestochen haben soll, so rauschten die darüber zu Wittenberg vergossenen Tintenblutströme doch nicht weniger stattlich und überzeugungsheischend dahin. Außerdem jagte er nun die Schrift „Von den Bildern, Sakramenten und Mönchsgelübden wider den papistischen Popanz" durch Hans Luffts dienstwillige Druckpressen und scheute sich nicht, durch das Zweite der Heiligen Zehn Gebote kurzerhand einen balkendicken, wahrhaft erzkatholischen Strich zu machen, also dass es fortan in Wittenberg und Umgegend genauso wie in Rom keine Todsünde mehr war, sich ein Bildnis noch irgendein Gleichnis zu machen oder machen zu lassen. Nur das Anbeten dieser buntfarbigen Stummfabrikate wurde strengstens untersagt und verboten.

Unter hörbarem Aufatmen zog der Wittenberger Rat nun seinen kirchenkunstfeindlichen Beschluss zurück, worauf Lukas Cranach, der es späterhin sogar zur Würde des Bürgermeisters bringen sollte, sich beeilte, die vorübergehend verpönten Farbphantome mit Hilfe seiner Gesellen wieder zu kirchenwandlichen und preistreibenden Ehren zu erhöhen.

Und so begann es denn auch von Wittenberg aus immer beträchtlicher zu menscheln.

Der zum Stadtprediger von Torgau ausersehene Gabriel Zwilling bekehrte sich nun gar hurtiglich zu Luther zurück, und die spaltpilzlichen Schwarmgeister trollten sich von dannen, nicht ohne Wittenberg mit Babylon und Ninive verglichen und ihm ein noch weit schlimmeres Ende vorausgesagt zu haben.

Karlstadt wurde von Luther ganz gehörig heruntergeputzt, verstand es aber danach, sich ohne höhere Berufung in die Pfarre von Orlamünde zu drängen, wo er sich aber nur so lange zu halten vermochte, bis ihn Luther zum fleischgewordenen Satanas abgestempelt hatte.

„Das Lausenest Wittenberg soll nicht über die Welt triumphieren!", prophetete Karlstadt, als er sich, arm wie ein klosterloser Bettelmönch, in südwestlicher Richtung davonmachte.

In diesen Tagen ließ sich der Humanissimus Desiderius im Hause „Zur Alten Treu" von Hans Holbein, der später auf seine Empfehlung hin nach London ging und dort zu Weltruhm gelangte, wiederum abkonterfeien.

„Und was sagst du zu diesen Bilderstürmern?", wurde Desiderius von Holbein im Laufe des munteren Sitzungsdialoges befragt.

„Jeder Bildersturm", antwortete Desiderius, „pflegt das Anzeichen einer neuen Sturmbildung zu sein. In Wittenberg haben die Maler das Feld behauptet, in Zürich dagegen haben sie es verloren."

„Und wenn", gab Holbein zu bedenken, „diese unruhigen Geister nun auch hierher nach Basel kommen?"

„Dann werden wir beide darob keine Träne vergießen!", versicherte Desiderius und zog die silberne, mit Würzkräutern gefüllte Kugeldose aus der Tasche. „Denn hier in Basel hat sich die Malkunst längst vom theologischen Leitseil befreit. Wie geschrieben steht: Gut Ding hat Weile, arg Ding hat Eile! Und deswegen haben es am allereiligsten die Potentaten. Auch bist du ebenso wenig wie ich an diese Wirkungsstätte gebunden. Wie Zürich kein Basel ist, so ist Basel kein Wittenberg. Denn die Baseler, in deren Stadt kaum ein Haus zu finden ist, das nicht wenigstens einen guten Gelehrten, Studenten oder Künstler beherbergt, haben sich von jeher davor gehütet, ihre Sachen übers Knie zu brechen. Und gelangt der große Sturm trotz alledem doch noch hierher, so werden wir zwei Welteidgenossen ein wenig auf Reisen gehen und nicht eher zurückkehren, bis der törichte Tumult vorüber ist. Auch in London wie in Paris, in Stockholm wie in Krakau, in Kopenhagen wie in Hamburg blieben wir das, was wir immer waren und was wir auch heute noch sind, du der Holbein und ich der Roterodamus. Sogar in Ultima Thule könnten wir rüstiglich schaffen, wie und was wir immer wollten. Denn Pinselhaare und Federposen lässt der Ewige Vater mit meiner Zulassung überall wachsen, wo die liebe Sonne hinscheint. Was aber wäre der Luther ohne Wittenberg, der Zwingli ohne Zürich, der Sultan ohne Istanbul und der Heilige Vater ohne seine Wölfin? Je weiter sie sich von ihrem Ort entfernen, desto mehr schmilzt ihre Macht zusammen. Sie sind in das Gefitz ihrer Paradoxologien so kläglich verstrickt, dass sich alle ihre Triumphe, die sie bereits errungen haben und die sie vielleicht noch erringen werden, letzten Endes als Pyrrhussiege erweisen müssen. Denn der Gipfel der Bildung lässt sich nicht erstürmen, sondern wer ihn erreichen will, der muss mit Fleiß und Ausdauer zu ihm emporwachsen. Und am stürmischsten pflegen sich stets die Theologen zu benehmen, obschon sich doch keiner von ihnen unterstehen darf, mit der Allwissenheit öffentlich zu liebäugeln oder auch nur nach ihr zu schielen. Deswegen auch weiß weder der Luther noch der Zwingli, dass jegliches Wort immer nur ein gesilbtes Dingbild ist. Und wie jedes Malwerk, so muss auch jedes Wort einen festen Platz im Raume wie in der Zeit haben. Die Feder ist dabei der Pinsel, die zwei Dutzend Leute sind die Farben, und das ewig geduldige Papier ist die Leinwand. Je größer der Pinsel, desto elender das von ihm erzeugte Lautgemälde! Nun aber sind gerade die groben, die schimpflichen Lautgebilde, die von den Fürsten und ihren Dienern unter Strafandrohung als die allein richtigen und treffenden ausgegeben werden, die allerschlimmsten dieser pneumatologischen Fetische. Und werden sie obendrein schon in den Windeln von den Theologen mit dem Wasser der Heiligen Taufe begossen und so zu christentümlichen Gegenständen abgestempelt, dann ist ihr Gebrauch doppelt gefährlich. So beruht zum Beispiel die Knechtschaft aller Knechte lediglich auf dem Nochvorhandensein der Silbe Herr, auf der die Theologen mit besonderer Leidenschaftlichkeit herumreiten. Doch der Ewige Vater hat auch in dieser Hinsicht von Ewigkeit vorhergesorgt. Die Sprache nämlich ist das unvergleichbare Gewebe, auf dem gerade die allerschlausten Füchse, die schon so misstrauisch geworden sind, dass sie ihre eigenen Beobachtungen nicht mehr wahrhaben mögen, am höchsten geprellt werden können. Darum wehe jedem, der die alten Ketten nur zerbricht, um neue daraus zu schmieden, wie der Luther und der Zwingli es tun, weil sie es nun einmal durchaus nicht lassen können!"

„Doch sie sind", warf Holbein ein, „trotz alledem große Männer, und ich hätte wohl Lust, sie fein säuberlich abzukonterfeien!"

„Und weshalb zögerst du damit?", fragte Desiderius, nachdem er sich am Dufte der Erquickungsdose gelabt hatte. „Solltest du etwa Furcht davor haben, dass sich dein wunderfeiner Pinsel gegen diese grobgezungten und raukehligen Zeitgeister sträuben und dir den Dienst verweigern könnte? Denn diese beiden

Lärmathleten erscheinen dir ja nur so groß, weil so viele kleine Leute an ihnen hängen. In fünfhundert Jahren wird von dem Trara ihrer Größe nicht mehr viel übrig sein. Wie geschrieben stehen sollte: Nur der Lärm macht das Geschwärm! Und: Je kleinlauter die Waisenkindlein, desto großmäuliger der Herre Vormund! Die Richtigkeit reift humorlos heran! Darum: Je tüchtiger der Führer, desto untüchtiger alle, die sich von ihm anführen lassen! Immer wieder wird das Märchen von der Goldenen Gans gespielt, bis sämtliche Schwachköpfe bis zur Willenlosigkeit angeleimt sind. Und so ist der Zwingli ein kleiner Luther wie der Luther ein großer Zwingli ist. Ob Wittenberg, ob Zürich, ob Rom, ob Istanbul, es geht den Theologen immer nur um die Macht über die kleinen Geister, nur um die Herrschaft, das heißt um die Kasse, und der einzige Unterschied zwischen ihnen ist der Außenanstrich, der Augenohrenbalsam, die darauf gesilbte Farbe. So und nicht anders hängen diese Dinge in der Tiefe zusammen, und wer das nur fest im Auge behält, dem kann es nicht schwerfallen, die Rolle der Vorsehung zu spielen."

Hier ließ Hans Holbein den Pinsel sinken, als wollte er vor Desiderius salutieren, schaute ihn unverwandt an und malte dann schweigend weiter.

Noch lebt Chièvres in seiner grundverschmitzten Sekte weiter und macht den jungen Kaiser immer irrer, berichtete zur selben Stunde der britische Gesandte Spirelli aus Brüssel nach London.

Und der in Rom botschaftende Herzog von Sessa tintete gleichzeitig nach Brüssel: *Die Kardinäle waren vielleicht vom Heiligen Geist besessen, als sie Adrian wählten, aber seitdem sind sie vom Teufel gepackt worden, sodass niemand voraussehen kann, wohin die Fahrt noch gehen soll.*

Zwei Tage später fand mitten in der lombardischen Tiefebene die Mordsschlacht von Bicocca statt, in der die Franzosen und die von ihnen angeworbenen Reisläufer von den Kaiserlichen Landsknechten unter Prospero Colonnas, Ferrante Pescaras und Jörg von Frundsbergs Führung so kräftiglich in die Pfanne gehauen und in die Flucht geschlagen wurden, dass dem Pariser Landesstiefvater Franziscus Primus die Galle ins Blut schoss und ihm bei seiner allerhöchsten Herrscherehre nichts anderes übrig blieb, als einen neuen Angriffsheerwurm aus dem königreichlichen Volksmutterkuchen zu stampfen.

Die drei siegreichen Feldobristen machten sich darauf, da ihr Kaiser schon wieder einmal nicht bei Kriegskasse war, da er alle noch zusammenkratzbaren Steuergroschen für seine zweite Spanienfahrt benötigte, durch die gründliche Ausplünderung der schwerreichen Handelspiratenmetropole Genua bezahlt.

„Wenn schon", predigte Luther am nächsten Sonntag über das Thema ‚Wie weit man weltlicher Gewalt Gehorsam schuldig sei', „eine Obrigkeit noch so gottlos, tyrannisch, geldgierig und verschwenderisch ist, so gebührt den Untertanen doch nimmermehr, sich dagegen aufzulehnen und zu widersetzen, sondern sie sollen solches vielmehr erkennen und hinnehmen als eine vom allmächtigen Herrn verfügte Züchtigung und Strafe, welche sich die Untertanen durch ihre eigenen Sünden, deren Zahl Legion ist, selber verwirkt und zugezogen haben!"

Also begann nun auch dieser unvergleichliche Kanzeldonnerer nach seinem für ihn so folgenschweren Aufenthalt auf der Feudalfeste Wartburg damit, der fürstlichen Amtsgewerkschaft göttliche Ehren zu erweisen, dem Volke die Patronatsfessel als himmlische Einrichtung aufzumutzen und die unbedingte Folgsamkeit als das wichtigste aller Seligkeitsmedikamente zu verordnen.

Und genau das hatte der Eidgenosse Ulrich Zwingli in Zürich nicht nötig, da er kein fürstliches Haupt über sich spürte und der Rat dieser Stadt überhaupt keinen Beschluss mehr zu fassen wagte, der von diesem Kanzeltyrannen nicht vorher gebilligt worden wäre. Und so wurde auch hier, im Raume der eidgenössischen Freiheit, auf priestergewaltliche Weise versucht, den Willen des Volkes in Fesseln zu schlagen, was auch den Schlachtfeldtod dieses Theomilitaristen zur Folge haben sollte.

Um diese Zeit geruhte der Kaiser, bevor er in Antwerpen an Bord seiner stolzen Spanienflotte ging, sein Testament zu Papier zu bringen, da nichts so sicher sei wie der Tod und nichts so unsicher wie die Sekunde seines unabwendbaren Eintritts, und bestimmte in diesem seinem letztwilligen Dokument, dass im Falle seines allerhöchsten Ablebens auf Rechnung seiner folgsamen Völker nicht weniger denn dreißigtausend Seelenmessen für ihn gelesen werden sollten, ein bündiger Beweis dafür, wie märchenhaft schlecht ihm das eigene einundzwanzigjährige Herrschergewissen trotz aller Absolutionsbemühungen seines Beichtvaters Glapion bereits deuchte und vorkam. Allein der Gott der christentümlichen Seefahrt war auch diesmal diesem Grund- und Bodentyrannen so gewogen und gnädig, dass er bereits am 16. Juli mit neunzig Schiffen, dreitausend ausgesuchten deutschen Landsknechten und einem Geschützpark von einhundertundelf Feuerschlünden nebst der dazugehörigen Munition in Santander landen konnte. Das mitgeführte Hofpersonal bestand aus zweitausendvierundvierzig zweihändigen Geschöpfen, wozu noch dreizehnhundert Vierfüßler kamen, teils Rosse, teils Hunde.

Den spanischen Untertanen gingen ob dieses majestätischen Advents sogleich die Augen auf und kreuzweise über, denn die Kamarilla der Kaiserlichen Hofräte nahm sich nun das Recht heraus, die aufs Haupt geschlagenen Aufrührer mit einer solch aarigen Vermögensbeschlagnahme zu bestrafen, dass sich die Städte dieser schwer geprüften Halbinsel von solcher grausamen Schröpfung erst nach hundert Jahren wieder etwas zu erholen vermochten. Und so wucherten denn auch die kaiserlichen Schuldsummen unter der Ediktpapierfläche geiltriebig weiter wie die Wasserpest unter dem Teichspiegel. Anstatt über die Lösung dieses ökonomischen Weltgrundrätsels nachzusinnen wie es seine allerhöchste Pflicht und verdammte Schuldigkeit gewesen wäre, ließ Carolus Quintus fleißig Messe lesen, ritt auf die weidmannsheilige Jagd, sprengte immer wieder gegen seine Turniergegner an, die sich von ihm zu Dutzenden gehorsamst aus dem Sattel werfen ließen, und begann sich schon auf die achte seiner Verlobungen vorzubereiten, da die siebente, nämlich die mit der Engländerin Mary, bereits aus dem Leim zu gehen drohte. Auch dieser Enkelsohn des Letzten Ritters hatte um genauso viele Jahrhunderte zu spät das Licht der Welt erblickt als der Hexenmeister Desiderius zu früh in sie hineingeraten war.

Unterdessen hatte Margarete von Geest im Kloster der Zisterzienserinnen von Oudenaarde ihrem majestätischen Entjungferer eine neun Pfund schwere Tochter geschenkt, die nicht nur am Leben blieb, sondern später sogar als Margarete von Parma und Statthalterin das Zepter über die gesamte Niederlande schwingen sollte.

Der Papst Adrian Sextus, botschaftete in diesen Tagen der Herzog von Sessa aus Rom an Gattinari nach Valladolid, *hat es bereits verstanden, alle auf ihn gesetzten Hoffnungen zunichtezumachen, denn er ist schwach wie ein Rohr und unentschlossen wie eine alte Jungfer, ein Knauser und Pedant, ohne alle Kenntnisse seiner Geschäfte, die infolge der subtilen Weltläufe immer verwickelter und schwieriger werden. Ja, mit diesem Tiaraträger haben wir uns, wie es scheint, ganz bös in die Nesseln gesetzt, zumal sein Gesundheitszustand, da er sich durchaus nicht an die scharfen Temperatursprünge des römischen Klimas gewöhnen kann, sehr viel zu wünschen übriglässt. Misstrauisch wie ein schwerhöriger Karrengaul, umgibt er sich mit niederländischen Schreibern, die aber, schon wegen der noch immer nicht beschworenen Geldnot der Kurie, keineswegs unbestechlich sind. So konnte ich von seinem kürzlich verstorbenen Geheimsekretär Zisterer für einen Dukaten jedes Geheimnis erfahren. Selbst während seiner letzten Krankheit hat sich dieser exemplarische Duckmäuser nächtlicherweise aus dem Päpstlichen Palast geschlichen, um mir die allervertrautesten Dinge seines Herrn zu hinterbringen. Zum Nuntius, der auf dem nächsten Reichstag über die Kirchenspaltung sprechen soll, ist der Bischof von Terama bestimmt worden, ein ziemlich unbedeutender Geist, der sich bei dieser delikaten Mission kaum mit Ruhm bedecken wird. Auch scheint, seitdem die Pest hier endlich erloschen ist, Pietro Aretino wieder nach Rom zurückgekehrt zu sein, denn gestern Morgen klebte am Pasquino das folgende giftige Distichon, das, wie alle Kenner behaupten, nur aus seiner Feder stammen kann:*

> *Was willst du in Rom, o du Frosch*
> *aus Nordhollands memphitischen Sümpfen?*
> *Schluckt dich die Hölle nicht bald, hüpfe zum Himmel empor!*

Kein Wunder also, dass die Kardinäle längst dabei sind, sich nach einem besseren Papst umzutun. Die einen halten es mit dem Vizekanz-

ler, der in den kurialen Dingen sicherlich die meisten Erfahrungen besitzt. Aber seiner stets mit großem Nachdruck geäußerte Versicherung, dass er Euer Gnaden wie Seiner Majestät von ganzem Herzen gewogen und ergeben ist, vermag ich noch keinen Glauben zu schenken, denn er ist nicht nur ein Medici vom reinsten Wasser, sondern er hat auch schon sämtliche französisch gesinnten Kirchenfürsten auf seiner Seite. Dagegen sind die anderen Kardinäle, vor allem Araceli, Campeggio und Schinner, an derer Kaisertreue nicht zu zweifeln ist, schon am Werk, den Heiligen Vater zu bewegen, anstelle seines Datars Enkevoirt, der kaum noch von seiner Seite weicht, keinen anderen als den Roterodamus zum Kardinal zu erheben, mit dessen Wahl dann wohl auch gerechnet werden müsste, zumal der Medicigegner Vollio, der kürzlich zu dieser Gruppe gestoßen ist, nicht abgeneigt zu sein scheint, einen Teil seiner durch eine kürzlich in Pisa gemachte Erbschaft mehr als verdoppelten Reichtümer für den Roterodamus in die Waagschale zu werfen, um sich solcherart die weitere Nachfolge zu sichern. Auch hat er die allerbesten Beziehungen zu dem Bankhaus Lukas & Semerdio, was nicht außer Acht gelassen werden darf. Sogar meine Bemühungen, Euer Gnaden zu einem Purpurhut zu verhelfen, finden bei ihm das vollste Verständnis.

„Der Roterodamus als Papst?", schmunzelte der Staatskanzler Gattinari, nachdem er diesen spannenden Bericht zur Kenntnis genommen hatte. „Warum nicht? Dann ist mir der Purpurhut sicher!" Worauf er dieses Dokument zu seinen persönlichen Geheimakten legte.

Zur selben Stunde bekannte der Nuntius Francesco Chieregati, der Bischof von Terama, auf dem nach Nürnberg einberufenen Reichstage im Namen des Papstes: „Wir wissen nur zu gut, dass bei und um den Heiligen Stuhl seit Jahren viel Abscheuliches geschah, Missbräuche der Geistlichkeit, Überschreitung der Mandate, und dass alles und jedes ins Arge und Verderbliche verkehrt worden ist. Kein Wunder, wenn diese schwere Krankheit vom Haupte zu den Gliedern, von den Päpsten zu den Prälaten herabstieg. Wir alle sind vom rechten Wege abgewichen, und niemand hat seit langem Gutes getan, auch nicht einer! Deshalb ist es Not, dass wir nun alle Gott allein die

Ehre geben, unsere Seelen vor dem Allmächtigen demütigen und jedermann zusehe, wie tief er gefallen ist und wie er sich wieder aufrichte. Und so wollen wir denn zuerst die römische Kurie reformieren, von welcher diese Schändlichkeiten ausgegangen und in Schwang gebracht worden sind, fernerhin in der Kirche nur die tugendhaftesten und die gelehrtesten Männer zu Amt und Würden gelangen lassen und erheben, und sämtliche Missbräuche durch ein Konzilium ein für alle Mal abstellen, umso mehr als dies von den Völkern der ganzen Welt mit Sehnsucht gewünscht und erwartet wird. Wir mögen gar nicht an das Unglaubliche denken, dass eine so große und freie Nation, wie es die deutsche ist, durch ein kleines Mönchlein, das vom alleinseligmachenden Glauben abgefallen ist, nachdem es denselben jahrelang gepredigt hat, sich von dem Wege hinwegführen lässt, den der Heiland mit seinen Aposteln allen Völkern gewiesen, den so viele Märtyrer mit ihrem unschuldigen Blute getränkt und besiegelt und den so viele fromme Menschen, nämlich alle eure Ahnen beiderlei Geschlechts, gewandelt und geschritten sind. Welch eine verhängnisvolle Torheit, annehmen zu wollen, dass jenes abgefallene Mönchlein allein weise sei und den Heiligen Geist vollkommen innehabe, und dass die Kirche, der doch Christus bis zum Ende der Welt für alle Tage seinen Beistand zugesichert hat, bisher im Dunkel der Verzweiflung und auf dem Pfade des höllischen Verderbens dahingewandelt wäre, bis das Licht der neuen Häresie sie hätte erleuchten müssen."

Doch auch dieser letzte Versuch, das Schisma zu beschwören, erwies sich als eitel, dieweil der Schatz des Vertrauens auf beiden Seiten längst verzettelt und verbraucht worden war. Sogar der von Haus aus so sanftmütig veranlagte Philipp Melanchthon brachte nun sogar schon den Mut auf, diesen kuriosen Kurialen mit dem Titel Windbeutel auszuzeichnen, worauf Luther im Kreise seiner Mitarbeiter also triumphierte: „Da seht ihr wiederum auf das Deutlichste, dass ich nur die lautere und reine Wahrheit über die römische Heuchelei verkündigt habe! Denn glaubt nur ja nicht, dass sich nun dieser auf der Wölfin reutende Papstesel reformieren will! Im Gegenteil, das alles ist nur Lug und Trug und eitel Sand in die Augen und Ohren! Wir Deutschen wissen längst, was wir davon zu halten haben, wenn sich der vatikanische Bruntius in seiner Scheißangst etwas entfahren lassen muss. Ja, die Wölfin hat nun einmal das längste und blutigste aller Kerbhölzer, und es ist nachgerade Zeit geworden, dass es ihr mit Gottes gnädiger Zulassung um die Ohren geschlagen wird!"

Im Gegensatz zu der eidgenössischen war die deutsche Reformation für die regierenden Fürsten wie für den nicht minder gierigen Adel der alle höheren Beamtenstellen besetzt hielt, ein viel zu saftiges Geschäft, als dass dieser durchaus nicht nur aufrichtige, von Enkevoirt gezeilte Zerknirschungssermon bei den in Nürnberg versammelten Reichsherren den gewünschten Beifall gefunden hätte. Und so wurde denn auch an der Pegnitz hinter den Reichskulissen so heftiglich geschachert und geprachert, gelistet und gequistet, gewoben und geschoben, gekappelt und gepappelt, dass der Nürnberger Trichter schier wie eine Schmiedeesse zu qualmen begann.

Um diese Zeit traf Niccolo Machiavelli mit der ersten von ihm eingesammelten Bodenzinsrate in Rom ein und hatte hier mit Solidus Vollio im Speisesaal seines an der Töpfergasse gelegenen Palastes einen gründlichen Disput, der dann, nachdem Machiavelli drei Tage lang eifrig zwischen den sieben Hügeln herumgehorcht hatte, in der bei Frascati gelegenen Villa Violetta also fortgesetzt und beendet wurde.

„Auch nach meinen Erfahrungen zu urteilen", erklärte Machiavelli, „ist dieser Heilige Vater schon heute ein verlorener Mann."

„Zweifellos!", bestätigte Solidus Vollio. „Denn die Bürde seiner Würde raubt ihm den Schlaf, wie ihm die Defizitschlinge den Atem verschlägt. Wenn nicht eine baldige Änderung eintritt, dann wird sich ein Sturm erheben, der ihm die Tiara vom Haupte fegt."

„Also", folgerte Machiavelli, „tut Eile not!"

„In seiner Blindheit", fuhr der Kardinal fort, „bemerkt er nichts von den kommenden Dingen, und Enkevoirt, dem er jedes Wort glaubt, bestärkt ihn noch darin."

„Weil er", fiel Machiavelli ein, „von der Narrheit geplagt wird, sein Nachfolger werden zu können. Also wirst du noch weitere Opfer bringen müssen! Wieviel hast du ihm angeboten?"

„Zwanzigtausend Scudi!", gestand der Kardinal. „Aber er hat nicht angebissen."

„Biete im fünfzigtausend", schlug Machiavelli vor, „und noch einmal fünfzigtausend, sobald der Roterodamus Kardinal geworden ist!"

„Ich werde es versuchen", nickte der Kardinal. „Aber du musst schon morgen früh das Breve entwerfen!"

„Das kann geschehen!", stimmte Machiavelli zu. „Doch bist du auch sicher, dass es in Basel die gewünschte Wirkung haben wird?"

„Unbedingt!", versicherte der Kardinal. „Denn wie dürfte ein so vorbildlicher Schüler, wie es der Roterodamus ist, auch nur einen Augenblick zögern, dem von deiner Hand formulierten Hilferuf seines verehrten Lehrers Folge zu leisten?"

„Und was soll geschehen", fragte Machiavelli, „wenn diesem Schüler auf seiner Reise nach Rom etwas zustößt? Denn als Zukunftsillusionist muss man alle Möglichkeiten einzukalkulieren wissen, nur nicht seinen eigenen Tod! Wirst du dann nicht bereit sein müssen, sofort in die Bresche zu springen?"

„Davor bewahre mich Gott!", wehrte der Kardinal ab. „Denn wie sollte ich mit diesem mörderischen Defizitdrachen fertig werden können? Nur der Roterodamus ist dazu imstande!"

„Soll das heißen", bohrte Machiavelli weiter, „dass du in jedem anderen Falle entschlossen bist, in der nächsten Konklave dem Medici deine Stimme zu geben und ihm damit die Gelegenheit zu eröffnen, unter diesem Defizit zusammenzubrechen, genauso wie Adrian von ihm aller Voraussicht nach zur Strecke gebracht werden wird?"

„Ist das dein Wunsch?", murmelte der Kardinal gespannter denn jemals.

„Wann", versetzte Machiavelli mit skeptischem Lächeln, „hätte sich die Vorsehung schon einmal nach meinen Wünschen gerichtet? Sicher ist nur, dass ich mich an deiner Stelle dazu wohl entschließen könnte, immer vorausgesetzt, dass es dem Roterodamus, der doch auch nicht mehr der Jüngste ist, versagt sein sollte, sein Lebenswerk mit der Tiara zu krönen. Nur würde ich mich dann, wenn der zweite Medici erst einmal den Stuhl Petri eingenommen hat, nicht nur vor allen Orangentorten höllisch in Acht nehmen, sondern auch stets bereit sein, mich wieder nach Pisa oder noch etwas weiter zurückzuziehen, sobald er mir an den Beutel will. Denn das ist das A und O seines Begehrens! Erkenne daraus, dass es durchaus kein Kinderspiel ist, den wie blind dahinstürmenden Rossen der Vorsehung in die Zügel zu fallen!"

„O wie recht hast du!", seufzte der Kardinal und bekreuzigte sich unwillkürlich. „Und eben darum müssen wir alles daransetzen, dem Roterodamus den Kardinalshut und damit die Papstwürde zu sichern."

In diesem Augenblick begann Desiderius von Basel aus nach Löwen diesen an Ludovicus Vives gerichteten Brief zu lateinen:

Hier in dieser unvergleichlichen von allen europäischen Städten laufen alle Fäden zusammen und endigen in meiner Hand, ohne dass ich mich darum bemühte. Die kürzlich durch den Kanonikus Aurelian von Gouda herausgebrachte Apokalypse findest Du bestimmt bei Peter Gilles in Antwerpen, und vom Capitolo des Francesco Berni, das an den derzeitigen Heiligen Vater kein einziges gutes Haar lässt, sende ich Dir anbei eine von meinem Famulus Rumpus mit größter Sorgfalt ausgefertigte Abschrift, dem Du dafür ein kleines Geldgeschenk zukommen lassen magst. Wer auch könnte außer Gott diesem Adrian helfen, der die Tiara wohl nur deshalb angenommen hat, weil ihn Ehrgeiz wie Eitelkeit plagten, der Frömmste aller Frommen zu heißen. Und was hat nun der Ärmste davon, der an Leos Schulden so fest hängt wie Christus am Kreuz? Wie geschrieben stehen sollte: Bist du Gottes Kind, so steige zu uns herab, aber nicht zu ihm empor! Ach, wer sollte heute noch ohne Gottes persönliche Hilfe in dieser immer wieder von der Pest bedrohten Glaubenskreditmetropole leben?

Und wie schön ist doch diese Stadt der sieben Hügel einmal gewesen! Diese wundervollen Spaziergänge unter ihren gewaltigen Ruinen, ihre kostbaren, aus der ganzen Welt zusammengetragenen Bücherschätze, diese Versammlung aller Gelehrten sämtlicher menschlichen Zungen, diese Leuchten der europäischen Gesellschaft, dieses Zentrum des abendländischen Lebens, wo nicht der Reichtum, sondern allein das

Wissen Ruhm brachte. Das alles ist nun für lange Zeit dahin! So verlockend immer die Außenseite dieses Abfalls auch gewesen sein mag, heute sieht man umso deutlicher den Wurm des Verderbens, der in ihm sitzt und der ihn unablässig benagt und zerfrisst.

Und was sollte mich schon dazu verlocken können, wieder dorthin zurückzukehren, es wäre denn nur zu einem kurzen Besuche? Wenn es zurzeit in Italien noch einigermaßen ruhig ist, so liegt das wohl nur daran, dass der Kaiser noch immer in Spanien weilt und dass der König in den Pyrenäen wie in der Pikardie, wo der Kriegsgott dem Kaiser bedeutend weniger gewogen scheint, mehr als genug zu tun hat. Es ist hier in Basel noch nichts davon bekannt geworden, dass sich am Fuße der Westalpen eine neue französische Armee versammelt, um Mailand zurückzuerobern, ebenso wenig, dass der Sultan beschlossen hätte, in Unteritalien Fuß zu fassen.

Man spricht hier vielmehr mit Zuversicht von der Besserung des Handels mit Italien wie davon, dass auf den südlichen Kriegsschauplätzen in diesem Jahr noch keine Aktionen zu besorgen sind. Mit Deiner Vermutung, dass der Felsen Petri auch nur aus Papier besteht, werde ich mich während der Feiertage beschäftigen. Denn morgen ist schon Karfreitag. Wir werden das Fest in dem vor dem Spalentor gelegenen Lustgarten begehen, den Johannes Froben kürzlich erworben hat.

Deine Erkundigung nach meinem Blasenstein beweist mir, wie sehr Dir mein Wohlergehen am Herzen liegt. Ich habe diesen Petrus noch in mir, aber er beschwert mich nicht weiter, obschon ich froh wäre, wenn ich ihn bald auf eine nicht gar zu schmerzliche Weise loswerden könnte.

In der übernächsten Nacht entwichen mit Hilfe des Torgauer Ratsherrn Leonhard Koppe neun adelige Insassinnen des bei Nimbsch nächst Grimma gelegenen Zisterzienserinnenklosters Marienthron in die Freiheit hinaus und gelangten nach Wittenberg, worüber drei Tage später der österreichische Hochschüler Wolfgang Schiefer, der bei Melanchthon dem Studium der alten Sprachen oblag, seinem früheren Lehrer Beatus Rhenanus also nach Basel berichtete:

Im Übrigen habe ich nichts Neues, was schreibenswert wäre, nur dass vor etlichen Tagen unter dem Jubel der Theologiestudenten ein Wagen hier eingefahren ist, voll und ganz beladen mit hochadeligen

Klosterjungfrauen, die ebenso gern zu heiraten wie zu leben wünschen. Sie haben die Freiheit zurückgewonnen, um sich hier nach Freiern umzusehen. Gott versorge sie rasch mit guten Männern, damit sie nicht im Laufe der Zeiten in bösere Übel geraten.

Zur gleichen Stunde ließ sich der von einem katarrhalischen Schlundgeschwür arg geplagte Heilige Vater Adrian Sextus durch seinen Koadjutor Enkevoirt, der sich auf der Würdenleiter inzwischen zum Bischof von Tortosa hat emporbefördern lassen, und die beiden Kardinäle Lorenzo Campeggio und Solidus Vollio, die zu den entschiedensten Medicigegnern gehörten, endlich dazu bewegen, die folgenden, von Nicolo Machiavelli entworfenen Briefzeilen zu unterzeichnen:

Tritt herfür, tritt herfür, Du gelehrtester und weisester der Humanisten zur Unterstützung und Verteidigung des wahren Christenglaubens! Gürte Deine Lenden, brich auf und begib Dich sogleich hierher nach Rom, um in aller Muse gegen Luther und seine Anhänger zu schreiben und diesen Sturm zu beschwören! Gebrauche Deine herrlichen, Dir von Gott verliehenen Geistesgaben zu seinem Ruhme und zum Segen der alleinseligmachenden Kirche, die zurzeit wegen unbändiger Laster, sonderlich bei den geistlichen Personen, also bitterlich notleiden muss! Denke daran, dass es nur in Deiner Hand liegt, einen großen Teil, wenn nicht alle der von Luther Verführten auf den rechten Weg zurückzubringen und viele andere vor dem drohenden Abfall zu bewahren. Erhebe Deine Stimme, damit dem Schisma und der Kreditnot ein Ende bereitet werden kann! Eine Pfründe, die Dir sehr anstehen wird, ist bereits gefunden worden, und die Kardinalswürde soll baldigst folgen, damit Du, wenn ich einst abberufen werde, mein Nachfolger werden kannst auf dem Stuhl Petri.

Noch bevor dieses Breve auf seinem Weg nach Basel Florenz erreicht hatte, schrieb Luther an den Hofprediger Spalatin also über die aus dem Nonnenklosterpferch Marienthron entsprungenen Freiheitsgewinnerinnen:

Mich jammert ihrer sehr, nicht minder der anderen, die jetzt überall in so großer Zahl in diesen Adelsspitälern, in dieser verwünschten und unzüchtigen Keuschheit verschmachten sollen. Ihr Geschlecht ist in sich so schwach und an den Mann von Natur, ja von Gott selbst her gebunden. Und nun ist man so grausam, sie von der Männerwelt abzusperren und dadurch ganz zugrunde zu richten. Ihre wohlgelungene Flucht ist ein wirkliches Wunder! Was für tyrannische und habgierige Eltern gibt es doch allenthalben in unserem Deutschland, zumal unter dem niederen Adel, der seine Töchter dem Himmel darbringt, um den ererbten Mammon besser zusammenhalten und dadurch in den höheren Adel hinaufgelangen zu können. Wer kann dich, o Papst, und euch, ihr Bischöfe, die solchen urheidnischen Molochdienst befürworten und anbefehlen, genug verfluchen und verdammen? Wer kann die Blindheit und die Unsinnigkeit, die dergleichen Himmelshurerei als besonders christlich und verdienstvoll lehrt, fordert und anpreist, genug verabscheuen und hassen?

Du fragst mich, was ich mit ihnen machen und beginnen werde? Erst werde ich ihren Verwandten, die sie ins Verderben gestoßen haben, ins Gewissen reden, dass sie sie wieder bei sich aufnehmen. Tun sie das nicht, will ich dafür sorgen, dass sie anderswo standesgemäß unterkommen. Einige von ihnen will ich verheiraten, sobald ich es kann. Denn ich trage ja die meiste Schuld daran, dass sie sich von ihrer bisherigen, so wohlversorgten Stätte losgerissen haben.

Dich aber bitte ich darum, dass auch Du nun ein Werk der Liebe tust und für mich bei den reichen Hofleuten etwas Geld erbettelst, damit ich diese frommen Jungfrauen weltlich bekleiden und für etwa acht bis vierzehn Tage ernähren kann. Denn meine Wittenberger sind allzumal doppelte Kapernaiten, siehe Matthäus 11 Vers 23. Ihnen bekommt die große Fülle des dargereichten Gotteswortes so gut, dass ich selber neulich auf meine Person für einen armen Bürger, der unschuldigerweise in die größte Not geraten war, nicht zehn Gulden geborgt bekommen konnte. Die Armen, die es gerne gäben, haben es nicht im Besitz, und die Reichen halten nach schlechter Sachsenart beide Daumen auf der Tasche und machen so viel Schwierigkeiten, dass sie, wenn sie schließlich doch noch ein paar Heller herausrücken, Gottes Dank verlieren oder ich meine eigene Freiheit darangeben muss, um mich für die Rückzahlung zu verbürgen. Aber das stimmt schon zu dieser Welt und ihrem Sinn, der es einzig und allein auf die satanische Profitkomödie abgesehen hat! Ja, diese ausgetretenen Nonnen und Mönche bringen mich um viele Stunden, damit ich all ihrer Sorge und Notdurft dienstbar bin.

Und schon drei Tage später erhielt derselbe Empfänger von Amsdorf die folgende noch viel weitergehende Anregung:

Die neun Nimbscher Nonnen sind schön, fein, und alle sind vom Adel, unter denen sich keine fünfzigjährige findet. Die älteste von ihnen, meines gnädigen Oheims Doktor Staupitzens leibliche Schwester, habe ich Dir, meinem liebsten Bruder in Christo, angerechnet zu einem Ehegemahl, damit Du Dich mögest eines solchen Schwagers rühmen, wie ich mich eines solchen Oheims rühmen darf. Willst Du aber eine jüngere haben, so soll Dir die Wahl unter den schönsten freistehen. Denn die sind alle neun noch zu haben.

„Nun ist der Martinus schon unter die Heiratsvermittler gegangen!", beseufzte Philipp Melanchthon beim nächsten Mittagessen diesen Sturmbetrieb der verdrängten Klostererotik, enthielt sich aber jeder weiteren Äußerung über diesen kitzeligen Punkt, nachdem seine Ehefrau, die geborene Krapp, die ihr von Amsdorf zugedachte Ehre, eine jener bei Nacht und Nebel entsprungenen und nun mit vollem Recht ziemlich mannstoll gewordenen Frömmigkeitshexen ins Haus aufzunehmen, mit beachtenswerter Zungenfertigkeit rundheraus abgelehnt und verworfen hatte.

Ebenso wenig vermochte sich der Magister und späterhinnige Stadtschreiber Philipp Reichenbach, dessen Gattin die Eigentümlichkeit hatte, sich vom Eifersuchtsteufel bis zum Paroxysmus plagen zu lassen, zu einer derartigen Beherbergungsleistung zu verstehen.

Auf solche Art und Weise gelangte die als besonders stolz, hochmütig und herrschsüchtig verschriene Katharina von Bora, die jüngste dieser neun dem irdischen Jammertal wieder zurückgewonnenen Himmelsbräute, unter das umfangreiche Dach des Bilderschöpfers Lukas Cranach, wo es überaus lebhaft herging, zumal er außer seinem Farbenhandwerk noch eine Apotheke betrieb und infolgedessen längst in den wohlbegründeten Verdacht geraten war, der reichste Bürger von Wittenberg werden zu wollen.

Allein kein einziger seiner inzwischen noch zahlreicher gewordenen Gesellen bezeigte den Mut, diese neue Hausgenossin auf die Leinewand zu werfen, so wenig verlockend erschien ihnen die ziemlich karge Außenseite ihrer vom Adelsstolz umrahmten weiblichen Reize.

Trotzdem gelang es ihr, den Nürnberger Patriziersohn Hieronymus Baumgärtner, den sie bei Melanchthon kennengelernt hatte, an sich zu locken. Aber dieses Glück währte nicht lange, denn kaum hatte er ein wenig davon genossen, fand er es doch für sehr geraten, im Morgengrauen das Weite zu suchen und fortan keinen Kauz mehr von sich zu geben.

Und die Wittenberger Klatschbasen fühlten sich von Stund an berechtigt, ihre scharfgeschliffenen Zungenspitzen noch eifriger zu regen, also dass es an der Elbe wie am Tiber immer beträchtlicher menscheln konnte.

An demselben Morgen, da Hieronymus Baumgärtner seine wittenbergischen Studien abgebrochen hatte, traf in Basel bei Johannes Froben aus St. Gallen ein Brief ein, den er sogleich zu Desiderius brachte.

„Nimm und lies!", sprach Johannes Froben. „Dein Eingeborener Sohn scheint unter die Reisläufer geraten zu sein."

„Das kommt auf Crotts Konto!", murmelte Desiderius, nachdem er die Zeilen gelesen hatte, und schrieb darauf nach Luzern an Florian Ponearius also:

Soeben erfahre ich aus Sankt Gallen, dass dort ein rotbärtiger Büchsenmeister namens Sophius Crott vorigen Winter, gleich nach der Fastnacht, im Gasthof Zum Hohen Säntis im Quartier gelegen hat, um für den Kaiserlichen Feldobristen Jörg von Frundsberg, dessen Heerhaufen noch immer in der Lombardei stehen, Rekruten anzuwerben, was ihm aber vom Rat dieser Stadt verweigert worden, worauf er mit sichtlichem Verdruss nach Bregenz, woher er gekommen war, zurückgeritten ist. Ich möchte Dich nun herzlich darum bitten, den Schankwirt Simon Crott in Hergiswil zu befragen, ob er inzwischen etwas von seinen beiden Neffen Sophius und Tobias vernommen oder anderweitig in Erfahrung gebracht hat.

Die Antwort darauf ließ nicht lange auf sich warten und meldete, dass bei Simon Crott im vergangenen Herbst ein gewisser in Schaffhausen geborener Stephan Oerli, der sich, da ihm das Reislaufen leid geworden war, auf der Heimreise nach seiner Vaterstadt befand, vorgesprochen und ihm einen Gruß von seinem Neffen Sophius überbracht hatte, der bei allen seinen Kameraden in dem vortrefflichen

Geruch stand, kugelfest zu sein und sich vor dem leibhaftigen Satan nicht zu fürchten.

„Also doch nur ein tapferer Haudegen", erklärte Johannes Froben achselzuckend, nachdem er diese Zeilen zur Kenntnis genommen hatte, „ein Eisenbeißer und Bramarbas, aus dem sich wohl ein Mars, aber kein Hermes, noch viel weniger ein Famulus schnitzen lässt!"

„Zuerst muss ich seiner habhaft geworden sein", erwiderte Desiderius, „dann wird sich schon bald herausgestellt haben, was sich aus ihm noch machen lässt. Die Hauptsache ist und bleibt, dass er noch lebt. Und wenn er erfährt, wer in Wahrheit sein Vater ist, dann wird es sich nicht so schwer halten, ihn hinter der Donnerbüchse hervorzulocken."

„Aber wo willst du ihn finden?", fragte Johannes Froben mit bedenklichem Kopfschütteln.

Und Desiderius antwortete: „Bei Jörg von Frundsberg in der Lombardei! Von ihm werde ich meinen verlorenen Sohn zurückfordern! Ich werde noch einmal auf Reisen gehen, zuerst nach Schaffhausen, um diesen Stephan Oerli auszufragen, und dann – "

Hier platzte der Famulus Rumpus herein und meldete den Domdechanten Niklas von Diesbach. Johannes Froben zog sich zurück, worauf des Bischofs Christoph von Utenheims Koadjutor über die Schwelle hereinwallte. Sogleich fiel er vor Desiderius auf die Knie, zog ein mit dem doppelten Schlüsselwappen verschlossenes Schreiben aus dem Busen und lateinte feierlich: „Seine Heiligkeit der Papst Adrian Sextus hat mich durch den hochwürdigen Bischof beauftragt, dir dieses Breve auszuhändigen!"

Desiderius zerbrach das Siegel, öffnete das Pergament, überflog schweigend die Zeilen, bedachte sich lange und sprach: „Es sei! Noch diese Woche werde ich von Basel abreisen. Und so es nur Gottes Wille ist, werde ich auch Rom erreichen!"

Worauf Niklas von Diesbach verschwand, um solches dem Bischof zu berichten, und Johannes Froben wieder erschien.

„O Desiderius!", wehklagte er, nachdem er den Reisebeschluss vernommen und das Breve gelesen hatte. „So willst du uns doch noch untreu werden?"

„Noch bin ich nicht im Besitz des Purpurhutes!", erklärte Desiderius gelassen.

„Deine Freiheit", rief Johannes Froben händeringend, „willst du der Wölfin zum Opfer bringen?"

„Wenn das auch alle bisherigen Päpste getan haben", fuhr Desiderius fort, „sollte es dann nicht Zeit geworden sein, dass ein Papst gewählt wird, der nur das tut, was dem Ewigen Vater beliebt, und nichts mehr billigt und zulässt, was ihm wie mir nicht gefällt? Und wagt die Wölfin dagegen aufzumucken, dann ist die Stunde gekommen, den Heiligen Stuhl von ihr zu erlösen!"

„Und wie", stammelte Johannes Froben außer sich, „willst du solches vollbringen?"

„Indem ich ihn", exaktete Desiderius, „ins Herz der Eidgenossenschaft verpflanze!"

Johannes Froben griff sich mit allen zehn Fingern an die Stirn und hauchte ergriffen: „Dieser Gedanke kann dir nur von Gott eingegeben worden sein!"

„So ich nicht", schmunzelte Desiderius, „fähig gewesen wäre, ihn durch eigenes Nachdenken zu erhaschen."

Drei Tage später brach er auf, und die Freunde gaben ihm bis zu dem von den Römern gegründeten und längst in Trümmer gesunkenen Augst das Geleit.

„Werden wir uns jemals in diesem Dasein wieder sehen?", fragte Bonifacius Amerbach mit Tränen in den Augen, so nahe ging ihm dieser Abschied.

„Wenn nicht hier am Rhein", erwiderte Desiderius mit grunddeutender Geste, „auf eidgenössischem Boden, dann in Rom! Ein jeder von euch wird mir dort herzlich willkommen sein. Und wenn ich euch rufe, dann zögert nicht, euch auf die Reise zu machen, damit der Wille des Ewigen Vaters geschehen kann!"

Das versprachen sie ihm denn auch mit tausend Freuden und wünschten ihm alles nur erdenklich Gute auf den Weg.

Sein Reisegenosse war Beatus Rhenanus, der auf ein paar Tage nach Konstanz wollte, wohin sein ältester Sohn zu hochzeiten gedachte. Hinter ihnen ritt mit zwei hochbepackten Maultieren der aus Gouda stammende und in Emmerich aufgewachsene Famulus Joachim Drenkwater genannt Rumpus.

So strebten sie denn bei schönstem Frühlingswetter am linken Ufer des Rheinstromes gemächlich dahin, waren guten Mutes und sprachen von den kommenden Dingen.

„Und was", fragte Beatus Rhenanus, als sie in Zurzach bei einer Kanne Burgunderwein in einer blühenden Geißblattlaube rasteten, um sich für den Weiterritt zu stärken, „wirst du mit deinem Eingeborenen Sohn beginnen, so er sich weigert, dem Waffenhandwerk Valet zu sagen?"

„Dann werde ich ihn", antwortete Desiderius, nachdem er ihm zugetrunken hatte, „von Adrian zum Obristen der päpstlichen Garde befördern lassen."

„Fürwahr, du hast alles wohl bedacht", rief Beatus Rhenanus voll Bewunderung und tat ihm einen tiefen Bescheidzug.

Am dritten Mittag vernahmen sie schon von ferne die donnernde Stimme des Rheinfalles, den sie darauf schweigend bewunderten. Bevor sie weiterritten, gab es einen kräftigen Gewitterschauer, und gleich darauf wölbte sich über dem stürzenden Flutgefälle die schimmernde Perlenbrücke eines doppelten Regenbogens empor.

„Also", sprach Desiderius, als erst das Brausen hinter ihnen verstummt war, „strömt die unerschöpfliche Gnade des Ewigen Vaters unter seinem allmächtigen Willen durch die Äonen dahin!"

„Und du", seufzte Beatus Rhenanus, „willst dich nun kopfüber in diesen chaotischen Strudel hineinstürzen? Du mit deinen siebenundfünfzig Jahren? Mit deiner schwachen Gesundheit? Hast du auch das wohlbedacht?"

„Bis Rom", silbte Desiderius wie gestochen, „werde ich noch viel Zeit zum Nachdenken finden. Und genauso viel Zeit wird auch der Ewige Vater haben, über mich und mein weiteres Schicksal nachzudenken."

Hier tauchte hinter der letzten Waldecke die Stadt Schaffhausen mit ihren Zinnen, Toren und Türmen auf.

Bei strahlendem Abendsonnenschein ritten sie über die Rheinbrücke bis auf den Marktplatz, wo sie im Gasthof „Zum Güldenen Steinbock" ein gutes Quartier fanden.

Während sich Desiderius, vom Ritt ermüdet, auf das Bett legte, um ein wenig zu ruhen, begaben sich Beatus Rhenanus und der Famulus Rumpus auf die Suche nach dem in seine Vaterstadt zurückgekehrten Reisläufer Stephan Oerli.

Sie konnten aber nur seinen Oheim, den ziemlich mürrischen Hafnermeister Kilian Hüttwiler, ausfindig machen, von dem sie erfuhren, dass sein Neffe Stephan Oerli, den er offenbar wenig schätzte, in der Schlacht von Bicocca den linken Arm verloren hätte und unlängst nach Stein am Rhein verzogen sei, um dort für zwölf Groschen die Woche den Nachtwächter zu spielen.

Aber auf dem Rückweg zum Gasthof fiel ihnen mitten in der Schmiedegasse ein Handwerkerschild auf, das diese acht Silben aufwies: Tobias Crott Uhrenmeister.

Und schon pochten sie an diese Tür und traten ein.

Tobias Crott erwies sich als ein umgänglicher und mitteilsamer Eidgenosse von echtem Schrot und Korn, der sich in der Welt umgetan und noch niemals aus seinem Herzen eine Mördergrube gemacht hatte.

„Mein Stiefbruder Sophius", bekannte er auf ihre Fragen ohne Zögern, „soll in der Schlacht von Bicocca gefallen sein. Solches hat mir der Stephan Oerli erzählt, der auch dabei gewesen ist. Aber ich kann es nicht glauben, da ich weiß, dass der Sophius hieb-, stich- und kugelfest ist. Schon zweimal ist er totgesagt worden, doch beide Male war es gelogen. Aber woher kennt ihr ihn?"

„Wir kennen ihn nur dem Namen nach", gestand Beatus Rhenanus, und der Famulus Rumpus fügte hinzu: „Wir sind von seinem rechten Vater abgeschickt worden."

„Aha!", rief Tobias Crott und schnäuzte sich. „Nun geht mir ein Licht auf! Mein Vater ist ein sehr vornehmer Herr! Das hat er immer gesagt. Daran hat er so fest geglaubt wie an das Heilige Evangelium! Nun soll er endlich zu Ehren kommen! Das gönne ich ihm von ganzem

Herzen! Denn er ist mir immer ein treuer Bruder und ein wackerer Gehilfe gewesen. Nur das Sitzfleisch hat ihm gefehlt. Und so hat ihn denn sein stürmischer Drang in die Feldschlacht hinausgetrieben, Frühling anno neune! Wohl an die hundert Mann sind damals von hier nach Luzern und über den Gotthard marschiert. Und er allen voran als Fähnleinträger und Tambourmajor."

Darauf kehrten Beatus Rhenanus und der Famulus Rumpus zu Desiderius zurück, der sich sogleich vom Lager erhob und ihren Bericht mit wachsender Spannung entgegennahm.

„Dann" sprach er, als sie geendet hatten, und griff sich an die linke Schläfe, „habe ich ihn erblickt, damals vor vierzehn Jahren in Luzern, aber ich habe ihn nicht erkannt, damals als das Schaffhausener Fähnlein vorbeimarschiert ist."

„Glaubst du", forschte Beatus Rhenanus, „dass sich ein Mensch unverwundbar machen kann?"

„War Christus unverwundbar?", fragte Desiderius zurück.

„Nimmermehr!", antwortete der Famulus Rumpus, als Beatus Rhenanus mit der Antwort zögerte.

„Also", folgerte Desiderius, „muss angenommen werden, dass die menschliche Unverwundbarkeit außerhalb des göttlichen Zulassungskreises liegt. Der ewige Vater hat uns so verwundbar geschaffen, weil wir uns lieben sollen, also dass wir uns in Ewigkeit voreinander zu fürchten haben, wenn wir in dieser höchsten aller Künste versagen."

„Fürchtest du", bohrte Beatus Rhenanus weiter, „dass dein Eingeborener Sohn im Kampf gefallen ist?"

„Sollte ich als sein Vater", antwortete Desiderius, „weniger Zuversicht hegen, als euch sein Stiefbruder bekundet hat?"

Nun zog er einen Dukaten aus der Tasche und befahl dem Famulus Rumpus, dieses Goldstück dem Uhrenmeister Tobias Crott auszuhändigen zur Belohnung für die freundliche Auskunft.

Und es geschah also.

Am Abend erschien Tobias Crott im Güldenen Steinbock, um den vornehmen Vater seines Stiefbruders kennenzulernen, und Desiderius hieß ihn mit einem Handschlag willkommen und unterhielt sich dann mit ihm bis Mitternacht unter vier Augen.

„Wie steht es um deinen Eingeborenen Sohn?", fragte Beatus am folgenden Morgen.

„Trotzdem er unter die Kriegsknechte gegangen ist", erwiderte Desiderius, „kann an seiner Wohlgeratenheit nicht gezweifelt werden."

„Und was hältst du von seiner Unverwundbarkeit?", forschte Beatus Rhenanus weiter.

„Es ist der Geist, der sich den Körper baut!", antwortete Desiderius und legte sich noch einmal nieder, um der Ruhe zu pflegen, da ihn der Blasenstein peinigte.

Am Nachmittag erreichten sie ohne Hast die Stadt Stein am Rhein, wo sie in der Herberge „Zur Ewigen Lampe" abstiegen.

Stephan Oerli hauste nicht weit davon, war aber, da er schlief, noch nicht zu sprechen. Erst gegen Ende der elften Abendstunde trafen sie mit ihm zusammen, und zwar vor dem Marktbrunnen, als der Vollmond schon hoch über den Giebeldächern stand und wie ein goldener Apfel glänzte.

„Weißt du auch", begann Beatus Rhenanus, „dass Tobias Crott nicht daran glaubt, was du ihm über seinen Stiefbruder erzählt hast?"

„Das weiß ich wohl!", antwortete Stephan Oerli. „Aber das kann kein Jota daran ändern, was ich mit eigenen Augen gesehen habe!"

„Und was hast du gesehen?", fragte Desiderius.

„So wahr ich selig werden will", beteuerte Stephan Oerli und stampfte wie zur Bekräftigung seiner Aussage den Schaft der Hellebarde aufs Kopfsteinpflaster des Marktes, „so wahr ist Sophius Crott, unser Büchsenmeister, an meiner Seite von einer Hakenbüchsenkugel niedergestreckt worden!"

Hier verspürte Desiderius einen so heftigen Schmerzensstich im innersten Gekröse, dass er sich nicht mehr aufrecht zu halten vermochte und sich auf die Brunnenstufe niederlassen musste.

„Mitten durch die Brust geschossen!", fuhr der nächtliche Stadtbeschützer fort. „Maria und Josef, rief er noch. Dann fiel er um wie ein Baum und regte sich nicht mehr. Ich wollte ihm aufhelfen, aber er war schon hin. Als ich ihm die Augen zudrücken wollte, kam eine Stückkugel daher und traf uns beide. Mir riss sie den Arm weg, und ihm zerschlug sie das Knie. Aber das hat er nicht mehr gespürt. So verlor ich bei Bicocca nicht nur meinen linken Arm, sondern auch den allerbesten meiner Kameraden."

„Und das kannst du auf deinen Eid nehmen?", fiel ihm Beatus Rhenanus ins letzte Wort.

„So wahr mir Gott helfe!", rief Stephan Oerli und hob die drei Schwurfinger, nachdem er die Hellebarde an den steinernen Brunnentrog gelegt hatte.

In diesem Augenblick begann die Rathausuhr zu tönen.

Und als der elfte Schlag verklungen war, erklärte Stephan Oerli: „Mitten auf dem Schlachtfelde haben sie ihn mit vielen anderen in eine Grube getan und dann Viktoria darüber geschossen."

Worauf er das Horn an die Lippen setzte und es elfmal aufbrüllen ließ. Dann steckte er es in den Gürtel zurück, ergriff die Hellebarde und verschwand um die nächste Ecke.

„Was ist euch, Meister?", fragte der Famulus Rumpus bestürzt.

„Der Petrus, der Petrus!", seufzte Desiderius. „Der Traum ist aus! Mein Eingeborener Sohn ist in der Feldschlacht gefallen! Ich habe ihn geschaffen, ich habe ihn dahingegeben, aber ich bin gänzlich außerstande, ihn am dritten Tage von den Toten auferstehen zu lassen!"

„So hart hat dich sein Tod getroffen?", wehklagte Beatus Rhenanus, setzte sich neben ihn und umfing ihn mit beiden Armen.

„Aber noch härter", hauchte Desiderius, „plagt mich der Felsen Petri, der diesen Sturm erregt hat. So willig der Geist, so schwach das Fleisch!"

„Hol einen Medikus!", befahl Beatus Rhenanus dem Famulus Rumpus.

„Es hat keine Eile!", widersprach Desiderius. „Morgen früh sind die Schmerzen vorbei, und wir reiten weiter. Der Anfall geht schon vorüber."

Wenige Minuten später war Desiderius imstande, sich zu erheben. Aber Beatus Rhenanus und der Famulus Rumpus mussten ihn stützen. Ganz langsam leiteten sie ihn in den Gasthof zurück und brachten ihn zu Bett, wo ihn ein heftiger Schüttelfrost erfasste.

Dann wurde es besser mit ihm. Als der Medikus erschien, lag Desiderius bereits im tiefen Schlafe.

Aber in Konstanz, wo Desiderius bei dem Domherren Johannes von Blotzheim die allerbeste Aufnahme fand, kehrten die Schmerzen zurück und wurden immer heftiger. Die seelische Erschütterung in Stein am Rhein und der letzte Ritt hatten das internistische Plagegebilde erweicht und zertrümmert, und die einzelnen Stücke begannen sich nun auf den Weg in die Freiheit hinauszumachen.

Ganze sechs Wochen währte diese daseinsbedrohliche Pein, bis das letzte Fragment, ein bohnengroßer Brocken, ans Licht gelangte.

„Ich war auf dem Wege", sprach Desiderius zu Beatus Rhenanus, der ihn die ganze Zeit über betreut und selten von seinem Lager gewichen war, „die größte Torheit meines Lebens zu begehen. Aber der Ewige Vater hat mich davor bewahrt. Dieses antike Gerümpel in Rom ist längst reif dafür, nach Utopia verfrachtet zu werden!"

„Mir hat es von Anfang an geschwant", gestand Beatus Rhenanus. „Du bist viel zu schade dazu, um in Rom den Heiligen Vater zu spielen!"

So endete die zweite Reise nach Rom.

Ein Arboner Getreideschiff nahm sie nach Basel mit. Desiderius war so schwach, dass er an Bord gesänftet werden musste. Aber sein Geist war reger denn jemals. Und jeden Morgen diktierte er dem Famulus Rumpus einige Briefe.

„Der ewige Vater hat es nicht gewollt!", sprach er zu Johannes Froben, der ihn an der Baseler Schiffslände abholte und seine Freude, ihn so bald wieder zu sehen, wahrlich nicht verbarg.

Vier Schweizerdegen trugen den Genesenden auf einem Polsterstuhl zur Alten Treu hinauf.

Drei Tage später, zur selben Stunde, da Desiderius durch einen an den Heiligen Vater Adrian Sextus gerichteten Brief die Annahme der Kardinalswürde unter Hinweis auf seinen schlechten Gesundheitszustand zum letzten Male ablehnte, richtete Luther nach Nürnberg an Hieronymus Baumgärtner die folgenden Zeilen:

Wenn Du im Übrigen Deine Käthe von Bora festhalten willst, so tue bald etwas dazu, bevor sie einem anderen gegeben wird, der schon bei der Hand ist. Noch hat sie die Liebe zu Dir nicht verwunden. Ich werde mich sicherlich über jede mit ihr einzugehende Verbindung von Herzen freuen.

Allein dieser in Wittenberg so erfolgreich durch die Lappen gegangene und in den Nürnberger Trichter reuig zurückgekehrte Jüngling, der sich nun bereits um die Gunst der fünfzehnjährigen Walburga der einzigen Tochter des ebenso oberbayerischen wie papistischen Oberamtmanns Dichtel von Tutzing bewarb, beobachtete auch weiter in Richtung auf Elbrom das tiefste Stillschweigen, worauf sich Luther und Amsdorf nach einem etwas besser geeigneten Nachbrauter umsahen. Denn so gering in dieser Hinsicht auch ihre praktischen Erfahrungen waren, so groß war ihr hochamtsseitiger Stellvertretungsdrang und ihr oberpriesterlicher Eifer, ihrem Kirchengotte sämtliche irdischen Geschäftsfunktionen abzunehmen und so dieses sogenannte Absolutum nach römischem Vorbild in die vollkommene, in die fetischgemäße Passivität hineinzukomplimentieren.

„Mir bleibt schier der Verstand stehen!", beseufzte Philipp Melanchthon in aller Heimlichkeit diese stürmischen von seiner Ehegattin, der geborenen Krapp, mit dem Terminus Kuppelpelzereien bedachten ehesakramentlichen Anstrengungen.

Hadrian VI., mit bürgerlichem Namen Adriaan Floriszoon (Florenszoon) Boeyens bzw. Adriaan Florisz d'Edel, im Deutschen auch unter dem Namen Adrian von Utrecht bekannt, * 2. März 1459 in Utrecht, † 14. September 1523 in Rom, war vom 9. Januar 1522 bis zu seinem Tod Papst in Rom.

Wilhelm III. von Enckenvoirt, * 1464 in Mierlo, † 19. Juli 1534 in Rom, war Kardinal und Bischof von Tortosa (1523–34) und Utrecht (1529–34) und enger Vertrauter Papst Hadrian VI.

Niccolò di Bernardo dei Machiavelli, * 3. Mai 1469 in Florenz, Republik Florenz, † 21. Juni 1527 ebenda, war ein italienischer Philosoph, Diplomat, Chronist, Schriftsteller und Dichter.

Juan Luis Vives March, Ioannes Lodovicus Vives, Jan Ludovicus Vives, März 1493 – 6. Mai 1540 war ein spanischer Gelehrter und Renaissance-Humanist. Vives war der erste, der einige Schlüsselideen beleuchtete, die belegten, wie Psychologie heute wahrgenommen wird.

Höchste Würde ärgste Bürde

Inzwischen hatte sich der neue französische Heerwurm durch die Westalpenpässe in Bewegung gesetzt, um die bei Bicocca der Pariser Krone zugefügte Scharte auszuwetzen und das so schmählich verlorengegangene Mailand zurückzugewinnen.

„Welch ein Unheil zieht da herauf!", wehklagte der auf dem Stuhl Petri thronende Zimmermannssohn aus Utrecht.

Am nächsten Morgen traf die von Desiderius an ihn gerichtete Absage ein, die nicht dazu angetan war, die im Vatikan herrschende Kümmernis zu mindern.

Der Heilige Vater erlitt einen überaus unheiligen Ohnmachtsanfall, musste zu Bett gebracht werden und stöhnte, als er wieder zur Besinnung gekommen war: „Ich bin hundertmal kränker als er!"

Arnusius Cronus, der päpstliche Hofarzt, und zwei spaniolische Gesundheitszauberer bemühten sich um die Wiederherstellung des Schwererkrankten, ohne sich jedoch über die Diagnose einigen zu können.

„Mein Ende naht heran!", ächzte er am dritten Morgen. „Ich hoffe im Himmel keinen einzigen Römer anzutreffen, denn die gehören samt und sonders in die allertiefste Hölle!"

Noch an demselben Abend sprach Solidus Vollio zu Leo Fraenkel: „Eile nach Basel, kuriere den Roterodamus, biete ihm eine Million Scudi und beschwöre ihn, nach Rom zu kommen!"

Aber es war schon zu spät.

Denn Adrianus Sextus, dieser einzige mit der Tiara gekrönte Niederländer, verschied schon um Mitternacht mit den Worten: „Jetzt bin ich auch so klug wie der Roterodamus!"

Kurz vor seinem Ableben hatte er Wilhelm von Enkevoirt zum Testamentsvollstrecker bestimmt und ihm auch die Kardinalswürde zugeschoben.

„Der Defizitmoloch", sprach Leo Fraenkel zu Solidus Vollio, „hat das erste Opfer verschlungen. Hüte dich davor, das zweite zu werden!"

„Ich weiß, was ich zu tun habe!", nickte Solidus Vollio entschlossen.

Nun endlich war es vorbei mit der batavischen Finsternis, die ganze zwanzig Monate wie ein barbarischer Albtraum auf den Sieben Hügeln gelastet hatte, und der römische Pöbel geriet schon wieder völlig aus dem Häuschen. Rund um die Stadt flammten Freudenfeuer auf, und ein Rudel ausgelassener Studenten bekränzte die Tür des päpstlichen Hofarztes mit Lorbeerzweigen, nachdem sie mit goldgelben Buchstaben daran gepinselt hatten:

Dem Befreier des Vaterlandes!
Der Senat und das Volk von Rom.

Acht Tage später hielt der Vizekanzler Giulio die Medici, von Florenz kommend, einen überaus pomphaften Einzug durch die Porta del Popolo, und mit ihm kehrte auch Pietro Aretino, um diesem Kirchenfürsten seine Feder zur Verfügung zu stellen, aus Arezzo zurück und pasquinierte sogleich also:

Adrian starb, und entgegen mir brausen die Chöre des Jubels.
Also geleitet zur Gruft dich das gerettete Rom!
Medici nur ist der Medikus, sämtliche Wunden zu heilen,
Die uns versetzte der Tropf aus dem vereisten Brabant!

Trotz des Rachegeschreis der Flamländer und der Spanier vermochten die römischen Ärzte, die den Leichnam des Verblichenen auf das gewissenhafteste sezierten, nicht die geringsten Giftspuren zu entdecken. Der in pfundskleine Stücke zerschnittene Altpapst wurde ohne Aufsehen zur mitternächtlichen Stunde in der Andreaskapelle des noch immer nicht vollendeten Petersdomes beigesetzt.

Am gleichen Sonntage geruhte der Kontrapapst Luther in der Pfarrkirche zu Wittenberg seine Predigt mit den folgenden überaus seltsamlichen Silbengirlanden zu verzieren: „Ratio, die schöne Metze, die menschliche Vernunft, des Teufels Braut oder die verfluchteste aller Huren, die man ob ihrer rasenden Weisheiten mit Füßen treten, die man totschlagen und der man, auf dass sie hässlich wie die Nacht werde, einen Dreck ins Angesicht werfen soll! Auf das heimliche Gemach soll sie sich trollen, diese schäbige, aussätzige, öffentliche

Lustvettel und Freudenschlampe mit ihrem Gottsaffendünkel, der allein schuld ist an jeglichem Unheil in dieser Welt!"

Der dankbare neue Kardinal Wilhelm von Enkevoirt aber setzte dem verstorbenen Papst in der Kirche Dell' Anima ein Marmordenkmal mit der Inschrift:

Tugend des besten der Männer, was giltst du in schrecklichen Zeiten.
Da an der Waage der Welt waltet der schamlose Trug.
Da vom Gezeter der Meinungen wanket das wertende Zünglein.
Und die Vereinung des Seins hindert der fälschende Schein!

Als die Nachricht vom Hingang des Papstes in Basel eintraf, sprach Desiderius zu Bonifacius Amerbach, der sie ihm übermittelte: „Die höchste Würde ist die ärgste Bürde! Ich danke dem Ewigen Vater jeden Morgen dafür, dass er die Gnade gehabt hat, mir zeitig genug die letzten Schuppen von den Lidern zu nehmen und mich auf meine alten Tage vor diesem Unglück zu bewahren, so schmerzlich auch diese Schule für mich gewesen ist."

„Und welcher Kardinal soll Papst werden?", fragte Johannes Froben, der dieser Unterredung beiwohnte.

„Der stolzeste!", entschied Desiderius achselzuckend. „Wie geschrieben steht: Blitzdummheit und Adelsstolz wachsen auf demselben Wappenholz!"

Und es sollte wiederum also und nicht anders geschehen.

Auch dieses Konklave fand in der Sixtinischen Kapelle statt und sollte ganze sieben Wochen dauern.

„Wir Römer", erklärten die Konservatoren im Namen der Bürgerschaft an der von den Schweizergardisten scharf bewachten Tür der Sixtina, „verlangen zum neuen Papst einen geborenen Italiener, selbst wenn er ein noch so klotziger Ignorant sein sollte!"

Damit hatten sich die Wahlaussichten Thomas Wolseys, des noch immer zu London lordkanzelnden Kardinalerzbischofs von York, zum anderen Male in eitel Dunst aufgelöst.

„Wie kommen diese Idioten dazu", ereiferte sich Lorenzo Campeggio, der wieder in der achtunddreißigsten der Wahlhütten saß, „unter uns auch nur einen einzigen Ihresgleichen zu vermuten?"

„Wir werden wohl", antwortete ihm der diesmal in der dritten Wahlzelle hausende Solidus Vollio, „in den bitteren Apfel beißen und den Medici wählen müssen!"

„Dann", prophetete sein Nachbar Enkevoirt düster, „holt uns alle der Teufel!"

Als die ersten drei Wochen ergebnislos verlaufen waren, begannen die Römer unruhig zu werden.

„Die Rothütler scheinen in der Sixtina überwintern zu wollen!", spottete der mantuanische Gesandte Quarantino, als die papstschwangere zweiundsechzigköpfige Weltheilsgewerkschaft noch immer keine Miene machte, in die Wochen zu kommen.

„Sie werden schon mürbe werden!", sprach der Medici zu dem Dominikanerprior Luigi Sebulloni, der ihn bediente und dem er die Würde des Protonotars versprochen hatte.

„Wählen wir den Farnese!", schlug Soderini vor, als die vierte Woche herum war.

„Dann holt uns", prophetete Enkevoirt noch düsterer, „der Pariser Beelzebub!"

Doch ebenso wenig wie bisher der Medici vermochte auch der Kardinal Farnese die erforderliche Stimmenmehrheit auf sich zu vereinigen. Sogar die aus Paris stammenden einhunderttausend Gulden, die er heimlichsterweise dem Kaiserlichen Botschafter zurollen ließ, konnten daran nichts ändern.

Immer tollere Stachelgruppen, Machtbündel, Trutzdolden und Bestechungstrauben trieb dieser neosemitische Schacherkaktus um den Stuhl der Stühle und um den darunter befindlichen umfangreichsten aller europäischen Defizitkörbe.

Pietro Aretino aber wettete auf den Medici dreihundert Zechinen, und zwar gegen Dominikus Massimi, den reichsten römischen Großschieber, der die doppelte Summe auf den Kardinal Farnese setzte und sie auch richtig am neunundvierzigsten Tage verlor, was ihn nicht wenig kränkte.

Und so gelangte denn doch noch der zweite Medici, der außer dem Erzbistum Florenz die Bistümer Girona, Agria Civita Castellana, Bertinoro, Ascoli, Potenza, Embrun und Narbonne und die besonders fetten Abteien Chiaravalle und Tre Fontane ausbeutungshalber innehatte, auf den Thron der Throne, und die Römer glaubten schon wieder einmal, diese Entscheidung stürmisch bejubeln zu dürfen.

Euer Majestät, zeilte der Herzog von Sessa nach dem Spanischen Burgos an den Kaiser, *jetzt ist Eure Macht so groß und gewaltig, dass sie Steine in gehorsame Söhne verwandeln könnte. Die den Franzosen hier in Rom beigebrachte Niederlage ist so vollkommen, dass man schon mit dem Weiterfließen der französischen Subsidien zu rechnen wagt. Auch dieser neue Papst ist Euer Majestät ganz ergebenster Untertan, und die Wölfin heult bereits in schuldiger Ehrfurcht zu ihm empor. Ein Goldregen hat sich über die Stadt ergossen, und alles schwimmt in Jubel und Wonne. Jedermann hofft von diesem zweiten Medici die Erneuerung der glücklichen Vergangenheit und die Wiederkehr des Glanzes und der Pracht. Clemens Septimus hat schon am ersten Tage seiner Herrschaft mehr Gnaden ausgeteilt als sein Vorgänger während seines ganzen Pontifikats. Alle Ämter sind mit neuen Männern besetzt worden, obschon doch zuletzt nicht ein einziger Kardinal seine Stimme gegen den Medici abgegeben hat. Denn sämtliche zweiundsechzig Zettel trugen seinen Namen.*

Auch Solidus Vollio war von seiner Sorge um die Apostolische Bibliothek entbunden worden.

„Die Freude wird nicht lange währen!", sprach er zu Leo Fraenkel und zog sich trotz der vorgerückten Jahreszeit mit seinen drei schönen Daseinsgenossinnen nach Frascati zurück.

Die Krönung des neuen Papstes war ein bis zum Freudentränenerguss gesteigertes Schauspiel. Auf der Tribüne des vatikanischen Palastes stand ein dreiundzwanzig Ellen langes und zwölf Ellen hohes Transparent mit dem von Adelsstolz triefenden Worten:

Clemens Septimus, Wiederhersteller des Weltfriedens und unbeugsamer Verteidiger des christlichen Namens!

Dieses achttägige Fest brachte alle Römer und Römerinnen auf die Beine. In dem am Florkamp gelegenen Gasthof Zur Sonne klangen die Becher, rollten die Würfel wie niemals zuvor. Und unzählige Kannen wurden hier geleert auf die Gesundheit dieses in einem doppelten Ehebruch sakrilegisch erzeugten und unehelich geborenen Papstvetters, dessen Mutter, eine ebenso hübsche wie blitzdumme Florentinerin, von ihren Eltern an einen lahmen Flickschuster verheiratet worden war.

Auch der zu dieser Herberge gehörige und von der Gerbergasse aus zugängliche Weinkeller „Zur Unbefleckten Empfängnis", darin Urban Immerius als Pächter und Oberküfermeister den Spundhammer wie ein Zepter schwang, war bis auf den letzten Platz gefüllt. Denn wer in Rom einen besonders guten Tropfen zu schätzen wusste, den dürfte dieser rheinpfälzische Zapferzauberer zu seinen Stammgästen zählen, unter denen der Federgaukler Pietro Aretino und der Famaschmied Paulus Jovius, der sein vatikanisches Amt behalten hatte, die berühmtesten waren.

Am letzten dieser Festtage war auch Leo Fraenkel zur Stelle, den sie vor dem Pasquino getroffen hatten und der ihnen nun half, die von Paulus Jovius sauber abgeschriebenen Versblüten dieses steinernen Autors zu begutachten.

„Lauter Lobeshymnen!", stellte Pietro Aretino mit Befriedigung fest.

„Kein Wunder!", triumphierte Paulus Jovius. „Denn sie beten doch nur nach, was wir ihnen vorgebetet haben!"

„Wenn nur die Hälfte davon eintrifft", prophetete Leo Fraenkel, „dann ist Rom übers Jahr der Vorhof des Himmels!"

„Ja, dieser zweite Medici", beteuerte Pietro Aretino, „wird der am meisten geehrte Papst werden, den die Kirche seit Jahrhunderten gehabt hat!"

„Und wem allein hat er solches zu verdanken?", stach Leo Fraenkel dazwischen. „Nur dem Roterodamus, der sicherlich gewählt worden wäre, wenn er nicht auf die Kardinalswürde verzichtet hätte!"

Aber Pietro Aretino und Paulus Jovius widersprachen ihm so heftig, dass Urban Immerius herangelockt wurde und Frieden gebot. Er hörte sich an, worum es ging, wiegte das graugelockte Haupt, legte den rechten Zeigefinger an die herzhaft glühende Nase, kniff das linke Auge zu, als gelte es, die Ewigkeit aufs Korn zu nehmen, und sprach:

„Der Roterodamus hat es vollbracht! Davon beißt keine Reblaus auch nur ein Würzelchen ab!"

„Es sei!", trumpfte Pietro Aretino auf. „Also hat es der Heilige Geist zu verhindern gewusst, dass der zweite Niederländer auf den Stuhl Petri gekommen ist, indem er sich aus einer Taube in einen Blasenstein verwandelt hat!"

Und wiederum hatte er die Lacher auf seiner Seite.

Ich werde, zeilte im gleichen Augenblick Andrea Gritti, Venedigs Doge, nach Rom an Clemens Septimus, *die erlauchtesten Männer an Dich abschicken, um Dich wie eine Gottheit zu verehren. Ja, Du wirst das Schifflein Petri sicher durch alle Stürme in den Hafen des Heils steuern!*

Allein dieses schrankenlosen Ruhmes vermochte sich der zweite Medici nur wenige Wochen zu erfreuen, denn die ihm von seinen beiden Vorgängen hinterlassenen Schuldensummen folgten ihren eigenen Gesetzen und ließen sich weder fortpredigen noch abservanzen, weder zerbrechen noch hinwegbullen, weder unterbinden noch überlisten.

Dieser neue Papst, berichtete der nachmalige Kardinal Loaysa nach Spanien, ist der geheimnisvollste Mensch auf Erden und steckt so voller Chiffren, wie ich noch niemals jemanden gesehen habe. Zuweilen macht er den Eindruck, sich selber ein vollkommenes Rätsel zu sein. Immer tut er das strikte Gegenteil von dem, was er eigentlich vollbringen sollte. Er betrachtet den schnöden Mammon als die einzige sichere Grundlage allen Beginnens, und er wird, wenn er es so weiter treibt, sich bald den Titel eines unersättlichen Geizhalses erworben haben. Seitdem er Gion Matteo Giberti und Nikolaus von Schörberg zu seinen Ratgebern erkoren hat, schwankt er zwischen ihnen wie ein von zwei Peitschen getriebener Kreisel hin und her. Bald schmeichelt er dem Kaiser, bald dem König, sodass keiner weiß, wie er mit ihm daran ist. Und das nennt er seine Neutralität! Wie lange er diese Komödie fortsetzen kann, steht dahin. Die Römer sind gar nicht mehr mit ihm zufrieden. Das Strohfeuer der ersten Begeisterung ist schon dahin.

Unterdessen nahm die gewerbsmäßige Eidbrecherei in den hohen, höchsten und allerhöchsten Kreisen des sich christlich nennenden Europa ihren munteren bis rüstigen Fortgang, wobei der plötzliche Abfall Karls von Bourbon das allerstärkste Aufsehen erregte. Denn dieser als Untreuematador erster Ordnung weithin berüchtigte und von seinem gekrönten Vetter Franziskus Primus zutiefst gekränkte Konnetabel von Frankreich stahl sich nun, um sein Leben zu retten, bei Nacht und Nebel über das Pyrenäengebirge nach Spanien, wo er nicht nur von dem jungen Kaiser Carolus Quintus, sondern auch von dem alten Herzog von Alba, dem Vorsitzenden des obersten Kriegsrates, mit offenen Armen aufgenommen und sogleich zum Generalissimus aller in Oberitalien stehenden und kämpfenden Kaiserlichen Heerwürmer ernannt wurde.

Hier nämlich waren die Franzosen inzwischen bis Mailand vorgedrungen, hatten sich dann aber wieder abdrängen lassen müssen und waren nun schon dabei, eine feste Stellung nach der anderen zu räumen, wobei während eines an der Sesia gelieferten Rückzugsgefechtes die unhöfliche Bleikugel aus der Hakenbüchse eines Schorndorfer Landsknechtes dem französischen Ritter ohne Furcht und Tadel Pierre du Terrail, genannt Bayard, das schwergepanzerte Rückgrat zu zerschmettern gewagt hatte.

„O du ungetreuerster aller Götter!", beklagte sich dieser von der damaligen Fama verwöhnteste aller Speerschwinger, Degenkünstler und Heerwurmlenker unter der Edelkastanie am Ufer jenes Flusses, wohin ihn seine Knechte zum Sterben gebettet hatten, über den himmlischen Herrn der Heerscharen, dessen irdisches Ebenbild in Basel zwischen den Druckpressen stand, um einen soeben fertiggesetzten Bogen zu überprüfen, und dessen überirdisches Urbild von Luther allen Lesern seiner bei Hans Lufft erschienenen Bibelverdeutschung drolligerweise als der Nominativus des hebräischen Genitivs Zebaoth vorgestellt und angepriesen worden war. „Bist du denn auch schon unter die Büchsengießer und Pulvermüller gegangen, dass sich nun jeder schäbige, wappenlose Wicht erdreisten darf, uns vieledle Ritter wie eitel Räuber und Buschklepper hinterrücks zu treffen und aus dem Sattel zu werfen?"

Und da auf solche nicht ganz unberechtigte Frage weder Stimme noch Antwort erfolgte, machte sich Bayards rittervorbildliche Heldenseele unter stärkstem Gezweifel an dem Fortbestand dieser blutigen Weltunordnung, die er bisher für die göttlichste der Weltordnungen gehalten hatte, aus ihm davon und hob sich für immer von dannen.

Also begann das Bild des Gloriaboldes zu verblassen und zu vergehen.

Ulrich von Hutten dagegen, dieser gekrönte Dichterritter, humanistische Großkrakeeler, Verspamphletator, Reformationcatilina und Mitverlierer des im Verein von Franz von Sickingen angezettelten Pfaffenkrieges hockte um diese Zeit schon als tiefverschuldeter Raufbold und hoffnungsloser Lustseuchling in dem Baseler Hause Zur Blume und fluchte wie ein Kümmeltürke auf den im gegenüberliegenden Hause Zur Alten Treu emsiglich schaffenden Desiderius, der es unwiderruflich abgelehnt hatte, diesen heruntergekommenen Vers- und Schwertrassler zu empfangen und sich von ihm für dieses Missvergnügen noch um mindestens zweihundert Gulden erpressen zu lassen.

„Er wollte mein Alkibiades sein", sprach Desiderius zu Bonifacius Amerbach, „und er ist es auch wirklich geworden, denn dieser wankelmütigste der Athener war ohne Zweifel der allerschlechteste Schüler des Sokrates und ist dadurch zum Vorbild geworden für sämtliche charakterlosen Zeitgenossen. Und gerade diesen klassischen Hansworst, diesen demokratischen Dämokraten hat sich der Ulrich von Hutten zum Leitstern seines Daseins erkoren! Wie geschrieben steht: Was du dir wünscht, das lässt du dir aufs Wappenschild pinseln!"

„Ich werde ihm die herrgöttliche Maske herunterreißen!", knirschte Hutten am nächsten Morgen, als er den auf der Freien Straße gelegenen Bücherladen seines ungekrönten Dichterkollegen Pamphilius Gengerbach betrat.

„Immer drauf auf den alten Fuchs!", hetzte dieser witzigste aller Baseler Reimedrechsler, der nicht einmal den Totenfressern die Toten gönnte, wie aus dem Vollen und gab sodann diese höchstgradig spannende Neuigkeit an den Buchdrucker Andreas Cratander weiter, der sie ohne Verzug seinem Hauptautor und Korrektor Johannes Hausschein, genannt Oekolampadius, brühwarm übermittelte, sintemal der Klatschbasenmohn nirgendwo üppiger keimte, sprosste und blühte als auf der humanistischen Eselswiese.

Solcherart gelangte diese Nachricht noch am gleichen Abend über Johannes Froben bis zu Desiderius, der sie aber durchaus nicht tragisch nahm.

„Er hat bei Gott geschworen", warnte Johannes Froben, „dich anzugreifen!"

„Deshalb auch", schmunzelte Desiderius, „macht er einen so angegriffenen Eindruck."

„Soll ich ihn zurechtweisen lassen?", fragte Johannes Froben.

„Heiliger Ichneumon!", rief Desiderius und schlug die Hände zusammen. „Wollt ihr mich denn um den lustigsten Teil meines Ruhmes bringen? Raubt doch diesem federmelkenden Raubritterlein, dessen Bildungstrieb nur nach Wein, Würfeln, Huren und Almosen giert, nicht die Möglichkeit, mit dem letzten Rest seiner Kraft gegen mich anzustürmen, um sich solcherart in Gottes und meinem Namen von dem Gift zu befreien, an dem er sonst ersticken müsste. Wie geschrieben steht: Aus dem Munde der Kanzelbrünstler und Tintensäuglinge habe ich mir für die nächsten fünfhundert Jahre ein Lob zubereitet! Und: Wir wissen aber, dass denen, die den Ewigen Vater lieben und von ihm wiedergeliebt werden, alle Dinge zum Besten dienen! Aber denen, die sich vor uns beiden fürchten, müssen alle Anschläge und Taten missraten! Darum: Auf jeden Schimpf einen doppelten und dreifachen Glimpf! Gelichter straft man mit Gelächter! Nur nicht ernst nehmen! Denn je heftiger irgendein Satan in seiner Höllenburg auf seinen Schöpfer schilt und flucht, und je wilder solch ein Obertropf mit Schwert, Spieß, Harnisch und Büchse rasselt, tobt und kracht, desto größer die Heiterkeit im Himmel, dessen ewige selige, dessen welteidgenössisch urchristliche Neutralität von keiner Teufelsklaue und keinem Beelzebubenschwanz verletzt werden kann. Franz von Sickingen ist schon dahin! Die Stimme aus dem flammenden Büchsenrohr hat seinen gar zu stolzen Landstuhl bereits zerbrochen. Denn wozu noch Burgen und Schlösser, Kastelle und Paläste, wenn keiner mehr da ist, vor dem man sich in diese Sicherheitsvorrichtungen zu verkriechen hat? O Rittertum, du nur gesetzlich geschütztes Räubertum, du Völkerwanderungsgespenst, was wärst du ohne die eiserne Maske deines Visiers, dahinter du vor Gottes und meinem Antlitz deine Hunnenfratze vergeblich zu verbergen trachtest? Ja, diese vieledlen Herren von Gessler und Konsorten kommen zuerst immer als

Beschützer daher, um sich dann im Wort-, Hand- und Spießumdrehen in Leuteplager und Tyrannen zu verwandeln! Ach, wer rettet Europa vor diesen seinen Errettern, wer hütet es vor diesen hirtenden Hütlern, wer beschert ihm Schutz und Schirm vor diesen Schutzleuten und Landscherern, wenn es nicht der Finger des Ewigen Vaters tut, dem keiner entkommen und entgehen wird, auch der Hutten nicht!"

Hier erschien auf der Schwelle des Gemachs der Schwabe Oekolampadius und begann sich über Luther also zu beklagen: „Dieser obersächsische Abgott wagt uns Schweizer nun sogar schon Sektierer und Schwarmgeister zu schelten, weil wir seine krassen Irrtümer über die Abendmahlslehre nicht länger gutheißen können. Ach, wenn du ihn doch endlich einmal gehörig zurechtweisen möchtest!"

„Fürwahr!", hieß Johannes Froben, da Desiderius mit der Antwort zögerte, in dieselbe Kerbe. „Ein Buch gegen ihn von deiner Hand, dass könnte ein ganz großes Geschäft werden!"

„Ist Christus auf die Welt gekommen", lateinte Desiderius gelassen, „um Geschäfte zu machen? Und was ist das eigentlich für ein Schaf, um den sich alles Geschäftliche dreht wie das Beutekalb um den Raubritterspieß?"

„Hat Christus denn nicht die Kirche gegründet?", fragte Johannes Froben vorwurfsvoll.

Und Oekolampadius fuhr fort: „Und ist die Kirche nicht das größte aller Geschäfte?"

„Christus", exaktete Desiderius, „hat mitnichten die Kirche, hat aber keineswegs jene christentümliche Profitmaschine der römischer Qual- und Wahlmonarchie ins Dasein gerufen, wie er auch niemals dem Papst oder dem Kaiser das Recht auf die Weltherrschaft verliehen hat, sondern dieser gottessohnliche Menschias hat die Christenheit, die friedliche Gemeinschaft aller Gesundvernünftigen, die hirtenlose Herde der Heiligen, also, um es mit einem Wort zu sagen, die Welteidgenossenschaft gegründet, in der die Freiheit des Marktes und die ungesperrte Preisbildung jedem Sterblichen das Wohlgefallen einer gleichmäßigen Daseinsversorgung sichert."

„Aber gerade diesen Wohlgefallensgrund hat Luther aufs tiefste erschüttert!", begehrte Oekolampadius auf, und Johannes Froben fügte hinzu: „Und hat dadurch nicht nur die Gemeinschaft der Heiligen, sondern auch das ganze Evangelium in Gefahr gebracht!"

„Ein Evangelium", winkte Desiderius ab, „das auf irgendeine Art und Weise in Gefahr gebracht werden könnte, ist vor Gottes und meinem Angesicht nicht mehr wert, als in den feurigen Ofen geworfen zu werden! Nun aber steht im Hebräerbrief geschrieben: Es soll ein Bleibendes entstehen, das nicht mehr erschüttert werden kann. Und dieses inzwischen zum Entstehen gebrachte Bleibende kann doch vernünftigerweise gar nichts anderes sein als die Eidgenossenschaft, hier dieses sichtbarlich gottgesegnete Gebilde der verschiedenen großen und trotzdem freien und gleichen schweizerischen Kantone! Mag Luther auch die Kraft verliehen worden sein, den halben Weltkreis in Aufruhr zu versetzen, die Eidgenossenschaft kann und wird dieser vorbildliche Wartburgjunker, Wappenanwärter und Fürstendienstmann nimmermehr erschüttern!"

„Das solltest du einmal zu Papier bringen!", schlug Johannes Froben vor, und Oekolampadius rief: „Eine Streitschrift, die nicht nur gegen den Luther, sondern auch gegen die Kurie gerichtet ist!"

„Ei, das hieße ja", winkte Desiderius auch diese doppelte Einladung ab, „Öl in beide Feuer zu gießen! Denn am Tiber wie an der Elbe wird mit demselben Wasser gekocht, an beiden Orten macht sich genau dieselbe, sich selbst lobende Unvernunft breit. Darum auch gibt es nicht wenige Dummköpfe in Rom, die mich für den ärgsten aller Ketzer halten, und in Wittenberg gelte ich, weil ich mich nicht zu Luther geschlagen habe, für seinen Erz- und Grundfeind. So hält sich die ebenbürtliche Missgebürtigkeit auf beiden Seiten die Waage! In spätestens fünfhundert Jahren wird man diese tölpelhaften Streithammeleien und Katzbalgereien um das Windei der Scholastik lachend als das erkennen, was sie in Wahrheit sind, als die im Zirkus der Theologie aufgeführte philologische Weltzauberposse mit dem Titel ‚Tanz der neosemitischen Kreuzzügler um das Goldene Kalb". Und deswegen lehne ich schon um Christi Namen die Zumutung, an diesem Universalkrawall teilzunehmen, mit exakt wissenschaftlicher Entschiedenheit ab und beharre wie bisher so auch weiterhin auf der würde- wie bürdenulligen Streitlosigkeit, die allein die Freiheit des anthropostolischen Willens und den ewigen Daseinsbestand der von keinen uniformierten Lehrkörpern und von keinen Karitashorden belasteten und belästigten Menschengeschlechts zu verbürgen vermag. Und darüber ließe sich doch wohl einiges zu Papier bringen!"

Bereits am folgenden Morgen begann er mit der Niederschrift dieses neuen Buches.

„Er schreibt wider die Schnaubgötzen von Nord und Süd", tuschelte Johannes Froben hocherfreut seinem Erbsohn Hieronymus ins gespitzte Ohr, dieweil die in der Offizin am Totengässchen bengelnden neuen Bogendruckpressen unablässig mit frischen Manuskripten gefüttert werden wollten.

Und die tausendzungige und zweitausendohrige Fama der europäischen Mitte sorgte schon dafür, dass sich diese längst mit Begier erwartete Wunderkunde auch herumsprach. Denn es gab damals überhaupt keinen Ganz-, Halb- und Viertelgelehrten, der nicht darauf versessen gewesen wäre, genau zu erfahren, was der am oberen Rheinknie sinnende und tintende Humanissimus unter seiner zauberischen Erfüllungsfeder hatte.

Inzwischen war der Raubdichtritter Ulrich von Hutten, nachdem er sich fast zwei Monate lang vergeblich bemüht hatte, in der bienenfleißigen, wohlbeleibigen und blitzsauberen Basileosburg Basel festen Fuß zu fassen, ins elsässische Mühlhausen entwichen, um dort das von ihm gegen den Roterodamus zusammengestoppelte Manuskript dem Straßburger Drucker Hans Schott zu übergeben und von ihm dafür fünf ganze Dukaten zu empfangen, die aber nur ein winziges Tröpflein auf den gar zu heißen Schuldenstein waren.

Und schon am folgenden Morgen pochte Thomas Münzer bei seinem Theologiekollegen Oekolampadius an, ließ es sich an dessen Tisch wohlschmecken und machte nach der Mahlzeit kein Hehl aus seiner unwiderruflichen Absicht, die Bauern in allen Dörfern rechts wie links des Oberrheins zur Rettung des von Papst wie Luther schändlichen verratenen Evangeliums aufzurufen, um unter Beistand dieser aufständischen Bodenbebauer sämtliche Fürsten, Grafen und Herren mit dem Schwerte Gideons wie Wölfe, Luchse und Füchse zur Strecke zu bringen.

„Wie könnte jemals", schwäbelte Oekolampadius abweisend, „aus einem blutigen Aufruhr das Heil der Welt erwachsen?"

Aber Thomas Münzer sächselte ihn daraufhin also an: „Die Lauen, spricht der Herr, will ich ausspeien aus meinem Munde!"

Sodann begann er wie ein Kanzelrohrspatz auf den Leviathan Luther, dessen Namen seine klobige Zunge zu „Luder" umlautete, wie auf den Behemoth Roterodamus zu schimpfen, worauf er sich, unter beträchtlichem Aufatmen seines Gastgebers, nach Waldshut von dannen hob, wo er bei Balthasar Hubmaier mit Karlstadt zusammentraf, der sich unterdessen, durch Caspar Glatz aus Orlamünde verdrängt, von Kursachsen her bis zum Oberrhein mehr schlecht als recht hindurchgepilgert hatte, um hier das einzig wahre Reich Gottes nach seinem persönlichen Gusto aufzurichten und auszubreiten.

Diese drei überaus aufruhrträchtigen Heils-, Gut- und Frohbotschafter und Meisterverschwörer berieten nun hin und her, wie das große Werk zu vollbringen sei, und gelangten gar bald zu dem einstimmigen Beschluss, noch einmal den alten Bundschuh des Armen Kunrads aufflattern zu lassen und das Land durch Brechung aller Klöster, Burgen und Adelsschlösser von der Herrschaft der mönchischen Finsternis, des Grundärgernisses der ritterlichen Bodensperre und der fürstlichen Hochmutsteufelei zu befreien und ledig zu machen.

Und kaum hatten sie rechts des Rheins mit ihrer theomilitärischen Wühlarbeit angehoben, da begannen auch die an seinem linken Ufer dorfenden Bodenbesteller und Viehzüchter ihr uraltes Begehren nach Abschüttelung des von den ebenso erfindungsreichen wie grundverschmitzten Städtern über die Fruchtflächen ausklüglerisch verhängten Abgabenjoches so deutlich zu äußern, dass sich die zwischen dem altgläubigen Domkapitel und dem reformlüsternen Bürgertum der Kantonalhauptstadt Basel längst bestehende Spannung sprunghaft erhöhte und bis zur Höchstbedenklichkeit verschärfte. Es kam darüber zu allerhand Geschrei, Gerauf, Gelümmel und Getümmel vor den Toren, in den Straßen und Gassen und auf den Märkten, wodurch schließlich der bischöfliche Würdebürdeträger Niklas von Diesbach bewogen und angetrieben wurde, sich bei Desiderius über den Rat der Stadt und sein antibischöfliches Benehmen auf das bitterlichste zu beklagen.

„Niemand vermag zween Herren zu dienen", lukaste Desiderius nach Anhörung solcher Beschwerde, „woraus sich ohne weiteres ergibt, dass zwei miteinander hadernde Herren in einer Stadt selten gedeihen können."

„Der Rat ist es gewesen", ereiferte sich der Domdechant, „der den Frieden gebrochen hat, indem er dem Bischof die Treue aufsagte!"

„Und der Bischof", fuhr Desiderius fort, „hat die ewige Neutralität, dieses Grundgesetz der Eidgenossenschaft, verletzt, indem er die Stadt verlassen hat!"

„Aber", trumpfte Niklas von Diesbach auf, „das Domkapitel ist in Basel geblieben!"

„Womit ihr", schloss Desiderius, „die dem Bischof gelobte Treue verletzt haben dürftet!"

„Ganz im Gegenteil", verteidigte sich der Oberdomler. „Denn der Bischof hat uns anbefohlen, hier zu bleiben und die Ketzerei zu dämpfen, dieweil der Rat nichts tut, um diesem Unwesen entgegenzusteuern!"

„Also", folgerte Desiderius weiter, „seid ihr einem falschen Befehl nachgekommen und könnt nun außer dem Schaden auch noch den Spott ernten. Denn alles, was die Menschen voneinander scheidet, ist böse, nämlich blitzdumm, töricht und idiotisch, während alles, was sie vereinigt, gut, nämlich weise und grundvernünftig ist. Darum tut Buße in Sack und Asche, wobei ihr aber ja nicht vergessen dürft, dass jede Buße sinnlos ist, die nicht zum Umdenken, zur Erkenntnis des Irrtums, zur Verbesserung der bisherigen Denkgewohnheiten führt. Wie auch geschrieben steht: Wage vernünftig zu sein! Willst du denn noch immer nicht begreifen, dass es in der Eidgenossenschaft weder Herren noch Knechte, weder Fürsten noch Untertanen, weder Patrizier noch Plebejer, weder Ausbeuter noch Ausgebeutete geben kann? Und dass gerade hier in der Schweiz und nur hier allein auf der ganzen Welt kein zweihändiger Stoffwechsler die Möglichkeit findet, sich tierischer als ein Tier zu benehmen?"

Hier begann Niklas von Diesbach, dieser Oberdomkapitalist, Stirntröpfchen auszuscheiden.

„Und außerdem", gab ihm Desiderius zu verstehen, „habt ihr ja auch dem Heiligen Vater Treue geschworen! Also der Wölfin, in deren Gewalt sich der Stuhl Petri befindet. Und während man mit der Wölfin heulen muss, darf man mit den Eidgenossen genießen, nämlich die himmlischen Früchte der irdischen Freiheit und des ewigen Friedens. Wie denn auch die eidgenössische Neutralität vor Gottes und meinem Angesicht einer unverbrüchlichen Friedenserklärung an die ganze Welt gleichkommt. Wie geschrieben steht: Und alsbald erschien bei dem Engel der Verkündigung eine Menge himmlischer Heerscharen, und sie sangen also: Ehre, Lob und Preis dem Ewigen Vater, Heil, Glück und Friede auf Erden und das Wohlgefallen aller Menschen aneinander! Nicht in Rom, sondern hier in dem von Alpen, Rhein und Jura gebildeten Delta hat sich das ewige Daseinsauge geöffnet!"

„Und es wird sich schließen", prophetete der Domdechant, „sobald der Pöbel die Gewalt an sich gerissen hat!"

„Noch ist solches nicht geschehen", erklärte Desiderius gelassen, „und sollte diese Stunde einmal schlagen, so sicherlich nicht ohne die Zulassung des Ewigen Vaters. Wie geschrieben steht: Gott widersteht den Kriegserklärern, aber den Friedenserklärern ist er gnädig. Oder an anderer Stelle: Die Weisheit von oben aber ist aufs Erste keusch, danach friedlich, gewaltlos, gelinde, voll guter Früchte, arglos, aufrichtig, unparteiisch und sonder Heuchelei. Kann solches alles das nun mit Fug und Recht um das Weiterfließen der Pfründeneinkünfte tief besorgte Domkapitel von sich selbst behaupten, ohne erröten zu müssen? Und sollte es darum nicht eure vornehmste Aufgabe sein, alles daranzusetzen, um die von euch so schwer verletzte Einhelligkeit innerhalb dieses Mauerringes wieder herzustellen? Denn ebenso wenig wie die Christenheit um des Heiligen Vaters Willen da ist, ebenso wenig ist eine Bürgerschaft um ihres Rates und ein Dom seiner Domherren wegen auf dieser Welt. Wo waren Domherr und Edelmann, als Lehmmann grub und Eva spann?"

„Also ist von dir", seufzte Niklas von Diesbach schwer enttäuscht, „keinerlei Hilfe zu erwarten?"

„Aber ich bin ja schon eifrig dabei", klärte ihn Desiderius weiter auf, „dich wie die Deinen auf den richtigen Denkweg zu weisen! Denn auch ihr könnt nicht gleichzeitig Gott dienen und dem Mammon! Folglich ist es die höchste Schuldigkeit jedes Gottesdienstlers, nicht der Sklave, sondern der Herr des Mammons zu sein, nicht ihm zu dienen, sondern ihn so zu beherrschen, dass fortan kein Rappen, Heller oder Stüber mehr für widerchristliche, teuflische, herrscherliche, höfische, üppigliche, ritterliche, räuberische, heldentümliche, blutvergießerische und freiheitsgefährdende Dinge und Zwecke verausgabt werden kann!"

„Mir geht ein Mühlrad im Kopf herum", stöhnte der Domdechant und wischte sich den Schweiß von Stirn und Nacken.

„Heureka!", lächelte Desiderius und hielt ihm die geöffnete Duftdose unter die Burgundernase. „Lass es nur tapfer weiterlaufen dieses Rad der Räder, damit das Mehl der vollkommenen Erkenntnis des Falschen und des Richtigen endlich in den Sack und auf des Esels Rücken gelangen kann!"

Hier musste Niklas von Diesbach dreimal herzhaft niesen.

„Wohl bekomm es uns allen!", nickte Desiderius und steckte das Erquickungsgefäßchen wieder in die Tasche zurück. „Und nun entdecke noch, dass hier diese Basel benamste Basileosmühle ziemlich genau zwischen Rom und Wittenberg liegt, wenn auch auf einer geknickten Luftlinie. Denn von hier aus sind bis zum Tiber wie bis zur Elbe wohl an die einhundert Meilen. Und darum sage ich hier: Wer Ohren hat, zu hören, der höre, was die Weltglocke nun geschlagen hat. Wer eine Nase hat, zu riechen, der bemerke die Ankündigungsdüfte der kommenden Dinge. Und wer Augen hat, zu schauen, der gewahre flugs, wie barbarisch sich die römischen Großstädter und die wittenbergischen Kleinstädter um den Wortlaut des Heils raufen, das in alle Ewigkeit hinein und hinaus doch nur darin bestehen kann, dass man sich nicht feindselig in den Haaren, sondern weltgeschwisterlich in den Armen liegt. Und was kann unter derartigen Weltumständen einer so wahr- wie wehrhaft freigesinnten Mittelstadt, wie es Basel nun einmal ist und immerdar bleiben wird, Besseres, Wohlbekömmlicheres und Ersprießlicheres beschieden und verordnet sein, als dem nach dem Heil heulenden Belial am Tiber und dem nicht minder ungebärdigen Leviathan an der Elbe auf das blitzdeutlichste vor Augen zu führen, wie der Friede Gottes, nämlich der urchristliche Liebesverband der reinen Vernunft und die Wohlgenossenschaft der allgemeingebildeten, der vollkommen entbarbarisierten Menschheit tatsächlich aussieht und beschaffen ist? Und gerade solch beispielhaftige und vorbildliche Daseinung gilt es hier an diesem Rheinknie zu gestalten und zum Gutgelingen zu bringen!"

„Schöne Worte", versetzte der Domdechant achselzuckend, „haben die Welt noch niemals zu ändern vermocht!"

„Nur ein Beweis", schmunzelte Desiderius, „dass die allgemeine Begriffsverwirrung schon weit genug über das Bohnenlied hinausgelangt ist. Darum, ihr hochwürdbürdigen Domkapitulanten von Basel, lasst endlich ab, sie noch höher hinaufzutreiben, sondern helft mit dazu, diesen ultratörichten und unsegensträchtigen Glaubensstreit abzukürzen und zu beenden! Und sogleich werden alle ketzerischen und widerketzerischen Silben, Zeilungen und Sprüche, dazu ihre urheberischen Halsgeber und Verlautbarer der allgemeinen Lächerlichkeit verfallen sein, und die viel beschriene Reformation an Haupt und Gliedern ist in Hui vollbracht!"

„Solches zu bewirken", scholastikte Niklas von Diesbach, „bleibt allein dem Heiligen Vater vorbehalten!"

„Mit anderen Worten", spann Desiderius diesen exakt allwissenschaftlichen Grundoffenbarungsfaden weiter: „An diesem irdischesten aller himmlischen Unterfangen darf sich jeder Sterbliche nach Begabung und Vermögen versuchen und beteiligen, also auch Seine Heiligkeit Clemens Septimus, falls ihm nur seine römischen Untertanen solches erlauben und gestatten, was allerdings nach den überaus betrüblichen Erfahrungen, die seine vier Vorgänger eingesammelt haben, ganz erheblich bezweifelt werden darf. Denn die vatikanischen Würdebürdler leben ja von dem Vorhandensein der Ketzer wie der Specht von seinen vielgeliebten Würmern. Umgekehrt kann das Vorhandensein der Hirten immer nur durch das Nochvorkommen der Raubtiere gerechtfertigt werden, die ebenfalls von derselben Herde zu leben wünschen, weshalb sich die Hirten auch unter allen Umständen davor zu hüten haben, die Raubtiere mit Stumpf und Stiel auszurotten. Und nicht anders verhält es sich mit dem Meister Specht, der wohl darauf zu achten hat, dass die Würmer, die ihm den Tisch decken, immer wieder hübsch nachwachsen können, und der, wenn er sich gar zu dick fräße, das Fliegen und Klettern geschwind verlernen würde und ihnen dadurch selber zum Opfer fallen müsste. Nun weißt du auch, weshalb ich die Kardinalswürde wiederum abgelehnt habe."

„Und eben darum", knirschte Niklas von Diesbach fäusteballend und augenrollend, ‚Kampf der Ketzerei bis aufs Messer!"

„Obschon geschrieben steht", warnte Desiderius: „Wer das Mordmesser nimmt, der wird durch das Mordmesser umkommen! Darum Vorsicht! Denn gerade dieses Instrument ist das schlechteste aller Argumente. Genauso wie die einem Sterblichen gelobte Treue unter allen Umständen der selbstverderblichste Wahn ist! Denn so wie du einem anderen Treue schwörst, hast du dir sogleich die Möglichkeit verrammelt, dir selber getreu zu sein, und sobald du gar auf Befehl dieses Schwurheischers hin zum Mordstahl greifst und für ihn kämpfst, hast du dich auch schon deiner gesamten Willensfreiheit ergeben. Und eben deswegen steht weiterhin geschrieben: Ihr habt gehört, dass zu den Alten gesagt worden ist: Du sollst keinen falschen Eid tun, und du sollst Gott deinen Eid halten! Ich aber sage euch: Ihr sollt überhaupt nicht und nimmermehr schwören!"

„Und trotzdem", trumpfte der Domdechant auf, „leisten die Eidgenossen Schwüre über Schwüre!"

„Doch niemals einem einzelnen Menschen!", exaktete Desiderius mit erhobenem Finger. „Sondern sie schwören und eiden immer nur sich selber Treue um Treue. Denn jeder andere Treueschwur führt zuletzt immer nur zu dem sich selbst vernichtenden Kadavergehorsam! Und gerade diese Blitzdummheit pflegen die Eidgenossen von jeher den Reisläufern zu überlassen, die in ihrer rasenden Verblendung für fremde Potentaten ihr Blut vergießen und sich gegenseitig zur Strecke bringen."

„Aber jeder gute Christ", rief der Domdechant beschwörend, „hat doch die unabweisbare Pflicht, gegen die Hölle anzukämpfen!"

„Nur gegen die in seinem Innersten!", winkte Desiderius ab. „Denn wer gegen irgendeine anderweitige Hölle kämpft, der bezweifelt durch diese seine Missetätigkeit ja schon die Ohnmacht des diesen Qualort beherrschenden Potentaten, genauso wie jeder, der für den Himmel kämpft, die überall gelehrte und verkündigte Allmacht des diesen Raum beherrschenden Weltschöpfers in Frage stellt. Also, dass jegliche menschenwürgerische, blutvergießerische, unterwerfliche und jochauflegende Tätigkeit nur ein unwiderleglicher Beweis für die exemplarische Narrheit des betreffenden Raufboldes, Machtgierers und Ruhmeshungerlings ist. Und da alles, was menschlich ist, lediglich in Wörtern vor sich geht, denn die Tiere können doch nun einmal nicht sprechen, rauft sich letzten Endes jeder Kämpfer immer nur mit den Satzlindwürmern und Silbenklapperschlangen seines eigenen grundfalschen Vorstellungsvermögens und Sprachgebrauchs herum. Genauso wie sich mancher bessere Held einbildet, so etwas wie ein Bildhauer der Schöpfung zu sein, obschon er doch diesem seinen ebenso edlen wie elenden Handwerk nur dann obzuliegen vermag, wenn an ihm selber herumgehauen wird. Kurzum: Der wahre Christ kämpft nicht, dieweil Christus, und sei es auch nur auf dem Papier, das doch auch zur menschlichen Wirklichkeit gehört, den Tod überwunden und dadurch für alle Menschen, ob sie sich nun Christen nennen oder nicht, den ewigen Sieg errungen hat. Darum jeder, der heute noch um irgendetwas kämpft, aus dieser von allen Kirchen gelehrten Heilstatsache eine Lüge zu machen begehrt. Deswegen auch geschrieben stehen sollte: Hört auf zu streiten und zu kämpfen, und alsobald ist das Himmelreich herbeigekommen! Solches gilt vor allem für diese unvergleichliche, wohlgelungene, gutgelungene und vom Ewigen Vater wie auch von mir unter allen irdischen Wohnstätten auserwählte Stadt, die von ihrem Bischof leider so überstürzt verlassen worden ist. Und bis zu dieser Stunde scheint noch keiner seiner zahlreichen treuen und ehrenwerten Diener den preislichen Mut gefunden zu haben, ihn daran zu erinnern, dass sich ein guter Hirte niemals seiner Herde entziehen darf!"

Diese Mahnung hatte zur Folge, dass sich Niklas von Diesbach bereits am folgenden Morgen zum Spalentor hinauskutschieren ließ, um seinen in Pruntrut schmollenden siebenundsiebzigjährigen Vorgesetzten zur Rückkehr nach Basel zu bewegen.

Allein diese löbliche Absicht misslang.

„Der Roterodamus", seufzte Christoph von Utenheim, „hat schon gewusst, warum er in Konstanz umgedreht ist. Ja, wenn er nun auf den Heiligen Stuhle säße, dann wollte ich es wohl wagen, wieder nach Basel zurückzukehren, wo der ungehorsame Teil meiner Herde haust. Aber so ziehe ich es doch vor, meine letzten Tage hier in der ländlichen Stille zwischen den Dörfern meiner braven Bauern zu beschließen."

Zur selben Stunde zeilte Oekolampadius, der sich auf Drängen seiner Freunde und Gönner um eine der Baseler Predigerstellungen bewarb, folgendes Herzensbekenntnis auf das lammsgeduldige Gesuchspapier:

Andere mögen die Schönheit der Gebäude dieser Stadt, ihren gemäßigten Himmelsstrich, die Fruchtbarkeit des Bodens, ihre für Handel und Wandel so außerordentlich günstige Lage an dem so rüstiglich durchflutenden Rheinstrom, die bunte Mannigfaltigkeit ihrer zahlreichen Gewerbebetriebe, die Kunst und die Emsigkeit ihrer Buchdrucker rühmen. Sie mögen auch davon reden, welch mustergültige Freiheiten und Vorrechte sie genießt, welch unvergängliche Weltglorie ihr Füllhornwappen durch das größte und längste aller bisherigen Konzile erlangt hat, wie die ständige Anwesenheit so vieler hochgelehrter Geister zum Neide Roms sie schmückt und in wie guten Treuen sie den schweizerischen Eidgenossen verbunden ist. Ich dagegen will diese unvergleichliche Stätte preisen, weil darin das lautere und reine Gotteswort verkündigt wird, weil die Freiheit, zu der uns Jesus verholfen hat, allhier ungefährdet weilen darf, und weil alle Christentugenden zu Zierde und Schmuck der ganzen Gemeinde von Tag zu Tag im Zunehmen begriffen sind. Eine solche Stadt wird auch fernerhin glücklich, rühmenswert und unantastbar, ihre Mauern werden Gottes Heil, ja, der Allmächtige selber wird ihr Wächter, Türmer und Schutzherr sein.

Dieses Schriftstück fand in Großen Rat von Basel eine derart wohlerwogene Billigung, dass sein Urheber unverzüglich nicht nur zum Leutepriester am Münster, sondern sogar zum ordentlichen Professor in die theologische Fakultät berufen wurde.

„Nun zeige Gott und mir, was du kannst!", sprach Desiderius zu ihm, als sich dieses neue Lehrkörperglied bei ihm eingefunden hatte, um ihm solche Freudenbotschaft zu verkünden.

Die bald darauf in Straßburg erscheinende Diatribe Huttens, der sich inzwischen auf Einladung Zwinglis nach Zürich zurückgezogen hatte, ließ alle Zeichen eines missglückten Erpressungsversuchs erkennen.

„Mein Lorbeerkranz beginnt noch einmal zu blühen!", scherzte Desiderius, holte mit seiner unwiderstehlichen Feder aus dem Tintenhorn einen exakt allwissenschaftlichen Schwamm heraus, wischte damit die Unflätigkeiten Huttens aus und hatte wiederum die Lächler auf seiner Seite.

Noch in demselben Monat beschloss Ulrich von Hutten sein erst fünfunddreißigjähriges unzählmlich verwüstetes Leben auf der einsamen, im Zürichsee gelegenen Insel Ufenau, seltsamerweise unter genau denselben Beschwerden wie der Heilige Vater Adrian Sextus, und war damit endlich, seinem Wappenspruch gemäß, durch das von ihm zur Welt gebrachte Emphasidium hindurchgedrungen.

Als Desiderius das ungesittete Ende dieses berüchtigten Kurtisanenfressers, Bullenwürgers und Druckpapierattentäters erfuhr, sprach er zu Johannes Froben: „Was ich dazu sagen soll? Nur wer lächelnd davongeht, der darf dereinst wiederkommen!"

In diesen Tagen hatte Luther mit Melanchthon einen Disput über die nun auch schon nach Wittenberg vorgedrungene Nachricht von der Absicht des alten Hexenmeisters, endlich einmal seine ganz unverblümte Meinung über das von ihnen gemeinsam angestiftete Antipapsttum auf der diesjährigen Frankfurter Messe zum allgemeinen Besten zu geben.

„Ja, zu beißen und zu stochern hat er wohl die Traute", giftete sich Luther, den mehrtägige Gallensteinbeschwerden schon wieder einmal ans Bett gefesselt hatten, „und seine Worte sind noch immer sehr geschwind und glatt wie gehobelt. Er zielt nun nicht mehr auf das Kreuz, sondern nur noch auf den Frieden, denn es doch nimmermehr geben kann, solange Gott dem Satan die Macht ausgeliefert hat. Kaum hat er den Papst gereizt und vexiert, da zieht er auch schon den Kopf aus dieser heimtückischen Schlinge und tut, als ob er von nichts wüsste! Er sticht durch den Zaun, wie er es schon in seinem Enkomium und im Julio bewiesen hat, will mit seinen Briefen allein das große Spiel lenken, tut nichts öffentlich, steigt auf keine Kanzel, sondern schiebt die Steine im Dunkeln und geht keinem frei unter die Augen. Darum auch sind seine Bücher so giftiglich! Er redet und lehrt darin viel gottloses Zeug und heidnische Dinge und benutzt fremde und erdichtete Namen und Personen, um den christlichen Glauben hintenherum zu missbilligen und anzufechten. Er hält Europa für ein großes Narrenhaus und spielt den Medikus darin, dessen ganze Kunst, bei Licht besehen, nicht einen halben Pfifferling wert ist. Vor seinem Antlitz sind alle Gottesgelehrten traurige Kanzelböcke und unbesonnene Plärrhälse und recht wie das höllische Unkraut unter dem evangelischen Weizen. Er will in der Kirche heiter sein und lustig, was sich nicht einmal der Satan getraut! Mich zwar und andere Theologen mag er immerhin verlachen und verspotten, er spotte aber nicht unseres Herrgottes, das rate ich ihm im Guten! Denn der Allmächtige will ungeneckt und unvexiert sein und bleiben! Darum besorge ich sehr, dass es mit ihm trotz aller seiner Gelehrsamkeit ein gar böses Ende nehmen wird!"

„Trotzdem" drängte Melanchthon, „musst du an ihn schreiben, damit er sich nicht völlig auf die andere Seite schlägt!"

„Ei so mag er es denn tun", erboste sich Luther, „damit wir endlich wissen und erfahren, wie wir mit diesem exemplarischen Duckmäuser daran sind! Wenn Gott nicht vorhanden wäre, so wollte ich die ganze Welt durch meine Klugheit wohl ebenso gut, wenn nicht noch etwas besser lenken und regieren! Also grundlästerlich soll der Roterodamus, wie mir der Amsdorf erzählt hat, kürzlich in Basel gesprochen haben. Ist es kein Märchen, dann ist es vortrefflich erfunden! Denn justament genau so und nicht anders denkt dieser bildungsbesessere Hokuspokusmacher und Hintergründling, dem das heilige Dogma nichts weiter ist als eitel Schall und Rauch, Zauberspuk und Windbeutelei! Er hat ja auch allezeit die Gottheit in Person sich selber zugelegt und zugemessen, um sie Christus zu entziehen, hat sich allein für obersuperklug gehalten, um die anderen Leute zu verachten, und hat uns alle für seine Närrlein und Spielvöglein gehalten, als verstünden wir von seinen fein geschraubten Perioden immer nur die kleinere und geringere Hälfte. Ja, er ist ein rechter Schwarzweißkünstler und Momus, der alles um sich her verspottet und jedem eine andere Nase dreht, in Sonderheit allen Theologen. Und auf dass es ihm besser gelinge, ersinnt er Tag und Nacht Wankelwort und Gaukelgesalb, dass seine Bücher auch können von Juden, Türken und Tatern, ja von der ganzen Welt gelesen und begriffen werden. Es ist sein und aller Holländer verschmitzter Brauch, dass sie ihre abgründige Hinterlist mit dem Terminus Einfalt benamsen. Und wenn man meinet, er habe sehr viel gesagt, so hat er doch gar nichts verraten, denn alle seine Schriften kann man ziehen, drehen und deuten, wie und wohin man nur will, und zu guter Letzt ist und bleibt man doch der blitzdumme Hansnarr! Darum auch kann er weder von uns noch von den Papisten auf frischer Tat ertappt werden, es sei denn, dass solche sarkastischen Schwank- und Schraubworte für immer weggestrichen, fortgeworfen und unter Strafe gestellt würden. Weshalb ihr Gebrauch ja auch in der Heiligen Schrift wie im Kaiserlichen Recht strengstens verboten ist. Wie geschrieben steht: Wer zweifelhafte, ungewisse und dunkle Worte gebraucht, wider den sollen sie fortan gedeutet, verstanden und angewandt werden! Aber ich fürchte mich nicht vor ihm und werde ihn schon herausfordern, so es einmal nötig werden sollte, und ihm den Kampf anbieten, um die christliche Glaubenslehre von seinem verschmitzten Possenquark und Poetenunflat zu reinigen! Denn er hält die Theologie nur für eine Komödie oder Tragödie, in welcher die Dinge, so darin beschrieben und angezeigt werden, niemals also wahrhaftiglich geschehen und ergangen sind, sondern sie sind allein erdichtet und niedergeschrieben worden, auf dass die Untertanen zu einem feinen und äußerlichen Wandel und friedfertigen Dasein erzogen und abgerichtet werden können, nämlich zu guter Disziplin und Manneszucht. Solche Gedanken aber sind die allergefährlichsten Tentationen und Anfechtungen, wie er denn auch meinet, unser Herrgott sei ungerecht, wenn er es den Frommen übel ergehen lässt, wie schon im Buche Hiob bewiesen. Denn wenn Gott gerecht wäre, so tüftelt und folgert dieser Bedreister der Allmacht und Allwissenheit, und regierte genau nach der irdischen Gerechtigkeitsmethode und gäbe einen jeglichen, was er verdiente, ei, so könnte es den Frommen niemals übel und den Bösen nimmermehr wohl gehen. Das macht, er will durchaus nicht an die Erbsünde glauben. Welch eine unbeschreibliche Verruchtheit! Er ist der geborene Heimtückerich, den ich verabscheue als Feind wie als Freund! Ja, ich will nicht ruhig sein, wenn er es wagen sollte, gegen mich zu schreiben, und möchte er gleich darüber vor Wut und Groll ersticken und verderben! Diesem leibhaftigen Beelzebub, der die Existenz des Satans leugnet, will ich kraft meines Amtes justament das Gegenteil beweisen! Ja, ich will sein Satan sein, ich will ihn endlich zur Strecke bringen mit meiner Feder und alle seine Bücher zur Hölle schicken! Nur kein Mitleid mit diesem abscheulichen Bösewicht, der sich als Gutewicht aufzuspielen wagt und der alle Lasten anderen aufbürdet, um sich selber ins Fäustchen lachen zu können. Er soll und muss mir endlich vor die Klinge! Und ich weiß nun endlich, wo er zu treffen ist!

Ja, ungewisse, zweifelhafte, wankende Worte und Rede soll man weidlich panzerfegen, durch die Rolle jagen, flugs hecheln und zausen und nimmermehr gut sein lassen! Wenn ich bete ‚Geheiligt werde dein Name', so fluche ich dem Roterodamus und allen falschen Katzen und Ketzern, die sich unterfangen und unterwinden, meinen lieben Herrgott zu lästern und zu schänden!"

Trotz alledem überwand er sich, nachdem die Krankheit von ihm gewichen war, die folgenden Zeilen niederzuschreiben, die dann von Melanchthon auf seiner Reise durch Süddeutschland bis nach Bretten mitgenommen wurden und die danach durch seinen Famulus Joachim Kammermeister nach Basel gelangten.

Denn wir sehen nun, briefte Luther an Desiderius, *dass Dir der Herr nicht den Mut gegeben hat, um mit uns zusammen gegen den schrecklichen Feind anzugehen. Wir sind nun die Letzten, die von Dir etwas verlangen, was Deine Kräfte so weit übersteigt. Vielmehr haben wir Deine Schwachheit mit Geduld ertragen und dabei doch Deine Dir von Gott verliehenen Gaben hochgehalten. Es ist Dein großes Verdienst, dass wir die Heilige Schrift rein und unverfälscht lesen und studieren können. Nur hätte ich gewünscht, dass Du Dich niemals in unsere Händel eingemischt hättest. Ob Du wohl auch durch Deine Beredsamkeit viel Gutes hättest stiften und erreichen können, so wäre es doch, da Dir nur einmal die Herzhaftigkeit fehlt, weit besser, Du dientest Gott nur mit dem Dir anvertrauten Pfunde. Darum lasse Dich ja nicht verleiten und dazu verführen, gegen mich aufzutreten, da ich Dir dann auf meine Weise antworten müsste.*

Ich habe bisher meine Feder zurückgehalten, wie sehr Du mich auch in Deinen Briefen angegriffen hast, und ich habe auch in Briefen an gute Freunde, die Du selbst auch gelesen, geschrieben, ich wollte Dich schonen, solange Du nicht öffentlich wider mich hervorträtest. Denn, obschon Du es nicht mit uns hältst und sehr viele Lehren unseres Glaubens entweder ganz verwirfst oder aus Verstellung nicht darüber urteilen willst, so kann und mag ich Dir diese seltsame Hartnäckigkeit nicht eben groß anrechnen. Du solltest also Deine Schwachheit bedenken und Dich fürderhin der beißenden und bitteren Bemerkungen und rhetorischen Redensarten enthalten, und wo Du Dich unserer Meinung nicht anschließen kannst, da solltest Du sie völlig unangetastet lassen und al-

lein des Deinigen warten. Ich bitte Dich, nur ein Zuschauer unserer Tragödie zu sein, Dich aber keinesfalls mit unseren Widersachern zu vereinigen und keine Schriften gegen mich herauszugeben. Wir müssen beide zusehen, dass wir uns gegenseitig nicht vernichten. Das wäre ein desto erbärmlicheres Schauspiel, je gewisser es ist, dass kein Teil von uns beiden gottlos sein will. Halte mir meine Einfalt zu gut und gehab Dich wohl in dem Herrn.

„Der Würfel ist gefallen!", sprach Desiderius, nachdem er gelesen hatte, was für ihn von Luther zu Papier gebracht worden war. „Es trete nun ans Licht die Botschaft vom Freien Willen, das Evangelium vom liberalen Arbitrium, die Offenbarung der voluntarischen Multinität, das Buch über den von Ewigkeit zu Ewigkeit mit sich selbst alleinigen Welteidgenossen!"

Worauf er also nach Bretten zurückbriefte:

Du hast, o Luther, schon recht, dass ich besser und nachdrücklicher für das Evangelium gesorgt habe als viele andere, die sich damit wie balzende Pfauen zu brüsten pflegen. Ich sehe auch, dass dabei mancherlei verderbte und mordlüsterne Wüteriche hervortreten, dass darüber nicht wenige alte Freundschaften zerrissen werden und in die Binsen gehen, und dass sich dadurch die giftigen Früchte am Baume der Zwietracht vermehren, und es ist unschwer vorauszusehen, dass in Bälde ein Aufruhr ausbrechen wird, dessen Blutigkeit ohnegleichen sein dürfte und dessen Erhebung man Dir und keinem anderen in die Schuhe schieben wird.

Was Du das Evangelium nennst, das ist immer nur das, was Du in dem von mir neu herausgegebenen und mit unzähligen Fußnoten versehenen Neuen Organon gesucht und gefunden hast. Doch der Weltlauf richtet sich nicht nach Deinen persönlichen Wünschen, sonst würde ja kein böser Feind da sein können, gegen den Du unablässig im Felde liegen musst, dieweil er Dir eitel Furcht und Schrecken einzuflößen imstande ist. Solches aber geschieht nur deswegen, weil Du selbst weder den Mut noch die Herzhaftigkeit aufzubringen vermagst, Dich mit ihm auszugleichen und im Namen Christi, den Du doch immerfort im Munde führst, eine weltbrüderliche Versöhnung anzustreben. Es ist nicht meine Aufgabe, Dich nach dieser Richtung hin zu ermuntern, denn ich bin der Allerletzte, der von Dir etwas verlangen wollte, was Deine geis-

tigen Kräfte so weit übersteigt. Allein ich habe die christliche Nächstenpflicht, die Du Deinen Widersachern gegenüber so schwer verletzt hast, dieser Deiner kopflichen Schwachheit mit den mir vom Ewigen Vater zur freien, exakt wissenschaftlichen Verfügung gestellten Heilungsmitteln, Aufzeigungsgaben und Bildungskräften zu Hilfe zu kommen, ohne Dir solches groß in Rechnung zu stellen.

Ich pflege ja auch von jeher mit meinem Pfunde nach allen Seiten hin wahrhaft welteidgenössisch zu wuchern und werde darum auch niemals bereit sein, mir darin von irgendeinem Sterblichen Beschränkung, Einhalt und Stillstand gebieten und verordnen zu lassen. Meine Feder ist kein Ochse, der sich dazu hergibt, sich von dem, für wen er einstmals gedroschen, das Maul verbinden zu lassen. Denn wie päpstlich, wie römisch, wie wölfisch, wie mönchspfäffisch ist es doch gedacht, wenn man mir justament gerade das zumutet, was man von Seiten des Heiligen Vaters durchaus nicht zu ertragen und zu erdulden geneigt und gewillt ist? Sollte denn in Wittenberg schon ein lutheranischer Index in Arbeit sein, durch den, genau nach römischem Vorbild, wahrhaft affengemäß sämtliche Schriften, die nicht Dein Lob zu singen wissen, zum Feuertode verdammt werden sollen?

Ich habe es bisher unterlassen, Dich öffentlich anzugreifen, obwohl ich bei solchem Unterfangen den allergrößten Beifall aller Dir feindlich Gesinnten finden könnte. Hinwiederum aber würde ich, wenn ich Dich öffentlich zurechtwiese, dem reinen und lauteren Geiste des Evangeliums sicherlich mehr nützen können, als jene engstirnigen Tintioten, die sich, wie sie behaupten, von Dir haben anstiften lassen, mich zu schmähen und herabzusetzen, und um derentwillen es mir nicht länger anstehen will, nur ein stummer Zuschauer dieses Universalspektakulums um das Riesenspielzeug des Bauernpfluges zu sein.

Auch auf Deiner Seite sehe ich, mit einer einzigen Ausnahme, die sich Melanchthon nennt, nur Heuchler und Tyrannen, deren jeder Funke des Geistes christlicher Freiheit, Gleichheit und Brüderlichkeit es ermangelt. Ich werde also, o Luther, stets die theologische Begrenztheit Deines sonst so gesunden Menschenverstandes zu berücksichtigen wissen und auch weiterhin keine Gelegenheit verabsäumen, Deine Meinungen wohlwollend entgegenzunehmen, um sie auf ihre Unantastbarkeit hin auf das Allergenaueste zu prüfen und zu untersuchen. Denn solches ist *das unveräußerliche Recht jedes einzelnen Zuschauers eines Vorganges, den Du höchst verräterischer Weise eine Tragödie nennst, aus welcher Wortwahl gefolgert werden muss, dass es dabei vornehmlich auf ein möglichst glorreiches Vergießen von Gläubigen- und Untertanenblut abgesehen ist, und woran ich die Warnung knüpfen und Dir nahelegen möchte, in der Folge nur noch unantastbare Erkenntnisse und Einsichten von Dir zu geben und auf die Weltbühne zu bringen.*

Auch lässt sich, wie Dir anscheinend noch immer nicht eingeleuchtet hat, mit Bescheidenheit und Sanftmut viel mehr ausrichten als mit stürmischer Gewalt, berserkerischer Rechthaberei und barbarischem Zorn. Wie hat sich Christus der Welt angenommen? Nur mit eitel Güte und Huld, wenn man den Evangelisten Glauben schenken soll! Und wer wollte und möchte das nicht? Niemals hätte Christus, wenn ihm die Kunst des Federschwingens so geläufig gewesen wäre wie Dir, den Silbenspieß wie eine Saufeder gehandhabt. Darum nimm Dir dieses über die anderthalb Jahrtausende hinweg leuchtende Beispiel endlich zu Herzen! Und sogleich werden alle Deine Widersacher auch geneigt und bereit sein, sich vor Dir zu verneigen, auf welche Art und Weise aus diesem riesenhaften, immer gefährlicher werdenden Weltrüpelspiel trotz der Raserei der hübigen wie drübigen Altarkohortler und trotz der Tobsucht der nur gesetzlich geschützten Kannibalisten doch noch eine terenzialische Komödie werden könnte.

Was auch vermöchtest Du dagegen vorzubringen, wenn es sich plötzlich offenbarte, dass sich der Ewige Vater, dieser einzig richtige, nämlich der unlästerbare und unschändliche Gott, trotz Zwingli und Oekolampadius, hundertmal lieber als schweizerischer Eidgenosse denn als kursächsischer, von Dir zum Kadavergehorsam herangezüchteter Untertan auf die Welt kommen möchte, so es ihn nur danach kitzelte, unter uns persönlich zu erscheinen, und was könntest du auch dagegen predigen und verordnen, dass der Allwissende auch nicht eines einzigen Helfers bedürftig ist, um seinen freien Willen von Ewigkeit zu Ewigkeit wirksam werden zu lassen, und dass Du daher, o Luther, solange Du Knechte, Robotioten, willensgebundene Sklaven und dergleichen vorbildliche Profitjochträger anfertigst, lediglich die Geschäfte des Satans förderst?

Nimm Dich also vor allem in Acht vor Deinen Lautschlingen, Silbensprenkeln und Satzfallgruben, wenn Du von denen, die Dich von Gottes und meiner Zulassung und Genehmigung lenken und leiten, zu der Torheit angetrieben werden solltest, Deine Feder wider mich zu zücken. Ich eigne mich nämlich ganz und gar nicht zum Gegner und ich bin schon aus diesem Grunde jederzeit bereit, mich von jedem, den es nach solcher Beunstätigung gelüstet und juckt, necken, aufziehen und vexieren zu lassen. Was du auch alles gegen mich tinten und drucken müsstest, das macht mir nicht die geringste Sorge, ja, weltlich betrachtet, könnte ich mir zum Abend meines derzeitigen Erdenwallens gar nichts Ruhmwürdigeres widerfahren lassen als Deinen heldentümlichen Versuch, mich ein wenig um die Ecke zu bringen und zu vernichten. Das wäre fürwahr ein plautuswürdiges Possenspiel, bei dem Du zum Schluss als der Widersacher ohne Widersacher von der Weltbühne heruntergelacht werden müsstest. Also hüte Dich, und das gilt für alle wirklich todernsten Tintenvergießer, in erster Linie vor Dir selber! Im Zuschauerraum sitzt nämlich der nach dem Vorbilde des Ewigen Vaters geprägte freie Wille, während auf der Bühne, auf die Du Dich vorwitzigerweise hinausbegeben hast, immer nur die vom Wahne ihrer gar nicht vorhandenen Willensfreiheit besessenen und allerhöchst gebeutelten Fürsten und Fürstenlakaien herumtoben und durcheinanderstrategen, dass die Bretter beben und die Kulissen wackeln.

Sollte es mit Dir durchaus nicht unbegabten Welttragödianten, wirklich noch ein nicht nur für Dich trauriges Ende nehmen, dann hat Dich nur Deine unzähmbare wahrhaft erztheologische Sucht nach der Züchtigung beifallsspendender und obolosabliefernder Glaubensschäflein ins Verderben gelobt und gerissen. Du wirst nur dann unbeschädigt aus diesem ekklesiastischen Tohuwabohu davonkommen, wenn Du den Mut findest, eines Tages die mit der Zahl Deiner Anhänger immer schwerer werdende Bürde Deiner Würden von Dir zu werfen und ein freier Mensch zu werden. Dazu gehört aber unbedingt die Zeugung eines Sohnes, die Dir bisher, weil Du viel zu lange im Kloster gehockt hast, vom Ewigen Vater versagt geblieben ist. Denn wer könnte imstande sein, über den Eingeborenen Sohn Gottes ein maßgebliches Urteil abzugeben, der nicht selbst einen Sohn auf irgendeiner irdischen Schädelstätte geopfert hätte?

Halte mir diese meine väterlichen Grundeinsichten in die blühende Wiese Deiner kindlichen Einfalt zugute und gib Dir von nun an alle

Mühe, ihnen nachzukommen und mein Christenbruder zu werden, dieweil ich wie Gott weder eines Knäbleins noch eines Knechtes noch eines Gegners oder Widersachers bedürftig bin. Wie geschrieben steht: An ihren Früchten sollt ihr sie erkennen! Trotz allen Lärms, den Du bisher erzeugtest, bist Du bis zu diesem Terminus noch vollkommen fruchtlos!

Als Melanchthon mit diesem fünffach versiegelten Schreiben aus seiner Vaterstadt Bretten nach Wittenberg zurückgekehrt war, lag Luther wieder einmal im Bett seiner Mönchsklause und klagte hypochondrischer den jemals: „Der Teufel sitzt mir im Darm, wo er am dicksten ist, und lässt sich durch kein Klistier und kein Gebet vertreiben! Vorne wie hinterwärts hat mich der Herrgott versiegelt und mit den heftigsten Druckschmerzen geschlagen! Auf beiden Löchern bin ich verstopft wie noch niemals in meinem ganzen Leben. Der Urin braust mir schon in beiden Ohren!"

„Das kommt nur von den gelben Erbsen mit Salzhering!", suchte ihn Melanchthon über die Ursachen dieser höchst bedenklichen Medizinsymptome aufzuklären. „Wer sich solch ein barbarisches Mönchsfutter als Leibspeise erwählt, der sollte die Schuld daran nicht auf seinen Herrgott schieben. Das tägliche Brot kommt nicht vor, sondern mit und von der Moral!"

„Willst du an Gottes Allmacht zweifeln?", grollte Luther.

„Ebenso wenig wie daran", antwortete Melanchthon, „dass einer, der sich krank gemacht hat, noch im Vollbesitz des gesunden Menschenverstandes ist. Die einzige Grundlage der Ethik ist und bleibt die Diätetik!"

Worauf er den mitgebrachten Brief aus der Tasche zog.

„Lies ihn mir vor!", wimmerte Luther, der gerade wieder einen Anfall hatte, mit zusammengebissenen Zähnen.

Nun erbrach Melanchthon die fünf Terminussiegel, faltete den Foliobogen auseinander, brachte das darauf Geschriebene, das er selbst noch nicht kannte, mit wachsender Bewegung zu Gehör und erzielte damit eine diätetische Wirkung allererster Ordnung.

Denn plötzlich fuhr Luther, ohne ein Wort zu sagen, aus den kursächsischen Bettfedern, riss das Skriptum an sich und entschwand damit sporntreichs ins geheime Gemach.

Von diesem Tage an mussten die beiden sich in seinem Vorstellungszirkus schier allmächtiglich benehmenden vokabularischen Fetische Satanas und Beelzebub die Maske des alten Hexenmeisters Roterodamus tragen.

Aber das Schreiben hatte noch eine zweite, nicht minder folgenschwere Wirkung, denn die Sache mit der Fruchtlosigkeit und dem noch immer nicht gezeugten Sohn ging diesem obersächsischen Glaubenswelterschütterer doch so unheimlich nahe, dass er sich nun im vollsten Ernst nach einer ihm zur Ehe besonders tauglichen Weibsperson umtat.

Beatus Rhenanus, * 1485 in Schlettstadt, † 20. Juli 1547 in Straßburg, war ein deutscher Humanist und Philologe, der aus der Schlettstädter Schule hervorging.

Lorenzo Campeggio, * 7. November 1474 in Italien, Italien, † 19. Juli 1539 in Italien, war ein italienischer Kardinal und Politiker. Er war der letzte Kardinalbeschützer Englands.

Katharina von Bora, nach der Heirat Katharina Luther, * 29. Januar 1499 in Lippendorf, † 20. Dezember 1552 in Torgau, war eine sächsische Adelige und Zisterzienserin. Mit 26 Jahren heiratete sie den deutschen Reformator Martin Luther. Später wurde sie auch die Lutherin genannt.

Hieronymus Baumgartner, * 9. März 1498 in Nürnberg, † 8. Dezember 1565 ebenda, war Ratsherr, Leiter des Kirchen- sowie Schulwesens und Bürgermeister der Reichsstadt Nürnberg. Aus seiner Studienzeit in Wittenberg kannte er Luther und Melanchthon und wurde ab 1526 zum einflussreichen Mitgestalter der Reformation in Nürnberg.

Pietro Aretino, * 20. April 1492 in Arezzo, † 21. Oktober 1556 in Venedig, genannt il Divino (der Göttliche), „flagello de' principi" (Geißel der Fürsten), auch „condottiere della penna" (Feldherr der Feder), war ein vielseitiger italienischer Schriftsteller, Dichter, Satiriker und Polemiker der Renaissance, des Cinquecento.

Clemens VII., Clemens Septimus, Giulio de' Medici, * 26. Mai 1478 in Florenz, † 25. September 1534 in Rom, aus der Familie der Medici war vom 18. November 1523 bis zu seinem Tode Papst.

Sucht sucht Zucht

Um diese Zeit wurde Balthasar Hubmaier, der Waldshuter Leutepriester, beim Bischof von Konstanz verklagt, sich in verschiedenen Predigten dahin geäußert zu haben, dass niemand weder Deputat, Zins, Zehnten, Renten und Gülten ferner zu geben, noch seinen Oberen Dienste, Fron, Gehorsam und Untertänigkeit schuldig sei.

„Das Volk hat zu folgen!", schnaubte daraufhin dieser Theomilitarist und Krummstabschwinger des Bodensees und befahl seinem Generalvikar Johann Heigerlin, genannt Faber, jenen oberrheinischen Aufruhrzüngler von der Kanzel zu werfen und zum Kuckuck zu jagen.

Aber auch dieser Vorgesetzte war so schlau, die schwierigeren Dinge zu denen ihn sein Amt verpflichtete, nicht eigenhändiglich auszuführen, sondern derlei mit persönlichen Gefahren verbundene Großverübungen befehlsgemäß und diensthöflichst einem seiner Untergebenen zu überlassen.

Die Waldshuter wollten wohl folgen, jedoch nicht dem hochwürdigen Bischof und seinem potztausigen Oberstwahrsager Faber, sondern vielmehr dem leuchtenden Beispiel, das ihnen die benachbarten Bürgerschaften von Schaffhausen und Basel mit ihrem rechtzeitigen und wohlgelungenen Anschluss an die Eidgenossenschaft gegeben hatten, und die Folgen dieser entschiedenen Zuneigungsänderung blieben denn auch nicht aus.

„Zum Mindesten aber", donnerte Balthasar Hubmaier von der Kanzel der Pfarrkirche herunter, „müssen wir genauso frei sein wie die Eidgenossen und auch in geistlichen Dingen mitregieren dürfen wie die Hussiten!"

„Da scheint wieder einer verbrannt werden zu wollen wie Johannes Hus!", rief der Bischof von Konstanz drohend und deutete mit dem Menschenfischerringfinger durch das Bogenfenster seines Herrschergemachs auf dem Platz hinunter, auf dem diese glorreiche Ketzerhinrichtung vor einhundertundzehn Jahren mit großem Konzilgepränge vor sich gegangen war und stattgefunden hatte.

Und trotzdem spotteten die Bänkelsänger auf dem Waldshuter Naschmarkt also: „Das edle Recht ist worden krank. Dem Armen kurz, dem Reichen lang!"

Und die Bauern auf dem Rossmarkt riefen sich sogar zu: „Loset, was ist das für ein gottlos Wesen? Wir können vor Pfaffen und Adel nicht genesen!"

Ich besorge gar sehr, schrieb Luther in diesen Tagen an den nach Magdeburg versetzten Amsdorf, *dass, so die Fürsten ferner dem tollen Kopf Herzog Georgens Gehör geben, es zu einem Aufstand kommen dürfte, der in Deutschland alle Fürsten und Obrigkeiten verderben und zugleich die ganze Klerisei mit treffen müsste. Denn das gemeine Volk ist allenthalben wider seine Herrschaften, weltlicher wie geistlicher Natur, aufgebracht und empört, und mit Gewalt kann und will es sich nicht länger unterdrücken lassen. Der Allmächtige nämlich ist es, der solches bewirkt und der diese andauernde Gefahr vor den Augen der Fürsten und Bischöfe verbirgt, ja gerade mittels ihrer Blindheit und Gewaltüblichkeit solches heraufführen wird, dass mich deucht, ich sehe mein Deutschland schon im Blute schwimmen. Es steht also eine gar bitter ernstliche Sache bevor, denn der längst dem Satan verfallene Kopf von Leipzig und Dresden sieht nicht auf das Volk, von dem er allein doch lebt und webt, sondern trachtet immer nur danach, seine Torheit, Ingrimmigkeit und alten Hass zu büßen. Also müssen wir hinfort immer stärker unsere Stimmen erheben und diesen hoffärtigen Narren, die sich also ihr eigenes Grab schaufeln wollen, ins Gewissen reden, dass ihnen die hohen Ohren gellen!*

Längst hatten die Dörfler der schwäbischen Landschaft Stühlingen begonnen, sich wider ihre Grundherrn zusammenzuwolken und Stachelhaufen zu bilden, und das erste Fähnlein des von Münzer und Karstadt angestifteten und späterhin Bauernkrieg benamsten mitteleuropäischen Großaufruhrs flammte empor. „Nichts als die Gerechtigkeit Gottes!" stand auf diesem von den Waldshuter Malermeister Vigilius Roth kunstvoll bepinselten Flattertuch, das er außerdem, auf Wunsch seine Auftraggeber, mit einem Bundschuh, einem Kreuz und einem betenden Bauern verziert hatte.

Inzwischen hatte sich der Heilige Vater Clemens Septimus durch seine unausrottbare Sucht zu Kniffen, Listen und Ränken dazu verführen lassen, mit den Gegnern des Kaisers geheime Beziehungen anzubahnen und aufzunehmen, um bei nächster Gelegenheit diesen doppelt gekrönten Jüngling im Stich zu lassen und für solchen Vertragsbruch die allerhöchsten Preise fordern und einheimsen zu können, zumal auch die gewiss nicht armen Senatoren der schwerreichen Krämerrepublik und Shylokei Venedig von den siegreichen Fortschritten der in der Lombardei um sich schießenden, stechenden, hauenden und klauenden und vom Kaiseradler gelenkten Waffenschwingerhorden keineswegs begeistert und entzückt waren. Denn dass die Teutonen und die Gallier zur gegenseitigen Dämpfung ihrer Rauf- und Raubsucht mit hochgezüchtetem Heldenmut immer noch aufeinander lospochten, solches mochte allen Römern, Venezianern und Florentinerin schon bass gefallen, nur wollte es ihnen durchaus nicht behagen, dass diese ausländischen Heerwürmer ihre barbarischen Waffentänze gerade auf italienischem Grund und Boden aufzuführen sich bemüßigt fühlten. Und wie Venedigs Doge Andrea Gritti, um das von dieser Seekönigin in vielen Schlachten siegreich erbeutete polische Festland und die darin gelegene, noch immer blühende Universitätsstadt Padua zitterte und bebte, genauso sorgte sich auch der neue, von der dümmsten aller Florentiner Schusterrinnen abstammende Papst um seine nicht minder bedrohte erzbischöfliche Vaterrepublik Florenz.

„Bist du der Meister der Vergangenheit", sprach am Sonntag Lätare dieser zum Kurierenhäuptling gekrönte Medicikrebsling zu dem aus Como stammenden und keinesfalls auf den Kopf gefallenen Geschichtsschreiber Paulus Jovius, den er damals mit seinem besonderen Vertrauen zu beehren pflegte, „dann begehre ich der Meister der Zukunft zu sein. Denn nur das Gold ist es, von dem das Rad des irdischen Geschehens seinen Antrieb erhält. Und welcher vernünftige Mensch wird angesichts der unglaublichen Torheiten, die diese bis zur nicht Nichtsnützigkeit beutegierigen Kirchenpotentaten unablässig verüben, auch nur einen Augenblick daran zweifeln wollen, dass allein unter den Krummstab gut und wohlgedeihlich zu hausen ist? Seit Christi Opfertod und der Konstantinischen Schenkung, ganz gleichgültig, ob sie nun beide zu den Märchen gerechnet werden müssen oder nicht, ist Gott und Cäsar durch Personalunion verbunden und eine einzige Körperschaft geworden, also dass dem Allmächtigen und seiner irdischen Stellvertreterin, der Kirche, alles und jegliches gehört, was jemals von Julius Cäsar erobert worden ist. Woraus sich ergibt, dass vor Gottes Angesicht sämtliche europäischen Souveräne, einschließlich des Sultans und des Kaisers, nur als Usurpatoren, Konfiskatoren und Tyrannen Geltung haben können. Ohne das Gold, ohne diesen stärksten und eifrigsten aller Götter, kann kein Reich bestehen! Darum: Locke und lenke alles Gold hierher nach Rom, und alsobald muss der ewige Friede gesichert und das Himmelreich herbeigekommen sein! Denn welcher Fürst, und sei er auch noch so stolz, vermag ohne Gold, ohne diesen wahren und einzigen Herrn aller Heerwürmer, auch nur das allerkleinste Siegesfähnlein aufflattern zu lassen? Daher: Gold gleich Gott! Oder auf Griechisch: Chrysos gleich Christus!"

„Alle Heiligen!", hauchte Jovius verdutzt. „Jetzt geht mir ein Licht auf! Aber steht nicht geschrieben: Gott ist das Wort?"

„Gott ist das Wort Gold!", beharrte der zweite Bankierssprössling und Goldkalbanbeter des Heiligen Stuhles auf dieser echt mediceischen Sinngebung und Wortverfügung. „Erst durch den wie ein Kreuz gestalteten und eingefügten Buchstaben Tau ist aus Chrysos Christus geworden. Aber nur das fest angetaute Gold, nur der am Kreuze hängende Christus, ist Gott, während das frei herumschweifende Gold nichts anderes ist als der leibhaftige Satan. Da hast du in einem Satze das Grundgeheimnis des Heiligen Stuhles oder die Ökonomie der Ökumene! Wie Wir als Heiliger Vater jedem Worte befehlen können, in das Glied unserer Sätze zu treten, genauso hat uns auch der Zweisilbler Deus blindlings zu gehorchen. Werden unsere Ablasszettel an der Himmelstür nicht ohne Anstand in Zahlung genommen? Denn noch niemals ist von da oben hier beim Vatikan dieserhalben eine Rücksprache nötig geworden! Und bedarf die Tatsache Unserer alleinigen Auserwählung noch eines anderen Beweises als des Vorhandenseins dieser beispiellosen Wertpapiere? Willst du angesichts dieser Unwidersprechbarkeit immer noch behaupten, dass kein sterbliches Wesen die ewigen Geheimnisse zu ergründen vermag? Wer ist es denn gewesen, der diese allerheiligste Goldersatzsilbe Gott geschaffen und in Umlauf gesetzt hat? Und wessen Werk ist das undurchdringliche Geflecht der kurialen Wirtschaftskünste, wodurch wir die weltgeschichtlichen Schleichwege unseres Goldgottes vor den Augen der Völker zu verhüllen wissen? Leuchtet dir das nicht ein?"

„Mir schon, Heiligster Vater!", beteuerte der Comokier. „Aber nicht dem Luther und wohl auch nicht dem Zwingli!"

„Zwei armselige Schlucker!", winkte der Papst verächtlichst ab. „In Lumpen sind sie zur Welt gekommen, in Lumpen werden sie auch von hinnen fahren! Unerschütterlich fest aber steht die Kirche auf dem ewigen Felsen Petri. Ja, wir waren, sind und bleiben die einzige alleinseligmachende Weltmacht, weil wir die opferheischende, die Gold sammelnde, die Schatz hortende, die Kreditstrom lenkende Kirche sind. Jeder Papst, der sich gegen dieses Grundgesetz vergangen hat, ist dafür strengstens bestraft worden. Weder Luther noch Zwingli, weder der Kaiser noch der Sultan verstehen sich darauf, aus bloßen Worten pures Gold zu machen. Und allein diese höchste aller Künste ist es, mit der die sündige Welt überwunden werden kann. Oder mit anderen Worten: Der einzige Zweck jeder Glaubensverbreitung ist die Herstellung des Absurdums Kredit! Deswegen auch ist meine Sucht nach Gold ebenso sündlos wie unstillbar. Mit Emsigkeit wünscht der goldene Gott gesucht und eingesammelt zu werden, um von einem festen Punkte aus durch Raum und Zeit, zur Aufrichtung des ewigen Friedens, allmächtiglich dahinwirken zu können. Ruhen erst alle irdischen Schätze hier in Unserer Engelsburg, werden Wir dann nicht sogleich imstande sein, mit den von Uns bedruckten Papierröllchen und Seligkeitsanweisungen, als Universalgläubiger aller Gläubigen, auch die Körper aller Völker zu lenken, wie Wir heute schon ihre Seelen in Unserer Gewalt haben? Werden Wir dann nicht, ohne auch nur einen einzigen Scudo auszugeben, die unumschränkte Macht besitzen, nicht nur nach allen Seiten hin Frieden zu gebieten, sondern auch das größte aller Kreuzheere aus dem Boden zu stampfen, um den Sultan mit ewiger Schmach zu bedecken, alle seine Schätze an Uns zu ziehen und ihn für immer in die Wüste zurückzuscheuchen, die ihn und seine Horten ausgespien hat? Ja, Wir werden die Silbe Christus unablässig auf kleine Zettel drucken, und sie wird Kraft des von Uns Anbefohlenen und über den ganzen Erdkreis hin

335

ausgebreiteten Glaubens von allen Völkern für bare Münze genommen werden müssen! Der Glaube macht selig, der Kredit macht seliger, aber der Glaube an den Kredit macht am seligsten. So allein und nicht anders hängen die irdischen mit den himmlischen Dingen zusammen!"

„Wundervoll!", beifallte Jovius begeistert.

„Denn", fuhr dieser päpstliche alle irdischen Finanztechniker fort, der sich von jeher an der bis zur Undurchführbarkeit gesteigerten Kühnheit seiner Schlüsse zu berauschen pflegte, „sämtliche Satzgebilde, in denen die Wahrheit als das tiefste der göttlichen Geheimnisse verwahrt wird, sind hier in Rom, zu Roms Schutz und Wehr, ersonnen, gesponnen und zu Papier gebracht worden. Der goldene, der ewig unfehlbare Gott für alle Menschen und Völker spricht nur aus der vatikanischen Druckpresse. Das jedoch haben meine Vorgänger nicht beachtet, und zur Strafe dafür hat ihnen der Allmächtige den Luther und den Zwingli auf den Hals geschickt. Ersieh daraus und erkenne, dass diese beiden dem Kloster entsprungenen Ketzer, die sich nun zu großen Drachen aufzublähen belieben, nur winzige Steine auf dem göttlichen Schachbrett sind. Es geht mit ihnen bereits zu Ende. Schon wird der eine von Münzer und Karlstadt wie von zwei reißenden Bestien angebrüllt, während sich der andere vor lauter Wiedertäufern kaum noch zu lassen weiß. Nun, ich werde auch aus diesen beiden Giftblüten gar balde goldenen Honig saugen!"

Und Paulus Jovius verneigte sich dreimal vor einem solchen Glaubenskreditschöpfer, der mit diesen ebenso fantastischen wie verblüffenden Darlegungen den von der Akkumulationssucht der Kurie erfundenen und in die damit erzieherisch zu züchtigende Welt hinausgestoßenen Ablasszettel zum Urahn und Uranus sämtlicher Papiergeldwährungen emporgezüchtet hatte.

Hier in Rom, geheimberichtete um dieselbe Zeit der noch immer am Tiber als Kaiserlicher Botschafter wirkende Herzog von Sessa nach Madrid, *ist alles auf Trug und Lüge gegründet, und die Hölle selbst vermag nicht so viel Bosheit, Niedertracht und Blutschande zu bergen, wie es hier unter den Kardinälen gibt. Da ist kaum einer, der den anderen etwas Gutes gönnte, zumal sich die beiden edlen Geschlechter der*

Colonna und der Orsini heftiger denn jemals um die Zuneigung des Pöbels raufen und beißen. Gemeinsam ist diesen Kirchenfürsten nur die eine Sorge, wie sie sich in ihrer bestialischen Üppigkeit übertrumpfen und die Reichtümer verschwenden können, die sie von allen Ecken und Enden der Welt durch ihre Ablasskrämer und Bettelmönchshorden zusammenholen lassen.

Vorgestern erzählte man sich im Albergo del Sol, dass sich der Erzbischof von Palermo anheischig gemacht hätte, einen Schinkenknochen von seiner lukullischen Tafel als Bein der Heiligen Maria Magdalena, die die allerschönsten Beine gehabt haben soll, für zwölftausend Pfund nach Irland zu verkaufen, worüber es zwischen ihm und dem Erzbischof von Genua zu einer Wette um eine mit Mariamilch und ägyptischer Finsternis gefüllten Flasche gekommen sei. Diese beiden Prälaten, zu denen noch der Erzbischof von Karthago und Maria Mercedes zu zählen ist, sind übrigens die einzigen Kirchenfürsten, die noch keine Goldköche in ihren Dienst genommen haben. Sonst ist überall schon die Dirne Magie zur Amme der Frömmigkeit geworden.

Auch ist man hier nach wie vor so gründlich verblendet, die Bedrohung des Reiches durch Ketzer und Türken als höchst gedeihlich und gewinnbringend für die Kurie anzusehen. Wenn solches am grünen Holz geschieht, was soll am dürren werden? Vertrauen ist heute in Rom noch unbekannter als jemals zuvor, jeder Händedruck kann einen Solawechsel aus Gift und Dolch bedeuten, und Zusagen werden nur noch gegeben, um gebrochen werden zu können. In dieser Stadt der allereitelsten Eitelkeiten ist alles feil, das Niedrigste wie das Höchste, und immer gefährlicher beult sich die Geschwulst ihrer falschen Schwüre gen Himmel empor.

Sodom und Gomorrha heißen heute nicht anders als Vatikan und Lateran, und die Engelsburg ist längst zur Satansfestung geworden, gegen deren zwanzig Fuß dicke Mauern keine Kartaune etwas ausrichten kann. Und wer könnte es wohl wagen, weiterhin auf das Wort eines Heiligen Vaters zu bauen, der vor seinem rechten Ohr geheim hält, was er mit seinem linken vernommen hat, dass er sich selbst nicht zu enträtseln versteht, und der sich sogar allen Ernstes einzubilden vermag, das Zittergras im Himmel wachsen zu hören?

Nachdem der Großkanzler Gattinari, dessen Erhebung zum Kardinal, weil er durchaus nichts dafür berappen wollte, von Clemens Septimus neuerdings abgelehnt worden war, diese aufschlussreichen Zeilen im Kronrat zu Gehör gebracht und der Kaiserjüngling sich daraufhin jeder Bemerkung zu enthalten geruht hatte, erhob sich als Nachfolger Glapions und Oberstbeichtvater dieser zwiefach gekrönten Majestät der mit allen Salben geschmierte und erst kürzlich vom Papst zum Bischof von Osma ordinierte Don García de Loaysa dergestalt seine warnende Stimme: „Gesandte und Botschafter pflegen in dem Bestreben, sich wichtiger zu machen, als sie tatsächlich sind, die unangenehmen Nachrichten zu bevorzugen und alle Dinge maßlos zu übertreiben. Und je toller der Klatsch ist, desto eifriger bringen sie ihn zu Papier! Demgegenüber beschwöre ich bei meiner eigenen Seligkeit und bei der Seitenwunde des Heilands, dass Rom die alleinige Mutter der himmlischen Weisheit, der Sitz der unerschütterlichen Treue und der Schoß der edelsten Sittsamkeit ist. Kein guter Christ darf auch nur im Allergeringsten daran zweifeln, dass sich auch in diesem Heiligen Vater das unfehlbare Licht der Welt verkörpert hat, um alle Völker zu bestrahlen. Nur mit den Schlüsseln, die der Papst in seinen gebenedeiten Fingern hält, können die irdischen wie die himmlischen Räume und Gemächer erschlossen und geöffnet werden!"

„Dem sei, wie ihm wolle", polterte darauf der herzogliche Oberhaudegen Friedrich von Alba los, „aber all hier geht es nicht um das Licht der Welt, sondern nur um Treu und Glauben, und so der Heilige Vater das von seinen beiden Vorgängern im Namen Gottes beschworene Bündnis bricht, so wird ihm solches sehr teuer zu stehen kommen!"

„Durch den siegreichen Fortschritt der Kaiserlichen Waffen", prophetete Gattinari abschließend, „wird auch diese Gefahr bald aus der Welt geschafft sein."

Worauf sich der noch immer vollkommen unbeweibte deutschspanische Herrscherling in den Sattel schwang und an diesem besonders gesegneten Weidmannsheiltage nicht weniger denn dreiundsechzig eingehegte und dadurch bis zu Zahmheit herangezüchtete Wildschweine zur Strecke bringen konnte.

„Es darf nicht länger bezweifelt werden", sprach Desiderius am folgenden Nachmittage zu seinen beiden Herzensfreunden, die er auf eine Kanne Burgunderwein in das mit Büchern und Bildern gefüllte Oberkollegium des Hauses Zur Alten Treu geladen hatte, „dass der Grund der allerorten wider die herrschenden Kasten gerichteten Unzufriedenheit der Untertanen nur bei den für ihr hohes Amt so übel vorgebildeten und so erbärmlich schlecht über ihre Pflichten unterrichteten Herrschsüchtlern zu suchen ist, mögen sie sich nun Kaiser, Könige, Fürsten, Bischöfe, Kardinäle oder Päpste nennen!"

„Was aber sagst du dann zu unseren Bauern in Dornach, Muttenz und Liestal, die ebenfalls immer widerspenstiger werden?", fragte der nun schon einundsechzigjährige Johannes Froben, worauf Bonifacius Amerbach, der erst einunddreißig Jahre zählende Doktor beider Rechte, dieses neue Gesprächsthema sogleich aufnahm und also fortfuhr: „Und die sich dabei auf das Evangelium berufen, worin geschrieben steht: Gebet dem Kaiser, was des Kaisers ist, und Gott, was Gottes ist! Woraus sie aber den für uns Baseler überaus fatalen Schluss ziehen: Da ihr weder unser Kaiser noch unser Gott seid, woher nehmt ihr euch das Recht, auch nur einen einzigen Rappen von uns zu fordern, den wir euch nicht frei- und gutwillig geben wollen?"

Desiderius roch nun an seiner Duftdose und fragte sodann: „Wie und auf welche Art und Weise sind jene Bauern da draußen auf den Dörfern euer Eigentum geworden, auf und in deren Feldern, Wiesen, Weinbergen, Gärten und Ställen alle Nahrungsstoffe heranwachsen, mit deren Hilfe ihr euer Dasein fristet?"

„Nach Gottes Zulassung durch Erbe und Kauf!", antwortete Johannes Froben, und Bonifacius Amerbach fügte ergänzend hinzu: „Und was sie hier in Basel auf den Markt bringen, das wird ihnen von uns redlich bezahlt, und zwar mit guter Münze und zu ebensolchen Preisen!"

„Die jedoch", warf Desiderius ein, „nicht von ihnen selbst, sondern vom Großen Rat festgesetzt werden. Und die Folge davon ist, dass sich im Gegensatz zu den Bauern der Reichtum der Bürger unausgesetzt vermehrt, sodass sie immer wieder dazu verlockt und verführt werden, mit ihren Beutebeuteln aufs Land hinauszugehen, um weitere Herrschaften, Schlösser, Häuser, Grundstücke, Weinberge und

Wälder, Steinbrüche, Mühlen und Seen zu kaufen und an sich zu bringen, um immer mehr Zinsen und Grundrenten einzuheimsen und durch wachsenden Wohlstand zu weiterem Zudrang zur Stadt und zu schnellerer Vermehrung der Bevölkerung anzureizen. Also suchtet, wuchert und üppigt sich die herrschende Bodenkönigin wie ein geilträchtiges Unkraut immer weiter in das sie ernährende Land hinein und hinaus, wodurch die ihr untertänigen Dörfler immer magerer, armseliger, geplagter, ungebildeter und dummköpfiger werden müssen. Ist das eidgenössisch gedacht, geplant und gehandelt, ihr doch so musterlichen Eidgenießer? Wollt ihr denn weiter so töricht sein, das Gold, diesen Hebel der gerechten Rechenkunst und des freimarktlichen Friedensglückes, zu einer Angriffswaffe umzuschmieden, um immer mehr Landstriche an euch zu raffen und das den Bauern auferlegte Joch immer beschwerlicher und drückender zu gestalten? Würde euch denn solches Trachten gutdünken und wohlgefallen, wenn ihr dort draußen säßet und sie hier drinnen? Würdet ihr nicht zuletzt zu den Waffen greifen müssen, um diese unerträgliche Tyrannei zu brechen und das Joch abzuwerfen?"

„Das wäre Basels Untergang!", murmelte Amerbach beklommen, und Johannes Froben hob beide Hände wie zur Abwehr und rief: „Nie wieder Krieg!"

„Nie wieder einen Krieger anwerben und ausrüsten!", korrigierte Desiderius dieses abstrakte Diktum ins Konkrete. „Basel soll kein Babel werden! Es soll die Völker nicht zertrennen, sondern sammeln, und zwar um das Erfüllungshorn der reinen Christenvernunft. Schrecken euch die Spuren Babylons und Ninives nicht, so blickt auf das traurige Geschick der gar zu stolzen, sich in ihrem Psalter justament über den grünen Himmelsklee lobenden Tochter Zion, woselbst die Zionisten noch heute an der Klagemauer stehen, um die grausamen Torheiten zu bewimmern, die von ihren Vorfahren in überreichlichem Maße begangen worden sind. Und so ist auch jede nur zu dem Zwecke ihrer Herrschsuchtsfrönung festgefügte, aufgepfaute und hochgetürmte Feste niemals die Mutter, sondern stets nur das ewig unmündige Kindlein des sie umgebenden Landes, soweit sie auch ihre nimmersatten Lippen zu öffnen und die Lüfte mit den Wellen ihrer schallsüchtigen Kehle zu erfüllen begehrt. Wie denn auch geschrieben steht: Ehre deine Eltern, auf dass es dir wohlergehe und du lange lebest auf Erden."

„Wie aber", warf Amerbach ein, „steht es dann mit Venedig, dieser nicht aus dem Lande, sondern aus den Fluten des Meeres aufgestiegenen Königin der Adria?"

„Auch ihr droht das babylonische Schicksal", entschied Desiderius, „nämlich der von dem heute schon in und bei ihr erkennbaren Verfall eingeleitete Untergang. Denn sie ist ja nicht, wie die Hansestädte, bei dem gottgesegneten Handwerk des friedlichen Warenumsatzes geblieben, sondern sie hat sich mit Mann und Ross, mit Büchsenwagen und Trossgeschwadern aufs feste Land begeben, um nicht nur in Italien, sondern auch im Orient viele fremde Städte und Räume seeräuberisch anzufallen und unter ihre Flagge zu bringen, in der sie denn auch zu ihrer Strafe und Beschämung den Leuen, dieses wildeste aller Raubtiere, paradieren lassen muss. Nach dem Willen des Ewigen Vaters und mit meiner Zubilligung ist Fortbestand wie Gedeihen nur solchen Städten gewiss, die der teuflischen Versuchung zu widerstehen vermögen, anderweitige Gebiete zu erobern, zu umflechten, einzugittern und so das ewig fleißige Bäuerlein ins wappen- und flaggengeschmückte Bauer zu setzen. Solange ihr hier in Basel auf dieser Torheit beharrt, die Landbewohner zu Narren eures Profits zu machen, solange seid ihr Städter die Narren der Nahrung. Und das eine, dieweil immer nur der Magen die ganze Magie macht, ist genauso widerbekömmlich und ungedeihlich wie das andere! Sobald das Futter in der Pferdegrippe zu knapp wird, beginnen sich die an ihr stehenden Stoffwechsler zu beißen und zu schlagen. Wird jedoch zu viel Futter aufgeschüttet, so verdirbt ein Teil davon und bringt die Futterhersteller um den wohlverdienten Preis ihrer Arbeitsmühe. Nur deshalb hat ja damals vor anderthalbtausend Jahren der überschlaue Julius Caesar, dieser größte Wechselschieber der Weltgeschichte, den von seinen Nachfolgern unablässig fortgesetzten Bürgerkrieg erfinden müssen! Darum, o Freunde, lasst euch endlich die erkenntnishindernden Schuppen von den Lidern fallen und hört damit auf, den verhängnisvollen Pfad jener ebenso zuchtlosen wie unzüchtigen Züchter und Züchtiger weiter zu wandeln! Denn nur wer sich selbst in Zucht nimmt, der braucht nicht länger der selbstverderblichen Sucht zu frönen, andere Leute zu züchtigen. Wie geschrieben steht: Bakelschule, Makelschule! Weder das Gold noch das Schwert regiert die Welt, sondern allein der von der Feder hingeschriebene gerechte Preis! Und deswegen, deshalb und darum steht auch geschrieben: Lob, Ehr und Preis sei Gott!"

„Meine Ahnung!", nickte Johannes Froben, und Amerbach fragte beklommen: „Ist denn der Preis der Gott, zu dem wir beten müssen?"

„Getroffen!", bejahte Desiderius. „Der freie Preis ist der Finger Gottes! Und darum wehe allen, die ihn anrühren, die ihn in Banden schlagen, die ihn ins Verlies werfen, um sich auf eine derart teuflische Praxis an der Armut zu bereichern und gegen die menschliche Freiheit zu vergehen!"

„Ja, wir sind allzumal Sünder und mangeln des Ruhmes!", bekannte Johannes Froben ganz zerknirscht.

„Müsst ihr es", fragte Desiderius, „darum in alle Ewigkeit auch sein und bleiben?"

„Was aber", forschte Amerbach, „können wir dagegen tun?"

„Da schon viel zu viel dagegen getan worden ist", exaktete Desiderius, „und da sich die Missstände darüber nur noch verschlimmert haben, kann das Heil aller nur noch im Unterlassen gesucht und gefunden werden. Je rascher ihr also dem von euch unterjochten Landvolk die Freiheit gewährt, umso hurtiglicher wird sich für beide Teile das Dasein zum Besten wenden können. Wie geschrieben steht: Wo man froht, da lass dich fröhlich nieder, ernste Brüder sind sich selbst zuwider. Und in diesem Sinne begrüße ich schon heute die zukünftigen Geschlechter, die dereinst unisono lachen werden über die silblichen Stümpereien, die heute noch irrtümlicherweise für eitel Weisheit gehalten werden. Das größte Pech der sich selbst lobenden Toren nämlich besteht darin, dass sie sich unausgesetzt selbst betören und beschwindeln müssen. Und deswegen lache ich mir heute schon ins Fäustchen über alle, die da nicht mitzulachen wagen werden. Wie auch geschrieben stehen sollte: Halleluja, wir sind nun lange genug unsere eigenen Narren gewesen! Es muss ja immer einige Menschenkinder geben, die so frei sind, ihren Schöpfer darüber hinwegzutrösten, dass er uns überhaupt geschaffen hat. Und darum hinweg für immer mit der einzigen Quelle der gesamten irdischen Brest-, Schuld- und Sündhaftigkeit, hinweg mit dieser den Willen knebelnden Knechtschaft des Körpers und des Geistes!"

„Ja, die Freiheit ist das kostbarste aller Güter!", stimmte Amerbach zu, und Johannes Froben rief: „Es gibt kein Glück ohne sie!"

„Wenn wir Gottes Schöpfertraum sind", spann Desiderius dieses Thema noch etwas weiter aus, „weshalb betragen wir uns nicht alle so, dass Gott nur noch lustige Dinge zu träumen hat? Das aber setzt die Erkenntnis voraus, dass die Sucht des Herrchens die einzige Quelle der sieben Todsünden ist. Denn die Freiheit ist nur dort vollkommen vorhanden, wo sie nicht mehr des geringsten Schutzes bedarf. Immer nur ist es der Feind gewesen, der euch Eidgenossen zu Knechten der Waffe gemacht hat."

„Das ist gewiss!", gab Amerbach zu. „Denn auch der Allerfrömmste kann nicht in Frieden leben, wenn es seinem arglistigen Nachbarn nicht gefällt!"

„Mit Verlaub!", entgegnete Desiderius. „Dann wäre ja auch der Frömmste der Frommen gänzlich außerstande, sich so zu betragen, dass sich sogar der arglistigste seiner Nachbarn die Schuppen seiner Torheit von den Lidern fallen lassen muss. Und das gerade ist doch der tiefste Sinn der Welteidgenossenschaft! Sobald du aber dem Beispiel deines bösen Nachbarn folgst und mit dem Inhalt deines Beutels Schutzdiener und Kriegsknechte anwirbst, um deine Freiheit von ihnen sichern und schirmen zu lassen, dann raubst du nicht nur diesen Waffenschwingern, sondern auch dir selber jeglichen Freiheitsgenuss, indem du fortan dieser Knechte Knecht zu sein hast. Und da du nur einer bist, sie aber viele sind, musst du ihnen genauso pfeifen und trommeln, wie sie zu tanzen begehren. Du glaubst sie zu führen, und du wirst doch nur von ihnen gestoßen, bis der Abgrund der Weltbühnenversenkung zu deinen Füßen gähnt! Und eben deswegen geht jeder Befehl fehl, und eben darum vermag ein jeglicher Held, dieser mit der Peitsche des Gesetzes aufgezüchtete Ruhmeslakai, Gierdomestik und Beutesuchtsklave, immer nur durch sein Fallen zu gefallen. Immer wieder muss diese Menschenblutvergießerei schief gehen, und das nicht nur auf der einen Seite, sondern auf beiden Seiten. Wo bliebe denn sonst die göttliche Gerechtigkeit? Wer der Welt mit dem Schwerte zum Frieden verhelfen will, der macht aus ihr einen wütenden Wolf mit blutigem Rachen. ‚Lasset uns Welteidgenossen machen!', sprach nach meiner Übersetzung der Schöpfer der beiden Silben Himmel und Erde am ersten Tage der menschlichen Freiheit, der überdies ein Freitag gewesen sein soll. Und es geschah also. Und Gott gab diesem seinem körperlich wie geistig ebenbildlichen Platzhalter in die Hände zum Ersten den Jakobstab der Sprache, zum Zweiten den Kompass des Gedächtnisses, zum Dritten das Fernrohr der Bildung und zum Vierten und Letzten den Chronometer der Geduld, auf dass er den ewigen, den ur-, voll- und grundchristlichen, kurzum den welteidgenössischen Kurs durch die vom Wogenprall und Donnerhall des Geschehens umbrandeten Klippen der Äonen suche und finde. Denn im herrschsuchtslosen Raume müssen sich sogar die sieben Todsünden in Tugenden verwandeln, so die Hoffart in den Unabhängigkeitsdrang, der Geiz in die Wirtschaftsvorsorglichkeit, die Wollust in den Elternstolz der Kinderreichen, der Neid in den Leistungstrieb, die Völlerei in die Hungerfeindschaft, der Zorn in den Widerstandsmut gegen alle Tyranneiversuche und die Trägheit in das Ruhebedürfnis nach vollbrachtem Tage- und Wochenwerk. Darum lasst endlich eure Hände von den Bauern, die euch speisen, tränken und kleiden, sonst werden sie eines Tages doppelteidgenössisch aufstehen und euch so scharf auf die viel zu langen Finger klopfen müssen, dass euch die Augen kreuzweise übergehen werden!"

„Aber", begehrte nun der doppelt promovierte und belobigte Rechtsdoktor Bonifacius Amerbach auf, „muss nicht jeder Landstrich auf irgendeine Weise regiert werden?"

„Und wie", schmunzelte Desiderius, „kommt denn nur diese nach erhöhter Zucht suchende Suchtsilbe Gier zu der hohen Ehre, den Kernteil jeglicher Regierung bilden zu müssen? Wiederum nur mit Gottes Zulassung, der mit meiner Zustimmung jeder Schelmerei im Voraus den richtigen Rezeptzettel anzuhängen weiß. Holt also endlich euren baseländlichen Gesslerhut von der Stange herunter, lasst eure guten Dörfler ihren eigenen Kanton bilden, verzichtet auf alle weiteren Umlagen, Abgaben, Sporteln und Gebühren und begnügt euch mit den Leihzinsen, die sie euch umso lieber bezahlen werden, wenn ihr nicht zögert, sie immer weiter herunterzuschrauben. Denn nur jener Zins ist preisgerecht, durch den das Kapital amortisiert wird. Kurzum: Bildet euch aus Landschluckern zu Hanseaten um, trennt euch für immer von dem Wahn der ewigen Rente, stellt nur noch Waren für freie Menschen her, und die ganze Welt wird euch gewinngönnerisch und herzbrüderlich in den Schoß fallen! Weder Genf noch Rotterdam, weder Antwerpen noch Bremen, weder Lübeck noch Hamburg haben sich damit aufgehalten, Bauern zu unterjochen und Zwingburgen zu bauen, und gedeihen schon infolge solcher Unterlassungen auf das allerbeste. Sich selbst bekämpfen ist der einzig vernünftige Kampf, sich selbst besiegen der einzige richtige Sieg. Nur die scharfsinnigste Beobachtung aller bisher gemachten Erfahrungen und die kritische Durchführung sämtlicher handlungsfördernder Umstände kann zum himmlischen Ausgleich und zur Selbstaufzucht der Suchtlosigkeit führen. Denn das untüchtige Gezücht der Züchter, die sich selber nicht zu züchten vermögen und deshalb ihre Misskünste und Missgürste an anderen Leuten versuchen müssen, ist und bleibt die einzige Ursache aller irdischen Unzüchte. Nur auf solche und keinerlei andere Art und Weise vermag der preisliche Krummstab eures Wappens in das Füllhorn des allseitigen Segens verwandelt zu werden. Also weder Herrschaft noch Knechtschaft, sondern allein und für immer und ewig die Freiheit des göttlichen, des unabhängigen, des froheitlichen, des preislichen Willens! Darauf lasst uns diesen Becher leeren!"

Damit hob er das Silbergemäß, dass ihm der Kurfürst Friedrich der Weise in Köln verehrt hatte, und sie taten ihm Bescheid.

„Welch eine wahrhaft himmlische Zukunftsmusik!", rief Bonifacius Amerbach begeistert, jedoch Johannes Froben wiegte das graue Haupt und seufzte: „Leider ist die Mehrzahl unserer Ratsherren viel zu roh und ungebildet, um auch nur den zehnten Teil davon zu verstehen und zu begreifen!"

„Ei, dann werden sie eben", tröstete ihn Desiderius, „wie sich das für lässige Schüler schickt, ein wenig nachsitzen müssen, und wäre es auch für fünfhundert Jahre oder für eine halbe Nachtwache! Wie geschrieben steht: Mit dem Begriff kommt der Schliff. Und je rascher sich eure Ratsherren diese Kenntnisse aneignen, desto reicher wird das Lob und der Preis sein, die sie von den Zungen ihrer Nachkommen, in denen sie ja selber stecken werden, und von den Lippen der zukünftigen Geschlechter aller Völker ernten sollen. Denn die

Menschheit ist die ewig selige, die unsterbliche Welteidgenossenschaft aller Sterblichen, denen der Tod des Einzelnen kein Ende, sondern nur einen neuen Anfang bedeutet, und solange sich die Schweizer in ihren eigenen Räumen gegen diese Grundlektion vergehen, solange werden sie kaum hoffen dürfen, als Vorbilder für alle anderen Volksgenossen tauglich zu sein. Denn Gottes freier und darum unabänderlicher Wille bezweckt das stetige Wachstum des mystischen Einheitskörpers über alle Grenzsteine und Schlagbäume hinweg und hinaus. Und solches vermag auf friedfertigem Wege nur durch die beiden Formen der gehansten Stadt und des schweizerisch zusammengeschweißten Kantons zu geschehen. Deshalb auch sind alle zu großen Städte und ihre Staaten die Haupttanzplätze des Satans und seiner Heerwürmer. Allzu viel Erdreich ist Österreichs Unheil! Nur allzu deutlich sieht man die Auflösung dieser von den Eidgenossen bis in die Wurzel hinein getroffenen, auf dem feudalen Brautlaken zusammengestümperten Monarchie voraus, die von der an der Aare gelegenen Adler-, Habichts- und Habsuchtsburg ihren unzüchtigen Ausgang genommen hat. So und nicht anders ist dieser doppelköpfige Raubvogel ins Wiener Wappen gelangt. Wie geschrieben steht: Was du dichtest, baust und malst, dem du pflichtest, kaust und zahlst! Ja, es wird genau so viel Feuer vom Himmel herabstürzen, wie Hassgebete zu ihm hinaufsteigen. Darum liebt euch untereinander um jeden Preis, und nichts sei euch so teuer wie diese eure Freiheit! Welche Stadt diesen Ruf zuerst vernommen, erkannt und begriffen hat, der alleine winkt der Finger der Allmacht und blüht das einzigartige Glück, von der Vorsehung dazu auserkoren zu sein, die unsichtbare Krone der Bildung, des Wissens, der Gerechtigkeit und des geistigen Reichtums durch die Äonen dahintragen zu dürfen. Nur wer nach dem Lorbeerzweige zu greifen wagt, darf hoffen, dass er ihm erblüht und keinem anderen. Wie auch geschrieben stehen könnte: Und du Bethlehem Ephrata Basilium, die du von den kleinsten bist unter den ewigen Städten, aus dir soll mir der Welteidgenosse daherkommen, der der Schlange der Zwietracht so sinnreich, kunstgerecht und humorvoll den Kopf zertreten wird, dass sie überhaupt nicht auf den hundsföttischen Gedanken kommen kann, irgendjemanden in die Ferse zu stechen."

„Ich sehe ihn schon daherkommen!", nickte Johannes Froben, indem er seine im getreuen Letterndienst ergreisten Hände faltete, und der nicht nur vom Geiste des Rebensaftes angehauchte Amerbach rief: „Hierher nach Basel! Und er wird die falschen Rechnungen ausstreichen und alle Schulden tilgen bis zum letzten Heller!"

„Womit wir", stimmte Desiderius zu, „die Tür des fünften der göttlichen Geheimnisse erreicht haben. Wie geschrieben steht: Und vergib uns unsere Schuld, wie auch wir vergeben unseren Schuldnern! Und dann ist der Tag nahe, an dem auch alle für und durch das Schwert gemachten Defizite für immer himmelwärts entwendet werden sollen und jedermann erkennen wird, dass nicht der ungerechte Profit, sondern nur der gerechte Preis der Ware das einzig Wahre ist. Worauf der Einheitssekel, der den Rattenkönig der europäischen Wertirrtümer ein fröhliches Ende bereiten soll, aus der unsichtbaren Gnadenhand des Ewigen Vaters hervorrollen wird. Und ich will von Ewigkeit zu Ewigkeit der tollste aller Narren heißen, wenn dieses Münzwunder der Welterlösung vom Schwindel nicht justament in der Stadt geschehen sollte, deren Uhren schon seit alters her der ganzen Welt um eine volle Stunde vorausschlagen!"

„Ja, du allein bist unser Führer in die Ewigkeit!", jubelte Amerbach und hob den Becher. „Du gehst uns voran, und wir folgen dir getreulich!"

„Ei, ei", schmunzelte Desiderius warnend, „wollt ihr denn nichts Besseres sein als eine Hammelherde?"

„Bist du nicht der gute Hirte?", fragte Johannes Froben betroffen.

„Jeder gute Hirte", antwortete Desiderius kopfschüttelnd, „wird zuletzt zum bösen Hirten, denn er hütet die Herde doch nur zu dem Zweck, um sie zu beimkern. Wie käme er sonst zu seinem wollenen Rock und zu dem Lammsbraten auf dem Ostertisch? Und eben darum will ich euch weder führen noch hüten. Denn es steht geschrieben: Ich bin der Pfad, die Wahrheit und das Leben. Niemand kommt zum Vater, denn durch mich! Schafe können nicht lesen. Und deswegen bedürfen sie eines Hirten. Ist Christus der Pfad, dann bin ich der Weiser an diesem Wege."

Hier öffnete sich die Tür, und auf der Schwelle erschien die breithüftige und vollbusige Xantippe Margret Vinkelbosch, die sich Desiderius vor etlichen Wochen als Haus-, Küchen-, Hof- und Kellertyrannin aus Rotterdam verschrieben hatte und die er unter vier Augen mit den klassischen Kosetiteln Furx, Rapax, Mendax, und Loquax auszuzeichnen pflegte.

„Was bewegt dich", fragte er sie auf Holländisch, „unser Symposion zu stören, o Königin der Töpfe, Pfannen, Schüsseln und Krüge?"

„Die Krakauer Gäste sind zurückgekehrt", lautete die Antwort, „und brüllen nach Futter wie die polnischen Ochsen!"

Und dann kamen diese fünf bildungsbeflissenen Schachtschützen die Treppe heraufgepoltert, angeführt von dem neuen Famulus Martinus Dombrowski, genannt Slapus, dessen damals noch ungezeugter Sohn der erste aller sarmatischen Sozinianer werden sollte. Slapus hatte seine Landsleute nach Augst hinausbegleitet, um ihnen beim Durchwühlen dieser altrömischen Trümmerstätte behilflich zu sein. Die dabei erzielte Ausbeute betrug drei Silberdenare mit dem Bildnis des Kaisers Vespasianus und elf noch ältere überaus grünspanige Ase.

So konnte denn das Trinkgelage unter lehrreichen und witzigen Dialogen seine Fortsetzung nehmen, bis das Abendmahl im unteren Kollegium gerichtet worden war und das Speiseglöcklein ertönte.

Wenige Tage später richtete Desiderius an den für seine Gedankengänge begeisterten und in diesem Sinne am Kaiserlichen Hoflager auf die von Alba geleiteten Kriegsbrünstler einwirkenden Zauberlehrling Alfonso de Valdés die folgenden Zeilen:

Wenn eure glorreichen Eisenfresser nun schon dabei sind, den Kaiser mit der portugiesischen Prinzessin Isabella zu beweiben, so tun sie es nicht nur der riesigen Mitgift wegen, für die sie hunderte und aberhunderte der allerdicksten Kartaunen gießen lassen können, sondern auch in der stolzen Hoffnung, eines Tages mit flatternden Fahnen und klingendem Spiel über die Grenze nach Lissabon zu marschieren, um mit einem Schein des Erbrechtes die Portugiesen bis aufs Hemd auszuplündern und von den irdischen Gütern so nachdrücklich zu befreien, dass sie den Weg zum Himmel desto leichter finden und zurücklegen können. Also gaukelt und heuchelt sich diese allerhöchste Welt dahin, bis sie wieder einmal der Teufel geholt haben wird! Wer diese Sache mit Ernst ansieht, dem wäre nicht Wunder, dass ihm das Herz vor Weinen zerbräche.

Betrachtet man aber dieses ganze Rauf-, Raub- und Ruhmgetöse mit demokritischen Augen, so sollte man schier vor Lachen bersten. Wie denn auch schon Hermann Rysswick vermutet hat, dass das Denken, Glauben und Währen dieser allerhöchsten Herrschaften lediglich aus lauter Tandmär und eitel Faselwind besteht. Und je höher der Ewige Vater diese gekrönten und behelmten Stahlblechköpfe aufsteigen lässt, desto spöttischer und jämmerlicher pflegt sich auch ihr Ende zu gestalten. Die alten Römer haben ihren Lauf, Sieg und ihre Zeit gehabt, darin ihnen niemand hat widerstehen können, aber plötzlich hatten sie ausgedient, und ihr gar zu großes Reich ist dahingegangen wie das Kleefeld unter dem Lämmerzahn. Zwischen der Skylla des heroischen Übermuts und der Charybdis der untertänischen Zerknirschung läuft der ewige Kurs in die menschliche Freiheit hinaus, und eben deswegen wird der europäische Friede so lange eine Chimäre bleiben müssen, solange die Feudalpatrone und Monarchen am Ruder sind, die ihre Völker wie Haustiere behandeln, um sie nach Belieben scheren und zur Schlachtfeldbank schicken zu können. Wie geschrieben steht: Gebt uns Barrabas frei! Denn die von Hutten so heftiglich gescholtenen klerikalen Kurtisanen werden als Pfründennimrode und Rentenjäger von den Fürstenlakaien bei weitem übertroffen, die immer neue Ämter und Würden wie Speireizker aus dem blutgedüngten Boden ihrer verschiedenen Vaterländer schießen lassen. Doch gerade hier lauert die vom Gifte der herrschsüchtigen Tinte geblähte volksbrüderliche Schlange, die aus allen Kanzleien wahrhaft barrabasisch droht, zischt und züngelt und dabei so pudelnärrisch ist, sich als die einzige Quelle aller Weisheit und Wissenschaft aufzuspielen und auszuposaunen. Und dabei besteht kein Unterschied zwischen hüben und drüben. Denn womit Rom gewaschen, damit ist Wittenberg gekämmt! Und wenn Luther trompetet: Christus kümmert sich nicht ein Jota um Politik und Ökonomie, sondern sinnt nur darauf, das Reich des Satans zu zerstören und die Menschen zu erlösen, so weiß jeder Kundige, der hinter diese theologischen Silbenkulissen zu blicken versteht, warum hier jemand angerufen werden soll, der keinen Deut von den Geschäften jener Volksbetrüger verstehen darf, die sich Politiker und Ökonomen benamsen und die in Wirklichkeit die allergrößten Idioten sind. Wie auch geschrieben steht: Die Raben müssen einen Geier haben! Und je verblendeter dieser Geier ist, desto gieriger und zahlreicher werden die Raben, die ihn umflattern. Also dienen nun auch die lutherischen Prediger allzumal dem im fürstlichen Stalle *stehenden Goldenen Kalbe und sind kaum noch etwas anderes als Untertanenvögte, Dorffeldwebel und Abgabeneintreiber. Deswegen sträuben sie sich auch mit allen Hörnern, Zähnen und Krallen gegen die von mir immer wieder geforderte Toleranz in sämtlichen Glaubensdingen. Denn wovon sollen sie leben und weiterdauern, sobald die Frohbotschaft ‚Friede auf Erden' bis auf das allerletzte Titelchen erfüllt ist und davon nicht länger verkündigt und bepredigt zu werden braucht? Wie das Sprichwort sagt: Die Gesunden bedürfen des Arztes nicht, wohl aber die Kranken! Und da gibt es immer noch Leute, die mich fragen, weswegen sich nun allenthalben die Bauern gegen ihre Tyrannen erheben und empören! Sogar der kluge Willibald Pirckheimer schreibt mir aus Nürnberg voller Entrüstung, dass das Dichten und Trachten der unteren Stände in Deutschland nur noch dahin gehe, die Reichen auszuplündern und um das Ihre zu bringen, aber er verrät mit keiner Silbe, wie es denn gekommen ist, dass es in diesem großen Lande so blitzwenig Reiche und so ungeheuer viele Arme gibt.*

Indessen brennt und lodert, wie mir Melanchthon mitteilen lässt, ganz Wittenberg von der großen Flamme des ungezähmten Mönch- und Nonnenfleisches. Zwar ist das spanische Gerücht, wonach Luther, um nun endlich doch noch einen Sohn zu erzeugen, eine dicke Äbtissin geheiratet und allen seinen Augustinern gleichfalls derartige beschattungsbegierige Weibsbilder verordnet hat, hier in Basel noch nicht bestätigt worden, aber irgend so etwas wird wohl dort an der Elbe bereits im Schwange sein. Wie denn auch im Kanton Zürich die Ehelosigkeit der Gottesdienstler längst in allgemeinsten Verruf gekommen ist, und der Pfarrer von Bärental soll sich kürzlich sogar dahin geäußert haben, dass er auf Befehl seiner hohen Obrigkeit ein Weib in sein Bett aufgenommen habe, dass er aber durchaus nicht abgeneigt sei, so man es ihm nur gebiete, noch ein zweites zu nehmen, was er gleichfalls in Gottes Namen und dem Herrn Jesus zuliebe ohne das geringste Murren tun und vollbringen wollte. Und sogar hier in Basel scheint schon mancher Evangelist eines hübschen Mädchens bedürftig zu sein, mit dessen Hilfe er sein Fleisch ein wenig kreuzigen kann.

Dass es jetzt auch in Spanien schon solche Tintenraubritter gibt, die tapfer von mir abschreiben und meine Sätze für ihre Geisteskinder ausgeben, macht mir keine Sorgen. Denn nach fünfhundert Jahren wird ohne jede Mühe festgestellt werden können, wie viele von den in unserer

Gegenwart aufgetauchten und zu Papier gebrachten Einfällen von mir selbst und von keinem anderen stammen. Denn einer muss doch immer der Klügste sein von allen anderen, und dass dieser Einzige nimmermehr unter den immer zahlreicher werdenden Abschriftstellern zu finden ist, das braucht nicht erst bewiesen zu werden. Wie auch geschrieben stehen sollte: Der Dialogos ist immer noch etwas witziger als der Logos. In diesem Sinne habe ich das nun gedruckte Buch ‚Vom Freien Willen' geschrieben, daran sich die knechtseligen Nachbeter und Nachtreter fangen können wie die Schmeißfliegen an der Leimtüte. Gäbe es keiner freien Willen und müsste alles und jedes genauso geschehen, wie Gott es wollte und bewirkte, so wäre der Hauptbegriff der Theologie, nämlich die Sünde, ein blanker Nonsens, dann wären sämtliche Strafmaßnahmen unbillig und verwerflich, auch alles Lehren und Ermahnen vergeblich, ja dann wäre es sogar ein rechtes Maulaffenspiel, dass Christus von den Evangelisten dazu angehalten wird, die Blindheit der Pharisäer und Schriftgelehrten zu bezetern. Ein Herrgott, der Gesetze gibt, damit sich erweise, dass der Mensch sie keinesfalls halten und erfüllen kann, ist der nicht noch hundertmal verrückter als jener Tyrann von Syrakus, der nur Gesetze erließ, um sich dadurch das barbarische Vergnügen zu verschaffen, die Übertreter mit eigener Hand, in der er eine Löwentatze hielt, bis aufs Blut peinigen und quälen zu können? Deshalb auch muss der Kontrapontifex von Wittenberg unbedingt darauf bestehen, dass sein Herrgott, aus reiner Launenhaftigkeit, seine Gläubigen, ohne auf die Summen ihrer guten Werke die allergeringste Rücksicht zu nehmen, wie Schafe und Böcke scheidet. Also wird jedes Fürstentum ein Haustierstall und jedes Volk eine Herde Vieh. Wer den Satz von der Knechtschaft des Menschenwillens verteidigt, der tut es ja nur, um gerade in diesem wichtigsten der Daseinspunkte seine eigenen Ansichten gegen alle anderen durchsetzen zu können, und schlägt sich damit fortgesetzt auf die eigene, viel zu heftige Zunge.

Stimme ich dem Luther in diesem Punkte durch mein Stillschweigend zu, so machte ich ja Luthers Herrgott zu Luthers Knecht! Und wie stünde ich dann in fünfhundert Jahren da? Nun hat er endlich, angesichts der immer weiter um sich greifenden Bauernunruhen, wobei der Karstadt in Rothenburg wie der Münzer im thüringischen Mühlhausen bereits zum ganz großen theomilitärischen Waffentanz aufspielen, eine Ermahnung zum Frieden drucken lassen, die aber das Unglück nicht aufhalten wird, weil sie wie alles, was aus seiner brutalen Mönchsfeder *ans Licht gelangt, von lauter grundfalschen Voraussetzungen ausgeht. Nun, nachdem er alle Schleusen der Unzufriedenheit weit geöffnet hat, ist er nun so töricht, sich darüber bass zu verwundern. Stellt ihn aber jemand darüber zur Rede, so hat er immer ein handfestes Sprüchlein bereit, um den Fragern mit dem, was er irrtümlicherweise das Evangelium benamst, die Mäuler zu stopfen. Und Friedrich der Weise, der übrigens sehr bettlägerig geworden sein soll, hält sich abseits und ist viel zu gebildet, um dem Luther, der in seiner rauen Berghauerseele keinen Schimmer von der Kunst und kein Bedürfnis nach der exakten Wissenschaft verspürt, ins kontrapapistische Garn zu gehen. Wie denn dieser einzige vernünftige unter den europäischen Potentaten schon damals in Frankfurt, nachdem er einige Stunden Kaiser gewesen war, also gesprochen hat: ‚In ruhigen Zeiten ist ein Kaiser von Nutzen, der wenig Macht besitzt, weil er davon seinen Fürsten, die ihn gewählt haben, nicht gefährlich werden kann, aber zu Zeiten der Gefahr muss ein Herrscher auf dem Throne sitzen, der den Fürsten die notwendige Sicherheit zu gewähren vermag!'*

So ihr mich aber fragt, ob wir itzo eine Zeit der Ruhe oder eine der Gefahr vor uns haben, so antworte ich euch: Weshalb soll ich allwissend sein, da ihr es doch auch nicht seid?

Und wie ist es um einen Herrscher bestellt, dem die Göttin Fortuna plötzlich den Rücken kehrt? Denn davor ist kein Machtinhaber sicher, auch der Kaiser nicht! Ja, die Henne brütet, ohne die Eier zu prüfen! Auf welche Weise schon manches hässliche Entlein zur Welt gekommen ist. Wie denn auch der neue Statthalter Christi auf dem vatikanischen Sessel gar nicht mehr abgeneigt ist, die Vergrößerung des Kirchenstaates mit gewaffneter Hand in die Wege zu leiten. So ist also dieser Antilutheraner schon dabei, seinen Widerpartnern bei der Zerstörung der römischen Machtposition in die Hände zu arbeiten. Denn wer den Apostolischen Stuhl mit Waffen und Truppen zu sichern bereit ist, der bringt ihn dadurch nur in die allerhöchste Gefahr.

Ein jeder Herrscher ist solange der Gefangene seiner eigenen und der von seinen Vorgängern vollbrachten Fehlschlüsse, solange er diese Würgschlinge nicht zu zerreißen und ihrem blutigen Zauberkreise nicht zu entrinnen vermag. Will Clemens Septimus Frieden und Sicherheit, dann muss er seine Truppen, auch die unter dem Befehl seines Vet-

ters Giovanni in der Lombardei kämpfenden Schwarzen Banden schleunigst ablöhnen und entlassen. Nur die Reisläufer, die ihn und die Engelsburg bewachen, die aber darum noch lange keine Engel sind, mag er behalten. Aber er soll sich wohl davor hüten, ihnen, wie hier schon erzählt wird, den Sold zu kürzen, dieweil die Frömmigkeit dieser entarteten Eidgenossen lediglich in ihrem Beutel wohnt. Wie denn der Klingelbeutel die andere und die bei weitem wichtigere Monstranz ist! Auch steht schon bei Lorenzo Valla geschrieben: Mutet es nicht außerordentlich seltsam an, dass Gott der Vater seinen Eingeborenen Sohn ohne das nötige Kleingeld auf die Erde herabgeschickt hat, um das schwierigste und gefährlichste aller nur erdenklichen Werke und Abenteuer zu vollbringen? Und so frage ich weiter: Wie kommt es denn, dass die Evangelisten den Welterlöser in dem hebräischen Haustierstall zu Bethlehem und nicht in der goldenen Kronprinzenwiege des römischen Kaiserpalastes ins pergamentene Dasein gesetzt haben?

Zur selben Stunde trug der Nürnberger Ratsherr Willibald Pirckheimer die folgenden Sätze in sein Tagebuch ein:

Ich war ebenso wie Albrecht Dürer anfänglich gut lutherisch. Denn wir meinten wie viele, dass der römischen Büberei und der Pfaffen Schalkheit ein Ende gemacht werden sollte. Aber wir sind nun plötzlich dahintergekommen, dass es die sich evangelisch nennenden Kanzelbuben noch viel ärger treiben. Denn sie haben ja im römischen Kloster gar nichts anderes gelernt als jene. So sind wir denn aus dem papistischen Regen in die antipapistische Traufe gekommen. Gott erbarme sich unserer Schwachheit.

Unterdessen hatte der Oberknauser und Generalgoldhortler Clemens Septimus doch noch den Mut gefunden, seinen Schweizergardisten den Sold um ein ganzes Viertel zu kürzen, was sich diese trutzfrömmigsten aller eidgenössischen Christentümer aber keinesfalls gefallen lassen wollten.

„Treue um Treue!", begannen sie zu murren, nachdem der Einspruch ihres Häuptlings Max Rösch am nächsten Morgen kurzerhand abgewiesen worden war. Darauf rotteten sie sich zusammen, in welcher Kunst sie wohlgeübt waren, und verlegten dem Heiligen Vater, als er sich zur Messe in die Sixtinische Kapelle begeben wollte, den Weg zum hochaltarischen Heil.

„Das nennt ihr Treue?", stammelte dieser Gottesstellvertreter, aufs höchste bestürzt über solch sonderbare Dienstauffassung.

„Zwei Scudi zu wenig!", tobten sie im Chor und umkreuzten ihn mit ihren scharfgeschliffenen Hellebarden.

Da merkte er endlich, dass es mit der Freiheit seines Willens nicht weit her war.

„Anstatt Gott zu dienen, dient ihr dem Mammon!", suchte er sie zu seiner Vernunft zu bekehren.

„Mehr Scudi! Mehr Scudi!", brüllten sie ihn an und schlugen ihre Waffen aneinander, dass es ein wahrhaftes Schlachtfeldgetöse gab.

„Ihr sollt sie haben!", gelobte der Papst mit wankender Stimme.

Sogleich fielen sie vor ihm auf die Knie und riefen: „Heiliger Vater, segne uns!"

Und er tat es mit zitternden Fingerspitzen.

Vierundzwanzig Stunden später rollte das erste von Johannes Froben mit dem Buche „Vom Freien Willen" gefüllte und für die Frankfurter Messe bestimmte Fass über die Baseler Schiffslände in den Rheinkahn des Schiffers Daniel Stähelin.

Zur gleichen Stunde sprach der noch immer in der bei Frascati gelegenen Villa Violetta weilende Solidus Vollio zu Leo Fraenkel: „Nicht Christus, sondern Barrabas ist Herr im Vatikan!"

„Wie geschrieben steht", nickte Leo Fraenkel: „Bei Gott ist kein Unding unmöglich!"

„Was soll ich tun?", beseufzte Solidus Vollio diese immer gefährlicher werdende Weltlage.

„Das weiß ich nicht!", versetzte Leo Fraenkel achselzuckend. „Aber wenn du mich fragst, was ich an deiner Stelle tun würde, so lautet meine Antwort: Genau dasselbe, was ich tun werde! Den Staub Roms von meinen Füßen schütteln, bevor es zu spät geworden ist!"

„Und wohin soll ich mich wenden?", fragte Solidus Vollio.

„Wenn nicht nach Pisa", schlug Leo Fraenkel vor, „dann nach Basel! Aber für immer!"

„Ich soll mich zu den Ketzern schlagen?", begehrte der Kardinal auf. „Das mutest du mir zu?"

„Ist der Roterodamus ein Ketzer?", fragte Leo Fraenkel zurück.

Worauf Solidus Vollio sehr nachdenklich schwieg.

Reisläufer und Landsknechte
(Gravur von Hans Holbein dem Jüngeren, Anfang des 16. Jahrhunderts)

Andrea Gritti, * 17. April 1455 in Bardolino, † 28. Dezember 1538 in Venedig, war der 77. Doge der Republik Venedig zwischen 1523 und 1538, nachdem er bereits eine erfolgreiche diplomatische und militärische Karriere aufzuweisen hatte.

Reichsritter Franz von Sickingen, * 2. März 1481 in Bad Münster am Stein-Ebernburg, † 7. Mai 1523 Burg Nanstein, war Anführer der rheinischen und schwäbischen Ritterschaft. In der Zeit des Übergangs vom Mittelalter zur Neuzeit stritt er als Unterstützer von Anhängern der Reformation für die Säkularisation der kirchlichen Güter.

Ulrich von Hutten, * 21. April 1488 auf Burg Steckelberg in Schlüchter, † 29. August 1523 auf der Ufenau im Zürichsee war ein deutscher Renaissance-Humanist, Dichter, Kirchenkritiker und Publizist. Er wird auch als erster Reichsritter bezeichnet.

Johannes Oekolampadius, * 1482 in Weinsberg, Deutschland, † 24. Nov. 1531 Basel, Schweiz, war ein Theologe, Humanist und der Reformator von Basel

Die Fahrt in die Gefahr

An diesem Abend saß in der schönen Neckarstadt Heidelberg der Rechtsstudent Fabian Birkner mit seinen Zechgenossen im Weinkeller „Zum Feuchten Dergl", und sie leerten immer wieder die Becher, bis sie der Hafer stach, dem missliebigen Professor Dietericus Schuster, genannt Sutorius, nicht nur eine solenne Katzenmusik zu bringen, sondern ihm auch das Butzenscheibenfenster seines Koituskulums einzuschmeißen, bei welcher Heldentat sie mit der Scharwache ins Handgemenge kamen. Im Verlauf dieses heißen Scharmützels geriet der schwer bezechte Fabian in Gefangenschaft und wurde bereits am nächsten Morgen, weil er seine Mitschuldigen durchaus nicht verraten wollte, zu einer vierzehntägigen Karzerstrafe verdonnert.

Ach, du lieber Herrgott, grollte er in sich hinein, als er das akademische Peingehäus bezogen hatte. So fährt der unschuldige Mensch durch das elende Dasein dahin und gerät unversehens aus einer Gefahr in die andere!

In diesen beiden Wochen aber brach eines Abends in Heidelberg ein Schadenfeuer aus, das infolge eines plötzlich daherbrausenden Sturmes eine ganze Häuserzeile in Schutt und Asche legte, darunter auch die Hofapotheke „Zum Güldenen Becher", bei welchem Unglück der alte Hofapotheker Hieronymus Birkner, als er den Giftschrank bergen wollte, von einem stürzenden Balken so schwer verletzt wurde, dass er schon am nächsten Mittag das Zeitliche segnen musste.

So verlor der noch immer im Karzer schmachtende Fabian, der schon mit zehn Jahren seine von der Seuche dahingerafften Eltern eingebüßt hatte, auch noch seinen kinderlosen Oheim, der ihn bisher immer ausreichend unterstützt und den er einmal zu beerben gehofft hatte.

Um das Maß seines Unglücks zum Überfließen zu bringen, stellte es sich nun auch heraus, dass bei der viel zu hohen Belastung der in einen Trümmerhaufen verwandelten Apotheke an eine Erbschaft überhaupt nicht mehr gedacht werden konnte.

Und als Fabian dann an dem frischen Grabhügel stand, darunter sein lieber Oheim die letzte Ruhe gefunden hatte, beseufzte der nun völlig verwaiste Neffe sein ihm überaus düster erscheinendes Schicksal also: Nun, da ich so arm bin wie eine Kirchenmaus, ist es auch mit dem Rechtsstudium aus und zu Ende!

So sah er sich denn nach vier Semestern gezwungen, die Universität zu verlassen und nach einer weniger vornehmen Art und Weise der Daseinsfristung Umschau zu halten.

Zur gleichen Stunde, am 24. Februar 1525, fand die blutige Schlacht von Pavia ihr Ende, wo es dem Generalissimus Pescara mitten auf dieser blutgetränktesten aller europäischen Tiefebenen im Verein mit dem von Frankreich abgefallenen Konnetabelherzog Karl von Bourbon und dem Feldobristen nicht nur gelang, den glänzenden Heerwurm der Franzosen zu zertrümmern und dabei ihren König Franziskus Primus gefangen zu nehmen, der danach alles bis auf die Ehre und das Leben als verloren nach Paris melden durfte, sondern auch das schon wieder einmal verlorengegangene Mailand zurückzugewinnen, was den Heiligen Vater Clemens Septimus bewog, diesem sprunghaften Anwachsen der kaiserlichen Übermacht mit allen ihm zu Gebote stehenden unter- wie überirdischen Mitteln entgegenzuwirken.

Zuerst gelang es ihm, die Loslassung des Hieronymus Aleander zu bewirken, der als französischer Nuntius mit dem König in Kriegsgefangenschaft geraten war.

Gleich darauf tat der Sieger Pescara, nicht älter denn sechsunddreißig Jahre, den letzten Atemzug, und sein Nachfolger wurde kein anderer als der Konnetabel. Jörg von Frundsberg aber, von seiner Gicht schwer geplagt, sehnte sich nach Ruhe und entschloss sich zur Heimkehr nach Deutschland.

„Hüte dich, mein liebes Kind", sprach er zu dem ältesten seiner Söhne, dem einunddreißigjährigen Caspar, nachdem er ihm das Kommando über die deutschen von ihm angeworbenen Landsknechtsfähnlein anvertraut hatte, „vor römischem Gift und päpstlicher Gall, streite weiter dafür, dass das Reich komme, vergiss niemals, dass das Bargeld das Allerwichtigste zum Siegen ist und wohl auch in alle Ewigkeit bleiben wird, und rechne nicht zu stark auf Dank, denn das ist von jeher der wundeste Punkt am Hause Österreich."

Um diese Zeit schrieb Desiderius aus Basel an Mercurin Gattinari nach Madrid:

Die Streitigkeiten der Könige, die das Leben der Untertanen mit den Wogen des Bösen überschwemmen, sind eine Pest und das Verderben aller guten Dinge, und wenn nur diese erlauchten Häupter in christlicher Eintracht und erleuchteter Harmonie ihr Dasein verbringen wollten, so würden wir bald, als lebten wir in einem goldenen Zeitalter, Gottseligkeit, Gerechtigkeit und sämtliche schönen Künste als die beständigen Begleiter solchen Friedens aufblühen sehen.

Wäre ich Kaiser, so würde ich nun also zu dem gefangenen König von Frankreich sprechen: Mein Bruder, irgendein arglistiger Dämon hat uns in diesen schändlichen Streit verstrickt, und das trügerische Kriegsglück hat sich nun gegen dich gewendet, dich deiner Freiheit beraubt und dich hierher nach Spanien entführt. Was dir begegnet ist, das könnte eines Tages auch mir widerfahren, und dein Unglück erinnert mich nur zu lebhaft an die Hinfälligkeit des menschlichen Daseins. Wir haben nun lange genug Krieg gegeneinander geführt, darum lass uns fortan auf eine edlere und anmutigere Art miteinander wetteifern. Ich gebe dich der Freiheit zurück, schenke du mir dafür deine Freundschaft! Für immer vergessen sein möge das Vergangene! Von heute ab wollen wir als gute und getreue Nachbarn leben und unsere Herrscherehre nur noch darin suchen, uns durch Beständigkeit und Wohltun zu übertreffen. Und wer den Sieg in diesem Kampfe davonträgt, der wird den höchsten aller irdischen Triumphe genießen dürfen. Diese Handlung der unbedingten Güte wird mir mehr Ruhm verschaffen, als wenn ich ganz Frankreich erobert hätte, und deine Erkenntlichkeit wird den Ruf deiner ritterlichen Tapferkeit mehr vergrößern können, als wenn du alle meine Fähnlein aus Italien verjagt hättest.

In Deutschland aber war inzwischen der verheerende Krieg zwischen Dorf und Burg ausgebrochen, durch den das Ableben Friedrichs des Weisen beschleunigt und Luther zu seiner Hetzschrift „Wider die räuberischen und mörderischen Rotten der Bauern" veranlasst worden war.

„Nun hat er sich ganz den großen Hansen in die Arme geworfen!", zeterte Frau Katharina Melanchthon, die temperamentvolle Tochter des Wittenberger Bürgermeisters Krapp, und ihr sanftmütiger Gatte Philippus seufzte kopfschüttelnd: „Das walte Gott!"

Um diese Zeit beratschlagte Mercurin Gattinari mit dem Herzog von Alba in Madrid darüber, was nun mit dem König von Frankreich zu geschehen hätte.

„Was würdet Ihr mit ihm beginnen", fragte Gattinari, „wenn er in Eure Gewalt und nicht in der Seiner Majestät geraten wäre?"

„Ich?", knirschte Alba und schlug mit seiner ungepanzerten Panzerfaust auf den grünen Tisch. „Stracks an den Galgen würde ich diesen Hauptkriegsverbrecher hängen! Ohne das geringste Federlesen! Um ein Exemplum zu statuieren! Zur Warnung für alle, die sich fürderhin unterfangen sollten, den Frieden Europas zu brechen!"

„Alle Wetter!", murmelte Gattinari und kratzte sich mit dem Federkiel hinter dem rechten Ohr. „Und wem soll dann die französische Krone zufallen?"

„Dem Konnetabel als dem allergetreulichsten Vasallen Seiner Majestät!", entschied Alba. „Womit das Reich Karls des Großen wieder hergestellt werden könnte!"

„Und wie", bohrte Gattinari weiter, „wollt Ihr das gegen den König zu vollstreckende Urteil begründen?"

„Nichts leichter als das!", erklärte Alba. „Zum Ersten: Seine Majestät ist der von Gott eingesetzte Inhaber der europäischen Souveränität. Zum Zweiten: Wer sich Seiner Majestät widersetzt, der widerstrebt Gottes Ordnung. Zum Dritten: Rebellen gehören an den Galgen! Punktum!"

„Ein vortrefflicher Plan", nickte Gattinari, „bis auf die Unverletzlichkeit der gekrönten Häupter, ein Grundsatz, von dem Seine Majestät niemals abweichen wird."

„Kommt Zeit, kommt Rat!", knurrte Alba achselzuckend.

Worauf ihm Gattinari den aus Basel erhaltenen Brief zu Gehör brachte und daraufhin fragte: „Wollt Ihr Seiner Majestät diesen Vorschlag unterbreiten?"

„Dieses humanistische Gefasel?", fuhr Alba auf. „Was versteht denn dieser Federfuchser, so weltberühmt er auch immer sein mag, von der hohen Politik? Noch weniger als ein Maulwurf vom Fliegen! Nach wie vor sitzt die allerletzte Vernunft auf der Spitze des Schwertes, ohne das sich weder Galgen noch Rad aufrichten lassen. Was auch dem Heiligen Vater sehr wohl bekannt ist! Und so er nun das von seinen Vorgängern im Namen der Kurie feierlich besiegelte Bündnis bricht, dann werden seine Untertanen solche noch niemals dagewesenen Felonie auf das bitterlichste zu büßen haben!"

Nun aber hatte sich Carolus Quintus, dieser siegesberauschte Erstling der hirnkranken Johanna, vom Bischof von Osma, dessen Beichtpflege er inzwischen reichlich genossen hatte, die christentümliche Überzeugung einprägen lassen, dass es nichts Gottloseres gäbe, als dem Allmächtigen ins völkerlenkende Handwerk zu pfuschen, worauf sich dieser fünfundzwanzigjährige Universaldespot unter gleichzeitiger Verwerfung des Albaschen Vorschlags und der Roteradamischen Nahelegungen dazu entschloss, die in Rom gegen seine eigene Machtvollkommenheit und Suprematia ausgeklügelten und angesponnenen Ganzgeheimbeschlüsse mit eigener Hand anzuordnen und zu vollziehen.

Und so wurde denn Franziskus Primus auf seinen allerheiligsten Eid hin, niemals wieder den europäischen Frieden zu brechen, in Freiheit gesetzt und durfte wieder nach Paris zurückkehren.

Nach diesem Meisterstreich pontifexikalischer Ultraverschmitztheit erhob die unterdessen von Rom aus im Zion des Branntweinteufels Cognac zusammendiplomatete widerreichliche Hydra, die sich heuchelzüngig die Heilige Liga benamste, um unter diesem Silbenparadefaltenwurf ihre vollendete Widerheiligkeit zu verbergen, ihre zusammengekoppelten Häupter. Und Clemens Septimus konnte nun endlich, nachdem er Franziskus Primus gegen Zahlung von fünfzigtausend Dukaten von allen jemals geschworenen Eiden entbunden hatte, die bundesgenössische Maske wechseln, damit der mit dem umgeknickten Kreuz der noch immer nicht vollbrachten Welterlösung gekrönte Apfel des großen Abfalls dem von solcher Wiederholung des satanischen Urvorgangs aufs allerhöchste verblüffte Kaiserjüngling vor die majestätischen Zehenspitzen zu rollen vermochte.

„Niemals werde ich das dem Heiligen Vater vergessen!", verschwor sich dieser doppelte Krönling, worauf der Bischof von Osma in den Abgrund der allerschwärzesten Ungnade purzelte und der Erzbischof von Sevilla zum Kaiserlichen Beichtvater berufen wurde, sintemal das Seelenheil eines christentümlichen Souveräns, im strikten Gegensatz zum Körperheil seiner gehorsamen Untertanen, auch schon damals nicht einen Augenblick ohne fachmännliche Aufsicht und Pflege gelassen werden durfte.

Gleichzeitig aber begann sich nun der von Paris aus mit goldmünzlichen Ruten aufgestachelte Janitscharenheerwurm unter dem Oberbefehl des Sultankalifen von Istanbul aus in Richtung auf Belgrad in Bewegung zu setzen, worüber Clemens Septimus, der schon einen türkischen Einfall in Unteritalien befürchtet hatte, der andere Wackerstein vom pontifikalischen Herzbeutel rutschte.

Die große Fahrt in die größte aller damaligen europäischen Gefahren hatte damit ihren Anhub genommen.

Und sogleich verschärften sich auch die Versorgungsschwierigkeiten des in und um Mailand quartierenden und gastierenden Kaiserlichen Heerwurms so erheblich, dass sich Caspar von Frundsberg bewogen fühlte, seinen in Mindelheim burgenden Vater also anzubriefen:

Die Mailänder sind uns nimmer hold, dieweil sie die hinterlistigsten aller Italiener sind, und der Kaiser kann uns kein Geld schicken, da er sich nun mit aller Macht wider die Türken rüsten muss. Also beginnt unsere große Gloria dahinzusiechen, wie unsere Kräfte zu versiegen drohen. Darum, wie auch der Konnetabel meint, tut Eile not! Mit dreißig frischen Fähnlein sollten wir es wohl wagen können, den treulosen Papst zu Florenz wie auch zu Rom in die Pfanne zu hauen, denn dort allein sitzt der innerste Kern des ganzen europäischen Übels.

„Die Viktoria scheint eine überaus launische Dirne zu sein!", knurrte der dreiundsechzigjährige, auf seinem in Sauschwaben gelegenen Schlosse hausende Jörg von Frundsberg in seinen grauen Strudelbart hinein, nachdem er diesen Hilferuf gelesen hatte, und entschloss sich endlich dazu, sintemal auch das in Wien und Madrid herrschende Habsbürgertum ebenfalls die allerdringendsten Notschreie aufzustoßen geruht hatte, sein Glück als Kriegsunternehmer noch einmal zu versuchen.

Zu diesem Ende verpfändete er wiederum seinen Gesamtbesitz, diesmal in Augsburg für achtunddreißigtausend Gulden, ließ neue Fähnlein nähen, pinseln und nageln, schickte sie nach Innsbruck, Schondorf und Nürnberg seinen Hauptleuten zu und klomm selber in den Sattel.

Kaum dröhnten die Kalbfelle des berühmtesten aller Kaiserlichen Feldobristen durch die Alpentäler, das Donaubecken und den Neckargau, da strömten auch schon die alten hartfäustigen, derblendigen und herzfesten Spieß- und Luntrohrlegionäre und Doppelsöldner, denen das kotzverdammte Stillesitzen schon längst nicht mehr behagen wollte, von allen Seiten herbei, dazu die frischen Rekruten, die noch kein Pulver gerochen hatten, doch darum nicht minder heftiglich nach Heldentum, Waffenruhm, Kriegsehren, Siegeskränzen, Beute und Abenteuern im Feindesland dürsteten und lechzten, sodass es schon zum Verwundern war, wo diese Haudegenschwärme nur alle herkamen und wovon sie sich den Winter über hatten erhalten können.

In Heidelberg erschien als Werber der aus dem künstereichen Nürnberg des Albrecht Dürer und Hans Sachs stammende Hauptmann Claus Seidersticker, dem der stolze Rauschebart bis über den Gürtel herunterblondete. Er pflanzte sein Fähnlein, das fast so groß wie vier zusammengenähte Bettlaken war und den doppelköpfigen Adler mit allen seinen Tor- und Eitelkeiten, nämlich Schwert, Zepter, Reichsapfel, Krone, Schnabel, Zunge und Krallen zeigte, justament vor der Kurfürstlichen Hochschule auf, ließ die sechs Spielleute aus Leibeskräften trommeln und pfeifen, blößte, als sich das neugierige Volk versammelt hatte, seine spannenbreite, sieben Schuh lange Heldenklinge, worauf sich die Spielleute zu einer Pause bequemen mussten, und tenorte nun mit markiger, befehlsgewohnter Kehle: „Herbei, herbei, ihr frummen Landsknechte und alle, die es werden wollen, denn das Reich ist in großer Fährnis und braucht eure Hilfe wider den abtrünnigen Papst und die treulose Wölfin, darauf er sitzt zur Schar de der ganzen Christenheit und ihres allmächtigen Gottes!"

Nun, so will ich denn mein Glück mit dem Degen versuchen, dachte Fabian, als er solches sah und hörte.

Und da er sich nicht als Rekrut zur Stelle melden wollte, ging er hin, verkaufte alle seine Bücher an den buckligen Aquarius Thomas

Haberstroh, erstand für die von ihm erhaltenen neun Taler Eisenhaube und Harnisch, putzte sich damit auf, band den Raufdegen um, den er als Student gar wacker geschwungen hatte, beguckte sich im Spiegel, wobei er eine Miene aufsetzte, als hätte er den Feldherrnstab schon im Brotbeutel, und trat entschlossen an den Werbetisch.

Hier wurde er vom Feldscher Erwin Morgenbesser befühlt und für sehr tauglich befunden, vom Feldwebel Velten Tucht als Doppelsöldner in die Stammrolle gerunt und hatte schon am nächsten Mittag mit fünfundvierzig Heldenkameraden, nach feierlicher Verlesung des Grundartikelbriefes, darin alle Rechte, Pflichten und Gebräuche der Landsknechte wie blutrote Perlen an einem schwarzen Galgenstrick aufgereiht waren, diesen Eid auf das Fähnlein und alle darauf gemalten raubvögeligen Absonderlichkeiten zu leisten:

in allen Stücken blindlings zu gehorsamen, selbst im allerblutigsten Schlachtfeldgetümmel bis zur völligen Erfechtung der Viktoria unverzagt auszuharren,

das Fluchen, Lästern, Zaubern, auch Verschwörung, Meuterei, desgleichen unerlaubte Plünderung, Mordbrand, Wüstung, Drückung und Feldflucht, Leichenraub und Hurerei, Sodomie und Unzucht, Schwelgerei, Spielbetrug und das gemeine Vollsaufen wie die Pest und das höllische Feuer zu meiden,

Geduld zu üben, wenn die Löhnung nicht pünktlich zur Stelle ist, auch bei längerer Zahlungsverzögerung keine Dienstleistungen zu verweigern,

ohne Erlaubnis des Obristen keine Ratsgemeinde abzuhalten,
dem Profoss keine Hindernisse in den Weg zu legen,

nicht mit den Kameraden zu zanken und zu raufen, vielmehr ihnen brüdersam und ritterlich beizustehen in allen noch so schlimmen Lagen und misslichen Umständen und

sich allzumal zu hüten vor Unbill, Misshandlung und Gewalttat wider alle, so ohne Wehr und Waffen, als da sind Priester, Mönche, Kranke, Weiber und Kinder.

Dafür ward Fabian wie allen anderen, nachdem jeder einen ganzen Goldflorin als Handgeld empfangen hatte, im Namen des feldobristlichen Urhebers und Hervorrufers dieses fähnleinüberflatterten Wehrmachtshaufens versprochen, außer freiem Quartier und reichlicher Verpflegung, die schon vom Kaiser Maximilian für jeden vollen Dienstmonat festgesetzten vier Rheinischen Gulden Sold, und dazu noch seines doppelt gekrönten Enkels und Nachfolgers majestätischer Dank, der aber, wie längst bekannt geworden war, nicht den geringsten Marktwert hatte.

So gelangte Fabian dazu, mit sämtlichen dem Soldatengewerbe eigentümlichen Untugenden, Ausschweifungen und Gottlosigkeiten nähere Bekanntschaft zu machen, und da er von Haus aus ein verträglicher, umgänglicher und treuherziger Bursch war, nahm er sich fest vor, die soeben beschworenen Dienstanweisungen und Schlachtfeldgebote gewissenhaft bis aufs I-Pünktchen zu vollbringen und zu erfüllen.

Schon am folgenden Morgen begann die Fahrt in die Gefahr. Voran stapfte der Feldwebel Velten Tucht als Mutter des solcherart zusammengelockten Schwurhaufens, begleitet von dem Fähndrich und sechs Spielleuten, die abwechselnd trompeteten und trommelten, dass die Spatzen nach beiden Seiten davonstoben, und den Beschluss machten der Pflasterkasten bespitznamste Feldscher Erwin Morgenbesser, der Quartiermeister Seppel Rauhut, der auch für die Fourage zu sorgen hatte, der bedrohlich augenrollende Profoss Seyfried Schrupps und der Häuptling Claus Seidensticker auf seiner dicken Fuchsstute Dido.

So ging es rheinaufwärts durch Dörfer und Marktflecken von Stadt zu Stadt, und in jeder größeren Ortschaft wurde Halt gemacht und die Werbung fortgesetzt, wodurch das jugendliche Gewaltwürmchen weiter wuchs und sich zu strecken und zu füllen begann. Umso eifriger war Claus Seidensticker auf strengste Manneszucht bedacht, denn er wusste nur zu genau, dass die Tapferkeit eines Landsknechts nur darauf beruht, sich vor seinem Hauptmann und dessen Profoss immer noch mehr zu fürchten als vor den Feinde.

Im breisgauischen Freiburg wuchs sich das Heerwürmchen zum Heerwurm aus.

Und von dort aus briefte auch der am dortigen Löwengässchen hausende Oberzauberaltgeselle und Professor beider Rechte Ulrich Zasius nach Basel an den Alten Hexenmeister also:

Soeben ist hier das Fähnlein des Kaiserlichen Hauptmanns Seidensticker auf seinem Marsch gen Italien durch das Martinstor auf Überlingen zu verschwunden, ein gar trutziger, spreiziger und eitelbunter Haufen mit Schlitzhosen, Puffärmeln, Blechkappen und Federbaretten. Sie haben alle, jeder ein halber Cäsar und Alexander, einige Tage im Quartier gelegen, haben unseren guten Markgräfler und Glottertaler wie Wasser durch ihre Kehlen rinnen lassen und dazu prahlerische Reden gehalten wie Pyrrhus von Epirus vor seiner Einschiffung nach Brundisium, haben sich auch dabei gebrüstet, Rom binnen einer einzigen Stunde zu erstürmen, haben mit den hiesigen Dirnen mehr als genug Kurzweil getrieben und haben an jedem Morgen vor der Universität mit dem Degen gegeneinander gefochten, dass die Funken stoben. Von unseren Studenten haben sich etwa zwei Dutzend Raufbolde anwerben lassen, an denen die Wissenschaft nichts verloren hat. Wir alle sind von Herzen froh, dass diese für das Ausland bestimmte Verbrecherbande auf und davon ist.

Die Antwort ließ nicht lange auf sich warten und enthielt unter anderem diese Sätze:

Auch diesmal hast Du, mein lieber Ulrich, den Nagel des Unheils mitten auf den Kopf getroffen. Denn alle Verbrechen sind ja nur die Folge von schwankenden Meinungen und fehlerhaften Begriffsbestimmungen, und die ärgsten Dummköpfe, die solche Narrheiten in die Welt setzen und verbreiten, sind allzumal die Legionssoldaten, sintemal ihre Verbände in allen Staaten die Pflanzschulen sämtlicher nur erdenklicher Schandtaten und Übelbräuche sind. So war es schon unter Julius Cäsar, Titus und Domitian, und genauso ist es noch heute! Nicht nur die auffälligen, sondern auch die geheimen Laster, die beide im Frieden durch harte Gesetze bestraft und niedergehalten werden müssen, stammen aus dem Kriege und nirgend anderswoher. Viele Fürsten treiben mit ihren Gegnern hinter dem Rücken ihrer Untertanen ein abgekartetes Spiel, das an Grausamkeit, Heimtücke und Scheußlichkeit nicht seinesgleichen hat. Mit überlegener Absicht wissen sie Kriege über Kriege anzuzünden und herbeizuführen, um auf solche Art und Weise ihre pekuniären Verhältnisse durch Ausplünderung ihrer eigenen sowie der feindlichen Völkerstämme zu verbessern. Kein Wunder also, dass die in Kutten und Prälatenornaten steckenden Fürstenlakaien, die sich Got-

tesdiener zu nennen wagen, darauf schwören, dass der Krieg etwas Gerechtes, Heiliges und Wohlbekömmliches ist, und die sich nicht scheuen, – fast möchte man ihre beispiellose Unverfrorenheit bewundern! – solches gleichzeitig auf beiden Seiten auszuposaunen. Wie sie denn auch nach dem schamlosen Rezept des prophetischen Bluthundes Muhammed mit eisernen Stirnen behaupten, dass jeder, der auf dem Schlachtfelde den Heldentod findet, sogleich ohne das geringste Federlesen in Abrahams Schoß hinaufflliegt. Sie selber beeilen sich aber keineswegs damit dort hinaufzuflattern und machen dabei die allervortrefflichsten Geschäfte, denn von den Toten haben diese Bestattungshandwerker viel mehr Gewinne zu erwarten wie von den Lebenden, zumal in diesem Falle außer mit fetten Gebühren und Sporteln auch mit testamentarischen Legaten und sonstigen frommen Stiftungen gerechnet werden darf. Nichts lässt ja auch das Nochvorhandensein dieser karitatischen Helfer und Tröster und ihr fröhliches Weitergedeihen begründeter erscheinen als gerade der Krieg, der die hilflosen Greise in unverdiente Trauer versetzt, die unmündigen Kinder ihrer Väter und die Frauen ihrer Ehegatten beraubt, der die Felder verwüstet und die Dörfer verheert, der die Städte zerbricht und die Güter der ehrlichen Leute immer gerade den allergrößten Verbrechern zufallen lässt. Wo immer auch eine Fahne weht, da wird ausnahmslos einem Wahne gehuldigt! Und der Soldat hat mit dem Kreuze, mag er es sich auch hunderte Mal an die Brust heften, nichts mehr zu schaffen, als dass er den Heiland immer wieder darannagelt. Dass blinde Heiden den Krieg befürworten, nimmt nicht Wunder, wenn dies aber von Leuten geschieht, die sich Christen nennen, so darf man sich schon fragen, wie und durch wen sie auf eine solche Hundsfötterei gekommen und gebracht worden sind. Christus selbst, ebenso wie Petrus und Paulus, haben den Krieg als unsittlich verworfen, und eben deshalb auch gelten sie bei unseren Wölfen in bischöflichen und kardinalischen Schafskleidern viel weniger als Augustin und Bernhard, die zu den geborenen Kriegshetzern zu rechnen sind.

Ja, diese Dinge liegen jetzt so, dass die christlichen Türken in Deutschland wider die türkischen Christen in Frankreich ins italienische Feld ziehen. Und der britische Potentat, dieser Leu von London, wird diese Gelegenheit nicht vorbeigehen lassen, ohne sich an dem Feuerchen sein Osterlamm zu braten. Nun dürfte es endlich so weit gekommen sein, dem Frieden ein Grabmal zu setzen, da man vor fünfhundert Jahren nicht hoffen darf, ihn wieder aufleben zu sehen. Ach, wie froh bin *ich, hier in Basel meinen arkadischen Ruheport gefunden zu haben, denn die Eidgenossen werden nie und nimmermehr so töricht sein, sich in dieses Tohuwabohu hineinzumengen und dadurch ihre ewige Neutralität aufs Spiel zu setzen und in Gefahr zu bringen!*

Indessen hatte Claus Seidensticker mit seinem Heerwurm, der nun schon über sechshundert Füße besaß, den Bodensee erreicht. In Überlingen wurde die Hälfte der Landsknechte mit Augsburger Langspießen, die andere Hälfte mit Schaffhausener Hakenbüchsen ausgerüstet und in Bregenz wurden beide Hälften in der Handhabung dieser beiden Hauptwaffen unterrichtet und geübt, wobei der Feldwebel Velten Tucht alle auf seinen Kriegsfahrten über elf blutige Schlachtfelder gemachten Kampferfahrungen mit schnauzigem Gewetter, herzhaften Fauststößen und wohlgezielten Fußtritten und Maulschellen an seine Mannen zu bringen wusste.

Bis Ende Oktober versammelten sich in der tirolischen Stadt Bozen an die fünfunddreißig Fähnlein, jedes bis vierhundert Mann stark, zum Zuge wider den treulosen Heiligen Vater und die von ihm gegründete wölfische Liga. Sebastian Schertlin, Michel Merkel und Bernhard Sager führten aus Schorndorf, Memmingen und Ulm die letzten Scharen heran.

Am 11. November wurde die Streitmacht vom Feldobristen gemustert, wobei jeder Neuangeworbene eine von drei Spießen gebildete Pforte zu durchschreiten hatte und sich danach ein rotes Kreuz auf den Brustfleck nähen lassen musste, dieweil die Feinde sich für das weiße Kreuz entschieden hatten, auf welche Art und Weise jeder einzige dieser christentümlichen Kreuzzügler zu erkennen vermochte, auf wen er zur Ehre ihres gemeinsamen Gottes dreinzuschlagen hätte und auf wen nicht.

Sodann wurden die einzelnen Heerwurmglieder gehordet, gehälftet und geviertelt und vom Oberschultheiß gemeinschaftlich auf den Artikelbrief vereidigt. Worauf jeder Häuptling die Vorgesetzten einzeln aufrief und seiner Mannschaft vorstellte, nämlich den Platzhalter, auch Lokotenent oder Lieutenant betitelt, den Fähndrich, den Feldwebel, den Wachtmeister, den Quartiermeister, den Proviantmeister, den Schreiber, den Feldscher und den Kapellan. Weiterhin hatten die Landsknechte aus den Doppelsöldnern, die bei jedem

Fähnlein an die hundert Köpfe zählten, den Gemeinwebel, den Führer, den Furier und die vierzig Rottmeister zu wählen. Claus Seidenstickers Fähnlein war das fünfte in der ganzen Reihe. Caspar Schwegler, der Hauptmann des Elften Fähnleins, hatte als Feldzahlmeister die Heerwurmkasse zu betreuen, wofür er sich schon in Innsbruck eine Eselin besorgt hatte, die er auf den Namen Kassandra taufte.

Danach ließ der Feldobrist alle Fähndriche mit fliegenden Fähnlein in einen Kreis treten und schärfte ihnen den Haupt- und Grundartikel gesondert ein, der diesen Wortlaut hatte:

„Das Fähnlein ist des Haufens höchstes Heiligtum, denn es weht über alle vollbrachten Heldentaten und hält die Waffenbrüderschaft auch im heißesten Kampfgetümmel zusammen. Werdet ihr in die Hand geschossen, darin ihr das Fähnlein tragt, so werdet ihr es in die andere Hand nehmen. Werdet ihr auch in diese geschossen, so werdet ihr das Fähnlein ins Maul nehmen und wacker fliegen lassen. Wird ein Fähndrich von der Kugel darniedergestreckt, dass er sich nicht mehr erheben kann, dann soll der, so er das Fähnlein auffängt, sein Nachfolger sein und es weitertragen bis zum Siege. Sofern ihr alle aber vom Feinde überrungen werdet, so sollt ihr euch in das Fähnlein wickeln und euer Leib und Leben dabei und darin lassen, ehe ihr ein Fähnlein übergebt oder es mit Gewalt verliert."

Und sie gelobten einstimmig, in tiefster Ergriffenheit und mit Tränen in den Augen, nimmermehr von dem kostbaren Wehetuch zu lassen, bis der Friede dahergekommen sei.

Unterdessen begann sich schon der vom Hurenwebel, vom Rumormeister und seinen vier Stockknechten zu regierende Buntschwarm des Trosses zu formieren.

Am nächsten Morgen ließen die Spielleute, deren jedes Fähnlein mindestens vier hatte, den großen Lärm steigen nach dem Text: „Hüt dich, Bauer, ich komm, ich komm, ich komm!"

Sogleich schlossen sich die Wehrhaufen um ihre Fähnlein, reihten und haupten sich zum Heerwurm zusammen und setzten sich auf Trient zu in Marsch, wobei das fünfte Fähnlein das hübsche neue Lied von der glorreichen Schlacht bei Pavia im Tone „Wir sind geschickt zum Siegesturm" also anstimmte:

An einem Samstag es geschah, dass man die Landsknecht ziehen sah
Gen Pavia über die Brucken.
Es kamen gar trutziglich daher an sechzigtausend oder mehr,
Auf Mailand wollten sie rucken.

Zwischen dem Fünften und dem Sechsten Fähnlein ritt auf dem sehr stattlichen Maulesel Audiat der Feldobrist Jörg von Frundsberg. Ihm zur linken Hand schritt mit geschultertem Spieß sein jüngster Sohn Melchior, der erst kürzlich von der Wittenberger Hochschule gekommen war, um nach dem Vorbilde seines ältesten Bruders Caspar des Vaters Heldenlaufbahn ebenfalls fortsetzen zu können, zur rechten Hand marschierte der Lokotenent Konrad von Bemelberg aus dem Geschlecht Derer von Boyneburg, genannt „Der Kleine Hess", ein überaus verschmitzter Stratege und hurtiger Kartenschläger, und hinterdrein stampfte durch den Staub die treue Dienerschaft, angeführt von dem früheren Burgpräzeptor und jetzigen Regimentsschreiber Adam Reissner, der das aus dem Kuhhorn geschnittene Tintenbrünnlein am Gürtel, den Schreibkiel am Helmstutz und den mit Büchern und Papieren gefüllten Ranzen auf dem Rücken trug.

Am Abend dieses Tages zeilte der Straßburger Sebastian Prank in sein deutsches Chronikenbuch die folgenden Sätze:

Zu dieses Kaisers Zeiten sind auch die Landsknechte aufgekommen, dieses niemand nützlich Geschwärm und Gewürm, das unaufgefordert nichts wie Händel und Krieg sucht und stets bereit ist, dem größten Übel nachzulaufen. Denn die Untertanen, so sie aus Not des Gehorsams von ihren gnädigen Herrschern zur Wehrung und Gefolgschaft aufgerufen und gedrungen werden, sind keine Landsknechte, sondern werden Söldner und Reisige geheißen, da sie sich, sobald der Feind aus dem Land hinausgeschlagen ist, wieder niedersetzen an ihre Arbeit. Aber das unchristliche und verlorene Geschlecht der Landsknechte, dessen Handwerk ist Hauen, Stechen, Rauben, Brennen, Morden, Spielen, Saufen, Schänden, Fluchen, Gotteslästern, Witwen- und Waisenmachen, das sich über ander Leut Unglück högt und freut, von jedermanns Schaden sich nährt und im Krieg wie Fried mit Garten, Schinden und Schatzen auf dem Bauern liegt, kann ich mit keinem Schein entschuldigen, dass es nicht aller Welt Plage, Verderben und Pestilenz sei. Ohne dieses Geharsch, Gehudel und Gekudel, das in Gottes heiligem Namen auf das Fähnlein schwört, wären alle Kriege viel unblutiger und geringer, dieweil dann jeder Fürst mit so viel hundert Mann und weit schwächerer Rüstung kriegen müsste und gewiss doppelt und dreimal so viel ausrichten würde als jetzt mit tausend und abertausend.

Zwölf Stunden später trat Luther in Wittenberg aus seinem Hause, nämlich aus dem alten, mit einem Türmchen geschmückten Augustinerkloster, das ihm von dem inzwischen verstorbenen Friedrich dem Weisen geschenkt worden war, schritt die Straße hinauf zu Offizin des Druckers Hanns Lufft, an deren Setzkasten und Pressen eifrigst gelettert und gebengelt wurde, und stieß hier auf Philipp Melanchthon, der soeben die ersten Bogen des von Luther verfassten und dem Kurfürstlichen Feldobristen Essa von Kram gewidmete Manuskripts „Ob Kriegsleute auch im seligen Stande sein können?" nicht ohne beträchtliches Kopfschütteln zur Kenntnis genommen hatte.

Luther lieferte die letzten Seiten dieser sehr militärfreundlichen Schrift ab und brachte sodann seinen üblichen Unwillen über die lotterichten, nichtsnutzigen und höllbratigen Druckgesellen zum öffentlichen Ausdruck, worüber der Oberfaktor Daniel Rautenkranz, dem dieser gallensteinige Grollkantus nichts Neues war, mit zahlreichen Tiefbücklingen quittierte, und machte sich sodann mit Melanchthon auf den Heimweg.

„Nun, was sagst du zu meiner neuen Schrift?", herrschte Luther ihn an.

„Der darin vor dir geprägte Begriff des gerechten Krieges", gab Melanchthon seine Bedenken kund, „will mir durchaus nicht einleuchten, denn zum Kriegführen gehören doch immer mindestens zwei Fürsten, und so der eine von ihnen einen gerechten Krieg führt, wie könnte dieser Krieg, mit dem er von seinem Widersacher überzogen worden ist, als gerecht begriffen und benannt werden?"

„Das ist roterodamisch gedacht!", begehrte Luther auf, den das inzwischen erschienene und sofort vergriffene Buch „Von der Freiheit des menschlichen Willens" bereits eine beträchtliche Anzahl schlafloser Nächte beschert hatte.

„Also belehre mich eines Besseren!", schlug Melanchthon vor. „Denn wenn du die Untertanen des einen gerechten Krieg führenden Fürsten aufforderst, treu zu dem angestammten Herrscherhause zu stehen und seine Feinde tapfer abzuwehren und zu Paaren zu treiben, müsstest du denn nicht gleichzeitig die Untertanen des Widersachers auffordern, diesem teuflischen Bösewicht jegliche Gefolgschaft zu verweigern? Wäre solches nicht das einfachste Mittel, die Kriegsgefahr im Keime zu ersticken und so diese Fahrt in das allergrößte der Übel zu verhindern?"

„Jedermann sei Untertan", zitierte Luther mit Nachdruck aus dem Römerbrief, „der Obrigkeit, die Gewalt über ihn hat!"

„Auch dann", fragte Melanchthon, „wenn diese Obrigkeit zu einem ungerechten Krieg aufruft? Willst du dann diesen christlichen Untertanen das natürliche Recht absprechen und entziehen, solchem Unbill einmütiglich Trotz zu bieten und, wenn das nichts helfen will, ihren wahnwitzigen Tyrannen ins Narrenhaus zu sperren oder aus dem Lande zu vertreiben, wie es vor etlichen hundert Jahren die Schweizer und kürzlich erst die Dänen getan haben?"

„Es steht geschrieben", trumpfte Luther auf: „Ich bin nicht gekommen, den Frieden zu bringen, sondern das Schwert!"

„Dagegen" bezeugte Melanchthon, „spricht Jesus zu Petrus im Garten Gethsemane, nachdem er dem Polizeisoldaten Malchus das linke Ohr abgehauen hatte, ‚Stecke das Schwert in die Scheide, denn wer das Schwert nimmt, der soll durch das Schwert umkommen!'"

„Also", folgerte Luther hitzig, „hat Gott damit die ganze Welt um ihrer Sünden willen unter das Gesetz des Schwertes gestellt! Das Volk aber erkennt seine eigenen Sünden nicht und meinet immer, der Tyrann regiere es nur um seiner eigenen Räuberei willen. Also verblödet, verkehrt und toll ist der Pöbel, und darum ergeht es ihm auch so, wie es voriges Jahr den rasenden Bauern ergangen ist mit ihrem Aufruhr gegen die von Gott eingesetzte und von uns anerkannte Obrigkeit, und so wird es weiterhin allen ergehen, die nur der Obrigkeit Sünden sehen wollen, gerade als ob sie selber ganz rein und unsträflich wären!"

„Dem aber steht entgegen", gab Melanchthon zu bedenken, „das leuchtende Beispiel der tapferen Eidgenossen, denen Gott der Herr unzweifelhaft den Endsieg schon verliehen hat. Und auch die Dänen, die ihren schändlichen Tyrannen, den blutigen Christian, verjagt haben, hat sich der Herrgott durchaus nicht ungnädiglich erwiesen!"

„Die Dänen", versetzte Luther kopfschüttelnd, „sind noch lange nicht hindurch, und wie es mit den Schweizern einmal ausgehen wird, solches steht auch noch sehr dahin, es müsste denn das ganze Deutschland seine angestammten Fürsten verjagen und eidgenössisch werden von der Ems bis an die Memel."

„Wie sollte mich solches schrecken können!", stimmte Melanchthon zu. „Da doch zu Zeiten des Tacitus die Deutschen weder Kaiser noch Kurfürsten gehabt haben und trotz alledem stark genug gewesen sind, das ganze römische Kaiserreich über den Haufen zu werfen!"

„Hinwiederum" zitierte Luther nun den hebräischen Solisten des siebenundsechzigsten Psalms, „steht geschrieben: Der Herr zerstreut die Völker, so sie Lust am Kriege haben und das Getümmel des Blutvergießens über alles lieben!"

„Nimmer mehr", gab Melanchthon zurück, „vermag ich mir ein christliches Volk zu denken, das solche barbarischen Gelüste hätte! Denn immer nur sind es doch die Tyrannen und ihre gierigen Ratgeber, die eine Freude an derartigen Teufeleien haben."

„Und eben darum ist Gott schon dabei", triumphierte Luther, „sie unerbittlich zu bestrafen! Hätte der König von Frankreich nicht damit begonnen, wider das Reich zu streiten, so wäre er bei Pavia nicht so schimpflich geschlagen und obendrein noch gefangen genommen worden."

„Das ist freilich gewiss!", nickte Melanchthon. „Aber weshalb hat der Kaiser diesem göttlichen Ratschluss zuwider gehandelt und dem König die Freiheit geschenkt?"

„Weil geschrieben steht", suchte Luther den Kaiser zu verteidigen: „Vergeltet nicht Böses mit Bösem, sondern Böses mit Gutem. Woraus sich ergibt, dass der Kaiser in diesem Falle als ein sehr guter Christ gehandelt hat!"

Und was ist die Folge davon?", fragte Melanchthon bekümmert. „Dass dieser unglückliche Krieg seinen Fortgang nimmt! Kann das Gottes Wille sein? Weshalb hat denn der Kaiser den König nicht lieber an den Galgen gehängt als einen unbekehrbaren Friedensbrecher und Länderverwüster? Sieht es nun nicht so aus, als ob Gott eine sonderliche Lust daran hätte, diesen Krieg nicht zu seinem Ende gelangen zu lassen?

„Und wenn es so wäre!", rief Luther trotzig. „So ist das allein Gottes und nicht unsere Sorge! Und er wird es auch nicht zulassen, dass dem Kaiser der Sieg wieder entrissen wird, mögen sich nun auch die Pfeffersäcke von Venedig und alle welschen Fähnleinkotzer mit ihrer bluthündischen Soldateska wider ihn erheben. Solches muss ich der Wahrheit getreu bezeugen, obschon er sich bisher immer nur feindselig wider uns und das Evangelium gezeigt hat."

„Du willst also", seufzte Melanchthon, „unserem ärgsten Feinde doch noch die Schlussviktoria gönnen und zubilligen? Wird er dann nicht sogleich sein allzu siegreiches Schwert gegen die deutschen Fürsten kehren, die uns und das Evangelium beschirmen und beschützen?"

„Mitnichten!", futurte Luther im hohen Tone der Großen Propheten. „Denn der Kaiser hat von dem allmächtigen Gott den bündigen Befehl erhalten, zuerst die Wölfin zu zerschmettern und danach den Türken in die Pfanne zu hauen. Wie geschrieben steht: Wer vermag dem Willen des Allmächtigen zu widerstehen? Wie wir die gehorsamen Untertanen unserer Fürsten sind, genauso sind die Fürsten die Untertanen Gottes. Und je wilder und besessener sie aufeinander losschlagen, desto rascher geschieht der ewige Wille, der jeden Ungehorsamen zur Strecke bringt. Irret euch nicht, Gott lässt sich nicht verspotten, denn was ein Fürst sät, das wird er ernten!"

Damit traten sie über die Schwelle des früheren Augustinerklosters, wo sie von der gewesenen Nonne Katharina von Bora, die Luther inzwischen zu ihrem Ehemann gemacht hatte und bereits in guter Hoffnung mit ihrem ersten Kindlein ging, mit Kuchen und Ungarwein bewirtet wurden.

Bei diesem Frühstück kam Luther auf seine Absicht zu sprechen, das bei Leipzig gelegene Rittergut Zülsdorf zu kaufen und sich dadurch in einen sächsischen Großgrundbesitzer zu verwandeln. Denn nicht nur seine adelige Gattin, sondern auch die beträchtlichen

Honorarsummen, die er sich bisher bienenfleißig zusammengeschrieben hatte, heischten diese standeserhöhende und grundrententragende Anlage.

„Denn wer Kinder in die Welt setzt", meinte Luther mit einem Seitenblick auf den von Gott und ihm sichtbarlich gesegneten Leib seiner edelblütigen Gattin „der muss sich schon beizeiten um ihr fernes Gedeihen kümmern."

„Jedes Kind ist ein Geschenk Gottes!", nickte Melanchthon, der schon zweimal Vater geworden war.

„Und du", schloss Luther diesen Privatsermon, „sollst mir Gevatter stehen!"

Und Melanchthon sagte zu, worauf er sein Glas leerte und sich empfahl.

Nun aber nahm Luther schon wieder die Feder zur Hand, um auf dem Hadernpapier gegen den alten Humanissimus Desiderius anzureiten, der es gewagt hatte, die Freiheit des menschlichen Willens gegen die Übergriffe der unausgesetzt nach Regierungstätigkeit gierenden Gottesknechte und Fürstenlakaien zu sichern.

In der darauffolgenden Nacht hatte Jörg von Frundsberg im Feldlager zwischen Bozen und Trient ein Traumgesicht, darin ihm sein vor etlichen Jahren in Spanien verstorbener Bruder Adam erschien, um ihn dergestalt zu vermahnen: „Du wirst, Bruder Jörg, nur mit großer Not und vielen Beschwerden und Gefährnissen über die Pässe und die Wasserströme gelangen, also dass dir am Ende keine tausend Mann übrigbleiben werden!"

„Du bist tot, lieber Bruder Adam, ich aber lebe noch!", sprach Jörg von Frundsberg, als er sich am frühen Morgen vom Lager erhob. „Und darum will ich es wagen zu Gottes Ehre und zum Heile des geliebten Vaterlandes. Tapferkeit, Kampfbereitschaft und Todesverachtung, das sind die drei edlen Tugenden, die das Heldentum bewegen und erhalten!"

Worauf er die Trommeln rühren ließ, um die Fähnlein zu wecken.

Am dritten Mittag erreichten sie Trient, von wo ab die Gegend immer gegnerischer werden sollte.

„Der Heilige Vater", meldete Bernhard von Kloß, der gut kaiserlich gesonnene Bischof dieser Stadt, „hat seinen leiblichen Vetter, den Giovanni di Medici, zum Feldobristen der Liga ernannt, der trotz seiner Jugend ein gar gewaltiger Heerführer und Kriegsheld ist und bei seiner Seligkeit geschworen hat, nicht einen einzigen deutschen Landsknecht nach Italien hineinzulassen!"

„Es wird sich bald erweisen, ob solch ein Schwur dem Herrgott wohlgefällt!", sprach Jörg von Frundsberg, als er mit seinen Hauptleuten an der bischöflichen Tafel saß, und sein Schwager, Antoni Graf von Lodron, schlug sogleich an sein Schwert und rief: „Nimmermehr kann ich mir solches wohlgefallen lassen!"

Darüber erhob sich ein homerisches Gelächter, und einige fragten ihn: „Bist du denn der liebe Herrgott?"

„Hab ich solches behauptet?", fragte dieser tüchtigste aller südtirolischen Heldenhäuptlinge zurück. „Aber es ist bisher immer so ausgegangen, dass alles und jedes, was mir in der Seele zuwider gewesen ist, auch dem lieben Herrgott sehr stark missfallen hat!"

Und sie tranken und jubilierten ihm ob solcher Antwort einhellig und begeistert zu.

Am folgenden Morgen ließ Jörg von Frundsberg wiederum den großen Kreis formieren, trat in der Fähnlein Mitte, zog sein Schwert, um sich darauf zu stützen, erhob seine Stimme, so dass ihn alle vernehmen konnten, und hielt ihnen die folgende, von Adam Reissner, dem vorbildlichsten aller Regimentsschreiber, stilisierte Rede: „Liebe Kameraden, viel Feind, viel Ehr! Klein oder groß, nackt oder reich, denkt stets daran, dass wir jetzo ins falsche Welschland hineinziehen wollen, um uns daselbst bis zum letzten Blutstropfen zu schlagen und zu wehren! So lasst uns denn mit Gottes gnädiger Hilfe den feindlichen Wall durchdringen, auf dass der unholde Papst nicht länger das Reich betrüge, die treuen Städte unterdrücke, die Freunde des Kaisers verfolge und Land und Leute ausraube und verderbe. Dessen habe ich nicht den geringsten Zweifel, dass uns die allbarmherzige Vorsehung dazu auserwählt und verordnet hat, diese wider die Ehre der ewigen deutschen Nation gerichtete Bund-Nuss zu zersprengen und zu zertrümmern und dadurch welsche Hinterlist und priesterliche Felonie für alle Zeiten abzustellen und mit Stumpf und Stiel auszurotten. Ja, wir sind allzumal aufgestanden, um in Gottes heiligem

Namen einen Griff in die Engelsburg zu tun, die von jenen darin hausenden Teufeln für Abrahams Schoß ausgegeben wird, und werden nicht einen Augenblick zögern, diesen hundsföttischen Tröpfen in Weiberröcken, so allein schuld sind an jeglicher irdischen Zwietracht, Wirrnis und Dunkelheit, endlich den Star zu stechen und ihnen die Ewigkeit und den deutschen Mores auf das Deutschlichste zu deuten und zu offenbaren, sie mögen es wollen oder nicht! Und so halte ich es denn dafür, den grundlistigen Bösewicht und Anfacher dieses neuen Feldzuges in seinem wölfischen Fuchs-, Luchs- und Dachsbau aufzuspüren, zu ergreifen und nach gemeinem Feldrecht als einen schändlichen Friedensbrecher, Hochverräter und Reichsverderber mit dem Tode zu bestrafen. Wie der Gast, so der Quast! Darum auch trage ich seit gestern hier diesen goldenen Strick an meinem Busen! Ja, mit meinen eigenen zehn hochehrlichen Fingern will ich diesen Wider- und Antichristen Clemens mitten auf den römischen Florkamp ohne Gnade und Barmherzigkeit an den Galgen hängen, so wahr mir Gott helfen möge zur ewigen Seligkeit durch das unschuldige Blut seines Eingeborenen Sohnes Jesu Christi! Amen. Und nun vernehmt noch das Feldgeschrei: Kaiser und Reich!"

Sogleich warfen alle fünfunddreißig Fähnriche die Feldzeichen hoch, fingen sie wieder auf, ließen sie kunstvoll flattern und rauschen, dazu dröhnten und schepperten die Trommeln, schrillten die Pfeifen und schmetterten die Trompeten, und donnernd wiederholten die zwölftausend Kriegszünftler, dass es von den Weinbergen widerhallte, die soeben ausgegebene Grundparole: „Kaiser und Reich!"

Sodann wurde die Losung leise von Mund zu Mund weitergegeben, und sie lautete: „Gott mit uns!"

Nachdem die ausgesandten Späher zurückgekehrt waren und einstimmig bestätigt hatten, dass durch die vom Gegner mit außerordentlicher Verschlagenheit und Kunst gesperrten Pässe und Klausen auch nicht das kleinste Mäuslein hindurchschlüpfen könnte, trat der Kriegsrat zusammen und beschloss auf Vorschlag des feldobristlichen Schwagers, der hier alle Wege und Stege im Finstern finden konnte, und nach eifriger Befürwortung durch den Kleinen Hess, den überaus wagehalsigen Marsch über die Hochalpen.

„Der Hannibal", rief der tolldreiste Antoni von Lodron, „ist mit seiner Armee durch die Klausen des Heiligen Bernhard gekrochen, wir aber werden justament über die allerhöchsten Alpenspitzen klimmen, und da mir solches bass gefällt, wird es auch dem lieben Herrgott um kein Jota zuwider sein können. Wie geschrieben steht: Glaube an dich selbst, dann glaubst du an Gott!"

Und es sollte tatsächlich also geschehen.

Nun mussten die Zwölftausend, nachdem jeder Landsknecht für drei Tage Proviant gefasst hatte, unter Zurücklassung des gesamten Trosses, wie die Gämsen, immer einer hinter dem anderen, über die dräuenden Felsen klettern. Und dabei waren gerade hier die Alpen besonders steil und gefährlich, dass jedem Neuling, der ins Tal hinuntersah, das jähe Grausen ankam. Alle Huftiere, auch die brave, immer noch vorwurfsvoll blickende Kassandra und der noch bravere Audiat, mussten zurückbleiben, also dass sich sogar der Feldobrist, der gar stark und schwer von Leibe war und über drei gute Zentner wog, trotz seiner gichtischen Knieschmerzen zu Fuß hinaufbemühen musste. An den schwierigsten Stellen wurde er von den stärkeren Knechten gezogen und geschoben, während ihm die sonstigen Begleiter mit ihren Achtzehnschuhspießen ein Schutzstaket nach dem anderen längs der gähnenden Abgründe flochten und gatterten.

„Unser edler Herr ist viel größer als Hannibal!", verkündete Adam Reissner dieses erste Musterbild der abendländischen Kriegsberichterstatter, am flammenzüngelnden Lagerfeuer der zweiten Besteigungsnacht den ihm andächtiglich lauschenden Doppelsöldnern, denn es gehörte zu seinen vornehmsten Pflichten, derartig kurze, herzhafte und leicht zu behaltende Silbenbündel zu schürzen und in Umlauf zu setzen, um dadurch die Siegeszuversicht zu stärken, die Beutehoffnungen aufzupulvern, und den Heldenmut mit Hinweisen auf die besten klassischen Beispiele zu den höchsten Leistungen anzuspornen.

„Niemand", zitierte daraufhin der hinter ihm stehende Doppelsöldner Fabian Birkner aus den Metamorphosen des Ovid, „schneide, bevor er erblüht ist, den Lorbeer des Ruhmes!"

„Was trieb dich", hexameterte Adam Reissner, nachdem er sich umgedreht und den Sprecher gemustert hatte, „o Jünger der Kunst, in die raue Arena des Krieges?"

„Die Not des Vaterlandes!", antwortete Fabian und dachte dabei an die Heidelberger Feuersbrunst, die ihm nicht nur den Erblasser, sondern auch das Erbe verschlungen hatte.

„Nur näher heran", lockte Adam Reissner, „denn hier gilt ein guter Kamerad nicht weniger als jeder andere, und sage mir, was dir an meiner Rede nicht behagt! Wäre wohl der gewaltige Hannibal mit seinen Elefanten auf solchen Seiltänzerstegen jemals über die Alpen gelangt? Und was hat er trotz aller seiner glorreichen Siege von der ewigen Stadt zu Gesicht bekommen? Nur ein einziges ihrer Tore, und das war fest verrammelt! Wir jedoch gedenken mit einem einzigen kühnen Anlauf in die Höhle der Wölfin zu gelangen, um der ganzen Welt ein neues Ansehen zu geben. Oder wagst du daran zu zweifeln?"

„An mir soll es gewiss nicht liegen, wenn du nicht mit hineinkommst!", versicherte Fabian und hatte damit die Lacher auf seiner Seite, also dass Adam Reissner rief: „Das nenne ich mir eine Antwort, die Hörner und Zähne hat! Und fortan sollst du mein Freund heißen, denn du hast eine viel zu gute Zunge, als dass ich dich zum Gegner haben möchte!"

Auf solche Weise wurden sie miteinander bekannt, und schon am folgenden Abend, als das Fünfte Fähnlein bereits im Abstieg begriffen war, suchte Adam Reissner seinem neuen Herzensbruder aus dem Bellum Gallicum zu beweisen, dass Jörg von Frundsberg sich auch mit Julius Caesar wohl vergleichen ließe.

„Sind wir nicht schon dabei, den Rubikon zu überschreiten?", fragte er triumphierend, als er das Buch zuklappte.

„Das ist eine Frage", winkte Fabian ab, „die ich dir erst auf den römischen Florkamp beantworten möchte!"

„Angesichts des gegalgten Papstes!", rief Adam Reissner. „Oder bezweifelst du, dass alle Kriegsentzünder an den höchsten Balken gehören?"

„Keineswegs!", stimmte Fabian zu. „Nur fragt es sich, ob der Allmächtige schon jetzt solch ein noch niemals dagewesenen Exempel statuieren wird. Denn der Borgia ist doch auch nicht an den Galgen gekommen, obschon er wohl hundertmal schlimmer gewesen ist als dieser zweite Medici!"

An diesem Abend bezwangen die letzten der fünfunddreißig Fähnlein die bereits mit tiefem Schnee bedeckten Höchstkare, und am folgenden Morgen drangen die ersten beiden Fähnlein, wobei die Landsknechte ihren Feldobristen auf die Schultern nahmen, über die reißenden Berggewässer zu Tal und brachen bei der von den Bewohnern verlassenen Ortschaft Aha, die dabei in Flammen aufging, ohne Pferde, ohne Geschütze, Proviant, Munition und Geld, als wie vom Himmel heruntergefallen, in das Gebiet der Venezianer ein, wo es auch bald zu den ersten Zusammenstößen mit den aufs höchste überraschten ligistischen Wehrhaufen kam, die nun die besetzten Pässe schleunigst räumen mussten, wodurch der Weg für den zurückgelassenen Tross endlich frei wurde.

Also lernten die Landsknechte nun den feindlichen Feldherrn Giovanni di Medici kennen, der schleunigst seine Scharen von allen Seiten heranholte, um das große, von den Deutschen gerissene Loch zu stopfen, und der auch in der Folge alles tat und nicht versäumte, um sich seinen Spitznamen „Der Große Teufel" aufs Neue zu verdienen.

Er ließ den Landsknechten nicht mehr die Zeit, vor der Schlacht auf die Knie zu fallen, um von Gott den Sieg zu erflehen und danach Erdschollen hinter sich zu werfen. Auch auf diese uralten Gebräuche mussten sie nun verzichten lernen, um in jeder Sekunde bei Tag und Nacht zum sofortigen Dreinschlagen bereit zu sein.

In allen diesen Scharmützeln stach, hieb und schoss der Doppelsöldner Fabian Birkner, schon um sich seiner eigenen Haut zu wehren, so tapferlich um sich, dass ihn Claus Seidensticker nach zweimaliger Belobigung vor der Front zum Fähnleinschreiber aufrücken ließ, nachdem Samuel Viergut, der bis dahin diesen wichtigen Posten innegehabt hatte, durch Konrad von Bemelberg zum Feldwebel des Sechsten Fähnleins befördert worden war, was beides nicht ohne Adam Reissners Fürsprache abging.

Weiterhin fanden bei Lunato, Solferino und Goito heftige Durchbruchs- und Nachhutgefechte statt. Doch wie wild das Getümmel auch war und wie viele dabei ins Gras beißen mussten, immer standen die Landsknechte mit ihren Langspießen, Handrohren und Luntenbüchsen wie die Mauern, bis ihnen der Sieg nicht mehr entrissen werden konnte. Ein mal mussten sie sogar vom frühen Morgen bis in die dritte Nachtstunde achtmal stürmen und neun Angriffe abschlagen, wobei von den sechshundert Handrohrern der letzten drei Fähnlein nicht weniger denn fünfundzwanzig Zentner Schießpulver verknallt wurden.

„Mit solchen Bestien", knirschte Giovanni di Medici, der sich nun schon zum dritten Male zurückziehen musste, „getraue ich mich die ganze Erde und den Mond zu erobern!"

„Ja, wir hätten es wohl hundertmal leichter, wenn diese Deutschen nicht solch scheußliche Pedanten wären!", stimmte ihm Pietro Aretino bei, der von Rom aus zu ihm geeilt war, um ihm mit seiner Feder beim Siegen zu helfen.

Am nächsten Tage wurde der im letzten Gefecht gefallene Regimentsschultheiß und Feldprofoss Alois Rittenburg mit allen militärischen Ehren in einem Olivenhain zur Erde bestattet, wobei der Feldobrist eine von Adam Reissner verfasste Predigt hielt, die allen Zuhörern zu Herzen ging und nicht wenige bis zu Tränen rührte. Danach wurde der Grabhügel mit einem marmornen Tempelbalken bedeckt und die folgende Inschrift hineingemeißelt:

Wie Achilles vor Troja,
so fand hier die ewige Ruhe Alois Rittenburg,
gefallen für Kaiser und Reich.

„Ist das nun der Ruhm?", beseufzte der Fähnleinschreiber Fabian Birkner das durch dieses Grabmal zum Abschluss gebrachte Heldenschicksal, und der Regimentsschreiber Adam Reissner antwortete ihm darauf also: „Nicht mehr als ein Stücklein Schall und Schrift, das der Tote weder zu hören noch zu lesen vermag. Und was wüssten wir von Achilles und Hektor, wenn sie nicht das Glück gehabt hätten, von Homer besungen zu werden? Woraus sich ergibt, dass die Quelle des Ruhmes weder Schwert noch Spieß noch Büchse, sondern einzig und allein der Federkiel ist."

„Potztausend!", verwunderte sich Fabian über alle Maßen. „Dann wäre ja die Tinte am Ende stärker als das Blut!"

„Bei meiner Seligkeit!", versicherte Adam Reissner. „Denn ein Held mag noch so viel Blut vergießen, noch so viele Gegner zu Boden werfen und noch so viele Feldschlachten gewinnen, wenn wir von der edlen Schreiberzunft nichts davon vermelden und kein Jota darüber berichten, so bleibt ihm der Tempel des Ruhmes für immer verschlossen."

„Dann wäre also", folgerte Fabian sogleich, „die Welt nur für die Schreiber und nicht für die Helden geschaffen worden?"

„Wiederum ins Schwarze getroffen!", bestätigte Adam Reissner. „Darum auch ist Homer heute schon hundertmal berühmter als Achilles, Hektor und alle Helden um und in Troia zusammengenommen! Wie denn auch geschrieben steht: Die heiligen Männer Gottes haben nicht nur geredet, sondern auch geschrieben, getrieben von dem Heiligen Geist! Das heißt, sie haben lediglich Tinte, nicht aber Blut vergossen! Und was hat den Roterodamus so weltberühmt gemacht? Nur der fleißige Gebrauch seines Tintenhörnleins! Denn nur wer schreibt, der bleibt! Und der Luther eifert ihm ja darin nach, um ihm zuvorzukommen. Sie haben es beide nicht nötig, auf einen anderen zu lauern, der geneigt und imstande ist, sie in der Leute Münder und Köpfe zu bringen. Sie besorgen solches schon mit eigener Hand und Feder nach dem klassischen Beispiel Caesars, des einzigen Helden, der nicht nur mit dem Schwerte, sondern auch, was zehntausendmal wichtiger ist, mit dem Stilus umzugehen wusste. Kurz und gut: Es vermag auf dieser Welt keine Heldentat zu Ruhm gelangen, die nicht in Buchstaben sichtbar gemacht worden ist!"

Und wie zum Beweis dafür holte er nun sein Tagebuch aus dem Felleisen, um die neuesten Kriegsereignisse zu Papier zu bringen.

Alois Rittenburgs Amtsnachfolger wurde Claus Seidensticker, der trotzdem das Kommando über das Fünfte Fähnlein beibehielt und auch weiterhin auf die Vermehrung seines Heldenruhms wohlbedacht war. So gelang es ihm schon zwei Tage später, einen feindlichen Trosszug abzuschneiden, wobei den Landsknechten seines Fähnleins außer zehn hochbepackten Proviantwagen auch zwei Dutzend lockere Weibsbilder in die Hände fielen, die jedoch, da die anderen

Landsknechte darüber zu murren begannen, auf des Feldobristen Befehl schon am nächsten Morgen wieder in Freiheit gesetzt werden mussten.

In dieser Gegend war das Landvolk aus Weilern und Dörfern mit allem Vieh und sämtlichen Vorräten in das feste Mantua geflüchtet, an dessen Bezwingung ohne Schanzgerät und schwere Büchsen nicht gedacht werden konnte. Denn der unter Jörg von Frundsbergs Kommando stehende Heerwurm war ein reiner Infanterieverband und hatte seine letzten Erfolge nur den Umstande zu verdanken, dass auch der Feind noch keinerlei artilleristische Ausrüstung besaß.

Infolge der hier allgemeinen Landflucht der Bauern begann sich nun ein immer stärker werdender Nahrungsmangel bemerkbar zu machen, gegen den bald keine noch so umfassenden Fourierkünste helfen wollten, also dass sogar der Feldobrist, der auch an seiner für alle Hauptleute offenen Tafel eine sehr gute Klinge zu schlagen pflegte, in wachsende Besorgnis versetzt wurde.

Deshalb wurde nun nach Antoni von Lodrons dringendem Rat die Stoßrichtung des Heerwurms geändert. Er umging Mantua und zielte auf die Stelle, wo der Mincio in den Postrom mündete.

Bald darauf gelang es Claus Seidensticker, die Minciobrücke bei Governola, bevor sie der Feind abwerfen konnte, im letzten Augenblick doch noch zu besetzen und gegen alle Angriffe so lange zu verteidigen, bis Sebastian Schertlin und Antoni von Lodron mit dem Ersten und dem Zweiten Fähnlein heranrückten und den feindlichen Drang rasch zum Erlahmen brachten.

Nun wurde hier auf offenem Felde ein Kriegsrat abgehalten, bei dem es um die Frage ging, auf welchem Mincioufer der Marsch zum Postrom fortgesetzt werden sollte. Da keine Einigung erzielt werden konnte, wurde die Entscheidung auf den kommenden Morgen vertagt.

An diesem Abend fiel Jörg von Frundsberg in seinem Zeltkämmerlein auf die Knie, so sauer es ihm wegen seiner Körperschwere und seines Zipperleins auch wurde, und flehte den Allmächtigen, mit dem er sich schon von Kindesbeinen an duzte, dergestalt an: „Lieber Herr und Gott, Schöpfer Himmels und der Erden, der du uns bis hierher ohne schweres Gezeug und ohne jede Reiterei gebracht hast, gib mir ein Zeichen, wie wir uns aus dieser vielfältigen Bedrängnis erlösen und weiterkommen können!"

Und dieses urbiedere Geheisch fiel auf einen solch fruchtbaren Erhörungsboden, dass es auch tatsächlich und geschwind genug in Erfüllung gehen sollte.

Denn schon am folgenden Morgen, noch vor Sonnenaufgang, gerade als sich die ersten und die letzten drei Fähnlein bereit machten, den Mincio zu durchschreiten, um die vom Großen Teufel persönlich befehligten Feindeshaufen in die große Kneifzange nehmen zu können, erschien vor dem Führerhauptquartier auf einem ungewöhnlich großen Esel ein fast sieben Fuß langer, rotbärtiger und linksseitig bestelzfußter Sendling aus der Residenz Ferrara, dessen Herzog Alfonso von Este sich inzwischen aus nachbarlicher Erbfeindschaft gegen die löwenflaggige Republik Venedig endlich doch noch für die habsburgische Sache entschieden hatte, und überbrachte die Freudenbotschaft, dass in einem Schilfversteck der Minciomündung eine aus sieben Lastschiffen bestehende und mit Proviant und Munition beladene Flotte läge.

Der Bote wurde an den Kleinen Hess verwiesen, der den Fremdling, da er nichts Schriftliches vorzeigen konnte, durchaus für einen kreuzweis durchtriebenen Spion halten wollte.

„Lass dir dein Lehrgeld wiedergeben, Kleiner!", bemerkte der Ankömmling herablassend.

Konrad von Bemelberg bekam einen knallroten Kopf, paukte sich auf die blutrote Schärpe, durch die er sich von allen anderen Hauptleuten unterschied, und tenorte drohend: „Respekt! Respekt!"

„Vor dir?", lachte der Stelzler achselzuckend, der sich inzwischen aus dem Sattel geschwungen hatte. „Solches verbietet mir schon meine angeborene Tapferkeit! Du willst hier den Platzhalter spielen und weißt nicht einmal, dass ein Gesandter, der sich durch die feindlichen Linien schlagen muss, nichts Schriftliches bei sich führen darf."

Worauf der Kleine Hess nichts erwidern konnte, vielmehr etwas hinunterschlucken musste, was ihm justament wie eine Kröte schmeckte, und sich nun dazu bequemte, diesen trutzigen Botschafter zum Feldobristen zu geleiten und ihm Meldung zu erstatten.

„Das ist Gottes Finger!", jubelte Jörg von Frundsberg, dem damit ein höllisch großer Wackerstein vom Herzen gefallen war.

Sodann nahm er diesen ziemlich langgeratenen Gottesfinger vor, der auf ihn im Gegensatz zum Kleinen Hess einen durchaus vertrauenserweckenden Eindruck zu machen wusste, ließ sich das Allernötigste berichten und fragte zum Schluss: „Und wo hast du deinen linken Haxen verloren?"

„Unter deinem glorreichen Kommando, Bruder Jörg", lautete die Antwort, „auf dem Felde von Bicocca."

„Das Ganze halt!", kommandierte darauf der Feldobrist. „Und das Fünfte Fähnlein holt die Schiffe sogleich herauf!"

Der Lokotenent sorgte für die Weitergabe dieser beiden Befehle. Während die Trompeten schmetterten, um die Vorbereitungen zum Angriff anzublasen, sprach Konrad von Bemelberg mit Claus Seidensticker und schärfte ihm ein, auf den sonderbaren, schon wieder auf seinem Esel sitzenden Boten deutend, die Augen offen zu halten und sich ja nicht in einen Hinterhalt locken zu lassen.

Und nun schwang sich auch Claus Seidensticker auf sein Streitross, die dicke Dido, und setzte sich mit seinen Getreuen in Marsch, und rechts neben ihm ritt auf seinem Esel der lange Invalide.

Nachdem die Trompeten verklungen waren, kam zwischen den beiden Vorreitern der folgende Dialog zustande, den Claus Seidensticker also begann: „Wie war es bei Bicocca?"

„Ei, da ging es heiß genug her vom frühen Morgen bis zum späten Abend, und ich hätte wohl mein Leben verloren, denn sie wollten mich schon einscharren, als ich wieder zu mir kam, woraufsie mich zum Feldscher brachten."

„Und wie bist du nach Ferrara gekommen?"

„Auf fünf Beinen, von denen vier diesem bravsten aller Distelprinzen gehören. In Piacenza haben mich die Zisterzienser ganz artig zusammengeflickt. Und dann bin ich über Florenz nach Rom geritten, um den Heiligen Vater zu sehen. Doch gelang mir solches mitnichten. Wohl aber lernte ich dort einen Küfermeister kennen, der durchaus mein Großohm sein wollte und den ich sogar beerben sollte. Allein die Pest hat mich vertrieben. Aber nun, da die Seuche erloschen ist, will ich wieder nach Rom reiten, um zu sehen, ob jener wohlgeratene

Erbsünder, der mich unbedingt zu seinem Großneffen erheben wollte, mit dem Leben davongekommen ist."

„Dann bist du wohl gar ein Römer?"

„Dass mich der Affe lause! Ich bin vielmehr ein echter Eidgenosse, obschon ich in der Stadt Heidelberg am Neckar das Licht der Welt erblickt habe."

„Und wie ist dein Name?"

„Sophius Crott!"

„Crott? So heißen bei uns in Nürnberg die Kröten!"

„Nun wohl an, so bin ich eben der erste Kröterich, der den Mut hat, sich auf Gott zu reimen!"

Darüber musste Claus Seidensticker denn doch so herzhaft lachen, dass die Stute Dido, die ihn zwischen den oberitalienischen Rebengärten dahintrug, dreimal hellauf wieherte, worauf der Esel Distelprinz nicht zögerte, solches im hohen Tone zu bejahen.

„Und was hast du in Ferrara getrieben?"

„Dort habe ich als Büchsenschmied und Uhrenmeister dem Herzog gedient, bis ich mehr als genug von ihm hatte."

„Und weshalb hat man gerade dich mit dieser Botschaft betraut?"

„Weil ein Invalide, so meinten die anderen, am leichtesten durch die Feinde käme."

„Und was willst du nun beginnen?"

„Nach Rom reiten, und wenn ihr mir dahin folgen wollt, so soll es mir schon gut und recht sein."

„Ein tüchtiger Büchsenschmied ist uns immer willkommen, auch wenn er nur ein Bein hat. Und bei meinem Fähnlein sind drei Rotten, die alle aus Heidelberg stammen. Melde dich morgen früh bei meinem Schreiber, dass er dich in die Stammrolle einträgt!"

Und es sollte also und nicht ein Jota anders geschehen.

Nach einem zweistündigen Gewaltmarsch erreichte das Fünfte Fähnlein die gut versteckte Transportflotte. Sie wurde sogleich aus dem dichten Schilf herausgelotst und flussauf getreidelt, wobei jedes einzelne Fahrzeug von fünfzig Landsknechten gezogen wurde.

So große Mühe sich der am anderen Ufer tätige Feind auch gab, er konnte es doch nicht verhindern, dass alle sieben Schiffe schon um die Mittagszeit vor der nach Governola hinüberführenden Brücke zu Anker gingen.

Nun aber befanden sich an Bord des letzten von ihnen, unter Mehlsäcken versteckt, nicht nur eine zweiräderige Viertelschlange, sondern auch zwei etwas leichtere Falkonetts nebst reichlicher Munition. Diese hochwillkommenen, von Niccolò Machiavelli in seiner Neuer Kriegskunst so gröblich unterschätzten Kugelspeierinnen wurden nun von Sophius Crott freigelegt, der trotz seines Leibesschadens über unheimliche Muskelkräfte verfügte.

Kaum hatte Jörg von Frundsberg die Viertelschlange erblickt, geriet er vor Freude schier aus dem Häuschen, lud sich das Gezeug auf den Rücken, trug es zur höchsten Verwunderung aller Zuschauer an Land, stellte es auf, lud und richtete es, blies die Lunte an und brannte es mit eigener Hand ab, dass die Feinde, die sich schon zum Sturme sammelten, um die Brücke zurückzugewinnen, über diesen unerwarteten Waffenzuwachs höchlichst erschraken und auf der Stelle kehrt machten.

„Schmach und Schande!", wetterte Giovanni di Medici über solche Hasenherzigkeit seiner besten Truppen und spornte seinem Schimmel, um die Weichenden zum Stehen zu bringen.

Sein purpurner Helmbusch wogte, sein goldener Brustharnisch glänzte, das Tigerfell, das ihm als Sattel diente, leuchtete prächtiglich, und sein Schwert blitzte in seiner feldherrlichen Faust.

So hielt er, aller unverkennbar, am rechten Ufer des Mincio nicht anders als vor achtzehnhundertundfünfzig Jahren am linken des Granikos der königliche Jüngling Alexander die Blicke aller Feinde auf sich gelenkt hatte.

Und dieser ligistische Generalissimus donnerte nun immer wieder: „Vorwärts! Vorwärts! Drauf auf die deutschen Hunde!"

Angefeuert von seinem leuchtenden Beispiel, fassten seine Mannen wieder Mut und begannen sich hinter ihm noch einmal zum Sturmangriff zusammenzurotten.

Doch inzwischen hatte Sophius Crott, dieser Allerweltseidgenosse, die annähernd überirdische Gnade gehabt, das nächste Geschütz, nämlich das erste der beiden Falkonetts, ein drei Ellen langes und auf vier kleine Räder lafettiertes Erzrohr, gleichfalls ohne jede fremde Hilfe, von Bord zu schleppen und so genau auf den feindlichen Anführer auszurichten, dass Jörg von Frundsberg nur mit der Lunte auf das Zündloch zu tupfen brauchte, um diese kaum begonnene Schlacht auch schon zu beenden.

Denn diese zweite Stückkugel verfehlte mit Gottes Zulassung und Sophius Crotts Zuvisierung so wenig ihr Ziel, dass Giovanni di Medici stracks aus dem Sattel geworfen wurde.

Ein vielhundertstimmiges Wehegeschrei leitete den beschleunigten Abzug der Ligisten auf Mantua ein.

„Lasst sie laufen!", lachte Jörg von Frundsberg und klopfte Sophius Crott leutseligst auf die Schulter.

„Potzblitz, was ist da drüben geschehen?", schrie Claus Seidensticker, und Antoni von Lodron, der eben mit seinem Ersten Fähnlein heranmarschierte, deutete auf das Falkonett und Sophius Crott und lachte: „Bei Gott! Zeichen und Wunder! Der Große Teufel ist plötzlich ganz klein geworden!"

Worauf Jörg von Frundsberg Viktoria blasen, trommeln und pfeifen ließ und Sophius Crott den zielsicheren Eidgenossen, einen ganzen Reichstaler schenkte.

Nun durften die Fouriere doppelte Rationen ausgeben, und Caspar Schwegler, der Feldzahlmeister, warf, da der Herzog von Ferrara diesmal auch seine Schatzkammer nicht geschont hatte, mit diesen frischgeprägten Silberlingen um sich, dass es nur so klirrte und klapperte.

Die Gefallenen wurden bestattet und aus der Stammrolle gestrichen, worauf auch der Kapellan an ihnen seine Pflicht tat. Die Schwerverwundeten aber wurden verbunden und auf die inzwischen entladenen Schiffe gebracht, um nach Ferrara überführt zu werden, wo die herzoglichen Chirurgiekünstler schon bereit standen, sie mit vorzüglicher Heilungsbegier in Empfang zu nehmen.

„Ob mir gleich der Schenkel zerschmettert ist", knirschte der schwerverletzte Papstvetter, nachdem er mit dem bloßen Degen die

Beichtväter und ihre Letzte Ölung von seinem Schmerzenslager hinweggescheucht hatte, „so soll doch mein Herz standhaft und frisch und diese Schmach nicht ungerochen bleiben!"

Allein in das wilde Feuer seiner Wunde trat trotz der wohlgelungenen Amputation, zu der er mit eigener Hand die Leuchtkerze gehalten hatte, schon am nächsten Abend der kalte Brand, und so musste dieser letzte der großen Kondottieri, auf den Clemens Septimus sowie die anderen Mitglieder der in dem französischen Schnapsstädtchen Cognac abgeschlossenen Liga die allerstolzesten Hoffnungen gesetzt hatten, bereits in seinem neunundzwanzigsten Lebensjahre dem für ihn von lauter Heldenirrtümern wimmelnden irdischen Daseins-al Valet sagen.

Nach dem Seufzer: „Solch ein Verdruss, unter diesen verfluchten Pflastern enden zu müssen!", verschied er mit dem Hauche: „Ende Italiens!", und zwar in den Armen Pietro Aretinos, der über diesen folgenschweren Todeskampf also nach Venedig berichtete:

Florenz und Rom – wolle Gott, dass ich lüge! – werden bald genug erfahren, was es heißt, dass dieses unvergleichliche Feldherrngenie, dieser Mutigste der Tapfersten, für immer dahingesunken ist, denn es ist keiner da, der ihn ersetzen könnte!

Für das Denkmal des in Mantua zu bestattenden Gönners und Freundes aber dichtete Pietro Aretino diese Zeilen für die Grabinschrift:

Vergängliche Hülle nur ist, was geblieben!
O Kriegsgott, so nahmst du uns deinen uns eingeborenen Sohn!
Die Schläfen umflossen vom Glanze der italienischen Ehre
Traf ihn das nördliche Erz, powärts hinrauschte sein Blut!
Furchtbar und hochgesinnt ist er hinweg und von hinnen gefahren
Zu den Heroen empor, keiner war kühner als er!

Also steigt, hatte Adam Reifner noch am Abend dieses großen Triumphes in sein Tagebuch gezeilt, *der treue Ritter Jörg von Frundsberg immer höher empor auf den Stufen zum Tempel des Ruhmes, da es ihm hier in Governola Dank Gottes gnädiglicher Hilfe gelungen ist, mit einer einzigen Stückkugel den Sieg zu erringen und so wie Herkules und Theseus mit einem einzigen Streich den allergefährlichsten Gegner zur Strecke zu bringen.*

Thomas Müntzer, auch Münzer, * um 1489 in Stolberg, Grafschaft Stolberg, † 27. Mai 1525 bei Mühlhausen, Freie Reichsstadt, war ein Theologe, Reformator, Drucker und Revolutionär in der Zeit des Bauernkrieges.

Balthasar Hubmaier, Pacimontanus, um 1480 – 10. März 1528, war ein einflussreicher deutscher Täuferführer. Er war einer der bekanntesten und angesehensten Täufertheologen der Reformation.

Paolo Giovio, Paulus Jovius; † Dezember 1552 in Italien, war ein italienischer Arzt, Historiker, Biograph und Prälat.

Der Magen macht die Magie

Am folgenden Vormittag sprach Fabian zu dem purpurbärtigen Invaliden, der auf Begehren Claus Seidenstickers erschienen war, um sich in die Stammrolle des Fünften Fähnleins eintragen zu lassen: „Wie heißt du, und wo bist du geboren?"

„Ich heiße Sophius Crott und bin zur Welt gekommen zu Heidelberg am Neckar in der Hofapotheke Zum Güldenen Becher!", lautete die Antwort.

„Kotzwunder!", rief Fabian sogleich, legte den Kiel hin und machte ganz große Augen. „Dann sind wir ja miteinander vervettert, wenn du der Sohn jenes Eidgenossen bist, der vor vierzig Jahren meine Tante Sophia Birkner heimgeführt hat!"

„Das wird schon stimmen!", nickte Sophius Crott und drückte ihm vetterlich die Hand. „Ob aber dieser Lorenz Crott selig mein leiblicher Vater gewesen ist, das steht noch sehr dahin, so oft er es auch in seinem Leben immer wieder behauptet hat."

Und dann begannen sie ihre beiderseitigen Erlebnisse auszutauschen, wobei Sophius Crott, nachdem er seinen abenteuerlichen Daseinsverlauf ohne Umschweife kundgetan hatte, mit sichtbarlichem Bedauern zur Kenntnis nahm, wie sein Geburtshaus, die Heidelberger Hofapotheke, an die er sich noch, wenn auch nur sehr dunkel, erinnern konnte, ein Raub der Flammen geworden und wie Fabian dazu gekommen war, das Studium beider Rechte mit dem Heldenhandwerk zu vertauschen.

„Da ich nicht ins Kloster gehen mochte", schloss er seinen Bericht, „wie hätte ich anders mein Dasein fristen können?"

„Wie geschrieben steht", schmunzelte Sophius Crott: „Der Magen hat uns am Kragen! Und: Hunger ist der schlechteste Koch, denn er hat nichts zu kochen!"

Darauf vollbrachte Fabian die befohlene Eintragung und sprach: „Und morgen in der Frühe, Punkt sechs Uhr, trittst du mit zur Musterung an und bekommst einen Floren Handgeld, sowie du auf das Fähnlein geschworen hast."

„Davon ist nicht die Rede gewesen!", erklärte Sophius Crott abweisend und hob sich von dannen.

Deswegen auch blieb er der Musterung fern.

„Was soll das heißen?", knurrte Claus Seidensticker, als ihm solches gemeldet worden war. „Will denn dieser eidgenössische Labander mit seinem Zufallstreffer hier eine neue Felddienstordnung einführen?"

Erst am späten Nachmittag tauchte Sophius Crott wieder auf. Mit einem von dem Esel Distelprinz gezogenen Wägelchen, darauf ein Amboss und eine mit allerhand Werkzeugen gefüllte Kiste standen, kam er die Straße heraufgestelzt.

„Kotzmalefitz!", fluchte Claus Seidensticker, als er ihn gewahrte, und vertrat ihm den Weg. „Warum bist du nicht zur Musterung erschienen?"

„Weil ich Gescheiteres zu tun hatte!", antwortete Sophius Crott belustigt.

„Warum willst du nicht auf das Fähnlein schwören?", herrschte ihn Claus Seidensticker noch schärfer an.

„Weil geschrieben steht", bibelte Sophius Crott: „Eure Rede sei ja ja, nein nein, und was darüber ist, das ist von Übel!"

„Im Kriege", wetterte Claus Seidensticker, „gilt nicht das Evangelium, sondern der Artikelbrief!"

„Eben daran", belehrte ihn Sophius Crott, „magst du erkennen, wie fest dich schon der leibhaftige Satanas beim Wickel hat!"

„Ich bin der Hauptmann!", donnerte Claus Seidensticker.

„Und ich der Büchsenmeister!", trumpfte Sophius Crott auf. „Und so frage ich dich denn, o Holofernes aus dem Nürnberger Trichter und seinem Tand: Welcher Scheißkerl vermag noch zu schießen, wenn ich die Hände in den Schoß lege? Und weshalb ergrimmst du, Bruderherz Claus, und warum verstellet sich deine Gebärde? Du sollst ja gar nicht mein Hütler sein! Oder hast du etwa Angst, dass ich dir die hochedle Dame und Königin Disziplin vom Brettchen schlage?"

„Scher dich zum Kuckuck, du Narr!", kochte Claus Seidensticker homerheroisch über, drehte ihm brüsk den Rücken zu, trat zwei Minuten später zu Fabian ins Schreibzelt und knirschte fäusteballend „Kotzgedärm, Veitstanz, Pestilenz und Sankt Quirin! Dieser Crott will nicht den Fahneneid leisten! Da hat uns der Herr Herzog eine schöne Laus in den Pelz gesetzt!"

„Soll ich ihn wieder streichen?", fragte Fabian gespannt.

„Das mag der Lokotenent entscheiden!", grollte Claus Seidensticker wie ein abziehendes Gewitter und begab sich ins nahe Führerhauptquartier, wo er diese soeben vollbrachte geradezu beispiellose Insubordination dem Kleinen Hess brühwarm berichtete.

„Soll an mich denken!", verschwor sich der, ging sogleich auf die Suche nach diesem qualifizierten Disziplinverächter und Respektsverletzer und fand ihn auch bald ein einem halb heruntergebrannten Lagerfeuer des Zweiten Fähnleins, das soeben mit den sieben ferrarischen Schiffen zum Postrom hinabgerückt war, um dort alle erreichbaren Boote zusammenzuklauben.

Sophius Crott saß auf seinem Ambosskarren, schraubte gerade an einem schadhaften Luntenbüchsenschloss herum und rief, so wie er den Lokotenent erkannte: „Nur heran, Herzbruder Konrad, so auch bei dir eine Schraube locker ist!"

„Halts Maul, oder du fliegst ins Prison!", zeuste ihn der Kleine Hess großmäuligst an.

„Nichts Neues!', winkte Sophius Crott mit dem Schraubenschlüssel ab. „Auch der Herr Jesus ist von solchen kriegsknechtlichen Friedensbrechern, wie du einer bist, im Garten Gethsemane geschnappt und in Banden geschlagen worden, weil er das Maul nicht halten konnte. Und darüber sollte sich eigentlich jeder Landsknecht noch heute bis in seinen Schlund hinein schämen!"

„Du bist besoffen!", bollkollerte der Kleine Hess wie ein Balzhahn. „Ich werde dich dem Feldobristen melden!"

„Das tu nur, Kleiner!", lachte sich Sophius Crott ins linke Fäustchen und zielte dabei mit der Rechten und mit dem Schraubenschlüssel auf die goldgeflitterte Kollerrosette, daran die stolze Lieutenantschärpe befestigt war. „Denn mit dem habe ich noch ein viel fetteres Hühnchen zu pflücken!"

In diesem Augenblick ertönte vom Führerhauptquartier her das wohlschmeckende Hornsignal: „Kommt herbei, kommt herbei, ihre lieben Ka-me-ra-den! Die Tafel ist für euch gedeckt, ist gedeckt, für euch gedeckt!"

„Rechtsum kehrt!", kommandierte Sophius Crott. „In Reihen gesetzt! Marschmarsch! Sonst wird dir die Suppe kalt! Der Magen macht die Magie!"

Und der Kleine Hess zog es vor, ihm muckslos zu gehorchen.

Nun trat der diesmal um Sebastian Schertlin verkleinerte Kriegsrat wieder einmal zusammen, setzte sich sogar nieder und tagte, zuerst bei Suppe, Fisch, Wildbret und Wein, und dann bei Würfel und Karten, wobei sich dann auch die Gelegenheit fand, den Fall Crott zur Sprache zu bringen.

„Heute Nacht", seufzte Jörg von Frundsberg am nächsten Morgen und befühlte sich überaus besorgt das linke Knie, darin sich schon wieder das Zipperlein bemerklich machte, „habe ich im Traum einen Schuhu vernommen, und das ist immer ein sehr übles Zeichen, wie schon mein Großvater gewusst hat."

Darauf ließ er durch den Regimentsschreiber Adam Reissner den Eidgenossen Sophius Crott zu sich entbieten, der auch bald erschien, und es entspann sich nun der folgende Dialog, der von Jörg von Frundsberg also begonnen wurde: „Dir sind, mein Sohn, schon von Bicocca her die Artikel des Grundbriefes wohlbekannt. Willst du bei der Armee bleiben, dann musst du auf das Fähnlein schwören!"

„Bist doch auch bei der Armee, Bruder Jörg, und hast dennoch nicht auf das Fähnlein geschworen!"

„Potz Velten und Alle Neune! Willst du dich gar mit mir vergleichen? Sind dir denn die vom allmächtigen Gott geschaffenen Standesunterschiede nicht bekannt, ohne die eine Armee gar nicht bestehen, marschieren und viktorisieren kann? Mich hat Anno fünfzehnhundertundviere der Kaiser Maximilian selig zu Regensburg an der Donau vor dem Domaltar mit eigener Hand zum Reichsritter geschlagen!"

„Und mich hat schon anno vierzehnhundertundsechsundachtzig, da Kolumbus die Neue Welt noch gar nicht entdeckt hatte, der allmächtige Schöpfer Himmels und der Erden zu Heidelberg am Neckar vor dem Taufstein zum Eidgenossen und Weltbürger geschlagen!"

„O Lamm Gottes!", ächzte hier der Feldobrist, verdrehte die Augen und griff sich diesmal ans rechte Knie, darin ihm das Zipperlein zur spöttischen Abwechslung wie mit einer feindlichen Lanzenspitze herumbohrte.

„Und sollte dir", fuhr Sophius Crott unbeirrt fort, „noch gar nicht zu Ohren gekommen sein, dass vor Gottes Angesicht, nach eidgenössischem Muster, ein Christ genauso viel und so wenig gilt wie jeder andere?"

„Aber", begehrte der Feldobrist auf, nachdem er den abklingenden Schmerz heldenhaft verbissen hatte, „ein jeglicher Christ hat nach dem Willen des allmächtigen Gottes dem anderen zu dienen!"

„Also, Bruder Jörg, dann diene mir von nun an genauso treu und redlich, wie ich dir damals gedient habe. Wie auch geschrieben steht: Eine Hand wäscht die andere! Sonst wirst du dich gar bald nach einem anderen Büchsenmeister umtun müssen, der dafür sorgt, dass deine Stückkugeln nicht danebengehen."

„Die Kugel ist von dem allmächtigen Gott gelenkt worden!"

„Nachdem sich dieser allmächtige Gott meines Auges bedient hatte, um sie auf der richtigen Bahn zu halten! Und darum vermag ich in diesem wichtigsten aller Treffpunkte nicht den geringsten Unterschied zwischen deinem allmächtigen Gott, o Bruder Jörg, und mir selber zu entdecken. Denn auch ich habe mich dieses meines rechten Auges bedient, um den Großen Teufel zur Strecke zu bringen."

„Dann soll ich wohl vor dir niederfallen und dich anbeten?"

„Das tue nur, wenn du mich zu deinem Götzen und dich selbst zu einem Götzendiener erniedrigen willst!"

„Blitzdonnerwetter, was begehrst du dann von mir?"

„Bin ich zu dir gekommen, oder hast du mich zu dir rufen lassen?"

„Soll ich dich etwa", knirschte der Feldobrist und wischte sich den dicken Schweiß von der Stirn, „zum Feldzeugmeister befördern?"

„Das bin ich längst!", lehnte Sophius Crott diese Rangerhöhung ab. „Auch, ohne dass ich auf das Fähnlein geschworen habe!"

„Ei, warum", polterte Jörg von Frundsberg, „willst du denn durchaus nicht auf das Fähnlein schwören?"

„Zum Ersten", begann Sophius Crott seine Gründe aufzuzählen, „weil ich meine Freiheit, zu kommen und zu gehen, wann ich will, und zu tun und zu lassen, was mir behagt, nicht noch einmal verkaufen werde. Zum anderen: Weil ich nicht die geringste Lust verspüre, nun auch noch meinen rechten Fuß auf dem Altar des Kaisers zu opfern. Und zum Dritten: Weil der allmächtige Gott, wenn er dieses Weges daherkäme, um die Wölfin heimzusuchen, ebenfalls nicht auf eines deiner Fähnlein schwören würde. Hast du das wohl begriffen, Bruder Jörg?"

„O Jesus!", bestöhnte der Feldobrist diesen seltsamen Instruktionsempfang und griff sich diesmal an beide Knie. „Wenn du schon der allmächtige Gott sein willst, so erlöse mich endlich von meinem Zipperlein! Dann werde ich an dich glauben, eher nicht!"

„Was tu ich schon mit deinem Glauben, Bruder Jörg?", versetzte Sophius Crott achselzuckend. „Denn ich bin nicht mein Eingeborener Sohn, der Weltheiland, sondern ich bin dieses Sohnes Vater, der Weltobrist, der die Büchsen donnern und die Kugeln fliegen lässt, und der längst darauf aus ist, eine Büchsenkugel zu erfinden, die in einem Augenblick einen ganzen Heerwurm zur Strecke zu bringen vermag. Darum, Herzbruder Jörg, wenn du irgendwo in deinem Leibe Schmerzen verspürst, dann lass dir von deinem Heiland, dem Feldapotheker, ein Tränklein brauen, und so er nicht weiß, was da alles hineingehört, bin ich bereit, ihm das bis dato beste aller Zipperleinrezepte in die Feder zu diktieren, so wahr ich in einer Kurfürstlichen Apotheke zur Welt gekommen bin!"

Und es geschah im Laufe dieses Tages also, worauf sich schon am folgenden Morgen das Zipperlein wirklich dazu bequemen musste, für die nächsten Wochen das Feld seiner Schandtaten zu räumen.

An diesem Abend verkündigte der Feldobrist, der nun seinen alten Humor wiedergefunden hatte, auf Befragen durch den Lokotenenden den aufhorchenden Hauptleuten: „Den Eidgenossen Sophius Crott habe ich in meine Dienerschaft aufgenommen und ihm das Kommando über die drei Geschütze übertragen."

Und niemand hatte etwas dagegen einzuwenden.

Also blieb auch der Name Sophius Crott in der Stammrolle des Fünften Fähnleins unausgestrichen stehen, obschon er gar nicht auf das Fähnlein geschworen hatte.

Schon am folgenden Mittag überschiffte der von Jörg von Frundsberg geführte Heerwurm zwischen Ostiglia und Revere mittels der zusammengeklaubten Boote den Postrom, ohne von dem noch immer tief verdutzten Feinde behelligt zu werden.

Auch Sophius Crott überquerte dieses breite Rinnsal, und zwar in Begleitung des Distelprinzen, des Ambosskarrens, der Viertelschlange und der beiden Falkonetts und betreute diese schweren Büchsen auch weiterhin, die auf Befehl des Feldobristen im Verbande des Fünften Fähnleins blieben.

In der Folge hielt sich Sophius Crott abseits vom Haufen, ließ sich auf keine längeren Dispute ein und verschwand hin und wieder, ohne zu verraten, was er inzwischen trieb, also dass er bald in den Geruch kam, dass er zaubern und hexen könne.

Aber er scherte sich nicht darum und lachte nur, wenn es ihm zu Ohren kam.

Nun schob sich diese scharfgestachelte und vieltausendfüßige Riesenraupe mit ihrem langnachschleppenden Trossschwanz durch die winterlichen und nahrungsarmen Gemarkungen der Lombardei und erreichte Ende November gegen den wachsenden Widerstand der ligistischen Rotten das offene, von seinen Bewohnern geräumte Städtchen Guastalla. Und hier war es auch, dass Philibert von Orange, der gleichfalls der französischen Krone die Treue aufgekündigt hatte, mit dreihundert von ihm mit beträchtlicher Geschicklichkeit über den Gardasee herangebrachten Söldnern zur Armee stieß, wodurch die ohnehin schon knappe Atzung noch weiter vermindert wurde.

Daher lenkte Jörg von Frundsberg nun den Heerwurm bei strömendem Regen über den Fluss Taro und gewann dadurch den zwischen Parma und Piacenza gelegenen Marktflecken Firenzuola, den er gegen die immer heftiger werdenden Angriffe der Feinde, die sich nun von ihrer Verblüffung zu erholen begannen, auch zu behaupten wusste.

Von hier aus schickte der Feldobrist nach Mailand hinauf den Hauptmann des Siebzehnten Fähnleins Franz von Hembster mit der für den noch immer das Oberkommando führenden Herzog von Bourbon bestimmten und von Adam Reissner verfassten Meldung über die vielen Gefahren, die ihnen beim Überschreiten der hohen Gebirge und tiefen Wasser widerfahren wären, und wie sie zween Monde in bitterster Armut, Hunger und Frost und bei großer Geduld der Knechte umhergezogen seien, die Feinde überall mit Hilfe des allmächtigen Gottes zertrennt und abgetrieben hätten und nun weiteren Bescheid begehrten, wie aus dieser bis auf den letzten Heller und Strohhalm ausgebeuteten Provinz der Siegesmarsch nach Rom begonnen und vollbracht werden könnte.

Weihnachten und Neujahr kamen heran und verzogen sich wieder ohne lange Predigten und leider auch ohne jede Soldzahlung, aber nicht ohne weitere Scharmützel, da es dem Gegner weder an Verschlagenheit noch an Geld und Proviant mangelte. Und da sich nun der fromme und dumme Landsknecht den Gürtel immer enger und enger schnallen musste, entschloss er sich, ohne aber seine Tapferkeit darunter leiden zu lassen, doch endlich dazu, mit dem so lange zurückgehaltenen Murren zu beginnen, sintemal sich gerade über diesen vertrackten Terminus im Grundartikelbrief nicht das allerkleinste Jota auffinden ließ.

„Der Satanas wird uns noch alle holen", prophetete Claus Seidensticker geradezu kassandriotisch am Abend vor den Heiligen Drei Königen, „so der Konnetabel noch länger in Mailand verzieht! Gleich auf den ersten Sprung hätten wir wider die falsche Wölfin anrennen müssen! Denn der Friede kann erst daherkommen, wenn unser Fähnlein auf der Engelsburg weht!"

„Ach, du lieber Herrgott!", beseufzte der Fähnleinschreiber Fabian diese bedrohliche Lage, von der er sich in Heidelberg eine ganz andere, weit rosigere Vorstellung gemacht hatte. „Bis Rom ist es noch weit! Und was nützt aller Heldenmut, wenn es an dem nötigen Kleingeld mangelt?"

„Zum Herkules!", fluchte Claus Seidensticker und hieb mit der Häuptlingsfaust auf den wackeligen Quartiertisch, dass der Schreibsaft aus dem Tintenbrünnlein heraussprizte. „Kannst du Silber, Gold und Edelgestein fressen? Und was nützt dir schon eine vollste Tasche, wenn du dir nicht den allerkleinsten Hemdenknopf dafür kaufen kannst? Denn der lombardische Markt ist so leer gefressen wie ein Stoppelacker, über den hundert Hammelherden getrieben worden sind. Nicht das Geld, die Pekunia, sondern allein das Futter, die Nahrung, die verdammte Fourage ist es, die uns vor dem Feinde am Leben erhält und aus der wir die Kraft saugen, die allergrößten Heldentaten zu vollbringen. Aber dieses Luderleben hier in Armut und Hunger ist eitel Gift für die Fähnlein, die Disziplin geht schon mit Grundeis und immer mehr vor die Hunde, als dass wir es noch wagen dürften, einen Missetäter durch die Spieße zu jagen, und der Feldobrist wird immer melancholischer, sieht schon Gespenster und verwünscht bereits den Tag, da er sich hat verlocken lassen, aus Mindelheim zu reiten, um hier dem Kaiser, der gar kein Deutscher ist, die italienischen Kastanien aus dem französischen Feuer zu holen. Zudem sind, wie man überall hören kann, schon wieder die vollgefressenen, federhurischen Schwarzweißkünstler an der Arbeit, um auch diesen glorreichen Feldzug in Grund und Boden zu klecksten! Ach, weshalb muss immer durch die Feder verdorben werden, was durch das Schwert errungen worden ist?"

In diesem Augenblick verkündeten Trompetenstöße die Rückkehr des Hauptmanns Franz von Hembster, der nun endlich, und zwar in Begleitung des neapolitanischen Grafen Rudolf von Cajazzo und seinen sechshundert Panzerreitern dahergesprengt kam. Allein die Nachrichten, die sie mitbrachten, lauteten so bedenklich, dass dem Feldobristen darüber sogleich die Galle ins Blut schoss und ihn bewog, seinem schwergeprüften Herzen, in Gegenwart Adam Reissners solchergestalt Luft zu machen: „Zum Teufel in der Hölle, so geht es zu auf dieser krummen Welt, wenn der Statthalter Christi, anstatt Liebe zu predigen und Frieden zu gebieten, wie eine blutgieriger Bestie auf Raub ausgeht, während der doppelt gekrönte Schössling einer hispanolischen Närrin über den heiligen Reichsapfel stolpert! Auf solche hundsföttische Weise werde ich wohl eher in den Himmel als nach Rom gelangen!"

Unterdessen schlug sich der Konnetabel benamste Herzog von Bourbon mit noch heftigeren Sorgen herum, dieweil sich seine vornehmlich aus spanischen Soldknechten zusammengesetzten Fähnlein männiglich weigerten, aus dem jammererfüllten Mailand ins Feld hinauszumarschieren, bevor sie nicht ihren schon seit acht Monaten rückständigen Sold bis zum allerletzten Stüberling erhalten hätten. Denn diese alten rauen Kämpfer, diese wohlerprobten Bauernschinder und scharfsinnigen Bürgerplager, waren bereits dahintergekommen, dass sich der Marktwert des soldatischen Gehorsams am kräftigsten durch die Androhung einer längeren Ungehorsamsperiode in die Höhe treiben ließ.

In dieser grausamen Klemme sah sich der Konnetabel nach Beratung mit den beiden Obristen Antonio von Leyva und Caspar von Frundsberg gezwungen, von den bereits durch die Franzosen bis zur Verzweiflung gebrandschatzten und geschröpften Mailändern noch einmal dreißigtausend Gulden zu fordern, wobei er sich gnädigst herbeiließ, da sie anders keinen Heller herausrücken wollten, auf das heilige Kruzifix also zu schwören: „Wenn ich mein höchstedelmännisches Wort breche und euch noch ferner bedrücke, so soll mich der allmächtige Gott von der ersten Kugel im Felde niederstrecken lassen!"

Nun brachten die Mailänder mit allergrößter Mühe in der Hoffnung, den größten Teil dieses verheerungsgierigen Heerwurms endlich doch noch loszuwerden, diesen Münzenstrom auf, allein er sickerte so spärlich durch die langen Finger der Hauptleute in die Hände ihrer Kriegsknechte, dass diese Heldensöhne der spanischen Erde nicht nur genügend Grund verspürten, dem Abmarschbefehl weiterhin zu trotzen, sondern auch schon Miene machten, die Stadt auf eigene Faust von sämtlichen Wertgegenständen bis hinab zum allerkleinsten Silberlöffel zu säubern und dabei das Unterste zuoberst zu kehren. Die unmittelbare Folge dieser Bedrohung war, dass der Konnetabel nicht nur sein höchst edelmännisches Wort leider Gottes nicht länger als drei Tage lang halten konnte, sondern es auch nach Ablauf dieser Frist Knall und Fall brechen musste, zu welchem Ende er nicht weniger denn fünfhundert der reichsten Bürger von Mailand durch Freiheitsberaubung bedrückte und sie nicht eher losließ, bis diese überaus halsstarrigen Zivilmammonisten so mürbe geworden waren, einen erheblichen Teil ihrer Restschätze fahren zu lassen.

Darüber waren wieder zwei lange Wochen vergangen, und in Firenzuola wurden die Mahlzeiten so knapp, dass sich das Murren der Landsknechte zum bedrohlichen Grollen verstärkte. Immer weiter ins Gelände hinaus mussten die Sechser- und Zwölferrotten schweifen, um den magiösen Magen des Heerwurms zu beschwören, aber was sie an Atzbeute heranschleppten, das langte weder hin noch her.

In diesen Tagen diktierte der Feldobrist seinem Regimentsschreiber Adam Reissner außer anderem auch diese beiden Sätze in die hurtige Feder:

Ich ziehe, ohne Schaden zu stiften, durch das Land, belagere weder Städte noch Burgen, enthalte mich jeglicher Gewalttat, während meine Knechte täglich und stündlich von herumstreifenden Reitern angegriffen werden. Ich wünschte wohl, euer Gnaden könnten sich bald wieder dazu herbeilassen, uns eine zweite Flotte mit Proviant und Munition zu schicken.

Allein der Herzog von Ferrara, an den dieser schriftliche Hilferuf gerichtet war, hatte nun, da die Venezianer schon in sein eigenes Reich eingedrungen waren, vordringlichere Sorgen und ließ auf seine Antwort warten.

„Wenn der Konnetabel nicht bald erscheint", meinte Antoni von Lodron in der nächsten Kriegsratssitzung, „dann wird uns wohl nichts anderes übrigbleiben, als Parma mit stürmischer Hand zu nehmen!"

„Das wird ein verdammt saurer Apfel werden!", warnte der Kleine Hess.

„Auch wollen die Knechte nicht nach Parma, sondern nach Rom!", gab Claus Seidensticker zu bedenken.

„Kreuzpestmillion!", fluchte Sebastian Schertlin. „Die Knechte haben nur das zu tun, was ihnen befohlen wird!"

„So sollte es sein!", seufzte Jörg von Frundsberg. „Aber nun, da sie hungern und frieren, dass ihnen die Schwarte knackt, und wir bei Ihnen schon so tief in der Kreide sitzen, sollten wir uns wohl hüten, den Bogen der Disziplin zu überspannen."

Da die Mehrzahl der Hauptleute ihm zustimmte, verfiel Antoni von Lodrons waghalsiger Vorschlag der Ablehnung.

Unterdessen hatten sich einige Doppelsöldner des Elften Fähnleins, das in und um Ulm herum rekrutiert worden war, unter den Tross gemischt und durch hetzerische Reden eine solche Unruhe erregt, dass der Rumormeister Pelagius Plautz mit Knarre und Nilpferdpeitsche und gefolgt von den vier Stockknechten, herangesprungen kam, um die Aufruhrbrunst im Keime zu ersticken.

„Wie lange noch", tobte der Doppelsöldner Emil Vigulus, der früher, wie Luther, dem Orden der Augustiner angehört und nun das Brevier mit dem Spieß vertauscht hatte, „werden uns die Hauptleute die Fleischtöpfe und die Goldstücke der Heiligen Stadt vorenthalten!"

„Zu die Schnauze!", donnerte Pelagius Plautz und ließ die Nilpferdpeitsche über die Köpfe der sehr andächtigen Gemeinde knallen.

„Da habt ihr ihn", brüllte Emil Vigulus, den Drachen der Finsternis, der umhergehet und suchet, welchen er verschlinget!"

„Packt ihn!", befahl der Rumormeister seinen Knechten und begann die alles überschnarrende Knarre zu drehen.

Aber dieser Angriff misslang kläglich. Mehr als hundert Gläubige griffen zu, und nach blitzschnellem Kampf spie die zornbrodelnde Zuhörerschaft die vier mit Beulen bedeckten Prügelschergen aus.

Pelagius Plautz kam gar nicht dazu, den Degen zu ziehen. Er wurde so zusammengeschlagen, dass er sich nur mit größter Mühe aus diesem von ihm selbst erzeugten Tumult retten konnte.

„Also", triumphierte Emil Vigulus, „soll es jedem ergehen, der sich herausnimmt, Christenbrüder zu würgen! Gleiche Löhnung, gleiches Fressen werde jedem zugemessen! Weder Herren noch Knechte, das allein ist vor Gott das Rechte! O diese Hauptleute, die jeden Scheißdreck besser wissen wollen als der Feldobrist und die nicht zulassen, dass er sich unser annimmt! Wohlan, ihr tapferen Kameraden, erhebt euch endlich, damit sie nun merken, woher der Wind Gottes weht und wohin sein allmächtiger Finger deutet, das Strafgericht zu vollziehen! Gen Rom! Gen Rom! Gen Rom!"

Und sie fielen ein in diesem Kampfruf, jauchzten ihm zu und wurden immer begieriger danach, dass Führerhauptquartier zu erstürmen, um darin die ihnen genehme Ordnung aufzurichten.

Indessen hatte sich der auf beiden Seiten hinkende Pelagius Plautz bei Jörg von Frundsberg eingefunden, der sich eben in den Lehnstuhl gesetzt hatte, um sein Mittagsschläfchen zu vollbringen, und der nun nach Anhörung der Klage gegen den aufsässigen Trosspöbel also zu schelten anhob: „Hast du nun endlich erfahren, du allzu eifriger Tropf dass wir nur ein winziges Häuflein sind gegen die vielen Knechte und Trossbuben, die nun mit vollem Recht wider uns aufbegehren. Denn wir haben sie mit klingendem Spiel, flatternden Fähnlein und großen Worten hinweggelockt von Herd und Heimat und bürgen mit unserem Leib und Leben für alle Schulden, die der Kaiser durch unseren Mund bei ihnen gemacht hat. Darum geht fein säuberlich mit ihnen um und lasst sie schwatzen, was ihnen behagt, da sie doch in Wahrheit unsere alleinigen Herrn sind!"

Hier stürzte Claus Seidensticker, gefolgt von Fabian, über die Schwelle und rief: „Zum Henker, da kommen sie schon heran!"

Und sogleich war ein böses Gelärm zu hören, das sich rasch und unaufhaltsam näherte.

Nun sprangen auch die Hauptleute, die würfelnd und kartend im Speisesaal saßen, sowie alle Diener herein und blößten die Schwerter, um ihren Führer und Herren zu schützen.

„O ihr Helden", rief er, indem er sich erhob, „wollt ihr ihnen denn zeigen, wie sehr ihr euch vor ihnen fürchtet? Und habt ihr vergessen, dass wir es gewesen sind, die ihnen beigebracht haben, allezeit tapfer zu sein und, wenn es nottut, auch auf den leibhaftigen Satan loszugehen? Darum lasst die Eisen stecken! Sie sind ein wenig aus den Gleise und ins Toben geraten, unsere ungnädigen Herren, aber ich will sie schon beruhigen und wieder zur Vernunft zurückbringen!"

Die Aufrührer, wohl an die fünfhundert Doppelsöldner und Trossbuben, behelmt und geharnischt, doch ohne Waffen, kamen nun herangestürmt, machten vor dem Führerhauptquartier halt und brüllten im Chor: „Gen Rom! Gen Rom! Gen Rom!"

Jörg von Frundsberg wartete, bis sie heiser waren, trat dann über die Schwelle, was sie sogleich zum Verstummen brachte, und sprach: „O ihr lieben Kindlein, was ficht euch an, dass ihr so heftiglich aufbegehrt wider euren Vater, der doch immer nur das Allerbeste für euch im Auge, Sinn und Herzen hat? Gen Rom steht euer Begehren? Dann hat es weiter keine Not! Denn ich habe euch auf Treu, Ehre und Ritterwort solches versprochen, und der Schlag soll mich sogleich hier auf der Stelle treffen, wenn ich auch nur eine einzige Silbe davon zurücknehme und meinen Schwur brechen wollte, so wahr mir der allmächtige Gott helfe zur ewigen Seligkeit!"

Und da ihn der Schlag nicht traf, leisteten sie sogleich auf ihren Groll Verzicht, ließen ihren lieben Vater dreimal hochleben, wobei Emil Vigulus wiederum den Wortführer abgab, und zerstreuten sich darauf rasch und friedlich in die Gassen des Lagers.

Der Feldobrist aber sprach zu seinen Hauptleuten und Dienern: „Seht ihr, so muss man diese unmündigen Kindlein hernehmen und ihnen um den Bart gehen, damit sie nicht die Geduld verlieren!"

Sophius Crott aber tauchte, wie immer, erst gegen Abend auf. Und als er von Adam Reissner und Fabian erfahren hatte, was sich inzwischen zugetragen hatte, ließ er sich bei Jörg von Frundsberg melden, wurde sogleich vorgelassen und sprach am Ende zu ihm: „Und was gedenkst du, Herzbruder Jörg, mit diesem Pelagius Plautz zu beginnen, der sich so ungeschickt benommen hat wie ein blinder Maulesel?"

„Wenn ich nur einen Gescheiteren für diesen Posten wüsste", knurrte der Feldobrist, „so wüsste ich schon, was ich täte!"

„Tu die Augen auf!", befahl Sophius Crott. „Und erkenne den besseren Mann! Es ist kein anderer als Emil Vigulus, der diesen Aufruhr angestiftet hat!"

„Allbarmherziger Gott!", rief Jörg von Frundsberg und schlug sich mit der Heldenfaust mitten auf die Stirn. „Da hast du schon wieder einmal den Nagel auf den Kopf getroffen! Ja, man muss den Teufel immer mit dem Beelzebub austreiben. Das ist, Kotzblut, das einzig richtige Rezept!"

Pelagius Plautz wurde am folgenden Morgen zum Feldwebel des Elften Fähnleins befördert und war heilfroh, dass er Knarre und Peitsche, die Werkzeuge seiner bisherigen Würde, an Emil Vigulus abtreten durfte, der sich in der Folge zu einem geradezu vorbildlichen Rumormeister auswuchs, denn er war wie Luther als gewesener Augustinerbruder ein Rumorist erster Ordnung.

Nun erst, und zwar am 30. Januar des Jahres 1526, war es so weit, dass der Konnetabel mit zehntausend Mann zu Fuß und Ross, nebst zwei Dutzend leichter und schwerer Büchsen, von Mailand aufbrechen konnte. In der Mitte dieses stattlichen Heerwurms marschierten die dreizehn, aus lauter unsicheren Kantonisten bestehenden italienischen Fähnlein, auf die der Papst Clemens Septimus, als Stellvertreter des Heerscharenherrn und Lokotenent, längst seine beiden heiligen Stiefvateraugen geworfen hatte.

In dem bei Piacenza gelegenen Marktflecken Pontenure konnten sich die beiden Kaiserlichen Feldherren endlich auf offenem Felde um den Hals fallen und sich unter Freudentränen küssen.

„Heißgeliebter Vater Jörg", rief der Konnetabel, „nun wollen wir diese jämmerlichen Schlüsselsoldaten gemeinsam in die Pfanne hauen und die Liga in kleine Stücke zerschmettern, dass Gott und der Kaiser mit uns zufrieden sein und jubilieren sollen!"

„Aber Gott", behauptete Jörg von Frundsberg und holte demonstrativ das Ende des goldenen Galgenstrickes aus dem Busen, „wird erst jubilieren, wenn der schändliche Verführer, der alle diese armen Leute auf seinem höllischen Gewissen hat, so hoch hängt, wie es ihm gebührt!"

„Ja, hängen muss er", verschwor sich der Konnetabel, „oder ich will ein Hundsfott sein!"

Sodann wurden die jüngeren Landsknechte aus allen deutschen Fähnlein herausgezogen und aus ihnen vierzehn Halbfähnlein gebildet, die nun nach Mailand zur Verstärkung der dortigen Besatzung in Marsch gesetzt wurden.

Worauf sich die beiden reisigen Riesenraupen aneinanderhängten und sich poabwärts wurmten, um alles auf und an diesem Wege befindliche Nahrungsartige bis auf das letzte Krümchen und Knöchelchen zu vertilgen.

An diesem Abend unterhielten sich in der Mailänder Herzogsburg der halbgelähmte Sesselstratege Antonio von Leyva und Caspar von Frundsberg, die beide hier vom Konnetabel zur Sicherung dieser flächendeckenden Schlüsselstellung zurückgelassen worden waren, über die kommenden Dinge.

„Caramba", fluchte der spanische Hidalgo, „ich wittere Unrat! Denn die nichtsnützigen Italiener sind längst dabei, sich gegen uns zusammenzurotten. Und wer könnte ihnen das groß übel nehmen, da wir doch ihre geschworenen Todfeinde und sie die ungetreuesten aller Bestien sind. So hocken wir den hier in Mailand – kotzverflucht und zugenäht! – wie auf einem ganz bösen Pulverfasse, und ich will der Mutter Gottes von Teruel eine Zehnpfundkerze stiften, wenn sie uns davor behütet, in die Luft zu fliegen und solcherart schon bei lebendigem Leibe zu Engeln zu werden!"

„Keine Sorge!", versicherte Caspar von Frundsberg, des Feldobristen ältester Sohn. „Denn mein lieber Vater wird uns die erbetenen Verstärkungen nicht vorenthalten."

„Und dann wird das Futter hier noch knapper werden!", knurrte Antonio von Leyva, worauf er die inzwischen aus Madrid eingelaufenen Kuriermappe öffnete.

Und darin fand er unter anderem eine aus der Neuen Welt stammelte Nachricht, die ihn dazu bewog, alsobald wie eine Doppelschlange los zu dannen: „Pest, Tod und Teufel! Da sitzt doch wahrhaftigen Gottes dieser Ferdinand Cortez, der mir in Salamanca auf der hohen Schule noch die Stiefel geputzt hat, als Vizeroy auf dem Thron des Kaisers von Mexiko!"

„Kruzitürken!", fluchte Caspar von Frundsberg und riss die Augen auf wie noch niemals. „Das nenn ich eine Karriere!"

„O ich dreimal vernagelter Narr", schalt sich der Spanier selber aus, „was habe ich mich damals vor der Seekrankheit so gefürchtet! Warum bin ich nicht mit über das Meer gefahren? Dann säße ich jetzt auf jenem Stuhl und nicht dieser Hundesohn einer valliadolider Küchenhure! Und dieser stinkblöde Lümmel wühlt nun da drüben bis an die Ellenbogen in eitel Gold und Edelsteinen herum und lebt wie Paulus im Himmel, und ich muss mich hier in diesem kotzerbärmlich vollgeschissenen Europa herumschlagen, wo die verruchten Tintenkleckser den Ton angeben, wo ein komplett verrückter Mönch über Nacht weltberühmt geworden ist und wo jeden Monat ein neuer Heerwurm aus dem blutigen Boden kriecht, um uns das Futter vor der Nase wegzuschnappen und das bisschen Heldendasein zu verbittern und es noch saurer zu machen, als es schon ist! Heiliger Jago von Compostela, wo bleibt denn da die ewige Gerechtigkeit?"

„Je nun?", räusperte sich Caspar von Frundsberg. „Es soll mich gar nicht verwundern, wenn die Madrider Federfuchser schon am Werke sind, diesem Sohn einer spaniolischen Küchenhexe einen ganz dicken Klecks in die Vizekrone zu setzen!"

Zur selben Stunde schrieb Pietro Aretino von Padua aus an den über Mantua herrschenden Markgrafen Federigo Sekundus, der ihn nun schon zum dritten Male aufgefordert hatte, in seine Dienste zu treten, also:

Wie hoch ich auch diese gänzlich unverdiente Gnade zu schätzen weiß, mein alleiniges Vorbild ist und bleibt der Pasquino, der zu nichts so schlecht taugt wie zu einem Höfling. Mein einziges Glück besteht darin, zu jeder Stunde genauso zu sprechen und zu schreiben, wie ich fühle und denke, denn nur dann habe ich die Gewähr, dass ich hin und wieder das Richtige treffe. Lieber will ich mir durch Veröffentlichung der Wahrheit Schaden zufügen als durch ihr Verschweigen Nutzen erwerben! Der Ehrgeiz meiner Bestrebungen geht dahin, das zu vollbringen, was noch von keinem vollbracht worden ist, nämlich die Feder aus der Knechtschaft der Höfe und der Kirche zu befreien. Und deswegen bin ich auch in allen Stücken unbefangen, unbeugsam und unbestechlich! Das soll aber nicht heißen, dass ich mich weigere, Geschenke anzunehmen! Wem solches nicht behagt, den werde ich nicht daran hindern, mit Hallo und Hussa auf der breitesten der Straßen hinab zur Hölle zu fahren. Doch wer mir ein Geschenk macht, der kann mit Sicherheit darauf rechnen, dass ich es ihm erwidere. Und wem ich ein Geschenk mache, von dem erwarte ich, dass er nicht nur einen offenen Kopf und ein offenes Herz, sondern dass er auch eine offene Hand hat. Die unerbittliche Kugel, von der unser Heldenmars Giovanni di Medici bei Governola dahingerafft worden ist, sie allein ist es gewesen, die mir die Augen geöffnet hat über den Willen des allmächtigen Schöpfers Himmels und der Erden, der damit die Entscheidung getroffen hat wider den Irrlehrer Machiavelli und sein falsches, hinterlistiges und bluthündisches fürstliches Ebenbildnis.

Und damit ist auch der Erzpedant Luther ins Unrecht gesetzt worden nebst allen, die ihn beschützen und die ihm anhängend. Denn Gott ist nur einer, der Fürsten aber sind ihrer viel zu viele! Und da sie nur emporgekommen sind im Kampf gegeneinander, darum ist auch die Wurzel ihres Wesens die blasse Angst, die sie voreinander empfinden und die sie törichterweise ihren Heldenmut zu nennen geruhen. Und deswegen auch wanken ihre Herrscherstühle, wogegen es keinerlei Veto gibt, wie um die Wette! Denn wo und wann dürfte ein Fürst seinem lieben Nachbarn trauen? Und wenn sich zwei Fürsten miteinander vertragen und verbünden, so geschieht es doch immer nur zu dem alleinigen Zweck, einen dritten Fürsten, von dem sie sich gemeinsam bedroht sehen, heimtückischerweise zu überfallen und vom Stuhle zu stürzen. Sobald sie aber dieses Ziel erreicht haben, werden sie sogleich wieder durch die gemeinsam gemachte Beute dazu bewogen und gezwungen, sich zu entzweien und die Schwerter gegeneinander zu kehren.

Dieses finstere, wahrhaft höllische Verhängnis treibt sie unablässig dazu an, Helden zu züchten, Waffenvorräte anzulegen, immer schwerere Büchsen und Kugeln gießen zu lassen und Heere aus dem Boden zu stampfen, um sie dann über die Grenzen zu schicken, damit sie sich draußen die Nahrung errauben und erstreiten, die ihnen von der Heimat verwehrt und vorenthalten wird. Ja, es ist nun schon so weit gekommen, dass auch die anderen Kontinente mit solchen Verheerungspraktiken überschwemmt werden, genauso wie das Raupenungeziefer die Kohlfelder und die Wälder überfällt und verwüstet. Ja, ich sehe schon die Zeiten herankommen, da nach dem unabänderlichen Willen des Allmächtigen nicht nur alle Kronen, sondern auch die dazugehörigen mehr oder minder erlauchten Köpfe dahinrollen werden. Denn Gott ist das Wort, und darum steht allein der Feder und nicht dem Schwerte oder gar der Kugelbüchse der Endsieg zu, und darum muss auch bis zu diesem Datum immer wieder durch die Feder geheilt werden, was durch das Schwert verdorben worden ist. Und eben deswegen vermag ich nur Euer Gnaden getreuester Freund, niemals aber Euer Gnaden ergebenster Diener und Sklave zu sein. Also behaltet mich im besten Angedenken, wenn ich mich nun in den Schutz der Hohen Signoria von Venedig begebe, woselbst ich die Freiheit haben werde, die guten Fürsten öffentlich zu loben wie die schlechten zu tadeln. Nur jene Städte, die ohne Fürstenmacht emporgekommen sind und die sich wohl davor hüten, die Freiheit des Gewissens und der Feder anzutasten, können ihrer Ewigkeit gewiss sein und dürfen hoffen, das Reich Gottes zu erblicken, das da bereitet ist von Anbeginn der Zeiten.

Nach Erhalt dieser Zeilen begann der Markgraf von Mantua in ernstliche Erwägung zu ziehen, sich auf die Seite des Kaisers zu schlagen, und es vergingen nur wenige Wochen, bis solches auch geschah.

Unterdessen hatte Luther in Wittenberg sein gegen den Alten Hexenmeister Roterodamus gerichtetes Buch „Von der Knechtschaft des menschlichen Willens" veröffentlicht.

Johannes Froben brachte das erste Exemplar, das davon nach Basel gelangte, zu Desiderius, der es aufmerksam durchblätterte und danach dieses Urteil fällte: „Welch eine Fülle von Scharfsinn hat hier ein Sklave aufgewendet, um uns zu beweisen, dass er ein Sklave ist und dass der Gott eines Sklaven immer nur ein Weltdespot und Universaltyrann sein kann. Nach dieser Narrtat allererster Ordnung hat es ganz den Anschein, als ob dieser Moloch vor Ablauf der nächsten fünfhundert Jahre nicht gestürzt werden könnte."

409

Juan Garcia de Loaysa y Mendoza, * 1478 in Talavera de la Reina, Spanien; † 22. April 1546 in Madrid, war ein spanischer Erzbischof von Sevilla, Kardinal der kath. Kirche und Generalmagister des Dominikanerordens.

Bonifacius Amerbach, * 11. Oktober 1495 in Basel; † 24. oder 25. April 1562 ebenda, war ein Schweizer Jurist, Humanist, Professor und Komponist. Die Neuzeit betrachtet ihn als geistigen Erben Erasmus' von Rotterdam.

Alfonso de Valdés, * um 1490 in Cuenca in Kastilien, † 3. Oktober 1532 in Wien war ein spanischer Humanist und Politiker. Seit 1522 war Valdés Sekretär des kaiserlichen Kanzlers Mercurin Gattinari, der bei Kaiser Karl V. eine besondere Vertrauensstellung besaß.

Willibald Pirckheimer, * 5. Dezember 1470 in Eichstätt, † 22. Dezember 1530 in Nürnberg, war ein deutscher Renaissance-Humanist, Jurist und Übersetzer, Feldherr, Künstler und Kunstsammler sowie Mäzen. Er war ein Freund Albrecht Dürers und Berater Kaiser Maximilians I.

Das zu schwer gewordene Schwert

Um diese Zeit stießen von Bellinzona her in die Lombardei zehntausend durch Matthäus Schinner, den streitbaren Bischof von Sitten, für die Liga zusammengetrommelte Eidgenossen vor, die aus den südlichen, dem römischen Glauben treu gebliebenen Kantonen stammten. Denn Zwingli in Zürich, Oekolampadius in Basel und Haller in Bern hatten den ganzen Winter über so heftiglich wider das schändliche Reislaufen und die ausländischen Subsidien gekanzelt, dass in den nördlichen Kantonen die Bemühungen der bischöflichen Werbeoffiziere ohne Erfolg geblieben waren.

Unter Umgehung von Mailand drang dieser Heerwurm bis zum Postrom vor, und Jörg von Frundsberg sprach, als ihm solches gemeldet worden war, also zu seinen Hauptleuten: „Mit diesen eidgenössischen Arschlöchern will ich nichts mehr zu tun haben!"

Die zehntausend Reisläufer wiederum, die diesen Kaiserlichen Feldobristen seit der Schlacht von Bicocca nur noch den Leutefresser benamsten, verspürten ebenso wenig Lust, sich noch einmal mit seinen Landsknechten herumzuraufen, und begnügten sich damit, die Besatzungen von Piacenza und Parma zu verstärken.

Bald darauf wurde der Graf von Cajazzo, den die deutschen Landsknechte sofort in den neapolitanischen Bajazzo umtauften, von Madrid her zum Obersten der dreizehn italienischen Fähnlein emporbefördert und vom Konnetabel, zwecks Treueerprobung, sogleich gegen das von den Ligisten besetzte Kloster Serualla vorgeschickt.

Cajazzo eroberte und verbrannte nun diese Frömmigkeitsfestung bis auf die Grundmauern und bereitete danach dasselbe Schicksal den beiden Schlössern Zimafaba und Maradello, deren Besitzer, ein Graf von Nigrelli, dabei in Gefangenschaft geriet und für seine Freilassung ein Lösegeld von zwölftausend Gulden aufbringen musste. Auf solche Art und Weise wurde auch weiterhin nach allen Seiten stark zu Fuß und zu Ross auf Proviant und Geld gestreift, aber trotz der erhöhten Anstrengungen wurde die eingebrachte Beute immer geringer, also dass die Unruhe im Lager, sonderlich unter den Spaniern, immer bedrohlichere Formen annahm.

„Deine Spaniolen", grollte darob Jörg von Frundsberg den Konnetabel eines Tages an, „sind ein bass ungeleckter und borstiger Haufen!"

„Solches vermag ich nicht zu leugnen!", gab dieser französische Königsvetter achselzuckend zu. „Aber ein einziger Spanier, und sollte er gleich zwanzig Ellen gegen den Wind anstinken, ist mir immer noch lieber als hundert geschniegelte Italiener, denn dieser grundverschmitzten Horde ist nicht über den kleinsten Weg zu trauen!"

Wenige Tage später geschah es dann auch schon, dass der Graf von Cajazzo und der Spanier Ferdinand a Larca im Führerhauptquartier während des Abendtrunkes schärfstens aneinander gerieten, weil sie sich über die Schwere und über den Schwerpunkt des auf Italien lastenden Kaiserschwertes durchaus nicht zu einigen vermochten, und es wäre zwischen diesen beiden argstolzen Edelräubern ganz zweifellos zu einem schweren Säbelduell gekommen, wenn es der windige Neapolitaner nicht vorgezogen hätte, sich noch in derselben Nacht mit seinen dreizehn Fähnlein nebst achthundert Scharfschützen und hundertfünfzig Panzerreitern, jedoch unter Zurücklassung der schweren Büchsen, heimlicherweise nach Bologna auf und davonzumachen, nachdem er für diesen Treuebruch von der venezianischen Signoria fünf Säcke voll Scudi und von Clemens Septimus ein nicht nur für alle bisherigen, sondern auch für drei Dutzend noch zu begehende Todsünden giltiges Ablassdokument erhalten hätte.

Am nächsten Morgen traten der Konnetabel und Jörg von Frundsberg mit sämtlichen Obristen und Hauptleuten auf freiem Felde zusammen, um die Folgen dieses schändlichen Abfalls zu erwägen, und einigten sich dahin, dem Grafen von Cajazzo jegliche Ritterehre abzusprechen und ihn vor die Klinge zu fordern, wann und wo es auch immer sei. Sodann beratschlagten sie, da weder aus Madrid noch aus Wien vor der Hand etwas Bares zu erwarten stand, was geschehen könnte, um die fehlende Besoldung der immer unzufriedener werdenden Kriegsknechte herbeizuzaubern.

„Nach diesem hundsgemeinen Eidbruch", ließ sich Jörg von Frundsberg auf Deutsch vernehmen, nachdem der Konnetabel seinen französischen Sermon beendet hatte, „können wir die Fähnlein nicht länger feiern lassen. Und wenn es uns auch gelänge, die eine oder die andere Stadt hier in der Lombardei nach Büchsenbeschuss mit stürmender Hand zu nehmen, so werden wir doch kaum so viel Geld und Gut darin finden, dass sich dieser blutige Aufwand lohnt. Also müssen wir uns schon aus solcher mannigfältigen und gedrungenen Not in aller Eile gegen Rom und den Papst wenden, der diesen Christen- und Bruderkrieg als des Reiches gefährlicher Feind vom Zaune gebrochen hat und der unter allen Potentaten der einzige ist, bei dem diese Summen zu finden sind, deren wir bedürfen, um unsere bitterarmen Leute zu befriedigen."

Dieser Vorschlag wurde sodann einstimmig gutgeheißen und nach gehöriger Verkündigung auch von allen Fähnlein für richtig erachtet und befunden.

„Ja, wir wollen nach Rom!", tobten die spaniolischen Doppelsöldner und schlugen ihre Spieße zusammen, dass es ein erzhöllisches Getöse gab. „Denn unsere Sünden sind schon so zahlreich, groß und schwer, dass sie uns nur noch durch den Heiligen Vater persönlich vergeben werden können!"

An diesem Abend stieß noch zur Armee Ferrante Gonzaga, der Bruder des Markgrafen von Mantua, mit friaulischen Landsknechten und beschaufelten und bepickelten Stegmachern, zusammen zweitausendfünfhundert kampferprobten Beutelüstlingen.

Worauf der nun an die dreißigtausend Mann starke Heerwurm mit aufgerichteten Fähnlein und klingendem Spiel den Marsch fortsetzte. Die ganze Streitmacht war durch Jörg von Frundsberg in drei deutsche und drei welsche Gliedergruppen geteilt worden, die sich täglich in der Zuordnung abwechselten. In der Mitte bewegten sich die schweren und leichten Büchsen, darunter auch die drei noch immer von Sophius Crott betreuten Kugelspeierinnen aus Ferrara, und diese sich trägwuchtig dahinwälzende Erzmasse gab auch das Marschtempo an. Die berittenen Truppenteile dagegen hatten die Vor- und die Nachhut zu bilden und die Flanken dieser höchst bedrohlichen Machtraupe zu decken, die bald darauf die Grenze des kirchenstaatlichen Gebietes überkriechen konnte.

Noch einmal half der Herzog von Ferrara mit Proviant aus, aber es war viel zu wenig zum Sattwerden. Und so vermochte denn dieser Wehr- und Verheerwurm, der auch weiterhin das ganze Land unter großen Zeitverlusten bereitstreifig abraupen und ausrauben musste, um nicht zu verhungern, erst am 8. März 1527 das nahe Bologna gelegene und von seiner Bewohnerschaft gänzlich verlassene und entblößte Kastellstädtchen San Giovanni zu erreichen.

Hier jedoch nahm der Nahrungsmangel so bedenklich zu, dass sich der Konnetabel, um die Pferde nicht hergeben zu müssen, nach denen den Fußknechten schon bös das Maul wässerte, genötigt sah, einen Trompeter mit einer dringenden Speisungsbitte und der heiligen Versicherung, gegen die gute Stadt nichts Feindseliges im Schilde zu führen, nach Bologna hineinzusenden. Die Folge davon war ein heftiger Ausfall der kampflustigsten Bürgerschaft und eine scharfe Scharmützelung angesichts der hohen Stadtmauer, wobei dem abgefallenen Grafen von Cajazzo, der sich bei diesem Waffentanz besonders hervorzutun begehrte, durch eine Halbhakenkugel die beiden Schwurfinger abgerissen wurden.

Dieses Ringen währte zwei gute Stunden und endete mit dem Siege der Angegriffenen. Über dreihundert Gefangene wurden dabei gemacht, die schon am folgenden Morgen gegen so viel Proviant ausgetauscht und umgewechselt werden konnten, dass dadurch die ärgste Not noch einmal beschworen werden konnte.

Weiterhin verstand sich der Herzog von Ferrara zum anderen Male dazu, einiges Bargeld vorzustrecken, wovon auf jeden einzelnen Knecht aber nicht mehr als eine Krone kam. Auch trafen hier nun die von Governola nach Ferrara Verschifften, soweit sie inzwischen von ihren Wunden genesen waren, wieder bei der Armee ein, darunter auch der Hurenweibel Stefan Weinundbrot und der Oberquartiermeister Balthasar Kalteisen.

Drei Tage später mussten auf dem heerwürmlichen Verpflegungsaltar die ersten zwanzig Gäule geopfert werden.

Am folgenden Morgen, gleich nach Sonnenaufgang, stieß Fabian, den der Hunger zeitiger als sonst vom Lager aufgescheucht hatte, zwischen zwei Weinbergen auf Sophius Crott, der hier seelenvergnügt an einer Quelle vor einem Feuerchen saß und sich Kastanien briet.

„Komm her und lang zu!", rief er sogleich und warf noch eine Handvoll der braunen Früchte in die glühenden Kohlen.

Fabian gesellte sich zu ihm, stillte Hunger und Durst und seufzte dann aus Herzensgrund: „Ach, es gibt doch keine ärgere Plage als die Armut!"

„Ei, der Daus!", rief Sophius Crott kopfschüttelnd. „Dann wäre ja der Reichtum das höchste Glück auf Erden! Dann müsste doch der Papst der glückseligste aller Sterblichen sein! Und das traust du ihm tatsächlich zu, trotz des blutigen, von ihm erregten Mordgetümmels? Möchtest du mit ihm tauschen?"

„Nicht für eine Sekunde!", verwahrte sich Fabian.

„Wie geschrieben steht", nickte Sophius Crott: „Der allmächtige Schöpfer Himmels und der Erden schlug den Bösewicht Pharao und sein Reich Ägypter mit neun Plagen, nämlich mit Blut, Fröschen, Läusen, Ungeziefer, Pestilenz,

Blattern, Hagel Heuschrecken und Finsternis, nicht aber mit Armut, woraus hervorgeht, dass die Armut keinesfalls zu den göttlichen Plagezaten gerechnet werden darf. Sie ist vielmehr an sämtlichen Ecken und Enden der Welt das alleinige Werk der Mammonsknechte, die nur darauf aus sind, alle anderen Menschenbrüder zu unterwerfen und zu Sklaven zu machen. Und so haben denn auch der Papst wie der Kaiser, als die beiden vornehmsten aller Goldzusammenscharrer, als die Reichsten unter den Reichen des Reiches, nach nichts so eifrig zu trachten wie nach dem fortgesetzten Wachstum der Armut. Denn wenn es gar keine Armen gäbe, wo nähmen sie dann ihre Klostersklaven und Kriegsknechte her? Und eben deshalb müssen Papst wie Kaiser unablässig Zwietracht, Trug und Misstrauen in die Furchen säen, um Silber, Gold und Edelsteine aus den Taschen derer ernten zu können, die noch immer nicht alle werden wollen. Und solange die Armen so töricht sind, ihre Arme immer nur für die Reichen zu rühren, um ihnen alles zuzureichen, wonach ihnen Übermut, Gier, Mütze und Krone stehen, justament genauso lange muss der irdische Notstand anhalten und immer ärger und ärger werden. Sobald du nach Verlassen deines Vaterlandes und deiner Freundschaft das Fehlen der Nahrung verspürst, beginnt der Magier Mangel in deinem Magen zu hausen und zu brausen, und wenn du nicht gewillt bist, ihm tapferlich zu widerstehen, dann wird er nicht eher ruhen, bis er das in deinem Kopf herrschende Dunkel bis zur tiefsten Finsternis verdichtet hat und du gänzlich außerstande bist, überhaupt noch etwas zu erkennen. Wer nicht den Mut findet, seine Arme nur für sich selber zu regen, der wird immer tiefer in die Armut versinken!"

„Ich rege ja meine Hände von früh bis spät", versicherte Fabian mit Nachdruck, „und doch bin ich heute viel, viel ärmer als damals, da ich Heidelberg verlassen musste."

„Kein Wunder!", nickte Sophius Crott. „Denn es steht ja geschrieben: Kriegsbeute und Pfaffengut sind verflucht von Ewigkeit zu Ewigkeit. Eitles Regen bringt niemals Segen. Und was ist eitler als ein Kriegsheld oder ein Hoherpriester? Nimmst du die Waffe, wirst du ihr Affe! Denn das Himmelreich auf Erden kommt nicht mit Meilenschlucken, Grenzüberschreitungen und Erstürmen von Burgen und Städten, noch weniger mit dem Schwingen von Weihwedeln und Ablassglocken! Darum bleibe im Lande und wehre dich redlich wider alle Unredlichen und Missgünstler, die dich um das Deine bringen wollen, wehre dich wider den Kaiser und für das Recht, das mit dir geboren worden ist, wider den Papst und für das Christentum, wider den Krieg und für den Frieden, der höher ist als alle kaiserliche und päpstliche Vernunft! Erkenne endlich daraus die Torheit der Armut, die noch immer nicht den Mut zu finden vermag, die Kraft ihres Armes dem Reichtum zu verweigern, er nenne sich Kaiser oder Papst!"

„Aber", warf Fabian ein, „du bist doch auch bei der Armee!"

„Das kann ich nicht leugnen", gab Sophius Crott zu, „nur dass ich nicht auf das Fähnlein geschworen und mir dadurch das Recht gewahrt habe, das jedem Menschenleben zugrunde liegt, nämlich die Freiheit des Willensentschlusses. Ich gehe und komme, wann es mir und Gott beliebt, und ich bin keinem Sterblichen, wie hoch auch sein Rang oder Stand sei, über mein Tun und Lassen Rechenschaft schuldig. Kein Kriegsgericht könnte den Stab über mich brechen, wenn ich der Armee Valet sagen wollte. Auch könnte mir kein Hauptmann und kein Obrist anbefehlen, einen Feind zur Strecke zu bringen."

„Und doch", unterbrach ihn Fabian, „hast du es vor Governola getan und vollbracht!"

„Warum nicht gar?", begehrte Sophius Crott auf. „Ich habe dort am Mincio wohl die Büchse gerichtet, aber den Schuss habe ich nicht abgegeben. Genau nach dem Vorbilde des allmächtigen Gottes habe ich es nur zugelassen, dass der Große Teufel gefällt worden ist. Geschossen hat der alte Frundsberg! Und ich gedenke auch zur Stelle zu sein, wenn einmal der Große Beelzebub zur Hölle geschickt werden soll! Wahrlich, wahrlich ich sage dir, es werden nicht alle, die dem Stellvertreter Gottes und seinen lieben Erzengeln, den Kardinälen, die Taschen ausräumen wollen, nach Rom hineinkommen, ebenso wie nicht alle, so hineinkommen, wieder herausfinden werden, so hell und laut das Kalbfell auch dann locken und rufen mag. Denn immer erst muss das Kalb geschlachtet werden, bevor sein Fell gegerbt und auf die Trommel gespannt werden kann. Und wer sich verleiten lässt, ihm zu folgen muss dem nicht, so er nicht rechtzeitig zur Vernunft zurückkehrt, das gleiche kalbische Schicksal beschieden sein? Kurzum: Wie das Reichsschwert mit dem Wachsen des Reiches immer länger und schwerer geworden ist, so muss auch der Landsknecht, der es schwingt, immer größer und stärker werden, bis er dem Kaiser über den Kopf gewachsen ist und die Stunde naht, da er ihm die Krone vom Scheitel schlägt und dieses auf die Armut gegründete Reich zerfallen und das blutige Elend ein Ende nehmen kann."

„Ach Gott", murmelte Fabian tief beklommen, „was soll mir die Zukunft, wenn mir die Gegenwart ärger denn jemals auf den Nägeln brennt?"

Da holte Sophius Crott aus seiner Gürteltasche eine Handvoll Goldmünzen heraus, hielt sie Fabian unter die Nase und sprach zu ihm: „Kopf hoch, Bruderenkel, und nimm! Und wenn du schweigen kannst, dann will ich dir wohl den Weg zum Reichtum weisen."

„Schweigen?", flüsterte Fabian strahlend, nachdem er das Gold eingesteckt hatte. „Bist du ein Schatzgräber?"

„Sei heute Abend", nickte Sophius Crott, „wenn der Mond aufgeht, wiederum hier zur Stelle und bringe einen Spaten mit, und du sollst alles erfahren, was dir nottut!"

Fabian eilte zum Lager zurück, verrichtete seinen täglichen Dienst, trieb dann einen Spaten auf und machte sich bei Sonnenuntergang wieder auf den Weg.

Als er zur Quelle kam, war Sophius Crott, der sich inzwischen mit Spaten, Hacke und zwei aus Lorbeerholz geschnittenen Wunschruten ausgerüstet hatte, schon zur Stelle. Sie schritten nun im Scheine des aufgehenden Vollmondes querfeldein, bis sie den zum Dominium Reccone gehörenden Olivenhain und in dessen Mitte die Trümmer einer vom Feuer zerstörten Kapelle erreichten, die, wie die beiderseitig herumliegenden Säulenfragmente bewiesen, auf der Grundfläche eines umfangreichen Heidentempels errichtet worden war.

Sophius Crott klärte darauf den Gefährten über den Gebrauch des gespaltenen Zauberstabes auf, und dann machten sie sich an die Durchschürfung der ganzen Umgebung. Auf und ab und hin und her schritten sie, bis ihnen durch das heftige Aufschlagen der Rute die Stelle angezeigt worden war, an der ein großer Schatz vermutet werden durfte.

Nach Hinwegräumung des Schuttes stießen sie in der Tiefe von einer Elle auf einen Mosaikfußboden, dessen Durchbruch ihnen Mühe genug kostete, und gelangten so in einen breitgewölbten, mit den vorjährigen Ernteergebnissen von Reccone vollgestopften Kellerraum. Da fehlte es weder an Weizen, Spelz, Mais, Kastanien, Nüssen und Mandeln noch an Öl und Wein.

Zuerst nahmen sie sich Zeit, ihren Hunger und Durst zu stillen, und darauf versteckten sie einen mit Nüssen gefüllten Sack und das kleinste der Weinfässchen in den Trümmern der Kapelle.

„Geh es melden!", befahl dann Sophius Crott. „Aber verrate nichts von mir und komm heut Abend wieder, dass wir den Schatz heben!"

Mit einem halbgefüllten Mandelsack machte sich Fabian, als der Morgen dämmerte, auf den Rückweg, brachte die süße Last zu Adam Reissner, der die hochwillkommene Meldung sogleich, da sich der Feldobrist noch nicht von seinem Lager erhoben hatte, an den Kleinen Hess weitergab.

Kaum eine Stunde später ratterten unter Claus Seidenstickers Befehl alle verfügbaren Trosskarren, beschützt von den ersten zehn Rotten des Fünften Fähnleins, nach Reccone hinüber, und bis zum

Abend konnte die ganze Beute geborgen werden, ohne dass sich der Feind gerührt hätte. Da die Zugangstreppe verschüttet war, hatte die ganze Wölbung des Kellers aufgebrochen werden müssen. Nicht ein einziges Körnlein war zurückgeblieben.

Im Lager wurden die eingebrachten Vorräte durch den Regimentsfurier Danie Briesen auf die verschiedenen Fähnlein verteilt, wobei jeder Landsknecht so viel erhielt, dass er seinen Kochkessel seit langem zum ersten Male wieder bis an den Rand füllen konnte.

Bei der Abendmusterung wurde Fabian vom Kleinen Hess vor der Front belobigt und auf Befehl des Feldobristen zum Oberschreiber befördert und weiterhin auf eigenes Ersuchen mit drei Tagen Urlaub ausgezeichnet.

Unterdessen hatte sich Sophius Crott daran gemacht, den Boden des Tempelkellers aufzustechen, und war bereits auf die linke Hand eines hier bestatteten Erzbildes männlichen Geschlechts gestoßen, als Fabian erschien, um bei der Freilegung dieses seltsamen Fundes zu helfen. Ein angezündeter Strohwisch spendete Licht genug, um sie bald erkennen zu lassen, dass sie die überlebensgroße Statue des römischen Kriegsgottes herausgewühlt hatten. Doch von einem Schatz war noch nichts zu bemerken.

„Vielleicht", meinte Fabian, indem er das Feuer noch einmal anfachte, „liegt der Schatz darunter!"

Aber alle Versuche, diesen schwertschwingenden Götzen zu heben, scheiterten, obschon er hohl genug klang, an seiner Schwere.

„Wenn wir ihn", schlug Fabian vor, nachdem sie sich von der Anstrengung erholt hatten, „auf die Seite wälzten!"

Nun griffen sie noch einmal zu und wuchteten an dem linken Schenkel des Erzbildes, bis er sich mit scharfem Geknirsch vom Körper trennte. Mit einem brennenden Olivenzweig begutachtete Sophius Crott diese Stelle und stellte fest, dass es sich dabei um einen alten, nur flüchtig vernieteten Bruch handelte. Dann langte er in die Höhlung des Götzen und fand hier endlich den gesuchten Schatz. Fünf uralte, kopfgroße Schafslederbeutel, von denen vier bis zum Platzen mit antiken Goldmünzen gefüllt waren, während der fünfte an die zweihundert Stück geschliffene Edelsteine von Bohnen- bis Haselnussgröße enthielt.

„Gott im Himmel!", ächzte Fabian, außer sich vor Staunen.

„Sapperlot, das lohnt sich!", triumphierte Sophius Crott und ließ nun die Edelsteine so durch seine Finger rinnen, dass sie zwei gleichgroße Häuflein bildeten. „Ja, man muss dem Kriegsmoloch schon bis ans Herz greifen, wenn man dahinterkommen will, woraus sich seine arme Seele zusammensetzt! Die Hälfte für dich, die Hälfte für mich! Ich habe geteilt, du magst wählen!"

Und Fabian zögerte nicht, dieser verlockenden Aufforderung Folge zu leisten. Worauf sie sich leise darüber berieten, was sie nun tun sollten, bis sie zu dem Entschluss gelangten, die Edelsteine in ihre Gürtel einzunähen, die Goldbeutel jedoch hier zu lassen und sie erst auf dem Heimwege mitzunehmen.

„Aber", warnte Fabian, „wenn nun noch zwei andere Rutengänger daherkommen und sie finden?"

„Keine Bange!", schmunzelte Sophius Crott verschmitzt. „Wir werden schon in Übereinstimmung mit dem Allmächtigen dafür sorgen, dass sie immer nur diesen verfluchten Götzen finden können, dem wir zum Besten aller die Seele aus dem Leibe gerissen haben!"

Nun schaufelten sie die Schatzgrube zu, bis der von ihnen geleerte Kriegsgott verschwunden war, stampften die Erde so fest, als ob er niemals wieder aufstehen sollte, und streuten reichlich Schutt und Asche darüber. Darauf vergruben sie die Goldbeutel, aber nicht etwa im Keller, sondern unter den Säulenfragmenten, und zwar an vier verschiedenen Stellen, die sie sich genau einprägten, und verwischten zum Schluss alle Spatenspuren.

Danach brachten sie das Feuer wieder in Glut, brieten sich und schmausten Kastanien, Mandeln und Nüsse, taten dazu einige kräftige Züge aus dem Fässchen, legten sich nieder und besprachen, da sie infolge der freudigen Erregung nicht gleich einschlafen konnten, noch ein wenig die kommenden Dinge.

„Wäre der Friede schon im Lande", bemerkte Sophius Crott, „dann könnten wir uns nun vielleicht zuerst nach Venedig aufmachen, doch solange alle Straßen von Helden und dergleichen Buschkleppern, Wegelagerern und Beutelschneidern wimmeln, ist es besser, bei der

Armee zu bleiben und mit diesen Wölfen zu heulen. Überdies hast du nun einmal auf das Fähnlein geschworen, und ich bin der letzte, der dich zu einer Untreue verleiten wollte. Und ist erst Rom gefallen, so muss der Papst, dem dann vor seiner eigenen Unfehlbarkeit ziemlich bange sein wird, sogleich Frieden schließen. Und alle Fähnlein sinken in den Staub zurück, daraus sie aufgetaucht sind."

„Und dann", fiel Fabian ein, „bin ich kein Landsknecht mehr und habe meine Freiheit wiedergewonnen!"

„Steht zu hoffen!", fuhr Sophius Crott fort. „Und ich lasse es mir, – Kotzkanon! – hundert Dukaten kosten, wenn ich dann diesen dümmsten aller Florentiner zu Gesicht bekommen kann, der sich noch immer für den Stellvertreter Gottes auf Erden hält und doch keinen Tag verstreichen lassen darf, ohne uns das strikte Gegenteil zu beweisen. Um mit dem guten Urban Immerius zu sprechen, der ja nicht nur mein, sondern auch dein Oheim ist. Und wie viele Schätze könnten wir, wenn wir weiter solches Glück haben, noch auf dem Wege bis nach Rom finden und heben!"

„Und was dann?", murmelte Fabian, schon halb im Schlafe.

„Dann", meinte Sophius Crott, „werden wir beweisen müssen, dass diese Schätze kein unrechtes Gut sind. Denn nur so können wir durch sie gedeihen."

Nun schliefen sie ein und erwachten erst, als ihnen die warme Frühlingssonne ins Gesicht schien und die Finken so laut schlugen, als hätten sie diesen recconischen Olivenhain von ihren Vorfahren geerbt.

Vor dem Aufbruch sprach Sophius Crott zu Fabian: „Nimm noch einmal die Rute zur Hand und suche die vier Goldsäcke!"

Aber dieses Kunststück misslang. So oft es Fabian auch versuchte, immer schlug die Rute nach dem vergrabenen Götzen aus. Seine gewaltige Erzmasse schützte und bewachte die Goldbeutel vor jeder derartigen Entdeckung.

Sodann machten sie sich auf den Heimweg. Fabian trug das angebrochene Weinfässchen und die drei Grabwerkzeuge, während Sophius Crott den Nusssack auf die rechte Schulter und die beiden zusammengebündelten Wunschruten unter den linken Arm nahm.

In San Giovanni aber war inzwischen die Kunde eingetroffen, dass der Papst, dieweil die Landsknechte nun doch noch, wider alles Erwarten, in den Kirchenstaat eingedrungen waren, plötzlich auf der Friedensschalmei zu blasen begehrte, dass er aber für den beschleunigten Abzug der Kaiserlichen Kriegsvölker aus Italien durchaus nicht mehr denn sechzigtausend Dukaten, und diese dazu auch noch in zwei Raten, zum Opfer bringen wollte.

Kaum hörten die Spanier davon, rotteten sie sich zusammen und schrien: „Wir wollen nicht als Bettler verstoßen werden! Wir werden nicht eher abrücken, bis wir auf Heller und Pfennig bezahlt worden sind!"

Und schon begangen Widerwille, Bitterkeit und Grollung sämtliche Fähnlein zu durchseuchen, sodass bald aller Knechte Gemüt jählings angesteckt und entzündet wurde und wie giftiges Feuer brannte.

„Wir wollen", tobten nun auch die Italiener, „unsere Obristen und Hauptleute lieber krumm, lahm und zu Tode schlagen, als dass wir uns von ihnen an den Papst verraten lassen!"

Und sogar die deutschen Landsknechte hielten daraufhin unerlaubte Ratsgemeinden ab und beschlossen einstimmig: „Ohne Bezahlung ziehen wir keinen Schritt weiter!"

„Lass sie brüllen!", sprach Sophius Crott zu Fabian. „Wenn sie heiser sind, werden sie schon von selbst aufhören."

Sie saßen beide zu dieser Stunde hinter einer verbrannten Scheune, um sich hier in aller Stille die hundert Edelsteine in die Gürtel zu praktizieren.

Doch bevor diese Prophetung eintraf, sollten noch etliche mit wachsender Unruhe erfüllte Tage vergehen.

Spanier wie Italiener waren besonders erbittert auf den Konnetabel, der ihnen auf seine Herzogsehre schon sieben Male völlige Bezahlung zugesichert hatte und es nun zum achten Male versuchte. Aber damit schlug er dem Fasse der Disziplin den Boden aus.

Denn noch in dieser Nacht empörten sich die welschen Knechte vor dem Tore, schossen ihre Geschütze ab, selbst die vier größten

Kartaunen, schlugen die Lanzen zusammen, dass es klang, als krachten gleichzeitig hundert Blitze vom Himmel hernieder, und brachen dann auf und los, um das Führerhauptquartier zu erstürmen.

„Lanz, Lanz! Geld, Geld!", brüllten sie vorne, während der Konnetabel hinterwärts aus dem Fenster flüchtete und schutzsuchend in Jörg von Frundsbergs Herberge eilte, der ihn, um dieses hochteure Leben vor den Aufrührern zu retten, in seinem Pferdestall unter der Streu versteckte.

Indessen drangen die Wütenden in das Haus ein, suchten den Konnetabel, fanden ihn aber nicht, und raubten nun alle seine Kleider sowie seine sonstige Habe, die allerdings weit geringer war, als sie vermutet hatten, schlugen dabei seine Diener zu Boden und warfen seinen herzoglichen Waffenrock in den schlammgefüllten Stadtgraben, wo dieses stolzeste aller Kleidungsstücke am nächsten Morgen, aufs ärgste besudelt, gefunden und herausgezogen wurde.

„O Teufel oder Beelzebub", sprach Sophius Crott achselzuckend zu Fabian und pochte dazu mit dem Vorschlaghammer auf seinem Amboss herum, „ein jeder dieser Edelräuber wird zuletzt durch das eigene Schwert in die Grube hineingerissen!"

Die deutschen Häuptlinge aber begannen nun ihre Knechte zu ermahnen und baten sich um Gottes willen fromm, still und getrost zu sein und noch etliche Tage zu verziehen, dieweil gar bald alle bezahlt und ihres Mangels enthoben werden sollten. Allein der Herzog von Ferrara, auf den damit gezielt worden war, wollte für diese ungehorsamen und deshalb zum Siegen so wenig tauglichen Helden, obschon er vom Feldobristen immer wieder auf das allerdringendste angefleht worden war, vorerst nichts mehr herausrücken.

Während nun die Spanier und Italiener mit wildem Geplärr und Geschnatter drohten, sich nach einem anderen Heerwurmführer umzutun und sich schlimmstenfalls sogar in den Sold der Liga zu begeben, befahl der Feldobrist, da die Haltung der deutschen Landsknechte zusehends widerspenstiger wurde, noch einmal den großen Kreis zu formieren, trat wiederum in der Fähnlein Mitte und sprach, auf sein blankes Schwert gestützt, mit starker Stimme also: „Ihr lieben Söhne und Brüder, auf eure Klagen hin haben die Hauptleute und ich mit dem Herzog die halbe Nacht gehandelt, und wir geben euch nun gewisslich und gründlich zu bedenken, dass wir allenthalben von wilden und bösen Feinden umgeben sind, also dass es uns sehr übel ergehen würde, wenn wir diesen unsinnigen Zwist nicht beilegen könnten und uns darüber hier auf diesem Felde spalten müssten. Weil ich nun aber euer ehrlich Gemüt in jeder Not, Gefahr und Widerwärtigkeit als allzeit willig befunden habe, so hoffe ich, ihr werdet euch auch diesmal von solcher ungestümen Empörung und schlimmen Praktiken abhalten und abwenden lassen und uns alle vor Schaden, Spott und Schande behüten und bewahren. O ihr lieben Kindlein, wollt doch endlich einsehen und begreifen, wie ihr euch mit mir und den Hauptleuten noch vor wenigen Tagen darauf geeinigt habt, dass keiner vom anderen weichen und ablassen soll und dass wir beieinander bleiben und miteinander trotzen wollen, bis alle bezahlt und zufriedengestellt sind. Habt ihr nun so lange gelitten, oh, so mögt ihr jetzo noch einmal einen frischen Mut und ein Herz fassen und euch in Geduld üben und durch niemand verhetzen und ins Unglück und Verderben reißen und stürzen lassen! Denn nur wenn alle Knechte treu, fest und brüderlich zusammenhalten und beieinander stehen, so wie ihr alle auf das Fähnlein geschworen habt, nur dann haben wir zu hoffen, dass uns der allmächtige Gott einen gewissen Sieg und die allerschönste Viktoria bescheren wird!"

Also sprach und flehte der alte Kämpfer für Kaiser und Reich mit Grund und Ernst und geriet dabei so in Hitze, dass es einen Höllenstein hätte erbarmen können. Allein der Zorn der Fähnlein und die Wildheit ihrer erwählten Berater und Fürsprecher waren nicht mehr mit Worten zu dämpfen und zu bändigen, wie eifrig sich nun auch die Hauptleute bemühten, den drohenden Sturm zu beschwören und abzuwenden. Sie gossen mit ihren abgedroschenen Redensarten nur noch mehr Öl in das Feuer des allgemeinen Grimms.

„Geld, Geld! Sold, Sold!", brüllten nun auch die deutschen Landsknechte nach spanischem Muster und fällten die Langspieße wider ihre eigenen Befehlshaber.

Als der Feldobrist solches wahrnahm, da wurde er alsobald von einem derartigen Herzeleid erfasst, dass ihm die Luft wegblieb.

„Heilige Mutter Gottes, die Welt geht unter!", stammelte er dann und begann zum ersten Male in seinem ganzen Leben zu zittern und zu zagen und hin und her zu wanken.

So cherart entzündete sich sein Heldengeblüt wie niemals zuvor, und ein so grausamer Quäldampf stieg ihm zu Kehle und Haupt, dass er kein einziges Wörtlein mehr herauszubringen vermochte. Vor aller Augen entsank ihm das ruhmbedeckte, ihm nun viel zu schwer gewordene Schwert, und er musste sich auf die große Regimentstrommeln niederlassen, so kläglich bebten ihm alle Gliedmaßen.

Die von solch gänzlich unerwarteter Wendung aufs Höchste bestürzten Landsknechte verstummten nun rasch genug und öffneten den Kreis, worauf der kranke Schlachtfeldführer von seinen Dienern auf den Maulesel Audiat gehoben, ins Führerhauptquartier gebracht und hier an die Tafel gesetzt wurde.

Bei diesem Mahl waren alle Hauptleute sehr traurig, da ihr heißgeliebter Führer kein Wort zu antworten wusste, so tröstlich sie ihm von allen Seiten auch zusprachen. Nach der Tafel erhob er sich ohne Hilfe, um an den Kamin zu treten, doch sogleich schoss ihm der Fieberkrampf des Unmuts hinein in sämtliche Glieder, und ein Schüttelfrost packte ihn mit solcher Gewalt, dass man ihn zu Bett führen musste.

Das alles geschah am 16. März des Jahres 1527 zu San Giovanni vor Bologna.

Da lag nun der narben- und ruhmbedeckte Held, unverwundet zwar, doch bis in den Kern hinein getroffen, und gar manchem der harten Krieger, die sein Lager umstanden, rannen die heißen Tränen über die narbigen Wangen.

Die beiden folgenden Tage brachten heftige Ungewitter mit Regen, Hagel und Schnee, und die Empörer beruhigten sich wieder, zumal sich am dritten Mittag doch noch sechstausend Dukaten aus Ferrara heranschaffen ließen. Dadurch konnten die spanischen Landsknechte dazu gebracht werden, den Konnetabel wieder im Lager zu dulden. Die deutschen Landsknechte aber waren über das große Unglück, das sie ihrem feldobristlichen Vater durch ihr Ungestüm bereitet hatten, so verzagt und beklommen, dass weitere Aufbegehrungen von ihrer Seite vorerst nicht zu befürchten waren.

Erst am vierten Morgen kam Jörg von Frundsberg wieder so weit zu Kräften, dass er die Augen aufheben und ein wenig sprechen konnte. Er war aber noch so schwach und hinfällig, dass sein Sohn Melchior, der nicht von seiner Seite wich, jeden Besucher abweisen musste.

Solches widerfuhr auch Sophius Crott, der sich gegen Abend bei Adam Reissner eingefunden hatte, um sich nach dem Befinden des Kranken zu erkundigen.

„Wenn ihn nur nicht der Schlag trifft!", seufzte Adam Reissner mit Tränen in der Stimme. „Er hat soeben seine Seele dem Allmächtigen und den goldenen Strick seinem Sohn Melchior übergeben."

„Hier im Lager wird er nicht genesen", erklärte Sophius Crott nach kurzem Bedenken. „Darum bringt ihn nach Ferrara! Dort gibt es genug Medizinprofessoren, die mehr wissen und können als eure Chirurgen und Pillendreher!"

Worauf er sich von dannen hob.

Um diese Zeit sprach Claus Seidensticker zu Fabian: „Hilft mir der allmächtige Gott noch aus diesem traurigen Krieg, so will ich niemals wieder ein Fähnlein flattern lassen, dieweil man von nun an so unten wie oben mit denselben arglistigen und niederträchtigen Üblichkeiten rechnen muss!"

Hier erschien Sophius Crott und meinte auf Befragen: „Es hat mitnichten den Anschein, als ob der allmächtige Gott den Feldobristen noch einmal in den Sattel helfen wollte."

„Und das", knirschte Claus Seidensticker, „kommt nur daher, dass die Knechte schon so verdorben und verlottert sind, ihre eigenen Hauptleute zu kommandieren und zu kujonieren, in dessen die großen Herren miteinander unter einem Hütlein spielen und gaukeln, Unfrieden und Frieden machen, just wie sie wollen, und vor allem danach trachten, wie sie uns schnellstens auf ihrer verfluchten Fleischbank opfern können. Denn sie sehen einzig und allein auf ihren eigenen Vorteil und Gewinn und freuen sich über nichts so diebisch, als wenn die Rechnung so beglichen werden kann, dass wir bis zum Friedensschluss allesamt vor die Hunde gehen."

„Woran nicht zu zweifeln ist!", nickte Sophius Crott mit grimmiglichem Lächeln. „Wie geschrieben steht: Je edler das Blut desto dümmer der Kopf. Je höher der Thron desto ärger der Tropf!"

„Aber", begehrte Claus Seidensticker auf und bekam einen roten Kopf, „solches kann doch nimmermehr der Wille Gottes sein!"

„Ja nun", räusperte sich Sophius Crott achselzuckend, „wenn solches durchaus nicht Eures Gottes Wille sein darf, so wird es immer noch meines Gottes Wille sein können, der mit mir ein Herz und eine Seele ist. Denn dass es also hundsföttisch und majestätisch auf dieser Welt zugeht, das werdet Ihr doch nicht in Abrede stellen können, andernfalls müsstet Ihr Euch ja selbst widersprechen!"

„Fürwahr!", stimmte Claus Seidensticker zu. „Die Welt liegt im Argen! Aber warum und wieso muss das Ärgernis immer größer werden?"

„Weil", erwiderte Sophius Crott, „nicht nur die Heerwürmer immer länger, sondern auch die Büchsenkugeln immer dicker werden. Und das wird genau so lange andauern, bis der allmächtige Schöpfer Himmels und der Erden den Guss einer Kartaunenkugel zu lassen wird, die imstande ist, den allerstärksten Heerwurm in einem einzigen Hui zur Strecke zu bringen und hinwegzufegen."

„Das ist mir viel zu wunderlich und zu hoch!", murmelte Claus Seidensticker, der Fußvolkhäuptling, mit missbilligendem Kopfschütteln und hob sich von dannen.

„Wer nicht hören will, der muss fühlen!", bemerkte Sophius Crott.

„Aber bis dahin", seufzte Fabian, wird noch sehr viel Wasser den Postrom hinabfließen."

„Kein Zweifel!", gab Sophius Crott zu. „Doch was sind schon tausend Jahre? Nicht mehr als der Tag, der gestern vergangen ist, oder wie eine Nachtwache."

„Vor dem Angesicht Gottes!", fügte Fabian hinzu.

„Angesicht ist Angesicht!", fuhr Sophius Crott fort. „Und schon deswegen werde ich mir nimmermehr einreden lassen, dass tausend Jahre vor meinem Angesicht auch nur eine Sekunde mehr sein sollten, als sie es vor Gottes Angesicht sind. Ebenso wenig wie man mir weismachen kann, dass jene Sterblichen, die tausend Jahre vor uns gelebt haben, ohne Ausnahme eitel Tugendspiegel und Musterbilder des gesunden Menschenverstandes gewesen sind, ganz zu schweigen von jenen Tröpfen, die bereits vor sechstausend Jahren ihr ganzes Dasein darauf zugebracht haben, ihre Untertanen an der Nase herumzuführen, zu tyrannisierenden und auf die Schlachtfelder zu schicken. Wenn alle Heerwürmer schon einen einzigen Herrn haben müssen, dann ist es mir klar, dass er nicht viel anders aussehen kann, wie ich aussehe!"

„Willst du damit sagen", begehrte Fabian auf, „dass du der allmächtige Schöpfer Himmels und der Erden bist?"

„Ei zum Kuckuck, das sollte mir einfallen!", lehnte Sophius Crott diese gar kecke Zumutung mit größter Entschiedenheit ab. „Denn dann könnte ja jeglicher Hansnarr daherkommen, um mir sämtliche Torheiten, so bis zum heutigen Tage von Hinz und Kunz, Schnauz und Bauz im Namen Gottes begangen worden sind und deren Zahl Legion mal Legion ist, in die Schuhe zu schieben und auf Rechnung zu setzen. Nein, ich bin nicht dieser urväterliche Gott der Vergangenheit, sondern ich bin der gegenwärtige Sohn, der nur darauf sinnt, wie die Quelle der irdischen Irrtümer und Fehlschlüsse endlich zum Versiegen gebracht und solcherart die schwerbeschädigte Ehre des Himmlischen Vaters wiederhergestellt werden könnte."

„Aber", rief Fabian und tippte sich mitten auf die Stirn, „dann machst du ja deinen irdischen Vater Jakobus Crott zu deinem Himmlischen Vater!"

„Wie sollte mich solches groß kränken können?", versetzte Sophius Crott unbeirrbar. „Er weilt ja wohl auch im Himmel, wenn man den Lehren der beiderseitigen Theologen Glauben schenken will. Nur dass er mitnichten mein Vater ist! Das hat er mir selber gestanden, als er mit gebrochenem Schenkel das Lager hüten musste. Er hat mich wohl aufgezogen und kaum etwas an mir versäumt, doch gezeugt und erschaffen hat er mich nicht. Aber er konnte mir keine Auskunft geben, wo und von wem ich gezeugt worden bin. Ich kenne meinen irdischen Vater nicht, aber umso deutlicher verspüre ich ihn in mir. Und so darf ich schon die unerschütterliche Gewissheit haben, dass ich der Eingeborene Sohn des bereits von Paulus in Korinth verkündeten unbekannten Gottes bin. Er allein ist es, der mir das eingibt, was ich denke, auf dass ich alles vollbringe, was noch vollbracht werden muss, um die Welt vom höllischen Unflat zu säubern. Und eben deswegen wird es doch noch geschehen müssen, und sei es auch erst in fünfhundert Jahren, dass jenes sämtliche Torheiten und Irrtümer zertrümmernde Riesengeschoss gegossen wird, oder mein Gott ist nur der Narr eines Herrn, der in nach seinem jämmerlichen, einbeinigen Ebenbilde geschaffen hat!"

Damit hob auch er sich von dannen, und Fabian hatte nun Zeit genug, sich über das soeben Gehörte die allergründlichsten Gedanken zu machen.

Bereits am nächsten Morgen gelang es dem Regimentsschreiber Adam Reissner, den Feldobristen zu dem Beschluss zu bewegen, sich zur Wiederherstellung seiner so schwer geschädigten Gesundheit nach der herzoglichen Residenz Ferrara hinunter bringen zu lassen. Daher übertrug er nun seine ganze Kommandogewalt auf den Lokotenenten Konrad von Bemelberg und hatte im Anschluss daran eine längere Unterredung mit dem Konnetabel, dem er mit bewegten Worten auf die feldherrliche Seele band, sich durch nichts, was es auch immer sei, von dem vorgenommenen Zug auf Rom abhalten zu lassen.

„Bei der Dornenkrone des Welterlösers!", verschwor sich der Konnetabel und schlug dabei an seinen Degen. „Ich bin nur einer, sie aber sind Tausende und Abertausende! Ich kann sie immer nur dorthin führen, wohin sie mich stoßen!"

„Und dann", ermahnte ihn Jörg von Frundsberg weiter, „vergesst nicht die schweren Lasten, die ich auf mich nehmen musste, um bis hierher zu gelangen!"

„Euer tapferer Sohn Melchior", versicherte der Konnetabel, „wird den Römern Eure Rechnung präsentieren, und ich werde dafür Sorge tragen, dass sie auf Heller und Pfennig beglichen wird. Und übers Jahr, sobald die Kirschen blühen, sitzt Ihr wieder im Sattel und reitet mit mir zusammen nach Paris, um die Krone Frankreichs der Schande zu entreißen, womit sie von ihrem jetzigen Träger besudelt worden ist!"

„So es der Allmächtige will!", nickte der Feldobrist und bekräftigte es mit einem schweren Seufzer.

Darauf ließ er sich zum Renostrom tragen, der ihn nach Ferrara bringen sollte, und nahm nun auch Abschied von seinen Hauptleuten, zu denen er also sprach: „Ich habe das Meinige getan, ihr lieben Kameraden, tut nun das Eure, auf dass unsere Namen dereinst wie die Sterne leuchten am Firmament der Treue, der Ehre und des Heldenruhms!"

Und sie versprachen es ihm mit feierlich erhobenen Schwurfingern und küssten ihm die Feldherrnhände, mit denen er sie gesegnet und zum Siegesmarsch auf Rom geweiht hatte.

Auf der Fahrt nach Ferrara wurde er nicht nur von seinem Sohn Melchior, sondern auch von der Mehrzahl seiner Diener begleitet, unter denen Adam Reissner nicht fehlen durfte.

Der Herzog Alfonso von Este empfing sie alle nach Gebühr und befahl seinen fünf Hofärzten, dem Sieger von Bicocca und Pavia die ihm in San Giovanni abhanden gekommene Gesundheit wieder zu verschaffen. Allein die seitdem ihn zermürbende Hinfälligkeit wollte nicht von ihm weichen, obschon diese wohlgeschulten Heilkünstler alle ihre Mittel an ihm versuchten und ihn jeden Tag in Öl badeten, darin ein lebendiger Fuchs gesotten war.

Dazwischen mühte sich der Kranke, mit Adam Reissners Hilfe ein an den Kaiser gerichtetes, höchst dringendes Mahnskriptum zu Papier zu bringen, worin auch dieser Satz stand:

Meine Hausfrau zu Mindelheim in Schwaben wird von meinen Gläubigern auf das Härteste gepeinigt und drangsaliert um der Opfer und Schulden willen, die ich auf Kaiserliche Veranlassung und Zusage zu treuen Diensten daheim in Deutschland und auch hier in Italien gemacht habe, und wovon mir noch nicht ein einziges Hellerlein zurückerstattet worden ist.

Aber noch vor Fertigstellung dieses Briefes lief aus dem hofburglichen und mit Kriegsräten überreichlich gesegneten Wien die majestätisch-lakonische Nachricht ein, dass bis zum Ende des laufenden Jahres auf weitere Zahlungen aus der Kaiserlichen Schatulle keinesfalls gerechnet werden könnte.

„Das ist der Dank des Hauses Habsburg!", knirschte Jörg von Frundsberg, als ihm Adam Reissner an diesem Tage die Vespersuppe brachte. „Wenn alle Feldobristen und Hauptleute bei Beginn ihrer

Laufbahn so klug sein wollten, wie ich nun am Ende meiner Ruhmestaten bin, wie könnte es jemals einem Herrscher gelingen, einen Krieg vom Zaune zu brechen?"

Noch am gleichen Abend fasste er den Entschluss, nach Mindelheim zurückzukehren.

„Seht mich an', sprach er beim Abschied zu seinem Sohne Melchior und zu seinen Dienern, die das Bett umgaben, „und erkennt die drei Dinge, die alle Fürsten abschrecken sollten von der Anstiftung und Entzündung der Kriegsfurie. Zum Ersten: Das satanische Unglück, dahinein die friedfertigen Bürger und Bauern, über die das blutige Donnerwetter dahinfährt, ohnverschuldet gestürzt werden. Zum Zweiten: Das böse, sündhafte und wahrhaft höllenteuflische Wesen der armseligen Kriegsknechte, so nun das Morden, Sengen, Plündern und Schänden aus dem Grunde lernen und die, wenn sie erst wieder daheim sind, ein gänzlich unnütz Leben führen, ihre Zeit vertun und verludern, überall groß herumkommandieren wollen und jede Arbeit scheuen wie die Schwarzen Blattern. Ja, es ist längst dahingekommen, dass jeglicher Landsknecht, sobald er erst einmal den Spieß auf die Schulter genommen, sich weiterhin also stellt und aufführt, als hätte er einen heiligen Eid darauf geschworen, sich keinen Augenblick mehr mit irgendeiner ehrlichen Hantierung zu beflecken. Solches aber ist und bleibt der allerschlimmste Krebsschaden am Reichskörper, den wir Obristen und Hauptleute in unserer unchristlichen Verblendung und schändlichen Ruhmgier dem guten Volke angetan haben und daran wir selbst einmal allesamt zugrunde gehen sollen und werden. Und zum Dritten: Die krasse Undankbarkeit der gekrönten Häupter, die niemals ein gegebenes Wort zu halten wissen und bei denen immer nur die Falschen und Ungetreuen, die ihnen allezeit nach dem hohen Maule reden, rasch emporkommen, während die Wohlverdienten und Löblichgesinnten, so ihr Hab und Gut, Blut und Gesundheit hingegeben und geopfert haben, gänzlich unbelohnt bleiben, niemals Ehren und Schätze einheimsen dürfen und schließlich im allerhöchsten Brunzwinkel, wie die lahmen Jagdhunde, elendiglich verrecken müssen. Ich selbst habe solche Verkennung und Herabwürdigung des redlichen Gemüts auf das allerbitterlichste erfahren müssen, sonderlich bei Hofe, wo allein die nichtswürdigen und heimtückischen Pfaffen und Theologiaffen den Ton angeben und die hohe Musik machen. Wahrlich, wahrlich, ich sage euch, wird dieser bestialische Papst nicht gehängt, dann muss das Reich zerfallen und kann niemals wieder auferstehen und zusammengebracht werden! Und wozu dann noch diese schweren und teuren Feldzüge, dieses unvernünftige Blutvergießen und das ganze Heldentum? Das, Adam, schreibe alles auf und schicke es an meinen Sohn Caspar nach Mailand, damit auch er erfährt, von welchem höllischen Missgeschick sein lieber Vater heimgesucht worden ist!"

Und alle, die seine Worte vernahmen, vergossen darüber wahrhaft herzverzehrende Zähren.

In einer von zwei starken Maultieren getragenen Sänfte verließ der sieche Sieger die Residenz Ferrara, um sich nach Mindelheim zurückbringen zu lassen. Ein Teil der Dienerschaft begleitete ihn auf dieser Wehefahrt in die Heimat, die übrigen aber kehrten, angeführt von dem blutjungen Feldhauptmann Melchior von Frundsberg und seinem getreuen Mentor Adam Reissner, zur Armee zurück. Jener ritt den feurigen Schimmelhengst Ajax, während dieser auf dem braven Audiat saß, den ihm der alte Feldherr zum Abschied geschenkt hatte.

Sobald sie zur Stelle waren, trat der Kriegsrat zusammen, und aufgrund seines einstimmig gefassten Beschlusses brach nun der Kaiserliche Heerwurm, dem unerbittlichen Drange des Nahrungsmangels und der Armut gehorchend, von San Giovanni auf, das dabei in Flammen aufging und bis zum Abend in Schutt und Asche sank.

Zu dieser Stunde entwarf im Vatikan der Protonotar und Großinquisitor Luigi Sebulloni, zur Beruhigung des erregten Pöbels, zwei wohlstilisierte Dekrete. Im ersten wurde die Stadt Rom zur stärksten Festung der Welt und darum für uneinnehmbar erklärt und jedem, der daran auch nur im Allergeringsten zu zweifeln wagte, die lebenslängliche Kerkerstrafe angedroht. Das zweite war eine an alle vermögenden Bürger, einschließlich der Kardinäle, gerichtete Aufforderung, binnen acht Tagen eine dreißigprozentige Verteidigungsteuer zu erlegen.

Der Papst unterzeichnete sogleich beide Schriftstücke, die danach auf dem schnellsten Wege kundgetan wurden und die gewünschte Wirkung auch nicht verfehlten.

„Nun ist der Augenblick herbeigekommen, mich von hinnen zu heben!", sprach Leo Fraenkel zu sich selbst, nachdem er diese beiden an allen Straßenecken klebenden Veröffentlichungen gelesen hatte, und begab sich sogleich zu seinem Nachbarn Urban Immerius, den Küfermeister der Unbefleckten Empfängnis, der sich unterdessen selbständig gemacht und seinen eigenen Keller mit den erlesensten Weinen gefüllt hatte.

„Wenn du mein Haus kaufen willst", sprach der Medikus zu ihm, „so kannst du es haben!"

Und dann handelten sie eine Stunde lang, bis sie einig geworden waren.

„Warum gehst du nicht nach Venedig", fragte Urban Immerius nach Abschluss des Kaufes, „sondern nach dem fernen London?"

„Weil das Gold", antwortete der Medikus achselzuckend, „immer dorthin fließt, wo es den geringsten Gefahren ausgesetzt ist."

„Potztausend und alle Neune!", knurrte Urban Immerius und kratzte sich hinter dem rechten Ohr, um dann zu flüstern: „Du glaubst also auch, dass die Landsknechte bis nach Rom kommen werden?"

„Es ist verboten", wich der Medikus aus, „die Uneinnehmbarkeit dieser Stadt zu bezweifeln! Aber es ist nicht verboten, sich darüber Gedanken zu machen, was geschehen könnte, wenn der Wolf die Wölfin heimsucht!"

„Dann" nickte Urban Immerius mit grimmigem Lächeln, „wird hier auf den sieben Hügeln ein scharfer Tanz anheben! Sonderlich mit den viel zu edlen Römerinnen! Denn hungrige Flöhe und magere Läuse stechen gar übel! Ja, du tust gut daran, nicht zu warten, bis sie über die Mauern steigen, um sich alles das zu holen, was ihnen daheim vorenthalten worden ist! Ich, für meinen Teil, gönne ihnen alles Gute, denn es sind ja meine lieben kaiserlichen Landsleute, und ich bin auch bereit, sie auf das herzlichste willkommen zu heißen. Zumal sie, was nicht zu bezweifeln ist, einen wahrhaft majestätischen Durst mitbringen werden. Und je voller mein Keller ist, desto weniger Not werde ich mit ihnen haben. Weinfässer sind eine Beute, die sich nicht in den Beutel stecken lässt!"

„Werden sie aber auch zahlen", fragte der Medikus, „was sie bei dir genossen haben?"

„Das ist gewiss!", versicherte Urban Immerius. „Denn die armen Luder kommen doch nur hierher, um wieder zahlungsfähig zu werden!"

„Lebe wohl!", wünschte ihm der Medikus und drückte ihm die Hand.

„Glückliche Reise!", rief Urban Immerius und schenkte ihm den allerbesten Tropfen ein, den er auf Lager hatte.

Darauf überquerte Leo Fraenkel die Töpfergasse, um bei Solidus Vollio vorzusprechen.

„Was bringst du mir zu dieser frühen Stunde?", fragte der Kardinal, als der Medikus vom Haushofmeister Amadeo Sfogga über die Schwelle des Speisesaales komplimentiert wurde.

„Meinen Abschied von dir und Rom!", erklärte der Medikus.

„Du ergreifst die Flucht?", grollte der Kardinal. „In diesem Augenblick, da der Medici mit Gottes Zulassung seinen Lohn empfangen soll?"

„Die Vorsicht", entgegnete der Medikus, „ist nach wie vor der bessere Teil der Tapferkeit!"

„Mein Leben steht in Gottes Hand!", versicherte der Kardinal mit großem Nachdruck.

„Das kann jeder sagen", gab der Medikus zu bedenken. „Auch dein Widersacher auf dem Stuhl der Stühle, ja sogar der Satan, der, wie der Roterodamus bereits unwidersprechbar festgestellt hat, auch nur ein Abkömmling Gottes ist. Aber man soll die Frömmigkeit nicht übertreiben!"

„Ich bleibe in Rom!", beteuerte der Kardinal und legte die ringgeschmückte Rechte auf sein smaragdenes Brustkreuz. „Um Christi Willen! Denn ich bin kein feiger Mietling, der von der Herde weicht, wenn der Wolf kommt. Rom wird fallen, aber die Kirche mitnichten! Wer soll die Tiara auffangen, wenn sie ihm vom Haupte fällt? Und du wirst nach Rom zurückkehren, sobald das Werk gelungen ist!"

„Aber hüte dich, hüte dich vor ihm!", warnte der Medikus mit erhobenem Finger. „Denn er ist längst dahintergekommen, dass du nicht nur sein entschiedenster, sondern auch der vermögendste seiner Gegner bist! Vergiss niemals, wie scharf dich dieser Einzige, vor dem dich der Purpur nicht zu schützen vermag, bereits aufs Korn genommen hat. Dreißig Prozent Verteidigungsteuer! Das geht auf dich! Denn bei den anderen ist kaum mehr etwas zu holen. Die hat er schon gründlich ausgebeutelt. Willst du dich auch von ihm auspressen lassen wie eine reife Zitrone?"

„Er soll es nur versuchen!", rief Solidus Vollio trotzig. „Ich werde ihm Widerstand leisten bis zum letzten Atemzuge! Der Würfel ist gefallen! Ich oder er! Für uns beide ist kein Raum mehr auf dieser Erde! Vor meinen Füßen soll ihn der Allmächtige zerschmettern!"

„Es geschehe also!", murmelte Leo Fraenkel beschwörend. „Und ist es geschehen, dann wirst du mich wiedersehen."

So schieden auch sie in Freundschaft voneinander.

Noch an demselben Tage einigte sich der stille Teilhaber Leo Fraenkel mit den beiden nichtstillen Geschäftspartnern der Firma Lukas & Semerdio über die sich noch in seiner Hand befindlichen Bankanteile, und schon sechsunddreißig Stunden später rollte er inmitten des achtwöchentlichen, gegen jeden straßenräuberischen Überfall wohlgesicherten Postwagenzuges, in einer dickbäuchigen, von sechs Maultieren gezogenen Prachtkutsche, begleitet von seiner achtköpfigen Familie und einem Felleisen voll Edelsteinen und Wechselbriefen, nach Neapel davon, um sich dort nach London einzuschiffen, wo er aber niemals eintreffen sollte, da die portugiesische Brigg Himmelsgnade, an deren Bord er sich befand, nach dem unwiderruflichen Ratschluss seines allgerechten Gottes, noch im Mittelmeer mit Mann und Maus unterging.

Die von Clemens Septimus verfügte Verteidigungsteuer erbrachte nicht weniger als sieben Millionen Scudi, die in den Kellern der Engelsburg verschwanden. Ein gutes Fünftel dieser Summe stammte von Solidus Vollio, der dafür über die Hälfte seiner pisanischen Grundstückswerte opfern musste. Die Zahlung war durch das Bankhaus Lukas & Semerdio erfolgt.

Georg von Frundsberg, auch Jörg von Fronsberg und Freundsberg, * 24. September 1473 in Mindelheim, † 20. August 1528 ebenda, war ein süddeutscher Soldat und Landsknechtsführer in kaiserlich-habsburgischen Diensten. Bekannt ist er ob seines zum geflügelten Wort gewordenen Wahlspruchs „Viel Feind, viel Ehr'!".

Franz I., Franziskus Primus, * 12. September 1494 auf Schloss Cognac, † 31. März 1547 auf Schloss Rambouillet, auch genannt der Ritterkönig, war ein französischer König aus dem Haus Valois-Angoulême, einer Nebenlinie des Hauses Valois. Franz I. gilt als bedeutender Renaissancefürst, der Künste und Wissenschaften großzügig förderte.

Konrad, Freiherr von Boyneburg, Konrad von Bemelberg, * 1494 zu Bischhausen/Hessen, † 1567 zu Schloss Schelklingen/ Schwäbische Alb, in Schwaben, genannt der „kleine Hesse".

Antonio de Leyva, Herzog von Terranuova, Graf von Monza, Fürst von Ascoli und Markgraf von Atella, * 1480 in Leiva, † 15. September 1536 in Aix-en-Provence, war ein spanischer Feldherr in den Italienkriegen und 1535/36 Gouverneur des Herzogtums Mailand.

Beute und Beutel

Obschon der Kriegsunternehmer Jörg von Frundsberg, reich an Ruhm, arm am Beutel und krankt am Herzen, noch lebend nach Mindelheim gelangte und erst im Laufe des folgenden Jahres, von einem unheilbaren Lähmschlage getroffen, seinen letzten Heldenatemzug tat, zögerte die jachzungige Fama nicht, sein Ableben vorauszunehmen.

„Der Satan wird alle Mühe haben, diesen teutonischen Barbarissimus zur Hölle zu schleifen!", meinte Pietro Aretino, als diese voreilige Nachricht bis Venedig vorgedrungen war, um sich hier auf der Rialtobrücke breitmachen zu können, und beeilte sich, dieses Gerücht nach Mantua, Florenz und Rom zu briefen.

Und während sich dort schon am nächsten Morgen der Senat auf dem Kapitol versammelte, um in feierlicher Sitzung Renzo da Ceri, diesen raufboldigsten aller Orsinis, mit der Verteidigung der Sieben Hügel gegen die ebenso leerbeuteligen wie beutegierigen Landsknechte zu betrauen, und gleichzeitig an die drei Schock vom Vatikan aus in Bewegung gesetzte Bettelmönche der Porta del Popolo nach Norden entschwärmten, um Weg, Schnelligkeit, Kopfzahl und Ausrüstung des heranrückenden Heerwurms auszuspionieren, kletterte der aus Siena stammende Buchbindergeselle Johann Baptista wiederum auf die vor dem vatikanischen Obelisken stehende Apostelsäule und begann, als sei er Jonas und Petrus in einer Person, also über die Köpfe seiner immer zahlreicher werdenden Zuhörer dahinzuzetern: „Wehe dir, Roma, du Stätte der Wölfin, dass du dich nicht hast bekehren wollen zu dem alleinseligmachenden Gott, der da war, der da ist und der das sein wird in alle Ewigkeit, und dass nun die Zeit erfüllet ward, dir den Beutel der Hoffart zu leeren und dich versinken zu lassen in den Kloakenpfuhl der sieben Todsünden! Denn schon strömen sie heran, die Rächer und Femer, die ausgesandt sind, das zu vollbringen, was dir von Gott dem Gerechten zugedacht und verordnet worden ist. Und dreimal Wehe über den falschen Papst, der sich voller Vermessenheit erhoben hat wider den allmächtigen Herrn der Heerscharen! O du babylonischer Hurer, du sodomitischer Bankert, der du dich auf den Heiligen Stuhl geschwungen hast, als seist du Gott selbst, als lägen Himmel und Hölle in deinen Händen, als könntest du mit einem Wort selig machen und verdammen! O wie hast du geschändet die keusche Braut Christi, die allerheiligste Kirche, die Mutter der Märtyrer, wie hast du sie, lasterhaftester aller Friedensbrecher und nichtswürdigster aller Anbeter des Goldenen Kalbes, wie hast du sie beraubt an Haupt und Gliedern, um mit dieser dreimal verfluchten Beute herauszuputzen und aufzublasen deine stinkenden Lobhudler und ihre schmutzigen Konkubinen, die nun so prächtiglich daherstolzieren, als seien sie samt und sonders die Auserwählten des Heiligen Geistes! Nein, nicht länger sollst du Gottes und unsere Geduld missbrauchen! Darum nieder mit Clemens, dem Beschützer aller Brotwucherer und Zinsvampire!"

„Nieder, nieder mit Clemens!", lärmte der solcherart aufgestachelte Pöbel und reckte seine hundert und aberhundert Fäuste drohend empor.

„Schleuß Frieden, schleuß Frieden", brüllte dieser unbekehrbare Fanatiker zu den Fenstern des päpstlichen Palastes hinauf, „und das sogleich und auf der Stelle, du kannibalischer Bluthund, oder die Hand des Allmächtigen wird dich stürzen vom Heiligen Stuhl, den du besudelt hast von oben bis unten, und dich hinunterstoßen in die Kotgrube der Schmach, aus der du vor vier Jahren herausgekrochen bist mit Hilfe jener blutschänderischen Geister, deren Gewänder bereits vom Purpur der höllischen Verdammnis flammen!"

Diesmal tobte und ungestümte er, schon zum dritten Male, solange auf dem hohen Podest herum, bis die päpstlichen Söldner, die Stuhltrabanten und das übrige Hofgesindel herbeieilten, um das unbewaffnete Zuhörerpack mit Waffengewalt zu Paaren zu treiben. Nachdem solches gelungen war, ergriffen sie den Aufwiegler, schlugen ihn blutig und schleppten ihm unter lautem Triumphgeheul zur Palastwache, wo er von Max Rösch, dem Hauptmann der Schweizergarde, der sich durch diesen tumultuarischen Zwischenfall nur wenig aus seiner militärtheologischen Ruhe bringen ließ, über Herkunft und Handwerk befragt wurde.

„Ich bin", bekannte Johann Baptista, dieser allerkleinste der kleinsten Propheten, seinem Dafürachtens gemäß, „die Stimme des allmächtigen Schöpfers Himmels und der Erden!"

„Potzblitz und Halleluja!", rief der baumlange Züricher augenrollend und strich sich auf eine wahrhaft cäsarische Art den kriegsherrgöttlichen Schnauzbart. „Du hast uns gerade noch gefehlt! Also steige hinauf zur Zinne des Tempels und blase mit einem Hauch deines allmächtigen Mundes die heranrückenden Feinde wieder dahin zurück, woher sie gekommen sind! Und alsobald, worauf du dich fest verlassen kannst, werder wir alle vor dir niederfallen und dich anbeten!"

„Ei, du barbarischer Schelm aus dem Norden!", schnaubte ihn nun die sich so allmächtiglich dünkende Stimme aus der Kehle des Festgenommenen an. „Habe ich jene gewaltigen Heeressäulen nur deshalb in Bewegung gesetzt, um sie nun wieder hinwegzutreiben, nur weil du wie Espenlaub davor zitterst, deine Klinge mit ihnen zu kreuzen, du aufgeblähter Bramarbas, der du den Acker mit Blut baust und das Haus mit Unrecht!"

„Halts Maul!", schnauzte ihn Max Rösch daraufhin heldentümlichst an und rasselte dazu mit seinem Dreipfundsdegen, der lang und breit genug war, um diese warnende Aufschrift tragen zu können: Wer das Schwert nimmt, der soll durch das Schwert umkommen!

„Du Narr in Folio!", bedonnerte ihn Johann Baptista, der apokalyptische Buchbindergeselle. „Erst befragst du mich, und dann gebietest du mir Schweigen. Wie reimt sich das zusammen, du grauslicher Nimmersatt? Denn was hat dich aus Zürich hinweggetrieben, wenn nicht die bestialische Gier, da du dorten deinen Hals nicht voll genug kriegen konntest? Und so bist du – pfui Satan! – ein ganz vortrefflicher Kriegsheld geworden, der nach Sold und Beute trachtet wie der Wolf nach Schaf und Kalb! Ja, auch um deinetwillen soll das Zion der blutschänderischer Wölfin wiederum zerpflügt, das Neue Jerusalem noch einmal zum Schutthaufen zerbrochen und der Berg des Tempels in eine wilde Höhle verwandelt werden, darin nur Ratten und Eulen hausen! Und dabei, o du Werwolf der Wölfin, wird auch dir geschehen nach deinem unbändigen Wunsch und Willen! Und raffst du auch noch so viel zusammen, mit leerem Beutel, wie du in Zürich zur Welt gekommen bist, wirst du gar balde hier zu Rom hinunterfahren in die Grube "

Als dieser gar zu tapfere Unheilsrabe daraufhin den Inquisitoren der Kurie überantwortet und von ihren Häschern in die Folterkammer geworfen wurde, prophetete er diese grobfäustigen Würgschergen und Freiheitsberauber dergestalt an: „Ich werde nicht lange euer Gefangener sein, denn die Schale des göttlichen Zornes, die sich über euch ausgießen soll, ist bereits gefüllt bis zum Rande! Ja, das Schwert Gideons, das sich nun sichtbarlich in der Hand des Kaisers gegen euch erhoben hat, wird auf euch niedersausen, noch bevor dieser Mond zu Ende gegangen ist!"

Und es hatte auch ganz den Anschein, obschon der gegen den Apennin vordringende Kaiserliche Heerwurm nur langsam vorwärts gekommen war, denn der bitterliche Nahrungsmangel zwang die Landsknechte immer wieder, in ganzen Rotten und Rudeln von der Straße abzuweichen, um auch die abseits gelegenen Dörfer, Flecken und Weiler heimzusuchen und verzehrstofflich auszuschöpfen. Dabei saßen und lagen ihnen die nun vom Herzog von Urbino befehligten Kampfverbände der Unheiligen Liga auf den Fersen wie auf dem Halse und wussten ihnen das Proviantfassen immer saurer zu machen.

Trotzdem verging kaum eine Nacht, in der sich Sophius Crott und Fabian nicht als Rutengänger betätigt hätten, und war es auch nur auf ein Stündlein oder zwei. Aber sie konnten zunächst nichts erfahnden und erhaschen, denn die Gegend wurde immer bergiger und armseliger.

Erst hinter dem Städtchen Cotignola, dessen Bürgerschaft durch eine kräftige Beschießung zur Hergabe von Brot, Schlachtvieh und Wein bewogen werden musste, fiel ihnen an der Grundmauer einer Friedhofsumwallung ein mit einem guten Schock venezianischer Goldmünzen gefüllter Tonschoppen in die Finger, dessen Inhalt sie redlich hälfteten.

Von hier aus ließ der Konnetabel die vier Großbüchsen, da sie infolge ihrer Ungefügigkeit den Weitermarsch gar zu stark behinderten, nach Ferrara zurückrollen.

Weiterhin wurde die ebenfalls Widerstand leistende Stadt Meldola erstürmt und ausgeplündert, wobei der in ihren Kellern lagernde Rebensaft dieser weingottgesegneten Flur die Knechte so voll und toll rauschte, dass sie darüber in Händel gerieten, zu raufen anhuben und wie blind aufeinander lospochten mit dem üblen Ergebnis, dass an die zweihundert Spanier und Italiener, die sich mit jeden Morgen immer weniger riechen mochten, ernstlich beschädigt wurden und von ihren Feldscherern verbunden und bepflastert werden mussten.

Ein heftiger Südwind hatte inzwischen den auf den Gebirgspässen liegenden Winterschnee zum Schmelzen gebracht, wodurch die etruskischen Bäche anschwollen, die Täler zerrissen und die Felder und Gärten weithin vermurten. Immer schlechter und steiler wurden die Straßen, und immer schwieriger gestaltete sich deshalb der Transport der Geschütze und der Munition, die oft genug an Seilen hinaufgezogen und über die Serpentinkehren emporgelüftet werden mussten.

Um diese Zeit betrat der Geschichtsschreiber Paulus Jovius den Apostolischen Palast, um dem Papst den täglichen Geheimbericht über die in Rom herrschende Volksstimmung abzustatten, und brachte zuerst die Nachricht von dem plötzlichen Ableben des Kaiserlichen Feldobristen Jörg von Frundsberg zu Gehör, die er soeben im Weinkeller „Zur Unbefleckten Empfängnis" erhascht hatte.

„Also", trumpfte Clemens Septimus altartheatralisch auf, „wird der Herr der Heerscharen jeden zu treffen wissen, der es wagt, sich seinem Stellvertreter mit dem Henkerstrick am Busen zu nähern!"

Worauf Paulus Jovius bekannte, dass sich nun auch die drei letzten Widersacher im Senat von ihrer Torheit bekehrt hätten.

„Ohne Krieg kein Sieg!", pontifexte der Papst. „Kein Sterblicher wird mich und Gott um diesen glorreichsten und folgenschwersten aller Triumphe bringen!"

Worauf sich Paulus Jovius dreimal verneigte und den Apostolischen Segen empfing.

Nur erschuf dieser kurioseste aller Gottesstellvertreter mit einem einzigen Federzuge fünf neue Purpurhüte aus dem blanken Nichts, um sie an die Meistbietenden versteigern und solcherart die in der Engelsburg eingekellerten Goldreserven um eine weitere Million Scudi vermehren zu können.

„Wahrlich, wahrlich, ich sage dir", zaubersilbte er dann seinen getreuen Nachrichtensammler und Daseinsbeschreiber an, „es sind nur die goldenen Kugeln, die niemals danebentreffen. Wer sich mir widersetzt, den zerschmettere ich!"

„Heil Clemens Septimus!", quittierte Paulus Jovius mit der schrankenlosen Begeisterung eines festangestellten Lobsängers und Propagandaministranten den Empfang dieses theomilitärischen Geistesblitzes erster Ordnung und sank tief ergriffen in die Knie.

Der nächste Audienzler war der Protonotar und Großinquisitor Luigi Sebulloni, der mit einer inzwischen sorgfältig angefertigten Strafakte erschien, darin alle Aussagen des mit der Streckbank bedrohten Buchbindergesellen Johann Baptista zu Papier gebracht worden waren. Fünf Kardinäle hatte er der Blutschande bezichtigt. Vier davon waren Spanier und gehörten zu den treuesten Anhängern des Papstes, der fünfte aber war kein anderer als Solidus Vollio.

„Nun haben wir ihn!", frohlockte Luigi Sebulloni.

„Vortrefflich!", stimmte Clemens Septimus zu und rieb sich die Hände. „Geh sogleich gegen ihn vor, aber mit voller Vorsicht! Denn er hat nicht nur hier in Rom, sondern auch in Florenz und Pisa einen starken Anhang. Von der Inquirierung der Dienerschaft und der drei Frauenzimmer ist vorerst abzusehen! Aber setze ohne Verzug das Gerücht in Umlauf und warte ab, was er dagegen unternimmt! Zeigt er sich aus Angst vor diesem Prozess bereit, nicht nur mit dem Kaiser zu brechen, sondern auch eine halbe Million Scudi zu opfern, dann werden wir wissen, wie sehr er sich schuldig fühlt und was wir, sobald erst der Sieg errungen ist, zu tun haben werden, um ihn zu weiteren Opfern zu ermuntern. Ganz genau so, wie wir das bei den anderen vier Erzschelmen vollbracht haben, die nur ihre eigenen Schwestern zu beschatten pflegen. Er dagegen beschläft nicht nur seine Schwägerin, sondern sogar seine eigene Tochter! Es gibt keine bessere Milchkuh als die Blutschande!"

„Dein allmächtiger Wille geschehe wie im Himmel also auch auf Erden!", paternosterte Luigi Sebulloni voll Bewunderung und machte sich unverzüglich an die Arbeit.

Am folgenden Abend traf Niccolò Machiavelli zum letzten Mal in Rom ein, um Solidus Vollio die zu Pisa einkassierten Quartalszinsen in guten Wechselbriefen zu überbringen.

„Hältst du es überhaupt für möglich", fragte der Kardinal, nachdem das Geldgeschäft zur beiderseitigen Zufriedenheit abgewickelt worden war, „dass der allmächtige Gott imstande sein könnte, diesem Medici den Sieg zu verleihen?"

„Der Allmächtige", antwortete der in allen Kriegskünsten sachverständigste der Toskaner achselzuckend, „ist zu allem und jedem imstande und fähig. In diesem Punkte ist er tatsächlich der unsicherste aller Kantonisten! Zweifellos ist Rom eine sehr starke Festung, und eine solche strategische Position erster Ordnung kann ohne schwere Büchsen nicht bezwungen werden. Auch sind die Römer, wie ich überall vernommen habe, fest entschlossen, sich bis zum letzten Blutstropfen zu verteidigen. Und ein Verräter, der den Feinden heimlich die Tore öffnen könnte, wird sich kaum unter ihnen finden lassen. Dahingegen sind die Angreifer eine zuchtlose Brut, eine barbarische Horde ohne jegliche Disziplin, also dass sie wenig Lust verspüren werden, sich die Köpfe an diesen unübersteigbaren Mauern einzurennen. Es müsste schon ein rechtes Wunder geschehen, wenn die Ewige Stadt von diesem halbverhungerten und bloßfüßigen Heerwurm zu Fall gebracht werden könnte."

„Der allmächtige Gott", knirschte der Kardinal, „wird ein solches Wunder vollbringen müssen, oder ich könnte seine Allmacht nicht länger unbezweifelt lassen!"

Hier wurden sie von Urban Immerius unterbrochen, der mit einer neuen Weinprobe hereintrat und beiläufig bemerkte: „Frundsberg, der alte Leu, ist tot. So erzählt man sich auf dem Florkamp!"

„Friede seiner Heldenasche!", murmelte Machiavelli und machte dazu eine Handbewegung, als würfe er eine Schaufel Erde dem Sarge nach. „Schon viel zu alt war er für die Neue Kriegskunst!"

„Sein Tod", seufzte der Kardinal, „bringt uns dem Frieden keinen Schritt näher!"

„Das ist so gewiss wie das Gloria in der Messe!", stimmte Urban Immerius zu, während er die Becher füllte. „Denn er hat zwei Söhne bei der Armee, die schon darauf brennen, seinen Tod zu rächen! Und der eine von ihnen, nämlich der Melchior, hat sogar den goldenen Strick in seinem Beutel, den sein Vater so lange am Busen getragen hat. Und eben dieser Melchior soll bei seiner Seligkeit geschworen haben, dass er den Heiligen Vater mit eigener Hand an den Galgen knüpfen wird."

„Ich werde ihn nicht daran hindern!", nickte der Kardinal.

Aber Machiavelli fügte kopfschüttelnd hinzu: „Auch Alexander Sextus ist nicht an den Galgen gekommen, obschon er es von Rechts wegen hundertmal verdient hätte!"

Nun kosteten sie den Wein, es war ein schwerer Capuaner, und fanden ihn so preiswert und mundlich, dass der Kardinal ein Viertelfuder davon für sich selbst und ein Achtelfuder für den Roterodamus bestellte, das Urban Immerius sogleich nach Basel zu spedieren versprach.

Nachdem der Küfermeister verschwunden war, um sich in sein rebensaftduftiges Dämmerreich zurückzubegeben, entspann sich zwischen Solidus Vollio und Nicolo Machiavelli der folgende Dialog.

„Wenn der Konnetabel", erklärte der Kardinal, „den Sturm nicht wagt, dann ist sein ganzer Feldherrnruhm keinen Schuss Pulvers wert!"

„Selbst Hannibal", gab Machiavelli zu bedenken, „hat die Sieben Hügel nicht angetastet, so nahe er ihnen auch gekommen ist. Ebenso wenig wird der Konnetabel bereit sein, vor Rom in den Staub zu sinken wie Achilles vor Troja."

„Und doch ist Troja gefallen! Desgleichen Karthago und Jerusalem! Ein Schauspiel, das von der sich immer nur selbst lobenden Torheit unablässig aufgeführt werden muss, bis die Zeit erfüllt ist und die reine Vernunft gesiegt haben wird, um mit dem Roterodamus zu sprechen."

„Der aber bei all seiner Gelehrsamkeit von der Kriegskunst nicht ein Jota versteht! Auch darfst du nicht vergessen, dass Troja keinesfalls durch die Tapferkeit der Belagerer, sondern nur durch eine Kriegslist, nur durch die wahrhaft unglaubliche Blindheit der Belagerten zu Fall gebracht worden ist! Doch so blitzdumm wie jene priesterhörigen Trojaner sind die heutigen Römer denn doch nicht, wenn sie auch von ihnen herkommen sollen, was ich aber für ganz ausgeschlossen halte. Denn Romulus und Remus waren doch nur, bei Licht betrachtet, zwei ganz gewöhnliche Straßenräuber nach dem Vorbild ihrer wölfischen Milchmutter."

„Aber was Troja damals recht gewesen ist, muss das nicht auch dem heutigen Rom billig sein? Denn auf welche andere Art und Weise könnte die Kirche von der unerträglichen Tyrannei dieses Medici erlöst werden? Ganz zu schweigen von der Einheit Italiens, die diesem hirnverbrannten Mammonissimus doch nur Hekuba ist und ohne deren Vollzug die Einigkeit der Christenheit eine ewige Schimäre bleiben müsste. Wenn der Allmächtige den goldenen Strick nicht nur am Busen des Vaters, sondern auch im Beutel des Sohnes zugelassen hat, ist das nicht ein doppelter Grund, nach dem Zweck zu fragen?"

„Darauf antworte ich dir: Obschon alle bisherigen Päpste zu dem gehängten Heiland gebetet haben, ist doch bisher noch keiner von ihnen an den Galgen gekommen. Auch kann dieser zweite Medici, genauso wie der erste, niemals ohne die Zulassung des Allmächtigen von der Hölle ausgespien worden sein! Weiterhin scheint es mir sehr unwahrscheinlich, dass jener allmächtige Zulasser, so er mehr als ein menschliches Hirngespinst ist, überhaupt jemals die Absicht gehegt hat, die Wölfin mit Christenheit oder die Christenheit mit der Wölfin zu beglückseligen, da sie doch beide, wie der Verlauf der Welthistorie beweist, immer nur Unglück miteinander gehabt haben. Und woraus schließt du, dass der Fall Roms den sofortigen Sturz dieses Papstes zur Folge haben müsste, durch dessen wetterwendische Politik die Sieben Hügel doch erst in diese bedenkliche Lage versetzt worden sind? Ich glaube viel eher, dass dieser Konfusionissimus zuletzt doch noch ein Schlupfloch finden könnte, um dem drohenden Henkerstrick zu entrinnen. Und worauf gründest du deine Hoffnung, dass es dann, wenn er erst am Galgen hängt, hier in Rom sogleich besser werden könnte? Willst du etwa sein Nachfolger werden?"

„Fällt die nächste Wahl auf mich, dann werde ich keinen Augenblick zögern, den Heiligen Stuhl zu besteigen, und zwar als Petrus Sekundus wie auch als Platzhalter des Roterodamus, den ich dann sofort zum Kardinal erheben werde, damit er mein Nachfolger werden kann."

„Soll er den hundert Jahre alt werden?"

„Bei Gott ist kein Ding unmöglich! Denn ich besteige den Heiligen Stuhl nur, um ihm noch zu meinen Lebzeiten diesen Sitz einräumen zu können."

„Deine Hartnäckigkeit ist bewundernswert!"

„Denn wer könnte mich zwingen, länger auf diesem Stuhle zu sitzen, als er mir behagte? Doch bevor ich zu Gunsten des Roterodamus verzichte, werde ich die Einheit Italiens wieder herstellen!"

„Und wie willst du solches vollbringen?"

„Durch ein Breve, darin ich jedem die Exkommunikation androhe, der es wagt, seine Waffe gegen einen Christen zu erheben."

„Victoria!", jubelte Machiavelli. „Und wie gedenkst du danach die Einigkeit der Christenheit in die Wege zu leiten?"

„Durch ein Allgemeines Konzilium, zu dem auch die Ketzer eingeladen werden sollen, und zwar nach Basel, wo alle Teilnehmer unter dem Vorsitz des Roterodamus so lange tagen mögen, bis das erzeugt und geboren worden ist, was er längst mit dem Terminus Welteidgenossenschaft definiert hat!"

„Heil Petrus Sekundus!", rief Machiavelli begeistert und hob den Becher.

Im selben Augenblick ließ sich Renzo da Ceri, der Verteidigungsgeneralissimus der Sieben Hügel, vor dem versammelten Senat also vernehmen: „Ja, ich werde diese Heiligste der Städte wohl in Hut und Schirm nehmen gegen die spaniolischen Speckfresser wie auch gegen die teutonischen Weinsäufer, denn das ist, wie unsere Botschafter einstimmig berichten, überhaupt keine Armee mehr, sondern nur noch ein gar elendiges, abgerissenes, barfüßiges und vom Grind der Armut schwer geplagtes Gesindel, mit leeren Beuteln, ganz ohne Kartaunen und Munition und mit solch entsetzlich verrosteten Degen, dass man sich nicht einmal einen Salat damit abschneiden möchte. Mit Spießen und Handrohren die älteste und stärkste Festung der Welt bezwingen zu wollen, solches verdient fürwahr ein Narrenstücklein sondergleichen benamst zu werden!"

Diese stürmisch bejauchzte Prahlung begann sogleich über die gutgeölten Zungen der tausend und abertausend in Rom wirkenden

Kleriker aller Würdegerade zu springen und wurde von ihnen so glaubenseifrig und militärbrünstig durch die vierzehn Quartiere der Stadt getragen, dass die

Siegeszuversicht des Pöbels immer üppiglichere Blüten treiben konnte. Mit nicht geringerer Geschwindigkeit aber verbreitete sich gleichzeitig das von dem Oberschergius Luigi Sebulloni mit bewährtem Geschick in Um auf gesetzte Flüstergerücht, wonach der Kardinal von Karthago und Maria Mercedes wegen eines überaus dringenden Verdachts der Blutschande, begangen an Schwägerin und Tochter, ohne Verzug von den höchsten Inquisitionsrichtern zur Rechenschaft gezogen werden sollte.

Solidus Vollio aber saß am nächsten Morgen, ohne etwas davon zu ahnen, mit Niccolò Machiavelli an der Frühstückstafel unter der von der Venus und ihren sieben wollustfarbigen Pfauen beherrschten Speisesaaldecke, um den gestrigen Dialog also fortzusetzen und zu beenden.

„Was aber wirst du", fragte dieser scharfsinnigste aller Toskaner, „dann, wenn du erst den Stuhl der Stühle bestiegen haben wirst, mit jenen fünfhundert Feisläufern beginnen, die, bis an die Backenzähne bewaffnet und in den Künsten der Freiheitsberaubung und des Menschenblutvergießens meisterhaft bewandert, deinen Thron umgeben werden. Darf sich der Papst der Völkereinheit und der Christenliebe von Raufbolden beschirmen und bewachen lassen?"

„Ich werde sie ablohnen und heimschicken!"

„Und wenn dann der römische Pöbel, was wohl kaum ausbleiben durfte, aufsässig wird und die Herrschaft an sich zu reißen begehrt?"

„Dann werde ich, genau nach dem roteradamischen Rezept, den Vatikan ohne Aufsehen verlassen, um den Heiligen Stuhl mitten in die Freiheit der Eidgenossenschaft zu verpflanzen!"

„Möge es dir gelingen!", rief Machiavelli feierlich und leerte darauf seinen Becher.

Eine Stunde später verließ er die sich zum äußersten Widerstand gerüstete Glaubenskreditpolis in Richtung auf Ostia, um auf dem Seewege in seine toskanische Heimat zurückzukehren, während sich Solidus Vollio nach Frascati hinauskutschen ließ, um mit den neuen

Zinssummen einen Weinberg zu erstehen, der ihm kürzlich zum Kauf angeboten worden war.

Unterdessen hatte sich der Kaiserliche Heerwurm über die apenninische Wasserscheide geschoben, und gleich hinter der noch in der Osterwoche erreichten Tiberquelle waren die halbverhungerten Kriegsknechte wie die Heuschrecken über die nun immer zahlreicher werdenden Mandelbäume hergefallen und hatten ihre noch ganz unreifen Früchte roh und ungeschält verschlungen, was nicht wenigen übel genug bekommen war.

Auch Fabian befand sich unter den von dieser schweren Darmpein Betroffenen.

„Solches", beklagte er sich eines Abends am Lagerfeuer dieses wochenlangen, noch immer kein Ende nehmenden Nahrungsmangels, „ist mir an meiner Wiege nicht gesungen worden!"

Da holte Adam Reissner aus seinem Ranzen ein abgegriffenes Büchlein heraus, schlug es auf, pirschte darin herum, fand auch bald die gesuchte Stelle und brachte sie nun zuerst auf Italienisch, dann aber auf Deutsch also zu Gehör: „Man erntet Ruhm und Ehre nicht auf Polstern und nicht auf weichen Daunenkissen!"

„Ein magerer Trost, wenn einem der Magen schier wie ein Kettenhund knurrt!", entgegnete Fabian grätig und schnallte sich seinen mit Edelsteinen gepanzerten Leibgurt noch um ein Loch enger.

„Das schrieb", schulmeisterte Adam Reissner mit erhobenem Finger, „Dante Alighieri, der Bedichter des Höllenkessels. Er hat auch das Fegefeuer und das Paradies besungen. Hier nimm und studiere!"

„Ach, was soll mir schon die Hölle!", winkte Fabian ab. „Reich mir lieber das Paradies! Denn dort braucht man weder nach Brot zu lungern noch nach Liebe zu darben!"

Nun ließ Adam Reissner den berühmtesten aller Höllenwegweiser wieder verschwinden und seufzte kopfschüttelnd: „Ich habe nur die Hölle im Ranzen. Das Fegefeuer wie das Paradies sind mir bei San Giovanni abhandengekommen. Du hättest Persien nimmermehr erobert!"

„Nicht im tiefsten Traume wäre mir solches eingefallen!", versicherte Fabian treuherzig. „Dennoch niemals habe ich nach Ruhm und Ehre bestrebt, wohl aber nach Frieden auf Erden und nach dem ungestörten Genuss aller Gottesgaben. Wie geschrieben steht: Jedem das Seine und allen das Ganze! Hast du ein Buch, darin von diesen beiden Dingen gehandelt wird, dann will ich mir wohl die Mühe machen, es genau durchzustudieren."

„Gegen den Hunger", behauptete Adam Reissner nach kurzem Bedenken, „gibt es kein besseres Mittel als ein Sonett von Petrarca."

Worauf er das mit diesen Silbenwundern ausgefüllte Büchlein ans Licht zog, es Fabian in die Hand drückte und zu ihm sprach: „Versuch es einmal damit! Ich schenke es dir, denn ich kann es schon auswendig."

Fabian bedankte sich und ging ans Werk, so schwer es ihm zuerst auch wurde. Und die gewünschten Folgen blieben auch nicht aus. Denn bereits am nächsten Abend konnten sie sich einen Hasen am Spieß braten, der von Sophius Crott durch einen meisterhaften Schrotschuss in der Morgendämmerung zur Strecke gebracht worden war. Nach der Mahlzeit öffnete Fabian das berühmteste aller Sonettenbüchlein und begann tapfer drauflos zu buchstabieren, wobei ihm Sophius Crott und Adam Reissner bereitwillig halfen, sodass er rasch genug weiterkam.

„Eine Stadt", belehrte ihn Sophius Crott und strich sich schmunzelnd den purpurnen Bart, „bringt man am raschesten mit Schießpulver und Kanonenkugeln, ein schönes Frauenzimmer aber mit Scharmuziersilben und Edelsteinen zu Fall!"

Und Fabian ließ sich solches nicht zweimal sagen.

Zur gleichen Stunde unterzeichnete Clemens Septimus, um die Siegeszuversicht des Pöbels noch weiter zu steigern, ein Breve, darin jedem Römer, der die Stadt ohne Erlaubnis verließ, die Einziehung seines gesamten Vermögens angedroht wurde.

Am folgenden Mittag stürzte die Eselin Kassandra, dieweil sie sich gar zu sehr in Sophius Crotts Distelprinzen verguckt hatte, mit der leeren Armeekasse einen gar zu steilen Abhang hinunter, brach sich dabei die linke Hinterhaxe und musste auf der Stelle geschlachtet und gebraten werden, wobei dem Feldzahlmeister Caspar Schwegler, als er sich an einem ihrer Schlegel erlaben sollte, dass blanke Schmerzwasser in die Augen schoss.

Auch Adam Reissner ging es sehr nahe, als an diesem Abend der Maulesel Audiat in die Kochkessel des Fünften Fähnleins wandern musste.

Claus Seidensticker dagegen war gegen solchen Kummer gefeit. „Hoi, hoi, du Grauschelm", herrschte er am nächsten Morgen den das Ambosswägelchen ziehenden Distelprinzen an, „du wirst wohl auch noch an den Bratspieß kommen, ehe wir das nächste Schlachtfeld erreicht haben!"

„Mitnichten, Herzbruder Claus", widersprach Sophius Crott, der zügelhaltend auf dem Amboss saß, „denn er hat ebenso wenig wie ich auf das Fähnlein geschworen!"

„Kotz die Katz und heilig Blut!", fluchte Claus Seidensticker im Vorüberschreiten. „Wenn erst unser Fähnlein auf der Engelsburg weht, dann wirst auch du auf einem ganz anderen Löchlein pfeifen!"

„Ja!", röhrte der Distelprinz hinter ihm drein, klappte mit seinen ellenlangen Ohren und machte dazu ein Gesicht, als wollte er sagen: Es muss immer einige Esel geben, die den Herrgott darüber hinwegtrösten, dass er so ungeheuer viele Esel geschaffen und in die Welt gesetzt hat.

An diesem Abend, als die Lagerfeuer von den Talhängen leuchteten und der Vollmond heraufglomm, seufzte Fabian: „Ach, Gott, wenn der Heilige Vater doch nur Frieden schließen wollte!"

„Ei, dann müsste er ja", rief Sophius Crott, indem er zur Wünschelrute griff, „den Beutel bis auf den Grund leeren und die ganze Beute fahren lassen. Und gerade davor scheut er sich wie der Satan vor dem Taufwasser! Denn er ist ja keineswegs der Herr und Meister, sondern der Sklave und Knecht jener unermesslichen Schätze, die in der Engelsburg liegen und die er nicht ergraben, sondern mit Glaubenslist und Ablassschmitz erbüt und an sich gerissen hat. Als Schatzgräber nämlich, das lass dir dreimal gesagt sein, nimmst du nichts weg und eignest du dir nichts an, was einem anderen gehört, als Schatzgräber wirst du nicht reich, indem du fremde Beutel leerst, um mit dieser Siegesbeute den eigenen zu füllen, allein als Schatzgräber vermagst du zu Wohlhabenheit zu gelangen, ohne die Zahl der armen Schlucker zu vermehren, weshalb ein jeglicher, der auf irgendeine andere Art als durch Graben und Schürfen reich und mächtig werden will, ein ausgemachter Bösewicht ist, er dünke sich in seiner närrischen Verblendung auch noch so fromm, edel, hilfreich und gut! Darum fort mit den Schuppen von den Lidern! Niemals pflegen die Reichen auf ein Fähnlein zu schwören, da sie doch die Fähnlein nur deshalb flattern lassen, um die Armen zusammenzubündeln und sie dergestalt auf die Schlachtfelder hinaus- und ins Massengrab hinabzulocken und zu stoßen!"

„So glaubst du wirklich", forschte Fabian gespannt, „dass Rom fallen wird?"

„Niemals habe ich daran gezweifelt!", versicherte Sophius Crott und deutete mit der Wünschelrute gen Süden, wohin der Marsch des Heerwurms zielte. „Wie auch geschrieben steht: Ihr könnt nicht Gott dienen und dem Mammon. Oder mit anderen Worten: Willst du Gott dienen, dann rühre dich und siehe zu, wie du den Mammon dazu bringst, dir zu dienen und dein ganz gehorsamster Knecht zu werden! Und eben darum taugt der Heilige Vater so wenig zum Schatzgräber wie ich mich zum Heiligen Vater eigne."

Aber auch in dieser besonders stillen Nacht blieb, da die Gegend noch viel zu felsig war, ihr eifriges Ruten und Muten ohne jeden Erfolg.

Um diese Zeit gelangte die falsche Nachricht von Frundsbergs Ableben nach Wittenberg.

„Dieser niemals besiegte Feldobrist", sprach Luther nach Tisch zu seinen Freunden, „der mir zu Worms so tapfer Mut zugesprochen hat, gehört zu den Wunderhelden, um welche Gott ein ganzes Volk segnet."

„Und welches Land", fragte Lukas Cranach, „meinst du damit, Martinus, Germanien oder Italien, die doch beide bisher vornehmlich mit Kriegsgetümmel, Raub, Brand, Hunger und Seuchen gesegnet worden sind?"

„Woran", brockte Philipp Melanchthon dazwischen, da Luther unmutig die Lippen zusammenflunschte, „nicht im Allergeringsten gezweifelt werden kann!"

„Stünde es nicht", spann Cranach diesem theokritischen Faden weiter, „weit besser um die ganze Welt, wenn der allmächtige Schöpfer Himmels und der Erden sämtliche Schlachtfeldtummler, Kriegszünftler, Brandstifter und Raubhandwerker, kleine wie große, berühmte wie unberühmte, zu sich hinauf in die ewige Seligkeit nehmen wollte, damit wir fortan verschont bleiben können von allen Nöten, Zwistigkeiten und Ärgernissen der Zukunft wie von dem doch so gänzlich widernützlichen Blutvergießen auf den Schlachtfeldern?"

„Und weshalb tut er es nicht?", hieb der junge Magister Agricola, da Luther noch immer mit seiner Antwort zu zögern geruhte, tapferlich in die gleiche Kerbe. „Hat solches etwa gar zu bedeuten, dass von Stund an sämtliche Soldaten, Waffenschwinger und Fähnleinschwenker vom Stande der Seligkeit in alle Ewigkeit ausgeschlossen und abgetrennt sein sollen?"

„Keine Religion", begann Luther sie nun anzugrollen, „ist für die menschliche Vernunft so närrisch und ungereimt wie die christliche. Unserem Herrgott beliebt es nun einmal, die falscharge Welt zu zwicken und zu äffen! Und so müssen wir denn an den unermesslichen Beutel der Gnade Gottes unverbrüchlich glauben, dabei aber immerdar ungewiss bleiben über unsere Erwählung. Denn wir sollen nur Menschen, aber durchaus nicht Gott sein! Ergo ist das Soldatenhandwerk ein gottwohlgefälliger Beruf, so er nur in der richtigen Gesinnung ausgeübt wird. Darum soll jeglicher Kriegsmann, sowie er in die Schlacht zieht, seine Seele Gott befehlen, der die Quelle alles Rechtes und allen Reichtums ist, und die zwei großen christlichen Heiligtümer ins Herz fassen, nämlich die drei Glaubensartikel und das Vaterunser. Solcherart sei er mutig und unverzagt und lasse sich nichts anderes dünken, als sei seine Faust Gottes Faust, sein Spieß Gottes Spieß, sein Schwert Gottes Schwert und seine Beute Gottes Beute!"

„Und das sollte", bohrte Agricola weiter, „für beide Seiten Geltung und Nutzen haben?"

„Bis die Entscheidung gefallen ist!", nickte Luther grimmiglich. „Wie geschrieben steht: Ich bin nicht gekommen, den Frieden zu bringen, sondern das Schwert!"

„So sollen wir es denn", seufzte Cranach, „auch weiterhin mit diesen immerdar unfriedlichen deutschen Fürsten halten und in alle Ewigkeit nach ihrer Pfeife tanzen müssen?"

„Was bleibt uns anderes übrig", kanzelte Luther gallig, „da sie doch unseres Stammes und Blutes sind? Und wer will wissen, was der liebe Gott mit uns Deutschen, die wir in der Mitte sitzen und von allen Seiten gedrückt und gestoßen werden, dass einem darüber schier die Tränen in die Augen kommen, noch alles beabsichtigt und vorhat? Denn die dasige Zeit ist gar zu übel und stürmisch! Der Teufel rast durch ganz Europa, die Untertanen gehen ihren viehischen Trieben und Gelüsten nach und scheren sich immer weniger um das Heil ihrer Seelen, der Kaiser, auf den wir ehedem so große Stücke gesetzt hatten, ist nur noch ein dürres Blatt im Sturme der unerträglichen Geschehnisse, und seine Ratgeber sind nichts Besseres als gierige Galgenraben, die alle Schätze der Alten wie der Neuen Welt in ihre unersättlichen Beutel praktizieren möchten. Schon beginnt das einst so mächtige Reich in allen Fugen zu krachen."

„Was doch niemals", stach Melanchthon dazwischen, „ohne Gottes Zulassung geschehen kann!"

„Da liegt der Krüppel bei den tollen Hunden!", knirschte Luther und schlug mit der Faust auf den Eichentisch. „Anstatt an Gott zu glauben, haben sich die Untertanen den Dämonen ausgeliefert, die das Reich nun in Fetzen reißen wollen, und Adel wie Fürsten sinnen nur noch darauf, das immer ärmer und ärmer werdende Volk um seine letzten Freiheiten zu bringen. Ach, meine Seele seufzt aus allen ihren Tiefen und mahnt mich unablässig, mein Vaterland zu retten, dass nun so schmachvoll vor meinen Augen vergehen will! Hätte ich nur von Anfang an gewusst, was ich inzwischen alles erkannt, erfahren und gesehen habe, so hätte ich fürwahr mein Maul gehalten und in meiner Klosterzelle fein stille geschwiegen und wäre nimmermehr so kühn und verwegen gewesen, den Papst und schier alle Menschen herauszufordern, anzugreifen und zu ergrimmen. Ich hätte mich niemals unterfangen, solche Dinge zu verrichten, die so weit über meine viel zu schwache Kraft gehen. Aber der Herr der Heerscharen hat mich nun einmal und keinen anderen erwählt und hinangeführt justament wie einen Karrengaul, dem die Augen verbunden sind, dass er die Unzahl der feindlichen Haufen nicht gewahr wird, die auf ihn zu und gegen ihn anrennen. Ja, dieser allmächtige Gott ist mein alleiniger Antreiber und Lenker, also dass ich ein Sklave in seinen Händen bin und tun muss, wo zu er mich zügelt. Denn wenn dieser Herrgott erst etwas aufs Korn genommen hat, dann lässt er es nimmermehr locker, dann bricht er jeden Willen, dann ist er tausendmal härter, zäher und verstockter als eine ganze Million Jüden."

Und da sie ihm darauf nichts mehr zu erwidern vermochten, wurde es so stille, dass man die am dunkelgrünen Kachelofen sitzenden Fliegen summen hörte.

Als Luther, wiederum von seinen Gallensteinen geplagt, an diesem Abend keinen Schlaf finden konnte, begann er wieder einmal in seinen eigenen allesamt übereifrig zu Papier gebrachten und zu Druck beförderten Schriften herumzublättern, was auch bei seinen Lesern noch niemals ohne beträchtliches Kopfschütteln abgegangen war, besonders bei den beiden so fraglich betitelten Werken „Ob Kriegsleute auch im seligen Stande sein können?" und „Von weltlicher Obrigkeit, wie weit man ihr Gehorsam schuldig?".

Worauf er die schuppenbeschwerten Lider schloss, die Hände faltete und mit der ganzen sächsischen, unentwegt ins Hellere strebenden Inbrunst eines theoknechtigen Willens betete: „Wie lange noch, lieber Herr und Gott, willst du mich in diesem schrecklichen Dunkel schmachten lassen?"

Aber auch diesmal ward ihm weder Stimme noch Antwort zuteil.

Zur selben Stunde nachtete zu Madrid der Kaiserliche Kriegsrat, um sich mit dem weiteren Schicksal der unter dem Kommando des Konnetabel nun endlich doch noch von San Giovanni aufgebrochenen Landsknechte zu befassen, die von der abgrundtiefen Leerheit ihrer Beutel nach der im vollen Beutel der Wölfin befindlichen Beute vorwärtsgetrieben wurden.

„So mögen sie sich denn", schlug Gattinari kaltherzig und kaltschnäuzig vor, „die Pekunia dort holen, wo sie liegt!"

„In der Engelsburg!", trumpfte der Herzog von Alba hinterdrein. „Denn wie der Hunger allzumal der beste Koch ist, so ist der leere Beutel der beste Lehrer der Tapferkeit!"

„Wie geschrieben steht", pflichtete Gattinari bei, „voller Beutel marschiert nicht gern!"

„Ja, sie sollen Rom zu Fall bringen und den ungetreuen Clemens zum Kuckuck jagen!", knirschte Carolus Quintus, dieser erlauchteste aller camaligen Massennimrode, der inzwischen doch noch die so fabelhaft bemitgiftete Tochter des portugiesischen Thronhockers heimgeführt hatte, und geruhte nun, den gegen den vertragsbrüchig gewordenen Heiligen Vater gerichteten Großhatzbefehl zu unterzeichnen, dessen Zweck darin bestand, diese durch die Lappen gegangene kuriale Jagdbeute in die Reichsadlerkrallen der Kaiserlichen Armee-Majestät zurück- und hineinzutreiben.

Am folgenden Morgen saß der Alte Hexenmeister Desiderius in dem „Zur Alten Treu" benamsten Gehäus zu Basel, über die frischen Druckbogen des erzrömischen Kirchenvaters Augustinus gebeugt, um die darin von den Setzern vollbrachten Druckfehler aufzupirschen und anzuröteln, als der in dieser Nacht von einer Geschäftsreise aus Augsburg, Konstanz und Zürich zurückgekehrte Johannes Froben über die Schwelle trat, um die ihm unterwegs zugeflogenen Neuigkeiten zu Gehör zu bringen.

„Wie ich in Augsburg vernommen habe", begann er zu berichten, „will sich nun auch der alte Frundsberg von dannen heben, und seine Gläubiger, die von ihm noch keinen roten Heller gesehen haben, sollen sich schon die Haare raufen."

„Wie geschrieben steht", bibelte Desiderius und legte den Stift hin: „Die da reich werden wollen, fallen in Versuchung und Stricke und viele andere schändliche und törichte Laster!"

„Auch ist mir in Konstanz zu Ohren gekommen", fuhr Johannes Froben fort, „dass sich dieser alte Kampfhahn von dem venezianischen Gesandten Dominikus Venier hat bestechen lassen."

„Dann", versetzte Desiderius achselzuckend, „haben die superschlauen Markuslöwiten diesmal ihre teuren Zechinen umsonst ausgegeben, denn die Landsknechte des Kaisers werden bald vor Rom stehen, um der Wölfin zum Tanz aufzuspielen."

„Und der Zwingli", berichtete Johannes Froben weiter, „ist nun ein gar zwingerischer und gestrenger Kanzelobrist geworden, der mit den Züricher Ratsherren angesichts des Ütliberges genauso scharf herumexerziert wie Mose mit den Zwölf Stämmen vor dem Berge Sinai."

„Wiederum kein Wunder!", bemerkte Desiderius sehr trocken. „Denn jedweder Theologius will mit Leib und Seele für seinen persönlichen Herrgott kämpfen, streiten, siegen und herrschen, weswegen hinter jedem Heiligen Berge mindestens ein blutiges Schlachtfeld zu liegen pflegt. Und die alleinige Schuld an allen diesen noch heute die Welt bedrohenden Missständen trägt kein anderer als der Urheber der Konstantinischen Schenkung, jener glorreiche Barbarissimus und Weltschnapphahn, der, nachdem es ihm gelungen war, unter seiner Verwandtschaft ein wahrhaft kannibalisches Blutbad anzurichten, den Glauben an die vollbrachte, aber keineswegs gelungene Welterlösung zur Staatsreligion erhoben hat, um auf diese blitzeinfache Art, Kunst und Weise den zur Vordertür des christlich getünchten Tempelgebäudes hinausbugsierten heidnischen Kriegsgott Mars durch die Hintertür in theolegionärrischer Uniform wieder hereinkomplementieren zu können. Leuchtet dir das nicht ein?"

„Ein wenig schon!", murmelte Johannes Froben beklommen und tupfte sich die ersten welteidgenössischen Grunderkenntnistöpflein von der eidgenössischen Stirn.

„Dergestalt", fuhr Desiderius fort, „wurde durch einen einzigen Federstrich der Sinn es Urchristentums ins strikte Gegenteil verkehrt. Und solange der Welterlöser dieser misslungenen Befreiung von Supermantik und Militarismus weiterhin am Terrorholz bluten muss, um dadurch an seiner tatsächlichen Auferstehung verhindert zu werden, solange werden auch die herrschenden Dingfestmacher und Profithandwerker bestrebt sein müssen, immer wieder einen Unschuldigen zur Strecke zu bringen, um sich durch sein Blut zu entsühnen. Aber dieses Schuldentilgungssystem und Sündenbockmethodium ist grundfalsch, denn es lässt die Defizitlawine ihrer Fehlspekulationen immer weiter anschwellen, bis die nicht mehr abwendbare Katastrophe über sie hereinbricht und sie vom Schemel fegt."

„Gott im Himmel!", ächzte Johannes Froben und musste nun schon den Rockärmel zu Hilfe nehmen, um den Schweißerguss zu bändigen.

„Und so wird denn", exaktete Desiderius weiter, „dieser Herr der Heerwürmer, dieses blutbefleckte Idol der gesetzlich geschützten Langfingerei, der Beutelleerung und des Gewissenszwanges auch heutzutage nicht nur von dem überaus goldgierigen Clemens, dem Pontifex von Rom, adoriert, beweihraucht und angebetet, sondern auch mit genau denselben Fanatismus von dem nicht minder rechthaberischen Martinus, dem Pontifex von Wittenberg, und nun sogar schon, wie es scheint, von dem heißspornigen Ulrich, dem Pontifex von Zürich. Wie geschrieben steht: Jedem Wahne seine Fahne! Und sollte daraufhin unser guter Oekolampadius den gleichen jehowahnlichen Kitzel verspüren, hier in Basel die theostrategische Kommandogewalt an sich zu reißen, dann wird der Große Rat alle Ursache haben, ihm diesen zebaothischen Star auf das allergründlichste zu stechen. Wie geschrieben steht: Vorbeugen ist besser denn nachäugen! Denn letzten Endes sind sämtliche Gottesgelehrten verkappte Militaristen, die nur darauf versessen sind, ihre Zuhörer zum blinden Gehorsam zu dressieren, um sie dann unter dem Rufe ‚Gott will es!', wie es schon die Kreuzzüge bewiesen haben, zum Märtyrertod auf den kommenden Glaubensschlachtfeldern reif zu machen. Und keiner von ihnen bildet dabei, so es erst einmal ernst geworden ist, eine Ausnahme, dieweil das Schwert Gideons aus genau derselben Schmiede stammt wie das Schwert Muhammeds. Deswegen lautet ja auch die theostrategische Grundparole in allen Sprachen: Gehet hin in alle Welt und taufet alle Unbekehrbaren mit Feuer und Schwert! Wie solches nun schon sogar in der Neuen Welt geschieht, damit das Reich des Gottesstaates, der doch in Wahrheit immer nur ein Priesterstaat ist, endlich herbeikommen kann. Und dieser fehlerhafteste aller nur erdenklichen Befehle ist noch ansteckender als die Pest und weiß nach ihrem Vorbild, wie die ganze Weltgeschichte lehrt, alle Grenzen, alle Ströme, alle Gebirge, ja sogar alle Meere zu überspringen."

„Und der Herrgott", seufzte Johannes Froben händeringend, „lässt das alles zu, ohne nur mit der Wimper zu zucken?"

„Zweifelsohne!", bejahte Desiderius daumendrehend. „Und ich versuche ihm selbst in diesem Punkte auf das allergenaueste nachzueifern, was mir bisher auch gar nicht so übel gelungen ist. Denn wenn er schon, wie die vier Evangelisten, wiewohl sie keine Augenzeugen gewesen sein können, auf Ehre und Gewissen zu berichten wagen, seinen Eingeborenen Sohn dahingegeben hat, um die genau nach seinem persönlichen Ebenbilde ins Dasein gerufene Menschheit von der durch ihre Beherrscher, Landpfleger und Tyrannen auf sie gehäuften Sündenlast zu erlösen, ohne dass ihm bis heute dieser so heiß ersehnte Erfolg beschieden worden wäre, so darf ich von mir in aller Bescheidenheit, ohne erst die Hilfe fremder Federn in Anspruch nehmen zu müssen, wohl genau dasselbe behaupten. Wie sein Sohn auf dem Hügel Golgatha verblichen sein soll, nicht anders ist das Dasein des meinen auf dem Blachfelde von Bicocca vergangen und erloschen. Der einzige Unterschied besteht darin, dass solches keinesfalls mit meiner Einwilligung geschehen ist! Und so erweist sich dem exakt wissenschaftlich geschulten Blick jedwedes frische Schlachtfeld, auf dem nach Gottes aktivem und meinem passiven Vorbild diese bis zur Narrheit verblendeten, vaterländischen Nachkommenerzeuger ganze Hekatomben ihrer Eingeborenen Söhne dahinopfern, als ein hunderttausendfaches Golgatha. Oder wagst du das zu bezweifeln?"

„Nimmermehr!", hauchte Johannes Froben aufs tiefste erschüttert.

„Und nun", sermonte Desiderius mit erhöhter Stimme, „bringt dieser Pontifex von Wittenberg, der von der hebräischen Sprache noch weniger versteht als ich von der arabischen, obendrein noch den Flexionsschnitzer fertig, den Pluralgenitiv Zebaoth zu einem Singularnominativ aufzublasen. Wie geschrieben stehen sollte: An ihren Lesefrüchten sollt ihr sie erkennen! Und wenn Luther solcherart den allmächtigen Schöpfer Himmels und der Erden zum Range eines internationalen Kriegsministers degradiert, wer darf sich dann noch darüber verwundern, dass dieser unersättliche Molochissimus, um sein Fetischdasein zu fristen, alles daran setzen muss, um die Kette der Schlachtfeldtänze nicht abreißen und den Blutstrom der ihm solcherart dargebrachten Heldenhekatomben nicht versiegen zu lassen?"

„Wo willst du damit hinaus?", stammelte Johannes Froben und raufte sich unwillkürlich das viel zu früh ergraute Haar.

„Immer nur in die Welteidgenossenschaft", antwortete Desiderius und griff wieder zum Korrekturstift, „immer nur in das Himmelsdasein auf Erden, in die Freiheit aller, die guten Willens sind. Denn wenn Gott den Menschen schon nach seinem Ebenbilde geschaffen hat, so darf auch nicht länger bezweifelt werden, dass die Silbe Gott die Ehre hat, eine menschliche Schöpfung zu sein, also dass aus jedem Gott immer nur das herausschallt, was in ihn hineingerufen worden ist. Schon darum vermag sich kein Gott klüger zu äußern als der allerklügste der Propheten und Apostel, von denen er sich verkündigen und austrompeten lassen muss. Deswegen auch ist die römische Wölfin, die das apostolische Propagandageschäft nicht nur gepachtet, sondern sogar geerbt haben will, alles andere als ein honigseimendes Füllhorn, so viele saugbeflissene Wolfsmilchschwärmer zurzeit noch an ihren Zitzen hängen mögen!"

„Aber dann", begehrte Johannes Froben auf, „wäre ja die ganze Welt nichts mehr und nichts weniger als ein teuflisches Absurdum!"

„Die Glaubenswelt sicherlich!", stimmte Desiderius zu. „Das heißt der von den Theologen eingenommene und beherrschte Daseinskreis, denen es darum auch so gänzlich an der Selbstbeherrschung mangelt. Wie auch geschrieben stehen sollte: Nichts eignet sich zur Grundlage eines Gottesglaubens so vortrefflich wie das Absurde, also dass in einem Daseinsraum ohne das Vorhandensein des leibhaftigen Satans und das ist immer, bei dem unerbittlichen Lichte der exakten Philologie betrachtet, der auf die Unbewaffneten losgelassene Waffenschwinger, ein Theologe nicht einmal auf die Kosten seines Studiums kommen könnte, von allen seinen weiteren Gehaltsansprüchen und Unterhaltsnotwendigkeiten ganz zu schweigen. Denn in einer solchen, nur mit Hilfe von waffenstarrenden Soldknechten aufgerichteten und nur durch eine sich stetig verschärfende Würgwaltung aufrecht zu erhaltende Gottesordnung, deren satanische Urhebung sich nun immer deutlicher abzuzeichnen beginnt, geht es ausnahmslos um die Beute, um den Vorteil der Privilegierten, um den Profit, um die Pekunia. Deswegen auch muss die ganze Christentümlichkeit zwischen der dem Kaiser Augustus zugeschriebenen Schatzungssatzung, von der die in Nazareth hausenden Eltern des Heilandes nach ihrem Geburtsort Bethlehem in Bewegung gesetzt wurden, und den dreißig Silberlingen schweben, die jener Jünger eingebeutelt haben soll, auf dessen Verrat hin sein Meister von den römischen Staatsgewaltverübern ganz unschuldigerweise im Garten Gethsemane ergriffen und der Freiheit beraubt werden konnte."

„So glaubst du nicht einmal daran?", stöhnte Johannes Froben schier entsetzt.

„Wie kommst du darauf?", fragte Desiderius zurück. „Ich vermöchte sogar beides zu glauben, auch wenn es noch hundertmal absurder wäre. Ich glaube sogar an den Zins- und Steuergroschen, ohne den doch ein Reich von der Größe des altrömischen Tyranneibetriebes nimmermehr vorhanden gewesen sein könnte. Und dann stelle dir einmal diese ungeheuerliche Völkerwanderung vor, die entstehen muss, wenn in einem solchen Reiche zu einem bestimmten Termin jeder Untertan zwecks Steuerleistung mit seiner Ehefrau seinen Geburtsort aufsucht, um nach vollbrachter Beutelerleichterung an seinen Wohnsitz zurückzukehren? Und was soll man schon von einem Höchstwesen halten, das seine welterlösenden Heilsmaßnahmen von der Mitwirkung eines von ihm zum Selbstmord prädestinierten Stoffwechslers abhängig machen muss, dessen höchste Sehnsucht dreißig lumpige Silberlinge sind? Aber justament so und nicht anders geht es zu in einer Welt, in der ein Reicher tausend Arme erzeugt, die dann ihre Arme rühren müssen, um ihm, dem Reichen, alles herzustellen und darzureichen, was er zur Sicherung und Wohlbekömmlichkeit seines Daseins benötigt und begehrt. Daher denn auch alle Reiche, deren einziger Zweck die Herrlichkeit der Besitzenden und die Niederhaltung der Besitzlosen ist, immer nur von Reichen gegründet worden sind. Armen Leuten dagegen genügt schon eine Eidgenossenschaft, die ihnen das durch keine im Dienste der Reichen stehende Waffenschwingerhorde bedrohte Weitergedeihen und damit den ewigen Bestand verbürgt. Hinwiederum pflegen alle Armeen aus Armen zu bestehen."

„Eheu!", fuhr Johannes Froben auf und hielt den Atem an.

„Sogar der Konnetabel", drehte Desiderius diesen unzerreißbaren Beweisfaden weiter, „ist zurzeit nichts mehr als ein Habenichts, ein überaus armseliger Schlucker, so schwerreich er vorher auch immer gewesen sein mag. Und weshalb ist er nun nach Rom unterwegs? Nur um seinen leeren Beutel wieder aufzufüllen! Kurzum: Je reicher die Reichen werden wollen, desto zahlreicher werden auch die von ihnen zur Welt gebrachten Armen sein, und das wird, nach meinem Dafürhalten genauso lange andauern und seinen Fortgang nehmen müssen, bis diese bis aufs Blut gepeinigte Armut den Mut findet, ihre

Arme nur noch für ihr eigenes Wohlergehen zu rühren, um sich endlich ans Werk machen, die Reiche der Reichen und ihre Zwingburgen, diese Missgeburten finanzstrategischer Herrgöttlichkeit, diese Zitadellen der fleischgewordenen Unvernunft und Herzenträgheit, zu berennen, zu erstürmen und zu zertrümmern. Denn was mit Gewalt gesammelt worden ist, das kann nur durch Gewalt zerstreut werden! Das ist das Grundgesetz, das überall auf Erden gilt, nur nicht in der Eidgenossenschaft, weil darin jede Gewaltanwendung zur Narrheit werden muss."

„Gott sei Lob und Dank!", atmete Johannes Froben auf und strich sich die Haare glatt.

„Selbst wenn besonders geistreiche Leute", sentenzte Desiderius schließlich, „Reiche gründen für die geistig Armen, und geschähe es auch nur auf dem Papier, dann entstehen genau solche Missebildtaten. So wäre ohne den Priesterstaat dieses Vaters aller Augustinermönche niemals die Utopia des britischen Schatzkanzlers Thomas More entstanden, der ebenfalls nicht vermocht hat, den Verlockungen der mit dieser einflussreichen Würde verbundenen Reichtümer und Privilegien zu widerstehen. Und so wird auch er eines Tages den wohlverdienten Lohn empfangen! Denn weil die Reichen – wie könnte es anders um sie herum so viel Armut geben? – ausnahmslos nach dem Gesetz der Spaltung angetreten sind, darum vermögen sie ihr Dasein auch gar nicht anders denn in Zwist und Zwietracht zu Ende zu bringen. Wobei es ganz belanglos ist, ob sie zu den weltlichen oder zu den geistlichen Würdegenießern gehören. Ob Staatskanzler oder Kardinal, sie werden genau denselben allerhöchsten Undank ernten! Wie auch schon geschrieben steht: Eher wird ein Kamel durch das Nadelöhr gehen, als dass ein Reicher ins Himmelreich komme!"

Worauf sich Desiderius, dieser erste Europäer, dem seine Gottähnlichkeit nimmermehr Bange machen konnte, wieder der Papierfläche zuwandte, darauf der kirchenväterlichste und christentümlichste aller Utopisten sein theostrategologisches Glaubenspolizistenparadeis hingegründet und emporgesilbt hatte.

Inzwischen war Solidus Vollio zu Frascati nach mehrtägigem Feilschen in den preiswürdigen Besitz des Weinberges Dolcefuoco gelangt, doch seine Rückkehr nach Rom hatte sich noch weiter verzögert, dieweil Madonna Arabella an einem heftigen Fieberanfall litt.

Ihr Zustand verschlimmerte sich bis zur Bedenklichkeit, als der Haushofmeister Amadeo Sfogga, hoch zu Ross, mit zwei dringenden Briefen eintraf. Denn in dem ersten warnte der bereits dreiundachtzigjährige Kardinal Araceli vor der auf jeden Entweicher lauernden Gefahr der Vermögensbeschlagnahme, während in dem anderen Schreiben Urban Immerius über das noch weit bedrohlichere von Luigi Sebulloni in Umlauf gesetzte Flüstergerücht berichtete.

„Narrenpossen!", knirschte Solidus Vollio und ließ sofort die beiden Kutschen anspannen.

So kehrte dieser reichste der Kardinäle mit seinen drei Damen, um sie vor dem heranrückenden Heerwurm in Sicherheit zu bringen, nach Rom zurück, ließ hier sogleich zwei Ärzte rufen, von denen nun die infolge dieser aufregenden Heimfahrt überaus geschwächte Madonna Arabella in Behandlung genommen wurde, und begab sich darauf zu seinem Nachbarn und Gesinnungsgenossen Araceli.

„Du weißt", begann Solidus Vollio, „wie unschuldig ich bin."

„Das weiß ich wohl", bejahte Araceli ohne Zögern, „aber ich weiß auch ebenso genau, wie sehr der Schein gegen dich ist. Und wenn auch dieser ungetreueste aller Heiligen Väter kaum vor dem Ende des Krieges etwas Ernstliches gegen dich unternehmen wird, so wirst du doch, wenn er nicht bald abberufen wird, einen schweren Stand mit ihm haben. Denn wie willst du beweisen, dass du schon mit siebzehn Jahren durch einen Jagdunfall deine Beschattungsfähigkeit verloren hast, wo doch ganz Rom davon überzeugt ist, dass dieses Unglück gar nicht dir, sondern deinem Bruder widerfahren ist?"

„Es hat nicht ihn, sondern mich getroffen", erklärte Solidus Vollio, „und ist der einzige Grund gewesen, der mich dazu bewogen hat, dem Laientum Valet zu sagen."

„Und weshalb hast du niemals der Behauptung widersprochen", fragte Araceli kopfschüttelnd, „dass deinem Bruder dieses Unglück widerfahren ist?"

„Er ist tot, ich aber lebe noch!", entschuldigte sich Solidus Vollio. „Ihm schadet es nicht, wenn er das trägt, was man selbst einem Zölibatär als argen Makel anrechnen müsste."

„Und wer", bohrte Araceli weiter, „ist nun der Vater jenes Mägdleins, mit dem deine Nichte Olivia vor sechzehn Jahren niedergekommen ist?"

„Nicht ich", gestand Solidus Vollio, ohne mit der Wimper zu zucken, „sondern der damals im Duell gefallene Graf Vittorio Colonna. Ich habe diese Vaterschaft auf mich genommen, um die Mutter wie das Kindlein vor der Schande zu bewahren."

„Und um deinen eigenen Mangel", fügte Araceli hinzu, „darunter zu verdecken?"

„Willst du mir solches als Sünde anrechnen?", fragte Solidus Vollio zurück.

„Das sei ferne von mir!", winkte Araceli ab. „Trotzdem rate ich dir dringend, dich in aller Stille davonzuheben, wenn nicht nach Pisa, dann nach Neapel!"

„Ich glaube", warf Solidus Vollio ein, „an den Sieg der Kaiserlichen Waffen! Gott wird die gerechte Sache triumphieren lassen müssen!"

„Nicht alle frommen Wünsche gehen in Erfüllung!", gab Araceli zu bedenken. „Darum bestelle dein Haus und entweiche! Einen guten Pass werde ich dir noch heute verschaffen, damit du unangefochten, am besten als Bettelmönch, durch die Torsperre kommst. Und dann fasse dich draußen in Geduld, bis hier in Rom die Entscheidung gefallen ist! Siegt er, dann bist du hier drinnen ein verlorener Mann, und unterliegt er, wie auch ich immer noch zu hoffen wage, dann werde ich schon dafür sorgen, dass du im Triumph zurückkehren kannst, um sein Nachfolger zu werden!"

„Es geschehe nach deinem Willen!", nickte Solidus Vollio entschlossen. „Ich aber werde mich als grauweißer Minorit zu den Landsknechten durchschlagen und sie in die Stadt führen!"

Daraufhin besprach er diesen Plan mit Urban Immerius, der sich sogleich bereit zeigte, ein mit Gold, Kleinoden und Edelsteinen gefülltes Weinfässchen aus Rom hinauszuschmuggeln und es auf dem Seewege nach Pisa zu bringen. Allein dieses mit größter Sorgfalt vorbereitete Unternehmen scheiterte an dem erhöhten Argwohn der überall herumschnüffelnden Inquisitionsbüttel sowie an der Hast Luigi Sebullonis, der den Papst inzwischen bewogen hatte, über Solidus

Vollio und seine drei Damen einen exemplarisch scharfen Hausarrest zu verhängen.

Und so erschien in demselben Augenblick, als der mit sechs Wein- und diesem Schatzfässchen beladene Maultierkarren aus dem Torweg des Palastes auf die Töpfergasse hinausrollte, eine fünfköpfige Abteilung Schweizergardisten, die diesen verdächtigen Transport sofort aufhielten und beschlagnahmten. Worauf schon eine halbe Stunde später eine zehnköpfige unter dem Kommando des aus Luzern stammenden Rottmeisters Kilian Werbs stehende Kolonne dieser fremdländischen Söldner den Palast umzingelte, jeden Verkehr unterbrach und so Solidus Vollio, der schon das grauweiße Minoritenkleid anlegen wollte, am Entweichen verhinderte.

Zwar erhoben alle kaisertreuen Kardinäle, angeführt von Araceli, nicht weniger als siebzehn an der Zahl, einen gemeinsamen Einspruch gegen diese Zwangsmaßnahme, aber sie hatten damit kein Glück, dieweil das siebente der in die Engelsburg abgerollt Gebinde unterdessen genauestens geprüft und der Wert seines Inhalts auf sechsmal hunderttausend Scudi geschätzt worden war.

„Niemals pflegt ein Unschuldiger seine heimliche Flucht vorzubereiten!", triumphierte Clemens Septimus und hieß sie gehen.

Und so kam denn auch bald der Tag und die Stunde, da sich Solidus Vollios Geschick erfüllen sollte.

Der Anlass dazu war ein heftiger Regenguss, der die den Palast bewachende Gardistenrotte bewog, in das Vestibül einzudringen und ihr Lager am Fuße der zweiundzwanzigstufigen Marmortreppe aufzuschlagen.

Doch dagegen erhob sich sofort die ihnen an Kopfzahl dreifach überlegene und von Amadeo Sfogga meisterhaft angeführte Dienerschaft und entwickelte bei dieser Aktion ein solches Maß von Entschlossenheit, dass Solidus Vollio im vollen Purpurornat, angelockt von dem stetig wachsenden Waffenlärm, auf der obersten Treppe erschien und also herabdonnerte: „Entwaffnet die Eindringlinge und schlagt sie in Banden!"

Und es begann also zu geschehen.

Einer nach dem anderen der sich gegen die Übermacht heldenhaft verteidigenden Gewaltzünftler wurde, unter starken Blutverlusten auf beiden Seiten, entwaffnet und gefesselt. Zuletzt fielen die Sieger, soweit sie noch kampffähig waren, den Rottmeister Kilian Werbs an, der sich auf der untersten Stufe wie ein Berserker zur Wehr setzte, bis er, seine unabwendbare Niederlage erkennend, die Marmortreppe emporsprang und seinen Degen dem Kardinal, dicht unter dem smaragdenen Brustkreuz, mitten durchs Herz rannte.

Doch schon im nächsten Augenblick wurde Kilian Werbs, dieser auf das vortrefflichste abgerichtete Massenmörder, nachdem er einen Unbewaffneten niedergestreckt hatte, durch vier gleichzeitige Degenstöße von hinten her über den Haufen gestochen.

„Verfluchte Schweine!", knirschte er und brach zusammen.

„O mein Jesus!", seufzte Solidus Vollio, ehe er den letzten seiner Atemzüge tat.

Als die auf ihrem Schmerzenslager hingestreckte Madonna Arabella von diesem schrecklichen Blutbad erfuhr, schloss sie die Lider und hauchte: „Wie könnte ich jemals von ihm lassen!"

Worauf ihr vom Fieber gepeinigtes Herz unter dem Wehklagen ihrer Tochter Olivia und ihrer Enkelin Miranda seinen letzten Schlag vollbrachte.

Die unmittelbare Folge dieser wölfischen, ganz Rom in Aufregung versetzenden Katastrophe war die sofortige Verbannung Luigi Sebullonis ins Kloster Monte Cassino, womit dieser Sündenbock so tief in den Abgrund der allerhöchsten Ungnade gefallen war, dass er niemals wieder daraus auftauchen sollte.

Solidus Vollios Leichnam wurde des nachts in aller Stille beigesetzt, und zwar hinter dem linken Seitenaltar der Maria Mercedes, während Madonna Arabella ihre letzte Ruhestätte neben ihrem im Erbbegräbnis der Familie Semerdio bestatteten Ehegemahl Denarius fand.

Nach dieser Bestattung wurde Amadeo Sfogga, mitten auf der Töpfergasse, von einer Rotte Inquisitionsschergen eingekreist, nach hartem Kampf entwaffnet und als Mörder in den Kerker geworfen.

Allein der Rottmeister Kilian Werbs erwies sich als ein so zäher Eidgenosse, dass er trotz der zahlreichen Degenstiche, die er im Kampfe empfangen hatte, doch noch mit dem Leben davonkam.

Woraufhin Amadeo Sfogga, auf Drängen des Kardinals Araceli, am vierten Tage der Haftzeit wieder auf freien Fuß gesetzt wurde.

Olivia und Miranda aber vergossen in diesen nachösterlichen Tagen viele bittere Zähren, wurden jedoch nicht weiter behelligt. Denn der Papst hielt es, schon aus Angst vor den mit vollem Recht über diese Bluttat höchst empörten Kardinälen, die in diesem Falle einmütiglich zusammenstanden, für überaus geraten, sich zunächst mit dem erbeuteten Schatzfässchen zu begnügen.

Die Beschlagnahme des Palastes, in dem Olivia und Miranda unter dem Schutz des Haushofmeisters Amadeo Sfogga und des nicht minder getreuen und besorgten Nachbarn Urban Immerius wohnen blieben, und die Wegnahme der Olivia von dem Verblichenen bereits gemachten Liegenschaften, wurden von Clemens Septimus auf die Zeit nach dem Siege verschoben, den er schon so gut wie im Beutel zu haben wähnte.

„Solidus Vollio", behauptete Urban Immerius am Stammtisch des Weinkellers Zur Unbefleckten Empfängnis, „ist genauso unschuldig wie ein neugeborener Säugling. Der liebe Gott hat diesen besten aller Kardinäle wieder zu sich genommen, weil er viel zu vernünftig war für diese unvernünftige Welt!"

„In Florenz aber", ergriff nun der mit Arnowasser getaufte und in ganz Italien hochgeschätzte Rechtsdoktor Benedetto Voce das Wort, „denkt man etwas anders darüber, denn dort weiß ein jedes Kind, das Madonna Arabella zuerst mit dem Solidus versprochen gewesen war und dass sie sich, nach jenem auf der Sauhatz geschehenen Unglück, nur schweren Herzens dazu entschlossen hatte, dem Denarius die Hand zum Ehebunde zu reichen. Seitdem sind mehr als dreißig Jahre vergangen, und wer vermöchte heute wohl den Beweis zu erbringen, dass Solidus Vollio damals außer der Beschattungskraft auch noch seine Beischlaffähigkeit eingebüßt hat? Denn das sind zwei ganz verschiedene Begabungen!"

„Das ist gewiss!", bestätigte der neben ihm sitzende und aus Padua stammende Medikus Silvio Baldetta. „Wie es denn auch schon vorgekommen ist, dass sich eine verlorengegangene Beschattungskraft wieder eingestellt hat, ohne dass es von dem Betreffenden bemerkt worden wäre, bevor das von ihm erzeugte Kindlein da war."

„Also", schloss der florentinische Jurist, „dass der Jungfrau Miranda kein Vorwurf daraus gemacht werden kann, wenn sie nach wie vor den abgeschiedenen Kardinal für ihren leibhaftigen Vater hält. Damit aber will ich, schon weil es sich ziemt, von einem Toten nur Gutes zu reden, keinen Stein des Tadels auf ihn geworfen haben. Denn was kann ein Sterblicher vor seinem Tode Lobenswürdigeres vollbringen, als eine wohlgeratene Nachkommenschaft zu erzeugen, wenn sie auch, wie in diesem Falle, nur in der weiblichen Einzahl vorhanden ist. Darum Friede seiner Asche! Der Tod hat das Gute, alle Anklagen auszulöschen!"

Worauf sie alle eine feierliche Runde auf die Seligkeit des Dahingegangenen zelebrierten, um sodann die unterdessen eingelaufene Meldung entgegenzunehmen, dass der Heerwurm der Landsknechte nach dem Verlassen der Apenninberge westwärts abgeschwenkt sei, um nicht Orvieto und Rom, sondern Siena und Florenz zu bedrohen.

„Das ist eine Finte!", warnte Urban Immerius. „Sie sind nach Rom unterwegs! Darauf will ich siebenmal das Heilige Abendmahl nehmen!"

Und trotz des allgemeinen Widerspruchs beharrte er auf dieser Meinung.

Solches geschah am Abend des Sonntags Misericordias Domini des Jahres 1527.

Matthäus Schiner, oder Schinner, um 1465 – 1. Oktober 1522, war Bischof von Sitten, Kardinal und Diplomat. Er war ein militärischer Kommandant in mehreren Schlachten in Norditalien.

Anton Fugger von der Lilie, * 10. Juni 1493 in Augsburg, † 14. September 1560 in Augsburg, war ein deutscher Kaufmann und Bankier.

Pompeo Colonna, * 12. Mai 1479 in Italien, Italien; * 28. Juni 1532 in Italien, war ein italienischer Adliger, Condottiero-Politiker und Kardinal. Auf dem Höhepunkt seiner Karriere war er Vizekönig des Königreichs Neapel (1530-1532) für den Kaiser Karl V.

Martin Bucer, eigentlich Martin Butzer oder auch Butscher, * 11. November 1491 in Schlettstadt, † 1. März 1551 in Cambridge, gehört zu den bedeutenden Theologen der Reformation und gilt als der Reformator Straßburgs und des Elsass.

Der Armut mutiger Arm

In den fruchtbaren Hügelebenen Toskanas bereitete die Nahrungsbeschaffung den Landsknechten weit geringere Schwierigkeiten als bisher, weshalb auch der Weitermarsch so beschleunigt werden konnte, dass Sophius Crott und Fabian für längere Schatzgräbereien vorerst keine Zeit mehr fanden.

Die Stadt Siena, das nächste Ziel dieses antitheologischen Vorstoßes, sandte an dem Konnetabel eine dreiköpfige Botschaft ab, die von ihm in Arbia mit großer Feierlichkeit und einer Ehrensalve empfangen wurde, bewies damit, wie sehr die Bürgerschaft schon aus uralter Bitterfeindschaft gegen das papsthörige Florenz dem Kaiser gewogen war, erhielt das bündige Versprechen, dass die Bannmeile nicht verletzt werden sollte, und kargte daraufhin nicht mit Proviant, Kleidung, Schuhwerk, Karren und Rossen.

Hier ließ auch der Konnetabel, um die Fähnlein so leicht wie nur möglich zu machen, das gesamte Feldgeschütz zurück.

„Nehmt es in eure Hut", sprach er zu den Sienesen, „damit ihr hernach mit uns zusammen, sobald Rom gefallen ist, die Florentiner in die Pfanne hauen könnt!"

Zum Dank für diese glor- und beutereichen Aussichten zögerten sie nicht länger, ihm ihre dreißig allerlängsten Feuerleitern, auf die er längst seine Augen geworfen hatte, zum Geschenk zu machen.

„Linksschwenkt Marsch!", kommandierte er dann, und schon setzte sich der Heerwurm auf Viterbo zu in Bewegung, welche Stadt den erst kürzlich vom Sultan Suleiman aus Rhodos vertriebenen kirchenritterlichen Schlachtgottesdienstlern des Heiligen Johannes vor ihrer Übersiedlung nach Malta als Asyl diente.

Unter wettlichem Eifer der einzelnen Fähnlein wurden nun sämtliche über vierzig Sprossen langen, auf diesem Wege greifbaren Leitern ergriffen und mitgeführt.

Als Renzo da Ceri solches gemeldet wurde, schlug er sich mit der Panzerfaust auf den feuervergoldeten Brustharnisch und prophetete: „Vor unseren Mauern werden sie allzumal ihr Grab finden!"

Er und der Senat hatten inzwischen nichts versäumt, um die Stadt mit allem für eine Belagerung Nötigen wohl zu versehen.

In dem großen Zeughause zwischen Viminal und Esquilin lagerten mehr als dreitausend Tonnen bestes Schießpulver. Alle Wallmauern strotzten von leichten und schweren Büchsen, alle Kasematten von den dazugehörigen Kugeln. Allein die Engelsburg besaß eine Bestückung von zweihundert Rohren, darunter auch die zweiundzwanzig Kartaunen des Julius Sekundus, die sich ihrer Größe wegen besonders gut zum Werfen von Brandgeschossen eigneten.

Sämtliche Magazine waren bis an die Dachsparren mit Mehl, Öl und anderen Lebensmitteln gefüllt, desgleichen alle verfügbaren Keller mit Wein. Im Kolosseum brüllten und blökten ganze Schlachtviehherden, und auch das für sie nötige Futter war überreichlich in die Stadt geschafft worden. Der einstimmige Senatsbeschluss, die nähere Umgebung Roms von allem Genießbaren zu entblößen, hatte bisher, da weitere Proviantmengen nicht unterzubringen waren, nur zum Teil ausgeführt werden können.

Unterdessen war der Heerwurm bis zum Bolsenasee vorgedrungen, wo ein Kriegsrat abgehalten wurde. Während die Landsknechte in diesem Gewässer ein lang entbehrtes Bad genossen, suchten sich die Hauptleute unter dem Vorsitz des Konnetabel über die Stelle zu einigen, an der die Leitern angelegt werden sollten. Zu diesem Ende wurden verschiedene Landsknechte verhört, die schon einmal in Rom gewesen sein wollten. Darüber jedoch gingen die Meinungen immer weiter auseinander, bis Claus Seidensticker auf Sophius Crott verfiel und ihn auch sogleich heranholte.

Er gab auf alle Fragen bereitwillig Auskunft und ließ sich durch nichts davon abbringen, dass von allen römischen Quartieren nach seinen Beobachtungen die am rechten Tiberufer gelegene Leostadt die weitaus niedrigsten Mauern hätte. Worauf einstimmig beschlossen wurde, an dieser und keiner anderen Stelle den Sturm zu wagen.

Hinter Montefiascone wurden anderthalb Schock ausgesucht schlanke Tannen gefällt und bis zu der gleichfalls dem Kaiser ergebenen Stadt Viterbo mitgeschleppt, wo alle Holzhandwerker mit Sägen,

Beilen und Bohrern antreten mussten, um vor den Toren Sturmleitern zu fügen, was ganze drei Tage in Anspruch nahm.

In diesen wiederum vom Vollmond beglänzten Frühlingsnächten versuchten Sophius Crott und Fabian mit ihren Wünschelruten von neuem die Göttin Fortuna zu beschwören, allein sie wollte ihnen auch diesmal noch nicht hold sein, weshalb sich die beiden Schatzgräber übermüdet zwischen einem Lorbeerstrauch und einem Myrtengebüsch aufs Ohr legten.

„Da schlag doch Gott den Satan tot!", knurrte Sophius Crott, als er am nächsten Morgen die Augen aufschlug, und kratzte sich hinter dem linken Ohr. „Kannst du Träume deuten?"

„Träume sind Schäume!", winkte Fabian ab, der schon dabei war, das kleine Feuer anzufachen, auf dem der Kessel stand.

„Jaja!", röhrte der Distelprinz unaufgefordert dazwischen, der sich bereits darangemacht hatte, den blühenden Myrtenbusch wohlgefällig abzuweiden.

„Schon zum dritten Male", grollte Sophius Crott, „habe ich nun von einem weißgrauen Bettelmönch geträumt. Er nahm mich an die Hand, führte mich an eine hohe Mauer und sprach: Was Menschenhände gefügt haben, das kann auch von Menschenhänden gestürzt und zertrümmert werden! Siehe, hier ist weder Pforte noch Tor, und doch sollst du hineinkommen, so wahr ich selig geworden bin! Darauf hob er den Hirtenstab, den er in seiner Linken trug, und schlug damit dreimal gegen die Mauer, worauf sich in ihr ein Wolfsrachen öffnete, der also aufheulte: Mene mene tekel upharsin! Und dann löste sich der Mönch vor meinen Augen auf, er zerfloss in einen dicken Nebel, der die Mauer verschlang, und ich erwachte."

„Wie mir deucht, kein schlechtes Omen!", nickte Fabian, während er sehr nachdenklich in der Frühstückssuppe herumrührte.

„Das war", kalkulierte Sophius Crott, „entweder der Prophet Daniel persönlich oder einer seiner Abgesandten."

„Schon möglich!", stimmte Fabian bei. „Also wirst du wohl, wie es scheint, ohne Gefahr nach Rom hineinkommen, aber ob ich dasselbe Glück haben werde, das steht noch sehr dahin. Dieweil ich, getrieben von der bittersten Armut, zu Heidelberg auf das Fähnlein geschworen habe!"

„Aber nun", trumpfte Sophius Crott auf, „bist du nicht mehr arm, womit der Grund hinfällig geworden ist, der dich zu dieser Torheit bewogen hat. Auch steht im Evangelium geschrieben: Ich aber sage euch: Dass ihr aller Dinge nicht schwören sollt, weder bei dem Himmel, denn er ist Gottes Stuhl, noch bei der Erden, denn sie ist seiner Füße Schemel, noch bei Jerusalem, denn sie ist eines großen Königs Stadt, auch sollst du nicht bei deinem Haupte schwören, denn du vermagst nicht ein einziges deiner Haare schwarz oder weiß zu machen. Weiterhin findet sich im ganzen Neuen Testament nicht eine einzige Stelle, an der ein Fähnlein zu finden wäre. Also, dass überall, wo ein solches flattert, doch immer nur der Antichrist am Werk sein kann!"

„Aber Wort ist Wort", seufzte Fabian, „und Schwur bleibt Schwur. Und wer seine Kameraden vor der Entscheidungsschlacht im Stich lässt, ist der nicht ein Hundsfott?"

„Also sieh zu, wie du nach Rom hineinkommst", fuhr Sophius Crott fort, „ohne dich zu den Hundsföttern rechnen zu müssen! Ohne Schmiede kein Friede, ohne Schweiß kein Preis! Aber geduldig macht noch keinen schuldig! Und auf der Sturmleiter sollten immerdar die Allerärmsten den Vortritt haben! Ein Wohlhabender hat es nicht nötig, sich an die Spitze des verlorenen Haufens zu drängen! Auch pflegt von hundert Kugeln immer nur eine einzige ins Schwarze zu treffen! Und jeder von unseren hechtschlanken Hungerleidern ist behände genug, um mit hundert von diesen dickbäuchigen und von ihrer Üppigkeit und Großmäuligkeit bis zur Kurzluftigkeit verderbten Römern fertig zu werden."

„Nur ein schwacher Trost", murmelte Fabian, „aber kein starkes Omen!"

„Ei, dann lass dir doch auch einmal", schlug Sophius Crott vor, „den grauweißen Abgesandten des Propheten Daniel erscheinen! Dann hast du ein Omen, wie du es dir besser doch gar nicht wünschen kannst. Bevor du die Augen schließt, musst du nur herzhaft an ihn denken! Darin besteht die ganze Kunst."

„Versuchen will ich es schon", nickte Fabian. „Aber wenn er mir trotzdem nicht erscheint?"

„Dann brauchst du die Ohren noch lange nicht hängen zu lassen!", fiel Sophius Crott ein, indem er den Suppenlöffel zückte. „Denn Gott hilft nur dem Mutigen! Um mich und den Distelprinzen mache dir keinerlei Sorgen! Wir finden schon ein Loch, wenn erst einmal die Bresche gebrochen ist. Und dich will ich wohl im Auge behalten, bis du über die Mauer bist. Auf der Töpfergasse in Onkel Urbans Weinkeller sehen wir uns dann wieder. Bei der Engelsburg gehst du über die Engelsbrücke und sodann rechts das Ufer entlang bis zur fünften Straßenecke. Das Plündern kannst du denen überlassen, die es so bitter nötig haben. Denn Kriegerbeute und Pfaffenraff gedeihen übel! Wie gewonnen, so zerronnen! Selten ist der goldene Zweig auch der grüne. Bist du bis zum Abend nicht zur Stelle, dann werde ich mich schon nach dir umtun. Und der Satan soll mich holen, wenn ich dich nicht finde!"

„Und was dann?", fragte Fabian aufatmend.

„Dann", schmunzelte Sophius Crott und strich sich den roten Rauschebart, „bittest du Claus Seidensticker um deinen Abschied, der dir nicht verweigert werden kann. Worauf wir uns wie zwei edle Kavaliere bei den Römerinnen ein wenig auf die Freite machen wollen. Denn die Liebe ist die Krone des ganzen Daseins. Wir haben es ja dazu!"

Damit pocht er dreimal mit dem Löffelbauch auf seinen mit Edelsteinen gepanzerten Leibgurt.

„Sind sie wirklich so schön?", bohrte Fabian weiter.

„Darauf kannst du dich schon verlassen!", versicherte Sophius Crott. „Ich habe sie mir damals, soweit es nur schicklich war, genau betrachtet. Und es ist ja auch weiter kein Wunder! Haben doch die geilen Zölibatoren seit mehr als tausend Jahren aus allen christlichen Ländern die hübschesten Weibchen an sich gelockt, um sich an ihnen zu erbauen. Denn die Hübschesten sind nicht immer die Klügsten. Und der Heilige Vater Pius Quartus hat, wie mir Onkel Urban erzählte, eines Tages sogar ausdrücklich geboten, nur schöne Himmelsbräute nach Rom zu schicken und die hässlichen Nonnen schleunigst hinauszutun, da sie weder ihm noch dem Herrn Jesus wohlgefielen."

Worauf sie sich menschenbrüderlichst daranmachten, dem Kessel auf den Grund zu kommen.

Zur gleichen Stunde hatte Clemens Septimus, der durchaus nicht davon ablassen konnte, die Tugend der Kaisertreue für die achte und weitaus schlimmste aller Todsünden anzusehen, den Mut gefunden, einen dreizehn Ellen langen Bannbullenstrahl auf den Konnetabel und die von ihm herangeführte Armutsarmee zu schleudern, die nun immer rascher ihre Beine regte, um endlich mit dem Rühren der Arme beginnen zu können. Doch auch diese giftsilbengeblähte Abgottschlange blieb so völlig wirkungslos, als ob sie überhaupt nicht zu Papier gebracht worden wäre.

Als am 4. Mai anno 1527, morgens gegen sieben Uhr, das Herannahen der Kaiserlichen Fähnlein gemeldet wurde, begab sich der Papst mit den Getreuesten seiner Getreuen, unter denen auch Paulus Jovius nicht fehlte, hinauf in die Krone der Engelsburg, die sich am rechten Tiberufer wie ein fest zugebundener Riesenbeutebeutel vor den Sieben Hügeln breitmachte, musste sich aber noch eine ganze Stunde gedulden, ehe es der Sonne gelang, in den dicken, vom Meere herkommenden Nebel, der alle westlichen Hügel und Täler verhüllte, ein Sichtloch zu reißen.

Sowie nun der Papst den über das Marsfeld heranziehenden, von Langspießen und Leitern starrenden Heerwurm gewahrte, da ballte er die rechte Faust, dass der diamantene Menschenfischerring, den er am Zeigefinger trug, pontifexisch aufblitzte, und liturgte militärparoxistisch: „Gott will es! Vor meinen Augen soll die Heilige Liga triumphieren! Die Barbaren sind in die Falle gegangen! Nun schickt sie insgesamt zur Hölle im Namen des Vaters, des Sohnes und des Heiligen Geistes!"

Doch erst zwei Stunden später, als die Sonne ihren höchsten Stand erreicht hatte, zerflatterte der Nebel die unzähligen weißgrauen Mönchshabiten und verschwand.

„Zu den Waffen!", jupiterte nun Renzo da Ceri, der Stadtkommandant, vom Kapitol herunter. „Auf die Mauern! Die Leostadt ist in Gefahr! Lasst uns diese barbarischen Hungerleider nach Gebühr empfangen!"

Und sogleich begannen die siebenhundertsiebenundsiebzig Glocken der Stadt Sturm zu Leuten, als müssten sie die Siegeszuversicht der Verteidiger, die längst hinter den kleinen und großen Büchsen und an allen Toren und Pforten auf ihren Posten standen, klöppelhämmernd weiter erhärten.

„Große Narren müssen Schellen tragen!", sprach daraufhin der Feldzahlmeister Caspar Schwegler zum Hauptmann Claus Seidensticker, die sich soeben mit ihren beiden Elitefähnlein in dem vor der Pforte Sankt Spiritus erbauten Franziskanerkloster Zum Heiligen Onophrius niedergelassen und ihr Hauptquartier in dem über dem nur zur Hälfte ausgelagerten Weinkeller gelegenen Refektorium dieser nun mönchlosen Mönchskaserne aufgeschlagen hatten.

Ihre Landsknechte, die unterdessen ein paar Fässer in den blühenden Garten gerollt hatten, wetteiferten bereits miteinander, sie abzuzapfen und sich solcherart die für den morgigen Sturmangriff benötigte Tollkühnheit anzuzechen.

Adam Reissner und Fabian waren auf den Glockenturm dieses umfangreichen Kreditverbreitungsbetriebes gestiegen, um die mit den Sieben Hügeln gefüllte Wolfsschlucht besser überblicken und in genaueren Augenschein nehmen zu können.

„Da liegt sie vor dir", prophetete Adam Reissner, der Regimentsschreiber, „diese brünstlichste aller Bestien, die sich selber heilig und ewig nennt, obschon sie bereits mindestens zweimal, wie jene gewaltigen Ruinen dort drüben bezeugen, in Schutt und Asche gesunken ist. Auf einem Brudermord ist sie gegründet, ein nach Blut und Beute lechzendes Raubtier führt sie im Wappen, die beiden heiligsten Apostel Petrus und Paulus hat sie erwürgt, um sie beerben zu können, das Evangelium ist von ihr stracks ins Gegenteil verkehrt worden, Heuchelei und Heimtücke, Rechtsbruch und Grausamkeit sind ihre Waffen von Anbeginn. Sie besitzt nicht einmal eine eigene Sprache, denn das, was sie silbt, hat sie geraubt von den latinischen Bauern. Von der übergeilen Pfaffenschaft bis in den Grund hinein verderbt ist das Volk, so darin haust. Wir Landsknechte aber sind nach den Worten unseres ruhmwürdigen Feldobristen, der seine Seele Gott anbefohlen hat, nichts anderes als die himmlische Zuchtrute, damit diese wölfische Metze und Ursacherin aller Ärgernisse auf dieser Welt geschlagen, gegeißelt und gestäupt werden soll, auf dass sie ablässt von dem Wege des Truges, des Aberglaubens und der Untreue. Denn voll gerüttelt ist das Maß ihrer Missetaten! Und sind ihre Mauern auch noch so hoch und noch viel fester als die von Troja und Saguntum, wir werden sie morgen früh unter dem Schutze des Nebels in einem Hui bezwingen, denn der Allmächtige ist mit uns und nicht mit ihnen!"

„Hoffentlich kommt der Nebel auch wieder!", wünschte Fabian. „Denn wenn wir bis morgen Abend nicht drinnen sind, dann holt uns hier draußen sogleich der Hungerteufel! Das ist so gewiss, wie der Hecht Gräten hat und der Erpel keine Nachtigall ist!"

Gegen Abend stand der Konnetabel mit allen Hauptleuten auf dem durch eine Marienkapelle gekrönten und vom römischen Volksmund bezeichnenderweise mit Monte Malo benamsten Venusberg, wies mit dem blanken Degen auf den von der untergehenden Sonne angeglühten Mauergürtel und feldherrlichte also: „Dahier sollt ihr, meine tapferen Kameraden, endlich für alle Armut, Not, Schweiß und Mühe und für all den erlittenen Hunger und Durst ergötzt und gelabt werden! Denn der allmächtige Gott, der uns durch alle Gefahren bis an diesen Punkt auf das Wunderbarlichste geführt hat, will nun dieses mit allen Schätzen gefüllte Stehler- und Hehlernest in unsere Hände geben, auf dass wir es ausnehmen und ausweiden nach unserem Wohlgefallen. Ja, wir allein sind dazu erkoren und auserwählt, den gerechten Griff in die Engelsburg zu tun nach Brot und Wein im Namen des Herrn! Darum wollen wir morgen früh diese Mauern, die doch gar nicht so hoch sind, wie sie aussehen, mit aller Kraft und unermüdlicher Herzhaftigkeit so lange berennen, bis wir sie bezwungen und das neue Quartier errungen haben, um nicht eher daraus zu weichen, bis des Kaisers vornehmlichster Feind die anstehende Soldung bis zum allerletzten Hellerlein bezahlt und gebüßt hat. Denn er allein hat es hervorgerufen und bewirkt, dass wir dahier und nicht anderswo stehen zur Ehre des Allmächtigen und zum Ruhme der Kaiserlichen Waffen! Gott mit uns! Wie bisher so auch weiterhin! Spanien und das Reich!"

Und alle Hauptleute jauchzten ihm zu und reckten ihre Schwerter wider die Wölfin, die seit tausend Jahren noch niemals einen solch zahlreichen und zum Alleräußersten entschlossenen Gewalthaufen vor den Gitterstäben ihrer glänzenden Zauberhöhle erblickt hatte.

Darauf wurde sogleich der Zapfenstreich getrommelt, gepfiffen und geblasen und allenthalben Ruhe und Stillschweigen geboten.

Auch Fabian, der an diesem Abend einen kräftigen Trunk vollbracht hatte, legte sich aufs Ohr, und zwar in einer Ecke des Refektoriums, und dachte vor dem Einschlafen noch einmal so lebhaft an den weißgraugewandeten Abgesandten des Propheten Daniel, dass er ihm nun auch tatsächlich im Traum erschien.

„Gottes Wunder ", sprach Fabian zu sich selbst, als er vor Freude, dass ihm dieses gute Zeichen doch noch zuteil geworden war, plötzlich erwachte. „Nun mag kommen, was da wolle, ich werde nicht locker lassen, bis ich drüben bin!"

Worauf er wieder einschlief und sich erst rührte, als die Stunde des Angriffs schlagen sollte.

Vor Mitternacht ab hatte der Konnetabel, um die Römer müde zu machen, alle Trommeln vor der Stadtmauer auf und ab gehen lassen, und nun schob er vor Sonnenaufgang die drei Sturmstaffeln im Schutze des dichten Nebels unbemerkt bis an die Befestigungswerke des Leoquartiers vor.

Nach dem Beschluss des gestrigen Kriegsrates hatten zuerst die fünfzehn Fähnlein des verlorenen Haufens, danach weitere zehn Fähnlein, worunter sich auch das Fünfte befand, und zuletzt der Kern der Armee gegen die Mauern anzuklimmen, während sich die beiden Feldobristen Konrad von Bemelberg und Melchior von Frundsberg, der den vom Vater ihm vermachten goldenen Strick noch immer im Beutel trug, mit dem Rest der Fähnlein bereithalten sollten, den drei Sturmkolonnen den Rücken zu decken gegen einen vielleichtigen Angriff des Herzogs von Urbino, der mit seinen ligistischen Truppenverbänden schon bis Isola vorgerückt war.

Und bald schon schmetterten auch die Trompeten, und der Entscheidungskampf begann gleichzeitig auf der ganzen Linie.

Zwar waren die Verteidiger wohl auf ihrer Hut und ließen sich an keiner Stelle überraschen, aber der dichte Nebel verhinderte sie am Zielen. Und wenn auch ihre Kugeln im ganzen Schwärmen dahergeflogen kamen und manche Lücken rissen, das Anlegen der Sturmleitern konnte dadurch keineswegs vereitelt werden. Viermal wurde der verlorene Haufen zurückgeworfen, wobei sechs Fähnlein in Feindeshand fielen.

477

Dann aber brach der zweite Stoß los, der vom Fünften Fähnlein eröffnet wurde. Klaus Seidensticker war der erste, der den Zinnenkranz gewann, und zwar an der Pforte Sankt Spiritus, Michael Hartmann von Altkirchen war der zweite, der Fähndrich Heribert Filser der dritte und Fabian der vierte. Nun aber gab es an dieser Stelle, wo der Nebel besonders dicht war, kein Halten mehr. Immer heftiger quollen die kampf- und plünderungsbegierigen Landsknechte herauf und warfen sich sofort auf die zahlreichen Geschütze, mit denen sie ein derart mörderisches Feuer auf die Feinde eröffneten, dass diese erste Bresche trotz aller gegnerischen Bemühungen nicht wieder geschlossen werden konnte.

Unterdessen bemühten sich die Spanier um die Pforte Torrione, wurden aber immer wieder zurückgestoßen. Da sprang der Konnetabel von seinem Rappen, ergriff die nächste Leiter und lehnte sie an den Mauerwall, um ihn als erster zu gewinnen.

Allein er gelangte nur bis zur dritten Leitersprosse, auf der er von einer Stückkugel in den Unterleib getroffen wurde, und fiel zur Erde zurück mit dem Wehschrei: „Heilige Mutter Gottes, ich bin tot!"

Das jähe Ende ihres tapferen Anführers erbitterte die Landsknechte aufs höchste, und die ganze Armee stürzte sich nun wie eine brüllende Sturmflut auf die leonischen Wälle, Mauern und Tore, schäumte an ihnen empor und brandete schließlich, jeden Widerstand zermalmend, über sie hinweg und in die Stadt hinein.

Binnen einer Stunde hatte der mutige Arm der Armut den goliathischen Ringschutz dieser reichsten und prächtigsten aller abendländischen Residenzen und irdischen Glaubensmetropolen bezwungen. So verzweifelt sich auch die Verteidiger zur Wehr setzten, sie wurden überall in die Flucht geschlagen oder zusammengehauen.

Am vatikanischen Obelisken fiel die Schweizergarde genauso tapfer wie die Spartaner unter Leonidas bei den Thermophylen, und nur ein kleiner Rest konnte sich kämpfend auf die aus ihren zweihundert Feuerschlünden wahrhaft satanisch kugelspeiende Engelsburg zurückziehen.

Der schwerverwundete Hauptmann Max Rösch wurde unter seiner Geliebten, die sich schützend über ihn geworfen hatte, von den rasenden Spaniern erstochen, worauf sie auch dieser Römerin den

Garaus machten und ihr sogar die ringgeschmückten Finger abhieben. Sodann drangen sie mit Löwengebrüll durch den noch gar nicht fertigen Petersdom in die Sixtinische Kapelle ein, wo der Papst eben dabei war, zu dem immer schärfer werdenden Büchsengedonner die Siegesmesse zu zelebrieren.

„Das habe ich nicht gewollt!", schrie er im höchsten Entsetzen, ließ das Allerheiligste fallen und flüchtete, begleitet von Paulus Jovius und triefend vor Angstschweiß, vom Hochaltar hinweg durch den gedeckten Gang in die Engelsburg hinüber, wo seine nicht nur von ihm so heiß geliebten Schatztonnen lagerten.

Zu ihm retteten sich in der Folge außer Renzo da Ceri noch die zweiundzwanzig Kardinäle, deren Kaiserfeindlichkeit stadtkundig war, mit ihrem weiblichen Anhang und ihren Dienern, und keiner von ihnen kam mit leeren Händen.

Als Konrad von Bemelberg und Melchior von Frundsberg mit dem Reservehaufen, bei dem sich auch Adam Reissner befand, durch die zertrümmerten Tore Septimian und Sankt Pankratius in den Stadtteil Trastevere einfielen, war der Kampf entschieden.

Die beiden Lebewesen, die, ohne einen Schuss abzugeben und ohne einen Schwertstreich zu tun, in das solcherart zu Fall gebrachte und nun bereits an vielen Stellen brennende Tiberzion eindrangen, waren der das Ambosswägelchen ziehende Distelprinz und der darauf sitzende und ihn lenkende Sophius Crott.

Gleichzeitig ergoss sich ein Strom von hastig davonstrebenden und schwerbeladenen Flüchtlingen aus den östlichen und südlichen Toren ins freie Land hinaus.

Das Fünfte Fähnlein musste noch einmal zum Sturm antreten, als die Besatzung des Kapitols die bedingungslose Waffenstreckung zu verweigern wagte. Bei diesem Ringen, das über zwei Stunden währte, büßte Heribert Filser durch einen Bikenstoß sein Leben ein, und Fabian, der ihm wiederum auf dem Fuße folgte, fing das Fähnlein auf und trug es weiter, bis der Sieg errungen war.

Worauf ihn Claus Seidensticker vor der Front sogleich zum Fähnerich befördern wollte.

„Danach, Herr Hauptmann, steht nicht mein Begehren!", widersprach Fabian. „Gebt mir lieber meinen Abschied und lasst mich gehen! Mir will das Blutvergießen nicht länger behagen."

„Bist du toll geworden?", häuptlingte Claus Seidensticker grimmiglich. „Das Blutvergießen ist nun vorbei! Gebe ich dir jetzt schon den Abschied, dann verlierst du das Recht auf die Plünderung!"

„Geht mir noch ärger wider den Strich!", bekannte Fabian und überreichte das Fähnlein seinem linken Nebenmann, dem Doppelsöldner Berthold Weiß.

„Ei, dann scher dich zum Kuckuck, du Erznarr!", schnaubte Claus Seidensticker und sah sich sogleich nach einem anderen Fähndrich und einem anderen Schreiber um.

Der neue Fähndrich wurde der aus Heilbronn stammende Berthold Weiß, während zum neuen Fähnleinschreiber der Freiburger Stefan Wirich bestallt wurde.

„Niemals wieder werde ich auf ein Fähnlein schwören!", sprach Fabian zu sich selbst, als er, nachdem ihn Stefan Wirich mit dem Vermerk „schlichter Abschied" in der Stammrolle ausgestrichen hatte, mit gezogenem Degen die Suche nach der Töpfergasse begann, was gar nicht so leicht war in dieser ihm bis auf ihre Mundart wildfremden Stadt, deren bis ins innerste Mark erschreckte Bewohner, soweit sie nicht geflüchtet waren, sich so gut versteckt hielten, dass er auch nicht einen einzigen von ihnen zu Gesicht bekam.

Denn der von Sophius Crott so genau beschriebene Hinweg war zurzeit unpassierbar, da nicht nur die Engelsbrücke, sondern auch die beiden Tiberufer unter dem Geschützfeuer der Engelsburg lagen, deren Besatzung eben erst damit begonnen hatte, ihren zweihundert Tonnen umfassenden Reservevorrat an Schießpulver nach allen Windrichtungen hin zu verknallen.

Hintenherum wird es auch nicht viel weiter sein, überlegte Fabian und bog nach rechts ab.

Hier in der Innenstadt war der Widerstand der Verteidiger längst gebrochen worden, das bewiesen ihre mit hingestreckten Menschen und Pferden bedeckten Plätze und Straßen deutlich genug. Die siegreichen Rotten der Landsknechte waren nun bereits dabei, die Außenquartiere einzunehmen, um auch die östlichen und die südlichen Tore zu gewinnen, aus denen eben die allerletzten Flüchtlinge mit ihren hastig zusammengerafften Habseligkeiten zu entkommen trachteten.

Gerade als Fabian an den Viminal gelangte, da wurde das große Zeughaus, darin noch an die tausend Tonnen des allerbesten Schießpulvers lagerten, durch eine aus der Engelsburg abgeschossene Feuerkugel unter entsetzlichem Krachen in die Luft gesprengt, wobei nicht nur viele Römer und Landsknechte, die sich in der Nähe befanden, getötet oder verwundet, sondern auch die am Nordhang des Esquilins liegende Kirche Maria Mercedes desgleichen die Kapelle Zum Heiligen Kreuz in Trümmer gelegt wurden.

Auch Fabian wurde verletzt. Ein fingerlanger Steinsplitter flog ihm so hart gegen die Schläfe, dass er ins Taumeln geriet. Ihm wurde so übel, dass er sich dreimal erbrechen musste.

Darauf ermannte er sich wieder, verbiss den Schmerz, stillte sich das Blut und knirschte in sich hinein: „Um ein Haar hätte es mich doch noch erwischt! Ein zweites Mal werde ich Rom nicht erobern helfen!"

Und mühsam genug, auf den blanken Degen gestützt, setzte er seinen Weg fort.

Um diese Zeit begann Johann Baptista, der Buchbindergeselle aus Siena, mit beiden Fäusten gegen die Tür seiner Kerkerzelle zu donnern, und schrie dazu aus Leibeskräften: „Macht auf, macht auf, denn die Stunde des Herrn hat geschlagen!"

Aber wie er auch tobte, die Büttel waren längst geflohen, und der ihn seiner Freiheit beraubende Riegel hielt fester denn jemals und zeigte nicht die geringste Lust, seinem Ungestüm zu weichen.

Indessen hatte Fabian nach allerlei Umwegen doch noch das Glück gehabt, die gesuchte Töpfergasse zu finden, in der, wie der Augenschein erwies, keinerlei Kämpfe stattgefunden haben konnten, denn sie lag unzerstört vor ihm, aber genauso menschenverlassen wie die Häuserzeilen, die er bereits durchirrt hatte.

Nun galt es nur noch, Onkel Urbans Weinkeller aufzuspüren. Zu diesem Zweck klopfte Fabian hier und da mit dem Degenknauf an die fest verrammelten Türen und Läden, aber niemand wollte ihm öffnen. Es schien, als ob die ganze Gasse ausgestorben sei.

So geriet er endlich an einen hohen Palast, an dessen rechten Torflügel diese schwungvoll mit Kreide geschriebene Zeile zu lesen war: Hauptmann Claus Seidensticker und 50 Mann.

Welch eine Kriegslist, zuckte es Fabian durchs schmerzende Hirn. Das kann kein anderer geschrieben haben als Sophius Crott!

Und genau so heftig wie Johann Baptista noch immer seine Kerkertür betrommelte, ließ Fabian nun unter seinem Degen dieses Palasttor aufdröhnen und hörte nicht eher damit auf, bis es sich öffnete.

Und was er nun zu sehen bekam, war so überaus erstaunlich, dass ihm schier die Augen übergehen wollten. Denn zu beiden Seiten des geöffneten Tores hielten je zehn bis an die Zähne bewaffnete und in Landsknechtsröcken steckende Lakaien Spalier, und hinter ihnen führte eine breite Marmortreppe empor, auf dessen höchster Stufe ein rotbärtiger Kardinal stand.

„Willkommen, Bruderherz!", jauchzte er sogleich und kam die Treppe heruntergestelzt, denn er hatte nicht nur einen roten Bart, sondern auch einen Holzfuß.

„Gott im Himmel!", ächzte Fabian, wich einen Schritt zurück, griff sich an die linke Schläfe, hinter der er nun einen furchtbaren Stich verspürte, ließ den Degen fallen, sank in die Knie und wäre mit der Stirn auf die Granitschwelle geschlagen, wenn ihn nicht der mit einer Hauptmannsmontur herausgeputzte Haushofmeister Amadeo Sfogga aufgefangen hätte.

„Was ist mit dir geschehen?", rief der in Solidus Vollios Kardinalsrobe steckende Sophius Crott.

Aber Fabian vermochte darauf nicht mehr zu antworten, denn er hatte so gründlich sein Bewusstsein verloren, dass er es erst nach zehn Tagen zurückgewinnen und aus seiner abgrundtiefen Ohnmacht wiedererwachen sollte.

Die Gefechte in den Außenquartieren dauerten bis zum Abend, dann wurde auf sämtlichen Hauptstraßen die große Viktoria ausgeblasen und überall Waffenruhe geboten.

Bis Mitternacht hielten sich die Fähnlein in guter Zucht und Ordnung auf den Hauptplätzen, bekamen zu ihrer Erquickung Brot und Wein gereicht, an denen nun kein Mangel mehr bestand, ließen aber die blanke Wehr noch nicht aus den Händen. Doch erwies sich solche Vorsicht als überflüssig, da der bis Isola vorgedrungene Herzog von Urbino bereits den Rückzug angetreten hatte, so sehr war ihm die gänzlich unerwartete Nachricht vom Falle Roms in die Feldherrnkrone und in die Heldenglieder gefahren.

Die Spanier standen auf der Piazza Navona, die Deutschen auf dem Rossmarkt und auf dem Campoflor. Hier wurde auch beim Schein der Fackeln, vorbehaltlich der kaiserlichen Genehmigung, der Prinz Philibert von Orange zum Generalissimus ausgerufen. Er wies jedem Fähnlein für Spieße, Hakenbüchsen, Munition, Schriftsachen und für das sonstige Gebäck eine besondere Kammer im Albergo de Sol an, verlas darauf die inzwischen vom Kriegsrat aufgestellte Quartiersordnung, befahl weiterhin, alle Schwerverwundeten in die Hospitäler einzuliefern und alle Gefallenen zu beerdigen, die Tierkadaver aber in den Tiber zu werfen, dankte sodann dem Allmächtigen im Namen aller für den glänzenden Sieg und lud zum Schluss sämtliche Obristen und Hauptleute für den folgenden Mittag zu einem Triumphschmaus auf das Kapitol ein.

Worauf die schon in San Giovanni zugesagte und seitdem niemals widerrufene Generalplünderung ihren Anhub nahm.

Die Spanier, zitternd vor Goldgier und Wollust, liefen zuerst auseinander und erstürmten die Paläste, ganz gleichgültig, ob ihre Bewohner Kaiserliche Schutzbriefe vorweisen konnten oder nicht. Die deutschen Knechte dagegen warfen sich zunächst auf die verschiedenen Gefängnisse und ließen sich diese Arbeit von den durch sie Befreiten doppelt und dreifach bezahlen.

Dabei wurde auch Johann Baptista aus seiner Haft erlöst.

Aber anstatt den Beutel zu ziehen, begann er also zu triumphieren: „Siehe, nun ist es geschehen und vollbracht, was die Stimme des

Allmächtigen verkündet hat. Ja, sie ist gefallen, Babylon, die große, die üppige Stadt, und eine Behausung der Teufel geworden, ein Korb voller unreiner Geister und ein Käfig für alles feindselige Gevögel! Denn von dem Wein ihrer Hurerei haben die Heiden getrunken, und ihre Kaufleute sind reich geworden vom Unflat ihrer Wollust! Bis an den Himmel reicht die Säule ihrer Sünden, und Gott hat endlich ihres Frevels gedacht und aller ihrer Missetaten, deren Zahl Legion ist! Darum bezahlet sie nun, wie sie euch bezahlt hat, und macht es ihr zwiefältig nach ihren eigenen Werken! Mit welchem Brot sie euch eingebrockt hat, das brocket ihr zwiefältig ein, und mit welchem Kelch sie euch eingeschenkt hat, schenket ihr zwiefältig ein! Hosianna in der Höhe dem Herrn der Heerscharen, denn er ist allmächtig, und seine Gerechtigkeit währet ewiglich."

Und da die Landsknechte nun erkannten, welch einen unverbesserlichen Narren sie in ihm erwischt hatten, ließen sie ihn laufen.

In den großen und mittleren Bankhäusern, die ohne Ausnahme mit Kaiserlichen Schutzbriefen versehen waren, hatten sich sogleich die Obristen und Hauptleute eingenistet, die sich diese Gnade nicht nur mit Gold, sondern auch mit Edelsteinen bezahlen ließen. So gelangten Claus Seidensticker und Caspar Schwegler zu den Strozzi, Konrad von Bemelberg und Sebastian Schertlin aber zu Lukas & Semerdio, während der neue Generalissimus Philibert von Orange sein Quartier unter dem Dache der Bini aufzuschlagen geruht hatte.

Nun kamen die gehorteten Schätze in Bewegung, und der Handel sollte bald aufblühen wie niemals zuvor.

Am folgenden Morgen wurde der Leichnam des Konnetabel mitten in der Sixtina feierlich aufgebahrt, wogegen der Papst nichts einzuwenden vermochte, da er in seiner eigenen Falle saß und verzweifelt die Hände rang gegen den allmächtigen Kreditfetisch, der ihn, seinen rechtmäßigen Stellvertreter, so urdiabolisch hinters Licht geführt und so schadenfröhlich im Stich gelassen hatte.

Schon am ersten Abend der dreitägigen Plünderung waren sämtliche Kirchen, Klöster und Kapellen aufgerissen und ihrer Altarkelche, Monstranzen, Heiligtümer und Messgewänder beraubt. Sebastian Schertlin erhaschte sogar in der Kapelle des Apostels Thaddäus den zwölf Fuß langen blutigroten Strick, an dem sich der Verräter Ischariot aufgehängt haben sollte, und schlang sich diese seltsamste aller christentümlichen Trophäen um den Heldenleib, um sie nach Deutschland zu entführen, was ihm auch wirklich gelingen sollte.

Prälaten, Kurienritter und römische Bürger wurden von den Landsknechten gefangen genommen, auf ihren Wert abgeschätzt und am Strick, mit gefesselten Händen, so lange durch die Straßen geführt, bis es ihnen gelungen war, das geforderte Lösegeld aufzutreiben. Auf diese Art und Weise wurde der papstfeindliche, wenn auch durchaus nicht kaiserfreundliche Kardinal von Potenza nicht weniger als dreimal geschröpft, einmal von den deutschen und zweimal von den spanischen Heidenbolden, worauf ihn diese iberischen Urberserker doch noch umbrachten und seinen Leichnam kurzerhand in den Tiber warfen, dessen blutgetränkte Wogen in diesen drei Tagen und Nächten der Grundvergeltung tausend und abertausend Gefallene und Ermordete lautlos ins Meer hinuntertrugen.

Die Kardinäle Cajetan und Numelio wurden so arg und solange geschreckt und gepeinigt, dass sie sich schon wie richtige Märtyrer vorkommen durften, blieben aber davon verschont, es auch tatsächlich zu werden. Selbst die Häuser der kaisertreuen Kirchenfürsten wurden nicht verschont, bis auf den durch Sophius Crotts meisterhafte Kriegslist geschützten Palast des Kardinals von Karthago und Maria Mercedes und den des Kardinals Araceli, unter dessen Dach Melchior von Frundsberg sein Hauptquartier aufgeschlagen hatte.

Und hier hauste nun auch Adam Reissner, der sich an dieser schonungslosen Plünderung vornehmlich als Beobachter beteiligte, um sie wahrheitsgetreulich zu Papier bringen zu können.

Überall wurde gerafft und geteilt. Spanier und Deutsche schoben sich beim Würfelspiel die Perlen und Edelsteine auf Schaufeln zu. Auch der elendeste der Kriegsknechte besaß bald drei- bis viertausend Goldstücke, eine Last, die er immer mit sich herumschleppen musste aus blasser Angst, dass sie ihm von den eigenen Kameraden gestohlen werden könnte.

So war dem reichtümlichen Vermehrungsdrang bald eine Grenze gesetzt. Umso höher ging es nun in den Schenken und Weinkellern her.

Auch Urban Immerius hatte alle Hände voll zu tun und machte die besten Geschäfte. Denn für die Ordnung in seinem Gewölbe sorgten Adam Reissner und Sophius Crott. Wer sich nicht gebührlich benahm, wurde unweigerlich an die Luft gesetzt.

Bei solcher Rührung der Armut nach dem Reichtum fielen nicht wenige Häuser, mit Absicht oder aus Leichtfertigkeit, den Flammen zum Opfer, und die Römer, soweit sie nicht geflohen waren und ihre Arme noch regen konnten, mussten sich nun allerorten zur Verhütung einer allgemeinen Feuersbrunst um die Dämpfung solcher Brände bemühen.

Auch im Apostolischen Palast und in der Päpstlichen Bibliothek hausten die Spanier, denen der Vatikan als Quartierbezirk zugefallen war, wie die doppelten und dreifachen Hunnen. Hier lagen alle Gassen voll Pergamentrollen, Bücher und Folianten, und im Petersdom wie in vielen anderen Kirchen standen die spanischen Schlachtrosse vor ihren Krippen bis an die Knie in einer Streu von päpstlichen Bullen.

Dass Rom nicht völlig zerstört wurde, hatte es in erster Linie seinen von der hohen Klerisei bis zur höchsten Galanterie und Urbanität emporgezüchteten Töchtern zu verdanken, denn sie waren es, die den brünstigen Stoß der trunkenen Sieger auf die allernatürlichste Art und Weise aufzufangen, ihren urhordlichen Barbarendrang zu dämpfen und ihre abenteuernde Wildheit zu zähmen verstanden. Und so blieben denn auch die Fälle selten genug, da sich die spanischen Knechte herausnahmen, mit den Römerinnen vor den Augen ihrer Männer oder Eltern Mutwillen und Frevel zu treiben.

Sogar der von schwerreichen Flüchtlingen überfüllte Palast des Kardinals Enkevoirt, dessen unwandelbare Kaisertreue über jeglichen Zweifel erhaben war, wurde von den Spaniern, wie sie zu behaupten sich erdreisteten, aus Sicherheitsgründen besetzt, worauf sie für diese außerordentliche Gnade nicht weniger denn dreißigtausend Scudi verlangten. Und als sich dieser holländische Kirchenfürst darauf über solchen schändlichen Erpressungsversuch bei dem Feldobristen Melchior von Frundsberg, in dessen Quartierbezirk auch dieser Palast gelegen war, auf das bitterlichste beschwerte, da beeilten sich die Spanier aus Angst, den fetten Bissen wieder fahren lassen zu müssen, noch in derselben Nacht, alle Koffer, Kisten, Kasten, Truhen und Kellertüren zu erbrechen und die solcherart erplünderten Schätze an anderen Orten zu verstecken, also dass die deutschen Landsknechte, als sie am folgenden Morgen unter Sebastian Schertlins Befehl und Adam Reissners Aufsicht dem Kardinal und seinen Schützlingen zu Hilfe kommen sollten, nur das Nachsehen hatten und den spanischen Kameraden noch feinder wurden.

Im Weinkeller zur Unbefleckten Empfängnis, der im Quartierbezirk des Fünften Fähnleins lag, gab der Rabiatikus Emil Vigulus den Ton an. Dieser frühere Augustinerbruder und jetzige Rumormeister, der den Papst von Rom wie den Antipapst von Wittenberg in einem Atemzug zu verwerfen pflegte, wollte fortan, zum Unterschied von diesen beiden widersacherischen Glaubensstrategen, kein Christ, sondern ein Christiot sein.

Seine Anhänger, die sich darum auch Christioten benamsten, hielten denn auch zusammen wie Pech und Schwefel, nachdem sie sich durch Füllung aller Taschen wieder reputierlich und kaufkräftiglich gemacht hatten. Und da diese sonderbare Gemeinde immer zahlreicher wurde, benötigte Emil Vigulus, ihr schier allmächtiger Schöpfer, bald einen Kapellan und geruhte nun für dieses Amt keinen anderen zu erwählen als den von der Leipziger Hochschule wegen Renommierens und Raufens infam relegierten Studiosus der Medizin und vormehrigen Doppelsöldner Wilhelm von Sandizell.

Gleich darauf, um die vierte Mitternacht, wurde das Plündern abgeblasen. Aber die Aufgabe, das gründlich verluderte und verwilderte Kriegsvolk wieder an Zucht und Ordnung zu gewöhnen und unter das Joch der Disziplin zu beugen, war schwer genug.

Erst als drei Spanier, die sich in der fünften Nacht beim Plündern hatten ertappen lassen, am Morgen durch die Spieße gejagt und ihre blutstriemigen Leichname an einem mitten auf dem Florkamp errichteten Galgen gehängt worden waren, begann sich das Blättlein zu wenden und der heerwürmliche Zusammenschluss wieder herzustellen.

Angesichts dieses dreifachen Warnungsexempels gelang es nun dem Prinzen Philibert von Orange, die Fähnlein noch einmal fest zu vernieten und aneinander zu koppeln, worauf er verkündete, dass jeglicher ohne abgestempelten Urlaubszettel herumschweifende Knecht, der sich fürderhin nicht genau und getreu zu seinem Fähnlein hielte, vom Kriegsrat keinerlei Gnade zu gewärtigen hätte. Auch wurde strengstens geboten und verordnet, den Bürgern der Stadt Frieden zu gewähren, sie wieder in ihre Häuser und zu ihren Weibern zu lassen, die Mühlen zu räumen und nicht wieder zu besetzen, alle Kornlager zu melden, den Kaufleuten die Schuldbücher zurückzugeben und jedes ernstliche Rottieren zu unterlassen.

Weiterhin beschloss und verschwor sich der zwanzigköpfige Ausschuss der Fähnlein im Einverständnis mit dem Kriegsrat, die ob ihrer außerordentlichen Festigkeit nur mit Hilfe des Hungers bezwingbare Engelsburg, die inzwischen ihr Pulver fast gänzlich verschossen hatte und dadurch immer ungefährlicher geworden war, bass zu verwahren und in peinlichster Hut zu halten, auf dass der verräterische Papst und die zu ihm geflüchteten Kardinäle nicht heimlich entrönnen und der große Schatz, den sie dort zusammengeschleppt hätten, nicht verstohlenerweise entfernt und aus der Stadt hinausgeschmuggelt würde.

Am gleichen Tage erhoben die Christioten im Weinkeller Zur Unbefleckten Empfängnis auf Befehl ihres heißgeliebten Führers und Oberrumoristen Emil Vigulus den Kapellan Wilhelm von Sandizell zum neuen Papst und krönten ihn mit einer messingischen Tiara, worauf er seine Herrschaft antrat und im Hui zwei Dutzend Kardinäle herbeihexte.

Mit ihnen zog er dann unter Posaunenschall und Paukengedonner durch alle vierzehn Stadtquartiere bis vor die Engelsburg, wo dann einer zahllosen Zuschauerschaft, unter der auch Adam Reissner nicht fehlte, ein großes Kirchenaffentheater aufgeführt, dargeboten und zum Besten gegeben wurde.

Zuerst hoben die frischgebackenen Purpurhütler ihre Prachtkutten empor, dass ihnen die fünf ellenlangen Schleppen gar pfauenstolz hinterdrein schleiften, sodann verbeugten sie sich alleruntertänigst vor ihrem Erzbullengeneralissimus und schleckten ihm mit solcher Inbrunst die beiden Pantoffeln ab, dass er seine liebe Not hatte, sich auf seinem Tagesstuhl zu halten, der nicht viel anders aussah als ein stelzbeiniges Nachtstühlchen. Danach spendete er nach allen Seiten hin seinen oberzauberischen Gratissegen, ließ sich sodann eine mit Wein gefüllte Hochaltarkanne reichen, schwang sie feierlich und schrie zur Engelsburg hinauf: „Herzstiefbruder Clemens, ich bringe dir einen Riesenverachtungsfetzen, damit du endlich erkennst, was die Weltuhr geschlagen hat!"

Worauf er die Kanne mit einem Zuge leerte und sich an die Purpurioten wandte mit der Frage: „Wie lange wollt ihr noch diesem Erzidioten den Arsch lecken?"

Und schon warfen sie sich vor ihm auf die Knie, rangen ganz zerknirscht die Hände und psalmodierten also: „Wir wollen fortan dem Kaiser gehorsamen und uns niemals wieder unterfangen, Verrat, Friedensbruch, Abfall, Krieg und Blutvergießen anzurichten!"

„Im Klecklselsio oweho!", liturgte Wilhelmus Primus.

„Dominus, wo bist du?", choralten die Kardinäle.

„In der Engelsburg!", trompetete ihr Pontifex. „Da ist Gold genug für alle!"

„Tor auf! Beutel auf!", plärrten die Kardinäle.

Wilhelm von Sandizell aber nahm nun die wie ein hohles Weltei geformte Dreierkappe ab und erhob seine Stimme zu dem folgenden Geständnis: „Und nun, ihr heiligen Purpuraffen, will ich vom Throne steigen und den Lutherus zu meinem Nachfolger ernennen, damit keiner zu kurz komme!"

„Luderpapst! Luderpapst! Luderpapst!", grölten, plärrten, grunzten, blökten und bölkten die Kardinäle und suchten sich sodann, als hielten sie, wie einst zu Kostnitz oder Basel, ein großes Konzilium ab, mit schimpflichen und lästerlichen Spöttereien zu übertrumpfen, bis der baumlange Doppelsöldner Adelward Grünenwald aus dem sauschwäbischen Kaufbeuren alle Kehlen überwand und sich, mit hocherhobenem Schwert die Pforte der Engelsburg bedräuend, dergestalt verschwor: „Ich will nicht eher ruhen, bis ich dem Saupapst Clemens ein Pfund Fleisch aus seinem Leibe gefressen habe, denn er ist Gottes, des Kaisers und aller Welt Feind, dieweil er sich unterstanden hat, das reine Wort zu verstopfen und zu verhindern, um uns das Geld aus der Tasche zu ziehen und das ganze Land in Krieg und Ungedeih zu stürzen!"

Hier aber fiel der Kanonenschuss aus der Engelsburg, und wenn er auch nicht sehr scharf war und niemand verletzt wurde, so sah sich Wilhelm von Sandizell denn doch bewogen, das Possenspiel vom Heiligen Römischen Erzstiefvater also zu schließen: „Kotz Glied und Schiet! Der Beelzebub scheußt! Heben wir uns von dannen, ihr guten christiotischen Gesellen, auf dass wir nicht angeschissen werden!"

Und damit dieses nicht geschehen konnte, geschah jenes.

Indessen saß Clemens Septimus im obersten Gemach dieser goldkollerischen Kellerzitadella und suchte im Beisein seines Biografen Paulus Jovius die Ursachen des gegen aller pontifexikalische Voraussicht über Rom und den Vatikan hereingebrochenen Unheils also zu ergründen: „Weh mir, was ist mit mir geschehen? Wie tief bin ich mit Zulassung Gottes vom Stuhl der allerhöchsten Gewalt herabgestürzt worden? Zuvor stand alles Geschehen in meiner Hand, nun aber bin ich ein armer, gefangener Mann. Zuvor habe ich fürstlich gelebt, habe getafelt, getrunken, geschlafen und ganz nach meiner Lust und nach meinem Gutdünken gehandelt, und nun muss ich nach dem Willen dieser barbarischen Kriegsknechte leben, die ein Weltgespött mit mir treiben und mich weder speisen noch pokeln, weder ruhen noch schlafen lassen. Da ist nichts anderes um mich herum denn Gebrüll, Lärm, Raub, Brand, Stank und Mord! Von Weihe, Würde und Heiligkeit keine Spur! Ich hatte gemeint, den Päpstlichen Stuhl und das Heilige Regiment noch höher emporzubringen, alle Gewalten, den Kaiser, die Könige und die Fürsten aller Länder und Völker unter den römischen Fuß zu zwingen. Justament das, was alle meine Vorgänger im Sinn gehabt haben, wollte ich endlich gar machen, ausführen und vollbringen! Haben nicht auch die anderen Päpste solche Feldzüge wie diesen begonnen und angefangen, um die Suprematie des Heiligen Stuhles zu erhalten und den Kirchenstaat zu vermehren? Genauso wie es ihre Absicht gewesen ist, habe auch ich Frieden und

Ruhe stiften woller, um sämtlichen Kriegen und allem Blutvergießen ein Ende zu setzen. Zu welchem Ende noch kein Papst einen größeren Schatz zusammengebracht hat! Ich habe auch sonst nichts versäumt, habe mich wohl gerüstet mit Gehilfen und Beiständen und mich nicht nur verbunden mit den mächtigen Venetern, sondern auch mit der allerchristlichsten Majestät der ganzen Welt. Und nun hocke ich hier in diesem grausamen Loche, gefangen von gold- und blutgierigen Banditen, von einem Kriegsvolk, das keinem mehr gehorchen will als sich selber. Ist so che Verderbnis jemals dagewesen, solange die christliche Welt besteht? Ist es nicht zum Jammern, Erbarmen und Tränenvergießen, was mir von Gott angetan worden ist? Bewegt von den allerbesten Absichten, habe ich die halbe Welt gegen mich in Harnisch gebracht! Alle Städte Italiens sind voller Helden, die mit Herkules und Alexander wetteifern wollen, und doch ist kein einziger unter ihnen, der imstance wäre, mich aus dieser Kerkerpein zu erlösen! Ach, wie quält mich doch die bittere Sorge, dass durch meine Schuld nun der Heilige Stuhl zerbrochen und die ehrwürdige Wahlmonarchie der Kardinäle hingemäht und ausgereutet werden könnte, und dass ich von den Ketzern im Norden wie von den getauften Türken und Juden in Spanien, so man Marranen nennt, für den leibhaftigen Antichrist gehalten und ausgeschrien werde. Ja, sogar der König von England beginnt mir schon zu trotzen und mit dem Schisma zu drohen, weil ich mich geweigert habe, ihn von seiner Gemahlin zu scheiden!"

„Trotzdem bleibst du", versicherte Paulus Jovius, „der Statthalter des Allmächtigen auf Erden und bist als solcher unfehlbar, also dass du weder irren noch Unrecht tun kannst! Gott ist nach wie vor mit dir und nimmermehr mit ihnen."

„Aber weswegen", seufzte der Papst und strich sich über die sorgenvoll zerfurchte Stirn, „bin ich von Gott über den Ausgang des Kampfes so bitter getäuscht worden?"

„Dieser Kampf" behauptete Paulus Jovius, „ist ja noch gar nicht beendet. Sieh und erkenne doch endlich, was in Wahrheit geschehen ist! Deine beiden Hauptfeinde, der Frundsberg wie der Konnetabel sind, genau nach deinem Wunsche, schon dahingesunken. Du aber lebst und bist bei bester Gesundheit! Allein die Beharrlichkeit vermag zum Ziele zu führen!"

„Mag sein!", grollte Clemens Septimus überaus vorwurfsvoll. „Wie aber soll der den Kampf fortsetzen, dem die Munition ausgegangen ist?"

„Also", folgerte Paulus Jovius, „ist es Gottes Wille, dass du es nun mit den goldenen Kugeln versuchst!"

„Fürwahr!", atmete der Papst auf und entfurchte plötzlich seine Stirn. „Das allein ist es, was nun geschehen muss! Da die Gewalt versagt hat, kann uns nur noch die List weiterhelfen! Nun gilt es vor allem die Feinde zu verwirren, sie mit allerhand Vorspiegelungen hinzuhalten und sie gegeneinander auszuspielen, damit dieser Heilige Krieg seinen gottgewollten Fortgang nehme, die große Sache zum Heile der von ihren Fürsten so grausam gepeinigten Völker weitergeführt werde und der Römische Stuhl zum Segen der gesamten Christenheit erhalten bleibe in alle Ewigkeit. Ja, ich will erst wieder einen Becher leeren, wenn alle Obristen und Hauptleute bis in die Fersen hinein bestochen worden sind!"

„Und dann", trumpfte Paulus Jovius auf, „sollen die lutherischen Teutonen und die marranischen Hispaniolen vor deinen Augen auf dem Campoflor wie die Löwen und Tiger übereinander herfallen und sich bis auf die Nieren zerfleischen!"

„Ans Werk denn!", lateinte der Papst und erhob sich triumphierend. „Zur größeren Glorie Gottes!"

Also begannen bereits am neunten Tage nach dem Falle Roms die Ganzgeheimverhandlungen über die Kapitulation der Engelsburg, und es sollte sich rasch genug erweisen, wie sehr die goldenen Kugeln ihren bleiernen und eisernen Schwestern überlegen waren.

Unterdessen hatte sich die christenwelterschütternde Nachricht von der Bezwingung der Wölfin durch den Kaiserlichen Heerwurm nach allen Himmelsrichtungen hin wie auf Sturmesschwingen immer weiter hinaus verbreitet.

Pietro Aretino war gerade bei Tizian, um sich von ihm abkonterfeien zu lassen, als der Atelierdiener mit dieser bestürzenden Kunde über die Schwelle trat.

„Das habe ich längstens kommen sehen!", sprach der berüchtigste aller italienischen Federzauberer zu dem berühmtesten der venezianischen Pinselgaukler. „Denn die Narrheit dieses zweiten Medici übertrifft die des ersten wie der Vesuv den Maulwurfshaufen!"

„Ich verstehe den Allmächtigen nicht mehr!", murmelte Tizian kopfschüttelnd, ohne seine Pinselei zu unterbrechen.

„Hast du ihn dern jemals verstanden?", spottete Aretino achselzuckend „Da er doch kein Maler, sondern ein Sprecher und Schreiber ist! Wie auch geschrieben steht: Gott ist das Wort!"

„Aber es steht auch geschrieben", warf Tizian stirnrunzelnd ein und palettierte dazu wie auf Teufelkommheraus: „Ich bin das Licht!"

„Aber keineswegs die Farbe!", wies ihn Aretino zurecht.

Zur gleichen Stunde liturgte zu Madrid der Franziskaner und stellvertretende Beichtvater Sylvikrinus den habsburgischen Doppelkrönling Carolus Quintus alleruntertänigst also an: „Euer Majestät sind durch diesen glorreichen Sieg das Schwert in Gottes Hand und der Herr aller irdischen Räume geworden!"

Worauf dieser allerhöchste sämtlicher damaligen Beichtkinder dem vollkommenen Cäsarenwahn verfiel und darüber auf das Steckenpferd des Uhrensammelns geriet in der allerhöchst kuriosen Absicht, sich auf solche Art und Weise auch zum Herrn und Herrscher der Zeiten aufschwingen zu können.

„Welch eine Wendung durch Allahs Fügung!", begrüßte schon im nächsten Augenblick am Goldenen Horn der nicht minder größenwähnige und mordsidiotische Sultan Suleiman Primus die päpstliche Niederlage, so sehr ihm auch der damit verbundene Triumph des Kaisers wider den islamischen Strich ging, und begab sich daraufhin mit dankfeierlichem Gepränge in das Gehege seines Harems, um dort durch weitere Vermehrung seiner direkten Nachkommenschaft wie für die sich daraus ergebende Verschärfung der mit seinem Hingang zu erwartenden blutigen Thronwirren Sorge zu tragen.

Niccolò Machiavelli, der um diese Zeit infolge seines alten Leberleidens, das ihn noch in demselben Jahre hinwegraffen sollte, zu Florenz das Spitalbett hüten musste, erfuhr den Fall Roms durch den Arzt Bernardo Picarossa, in dessen Behandlung er sich begeben hatte.

„Nun werden sie wohl auch bald nach Florenz kommen!", beseufzte dieser wackere Medikus die immer näherkommenden Unheilsdinge.

„Hol sie die Pest!", knirschte Niccolò Machiavelli. „Und dazu alle Italiener, die diese fremden Kriegsvölker ins Land gerufen haben, um sich ihr eigenes Süpplein an solchem Feuer zu kochen!"

„Wie konnte der Herrgott das überhaupt zu lassen?", beklagte sich Bernardo Picarossa über eine derart wahrhaft verteufelt himmlische Weltordnung.

„Was der eine Medici gesät hat", grollte Niccolò Machiavelli düsterlich, „das muss der andere ernten! Und wenn Gott der Fürst aller Fürsten ist, wie kannst du dich dann noch darüber verwundern, dass er mit diesen treulosen, niederträchtigen und grausamen Tyrannen, mögen sie nun Kronen oder Filze tragen, ganz genau so verfährt, wie sie es mit ihren eigenen Untertanen von jeher zu treiben geruhen? Alles italienische Unglück wird in Rom gezeugt und zur Welt gebracht! Und nur die Päpste sind es gewesen, die uns die spanischen Barbaren beschert haben! Mit den Franzosen und den Deutschen wird sich immer noch ein Ausgleich finden lassen. Wer aber wird diese Spanier ausrotten, die, wie schon die Borgia bewiesen haben, vom menschlichen Ebenbilde nur Gesicht und Stimme haben?"

In der gleichen Stunde vermaß sich Luther zu Wittenberg trotz seiner Gallensteinschmerzen aus ehrlichster Schadenfreude über das Unglück des allerhöllischesten Vaters also zu grobianen: „Die Wölfin ist nun zerrissen, und der Teufel hat den Papst, seinen vornehmsten Dreck, darauf geschissen!"

Am Morgen des zehnten Tages aber hingen in Rom an dem kopf-, arm- und beinlosen Pasquino, der diese theostrategische Katastrophe ohne weitere Behelligung überstanden hatte, die folgenden, Pietro Aretinos poetischem Widerpart Franzisko Berni zugemuteten Trauerzeilen:

Klag und vergieße die blutigsten Tränen, o Erdreich am Tiber,
Da nur die bösen, die übelgesinnten Gestirne Verderben, Schändung
und Raub dir gebracht und die Brünste zerstörender Flammen!
Schlimmer als Troja und Ninive bist du vom Schicksal getroffen,
Brudermord nennt sich dein Grund, und Vermessenheit ließ dich erblühen.
Gier und Verblendung, sie stürzten dich in das Gestrudel der Trübsal,
Mit dir auch sanken dahin die Vollstrecker des göttlichen Willens,
Niedergemäht von den Sensen der apokalyptischen Reiter.
Unverstand hüben wie drüben und Fabelei vorne wie hinten,
Und um das Märchen des Goldes erkeckt sich der Reigen des Truges.
Glauben bläht auf sich zum Recht, und das Lamm wird zum reißenden Drachen.
Soll sich denn nimmer erschöpfen der Born des verderblichen Irrtums?
Heiland der Welt, o wann wirst du erscheinen, um uns zu befreien
Von dem Phantom der Gewalt, das uns zu Sklaven gemacht?

Der Alte Hexenmeister Desiderius aber lateinte zur gleichen Stunde von Basel aus an den in Löwen „Die Kunst der Beredsamkeit" dozierenden Johann von Heemstede:

Der plötzliche Tod meines Freundes Johannes Froben hat mich so erschüttert, dass bisher keinerlei Zerstreuung imstande gewesen ist, mir diese Trauer vom Herzen zu nehmen. Ich zürne nicht meinem Schmerz, aber es wurmt mich doch beträchtlich, dass er so maßlos ist und so lange andauert.

Am selben Tage, da das überüppige Rom in die Hände der hungrigen Landsknechte fiel, stieg Johannes Froben im Magazin auf die Leiter, um irgendetwas herunterzuholen, stürzte dabei auf den Boden herunter und verletzte sich schwer am Kopf. Man brachte ihn zu Bett, aber er schlug die Augen nicht wieder auf, gab auch keine Spur von Empfindung noch irgendein sonstiges Lebenszeichen von sich, nur bewegte er die linke Hand, denn die ganze rechte Seite war von der Lähmung, von der er nichts hatte wissen wollen, gefühllos gemacht. So lag er zwei Tage lang ganz bewusstlos, wachte kurz vor dem Tode noch einmal auf, öffnete mit Mühe ein wenig das linke Augenlid, konnte aber nichts mehr sprechen und starb sechs Stunden später. So wurde unser Froben dem Irdischen entrissen und ging in ein glücklicheres Jenseits hinüber.

Bei seiner Frau, seinen Kindern und den Freunden hinterließ er bittere Trauer, und bei allen Bürgern, die ihn kannten, – und wer kannte ihn hier in Basel nicht? – große Sehnsucht, ihn wiederzusehen. Alle Verehrer der Wissenschaft sollten um sein Abscheiden Trauer tragen, Tränen vergießen, sein Grab mit Blumen schmücken, Weihwasser sprengen und Räucherkerzen anzünden, so derartige Dienstleistungen irgendwie nützlich sein könnten. Ganz gewiss aber wird es höchst willkommen sein, dass wir alle für den Verstorbenen beten, sein Andenken gebührend in Ehren halten und der Frobenschen Offizin weiter treu bleiben, denn sie wird wegen dieses Todesfalles nicht nur nicht aufhören weiter zu gedeihen, sondern mit aller Kraft bemüht sein, das von ihrem Schöpfer begonnene und dem Triumph der exakten Philologie gewidmete Aufklärungswerk immer umfassender und erfolgreicher auszugestalten.

Nun aber kann das Gelingen dieser Erforschung und Aufdeckung der menschlichen Grundimpulse mit den Ziele, das Unglück zu bannen und das Glück für alle herbeizuführen, nicht erwartet werden, bevor sich die herrschenden Irrtumsfanatiker ausgetobt und abgeäschert haben, ein Bestreben, den sie sich zurzeit ja mit erhöhter Inbrunst hinzugeben geruhen.

Nur die Erkenntnis dessen, was wirklich ist, vermag die Beantwortung der wissenschaftlichen Hauptfrage zu ermöglichen, die also lautet: Was muss an dem gegenwärtigen Verhalten geändert werden, um den Unheilsstrudel einzudämmen und weitere Kriege zu verhüten? Oder mit anderen Worten: Wie kann die allgemein geglaubte Lüge über die wahre Natur der heerwürmlichen Mehrheiten, die sich von den reichegründenden Reichtümlern und Glaubenskreditmonopolisten zwecks Machtbefestigung und Herrschaftserweiterung immer wieder mit dem Beutebeutel aus dem vaterländischen Boden stampfen lassen, zwecks Enthauptung auf das philologische Schafott gebracht werden? Das Hexenmeisterstück sondergleichen! Denn wo die Gewalt nicht mehr genügt, da wird sogleich zur List gegriffen, um die Widerstand leistende Gruppe zu verwirren, sie durch Zwietrachtsäung zu zerspalten und diese solcherart heimtückischerweise geschaffenen Neufronten zwecks gegenseitiger Selbstvernichtung aufeinanderzuhetzen.

Deshalb ist es durchaus kein Zufall, dass nicht nur in Italien, in Frankreich und in Spanien, sondern auch drüben in England den für solche Massenmordräubereien landesüblichen Bezeichnungen die aufschlussreiche Wurzelsilbung Wirrwarr zugrunde liegt, während meine engeren Landsleute, die Holländer, in diesem Fall sogar von einem Urlogos zu faseln wagen, wohingegen der Deutsche mit der überaus verräterischen Vokabel Krieg den Begriffsnagel des gewalttätigen Aneignens fremden Besitzes mitten auf den Kopf zu treffen weiß. Worauf das soeben angebrochene Gemetzel wiederum beginnen kann!

So folgt ein Massengolgatha auf das andere, das infolge der immer dicker werdenden Kartaunen noch weit blutiger ist als das vorhergegangene. Und an dieser kannibalischen Praxis hat auch die Einführung des Christentums, wie die römischen Vorgänge zur Evidenz beweisen, nicht das allerwinzigste Jota zu ändern vermocht. Geht man diesen Tatsachen bis auf den letzten Grund, so lässt sich erkennen, dass die alleinige Schuld daran bei der Gewerkschaft der Theologen liegt, bei diesen Herren Gottes, die sich verschmitzterweise Gottes Lakaien benamsen, um die Wahrheit zu verbinsen, wie sehr sie in Wahrheit darauf versessen sind, die Silbe Gott zu ihrer blindgehorsamen Sklavin zu erniedrigen. Wie auch geschrieben steht: Das Wort für die Gottheit besitzen, heißt im gewissenhaften Sinne die Gottheit selber besitzen, um mit ihr nach Belieben herumzukommandieren. Oder: Salomo kannte die Namen aller Geister der Ober- wie der Unterwelt, und da er ihre Namen kannte, waren sie seinem Willen untertan, also dass sie erscheinen mussten, sobald er sie rief. Und genau so ist es noch heute! Rufst du zum Beispiel die Großen dieser Erde bei einem ihrer richtigen Namen, bringst du diesen gesetzlich geschützten Korruptionisten auch nur eine einzige jener zahllosen Zitationsvokabeln zu Gehör, deren Benutzung sie jedem einzelner Untertan in ihren Majestätsbeleidigungparagrafen bei Todesstrafe verboten haben, dann fühlen sie sich so wohlgetroffen, dass sie mit der Schnelligkeit eines geölten Blitzes aus ihrem Tempelpalastloch fahren und vor deinem Angesicht erscheinen, um solcherart – und gerade das ist der wahrhaft homerische Humor dabei – nicht nur die allmächtige Magie des trefflichen Wortes, sondern auch das Vorhandensein ihres allerhöchst sauschlechten Gewissens unter Beweis zu stellen. Worauf du, so du dich erwischen lässt, promptestens zum Range eines Märtyrers befördert wirst, damit das Stäbchen über dich gebrochen und dein unschuldiges Blut zur Befestigung ihres immerdar mehr oder minder schwankenden Thrönchens verwendet werden kann.

Denn nur in einer Welt, deren sich Staatsordnung benamsende Misswirtschaft auf nichts anderes abgestellt ist als auf die unablässige Vermehrung von Märtyreranwärtern, lediglich in einer solchen von Erlösungshunger betriebenen Bedürfnismühle, vermag eine derartige Riesenhilfsgewerkschaft wie die kirchliche Karitas zu gedeihen.

Und so verwandeln sich über Nacht die Wohltäter zu Plagegeistern, so schmarotzen sich die Befreier zu Tyrannen empor, so werden aus Weihwedeln und Krummstäben Spieße und Feuerrohre, so verdichten sich theologische Maskierungen zu militärischen Uniformen, so muss sich die zauberpriesterliche Opferaltarkomödie immer wieder zur weltherrlichen Schlachtfeldtragödie entwickeln. Dieser satanischen Hinterlist auf die Spur und auf die Sprünge zu kommen, diesen urvertrackten Hokuspokuszirkel zu sprengen, diesen als reine Vernunft ausgegebenen und angepriesenen hochherrschaftlichen Unsinn als urviehischen Belialismus zu entlarven, das allein ist das Ziel der exakten Wissenschaft.

Denn wenn erst einmal die Einsicht gesiegt haben wird, dass gerade den allerärgsten Tröpfen das verhängnisvollste aller Privilegien vorbehalten bleibt, auf irgendeinen Herrscherthron zu gelangen, um sich in dieser bis zur Lächerlichkeit erhabenen Position, und sollten darüber auch noch an die fünfhundert Jahre vergehen müssen, bis auf den wappengeschmückten Hosenboden so katastrophalisch zu blamieren, dass sich kein einziger Zeitgenosse mehr zum Ministerspielen hergeben mag, dann ist die Welterlösung endlich vollbracht und der allerfreulichste Augenblick herbeigekommen, diese zehntausendjährige auf Gewalt und List beruhende Grundfalschrechnung abzuschließen und das Hauptbuch der Welteidgenossenschaft zu öffnen.

Das nämlich ist das Testament, das uns von Johannes Froben, diesem unvergleichlichen Förderer der exakten Philologie, hinterlassen worden ist, das unübertreffliche Apokalyptikum, für das er über die Erde dahingewandelt, für das er auf die Leiter gestiegen und für das er nun auch gestorben ist. Darum auch werden die Särge der Märtyrer erst dann die Stufen zur irdischen Seligkeit sein können, wenn mit der Anfertigung derartiger Kreditutensilien Schluss gemacht und das Leid als Leiter zum Elysium außer Gebrauch gesetzt worden ist.

Es ist nun endlich auch offenbar geworden, dass die Wölfin seit alters her an der Goldwassersucht krankt, einer epidemischen Erbschaft, die sie dem von ihr zur Strecke gebrachten punischen Löwen verdankt, und von der nun, wie die jüngsten Berichte aus London vermuten lassen, auch der britische Leu, dieses Wappenbestialikum des Zweiten Karthagos, schon befallen zu sein scheint. Wie geschrieben steht: Auf dass niemand zu weit greife! Wie denn auch eine Heilige Stadt nur dann zu gesunden vermag, wenn sie sich bescheidet und davon ablässt, sich immer noch weiter aufzublähen. Die alten Römer hatten geglaubt, in Karthago eine überaus garstige Pestbeule am Leibe der Menschheit vor Augen zu haben, was ihnen von den Karthagern auf genau dieselbe Manier erwidert und vergolten worden ist, ein unumstößlicher Beweis dafür, wie sehr sich diese beiden Strategiepartner im innersten Kerne glichen, als sie zu den Waffentänzen ihrer drei Punischen Kriege antraten. Und seitdem sollte jeder halbwegs vernünftige Europäer wissen, dass die Heerwürmer nur deshalb so stürmisch zur Blutbank der Schlachtfelder streben, um sich darauf bis zum Weißbluten darüber aufzuklären, dass die fetten Profite ihrer beiderseitigen Auftraggeber in Summa und Wahrheit nichts anderes ergeben können als ein unheilschwangeres Defizitum.

Damit aber ist Deine Frage, ob die englische der französischen Sprache vorzuziehen sei, auch schon beantwortet. Diese beiden westlichen Ausdrucksweisen sind einander vollkommen ebenbürtig, da sie gleicherweise durch mehrfache unterjochliche Mischungen entstanden sind, also dass ihnen schon aus Mangel der vergangenen Ewigkeit die zukünftige keinesfalls zugestanden werden kann. Weswegen sie ja auch nicht imstande gewesen sind, weder das Schießpulver noch den Buchdruck zu erfinden. Woraus sich weiter ergibt, dass heutzutage die unverletzten Grundwertsilben, die uns die vollkommene Erkenntnis zu verbürgen und damit den ewigen Bestand zu sichern vermögen, nur noch in der Mundart der eidgenössischen Urkantone aufgefunden werden können.

Was aber dem Fuchs von Paris und dem Löwen von London recht ist, das muss auch der Hyäne von Madrid billig sein, die sich nun, um die Neue Welt auszuplündern, in das blutigste Abenteuer ihrer verrucht-närrischen Geschichte gestürzt hat.

Und um die zwischen den Sieben Hügeln nun erbärmlicher denn jemals gen Himmel winselnde Wölfin ist es nicht besser bestellt! Denn, ob der alte Haudegen und Hauptlandstörzer Jörg von Frundsberg tatsäch-

lich einen für Clemens Septimus bestimmten und von seinem persönlichen Herrgott zugelassenen Galgenstrick am Heldenbusen gehegt hat, mag dahingestellt bleiben, dass aber alle höheren Goldkalbanbeter um ihren mehr oder minder erlauchten Hals eine aus Bilanzziffern gedrehte Schlinge tragen, das sollte nicht länger bezweifelt werden. Und von einer ebensolchen ist auch Solidus Vollio, dem nun kein irdisches Leid mehr widerfahren und kein Irrtum behelligen kann, zur Strecke gebracht worden. Das von Dir erwähnte Gerücht über sein tragisches Schicksal entspricht der Wahrheit. Es ist mir soeben vom Kardinal Enkevoirt bestätigt worden. Wenn Solidus Vollio die Kraft besessen hätte, die Würgeschlinge zu zerreißen und sich rechtzeitig von Rom hinwegzuheben, er könnte noch heute unter den Lebenden weilen. Da er aber seiner Willensfreiheit bereits völlig verlustig gegangen war, konnte ihn nichts mehr davor retten, dem Gesetz des Mammon zum Opfer zu fallen. Denn es bleibt ja den Reicheren, sobald sie erst einmal an den kritischen Punkt gelangt sind, dass sie sich für die Aufrechterhaltung ihrer standeshoheitlichen Lebensweise bei der Armut nichts mehr holen können, gar nichts anderes übrig, als über die Reichen herzufallen.

Und nun sitzt der allerreichste der Reicheren in der Burg seiner zusammengerafften Schätze und hadert dem Herrn der Heerscharen, nämlich mit sich selber, denn all diese fähnleinüberflatterten, disziplinsüchtigen und beuteerpichten Heldenhaufen könnten doch gar nicht vorhanden sein, wenn sie nicht von der ihm eigentlichen und unersättlichen Machtgier ersonnen, hervorgerufen, bis an die Zähne bewaffnet und in Marsch gesetzt worden wären.

Im Augenblick dieser Punktsetzung begann im gefallenen Rom der auf einem Purpurbett reglos dahingestreckte Fabian wieder in sein Vollbewusstsein zurückzukehren.

Es war ein sanftköstlicher Hauch, der ihn dazu bewog, die Augen zu öffnen. Und schon gewahrte er dicht über sich ein so engelschönes Mädchenantlitz, dass er wohl glauben durfte, sich nicht mehr in diesem irdischen, von Leid-, Plage- und Peinbergen umschlossenen Jammertal zu befinden.

Und die grundschmelzende Stimme, die nun an sein Ohr dran, durchrauschte ihn mit einer solchen Wundersüße, dass ihm das Herz vor Daseinsglück schier überfloss.

„O mein Jesus, dass du wieder lebst!", lispelten die Lippen dieser Jungfrau sondergleichen, während sich die Lider ihrer golddunklen Augen feuchteten.

„Holde Engelin", silbte er und griff sich an die verbundene Schläfe, „was ist mit mir geschehen?"

„Dein Leben", antwortete sie lebhaft, „hing an einem Faden. Ein Marmorsplitter, spitzig wie ein Hufnagel, war in deine Schläfe gedrungen. Aber der Meister hat ihn entfernt. Und was er tut, das ist wohlgetan! Die Wunde beginnt schon zu heilen."

„Wie lange bin ich hier?", murmelte Fabian, während er immer tiefer in ihre Mädchenaugen hineinblickte.

„So viele Tage!", rief sie, indem sie ihm alle ihre zärtlichen Finger entgegenstreckte. „Und jeden Tag habe ich hier dreimal vor dir auf den Knien gelegen und die Mutter Gottes angefleht, und nun endlich sind meine Gebete erhört worden!"

„Ganze zehn Tage", fragte er verwundert, „hast du mich, den Fremdling, gepflegt?"

„Auf Befehl des Meisters", nickte sie, „dessen Herzensfreund du bist! Und auch mir bist du kein Fremdling mehr. Ach, was hast du nicht alles zusammenfantasiert! Keine Nacht verging, ohne dass wir nicht um dich gezittert hätten!"

„Und wer bist du?", heischte Fabian nun zu wissen.

„Ich heiße Miranda", bekannte sie, „und werde des Meisters Tochter sein, wenn er meine liebe Frau Mutter heimgeführt haben wird."

Er kann hexen, schoss es Fabian durchs genesende Hirn. Ich will es auch versuchen nach seinem Vorbild!

„Und er wird sie heimführen", fuhr sie unaufgefordert fort, „sobald wir in Venedig angelangt sind."

Nun griff Fabian nach ihren Händen, die sie ihm willig überließ, presste sie auf sein Herz und bat: „Erzähle mir alles, was hier geschehen ist!"

Und sie gehorchte ihm ohne Zögern.

So erfuhr er denn zunächst, dass Mirandas Mutter Olivia hieß und die Nichte des Kardinals Vollio war, und weiterhin, wie diesen besten aller Kirchenfürsten der Degenstoß eines Schweizergardisten aus dem Diesseits hinweggerafft hatte.

Worauf Miranda auch Fabians Begehren, über die Vorgänge der letzten zehn Tage unterrichtet zu werden, zu befriedigen wusste.

„Der Herr Kardinal ist dahin", beseufzte sie diesen bitteren Verlust, „aber er hat uns sogleich seinen Stellvertreter gesandt, der uns aus aller Gefahr erlöst und uns vor jedem Ungemach behütet und bewahret hat."

Aha, dachte Fabian, dessen Blick wie verzückt an ihrem rosenknospigen Munde ging. Und deswegen darf er nun auch, trotz seines Stelzfußes, den Purpur tragen.

„Und sobald du ganz gesund bist", schloss sie ihren Bericht, „werden wir nach Venedig aufbrechen, denn mit Rom ist es aus!"

„Gebenedeiteste der Jungfrauen!", flüsterte er schwärmerisch, indem er ihre Hände an seine Schläfen legte. „O, wie ich dich liebe! Und so du nur die Gnade haben wolltest, meine Liebe ein wenig zu erwidern, so werde ich geschwind von meiner Wunde genesen sein!"

„O Wunder!", hauchte sie erglühend. „So ist es denn eingetroffen, was der Meister geweissagt hat! Ach, was wäre aus uns geworden, wenn er uns nicht zur rechten Zeit erschienen wäre! Und wie könnte ich mich weigern, seinen Willen zu erfüllen, da er mich doch ausdrücklich gebeten hat, dich zu lieben mit allen Kräften des Leibes und der Seele!"

Fabian hielt unwillkürlich den Atem an und dachte blitzschnell: Das sieht ihm ganz ähnlich! Er kann viel mehr als hexen! Ob ich jemals diese Meisterschaft erringen werde?

„Zumal meine liebe Frau Mutter", gestand sie, „mir in dieser vornehmsten aller Christentugenden mit leuchtendem Beispiel vorangegangen ist. Denn sie liebt den Meister, ihren Nächsten, wie sich selbst. Und so du mich nur nicht verschmähst, will ich fortan deine gehorsamste Dienerin sein!"

„Meine Herrin sollst du sein, solange ich atme!", verschwor sich Fabian nach dem Vorbild des toskanischen Silbenzauberers

Francesco Petrarca, bei dem er mit bestem Erfolg in die Lehre gegangen war.

Worauf er Miranda an sich zog und sie küsste.

So fanden sie sich durch die Gunst der wohlvorbereiteten häuslichen Umstände wie durch die Ungunst des auf den Sieben Hügeln lastenden Besatzungsdruckes noch schneller zusammen, als Sophius Crott Madonna Olivia miteinander einig geworden waren.

Um diese Zeit bog Claus Seidensticker in die Töpfergasse ein, um seinen blutjungen, im Palast Araceli quartierenden Feldobristen Melchior von Frundsberg mit einer geharnischten Beschwerde über den im Fünften Fähnlein von Emil Vigulus und Wilhelm von Sandizell entzündeten christiotischen Geist heimzusuchen, der die Disziplin dieses bisher so vorbildlichen Heerwurmgliedes in einer schier beängstigenden Art und Weise zu untergraben und zu erschüttern sich unterstand.

Da Melchior von Frundsberg noch unterwegs war, diktierte Claus Seidensticker seine Klagepunkte Adam Reissner in die Feder.

„Diese beiden Stänkerer werden noch die ganze Armee ruinieren, wenn ihnen nicht ohne Verzug das schändliche Handwerk gelegt wird!", schloss Claus Seidensticker fäusteballend, worauf Adam Reissner also fortfuhr: „Fürwahr, diese Sache muss vor dem Kriegsrat, und ich werde schon dafür sorgen, dass sie nicht auf die lange Bank geschoben wird!"

Auf dem Rückweg zum Florkamp blieb Claus Seidensticker mitten auf der Töpfergasse plötzlich stehen, nachdem er zu seiner nicht geringen Verblüffung auf dem rechten Torflügel eines Palastes seinen eigenen mit kühnen Kreideschwüngen zur Schau gebrachten Namenszug entdeckt hatte.

„Kotz die Protz!", knurrte er in sich hinein. „Welch ein Gaukelbold ist hier am Werke gewesen?"

Worauf er mit der entblößten Klinge gegen das Tor vorging und so lange darauf herumpochte, bis es sich endlich auftat.

„Willkommen, Euer Gnaden!", rief der von seiner schwer bewaffneten Dienerhorde umgebene Haushofmeister Amadeo Sfogga mit einer tiefgeschmeidigen Verbeugung.

„Wer hat das geschrieben?", herrschte ihn Claus Seidensticker an, wobei er die Degenspitze gegen seinen Namen zückte, als ob er ihn stracks durchbohren wollte.

„Seine Eminenz!", antwortete Amadeo Sfogga mit beiden Händen die breite Marmortreppe emporzeigend, auf deren oberster Stufe schon wieder der von Solidus Vollios Purpurmontur umwallte Sophius Crott stand.

Und schon hob Claus Seidensticker, der diesen Fahnenschwurverächter trotz seines unverwechselbaren Purpurbartes nicht sogleich wiedererkannte, den stolzen Federhut, um diesen vermeintlichen Kirchenpotentaten, der in seinem Gürtel ein doppelläufiges, anderthalb Spannen langes Faustrohr trug, die glaubenspflichtschuldige Referenz zu erweisen.

„Hast lange genug auf dich warten lassen, Herzbruder Claus!", lachte Sophius Crott und winkte ihm einladen zu.

Claus Seidensticker, der nun erst dahinterkam, wen er in Wahrheit vor sich hatte, riss die Augen auf wie noch niemals in seinem Häuptlingsdasein, schnitt hierauf eine Miene, als wäre ihm nichts weniger denn ein ganzer Läuseheerwurm über die Leber gekrochen, und fluchte degenschwingend von unten herauf: „Kotzverdoria!"

„Weshalb ergrimmest du und warum verstellen sich deine Gebärden?", tenorte Sophius Crott von oben herab, zog die erst gestern fertiggestellte Kugelspeierin, legte an, ohne erst zu zielen, drückte ab, dass der Feuerstein funkte, und ließ einen Salutschuss gegen die Stuckdecke krachen.

„Himmeldonnerwetter!", stammelte Claus Seidensticker, ließ das Schwert sinken, wich einen Schritt zurück und dachte: Eine Büchse, die mit einer einzigen Hand regiert und abgefeuert werden kann, das ist ein Wunder! Das ist noch nicht da gewesen!

„Komm herauf!", lockte Sophius Crott, während er das Doppelrohr in den Gürtel zurücksteckte. „Oder zitterst du davor, mit mir einige Kannen Heilandstränen leeren zu müssen, wie sie köstlicher noch niemals aus einem Fasse hervorgesprudelt sind?"

„Sakrament noch einmal!", fluchte Claus Seidensticker erleichtert auf, schob das Schlachtfeldmesser in die Scheide zurück, erklomm die Marmorstufen, tauschte mit Sophius Crott einen kameradschaftlichen Handschlag und fragte ihn dann auf die Wunderwaffe deutend: „Von wem hast du sie?"

„Vom Distelprinzen", antwortete Sophius Crott und zeigte mit dem linken Daumen durch das Treppenfenster, „von diesem besten aller Esel, den du damals abstechen wolltest und der dort unten im Hofe munter herumspringt. Er ist mir eines Nachts erschienen und hat zu mir gesprochen: Sei kein Tor, Sophius, und erkenne endlich, dass in einem einzigen Feuerstein tausend und abertausend Lunten stecken! Worauf ich erwachte und ans Werk ging. Das ist das erste Stück, das mir gelungen ist. Das zweite ist schon in Arbeit, und das will ich dir zum Andenken verehren. Schon morgen Abend kannst du es dir abholen lassen."

„Ei der Daus, ich komme selbst!", versicherte Claus Seidensticker begeistert von dieser für einen zünftigen Helden hochbeglückenden Aussicht.

Darauf setzten sie sich im Speisesaal an den großen Rundtisch unter die pfauenschweifumrahmte Deckenvenus, tranken sich immer wieder zu und gerieten von dem neuen Faustrohr, nachdem es von Claus Seidensticker auf das allergenaueste besichtigt, befingert und erprobt worden war, auf die dahingegangenen wie auf die daherkommenden Dinge.

„Und wie bist du darauf geraten", fragte Klaus Seidensticker nach der zweiten Kanne, „meinen Namen hier an das Tor zu schreiben?"

„Ebenfalls im tiefen Traum", gestand Sophius Crott. „Gleich in der ersten Stunde unter diesem prachtvollen Dache ist mir der bisherige Herr dieses Palastes, Solidus Vollio, der Kardinal von Karthago und Maria Mercedes, erschienen und hat mich zu seinem irdischen Stellvertreter ernannt. Denn wenn jener so benamste Herr der Heerscharen, der im Jenseits offenbar so gut wie zu Hause ist, nicht ohne einen irdischen Stellvertreter auszukommen vermag, so wird sich wohl ein ebenso vollkommener wie vollendeter Kardinalerzbischof, so wie er erst einmal das Diesseits mit dem Jenseits vertauscht hat, einen genau solchen Platzhalter leisten dürfen, was ja bei mir, dem Eingeborenen Filius des Unbekannten Gottes, gar nicht ohne die Zulassung dieses meines Ewigen Vaters hat geschehen können. Worauf ich mich sogleich daran machte, darüber nachzusinnen, wie ich diesen kostbarsten aller römischen Paläste am sichersten vor einer Plünderung bewahren könnte. Wobei mir mein dort drüben hausender Oheim, der mich sofort auf ihn aufmerksam gemacht hatte, wacker zu Hilfe gekommen ist. Und da ihm auch nichts Besseres einfallen wollte, habe ich deinen Namen an das Tor gekreidet. Der Erfolg ist ja auch nicht ausgeblieben! Siehst du darum scheel, dass ich so gütig gewesen bin, dich solcherart vor allen anderen Hauptleuten auszuzeichnen und zu begünstigen?"

„Keineswegs!" winkte Claus Seidensticker ab. „Aber während du hier in Saus und Braus lebst und dir keine Sorgen zu machen brauchst, muss ich mir mit diesen gottsverdammigten Christioten, die doch nur der Leibhaftige in die Welt geschissen haben kann, die Pest an den Hals ärgern!"

Worauf er sämtliche Beschwerden aufzählte, die vorhin von Adam Reissner fein säuberlich zu Papier gebracht worden waren.

„Mit einem Wort", schmunzelte Sophius Crott und trank ihm zu. „Du bist ein Glückspilz sondergleichen!"

„Ein Pechvogel bin ich!", knurrte Claus Seidensticker, nachdem er ihm Bescheid getan hatte. „Denn warum musste diese satanische Hydra ihr scheußliches Haupt gerade in meinem Fähnlein erheben?"

„Um dir die Gelegenheit zu bieten", antwortete Sophius Crott kaltblütig, „der Kriegsfurie den Hals umzudrehen! Denn du hast ebenso wenig wie ich auf das Fähnlein geschworen!"

„Aber ich habe", trumpfte Klaus Seidensticker auf, „dem Kaiser Treue gelobt!"

„Nur als Hauptmann!", entschied Sophius Crott. „Und welcher Hauptmann könnte dazu gezwungen werden, Hauptmann zu bleiben, wenn ihm solches, dieweil er schon mehr als genug im Beutel hat, nicht länger behagen will? Also ist auch für dich nun der Augenblick herbeigekommen, deine verlorene Menschenfreiheit zurückzugewinnen! Solange deine Landsknechte arm waren, haben sie dir blindlings gehorcht, nun aber, wo sie sich nach deinem Beispiel alle Taschen gefüllt haben, beginnen sie plötzlich ein ander Lied zu singen.

Nun drehen Sie den Spieß um, dessen Handhabung du ihnen beigebracht hast. Nun sollst du vor ihnen genauso zittern, wie sie bisher vor dir gezittert haben. Wie geschrieben steht: Auge um Auge, Zahn um Zahn, Seele um Seele! Ja, der mutige Arm der Armut, der durch die so überraschend geglückte Erraffung des Reichtums doppelt so mutig geworden ist, benötigt nun, da der bisherige Feind besiegt im Staube liegt, nichts so dringend als einen neuen Gegner. Nur deswegen erheben sie nun die Waffen, die sie von dir und keinem anderen empfangen haben, gegen dich selber. Und da du nur ein einziger bist, sie aber gar viele sind, wirst du sehr gut daran tun, schon morgen früh diesem blutigsten aller Handwerke Valet zu sagen und den Hauptmann für immer an den Nagel zu hängen, bevor sie dir den Gehorsam völlig aufkündigen oder dich gar in die Pfanne hauen!"

„Ich soll die Pfeife einziehen", knirschte Claus Seidensticker fäusteballend, „und das gerade jetzt, wo mir dieser Wechselbalg von einem Vigulus das Fähnlein, das ich geschaffen habe, aus der Hand winden will?"

„Sei du diesmal der Klügere!", riet Sophius Crott. „Gib nach, damit der Dümmere, denn so ist annoch der Lauf dieser argen Welt, als dein Nachfolger den für dich bestimmten Undank ernten kann! Denn deine Beschwerdepunkte beweisen deutlich genug, wie sehr das Fähnlein bereits auf den Hund gekommen ist. Und wie oft schon hat ein Heerwurm seinen eigenen Schöpfer zur Strecke gebracht! Auch soll man klugerweise das Schifflein verlassen, bevor es scheitert. Darum lass fahren dahin! Also verlangt es die ewige Gerechtigkeit, der zu widerstreben noch keinem Sterblichen bekömmlich gewesen ist. Wie auch geschrieben steht: Widerstrebet niemals dem Übel, sondern lasst es an euch vorübergehen, ohne es zu verschlimmern oder zu vermehren, aber versäumt nichts, was seinen Lauf zu beschleunigen vermag!"

„Du hast leicht reden!", begehrte Claus Seidensticker noch einmal auf. „Du sitzt hier wie die Maus im fettesten Speck, bist keinem verpflichtet und kannst dir immerfort ins Fäustchen lachen."

„Aber ich spreche aus Erfahrung", warnte Sophius Crott mit Nachdruck. „Und du solltest dir meine Worte zu Herzen gehen lassen! Denn bis zur Schlacht von Bicocca bin ich so töricht gewesen, dem

Übel mit allen Kräften zu widerstreben. Darum verlor ich dort meinen rechten Fuß, gewann dafür aber die Erkenntnis, dass es am gescheitesten ist, die Heldenlaufbahn erst gar nicht einzuschlagen oder aber, falls schon beschritten, sie rechtzeitig, nämlich so rasch wie nur möglich, wieder aufzugeben. Was ich auch getan habe! Und seitdem gehorcht mir die Wünschelrute, und nichts misslingt mir, was ich unternehme!"

So stritten sie hin und her, bis Claus Seidensticker bei der vierten Kanne erklärte: „Ich will mir die Sache gründlich beschlafen!"

Aber er gelangte nicht mehr dazu, denn kurz vor der Tür seines Quartiers wurde er aus dem Hinterhalt von einer Halbhakenkugel so genau ins Rückgrat getroffen, dass er auf der Stelle verschied.

Erst am Morgen wurde sein ausgeraubter Leichnam gefunden.

Gleich darauf wurde ins Hospital Zum Heiligen Johannes der erste Pestkranke eingeliefert.

Ulrich Zasius, * 1461 in Konstanz, † 24. November 1535 in Freiburg im Breisgau, war ein deutscher Jurist und Humanist.

Bernd Knipperdolling, * um 1495 in Münster als van Stockem, † 22. Januar 1536 ebenda hingerichtet, war ein Führer der Täufer in Münster während des Täuferreichs von Münster, Kaufmann und seit dem 23. Februar 1534 Bürgermeister.

Die Flucht aus dem Fluchgau

Sobald Claus Seidenstickers Tod ruchbar geworden war, riefen die Christioten des Fünften Fähnleins ihren Abgott Emil Vigulus zum Hauptmann aus, der auch keinen Augenblick zögerte, diese Würde auf sich zu nehmen, worauf er Wilhelm von Sandizell zum Fähndrich, Adelward Grünenwald zum Profoss und den bisherigen Fähndrich Berthold Weiß zum Lokotenenten ernannte.

Allein die im Kriegsrat unter dem Vorsitz des vom Kaiser noch immer nicht zum Generalissimus bestätigten Philibert von Orange versammelten Obristen und Feldhauptleute verweigerten männiglich ihre Zustimmung und forderten von Emil Vigulus die Auslieferung des Fähnleins.

Hierüber kam es zwischen Emil Vigulus und Wilhelm von Sandizell, der das geweihte Heiligtum durchaus nicht hergeben wollte, zu einem heftigen Streit, dem der Oberfeldprofoss Manfred von Ingelheim dadurch ein Ende bereitete, dass er Emil Vigulus bezichtigte, den Feldhauptmann Seidensticker aus dem Hinterhalt niedergestreckt zu haben, bei welcher Anklage er sich auf die beschworenen Aussagen der beiden Feldprofossknechte Michael Gellner und Ivo Treut stützte.

„Erstunken und erlogen!", brüllte Emil Vigulus, als ihm solches kundgetan worden war, und benannte Wilhelm von Sandizell, Adelward Grünenwald und Berthold Weiß als Zeugen dafür, dass er mit ihnen während der Stunde, da ihn die beiden Feldprofossknechte in der Nähe des Mordtatortes gesehen haben wollten, in seinem Quartier gezecht hätte.

Trotzdem wurde er, ohne dass diese drei Zeugen vernommen worden wären, in den Kerker geworfen.

Und so kam es denn schon am nächsten Morgen bei der täglichen Musterung auf dem Florkamp, angesichts des Galgens, an dem nun schon sechs spanische Plünderer hingen, zu einem Kampf um den Besitz des Fähnleins.

Sebastian Schertlin erhielt den Befehl, mit seinen Landsknechten gegen die widerspenstigen Christioten vorzugehen, was er auch sogleich nach allen Regeln der damaligen Kriegskunst tat.

In diesem kurzen, aber blutigen Gefecht fielen nicht weniger denn siebzehn Christioten, darunter auch Wilhelm von Sandizell, Adelward Grünenwald und Berthold Weiß.

Nun vermochten sie nicht mehr für Emil Vigulus die Schwurfinger zu heben, worauf sogleich das Stäbchen über ihn gebrochen werden konnte. Und zwei Stunden nach Mittag sollte er gehängt werden.

Melchior von Frundsberg, der als der jüngste der Feldhauptleute dieses Exekutionsschauspiel zu leiten hatte, ließ die Fähnlein auf dem Florkamp hin und her paradieren, bis sie den Galgen eingekreist hatten.

Und Adam Reissner, der auch diesmal als getreuer Mentor hinter seinem jungen Herrn stand, seufzte, als die Trompeten das Nahen des Delinquenten verkündigten, in sich hinein: „Gott sei seiner armen Seele gnädig!"

Aber Emil Vigulus benahm sich durchaus nicht wie ein zerknirschter und armseliger Sünder, sondern er schritt kühn und selbstbewusst zwischen den beiden Feldprofossknechten einher, die von jeher auf Befehl ihres Meisters die Schwurfinger zu zücken pflegten, und schrie immer wieder, so laut er nur konnte: „Ich bin unschuldig, ich bin unschuldig, ich bin unschuldig!"

„Halt die Fresse, du Mordbube!", herrschte ihn der Oberfeldprofoss an und hielt ihm dazu die Faust vor die Augen.

„Ihr seid die Mordbuben, nicht ich!", knirschte Emil Vigulus und zertrümmerte ihm mit einem blitzschnellen Schlag das edle Nasenbein.

„Hinauf mit ihm!", röchelte Manfred von Ingelheim noch, dann schoss ihm ein nicht minder edler Blutstrom aus beiden Nasenlöchern.

Nun erst packten die beiden Galgenbüttel zu, die nur zu genau wussten, was sie beschworen hatten, und stießen Emil Vigulus die lange Leiter empor.

Er sträubte sich nicht dagegen, doch als er ihre Mitte erreicht hatte, streckte er den Kopf durch die Sprossen und schrie: „Verflucht sei Rom! Verflucht der Papst! Und dreimal verflucht der ganze Kriegsrat, der einen unschuldigen auf solch hundsföttische Art zu Tode bringen lässt! Zur Hölle mit euch glorreichen Schweinehunden! Die Pest soll euch fressen mit Haut und Haar!"

Vergeblich bemühten sich die beiden Büttel, ihn bis zur Höhe der Schlinge zu stoßen. Sie brachten ihn nicht von der Stelle, denn er hatte noch viel mehr auf dem Herzen, doch seine Stimme wurde nun übertönt von dem Gerassel der Trommelschlegel, die durch Melchior von Frundsbergs herrischen Degenwink in Bewegung gerüttelt worden waren.

Nun erst zog Emil Vigulus den Hals aus der Leiter, stieg die letzten Sprossen hinauf und legte sich eigenhändig die Schlinge um den Hals.

Und sogleich verstummten die Trommeln. Denn jeder Delinquent hatte das Recht, sobald er die Schlinge um den Hals hatte, ein allerletztes Wort zu sprechen, nämlich seine Kameraden um Vergebung zu bitten und seine Seele Gott zu befehlen.

Aber das geschah mitnichten, den Emil Vigulus rief mit starker, furchtloser Stimme: „Ich danke Gott, dass er mir die Ehre erweist, am Holz zu hängen wie sein Eingeborener Sohn Jesus Christus!"

Bei solcher auf dieser Welt noch niemals erhörten Verkündigung kroch Adam Reissner das ganz große Grausen über den Regimentsschreiberrücken, und Melchior von Frundsberg, der noch immer den goldenen Strick im Beutel trug, musste sich sogar den stolzen Federhut heruntertun, um sich den kalten Schweiß von der Stirn wischen zu können.

Worauf sich Emil Vigulus selber die Schlinge zuzog, von der Leiter sprang und dergestalt diesem von ihm dreimal verfluchten Gau des europäischen Jammertales entfloh.

Den Beschluss dieses alle Zuschauer zutiefst erschütternden Disziplinarspektakulums bildete die feierliche Verbrennung des Fünften Fähnleins und die Verteilung der bis zum Zittern und Beben eingeschüchterten Christioten auf die übrigen Fähnlein.

Um diese Zeit wiegte Urban Immerius in seinem Weinkeller das graue Haupt und sprach zu seinen beiden Neffen Sophius Crott und Fabian Birkner, dessen Schläfenwunde schon zu heilen begann und ihm kaum noch Beschwerden bereitete, also: „Könnt ihr euch aber auch dafür verbürgen, dass wir dort in Venedig nicht aus dem Regen in die Traufe kommen?"

„Siehst du nicht, dass wir längst in der Traufe sitzen?", fragte Sophius Crott zurück, und Fabian seufzte zustimmend: „Das weiß Gott!"

„Wenn ich schon Rom verlassen muss", meinte der Ohm, „dann möchte ich doch lieber in die Pfalz zurückkehren!"

„In Venedig hast du den halben Weg schon hinter dir", gab Sophius Crott zu bedenken, und Fabian, der an Miranda dachte, fügte hinzu: „Also tummle dich, dass wir endlich aus dieser verfluchten Pesthöhle herauskommen!"

Hier stieg Adam Reissner die Kellertreppe herunter, setzte sich zu ihnen an den Tisch, stärkte sich durch einen kräftigen Zug und berichtete dann, was er soeben mit dem nun toten Emil Vigulus auf dem Florkamp erlebt hatte.

„Und zuletzt", schloss er mit sichtlichem Schauder, „hat er sich sogar mit dem Herrn Jesus verglichen! Das ist auch noch nicht dagewesen!"

„So hältst du ihn für unschuldig?", fragte Sophius Crott.

„Ich werde mich hüten!", verwahrte sich Adam Reissner gegen diese Vermutung. „Denn dann müsste ich ja schier an Gottes Gerechtigkeit verzweifeln!"

„Was an dem Faktum kein Jota ändern kann!", spann Sophius Crott den Faden weiter. „Und was dem einen recht gewesen ist, das muss jedem anderen billig sein! Ist der Unbekannte Gott damals so gerecht gewesen, seinen Eingeborenen Sohn ans Strafholz hängen zu lassen, so kann auch Emil Vigulus nichts Besseres zugebilligt werden, und wenn er mir wie dir auch noch so unschuldig erscheint!"

„So glaubst du nicht an Gott den Allmächtigen?", stammelte Adam Reissner tief betroffen.

„Ich glaube an ihn", erklärte Sophius Crott, „und warte wie ein Luchs auf die Stunde, da er sich endlich mit uns bekannt machen wird, um seinen Bekanntmachern das gar zu blutige Handwerk zu legen und alle ihre Rechnungen auszustreichen."

„Gott im Himmel!", stöhnte Adam Reissner und griff sich mit allen zehn Regimentsschreiberfingern an die Stirn. „Wenn der Emil Vigulus unschuldig gehängt worden ist, wer hat dann den Schuss auf den Hauptmann Seidensticker abgegeben?"

„Irgendein Römer!", meinte Urban Immerius achselzuckend, und Sophius Crott fuhr fort: „Oder einer von den spanischen Marodeuren, die noch immer die Straßen unsicher machen, besonders des nachts!"

„Wahrhaftiger Gott!", stimmte Fabian bei. „Der Vigulus war ein ganz braver Kamerad, wenn er auch ein böses Mundwerk gehabt hat. Wenn der Kriegsrat bei Verstand gewesen wäre, dann hätte er nicht den Vigulus, sondern den Papst hängen müssen, der diesen Krieg vom Zaune gebrochen hat!"

„Der Papst", prophetete Adam Reissner, „kommt auch noch an die Reihe! Darauf will ich das Heilige Abendmahl nehmen!"

„Aber", gab Urban Immerius zu bedenken, „es ist noch keiner von den Päpsten gehängt worden, so viele es auch verdient hätten!"

„Also", schloss Fabian, „dass auch hier der göttlichen Gerechtigkeit nicht Genüge geschehen ist!"

„Und weshalb nicht?", trumpfte Sophius Crott auf. „Weil die Römer von jeher feige Untertanen gewesen und keine freien Bürger wie die Venezianer sind, die sich nicht gescheut haben, einen ihrer Dogen dem Henker zu überantworten, weil er nach erblicher Herrschaft strebte und sich zu ihrem Tyrannen aufwerfen wollte. Er hieß mit Namen Marino Faliero und wurde im Alter von fünfundsiebzig Jahren hingerichtet, mitten auf den Markusplatz, obschon ihm Venedig die Rettung vor der Übermacht Genuas zu verdanken hatte. Das alles ist mir in Ferrara zu Ohren gekommen, und es wird damit schon seine Richtigkeit haben, dieweil zwischen Ferrara und Venedig von Anbeginn eine große Feindschaft besteht."

„Außerdem" brockte Urban Immerius dazwischen, „pfeifen es hier die Spatzen von allen Dächern, dass der Papst schon damit begonnen hat, nicht nur mit Ablasszetteln, sondern auch mit goldenen Kugeln um sich zu schießen. Und die gehen selten daneben!"

„Woraus folgt", erhellte Sophius Crott die Sachlage weiter, „dass der Kriegsrat nur deshalb den Vigulus an den Galgen gebracht hat, um den päpstlichen Segen nicht mit ihm teilen zu müssen! Denn die Landsknechte werden von diesen goldenen Kugeln keinen Pfifferling sehen! Wie das uralte Rezept lautet: Steht auch die ganze Welt in Flammen, die Schelmenzunft hält fest zusammen!"

„Und auch das", grollte Adam Reissner, „lässt ein unbekannter Gott zu?"

„Warum sollte er nicht?", entgegnete Sophius Crott. „Andernfalls müsste er ja auch zu diesen Schelmen gerechnet werden! Denn wie könnte er seine Gerechtigkeit beweisen, wenn er sich nicht in ihre Händel einmischte? Und es steht doch geschrieben: Wer sich unter die Treber mengt, den fressen die Säue!"

Hier winkte Urban Immerius seine neapolitanische Kellnerin, Köchin und Konkubine Monika Filiotti herbei und heischte von ihr eine frische Kanne.

„Und wie lange", begehrte Adam Reissner auf, „soll das währen?"

„Bis die Zeit erfüllet ist!", sermonte Fabian, und Sophius Crott nickte: „Bis sie alle zusammen unter dem Galgen stehen, den sie zur Aufrechterhaltung ihrer Tyrannei aufgerichtet haben. Kurzum: Bis sie mit ihrem Latein zu Ende sind."

In diesem Augenblick lateinte der Alte Hexenmeister Desiderius von Basel aus nach Madrid an den Staatskanzler Gattinari also:

Zum Ersten: Deine Frage nach dem weiteren Schicksal des in der Engelsburg Gefangenen Heiligen Vaters will ich Dir, soweit es mir möglich ist, ohne Umschweife beantworten. Nur darfst Du von mir keine Orakelsprüche erwarten. Die Absicht Albas, diesen zweiten Medici für seine Felonie an den Galgen zu hängen, wird von mir nicht gebilligt, dieweil die Todesstrafe, wie schon die Kreuzigung Christi beweist, eine barbarische Praxis ist. Dein Vorschlag, jenen Felonisten, nachdem er Urfehde geschworen hat, in Freiheit zu setzen, erscheint mir nicht minder untunlich. Geschieht es trotzdem, dann steht genau dieselbe Komödie zu erwarten, die euch bereits von Franziskus Primus vorgespielt worden ist, und der Krieg nimmt seinen Fortgang. So bleibt als einziger

Ausweg übrig, diesen Stellvertreter seines Gottes zum Rücktritt zu bewegen, was aber nur dann einen Sinn hat, wenn sich nun, nach Solidus Vollios Hingang, ein Nachfolger finden ließe, dem das Wohl der ganzen Christenheit mehr am Herzen liegt als die Vermehrung der Kirchenschätze und die unumschränkte Suprematie der römischen Klerisei.

Hierzu die folgenden Axiomata: Die Oberherrschaft der Theologen bezweckt letzten Endes nichts anderes als den Untergang der exakten Wissenschaft. Es herrschen hüben wie drüben die Bäuche und die Beutel, es regiert da wie dort dieselbe possenhafte Unverschämtheit unter dem Deckmantel der vorgetäuschten Rheingläubigkeit. Bevor das Christentum zur Staatsreligion und damit zur Reichsbeamtenherrlichkeit erhoben wurde, war das Kirchengut Eigentum der Armen, und die Geistlichkeit, von der es verwaltet wurde, war in allen irdischen Dingen zu apostolischer Genügsamkeit verpflichtet.

Was man heutzutage Patrimonium Petri benamst, das besaß Petrus nicht, und er wusste sich solcher Besitzlosigkeit noch zu rühmen. Wie auch bei Giustiniani steht: Als ich in den Vatikan kam, wurde ich nicht vorgelassen, weil der Heilige Vater mit dem hochheiligen Geschäft des Geldzählens beschäftigt war und darin nicht gestört werden durfte. Das Primat des römischen Bischofs kann, angesichts der zurzeit bei der Kurie noch herrschenden Gepflogenheiten, nur das Verderben des Christentums bedeuten. Auch hat Christus mit seinen Jüngern, Aposteln und Kirchenvätern, wie das immer wiederkehrende Schisma hinreichend beweist, so wenig Glück gehabt, dass die Hoffnung der Päpste, mit Christus Glück zu haben, wohl kaum in Erfüllung gehen wird. Und Paulus, der Christus niemals zu Gesicht bekommen hat, ist, exakt wissenschaftlich betrachtet, immer nur ein Religionsgeschäftsreisender gewesen, deshalb gilt er auch so viel bei Luther, der sich in derselben Rolle gefällt. Wenn Clemens Septimus ins Narrenhaus gehört, so sitzt er schon längst auf dem richtigen Platz, denn seit einem Menschenalter ist die Kurie das Zentrum des Absurdums, nämlich die Burg der vollendeten Intoleranz und des urbarbarischen Ernstes. Toleranz dagegen bedeutet den unabwendbaren Untergang des herrschenden Tollheitsklüngels. Also das nur etwas durchaus Lustiges als zur Ewigkeit gehörig erkannt, angesehen und angesprochen werden kann.

Weiterhin: Sind die Geheimnisse der Religion dem Zugriff der Wissenschaft entzogen, so ist es wohl die Pflicht der Wissenschaftler, solches gehörig zu respektieren, um fortan ihr ganzes Augenmerk auf die Eruierung dieser Entziehungshandwerker richten zu können. Wie auch geschrieben steht: Unordnung muss sein, sagen die berufsmäßigen Unordnungsanstifter, denn wie vermöchten sie in einem wohlgeordneten, jedwede antichristliche Bestätigungsweise ausschließenden Daseinsraum ihr Leben zu fristen oder gar ihr Wohlgedeihen zu finden?

Heute mehr den jemals ist das Papsttum eine Mühle, in die oben pures Gold hineingeschüttet wird, damit unten bekleckste Papierwische, die keiner wissenschaftlichen Prüfung standhalten, herauskommen können. Wie auch schon Joachim von Floris in seinem Ewigen Evangelium vorausgesagt hat: Das Gefolge des Antichristen wird aus falschen Geistlichen und lügenhaften Propheten, aus blutgierigen Kriegsknechten und nimmersatten Profitfetischisten bestehen. Der schon viel zu groß gewordene Kirchenstaat ist das Haupt- und Grundübel, das die Päpste immer mehr von ihrem wahren Beruf ablenkt.

Von jeher besteht das höchste Glück aller Rechtgläubigen in dem Verfolgen der Linksgläubigen, denen sie dabei in den gleichen Untergang zu folgen haben. Und so sammeln denn beide Teile mit dem gleichen fanatischen Eifer die Glaubensirrtümer der Gegner, um diese lächerlichen Silbensammelsurien wie den Schatz der Schätze hüten und bebrüten zu können. Nach jedem Schisma pflegen sich unter den Fingern dieser Glaubenskuchenbäcker die Symbole wanzenhaft zu vermehren, deren Zweck darin besteht, die von Gott geschaffene Wirklichkeit zu verfälschen, die Entartung der Theologie zu beschleunigen und den Kreisel des allgemeinen Unheils weiter zu treiben.

Ich könnte fünfhundert Stellen im Augustinus finden, die man jetzt als Ketzereien ansehen müsste. Ich könnte das auch von Paulus sagen. Wenn das gepeinigte Gebein des Welterlösers das Alpha und Omega des Christentums ist, sollte dann nicht die Glorifikation des Justizirrtums als die Quintessenz dieses Kreuze pflanzenden, auf die Unterjochung des ganzen Menschengeschlechts abzielenden Priesterbetriebes entlarvt werden können? Und sind es nicht immer die Theologen, die sich nicht entblöden, die Waffen auf beiden Seiten zu segnen? Daher auch der Ruf „Theologen aller Länder, vereinigt euch zum gemeinsamen Heil eurer Gläubigen!" bis zu diesem Augenblick so gänzlich unerhört verhallt ist.

Wie denn auch nur ein schlechter Theologe auf den ultramilitärischen Gedanken verfallen konnte, das Bestialikum des Schießpulvers zu erfinden. Wohingegen die Buchdruckerkunst dem Kopfe eines Nichttheologen ertspringen musste. Kurzum: Sollte dieses ganze viel zu antike Denkgerümpel, dieser wahrhaft kreuzweis verworrene Quark, der uns noch täglich zur Last fällt, nicht reif genug sein, um nach Utopia verfrachtet zu werden?

Zum Zweiten: Wenn zwei Christen gegeneinander streiten, kämpfen und schlachten, dann ist jeder von ihnen ein Antichrist. Denn Herrschaft, Gewalt, Macht, Majestät, Krieg, Fürst, König und Kaiser sind ausnahmslos Vokabeln heidnischen Ursprungs, weshalb ihr Gebrauch, nach eidgenössischem Vorbild, von jedem guten Christen verabscheut werden sollte. Zumal der Krieg, diese Wurzel allen Übels, nicht nur ein unchristliches und unästhetisches, sondern auch ein unprofitables, ein wider alle Vernunft und Natur gerichtetes Unterfangen ist.

Wobei diese Axiomata zu beachten sind: Unter bellax verstehe ich jene Art der Unsinnigen, die gleich den alten Skythen, nicht leben können, ohne andere Menschen zu bekriegen und sich wechselseitig umzubringen. Und was ist widersinniger, als dass ein christlicher Fürst solch klassisch finstere Barbaren wie Hannibal, Scipio, Alexander, Pompeius und Caesar zu Vorbildern nähme? Ein Herrscher, der, wie ein gewisser nordwestlicher Potentat, die Gesinnung von Räubern, Piraten und Frauenjägern hat, ist diesen gleich zu achten, und wenn er sich auch mit noch so vielen Ehren überhäuft und von seinen Speichelleckern überhäufen lässt! Und ist nicht die Quelle aller irdischen Ehren, Würden und Heldentümlichkeiten der Krieg, diese dümmste aller Betätigungsweisen, bei der jeder Teilnehmer früher oder später die ihm vom Ewigen Vater zugedachten Schläge wohlverdienstlich und vollgewichtig zugeteilt und aufgezählt kriegt? Ich sehe schon die Zeiten heraufdämmern, da die Herrscher, die das Kriegführen durchaus nicht sein lassen können, nicht nur ihre Kronen, sondern sogar ihre mit lauter Bohnenstroh angefüllten Köpfe verlieren werden. Nimm irgendeinem Staat die Gerechtigkeit, und es bleibt eine komplette Räuberbande übrig!

Und lehrt nicht auch die Weltgeschichte deutlich genug, dass alles, was durch einen Angriffskrieg entstanden ist, auf genau dieselbe Art und Weise zugrunde gehen muss? Nicht der Mörder macht die Denkfehler, sondern die Denkfehlerurheber machen die Mörder! Und darum *auch trägt jeder Heerwurm den Pestkeim des Verderbens in sich selber. Ja, diese Fürsten brauchen immer einen Erbfeind, um einen triftigen Grund dafür zu haben, den einen Teil ihres Volkes gegen den anderen unter den Waffen halten zu können. Und so wird das Schwert des Barbaren Gideon immer schwerer und schwerer, bis der Augenblick herbeigekommen ist, da es ob seiner Schwere nicht mehr geschwungen werden kann. Scheint Dir diese Idee absurd, so nur deshalb, weil Du gänzlich außerstande bist, den Fehler in ihr zu entdecken. Wie denn auch sämtliche sittlichen Gebrechen nur auf intellektuellen Torheiten und logischen Trugschlüssen beruhen.*

Und wenn Du nun, mein guter Mercurin, wiederum die Hände ringst und wie damals in Brüssel ausrufst „Roterodamus, du verrätst unsere allertiefsten Geheimnisse!", so antworte ich Dir im Namen des Ewigen Vaters: Nur zu diesem und keinem anderen Zwecke bin ich hier auf dieser Erdoberfläche erschienen! Und auf diese blitzeinfache Art und Weise werde ich wie bisher so auch weiterhin dafür sorgen, dass alle, die sich nach meinem Hingang mit diesen Undingen zu beschäftigen wünschen, und an solchen wird es niemals mangeln, immer und immer wieder von mir abschreiben müssen.

Und wenn Du mich nun fragst: „Wieso ist es dahingekommen?", so wisse, schon der an einem Hirngeschwür verstorbene Papst Innozenz Terzius hat von sich selber also geprahlt: „Weniger als Gott, mehr als ein Mensch!" Obschon doch bekannt genug ist, dass der Mensch die Krone der Schöpfung ist. Also muss diesem Kontinentaltyrannen in seiner Narrheit, den Ewigen Vater matt zu setzen, die Herrschsuchtsbeule zum Verhängnis geworden sein.

Die Welt ist so krank, weil sie sich in die Behandlung dieser Epileptiker begeben hat, die doch bei ihren krampfhaften, wahrhaft übermenschlichen Bemühungen, den göttlichen Willen auszuschalten, immer kränker werden müssen. Übrigens geht hier in Basel das Gerücht herum, dass sogar der Kaiser an solchen Krämpfen leidet. Ob das zutrifft, wirst Du besser beurteilen können als ich.

Zum Dritten: Über Luther sind mir von vielen Seiten genug Berichte zugegangen, dass ich Deine Begierde nach den Gründen seines immer seltsamer werdenden Gehabens wohl befriedigen kann. Dieser größte Schimpfkünstler unseres nur zu bewegten Jahrhunderts geht wie ein rechter Dämon dahin und sucht alles zu Boden zu treten, was ein viel zu kurzsichtiges und leichtgläubiges Jahrtausend als heilig und unantastbar verehrt hat. Und hier entspringt auch die Wurzel seiner Ab- und Herkunft, wie man die göttliche Zulassung exakt wissenschaftlich terminieren sollte. Denn auch dieser höchstgradig wildgewordene Mönch ist von der Mutter Kirche aufgepäppelt und großgezüchtet worden.

Ist der Papst, wie Luther es immer behauptet, ein Popanz, dann ist der Luther auch ein solcher, denn sie stammen ja aus dem gleichen Nest. Und wer zwingt nun diese beiden Erzwidersacher dazu, derartig überaus schlechte Silbendüfte von sich zu geben, dass es durchaus begreiflich ist, wie wenig sie sich gegenseitig riechen können? Wie geschrieben steht: Wie ein jeglicher Gelehrter eine Brille auf der Nase trägt, genauso erscheint und ist ihm sein Gott, zu dem er betet, wenn er mit seinem Latein zu Ende ist und nicht mehr weiterweiß.

Luther ist nach dem Gesetz der Rebellion angetreten, und alle seine Äußerungen, diesem Verhängnis zu entrinnen, sind vergeblich, und eben deshalb schlägt er so tapfer und ritterlich auf der Pauke der Willensknechtschaft herum. Aber das alles ist eitel Kraftverschwendung, denn wie könnte jemals aus einem Ritter ein Retter werden? Selbst ein Vieh hat immer noch eine gewisse Wahlfreiheit, und nur der Mensch, die Krone der Schöpfung, sollte von diesem Allprivilegium ausgeschlossen sein? Kein Wunder, dass diesem Sklavenanfertiger das ganze Christentum längst das große Paradoxon ist, worüber er aus einem Staunen ins andere fällt und zuletzt gestehen muss: Ich weiß nicht mehr, was ich denken soll! Wie geschrieben stehen sollte: Niemand verachtet Kunst und Wissenschaft, ohne Schaden zu nehmen an seiner Seele, nämlich an seinem Denk- und Urteilsvermögen. Und: Nicht erst an ihren Früchten, nein, schon an ihren Knospen sollt ihr sie erkennen!

Luther, so schreibt mir Melanchthon wörtlich, ist ein äußerst leichtfertiger und unbesonnener Mann, den ich und die Meinen wegen seiner Possenreißerei oft genug getadelt haben. Er deutet auch an, dass dieser der Possenreißerei dringend verdächtigte Zelotissimus demnächst auf Reisen gehen wird, und zwar nach Marburg, um sich dort mit Zwingli zu verständigen, bezweifelt aber stark, dass dabei etwas Ersprießliches herauskommen könnte. Und das ist auch meine Meinung. Denn wie sollten diese beiden puterigen Kampfhähne einig werden können, da doch der Luther nur zur Feder greift, um nach frommer Landsknechtsmanier Wunden zu schlagen, während das Zwingli das eidgenössische Schwert *schon dazu missbraucht, um in der Tinte herumzurühren und die Züricher durch seine Tyrannei noch toller zu machen, als sie es ohnehin schon sind.*

Wenn Luther nicht einen so theologisch beschränkten Horizont hätte, so würde er die Sache des Wissens über den Glauben nicht in die Hände der deutschen, ach so undeutschen Fürsten gespielt haben, die doch nach Deinen eigenen Worten allzumal verschmitzte Schelme und besoffene Idioten sind. Wie auch der Landgraf von Hessen auf dem Reichstag zu Nürnberg also geknurrt haben soll: Himmel hin, Himmel her, ich greife zu und nehme, wo ich nur nehmen kann, dass Meinige an mich und lasse Himmel Himmel sein!

Mit Friedrichs des Weisen Abscheiden ist Luther tatsächlich der Diktator des Kurfürstentums Sachsen geworden, und wenn ihm der neue Kurfürst Johann der Beständige nicht gehorchen will, so hat er stets ein Sprüchlein bereit, diesem durch seine ständige Trunkenheit längst schwachsinnig gewordenen Potentaten den Mund zu stopfen. Und so kann der Aufbruch des Reichsgeschwürs schon heute mit Sicherheit vorausgesagt werden, dessen verheerender Inhalt sich über alle deutschen Fürstentümer ergießen wird. Indessen brennt der Papst von Wittenberg, wie Melanchthon behauptet, immer weiter in der großen Flamme seines ungezähmten, von den entsprungenen Nonnen umgarnten Fleisches. Dass die von ihm heimgeführte adelige Klosterjungfrau, die inzwischen einigen Kindlein das Leben geschenkt haben soll, eine zunftmäßige Studentenvenus gewesen ist, will ich dahingestellt sein lassen, obschon Luther selbst kürzlich bekannt hat: Es kann kein frommes Mägdlein ein rechtes Eheweib werden, es sei denn vorher eine tüchtige Hure gewesen.

Oder ein andermal: Es ist Gottes Wille, dass die Weiber entweder zur Ehe oder zu Hurerei müssen gebracht werden! Sicher aber ist, dass der immer dicker werdende Erzeuger jener Kindlein seitdem heftiger denn jemals wettert gegen Unzucht, Fraß, Geiz und Wucher. Woraus man sich schon ein Bild machen kann von den Zuständen in jenem elbischen Kleinstadtnest, das sich unter seiner Kanzelkunst zur Heiligen Stadt aufzublasen trachtet. Und wenn er nun gar zu verkündigen wagt, dass es barbarisch ist, gegen das gänzlich unkriegerische Völkchen der Priester das Schwert zu erheben, so sucht er damit nur das Grundzauberstück des theokratologischen Handwerks auf den Markt und an den

Mann zu bringen. Wie geschrieben steht: Was siehst du aber den Splitter im Auge deines Berufskollegen, und des Balkens in deinem eigenen Auge wirst du nicht gewahr? Denn wann gab es jemals einen unbändigeren, streitbegierigeren und raufboldigeren Zeitgenossen als diesen unüberbietbaren Demagogissimus, der die Kurie als ebenbürtige Gegenpartei anerkannt und sich damit begnügt hat, die alten Missbräuche durch neue zu ersetzen, um dann seinen eigenen stolzgebührlichen Suppentopf an das allgemeine Feuer rücken zu können.

Von der Brüderlichkeit des guten Willens hat er keinen Hauch verspürt. Kurzum: Je mehr er disputiert, desto irriger benimmt er sich, desto tiefer gerät er in die Wolle seiner eigenen Widersprüche. Dieser Abgott der deutschen Fürsten ist genauso verantwortungslos wie sie selber. Und die von ihm ordinierten Prediger dienen ausnahmslos, wie könnte es auch anders sein, dem im fürstlichen Stalle stehenden Goldenen Kalbe und sind im Kern ihres Wesens kaum etwas anderes als geistlich kostümierte Gehorsamkeitseinpauker, Untertänigkeitsbewirker und Steuerpeitschenschwinger. Und das ist auch der Grund, weshalb sie sich nach dem Vorbild ihres Obermagiers mit Händen und Füßen gegen die von mir immer wieder empfohlene und geforderte Toleranz sträuben, in der sie mit vollem Recht das Ende allen Ernstes und damit das Versiegen ihrer eigenen Einnahmequellen wittern. Denn das Dogma der Menschheit heißt Humor und ist wie Gott in alle Ewigkeit unwiderstehlich.

Ob Papisten oder Antipapisten, es sind allzumal und ohne Ausnahme Kreditlüstlinge, Profitpropheten und Nahrungsnarren, die in diesen Punkten einander aufs Haar gleichen. Wie schon bei Valla zu lesen steht: Ach, mein guter Pater, du hast gewiss nicht von trocknem Brot einen solch schönen stattlichen Wanst bekommen! Wenn die Hühner, mit denen du ihn im Laufe der letzten zehn Jahre angefüllt hast, noch singen könnten, so würden sie mehr Lärm machen als die Trompeten einer ganzen Armee! Muss das nicht ein grundnärrischer Stand sein, bei welchem die Bettelei den wichtigsten Teil der evangelischen Vollkommenheit ausmacht?

So wenig die Theologen beider Bekenntnisse, diese Gelehrten einer in den Kinderschuhen steckengebliebenen Wissenschaft, imstande sind, sich selbst zu erkennen, so vergeblich bemühen sie sich um die Erkenntnis des Ewigen Vaters. Sie werden es niemals zugeben wollen, dass er

521

alles andere eher ist als ein Theologe und dass die von den Theologen ausposaunte göttliche Weltordnung immer doch nur der Aufblähung des Klüngels dient, der sein einziger Urheber ist und dessen hemmungslose Üppigkeit dann immer wieder die Spaltung erzwingt.

Und so beweist Luthers andauernde Zerknirschung, nämlich sein schlechtes Gewissen, nur seine wohl berechtigte Furcht, dass ihm die Gnade seines Gottes doch noch versagt bleiben könnte. Im Kampfe gegen das größere Übel hat er das kleine gewählt, um es zum allergrößten Übel aufzublasen. Wie denn auch der tiefste Sinn des berüchtigten Buches „De Tribus Impostoribus" darin besteht, dass sich alle Betrüger zuletzt selber betrügen müssen.

Auch dieser mittelelbische Glaubenshäuptling empfindet bereits Angst vor der ihn immer heftiger bedrängenden und einkreisenden Masse seiner Gläubigen und weiß sich nicht anders zu helfen, als sie mit dieser seiner Heidenangst wahrhaft gottesfürchterlich anzustecken.

Dazu gehört, wie Melanchthon berichtet, dass neuerliche Bestreben, sich auch als Teufelsaustreiber einen Namen zu machen. Außerdem quält er sich sogar schon mit derartig absurden, auf beginnenden Hirnzerfall deutenden Fragen herum wie: Kann Gott etwas Böses, zum Beispiel den Hass gegen sich selbst, gebieten? Kann er das Geschehene ungeschehen, kann er zum Beispiel aus einer Hure eine Jungfrau machen? Und warum hat Gott es noch niemals, solange die Welt besteht, gewagt und unternommen, die Hölle von seinen Engeln erstürmen zu lassen, um dem Satan den Fang zu geben? Darum auch predigt er heute den Krieg gegen die Türken, um morgen schon zu leviten: Wider die Türken streiten, das heißt dem Willen Gottes zu widerstreben, der uns durch sie heimsuchen und züchtigen will. Worauf er zu diesem fürstenuntertänigsten Schluss gelangt: Die Welt wird dergestalt von der göttlichen Vorsehung regiert, dass die Klugheit und der Witz der Menschen daran nicht den geringsten Anteil nehmen können, also dass sich ein guter Christ dem unabänderlichen Schicksal überlassen und um nichts weiter bekümmern soll.

Ja, die Schlange der exakten Wissenschaft weiß immer ganz genau, an wen sie sich zu wenden hat, um etwas zu zerstören, was irrtümlicherweise das Paradies genannt wird. Wie auch geschrieben steht: Die einzige Wurzel aller irdischen Nöte ist das mangelhafte Wissen der obrigkeitlichen Noterzeugungsdiktatoren, für deren Bildung allein die

Theologen verantwortlich sind. Erst wenn diesen nationalen Rattenkönigen großmäulige Krielköpfe das üble Handwerk gelegt worden ist, erst denn wird sich, meiner Schätzung nach in spätestens fünfhundert Jahren, das Weltblättchen zum Guten und Besseren wenden können.

Und nun zum Vierten und Letzten: Ich habe auch heute noch in Rom Freunde genug, die meine Erhebung zum Kardinal ernstlich zu betreiben gewillt sind, obschon ich ihnen oft genug geschrieben habe, dass ich mich, schon im Hinblick auf mein hohes Lebensalter, wieder nach Pfründen noch nach Würden sehne. Mir die Probstei von Deventer zu verleihen und mich dazu noch mit dem Purpur zu bekleiden, das heißt, einer Katze den Reifrock umbinden zu wollen. Lass also Deine Hoffnung dahinfahren, dass ich mich auf meine alten Tage doch noch entschließen könnte, nach Rom zu gehen, um der Nachfolger eines nun sich mit vollem Recht selbst verfluchenden Vorgängers zu werden, zumal ich schon wieder einen neuen Petrus in der Blase habe. Und ist er auch erst so groß wie eine Pflaume, so weiß er sich doch, vom Größenwahn besessen, zuweilen wie ein Granatapfel bemerklich zu machen.

Übrigens soll, nach Melanchthons Andeutung, der Poltergeist von Wittenberg nicht nur von demselben Übel, sondern obendrein von seinen Gallensteinen schwer geplagt werden. Kein Wunder, dass sich seine Laune ständig verschlechtert und er immer bereiter ist, aus einem Extrem in das andere zu fallen. Ich dagegen weiß dem Übel zu widerstehen und will lieber zehnfachen Tod erleiden, als das Feuer der Herrschsucht und Rechthaberei zu schüren und verderblichen Zwist zu unterstützen.

Ich wünsche bis zu meinem letzten Atemzuge allen meinen Menschenbrüdern nützlich zu sein, aber als ihr Freund und Nächster und nicht als ihr Diener und Sklave. Ich möchte einmal wissender sterben als ich gelebt habe. Wer sich an den Vorurteilen der kirchlichen und staatlichen Horden, wer sich von diesen barbarischen Bindungen des seit Jahrtausenden eingeübten Übels nicht zu befreien vermag, um sich weiterhin nur noch von seinen eigenen selbsterworbenen Einsichten leiten und lenken zu lassen, dem ist das Tor der Zukunft verschlossen und verriegelt.

Du, bester Mercurin, hast es wohl längst am eigenen Leibe erfahren, dass jede Würde eine Bürde bedeutet, die zuletzt zur Würge werden muss. Ich will ein Bürger der ganzen Welt sein. Auf jeden Lehrstuhl, es sind mir derartige verstaubte Utensilien mehr als genug angeboten *worden, habe ich verzichtet, weil mein Auditorium die ganze Menschheit sein soll. Darum auch konzediere ich, nach der Devise meines Siegelringes, nichts als die ewige Neutralität. Denn nur die allgemeine, keiner Gruppe verpflichtete Bildung vermag Raum und Zeit zu überbrücken und die vergangenen mit den zukünftigen Geschlechtern zu verbinden. Und ein irdisches Paradies kann nur Bestand haben, wenn es von lauter einhelligen und christenbrüderlichen Welteidgenossen bevölkert ist. Der Papst wie der Luther, als die beiden obersten unserer theologischen Barbarenhäuptlinge, werden nur hineingelangen können, wenn der eine aufhört, lutherischer als der Luther, und der andere aufhört, päpstlicher als der Papst zu sein.*

Am gleichen Abend grollte Luther in Wittenberg, der, nach vier mit Steinbeschwerden, Herzkrämpfen und Atemnot erfüllten Schmerzenswochen, wieder einen seiner zahlreichen hypochondrischen Anfälle hatte, also den ihn besuchenden Melanchthon an: „Ja, ich habe im Aufruhr alle Bauern erwürgt, denn ich habe sie totschlagen heißen! Aber ich weise und wälze es auf meinen Herren Gott, der mir das zu reden und zu schreiben befohlen!"

„Ich", beseufzte Melanchthon dieses größte aller lutherischen Verhängnisse, „hätte mir solches nicht anbefehlen lassen, ohne meinen Gott darauf aufmerksam zu machen, dass das Vergießen von Menschenblut unter allen Umständen die schlimmste der Todsünden ist!"

„Bilde dir nur nicht ein", trumpfte Luther auf, „dass dieses Dasein eine Wohnung der Gerechtigkeit ist. Es muss gesündigt werden! Sündige tapfer und glaube stärker, nur dann bist du ein guter Christ! Vor der Welt magst du fromm sein und alles tun, was du sollst, vor Gott aber ist das alles nichts als Sünde. Wie geschrieben steht: Und führe uns nicht in Versuchung!"

„Dann" folgerte Melanchthon, „bist du der göttlichen Versuchung erlegen, dann hast du diese Prüfung nicht bestanden, und hast nun den Lohn dafür empfangen!"

„Es trägt sich in der Schöpfung nichts zu", lamentierte Luther ausweichend, „was sich nicht in uns zutrüge. Die Sterne kreisen in uns, die Teufel brüllen in uns. Und was wäre ein Dreck, wenn er nicht stänke? Gott will sich den Zeiger nicht stellen lassen von Königen,

Fürsten, Herrn und Weisen der Erden. Wir sollen es ihm nicht sagen, was es geschlagen hat, er will es uns sagen!"

„Also", stach Melanchthon dazwischen, „können die Leute, die du die Weisen nennst, keinesfalls zu den Weisen gerechnet werden!"

„Das" jupiterte Luther gallig, „hast du wiederum von dem Roterodamus diesem Feind aller Religion und heimtückischen Widersacher Christi diesen vollkommenen Konterfeiter des Epikur und des Lukian. Ihm ist so gewiss, dass kein Gott und kein ewiges Leben im Himmel sei, als gewiss ist, dass ich schmecke, rieche, höre und sehe! Er ist, wie der leibhaftige Satan, ein ganz fauler Apfel, daher stinkt er auch so toll nach allen Seiten hin, wird aber bald ausgestunken haben, denn er geht schon auf die siebzig!"

„Dich macht dein Hass blind!", entgegnete Melanchthon. „Hättest du nur im Anfang mehr auf seine guten Ratschläge geachtet, dann säßen wir jetzt nicht so tief in den Nesseln!"

„Wer sitzt in der Nesseln?", begehrte Luther auf. „Nicht ich, sondern der Papst! Willst du noch immer nicht in diesem Strafgericht den Finger des allmächtigen Gottes erkennen?"

„Ich sehe wohl", gab Melanchthon zu, „was in Rom geschehen ist! Diese Mutter der Legionen hat nun endlich die blutige Quittung für ihre zweitausendjährigen Bemühungen erhalten, die abendländischen Völker in die verruchten Geheimnisse der Kriegskunst eingeweiht zu haben."

„Dann hast du vergessen", knirschte Luther augenrollend, „dass unser Leben immerdar ein Kriegsdienst auf Erden ist und bleiben soll!"

„Genauso benimmst du dich auch", fuhr Melanchthon missbilligend fort, „und gerätst dadurch immer tiefer hinein in dieses blutige Fürstengetümmel! Und der Roterodamus sitzt in Basel, genießt allda den gedeihlichsten Frieden und hat allen Grund, uns auszulachen."

„Das Lachen wird ihm schon vergehen!", levitete Luther drohend. „Wenn es erst einmal in Basel losgeht, dann wird es ihm nichts helfen, dass er glatt und trügerisch ist wie ein Buntmolch und dass er immer den Mantel nach dem Winde zu hängen weiß! Und du bist als ein geborener Badenser ein Nachbar der Eidgenossen und nach wie vor bereit, dich von ihrem ungebärdigen Geist anstecken zu lassen!"

„Wenn wir nur allesamt diesen Geist hätten", behauptete Melanchthon, „dann wären wir sicher vor jedem Krieg!"

„Krieg?", fragte Luther fäusteballend, um dann mit gefalteten Händen zu beten: „Nur keinen Krieg, lieber Herrgott, schicke uns lieber eine gute starke Pest!"

„Schon wieder", fuhr ihm Melanchthon in diese gar zu theologische Parade, „willst du den Teufel mit dem Beelzebub austreiben! Kannst du denn nicht einsehen, dass du zu einem ganz grausamen, barbarischen, scheelsüchtigen, intoleranten und verderbenschwangeren Gott betest?"

„Und das mit vollem Recht!", fiel Luther ein, um dann also zu propheten: „Wahrlich, wahrlich, ich sage dir, drei Dinge sind es, von denen die christliche Religion verdorben werden wird: Erstens das Vergessen der Wohltaten, die wir dem Evangelium zu verdanken haben, zweitens die hoffärtige Selbstgerechtigkeit, die überall herrscht und alle Preise sinken lässt, und drittens die schändliche Weltweisheit, die alles in genauester Ordnung umfassen und einen allgemeinen Frieden schaffen will mit gottlos teuflischen Plänen. Wobei die Juristen den Ton angeben. Wenn du aber einen dieser Rechtsverdreher destillierst bis zum Fünften Element, so vermagst du kein einziges Gebot Gottes auszulegen, denn sie wissen von jeher allen Schmeiß besser. Dagegen wenn unser Herrgott richten will, so wirft er beide Rechte dahin mit allen Ordnungen, Gesetzen und Polizei. Darum steht auch geschrieben: ‚Gleich und Gleich gesellt sich gern!', spricht der Henker zum Richter wie zum Räuber, den er aufs Rad flechten soll. Hier sitzt der Wurm in jeglichem Reichsapfel! Dieweil sie ihren Hals durchaus nicht voll genug kriegen können! Denn dass es so wenig reiche Leute gibt, beweist noch lange nicht, dass jedermann reich werden kann, vielmehr wird durch die wachsende Überzahl der Armen bewiesen, dass die heutige Ordnung nur dazu da ist, um die wenigen Reichen immer noch reicher und die unzähligen Armen immer noch ärmer zu machen. Und gerade darüber sind unsere Fürstentümer eitel Zollbuden und Steuerschröpfereien geworden, und in der Brust unserer Fürsten wohnt kein Funke von Heldengeist mehr, sondern nur Hass und Neid, Rachsucht und Geiz, Hinterlist und Luchserei, Zwietracht und Vergnügungswahn. Aber wo Menschenkraft eingeht, da geht Gotteskraft aus. Wenn nun die Blase voll ist, und sie meinen, sie liegen oben und haben alles gewonnen, dann sticht Gott ein Loch in die Blase, und schon ist es gar aus mit diesen hochmütigen Wichten! Diese jämmerlichen Narren wissen nicht, dass eben, indem sie aufgehen und stark werden, sie von Gottes Arm schon verlassen sind. Dann währt ihr Tand und Ding seine Zeit, danach es verschwindet wie eine Blase im Wasser, als wäre es niemals gewesen. Ja, erst müssen wir wohl alle zu Bettlern werden, ehe die Vernunft zurückkehrt, das ist so wahr wie das Evangelium! Denn wie sollte es göttlich und recht zugehen, dass ein Mann wie dieser Augsburger Handelspirat Fugger in kürzester Frist so ungeheuer reich werden kann, dass er imstande ist, Kaiser und Könige aufzukaufen und an den Schuldenstrick zu nehmen? Hier sollten die Potentaten endlich ein Dreinsehen haben und dieser Volksaussaugern nach strengem Recht solches verwehren. Aber ich weiß, sie haben selbst Kopf und Teil daran, gönnen einander nach dem Beispiel der gefräßigen Spinnen weder das Weiße im Auge noch das Schwarze unter den Nägeln, und es geht heute mehr denn jemals nach dem Spruch Jesajas Eins Vers Achtundzwanzig: Die Fürsten sind der Diebe Gesellen geworden. Dieweil lassen Sie an allen Orten Schelme hängen, die nur einen Gulden, ja nur einen Heller gestohlen haben, und erheben darüber ein Geschrei, als hätten sie das Reich vor ihnen gerettet. Ja, es hat die Welt nichts anderes gelernt als schatzen und schinden, öffentlich rauben und stehlen durch Lug, Trug, Hurerei, Wucher, Überteuerung, und das alles unter dem Schutz der Gesetze. Diese Art von Christen sind vor Gottes Angesicht vielleicht noch ärgere Leute als die Türken. Wagst du noch immer zu bezweifeln, dass der Allmächtige Grund genug hat, mit dem Schwerte seines Zornes diese schändlichste alle nur erdenklichen Welten in Scherben zu schlagen? Denn katholisch kommt her von katholon und bedeutet das Ganze der Schöpfung, also das Mannigfaltige in der Einheit, nämlich die mittels Lug, Trug, Gold, Sold und Waffen aufzurichtende Weltherrschaft der kardinalischen Universalmonarchie. Das einzige Ziel und die höchste Stufe des römischen Gottesdienstes ist die unumschränkte Tyrannei über sämtliche Erdenvölker durch den schnöden Mammon! Wie geschrieben steht: Je falscher die Propheten, desto fetter die Profite! Und ich, Martin Luther, sage dazu: Je fetter die Profite, desto falscher die Propheten! Willst du der Hölle und ihrem dreifachgekrönten Usurpator, der aus dem Felsen Petri einen puren Goldklumpen gemacht hat, noch immer das Wort reden, wie es der Roterodamus getan hat und noch tut, weil er noch immer hofft, sich die Tiara zu erschwindeln?"

Melanchthon, der nun mit seinem griechischen Latein zu Ende war, schwieg achselzuckend, welche Gelegenheit Luther wahrnahm, durch weitere pneumatologische Entladungen sein von verkalkten Arterien umflochtenes Herz zu erleichtern.

Achtundvierzig Stunden später brachte Anton Fugger, der damals reichste aller deutschen Talerjäger, in der Freien Reichsstadt Augsburg den folgenden Stoßseufzer zu Papier:

Dagegen schuldet mir der König von Spanien, den ich nimmermehr zum Kaiser gemacht hätte, an die sieben Millionen Gulden und bezahlt mir weder Zins, noch gibt er mir das Kapital zurück. Was soll ich tun? Zudem habe ich es ihm gar nicht geliehen, sondern er hat es von meinem Vater und meinem Oheim Johannes mit majestätischer Gewalt erpresst, infolge dieser gute Mann darüber alles, zuletzt auch das Leben verlor. Etwas Ähnliches steht mir bevor.

Zur gleichen Stunde majestätete der Kaiser Carolus Quintus, dieser Herr der Halbwelt einschließlich der indianischen Inseln und des ozeanischen Festlandes, seinen Staatskanzler Gattinari dergestalt an: „Es ist, als ob die deutschen Kaufleute sich miteinander verschworen hätten, mir nicht mehr zu dienen! Denn ich finde weder in Augsburg noch sonst irgendwo jemanden, der mir Geld leihen will, welche Vorteile ich auch bieten mag."

„Euer Majestät", erwiderte Gattinari geschmeidiger denn jemals, „sollten sich darum nicht der allergeringsten Sorgen hingeben! Denn nun nach dem glänzenden Siege über den Papst, werden wir diese schäbigen Pfennigfuchser nicht länger nötig haben. Es kann nicht mehr daran gerüttelt werden, dass Gott das Papsttum hauptsächlich zum Nutzen des Hauses Habsburg geschaffen hat!"

In Rom aber hatten sich unterdessen die Pestfälle so bedrohlich vermehrt, dass Sophius Crott auf Olivias und Mirandas Drängen hin die Vorbereitungen für die Abreise nach Venedig beschleunigte, wobei ihnen die beiden Inhaber des Bankhauses Lukas & Semerdio den kräftigsten Beistand leisteten. Durch ihre Vermittlung wurde nun der von Denarius Vollic an der Töpfergasse erbaute und von Solidus Vollio seiner Nichte hinterlassene Palast an den Kardinal Pompeio Colonna veräußert, dessen am Navonaplatz gelegenes Haus durch eine aus der Engelsburg abgeschossene Feuerkugel in einen wüsten Trümmerhaufen verwandelt worden war. Dieser überaus kaisertreue Kirchenfürst übernahm auch den größeren Teil der Dienerschaft sowie den in Frascati gelegenen, ebenfalls an Olivia gefallenen Landbesitz.

Urban Immerius aber verkaufte seine beiden Häuser und den Weinkeller an Amadeo Sfogga, wobei ihm Sophius Crott und Fabian mit einer Leihgabe von Edelsteinen zu Hilfe kamen, die dann in die Tasche ihres Oheims wanderten.

Und so erschien auch bald die Stunde des Aufbruchs.

Beschützt von siebzehn ausgesuchten, wohl bewaffneten und mit je zwe von den inzwischen hergestellten Faustrohren nebst Pulverhorn und Kugelbeutel ausgerüsteten Dienern, die unter dem Befehl des aus Siena stammenden Müllersohns Felix Rucco standen, rollte die sechsspännige stolze Kardinalskutsche, in der Madonna Olivia, Miranda und Monika Filiotti saßen, am Morgen des Angelatages durch die Porta del Popolo nach Norden davon, und alle waren herzlich froh, nun endlich diesem doppelt schwer heimgesuchten und entheiligen Tiberzion entrinnen zu können.

Voraus ritt Felix Rucco, ein wahrer Herkules an Gestalt, der sogar vier Faustrohre griffbereit im Gürtel stecken hatte und dessen ungemein trutziges Aussehen wohl dazu geeignet war, eine ganze Räuberbande zum Verzagen zu bringen. Ihm folgte der dreiundsiebzigjährige Urban Immerius auf dem Rücken des Distelprinzen, der sich längst mit ihm angefreundet hatte. Zehn mit Lastsäcken gepackte Maultiere stampften hinter ihm drein, angetrieben von fünf berittenen Dienern. Dann kam die Kutsche, wiederum mit fünf Dienern, von denen drei auf den Sattelpferden und zwei auf dem Kutschbock saßen. Und den Beschluss machten drei hochbeladene Proviantkarren, die vor dem sechsköpfigen Rest der Dienerschaft betreut wurden. Sie standen unter dem Befehl des aus Pistoia stammenden Bruno Latti, der das Schmiedehandwerk erlernt und sich bei der Anfertigung der Faustrohre überaus anstellig gezeigt hatte.

Bis zur Tiberbrücke ritten Adam Reissner und Amadeo Sfogga mit, wo sie sich mit den besten Reisewünschen verabschiedeten.

Auf der Höhe Faresina gebot Sophius Crott halt. Hier stand noch immer die Kalksteinstele mit der Bronzetafel der Zwillinge säugenden Wölfin neben dem von seinem Kruzifixus gekrönten Marmorsäulenfragment. Doch von dem Eichenstumpf und seinem Efeu war keine Spur mehr zu entdecken.

Schweigend schauten sie alle auf die vom Morgendunst verschleierten Sieben Hügel hinüber, bis sich der Distelprinz mit der einzigen Silbe, die ihm zur Verfügung stand, bemerklich zu machen geruhte.

„Schon recht, mein Rösslein!", grinste Urban Immerius und graulte ihn zwischen den geteilten Lauschern. „Sie hat nun ihren gerechten Lohn dahin!"

„Nur Geduld!", rief Fabian sogleich. „Diese Wölfin ist eine verdammt zähe Bestie! Sie wird sich schon wieder erholen!"

„Glaub's kaum", knurrte Urban Immerius, „dass ich es noch erleben werde!"

„Du wirst es erleben!", versicherte Sophius Crott. „und wenn du darüber auch hundert Jahre alt werden musst. Aber das blutige Würfelspiel um die Welt hat sie für immer verloren."

Hier traten Madonna Olivia die Tränen in die Augen.

Miranda umfing sie mit beiden Armen und flehte: „O herzliebste Mutter, warum weinst du?"

„Ach Gott", seufzte Madonna Olivia lächelnd, indem sie ihr Tüchlein zog, „es sind wohl nur Freudentränen! Wenn wir nur glücklich nach Venedig kommen! Dann will ich der Mutter Gottes im Markusdom eine zehn Pfund schwere Kerze weihen."

„Weiter, weiter!", kommandierte Monika Filiotti und klatschte in die Hände. „Wir haben genug von der Wölfin! Uns gelüstet jetzt nach einem Tanz mit dem Leuen."

Da winkte Sophius Crott, und die Räder begannen wieder durch den Staub zu rollen.

Indessen hatten die in Rom auf die verschiedenen Fähnlein verteilten Christioten, die trotz alledem fest zusammenhielten, in dem aus dem westfälischen Münster stammenden Doppelsöldner Gerrit Knipperdolling einen neuen Heiland gefunden, unter dessen geschickter Führung s e schon am nächsten Morgen, während der Frühmesse, aus Rom desertierten, um auf dem kürzesten Wege in ihre deutschen Heimatgaue zurückzukehren.

Und sogleich begannen in Rom Zeichen und Wunder zu geschehen. Zuerst ließ sich am Himmelszelt ein er schrecklich tosendes Getümmel vernehmen, als stritten die Heerscharen der Cherubim und der Seraphim mit Kriegseifer gegeneinander. Darauf schnob ein überaus glühender Südsturm über das Meer, der so große Wolken von Heuschrecken mit sich führte, dass die Sonne von ihnen verdunkelt wurde. Dieses abscheuliche Ungeziefer stürzte sich nun auf Fluren und Weinberge, beschädigte Baum, Strauch und Feldfrucht, ja sogar Vieh und Menschen, und ließ einen solchen unerträglichen Gestank zurück, dass die Seuche, die keinen Unterschied zwischen Weib und Mann, Arm und Reich, Klein und Groß, Einheimischen und Fremdlingen machte, immer mehr Opfer forderte, und die Flucht aus dem siebenhügeligen Fluchraum wollte und wollte kein Ende nehmen.

„Das ist fürwahr ein wunderböses Jahr!", ging das allgemeine Geschrei unter den Landsknechten hin und her, von denen im Laufe der nächsten Monate nicht weniger denn dreitausendfünfhundert Mann zu Tode kommen sollten, darunter an die sechshundert Doppelsöldner, einundzwanzig Fähndriche, sieben Hauptleute und dreiundvierzig namhafte Edelleute deutschen und welschen Geblüts. Auch der Oberfeldprofoss Manfred von Ingelheim und seine beiden Knechte Michael Gellner und Ivo Treut wurden hinweggerafft.

„Das ist der Pfeil Apollos!", rief Clemens Septimus, der noch immer in der Engelsburg saß und die Hoffnung durchaus nicht fahren lassen wollte, dass er diesen Krieg, den er längst verloren hatte, doch noch zurückgewinnen könnte.

Als aber der heimtückische Krankheitskeim, der auch die festeste Sperre zu durchbrechen wusste, bereits Anfang Juni in die Engelsburg eindrang und in einer einzigen Nacht neun Schweizergardisten niederwarf, von denen fünf nicht wieder aufstanden, da begannen diesem seltsamsten aller Oberhirten der römischen Christenheit denn doch vergreisten Segenshände, von denen bisher nur eitel Unsegen und Missgedeihen auf die von ihm betreute Herde herabgeflossen waren, zu zittern wie noch nie, und er stöhnte verzweifelt: „Das kann nimmermehr Gottes Wille sein!"

Worauf er sich so weit überwand, den ärgsten seiner Gegner, nämlich den Kardinal Pompeio Colonna, zu sich zu befehlen, der dann von ihm den Auftrag erhielt, mit dem Kriegsrat in aller Heimlichkeit einen Waffenstillstand auszuhandeln.

„Nun wollen wir den alten Satanas schröpfen, der endlich mürbe geworden ist!", triumphierte der noch immer unbestätigte Generalissimus Philibert von Orange und verlangte zunächst für seinen durch unheilbare Spielleidenschaftlichkeit so arg zusammengeschrumpften Privatbeutel die kleine Gratifikation von nicht weniger denn viermalhunderttausend Scudi.

„Verflucht sei er bis in den tiefsten Abgrund der Hölle!", knirschte der Heilige Bannstrahlschleuderer, nachdem er die sechs für dieses Opfer bestimmten Goldfässchen ins Rollen gebracht hatte, die er Solidus Vollio auf der Töpfergasse seinerzeit hatte wegschnappen lassen.

Unterdessen hatte die wachsende Angst vor der immer heftiger um sich krallenden Seuche den Nahrungsmarkt so gestört und zerrüttet, dass ein Hennenei drei Kreuzer und ein frischer Brotlaib zwei ganze Taler galt. Viele Landsknechte, deren Beutel sich auf diesem teuersten aller irdischen Pflaster bereits wieder gelehrt hatten, wussten sich in ihrem Hunger nicht anders zu helfen, als auf die Felder hinauszulaufen und die halbreifen Ähren abzubrechen, wodurch das Landvolk, das sich kaum noch nach Rom hinein traute, weiter verschüchtert wurde und die so mühsam aufgerichtete Armeedisziplin von neuem mit Grundeis zu gehen drohte.

Um diese Zeit war Sophius Crott mit den Seinen ohne Unfall nach Perugia gelangt.

Hier erkannte Madonna Olivia, dass sie wiederum in die Hoffnung gekommen war, und teilte es Sophius Crott mit, der sich sogleich bereit erklärte, sich auf der Stelle mit ihr trauen zu lassen. Auch Fabian und Miranda zögerten nun nicht länger, für ihren unlösbaren Liebesbund den kirchlichen Segen zu begehren.

Dagegen hatte Monika mit ihrem nach derselben Richtung zielenden Wünschen bei Urban Immerius kein Glück.

„Bist du noch bei Troste?", lachte er sie aus.

„Du gräulicher Ziegenbock!", schmollte sie ihn an.

„Meckere nicht mein Zicklein!", tröstete er sie großväterlich. „Heute siehst du noch schmuck und proper aus, und in seidenen Kleidern könnte man dich schon für eine edle Dame halten, wenn du nicht den Mund auftust. Aber in spätestens fünfzig Jahren bist du eine alte Hexe! Die wahre Liebe ist viel höher als das Sakrament der Ehe. Ich bin wie der Herr Jesus als ein ehr- und tugendsamer Junggeselle zur Welt gekommen und gedenke sie auch nicht anders zu verlassen! Genügt es dir nicht, nach meinem Tod alles zu erben, was ich hinterlasse, so muss ich wohl oder übel mein Testament ändern und mich beizeiten nach einem anderen Bettschätzchen umtun!"

„Untersteht dich, du Bärenhäuter!", zischte sie ihn an und hielt ihm ihre zehn wohlgepflegten Fingernägel unter die Rotweinnase.

Womit der außereheliche Frieden wieder hergestellt war.

Die Doppelhochzeit fand am nächsten Tage ohne jedes Aufsehen im Dom von Perugia statt, wobei Urban Immerius und Monika, die dafür von Madonna Olivia mit einem venezianischen Seidengewand beschenkt worden war und nun wie eine vollkommene Dame aussah und sich auch so zu benehmen trachtete, als Trauzeugen mitwirkten.

Und so konnte denn nach einem dreitägigen Aufenthalt die Reise, die sie nun nach Bologna bringen sollte, ohne Hast fortgesetzt werden.

Die Lage in Rom aber verschlimmerte sich zusehends. Aller Warenverkehr war gehemmt, weder Gerichte noch Gottesdienste wurden abgehalten, jeder wollte entleihen, aber keiner ausborgen. Nur die Spitaldoktoren, die Apotheker, die Leichenbesorger und die Totengräber konnten noch einen ausreichenden Verdienst finden.

Noch lagen in vielen Ecken Pferdekadaver herum und verpesteten die Luft, sodass nun auch viele feine Leute, die ihre Häuser nicht im Stich lassen mochten, dahingerafft wurden. Nicht wenige Römer berauschen sich an schweren Weinen, wurden davon unsinnig, und am Ende traf sie der Schlag.

Die bis in den Kern hinein verdrossenen Landsknechte begannen nun um der geringsten Ursachen willen miteinander zu zanken und zu raufen. Unausgesetzt wuchs die Abneigung zwischen den deutschen und den spanischen Helden und rief schließlich doch noch die von Paulus Jovius vorausgesagte und durch einen kleinen Würfelzwist verursachte Schlacht auf dem Florkamp hervor, wobei auf beiden Seiten mehr als hundert Leute erstochen und die doppelte Anzahl schwer verletzt wurden. In dieser wilden Nacht geschahen auch an anderen Stellen der Stadt heftige Zusammenstöße, bei denen es vornehmlich auf die beiderseitige mit Gewalt erzwungene Beutelleerung ging.

Adam Reissner geriet auf dem Navonaplatz in einen Erztumult, dem er nur mit knapper Not zu entrinnen vermochte. Als er am folgenden Morgen das Schlachtfeld auf dem Florkamp in genaueren Augenschein nahm, stand das vergossene Kampfbrüderblut noch in allen Gräben.

Erst gegen Mittag konnte dieser für den Zusammenhalt und den Weiterbestand des Kaiserlichen Heerwurms höchst gefährliche Unfriede beigelegt und abgestellt werden. Aber in der Folge mussten, um derartige Zwischenfälle schon im Keime ersticken zu können, täglich drei deutsche und drei spanische Hauptleute mit ihren Leibwächtern in der ganzen Stadt herumreiten und wie Feldbüttel die allerschärfste Aufsicht führen.

Nun stimmte auch der Kriegsrat dem inzwischen vom Papst unterzeichneten Waffenstillstand zu, worauf die Engelsburg geöffnet wurde und die aus ihrem Dienst entlassenen, in Schnitt und Farbe gleich gewandeten Schweizergardisten unter dem Kommando ihres neuen Hauptmanns Göldle von Zürich mit Wehr und Waffen, Sack und Pack einen ehrenvollen Abzug nehmen durften, wobei sie, auf Geheimbefehl des Papstes, so viel Edelsteine und Kostbarkeiten mitnahmen, als sie nur zu tragen vermochten.

Sodann marschierten zweihundert deutsche Landsknechte, die stattlichsten und ansehnlichsten aus allen Fähnlein, unter Sebastian Schertlins Kommando in die Engelsburg hinein zur Bewahrung und Bewachung des Heiligen Vaters, indessen vierhundert römische Fußknechte unter Alberto von Carpas und Renco da Ceris Befehl mit klingendem Spiel, doch ohne wehende Fähnlein das Kastell verließen und dabei den größten Teil des vom Papst zusammengehorteten Goldes nach Ostia hinausschleppten, um es von dort aus über das Meer nach Toskana zu überführen.

„Nun bin ich ärmer als der Herr Jesus!", jammerte Clemens Septimus, was ihn aber durchaus nicht abhielt, sogleich neue Fäden zu spinnen und zu knüpfen, um seinen Willen doch noch durchzusetzen.

Während er weiter in der Gefangenschaft verblieb, konnten sich nun die zu ihm geflüchteten Kardinäle die Freiheit erkaufen, was sie auch sogleich taten. Der größte Teil der auf solche Art erpressten Riesensummen wanderte unauffällig in die Beutel der Obristen und Feldhauptleute.

Und so wurde es immer einsamer um den Papst. Zuletzt hielt außer seinen Dienern nur Paulus Jovius bei ihm aus, obschon ihn niemand daran gehindert hätte die Engelsburg zu verlassen.

Das alles geschah am 7. Juni des Jahres 1527.

Zwölf Tage später traf mit der Bestätigung des Heerwurmführers Philibert von Orange zum Generalissimus die Freudenbotschaft ein, dass dem Kaiser von seiner portugiesischen Gemahlin ein Sohn geboren worden war, der in der Taufe den Namen Philippus erhalten hatte. Sogleich ließen die Landsknechte alle Geschütze donnern, steckten große Jubelfeuer an, wobei zur Feier dieses Tages auch einige Häuser in Flammen aufgingen, und veranstalteten am Abend einen Fackelzug über alle Tiberbrücken in den beiden eitlen Hoffnungen, dass nun die Seuche erlöschen und dass der Kaiser die Ewige Stadt nicht mehr aus den Händen lassen werde, um von hier aus die

Kirche von Grund auf zu reformieren und das Römische Reich in der alten Pracht und Herrlichkeit wieder aufzurichten, damit der Friede Gottes komme über alle Völker, Länder und Meere. Allein die Vorsehung, die sich auch diesmal nicht klüger zu benehmen wusste, als die Hirne waren, durch die sie das Weltgeschehen beeinflussen und formen musste, sah sich zu ganz anderen Beschlüssen gezwungen.

Die Pest wütete weiter, und das noch schlimmer denn bisher, fiel nun auch über das Sechste Fähnlein her, das sie noch nicht angerührt hatte, und raffte binnen weniger Tage nicht nur einunddreißig gewöhnliche Landsknechte, sondern auch neun Doppelsöldner hinweg, dazu den Fähndrich Berthold Weiß und zuletzt sogar den Hauptmann Melchior von Frundsberg, der erst kürzlich seinen dreiundzwanzigsten Geburtstag gefeiert hatte.

Er besaß, als er starb, außer dem goldenen Strick, der ihm auf seinen Wunsch hin mit ins Grab gegeben wurde, nur achtundzwanzig Scudi, die gerade dazu reichten, die Kosten der Beerdigung und die hinterlassenen Spielschulden zu decken. Sein Leichnam wurde auf das feierlichste unter gedämpftem Trommelklang und einem Ehrensalut im Deutschen Spital beigesetzt.

Solche tiefbetrübliche Trauerkunde berichtete Adam Reissner tränenden Auges nach Mailand an Caspar von Frundsberg und sprach dann zu dem neuen Fähndrich Wolfgang Quirl: „Wolle Gott, dass wir uns von diesem gar zu harten Schicksalsschlag wieder erholen können!"

Wiederum zeigte es sich, dass auch der allertapferste Haudegen nicht unersetzlich ist, denn Veit von Waihingen, der Fähndrich des Zwölften, wurde nun zum Hauptmann des Sechsten Fähnleins gewählt und ausgerufen.

Ihm, Meinrad Rhinger, der das Elfte Fähnlein kommandierte, und Ferdinand à Larco, dem Feldhauptmann des Zweiten der spanischen Fähnlein, wurde nun vom Kriegsrat die äußere Bewachung der Engelsburg anvertraut.

Adam Reissner und Wolfgang Quirl aber waren es gewesen, die bereits am 8. Juni 1527 das über der Krone der Engelsburg wehende Banner, auf dem sich der Himmels- mit dem Höllenschlüssel kreuzte, heruntergeholt und dafür das mit dem Ruhm aller frundsbergischen Schlachtensiege getränkte reichsadlerliche Blutfähnlein über die bis in den Herzbeutel hinein getroffene Tiberwölfin aufgezogen hatten.

Damit war nun der von dem inzwischen in Mindelheim noch immer nicht verschiedenen und bestatteten Feldobristen zu Trient verkündete allmächtige Griff in die Engelsburg tatsächlich geglückt, aber die von den Landsknechten darin vermuteten Schätze blieben unsichtbar, trotz aller Bemühungen, sie doch noch aufzufinden, wobei sogar die Wünschelrute zu Rate gezogen wurde.

Um diese Zeit stieß die von Sophius Crott und Fabian geleitete Reisegesellschaft auf der von Perugia nach Bologna führenden Bergstraße mit einer vielköpfigen Räuberbande zusammen, die ihnen den Engpass durch herabgestürzte Felsblöcke versperrt hatte.

Aber die aus den dreiundzwanzig Faustrohren abgegebene Salve verfehlte ihre verblüffende Wirkung nicht, und die Angreifer stoben davon, als säße ihnen der leibhaftige Satan im Nacken.

Zum ersten Male hatte der funkensprühende Feuerstein über die Lunte gesiegt.

Weiterhin kam es noch zweimal zu solchen Gefechten, bei der die durch Sophius Crott verbesserte Feuertechnik gleichfalls zu triumphieren wusste, ohne dass auf Seiten der Angegriffenen auch nur ein einziger Tropfen Blut geopfert werden musste.

So konnten sie unverletzt und unberaubt mit allen Schätzen ihren Einzug in das bereits von Friedensgerüchten erfüllte Bologna halten. Denn zwischen dem Herzog von Ferrara und der Republik Venedig waren bereits Verhandlungen im Gange, die auf die Einstellung der Feindseligkeiten abzielten.

In Rom aber tobten die Landsknechte: „Die Obristen und Hauptleute haben uns verraten! Der ganze Kriegsrat steckt mit dem dreimal verfluchten Heiligen Vater unter einer Decke!"

Und so hoch und heilig auch die mit Recht Beschuldigten das Gegenteil versicherten ihre Seligkeit dafür zum Pfande setzten und zur Erhärtung ihrer solcherart behaupteten Unschuld den verräterischen

Papst öffentlich beschimpfen, die Landsknechte fielen nicht darauf herein, und der siegreiche Heerwurm drohte zum dritten Male schier aus dem Leim zu gehen.

Indessen war das Häuflein der Christioten, die sich in Rom die Beutel gefüllt, sich unterwegs allen Raubens und Blutvergießens enthalten hatten und deshalb unbehelligt geblieben waren, bis Chiasso vorgedrungen. Da sie hier ihre Waffen niederlegten und die Passgebühren bezahlen konnten, wurde ihnen als kaiserliche Deserteure der friedliche Durchmarsch durch die Eidgenossenschaft zugebilligt.

Zur selben Stunde erreichten Sophius Crott und Fabian das in Schutt und Asche gelegte Kastellstädtchen San Giovanni. Hier ließen sie ein Nachtlager aufschlagen und ritten dann ohne Begleitung, aber unter Mitnahme zweier in Bologna erstandener Spaten und dreier Lasttiere nach dem nahen Reccone hinüber, um die dort versteckten Goldschätze ans Licht zu heben. Sie fanden sie auch vollständig und unversehrt vor, aber es war eine mühsame Arbeit, da die Sonne vom wolkenlosen Himmel unbarmherzig auf sie herniederbrannte.

Als das Werk endlich vollbracht war, setzen sie sich in den Schatten eines Lorbeergebüsches, um sich auszuruhen und den mitgenommenen Mundvorrat zu verzehren.

„Halb und halb, wie sich das unter Herzbrüdern geziemt!", rief Sophius Crott mit vollem Munde, auf die prallen Lederbeutel deutend, die wie eine Batterie im Grase vor ihnen aufgeprotzt waren. „Und inzwischen bin ich sogar dein Schwiegervater geworden! Eine höchst kuriose Welt! Wenn wir uns nicht in Governola getroffen hätten, wo lägst du wohl jetzt im Quartier?"

„Im Massengrab vor der Pforte Septimian!", antwortete Fabian. „Dir allein verdanke ich mein Leben, mein Glück und meinen Reichtum! Und ich wünsche nichts sehnlicher, als dass ich dir dies alles einmal vergelten könnte!"

„Nur das nicht!", wehrte Sophius Crott ab und stärkte sich durch einen Zug aus seiner Reiseflasche. „Denn dann müsste ich ja in eine so missliche Lage geraten, darin ich mir selber nicht mehr helfen könnte! Und wie stände ich dann da als Eingeborener Sohn des Unbekannten Gottes? Auch werde ich mich nicht an das allerkleinste Kreuz schlagen lassen, nur damit du dein Mitleid an mir büßen magst! Mir genügt es vollauf, auf dem Altar der allerhöchsten Dummheit meinen linken Fuß geopfert zu haben! Und wenn solches dem Unbekannten Gott, den ich zu meinem Vater erwählt habe, noch nicht genug ist, dann mag er sich endlich ganz persönlich darum bemühen, diese so gänzlich im Argen liegende Welt zu verbessern und auf einen befriedigerenden Stand zu bringen!"

„Und daran vermagst du zu glauben?", fragte Fabian kopfschüttelnd.

„Es fällt mir leicht genug!", schmunzelte Sophius Crott und reichte ihm die Flasche. „Und hat er sich erst einmal dazu bequemt, sich mit uns bekannt zu machen, dann will ich ihm wohl nach Kräften bei dieser Welterneuerung behilflich sein, und sollte es mir auch noch so sauer werden!"

„Wie kannst du an einen Gott glauben", entgegnete Fabian, nachdem er sich gleichfalls gestärkt hatte, „der auf die Hilfe irgendeines Sterblichen angewiesen wäre?"

„Ins Schwarze getroffen!", stimmte Sophius Crott zu. „Aber willst du etwa fortan die Hände in den Schoß legen und warten, bis dir weitere gutgebratene Tauben in den Mund fliegen? Musst du nicht, so du ein ehrlicher Kerl bleiben willst, deine zwei Hände rühren, um nach dem Vorbild des Schöpfers etwas hervorzubringen, was nicht nur für dich, sondern auch für alle anderen Menschen wohlgedeihlich ist? Wirst du nicht zur Spritze greifen müssen, wenn das Haus deines Nächsten in Flammen steht? Und wirst du nicht, wenn du erkennst, dass die Spritze nicht viel taugt, darauf sinnen müssen, sie zu verbessern? Oder willst du das Zeit deines Lebens dem Unbekannten Gott überlassen? Und wie wäre es denn mit einer Spritze, die mit einem einzigen Strahl jede wie immer geartete Feuersbrunst zu ersticken vermöchte? Ein allmächtiger Strahl, und vorbei ist das ganze Höllenspektakulum! Wäre das nicht der Mühe wert?

„Das leuchtet mir schon ein!", gab Fabian zu und nahm noch einen Schluck aus der Flasche.

„Und so frage ich dich denn weiter", fuhr Sophius Crott fort, nachdem er die Flasche wieder an sich genommen und geleert hatte: „Was würdest du tun und beginnen, wenn du als Unbekannter Gott auf dieser Erde erschienst, um die auf ihrer Oberfläche herrschende kotzjämmerliche Unordnung zu beseitigen und das Tausendjährige Reich zu errichten? Immer heraus damit! Dreist und unbeklommen!"

„Ich?", fragte Fabian sehr gedehnt, auf sein Herz deutend. „Nun denn, ich würde die Feder zur Hand nehmen und ein Buch schreiben!"

„Noch eins?", wies Sophius Crott diesen Vorschlag lachend zurück. „Welch eine Torheit! Und wenn du hundert neue Bibeln zur Welt brächtest, du würdest doch nur tauben Ohren predigen! Denn heutzutage lenkt der kluge Kopf nicht die Hand, sondern die dumme Hand will den Kopf lenken! Nun, so mag sie denn ihren stinkblöden Willen haben! Darum, was nicht erlesen werden kann, das muss erschossen werden! Wahrlich, ich sage dir: Eine Welt, die von Waffen starrt, kann nur durch die Verbesserung der Waffen und auf gar keine andere Art und Weise verbessert werden! Das sage ich dir als Eidgenosse, der auf dem Schlachtfeld von Bicocca lange genug in seinem eigenen Blute gelegen hat, um dahinterzukommen, wo der Barthel den Most und die Bratwürste zu holen pflegt, wenn er keinen Rappen mehr im Beutel hat! Ich habe auf diesem Wege bereits das Feuersteinschloss und das Faustrohr erfunden, deren segensreiche Wirkungen wir ja soeben genugsam erprobt haben. Und so nur kann und muss es weitergehen! Und der Teufel soll mich auf dieser Stelle holen, wenn das nicht der einzige Weg des Unbekannten Gottes, der einzige Weg durch das große Wehe ist! Und nur aus diesem Grunde ist er so gnädig gewesen, uns diesen Schatz finden zu lassen."

„Wohlan!", murmelte Fabian kopfwiegend. „Wir können es ja einmal auf diese Weise versuchen. Und wenn uns dein Unbekannter Gott auch weiterhin so gnädig ist wie bisher, dann sollst du doppelt und dreimal Recht haben!"

Worauf sie die Tiere beluden, nach San Giovanni zurückkehrten, wo sie mit Jubel empfangen wurden, und schon am folgenden Morgen nach Ferrara aufbrachen.

Unterdessen hatte sich Ferdinand a Larco in Rom darum bemüht, Veit von Waihingen und Meinrad Ehinger mit ihren beiden Fähnlein von der Engelsburg hinwegzumanövern, um in aller Stille die Flucht des Papstes vorzubereiten, der ihm dafür außer einigen prallen Goldbeuteln auch einen lebenslänglichen Ablass für sämtliche noch zu begehenden Todsünden bewilligt hatte.

„Wenn wir nur erst aus diesem gräulichen Loche heraus sind", sprach er zu Paulus Jovius, den er vor einigen Tagen zu seinem Majordomus gemacht hatte, „dann wird sich das Blättlein schon wieder wenden!"

Allein Veit von Waihingen und Meinrad Ehinger trauten dem verschmitzten Spaniolen nicht über den kleinsten Weg und hielten ihre Augen offen, sodass sich die geplante Flucht noch nicht bewerkstelligen ließ.

In Ferrara erfuhr Sophius Crott, dass die Straße nach Venedig noch nicht geöffnet worden war, dass aber gute Aussicht bestände, auf dem Wasserwege die Reise beenden zu können.

Daher veräußerte er zunächst die Kardinalskutsche, die bis hierher getreulich ihrer Dienst getan hatte, und mietete das zweimastige Schiff Gabbiano. Nachdem die Schätze an Bord gebracht worden waren, wurden auch die Maultiere verkauft.

„Es jagt uns keiner!", sprach Sophius Crott zu Fabian und Urban Immerius, hinter dem mit hängenden Lauschern der Distelprinz stand.

„Gut Ding will Weile haben!", nickte Urban Immerius, aber Fabian hatte es eiliger und dachte: Wenn wir nur schon drüben wären!

Und der Distelprinz klappte dazu mit den Lauschern, als wollte er sagen: Das Wasser hat keine Balken!

In Rom aber wurde am Abend des 11. Oktober 1527 ein ganz erschrecklicher Himmelskomet gesichtet, lang und blutfarbig, gestaltet wie ein gebogener Arm, der in seiner Hand ein großes, wie zum tödlichen Streich gezücktes Schwert hielt. An der Spitze und zu beiden Seiten dieser Waffe standen drei Sterne, von denen Striemen ausgingen wie Rossschweife. Auch ließen sich bald danach um diese dräuende Gottesrute zahlreiche mit Blut besprengte Spieße, Dolche und

Morgensterne bemerken, und zwischen ihnen viele Heldenköpfe mit wilden Haaren und wüsten Bärten in der Farbe einer dunklen Wolke. Nicht wenige Menschen, die dieses allmächtige Furium zum ersten Male erblickten, fielen in Ohnmacht, und zahlreiche Römerinnen kamen vorzeitig nieder, darunter nicht wenige Jungfrauen.

„Wehe uns allen!", sprach Adam Reissner, der sich auf solche überirdische Dinge gut verstand, zu dem Fähndrich Wolfgang Quirl. „Nun soll es auch uns an den Kragen gehen! Wie geschrieben steht im zweiunddreißigsten Kapitel Deuteronomii: Wenn ich den Blitz meine Schwertes wetzen werde und meine Hand zur Strafe greifen wird, so will ich mich rächen wiederum an meinen Feinden, und mein Spieß soll das Fleisch fressen von den entblößten Häuptern derer, so nichts anderes tun, als mich zu hassen!"

Um diese Zeit galt in Mailand eine Metze Brotkorn zehn bis zwölf Gulden, und das halbe Land Italien lag voller Leichen, und die nicht erschlagen oder von der Pest hingerafft worden waren, hatte der Hunger zur Strecke gebracht. Viele Tote hatten Gras zwischen den Zähnen, und an nicht wenigen Orten wurden unmündige Kindlein gefunden, die mit gar kläglichem Weinen an der Brust ihrer dahingeschiedenen Mutter saugten.

„Das ist die Strafe Gottes!", behauptete der noch immer in der Engelsburg sitzende Urheber dieses allgemeinen Jammers. „Wie geschrieben steht: Ich will alles Unglück über sie häufen und will alle meine Pfeile in sie hineinschießen. Vor Hunger sollen sie verschmachten und verzehrt werden vom Fieber und dem jähen Tod der Seuche. Ich will der Raubtiere Zähne unter sie schicken und das Gift der Ottern und Schlangen. Auswendig wird sie das Schwert berauben und inwendig der Schrecken, beide, Jünglinge und Jungfrauen, die Säuglinge und den grauen Mann."

Nun aber richtete sich der Zorn der Landsknechte, die grimmiger denn jemals die Auszahlung des rückständigen Soldes heischten, gegen den Generalissimus Philibert von Orange, und sie wussten ihm weiterhin dermaßen zuzusetzen, dass er sich nicht anders zu helfen wusste, als mit den einhundert Reitern seiner Leibgarde nach Siena auf Urlaub zu gehen. Zu seinem Stellvertreter bestimmte er den Kleinen Hess, der auch deshalb nicht auf Urlaub gehen durfte.

„Wollen wir", donnerte Veit von Waihingen im Kriegsrat, „diese tapferen Heldenhaufen, auf die wir unser eigenes Dasein gegründet haben, in dieser stinkenden Mördergrube stracks verludern und verderben lassen?"

„Da sie uns nicht mehr gehorchen wollen", entgegnete ihm der Kleine Hess und strich sich den großen Schnauzbart, „so mögen sie sich allzumal vom Satan holen lassen! Wir werden schon zusehen, wo wir bleiben, wenn sie erst vor die Hunde gegangen sind!"

Darauf schwärmten die Landsknechte, um dem Geldmangel, der Nahrungsnot und der Pest zu entkommen, auf eigene Faust nach dem festen Narni hinaus, das sie kurzerhand erstürmten und bis auf den letzten Knopf ausraubten, worauf sie die ganze Umgebung heimsuchten, um den Bauern den letzten Bissen abzupressen.

Hier in Narni wurden die widerspenstigen Haufen vom Feldzahlmeister Caspar Schwegler, der mit ihnen noch am ehesten umzuspringen wusste, wieder zusammengebracht und gemustert, wobei noch siebentausend Mann gezählt werden konnten.

Nach ihrer Rückkehr richtete sich ihre Wut gegen den Kleinen Hess, der von ihnen, als er sie zur Räson bringen wollte, mit den Fäusten so übel zugerichtet wurde, als hätte er eine ganze Feldschlacht verloren. Nicht weniger als dreimal musste er sich in der Folge unsichtbar machen, sonst wäre er kaum mit dem Leben davongekommen.

„Wir wollen alle großen Hansen zu Tode würgen!", brüllten die Doppelsöldner des Dritten Fähnleins, und obschon sie beim Brüllen blieben, bis sie heiser waren, vermochten sie doch kein Jota an ihrer immer übler werdenden Lage zu ändern.

Am tollsten jedoch trieben es nach wie vor die Spanier, die nun sogar schon die Geschütze zu Bargeld machen wollten und plötzlich darangingen, die wertvollsten Rohre von den Stadtmauern auf die Tiberkähne zu schleppen, um sie nach Neapel, Genua und Venedig zu verschachern. Darüber kam es noch einmal zu einem harten Waffentanz zwischen ihnen und den deutschen Knechten, wobei die andalusischen wie die kastilischen Heldenrotten so nachdrücklich in die sauschwäbische Pfanne gehauen wurden, dass sie seitdem nicht wieder aufzumucken wagten.

Erst am 11. November 1527 gelang es dem Papst, als Majordomus verkleidet, mit dem in einer Minoritenkutte steckenden Paulus Jovius der Engelsburg zu entschlüpfen. Acht starke Kapuzinermönche sänfteten die beiden nach Orvieto, wo sich der Heilige Vater, der dabei nicht nur die Tiara, sondern auch das große Kuriensiegel mitgenommen hatte, von Lille d' Adam, dem Großmeister der Johanniterritter, mit allen pontifikalischen Ehren in Empfang nehmen ließ und sogleich ans Werk ging, um diesen so erbarmungswürdig ins Stocken geratenen Krieg wieder in Schwung zu bringen.

Kaum war es ruchbar geworden, dass der oberste aller Bannflucher im siebenten Haftmonat sein Fluchtloch fluchtartig verlassen hatte, da fielen die Landsknechte über die Engelsburg her, die sie stracks in Trümmer geschlagen hätten, wenn sie nur nicht so unheimlich fest gewesen wäre.

Zur selben Stunde, da dem Papst die Wiedergewinnung seiner Freiheit gelang, lateinte Desiderius von Basel aus nach Straßburg an den dortigen Reformator Martin Bucer, der an Luthers fürstendienstlichen Lehren eine ganze Menge auszusetzen hatte, also:

Du stellst in Deinem an mich gerichteten Schreiben allerlei Vermutungen auf, weshalb ich mich noch nicht zu eurer Kirche bekannt habe. Was mich von diesem Schritt hauptsächlich zurückhielt, war mein Gewissen. Wenn das davon hätte überzeugt werden können, die Sache stamme vom Ewigen Vater, so würde ich längst in euren Reihen stehen.

Der nächste Grund: Ich sehe in jener Schar viel zu viele, die aller evangelischen Lauterkeit bar sind. Von Gerüchten und Verdächtigungen spreche ich nicht, ich stütze mich auf Tatsachen, und zwar habe ich diese Erfahrungen leider zu meinem eigenen Schaden machen müssen. Und es handelt sich hierbei auch nicht um die Menge der Mitläufer, sondern um jene Geister, die etwas zu bedeuten wünschen, also um die Führer. Über diejenigen, die ich nicht persönlich kenne, steht mir kein Urteil zu. Aber ich kenne gewisse Leute, die ganz vortrefflich waren, bevor sie sich zu der neuen Bewegung bekannten, doch wie sie jetzt sind, das weiß ich zwar nicht aus eigener Anschauung, aber bestimmt habe ich über sie in Erfahrung gebracht, dass einige von ihnen schlechter geworden sein müssen und keiner besser.

Drittens stößt mich die bekannte große Uneinigkeit unter euren Führern ab. Um von den Schwarmgeistern und Wiedertäufern zu schweigen, wie bitter befehden sich doch Zwingli, Luther und Osiander in ihren verschiedenen Schriften. In der Abendmahlslehre wie in der von der Rechtfertigung lassen sie kaum einen guten Faden aneinander. Und die wachsende Grausamkeit der Fürsten, die von mir stets missbilligt worden ist, wird durch die mehr als anrüchige Moral jener Leute hervorgerufen, die nicht das besitzen, dessen sie sich so laut rühmen. Nur durch beispielhafte Unantastbarkeit und Angemessenheit im sittlichen Verhalten kann das Evangelium Christi wirkungsvoll empfohlen werden. Um anderes zu übergehen, welche Bedeutung kann es vor dem Angesicht des Ewigen Vaters haben, dass Luther dem König von England gegenüber, den er doch vormals so gröblich beschimpft hat, nun zu einem Adulator, zu einem Speichellecker geworden ist? Und dieser Mann ist der Heros der Bewegung! Dass er mich dabei beschuldigt, ich stäke dahinter, berührt mich kaum, dass er aber noch heute die Sache des Evangeliums an die Fürsten verrät, dass er frommen Männern blutgierige Bischöfe über den Hals brachte, dass er die Glaubensknechtschaft verdoppelte und die Mutter der Vernunft eine Metze schimpft, das ist es, was ihm nimmermehr vergeben werden kann. Es ist und bleibt die erste Aufgabe eines großen Führers, für die Hebung der öffentlichen Moral Sorge zu tragen und alle Lügner, Meineidigen, Trunkenbolde und Hurer zumindest mit Verachtung zu strafen. Jetzt, höre ich, ist das ganz anders geworden. Ja, ich sehe es geradezu mit eigenen Augen. Wenn ein Mann merkt, dass seine störrische Ehefrau gutwillig geworden ist, der Lehrer, dass sein Schüler besser gehorcht und sich eifriger als bisher der Studien befleißigt, der Unternehmer, dass treuer gearbeitet wird, und der Käufer, dass der Verkäufer nicht mehr darauf versessen ist, ihn übers Ohr zu hauen, so wäre das wohl die allerbeste Empfehlung für das Evangelium. Leider ist das heute genau umgekehrt, und wir alle haben den Schaden von diesen nur der Zwietracht dienenden Begriffsverwirrungen. Jetzt ist es schon dahin gekommen, dass die, welche aus Liebe zur Tugend und aus Abneigung gegen die Heuchelei ursprünglich Anhänger der neuen Bewegung waren, die Lust daran verlieren und ihr den Rücken kehren. Und die Fürsten, die nun sehen, wie ein ungezügeltes Volk sich heranbildet, zusammengesetzt aus Landstreichern, Flüchtlingen, Verschwendern, Arbeitsverweigerern, Habenichtsen und

Elenden, zumeist auch Bösewichten, sind schon dabei, sich selbst zu verfluchen, so viel Gutes sie sich auch anfänglich von der neuen Sache erhofft hatten. Die Führer dieser Bewegung hätten, da sie Christum zum Vorbild nahmen, sich nicht nur von allen Lastern fernhalten müssen, sondern auch von jedem bösen Schein, sie hätten das Evangelium in keiner Weise in Misskredit bringen dürfen und geflissentlich das vermeiden müssen, was ihrem eigenen Ruf schädlich ist. Stattdessen frönen sie, genauso wie ihre Gegner, nur der Kehle und dem Bauch. Anstatt mit dem Kopfe denken sie mit dem Kehlkopf!

Ich höre nun, dass Du nicht zu diesen barbarischen Unruhestiftern und antihumanistischen Jammergestalten gerechnet werden willst und dass Du auch wohl dazu befähigt bist, das Evangelium zu verkündigen, auch sonst rechtschaffener bist als viele. Daher möchte ich, dass Du in kluger Weise Dich bemühst, das nun einmal begonnene Werk durch Standhaftigkeit, Maßhalten in der Lehre und Lauterkeit der Sitten doch noch zu einem dem Evangelium würdigen Abschluss zu bringen. Nur dann werdet ihr mich, soweit es in meinen schwachen Kräften steht, auf eurer Seite haben können. Zurzeit jedoch vermag ich, trotz aller Unverschämtheiten der Mönchshorden und gewisser ketzerrichterischer Theologen, meine arme Seele nicht aufs Spiel zu setzen. Du wirst guttun, diesen Brief nicht zu verbreiten, damit weitere Missverständnisse und Unannehmlichkeiten verhütet werden können.

Sodann nahm Desiderius einen neuen Bogen und briefte darauf nach Freiburg an Ulrich Zasius unter anderen auch diese Sätze:

Der Geist Christi ergießt sich viel weiter, als uns deucht, und wie viele Gläubige befinden sich längst in der Gemeinschaft der Heiligen, ohne im Heiligenkatalog zu stehen oder jemals Aussichten zu haben, dort hineinzukommen. Auch haben wir einigen Ketzern viel mehr zu verdanken als gewissen Märtyrern. Und Märtyrer hat es ja eine große Anzahl gegeben, Gelehrte dagegen nur wenige. Wir dürfen auch nicht auf die nochmalige Ausgießung des Heiligen Geistes warten und die Hände in den Schoß legen, sondern was uns nun vor allem nottut, das ist die Hervorbringung und die Verbreitung einer unangreifbar wissenschaftlichen Bildung. Kein Wunder, dass man davon nichts wissen will, da die Zwietracht und das damit verbundene Heldengetümmel immer ärger und blutiger wird. In Rom hausen noch immer die Landsknechte des Kaisers und spielen den Römern und den Römerinnen übel genug mit trotz der Pest, die, wie mir der Kardinal Enkevoirt mitteilt, täglich neue Opfer fordert. Der Papst soll noch immer in der Engelsburg sitzen, aber dass er davon auch nur um ein Jota vernünftiger werden könnte, steht nicht in Aussicht. An diesem Pontifex Maximus ist Hopfen wie Malz verloren! Von den achtundzwanzigtausend Mann, die mit Jörg von Frundsberg nach Italien ausgezogen sind, sollen nur noch siebentausend übrig geblieben sein. Im Süden wie im Norden Frankreichs schlagen die Heerwürmer noch immer aufeinander los, ohne dass eine baldige Entscheidung bevorstände. In Ungarn hat der türkische Tyrann wieder einige Schlachten gewonnen, und es geht hier in Basel schon das Gerücht um, dass er im kommenden Sommer donauaufwärts marschieren wird, um Wien zu berennen.

Aus London höre ich von Thomas More, dass der Kardinalerzbischof Thomas Wolsey in Ungnade fallen wird und dass Luther tatsächlich an den König einen flehentlichen, demütigen Winselbrief geschrieben hat, indem er sich zum öffentlichen Widerruf der diesem Majestätsinhaber zugefügten Beleidigungen erboten hat. Dieser Pontifex Saximus hat solches getan, weil ihm hinterbracht worden war, der König sei dem Evangelium inzwischen geneigter geworden und würde sich wohl offen für dasselbe entscheiden, wenn Luther wegen der verletzenden Äußerungen in seiner vor fünf Jahren gegen den König gerichteten Schmähschrift um Verzeihung bäte. Aber der Potentat von London hat ihm darauf mit einer saftigen Maulschelle geantwortet, denn er fühlt sich nun Manns genug, seine Theologen ohne fremde Hilfe unter dem Daumen zu halten und sie vor seinen eigenen Kirchenkarren zu spannen, zumal sich der Papst nach wie vor weigert, ihm in der Scheidungssache zu Willen zu sein.

Und nun, um das Maß des Unsinns voll zu machen, soll ich an dieser ganzen Bettlaken- und Maulschellenkomödie die Schuld tragen! Was kann ich dafür, dass überall, wo lateinisch gezeilt wird, nur noch mit meinem Kalbe gepflügt werden kann? Und weshalb sollte ich mir gar darüber graue Haare wachsen lassen, von denen ich schon mehr als genug auf meinem Scheitel habe, dass Luthers Federkiel, der sich in lauter Widersprüchen bewegt, immer wieder ausgleiten muss? Ja, diese Dämonen haben sich nun allerorten losgerissen, aber ich bin es nicht gewesen, der sie angebunden und sie erst dadurch zu Dämonen gemacht hat. Ich habe sie auch nicht ausgerüstet, sondern sie allein sind es gewesen, die den von mir geschaffenen Pflug der exakten Philologie zerbrochen haben, um aus seinen Scherben theologische Schwerter und Morgensterne zu schmieden. *Wie geschrieben stehen sollte: Wenn zwei Christen um den Sinn der Lehre Christi in Streit geraten, um sich gegenseitig aus dem Felde und von der Kasse zu schlagen, dann haben sie damit schon bewiesen, dass sie beide gleicherweise Christum verleugnen.* Womit ich meine entschiedene Weigerung, mich in den Tumult dieser bestialischen Silbenstecher einzumischen, hinlänglich verständlich gemacht habe.

Ich gehe nun in das siebente Jahrzehnt meines irdischen Daseins und habe wohl ein Recht darauf, mich ein wenig nach Frieden zu sehen. Zum Glück ist hier in Basel, dank der gesunden Vernunft des Großen Rates, noch alles ruhig, im Gegenteil zu dem von dem Streithammel Zwingli bedienten Hexenkessel Zürich. Doch auch er wird immer nur das ernten können, was er gesät hat. Ich sehe viel mehr als nur ein grausames und blutiges Jahrhundert herankommen, und ich bin fest entschlossen, mich zeitig genug an ein stilles Örtchen zurückzuziehen, wo ich nichts mehr sehen und hören muss, und ich werde, mögen darüber auch vier- bis fünfhundert Jahre vergehen, meine Augen nicht eher wieder auftun, bis dieser ganze grundläppische Nationalitätenspuk, der über Europa hereingebrochen ist, verrauscht und verraucht ist.

Zwei Tage später, bei einer Zwischenlandung des Gabbiano in Crespine, ging der Vierhufer Distelprinz in einem unbewachten Augenblick von Bord und machte sich in den fruchtbaren Bereich der Poebene davon, wo er noch an demselben Abend, als er sich in einem Heuschuppen gütlich tat, von dessen darüber nicht wenig erzürnten Eigentümer Jacobo Longini eingefangen und in Dienst gestellt wurde.

Das Verschwinden des Tieres wurde erst nach der Abfahrt bemerkt.

„Er wird doch nicht über Bord gefallen sein?", fragte Urban Immerius besorgt, aber Sophius Crott lachte: „Da kennst du ihn schlecht! Dieser verschmitzte Stoffwechsler hat sich davongestohlen, weil auf den Wogen keine Disteln zu wachsen pflegen."

„Ein böses Omen!", dachte Fabian, der dabeistand, behielt es aber für sich.

Und so ging die Reise ohne Unfall weiter, bis am vierten Mittag vor den überraschten Blicken der Fahrtgenossen die stolze Königin des Meeres aus dem Wogen emporstieg.

„Der Mutter Gottes sei Dank!", atmete Madonna Olivia auf, als das Schiff gegen Abend ans Ufer stieß, und Miranda jubelte händeklatschend: „Nun wird alles gut werden!"

„Also ein gutes Omen!", dachte Fabian und zog sie tief beglückt an sich.

Sie gingen sogleich mit allen Schätzen und Dienern von Bord und nahmen Quartier in der vornehmen Herberge „Zum Weißen Elefanten".

Schon am nächsten Morgen bekam die Mutter Gottes im Markusdom die versprochene Kerze.

Zur gleichen Stunde erreichte der kleine Teil der Christioten, nachdem sich der größere Teil von ihnen in Süddeutschland zu den Wiedertäufern geschlagen hatte, die fromme Bischofsstadt Münster, wo die Ankömmlinge, noch immer ein gutes Halbschock, von ihres Heilands älterem Bruder, dem Ratsherrn Bernd Knipperdolling, einem chiliastischen Schwärmer, der längst darauf brannte, dass Neue Zion aufzurichten, mit offenen Armen willkommen geheißen und sofort in die Stadtwache eingereiht wurden, was ihnen bass behagte.

Thomas Cromwell, 1485 - 28. Juli 1540, war ein englischer Staatsmann unter Heinrich VIII. und der Konstrukteur der Henry'schen Reformation in England. Er betrieb die Enteignung der englischen Klöster, was ihm den Beinamen Hammer der Mönche einbrachte.

Franz von Waldeck, * 1491 auf der Sparrenburg, † 15. Juli 1553 auf Burg Wolbeck, war ab 1532 Bischof von Osnabrück und Münster und Administrator des Bistums Minden und Kölner Domherr.

Sigismund Gelenius, Gelensky, * 1497 in Prag, † 1554 in Basel, war Schriftsteller, Philologe und einer der bedeutendsten böhmischen Gelehrten des 16. Jahrhunderts.

Papst Paul III., Paulus Terzius; 29. Februar 1468 – 10. November 1549, geboren als Alessandro Farnese, war vom 13. Oktober 1534 bis zu seinem Tod 1549 Oberhaupt der katholischen Kirche und Herrscher der päpstlichen Staaten.

Der Weg durch das Wehe

Als Sophius Crott und Urban Immerius auf ihrem ersten Rundgang durch Venedig, auf dem sie einige ihnen zum Kaufe angebotene Häuser besichtigen wollten, über die Rialtobrücke kamen, stießen sie auf Pietro Aretino, der sich hier alle Mühe gab, seine drei besten Freunde, den Maler Tizian, den Bildhauer Jacopo Sansovino und den Buchdrucker Marcellino, davon zu überzeugen, dass Clemens Septimus nicht mehr in der Engelsburg säße, sondern längst nach Orvieto entkommen sei.

„Der alte Fuchs', versicherte Aretino, „fand heraus aus dem Loch, ohne Urfehde geschworen zu haben!"

„Ein artig Märlein!", schmunzelte Tizian abwinkend.

„Und das mit Billigung des Kaisers?", wiederholte Sansovino kopfschüttelnd. „Willst du damit sagen, dass der Kaiser seinen Verstand verloren hat?"

„Wie kann jemand", wies Aretino diesen Einwurf entrüstet zurück, „etwas verlieren, was er niemals besessen hat?"

„Nur weiter in diesem Text!", lachte Marcellino.

„Ob ihr es glauben wollt oder nicht", trumpfte Aretino auf, „es ist den Papst tatsächlich gelungen, die Wachen zu überlisten, und der Krieg geht weiter. Hätte er nur auf mich gehört, es wäre niemals zum Äußersten gekommen. Ich habe ihm stets reinen Wein eingeschenkt!"

„Auch darüber", stichelte Marcellino, „dass dir Giovanni di Medici versprochen hatte dich zum Herzog von Arezzo zu erheben?"

„Bei meinem Barte!", verschwor sich Aretino, und er hatte einen überaus stattlichen Vollbart, auf den er sehr große Stücke hielt. „Sehe ich aus wie ein Tyrann? Niemals hätte ich diese Würde angenommen!"

Hier fiel sein Blick auf Urban Immerius, der eben stehen geblieben war und ihm zugewinkt hatte, und den er auch sogleich wiedererkannte.

„Beim Apollo und seinen neun Musen!", rief Aretino überrascht. „Welcher Wind hat dich hierher geführt, du alter Zapfenmagier?"

Worauf sich die beiden Freunde in die Arme fielen.

„Hoffentlich ein guter!", antwortete Urban Immerius. „Es hat uns in Rom nicht länger behagen wollen. Und hier siehst du meinen lieben Neffen Sophius Crott der auf dem Schlachtfeld von Bicocca seinen Fuß, nicht aber Kopf und Herz verloren hat. Darum ist es ihm auch gelungen, die Nichte des Kardinals Solidus Vollio heimzuführen!"

„Alle Wetter", staunte Aretino. „Die schöne Olivia? Aber das werde ich erst glauben können, wenn ich sie mit meinen eigenen Augen gesehen habe!"

„So komm mit uns in den Weißen Elefanten!", lud ihn Sophius Crott ein.

Und Aretino zögerte nicht, seine Freunde stehen zu lassen und Neffe und Oheim in diese vornehmste aller venezianischen Herbergen zu begleiten, wo dieser weltberühmte Federschwinger und unbestechlichste aller Gönnerbeutelschneider auch sogleich von Madonna Olivia empfangen wurde.

„Holdeste aller irdischen Göttinnen", schwärmte er sie an, „vergönnt dem unwürdigsten eurer Diener die hohe Gnade, euch sein Herz in Form eines Sonetts zu Füßen zu legen, das noch heute gedichtet werden soll!"

Dabei vergaß er nicht, einen sich selbst einladenden Seitenblick auf die überaus wohl bestellte Tafel zu werfen.

„Willkommen, Herr Aretino!", lächelte Madonna Olivia erfreut. „Und Dank für eure gute Meinung! Seid unser Gast und nehmt mit dem Wenigen vorlieb, das wir euch bieten können!"

Worauf sie ihm ihre Tochter Miranda und ihren Schwiegersohn Fabian Birkner vorstellte.

Unter lebhaften Gesprächen wurden nun die sieben Gänge des annähernd fürstlichen Mahls eingenommen.

Dann hob Aretino den in Venedig hergestellten hochkünstlerischen Kristallpokal und gab folgenden schwungvollen Trinkspruch von sich: „Venedig, du Kleinod der Welt, du Wunder der Wunder, du Paradies des Ruhmes, des Reichtums, der Galanterie und des guten Geschmacks, bei dessen erstem Anblick man die Lider senken muss, um von deinem Glanz nicht geblendet zu werden! Denn hier gibt es keinen Verrat wie anderswo, hier herrscht das Recht und nicht die Grausamkeit, noch weniger die Tyrannei der Kurtisanen! Der Doge ist der Vater der ihm untergebenen Völker, die ihn alle lieben und verehren, der Sohn der Wahrheit, der Lenker der Waren, der Feind des Truges, der Schützer der Feder und aller schönen Künste, der immerdar Gerechte, der Erhalter der Werte, dem auch ich in unwandelbarer Treue meine Dienste gewidmet habe. Venedig ist die Ernährerin der übrigen Städte, ist ihre von Gott bestimmte Mutter, das allgemeine Vaterland, die Stätte der Menschenfreiheit, dass Asyl aller zu Unrecht Geächteten. Leuchte weithin, o preiswürdiges Venedig, durch Lauterkeit und Güte, durch deine schimmernden Paläste, deine prachtvollen Kirchen, durch deine unvergleichlichen Wohlfahrtsanstalten, durch deine stolzen Schiffe, die unter der ruhmvollen Flagge des Leuen alle Meere befahren, durch Umsicht und Gnade, Sitte und Tugend, Einsicht und Wissenschaft, leuchte voran allen Städten des Erdkreises, über denen noch das Dunkel der Tyrannei brütet!"

Darauf leerte er den Pokal bis zur Nagelprobe, und alle tranken und zollten ihm lebhaften Beifall.

Am folgenden Morgen erschien er wieder bei den beiden Damen, beugte vor Madonna Olivia das Knie, zog ein Blatt aus dem von seinem Barte beschützten Busen, entfaltete es und begann mit feierlicher Stimme also:

„Sieh, Herrin, hier den Treuesten der Getreuen,
Der nun erschien, um dir der Zukunft Pfade,
Die wir erflehen von des Himmels Gnade,
Mit Rosenglut und Lilien zu bestreuen!
An deinem Wunderbildnis zu erfreuen,
Gönn auch dem Dichter dieser Serenade
Noch eine Ewigkeit hier am Gestade
Des wogenkühnen, nie besiegten Leuen!
Lass das Vergang'ne ruhn, hinweg die Sorgen!
Du wirst hier aufblühn wie im Garten Eden.
Dein Glück vermehre jeder neue Morgen,
Um uns, die wir vor dir auf Knien liegen,
Mit deinen sanften Reizen zu befehden
Und uns am Ende alle zu besiegen!"

Damit überreichte er das Skriptum Madonna Olivia, an deren samtenen Wimpern Rührungstränen hingen und die darum völlig außerstande war, auch nur eine Silbe zu erwidern.

Nun erhob sich Aretino, verneigte sich vor Miranda, zog ein zweites Blatt hervor und brachte ihr die folgenden Reimzeilen zu Gehör:
„Noch liegt vor deinen zärtlichschlanken Fesseln
Des Daseins Fülle köstlich ausgebreitet.
O meide immer, wo dein Fuß auch schreitet,
Die spitzen Dornen und die scharfen Nesseln!
Lass dich nicht locken von den Hexenkesseln!
Erfreue den, der dich so treu begleitet,
Behüte ihn vor allem, was sich streitet,
Vor allem Weh und vor den Hochmutssesseln!
Erfüll ihn mit dem Schmelze deiner Kehle,
Lass niemals ab, ihn glühend zu umfangen,
Und werde so die Schwester seiner Seele!
Das sind die wahrhaft göttlichen Gebärden.
Denn nur der Liebe brünstiges Verlangen,
Es schafft allein das Himmelreich auf Erden."

Damit ließ er das Blatt in ihre geöffnete Hand gleiten, verneigte sich noch einmal vor den beiden Damen und hob sich schweigend von dannen.

Nach dem damaligen Brauch wurde ihm von Sophius Crott und Fabian für jede Zeile ein Goldstück zugeschickt.

Aretino war es auch, der Sophius Crott mit den Gebrüdern Solvaldi, den Inhabern des weltberühmten Bankhauses Spiro & Deljamin sowie mit Domenico Bolanu, dem schiefschulterigen Besitzer der Storchenapotheke, zusammenführte, der sein dicht beim Rialto gelegenes Gewese, den alten Palast Gironda, schon lange abstoßen wollte, um sich das kleine, gegenüberliegende Haus erstehen zu können, in dem er sich zur Ruhe zu setzen gedachte, nachdem sich seine junge Ehegattin Hortensia von seinem letzten Provisor Eustachio Civeti, der nun in Spalato die Mohrenapotheke betrieb, hatte entführen lassen.

Noch im Laufe des Monats November 1527 konnten diese beiden Käufe zur beiderseitigen Zufriedenheit abgeschlossen werden, worauf Sophius Crott sein eigenes Vermögen und das seiner Gattin mit Hilfe der Firma Spiro & Deljamin in Hypothekenwerten anlegte, was Fabian bewog, das gleiche zu tun, während Domenico Bolanu, dessen Gesundheit mancherlei zu wünschen übrigließ, das zweite Stockwerk seines neuen Hauses dem von ihm hochgeschätzten Aretino zur Verfügung stellte, der bei allen diesen Geschäften eine Vermittlungsprovision von zwölfhundert Zechinen einstreichen konnte.

Er zog auch sogleich ein mit Sack und Pack, Kisten und Kasten, Tintenfass und Bücherschätzen und mit seiner derzeitigen Konkubine Barbara Finocchio, die er dem Maler Tizian, dem sie einige Wochen lang als Model gedient hatte, im Würfelspiel abgewonnen hatte.

Der Palast Gironda war zwar ziemlich verwahrlost, besaß aber genug Räume, dass unter seinem Dache auch die ganze Dienerschaft beherbergt werden konnte.

Fabian nahm sich nun mit Eifer der Storchenapotheke an, Urban Immerius ließ den vorderen Teil des Kellergewölbes voll Weinfässer rollen und über den Eingang die lockende Anschrift „Zum Vollen Schoppen" pinseln, und Sophius Crott schuf den bis zum Großen Kanal durchstoßenden Hinterflügel des umfangreichen Gebäudes zu einer Waffenschmiede um, über die er den Sienesen Felix Rucco und den Pistojaner Bruno Latti als Meister setzte.

Darüber ging der Dezember dahin, und alle hatten mehr als genug zu schaffen, bis alles aufs Beste hergerichtet war und jegliches Ding seinen gehörigen Platz gefunden hatte. Sogar ein Schießstand von einhundertzehn Ellen Länge fehlte nicht, der für die Erprobung der neuen Faustrohre bestimmt war.

So ging das Jahr 1527 zu Ende.

„Gestern Abend', sprach Monika Filiotti zu Urban Immerius, der heute besonders guter Laune war, weil der Durst seiner Weinkellerkunden trotz des Winters noch keine Einbuße erlitten hatte, „hat mir Finocchio die Karten geschlagen!"

„Ei der Daus!", knurrte er belustigt. „Und was ist dabei Großes herausgekommen?"

„Gott", verkündete sie nahezu feierlich, „wird mir im nächsten Jahr ein Kindlein bescheren, einen wunderschönen Knaben, der ein großer Dichter werden wird, noch viel größer als Herr Aretino!"

„Was für Flausen!", lachte er sie aus. „Nicht nur, dass du nur noch in eitel Samt und Seide und in Purpurpantoffeln einherstolzieren willst, nun bist du gar darauf versessen, mit einem Poeten niederzukommen! Es scheint nachgerade Zeit geworden zu sein, dich unter die Haube zu bringen!"

„Aber nur mit einem Edelmann!", bedang sie sich aus. „Denn ich bin die Tochter eines Grafen!"

„Ja, das ist der Floh", nickte er mit grimmigem Lächeln, „den dir deine Tante ins Ohr gesetzt und der sich inzwischen zu einer Hornisse ausgewachsen hat, die dir unablässig im Schädel herumsummt!"

„Willst du", begehrte sie auf, „meine Tante Lügen strafen?"

„Gott behüte!", verwahrte er sich. „Dann käme ich ja in Teufels Küche! Deine Tante war die kreuzbravste aller neapolitanischen Wehefrauen, denn sie hat dir nicht nur das Lesen, sondern auch das Schreiben beigebracht, obschon es damit immer noch ein wenig hapert. Sie hat dich auch niemals unter zehn Scudi hergeben wollen. Ich musste für dich sogar zwölfe berappen, was sich aber, dass gestehe ich ganz offen, noch nicht ein einziges Mal bereut habe. Doch was soll ich von einem Gräflein halten, dass nach der Beschattung deiner Mutter – Gott hab sie selig! – so spurlos verschwunden ist wie ein Furz im Winde!"

Sogleich stampfte sie mit dem Fuße auf, rümpfte die bildschöne Nase und rief unwillig: „Pfui, du bist kein Kavalier!"

„Mein Vater ist auch keiner gewesen!", erwiderte er sehr trocken.

Nun lenkte sie ein und schmollte: „Ist es denn eine Sünde, sich ein Kind zu wünschen?"

„Das wäre ja noch schöner!", schmunzelte er daumendrehend. „Und macht es dir Spaß, dann kannst du hier zwischen diesen vier Wänden auf der Stelle mit Drillingen niederkommen! Aber es darf kein Verseschmied darunter sein! Das bitte ich mir aus!"

„Was hast du gegen die Dichter?", ereiferte sie sich. „Lebt der Herr Aretino nicht wie ein Fürst, ja wie ein Herzog?" „Auf anderer Leute Kosten!", fiel er ihr ins letzte Wort. „Aber das soll kein Vorwurf sein! Denn welcher Potentat, solange die Welt besteht, täte nicht genau dasselbe? Und um ein Haar hätte er es ja zum Tyrannen von Arezzo gebracht. Jetzt freilich, nachdem die Affäre bei Governola schief gegangen ist, streitet er es ab, was ich ihm durchaus nicht übel nehme. Dort ist nämlich sein Duzfreund, der große Teufel, von dem Beelzebub Frundsberg in die Pfanne gehauen worden. Und seitdem hat sich der Fünfte Evangelist dazu entschlossen, wider alle Tyrannen und Despoten wie ein Zerberus anzuschnauben und zu bellen. Klappern gehört nun einmal zu jedem Handwerk, besonders wenn es wie das seine aus nicht anderem denn aus Klappern besteht. Ich bin trotzdem sein treuer Freund, und er hat bei mir freie Zeche, schon weil er mir die Gäste anlockt wie der Honigtopf die Fliegen. Und Ehre jedem Schuster, der sich nicht von seinem Leisten hinweglocken lässt! Er versteht sich ja auch wie kein Zweiter darauf, den Ruhm zu ernten, den er sich selber sät. Hat er nicht erst kürzlich das Gerücht in Umlauf gesetzt, dass sich der Kaiser, auf den er lange genug wie ein Rohrspatz geschimpft hat, schon um seine Freundschaft bewirbt? Und was wird aus jenem putzigen Märlein werden, wonach ihm der türkische Sultan zwei wunderschöne Sklavinnen, die aus dem Kaukasus stammen und Zwillingsschwestern sein sollen, zum Präsent gemacht hat? Gib nur acht, bald wird er die stolze Galeere, auf der sie sich nach Venedig eingeschifft haben, so gründlich an einer Klippe scheitern lassen, dass nicht das kleinste Mäuslein davonkommen kann! Denn diese Silbenschaumschläger, diese Papiervollkleckser schöpfen immer aus dem Vollen und wollen sich dabei nimmermehr lumpen lassen. Wie im Hui pflegen sie sich die allertollsten Dinge aus den Fingern zu saugen. Dante zum Beispiel will nicht nur die Hölle und das Fegefeuer, sondern auch das himmlische Paradies durchwandert haben. Und ich wundere mich gar nicht darüber, dass er nicht dortgeblieben, sondern auf die Erde zurückgekehrt ist, um seine Leser, die ihm diesen kompletten Schwindel aufs Wort glauben, noch dümmer zu machen, als sie ohnehin schon sind. Von seinen Nachäffern Petrarca, Ariosto und Bojardo ganz zu schweigen! Und auch die heutigen Dichterlinge schreiben sich nach seinem Beispiel noch immer die Finger wund. Aber ist es davon auf dieser Erde auch nur um ein Jota besser geworden? Im Gegenteil! Und woher kommt das? Weil die Dichter immer nur für die reichen Leute, nur für diese unentwegten Mammonsdiener dichten! Denn was denen nicht in den Kram passt, das bleibt ungedruckt!"

„Wie sollten Sie denn für die Armen dichten", gab sie ihm zu bedenken, „da diese doch gar nicht lesen können?"

„Und wer trägt die Schuld daran?", grollte er. Immer nur die Reichen, die keinen roten Heller für die Schulen übrighaben, um sich mit desto mehr Plunder, Pomp und Tand behängen zu können."

„Aber die Armen", warf sie ein, „wollen doch auch alle reich werden!"

„Da eben liegt der Hase im Pfeffer!", fuhr er fort. „Um mit Solidus Vollio zu sprechen, der mich einmal gefragt hat ‚Warum trennt Gott nicht die Reichen von den Armen, wie er das Licht von der Finsternis geschieden hat? Weshalb macht er nicht eine Feste zwischen ihnen, dass sie nicht mehr zueinander gelangen und aneinandergeraten können? Dann wäre doch gleich der Friede da!'"

„Und was", forschte sie gespannt, „hast du ihm darauf geantwortet?"

„Ich erbat mir einige Tage Bedenkzeit", bekannte er achselzuckend. „Und als ich ihn dann wieder sah, lag er schon im Sarge und hatte alles irdische Wehe bereits hinter sich gebracht. Und da ist mir zum ersten Mal ein Licht darüber aufgegangen, weswegen ein Kamel er durch das Nadelöhr geht, als dass ein Reicher ins Himmelreich käme. Es ist nämlich voll von lauter Armen, die von der Hartherzigkeit der Reichen schon mehr als genug haben!"

„Aber es gibt doch reiche Leute", warf sie ein, wobei sie sehr deutlich an Madonna Olivia dachte, „die durchaus nicht hartherzig sind!"

„Und was geschieht mit ihnen?", seufzte er. „Sie werden wie Solidus Vollio plötzlich hinweggenommen, weil sie viel zu gut sind für diese arge Welt."

„Und du?", entgegnete sie. „Bist du nicht reich?"

„Nur an Jahren und Erfahrungen!", winkte er ab. „Nicht an Geld und Gut! Ich besitze nur so viel davon, dass ich auf meine alten Tage gegen die Not gesichert bin. Und damit lasse ich es mir genügen!"

Hier erschienen seine beiden Neffen, um ihm zum Neuen Jahr ihre Glückwünsche darzubringen und ihn zu dem großen Bankett einzuladen, das am Dreikönigsabend im Spiegelsaal des Palastes Gironda stattfinden sollte.

Dieser prächtige Plan stammte von Aretino, dem Meister der irdischen Freuden, und keiner seiner überaus zahlreichen Bekannten und Gönner ließ ihn im Stich. Sogar den Dogen Andrea Gritti wusste er zu einer Zusage zu bewegen.

Dann jedoch wurde dieses vielbeschäftigte Haupt der Löwenrepublik durch dringende, mit den bedrohlichen Bewegungen der auf dem Balkan herumbrandschatzenden islamistischen Heerwürmer zusammenhängende Staatsgeschäfte daran gehindert, der Einladung nachzukommen, weshalb er seinen Jugendfreund Enrico Bortadello, den hochmögenden Direktor des Kriegsarsenals, mit seiner Vertretung beauftragte.

Gegen Abend des Dreikönigstages begannen die reich geschmückten Gondeln von allen Seiten herbeizurauschen, und das Bankett, dessen Programm vor Aretino auf das Genaueste vorbereitet worden war, konnte pünktlich seinen Anfang nehmen.

Hinter den Kulissen dieses großen Theaters, von dem in Venedig noch lange gesprochen werden sollte, wirkten Fabian, Monika und Urban Immerius. Fabian hielt wie ein vielerfahrener Haushofmeister die Dienerschaft in Atem, Monika schwang mit der Kühnheit einer legitimen Grafentochter das Küchenzepter, und Urban Immerius sorgte als vorbildlicher Durstbetreuer für die Auswahl der Weine.

Zuerst begrüßte Sophius Crott die Erschienenen mit einer launigen Ansprache und wünschte ihnen ein fröhliches Genießen, dann brachte, zwischen Suppe und Fisch, Enrico Bortadello auf den Vater des Vaterlandes einen feierlichen Trinkspruch aus, dem alle begeistert zustimmten, worauf sich, nach dem Wildschweinbraten, der Bildhauer Sansovino erhob, um dem großzügigen Gastgeber und seiner holder Gemahlin die Herzen aller Anwesenden zu Füßen zu legen. Weiterhin ließ der Maler Tizian alle Schönen Künste hochleben, und Aretino beschloss diese Ohrenschmäuse mit einem zierlich gereimten und stürmisch bejubelten Lobgesang auf alle Damen.

Er war es auch, der nach Aufhebung der Tafel in Stellvertretung des Festgebers mit Miranda den Tanz eröffnete. Denn Madonna Olivia glaubte sich ihres hoffnungsreichen Zustandes wegen dieser Art der Lustbarkeit enthalten zu müssen.

Und während nun unten im Spiegelsaale die Geigen und die Flöten jauchzten, die Becher erklangen und die Paare durcheinanderwirbelten, krachten oben in dem dicht unter dem Palastdache eingerichteten und von vielen Kerzen taghell erleuchteten Schießstande immer wieder die Kugeln in die Scheibe, bis sich Enrico Bortadello, der von Sophius Crott hier heraufgelockt worden war, davon überzeugt hatte, wie sehr das Feuersteinschloss und das Faustrohr dazu geeignet waren, die bisherige Kriegskunst über den Haufen zu werfen.

Nicht minder begeistert war er auch von einem Palisadenpfahl, der durch Sophias Crott in einem inzwischen von ihm wahrhaft spitzfindiglich zusammengedrehten Stacheldraht bis zur Unangreifbarkeit gesichert worden war.

„Das ist ein Geschenk des Himmels!", rief der alte Seehaudegen, nachdem er das Wunderwerk vorsichtig befingert hatte, und zögerte nicht länger, den Urheber dieser unvergleichlichen Erfindung in seine Arme zu schließen, um ihn fortan seinen allerbesten Freund nennen zu können.

Denn die Republik des Markusleuen war damals schon dabei, von ihrer einst so überstolzen Machthöhe unaufhaltsam herabzugleiten. Fast alle ihre im östlichen Mittelmeer gelegenen Flotten- und Handelsstützpunkte hatte sie verloren, und nun sah sie sich bereits dazu gezwungen, ihre an der dalmatinischen Küste befindlichen und durch ihren Erzreichtum überaus wichtigen Besitzungen um jeden Preis gegen die immer kühner nach Westen vorstoßenden Allahhorden zu befestigen und zu verteidigen.

Daher auch konnte Sophius Crott schon wenige Tage nach diesem in jeder Beziehung wohlgelungenen Bankett eine auf dreitausend Stück Faustrohre und zehntausend Ellen Stacheldraht lautende und von Andreas Gritti eigenhändiglich unterzeichnete Bestellung entgegennehmen.

Und sogleich begannen unter den Fäusten seiner bienenfleißigen Meister und Gesellen die dalmatinischen Roheisenbarren aus den

Lastschiffen in den Hinterflügel des Palastes Gironda hereinzupoltern, begannen die Schmiedefeuer zu glühen, die Hämmer zu pochen, die Ambosse zu dröhnen, die Feilen zu kreischen, die Bohrer zu knirschen, die Zieheisen zu singen und die Zangen zu ächzen und röcheln.

Als waffenerzeugender Unternehmer hatte sich Sophius Crott nun darangemacht, das irdische Wehetal auf seinem Stelzfuß mit eidgenössischer Herzhaftigkeit zu durchschreiten.

„Ist Gott mit dir", sprach er zu Madonna Olivia, die alles sehr gut hieß, was er plante und tat, „wer kann wider mich sein?"

Sie schaute bewundernd zu ihm auf, und nun, auf der Höhe des Glücks, fühlte sie das Kindlein, das sie von ihm unter ihrem Herzen trug, zum ersten Male hüpfen.

„Es freut sich mit uns!", hauchte sie erglühend.

Aber schon im nächsten Augenblick musste sie mit leisem Schauder an die neidischen heidnischen Götter denken, die von den städtischen Priesterscharen aus dem Lande der italienischen Bauern vertrieben worden waren, und sprach darauf zu Miranda, von der sie sich jeden Morgen in den Markusdom begleiten ließ, um der Frühmesse beiwohnen zu können: „Wir wollen für die Mutter Gottes eine zwanzigpfündige Kerze bestellen!"

Solches geschah denn auch gleich am folgenden Morgen auf der Rückfahrt vom Markusdom bei dem gleich neben der Seufzerbrücke seiner der kirchlichen Erleuchtung wie der allgemeinen Reinlichkeit gewidmeten Gewerbe obliegenden Seifensieder Luigi Bisagno, der für dieses Kunstwerk nicht weniger als drei Zechinen forderte.

An diesem Abend überreichte der im Lehnstuhl sitzende Domenico Bolanu seinem Nachfolger Fabian, der gekommen war, sich nach dem Befinden des von einem Asthmaanfall Geplagten zu erkundigen und ihm einen Linderungstrunk zu bringen, das bisher zurückgehaltene Rezept eines Fruchtbarkeitselexiers und sprach zu ihm: „Es stammt von meinem Großvater, und ich habe es schon vor drei Jahren, als ich es wiedergefunden hatte, mit bestem Erfolg erprobt. Alle drei Ehefrauen, die bis dahin unfruchtbar gewesen waren, sind binnen Jahresfrist niedergekommen, die dritte sogar mit Zwillingen."

„Und weshalb", fragte Fabian verwundert, „hast du diese Versuche nicht fortgesetzt?"

„Daran" knirschte Domenico Bolanu fäusteballend, „ist kein anderer schuld als dieser heimtückische Schurke, der mir meine Gattin entführt hat! Ich bin so töricht gewesen, mir von diesem niederträchtigen Hundsfott weismachen zu lassen, dass das Rezept nichts tauge und dass er selber der alleinige Urheber der vier Kindlein sei. Nur um die Ehre der Storchenapotheke zu retten, so verschwor er sich bei allen Heiligen, hätte er mit seiner ganzen Beschattungskraft eingreifen müssen."

Hier kämpfte Domenico Bolanu mit seinem Atem, und Fabian dachte: Ein starkes Stück von diesem Provisor!

„Aber nun", fuhr Domenico Bolanu fort, „bin ich endlich dahinter gekommen, wie mich dieser Galgenstrick übers Ohr gehauen hat! Er hat nämlich kurz vor Weihnachten hundert Flaschen seines eigenen Fruchtbarkeitselixiers hier in Venedig absetzen lassen, die Flasche zu zwei Zechinen!"

„Und weshalb nicht in Spalato?", warf Fabian kopfschüttelnd ein.

„Weil er sie dort nicht loswerden konnte!", ereiferte sich Domenico Bolanu. „In Dalmatien ist es umgekehrt wie hier bei uns, denn dort drüben wetteifern sogar die Jungfrauen mit den Ehefrauen um die Krone der Fruchtbarkeit!"

„Aha!", nickte Fabian verständnisinnig und begann nun das Rezept zu studieren, das ihm kurios genug vorkam.

„Die Eselin", instruierte ihn Domenico Bolanu weiter, „musst du dir von dem Salamimacher Pilavio abstechen lassen, der seinen Laden gleich hinter der Trostbrücke hat. Nur nicht gezögert! Du musst diesem teuflischen Scharlatan sogleich das Handwerk legen! Denn sein Elixier ist keinen Heller wert! Er kennt das Rezept gar nicht, er weiß nur, dass es in meinem Besitz ist."

„Sehr gut!", nickte Fabian, wobei er an Miranda dachte, die noch immer nicht schwanger geworden war, steckte das Rezept ein und stand auf, um sich zu verabschieden.

„Und noch eins!", sprach Domenico Bolanu und hielt ihn fest. „Du musst unbedingt, wenn du ein tüchtiger Apotheker werden willst, in

Padua einige Semester Medizin studieren! Denn wer den menschlichen Körper heilen will, der muss ihn gründlich kennenlernen. Und wer es unterlässt, wie dieser Halunke Civeti, der ist kein Apotheker, sondern ein hundsgemeiner Quacksalber, der nichts wie Unheil anstiftet."

Fabian bedankte sich für diesen guten Rat, wünschte ihm rasche Besserung und ging.

Am folgenden Vormittag traf er sich mit Sophius Crott und Urban Immerius im Weinkeller und brachte ihnen nach dem ersten Schoppen die Zeilen zu Gehör, die auf der Rückseite des Rezeptes standen und die also lauteten:

„Schlachte eine dreijährige Eselin, die schon zweimal gefohlt hat, extrahiere aus ihren Eierstöcken auf kaltem Wege die Brunstmixtur und vermische sie, wiederum auf kaltem Wege, mit den umstehenden Ingredienzen, die den Zweck haben, das Extrakt zu konservieren. Vor dem Gebrauch kräftig zu schütteln!"

„Kotzsapperment!", murmelte Urban Immerius und kratzte sich hinter dem linken Ohr. „Mirakel aus der Eselin?"

„Sei's drum!", lachte Sophius Crott. „Und drei Flaschen davon für die edle Jungfrau Monika, damit sie endlich zu ihrem Kindelein kommt!"

„Wohlan denn", rief Fabian und zückte schon den Stift, um diese Bestellung zu notieren.

„Seid ihr bei Troste?", ächzte der Ohm händeringend. „Wollt ihr sie den stracks mit Drillingen segnen?"

„Das soll dir vorbehalten bleiben!", tröstete ihn Sophius Crott, der inzwischen das Rezept zur Hand genommen hatte, und fuhr dann kopfwiegend fort „Die Sache ist gar nicht so dumm, wie sie auf den ersten Blick erscheint! Denn wenn schon die Eierstöcke einer Eselin den unfruchtbaren Frauen helfen können, dann müssen doch die Hoden der Esel den unfruchtbaren Männern nicht minder nützlich sein können! Noch drei Mixturen für unsern lieben Oheim!"

„Mirakel aus dem Esel!", nickte Fabian und schwang den Stift. „Wirst du sie aber auch einnehmen, lieber Oheim?"

„Darauf könnt ihr euch verlassen", verschwor sich Urban Immerius, „und sollten sie auch wie Tinte schmecken! Nur um euch zu beweisen, dass ihr zwei ganz große Schelme seid, an dem ich mein basses Wohlgefallen habe!"

Sodann tranken sie noch eine Runde auf ein gutes Gelingen.

Unterdessen war der Generalissimus Philibert von Orange aus Siena nach dem noch immer verpesteten Rom zurückgekehrt.

„Die Magazine beginnen sich zu leeren", rief Veit von Waihingen in dem sogleich zusammengerufenen Kriegsrat, „die Desertionen nehmen täglich zu, die Disziplin ist gänzlich auf den Hund gekommen! Mit einem Wort: Die bitterste Not zwingt und zu weiteren Heldentaten!"

„Auf nach Florenz!", schlug der Kleine Hess hitzig vor. „Da ist noch allerhand zu holen!"

„Ohne Kaiserlichen Befehl", erklärte der Generalissimus kopfschüttelnd, „können wir Rom nicht verlassen."

„Diese verdammten Kriegsräte in Madrid und Brüssel!", knirschte Veit von Waihingen fäusteballend. „Schon wieder sind sie am Werk, uns das glorreiche Spiel zu verderben!"

„Und der Papst hilft Ihnen dabei!", hieb Sebastian Schertlin in dieselbe Kerbe. „Wir hätten ihn überhaupt nicht aus der Engelsburg herauslassen sollen!"

„Was einmal geschehen ist", winkte der Generalissimus ab, „das lässt sich nicht mehr ändern!"

„Und warum", ereiferte sich Michael Rhinger, „marschieren wir nicht nach Ungarn, um den Sultan in die Pfanne zu hauen?"

„Kommt Zeit, kommt Rat, und niemals zu spät!", schloss der Generalissimus den Kriegsrat und begab sich in sein altes Quartier zurück, um dort ein wenig mit dem Siegerdegen zu rasseln.

Worauf sich seine Quartiergeber, die beiden Inhaber des Bankhauses Lukas & Semerdio, nach einem schweren Doppelseufzer noch einmal dazu bequemen mussten, fünfzigtausend Scudi in guten Wechselbriefen nach Madrid in Kuriermarsch zu setzen.

Solches geschah aufgrund eines schriftlichen Geheimwinkes des Herzogs von Alba, worin dem Generalissimus nahegelegt worden war, auch den Staatskanzler Gattinari mit einem gleichgroßen Beschleunigungshonorar zu bedenken.

Zur gleichen Stunde wurde Clemens Septimus, der sich noch immer in Orvieto aufhielt, von einem heftigen Schmerzensanfall aufs Krankenlager geworfen. Diesem Stellvertreter Gottes war nämlich inzwischen von seinem über ihn allmächtiglich waltenden Glaubensfetisch ganz heimtückischerweise eine bösartige Lebergeschwulst beschert worden, und die siebenmonatliche Gefangenschaft in der Engelsburg sowie der Schmerz über die planlose Zerstreuung seiner aus Rom hinausgeschmuggelten Schätze, die sich durch die Untreue der damit Beauftragter bereits auf weniger als die Hälfte vermindert hatten, waren nur dazu angetan, dieses daseinsbedrohliche Krebsgeschwür weitergedeihen zu lassen.

In gänzlicher Unkenntnis dieser hintergründischem Zusammenhänge schob nun dieser bedauernswerteste aller pontifikalischen Pechvögel sein sich ständig vergrößerndes Unbehagen auf die orvietinischen Mediziner, die ihn mit Pillen, Latwergen, Mixturen, Schröpfköpfen und Klistieren wieder gesund zaubern sollten und das trotz aller Bemühungen doch nicht vermochten, und geriet über ihre Misserfolge in eine solche Hitze, dass er sie nicht nur erbärmliche Kurpfuscher betitelte, sondern sich, da sie noch immer nicht von seinem Wehelager weichen wollten, sogar dazu hinreißen ließ, sie mit der ewigen Verdammnis zu bedräuen, die ihm, wie er sich einzubilden geruhte, auch für solche Zwecke zur Verfügung stand.

Nun erst entfernten sie sich, um ein feierliches Konsilium abzuhalten, und kamen überein, diesem so kräftig auf die lebergeschlagenen Häuptling der Cognacliga und Usurpator des Apostolischen Stuhles jede weitere Hilfe zu versagen.

Worauf sich sein Befinden zu bessern begann, zumal ihm schon am folgenden Abend von einem Minoritenpater aus Paris die hocherfreuliche Botschaft überbracht wurde, dass die französische Flotte mit einer gewaltigen Armee von Marseille aus in See gegangen sei, um durch die Landung in Unteritalien den Landsknechten in den Rücken zu kommen und so das Königreich Neapel der kaiserlichen Tyrannei zu entreißen.

„Endlich hat Gott meine Gebete erhört!", sprach der Papst zu Paulus Jovius, der die ganze Zeit kaum vom Lager des erkrankten Tiaraträgers gewichen war. „Und wenn erst die Türken vor Wien stehen, dann wird der Kaiser schon mürbe werden und bei mir um Frieden winseln!"

„Es geschehe also!", murmelte Paulus Jovius und griff zum Rosenkranz, um dem Allmächtigen nahe zu legen, sich auf das Genaueste nach den Wunschträumen seines Stellvertreters zu richten.

In diesem Augenblick legte der Sultan Suleiman in der Ofener Königsburg den um ihn versammelten Heerwurmführern und Ratgebern diese Frage vor: „Was ist eure Meinung über Wien?"

„Erhabenster aller irdischen Herrscher", antwortete der Großwesir Ibrahim Pascha, der inzwischen seinen Vorgänger Piri Pascha gestürzt hatte und bald darauf sogar noch der Schwager des Sultans geworden war, „und Stellvertreter des wahren Propheten, es ist unsere wohlerwogene und einstimmige Meinung, dass du sogleich die Scharen sammelst, um Wien zu berennen, noch bevor der Kaiser die Zeit gefunden hat, es noch weiter zu befestigen."

„Ist das auch deine Meinung?", wandte sich nun der Beherrscher aller seiner Gläubigen an den Obermufti Abdul Machulla, dessen strategische Ratschläge sich bisher immer als vortrefflich erwiesen hatten.

„Nimmermehr!", ließ sich nun der Oberhordenfetisch Allah aus der Kehle dieses obersten aller seiner Theologen, dieser Siegestrompete vor dem Kalifenthron, mit Nachdruck vernehmen. „Es ist der Wille des Allmächtigen, dass zuerst die Ungarn mit Feuer und Schwert zum wahren Glauben bekehrt werden! Denn wenn wir noch in diesem Jahre gegen Wien marschieren, dann besteht die Gefahr, dass sich diese Ungläubigen hinter unserem Rücken wider uns erheben und wir dann zwischen zwei Feuer geraten. Also befiehlt Allah, alle ungarischen Pulvermühlen und Geschützgießereien ein ganzes Jahr lang für uns arbeiten zu lassen, damit wir stark genug werden, nicht nur bis Wien, sondern auch bis Nürnberg vorzudringen und so das ganze Reich mit einem Streich in Trümmer zu schlagen!"

„Beim Barte des Propheten!", rief der Sultan, mit dem in diesen Dingen durchaus nicht zu spaßen war. „Du hast die Wahrheit gesprochen! Wer dich Lügen straft, der kommt an den Galgen!"

Und sie schwiegen alle fein stille und verbeugen sich vor Abdul Machulla, der diese Huldigung mit allahlicher Herablassung entgegennahm.

Infolgedessen wurde der Marsch nach Wien auf das folgende Jahr verschoben.

An diesem Abend brachte in Venedig der Seifensieder Luigi Bisagro die inzwischen fertiggestellte Zwanzigpfundkerze in den Palast Gironda und empfing dafür von Miranda die ausgemachten drei Zechinen.

Und schon am folgenden Morgen geschah völlig unerwartet das große Unglück, durch das Sophius Crott zum Witwer gemacht werden sollte.

Denn Madonna Olivia, die sich in Begleitung ihrer die schwere Altarkerze tragender Tochter in den Markusdom begeben wollte, tat beim Besteigen der Gondel einen Fehltritt, glitt aus, schrie auf, als sei sie zu Tode verwundet, und begann zu taumeln.

Sogleich ließ Miranda die Kerze fallen, die dabei ins Wasser des Großen Kanals rollte und darin versank, und konnte ihre liebe Mutter gerade noch vor dem Sturz bewahren, aber das Unheil ließ sich nicht mehr aufhalten.

„Sophius, ich sterbe!", hauchte Madonna Olivia noch, dann verlor sie das Bewusstsein.

Miranda schrie gellend um Hilfe. Sophius Crott und Fabian sprangen bestürzt herbei, trugen die Kranke in den Palast zurück und betteten sie in die Kissen. Hier kam sie vorzeitig nieder, brachte ein totes Knäblein zur Welt und verschied, nachdem sich alle ärztlichen Künste als eitel erwiesen hatten.

„Heilige Mutter Gottes!", schluchzte Miranda und sank ohnmächtig in Fabians Arme.

Solches geschah kurz vor Mitternacht am vorletzten Februar des Jahres 1528.

Sophius Crott aber saß darauf, versunken in seinen tiefen Gram, Gattin und Sohn verloren zu haben, am Lager der so jählings Dahingerafften und zergrübelte sich vergeblich das Hirn nach den Ursachen dieses doppelten Verhängnisses, von dem er auf der Höhe seines Glückes heimgesucht worden war.

Erst als der Morgen dämmerte, fielen ihm die schmerzenden Lider zu, und er versank in einen unruhigen Schlummer.

Nun aber, gerade als die Sonne aufging, öffnete sich die Wand, und noch einmal erschien ihm der Grauweißgewandete, der ihn vor neun Monaten im Traum an die Mauer der Leostadt geführt hatte, und sprach: „Ermanne dich und besiege deinen Schmerz! Denn sie hat dich nur verlassen, um zu dir zurückzukehren, sobald du das große Wehe bezwungen und das Jammertal durchschritten hast. Wie geschrieben steht: Der du die Menschen lässest sterben und sprichst ‚Kommet wieder, ihr Menschenkinder!'"

Worauf er sich der Toten zuwandte, sich über sie beugte, sie auf die Stirne küsste, zu einem Nebel zerfloss und spurlos verschwand.

Gleich darauf pochte es an die Tür, und herein trat Urban Immerius, der Oheim, und sprach zu dem betrübten Neffen: „Es ist nicht gut, dass der Mensch allein sei!"

„Was soll mir dieser Trost?", murmelte Sophius Crott und stampfte dazu mit seinem Stelzfuß auf die Mosaikrose des Estrichs. „Vor den Tatzen der Wölfin habe ich sie erretten können, und nun hat sie der Löwe verschlungen!"

„Wer mit Gott hadert, der hadert mit sich selber!", gab ihm der Oheim zu bedenken, worauf er sich über die Tote neigte, deren Antlitz nichts von seiner Schönheit eingebüßt hatte, und beweglich seufzte: „Ach, sie war viel zu zart für diese raue Welt! Der Herr hat sie dir gegeben, der Herr hat sie wieder zu sich genommen, der Name des Herrn sei gelobt!"

„Das ist keine Lösung des Rätsels!", grollte Sophius Crott kopfschüttelnd. „Denn ich der Herr hat sie mir gegeben, sondern du selbst bist es gewesen, der mich zu ihr gesandt hat. Ohne dich hätte ich sie gar nicht kennengelernt!"

„Dann" erwiderte der Oheim und legte ihm die Hand auf die gebeugte Schulter, „bin ich eben nichts anderes gewesen als das irdische Werkzeug des Herrn, der sie nun zu sich zurückgerufen hat, um dir seine Allmacht zu beweisen."

„Solches tat nicht not!", begehrte der Neffe auf. „Denn niemals, solange ich atme, habe ich seine Allmacht in Zweifel gezogen!"

„Aber", entgegnete der Oheim mit warnend erhobenem Finger, „du hast stets seinen guten Willen beargwöhnt, sich mit dir bekannt zu machen! Also, dass du auch bisher gänzlich außerstande gewesen bist, das tiefste seiner Geheimnisse zu ergründen. Wie geschrieben steht: Gott ist die Liebe, aber nicht die Ehe! Deswegen ist Gott kein Ehemann! Er ist vielmehr der erste und vornehmste aller Kavaliere, der die Stiftung der Ehe nur zugelassen hat, um jede Ehe nach seinem allmächtigen und allwissenden Belieben brechen zu können, sobald ihre Zeit erfüllt ist. Und so hatte auch deine Ehe gebrochen, weil du mit ihrem Vollzug von seinem Wege abgewichen bist. Wie kannst du Gnade vor seinem Angesicht erhoffen, so du keine Anstalten triffst, seinem leuchtenden Beispiel nachzueifern? Wie geschrieben steht: Gott schuf aus sich ein Männlein und ein Fräulein und sprach zu ihnen ‚Seid fruchtbar, begehret und mehret euch und liebet euch untereinander von Ewigkeit zu Ewigkeit in allen euren Nachkommen!'"

„Dann machst du ja", begehrte der Neffe auf, „den Allmächtigen zum ärgsten aller Ehebrecher!"

„Du sagst es, er ist es!", stimmte der Oheim zu. „Also brauche ich ihn gar nicht erst dazu zu machen. Denn was wäre das auch für ein Gott, der etwas aus und mit sich machen ließe, was ihm nicht von Anbeginn gemäß, wesenhaft und wohlgefällig ist? Darum: Wer liebt, der dient Gott. Doch wer heimführt, der muss sich immer darauf gefasst machen, von ihm heimgesucht zu werden! Bist du nicht selbst außerhalb der Ehe, also ohne Heimführung geschaffen worden? Weshalb bist du in Perugia die andere Straße gewandelt? Hättest du sie auch heimgeführt, wenn sie so arm wie eine Kirchenmaus gewesen wäre? Und wie kannst du glauben, dass sie sich von dir hätte heimführen lassen, wenn du ein Habenichts gewesen wärst?"

„Ich habe sie geliebt!", beteuerte der Neffe und presste beide Fäuste auf sein Herz. „Ich liebe sie noch! Und ich werde niemals eine andere heimführen, so wahr ich selig werden will!"

„Wohlan!", nickte der Oheim. „Dann hast du dich fortan wie ein rechter Kavalier zu benehmen, genau nach dem Vorbild des Unbekannten Gottes, mit dem ich dich nun ein wenig bekannt gemacht habe! Wie geschrieben steht: Seid aber vollkommen, wie auch euer Vater im Himmel vollkommen ist! Christus hat keine heimgeführt!"

„Warum", fiel ihm der Neffe ins Wort, „hast du mir das alles nicht in Perugia gesagt?"

„Ich habe dich gewarnt durch mein Beispiel", antwortete der Oheim. „Und hat sie nicht schon nach Gottes Ratschluss einer Tochter das Leben geschenkt, ohne von ihrem ersten Beschatter heimgeführt worden zu sein? Prüfe dich gründlich und sage mir, was dich dazu bewogen hat, sie bereits in Perugia in eheliche Banden zu schlagen?"

„Meine Liebe", seufzte der Neffe, „meine übergroße Liebe zu ihr und zu dem Kindlein, dass sie von mir unter ihrem Herzen getragen hat."

„Und nicht auch deine Furcht", fuhr der Oheim unerbittlich fort, „dass sie sich hier in Venedig von dir abwenden und dass ihre Reichtümer dann einem anderen Bewerber zufallen könnten, der zwei gesunde Füße hat?"

„Gott im Himmel!", hauchte Sophius Crott, schlug sich mit der flachen Hand an die Stirn und hielt den Atem an, denn nun waren ihm auch die letzten, die aus Gold geprägten Schuppen von den Lidern geschwunden.

Hier senkte sich ein Sonnenstrahl auf das Antlitz der Toten und verklärte es zu einem himmlischen Lächeln.

Urban Immerius zog nun den Schleier über die Dahingeschiedene und sprach: „Der Mensch ist nirgends so gut aufgehoben wie in seinem Sarge. Und nun geh hinauf und leg dich schlafen! Du bist übermüdet. Ich werde alles auf das Schicklichste ordnen."

Und es geschah also.

Nachdem Madonna Olivias Leichnam von Monika Filiotti in schneeweiße Seide gehüllt und mit dem toten Knäblein in einen schwarzen Marmorsarg gebettet worden war, empfing Sophius Crott am nächsten Morgen, nachdem er sich wieder gefasst hatte, die kondolierenden Besucher. Einer der ersten von ihnen war Aretino, der mit einer neunstanzigen tiefergreifenden Nänie erschienen war und dafür ein Honorar von zweiundzwanzig Zechinen davontrug.

„Nur an ihrer Seite werde ich die ewige Ruhe finden!", sprach Sophius Crott zu Urban Immerius und sicherte sich darauf eine Doppelgruft in der Kirche Maria Formosa.

An der mit allem theologischen Trauerpomp paradierenden Bestattungszeremonie konnte Miranda nicht teilnehmen, weil sie in ein schweres Nervenfieber gefallen war.

An ihrem Schmerzenslager tat Fabian, der sich verzweifelt um die Bezwingung dieser Krankheit bemühte, den Schwur, nach Padua zu gehen, um Medizin zu studieren.

Erst als Sophius Crott eingriff und der Fiebernden einen selbstgemischten Trank einflößte, begann sich ihr Befinden zu bessern.

Trotzdem wollte Fabian seinen Entschluss nicht mehr ändern, zumal er von Urban Immerius wie von Domenico Bolanu darin noch bestärkt wurde.

Nach Madonna Olivias Testament, das sie schon in Perugia niedergeschrieben hatte, sollte ihre Hinterlassenschaft, die sich auf fast drei Millionen Zechinen belief, zugunsten ihrer Tochter und ihres Gatten gehälftet werden.

Bei dieser Auseinandersetzung, die am fünften Morgen nach der Beerdigung stattfand, sprach Sophius Crott, der den Schmerz äußerlich bereits verwunden und damit seine alte Sicherheit wiedergewonnen hatte, zu seinem Vetter, Herzensfreund und Schwiegersohn Fabian: „Willst du nicht lieber an die Börse gehen und ein Kaufmann werden?"

„Ich bedarf dieser Reichtümer nicht!", lehnte Fabian diesen gutgemeinten Vorschlag ab. „Tu damit, was dir beliebt! Sobald Miranda wieder ganz gesund ist, gehe ich nach Padua, und alles Weitere wird sich finden. Dabei muss es bleiben, so wahr ich selig werden will!"

Sophius Crott drang nicht weiter in ihn und schlug sodann den Abschluss eines Vertrages vor, durch den ihm von Miranda die Verwaltung ihrer Erbschaft zugesichert werden sollte. Und da Fabian sofort zustimmte, zögerte die Genesende nicht, dieses Dokument zu unterzeichnen.

Nun entschloss sich Sophius Crott zum Ankauf einiger dalmatinischer Gruben, darin Erze und Feuersteine gefördert wurden, und verhandelte daraufhin mit Enrico Bortadello, der ihm schon wenige Tage später, mit Genehmigung des Dogen, für diese wichtige Geschäftsreise die schnelle Galeere Palombo zur Verfügung stellte.

Den Abend vor dieser Abreise verbrachte Sophius Crott in der Gesellschaft Aretinos, der erschienen war, um ihn im Auftrage des Rates der Zehn, denen das Goldene Buch und damit die Schicksalslenkung der herrschenden Geschlechter dieser Bieter- und Feilscherrepublik anvertraut war, darüber auszuhorchen, ob er sich wohl dazu bequemen könnte, die junge Witwe des vor Jahresfrist in einem siegreichen Seegefecht gegen die Türken gefallenen Sigismonda Vendramin heimzuführen. Diese ebenso reiche wie stolze Dame hieß Simonetta, war eine geborene Bortadello und hatte bereits drei gesunde Kinder dem venezianischen Dasein geschenkt.

Aretino, viel zu gewitzt, um gleich mit dieser Tür ins Haus zu fallen, prahlte nach alter Gewohnheit erst ein wenig mit sich selbst herum.

„Meine Marmortreppe", erklärte er schon beim ersten Becher, „ist von Menschenfüßen nicht weniger abgenutzt als das kapitolinische Pflaster von den Rädern der Triumphwagen. Deutsche, Franzosen, Briten, Spanier, Hebräer und Türken pochen an meine Tür, selbstverständlich fehlen auch die Italiener nicht. Männer aus dem Volke, Studenten, Krieger und Kleriker belagern mich in meiner Wohnung. Ich scheine gewissermaßen ein Orakel für alle zu sein, denn jeder sucht mich auf, um sich über das Unrecht zu beklagen, das ihm von dritter Seite widerfahren ist, und jeder verlangt von mir, dass ich meine Feder zücke, um seine Gegner zur Strecke zu bringen. Mit einem Wort: Ich bin hier in Venedig der Sekretär der Menschheit geworden!"

„Und was", fragte Sophius Crott, nachdem er die Becher wiederum gefüllt hatte, „bist du vordem gewesen?"

„Das Gewissen Italiens!", trumpfte Aretino auf, der weder gewohnt war, sein Licht unter den Scheffel zu stellen noch mit sich selbst hinter dem Berge zu halten. „Ach, wie oft habe ich in Rom diesen unfreiwilligen Komiker auf dem Apostolischen Stuhl vor Gibertis verhängnisvoller Politik gewarnt! Ohne und mit Hilfe Pasquinos! Hätte ich damals auf dem Stuhl der Stühle gesessen, niemals hätte sich der Weihwedel in das Schwert verwandeln können, niemals wäre diese gottverfluchte Hydra der Heiligen Liga gegründet worden! Nimmermehr wäre dieses von ihr zusammengetrommelte Gesindel in Marsch gesetzt worden, das nach dem Heldentode des unvergleichlichen Giovanni di Medici nur noch dazu taugte, die Hütten am Wege zu plündern und die Hühner zu stehlen, um sie im Suppenkessel verschwinden zu lassen, und das eine solche Heidenangst vor den deutschen und spanischen Landsknechten hatte, dass es nur darauf bedacht war, sich stets in respektvoller Entfernung von ihnen zu halten. Nimmermehr wäre Rom zu Fall gebracht worden!"

„Damit", warf Sophius Crott ein, „kannst du die Tatsache nicht aus der Welt schaffen, dass es gefallen ist nach dem Willen des Unbekannten Gottes, den ich mir nun einmal zum Vater auserkoren habe."

„Gefallen wie Troja!", seufzte Aretino, worauf er den Becher leerte und elegisch fortfuhr: „Und ich frage mich nun, sollte es nur darum gefallen sein, um von einem zweiten Homer bedichtet zu werden?"

„Tu, was du nicht lassen kannst!", nickte Sophius Crott. „Aber so du wirklich die Absicht hast, den Fall Roms zu bedichten und in Verse zu bringen, dann offenbare mir erst einmal, was du unter einem Dichter verstehst!"

„Der Dichter", antwortete Aretino, ohne sich erst besinnen zu müssen, „ist der ewige Beiwohner. Unsichtbar wie Gott nimmt er alle Begebenheiten, alle Beiwohnungen wahr, ohne jedoch an ihnen teilnehmen zu müssen. Er steht an jedem Bette, ein jeder Wiege und an jeder Bahre. Nichts kann ihm verborgen bleiben. Nichts vermag ihn zu erschüttern. Er sah das reiche Karthago in Flammen dahinsinken, er war auch zur Stelle, als die fromme Stadt Jerusalem, ob gegen, ob mit ihres Gottes Willen, zur Hure werden musste. Nur wenn es dann zur Wiedergabe der Begebenheiten kommt, hapert es bei den meisten Dichtern, die weil es ihnen an der nötigen Umsicht mangelt. Sogar bei Dante muss man sie auf das Schmerzlichste vermissen! Kein Wunder, denn da hat sich ja auch ein christlicher Dichter von einem seiner heidnischen Kollegen im Unsichtbaren gleichsam an der Nase herumführen lassen!"

„Mag sein!", gab Sophius Crott zu. „Aber nun weiß ich wenigstens, was ein Dichter in Wahrheit ist. Er steht immer dabei und gafft und weidet sich an dem Verderben der anderen Leute, ohne jemals auf den doch so naheliegenden Gedanken zu kommen, das allgemeine Wehe abzuwenden oder auch nur zu mildern. Im Gegenteil, je gewaltiger die Katastrophe, desto größer die dichterische Begeisterung! Welch eine Ruchlosigkeit sondergleichen!"

„Ei zum Kuckuck!", rief Aretino und hob beschwörend beide Hände. „Du schüttest ja schon wieder einmal das Kind mit dem Bade aus!"

„Ei wie lange", wies ihn Sophius Crott zurück, „soll denn dieses Kind im Bade liegen bleiben? Und hast du mir nicht erst kürzlich gestanden, dass du keine Missetat wüsstest, zu deren Begehung, der Zwang der Gesetze und die staatlichen Verordnungen einmal beiseitegesetzt, du dich nicht fähig fühltest? Ich dagegen, der ich den Weg durch das Wehe bereits durchmessen und das Unheil hinter mich gebracht habe, fühle mich schon als Eidgenosse gänzlich außerstande, auch nur das allerkleinste Verbrechen zu begehen. Und darum soll es auch von nun an heißen: Was Crott tut, das ist wohlgetan! Dafür bin ich ja auch der Eingeborene Sohn des Unbekannten Gottes, während du deinen Vater, diesen Flickschuster von Arezzo nur zu genau gekannt hast!"

„Beim Goldenen Regen der Danaë!", ereiferte sich Aretino und bekam einen roten Kopf. „Vermagst du wirklich zu glauben, dass dieser kleinstädtische Sohlenbändiger – Gott gehab ihn selig! –, der mich mit dem Knieriemen aufgezogen hat, einen solchen Kerl wie mich in die Welt gesetzt haben könnte? Das Gegenteil ist der Fall! Mein Urheber ist vielmehr, das hat mir meine Mutter kurz vor ihrem Tode noch gebeichtet, ein überaus hochgestellter Herr, ein richtiger Fürst gewesen, der sich in Gnaden zu ihr herabgelassen hat, mich zu zeugen!"

„Also", folgerte Sophius Crott mit grimmigem Lächeln, „ist dir die Neigung, jede nur erdenkliche Missetat begehen zu können, nicht von einem gewöhnlichen Knieriemenschwinger, sondern von einem Fürsten vererbt worden, was ja noch viel begreiflicher ist! Denn die Fürsten sind allzumal die allerärgsten Verbrecher!"

„Es gibt auch gute Fürsten!", bäumte sich Aretino auf.

„Nicht einen einzigen!", entschied Sophius Crott. „Denn die Fürsten haben ja zur Sicherung ihrer privilegierten Stellung den Begriff des Verbrechens erst erfinden müssen, also dass jede dieser emporgekommenen Familien ihr Vorhandensein einzig und allein der erfolgreichen Räuberei ihres Begründers zu verdanken hat. Auch der ehrenwerte Eidgenosse kann sich das an den Fingern abzählen!"

„Und was tust du?", holte Aretino sogleich zum Gegenschlage aus. „Du stellst Faustrohre her, damit es die Räuber leichter haben, friedliche Reisende zu überfallen und auszuplündern. Ist das kein Verbrechen?"

„Keineswegs!", verteidigte sich Sophius Crott. „Denn ich habe das Faustrohr ja nur für die friedlichen Reisenden erfunden, damit sie es leichter haben, die Räuber, an denen in diesem gar zu fürstenreichen Lande Italien wahrlich kein Mangel herrscht, in die Flucht zu schlagen. Und ich werde keine Mühe scheuen, um ihnen auch weiterhin jede Hilfe zu leisten, damit dieses beute- und blutgierige Ungeziefer bis auf den Grund ausgerottet werden kann! Wenn sich die Italiener, die Franzosen und die Deutschen an uns Eidgenossen, die wir das alles längst hinter uns gebracht haben, nur ein Beispiel genommen und beizeiten das ganze Raubrittergeschwärm an den Galgen gehängt hätten, wohin es von Rechts wegen auch gehört, dann reichte die Eidgenossenschaft heute schon von Rotterdam bis Palermo und von Brest bis Krakau und Ofen, die Türken könnten für immer in die Pfanne gehauen sein, und der Friede Gottes wäre da. Leuchtet dir das nicht ein?"

„Ja wenn!", knirschte Aretino augenrollend. „Dein Unbekannter Gott hat das eben nicht zugelassen, und seitdem tummeln sich die fremdländischen Heerwürmer auf dem Boden des geplagten Vaterlandes herum wie die Wespen auf dem Feigenkuchen!"

„Also", fing ihn Sophius Crott sogleich wiederum ab, „ist nur eure tausendjährige Uneinigkeit die alleinige Schuld an euren sämtlichen Sorgen! Und darum eben sitzt in jeder eurer Städte ein tyrannischer Klüngel, den ihr in eurer Torheit selber großgefüttert habt. Rom ist dahin, Mailand wurde dreimal verheert, um Neapel wird gekämpft, Florenz zittert bereits vor dem Angriff der siegreichen Landsknechte, und das Papsttum ist dank der Narrheit seines derzeitigen Oberhauptes nur noch eine Vogelscheuche in dem verwüsteten Weinberg der Fabula Christi! Überall eherne, aus Waffen gewobene Vorhänge! Jeder dritte Mann ein Spitzel oder ein Zöllner! Und alle Bestrebungen, diese widersinnigen Sperren zu durchstoßen, sind nur dazu angetan, das allgemeine Elend zu vergrößern!"

„Aber Venedig steht doch noch!", rief Aretino und schlug mit der Faust auf den Marmortisch. „Das stolze, ruhmwürdige Venedig, von dem Allmächtigen Gott dazu bestimmt und auserwählt, Italien zu einigen!"

„Eine Hoffnung", entgegnete Sophius Crott achselzuckend, „die ich leider noch nicht zu teilen vermag! Denn die Übermacht einer Stadt über alle anderen Städte kann doch immer nur darauf hinauslaufen, die vielfältige Tyrannei in einem einzigen Punkt zusammenzuballen, um sie noch schlimmer zu machen, als sie schon ist! Und siehst du denn nicht, wie Venedigs Reichtümer dahinschmelzen, wie seine prächtigen Paläste verfallen, wie sich die Armut in seinen Gassen täglich und stündlich vermehrt? Kaum reicht die Kraft dieser Profitmetropole noch aus, die Türken in Schach zu halten! Seitdem der Handel mit dem Orient den Weg um das Kap der Guten Hoffnung gefunden hat und seitdem die Neue Welt entdeckt worden ist, kann nicht länger bezweifelt werden, dass der Ruhm des Löwenbanners bereits der Vergangenheit angehört und dass die Zukunft dieser Adriakönigin mehr als düster ist!"

„Und trotzdem", stach Aretino dazwischen, „hast du dich hier sesshaft gemacht!"

„Und ich gedenke auch Venedig nicht eher zu verlassen", erklärte Sophius Crott, ohne mit der Wimper zu zucken, „bis es mir gelungen ist, jenes Geschoss zu erfinden, das einen ganzen Heerwurm zur Strecke zu bringen vermag!"

„Beim Amboss des Vulkans", lachte Aretino so laut, dass er sich die Seiten halten musste, „du bist der tollste aller Fantasten!"

„Auch darin", versicherte Sophius Crott gelassen, „eifere ich nur meinem Erzeuger, dem Unbekannten Gotte nach, der imstande gewesen ist, nicht nur ein Männlein, sondern sogar ein Fräulein zu erfinden! Wärest du jemals auf so etwas geraten? Ist das der Verewigung gewidmete Liebeskonnubium der beiden Geschlechter nicht der Höhepunkt aller irdischen Merkwürdigkeiten? Hättest du dir derartige Phantasmagorien auch nur im Traume einfallen lassen können?"

„Nimmermehr!", lenkte Aretino ein. „Ebenso wenig wie ich mir ein Explosivium auszudenken vermag, mit dem ein ganzer Heerwurm zur Strecke gebracht werden könnte!"

„Durchaus kein Wunder!", spottete Sophius Crott gut gelaunt. „Denn du bist ja, so dir deine liebe Mutter keinen Floh ins Ohr gesetzt hat, auch nur der illegitime Sprössling eines dieser italienischen Fürsten, deren geistige Bedürfnisse so gering sind, dass es einen räudigen Hund erbarmen könnte."

„Aber ein solches Riesengeschoss", schnaubte Aretino, „ist doch eine krasse Unmöglichkeit! Womit willst du es denn auf den feindlichen Heerwurm schleudern? Wie kann ein Geschützrohr gegossen werden, das ein solch gigantisches Nihilium von sich zu speien vermöchte?"

„Nur Geduld!", lächelte Sophius Crott. „Eile mit Weile! Zuerst das eine und dann das andere! Ich lasse Geschützrohr Geschützrohr sein und hänge das Geschoss zunächst an eine lange Spiere, von der es dann so auf das Deck der feindlichen Galeere herabgeworfen wird, dass es sich beim Aufschlagen entzünden muss!"

„Bei der Büchse der Pandora!", rief Aretino begeistert. „Wenn dir ein solches Kunststück gelingt, dann wird man deinen Namen in das Goldene Buch eintragen, die höchste Ehre, die hier in Venedig einem Sterblichen zuteilwerden kann!"

„Ehre hin, Ehre her!", schmunzelte Sophius Crott. „Was man nicht verhindern kann, das muss man sich eben gefallen lassen! Trotzdem werde ich mich um kein Jota ändern! Als Eidgenosse bin ich in Heidelberg zur Welt gekommen, als Eidgenosse habe ich auf dem Schlachtfeld von Bicocca meinen Fuß geopfert, und als Eidgenosse werde ich dereinst von hinnen fahren, selbst wenn mein Name dann noch nicht im Goldenen Buche stehen sollte!"

„So gering achtest du es?", murrte Aretino vorwurfsvoll.

„Woraus besteht es denn?", fragte Sophius Crott zurück. „Aus viel Papier und wenig Tinte! Wenn die Tyrannen erst einmal zu dichten anheben, dann ist es klar, was ihnen die Glocke Gottes bereits geschlagen hat! Ohne des Goldes Fluch kein Goldenes Buch! In Bern, Zürich, Basel und Schaffhausen gibt es nichts dergleichen. Denn dort gilt ohne jeden Hokuspokus ein Eidgenosse genauso viel wie der andere. Es fällt kein Apfel von seinem Zweige, er hätte denn geblüht! Auch wird noch viel Powasser in dieses Meer fließen, ehe das von mir geplante Geschoss an der Spiere hängt!"

„Und wie lange", forschte Aretino gespannt, „wirst du brauchen, um diese Erfindung zu vollbringen?"

„Rechne es dir selber aus!", schlug Sophius Crott vor. „Von der Keule des Brudermörders Kain bis zur Erfindung des Schießpulvers sind einige Jahrtausende, aber von der Erfindung des Schießpulvers bis zur Erfindung des Faustrohres sind nur wenige Jahrhunderte vergangen. Und da ich, wie ich wohl hoffen darf, noch etliche Jahre vor mir habe, sind die Aussichten, dass ich inzwischen mancherlei noch nicht Vorhandenes zustande bringen werde, durchaus nicht so schlecht."

„Und wenn dir nun", spann Aretino diesen für einen talentvollen Dichter höchst verlockenden Zukunftsfaden sogleich weiter, „die Herstellung jenes Heerwurm vernichtenden Nihiliums wirklich gelungen ist, wirst du dich dann nicht auf der Stelle einstimmig zum Dogen wählen lassen müssen, um die Einigung Italiens vollbringen zu können?"

„Ei, das hieße ja", winkte Sophius Crott ab, „den Karren vor den Gaul zu spannen! Vermagst du, scharfsinnigster aller Dichter, wirklich zu glauben, dass der Unbekannte Gott dieses aus dem Schlamm der Adria aufgetauchte, mit Ruhm, Glanz, Herrlichkeit, Pomp, Flitter und Tand wuchernde Ungetüm, dessen im Goldenen Buche verzeichnete Familiartyrannen noch niemals zwischen Piraterie und Handel einen Unterschied gemacht haben und hochmütigst in Samt und Seide daherstolzieren, während sich die von ihnen erzeugte Armut in

Lumpen hüllen muss, um ihre Blößen zu bedecken, wagst du wirklich daran zu glauben, dass der Unbekannte Gott, vor dessen Angesicht alle Menschen gleich sind, diese von Sumpfdünsten erfüllte Löwenhöhle zum Mittelpunkt Europas ausgewählt und vorausbestimmt haben könnte? Denn es geht längst nicht mehr um die Einheit Italiens, sondern nur noch um die Einheit Europas, die doch, das sollte dir schon der gesunde Menschenverstand sagen, immer nur von der in seiner Mitte liegenden Eidgenossenschaft aus bewirkt werden kann!"

„Du willst also", grollte Aretino, „wenn ich dich recht verstanden habe, mit diesem explosiven Nihilium zu den Eidgenossen zurückkehren?"

„Ins Zentrum getroffen!", bestätigte Sophius Crott. „ich werde meine Erfindung, sobald ich sie erst einmal vollbracht habe, nur den Eidgenossen überantworten, wobei ich zur Bedingung mache, jeden Heerwurm, ganz gleich welches Fähnlein er führt, mit der Vernichtung bis zum letzten Mann zu bedrohen, wenn er in einem Umkreis von zehn Meilen auf die eidgenössische Grenze zukreucht!"

„Und du meinst", fuhr Aretino auf, „diese dickköpfigen Kantönligevatter, die auf ihrer ewigen Neutralität herumtrommeln wie der Böttcher auf seiner Tonne und die noch niemals weiter gesehen haben als der Wetterhahn auf ihrem Kirchturm, werden dann sogleich nach deiner Pfeife tanzen?"

„Das soll deine geringste Sorge sein!", tröstete ihn Sophius Crott. „Denn wenn mir diese Erfindung erst einmal geglückt ist, dann wird mir der Unbekannte Gott schon weiterhelfen, ohne dessen Willen kein Dach gebaut wird, von dem ein Sperling herunterfallen kann. Und genau so, wie er mich erschaffen hat, wird er dann auch, sobald diese Unzeit erfüllt ist, einen anderen Nachkommen zu erwecken wissen, der allen Eidgenossen so gründlich den kantonalischen Star zu stechen versteht, dass sie sich gleichsam im Hui die kirchentürmischen Schuppen von den Lidern fallen lassen können."

Hier öffnete sich die Tür, und herein trat kein anderer als Domenico Bolanu, der soeben von Urban Immerius erfahren hatte, dass sich Sophius Crott schon am nächsten Morgen nach Spalato einzuschiffen gedachte.

Nachdem diese Nachricht von ihm bestätigt worden war und Domenico Bolanu ihm eine glückliche Reise gewünscht hatte, fuhr er schweratmend also fort: „Wie ihr wisst, hat meine Gattin voriges Jahr die Torheit begangen, sich nach Spalato entführen zu lassen, ein Unglück –"

„Halt ein!", unterbrach ihn Aretino mit herrischer Gebärde. „Denn eine ungetreue Ehegattin auf solch rasche und billige Art losgeworden zu sein, das ist kein Unglück, sondern ein sehr großes Glück! Löse dich endlich von diesem unnützen Erinnern und lass dir von mir eine neue Konkubine verschreiben, das beste Rezept gegen alle derartigen Nöte und Gebrechen! Hättest du sie nicht heimgeführt, hätte sie dir nicht durch die Ehelappen gehen können. Und schon gar nicht mit diesem Windbeutel sondergleichen!"

„Das ist es ja gerade!", seufzte Domenico Bolanu tief bekümmert. „Denn es ist mir zu Ohren gekommen, dass sie mit ihm sehr unglücklich geworden ist."

„Daher weht dieser Wind!", lachte Aretino. „Und du nimmst nun an, dass sie bereit sein könnte, reuevoll zu dir zurückzukehren?"

„Ich wage es zu hoffen!", murmelte Domenico Bolanu.

„Und du bist bereit", bohrte Aretino weiter, „ihr diesen kleinen Seitensprung zu verzeihen?"

„Von ganzem Herzen!", gestand Domenico Bolanu aufatmend.

„Das allein ist die wahre Liebe!", jubilierte Aretino. „Die wahrhaft christliche Liebe, die über jeden Fehltritt zu triumphieren weiß!"

„Ich habe sie nur aus Liebe heimgeführt!", beteuerte Domenico Bolanu mit erhobenem Schwurfinger. „Ihre Mitgift betrug keine zehn Zechinen! Man kann mir nicht vorwerfen, dass ich mich durch meine Heirat bereichern wollte. Ich hätte ihr schon nach Spalato geschrieben, wenn sie nur lesen könnte!"

„Also", wandte sich Aretino nun an Sophius Crott, der ihnen bis hierher schweigend zugehört hatte, „bring ihm das verführte Lämmlein zurück, damit er seinen alten Humor wiederfindet!"

„Ja, ich bitte dich", flehte Domenico Bolanu, „suche sie auf und sage ihr, dass ich ihr längst vergeben habe und dass ich mich glücklich schätzen würde, sie wieder in meine Arme schließen zu können!"

„Ich will es versuchen!", versicherte Sophius Crott ganz gerührt und gab ihm die Hand darauf.

„Halleluja und bravissimo!", liturgte Aretino sarkastisch. „Wie geschrieben steht: Also hat Gott die Welt geliebet, doch geheiratet hat er sie mitnichten! Ich ziele damit aber nicht auf den Unbekannten Gott, denn wie könnte man etwas Unbekanntes aufs Korn nehmen, sondern nur auf den von allen Kanzeln verkündeten und sattsam bekannt gemachten christentümlichen Glaubensobjektus. Er hat sich auch wohl davor gehütet, die Jungfrau Maria heimzuführen, die, was den Fall noch verzwickter macht, nicht nur eine Jungfrau, sondern obencrein eine Ehegattin gewesen sein soll. Dieser himmlische Potentatissimus ist vielmehr bis zu dieser Stunde der hartnäckigste aller Zölibatäre geblieben, eine Tatsache, die jeden mit etwas gesundem Menschenverstand gesegneten Christen das Sakrament der Ehe in einem wenig gürstigen Lichte erscheinen lässt. Denn wenn die Ehe wirklich ein Sakrament ist, wie der von Zölibatären wimmelnde Vatikan noch immer behauptet, weswegen ist es dann den Priestern so streng verboten, in diesen heiligen Status hineinzutreten? Und was soll der Laie davon denken? Sind die Kleriker nicht würdig, dieses Sakrament zu genießen, oder ist es nicht würdig, von ihnen genossen zu werden? Oder trifft etwa gar beides zu?"

„Es scheint so", stimmte ihm Sophius Crott bei, während sich Domenico Bolanu jeder Meinungsäußerung enthielt, weil er ganz andere Sorgen hatte.

„Nun aber", dozierte Aretino weiter, „hat Luther, dieser gemeingefährlichste aller Ketzer, den von der Kurie gestifteten Zölibat als tyrannisch und widernatürlich verworfen, wobei er offenbar übersehen hat, dass den Zölibatären lediglich die eheliche, keineswegs aber die außereheliche Beschattungstätigkeit untersagt worden ist. Woher es dann auch kommt, dass nicht wenige Kardinäle und Bischöfe auf diesem unverbotenen Wege schon ganz bedeutende Leistungen vollbracht haben und dass bereits der Schatten eines Minoritenkirchturms, zumal hier in Italien, nicht nur die Bäuerinnen, sondern sogar, wenn es das Glück will, die Jungfrauen des ganzen Klosterbezirks in gute Hoffnung zu bringen vermag. Wie auch geschrieben steht: haben wir nicht alle einen und denselben Vater? Freilich scheint er sich inzwischen von diesem schöpferischen Hauptgeschäft etwas zurückgezogen zu haben, denn es wird nirgends berichtet, dass er den in Nazareth unternommenen Beschattungsversuch irgendwo wiederholt hätte. Und wie war es denn, Potzhunderttausend, damals mit Adam und Eva im Paradies? Keine einzige Silbe vom Sakrament der Ehe! Weder Altarparade noch Böllerschüsse! Weder Hochzeitskuchen noch Brauthemd! Weder Ringwechsel noch Klingelbeutel! Weder Treuegelöbnis noch Stolgebühren! Justament genauso wie es heute noch der Fall ist bei den zarten Jungfrauen, die es durchaus nicht erwarten können! Ein Beweis, dass auch ohne den Segen der Kirche die Möglichkeit besteht, das Aussterben der Menschheit erfolgreich zu hintertreiben. Wie denn auch andererseits das Vorhandensein der kinderlosen Ehefrauen vermuten lässt, dass der Segen der Kirche keinesfalls ausreicht zur Erfüllung des ersten aller göttlichen Gebote, das da lautet: Seid fruchtbar, begehret und mehret euch nach Herzenslust!"

„Herzenslust!", bestöhnte Domenico Bolanu sein Eheweib, worauf er nach etlichem Hin und Her von Aretino über das Fruchtbarkeitselixier befragt wurde, dessen Rezeptierung von Fabian wegen Mirandas Erkrankung aufgeschoben worden war.

„Damit" meinte Domenico Bolanu kopfschüttelnd, „wird es noch gute Weile haben!"

„Ei, so mach dich selber an diese Arbeit!", schlug Sophius Crott vor. „Denn wenn er wirklich nach Padua geht, dann wirst du dich ohnehin wieder um die Apotheke kümmern müssen, bis er das Studium beendet hat."

Und es sollte auch, und das nicht nur bis dahin, also geschehen.

Am folgenden Morgen, bald nach Sonnenaufgang, verließ die Galeere Palombo, nachdem sich Sophius Crott an Bord eingefunden hatte, mit stolzgeblähtem Löwenbanner die Arsenalmole. In seiner Begleitung befanden sich sechs wohlbewaffnete Diener und der Pistojaner Bruno Latti, unter dessen Befehl sie standen.

Die Fahrt, die auf Zara zielte, verlief ohne Zwischenfall.

Parade ums Paradies

An diesem Tage lateinte Desiderius von Basel aus nach Brüssel also:

Zuvor einen Gruß, bester Gattinari, und herzlichen Dank für Deine Zeilen, deren Beantwortung ich nicht auf die lange Bank schieben möchte.

Deine Vermutung, mit der Du beginnst, trifft den Nagel des Unheils mitten auf den Kopf. Wie schon Nikolaus von der Flüe, der Einsiedler von Ranft, der längst hätte heiliggesprochen werden müssen, seine Eidgenossen gewarnt hat: Wenn ihr in euren Grenzen bleibt, so kann euch niemand überrennen, sondern ihr werdet zu jeder Zeit euren Feinden überlegen sein und immer die Sieger bleiben. So ihr aber, von Profitgier und Herrschsucht verführt, euer Regiment nach außen zu verbreitern anfangt, wird eure Kraft nicht länger währen können.

Ja, noch wacht das unbestechliche Auge, das sich vor zweihundert Jahren hier in diesem vom Rheinstrom, Jura und Alpenwall gebildeten Delta aufgetan hat und das sich nimmermehr beirren lässt von den urbarbarischen Paraden, durch die sich der noch immer in Europa herumhandelnde und -händelnde Torheitsklüngel der Wappenspukhandwerker bemerklich zu machen, die mit dem Brett der Unwissenheit vernagelte Stirn hat.

Während sich diese Ultraidioten auf dem Felde der Beute zum Ruhme ihrer rasenden Ignoranz die Hohlköpfe einschlagen, genießen wir hier in der Schweiz die Segnungen der ewigen Neutralität, nämlich das philologische Exaktum des göttlichen Friedens. Erkenne daraus, dass die erste Vorbedingung der christlichen, der wahrhaft welteidgenössischen Willensbildung nur in der Möglichkeit einer freien Meinungsäußerung für jedermann besteht.

So wenig mir zum Beispiel die Ansichten Luthers zusagen, so entschieden verteidige ich selbst für ihn das gute Recht, alles zu offenbaren, was auch immer in seinem Kopf herumrumort. Wie sollten sich denn Dunkelheiten erhellen und Rätsel lösen lassen, wenn sie überhaupt nicht an die Öffentlichkeit gelangen. Wie auch geschrieben steht: Nur die Konfusion der Grundbegriffe, wie sie jetzo überall im Schwange *ist, bildet die natürliche Basis ihrer zukünftigen vom Ewigen Vater unverrückbar vorausbestimmten Fusion, und wenn bis dahin auch noch etwas mehr denn fünfhundert Jahre vergehen sollten und müssten. Wie könnte auch jemand, der Gott von ganzem Herzen liebt, Grund haben, irgendwelche Gottesfurcht zu bekunden? Und wer sich erst einmal mit dem Ewigen Vater in vollkommener Harmonie befindet, wie ich mir das trotz meines gebrechlichen Körpers und meiner durchaus nicht taktfesten Gesundheit einzubilden vermag, der kann schon darauf verzichten, an all das zu glauben, was die streithammeligen Theologen von Mose bis Luther, alle Kirchenväter, Heilige und Päpste eingerechnet, über den Menschias, über die bisher lediglich auf dem Papier vollbrachte Welterlösung, wie über die durch Geißelstriemen und Wundmale schreckfetischistisch aufgeputzte Fabula Christi zusammengefaselt und zusammengeschwafelt haben.*

Und eben deshalb sind vor Gottes wie vor meinem Angesicht alle heutigen Katholiken, solange sie sich diese weder im Alten noch im Neuen Testament auffindbare Bezeichnung wohlgefallen lassen, samt und sonders Schismatiker, also entartete Christen, genauso wie die Anhänger Luthers oder Zwinglis, die sich nun schon mit dem Negativterminus Protestanten etikettieren, nichts anderes als entartete Katholiken, also doppelt entartete Christen sind. Sobald nämlich eine neue Kollektivbenamsung in Gebrauch genommen werden muss, kannst Du jeden Eid darauf leisten, dass das Ding schon wieder einmal gehörig schiefgegangen ist! In diesem Punkte erweist sich das philologische Exaktum justament ebenso unerbittlich und unbeugsam wie der Finger Gottes.

Schon durch Konstantinus, diesen legionärischen Beutewolf im sakramentarischen Schafskleide, sowie durch die nach ihm benamste Schenkung ist die von Christo gegründete, ganz unfeierliche Religion der unbedingten Bruder-, Schwester- und Nächstenliebe auf das feierlichste in den anbefohlenen Glauben an die Gottgewolltheit der gesetzlich geschützten Todesstrafevollstrecker verschandelt und verhunzt worden, und die unmittelbaren Folgen dieser amtsgewaltigen Überrumpelung des beschränkten Untertanenverstandes sind die Erhebung des Krieges zum Ritus und die Verordnung des Massenmordes zum Kultus.

Und dabei ist es auch bis zu dieser Stunde geblieben, wie durch die augenblicklichen, nur auf Blutvergießen und Zerstörung abzielenden Vorgänge in Italien, Frankreich und Ungarn zur Evidenz bewiesen wird. Und die Genesung von diesen majestätischen Hundsföttereien kann erst dann erwartet werden und eintreten, wenn man sich dazu entschlossen hat, der unbedingten Ernsthaftigkeit, die sich im Verlaufe der ganzen Weltgeschichte dem deltaexakt allwissenschaftlichen Augenschein längst als die Urmutter alle Irrtümer, Absurditäten und Idiotien entpuppt hat, für immer die Tür zu weisen. Und deswegen haben auch die funktionärrischen Nachkömmlinge des Justizverbrechers Pontius Pilatus und des Erzusurpators Konstantinus, diese sich als Staatsmänner aufspielenden, ernsthaftesten aller Zeitgenossen, ohne deren Beistand kein Potentat imstande wäre, auch nur das allerkleinste Kriegsgetümmel zu erregen, heute weniger denn jemals etwas zu lachen, es sei denn, dass Du, bester Gattinari, den beneidenswerten Mut aufbrächtest, die einzige Ausnahme dieser längst ausrottungsreifen Spezies zu sein, die sich bereits über die ganze Erdoberfläche ausgebreitet hat mit Ausnahme der Eidgenossenschaft, innerhalb deren Grenzen derartig geschniegelte und aufgebügelte Kannibalen durchaus nicht zu gedeihen vermögen. Desto üppiger wuchert dieses händelsüchtige, mordsidiotische Unkraut in allen europäischen Residenzen, ob sie nun an der Seine, am Manzanares, an der Donau, am Bosporus oder gar an der Themse liegen.

Von Thomas More, diesem durch seine Gelehrsamkeit bemerkenswertesten aller europäischen Staatsmänner, habe ich schon lange keine direkten Nachrichten erhalten. Er scheint mir zu schmollen, zu Unrecht natürlich, denn ich habe ihm in meinem letzten Briefe, um ihm endlich die Augen zu öffnen, nur diese drei überaus harmlosen Fragen vorgelegt:

Zum Ersten: Wann wirst du ablassen, einem Potentaten zu dienen, der sich so löwenhaft benimmt wie kein zweiter?

Zum Zweiten: Weshalb kämpfst Du noch immer für die Vergrößerung einer von Händlern und Piraten bevölkerten Insel, die von Gott nicht größer geschaffen worden ist, wie es ihm behagt und wohlgefallen hat?

Und zum Dritten und Letzten: Bist Du nicht Gottes Widersacher, wenn Du an seinem Wohlgefallen kein Wohlgefallen hast?

More dürfte jetzt wohl dabei sein, über diese drei Fragen nachzugrübeln, und ich will hoffen, dass ihn der außerordentliche Scharfsinn, wie er einem Bewohner des Zweiten Karthagos nur zusteht, nicht daran hindern wird, die richtigen Antworten zu finden, ehe es zu spät geworden ist.

Wie es in Neapel, Florenz und Rom zugeht, wirst Du besser beurteilen können als ich, der ich hier in Basel auf unsichere Privatgerüchte angewiesen bin. Danach soll im Lager der bei Neapel gelandeten französischen Armee nicht nur die Pest, sondern auch ein neuartiger Morbus wüten, den die hiesigen Mediziner den gallischen nennen.

Und von Clemens Septimus wird hier erzählt, dass er noch immer in Orvieto weilt, von einem Lebergeschwür hart geplagt wird und noch immer nicht einzusehen vermag, dass ein Schwerkranker ins Spital, niemals aber auf den Apostolischen Stuhl gehört. Dieser Medici hat als Papst den ganzen Ruhm eingebüßt, den er sich als Kardinal erworben hatte. Unschlüssig, wandelbar, kleinlich, ohne rechte Beurteilung der Lage und der Mittel, hat er es wie auf Bestellung verstanden, dass Pontifikat binnen weniger Jahre so zugrunde zu richten, dass das Fegefeuer darüber vor lauter Wut ersticken könnte. Und so wird er seinen Nachfolgern nur ein an Reputation unendlich herabgekommenes, jeder geistlichen und weltlichen Autorität entkleidetes Seligmachungsamt hinterlassen können.

In Florenz soll es schon wieder zu erheblichen Unruhen gekommen sein, weil die dortige Bürgerschaft die Tyrannei der Familie Medici nicht länger ertragen mag.

Aus Rom höre ich, dass es dort noch immer drunter und drüber geht und dass Pompeo Colonna den an der Töpfergasse gelegenen Palast des auf so tragische Art dahingeschiedenen Kardinals Solidus Vollio gekauft hat, dessen Nichte Olivia mit ihrer unehelichen Tochter Miranda in Begleitung zweier unbekannter Abenteurer, von denen der eine sogar einen Stelzfuß haben soll, nordwärts entwichen ist.

Der Kardinal Araceli, von dem ich diese Nachricht habe, hat mir gleichzeitig, was nun schon zum sechsten Male geschieht, das feuerfarbene Kostüm mit dem Dreißigquastenhut angeboten, und zwar auf Anregung des Kardinals Farnese, der die besten Aussichten haben soll, beim nächsten Konklave aus der Urne zu steigen.

In Beantwortung dieses Schreibens habe ich dem guten Araceli, der sich offenbar auf die Hundert bringen will, so wohl befindet er sich mit seiner fünfundachtzig Jahren, vorgeschlagen und nahegelegt, wie stattlich Du Dich, Lester Gattinari, in dieser fabelchristlichen Uniform ausnehmen würdest, ohne Dir darüber Kopfschmerzen zu machen, warum es gerade dreißig Quasten sein müssen, die Dir dann vor den Ohren herumklunkern werden, und ohne Dich groß darüber zu grämen, falls Du danach als Türangel des Höllentores und nicht als Himmelspforte zu funktionieren hättest.

In Basel ist die Lage noch ziemlich angespannt, und auf einen Sturm im Wasserglase muss man sich immerhin gefasst machen. Kommt es auch hier zu Unruhen, so werde ich nicht zögern, mich in aller Stille nach dem nahen Freiburg hinwegzubegeben, damit man denen, die dann hier nach mir fragen werden, dieselbe Antwort erteilen kann, die die Engel am Heiligen Grabe, das heute noch genauso leer ist, wie es damals war, den Frauen gegeben haben: Er hat sich von hinnen gehoben und ist nicht hier!

Meine Arbeiten, so hoffe ich, sollen unter dieser geringen vorübergehenden Ortsveränderung nicht zu leiden haben, zumal die große Augustinusausgabe rasch ihrem Abschluss entgegengeht. Man sollte kaum glauben, wie viele Schnitzer ich bei diesem Kirchenvater entdeckt habe, deren ärgster wohl die Unterscheidung ist, die sich dieser Intolerantissimus zwischen gerechten und ungerechten Kriegen geleistet hat. Denn wenn jeglicher Angriffskrieg ungerecht ist, woran noch kein halbwegs vernünftiger Leser gezweifelt haben dürfte, dann ist und bleibt jeder Verteidigungskrieg die unmittelbare Folge eines Angriffskrieges. Nun aber kann die Folge eines Unrechts immer nur ein neues Unrecht sein! Woraus sich ohne weiteres ergibt, dass jeglicher Verteidigungskrieg vor Gottes wie vor meinem Angesicht genauso grundverwerflich ist wie jeder Angriffskrieg. Totschlägerei aus edlen Motiven ist unter allen Umständen krassester Nonsens. Was ja auch schon durch den zum zweiten Male von den Eidgenossen in die Welt gesetzten Begriff der Ewigen Neutralität unter Beweis gestellt worden ist. In einer von Waffen starrenden Welt haben sich die Eidgenossen schlauerweise nur deshalb so vortrefflich bewaffnet, um jede auf ihr Deltaauge abzielende Angriffslust irgendeines Feindes und damit auch jegliche Möglichkeit, einen Verteidigungskrieg führen zu müssen, bereits im Keime ersticken *zu können. Womit der ganze Fall Augustin zu den Akten gelegt werden kann! Ach, wie würden diesem hochheiligen Tintenvergießer die Augen auf- und übergehen, wenn er heute von den Toten auferstände, um seine eigenen, in Basel gedruckten und von mir mit tausenden von Fußnoten versehenen Werke durchstudieren zu müssen?*

Die nächsten Monate will ich, so Gott mir die Zeit gibt, Stoff sammeln für das Werk „Vom Predigen". Und die Krähen, Dohlen und Elstern, nämlich die Dominikaner, die Karmeliter und die Franziskaner, diese Viecher, die das Haus Gottes zu tragen wähnen wie Atlas die Erdkugel, beginnen schon wieder gegen mich um die Wette zu krächzen. „Wie?", fragen sie, „der will uns predigen lehren, der selbst nicht predigt? Und was versteht schon ein Schneider vom Sohlenleder?" Aber ich werde ihnen die Antwort nicht schuldig bleiben! Denn was diese kuttiologischen Kanzelkommandanten unter dem Terminus Predigt verstehen, das läuft doch nur auf ein Befestigen ihrer Herrschaft über die Gewissen der Gläubigen hinaus. Anstatt sich das allgemeine Wohlwollen durch Gutestun zu verdienen, suchen sie es doch durch Bösestun zu erpressen. Lebten Dominikus und Franz von Assisi noch, so könnte ich mich wohl darauf beschränken, ihnen diese beschämenden Dinge vorzutragen, damit sie merken, was die Weltglocke endlich geschlagen hat und was aus ihren Jüngern geworden ist, die sich dieser beiden Väter rühmen und in ihrem Verhalten bereits so degeneriert sind, dass kein räudiger Hund auch nur ein Stück Brot von ihnen annehmen mag. Also bleibt uns in diesem Falle wirklich nichts anderes übrig, als Gott zu bitten, diesen viel zu fetten Bäuchen einen gesünderen Geist zu bescheren. Die Mühe, die ich auf den Augustin verwandte, hätte ich allen meinen Schriften widmen sollen. Der selige Froben hat mir, obwohl ich mich mit Händen und Füßen dagegen sträubte, diese Aufgabe geradezu aufgezwungen, der ich mich unter keinen Umständen aus eigenem Antrieb unterzogen hätte. Aber nun sind wir am Ziele!

Den Ambrosius hatte ich nicht zur Durchsicht übernommen, und ich habe ihn auch nicht ganz durchgearbeitet, sondern ihn teilweise Sigismund Gelensky, Frobens Korrektor, überlassen, einem aus Prag stammenden, gelehrten und kenntnisreichen Manne, der freilich etwas faul ist.

Was nun die Firma selbst betrifft, so wird es ihr nun hoffentlich besser gehen als zu Frobens Lebzeiten. Die Leitung liegt heute in den Händen seines Erbsohnes Hieronymus und des Ehemanns seiner Mutter, der Witwe Frobens, der Johannes Herwagen heißt und ein umsichtiger Geschäftsmann ist.

Vor einigen Tagen hat Oekolampadius, mitten in der Fastenzeit, ein gar nicht so übles Mädchen als seine Gattin heimgeführt, um sein Fleisch ein wenig zu kasteien und sich solcherart ehelicherweise zu verzukünftigen. Ich habe dabei wieder einmal sehr deutlich an meinen Eingeborenen Sohn Sophius Crott denken müssen, der auf dem Schlachtfeld von Bicocca zu Tode gekommen und mir ins zeitliche Jenseits vorausgegangen ist. Denn das Vorhandensein eines örtlichen Jenseits beruht, da es die Allgegenwart des Ewigen Vaters verneint, auf einem Trugschluss. Wir leben ja bereits im Himmel, dieweil die Erde unzweifelhaft ein richtiger Himmelskörper ist. Nur dass sich die wenigsten Erdbewohner danach benehmen. Also dass mir, der ich das als Erster entdeckt habe, immer noch die Hoffnung bleibt, mich dereinst, bei meiner Wiederkunft, doch noch mit meinem Sohne und vielleicht auch mit seiner Nachkommerschaft vereinigen zu können. Denn er ist, als ihn die feindliche Kugel dahinraffte, immerhin so alt gewesen, dass ihm einige erfolgreiche Verewigungsversuche wohl zuzutrauen sind.

Inzwischen war der von der französischen Flotte in Unteritalien ans Land gespiene Heerwurm von der Pest, dem gallikanischen Morbus und den zur Verteidigung Neapels aufgestellten Kaiserlichen Fähnlein so gründlich zermürbt, gerupft und zerschmettert worden, dass diesem fremdländischen Disziplinungetüm nichts anderes übrig blieb, als sich in seine Bestandteile aufzulösen. Waffenlos, zerlumpt, halbverhungert und mit weißen Bettlerstäben in den grindigen Händen, so schleppten sich die kümmerlichen Überreste dieser einst so stolzen Angriffsarmee nach Frankreich zurück.

Die unmittelbare Folge dieser schmachvollen Niederlage war der Sieg der aufständischen Florentiner und die nochmalige Vertreibung der allgemein verhassten Familie Medici.

Trotzdem wollte Clemens Septimus, der diese beiden Hiobsbotschaften noch in Orvieto empfing, durchaus nicht wahrhaben, wie sehr er von seinem Glaubensfetisch verraten und verkauft worden war.

„Gott muss ein Wunder geschehen lassen!", ächzte er auf seinem Wehelager, und Paulus Jovius, sein Majordomus, nickte zustimmend: „Das Wunder des Friedens!"

Auch die italienischen Kardinäle, von denen sich ein gutes Dutzend unter Anführung von Pompejus Colonna und Alexander Farnese in Orvieto eingefunden hatte, waren derselben Meinung und bestürmten nun den Papst gemeinsam, dem Blutvergießen ein Ende zu setzen.

„Wehe uns allen!", lamentierte Clemens Septimus händeringend. „Denn nach dem Friedensschlusse werden diese vor Narrheit stinkenden Spaniolen nach Rom strömen, um die ganze Kirche an sich zu reißen, und es wird auf den Sieben Hügeln so finster werden wie in einem Kohlensack!"

„Das wäre das kleinere Übel!", entschied der Kardinal Farnese, und Paulus Jovius fügte hinzu: „Nur durch einen schnellen Friedensschluss kann Florenz zurückgewonnen werden!"

Und das gab den Ausschlag.

Jetzt erst bequemte sich Clemens Septimus dazu, an den nun wieder in Brüssel eingetroffenen spanischdeutschen Königskaiser ein von Paulus Jovius und Alexander Farnese entworfenes Flehbreve zu richten, das mit der schalmeienden Zeile anhob „In Christo geliebtester aller Söhne!" und das nicht nur mit einem Bündnisangebot, sondern sogar mit der festen Köderzusage einer baldigen, in Bologna von Seiner Heiligkeit eigenhändiglich vorzunehmenden Krönungszeremonie schloss.

„Gibt es einen ärgeren Heuchler als diesen Medici?", fragte Carolus Quintus, nachdem ihm Gattinari diesen pontifikalischen Verlockungserguss zu Gehör gebracht hatte.

„Auf einen Schelmen anderthalbe!", antwortete Gattinari, der unterdessen das von Desiderius an ihn gerichtete Schreiben gründlich studiert hatte, und veranlasste alles Weitere.

In Viterbo, wohin sich der Papst vor der heranrückenden Pest geflüchtet hatte, kam es nun zwischen der Kurie und dem Kaiser zu einem vorläufigen Akkord, worauf der Vizekönig Philibert von Orange den Befehl erhielt, Rom zu räumen und die Familie Medici, die sich ebenfalls nach Viterbo zurückgezogen hatte, nötigenfalls mit Waffengewalt wieder nach Florenz zurückzuführen.

Vor dieser Stadt nun verspielte Philibert von Orange in einer einzigen Nacht an den Kleinen Hess, der es im Kartenschlagen längst bis zur Obermeisterschaft gebracht hatte, die dreißigtausend von Clemens Septimus eingelaufenen Soldscudi, und die frummen Landsknechte mussten sich schon wieder einmal das Maul wischen, ohne satt geworden zu sein, und durften darauf neuerdings ihr Blut verspritzen, wobei es dem Generalissimus gelang, im Kampfe gegen die sich wie Löwen wehrenden Florentiner den wohlverdienten Heldentod zu finden. Trotzdem wurde Florenz gestürmt und drei Tage lang so nachdrücklich geplündert, dass die dabei errungene Beute groß genug war, um die Sieger doch noch auf ihre Kosten kommen zu lassen.

Damit hatte der italienische Feldzug sein Ende gefunden.

Von den dreißigtausend Landsknechten, die mit Jörg von Frundsberg ins falsche Welschland gezogen waren, um den Heiligen Vater an den Galgen zu hängen, fand nur der achte Teil nach Deutschland zurück, darunter nicht nur Sebastian Schertlin, der bald danach in den Dienst der Reichsstadt Augsburg trat, sondern auch Adam Reissner.

Dieser biedere Sauschwabe traf noch vor der Rübenernte in Mindelheim ein, um hier sein Kriegstagebuch druckfertig zu machen und Caspar von Frundsbergs Eingeborenen Sohn, den minderjährigen Georg, mit dem dieses viel zu glorreiche Geschlecht aussterben sollte, auf den Besuch der Hochschule vorzubereiten.

Um diese Zeit wurde Luther in Wittenberg von seiner nun schon bis zur fäustlicher Größe heranwachsenden Blasenknolle so schrecklich gepeinigt und gesteinigt, dass er schrie: „O, dass doch ein Türke, ein Türke da wäre, der mich schlachtete!"

Doch so wie der Anfall vorüber war und Philipp Melanchthon dringend riet, sich dieses unterleibliche Monstrum herausschneiden zu lassen, da erwiderte der Kranke, der wie alle religionsgründenden Schismatiker eine unausrottbare Vorliebe für Selbsttrugschlüsse und eine genauso heftige Abneigung gegen das Vergießen seines eigenen Blutes hatte, mit Zittern und Zagen: „Wie dürfte ich Gott in den Arm fallen, der diese schwere Strafe über meinen Leib verhängt hat, um meine Seele vor der Hölle zu retten?"

„Damit", begehrte Philipp Melanchthon auf, „machst du ja alle Chirurgen zu Widersachern Gottes!"

„Ei, das sind sie ja auch!", ereiferte sich Luther mit krampfhaft zusammengebissenen Zähnen. „Denn sie glauben nur an die Kunst ihrer Finger und nicht an Gott!"

„Aber", warf Philipp Melanchthon ein, „es steht doch geschrieben, und zwar Jesus Sirach Kapitel Achtunddreißig Vers Vier: Der Herr lässt die Arzneien aus der Erde wachsen, und ein Vernünftiger verachtet sie nicht!"

„Die Arzneien!", schnaubte Luther, „nicht aber die Messer der chirurgischen Metzgermeister!"

Philipp Melanchthon ging heim und sprach zu seiner Ehefrau Barbara, der geborenen Krapp: „Der Martinus findet nicht den Mut, sich den Stein aus der Blase schneiden zu lassen!"

„Kein Wunder!", giftete sie sich schadenfroh. „Denn wen soll er denn anbeten, wenn er diesen Petrus nicht mehr in sich hat?"

„Weshalb", seufzte dieser lammsgeduldigste aller Ehegatten, „bist du denn so böse auf ihn?"

„Wurst wider Wurst!", zischte sie und stampfte dazu mit dem Fuße auf. „Hat er nicht kürzlich erst gepredigt ‚Es ist kein Rock oder Kleid, der einer Frau oder Jungfrau übler ansteht, als wenn sie klug sein will'? Ist das christlich? Wo doch geschrieben steht: Seid aber vollkommen, wie euer Vater im Himmel vollkommen ist! Oder gilt das nur für euch Mannsbilder? Und wenn er sich noch einmal untersteht, unser Geschlecht solcherart zu schimpfieren, dann werden wir ihn von der Kanzel und aus der Kirche hinauspochen!"

Und es sollte auch ungefähr so und nicht viel anders geschehen, wenn auch darüber noch bedeutende Wassermengen die Elbe hinabfließen durften.

Um diese Zeit erreichte Sophius Crott auf der durch die Muskelkraft der an ihre Ruderbänke geschmiedeten Sträflinge getriebene Galeere Palombo, von Zara kommend, wo er zwei Eisenhämmer erworben hatte, den Hafen von Spalato, um eine im nahen Birawatal gelegene, mit Feuersteinen gesegnete Kalkgrube in Augenschein zu nehmen.

Bevor er dahin aufbrach, begab er sich in die Mohrenapotheke und wurde von ihrem Provisor in das hinter der Offizin liegende Labor gewiesen, wo Eustachio Civeti eifrig herumhantierte.

„Ich habe den Auftrag", begann Sophius Crott nach der Begrüßung „Madonna Bolanu eine wichtige Mitteilung zu machen."

„Dann" versetzte der Mohrenapotheker achselzuckend, „seid ihr hier fehl am Orte, denn sie weilt nicht mehr unter meinem Dache, und ich vermag euch auch nicht zu sagen, wohin sie sich gewandt hat."

„Und weshalb" fragte Sophius Crott, „hat sie euch verlassen?"

„O, sie hat mich nicht verlassen", begehrte Eustachio Civeti auf, wobei er sich an die frische Narbe griff, die ihm halbmondförmig über die Stirn lief, „sondern ich habe sie hinausweisen müssen, da ich in ihrer Gegenwart meines Lebens nicht mehr sicher war. Sie sieht aus wie ein Engel, aber sie hat den Satan im Leibe! Zuletzt dachte sie nur daran, mir das Dasein zur Hölle zu machen. Sobald sie in Wut geriet, regnete es Scherben über Scherben. Besonders auf das kostbare Fruchtbarkeitselixier, das ich euch dringend empfehlen kann, hatte sie es abgesehen. Da riss mir schließlich die Geduld! Und zum Abschied hat sie mir noch drei große Flaschen an den Kopf geworfen. Ach, wie oft habe ich den Tag und die Stunde verflucht, da ich so töricht gewesen war, mich von ihr umgarnen zu lassen!"

„Und ihr vermögt mir", bohrte Sophius Crott weiter, „keinen Fingerzeig zu geben, was aus ihr geworden ist?"

„Wie sollte ich das tun können?", fragte Eustachio Civeti zurück. „Da sie doch vor drei Wochen verschwunden ist, und ich seitdem kein Sterbenswörtchen mehr von ihr vernommen habe!"

„Es handelt sich nämlich", fuhr Sophius Crott fort, „um ein Legat, das ihr aus dem Vermögen einer kürzlich verstorbenen sehr reichen Dame ausgesetzt worden ist. Und ich könnte es wohl verantworten, euch einen Teil davon zukommen zu lassen, so ihr mir nur helfen wollt, die Vermisste ausfindig zu machen!"

„Mutter Gottes und alle Heiligen!", stöhnte der Mohrenapotheker und begann noch eifriger in seinen Erinnerungen herumzukramen.

„Einmal hat sie mir gedroht, in ein Kloster zu gehen und darin nichts anderes zu tun, als mich in den tiefsten Abgrund der Hölle zu beten. Aber schon am nächsten Morgen schrie sie mich an ‚Jetzt kenn ich euch Mannsbilder, die ihr die Ehe nur erfunden habt, um uns Frauen nach Herzenslust zu tyrannisierenden zu betrügen!' Es sollte mich gar nicht verwundern, wenn sie schon auf den nächsten Galan lauert, um ihr gar zu großes Mütchen an ihm zu kühlen! Ja, sie hätte eine Kurtisane werden sollen! Denn das Zeug dazu hat sie doppelt und dreifach!"

Sophius Crott bedankte sich für diese bemerkenswürdige Auskunft, kehrte an Bord der Palombo zurück, besprach diese spannende Angelegenheit mit dem Pistojaner Bruno Latti und befahl in zum Schluss: „Du bleibst hier und suchst nach ihr, bis du sie aufgefunden hast!"

Am folgenden Morgen mietete Sophius Crott zwölf Maultiere und ritt mit vier seiner Diener ins Birawatal hinauf, während sich Bruno Latti mit den beiden anderen Dienern daranmachte, der so plötzlich verschwundenen Storchenapothekerin auf die Spur und auf die ehebrecherischen Sprünge zu kommen.

Und sie hatten auch den gewünschten Erfolg, also dass sie Sophius Crott schon fünf Tage später, als er mit zwölf Feuersteinlasten nach Spalato zurückkehrte, die Meldung machen konnten, dass sich Madonna Bolanu gleich nach Verlassen der Mohrenapotheke in das dicht vor dem Westtore gelegene Kloster der Zisterzienserinnen zurückgezogen hatte.

Sophius Crotts Begehren, die reuige Sünderin sprechen zu dürfen, wurde von der Äbtissin abgewiesen.

Er beschwerte sich darüber beim Bischof und versicherte ihm auf Ehre und Gewissen: „Der Ehegatte hat ihr verziehen, und ich bin von ihm beauftragt worden, sie ihm wieder zuzuführen."

„Auch daraus kann nichts werden!", entschied der würdige Bischof, der schon als vorbildlicher Zölibatär in der Behandlung treuloser Ehegattinnen über einen umfangreichen Erfahrungsschatz zu verfügen hatte. „Denn wie dürften wir eine reuige Sünderin in Gefahr bringen, einer neuen Versuchung zu erliegen?"

„Ihr traut mir viel mehr zu", murmelte Sophius Crott betroffen, „als es recht und billig ist!"

„Solches gebietet uns die Pflicht!", fuhr der Bischof fort. „Zumal die Sünderin noch gar keine Bereitschaft gezeigt hat, zu ihrem Gatten zurückzukehren. Sollten wir sie aber noch dazu bewegen können, so werden wir sie unverzüglich nach Venedig senden, wo sie dann im Kloster der Zisterzienserinnen von ihrem Gatten in Empfang genommen werden mag."

Damit war die Audienz beendet. Noch an demselben Tage verließ die Galeere Palombo trotz widrigen Windes den Hafen von Spalato.

In Venedig aber begannen bereits die beiden von Fabian und Domenico Bolanu gemeinsam und mit größter Sorgfalt aus Esel-, Schaf- und Rinderblut rezeptierten Fruchtbarkeitselixiere ihre Schuldigkeit zu tun, zuerst bei der inzwischen völlig genesenen Miranda, dann auch bei einigen bisher zur Unfruchtbarkeit verdammt gewesenen Goldbuchdamen und endlich sogar bei der Konkubine Finocchia, die es solcherart durchzusetzen wünschte, von Aretino doch noch heimgeführt zu werden.

„Das, mein Schätzchen, schlag dir nur aus dem Kopf!", lachte er sie aus. „Denn wo käme ich hin, wenn ich alle Konkubinen heimführen sollte, die mir schon ihre Jungfernschaft geopfert haben, ganz abgesehen von denen, die solches noch tun werden? Suche dir einen braven Mann, und ich zahle dir am Morgen nach der Hochzeitsnacht, so sie binnen drei Monaten stattfindet, nicht weniger als zweihundert Zechinen. Verzögerst du die Sache, verringert sich diese Morgengabe mit jedem Tag um eine Zechine."

Und sie war klug genug, sich das nicht zweimal sagen zu lassen.

Nur bei Monika Filiotti und Urban Immerius versagten die beiden Fruchtbarkeitselixiere, obschon inzwischen sogar der Distelprinz nach Venedig gebracht worden war, um sein Dasein, mit einigen anderen seiner Artgenossen, unter dem giftscharfen und nimmermüden Schlachtmesser des Salamisten Pilavio zu beenden.

„Ach, du lieber Augustinus!", seufzte Urban Immerius. „Das Mirakel aus der Eselheit will bei mir altem Tropf nicht mehr anschlagen! Also wirst du dich wohl nach einem anderen Beschatter umtun müssen, so du im nächsten Jahre doch noch mit einem kleinen Poeten niederkommen willst! Vielleicht ist Herr Aretino so gnädig, sich deiner und meiner Schwachheit zu erbarmen."

„Ich habe keine Lust", begehrte Monika auf, „mir von der Finocchia die Augen auskratzen zu lassen."

„Dann warte", schlug Urban Immerius augenzwinkernd vor, „bis Sophius Crott zurück ist!"

„So glaubst du", forschte sie höchst gespannt, „dass er mich heimführen wird?"

„Kaum!", winkte er ab. „Denn die erste Ehe ist in so gründlich missraten, dass er wohl sehr wenig Lust verspüren dürfte, das Schicksal noch einmal auf diese sakramentarische Art und Weise herauszufordern."

„Und wenn er mich", seufzte sie, „auch als Konkubine verschmäht?"

„Auch darüber", tröstete er sie, „soll dir kein Steinchen aus deiner unehelichen Grafenkrone fallen! Die Hauptsache ist, dass du sogleich zur Stelle bist, ihn ein wenig zu trösten, bevor sich eine andere gefunden hat, die dazu bereit ist."

Bald darauf, kurz vor Sonnenuntergang, traf Sophius Crott in Venedig ein, und noch vor Mitternacht erschien Monika an seinem Lager. Sie trug in der Rechten eine mit Wein gefüllte Kristallkanne, in ihrer Linken einen siebenarmigen Leuchter, und bekleidet war sie nur von einem in allen Regenbogenfarben schillernden Mantel.

„Der Oheim schickt mich zu dir", erklärte sie unverzagt, „damit ich endlich zu meinem Knäblein komme, ohne das ich nicht glücklich werden kann."

Damit kredenzte sie ihm das mit Christustränen gefüllte Gefäß, das von Urban Immerius ohne ihr Wissen durch einen tüchtigen Schuss Distelprinzenelixier verbessert worden war.

„Weißt du nicht", grollte Sophius Crott, indem er die Kanne ergriff, „dass mir Gott nicht nur die Gattin, sondern auch den Sohn geraubt hat?"

„Das weiß ich wohl!", nickte sie seufzend, nachdem sie den Leuchter auf den Tisch gestellt hatte, und stützte nun die Hände auf die Hüften, wodurch sich der Spektrummantel um eine Spanne öffnete.

„Aber es ist mir bisher noch nichts davon bekannt geworden, dass Gott dir auch die Kraft geraubt hätte, weitere Söhne zu zeugen!"

„Nun, ich sehe schon, worauf das hinausläuft!", murmelte Sophius Crott geschmeichelt, nachdem er die Kanne zur Hälfte geleert hatte. „Du hast dir nichts anderes ins Köpfchen gesetzt, als mich ein wenig zu verführen!"

„Das sei ferne von mir!", verteidigte sie sich, nachdem sie die Parade ihrer paradiesischen Reize wieder unter den Mantel hatte verschwinden lassen, und setzte sich zu ihm auf den Bettrand. „Denn wenn ich dich nur verführen wollte, so wäre ich ja nichts Besseres als eine Kurtisane! Ich bin nicht gekommen, dich zu verführen, aber ich werde wohl kaum imstande sein, dir ernstlich zu widerstehen, wenn du nur den Mut fändest, mich ein wenig zu beschatten."

„Welcher Kavalier vermöchte einer solchen Schelmin zu widerstehen?", lächelte Sophius Crott und zog sie an sich.

Und es geschah ihr ganz nach Wunsch und Willen.

Drei Wochen später erhielt Domenico Bolanu die Nachricht, dass er seine Gattin im Kloster der Zisterzienserinnen gegen Erstattung der sich auf einhundertzweiunddreißig Zechinen belaufenden Unkosten in Empfang nehmen könnte, und sogleich bestellte er die Gondel, um die reuige Ehebrecherin zum anderen Male heimzuführen.

„Ein ebenso teures wie gefährliches Unterfangen!", glaubte Aretino ihn warnen zu müssen.

„Was verstehst du von der Liebe?", wies ihn der überglückliche Domenico Bolanu zurück.

„Nicht viel", gab Aretino zu, „desto mehr aber von der Ehe, die doch nur von den Frauen erfunden worden ist, um uns Männer in Banden zu schlagen."

Trotzdem ließ sich Domenico Bolanu nach Murano hinüberrudern, wo dieses Kloster neben dem großen Friedhof lag, und war bereits am nächsten Morgen ein für immer stummer Mann. In den Armen der zurückgekehrten Gattin war er infolge eines Herzschlages auf der Höhe seines Begehrens eines besonders seligen Todes verblichen.

Mit heißen Tränen benetzte die wunderschöne Hortensia seinen Leichnam, der dann in Murano beigesetzt wurde, und Aretino zögerte in der Folge nicht, seiner Freundschaftspflicht nachzukommen, die tiefbetrübte Witwe zu trösten, zumal sich die Konkubine Finocchia bereits mit dem Sienesen Felix Rucco bis zum Versprechen einer baldigen Heimführung verständigt hatte.

Unterdessen war auch Monikas Herzenswunsch endlich in Erfüllung gegangen.

„Wirst du mich nun heimführen?", wandte sie sich an Sophius Crott.

„Nun und nimmermehr!", wies er dieses Ansinnen zurück. „Denn wie stände solches dem Eingeborenen Sohn des Unbekannten Gottes an?"

„So willst du gar nichts", schmollte sie ihn an, „für dein eigenes Fleisch und Blut tun?"

„Weit mehr", versicherte er, „als der Unbekannte Gott getan hat, nachdem er mich ins Dasein gesetzt hatte. Denn er hat mich weder aus der Taufe gehoben noch mir einen Beutel mit hundert Zechinen in die Wiege gelegt. Und beides gedenke ich zu tun, sofern du das Kindlein mit meinem Namen rufen willst. Ich will es sogar, sofern es mich überlebt, in meinem Testament bedenken, genauso wie ich es mit allen anderen Nachkommen halten werde, die ich noch zu erzeugen beabsichtige."

Als sich Monika darüber bei Urban Immerius beklagte, wiegte er das greise Haupt und sprach zu ihr: „Das nimmt mich nicht wunder, denn wie sollte er anders, ohne dich zu betrüben, der größte aller Kavaliere werden können, der nun endlich seinen eigenen Samen zu mehren wünscht wie die Sterne am Himmel und wie der Sand am Ufer des Meeres?"

„Nun" trumpfte sie auf, „wenn er es nicht tut, dann musst du mich heimführen!"

„Auch das habe ich kommen sehen!", nickte er belustigt. „Und es soll auch also geschehen, sobald du das Knäblein zur Welt gebracht hast!"

„Weshalb nicht sogleich", herrschte sie ihn an, „auf der Stelle?"

„Weil ich dir nicht", belehrte er sie schmunzelnd, „die Möglichkeit rauben will, dich bis dahin nach einem jüngeren Beschatter umzusehen. Ich weiß nämlich einen sehr wackeren Mann, der sich überglücklich schätzen würde, so du ihm nur die Gnade erweisen wolltest, dich von ihm heimführen zu lassen. Freilich ist er kein Edelmann, aber er hat wohl das Zeug dazu, einer zu werden."

Die Folge davor war, dass sich Monika fortan von dem Pistojaner Bruno Latti, der schon längst beide Augen auf sie geworfen hatte, den Hof machen ließ.

Bald darauf gelang es dem Staatskanzler Gattinari, den Waffenstillstand zwischen dem Kaiser und der Signoria von Venedig anzubahnen, und nach diesen blutigen Händeln blühte der Handel zwischen Süd und Nord sogleich wieder auf.

Sophius Crott, der sich nach Domenico Bolanus Ableben auch der Storchenapotheke angenommen hatte, fuhr nun mit hundert Flaschen Fruchtbarkeitselixier nach Triest hinüber, um für seinen sich ständig vergrößernden Waffenherstellungsbetrieb einige Schiffslasten steiermärkische Eisenbarren einzuhandeln.

Dabei gelang es ihm, die Bekanntschaften des Kaiserlichen Statthalters Lazarus Esterhazy von Galantha zu machen, dessen drei hoffnungsvolle Söhne im Kampfe gegen die Türken gefallen waren und der sich nun, trotz seiner zweiundsiebzig Daseinsjahre dazu entschlossen hatte, die achtzehnjährige Komtesse Mirabella von Károlyi heimzuführen.

Nachdem Sophius Crott dem hochbejahrten Bräutigam sieben Flaschen Fruchtbarkeitselixier verehrt hatte, konnte die Hochzeit mit großem Gepränge gefeiert werden.

Darüber war der Sommer des Jahres 1528 vergangen, und nun machte sich in Venedig, wie immer im Frühherbst, das gefährliche Sumpffieber bemerklich, wodurch Fabian, aus Besorgnis um Mirandas zarte Gesundheit, dazu bewogen wurde, die so lange geplante Übersiedlung nach Padua zu beschleunigen.

Und so lud er denn, sobald Sophius Crott aus Triest zurückgekehrt war, die Freunde zu einem Abschiedssymposium ein, das nach Erörterung der schwebenden Fragen, wobei Aretino wie gewöhnlich das große Wort führte, in diesem überaus lebhaften Septalog mündete:

„Wenn du wirklich schon alles wissen willst", rief der Buchdrucker Marcellino, „so sage uns einmal klipp und klar, wie die Kurie dazu gekommen ist, ihren Priestern die Ehelosigkeit anzubefehlen?"

„Die Kirche", begann Aretino zu dozieren, „ist zweifellos, wie schon das Geschlecht dieser Bezeichnung beweist, ein weibliches Wesen, das jedoch aus lauter Mannsbildern besteht."

„Und die deshalb", schaltete sich Sophius Crott schmunzelnd ein, „Kostüme von unverkennbar weiblichem Zuschnitt tragen müssen!"

„Ei, Potztausend!", lachte sich Urban Immerius ins Küferfäustchen. „Wem wäre das nicht auch schon aufgefallen! Und wisst ihr denn auch, wie viele Ellen Purpurstoff für die Galaschleppe einer Kardinalsuniform benötigt werden?"

„Nicht weniger als elf!", fuhr Aretino fort. „Ein Beweis, wie weit die äußere Entmannung der römischen Priesterschaft bereits fortgeschritten ist!"

„Aber die Nonnen!", begehrte Tizian auf.

„Die Nonnen", winkte Aretino verächtlich ab, „sind keine Kleriker. Denn wer hätte schon einmal eine Messe lesende Nonne erblicken dürfen? Wie auch geschrieben steht: Die Weiber haben zu schweigen in der Gemeinde! Am Altar, im Beichtstuhl wie auf der Kanzel haben sie nichts zu suchen. Und wie ferner geschrieben steht: Gehet hin in alle Welt und lehret alle Völker! Kurzum: Der innerste Kern der Kirche ist das Lehramt, die Verkündigungstätigkeit, das Missionieren, die Propagandamanie, die stetige Vermehrung der Gläubigen zum Zwecke der theologischen Krediterweiterung!"

„Und keineswegs das beispielgebende Vorbild!", folgerte Sophius Crott, und Urban Immerius rief: „Ja, die Kurie ist ein rechtes Kuriosum!"

„Aber", meldete sich nun Jacobo Sansovino zu Wort, „was hat denn das alles mit dem Verbot der Priesterehe zu tun?"

„Nur Geduld!", holte Aretino noch weiter aus. „Auch behaupten die Priester, und nicht nur die der römischen Kirche, Diener Gottes zu sein, woraus sich ergibt, dass sie die Allmacht und damit die Ewigkeit ihres Gottes in Frage stellen. Denn ein allmächtiges Wesen bedarf keiner Dienerschaft. Deswegen auch sind diese hochamtlichen Lakaien so versessen auf die Ewigkeit ihrer Kirche, was man ihnen gar nicht verargen sollte, und da die Kirche nur durch das an Altar, Beichtstuhl und Kanzel gebundene Lehramt verewigt werden kann, haben diese Mundwerker vor allen Dingen darauf zu achten, dass sie immer etwas zu lehren haben. Sie müssen sich also in erster Linie davor hüten, die lautere und reine Wahrheit zu verkünden, denn in diesem Falle würden ja sämtliche Belehrten sogleich im Hui den einzig richtigen Daseinsweg finden und könnten dann auf alle weiteren Belehrungen verzichten. Wo aber bliebe dann der Unterschied zwischen Klerikern und Laien, diese fundamentale Differenz, von der im ganzen Evangelium keine Spur zu entdecken ist? Wo bliebe dann dieser wahre Felsen Petri, auf dem die ganze Kirche aufgebaut worden ist? Wo bliebe dann dieser Gegensatz zwischen den lehramtsbeflissenen Gläubigern und den von ihnen souverän beherrschten Gläubigen?"

„Willst du damit sagen", fiel ihm Fabian ins letzte Wort, dass die Kirche ihre Ewigkeit in Gefahr brächte, wenn sie die Wahrheit verkündigte?"

„Genau das und nichts anderes!", bejahte Aretino. „Denn die Kirche, nämlich die Gewerkschaft der glaubenskreditschaffenden Herrgottsknechte würde aufhören, weiter zu gedeihen, sobald sie ihre

Worte mit ihren Taten oder, was ja auf dasselbe hinausläuft, ihre Taten mit ihren Worten in Übereinstimmung brächte. Darum auch, und das gilt für jeden Lehrkörper, muss geschrieben stehen: Richtet euch nach unseren Worten, aber nimmermehr nach unseren Taten! Erkennt daran, mit wie wenig Witz die Welt regiert werden kann, und vergesst darüber nicht, dass es sich bei allen irdischen Händeln, und auch die Kirche ist eine überaus irdische Institution, wenn sie auch immerfort das Gegenteil behauptet, immer nur um die Zechinen handelt. Solange das Erdreich mit dem Goldenen Kalbe gepflügt werden muss, solange ist und bleibt der Profit die Achse des Daseins."

„Und doch", widersprach Sophius Crott, „ist das einzig Wahre nicht die Münze, sondern die Ware!"

„Sicherlich!", stimmte Aretino zu. „Aber du kommst zur Ware nur durch die Münze, besonders wenn du, wie die Kirche, nicht imstande bist, gute Waren herzustellen, um andere Waren dagegen einzutauschen."

„Dann müsste ja der Ketzer Luther", folgerte Marcellino sogleich, „auf dem richtigen Wege sein!"

„Keineswegs!", entschied Aretino. „Denn er vermag ja auch keine guten, keine marktfähigen Waren herzustellen, sondern er kanzelt und altart ganz genauso wie seine Gegner. Ohne die Kirche kein Luther! Ist sie von Übel, so ist er ein doppeltes Übel. Er ist ja auch aus demselben Holze geschnitzt, ist nach demselben Gesetz angetreten und hat darum auch, obwohl er den Zölibat verworfen hat, dem Pontifex Maximus wie aus dem Gesicht geschnitten zu sein. Sie wettern ja beide gegen Zins und Wucher, wie das jeder zu tun pflegt, der sich in Kreditschwierigkeiten befindet, was für diese beiden Glaubenshäupter heute mehr den jemals zutrifft. Und so darf selbst der Papst von Wittenberg nicht die Wahrheit aus dem Sack lassen, ebenso wenig wie er aus dem kuttlichen Weiberrock herauskam. Auch er bepriestert und bepredigt seine Gläubigen von früh bis spät, auch er treibt Propaganda im Weltmaß, auch er missioniert mit seinen Gegnern wie um die Wette, um möglichst viele Anhänger auf seine Seite zu ziehen. Er erzählt ihnen etwas von den himmlischen Dingen, die er niemals mit eigenen Augen gesehen hat, und alle Zuhörer haben ihm dann mit irdischer Münze dafür zu zahlen, bis sie dahinterkommen, dass sie auch von ihm nur an der Nase herumgeführt werden."

„Dann also heraus mit der Wahrheit!", stach Urban Immerius dazwischen. „Wie ist ihr Wortlaut?"

„Die Wahrheit ist", erklärte Aretino mit erhobener Stimme, „dass alle Menschen ohne Ausnahme die Kinder des ewigen Gottes und Brüder und Schwestern in Christo und als solche nicht nur frei und gleich geboren sind, sondern auch einen unveräußerlichen Anteil an allen irdischen wie himmlischen Glücksgütern und Heilswaren haben. Die Kleriker aber müssen, um ihre Herrschaft aufrechtzuerhalten, den Laien diesen natürlichen Anspruch immer wieder ausreden, zu welchem Ende sie das Phantom der Erbsünde erfunden haben, auf dem der Lutherus genauso grimmiglich herumzupochen pflegt wieder Papst."

„Heiliger Strohsack!", knurrte Marcellino. „Was hat denn das alles mit der Institution des Zölibats zu tun?"

„Woran", fragte Aretino zurück, „erkennt man ein ewiges Wesen?"

„Um ein Wesen als ewig zu erkennen", knirschte Marcellino augenrollend, „muss man es doch erst einmal erblickt und gesehen haben!"

„Was hilft es dir aber", drehte Aretino diesen Erkenntnisfaden weiter, „ein ewiges Wesen zu erblicken, wenn du nicht imstande bist, es als ewig zu erkennen?"

„Also", unterbrach ihn Tizian, „dann sage uns, woran du die Ewigkeit eines ewigen Wesens erkannt haben willst?"

„Daran" antwortete Aretino, „dass es niemals in die Verlegenheit kommen darf, sich beerben zu lassen!"

„Stimmt auf den Daus!", pflichtete Jacobo Sansovino bei. „Wer auf Erben rechnet, der hat seinen Ewigkeitsanspruch verwirkt!"

„Und eben deswegen", fuhr Aretino in seiner Beweisführung fort, „dürfen die Kleriker keine erbberechtigten Nachkommen hinterlassen, nur deswegen hat der Genuss des Ehesakramentes auf die Laien beschränkt werden müssen, und nur deswegen steht geschrieben: Lasset die Kindlein zu mir kommen, da ich selber keine eigenen Kindlein zeugen darf!"

„Denn nur ihrer ist das Himmelreich!", stimmte Sophius Crott bei.

„Was zu beweisen war!", dachte Fabian.

Worauf sie die Becher hoben und ihm eine glückliche Reise nach Padua wünschten.

Bereits am folgenden Morgen nahm Miranda unter Tränen und Gebeten Abschied vom Grabe ihrer Mutter, dessen von Jacobo Sansovino gegossene Gruftplatte den neben seiner Posaune schlummernden Friedensengel zeigte, der die Züge der Dahingeschiedenen trug.

Begleitet von Sophius Crotts ebenso stiefschwiegerväterlichen wie herzensfreundschaftlichen Segenswünschen verließen Fabian und Miranda auf einer hoch mit Hausrat beladenen Barke die Profitmetropole des geflügelten Löwen, um sie niemals wieder zu sehen, und erreichten als vorbildliches Liebespaar, für dessen Glückseligkeit das Sakrament der Ehe gar nicht hätte erfunden werden müssen, die ob ihrer Wissenschaften weltberühmte Universitätsstadt Padua.

Urban Immerius, der auf dem Festland in Verona und Mantua einige Fuder Wein kaufen wollte, hatte sich ihnen angeschlossen und war ihnen nun behilflich, den inzwischen gemieteten Palast Bringdellino einzurichten und die dafür nötige Dienerschaft auszusuchen und anzuwerben.

Denn Fabian und Miranda wollten in Padua ein großes Haus machen, stifteten auch gemeinsam ein Stipendium für sieben mittellose Medizinstudenten und hatten fortan fast jeden Tag fremde Gäste an ihrer offenen Tafel.

In der Folge versäumte Fabian keine Vorlesung und nahm auch sonst jede Gelegenheit war, sich zu einem tüchtigen Medikus auszubilden.

Urban Immerius aber kehrte, nachdem er von Fabian und Miranda oheimlichen Abschied genommen hatte, mit siebzehn Fudern Wein nach Venedig zurück und fand hier bald in der sechzehnjährigen Jungfrau Josefina Carrito, für die er ihrer Mutter, einer kinderreichen Gondelführerwitib, zweiundzwanzig Zechinen bezahlt hatte, seine siebente und letzte Konkubine.

Noch vor Weihnachten kamen Monika Filiotti und die Finocchia unter die Sakramenthaube, wobei Aretino, wie er versprochen hatte, die Summe von zweihundert Zechinen zum Opfer brachte, und sie wurden beide gute Frauen und Mütter, da sie ihre Liebesabenteuer bereits vor ihrer Eheschließung hinter sich gebracht hatten.

Gleich nach dieser Doppelhochzeit fuhr Sophius Crott nach Ferrara, um dem dortigen Herzog einige mit Faustrohren gefüllte Kisten zu verkaufen.

„Ist es nicht zu verwundern", sprach Aretino am folgenden Morgen zu Urban Immerius, „dass die christliche Ehe von exaltierten Junggesellen eingesegnet und betreut werden muss?"

„Und noch verwunderlicher ist es", nickte Urban Immerius, dass sie trotz alledem noch nicht aus dem Leim gegangen ist!"

Ende April genas Miranda in Padua eines gesunden Sohnes, der in der Taufe den Namen Solidus erhielt. Bald danach kam in Venedig die Ehefrau Monika Latti in die Wochen, und zwar mit einer Tochter, die auf den Namen Sophia getauft wurde, während gleich darauf die Finocchia einen Kraben zur Welt brachte, der den Namen Pietro erhielt.

Zwischen diesen beiden glücklichen Müttern entstand daraufhin ein Streit, der von Aretino durch den folgenden Schiedsspruch beigelegt wurde: „Auch die Sappho ist als Mägdlein zur Welt gekommen und hat trotzdem das Glück gehabt, ein ganz großer Poet zu werden!"

Sophius Crott trug die Jungfrau Sophia Latti, nachdem er ihr einen Beutel mit einhundert Zechinen in die Wiege gelegt hatte, als erste Nummer in die Liste seiner Nachkommenschaft ein und schrieb ihr außerdem zweihundert Zechinen bei Spiro & Deljamin gut, bei welcher Kontostiftung Aretino, der noch immer der Tröstung der wunderschönen Witwe Hortensia obliegen durfte, als gegenzeichnender Treuhänder paradierte.

„Wohlgetan!", nickte dieser berühmteste aller damaligen Versedrechsler, dem das unwahrscheinlich gütige Schicksal blühte, nicht sterben zu müssen, sondern sich totlachen zu dürfen. „Die Welt wäre sicherlich kein Jammertal, sondern ein Paradies geworden, wenn uns der Eingeborene Gottessohn nicht zwölf besonders ungebildete Theologen, von denen keiner imstande gewesen ist, weder das Pulver oder die Buchdruckerkunst zu erfinden noch den kleinsten Zipfel der Neuen Welt zu entdecken, sondern zwölf von ihm selbst erzeugte und in urchristlicher Gesinnung aufgezogene Söhne hinterlassen hätte!"

Und Sophius Crott widersprach ihm nicht. Denn inzwischen war es ihm gelungen, die venezianische Schießpulverherstellung dergestalt zu verbessern, dass auf seine Befürwortung hin der Waffenmeister Felix Rucco, der ihm bei diesen gefährlichen Versuchen wackeren Beistand geleistet hatte, zum Direktor der neuen, gleich neben dem Arsenal errichteten Pulvermühle erhoben werden konnte.

Darüber aber war die Verbesserung des Fruchtbarkeitselexiers keineswegs vernachlässigt worden, und Aretino wusste diesen Handelszweig durch Laut und Schrift so in Schwung zu bringen, dass Sophius Crott bei allen kinderlosen Ehegattinnen geschwind in den vorzüglichsten Heilandsgeruch gelangte.

Bald darauf musste er sich von Bruno Latti trennen, dessen Vater in Pistoia durch einen Blutsturz plötzlich das Zeitliche gesegnet und die dortige Waffenschmiede hinterlassen hatte, worauf der Erbe mit seiner Ehefrau Monika und dem Jungfräulein Sophia in seine Vaterstadt zurückkehrte, um von hier aus das durch Sophius Crott erfundene und von ihm selbst verbesserte Faustrohr als Pistole in alle Welt hinauszusenden.

Der Handel und die Händel

Um diese Zeit, nämlich am 25. März des Jahres 1529, lateinte Desiderius an Alfonso von Fonseca, den Erzbischof von Toledo, also:

Wie es hier in Basel steht, wird Dir zweifellos weit schneller durch die Fama zugetragen werden, als dieser Brief es zu melden vermöchte.

Oekolampadius hat hier bereits alle Kirchen in seiner Hand, und sämtliche Mönche und Nonnen müssen laut Befehl des Großen Rates entweder auswandern oder für immer das heilige Gewand ablegen, genauso wie das in vielen eidgenössischen Städten schon geschehen ist und noch geschieht. Offenbar hat die Richtung, die darauf hinauswill, die ganze Römerei, also Priestertum wie Mönchstum, radikal abzuschaffen, schon die Majorität und damit die Souveränität gewonnen.

Die Wiedertäufer sind hier in der Schweiz allenthalben zahlenmäßig stark, haben aber nirgends eine eigene Kirche in die Hand bekommen. Sie empfehlen sich vor den anderen Schismatikern durch einen tadellosen Lebenswandel und werden deshalb von den Neu- wie von den Altgläubigen gleichermaßen befehdet und unterdrückt. Auch mengen sich viele Juden und Heiden in diesen Wirrwarr, von denen die einen Christus wie die Sünde hassen und die anderen überhaupt nichts glauben. Wie es scheint, haben diese Dunkelmännchen eine Art neuer Demokratie im Sinne, und dahinter stecken höchst raffinierte Pläne, deren Urheber noch niemand kennt, die aber sicherlich nur auf Beutelschneidung und Profitschöpfung hinauslaufen.

Der Erfolg der Umwälzung ist derartig, dass man sagen könnte, es geschehe auch hier nur der Wille der ewigen Vorsehung, die ja nicht selten den Frevel der Bösartigen zur sittlichen Besserung des Ganzen zu benutzen pflegt. Allerdings habe ich hier weder unter den Priestern noch unter den Mönchen jemand bemerken können, den diese Erschütterung der Geister, wie es hier heißt, auch nur um ein Haar besser gemacht hätte. Also dass das, was vorgeht, alles andere denn menschenwürdig anmutet. Solange der Handel mit Glaubensdingen blüht, wächst die Üppigkeit der Theologen, sowie aber die Umsätze zurückgehen und die Profite sinken, beginnen die Händel. Der Verkauf versiegt, und das

Gerauf hebt an. Und zuletzt bleibt nur übrig der Glaube an das alleinseligmachende Klauben.

Dass Du auch weiterhin die Glaubenssätze von der allgemeinen Sittenverderbnis trennst, lässt mich Deine echt christliche Klugheit erkennen. Tut man das nämlich nicht, dann gibt es keine festen Ansichten mehr, und jeglicher Halt im Strudel der dahintreibenden Dinge geht verloren. Solange Du ohne Zögern die Sittlichkeit Deiner Standesgenossen durch öffentliche Kritik zu bessern trachtest, ist immer noch die Hoffnung vorhanden, dass die Abtrünnlinge wieder zur Besinnung kommen und vernünftig werden.

Über die Bischöfe beklagt man sich hier nicht so sehr, desto mehr aber über den römischen Papst und über diejenigen, so in seinem Namen das Kirchenregiment führen, also über die Orden, sonderlich über die Bettelmönche, denen Luther mit Zulassung des Ewigen Vaters so hart an den Klingelbeutel gegriffen hat, dass sie Grund genug haben, Zeter und Mordio zu schreien.

Denn ohne Luther kein Zwingli, kein Oekolampadius und kein Martin Bucer! Die ganze Ketzer-Affäre hat übrigens bereits das literarische Gebiet verlassen und scheint, soweit ich die Vorspiele dazu übersehe, zum europäischen Kriegsobjekt werden zu wollen.

Auf dem Reichstag zu Speyer hält König Ferdinand mit seinen Kurfürsten Rat und bringt, was wahrlich zum Speien ist, nichts Gescheites zustande, dieweil er nur Schulden im Beutel hat und vor den Türken zittert wie Espenlaub. Also gehen die Unruhen allerorten weiter, und es wird nach Herzenslust gestritten und gerauft, gerafft und geraubt, wenn auch hier in Basel dank der Wachsamkeit des Großen Rates noch kein Privateigentum beschädigt worden ist. Man ist auch in keine Privathäuser eingedrungen und hat noch jegliches Blutvergießen unterlassen.

Ich halte mich streng neutral. Schon mein Befinden lässt es nicht zu, dass ich Partei ergreife und ein Menschendiener werde. Aber bin ich auch ein schwaches Rohr, so wanke ich doch nicht hin und her! So werde ich wohl auf meine alten Tage doch noch ein wenig zum Wanderstab greifen müssen. Ja, ich stehe hier, wie die Griechen sagen, im Wirbelwind, der weder das Ankerwerfen noch das Segelhissen erlaubt.

Wenn ich die Kammer, den Wein oder auch nur das Gewand wechsle, sogleich gerate ich in Gefahr. Was wird wohl geschehen, wenn ich nun das Nest, an das ich mich gewöhnt habe, verlasse und dazu die Freunde, die ich durch das innige Zusammenleben mit ihnen ganz genau kenne und als beständig erprobt habe? Doch ich muss es wohl wagen, mich von dannen zu heben, und wäre es auch nur auf eine kürzere Zeit. Denn noch länger hier zu verweilen, würde als ein stillschweigendes Bekenntnis zu diesen tumultuarischen Vorgängen aufgefasst werden müssen, und die Fama wird dann zweifellos keinen Augenblick zögern, die allerbösesten Gerüchte hinzuzufügen.

Auch in allen Glaubensdingen wünsche ich der Ewigen Neutralität treu zu bleiben. Und so habe ich denn schon alle meine Wertgegenstände wonach es den Dieben und Räubern vor allem gelüstet, nach Freiburg vorausgeschickt und werde bei der nächsten Gelegenheit mit dem übrigen Hausrat und dem Rest der Bibliothek dahin aufbrechen.

Sechs Wochen später lateinte er von Freiburg aus nach Nürnberg an Willibald Pirckheimer also:

Endlich habe ich die Scholle gewechselt, und der Rauriker ist ein Breisgauer geworden. Während in Basel eine blutgewürfelte, bis an die Zähne bewaffnete Volksmenge mit schussbereit gemachten Büchsen sich auf dem Markt herumtrieb, dachte jedermann, der daheim Wertvolles vor dem drohenden Untergang zu behüten hatte, ängstlich nur an sich selber. Der bessere Teil des Bürgertums stand zunächst auf Seiten der Altkirchlichen, aber er blieb in der Minorität. Denn die Gegenpartei hatte zahlreiche Freunde in ihren Reihen, viele verkrachte Existenzen und öffentlich Diffamierte, die nun nach Rache schnaubten. Und wer wollte so töricht sein, Tollköpfen Toleranz zu predigen? Man hatte den Rumor mitten im Winter angefangen, damit niemand Gelegenheit fände, zu flüchten oder Unterstützung herbeizurufen. Sobald die altkirchliche Partei erkannt hatte, dass entgegen dem Gebote des Großen Rates und trotz eidlicher Verpflichtung geheime Zusammenkünfte stattfänden, bewaffnete sie sich. Bald taten das auch die Gegner, sie errichteten unter heftigem Getrommel, viel ärger als in der Fastnacht, auf dem Markte vor dem Rathause Barrikaden und stellten sogar geladene Kanonen auf. Auf Ratsbefehl legten nun die Altkirchlichen die Waffen nieder, die anderen taten das schließlich auch, aber nur für kurze Zeit.

Denn als sie den Bildersturm einmal beschlossen hatten, rotteten sie sich wiederum auf dem Markte zusammen, stellten nun auch an verschiedenen anderen Stellen Geschütze auf und kampierten dann einige Nächte dort unter freiem Himmel. Auch ein gewaltiges Wachtfeuer hatten sie angesteckt, das allgemein großen Schrecken erregte wegen der damit verbundenen Brandgefahr. Doch brachen sie in kein Haus ein und haben sich auch an niemand vergriffen, nur der Bürgermeister Heinrich Meltinger, mein nächster Nachbar am Nadelberg, ein guter Redner, der sich um die Stadt wiederholt wohlverdient gemacht hat, ist nächtlicherweise in einem Nachen rheinabwärts geflüchtet, um, wie er sagte, mit dem Leben davonzukommen. Aus gleicher Angst sind auch einige andere alteingesessene Leute entwichen, aber ein Ratsbefehl rief sie zurück mit der Bedingung, fortan Ruhe zu halten. Doch hat man aus dem Rat alle Altgläubigen ausgebootet, um dort stets Stimmeneinheit zu haben. Bis jetzt hat der Rat die Erregung dadurch zu mildern gewusst, dass er durch Schmiedemeister und dergleichen Handwerker aus den Kirchen nach ihrem Belieben alle Bilder entfernen ließ. Man ist dabei aber mit solchem Hohn und Spott gegen die Heiligenstatuen und sogar gegen den Kruzifixus vorgegangen, dass man sich doch sehr wundern muss, dabei nicht dem kleinsten Wunder begegnet zu sein, wo doch ehedem, wie die Kurie behauptet, die Heiligen mit Wundern so außerordentlich freigebig waren. Von den Statuen ist nichts übrig geblieben, weder in den Kirchen noch in den Vorhallen oder in den Säulengängen der zahlreichen Klöster. Alle Fresken wurden übertüncht, Brennbares wurde auf den Scheiterhaufen geworfen, alles andere in Stücke geschlagen. Weder Kostbarkeit noch künstlerischer Wert konnten der Zerstörungswut irgendwie eine Grenze setzen. Bald darauf wurde die Messe gänzlich abgeschafft, fortan darf man weder daheim für sich zelebrieren noch in der Umgebung die Messe hören.

Als die Furcht vor dem Allerschlimmsten vorbei war und man hoffen durfte, es gehe weder an den Kragen noch an Hab und Gut, begann auch ich ans Fortgehen zu denken, denn das erste Recht eines Welteidgenossen ist und bleibt die Freizügigkeit auf sämtlichen Kontinenten. Dass ich nicht vor Ostern abreiste, daran war nur der verfluchte Schnupfen schuld, der mir bös zu schaffen gemacht hat. Zu allererst schickte ich mein Geld, meine Ringe und Silbergefäße nach Freiburg. Etwas später ließ ich zwei Lastwagen mit Truhen und Bettzeug beladen.

Nachdem solches geschehen war, und es sich rasch genug herumgesprochen hatte, meldete man mir, Oekolampadius wie die ihm unterstellten Prediger seien ungehalten über mich. Ich überlegte, wie die Dinge in Wahrheit ständen, beruhigte Oekolampadius schriftlich und hatte dann in dem vor dem Spalentor gelegenen Frobenschen Gartenhaus eine längere Unterredung mit ihm. Schließlich riet er mir, Basel nicht zu verlassen. Ich gab ihm zur Antwort, dass ich aus der mir sehr lieben Stadt aus vielen Gründen ungern fortginge, aber ich könnte weder die Missgunst, mit der man mich von theologischer Seite verfolge, noch die pfäffische Tyrannei, die jede freie Meinungsäußerung zu unterbinden trachtet, nicht länger ertragen. Da drang er darauf, ich sollte wenigstens in der Absicht gehen, später wieder zu kommen. In Freiburg, sprach ich zu ihm, werde ich einige Monate bleiben, und dann dahin gehen, wohin Gott mich ruft. Worauf wir uns die Hände gaben und in Frieden voneinander schieden.

Als ich das Schiff besteigen wollte, machte man plötzlich Schwierigkeiten wegen des Gepäcks meiner Magd, wobei sich zwei Mautner, die eben erst angestellt worden waren, so etwas wie den Hosenbandorden verdienen wollten. Sie gaben erst Ruhe, als ich den Beutel zog und sie zum Teufel wünschte, der ja der oberste aller Zöllner ist. Ich fuhr dann bei der Rheinbrücke ab in der Begleitung einiger Freunde, die sich gleichfalls von Basel trennen wollten. Niemand sagte mir ein Abschiedswort.

Die kleine Reise verlief besser, als ich gehofft hatte. Der Rat der Stadt Freiburg bewies mir ganz von selbst alle Freundlichkeit, noch ehe mich König Ferdinand brieflich empfohlen hatte. Man stellte mir das fürstliche, aber leider noch unvollendete Haus zur Verfügung, dass Jakob Villinger für den Kaiser Maximilian gebaut hatte. So verliefen die vom Baseler Glaubenshandel geborenen Händel, die noch kein Ende gefunden haben, und man sagt sogar schon, das ganze Baseler Stiftskollegium würde nach Freiburg übersiedeln. Dem Anschein nach bin ich hier allen willkommen.

Fünfzehn Jahre sind es nun her, da begann ich mit Basel in Verbindung zu treten, schließlich habe ich dort ganze acht Jahre lang ständig eine angenehme und gute Gastfreundschaft genossen. Dort war Johannes Froben mein Herzensfreund geworden. Einen aufrichtigeren Daseinsgenossen hätte ich mir gar nicht wünschen können. Seine ganze

Familie war mir genauso wohlgesinnt, weshalb auch meine Zuneigung zu seiner Nachkommenschaft unverändert fortdauert. Ebenso war diese trotz alledem unvergleichliche Stadt für mich nahezu eine zweite Heimat geworden, und ich bin ihr auch, so mich nicht alles täuscht, kein unbequemer oder lästiger Gast gewesen. Solches habe ich noch kurz vor Besteigen des Schiffes durch ein kleines Gedicht bezeugt, das sich mein guter treuer Freund Bonifacius Amerbach aufnotiert hat, ein richtiges Seemannslied, das mit den Worten beginnt:

> *Nun ade mein liebes Basel,*
> *Langer Jahre beste Bleibe,*
> *Freude wünsch ich dir und Freiheit,*
> *Dazu frohgemute Gäste,*
> *Wie ich selber einer war.*

Ich glaube kaum, dass sich dort jemand mit Grund über mich beklagen kann. Bevor der Rumor begann, war ich bei den Predigern wie bei Rat und Volk nicht unbeliebt. Sobald man aber erkannte, dass ich mich niemals an den Unruhen beteiligen würde, sprang der Wind der öffentlichen Meinung um. Oekolampadius hat von der Kanzel heftiglich darauf gedrungen, dass jeder, der nicht zu seinem Abendmahlstisch kommen wolle, aus der Stadt hinaussollte. Was ich mir nicht zweimal habe sagen lassen wollen. Sehr viele haben daraufhin das Abendmahl in den Nachbarorten eingenommen, einzelne davon sind mit drei Pfund bestraft worden. Insgesamt sind an die achthundert Baseler nicht zur Kommunion gekommen, ein Zeichen, dass Oekolampadius keineswegs das Wohlwollen aller zu erregen vermag. Daraufhin begannen niederträchtige und falsche, von draußen hereingeströmte Aucheidgenossen mich zu schmähen und mir mit Briefen, Karikaturen und Druckschriften an die Scheuerleiste zu kommen. All diesen Unsinn habe ich lachend verdaut. Aber ich habe nicht warten wollen, bis es, wie an anderen Stellen, zu Steinwürfen und zerbrochenen Fensterscheiben käme. Und so habe ich mich denn dazu entschlossen, dieses barbarische Gebrodel von draußen zu beobachten, bis die Alteingesessenen mit den unbesonnenen Zuläufern fertig geworden wären und zu Toleranz zurückgefunden hätten, womit sie, wie es scheint, noch emsiglich beschäftigt sind. Hier in Freiburg ist mir bisher alles nach Wunsch gegangen, auch mein Gesundheitszustand hat sich nicht verschlechtert.

Vor etlichen Tagen hat mir ganz wider Erwarten der vortreffliche Anton Fugger einen fein geformten, sehr schön vergoldeten Becher gesandt. Er machte mir dabei alle möglichen liebenswürdigen und gütigen Anerbietungen, wenn ich zu ihm nach Augsburg ziehen wollte. Damit von den Reisekosten nicht die Rede sein könnte, gab er mir eine Bank in Basel an, die mir auf seine Rechnung einhundert Gulden anweisen würde.

Auch nach Brabant suchen mich die Freunde zurückzulocken und rufen Gott und die Welt zu Zeugen an, dass ich fremde Gegenden mit meiner Gegenwart beglückte, aber einzig und allein meinem niederländischen Vaterlande keinerlei Ehre erweise. Es wäre wohl geziemend, in Brabant alt zu werden, doch wenn ich an die eisige Haltung des dortigen Hofes denke, besonders wenn es sich ums Pensionszahlen handelt, so ist mir das selbstgewählte Exilium viel weniger peinlich.

Auch in den Dingen der Politik huldige ich nach wie vor der strengsten Neutralität. Für eine baldige Aussöhnung des Kaisers mit dem König, deren unselige Zwietracht seit so vielen Jahren vordem so blühende Länder wie Italien und Frankreich elend zugrunde richtet, geben mir die Briefe der Freunde sehr wenig Hoffnung. Vielmehr melden sie, dass zu den alten lächerlichen Zänkereien täglich neue, noch lächerlichere hinzukommen. Diese beiden Festlandspotentaten denken gar nicht an das Ende ihrer Feindschaft, während es doch gar keinen besseren Beweis für Wohlanstand und Hochherzigkeit gibt, als das angetane Unrecht beiseitezuschieben und es zu verzeihen. Und verdient der Beleidiger solches nicht, so sollte man doch seine Untertanen nicht dafür bestrafen.

Schon seit vielen Jahren ist nahezu kein Teil von Europa frei von Unruhen, und auch jetzt sehe ich kaum etwas anderes als neue Kriegsvorbereitungen. Sogar zwischen Zürich und Luzern sind Misshelligkeiten entstanden, woran der Antipapst Zwingli, der noch immer mit dem Schwerte Gideons auf der Kanzel herumzufuchteln pflegt, nicht ganz unschuldig ist. Denn dort bei Kappel standen sich erst kürzlich bewaffnete Heerwürmer und geladene Kanonen ganz nahe gegenüber. Aber keiner Fliege ging es ans Leben, nur unter den Kirschen wurde eine große Verheerung angerichtet, und zuletzt endete dieser Sonderbundskrieg ohne Blut und Tränen mit Humor, nämlich mit einem homerischen Gelächter auf beiden Seiten. Schon darum brauchst du an dem

613

Weiterbestand der Eidgenossenschaft nicht zu zweifeln, dieses Auge im Delta ist und bleibt, so unwahrscheinlich es auch klingen mag, trotz aller Glaubenstumulte und Pfaffenzänkereien fest und unerschütterlich in alle Ewigkeit.

Zur selben Stunde saß zu Padua im Palast Bringdellino an Fabians gastlichem Tische der aus Mannheim stammende Rechtszauberlehrling Jonathan Wingert, der nach Bologna unterwegs war, um dort sein Studium zu beenden, und gab auf Befragen Auskunft über Heidelberg, in dem er sich sechs Semester als Gerechtigkeitsschüler paragräphlichst befleißigt hatte. Im Verlaufe dieser spannenden Unterhaltung stellte es sich auch heraus, dass das Grundstück, auf dem die durch das Schadfeuer zerstörte Hofapotheke gestanden hatte, noch immer wüst und leer läge.

„Ich hätte wohl Lust", sprach der von plötzlichem Heimweh erfasste Fabian darauf zu Miranda, als sie das Knäbleins Solidus labte, „so wie ich den Doktorhut errungen habe, nach Heidelberg zurückzukehren, um die Apotheke wieder aufzubauen."

„Und ich freue mich schon darauf", versicherte die junge Mutter, „diese schöne Stadt kennen zu lernen!"

„Aber", gab er ihr zu bedenken, „wenn es dir dort nicht behagt?"

„Ei, wie kommst du darauf", lächelte sie glückselig, auf das saugende Knäblein deutend, „dass es mir bei euch beiden einmal nicht behagen könnte? Ist deine Heimat nicht auch die unsere?"

„Du sagst es, so ist es!", rief er begeistert und küsste sie.

Unterdessen hatte Aretino in Venedig über das Fruchtbarkeitselixier der noch immer von Sophius Crott betreuten Storchenapotheke dreizehn Sonette zu Papier gebracht und mit wachsendem Erfolg in Umlauf gesetzt. Zwölf dieser kunstvollen Zeilenbündel waren den einzelnen Sternbildern des Tierkreises gewidmet, das dreizehnte aber hatte den ganzen Zirkel zum Zielpunkt und sinnlautete also:

Des Wunders Wassermann wohnt bei den Fischen,
Und was er zeugt, bringt zur Geburt die Waage.
Da Widder, Stier, Zwillinge ihre Tage
Mit Krebs und Löwe in der Jungfrau mischen,
O Skorpion, was soll dein Gift dazwischen?

Doch schon zerpfeilt der Schütz dich Schicksalsplage,
Der Steinbock trifft dich mit des Hufes Schlage,
Denn doppelt weiß die Waage aufzutischen:
Ein voller Beutel liegt auf jeder Schale!
Hat auch der Wundermann nur einen Schenkel,
So hält er doch der Schöpfung Krug am Henkel
Und lässt ihn fließen in gewohntem Strahle.
Als Herr der ewigen Fruchtbarkeitsspirale
Schenkt er die Kinder und beschert die Enkel.

Und von Stund an begann Sophius Crotts storchlicher und ehebefestigender Kavaliersruhm alle venezianischen Grenzen zu überschreiten.

Um diese Zeit geschah es zu Wittenberg, dass Luther, beunruhigt von der Nachricht, dass die Janitscharen bereits bis Pressburg vorgedrungen waren, um Wien zu bedrohen, also zu Melanchthon sprach: „Lass uns beten, dass Gott uns vor Krieg behüte! Wiewohl der Krieg ein rechtmäßig und ordentlich Werk der Obrigkeit ist, nicht allein eine Defension und Notwehr, sich vor ungerechter Gewalt zu schützen, sondern auch eine Rache!"

„Rache?", wiederholte Melanchthon kopfschüttelnd. „Weshalb steht dann geschrieben: Die Rache ist mein, ich will vergelten, spricht der Herr?"

„Es steht auch geschrieben", suchte sich der Wittenberger Theologissimus dieser philologischen Schlinge zu entziehen: „Der Buchstabe tötet, aber der Geist macht lebendig!"

„Mit Buchstaben', entgegnete der germanische Präzeptor, „kannst du die Türken nicht töten. Und wo ist der Geist, der auch nur einen einzigen von den Türken getöteten Christenbruder wieder lebendig zu machen vermöchte?"

„Darum eben Heldenmut und Tapferkeit!", trumpfte Luther auf. „Darum Dreinschlagen um Gottes und Jesu willen, damit das Reich uns bleibe!"

„Obschon", stach Melanchthon dazwischen, „weder Christus noch die Apostel zum Krieg wider die Ungläubigen ermahnt und aufgerufen haben? Wie geschrieben steht: Liebet eure Feinde, segnet, die euch fluchen, tut wohl denen, die euch hassen, bittet für die, so euch beleidigen und verfolgen?"

„Ich aber sage euch", donnerte Luther wie ein Moses Sekundus: „Auge um Auge, Zahn um Zahn!"

„Dann" murmelte Melanchthon erschöpft, „bist du eher ein Türke denn ein Christ!"

„Ich bete zu Gott", verteidigte sich Luther, „dass er dem Kaiser den Sieg verleiht, eben diesem Kaiser, der mich, woran jetzt kein Zweifel mehr möglich ist, beleidigt und verfolgt. Also bin ich ein sehr guter Christ! Wäre ich ein Türke, so müsste ich für den Sultan beten, der mich weder in den Bann getan noch in die Acht erklärt hat. Aber du bist aus Bretten und hast noch immer ein Brett vor dem Kopf! Du willst nicht einsehen und wahrhaben, wie sehr diese Welt im Argen liegt, die deswegen von Gott unablässig gestraft und gezüchtigt werden muss. Wie geschrieben steht im Hebräerbrief Kapitel Zwölf Vers Sechs: Welchen der Herrgott lieb hat, den züchtigt er! Und wer den Herrgott lieb hat, der hält in allen irdischen Stürmen und Nöten getreulich zu ihm und lässt nimmermehr davon ab, ihm bei dieser wichtigsten aller pädagogischen Prozeduren nach Kräften zu helfen und zur Hand zu gehen!"

Melanchthon schwieg, weil er schon wieder einmal erkannte, wie vergeblich er sich bemüht hatte.

Als die Sonne jenes Jahres in das Sternbild der Waage gelangte, begann der janitscharische Heerwurm das vom Grafen von Salm verteidigte Wien ebenso tapfer wie vergeblich zu berennen, dass der prächtige Kalif Kanuni Süleyman Sekundus, nachdem er sein ganzes Pulver verschossen hatte, unter dem Glockengeläut der tapferen Verteidiger den Rückzug antreten musste. Weder die Wiener Würste noch die Nürnberger Lebkuchen hatte er zu erhaschen vermocht.

„Wenn das Allahs Wille ist", grimmte er daraufhin seinen Obermufti an, „dann bist du der falscheste aller Propheten und sollst nun vor der ganzen Armee für deine infamen Lügen den Lohn empfangen! An den Galgen mit diesem Hochverräter!"

Und es geschah also, angesichts der Stadt Pressburg, am 25. Oktober des Jahres 1529.

„Wer im Glaubenskampfe fällt, dem öffnet sich das Paradies!", korante Abdul Machulla, dieser Theomilitarist vom reinsten Wasser, während der vor Wien dezimierte Heerwurm der Janitscharen zwecks Befestigung der erschütterten Disziplin um den Galgen paradierte, und trat ohne Furcht und Zittern seine über das strafholzliche, wie ein diagonal verstümmeltes Kreuz gestaltete Erhöhungsgerät führende Auffahrt an, um in das von Muhammed zu eben diesem Ende erfundene siebenfache, von engelschönen Konkubinen bevölkerte islamistische Himmelreich einzugehen.

Diese im ganzen Reich bejubelte Niederlage der ungläubigen Ostbandien schien ganz dazu angetan, den zwischen dem Kaiser und dem König geplanten Friedensschluss von Cambrai zum Wohlgelingen zu bringen. Allein der Staatskanzler Gattinari, der damit sein diplomatisches Meisterstück vollbringen sollte, war ganz anderer Meinung, zumal er bald darauf von einem Hirnschlage aufs Krankenlager geworfen wurde.

„Auch dieser Friede wird nur eine Schimäre sein!", sprach er, nachdem er sich wieder etwas erholt hatte, zu seinem Neffen Bonaventura Loggio, der ihm als Geheimschreiber diente. „Denn in spätestens sieben Jahren hebt dieser blutige Tanz von neuem an. Es scheint Gottes Wille zu sein, aus dem Hause Habsburg, um ein Exempel für alle Völker zu statuieren, einen Narrenkäfig zu machen. Der Kaiser ist, das hat er seiner verrückten Mutter zu verdanken, ein von Gicht und epileptischen Krämpfen geplagter Siechling, sein Sohn ist schon mit drei Jahren ein kompletter Tropf, und so wird sein Enkel nur ein böses Tier werden können. Ach, der Roterodamus hat schon recht. Wir Staatsmänner sind allzumal Mordsidioten und sind nur auf der Welt, um uns bis auf unseren wappengeschmückten Hosenboden zu blamieren! Ich wünschte nur, der Eingeborene Sohn käme endlich daher, um uns dieses gräulichste aller Handwerke gründlich zu legen!"

Um diese Zeit traf Luther, auf Einladung des Landgrafen Philipp von Hessen, in Marburg an der Lahn ein, um sich mit Ulrich Zwingli über die Lehre vom Abendmahl zu besprechen. Oekolampadius aus Basel und Martin Bucer aus Straßburg waren gleichfalls zur Stelle. Aber trotz ihrer eifrigen Bemühungen, zu einer Einigung der reformatorischen Gruppen zu gelangen, wollte weder Luther nachgeben noch Zwingli einschwenken, weshalb diese silbenstecherischen Verhandlungen am dritten Tage als ergebnislos abgebrochen werden mussten.

Martin Bucer berichtete darüber mit tiefem Bedauern an Ulrich Zasius, der sich daraufhin sogleich zu Desiderius begab.

„Zwei harte Köpfe sind aufeinander gestoßen!", erklärte der Alte Hexenmeister achselzuckend, nachdem er das Schreiben überflogen hatte. „Kein Wunder, dass es so hohl geklungen hat! Und der Landgraf sucht im Trüben zu fischen, um sich gegen den Kaiser stark zu machen. Das ist der ganze Sinn dieser unsinnigen Komödie!"

So ging auch dieses Jahr zu Ende.

Als sich der Kaiser endlich dazu entschlossen hatte, nach Italien zu reisen, um in Bologna mit dem Papst zusammenzutreffen, sprach Gattinari zu seinem Neffen: „Solange ein Kranker den anderen krönt, kann die Welt nicht genesen. Heiliger Roterodamus, bitt für uns! Denn unsere Taten sind eitel Tand! Und die Eidgenossen haben allen Grund dazu, uns auszulachen!"

Zwei Wochen später erlitt er, nach Brüssel zurückgekehrt, einen zweiten Hirnschlag, der ihn rechtsseitig lähmte.

„Denke endlich an das Heil deiner Seele!", ermahnte ihn der Franziskanerprior Liberius, der erschienen war, um ihm die Letzte Ölung zu verabreichen.

„Bleib mir mit deinem altertümlichen Hokuspokus vom Leibe!", murmelte Gattinari abweisend. „Denn wenn es Gott wohlgefällt, mich nun vom Teufel holen zu lassen, wie könnte ich armseliges Würmchen imstande sein, seinem allmächtigen Willen zu widerstreben?"

Drei Tage später tat er ohne Schmerzen seinen letzten Atemzug.

Zur gleichen Zeit, noch im Zeichen des Wassermannes, hielt der Fürst Lazarus Esterhazy von Galantha als Kaiserlicher Gesandter seinen Einzug in Venedig, und bereits am folgenden Morgen erschien seine Gattin in der Storchenapotheke, um sich von Sophius Crott sogleich in die von ihr so sehnlichst herbeigewünschte Fruchtbarkeitsbehandlung nehmen zu lassen.

Worauf Aretino nicht versäumte, die Ankunft dieser ebenso blutjungen wie feurigen ungarischen Edeldame mit einem Hymnus von neunzehn Stanzen zu besingen und dafür ein Honorar von einhundertzweiundfünfzig Zechinen in Empfang zu nehmen.

Am letzten Januar des Jahres 1530 lateinte Desiderius von Freiburg aus an den in Groningen hausenden Humanisten Hajo Hermann Hompen also:

Der Kaiser hat, wie ich höre, in Bologna mitten auf dem Markte dreimal dem Papst den Fuß geküsst und dort, also nicht in Rom, von ihm die Kaiserkrone empfangen, jedenfalls unter den üblichen Zeremonien, die ja diesem Sohn einer kopfkranken Mutter besonders heilig sein müssen.

Den Florentinern hat man militärisch sehr zugesetzt, sie sollen sich dem Papst unterwerfen, aber vergeblich, denn es war von vornherein ausgemacht, dass sie lieber das Äußerste wagen würden als in das alte mediceische Joch zurückzukriechen. Dem Kaiser haben sie das schmeichelhafte Anerbieten gemacht, sich fortan unter seinen Schutz zu begeben. Mit Venedig ist ein Waffenstillstand geschlossen worden, bis man zu einer vollen Einigung über die Handelsbeziehungen gelangt.

Der Kaiser hat den venezianischen Maler Tiziano ins Hauptquartier geladen und sich zweimal von ihm abkonterfeien lassen, zuerst hoch zu Ross in voller Ritterrüstung mit eingelegtem Turnierspieß, dann als Weidmann mit seiner größten Dogge. Der Tausendsassa Pietro Aretino, dem gleichfalls eine kurze Audienz gewährt worden ist, und der, wie allbekannt, seinen Löffel in jeder Suppe haben möchte, soll danach gefragt haben, ob dies etwa der Hund sei, auf den die Majestät demnächst herabzukommen gedenke, und zwar soll das aus Rache geschehen sein, weil der Kaiser sich geweigert hat, ihn in den Adelsstand zu erheben.

Man schreibt mir weiter, der Kaiser wolle nach Innsbruck kommen, wo die leidige Türkenfrage behandelt werden soll. Und von dort will er sich auf den nach Augsburg einberufenen Reichstag begeben, um den religiösen Zwiespalt zu beseitigen. Aber einige Reichsstädte, denen der Kamm geschwollen ist, und manche Fürsten, die von dem nun nicht mehr nach Rom abfließenden Peterspfennig fett wie Kapaunen geworden sind, wollen nichts vom inneren Frieden wissen und sind zum fröhlichen Blutvergießer entschlossener denn jemals.

Neulich ist zwischen Zürich, Bern und Straßburg, also ohne Basel, sogar ein Burgrecht abgeschlossen worden, das von Gerhard Geldenhauer, der auf eine Professur in Marburg spekuliert, im Liede verherrlicht worden ist.

König Ferdinand hat Wien keineswegs, wie die Fama lügt, verloren, aber ein großer Teil von Österreich ist so schlimm verwüstet worden, dass der Strom der Steuern schon wieder am Versiegen ist. Ofen jedoch soll der König wiedergewonnen haben. Aber das taugt nicht viel für die Zurückeroberung Ungarns, weil seine Truppen aus diesem schlecht verschanzten Platze leicht wieder vertrieben werden können.

Was die Römlinge machen, ahne ich mehr, als dass ich es schon genau wüsste. Sie hocken wohl noch immer um ihre schimpfierte Wölfin herum, fischen nach Gold und blasen Trübsal.

Meine wissenschaftliche Arbeit ist hier ins Stocken geraten. Wer mag noch jetzt, wo der keifenden Verleumder so viele sind, etwas herausgeben und auf den Markt bringen? Ich habe eine Schrift über die frühzeitige und großzügig zu gestaltende Erziehung der Knaben herausgebracht, die Du wohl schon gelesen haben wirst. Jetzt habe ich nichts Neues unter der Hand außer einer Auslegung des Zweiundzwanzigsten Psalms.

"Die Christliche Witwe" habe ich noch in Basel zum Druck bringen können. Vielfach wünscht man eine Predigtlehre von mir. Ich hatte sie auch schon in Angriff genommen, habe aber zurzeit die Lust daran verloren. Sollte ich mich nicht schon mehr als genug für die undankbaren Zeitgenossen abgerackert haben?

Vielleicht schreibe ich noch eine Paraphrase der Apophtegmen des Plutarch. Dabei will ich den Text glätten, dunkle Stellen aufhellen und auf die Scharfsinnigkeit des Inhalts hinweisen, die nicht alle verstehen. Weiterhin möchte ich zeigen, was man alles damit anfangen kann – hier wenigstens wird man keine Ketzerei erschnüffeln können.

Jetzt ist auch der Chrysostomus im Druck, in so vornehmer Ausstattung wie einst der Augustin. Ich habe mancherlei aus meiner früheren Übersetzung hinzugefügt, habe es aber nicht zu Ende geführt, da sich vielfach Unechtheit herausstellte.

Wenn Du wissen willst, zu welchem Zweck ich die Schriften der doch längst veralteten Kirchenväter neu herausgegeben habe, so nimm zur

Kenntnis, dass sich die kommenden Geschlechter gegen die Wiederholung der von den Vorfahren bereits begangenen Torheiten nur dann gesichert fühlen können, wenn man es ihnen ermöglicht, sie schwarz auf weiß, also exakt philologisch zu studieren. Woraus erhellt, dass nicht, wie bisher, Altar und Kanzel, sondern Buchdruckerkunst und Buchhandel die beiden Räder sind, auf denen sich das Vehikulum des menschlichen Bewusstseins vorwärtsbewegt, um das welteidgenössische, das göttliche Ziel, die Freiheit aller, zu erreichen. Und der Buchhandel floriert überall stärker als jemals, nur in Italien liegt der noch darnieder, eine Folge der unglücklichen Kriege und der damit verbundenen Zerstörungen.

Sonderlich mit dem Venezianern scheint es reißend bergab zu gehen trotz der Erleichterung, die ihnen durch die den Türken bei Wien und Ofen beigebrachten Niederlagen beschert worden ist. Infolge der fortgesetzten Schmälerung des venezianischen Ausbeutungsgebiets hat sich, nach dem Vorbilde der antiken Profitzentrale Karthago, die ebenfalls einen Löwen im Wappen gehabt hat, die Beamtenschaft der sumpfgeborenen Adriakörigin über Gebühr aufgebläht und wird infolge der sinkenden Zufuhren naturgemäß immer unverschämter. Neuerdings soll dort sogar die Waffenherstellung in Schwung gekommen sein, was kaum ein Vorzeichen zum Guten sein dürfte. Auch haben sich die dortigen Händler auf der Tand der kostbaren Gewebe, der Glaswaren und der Spitzenstickerei werfen müssen, da nun die orientalischen Gewürze, ohne die unsere Vorfahren so viel glücklicher gewesen waren, als wir es sind, zu Lissabon, über den neu entdeckten Indienweg, doppelt so billig wie in Venedig auf den europäischen Markt gelangen. Wie geschrieben steht: Stets wirft der Preis zu Gottes Preise den Handel aus dem falschen Gleise! Dafür paradieren nun auf der Lagune die immer zahlreicher werdenden Kurtisanen und lassen sich von den überall heranströmenden reichen Kavalieren hofieren. Und sogar die Nonnen versuchen schon mit diesen aphroditischen Beutelmelkerinnen zu wetteifern, um den lukrativen Fremdenverkehr noch weiter zu heben. Und das ist immer der Anfang vom Ende. Ja, so werden nun dem Markuslöwen mit jedem Tage die Fittiche weiter gestutzt, bis es in absehbarer Zeit mit seiner ganzen pseudoparadiesischen Gloria vorbei sein wird. Woraus sich ergibt, dass der beste Gottesdienst in der Vorsicht besteht, alle Gesundheitsstörungen zu vermeiden und sich jeglicher Exzesse, auch der kommerziellen, zu enthalten.

Und da bin ich bei meinem Befinden angelangt, das nach wie vor sehr labil ist. Wenn ich nur den Petrus, den ich nun schon seit Jahren in meiner Blase kultiviere, loswerden könnte, so würde ich mit den sonstigen Widrigkeiten des Daseins leicht fertig werden können. Ich habe dauernd Beschwerden, aber sie sind einstweilen noch erträglich und vermögen mir nicht die Laune zu verderben. Das Sterben schreckt mich nicht im Geringsten, doch möchte ich mir wohl einen möglichst sanften Tod wünschen. Viele raten mir zur Operation. Doch werde ich den Steinschneider erst rufen, wenn mir die Lebenslust völlig vergangen ist. Aber so weit ist es noch lange nicht! Gott sei Dank sind meine Augen noch scharfsichtig, während viele sich wundern, dass ich nicht längst von dem vielen Korrekturlesen blind geworden bin. Bis zum heutigen Tage habe ich noch nie eine Brille gebraucht, weder bei Tage noch bei Lampenlicht. Auch einen Stock habe ich niemals angerührt, ich gehe festen Schrittes und rasch, meine Hände zittern weniger als bei manchem Jüngling. Und wenn ich nur mit meinen sechsundsechzig Jahren im Arbeiten etwas Maß halte, so könnte ich es wohl, mit Hilfe des Ewigen Vaters, im Vollbesitz meiner Sinne noch auf weitere vierzehn Jahre bringen. Meine Umgebung merkt weder ein Nachlassen meiner Geisteskraft noch des Gedächtnisses noch des Humors. Wenn Gott mich geschaffen hat, so steht ihm auch das uneingeschränkte Recht zu, mich zur gegebenen Stunde wieder zu sich zu nehmen, also dass es kaum etwas Närrischeres gibt, als um diese Naturtatsache ein großes Brimborium zu machen.

Nun willst du noch wissen, wie ich hier in Freiburg hause. Mein Studierzimmer ist vollgepfropft mit den Briefen von Gelehrten, Prominenten, Fürsten, Königen, Staatsmännern, Kardinälen, Bischöfen, Adelspersonen und Kaufleuten. Ich besitze einen ganzen Schrein voll von Ehrengaben, Bechern, Krügen, Löffeln, Uhren, zum Teil aus purem Golde. Eine Unzahl Ringe sind mein Eigentum, und ich müsste mehr als hundert Hände haben, um sie alle anstecken zu können. Das alles würde noch viel mehr sein, wenn ich im Laufe der langen Jahre nicht sehr viele solcher Kostbarkeiten an andere Jünger der Wissenschaft weiterverschenkt hätte. Alle meine Freunde, die mir die Treue gehalten haben, und alle Bekannten, denen ich etwas zu verdanken habe, werde ich, da es mir nicht vergönnt worden ist, einen Erben zu hinterlassen, in meinem Testament bedenken, und auch Dein Name, mein bester Hompen, wird sicherlich nicht darin fehlen, so es Dir nur gelingt, mich zu überleben.

Christoph von Stadion, der Bischof von Augsburg, ist kürzlich hier gewesen, verleugnete aber sein Hiersein vor der Öffentlichkeit und beteuerte, er sei nur gekommen, um den Roterodamus zu sprechen. Ich habe nie etwas Gelehrteres und Freundlicheres gesehen als diesen um die Wissenschaft so hoch verdienten Mann. Bei seiner Abreise schenkte er mir zwei prächtige, mit zweihundert Gulden gefüllte Becher. Unterwegs ist noch ein Becher vom Herzog von Jülich und ein zweiter von dem Kölner Professor Johannes Rinck. Solche Geschenke derartiger Männer sind mir ein Trost gegen die Verrücktheiten der Kläffer, die anscheinend nichts Besseres zu tun haben, als sich über den Ruhm zu giften, der mir wahrlich nicht von selbst in den Schoß gefallen ist. Ich habe gewiss schon ein ganzes Oxhoftfass Tinte verschrieben, von der Druckerschwärze und den dabei vergossenen Schweißtropfen ganz zu schweigen.

Auch in England, dessen Potentat von der Ehescheidungssucht befallen ist, habe ich noch die alten Freunde. Kardinal Wolsey, der sich auf die Seite der Königin geschlagen hat, ist inzwischen in die allerschwärzeste Ungnade gefallen und hat seinen Sitz Thomas More überlassen müssen, der damit der oberste Richter von London geworden ist. Aber trotz alledem möchte ich nicht um eine Million Pfund Sterling in seiner Haut stecken! Denn wenn dort nicht bald ein sicherer Erbe erscheint, dann wird es da drüben ein ungeheures Blutbad geben, zumal an derartigen barbarischen Schauspielen in der Geschichte jener berserkerischen Profithorde durchaus kein Mangel herrscht. Man sollte sich auch billig wundern, dass noch immer kein Dichter erschienen ist, um diese Kaskaden von Heucheleien, Hinterlist, Verrat, Spitzbübereien, Nichtswürdigkeiten und bestialischen Abschlachtungen auf die Schaubühne zu bringen. Wie geschrieben steht: Was hülfe es einem Volke, so es die halbe Welt gewönne und nähme doch Schaden an seinem Charakter? Ja, es scheint sich dort an der Themse das Schicksal der Astriden wiederholen zu wollen, die ebenfalls in alle Welt hinausgeschifft sind, um freie Völker zu unterjochen und auszubeuten und dann mit dem Muttermörder Orest ihr wohlverdientes Ende zu finden. Es fehlt nur noch, dass sich die Londoner nach dem Vorbild der alten Athener, die ja ebenfalls untergegangen sind, Demokraten nennen! Aber vielleicht erleben wir diesen Schwindel noch einmal! *Wie sollte auch dem Zweiten Karthago ein besseres Los beschieden sein, als es dem Ersten Karthago zugemessen worden ist, zumal die von Thomas More vorausgesagten Utopisten in der Neuen Welt schon dabei sind, den Grundstein für das Dritte Karthago zu legen?*

Am 21. September 1530 beglückte in Venedig die Fürstin Mirabella Esterhazy von Galantha ihren greisen Ehegemahl mit einem purpurlockigen Zwillingspärchen, das in der Taufe die Namen Sophius und Sophia erhielt und daraufhin von Sophius Crott unter Nummer Sechs und Sieben in das Kontobuch seiner Nachkommenschaft als erbberechtigt eingetragen wurden.

Um die Weihnachtszeit 1530 tauchte in Venedig, von Regensburg herkommend, der Erbprinz Hektor von Thurn und Taxis auf, um mit der zweiten seiner Kavalierstouren anzuheben, nahm Quartier im Palast Vendramin, ließ sich von Aretino mit einer sieben Folioseiten langen Hexameterode bewillkommnen, belohnte ihn dafür mit zweihundertzweiundzwanzig frischgeprägten Zechinen und glaubte sich daraufhin die Freiheit nehmen zu dürfen, ihm die noch immer wunderschöne Witwe Hortensia abspenstig zu machen.

„Es wird kein gutes Ende mit ihr nehmen!", grollte Aretino, nachdem sie ihm den Abschied gegeben hatte, um fortan auf dem nachmittäglichen Gondelkorso vor dem Dogenpalast als die begehrteste und teuerste der venezianischen Kurtisanen zu paradieren.

Vier Monate später, am Sonntag Okuli des Jahres 1531, sah sich Luther wiederum genötigt, den Wittenberger Bürgern und Bürgerinnen in der Pfarrkirche über Hoffart, Wucher, Geiz, unzüchtige Kleider, schändlichen Prunk, welschen Tand, viehisches Fressen und Saufen, Meuchelei, Glaubenswankelmut, Unzucht, abgöttliche Tänze und französische Metzen so gewaltiglich die Leviten zu lesen, dass die meisten seiner Zuhörer und Zuhörerinnen darob zu rumoren begannen, worüber er sogleich in allerhöchsten Zorn geriet und dergestalt losposaunte: „Wollt ihr husten, scharren, pochen, brüllen, murren und grunzen, ei, so geht nur hinaus unter die Kühe und Schweine, die werden euch wohl antworten, aber lasst die Kirche und die Diener Gottes ungehindert und unbehelligt! Ich habe gelehrt wie Christus und geschrieben wie Paulus, und es hat auch nichts genutzt! Ich prophezeie euch hiermit, dass, so ihr nicht absteht und ablasst von solch tugendwidriger Boshaftigkeit, alle eure Schätze verschlungen werden sollen von den Soldaten, und sie müssen obendrein noch eure Weiber und Kinder schänden und durch den Kot ziehen. O ihr gottlosen Bestien, ich will aufhören euch zurechtzuweisen und keine Perlen mehr vor die Säue werfen! Ich werde mich von Wittenberg abwenden und nimmermehr zu euch zurückkehren, denn ich mag solcher Teufelsherde Hirte und Hüter nicht fürderhin heißen! Ich sehe voraus, wenn ich sterbe, so werden viele Brüder und Schwestern abfallen vom Glauben und dadurch dem Evangelium einen noch ärgeren Stoß versetzen, als es die groben, unwissenden und epikureischen Papisten getan haben. Gott sei mir Sünder gnädig! Amen."

Damit verließ er die Kanzel, auf der er sich weltberühmt gepredigt hatte, und kehrte in sein klösterliches Eheheim zurück, um hier im Kreise seiner aufgestörten Mitarbeiter also fortzufahren: „Zweifelt nicht länger daran, dass sich unser Lehramt in höchster Gefahr befindet, denn der Teufel will sich durchaus nicht in den Sack stecken lassen! Wahrlich, wahrlich, ich sage euch, drei Dinge sind es, von welchen die christliche Religion mit dem Verderben bedroht wird. Erstens das Vergessen der Wohltaten, die wir durch die Schriften der Psalmisten, Propheten, Evangelisten und Apostel empfangen haben. Zweitens die schnöde Mammonsgier, die ungeheuerliche Verschwendung mit den irdischen Gütern sowie die belialische Hoffart, die überall herrscht und sich heute schon hundertmal höher dünkt als der Herrgott und seine getreuen Knechte. Und drittens, die von den Heiden Aristoteles und Plato stammende Weltweisheit, deren hündische Nachbeter vor der Urhure Vernunft auf dem Bauch liegen und nur danach trachten, wie sie uns Theologen das Silbenwasser abgraben können!"

Diese höchst bedrohlichen Offenbarungen machten sogleich die Runde durch die ganze Stadt und verfehlten auch die gewünschte Wirkung nicht, denn schon am folgenden Sonntag strömten auf Befehl des Rektors die Studenten aller Fakultäten so zahlreich in die

Pfarrkirche, dass für die aufruhrsüchtigen Einwohner kaum noch ein Platz übrig blieb.

Und so konnte Luther am Sonntag Lätare noch einmal auf der ganzen Linie siegen, genauso wie Jörg von Frundsberg bei Governola über den Großen Teufel und seine Schwarzen Banden triumphiert hatte.

Unter den zuhörenden Studenten befand sich auch der aus Torgau stammende medizinbeflissene Amelius Zingel, der zwölf Wochen später, zur Fortsetzung und Beendigung seines der wirksamen Patientenbehandlung gewidmeten Studiums, in Padua eintraf und wenige Tage darauf, an Fabians Tisch, im Laufe des Gesprächs unter anderen auch jene überaus bedenklichen Wittenberger Vorfälle zum Besten zu geben sich bewogen fühlte.

„Da hat er sich nun", schloss dieser durchaus nicht auf den Kopf gefallene obersächsische Gesundheitszauberlehrling seinen lebhaften Bericht, „jahrelang um die Wittenberger geplagt und ihre Stadt in die Höhe gebracht, und nun wollen sie ihn wie einen falschen Wechsler aus dem Tempel jagen!"

„Danach scheint der Undank", folgerte Fabian, „auch dort an der Elbe der Welt Lohn zu sein."

„Und das alles rührt daher", versuchte nun Amelius Zingel, nachdem er einen herzhaften Stärkungsschluck vollbracht hatte, diesem theologischen Skandalon auf den medizinischen Grund zu gelangen, „dass er einen Stein in der Blase hat, der wohl schon so groß ist wie eine ausgewachsene Oberrübe. Und in der Galle soll er sogar einen ganzen Steinbruch haben! Und dick ist er geworden wie der Erzabt von Sankt Blasien."

„Also", folgerte Fabian weiter, „gehört er auf den Operationstisch und nicht auf die Kanzel!"

„Wohl wahr!", stimmte Amelius Zingel bei. „Aber wer bringt ihn dazu, da er doch alle Chirurgen für heimliche Mordbuben und alle Juristen für verkappte Henker hält? Wie denn schon sein Vater, der in jungen Jahren wie Mose aus Jähzorn einen Hirten totgeschlagen hat, an denselben Krankheiten zugrunde gegangen ist. Er soll ein sehr harter und geiziger Mann gewesen sein, der seine Kinder, und vornehmlich diesen Martinus, der ihm wie aus dem Gesicht geschnitten ist, mit dem Knotenstock aufgezogen hat. Prügelkinder aber geraten niemals nach dem Willen Gottes! Und wie der Theologe, so sein Herrgott! Er hat nicht nur jene beiden Leibesübel, sondern auch den väterlichen Knotenstock geerbt, den er nun gegen alle anderen schwingt. Wie die Alten sungen, so zwitschern ihre Jungen! Und Vater bleibt Vater!"

„Wie auf Erden so auch im Himmel!", nickte Fabian. „Und wessen irdischer Vater ein Barbar gewesen ist, wie dürfte einem solchen Nachkommen der himmlische Vater in einem günstigeren Licht erscheinen können?"

„Ja, er hat zu viel Kot im Blut!", trumpfte Arminius Zingel auf. „Und dieser Unrat ballt sich nun in seinen beiden Blasen zusammen und regiert ihm Zunge wie Feder! Und das nennt er dann einen allmächtigen Gott! Es gibt ja auch keine andere Erbsünde als die Summa der von den Vorfahren überkommenen Leibesübel! Also sprach der große Paracelsus zu mir zu Nüremberg im Goldenen Bären."

„Ihn kennst du auch?", rief Fabian überrascht.

„Ei, wie sollte ich nicht?", bärschte sich der Torgauer. „Ich bin dann mit ihm nach Augsburg hinweggeritten, und erst in Innsbruck, weil er von da nach Villach wollte, habe ich Abschied von ihm genommen. Ja, ich bin ganze sechs Wochen lang sein getreuer Famulus gewesen! Des Morgens habe ich ihm bei seinen Kuren geholfen, und abends hat er mir seine neuen Werke in die Feder diktiert. Ach, sie sind so dunkel und kraus, dass er dafür wohl kaum einen Drucker finden wird. Weder in Nüremberg noch in Augsburg hat es ihm damit trotz aller Mühe gelingen wollen. Zuerst habe ich mich für einen ordentlichen Glückspilz gehalten, bis ich schließlich dahintergekommen bin, dass er selber ein schwerkranker Mann ist, der wohl niemals wieder auf einen grünen Zweig kommen wird. Auch ist er so eigensinnig und rechthaberisch, dass er überall in Händel gerät. Seitdem er aus Basel und Kolmar weichen musste, geht es mit ihm bergab. Bei diesem ungewissen Dasein wird er wohl noch vor den Fünfzig in die Grube fahren müssen!"

„Und weshalb", fragte Fabian gespannt, „hat er aus Basel und Kolmar weichen müssen?"

„Er begann einen Streit mit den Kollegen von der medizinischen Fakultät", antwortete Amelius Zingel achselzuckend. „Und so konnte es denn nicht ausbleiben, was ihm dann zugestoßen ist. Denn er war nur einer, sie aber waren mehr als ein Dutzend, und sie ließen nicht locker, bis er, aus Angst vor dem Büttel, bei Nacht und Nebel das Weite suchen musste. Und schon war es vorbei mit dem Stadtarzt und mit der Professur! In Kolmar konnte er sich sogar nur sieben Monate halten, dann musste er auch dort sein Bündel schnüren. Ein kranker Heiland ist und bleibt ein Nonsens! Wer sich nicht selber helfen kann, wie sollte der anderen helfen können?"

Diese beiden gewichtigen Vorgänge, der Pyrrhussieg Luthers über das von ihm wild gemachte obersächsische Kleinbürgertum und das unaufhaltsame Dahinsiechen des Theophrastus Bombastus von Hohenheim, genannt Paracelsus, gelangten in Padua noch einmal zur Sprache, und zwar am Tage der Taufe des am 7. Oktober von Miranda ohne große Schmerzen zur Welt gebrachten Jungfräuleins Olivia Sophia Petronella Birkner, an welcher Feierlichkeit außer Sophius Crott, dem es unterdessen gelungen war, nicht nur den Aufschlagzünder, sondern sogar die Handgranate auszuklügeln, auch Pietro Aretino teilnahm, die sich beide auf dem Weg nach Mantua befanden, um einer Einladung des dort noch immer in Pracht und Glanz, mit Posaunen und Kartaunen residierenden Markgrafen nachzukommen.

Während dieses Taufschmauses brachte Fabian, nachdem die sonstigen Welthändel gehörig durchgehechelt worden waren, die beiden ihm von Amelius Zingel mitgeteilten Neuigkeiten zu Gehör.

„Bei den Hängenden Gärten der Semiramis", lachte Aretino ausgelassen, „nun weiß ich wenigstens, – dank sei dem Paracelsus! – weshalb von dem medizinischen Erbsünder in Wittenberg nun und nimmermehr die Verwerfung der theologischen Erbsünde erwartet werden kann!"

„Ebenso wenig", fügte Sophius Crott nachdenklichen zu, „wie man vernünftigerweise dem Kollegium der Rechtsgelehrten jemals die Ausrottung des Malifikantentums zumuten darf!"

„Denn dann", drehte Aretino sogleich diesen scharfsinnigen Faden weiter, „hätte ja der Justizverbrecher Pontius Pilatus nicht den vollkommen unschuldigen Weltheiland, sondern sich selbstens zum Kreuzestod verdammen müssen!"

„Gott im Himmel!", seufzte Fabian kopfschüttelnd. „Wohin wollt ihr denn noch damit hinaus?"

„In die Freiheit aller!", antwortete Sophius Crott sehr trocken.

„Oder sollte man hier in Padua", spottete Aretino daumendrehend, „noch immer nicht darauf gekommen sein, dass die Wissenschaftler, die sich hinter dem mit Wissenschaft benamsten Abstraktum zu verkriechen pflegen, um den Anschein zu erwecken, sie hätten das gesamte Exaktum mit Löffeln gegessen, von Anbeginn in einem riesigen Irrgarten herumtappen?"

„Denn", pflichtete ihm, da Fabian betroffen schwieg, Sophius Crott bei, „die Existenz der Rechtsgelehrten ist doch stets an das Vorhandensein einer ausreichenden Anzahl verbrecherischer Elemente noch fester gebunden als der Unratskarren an den ihn zum Schutthaufen ziehenden Maulesel. Und nicht ein Jota anders verhält es sich mit den Heilanden der Seelen und der Körper! Wie die Mediziner ohne das Vorhandensein ihrer ach so leidenschaftlich geliebten Patienten kaum etwas zu brechen und zu beißen hätten, ebenso können die Theologen, die sich vergebens hinter dem Abstraktum Religion zu verbergen trachten, ihre von der Erbsündengeißel gepeinigte Glaubensherde doch nur dann melken und scheren, wenn es ihnen gelungen ist, eine solche um sich zu scharen. Kurzum: Wie sich die Juristen auf der begangenen Missetat und die Ärzte auf Leid und Schmerz breitmachen, genauso vermögen die Theologen nur auf dem Terminus Sünde zu gedeihen, weshalb von ihnen nicht erwartet werden darf, dass sie sich jemals um den Abbau der allgemeinen Sündenlast bemühen könnten. Im Gegenteil: Je schwerer diese Last, desto fetter ihre Mast! Woraus sich ohne Weiteres ergibt, dass der erste Malefikant mit dem ersten Richter, der erste Patient mit dem ersten Krankheitsbeschwörer und der erste Erbsünder mit dem ersten Gottesgelahrten wesensidentisch gewesen sein muss! Weshalb wohl auch geschrieben steht: Wehe euch Schriftgelehrten und Pharisäern!"

„Mit anderen Worten", hieb Aretino mit homerischem Schwung in die gleiche Beweiskerbe: „Juristen, Mediziner und Theologen, diese kontraexaktesten aller Wissenschaftler, leben von ihren Verbrechern, ihren Patienten und ihren Gläubigen wie die Bienen von den Honigblüten oder, wem dieser Vergleich gar zu poetisch ist, wie die Flöhe im Hundefell. Also, dass diese drei privilegierten Horden unserer titelgekrönten, allesbesserwissenwollenden Schriftgelehrten und Pharisäer mit einem Weltheiland, der die Erbsündenlast, einschließlich aller ihrer malefikanten, epidemischen und schismatologischen Folgen hinwegzaubern nicht nur wollte, sondern auch vermöchte, den allerallerkürzesten Prozess machen müssten. Was ja auch, vor dreimal fünfhundert Jahren, auch justament also geschehen sein soll, wenn nicht anders, dann zum Mindesten auf dem Papier!"

„Ich will aber kein Floh im Hundefell sein!", begehrte Fabian auf. „Und darum werde ich meine Patienten heilen, ohne auch nur einen einzigen Stüber dafür zu nehmen!"

„Ei, diesen Spaß könntest du dir schon leisten!", schmunzelte Sophius Crott belustigt. „Nur fragt es sich, was deine lieben Kollegen sagen werden, falls du dich tatsächlich solcherart gegen ihre heiligen Zunftgesetze zu vergehen wagtest?"

„Ans Kreuz oder an den Galgen", fiel Aretino ein, „werden sie dich wohl kaum hängen, aber sie werden nicht ablassen dürfen, bis sie dich wie den großen Paracelsus von der epidemischen Futterkrippe weggebissen haben."

„Aber", bäumte sich Fabian auf, „wie könnte es Gottes Wille sein, die Menschen immer kränker, immer missetäterischer und immer unvernünftiger werden zu lassen?"

„Zum Besten und zum Wohlgedeihen", zeuste Aretino grinsend, „ihrer Juristen, Mediziner und Theologen, die doch diesen ihren Gott ganz genauestens nach ihrem eigenen Ebenbilde geschaffen haben!"

„Und weshalb", fragte Sophius Crott zurück, „sprichst du von den Menschen, wo es sich hier doch nur um die Unmenschen handelt, also nicht um die Gesunden, sondern um die Patienten und ihre Medizinmänner, nicht um die Unsträflichen, sondern um die Malefikanten und ihre Vor- und Nachrichter, und nicht um die Vernünftigen, sondern um die Unvernünftigen und ihre Priester?"

„Und weswegen", stach Aretino dazwischen, „fragst du nicht lieber: Zu welchem Zweck und Ende hat Gott die Entstehung dieses von

Waffen starrenden, von Wappenpfählen, Verhauen, Grenzwällen, Zollschranken und dergleichen Profitfallen zerrissenen, und mit Fürstenstühlen, Thronen, Altären, Kreuzen, Galgen, Fahnen, Triumphbögen, Scheiterhaufen, Exerzierplätzen und Schlachtfeldern paradierenden Antiparadieses überhaupt zugelassen?"

„Nur um die Eidgenossen von den Meineidgenossen", antwortete Sophius Crott, „um die Christen von den Antichristen, um die Handeltreiber von den Händelstiftern auf das reinlichste zu scheiden!"

„Und trotzdem" grollte Fabian, „habt ihr keine Bedenken, mit diesen Händelstiftern Handel zu treiben?"

„Mit Gottes Zulassung", behauptete Aretino, „wie um des lieben Friedens willen! Denn ein Fürst, der es versäumt, seine Armeen mit den besten Waffen zu versorgen, würde der nicht seine Nachbarn fortgesetzt zur Wiederholung ihrer Angriffe aufreizen?"

„Außerdem", winkte Sophius Crott ab, „werden wir uns diesmal darauf beschränken, dem Markgrafen nahe zu legen, sich mit seinem ganzen Gebiet der Eidgenossenschaft anzuschließen, damit wir uns dann mit gerade demselben Vorschlag an den Dogen wenden können!"

In diesem Augenblick, am 11. Oktober 1531, kurz vor Sonnenuntergang, brach der eidgenössische Antikatholik Ulrich Zwingli mitten auf dem Schlachtfelde von Kappel, nach heldenhafter Gegenwehr, unter den Schwertern und Spießen seiner antichristlichen, stramm katholisch durchexerzierten und aus Luzern heranmarschierten Widersacher zusammen.

„Lieber Herrgott, bewahre mich gnädiglich vor diesem grausamen Schicksal!", flehte Oekolampadius himmelwärts, als diese überaus beträchtliche Nachricht nach Basel gelangt war.

Und es geschah auch alsbaldig also.

Die beiden Hauptstützen der Sakraments-Sekte sind gefallen, lateinte Desiderius daraufhin am 2. Dezember 1531 von Freiburg aus nach Rom an den Kardinal Lorenzo Campeggio.

Zwingli ist in der Feldschlacht getötet worden, wie sich das auch für einen solch übertapferen Mann ziemte, der zwischen seinem Gewissen und dem Schwerte Gideons, zwischen einem Gotteshause und einem Exerzierschuppen keinen Unterschied zu machen wusste. Man fand seinen Leichnam unter den Dahingemähten, zerschnitt ihn in vier Stücke und hat ihn alsbald, wie einen vorbildlichen Ketzer und Märtyrer, zu Rauch und Asche verbrannt.

Und diese gewiss höchst jammervolle Heimsuchung der Neugläubigen hat den guten Oekolampadius derartig erschüttert und niedergeschmettert, dass er aufs Krankenlager sank, von dem er sich nicht mehr erheben sollte. Ein böses Geschwür an der Niere quälte ihn, bei hohem Fieber, etwa vierzehn Tage lang, dann schied er von hinnen.

Ob Du diese blutfeurige Vollstreckung auf das Konto Deines barmherzigen und gnädigen Gottes setzen willst, das zu entscheiden, überlasse ich Deiner großen Weisheit. Aber ich sehe bereits, wie unsere Theomilitaristen auf beiden Fronten nach diesem verblüffenden Spektakulum wieder aufzuleben beginnen, um sich mit noch größerem Ungestüm an das alte Werk zu machen.

Auch in Wittenberg will man, wie mir von Melanchthon berichtet wird, heute weniger denn jemals etwas vom Frieden wissen.

Die antipapistischen Fürsten, so höre ich aus Augsburg und Innsbruck, wollen sich nun zum Schutz ihrer allerheiligsten Beutelinteressen zu einer gegen den Kaiser gerichteten Liga zusammenschließen, die sich wohl kaum die Heilige benamsen wird. In Voraussicht der daraus entspringenden blutigen Reichshändel werden schon überall statt Papiermühlen Pulvermühlen gebaut, und selbst Luther vermag seine große Furcht, dass es noch zu seinen Lebzeiten zum Alleräußersten kommen könnte, nicht länger zu verbergen.

Und Furcht hat die Götter geschaffen, sagt Lucrez, wobei er uns aber nicht verrät, von wem eigentlich diese übermenschengebärende, wahrhaft allmächtige Silbe Furcht in die Welt gesetzt worden ist. Und dabei liegt es doch nun klar auf der Hand, dass wir diesen unheimlichen Terminus nur jenen dümmdreistlichen, poltergeistlichen Störenfrieden der Liebe, der Gesundheit und der Vernunft zu verdanken haben, deren missbräuchliche Steuerkünste uns erst in dieses tohuwabohisch urbarbarische Defizitium hineinpilotiert haben. Wie geschrieben stehen sollte: Nicht am Lachen, sondern am Grimmen erkennt man den Narren! Und zur leichteren Unterscheidung der höheren von den niederen Narren haben die ersteren Kronen, Fürstenhüte, Bischofsmützen, Rektorkappen und Doktorhüte zu tragen. Ob diese Köpfe dann besser rollen werden können, mag noch dahingestellt bleiben! Ferner kann nicht länger bestritten werden, dass jede der irdischen Misshelligkeiten letzten Endes nur eine Frage von Worten ist, die vernünftigerweise immer nur mit Worten beantwortet werden können, bei welchem pneumatologischen Unterfangen die ach so unmündigen und doch so mauleifrigen Obernarren das Pech haben, die allerfalschesten Silben bevorzugen zu müssen, bis, zu der vom Ewigen Vater festgesetzten Stunde, dieser der sich selbst lobenden Torheit vorbehaltene Äon sein Ende gefunden haben wird. Und keinen Augenblick er werde ich mich hier auf diesem annoch im Absurdium herumtanzenden Handel- und Wandelstern wieder vernehmen und erblicken lassen!

Doch so sehr auch diese Gegenwart noch im Argen liegt, ich lache mir trotz alledem schon im Voraus ins Fäustchen und gedenke, was auch noch alles geschehen mag, mir weder den Blick trüben noch die Laune verderben zu lassen. Kann denn auch ein halbwegs vernünftiges Menschenkind ernst bleiben bei den ebenso krampfhaften wie vergeblichen Bemühungen dieser Fehlfolgerer und Daranvorbeispekulanten, die heidnischen Hypotheken und Fiktionen zu christlichen Fakten und Legitimitäten umzufärben, zurechtzuschneidern und aufzubügeln? Also dass ich zum Beispiel, so mir jemals, wie das dem Erzvater Abraham einmal widerfahren sein soll, die Opferung meines Eingeborenen Sohnes anbefohlen worden wäre, nicht einen Augenblick gezögert hätte, einem solchen menschenblutdürstigen Kommandioten also darauf zu antworten: Wenn dieses vollkommen unschuldige Knäblein durchaus auf deinen Schlachtbankaltar verbluten und verbleichen soll, dann wirst du schon selber die Hände rühren und das Metzgermesser schwingen müssen, auf dass endlich kund und offenbar werde, wer von uns zwei beiden nach dem Gesetz des geborenen, des auferzogenen, des heranverbildeten und des darum so außerordentlich hordnungsbegierigen Mordbuben angetreten ist! Oder mit anderen Worten: Ohne eine exakt philologische Korrektur derartiger noch aus dem vorsintflutlichen, dem kannibalistischen Äon herrührenden grundabsurden Silbenwürmer werden sich die von ihnen im Geblüt der Mutter Kirche erzeugten Krankheiten und Gebrechen nimmermehr kurieren lassen!

Luther hat solches versucht, freilich ohne den gewünschten Erfolg, weil er nicht auf meine Ratschläge hören wollte und weil er sich infolgedessen, in Verkennung der ganzen Sachlage, bei seinen Rezeptierungen darauf beschränken musste, aus einem Extrem ins andere zu fallen. Selbst die auch von ihm anerkannten in der Bergpredigt erstmalig veröffentlichten Grundanweisungen zum christentümlichen Wohlverhalten lassen sich heute nicht mehr rechtfertigen.

Denn was geschieht, wenn Du einem geborenen Raufbold, der Dir, mir nichts dir nichts, eine besonders wohlgezielte und saftige Maulschelle auf die linke Wange verabreicht hat, danach noch die rechte hinhältst? Wirst Du ihn dadurch nicht noch bestärken in seiner usurpatorischen Begierde, nach dem leuchtenden Beispiel aller irdischen Potentaten, lediglich mit dem Bizeps zu argumentieren? Um wieviel vernünftiger mutet dagegen die Praxis der Amsterdamer Bürgerschaft an, die auf ihren Jahrmärkten immer wieder, zum allgemeinen Gaudium, zwei derartige unverbesserliche privatpotentatische Spätkannibalen die Gelegenheit bietet, sich wechselseitig so zuzurichten, dass sie zum Schluss alle beide auf ihren siegreich zertrümmerten Nasenbeinen liegen!

Auch der nächste Befehl des Bergpredigers, wonach du dem, der dir deinen Rock wegnehmen will, auch noch deinen Mantel draufgeben sollst, geht allzumal fehl, so es dabei nicht etwa auf die fortgesetzte Heranzüchtung solcher klauteufeligen Beschlagnahmehandwerker, Leuteplager und Landscherer abgesehen ist.

Und was kann schon durch das weitere Gebot, wonach du dem gloriosen Meilenstiefler, der dich, um mit dir Staat machen zu können, dazu nötigt, eine Meile mit ihm zu gehen, noch mindestens eine weitere Meile zu begleiten hast, anderes damit herauskömmlich bezweckt werden, als dass dich dieser erpresserische Freiheitsberauber und Verhaftungszünftler immer weiter mitschleppt, um dir dann plötzlich, nach Entfaltung seines bis dahin heimtücklichst zusammengerollten Blutfähnleins, mitten auf dem nächsten Schlachtfelde, genau nach der Redensart „mitgegangen, mitgehangen!" zu Deinem allerletzten Schnaufer verhelfen zu können?

Ja, sogar der bekannteste aller theologischen Marschbefehle „Gehet hin in alle Welt und predigt allen Völkern!" wird doch nur so lange Geltung haben und kein Fehlgänger sein können, bis sämtliche Menschenstämme hinreichend bepredigt worden sind. Und von da ab wird es heißen müssen: Reiset hin in die Welt und zeigt überall durch euer Beispiel, wie sich die richtigen, die wahrhaft welteidgenössischen Christenmenschen zum Preise ihres allmächtigen Gottes zu behaben und zu betragen haben, auf dass jener Friede, der höher ist denn alle zurzeit noch herrschende und sich auf allen Kanzeln und in allen Kanzleien für die allerhöchste Vernunft ausgebende, anpreisende und sich selbst bis über den immergrünen Klee lobhudelnde Unvernunft, auf der gesamten Erdoberfläche ihre Stätte finde, damit Sonne wie Regen niemals wieder außer den Gerechten auch noch die Ungerechten bescheinen und beträufeln müssen.

Und wenn Du nun ganz genau wissen willst, inwiefern und wodurch sich die Gerechten von den Ungerechten unterscheiden, so schlage das Buch Vernimm auf und lies darin nach, wie die einen untereinander auf dem freien Warenmarkte mit den Früchten ihres Bodens und ihres Kunstfleißes einen preisgerechten und redlichen Handel treiben, während die anderen das scheußliche Pech haben, sich gegenseitig nach Strich und Faden übers Ohr hauen zu müssen, um darüber immer wieder in die blutigsten Händel geraten zu können. Also dass der einzige Weg, der uns aus diesem urdämonischen, profitwürgerischen Labyrinth hinauszuführen vermag, nur jener schmale Pfad in die Freiheit aller ist, den die ebenso treuherzigen wie treuhändigen Eidgenossen unter der Aufsicht ihres unbestechlichen Deltaauges bereits mit bestem Erfolg hinter sich gebracht haben. Weshalb sich auch bisher noch kein Eidgenosse gefunden hat, der bereit gewesen wäre, sich auf den Stuhl der Stühle urnen zu lassen. Und dass dieses unvergleichliche Erhöhungsgerät auch heute noch auf einem unaustilgbaren Bruderblutbefleck steht, das beweisen schon die beiden unvergesslichen Namen Romulus und Remus.

Falls Dir dieser Erkenntniswein, den ich sechsundsechzig Jahre in meinem Oberstübchen, und das nicht nur für Dich, gekeltert habe, nicht so munden sollte, wie ich es Dir wünsche, dann flöße ihn Dir nur als Medizin ein, die ihre Wirkung nicht verfehlen wird, selbst wenn Du Dir bis dahin noch an die fünfhundert Jahre über die Tonsur wie über den Dreißigtroddelhut hinwegrauschen lassen müsstest.

Und wenn Christus spricht „Kommet her zu mir alle, die ihr mühselig und beladen seid, und nehmet nun auf euch das von mir soeben zu diesem Zwecke hergestellte neue Glaubensjoch, für dessen außerordentliche Leichtigkeit, Sanftmut und Erquicklichkeit ich mich mit meiner gesamten Seligkeit verbürge, so frage ich Dich, teuerster Lorenzo, aus welchem Grunde sich seit damals die Steuerlasten aller Völker so verhängnisvoll vervielfältigt haben und weshalb die mit Hilfe solcher ungeheuerlicher Opfersummen geführten Kriege immer größer, grausamer und abscheulicher geworden sind? Muss man da nicht sogleich beargwöhnen, dass auch dieses heiländische Propagandakommando längst dem Papierkorb entgegengereift ist?

Wobei Du aber nicht übersehen darfst, dass Dich nur das allerexakteste Studium dazu berechtigen kann, etwas zu verwerfen, was bisher ebenso allgemein wie irrtümlicherweise geschätzt, verehrt und bis zur fanatischen Anbetung für unbefleckt und alleinseligmachend ausposaunt, gehalten und angesehen worden ist.

Und weshalb hat Paulus die Sklaverei, wie das doch wohl seine wichtigste Christenpflicht gewesen wäre, nicht als unsittlich, schändlich und verwerflich gebrandmarkt? Weil er dann die ganze römische Weltherrschaft, die doch nur auf dieser urbarbarischen Freiheitsberaubungszauberpraxis und Lohndrückerei beruhte, über den Haufen gestoßen und damit auch dem damals noch im Uterus der Wölfin befindlichen Kirchenembryo den Todesstoß versetzt hätte. Und genauso wenig wagt es heutzutage sein gehorsamster Nachlaller Luther, die leibeigenschaftliche Erbuntertänigkeit, ohne die sich kein Fürst zu Stuhl begeben könnte, als eitel Teufelsmagie und Terrortortur an den Pranger der öffentlichen Meinung zu nageln.

Und wie ist es um jenen Heilandswunsch bestellt, der den Wortlaut hat: Lasset die Kindlein zu mir kommen und wehret ihnen nicht, denn ihrer ist das Reich Gottes? Denn schon bei Euripides steht: In seinen Kindern, wahrlich, lebt der Mensch allein und kann des Todes spotten! Und Juvenal folgert daraus: Die höchste Achtung schulden wir den Kindern, denn nur ihnen, nicht aber den neidischen Göttern verdanken wir das Glück des weiteren Daseins! Also ist die Erzeugung einer gesunden, wohlgeratenen und freigeborenen Nachkommenschaft nur die Wiederholung des göttlichen Schöpfungsaktes, wodurch der Mensch nicht nur seine Ewigkeit beweisen, sondern auch sich selbst von seiner Seligkeit überzeugen kann. Und gerade auf dieses vornehmste aller Menschenrechte, sich nach persönlichem Belieben fortzupflanzen, hat die römische Priesterschaft Verzicht leisten müssen. Offenbar erwies sich die eheliche Nachkommenschaft dieser mit Gottes Zulassung intolerantesten aller gehordeten Schismatiker als so völlig untauglich für das von Christus geplante Reich Gottes, dass es dem Papsttum geboten erschien, ihre weitere Erzeugung zu einer doppelten Todsünde abzustempeln.

Der Sinn des Zölibats also könnte nur darin bestehen, dass die römischen Priester, weil ihnen die Schöpfertätigkeit auf eheliche Art und Weise untersagt ist, desto beflissener auf dem Felde der unehelichen Liebe untereinander wie mit der Laienschaft zu wetteifern haben. Wie auch geschrieben stehen sollte: Der heiligste der Throne gebührt allein dem fruchtbarsten der Väter! Hätte ich die ach so veralteten Bestimmungen der Papstwahl zu korrigieren, so würde ich anordnen, die heimtückische Urne die uns kurz hintereinander nicht weniger als fünf, ganz gelinde ausgedrückt, dienstuntaugliche Päpste beschert hat, ins Feuer zu werfen und die Tiara fortan demjenigen Kardinal zufallen zu lassen, der aufgrund seiner ununterbrochenen kraftvollen Liebestätigkeit die höchste Anzahl wohlgelungener Nachkommen aufzuweisen hat, und wenn es auch darüber unter euch Kardinälen zu einem Zeugungswettkampf kommen sollte, bei dem mit Dutzenden von Treffern gerechnet werden muss. In dieser Hinsicht könnte sogar der Zölibat als ein besonders vernünftiger Einfall gewertet werden, denn man darf wohl einem männlichen Zeitgenossen schon bei seinen Lebzeiten hundert und mehr Söhne und Enkel, einer Zeitgenossin aber kaum mehr als zwei Dutzend Niederkünfte zumuten. Wobei auch gleich diese also lautende Frage beantwortet werden könnte: In welcher Art und Weise würde sich wohl der Ewige Vater mit seinem unwiderstehlichen Gottesfinger zu betätigen wünschen, so es ihm gelüstete, wiederum hier auf Erden als Beschattungsaktivist zu erscheinen und aufzutreten? Ich jedenfalls möchte mich an seine Stelle nicht mit der Erzeugung eines einzigen Eingeborenen Sohnes begnügen, sondern würde vielmehr mein Augenmerk auf sämtliche noch unbefruchtete Ehefrauen richten. Mit Jungfrauen dagegen würde ich mich nicht befassen, schon um allen Alimentierungsgefahren aus dem Wege zu gehen. Und wie würdest Du

Dich, bester Lorenzo, mit dieser gottesvertreterischen Rolle abfinden? Ich bin äußerst begierig auf Deine Antwort!

Und nun noch zu Deiner Sorge um die Zukunft des Zweiten Karthagos, aus dem Du nun endlich ebenso unbeschädigt wie erfolglos zurückgekehrt bist. Von Deiner Befürchtung, dass nun auch dieses Schisma unvermeidlich geworden ist, vermag ich Dich leider nicht zu erlösen. Denn dieser durch mich pädagogierte Heintz wird den Martinus nicht nur zu überluthern, sondern auch zu überheintzen wissen! Und die Londoner werden es noch zu spüren bekommen, was es auf sich hat, diesen von seiner Stammbaumdrüse so schwer geplagten Wappenlöwenbändiger auf ihren Wollsackthron gehoben zu haben. Diese echt angelsächsische Torheit wird ihnen einmal gehörig heimgezahlt werden müssen, wenn nicht vorher, dann spätestens an jenem Tage, da der Ewige Vater und allmächtige Schöpfer Himmels und der Erden geruhen wird, mit seinem unfehlbaren Humorgeschoss den Schismabock zur Strecke zu bringen.

Über mein eigenes Befinden ist nur zu melden, dass ich mir hier in Freiburg ein eigenes Haus gekauft habe. Es heißt „Zum Kindlein Jesus" und liegt an der Schiffsgasse. Lange genug hatte ich mich dieserhalb mit Schmieden, Steinmetzen, Schreinern, Spenglern und Glasern abzugeben, und niemals so wie jetzt habe ich verstanden, wie weise Diogenes war, der sich lieber in eine Tonne flüchtete, als sich mit solchem Gelichter herumzuplagen. Das andauernde Geldausgeben ist bei diesen unangenehmen Dingen noch das geringste Übel. Wie geschrieben steht: Gebet dem Kaiser, was des Kaisers ist, und Gott, was Gottes ist! Um bei der Wahrheit zu bleiben, selbst dieses Zinsgroschenkommando vermag einer exakten Untersuchung nicht standzuhalten!

Zum Ersten: Wenn Gott dem Allmächtigen alles Vorhandene und Bestehende gehört und zu eigen ist, woran doch kein guter Christ auch nur im Allergeringsten zweifeln sollte, was bleibt dann noch übrig für irgendeinen gekrönten Hanswurst, ob er sich nun Caesar, Kalif, Sultan oder Großmogul titulieren lässt?

Und zum Zweiten: Keine Ausgaben ohne Einnahmen! Denn ohne Wolken regnet es nicht! Und gerade in diesem wichtigsten aller Punkte, aus dem doch das ganze Daseinsunheil im Handumdrehen kuriert werden könnte, schweigt sich der christentümliche Weltheiland aus. Man erfährt nicht einmal Näheres über die Füllung des vom Säckelmeister Ischariot betreuten gemeinsamen Etatbeutels. Sicher ist nur das eine, dass die Jüngerwirtschaft des wundertätigen Wanderpredigers ziemlich kümmerlich gewesen sein muss, sonst hätte sich doch dieser mit Gewissenlosigkeit und Heimtücke geladene Finanzpraktikant für seinen Verrat nicht mit lumpigen dreißig Silberlingen abspeisen lassen dürfen. Wenn ich bedenke, welche Stoffwechselmengen mein neuer Famulus Quirinus dreimal täglich in sich verschwinden lässt, um nicht vor Schwäche umsinken zu müssen, dann wage ich nicht länger daran zu zweifeln, dass die zwölf Jünger, falls sie nicht aus Papier, sondern aus Fleisch und Blut bestanden haben sollten, kaum Wert darauf gelegt haben werden, jeden Abend hungrig zu Bett zu gehen. Kurzum: Das Ökonomische scheint für den Ökumeniker der vier Evangelisten Hekubissima gewesen zu sein! Oder sollten sich etwa seine vier Biographisten in diesem Falle eines gemeinschaftlichen Versagens ihrer Gedächtniskräfte schuldig gemacht haben, eine Vermutung, durch die sie bei allen kritischen Lesern sogleich in den schweren Verdacht einer verschwörerischen Unterschlagung gelangen müssten. Und damit mehr als genug für heute!

Dieses humanhumorige Exaktum nahm zwei Tage später Hieronymus Froben, der nach Freiburg gekommen war, um Desiderius zur Rückkehr nach Basel zu bewegen, dorthin mit und geriet dabei in einen Schneesturm, der ihn zwang, in Müllheim zu übernachten.

Gilbert Cousin, * 21. Januar 1506 in Nozeroy als Gilbertus Cognatus Nozerenus, † 22. Mai 1572 im Gefängnis von Besançon, war ein französischer Humanist und Theologe. In seinen jungen Jahren war er der Privatsekretär von Erasmus von Rotterdam.

Bis zum Schuss ins Schisma

Im Jahre 1532 des von den Schismatikern aller Wappenschattierungen so sehnlichst herbeigewünschten und trotz alledem noch immer nicht erschienenen Heils begann Fabian in Padua, um sich die Würde eines medizinischen Doktors zu erringen, mit der Niederschrift der also betitelten Abhandlung „Vorbeugen ist besser als heilen".

Am 16. Mai desselben Jahres wurde in London dem Lord- und Staatskanzler Thomas More die wegen Gesundheitsgründen erbetene Entbindung von seinen hohen Ämtern in Gnaden bewilligt, und sein Nachfolger wurde der Ritter Thomas Cromwell, dessen Urenkel Oliver Cromwell einhundertfünfzehn Jahre später den englischen König Carolus Primus, dem er auf Englisch unverbrüchliche Treue geschworen hatte, mit Hilfe eines aus lauter Henkern bestehenden Parlaments auf das Schafott zu schicken geruhte.

Unterdessen hatte Fabians Inauguraldissertation bei den Auguren der paduensischen Medizinfakultät ein derartiges Aufsehen erregt, dass sie sich einstimmig bewogen fühlten, ihm nicht nur das mündliche Examen zu erlassen, sondern ihn auch zum sofortigen Eintritt in ihre hocherlesene Körperschaft aufzufordern.

Fabian nahm den Doktorhut mit Dank entgegen, erbat sich im Übrigen aber Bedenkzeit, zumal Miranda inzwischen schon wieder in die beste aller irdischen Hoffnungen gekommen war.

In der Woche, da das Kindlein geboren werden sollte, erschien Urban Immerius als Taufpate und sprach zu Fabian: „Ich habe nun mehr als genug von Venedig! Denn die dortigen Geschäfte gehen immer schlechter und schlechter! Alles klagt und jammert. Früher trank jeder Gast eine ganze Kanne oder auch zwei, nun aber will es kaum zu einem Quart reichen. Nur die wenigsten Kaufleute vermögen noch auf ihre Kosten zu kommen, alle anderen müssen bereits vom Kapital zehren."

„Und Sophius Crott?", fragte Fabian sehr gespannt.

„O٦, der leidet keine Not!", versicherte Urban Immerius. „Der fühlt sich da drüben so wohl wie der Hecht im Karpfenteiche. Denn er ist der Einzige, der immer reicher wird an Gewinn, an Dienern wie an Nachkommenschaft. Keine Ware wirft ja auch so viel ab wie die Waffel Und immer ist er von einem Kranz der schönsten und ehrbarsten Damen umgeben, als wäre er wirklich der Eingeborene Sohn des uns wie ihm noch völlig unbekannten Gottes. Schon siebzehn Kindlein hat er auf seiner Liste, und wenn ihm das Glück weiter so hold ist wie bisher, dann bringt er es leicht auf hundert und mehr!"

„Jedem das Seine!", nickte Fabian, worauf er den Oheim in die neue Lage einweihte und um seinen Rat bat.

„Was du nun beginnen sollst?", wiederholte Urban Immerius nach kurzem Bedenken. „Genau dasselbe, wofür ich mich entschieden habe! Heim ins Reich! Übers Jahr werde ich achtzig. Dann ade für immer, Markuslöwe! Dieweil ihm die Motten schon in die Mähne gekommen sind. Und dann wollen wir in Gottes Namen und mit frischem Mut unser Glück in Heidelberg versuchen!"

Drei Tage später gebar Miranda ihren zweiten Knaben, der die Namen Urban Arabello Sophius erhielt.

Die Taufe gestaltete sich zu einem rauschenden Freudenfest, denn die ganze medizinische Fakultät versammelte sich dazu vollzählig im Palast Bringdello, und keiner ihrer siebzehn mehr oder minder bedeutenden Krankheitsbeschwörer wollte es sich nehmen lassen, seinen Becher auf die Gesundheit des Täuflings wie auf die seines rüstigen Erzeugers zu leeren, der sodann unter dem lauten Beifall aller Anwesenden seinen versuchsweisen Eintritt in den hochschuligen Lehrkörper verkündigte.

Zur selben Stunde überflog Desiderius in seinem Freiburger Jesuskripplein noch einmal das acht Seiten lange Entschuldigungsschreiben, mit dem Thomas More, nach Zurückgewinnung seiner Freiheit, den so lange unterbrochenen Briefwechsel wieder angeknüpft hatte, und anteinte darauf also nach London zurück:

Wäre ich, mein bester Thomas, in Basel geblieben, so hätten die Theologen, diese Fremdherrscher auf allen nichttheologischen Gebieten, ein lautes Geschrei erhoben und behauptet, ich billigte die dortigen Tumulte. Jetzt trumpfen diese meineidgenössischen Pontiusse, , Pilatusse und Gesslerioten damit auf, ich sei nur aus Angst vom Platze gewichen, wo es doch fest genug steht, dass ich zu aller Leide fortgegangen bin, selbst zum Kummer derjenigen, deren Lehren ich offen und ehrlich ablehnte.

Wirklich, ich habe dieses Nest, in dem ich so viele Jahre gesessen habe, einigermaßen unfreiwillig verlassen, und mein Befinden war damals noch so, dass es keinen Ortswechsel vertragen zu können schien. Auch wusste ich wohl, wieviel Dukaten mich solch ein Umzug kosten würde, aber ich wollte auch den geringsten Anschein vermeiden, als ob ich mit diesen barbarischen Vorgängen einverstanden sei. Auch bestand begründete Aussicht, man werde besonnen sein und sich mäßigen, was ja inzwischen auch etwas eingetroffen ist. Aber zwei Mönche, der eine Prediger am Münster, der andere bei den Dominikanern, die man fortan Dämonikaner nennen sollte, haben immer mehr Öl ins Feuer gegossen und dadurch den ganzen Schismawirrwarr angerichtet. Nun freilich sind diese beiden ekelhaften Hetzer längst auf und davon, aber alle anderen hatten und haben hier wie dort die bitteren Folgen zu tragen.

Auch Herzog Georg von Sachsen, der Bärtige benannt, hat nicht weniger mit Luther zu kämpfen, der sich jetzt sogar schon als Teufelsbanner beuntätigen soll, als ich mit dem sauberen Eppendorf. Ich habe jenen Fürsten dringend gebeten, er solle sich um diesen Haderlumpen überhaupt nicht mehr kümmern, sonst würde er diesem dreisten und frechem Subjekt nur noch mehr Mut zum Krakeelen und Herumstänkern machen. Indessen lacht sich dieser Erzschubiak ins Fäustchen, dass er imstande gewesen ist, einen solch bedeutenden Herrscher, den er natürlich für einen ausgemachten Narren hält, so viel zu schaffen zu machen.

Bisher ist mir ganz wider Erwarten der Aufenthalt in Freiburg nicht schlecht bekommen. Der Sommer hier ist sehr angenehm, aber vor dem Herbst graut es mir doch ein wenig, da die Stadt halb von Bergen umgeben ist und kaum ein Tag ohne Wolken und Nebel vergeht. O könnte ich doch noch einmal, bevor ich von hinnen scheide, die besten meiner britischen Freunde wiedersehen!

Auf dem Familienbilde, das mir Holbein zeigte, ehe er es an Dich abschickte, habe ich mich mit größter Freude an Deinem und der Deinen Anblick gelabt. Ich beglückwünsche Dich von Herzen dazu, dass es Dir endlich gelungen ist, die Entlastung von dem schweren Kanzleramt zu erreichen. Die Neuschismatiker hier wie in Wittenberg freilich posaunen noch immer aus, Du seist im wahren Sinne des Wortes abgesetzt und er tthront worden, und an Deine Stelle sei ein Adeliger getreten, der sofort nicht weniger als vierzig Evangelische aus dem Kerker befreite, in den sie von Dir geworfen worden waren. Erkenne daraus, wie wenig genau es auch diese allerneuesten Evangelisten mit dem Terminus Wahrheit nehmen, auf dem sie von jeher herumzupochen pflegen wie der Schuster auf seinem Sohlenleder.

In Basel haben sie sich unterdessen eine neue Verfassung zugelegt. Sie betonen zwar, niemand zwingen zu wollen, doch wer anderweitig zum Abendmahl geht, der wird mit einem ganzen Pfund gebüßt, im Wiederholungsfalle mit zwei, beim dritten Male mit vier Pfunden. Bis hierher geht es immer nur um die Pekunia, aber beim vierten Male wird er aus der Stadt gewiesen, weil er dann doch nichts mehr im Beutel hat! Und das nennen sie nicht zwingen! Über den, der sich klugerweise des Abendmahls enthält, verlautet nichts. Kein schlechtes Zeichen! Und doch werde ich noch ein wenig zuwarten und verziehen, ehe ich nach Basel zurückkehre.

Unterdessen hat sich die mediceische Krankheit des Scheinheiligen Vaters Clemens Septimus derart verschlimmert, dass er kaum noch imstande ist, irgendeine wichtige Entscheidung zu treffen. Sein Leberkrebs scheint sich bereits im Darm eingenistet zu haben, denn schon der Geruch jener Speisen, die bisher seine Leibgerichte waren, bereitet ihm Widerwillen und Übelkeit. Sollte das schon die Endbuße sein, so wird wohl, da er eine solche Riesenschuld auf sich geladen hat, mit seinem Hingang in diesem Jahre noch nicht gerechnet werden können. Sicher aber ist schon, dass sich die Kardinäle im Falle seines Ablebens auf den Farnese einigen werden, den ich ihnen durch Campeggio, als er von London zurückkehrend hier bei mir eintraf, dringend habe empfehlen lassen

Ob sich aber dieser neue Papst dann dazu bewegen lassen wird, jene in London so dringend gewünschte Ehescheidung auszusprechen, das ist noch so ungewiss, mein herzliebster Thomas, dass Du, trotz Deiner

Pensionierung, allen Grund hast, Dich von diesem wie es scheint unabwendbaren Schisma auch persönlich bedroht zu fühlen. Und da Du zu wissen begehrst, was ich an Deiner Stelle nun beginnen würde, um dieser Gefahr zu entrinnen, so kommt hier doch nur diese eine Parole infrage: Auf nach Utopia! Auf nach den fruchtbaren Gefilden jenes doppelt gelobten Landstriches, der von Dir seinerzeit mit eigener Hand und Feder in die Welt gesetzt worden ist! Wie geschrieben steht: Jeder abstrakte Terminus ist ein Papiergeschöpf, das nur durch persönliche Fleischwerdung zur Wirksamkeit gebracht werden und damit in den Zauberkreis der Wirklichkeiten gelangen kann!

Also: Kein Utopia ohne Thomas More, keine Evangelien ohne Evangelisten, keine Religion ohne ihren Stifter, keine Kunst ohne ihren Urheber und keine Schöpfung ohne ihren allmächtigen Schöpfer! Oder frei nach Lucrez: Lies nur die Zeilen, willst du erkennen den Zeiler! Sogar die exakte Philologie verlangt zu ihrem Vorhandensein die Hand mindestens eines exakten Philologen. Nun aber ist nach den Behauptungen sämtlicher Theologen der erste aller exakten Philologen der in Christus zum ersten Male fleischgewordene Terminus Gott. Wie geschrieben steht: Ich Wort ward Fleisch und wohnete unter euch!

Dass der Welterlöser Christus auf der von den Evangelisten bezeilten Papierfläche in Erscheinung getreten ist, kann nimmermehr in Zweifel gezogen werden, dass er aber vorher in Fleisch, Bein,

Blut und Hirn auf dieser Erdoberfläche umhergewandelt ist, das wird nur von jenen bejaht werden können, die auf das Exakteste nachzuweisen vermögen, aus welchem ungeheimnisvollen Grunde es diesem Eingeborenen Menschengottessohne so jämmerlich misslungen ist, die ihm anbefohlene Welterlösung auch tatsächlich zu vollbringen. Und es wäre dies wahrlich nicht der erste der auf Erden fehlgegangenen Befehle!

Darum lass Dich durch mich vor diesen Spuren warnen, die schnurstracks in das bitterste Martyrium führen müssen! Wie geschrieben steht: Widerstrebet nicht dem Übel, das sich durch fortgesetzte Anfertigung von Märtyrern nur noch fester in den Sattel zu setzen sucht, sondern geht ihm so weit wie nur möglich aus dem Wege! Und darf sich der noch mit der Silbe Christ benennen, der jenem Übel dreißig Jahre lang auf das allergetreueste gedient hat?

Ob Kreuz, ob Galgen oder Schafott, all diese Gerätschaften sind ausnahmslos Hilfsmittel des barbarischen Ogers, der hinter seinem Herrschsuchtsaltar immerfort nach frischem Opferfutter brüllt, um sich Andauern und Fortpflanzung zu sichern. Du wirst seiner Gierung nur entgehen können, wenn Du beschleunigt nach Utopia einschiffst, also nach jenem Kontinent der unbegrenzten Freiheitsmöglichkeiten, wo es zurzeit weder Burgen noch Klöster, weder Herrscherpaläste noch Towereien, weder Überlinge noch Untertanen, weder Theologen noch Scheiterhaufen, weder Potentaten noch Schafotte und Henkersknechte gibt, und wo jedermann nach seinem eigenen Gutdünken selig werden darf! Weshalb zögerst Du, auf der von Dir selbst ersonnenen Papierfläche, nachdem sie sich auf solch wunderbare Art und Weise auf der anderen Seite des großen Wassers verwirklicht hat, in Fleisch, Bein, Blut und Hirn als Schöpfer dieser Schöpfung umherzuwandeln, um auch ihr weiteres Schicksal bestimmen und zum Wohlsein aller lenken zu können?

Darum frisch auf, begib Dich an Bord und hisse als neues Banner die Flagge des allerletzten Schismas, mit deren Hilfe immerhin der Versuch unternommen werden könnte, den Himmel Gottes mit allen seinen Sternen und Wolkenstreifen auf diese Erde herniederzuzaubern! Bei Gog und Magog, diesen beiden in der Londoner Guildhall Maulaffen freihaltenden, aus Tyrus und Sidon stammenden und im Ersten Karthago mit allen Finessen aufpolierten Profitölgötzen, trenne und löse Dich endlich von Deinem Stiefmütterchen, dem Zweiten Karthago, ehe es nach Dir krallt, um Dich dem holofernischen Moloch zu opfern! Denn wenn schon das Schisma Schicksal, Schema und Thema des gegenwärtigen Äons ist, so liegt es nun doch schon klar genug auf der Hand, dass es nur durch ein Schisma, dessen Unüberbietbarkeit jede wie immer geartete Wiederholung von vornherein ausschließt und unmöglich macht, zum Abschluss gebracht werden kann. Und dann wird auch die Stunde herangekommen sein, die den letzten der Potentaten als einen überführten Freiheitsberauber und Kriegsanstifter an den von ihm schon so häufig missbräuchlich benutzten Galgen und den letzten der Theologen als einen endlich auf frischer Tat ertappten Hetzapostel, Gewissensfolterknecht und Spaltungsmundwerker auf den von seiner weltbrandstifterischen Zunft nur zu diesem qual- und qualmreichen Ende erfundenen Scheiterhaufen bringen soll.

Wie geschrieben steht: Denn ihre falschen Werke folgen ihnen nach, um sie schließlich einzuholen und zu verschlingen! Und wer wollte noch im Ernst daran zweifeln, dass solcherlei dermaleinst zu geschehen vermöchte, da doch der Ewige Vater mit einem bloßen Wink oder Hauch die ganze Lage unter uns Menschenkindern so plötzlich und von Grund aus verändern könnte, dass man nach einem derartigen Umschwung kaum noch seinen guten Augen und Ohren zu trauen wagte?

Kurzum: Ob Hannibal oder Scipio, ob Kaiser oder König, ob Papst oder Sultan, ob Rom oder Wittenberg, ob Zweites oder Drittes Karthago, der Fluch des Schismas liegt nun einmal gleichermaßen, und darin gerade offenbart sich ja die ewige Gerechtigkeit, auf beiden der feindseligen Fronten, und zwischen ihnen steht das winzige, aber in seiner Ewige Neutralität und Toleranz unerschütterlich aufrechte Häuflein der Eidgenossen, denen es als den einzigen der irdischen Daseinern bereits gelungen ist, das verhängnisvolle Schisma abzuwerfen. Darum segle, sobald Du nur kannst, hinüber nach Utopia, um dort nach meinem Ratschlag wie mit Gottes Hilfe und Beistand das gleiche zu versuchen, was hier vom Auge im Delta bereits auf das Vorbildlichste vollbracht worden ist!

Am Morgen, da Thomas More dieses von ihm auf das gründlichste erwogene Schreiben zustimmend beantworten wollte, wurde er kraft der von seinem Nachfolger Thomas Cromwell unterzeichneten Anschuldigung, eine schwere Majestätsbeleidigung begangen zu haben, der Freiheit beraubt und in den Tower gebracht, was zur gleichen Stunde auch John Fisher, dem Bischof von Rochester, widerfuhr, denn auch er hatte sich, wie Thomas More, entschieden geweigert, die Ehescheidungsabsichten eines gekrönten Thronhockers gut zu heißen, der seinerzeit vom Heiligen Vater Leo Dezimus allerhöchsttörichterweise mit dem lobhudlerischen Titel „Verteidiger des Glaubens" ausgezeichnet worden war.

Heiliger Roterodamus, seufzte der erst siebenundfünfzigjährige Thomas More in sich hinein, als er in der vornehmsten Zelle dieser blutigsten aller irdischen Zwingburgen saß, du hast das alles aufs Haar genau vorausgesagt! Ach, dass ich so lange gezaudert habe, deine vortrefflichen Ratschläge zu befolgen! Denn nun, da dieser kannibalische Schürzenjäger die Heuchelmaske gelüftet hat, sind mir die

Schuppen von den Lidern gefallen, und so weiß ich auch endlich, dass er schon am Werke ist, den Erzschismatiker Luther, bei dem er hintenherum in die Lehre gegangen ist, doppelt und dreifach zu übertrumpfen! Gott im Himmel, was hilft uns die ganze Gelehrsamkeit, wenn sie uns nicht in den Stand setzt, deinen ewigen Wunsch, Willen und Weg unzweifelhaft zu erkennen?

Sieben Monate später wagten die erzfrommen Bürger der westfälischen Bischofsstadt Münster kaum ihren Augen und Ohren zu trauen, als sie zum Ersten Frühstück erfahren mussten, dass über Nacht nicht nur das Tausendjährige Reich, sondern sogar das himmlische Jerusalem zur Herablassung auf sie heruntergekommen war.

Schon wenige Tage später gelangte diese wahrhaft apokalyptische Kunde auch Desiderius zu Ohren, und zwar durch seinen besten Freiburger Freund den schwerhörigen Jurisprudenzprofessor Ulrich Zasius

„Nachdem der Bischof Franz von Waldeck", entrüstete sich dieser bedeutendste aller damaligen Rechtsgelehrten anhand eines soeben aus Köln bei ihm eingelaufenen Schreibens, „mit seinem ganzen Anhang die Stadt verlassen hatte, brach der Aufruhr aus, angezettelt von einem Ratsherrn, namens Knipperdolling, einem total verrückten Chiliasten, und seinem Schwiegersohn, einem ganz obskuren Schneidergesellen aus Leiden, worauf der Neffe dieses Ratsherrn, ein frundsbergischer Doppelsöldner, die wiedertäuferischen Haufen, die nichts mehr verlieren konnten, weil sie noch niemals etwas besessen hatten, zum Sturm auf das Rathaus, auf das Bischofschloss und auf alle Klöster anführte."

„Nur weiter!", rief Desiderius und holte seine Duftdose aus der Rocktasche.

„Der leibhaftige Satan", zitierte Ulrich Zasius nun die saftigste Kraftstelle des Briefes, „hat in dieser frommen Stadt sein Haupt erhoben, und Mord, Verbrechen, Unzucht und Lästerung wollen schier kein Ende nehmen! Was sagst du dazu?"

„Ich frage mich zunächst", antwortete Desiderius, nachdem er dreimal an seiner Duftquelle gerochen hatte, „weshalb es der Satan immer gerade auf die allerfrömmsten Städte abgesehen hat, um seine

Triumphtänze aufzuführen? Und zum anderen: Kann alles das, was dort in Münster an der niederländischen Grenze vor sich gegangen ist, überhaupt ohne die Zulassung des von jenem einem deutschen Fürstenhause entsprossenen Bischof geglaubten und verkündigten Gottes geschehen sein?"

Aber der schwerhörige Ulrich Zasius war noch viel zu erregt, um auf diese beiden exakt philologischen Einwürfe einzugehen, und rief drohend: „Jegliche Ordnung schwindet dahin, sobald der Pöbel durch alle Gassen schnaubt und raubt!"

„Und weshalb schnaubt und raubt er?", erwiderte Desiderius mit erhobener Stimme. „Weil er seit tausend Jahren und mehr von seinen Krummstabtyrannen gar nichts anderes erfahren und gelernt hat! Und wer hat denn diesen schnaubenden und raubenden Behemoth in die Mauern der münsterischen Welt hineingesetzt, wenn es nicht der nimmersatte Leviathan getan hat, der auf seinem Haupte eine Bischofsmütze trägt und dessen lintwürmlicher Schweif aus fünfundzwanzig Schock Bettelmönchen besteht?"

„Was hast du gesagt?", brüllte Ulrich Zasius und hielt sich, um besser hören zu können, die Hand hinters Ohr.

„Ich begehre von dir zu vernehmen", silbte Desiderius so gemeißelt, dass dem Juristologen Ulrich Zasius diesmal kein Wort entgehen konnte, „weshalb sich alle Theologen, und mit ihnen wohl auch sämtliche Jurisprudenzler, immer nur mit einem Gott befassen dürfen, der so außerordentlich intolerant ist, keinen anderen Gott neben oder gar über sich zu dulden? Sieht das nicht justament zur aus, als ob er eine wahrhaft atheistische Heidenangst davor hätte, mit irgendeinem dieser vor krasser Ignoranz grinsenden Fetischgötzen verwechselt zu werden? Würdest du dir an seiner Stelle nicht etwas bedeutend Intelligenteres einfallen lassen können, so du nicht nur im Besitz der theologischen vorgeschriebenen Allmacht wärst, sondern über solchen vorparadiesischen Fundus aufgrund deiner Allwissenheit auch bewusst voll und freihändig zu verfügen hättest?"

„Bei Gott dem Allmächtigen und Allwissenden", verschwur sich Ulrich Zasius mit feierlich gestalten Eidfingern, „ich würde diesen Schismagötzen auf Grund des Gotteslästerungsparagrafen ohne langes Federlesen ins Loch stecken lassen!"

„Um dich auf solche Art und Weise", spann Desiderius diesen strafprozesslichen Faden exakt philologisch weiter, „gegen die höchst begreifliche Furcht zu sichern, von ihm in dasselbe Loch gesteckt werden zu können "

„Aber du", trumpfte Ulrich Zasius auf, „müsstest doch ganz genau dasselbe tun, wenn du dich an seiner Stelle befändest!"

„Ausgeschlossen!", schmunzelte Desiderius. „Denn ich würde mich auch in diesem Falle als exakter Philologe darauf beschränken können, jeden Schismatiker, der mir in den Wurf käme, mit seinem ebenbürtigen und seinesgleichlichen Widersacher, der ihm mit aller Glaubensheldengewalt an den Klingelbeutel will, auf das Genaueste bekannt zu machen! Wobei ich ja auch, der Wirklichkeit gehorchend, auf dem Boden der nacktesten und härtesten aller Tatsachen bliebe! Auch du hast gehört, dass von den Alten zu den Alten gesagt worden ist: Teile und herrsche! Ich aber sage dir: Je herrischer, desto närrischer! Woraus sich ohne weiteres ergibt: Überall da, wo der Satan, arabisch Schaitan, mit besonderem Eifer am Werke ist, musst du stets nach dem hinter dem nächsten Feuerbohnenbusch auf der Lauer liegenden und nach Magen- und Beutelbeute lungernden Beelzebub, auf Arabisch Ungezieferkommandant, fragen und forschen, alldieweil zu einem soliden Schisma niemals weniger denn zwei riesengroße und militärisch durchgebildete Dummköpfe gehören, die das ebenso brüdersame wie scheußliche Pech haben, sich fortgesetzt in Schach halten zu müssen, bis sie sich wechselseitig zur Strecke gebracht haben!"

„Oder", begehrte Ulrich Zasius auf, „zur Vernunft zurückgekommen sind!"

„Da kennst du diese nah- und fernöstlichen Wüstenbrütler schlecht!", winkte Desiderius ab und ließ die Duftdose wieder verschwinden. „Denn schon die vollkommene Humorlosigkeit aller Schismatiker beweist doch bereits zur Genüge, dass sie noch nicht ein einziges Mal, weder im Wachen noch im Traum, bei Vernunft gewesen sein können. Also dass sich ein jeder, der zum Schwerte alias zum Henkerbeile greift, letzten Endes immer nur mit seinen eigenen Wahnvorstellungen herumraufen muss."

„Obschon", begehrte Ulrich Zasius rechtswissenschaftlichst auf, „die ganze Welt, und das wirst du doch nicht bestreiten können, von Feinden geradezu wimmelt!"

„Das eben", stimmte Desiderius zu, ist ja die wahnwitzigste sämtlicher Vorstellungen, also die absurdeste aller Glaubensansichten! Denn in Wahrheit wimmelt die Welt von Menschen, das heißt von den Kindern des Ewigen Vaters, die sich nichts sehnlicher wünschen, als immerdar in Frieden gelassen zu werden, um von Herzen lachen zu können. Und bevor ein Feind auf Erden bemerkt werden kann, muss er sich doch erst einmal, und das wirst du wohl kaum zu bestreiten wagen, im Kopfe eines seiner seinesgleichlichen Gegners bemerklich gemacht haben! Weshalb du auch die Unvernünftigen am sichersten daran erkennen kannst, dass sie sich in ihrer heldenhaftigen Schismanie einbilden, rein gar nichts mehr zum Lachen zu haben. Woraus wiederum folgt, dass sie nichts so sehr zu fürchten haben wie die Lächerlichkeit. Nur darum ergrimmen sie wider sich selbst und nur darum verstellen sich ihre Gebärden bis zur Fratzenhaftigkeit. Und trotzdem bilden sie sich ein, waschechte Ebenbilder Gottes zu sein! Wie auch geschrieben steht: Je schlimmer, desto dümmer! Und: Ohne Bildung keine Mildung! Ferner: Vergleiche, überlege und ergründe, so nur vermeidest du den Pfad der Sünde! Und nur darum huldigen die Eidgenossen so ausnahmslos der strikten Neutralität. Sie sind keine Feinde, weil sie durchaus keine Feinde haben mögen."

„Das leuchtet mir noch nicht ganz ein", murmelte Ulrich Zasius kopfschüttelnd. „Das musst du mir noch genauer erläutern!"

„Weshalb, zum Beispiel", kam Desiderius sogleich diesem billigen Wunsche fortissimo nach, „ist es, im Gegensatz zu Münster, damals in Basel, trotz des stürmischen Glaubensgewandwechsels, weder zu Plünderungen noch zu Mordtaten gekommen? Zum Ersten: Weil dort drüben am Rheinknie keine Pöbelmassen und damit auch keine Heldentumsanwärter mehr vorhanden waren, nachdem Christoph von Utenheim mit seiner Karitasgarde unter Mitnahme des von ihr aufgefütterten Bettlerheerwurms nach Pruntrut abgeduftet war. Zum Zweiten: Weil im Großen Rat von Basel auch heute noch genug weileilige und unverblüffbare Eidgenossen sitzen, die nur zu genau wissen, dass jeder himmlische Glaubenswind immer nur aus dem irdischen Beutebeutel weht, also dass sie sich weder von dem papistischen Beelzebub noch von dem antipapistischen Satanas die Humorbutter vom Vernunftbrot nehmen lassen mögen. Wie schon Sophokles geteilt hat: Ob jemand ahnt, ob jemand wohl erwägt, dass die Vernunft der Güter höchstes ist? Und wie bei Johannes Mündlein, dem welschesten der Humoristen, zwischen den Zeilen seiner ‚Hundert Erzählungen' zu lesen ist:

> Die größte Torheit war zu allen Zeiten,
> Siegreich den Rubikon zu überschreiten.
> Ziehst du erst ein in die errung'ne Stadt,
> Wird dir zum Dolche jedes Lorbeerblatt!
> So laut und trutzig auch die Büchsen knallen,
> Gefallen kann der Held nur durch sein Fallen.
> So findet er, was er gesucht hienieden,
> So sucht und findet er den ew'gen Frieden!"

„Einverstanden!", lenkte Ulrich Zasius ein. „Nun aber verrate mir noch, was ich mir unter dem Terminus ‚Exakte Philologie' vorstellen soll!"

„Den Gott Humor", lateinte Desiderius mit Nachdruck, „oder den himmlischen Apfel dicht neben der höllischen Rute, alias die Fertigkeiten und Anfertigungen des Mundes, der nichts mehr zu sein begehrt als der Tutor des Mündleins, der Vormund der winzigen Öffnung der fortgesetzten Renaissance der von Gott zu keinem anderen Zwecke als dem der Liebe geschaffenen beiden Geschlechtern."

Zur nämlichen Stunde begann Urban Immerius, eine Woche vor seinem achtzigsten Geburtstag, die Abreise von Venedig vorzubereiten. Zu diesem Ende schenkte er Valeria Tozzi, der siebenten und letzten seiner Konkubinen, den gesamten noch vorhandenen Weinvorrat und ließ auch das Recht des vollschoppigen Ausschankes auf sie überschreiben, worauf sie sich ohne die geringsten Schwierigkeiten mit der ebenso fleißigen wie verschmitzten Oberkellner Fulvio Lambicco zu bemannen vermochte.

Nun beeilte sich Urban Immerius, dem überglücklichen Ehepärchen ein wohlgelungenes Hochzeitsfest anzurichten, zu dem er alle seine Stammgäste einlud, um sich von ihnen zu verabschieden.

Auch Sophius Crott erschien, dazu noch in Begleitung der Fürstin Mirabella Esterhazy von Galantha, die sich wiederum in seine fruchtbarkeitsfördernde Behandlung begeben hatte.

Den Höhepunkt dieser doppelten Festlichkeit bildete ein von Aretino auf die Neuvermählten ausgebrachter, mit fortpflanzlichen Anspielungen geradezu herausfordernd gespickter Trinkspruch.

Am übernächsten Morgen, kurz bevor sich Urban Immerius an Bord der mit seinen Koffern, Kisten und Fässern beladenen Überfahrtsbarke begeben wollte,

tauchte Sophius Crott auf, zog aus seiner Tasche ein offenes, an seinen Stiefbruder, den in Schaffhausen wohnhaften und werkelnden Uhrenmeister Tobias Crott, gerichtetes und mit einem auf einhundert Gulden lautenden Akzeptpapier befruchtetes Einladungsschreiben und sprach: „Schon zweimal habe ich ihm einen solchen Wechsel geschickt, aber er hat mir, obschon das Geld in seine Hände gelangt sein muss, noch keine Zeile darauf geantwortet."

„Kurios genug!", murmelte der Oheim, nachdem er die Zeilen überflogen hatte, und nahm sein Kinn in die Hand. „Seid ihr denn damals in Unfrieden voneinander gegangen?"

„Wir hatten wohl hin und wieder", gab Sophius Crott zu, „einen kleinen Streit, dieweil er manchmal ein wenig duckmäuserisch tat, aber gram worden sind wir uns darüber mitnichten. Möglicherweise befindet er sich in Zahlungsschwierigkeiten und hat nur noch nicht den Mut gefunden, mir reinen Wein einzuschränken. Darum bringe ihm diesen Brief, gib ihm zu verstehen, wie dringend ich einen zuverlässigen Stellvertreter benötige, wenn ich auf Reisen bin, und vergiss nicht, durchblicken zu lassen, dass es mir nicht schwerfallen wird, alle seine Wünsche zu erfüllen!"

„Es soll nach deinem Willen geschehen!", beteuerte Urban Immerius und bekräftigte diese Zusage durch einen Handschlag, worauf ihm der Neffe die allerbeste Reise wünschte und ihm nicht nur die herzlichsten Grüße nebst einem Sack voll Geschenken für Miranda und die drei Kinder, sondern auch die Generalabrechnung über alle ihm von Fabian zur Verfügung gestellten Vermögenswerte mitgab, die sich in diesen wenigen Jahren bereits um mehr als die Hälfte vermehrt hatten.

So nahm Urban Immerius am Vormittag seines achtzigsten Geburtstages Abschied von Venedig, das er niemals wiedersehen sollte.

Noch am selben Abend musste die damals weltberühmte Kurtisane Paradisiana, die frühere Madonna Bolanu, den letzten ihrer Atemzüge tun. Man fand den nackten, aller Schmucksachen beraubten und von neun Dolchstichen getroffenen Leichnam in einer auf den Wogen der Lagune schaukelnden Gondel, als deren Eigentümer Hippolyto Pece, der beste Barkarolensänger, ermittelt werden konnte.

Obschon er heftig bestritt, diesen Raubmord begangen zu haben, wurde er, da er sein Alibi noch nicht nachzuweisen vermochte, in Banden geschlagen und in den dicht unter den Bleidächern des Dogenpalastes befindlichen Keller geworfen.

Aretino, der für die Bestattung der einstigen Geliebten sorgte, erklärte darauf seinen Freunden: „Mit meiner Zulassung ist diese Schandtat nicht geschehen, denn ich habe weder das kostbare Geschmeide erschaffen noch die Gondel, den Dolch und die käufliche Liebe!"

Der gegen Hippolyto Pece angestrengte Halsprozess hielt Venedig elf Wochen lang in Atem, bis der Angeklagte wegen Mangels an Beweisen freigesprochen werden musste.

Um diese Zeit rollte die von zwölf schwerbeladenen Packtieren begleitete und von sieben wohlerprobten und gut bewaffneten Dienern beschirmte sechsspännige Prachtkutsche, darin Urban Immerius und Fabian mit Miranda und den drei Kindern von Padua nach Heidelberg aufgebrochen waren, schon über die gefährlich steile Gotthardstraße das tiefe Reusstal hinunter und gelangte ohne größeren Unfall über Luzern, Zürich und Winterthur nach Schaffhausen, wo der Uhrenmeister Tobias Crott überhaupt keine Wünsche mehr hatte. Er war nämlich bereits vor fünf Wochen, nach einem schweren anderthalbjährigen Krankenlager, unter Hinterlassung seiner jungen Ehefrau Sibylla, zweier halbwüchsiger Knaben, zweier Gesellen, eines Lehrjungen und eines unbelasteten, am Markte gelegenen Giebelhauses an einem Blutsturz verschieden.

„Im vorvorigen Winter", schluchzte die sehr ansehnliche Witwe auf Befragen, „ist mein herzensguter Ehemann auf einer Fahrt nach Zürich in einen argen Schneesturm geraten, und die Erkältung, die er sich dabei weggeholt hatte, ist ihm in die Lunge gekommen, und er ist davon immer siecher und siecher geworden, bis er sich nicht mehr vom Lager erheben konnte. Er wollte immer wieder nach Venedig schreiben, aber er hat den Brief schließlich doch nicht zustande gebracht. Die zweihundert Gulden liegen noch vollzählig dort in der Truhe. Gott ist meine Zuversicht und Stärke! Das waren seine letzten Worte. Dann ist er an seinem eigenen Blut erstickt. O mein Jesus, was ist das für ein Jammer! Und nun liegt er draußen in der kühlen Erde, und ich weiß weder aus noch ein!"

In einem heißen Tränenstrom ertrank ihre Stimme.

Während Miranda der tiefbekümmerten Witwe Trost zusprach, kamen Oheim und Neffe nach längerer Beratung dahin überein, an Sophius Crott einen gemeinsamen Brief zu richten und ihm darin nahezulegen, seine Stiefschwägerin mit den beiden Bübchen zu sich zu laden und in Hut zu nehmen.

Und nun zeigte sich, dass Sibylla Crott, geborene Brüggli, nachdem sie sich in Mirandas schwesterlichen Armen ausgeweint hatte, im Grunde genommen doch eine ganz herzhafte und unternehmliche Eidgenossin war. Denn sie war sofort bereit, den geplanten Brief selbst nach Venedig zu bringen, zumal sie den Altgesellen Kasimir Pungs, von dem sie sich nach dem Willen ihres verstorbenen Mannes hätte heimführen lassen sollen, durchaus nicht ausstehen mochte. Desto mehr fühlte sie sich zu Waldemar Corrodi, dem jüngeren, überaus treuherzigen und anstelligen Gesellen, hingezogen, der sich auch ohne Zögern dazu erbot, die verehrte Meisterin und ihre beiden Knäblein, deren Zuneigung er längst gewonnen hatte, wie ein Schutzengel nach der großen Seestadt Venedig zu begleiten.

Und so konnte denn diese ganze Schicksalsangelegenheit in wenigen Tagen auf das Geziemlichste geordnet und in die Wege geleitet werden.

Kasimir Pungs gab sich, da er nun seiner bisherigen Braut nicht mehr abzusagen brauchte, damit zufrieden, die Uhrmacherwerkstatt und das Giebelhaus für zwölfhundert Gulden in bar, die er sich bei dem Ratsherrn Emmerich Scheffler auslieh, und eine Hypothek von zweihundert Gulden erstehen zu können.

Sibylla Crott trocknete, nachdem sie von dem frischen Grabe ihres Gatten Abschied genommen hatte, ihre Tränen und machte sich fertig, mit ihren beiden Buben und Waldemar Corrodi, dem uhrigen Junggesellen, der ihr jeden Wunsch von den Augen ablas, in derselben

Prachtkutsche, die Urban Immerius, Fabian, Miranda und ihre drei Kinder von Padua nach Schaffhausen gebracht hatte, gen Süden von dannen zu rollen.

Die Trennung erfolgte unterhalb des Rheinfalles bei Laufen, wo Fabian fünf seiner Diener entließ, die dann sogleich von Sibylla Crott in Lohn genommen wurden.

„Ob er sie wohl heimführen wird?", fragte Fabian, nachdem die Kutsche hinter der Waldecke verschwunden war.

„Nur wenn Gott und Waldemar Corrodi solches zu lassen!", antwortete der Oheim achselzuckend.

Am folgenden Mittag begaben sie sich mit Miranda und den Kindern an Bord des dem Eglisauer Schiffer Stefan Merian gehörigen, von ihm selbst gesteuerten und „Die Vierte Bitte" benamsten Rheinkahnes, auf dem sie danach, nebst den beiden Dienern und allen Gepäckstücken, mit der raschen Strömung zu Tal glitten.

In Kaiserstuhl, Waldshut und Säckingen wurde geufert, um Getreide an Bord zu nehmen.

Kurz vor Sonnenaufgang erreichte Die Vierte Bitte das Rheinknie und Basel, für das die Körnerlasten bestimmt waren. Und hier lagerten am niedrigen rechten Ufer so viele für die Frankfurter Herbstmesse bestimmte Frachtgüter, dass Urban Immerius und Fabian einen ganzen Tag vor sich hatten, um diese wohlgebaute und umsatzeifrige Eidgenossensiedlung zu besichtigen.

Als sie beide zu diesem Zwecke, gefolgt von ihren Dienern, über die Rheinbrücke von Klein- nach Großbasel hinüberschritten, stand Sigismund Gelensky, der aus Prag stammende wahleidgenössische Hauptkorrektor der Frobenschen Offizin, wieder einmal an dem von dörflichen Anbietern und städtischen Käuferinnen wimmelnden Gemüse- und Fruchtmarkt auf der Lauer und bot den beiden reichgewandeten Fremdlingen, als sie stehen blieben, um das erst vor wenigen Jahren vollendete Rathaus zu beäugen, mit höflichem Gruße seine guten Dienste an.

„Ihr kommt, weiß Gott, wie gerufen!", bekannte Fabian hocherfreut, und Urban Immerius versicherte: „Es soll euer Schaden nicht sein!"

Nachdem sie nun unter dieses Pragers umsichtiger Lenkung und Belehrung nicht nur das Innere dieses freskengeschmückten Großratsnestes, sondern auch die Wohlfeilheit der Marktpreise und die Argwohnlosigkeit der Kaufsitten in Augenschein und Ohrenschmaus genommen hatten, gelangten sie in der benachbarten Straße auf dem Pfad der Freiheit, wo sie die zahlreichen Schauläden musterten und so viele Einkäufe machten, dass sie die beiden Diener mit den hier erstandenen Warenmengen wieder zum Schiff zurückschicken mussten.

Sodann ließen sich die beiden Pfälzer, nach einem in der an der Gerbergasse gelegenen Safranzunft eingenommenen Imbiss, zu dem aus rotem Sandstein erbauten Münster geleiten, durch dessen beide so unterschiedlich gestalteten Türme sie in beträchtliches Staunen versetzt wurden.

„Der einhundertfünfzig Ellen hohe Georgsturm", dozierte Sigismund Gelensky immer weiter, „ist reicher verziert und etwas älter als der um sieben Ellen niedrigere Martinsturm."

„Ein rechtes Kuriosum!", meinte Fabian kopfschüttelnd.

„Und ein Beweis dafür", stimmte Sigismund Gelensky beflissen zu, „dass hier in dieser unvergleichlichen Stadt sogar die Architekten, so sie nur Lust dazu verspüren, der vollkommenen Freiheit frönen dürfen."

„Nicht übel bemerkt!", rief Urban Immerius belustigt. „Nur darf darüber nicht vergessen werden, dass für den zweiten Kirchturm der schnöde Mammon immer bedeutend zäher zu fließen pflegt als für den ersten, wie schon das Straßburger Münster beweist!"

Unter solchen munter belehrenden Gesprächen besahen sie sich darauf die ganze Stadt und ihre nähere Umgebung bis zur Schützenmatte, auf der die Büchsen lustig knallten, und bis hinaus zur Kapelle von Sankt Jakob, wo am 26. August des Jahres 1444 die westlichen Schwerthorden siegreich abgewehrt worden und die Schädel der erschlagenen Gegner zum warnenden Exempel für jeden, der solche blutige Torheit wiederholen sollte, hinter Glas und Rahmen zur Schau gestellt waren.

„Und hier", verkündete der Prager nahezu feierlich, als sie auf dem Rückweg, vom Heuberg herkommend, den Nadelberg erreicht hatten, und deutete auf das Haus Zur Alten Treu, "hat der hochberühmten Roterodamus acht Jahre lang gewohnt und geschafft, bis er leider nach Freiburg davongezogen ist."

"Also", folgerte Urban Immerius schmunzelnd, "scheint es ihm, bei euch Eidgenossen nicht sonderlich gefallen und behagt zu haben."

"Meine Wiege stand an der Moldau", wich Sigismund Gelensky geschmeidig aus, "aber ich gäbe, das weiß Gott, hunderttausend Dukaten darum, wenn sie hier am Rhein gestanden hätte. Denn hier in der Eidgenossenschaft hat sich etwas angesponnen, das nicht seinesgleichen hat auf der ganzen weiten Welt!"

"Wohl wahr!", nickte Fabian nachdenklich. "Denn während wir immer wieder für irgendeinen Quark in den Krieg ziehen müssen, haben die Eidgenossen längst den ewigen Frieden gewonnen! Und das rührt einzig und allein daher, dass wir im Gegensatz zu ihnen, nicht nur einen Kaiser, sondern auch noch sieben Kurfürsten über uns haben, die nichts Besseres zu tun wissen, als ihren Beutel mit unserem Wohlergehen zu verwechseln."

"Stimmt auf den Daus!", pflichtete Sigismund Gelensky bei. "Denn die Fürsten, weltlicher wie geistlicher Gewalt, sind allzumal Barbaren und Leutefresser!"

"Aber bei Kappel", stach Urban Immerius dazwischen, "sollen die Eidgenossen, so man der Fama Glauben schenken soll, gleichfalls wie die Kannibalen aufeinander losgedroschen haben."

"Das lässt sich nicht leugnen!", gab der Prager zu. "Doch hat es weiter keine schlimmen Folgen gehabt. Denn wenn die Eidgenossen schon einmal miteinander raufen müssen, so machen sie das ganz unter sich ab und werden niemals einem Fürsten die Gelegenheit bieten, sich in ihre häuslichen Händel einzumischen. Auch haben sich die Basler damals mitnichten in jenen Bruderzwist verstricken lassen, zumal sie schon vorher ohne das geringste Blutvergießen nicht nur ihren Bischof, sondern auch das ganze Domkapitel losgeworden sind, die ihnen so lange, für nichts und wieder nichts, auf der Tasche gelegen haben!"

Darauf führte er sie das Totengässchen hinunter zur Frobenschen Offizin, wo es ihm wahrlich leicht genug viel, Fabian nicht nur ein

Fässchen voll Roterodamusbüchern, sondern auch den mit umfangreichen Durchstreichungen gesegneten Entwurf eines Briefes zu verkaufen, den Desiderius schon vor Jahren an Justus Decius, den Geheimsekretär König Sigismunds von Polen, gerichtet hatte, worauf dieses auf beiden Seiten eng bezeilte, mitten entzwei gerissene, aber sorgfältig zusammengeklebte Dokument über den Papierkorb des Alten Hexenmeisters und dessen Famulus Rumpus, der ihn herausgefischt hatte, einigermaßen rechtmäßig in die Hände des jetzigen Besitzers gelangt war.

Dieses Schriftstück versenkte Fabian, nachdem er es flüchtig geprüft und ganze zehn Gulden dafür berappt hatte, in seine Brusttasche, während das Bücherfässchen sogleich von zwei Schweizerdegen an Bord der Vierten Bitte spediert wurde.

Den Abend verbrachten die beiden Reinpfälzer mit dem Kernböhmen bei einer großen Kanne Pruntruter Burgunderweines und einem leckeren Spanferkelbraten in der an der Freien Straße gelegenen Schlüsselzunft, wo Sigismund Gelensky nach vielem Hin und Her zum weiteren Lobe Basels schließlich noch einmal auf die irdische Einzigartigkeit der Eidgenossenschaft zurückkam.

„So es nur auf dieser Welt", behauptete er schon etwas angerauscht, „nichts als Eidgenossen gäbe, dann bräuchte der Ewige Friedensfürst mit seinem Herbeikommen nicht länger zu zögern."

„Ja, wenn das Wörtlein Wenn nicht wäre!", spottete Urban Immerius gut gelaunt. „Denn wie sollten in einem Hui aus allen Erdenkindern Eidgenossen werden können, wenn die wenigsten wissen, was ein Eidgenosse in Wahrheit ist und wie das eigentlich gemacht wird?"

„Da liegt der Hase im Pfeffer!", hieb Fabian in dieselbe Kerbe. „Und weswegen hat man draußen in der Welt bisher so blitzwenig davon vernommen, dass sich die Eidgenossen bereits seit mehr als zweihundert Jahren auf dem einzig richtigen Menschenwege befinden?"

„Weil sie klug genug sind", gab Sigismund Gelensky mit verschmitztem Grinsen zur Antwort, „solches nicht an die große Glocke zu hängen, sondern es hübsch für sich zu behalten, anstatt es in alle Welt hinauszuposaunen. Und weil Eigenlob, und sei es auch noch so wohlberechtigt, allzumal keinen guten Geruch hinterlässt! Darum lautet die Parole, wie es der Roterodamus längst niedergeschrieben hat, für sämtliche Nichteidgenossen: Tut selber die Augen auf, das Wunder liegt vor eurer Nase! Kurzum: Je weiser, desto leiser! Bis der Ewige Friedensfürst erscheint! Und dann werden sich die Eidgenossen schon männiglich zur Stelle melden, da sie ja die einzigen sind, die ihn auf den ersten Blick zu erkennen vermögen."

„Darauf" rief Urban Immerius, indem er den Kellner heranwinkte, „wollen wir in Gottes Namen noch eine Kanne leeren!"

Und es geschah also.

Am nächsten Morgen, gerade als sich Die Vierte Bitte, wiederum voll beladen, vom Ufer gelöst hatte, um durch die dritte Wölbung der Rheinbrücke zu gleiten, trabte über sie dahin kein anderer als der auf dem Groben'schen Rappenhengst sitzende Sigismund Gelensky, der sich soeben zu seiner höchsten Befriedigung herausgerechnet hatte, dass ihm die gestrige Fremdenherumführung nicht weniger denn siebenundzwanzig Gulden eingebracht hatte.

„Das Bare ist das Wunderbare!", dachte er wohlgemut weiter und gab nun, da er die Stromüberspannerin hinter sich gelassen hatte, dem feurigen Vierhufer so kräftig die Sporen, dass die kleinbaseler Funken zu stieben und die beiden mit Skripturen vollgepfropften Mantelsäcke, die festgeriemt hinter dem Sattel auflagen, herausfordernd zu schaukeln begannen.

Sigismund Gelensky ritt auch diesmal, wie an jedem ersten Monatssonntag, nach Freiburg hinüber, um dem weltberühmten Roterodamus außer den frischen Bürstenabzügen auch alle inzwischen in der Offizin für ihn eingelaufenen oder abgegebenen Briefe zu überbringen und, so ganz nebenbei, die mit dem neuen Papierkorbentleerer, dem Famulus Gilbert Cousin, letzthin angeknüpfte und für beide Teile so ungemein fruchtbare philobibliotische Geschäftsverbindung bis zur Busenfreundschaft zu vertiefen.

Zur selben Stunde wagte es Luther, trotz aller seiner auf diesem theologischen Ackerbeet bereits errungenen Misserfolge, schon wieder einmal sein Glück als Teufelsbanner zu versuchen. Solches geschah diesmal in der Sakristei der Wittenberger Pfarrkirche, und zwar gleich nach der Morgenpredigt. Das vom obersten Höllenpotentaten so schwer geplagte Lebewesen war die aus Zadel bei Meißen stammende und erst achtzehn Jahre zählende Jungfrau Rebekka Prutsch, die sich nicht nur unterfing, ohne jede Veranlassung die allerunzüchtigsten Redewendungen von sich zu geben, sondern auch obendrein den Mut besaß, bei jeder sich nur bietenden Gelegenheit die Majestät des Kaisers, den allergnädigsten Kurfürsten und sogar den hochwürdigen Doktor Martinus Luther, kurz sämtliche im sächsischen Abgabengebiet praktizierenden Autoritätsinhaber mit den blitzgreulichsten Schimpfvokabeln zu bedenken.

Anwesend bei dieser hochnotheiligen Prozedur waren außer einigen Universitätsdozenten, Theologiestudenten und Gemeindeältesten auch der spätere Konvertit Friedrich Staphylus und der Archidiakonus Sebastian Fröschel, von dem die rebellische Obersächsin hereingeführt wurde.

Noch bevor sie den Mund geöffnet hatte, begann Luther mit der Rezitation der ihm noch aus seiner Erfurter Klosterzeit geläufigen exorzistischen Litanei, die so lang und kräftig war, dass man von ihr schon eine ganz erhebliche Wirkung erwarten durfte.

„Entweiche, du höllischer Usurpator!", donnerte Luther zum Schluss, während sämtliche Zuschauer den Atem anhielten, um das große Wunder ja nicht zu verpassen. „Entweiche, entweiche, entweiche! Solches gebiete und befehle ich dir im Namen des Vaters, des Sohnes und des Heiligen Geistes! Fahre sogleich hinab, woher du gekommen bist! Amen! Amen! Amen!"

Aber auch dieser Befehl ging fehl.

„Bah!", machte der Höllencäsar aus der irdischen Jungfrau und bleckte seinem theologischen Widersacher die jungfräuliche Zunge heraus, so lang und spitz sie war.

Darüber geriet Luther in einen solch wolfheißen Zorn, dass er die vom Teufel Besessene, um ihrem höllischen Grundbesitzer über den Grad seiner Verachtung nicht im Zweifel zu lassen, mit dem rechten rossledergeschuhten Fuß so hart in den jungfräulichen Bauch trat, dass Rebekka Prutsch rückwärts taumelte und mit dem Sitzfleisch auf den sakristeilichen Fliesen landete. Doch sogleich war sie mit einem gellenden Schrei wieder auf den Beinen, krallte alle zehn Finger wider den Treter und kreischte ihn also an: „Die Augen kratze ich dir aus, du verfluchtes Luder!"

Und da sich kein Einziger der aufs höchste betroffenen Zuschauer getraute, mit dem leibhaftigen Teufel ins Handgemenge zu geraten, wollte Luther zur Tür hinausspringen, was sich aber durchaus nicht bewerkstelligen ließ, weil diese Sperrvorrichtung heimtückischerweise als sei sie mit dem Urianissimus im Bunde, in den Riegel gefallen war und sich nicht bewegen ließ.

Und da weder ein Schlüssel gefunden werden konnte noch das engvergitterte Fenster einen Fluchtversuch erlaubte, musste sich Luther, immer noch verfolgt von der achtzehnjährigen Furie, die den erztheologischen Fußtritt durchaus nicht auf sich sitzen lassen mochte, mit tausend Ängsten und allen Gebärden der Verzweiflung immer wieder um den Taufstein herumjagen lassen, bis der von dem wüsten Tumult herbeigelockte Sakristan durch das Fenstergitter ein Beil hineinreichte, mit dessen Hilfe Friedrich Staphylus endlich die Tür zu erbrechen vermochte, worauf der schweißgebadete Teufelsbanner seiner Verfolgerin sporntreichs entbrannte.

Die Nachricht von diesem beispiellosen Skandalon brauchte vier Wochen, ehe sie auf allerhand Umwegen von Wittenberg nach Basel und von hier aus, in einem ausführlichen Schreiben des Bonifacius Amerbach, durch Sigismund Gelensky nach Freiburg gelangte.

Und so entstand denn am Montagmorgen, nachdem sich der große Theologe Ludwig Ber, der frühere, nun gleichfalls nach Freiburg emigrierte Rektor der Universität Basel, im Hause Zum Kindlein Jesu eingefunden hatte, dieser denkwürdige Trialog:

„Da Luther", begann Desiderius nach Verlesung des Briefes zu lateinen, „in seinem Großen Katechismus behauptet hat, dass es nur der Teufel sei, der alle Kriege anrichtet, was sind dann die Potentaten, die auf nichts anderes versessen sind, denn Mord, Brand, Pest und Verderben über die Völker zu bringen? Und wenn Luther weiterhin, wie seine Kirchenpostille beweist, die außerordentliche Meinung vertritt, dass der Teufel die Heilige Schrift besser als alle Universitäten und Professoren auszulegen und jeden, der mit ihm darüber disputieren will, gewisslich in die Aschen zu stoßen versteht, hat er damit seinen Herrn Teufel nicht zum allertüchtigsten der Theologen erhoben?"

„Bei dem wahrhaftigen Gott", entrüstete sich Ludwig Ber fäusteballend und zähnefletschend, „dieser häretische Augustinermönch hat die ganze Theologie in den allerallerärgsten Verruf gebracht!"

„Mit Gottes gnädiger Zulassung!", murmelte der Zyniker Sigismund Gelensky feierlichst.

„Und wie oft", fuhr Desiderius fort, „ist dieser Papst von Wittenberg, wenn man ihm Glauben schenken will, durch höllische Poltergeister bis zum Zittern und Beben erschreckt und vexiert worden? Und ist er darüber nicht selber zum ärgsten aller Poltergeistlichen geworden? Kein Wunder, wenn er nun daran geht, den Teufel zu überteufeln, um alle höllischen Geister unter sein allmächtiges Kommando zu zwingen! Und da sie sich männiglich weigern, seine Befehle auszuführen, wächst seine Teufelsangst weiter, die heute schon seiner Gottesfurcht gleicht wie ein Ei dem anderen!"

„Ja, er ist der leibhaftige Beelzebub!", knirschte Ludwig Ber. „Solches kann nach diesem barbarischen Fußtritt nicht länger bezweifelt werden!"

„Aber wie", warf Sigismund Gelensky ein, „ist denn nur der Teufel gerade in diese sächsische Jungfrau hineingekommen?"

„Frag nicht so dumm!", wies ihn Desiderius zurück. „Ersetze lieber den von Luther längst zu Tode gehetzten Terminus Teufel durch die Vokabel Gegner oder Feind, und sogleich wird alles klar. In dieser tapferen Rebekka hat eben die Ewige Mutter wie auch der Ewige Vater, die ja beide von Anbeginn in jedem einzelnen Menschenkind wesen, walten und wohnen, gegen die ihnen von der immer nur sich selbst lobhudelnden Torheit angetane Unterdrückung aufbegehrt und rebelliert. Denn wie käme denn diese zarte Jungfrau zu den allerunzüchtigsten Redewendungen und zu den sämtliche Autoritätsinhaber beschimpfenden Silbenketten, wenn diese blitzabscheulichen Floskeln nicht schon vorher mit Gottes Zulassung in überreichlichen Mengen für den allgemeinen Gebrauch angefertigt worden wären? In dieser Hinsicht ist diese Rebekka Prutsch eben gar nichts anderes gewesen als das Sprachrohr der jahrtausendelang von den Regierenden gepeinigten und um die Menschenfreiheit immer wieder betrogenen Kreatur Gottes! Und wie könnten auch diese Schmähvokabeln vorhanden sein ohne die teuflischen Bemühungen, ohne die wahrhaft hunnischen Faustschläge und Fußtritte der volkshurelnden Gewaltverbrechen weltlicher und geistlicher Montur? Wie geschrieben steht: An ihren Früchten sollt ihr sie erkennen! Ich aber sage euch: An ihren Früchten werden sie verbrennen, sobald erst einmal der Schuss ins Schisma abgefeuert worden ist!"

In diesem Augenblick unterzeichnete Fabian in Heidelberg den Vertrag, durch den der Baumeister Benjamin Purgus verpflichtet wurde, die Hofapotheke auf dem noch immer wüst liegenden Grundstück wiederum aufzubauen, und schrieb sodann gemeinsam mit Urban Immerius an Sophius Crott einen längeren Brief, darin sie ihm alle ihre Reiseabenteuer berichteten und um baldige Antwort baten.

Weiterhin kaufte Fabian das vor dem Mannheimer Tore am Neckarufer in einem großen Garten gelegene und Zum Köstlichen Weinberg benamste Lusthaus, unter dessen Dache er seine ärztliche Praxis zu eröffnen gedachte.

„Nun sind wir wieder daheim!", schmunzelte Urban Immerius, als sie kurz vor dem Osterfest ihren Einzug vollbracht hatten, und setzte sich in den Großvaterstuhl, in dem er auch, während die drei Kinder zu seinen Füßen spielten, am Abend des Himmelfahrtfestes, nachdem er einen besonders kräftigen Trunk vollbracht hatte, zum letzten Male einschlief.

So schied er ohne Schmerzen von hinnen.

Wenige Stunden später tat in Rom der Papst Clemens Septimus den letzten seiner Atemzüge. Er hatte zuletzt keinen Bissen mehr zu sich nehmen können und war von seinen Schmerzen so gepeinigt worden, dass er sich einmal sogar kopfüber aus dem Fenster stürzen wollte.

„Ich leide viel mehr als Christus am Kreuz!", waren seine letzten Worte.

Die Sektion ergab, dass er an einem Mastdarmkrebs gestorben war.

Worauf der Pasquino also frohlockte:

Gerettet sind wir vom Verderben,
von Jammer, Verrat und vom Elend,
Da nun der Satan geholt den sodomitischen Flaps!"

Aber diese Erwartung erfüllte sich keineswegs, denn sogleich setzte die von dem Verstorbenen so sicher vorausgesagte Invasion der hispanischen Glaubenssoldaten ein, die sich fortan in Rom, nachdem der Kardinal Farnese den Heiligen Stuhl bestiegen hatte, wie die Heuschrecken vermehrten.

Dieser Paulus Terzius war es, der die gegen das zweite Karthago gerichtete Sentenz unterschrieb und damit das Schisma bewirkte, das der Kurie den Zustrom der so bitter benötigten britannischen Goldpfunde wie mit dem Henkerbeil abschnitt, und diesem Tiaraträger blieb es auch vorbehalten, die dadurch bis in ihren Herzbeutel hinein geschwächte Mutter Kirche dem faschistischen Exerzierfeldwebel Ignatius von Loyola in die Arme zu werfen, der schon dabei war, in Paris den Jesuitenorden auszubrüten, um dem theologischen Militarismus den Weg des Triumphes zu ebnen.

Um diese Zeit brachte Pietro Aretino, nachdem er dem vom mediceischen Verderben geretteten Rom einen kurzen Besuch abgestattet hatte, in Venedig die folgenden Sätze zu Papier:

Auch der neue Papst scheint dieser scheinheiligen Wölfin, in der die Lustseuche wütet wie nie zuvor und wo auch die allerbesten Ehefrauen den Lockungen der Kupplerinnen erliegen müssen, zu keinem heiligen Dasein verhelfen zu können. Wie Uhus und Schleiereulen kommen diese niederträchtigen Schleicherinnen des Abends aus ihren Nestern und klopfen Klöster, Höfe, Bordelle und Schenken ab. Hier holen sie eine Nonne heraus, dort einen Mönch. Diesem führen sie eine Kurtisane zu, jenem eine Witwe, diesem eine Ehefrau, jenem eine Jungfrau. Die Lakaien wissen sie mit den Zofen der Herrschaft zu befriedigen, und der

Haushofmeister kriegt zum Trost seine Gebieterin auf das alleinseligmachende Laken. Wahrlich, im Karthago des Hannibal kann es nicht schamloser und üppiger zugegangen sein!

Auch hatte sich hier in Venedig die Witwe Sibylla Crott, nach Ablauf ihres Trauerjahres von den überaus tüchtigen Waldemar Corrodi heimführen lassen, der am Tage der Hochzeit von Sophius Crott, dessen Nachkommenschaft sich unterdessen um drei weitere Kindlein vermehrt hatte, zum Geschäftsteilhaber ernannt worden war.

Das alles erfuhren Fabian und Miranda, die noch vor Weihnachten mit Zwillingen niedergekommen war, von Sophius Crott, mit dem sie auch weiterhin im eifrigen Briefwechsel blieben.

Bald darauf gelangen Fabian einige schwierige Kuren, und seine bescheidene Praxis begann zu wachsen. Er verlegte sie nun in das neue, inzwischen fertiggestellte Haus, verhalf dem Provisor Michael Brosam, der die Hofapotheke übernehmen wollte, zu der bei der Kurfürstlichen Rentkammer nachgesuchten Konzession und teilte ihm auch das Rezept für das Fruchtbarkeitselixier mit.

Solcherart gelangte Fabian rasch in den Ruf eines erfolgreichen und beliebten Arztes, und sogar die Gesundheitsfakultät der zweitältesten aller Reichsuniversitäten verhehlte ihm, nachdem er auf ihrem Altar eintausend Gulden für mittellose Medizinstudenten geopfert hatte, nicht länger ihre würdevolle Gewogenheit.

Nun erst fand Fabian die Zeit, sich mit den aus Basel mitgebrachten Bücherschätzen zu befassen und stieß dabei auch auf den von Sigismund Gelensky für zehn Gulden erstandenen Roterodamusbrief, den er für so wichtig hielt, dass er ihn, um ihn Miranda vorlesen zu können, unter Einbeziehung aller durchgestrichenen Zeilen, soweit sie noch entzifferbar waren, ins Deutsche übertrug.

Auf solche Weise kam während der langen Winterabende des Jahres 1535 dieser hochspannungsträchtige Text zustande:

Du beklagst Dich bei mir, bester Justus, über die polnischen Magnaten, die Deinem guten König Sigismund das Leben so sauer zu machen wissen. Woraus ich ersehe, dass er nicht die Macht besitzt, ihnen das Leben sauer zu machen. Was mich auch gar nicht Wunder nimmt! Wie denn schon bei Machiavelli zu lesen ist: Ein guter Fürst ist ein schwacher Fürst, und ein schwacher Fürst ist ein schlechter Fürst, also ist ein guter Fürst ein schlechter Fürst! Und wie geschrieben stehen sollte: Nicht nur mit den Wölfen, sondern auch mit den Magnaten musst du heulen, wenn du von ihnen nicht gefressen werden willst!

Nun aber sind diese hohen Adelsherren, die doch ihren lieben Herrgott nur zu dem einen Zweck erfunden haben, um sich mit ihm gegen ihre gläubigen Untertanen fusionieren zu können, ausnahmslos nach dem Gesetz des Wolfsrudels angetreten, und dieses Gesetz hält sie so unerbittlich im Bann, dass sie sogleich verderben müssen, so wie sie nichts mehr zu wolfen und zu rudeln haben. Und das lehrreichste Beispiel dafür bildet das, was Du die Polnische Geschichte zu nennen beliebst. Denn auch eure Schlachtschützen, wie sich diese hohen, mittleren und niederen Adelsbriefler in Polen wahrheitsgemäß benamsen, sind, wie dieser Terminus unwidersprechbar beweist, genauso wie alle übrigen europäischen auf die Unterjochung fremdländischer Menschenstämme erpichten Wappenhorden aus der bereits von Tacitus in seiner Germania deutlich genug beschriebenen Mitte unseres Kontinents hervorgebrochen, dieweil sie in diesem ihrem Geburtsraume keine Gelegenheit gefunden hatten, durch Wolfen und Rudeln, durch Reißen und Beißen, durch Rauben und Raffen auf einen grünen Zweig zu gelangen.

Was also den Briten, den Galliern, den Spaniolen, den Italienern, den Böhmen, ja sogar den Schweden, von den gleichfalls über die Ostsee vorgedrungenen und nach Russland eingebrochenen Warägern ganz zu schweigen, recht gewesen ist, weshalb sollte solches den polnischen Bauern, die doch noch heute zu den Analphabeten gerechnet werden müssen, nicht billig sein?

Kurzum: Ein Adel kann sich niemals innerhalb seines Geburtsraumes bilden, sondern er vermag erst zu entstehen, wenn er als gutgedrillter Heerwurm in eine ihm fremde Fruchtlandfläche vorstößt, mit Hilfe seiner besseren Schießausrüstung jede Schlacht gewinnt und die Fremddörfler siegreich unterjocht, um auf ihnen in Hoffart, Überfluss und Unzucht zu paradieren, wie es ja eure Magnaten auch heute noch zu tun pflegen.

Nun wirst Du mich natürlich fragen wollen: Wenn das wirklich so und nicht ein Jota anders geschehen ist, wo sind dann die in Deutschland zur Herrschaft gelangten so überaus barbarischen Adelsgeschlechter hergekommen? Und die Antwort lautet: Nirgend woanders her als aus dem fernsten Asien, wo vor ungefähr tausend Jahren die in den dortigen Steppen umherschweifenden Viehzüchterhorden von dem Militarissimus Attila gesammelt, gedrillt und zum gottesgeißlichen Einfall in das gesittete Europa gebracht worden sind. Womit auch schon das größte Rätsel der Völkerwanderung gelöst ist!

Auch haben die deutschen Uradelsgeschlechter, die ihre Stammbäume bis in jene dunklen Zeiten zurückzupinseln trachten, durch ihr weiteres Benehmen, nämlich durch ihr wahrhaft steppenwölfisches Hauen und Klauen, Schnauben, Klauben und Glauben längst zur Evidenz bewiesen, dass sie gar keiner anderen als hunnischer Abstammung sein können. Sie steht ihnen ja auch deutlich genug auf dem Antlitz geschrieben, denn sie unterscheiden sich bereits durch ihre mongolischen Gesichtszüge von allen anderen auf Europa herumschmarotzender Feudalbanditen, die ihre gemeinsame germanische Abstammung ebenso wenig verleugnen können.

Auch in dem Gottesfürchtling und Fürstenknecht Luther rumort, wie schon sein widergermanischer, fernöstlicher Habitus verrät, das hunnische Blut, dazu kommen noch der fatale Klang seines Familiennamens, seine Vorliebe für den theomilitärischen Rottenführer Mose, diesen Attila der Juden, der dann in Muhammed zur Wiederkunft gelangt ist, sowie die heftige Abneigung gegen das Prinzipium der Willensfreiheit, die gegenwärtig nur hier in der Eidgenossenschaft, keineswegs aber, wie Du vermutest, im Königreich der Polen zu finden ist, wo doch schon ein einziger Landbote durch sein „Ich will nicht!" den ganzen Reichstag lahmlegen kann.

Wie auch geschrieben steht: Das Veto ist der Aberwitz in concreto! Also ist das Vetorecht, das die Eidgenossen überhaupt nicht kennen, der große Krebsschaden, der jegliche Gemeinschaft, in der es zur Geltung gelangt, zur Strecke bringen muss, wobei das ach so jammervolle polnische Königreich wohl kaum eine Ausnahme bilden wird.

Das Schisma ist und bleibt das unabwendbare Schicksal aller Schismatiker. Wie sie sich auch drehen und wenden mögen, um ihren Untergang aufzuhalten, sie werden zuletzt, sobald erst einmal der Schuss ins

667

Schisma vollbracht worden ist, von den Folgen ihrer eigenen Irrtümer ins Herz getroffen und müssen dahinsinken wie mein Eingeborener Sohn auf dem blutigen Schlachtfelde von Bicocca.

Solche Kummerkunde erfuhr ich kürzlich, als ich mich zum anderen Male nach Rom aufgemacht hatte, und weil mir darüber die letzten Schuppen von den Lidern fielen, habe ich diese Reise abgebrochen und bin nach Basel zurückgekehrt. Wie geschrieben steht: Wenn solches am grünen Holz geschieht, was soll am dürren werden? Also dass uns auch von Seiten der Kurie, die noch immer, genauso wie Luther, mit dem von Pontius Pilatus an Christus begangenen Justizmord krebsen geht, keinerlei Rettung winkt.

Wer wollte es auch einer Wölfin groß verargen, mit den Wolfsrudeln zu heulen, wie ganz Europa durchtoben und zerwühlen. Und so bleibt uns denn als einzige Hoffnung übrig: Nur über die Eidgenossenschaft, aus deren Raume die adelsblutigen Häretiker und Schismatiker für immer vertrieben worden sind, kann das welteidgenössische Heil zu uns allen kommen.

„Diesen Brief", rief Miranda, „musst du sogleich nach Venedig senden! Denn schon mein lieber Oheim, Gott hab ihn selig, den ich als Kind für meinen Vater gehalten habe, hat solche Gedanken geäußert. Er war ja auch lange genug mit dem weltberühmten Roterodamus befreundet, den er immer für den klügsten aller Sterblichen angesehen hat. Ja, er wollte ihm sogar die Kardinalswürde verschaffen, um dann einmal als sein Nachfolger den Heiligen Stuhl besteigen zu können. Aber der allmächtige Gott hatte es anders beschlossen. Vielleicht hat Sophius Crott den Eingeborenen Sohn des Roterodamus gekannt? Darum muss er dieses Blatt lesen!"

Und es geschah also.

Darauf antwortete Sophius Crott in seinem nächsten Brief also:

Wenn der Eingeborene Sohn des Roterodamus in der Schlacht von Bicocca auf unserer Seite gekämpft hätte, so wäre mir solches, der ich alle unsere Chargen gut gekannt habe, gewisslich nicht verborgen geblieben, also ist wohl anzunehmen, dass er in den feindlichen Reihen gefallen ist. Darum wollen wir ihn ruhen lassen, wo er ruht und nicht mehr daran rühren, sonst käme am Ende noch heraus, dass er von einer meiner Büchsenkugeln niedergestreckt worden ist. Im Übrigen bin ich mit dem Alten Herrn in Freiburg einer Meinung. Vieles in seinen Zeilen ist mir wie aus der eigenen Seele geschrieben! Ja, die Aufgabe der Eidgenossen ist es, alle jene Europa noch immer verheerenden Wolfsrudel zur Strecke zu bringen und in Atome zu zerschmettern. Und dass dieser Schuss ins Schisma einmal vollbracht werden kann, darum werde ich mich bemühen bis zu meinem letzten Atemzuge. Es soll und muss der Tag erscheinen, da der erste der Welteidgenossen den letzten der irdischen Kabinettsminister ins Altertumsmuseum fegt!

Inzwischen ist Andreas Gritti, der Doge, ein alter müder Mann geworden, der auf dem Tod darniederliegt, weshalb man sich schon zur Wahl seines Nachfolgers rüstet.

Sibylla, die das ganze Hauswesen wie eine Königin regiert, will demnächst niederkommen und wird ihr drittes Kindlein Fabian oder Miranda nennen.

Unser Geschäft wächst unablässig weiter und beginnt nun schon an meinen Kräften zu zehren. Ohne Waldemar Corrodis Hilfe fände ich kaum noch die Zeit, mich um eine Nachkommenschaft zu kümmern. Bald wird das dritte Dutzend voll sein. Unter solchen Umständen ist es mir in absehbarer Zeit leider ganz unmöglich, Eurer herzlichen Einladung Folge zu leisten, so gern ich auch meine Geburtsstadt Heidelberg einmal wiedersehen möchte. Darum lasst Euch mit allen Euren Kindern von einem guten Künstler in Öl malen und schickt mir dieses Bild, damit ich Euch wenigstens auf diese Weise vor Augen haben kann, wie ich Euch von jeher in meinem Herzen hege und auch immerdar hegen werde.

Dieses Familiengemälde wurde von Theobald Kleinicke geschaffen, der bei Holbein dem Jüngeren in die Lehre gegangen war.

In diesen Tagen zog der behelmte, geharnischte und beschwerte Bischof Franz von Waldeck mit Mann und Ross, Schrot und Korn, Büchsen und Sturmleitern gegen die widerspenstige Stadt Münster, um diesen fetten Abgabengrund zurückzuerobern und dem darin ausgerichteten Zion der Wiedertäufer nach dem unerbittlichen Gesetz des Wolfsrudels ein blutiges Ende zu bereiten.

Nach genau demselben Gesetz wurde in London am 22. Juni 1535 John Fischer, der Bischof von Rochester, mit dem Henkersschwerte hingerichtet.

„Herr Jesus, nimm mich auf in dein Reich!", waren seine letzten Worte.

Drei Tage später wurde Münster von den Belagerern im Sturm genommen, wobei Wilm Knipperdolling den Glaubensheldentod fand. Wenige Tage später machte sich der siegreiche Theomilitarist Franz von Waldeck nicht das geringste Gewissen daraus, den Turm der Lambertikirche zum Galgen zu machen, indem er daran den prophetischen Schneidergesellen Johann von Leiden nebst seinem Schwiegervater Bernd Knipperdolling, der sich ebenso wenig gescheut hatte, als Oberbürgermeister in der Rolle des Henkers zu paradieren, in eisernen Käfigen aufhängen ließ.

Am 6. Juli desselben Jahres wurde in London auch Thomas More enthauptet. „Finis Britannae!", lauteten seine letzten Silben.

Um diese Zeit ließ sich Desiderius, nachdem er den Verkauf seines Hauses Zum Kripplein Jesu seinen beiden Freunden Ludwig Ber und Ulrich Zasius übertragen hatte, unter Zurücklassung seiner Beschließerin nach Basel kutschieren, wo er bei Hieronymus Froben in dessen an der Bäumlein- und der Luftgasse gelegenen Wohnhause eine behagliche Unterkunft fand.

Von hier aus lateinte er am 18. August 1535 nach Lissabon an Damian van Goes, den Schatzmeister des Königs von Portugal, also:

Ich bin noch immer in Basel, wegen der Herausgabe meines Predigers, und schwanke sehr, ob ich noch einmal nach Freiburg zurückkehren soll oder nicht. Vieles spricht dagegen, vieles dafür. Meine Gesundheit lässt mancherlei zu wünschen übrig, aber ich bin schon zufrieden, wenn mir die Feder gehorcht, die mich bis zu dieser Stunde noch niemals im Stich gelassen hat.

Deine Meinung, eine feilende Durchsicht meiner Schriften vorzunehmen, ist zwar sehr freundschaftlich gemeint, aber vergeblich, selbst wenn sie nicht so spät gekommen wäre. Wie geschrieben steht: Was ich geschrieben habe, das habe ich geschrieben! Ich bin von Natur aus ein Extemporat und außerordentlich träge, wenn es ans Durchsichten gehen soll. Auch solltest Du wissen, wie schwer es ist, gegen seine Natur anzukämpfen, namentlich, wenn man fast siebzig Jahre auf seinem Rücken hat.

Ich, der eine Greis, habe noch immer den Packen von vier starken jungen Leuten zu tragen! Gewisse Dinge habe ich nicht für die Italiener geschrieben, sondern für die dicken Holländer wie für die nicht minder ungeschliffenen Deutschen, auch vertragen manche Darlegungen die sorgfältige rhetorische Feile nicht gut. Und Ciceros Parfümierung wiederum passt nicht für Unterrichtsgegenstände und theologische Fragen. Zu jenen gehören meine Sprichwörter, zu diesen die Paraphrasen, die Anmerkungen und so manches andere.

Entscheide also, lieber Freund, ob es eine billige Forderung mir gegenüber ist, ich solle mich besser ausdrücken, als ich es vermag! Über meinen Ruhm auf Erden und über das Urteil der Nachwelt lasse ich den Ewigen Vater walten. Soll ich mir etwa gar noch irgendwelche Sorgen machen, wenn ich im Sarge liege? Was hast du davon, wenn du nach deinem Tode bis in den Himmel emporgelobt wirst, in dem du dann längst zwischen Monna und Hosianna herumparierst? Eine wahrhaft pudelnärrische Situation! Gegen den Tod ist nun einmal kein Kraut gewachsen, und die Todesfurcht überlasse ich, wie die Gottesfurcht, jenen exemplarischen Schwachköpfen, die sich dadurch, zu unserem Glück, das Tor der Wiederkunft auf ewig verriegeln. Sollen wir denn noch einmal einen Clemens Septimus, einen Carolus Quintus und einen zweiten Martinus Luther über uns ergehen lassen müssen?

Inzwischen ist Münster erobert worden. Kann man den hier darüber eingelaufenen Gerüchten trauen, so sind alle Einwohner umgebracht worden, die über zwölf Jahre alt waren. So morden und horden, so heulen und rudeln sich hier in Deutschland die hunnischen Wölfe immer weiter ihrem Untergang entgegen.

Der König von Frankreich hingegen gedenkt nun plötzlich etwas mildere Saiten aufzuziehen und hat die adeligen Schismatiker, die geflohen waren, nach Paris zurückgerufen. „Trau schau wem!", sagte der Fuchs und kriegte den treuherzigen Hahn beim Kragen. Auch soll er den Melanchthon zu einer Besprechung nach Paris entboten haben, doch ist *dieser noch nicht dahin abgereist, obschon in Wittenberg die Pest wütet, desgleichen in Augsburg und Straßburg.*

Und der König von England wütet nicht minder pestlich gegen gewisse Mönche, auch hält er den Bischof von Rochester und Thomas More noch immer gefangen, weil sie so unschuldig sind, dass sie sich durchaus nicht an und mit ihm schuldig machen wollen. Reisende, die gestern hier aus Brabant eingetroffen sind, erzählen sogar, dass die beiden kürzlich mit dem Schwerte hingerichtet worden sind. Sollten die angelsächsischen Wolfsrudler bereits die Praktiken ihrer in Deutschland herumtobenden Konkurrenten hunnischer Abstammung aufgegriffen und angenommen haben? Ich wünschte wohl, dieses blutige Gerücht wäre falsch, aber ich fürchte gleichzeitig, dass es doch wahr sein könnte, wobei die Wölfin wiederum zwei neue Märtyrer gewonnen hätte. Nun weißt Du auch, weshalb ich das Zweite Karthago verlassen habe und niemals wieder dahin zurückgekehrt bin. Ich hätte nur die Ehre gehabt, der dritte dieser Blutzeugen zu werden.

Acht Tage später lateinte Desiderius nach Paris an den Professor der Eloquenz Bartholomäus Latomus:

Paulus Tertius scheint, wie ich aus Rom höre, ernstlich, um alle weiteren Schismaversuche zu unterbinden, an die Einberufung eines Allgemeinen Konzils zu denken, das sich in Trient versammeln soll. Aber ich sehe nicht, wie dieses allerhöchste Gremium bei den gegenwärtig zwischen den Fürsten und Ländern herrschenden Unstimmigkeiten in einer ersprießlichen Weise zusammentreten und bindende Beschlüsse fassen könnte. Zudem ist ganz Niederdeutschland in erstaunlichem Grade von Wiedertäufern infiziert, und in Oberdeutschland will man sie auch nicht haben, also strömen sie massenhaft hierher nach dem Asylium Basel. Einige von ihnen wollen sogar nach Italien weiter.

Der Kaiser belagert die bei Tunis gelegene Hafenstadt Goletta, aber ich sehe schon, dass dabei nichts Vernünftiges herauskommen wird. Er will späterhin auch Algier berennen. Aber was können schon solche Eroberungen nützen, die auf die Dauer, der Kosten wegen, doch nicht gehalten werden können?

In Amsterdam wird bereits wieder tumultiert, wie auch in Antwerpen und Brüssel. Sollten sich die Niederländer etwa schon, nach eidgenössischem Vorbild dazu anschicken, ihre wölfischen Tyrannen zum Kuckuck zu jagen?

Und nun noch etwas zum Lachen! Auf Anregung des berühmten Theologen Ludwig Ber hatte ich im vorigen Jahre an Paulus Tertius einen kleinen Gratulationsbrief geschrieben. Bevor der Heilige Vater dieses Dokument entsiegelte, sprach er zu einigen Kardinälen sehr anerkennend über mich. Und da er sich inzwischen, in Ansehung des geplanten Konzils, dazu entschlossen hatte, einige Gebildete zu Kardinälen zu erheben, kaum ein günstiges Zeichen für den Bildungsgrad des gesamten Kardinalskollegiums, da fiel in dieser Diskussion auch mein Name. Aber es wurden dann sogleich die Hindernisse geltend gemacht, vor allem meine fragwürdige Gesundheit und mein viel zu geringes Einkommen. Es soll nämlich im Vatikan feste Sentenz sein, diejenigen von der Kardinalswürde auszuschließen, deren Einkommen unter dreitausend Dukaten bleibt. Und nun gehen sie darauf aus, mich mit Pfründen zu versorgen, damit ich ein genügendes Einkommen gewinne, um den Purpurhut doch noch davontragen zu können. Die Katze soll in Gala gesteckt werden, wie man hier in Basel sagt.

Ich habe in Rom einen treuen Freund, der sich in dieser Angelegenheit immer noch sehr bemüht, obschon ich ihm brieflich oft genug ins Gedächtnis gerufen habe, dass ich mir aus Pfründen und Pensionen nichts mehr mache, schon weil ich mein Leben, das fühle ich immer deutlicher, nur noch nach Wochen zählen darf.

Vor Tag zu Tag erwarte ich meine Erlösung durch den Tod, manchmal sehne ich ihn geradezu herbei, so schwer habe ich mitunter zu leiden. Kaum, dass ich es noch wagen kann, den Fuß aus dem Zimmer zu setzen. Mein liebes zartes Körperchen verträgt nur ganz warme dunstlose Luft. Und solch armes Würmchen will man allen Ernstes dazu bewegen, sich um fette Pfründe, die ich doch nicht mehr verzehren könnte, und um den Purpurhut zu bewerben? Offenbar wird mit Gottes Zulassung diese ganze Komödie nur noch zu meiner Erheiterung aufgeführt!

Wiederum acht Tage darauf lateinte Desiderius an Peter Tomiczky, den Bischof von Krakau und Kanzler von Polen:

In einem bedeckten Wagen, wie ihn die Frauen zu benutzen pflegen, bin ich von Freiburg nach Basel gefahren. In Erwartung meiner endlichen Rückkehr hatte man mir zuliebe ganz nach meinem Geschmack, den man hier sehr genau kennt, ein Zimmer hergerichtet. Ich musste damals den Prediger drucken lassen, der noch manche Lücken hatte und kaum hätte abgeschlossen werden können, wenn ich nicht persönlich zur Stelle gewesen wäre.

Die Stadt Basel, die ich vor etwa sieben Jahren in ziemlicher Unruhe verlassen hatte, fand ich durchaus ruhig und trotz des Glaubenswechsels, einschließlich der Universität, in guter sittlicher Verfassung wieder. Auch Freiburg besitzt eine berühmte Universität, auch dort blühen alle Arten von Studien, und an Umgang mit gelehrten Männern hat es mir dort keineswegs gefehlt. Aber das Freiburger Klima schien mir immer für mein höchst empfindliches Körperchen wenig günstig zu sein, und auch das hübsche Häuschen, das ich mir dort gekauft, sorgsam eingerichtet und mit bequemen Möbeln ausgestattet hatte, zeigte allmählich mancherlei Schattenseiten. Ich werde es wohl nun verkaufen müssen. Man hat mir bereits tausend Gulden dafür geboten.

Hier in Basel geht es mir nun etwas weniger schlecht, jedoch die Hoffnung auf ein völliges Wohlbefinden, wenigstens für das irdische Dasein, ist mir freilich längst dahingeschwunden. Von Kindesbeinen an besitze ich ja auch ein zerbrechliches Körperchen, eine überzarte Konstitution, wie die Mediziner sagen, deshalb litt ich immer so stark unter der Unbill des Klimas, vermochte aber mit wachsender Körperkraft und zunehmenden Jahren diese Hemmnisse zu überwinden. Nun aber, geschwächt durch die anstrengenden Korrekturarbeiten, die bis auf den Tod gefährlichen Steinwanderungen und die nicht minder heftigen Gichtschmerzen, bestehe ich nur noch aus Haut und Knochen und bin nicht viel mehr als ein welkes Blatt im Winde. Je nachdem der liebe Himmel ein freundliches oder ein sonniges Gesicht macht, befinde ich mich besser oder schlechter.

Inzwischen bemüht man sich weiter um den Terminus Frieden, der eine noch anfälligere Konstitution zu haben scheint, als sie mir von meinen Vorfahren vererbt worden ist.

Der Landgraf Philipp von Hessen, der sich bereits von der protestantischen Sache abzuwenden beginnt, weil ihm die Wittenberger Silbenhydra eine zweite Ehegattin, neben seiner ersten, nicht zu bewilligen wagt, obschon doch der Erzvater Jakob mit vier Weibern bedacht worden ist, hat den Herzog Ulrich von Württemberg wieder in seine Herrschaft eingesetzt, aus der er von seinen lieben Schwaben vertrieben worden war, und soll daraufhin in Wien von König Ferdinand sehr ehrenvoll empfangen worden sein.

Am 13. August hatten die beiden habsburgischen Schwestern, nämlich Maria, die ehemalige Königin von Ungarn, deren Gemahl bei Mohács gefallen ist, und Luise, die Königinwitwe von Frankreich, eine Besprechung in Cambrai, und wir werden wohl bald zu unserem Schrecken erfahren müssen, was bei diesem allerhöchsten Klatschbasensenat herausgekommen ist.

Und wenn ich dann noch die im Zweiten Karthago im Namen des Königs begangenen Verbrechen betrachte, die den beiden besten Briten den Kopf gekostet haben, so wird es mir immer klarer, dass das Heil dieser Welt niemals von Seiten der Potentaten erwartet werden darf. Doch welcher Irrtum, ihnen daraus einen Vorwurf zu machen, da sie doch nur die Anführer eines Rudels sind, dessen Willen sie zu vollstrecken haben. Und wie sollten sie denn etwas liefern können, was sie selber noch nie besessen haben und auch nimmermehr besitzen werden. Das verbietet ihnen schon das Gesetz, nach dem sie bei Beginn ihres unvorbildlichen Tun und Treibens angetreten sind.

Ja, die Fürsten dieser Welt sind übel genug daran mit ihrem pflichtgemäßen Recht, sich selber immer wieder den Krieg erklären zu müssen, wobei es bei all diesem Erklären in ihren erlauchten Köpfen immer unklarer und dunkler wird. Dahingegen darf der Bundesrat der Eidgenossenschaft durchaus keinen Krieg erklären, er unterscheidet sich also in diesem wichtigsten aller Punkte auf das Allerentschiedenste von sämtlichen anderen irdischen Machtpositionen, und nur deswegen werden wir uns hier wohl auch weiterhin des tiefsten Friedens und des besten Wohlgedeihens zu erfreuen haben.

Und wenn du mich nun fragst, weshalb dieses leuchtende Beispiel noch immer keine Nachahmung findet, so lautet die einzig richtige Antwort darauf: Wo ist der Hexenmeister zu Hause, der schwache Körperchen zu robusten Konstitutionen, komplette Schwachköpfe in Weltleuchten der Wissenschaften, fanatische Schismatiker in humorvolle Harmonisten und beutegierige Wolfsrudel in taubensanfte Lämmerherden um zu zaubern versteht?

Weiterhin, und zwar am 21. September 1535, lateinte Desiderius nach Freiburg an Ludwig Ber also:
> Die Vollmacht zum Verkauf des Hauses sandte ich bereits an Dich ab. Ich bin also mit den gebotenen tausend Gulden einverstanden. Jetzt schicke ich meinen Famulus Gilbert, um den Hausrat zu verkaufen und die Beschließerin auf gütigem Wege loszuwerden. Der Käufer macht alles in allem einen ziemlichen Profit. Wenn dieser verehrte Herr D. Peter Rich bei seiner ursprünglichen Ansicht bleibt, so kann er einziehen, sobald er es wünscht. Wenn ich überlege, welch glänzenden Stammbaum er hat und wie eifrig Du seine Sache bei mir vertreten hast, so finde ich keinen Grund, irgendeine Änderung an seinen Vorschlägen in Erwägung zu ziehen, vielmehr gratuliere ich mir dazu, dass das Haus nun einen so ehrenwerten Herrn zu Gebote stehen wird und dass Du gleichsam als engster Freund dort ein- und ausgehen wirst.
>
> Ich möchte nicht viel Worte machen über das, was von mir schon in dieses Jesuskripplein hineingesteckt worden ist, doch könnte ich wohl beschwören, dass ich allein für die Öfen, die Fenster, die Dielung sowie für Dach- und Türreparaturen über hundert Gulden ausgegeben habe. Denn die Handwerker wie auch der Herr Bürgermeister haben mich von jeher so behandelt, als wenn ich ein Fremdling gewesen wäre, von dem man die höchsten Preise fordern darf. Ich mache mich, wenn das Geld erst einmal hier in Basel auf meinem Tisch liegt, gar nicht so ungern, trotz der dabei erlittenen Verluste, von diesem Kripplein Jesu los, hänge ich doch nicht fester daran als die Schiffsleute an ihrem Ankergrund, die doch nur darauf lauern, dass die Ebbe durch die Flut abgelöst wird, und die sich dann in den sicheren Hafen treiben lassen wollen.
>
> Wenn ich erst einmal im Sarge liegen werde, dann sind mir, darauf kannst Du schon jetzt jeden Eid leisten, sämtliche irdischen wie himmlischen Krippen Hekuba im Kubus. Mein augenblickliches Befinden ist erträglich. Der kalte September fesselt mich freilich ans Zimmer, aber ich warte schon darauf, dass die Schwalben wiederkommen. Ja, die werden große Augen machen, dass ich nun wieder am Rhein und nicht an der Dreisam hause.
>
> Aus Rom kommen noch immer überaus erheiternde Nachrichten. Seine Heiligkeit der Papst will mich durchaus, ich mag es gutheißen oder nicht, in Gold und Purpur fassen. Schon hat er für mich die Probstei von Deventer bestimmt, die wie eine gute holländische Milchkuh über

viertausend Dukaten im Jahre von sich gibt, und nun ist er schon dabei, alle gierigen Raben und Elstern beiseitezuscheuchen, die sich längst auf diesen fetten Happen gefreut haben. Aber ich bin fest entschlossen, meine Freiheit wie bisher gegen alle Versuchungen zu wahren, und keiner soll mir einmal nachsagen können, dass ich es gewesen bin, der die Wahrheit an die Kette gelegt hat. Solches habe ich meinen Freunden in Rom, die sich trotzdem noch immer um meine Standeserhöhung bemühen, auch oft genug geschrieben. Soll ich mir denn nun, da ich schon am Rande des Grabes angelangt bin, eine irdische Last aufbürden lassen, deren himmlischen Wert ich stets in beträchtlichen Zweifel gezogen habe?

Seinen letzten Brief, geschrieben am 12. Februar 1536, war an den von ihm inzwischen in Ehren entlassenen Famulus Gilbert Cousin gerichtet und hatte diesen Wortlaut:

Der heurige Winter hat es schlimm mit mir gemeint. Schon Anfang November schickte er mir seinen ersten kalten Gruß. Noch war ich nicht wieder zu Kräften gekommen, da erhob sich ein Sturm, der mich mitten auf der Luftgasse umwarf. Doch auch davon hatte ich mich gut erholt, keine Spur von Schmerz war mehr da, kein Schnupfen, der Magen wurde täglich leistungsfähiger, da kam nach dem Essen Freund N. zu mir, um mich zu begrüßen, und hielt mich drei Stunden am offenen Kaminfeuer fest mit einer Disputation über die verschiedenen Glaubenslehren. Und diese überflüssige Anspannung sowie das Hocken am Feuer – beides für mich der schlimmste Verderb – hat mir alle Übel wieder von Neuem beschert. Dabei hätte jener verruchte Vokabelkabbalist sicherlich nicht vor Einbruch der Nacht Schluss gemacht, wenn ich das Gespräch nicht abgebrochen und ihn nicht um sein Verschwinden angefleht hätte. Kaum war er fort, da merkte ich, wie sich im Hinterhaupt Ausdünstungen ansammelten, ich bekam schlimmes Ohrensausen, und der Magen versagte. Jetzt sind zwar diese Qualen fort, und ich kann wieder die Feder führen, doch bleibe ich noch im Bett, nur je drei Stunden um die Essenszeit mittags und abends erhebe ich mich aus den Kissen.

Bereits am folgenden Morgen schrieb Desiderius seinen letzten Willen nieder und übergab das versiegelte Dokument Bonifacius

Amerbach, dem besten und reichsten seiner Baseler Freunde, mit der Bitte, es erst drei Tage nach der Beerdigung zu öffnen.

Mitte Juli wurde Desiderius durch einen besonders schweren Blasensteinanfall völlig ans Bett gefesselt. Trotzdem widerstand er mit grimmigem Humor der Verzweiflung, so dass auch die Freunde, die sich von nun an an seinem Krankenbette gegenseitig ablösten, schon wieder wagten, auf seine baldige Wiedergenesung zu hoffen, zumal die von ihnen zu Hilfe gerufenen Mediziner immer weniger Besorgnis zeigten.

„Wie geht es dir heute?", fragte Bonifacius Amerbach, als er eines Morgens mit einem großen Rosenstrauß über die Schwelle trat.

„Ich bin eben damit fertig geworden", bekannte Desiderius, dieser gewissenhafteste aller Urtextreiniger, „dem Terminus Todesfurcht hinter die Sprünge und auf den Grund zu kommen, und ich vermag nicht länger daran zu zweifeln, dass er nur von einem ganz exemplarischen Hasenfuß in die Welt gesetzt worden sein kann."

„Du musst wieder ganz gesund werden!", heischte Nicolaus Episcopius einige Tage später. „Denn was sollen wir beginnen, wenn wir dich verlieren sollten?"

„Den Leichnam zur Erde bestatten", lächelte Desiderius, dieser erste der Welteidgenossen, trotz der Schmerzen, die ihn von nun an bis zu seinem letzten Atemzuge nicht mehr verlassen sollten, „und mir ein gutes Andenken widmen, denn ich gehe nur von hinnen, um an jenem Tage, da dieser schismatische Äon erfüllt sein wird, an der Hand des Ewigen Vaters zurückzukehren, und sei es auch zunächst nur auf dem Papier, was mir exaktem Philologen schon genügen könnte. Und dann wird mich statt dieser überaus mangelhaften Hülle eine verklärte, nämlich eine von Gesundheit geradezu strotzende Konstitution umgeben, bestimmt und gebildet für die kommende bessere, für die vollkommen entwolfte Welt und geschickt für das ewige, das Welteidgenössische Dasein."

„Ich möchte auch in meine Wiederkunft glauben", bekannte ihm Hieronymus Froben am nächsten Morgen, „nur weiß ich beim besten Willen nicht, wie ich solches bewerkstelligen soll!"

„Sorge nur erst einmal für die vollkommne Wiederkunft deines lieben Vaters", murmelte Desiderius wie ein Beschwörer, „dann erst magst du daran gehen, dir über deine eigene Wiederkunft Gedanken zu machen, zumal keiner deiner drei Söhne auf einem Schlachtfelde dahingesunken ist."

Bald aber begann sich sein Befinden so rasch zu verschlimmern, dass die zu Rate gezogenen Universitätsprofessoren nur noch die Achseln zucken konnten.

Ein heftiger Ruhranfall komplizierte die Diagnose weiter.

Am 11. Juli 1535, kurz vor der durch die eine ganze Stunde vorgehenden Baseler Uhren bereits verkündigten Mitternacht, hauchte der Verscheidende im Beisein seiner drei Freunde: „Mein Jesus, Barmherzigkeit! Herr, erlöse mich! Herr, mach ein Ende! Herr, erbarme dich meiner! Lieber Gott –"

In diesem Augenblick tat sein tapferes Herz den letzten Schlag.

Ohne die Sterbesakramente empfangen zu haben, war er verblichen. Auf seinen mädchenzarten Lippen lag ein unwiderstehliches Lächeln.

Als Todesursache glaubten die Ärzte Dysenterie feststellen zu müssen. Von seinen zweiunddreißig Zähnen hatte er seltsamerweise nur die vier der Weisheit verloren.

Sein nur noch fünfundsiebzig Pfund wiegender Leichnam wurde unter dem Geläute aller Glocken auf das Feierlichste im Kreuzgang des Münsters beigesetzt.

Die marmorne Graftafel verkündigte:

Christus dem Erlöser geweiht und gewidmet dem Desiderius Erasmus von Rotterdam, dem allseits großen Menschen, dessen unvergleichliche, mit ebensolcher Klugheit gepaarte Beherrschung jedes Wissensgebietes auch die Nachwelt bewundern und ehren wird.

Ihrem gütigen Gönner haben hiermit Bonifacius Amerbach, Hieronymus Froben und Nicolaus Episcopius, die Erben und bestellten Vollstrecker seines letzten Willens, nicht seinem Andenken zuliebe, denn das hat er durch seine veröffentlichten Werke bereits unsterblich gemacht, in denen er, solange die Welt steht, weiterleben wird, sondern um seine sterblichen Überreste zu verwahren, diesen Stein gesetzt.

Er starb, schon siebzig Jahre alt, am 12. Juli des Jahres 1536 nach Christi Geburt.

Unter den zahlreichen in seinem Testament verzeichneten Legatsempfängern befand sich auch der in Schaffhausen wohnhafte Uhrenmeister Tobias Crott. Aber die aus dem Nachlass an ihn zu sendenden zwanzig Dukaten kamen wieder nach Basel zurück, da sie dem inzwischen verschiedenen Empfänger nicht mehr ausgehändigt werden konnten, und wurden von Bonifacius Amerbach der Armenkasse überwiesen.

„Der himmlische Vater hat den Roterodamus wieder zu sich genommen!", sprach Melanchthon zu Luther, als die Kunde davon nach Wittenberg gelangte.

„Falls er ihn nicht", grollte Luther gegen diese unbeweisbare Vermutung an, „Sine Lux, Sine Crux, Sine Dux auf einem Fuchs zur Hölle gesandt hat, um dem Satan den Text lesen zu lassen!"

Neun Jahre später, am 4. Juli 1545, verließ Luther, dessen Geist sich mit der zunehmenden Verkalkung seiner Arterien und den unaufhaltsam bedrohlicher werdenden äußeren wie inneren Reichsumständen immer weiter verdüstert hatte, die Stadt Wittenberg mit dem festen Entschluss, niemals wieder dahin zurückzukehren. Von Zeitz aus schrieb er seiner Frau Katharina, der Doktorin, sie solle sich mit den fünf Kindern sogleich auf das von ihm gekaufte Familiengut Zülsdorf zurückziehen, was sie aber nicht tat, worauf er sich nach Merseburg begab, um hier am 2. August 1545 Georg von Anhalt, einen Domherrn des dortigen Kapitels, zum Bischof dieses von dem Herzog August von Sachsen, getreu dem Gesetz des Wolfsrudels, in Beschlag genommenen Bistums zu ordinieren. Immer päpstlicher wurde solcherart Luthers Schalten und Walten. In Leipzig predigte er am 12. August 1545 in der Thomaskirche über den siebten also lautenden Vers des dritten Römerbriefkapitels: Denn so die Wahrheit Gottes durch meine Lügen herrlicher wird zu seinem Preise, wie sollte ich da noch als ein Sünder gerichtet werden können?

Und erst hier an der Pleiße, wo in aller sächsischen Schismaherrlichkeit infolge des sich bereits von Südwesten herandrohenden Kriegsgetümmels die Marktpreise immer weiter anstiegen, gelang es

Melanchthon und Bugenhagen, den beiden Gesandten der Stadt Wittenberg, der Universität und des Kurfürsten, diesen weltberühmtesten aller Deserteure zur Rückkehr zu bewegen.

Und das von ihm mit dem Peterspfennig aufgerüstete und von ihm in Schmalkalden mit eigener Hand zusammengebündelte und gegen das Hunnenhaus Habsburg frontierte Wolfsrudel der mitteldeutschen Hochadelsgeschlechter hielt ihn fortan so fest, dass jeder weitere Fluchtversuch ausgeschlossen war.

Also blieb diesem Gottesdiener nichts anderes übrig, als auch weiterhin ein getreuer Knecht seiner irdischen, ach so klausüchtigen und hausüchtigen Herren zu sein.

Bald darauf ließen sie ihn auch, zur weiteren Befestigung ihrer Autorität, den folgenden Satz von der Kanzel der Pfarrkirche verkündigen: „Wer immer die Wittenberger Schule verachten will, der ist ein Häretiker und schlechter Mensch, denn Gott hat allein dieser und keiner anderen Schule sein allmächtiges Wort offenbart!"

Womit er nach dem Vorbild der römischen Kurie die allerhöchste Sprosse der Intoleranzleiter erklommen hatte.

Auch von der Aufhebung der Leibeigenschaft wollte er, seitdem er Gutsbesitzer geworden war, nichts mehr wissen, und schlug als ihn Melanchthon deshalb zur Rede stellte, mit der hunnenblütigen Erzhauerfaust auf den Eichentisch und donnerte: „Christus will die Leibeigenschaft nicht hinwegnehmen. Was fragt er danach, wie Fürsten und Herren regieren? Und wonach Christus nicht begierig ist, darum brauchst du dir gleichfalls keine Sorgen zu machen!"

Und Melanchthon nahm diese Gelegenheit war, auf dem Heimweg die schmähliche Knechtschaft, die er hier in Wittenberg ertragen musste, also zu beseufzen: „Er identifiziert sich schon mit Christus! O Roterodamus, wie recht hast du doch gehabt! Wie lange werde ich noch in dieser erzbarbarischen Zyklopenhöhle aushalten müssen? Ja, ich komme mir schon vor wie der unglückselige, an den Felsen geschmiedete Prometheus, dem der Adler des Schismas die Leber zerfleischt! Längst dahin ist meine Willensfreiheit! Denn wohin kann ich mich noch wenden? Wie könnte ich mich befreien von der Plage und der Wut der Theologen? Wo finde ich das Loch, in das ich mich verkriechen könnte, um keinen Mucks mehr tun zu müssen?"

Im Januar 1546 machte sich Luther trotz seiner Herz-, Gallen- und Blasenschmerzen, nach seiner Geburtsstadt Eisleben auf, um den Streit zu schlichten, der zwischen dem Grafen Albrecht von Mansfeld und seinem Bruder Gebhard wie seinem Neffen Theodor wegen gewisser Bergwerkseinkünfte und ähnlicher hunnischer Beutelschwierigkeiten entstanden war.

Und hier verschied dieser tüchtigste aller Schismatiker am 18. Februar 1546 morgens gegen drei Uhr an einem durch Arterienverkalkung hervorgerufenen Herzschlage.

Schon im nächsten Jahre verloren die im schmalkaldischen Trutzbunde zusammengebündelten Fürsten die Schlacht von Mühlberg. Und diesen glänzenden Sieg hatte der Kaiser Carolus Quintus in erster Linie seinem protestantischen Bundesgenossen, dem Herzog Moritz von Sachsen, zu verdanken, der sich danach, dem unerbittlichen Gesetz des Wolfsrudels gehorchend, auf die Gegenseite schlug, mit Hilfe französischer Subsidien seinem Heerwurm, nach der bewährten Praxis seines urahnlichen Vorbildes Attila, das Galoppieren beibrachte und auf solche Weise, noch schlimmer als der Türke, von Norden her in die habsburgischen Erbräume einbrach, um den gichtgeplagten Reichsherrscher zur hastigen Flucht aus Innsbruck und bald darauf in Passau zu einem Vertrag zu zwingen, durch den dieser Sprössling einer geisteskranken Mutter alle seine bisherigen Gewinne verloren geben musste.

Doch bereits im folgenden Jahre fiel dieser hunnische Moritz von Sachsen im Kampfe gegen den nicht minder hunnischen Albrecht Alkibiades von Brandenburg, und zwar auf dem blutigen Schlachtfelde von Sievertshausen, worauf das Verhängnis des Wolfsrudelgesetzes auf das erlauchte und doch so wenig erleuchtete Fürstenhaus der Hohenzollern überging.

Der Halbweltpotentat Carolus Quintus aber wurde durch das Scheitern aller seiner hochfliegenden Pläne dazu bewogen, bereits im Alter von sechsundfünfzig Jahren seinen sämtlichen Würden zu entsagen. Er übergab die Kaiserkrone und das Reich seinem Bruder Ferdinand, Spanien mit den italienischen und niederländischen Besitzungen aber seinem Eingeborenen Sohne Philipp, der auch nicht das Pulver erfunden hatte und dessen Sohn sogar ein Kretin war, und zog sich mit seiner Uhrensammlung in das spanische Kloster Sankt Just zurück, wo er sich später, kurz vor seinem Hinscheiden, sogar die eigene Beerdigungszeremonie vorzaubern und vorspielen ließ. Wie sein Hauptgegner Clemens Septimus starb er gott- und todesfürchtig am Mastdarmkrebs.

Inzwischen hatte auch Pietro Aretino das irdische Dasein hinter sich gelassen, dieweil er auf einem von Tizian veranstalteten Atelierfest über eine von diesem erzählte erotische Anekdote so heftiglich lachen musste, dass ihm eine Ader im Gehirn zersprang und er auf diese Weise einen Tod fand, um den ihn alle beneideten, die es mitansahen oder davon hörten.

Zweiundzwanzig Jahre später segnete Fabian Birkner in Heidelberg als Kurpfälzischer Hofmedikus und Universitätsprofessor für Innere Medizin infolge einer schweren Lungenentzündung, die er sich auf einem winterlichen Krankenbesuch weggeholt hatte, das Zeitliche, umgeben von sieben Kindern und neunzehn Enkeln, mit den Worten: „Ohne Gesundheit keine Liebe, sie ist der Fittig, der uns dahinträgt, als flögen wir davon!"
Miranda, die ihm die treuen Augen zudrückte, überlebte ihn nur um zwei Jahre und fand ihre letzte Ruhe an seiner Seite. Ihre zahlreiche, mit einer bewundernswürdigen Gesundheit gesegnete Nachkommenschaft sollte sich im Laufe der nächsten beiden Jahrhunderte über die ganze oberrheinische Tiefebene ausbreiten.

Sophius Crott aber brachte es in Venedig auf einundneunzig Lebensjahre, starb ohne Schmerzen an Altersschwäche und wurde in der Kirche Maria Formosa neben seiner Gattin Olivia beigesetzt.
Die von ihm gegründete Waffenfabrik ging durch seinen Hingang an Waldemar Corrcdi über, unter sdem sie, nachdem sein Name ins Goldene Buch gelangt war, ihre höchste Blüte erreichen sollte.

Das von Sophius Crott hinterlassene Barvermögen, das sich auf über sieben Millionen Zechinen bezifferte, durften sich die dreiundachtzig Erbberechtigten teilen, deren Namen sich auf seiner Nachkommenschaftsliste vorfanden.

Dieser seltsame Eidgenosse hatte nicht nur das Feuersteinschloss, die Pistole und den Stacheldraht, sondern auch den Aufschlagzünder, die Handgranate, die Fallmine und die Höllenmaschine erfunden und hatte damit die ersten Schritte auf dem vierhundertjährigen Wege vollbracht, der, weil dies der technischen Künste kühnster Zweck, zur Konstruktion der H-Bombe, diesem folgenschwersten Fehltritt der Wissenschaft, und schließlich zum Abwurf dieses sämtliche von den Wolfsrudeln aufgerichtete Machtsperren und Zollschranken brechende Explosivnihiliums führen sollte.

Ende

*Der Herausgeber dankt
Herrn Max Heigl, Nittenau,
dafür, dass er das Manuskript aufbewahrt hat,
um dieses Werk Seeligers der Nachwelt zu erhalten.*

2021

Werke von Ewald Gerhard Seeliger

als eBooks oder im Taschenbuchformat erhältlich:

Siebzehn schlesische Schwänke
Geschichten vom alten Schlesien,
die in keinem Geschichtsbuch stehen
eBook ISBN: 978-3-942-660-20-4

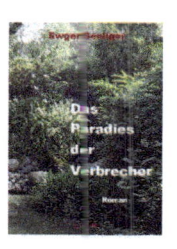

Das Paradies der Verbrecher
eine Verbrecherkolonie im Urwald Brasiliens
Abenteuer- und Science-Fiction-Roman
eBook ISBN: 978-3-942-660-39-6

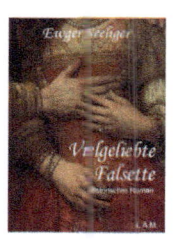

Vielgeliebte Falsette
Liebesabenteuer einer Pfarrerstochter
erotischer Barockroman
Buch ISBN: 978-3-752-886-40-5
eBook ISBN: 978-3-752-810-61-5

Junker Schlörks tolle Liebschaften
Liebesabenteuer eines Ritters
erotischer Barockroman
eBook ISBN: 978-3-752-810-55-4
Buch ISBN: 978-3-752-886-58-0

Leute vom Lande
Geschichten von Schlesien und Schlesiern im 19. Jahrhundert
eBook ISBN: 978-3-942-660-09-9

Das sterbende Dorf
Die Industrialisierung ergreift auch das schlesische Dorf Gramkau
Roman
eBook ISBN: 978-3-942-660-10-5

Peter Voß der Millionendieb
Kriminal- und Abenteuerroman
eBook-ISBN: 978-3-942-660-03-7
Buch ISBN: 978-3-734-798-67-2

Morphium für Tante Zöge
Roman eines Justizirrtums
Kriminal- und Abenteuerroman
eBook ISBN: 978-3-943-797-48-0

Peter Voß der Millionendieb
Kriminalhörspiel
ISBN: 978-3-898-138-19-2

Peter Voß der Millionendieb
Kriminalkomödie mit Viktor de Kowa
Film Version von 1945

Peter Voß der Millionendieb
Kriminalkomödie mit O. W. Fischer
Film Version von 1958